Stille,Frieden,Freude und Natur

Das Motiv der Einsamkeit bei Ludwig Tieck

静けさ、安らぎ、喜び、そして自然

ティーク文学とアインザームカイト

山縣光晶

鳥影社

静けさ、安らぎ、喜び、そして自然
ティーク文学とアインザームカイト

Stille, Frieden, Freude und Natur
Das Motiv der Einsamkeit bei Ludwig Tieck

目次

静けさ、安らぎ、喜び、そして自然
ティーク文学とアインザームカイト

Stille, Frieden, Freude und Natur
Das Motiv der Einsamkeit bei Ludwig Tieck

本書を最愛の妻、典子に捧げる

本書への誘い

　新型コロナウィルスの感染が世界中で猛威をふるい、日本でも三度目の緊急事態宣言が出されようとしている今このとき、私は奇しくもこの「本書への誘い」を書いています。このコロナ禍といわれる中で、ソーシャル・ディスタンスといういささか怪しげな和製英語のスローガンのもとに、人々は家に引き籠もって友人や知人さらには親兄弟とも会うのを自粛することを余儀なくされています。こうして人との触れ合う機会が希薄になることで不安や孤独感を抱く人々が増えているといわれています。孤独は、コロナ禍以前にも「孤独死」や心のやまい、さらには自死につながることもあることから、社会的に問題となっていました。しかし、孤独問題の担当大臣が置かれ、内閣府に「孤独・孤立対策室」が設置されたこと（2021年2月）に象徴されるように、孤独あるいは孤立が前にもまして深刻な社会的問題となっています。いわば、コロナ禍を契機にして、孤独は、だれもが直面する普遍的な問題となったともいえましょう。

　「孤独」という言葉あるいは概念は、そこでは人間のいのちにとって、あるいは、社会にとって好ましくないものを意味しています。孤独を人間の生き方において前向きにとらえる人も皆無ではありません。しかし、今日、多くのひとびとは、「孤独」は厭うべきもの、おそろしいもの、避けたいもの、いのちを営む上で否定的なものとして理解しているのではないでしょうか。

　さて、この「孤独」という言葉にほぼ相当するドイツ語にアインザームカイト（Einsamkeit）という言葉があります。この言葉や概念は、今日では、日本と同様に否定的な意味合いで使われることもよくあります。しかし、アインザームカイトは、そうした否定的な意味合いをもつだけではありません。むしろアインザームカイトには生に肯定的な意味合いがあるといっても過言ではないでしょう。たとえば、アインザームカイトを愛し、アインザームカイトを求めて、森や自然の中を散策する多くの人びとをドイツ

語圏の諸国ではよく目にすることができます。

　そうしたアインザームカイトの多様性が開花したのはドイツロマン主義文学、わけてもその代表的文豪であるルートヴィヒ・ティークの文学でした。本書は、ティークの作品を通じてアインザームカイトのもつ多様で重層的な意味合いを探究したものです。ドイツ文学の専門家だけでなく、多くの読者の方々に本書をお読みいただき、厭わしい「孤独」だけでなく、憧憬や安らぎ、希望などをもたらすアインザームカイトのもつ豊かな世界を知っていただければ幸いです。とりわけ、一人でいることに悩み苦しむ現代人の生き方に本書が少しでもお役に立つことができれば、著者望外の喜びです。

　ゲーテやシラー、あるいは、トーマス・マンなどと違って、ティークについては日本ではまだあまり知られていません。この本を通じて文学愛好家や多くの人びとにティークの人と作品について知っていただくことを願いつつ。

2021 年春　　著者

静けさ、安らぎ、喜び、そして自然
ティーク文学とアインザームカイト

Stille, Frieden, Freude und Natur
Das Motiv der Einsamkeit bei Ludwig Tieck

緒言

　今日の日本において、人口に最も膾炙している語の一つは「孤独」という語といえよう。およそ半世紀前の昭和32年に『中国文学における孤独感』を著した斯波六郎は、その後書きにおいて「孤独」は「平和」「民主主義」とともに現代の三大氾濫語であると書き、それが故に本文冒頭において、「現代語としての意味」で「孤独」を論じる旨のことわり書きをしたと記しているが[1]、そうした状況は、マスコミなどで「孤独死」などの語が氾濫する今日でも変わらない。ところで、この語は、死という語と組み合わせて作られた「孤独死」などの語用に代表されるように、「今日の風潮では、[…] 忌み言葉[2]」として日常的に使われているといっても過言ではない。清水学は、今日の「孤独のインフレーション」の現象に言及し、また、「一般的に孤独は非社会的ないしは反社会的な状態として描かれる[3]」と指摘しているが、個人と社会との関係だけでなく、そもそも人間それ自体についても、孤独は今日、生に否定的な作用や状況、生を害するもの、あるいは、生にとって良くないものを表象する語となっているといえよう。

　この「孤独」という日本語で一般的に訳されることの多い Einsamkeit（アインザームカイト。以下、特に論述上必要な箇所を除き、「Einsamkeit」については「アインザームカイト」と表記する。）というドイツ語の語用を巡る今日の状況もまた、日本のそれと似通ったものがある。「文学的テク

1　斯波六郎：中国文学における孤独感（岩波書店、岩波文庫）1962, 324–325 頁。
2　町住み：開かれた孤独。東京新聞　文化欄「大波小波」2009 年 5 月 26 日。5 頁。
3　清水学：思想としての孤独：〈視線のパラドックス〉（講談社）1999, 7 頁。

ストは［…］アインザームカイトが人間の倫理的、宗教的、社会的内省で
あることを示す」と述べて古今の幅広い文学作品を論じたアライダ・ア
スマン（Aleida Assmann）とヤン・アスマン（Jan Assmann）は、2000 年に
出版されたアインザームカイトを巡る著書の中で「近年の青年叙情詩コン
クールの応募者の中で孤立（Isolation）が中心的テーマとして突出してき
たことは周知の事実である。孤者（der Einsame）は、アインザームカイト
の経験を消化しようと筆をとる」と述べ、アインザームカイトの問題が
現代ドイツ社会に行き渡った大きな関心事となっていることを示唆してい
る。また、現代社会における社会現象、社会問題からアインザームカイト
にアプローチしたローベルト・ユンク（Robert Jungk, 1913-1994）は、現代
社会において個々ばらばらに生きることを余儀なくされている人間の生の
諸相とアインザームカイトの諸相に言及して、社会病理としてアインザー
ムカイトを論じている。このように、現代ドイツにおいてもアインザー
ムカイトは、人間個々人にとってもその集団である各種レベルの社会に
とっても、概ね負の語感をもつ言葉であり、否定的な意味で用いられるこ
とが多いようである。

　しかしながら、アインザームカイトは、その一方で「楽しい、喜ばしい
（froh）」、「好ましい（freundlich）」、「安らかな、静かな（ruhig）」、「愛らしい、
好ましい（holde）」、「愛らしい、快い（lieblich）」、などの修飾語とともに
使われる例も多く見られるなど、単にそうした人間の生や社会にとってネ

4　　Aleida Assmann/Jan Assmann: Einsamkeit. Archäologie der literarischen Kommunikation
　　　VI. München (Wilhelm Fink Verlag) 2000, S.11.

5　　Ebda., S.13-14.

6　　ユンクは、現代の高度産業社会、大都市化した社会において「孤立化
　　　（Vereinsamung）」した人間がさらに孤独を深化させいく現象を指摘する。Vgl.
　　　Robert Jungk: Mechanismen der Trennung. In: Hans Jürgen Schultz (Hrsg.) : Einsamkeit.
　　　Stuttgart (Kreuz Verlag) 1980, 124-134.　また、「現代の産業社会において〈分
　　　離を余儀なくされる〉人間」のアインザームカイトの病理（Pathologie der
　　　Einsamkeit)」と述べる。Ebda., S.126-127.

ガティヴな意味合いだけではない多様な豊かさをもつ。

　アインザームカイトあるいは einsam（アインザーム。以下、特に論述上必要な箇所を除き、「einsam」については「アインザーム」と表記する。）は、人間あるいは事象の物理的、形象的な様相を表すだけではなく、人間の内奥、さらには、人間存在のあり方にも係わるものである。ドイツ文学におけるアインザームカイトに関する研究の先駆的な研究者であるレオ・マドゥシュカ（Leo Maduschka）はアインザームカイトを生、死、愛などと同じ次元のものであると的確に指摘している[7]。アインザームカイトをテーマにした書物をひもとくと、多様な角度から、様々なアインザームカイトが記されている。たとえば、『哲学歴史事典』（Historisches Wörterbuch der Philosophie）は、ドイツ精神史においてアインザームカイトの概念の内容は心や魂や精神に関するそれぞれの時代の中心的な出来事と関係しているので時代によって区々である、と総括的に述べている[8]。アインザームカイトについては、人間個々人の自分自身と他者との、さらには、個人と社会とのかかわり合いや間合いが問題となる。それ故、アインザームカイトの概念とその意味するもの、その本質についての研究は、哲学、心理学、病理学、社会学、社会問題・社会政策論、文学など多様な観点からなされている。

　この人間の内奥、さらには、人間存在のあり方にも係わる語・概念・表象であるアインザームカイトは、人間と社会の諸相を詩的表象として具体性をもって表現する文学作品の中でどのように描かれているのであろうか、それはいかなる意味をもつのであろうか。これが、本研究の基本的な設問である。

　しかしながら、心理学者のテオドーア・ザイフェルト（Theodor Seifert）は

7　　Vgl. Leo Maduschka: Das Problem der Einsamkeit im 18. Jahrhundert, im besonderen bei J. G. Zimmermann. Dissertation Universität München. Murnau 1932, S.4.

8　　Historisches Wörterbuch der Philosophie. Joachim Ritter (Hrsg.) Bd.2: D – F. Basel/ Stuttgart (Schwabe & Co Verlag) 1972, S.408.　　以下、本書から引用する場合には HWP と略記し、頁数のみを付する。

「アインザームカイトは我々の生の根本的なありよう（Grundbefindlichkeit）であるにもかかわらず、学問はこれにほとんど取り組んでいない」と指摘しているように、文学研究においても、ドイツ文学におけるアインザームカイトのモティーフや、アインザームカイトの意味するところについては、これまで必ずしも十分論じられていないように考えられる。

　ドイツ文学史上、「鞍部となる時代（Sattelzeit）」という言葉でゲアハルト・シュルツ（Gerhard Schulz）が叙述する[10] 18世紀から19世紀に移り変わる時代に大きく開花したロマン主義文学は、アインザームカイトのモティーフという観点からしても時代を画するいわゆるエポックをなすものである。ロマン主義の文人たちによる作品発表の場となった論集の一つに1808年に刊行されたクレメンス・ブレンターノ（Clemens Brentano, 1778-1842）やアヒム・フォン・アルニム（Achim von Arnim, 1781-1831）の『隠者新聞』(Zeitung für Einsiedler, 1808-1809）がある。ハイデルベルク・ロマン派と呼ばれるグループのこの論集は、『慰めのアインザームカイト（tröstende Einsamkeit）』という副題がつけて出されるが、彼らに少なからぬ影響を与えた[11]ルート

9　　Theodor Seifert: Wachstum im Alleinsein: Singles und andere. In: Schultz (Hrsg.), Einsamkeit, S.158.

10　　Vgl. Gerhard Schulz: Die deutsche Literatur zwischen französischer Revolution und Restauration. Erster Teil: Das Zeitalter der französischen Revolution 1789-1806. München (C. H. Beck) 1983, S. 379.

11　　ティークとブレンターノやアルニムとの交流と、彼らへのティークの影響については、Vgl. Roger Paulin: Autoren der mittleren Romantik (Brentano, Arnim, Hoffmann, Schütz, Fouqué). In: Claudia Stockinger/Stefan Scherer (Hrsg.): Ludwig Tieck. Leben-Werke-Wirkung. Berlin (De Gruyter) 2011, S.84-89. 特に、アルニムは、ロマン主義著作家としてすでに大家をなしていた同じベルリン生まれのティークとその作品に対して、より親近感と敬意をもっていた。彼らは、1804年11月、『少年の角笛』（Des Knabens Wunderhorn, 1805-1808）の構想を携えてツィービンゲン（Ziebingen）にティークを訪ね、その家に2週間滞在して、これについての意見とティークの参画を乞うている。また、アル

ヴィヒ・ティーク（Ludwig Tieck, 1773-1853）は、初期ロマン主義文学の敷居に位置する作家であると同時に[12]、文学思潮がロマン主義からビーダーマイヤーあるいは写実主義（レアリスムス）に移り変わる時代、いわばロマン主義の残照期を生き、これを見届けた作家でもあった。彼の造語とされる Waldeinsamkeit[13]（ヴァルトアインザームカイト。以下、特に論述上必要な箇所を除き、「Waldeinsamkeit」については「ヴァルトアインザームカイト」と表記する。）は、「月の輝く魔力的な夜（mondbeglänzte Zaubernacht）」と並んで「ロマン主義の権化となった[14]」との評があるように、ティークはアインザームカイトのモティーフを青年期から晩年に至るまでの多くの作品で頻繁に、様々な意味内容をもって扱っている[15]。従って、ティークの作品群におけるアインザームカイトのモティーフを解き明かすことは、ロマン主義文学ひいてはドイツ文学におけるアインザームカイトの諸相を理

ニムは、『隠者新聞』において「われらが尊敬するティークの名人の手によって」と記している。Vgl. ebda., S. 88.

12　Vgl. Monika Schmitz-Emanz: Einführung in die Literatur der Romantik. Darmstadt (Wissenschaftliche Buchgesellschaft) 2004. S.76, S.79.

13　この語を「森の孤独」などと邦訳することは容易であるが、この語の意味するものそのものを考察することが、そもそも本書の意図するところであるので、邦訳は加えず、ドイツ語表記のままとする。なお、この語の訳語については、本書 335–337 頁で考察する。

14　Vgl. Thomas Meißner: Erinnerte Romantik. Ludwig Tiecks „Phantasus". Würzburg (Verlag Königshausen & Neumann) 2007. S. 288.

15　ティークの作品における Einsamkeit の語の出現を網羅的に調べたミヒャエル・パウル・ハムメス（Michael Paul Hammes）によれば、ほとんどの作品に Einsamkeit の語がみられる。Michael Paul Hammes: Die Waldeinsamkeit. Eine Motiv- und Stiluntersuchung zur deutschen Frühromantik, insbesondere zu Ludwig Tieck. Dissertation der Philosophischen Fakultät der Universität Frankfurt 1933, S.79. また、ハムメスは、Einsamkeit（アインザームカイト）が「ティークの諸作品における本当の出来事」、すなわち、「不思議と日常の混交、不幸と幸福の混交の起きる場」であるとしている。Ebda., S. 33.

解する大きな手がかりとなりうるものであり、同時にまた、アインザーム
カイトという語の概念と語用を通じた人間の生の可能性の視野を広げるこ
とに資するものとなるであろう。本研究は、かかる観点に立って、アイン
ザームカイトのモティーフの意義、アインザームカイトの語や概念のもつ
意味、語用の豊かさをティークの作品群の中に探り、明らかにするととも
に、アインザームカイトのモティーフがティークの作品の中で、かつ、そ
の生の中で時代的にどのような変容を見せたのかを論考することによって
ティーク文学の一端を解明することを企図するものである。

　本書では、まず、緒言、第 1 章において、目的、問題提起、研究論述
の枠組み、研究の方法（分析・論証の視点、構成など）を提示する。次いで、
アインザームカイト観やアインザームカイト感情の史的変遷について文学
だけではなく哲学・思想、社会学なども含めた全般的な観点からなされた
先行研究を概観し（第 2 章）、また、ティークのアインザームカイトのモ
ティーフに関する先行研究を概括する（第 3 章）。その上で、まず、晩年
のティークとの対話に基づいて書かれたルドルフ・ケプケ（Rudolf Köpke）
の『ルートヴィヒ・ティーク ―― 詩人本人の口述及び書面に基づくその
人生の回想』（Ludwig Tieck. Erinnerungen aus dem Leben des Dichters nach dessen
mündlichen und schriftlichen Mitteilungen, 1855. 以下、『回想録伝記』という。）
をテクストとして、青年ティークのアインザームカイト体験と自然観など
について検討する（第 4 章）。次いで、ティークの初期から晩年に至る主
として叙事文学作品群から、初期ロマン主義までの作品群に属する『アル
マンズーア』（Almansur, 1790）、『アブダラ』（Abdallah, 1795）、『金髪のエッ
クベルト』（Der blonde Eckbert, 1796）、『フランツ・シュテルンバルトの遍
歴の旅』（Franz Sternbalds Wanderungen, 1797）及び『ルーネンベルク』（Der
Runenberg, 1802）、ドレスデンノヴェレと呼ばれるドレスデン時代の作品群
に属する『山の老人』（Der Alte vom Berge, 1828）、『生の余剰』（Des Lebens
Überfluß, 1838）、『ヴァルトアインザームカイト』（Die Waldeinsamkeit, 1840）
をテクストとして用い、それぞれのテクストにおけるアインザームカイ
トのモティーフの文脈で作品の解釈を行う（第 5 章）。第 5 章の各節にお

いては、まず、ティークの著作におけるそれらのテクストの位置づけ、ア
インザームカイトのモティーフを中心としたテクストの先行研究史を概括
する。次いで、テクストにおいて、慰めと安らぎ、思想・信条の寄る辺
を失った者の不安、隠者の生、他者肯定と他者否定、信頼と疑念、万物の
一体化する時空、無垢と悟性、「私」の探求と確立、自己不在の仮面の生、
和解と赦し、夫婦愛と対話、煩わしい日常からの逃避などの観点からのア
インザームカイトの諸相が論じられる。なお、隠者については、フリード
リヒ・ヘルダーリン (Friedrich Hölderlin, 1770-1843) の『ヒュペーリオンあ
るいはギリシャの隠者』(Hyperion oder Der Eremit in Griechenland, 1797-1799)
と比較論考される。以上のテクストの分析を踏まえて、第6章では全体と
してアインザームカイトのモティーフがティークの散文作品群においてど
のような意味をもつのか、どのような意味の関連性をもつのか、創作の生
涯においてどのように変容するのか、こうした問題について、アインザー
ムカイトが多くの作品において対義的な意味をもってイローニッシュに表
象されていることに着目し、文芸理論、特にティーク文学の創作の核心の
一つであるイロニーに焦点をあてて考察する。第6章においては、まず青
年期にヴィルヘルム・ハインリヒ・ヴァッケンローダー (Wilhelm Heinrich
Wackenroder, 1773-1798) とともに行ったフィヒテルゲビルゲ山地の旅と
ティーク自身の文芸評論を手がかりに、心象風景としてのアインザーム
カイトのモティーフの意味が論じられる。次いで、「エーテル的な精神」、
「神的にして人間的なるものの顕現」と呼ばれたティークのイロニー観に
ついて、特にフリードリヒ・フォン・シュレーゲル (Friedrich von Schlegel,
1772-1829) とカール・ヴィルヘルム・フェルディナント・ゾルガー (Karl
Wilhelm Ferdinand Solger, 1780-1819) のイロニー論との関係で考察され、こ
れを踏まえて、第5章で取り上げた作品に『ウィリアム・ロヴェル』(William
Lovell, 1793-1796)、『クリスマスの夕べ』(Weihnacht-Abend, 1835) などの作
品についての考察を補完的に加え、創作原理（作品構成原理）としてのイ
ロニー、作品の意味内容としてのイロニーなどの観点からアインザームカ
イトのモティーフの意味が論じられる。以上の論考の中で、初期ロマン主

義のイエナ・グループとの交流が深まる頃からアインザームカイトを詩的表象の媒体とする「エーテル的な精神」としてのイロニーが作品に現れること、ドレスデン時代最後のノヴェレ『ヴァルトアインザームカイト』はその残照とみなされることが示される。さらに、『金髪のエックベルト』におけるヴァルトアインザームカイトがゾルガーの影響を受けた「神的にして人間的なるもの」の顕現としてのイロニーの極致としてすでに読みうることが示されるともに、万物が一体化する絶対の信頼の時空の詩的表象であるヴァルトアインザームカイトに託された安心や慰めを多様なアインザームカイトのモティーフにより作品の中に再現することが、青年期から晩年に至るまでのティークの文学創作の底流として流れていることが明らかにされる。終章の結語は、以上を総括したものである。

1. 研究の枠組み，方法

　リヒャルト・シュミット（Richard Schmid, 1899-1986）は、アインザーム
カイトに関して「我々はこの事柄について、概念を通じてではなく、事例
を通じて、己自身のあるいは他の人の経験を通じてのみ近づくことができ
る」と述べる。また、社会学の立場から「孤独」の研究を行っている清水も、
孤独の語彙が多岐にわたること、従来の研究ではあらかじめ措定した多種
の分類（カテゴリー化）に基づいて個別事象を分析・検討することが主流
となっていることに言及しつつ、特定の定義を所与のものとして孤独を論
ずるのではなく、「分析すべき対象を分析の根拠として用いるという本末
転倒の事態」を避けるために、「特定の定義と特定の現実との対応を無前
提に信用するのでなく、われわれの人間的現実がさまざまな概念や観念に
よってどのように構築されているのかを分析の対象として定めよう」と述
べる。

　この二つの言説は、方法論として非常に重要な、示唆に富む指摘である。
なぜなら、非常に多様な使われ方をする語、概念について、定義なりテー
ゼ（あるいはヒポテーゼ）から出発して、その定義やテーゼに現実あるい
は対象が合致するか否かを検証する方法論は、定義またはテーゼの妥当性
の検証としては有効であっても、それから漏れる現実や対象の諸相を見逃
す可能性があるからである。こうした方法論は、自然科学あるいは目的論
的な性格をもつ技術系の諸科学や経済学・政治学などの社会科学における
理論構築には適しているとしても、便益的な目的論を前提とせずに人間の

16　Richard Schmid: Isolation in der Zelle. In: Schultz (Hrsg.), Einsamkeit, S. 58. リヒャ
　　ルト・シュミットは、本来は法律家・政治家で、第二次大戦後、バーデン・
　　ヴュルテンベルク州高等裁判所長官などを歴任した。2012 年から法律史研
　　究の分野でリヒャルト・シュミット賞が設けられている。ナチスへの抵抗
　　運動により国家反逆罪で投獄された経験をもつ。数多くの著作があるが、
　　その経験を踏まえてアインザームカイトに関する著述も多い。

17　　清水：前掲書、37–40 頁参照。

生の諸相を探求し、文字として記述する文学の研究などにあっては、必ずしも有効とは言えないであろう。

　さらに、清水は、「孤独に関するそれらの類義語は、実践的状況によって様々に使い分けられている」が故に、問題は「〈孤独〉と〈孤立〉を、あるいは〈孤独〉と〈孤独感〉をそれぞれどう定義すればよいかではなく、我々の孤独にはどのような諸相が存在し、それらがいかに表現されているかを眺めていかなければならない[18]」と述べる。先のシュミットの所論や、この「孤独にはどのような諸相が存在し、それらがいかに表現されているかを眺めていく」清水の方法論は、社会学以上にアインザームカイトに関する文学研究において妥当なものであり、有効と言えよう。

　本研究は、この清水の方法論的アプローチを基本的に採用する。なぜなら、外形・外観的にも、内心（人間の心の内奥）的にも人間存在の基本的な相（実存の相）のひとつであるアインザームカイトは、ハインツ・トーニ・ハム（Heinz Toni Hamm）の提起した Ich-Du-Es-Medium の関係性の中における時間的・空間的なコミュニケーション行為（kommunikative Handlung）[19]の中において個々人ごとに千変万化の諸相をとるからである。アインザームカイトは、存在の物理的な空間的、時間的状況の表現、形容にとどまらず、人間の心の内奥に深くかかわるものでもあるが故に[20]、単に生物・物理的、合理的・論理的に説明しうる事象として現れ、あるいは、感じとられ、そのようなものとして表象されるものにとどまらず、非合理的、スピリチュアル（霊的）な心象として湧出し、そのようなものとして表象されうるものとも言える。想像力を基に詩的表現、美的表現により人間の内奥を表象

18　　　清水：前掲書、40頁。

19　　　Vgl. Heinz Toni Hamm: Poesie und kommunikative Praxis. Heidelberg (Carl Winter Universitätsverlag) 1981, S. 17-27.

20　　　フリッツ・リーマン（Fritz Riemann）は、内的な有りよう（innere Befindlichkeit）であるアインザームカイトと、外的状況（äußere Situation）である Alleinsein を分けて考察している。Vgl. Fritz Riemann: Flucht vor der Einsamkeit. In: Schultz (Hrsg.), Einsamkeit, S. 24.

する文学作品は、かかる意味でのアインザームカイトの諸相を映し出している。作家、詩人は、様々なアインザームカイトを描いている。

　それが故に、本研究においても、アインザームカイトの定義あるいはアインザームカイトに関するテーゼから出発するのではなく、ティークの諸作品におけるアインザームカイトのモティーフの諸相の解釈から出発し、アインザームカイトのもつ意味、内容、本質を明らかにする方法をとる。[21]なお、アインザームカイトについての訳語も「孤独」あるいはこれに類する語、一語に限定し得ないので、本書では基本的にドイツ語表記をそのまま用い、必要に応じて文脈に応じた訳語を当てるものとする。（なお、訳語については第5章の5.7.において考察を加える。）

　また、先行研究をみると、論者によっては、テクストにアインザームカイトという語がなくても、「彼は寒々とした田舎に一人で住んでいた」というような叙述をもってこれをアインザームカイトとして論ずる。このような立論、論述の展開は多く見られる。しかし、本論考では、アインザー

21　本書において使用するティークの作品のテクストは以下の版による。Ludwig Tieck: Schriften in zwölf Bänden. Hrsg. von Manfred Frank, Paul Gerhard Klussmann, Ernst Ribbat, Uwe Schweikert, Wulf Segebrecht. Frankfurt am Main (Deutscher Klassiker Verlag). (Hrsg.) Achim Hölter. Band 1, 1991. (Hrsg.) Manfred Frank. Band 6, 1986. (Hrsg) Uwe Schweikert. Band 11, 1988. (Hrsg.) Uwe Schweikert. Band 12, 1986.（以下、同シリーズからの引用については、Band 1 を TS1、Band 6 を TS6、Band 11 を TS11、Band12 を TS12 とそれぞれ表記し、引用箇所の頁を付する。）　Ludwig Tieck's Schriften 28 Bände. Berlin (Georg Reimer) 1828-1854. 6. Band, 1828. 11. Band, 1829. 24. Band, 1853.（以下、このライマー版のティーク全集（全28巻）については LTS と略記し、Band 6 を LTS6、Band 11 を LTS11、Band 24 を LTS 24 とそれぞれ表記し、引用箇所の頁を付する。なお、このうち Band 24 は Ludwig Tieck's gesammelte Novellen（12 Bände）の Band 8 でもある。）Ludwig Tieck: Franz Sternbalds Wanderungen. Hrsg. von Alfred Anger. Stuttgart (Philipp Reclam Jun.) 1966.（以下、本書からの引用は FSW と表記し、引用箇所の頁を付する。）

ムカイトないしはアインザームの語を基本に置き、その語がテクストで何を意味するのかを、登場人物、その環境、事象、筋の展開などのコンテクストにおいて解釈するという方法をとる。

　なお、本書においては、「美的対象を究極的に生産する創造的空想力、詩的想像力によって創造されたもの、あるいは創造されるもの」という意味で「詩的表象」という語を用いる[22]。

22　　ヴォルフガンク・イーザー（Wolfgang Iser、1926-2007）は、読書が表象行為を含むことの論拠として「〈知覚〉（Wahrnehmung）と〈表象〉（Vorstellung）という二つのドイツ語の差異」をあげている。「知覚」が、知覚されるべき対象が現前する場合にのみ生じるのに対して、「表象」は、対象の欠如あるいは非在を必要条件とする。読書が表象行為を含むとされるのは、ページの上に残された痕跡に加えて、読者は、テクストの「図式化された見解」によって示唆された世界との関連で普通に考えられる「対象」を現前化あるいは表象化しなければならないからである。表象行為は、別な言い方をするならば、「美的対象を究極的に生産する創造的空想力の本質的な部分をなしている。」R.C. ホルプ（鈴木聡訳）：〔空白〕を読む　受容理論の現在（勁草書房）1986、141–142 頁参照。

2. アインザームカイト観の史的変遷

2.1. アインザームカイト観の史的変遷に関する先行研究

　アインザームカイトの概念とその意味するものや本質についての研究は、すでに述べたように文学、哲学、心理学、社会学など学際的に多様な観点からなされており、文学以外も含めれば、その数も少なくない。ここでは、文学を中心に総論的なものについて触れることとする。

　アインザームカイトは、どのように観念されてきたのか、あるいは、どのように論じられてきたのか。その史的変遷について哲学歴史事典（HWP）は、神秘主義思想、敬虔主義、啓蒙思想、感傷主義、ロマン主義、19世紀及び20世紀の思潮に区分しつつ、文学、哲学、社会学、心理学など観点から総覧している。[23]

　レオ・マドゥシュカの1932年の論文は、18世紀後半に心理学的要素も含む医学の立場からアインザームカイトについて研究したヨーハン・ゲオルグ・ツィンマーマン（Johann Georg Zimmermann, 1728-1795）に焦点を当てて論考したものであるが、[24]それに先だって18世紀までのドイツ文学に

23　　Vgl. HWP408-413.

24　　Maduschka, a. a. O.　マドゥシュカは、アインザームカイトに関するツィンマーマンの著作がアインザームカイトの心因を明らかにすることにより人間の幸せに関する実践的な研究に貢献することを目的としたものであり、その特徴は、医学的にあらゆる心的な動きを体質的なものの結果と考え、アインザームカイトへの衝動もそうした観点で説明していることにあるとする。Vgl. ebda., 91-94. その上でツィンマーマンのアインザームカイト観について、①真のアインザームカイトは現世の幸福への手段であり道徳的対象とみなされるもので、ツィンマーマンはこれを創造的アインザームカイト（die schöpferische Einsamkeit）として高く評価している、②真のアインザームカイトは啓蒙合理主義的精神の発現形態の一つであり、内心の自由や創造の静けさを通じて最終的に自己完成へと向かうものであるが、これに対し

おけるアインザームカイトについて文学諸作品を題材にしてバロック時代、啓蒙思想、感傷主義、敬虔主義、アナクレオン派、古典主義（ゲーテ、シラー）におけるアインザームカイトの特性を考察し、概説している。この研究は、アインザームカイトの問題の先駆的研究に位置づけられうるものであり、HWP における神秘主義思想から啓蒙思想に至る時代のアインザームカイト観についての論述もこれを参考としている。

『文学上のコミュニケーションの人間学』シリーズを構成するアライダ・アスマンとヤン・アスマンの編著になる『Einsamkeit』[25]は、17 人の著者の論文からなる論集である。この論集は、「文学テクストを虚構性と美学性（Aesthetizität）のキーワードで了解される、唯一性（Einzigartigkeit）と細部にわたっての区別（Ausdifferenziertheit）」で読み解くのではなく、「人間学的な反省と文化的な意味創出（Sinnproduktion）の全プロセスが織り込まれるものという観点で読む」ことを論考の基本的な立場としている。アインザームカイトを「人間学のディスクールという包括的な意味での文学のテーマ」と規定して、「文学的テクストがこのテーマに関して人間の倫理的、宗教的、社会的内省であることを示す」ことを目的[26]とした同書は、自立的な個人や個性ある人間を主要な着眼点としつつ、自己との邂逅、アインザームカイトの病理、カリスマとしてのアインザームカイト、著作する者のアインザームカイトという枠組みのもとに、古代エジプトから近現

て、「禁欲によって達成される誤った隠修士的なアインザームカイト」には生の疎外感・人間嫌い・病的な空想などの欠点があるとしてキリスト教隠修士や神秘主義や敬虔主義的なアインザームカイトのあり方を厳しく批判している、③自己修練を要する創造的アインザームカイト は「素晴らしい所業の母」であり、とりわけ哲学者、詩人、思索家などに必要とされる、④アインザームカイトとは Verlassenheit（見捨てられたこと）であり、苦悩・痛みであるという近現代的な等式はツィンマーマンにあってはまだ完成していない、と論じている。Vgl. ebda., S. 99ff.

25　　Aleida Assmann/Jan Assmann, a. a. O.

26　　Ebda., S.11.

代ヨーロッパ、特にドイツ語圏の文学におけるアインザームカイトの諸相
を論じている。各論文においては、神、束縛と自由、社交、利己、道徳倫
理と自己実現などの観点からアインザームカイトの問題が取り上げられ、
アインザームカイトと人間の生の実相との切り口が幾つか示されている。

　ヴォルフガング・ビンダー（Wolfgang Binder）は、主として18世紀から
現代に至るドイツ文学を概観して「文学のテーマとしてのアインザームカ
イト」を論じている。このビンダーの論文を掲載したハンス・ユルゲン・
シュルツ（Hans Jurgen Schulz）編著の論集『Einsamkeit』は、文学者だけでなく、
心理学者、社会学者、宗教家、政治家、法曹家、評論家らが執筆したアイ
ンザームカイトに関する論文を収録したものであるが、文学者以外の著者
の論文においても文学作品が扱われているものが多くみられ、アインザー
ムカイトの問題、アインザームカイトの諸相を論考する上で示唆に富む。
また、マルク＝ゲオルグ・デーマン（Mark-Georg Dehmann）は、18世紀
から19世紀のアインザームカイトの諸相、特に啓蒙思想におけるアイン
ザームカイトをシャフツベリー（Third Earl of Shaftesbury, 1671-1713）、ツィ
ンマーマン、クリストフ・マルティン・ヴィーラント（Christoph Martin
Wieland, 1733-1813）をあげて論考し、「生産的なアインザームカイト」と

27　Wolfgang Binder: Einsamkeit als Thema der Literatur. In: Schulz (Hrsg.), Einsamkeit,
　　S.92-104.

28　Hans Jürgen Schultz (Hrsg.): Einsamkeit. Stuttgart (Kreuz Verlag) 1980.　この書は、
　　もともと南西ドイツ放送のアインザームカイトに関する放送番組をベース
　　としたものであり、各界の著名な者の論文から構成されている。文学だけ
　　にとらわれずに、幅広い観点からのドイツにおけるアインザームカイトの
　　歴史的、現代的諸相が読み取れる書である。

29　たとえば、エーリヒ・ケストナー（Erich Kästner, 1899-1974）、ライナー・
　　マリーア・リルケ（Rainer Maria Rilke, 1875-1926）、ペーター・ハントケ（Peter
　　Handke, 1942-)、ヴォルフガング・ヒルビッヒ（Wolfgang Hilbig, 1941-2007）
　　などが言及されている。Vgl. ebda., S. 58, S. 156, S. 164, S. 170.

いうテーゼを立てている[30]。

　さらに、ティークの小説『ウィリアム・ロヴェル』を論じたヴァルター・ミュンツ（Walter Münz）[31]は、18世紀後半に至るまでのアインザームカイト観について簡潔に概観している。アヒム・ヘルター（Achim Hölter）もまた、ティーク初期の小品『アルマンズーア』（Almansur、1792）の作品解説[32]において、隠者のモティーフとの関連で18世紀を主体にアインザームカイト観を扱っている。また、感傷主義文学について広範に論じたゲアハルト・ザァウダー（Gerhard Sauder）は、感傷主義文学におけるアインザームカイト観について言及している[33]。

　一方、わが国をみると、清水の『思想としての孤独：〈視線のパラドックス〉』は、アインザームカイトとほぼ同義の日本語の一つである孤独について社会学研究の立場から研究をまとめたものである。同書の第1章における「孤独の系譜学」の節[34]は、孤独に関する欧米における文学や思想の史的展開を網羅的にまとめたもので、示唆に富む。

2.2. アインザームカイト観の史的変遷

　かつてナチス治下で政治犯として投獄された経験をもつリヒャルト・シュミットは、アインザームカイトに関する論述の冒頭で次のように述べる。

　アインザームカイトを願望し、憧憬した時代と人々がいた。たとえば、

30　Mark-Georg Dehmann: Produktive Einsamkeit. Hannover (Wehrhahn Verlag) 2002.

31　Walter Münz: Individuum und Symbol in Tiecks „William Lovel“. Materialien zum frühromantischen Subjektivismus. Frankfurt am Main (Peter Lang) 1975, S. 40-43.

32　Achim Hölter: Kommentar. In: TS1, S.857-862.

33　Gerhard Sauder: Empfindsamkeit. Bd. I. Voraussetzungen und Elemente. Stuttgart (J. B. Metzler) 1974, S. 147-149.

34　清水：前掲書、41-44頁。

孤者や隠者が棲んだロココ時代の宮廷社会である。また、夫婦のうち一人は相手のアインザームカイトの番人たらねばならないと言ったリルケがそうである。しかし、今日、アインザームカイトは酷い響きをもつ。人はその中で苦しみ、悩む［…[35]］

　この叙述は、人々や社会のアインザームカイト観に歴史的変遷があることを簡潔に示唆している。それは、いかなるものであったのか。前節で挙げた先行研究を踏まえて、時代のアインザームカイト観やアインザームカイトについての論点がいかなるものであったのかを歴史的に辿り、ティークの作品におけるアインザームカイトのモティーフの分析はもとより、アインザームカイトの総合的な理解と考察の一助とする。

2. 2. 1.　マドゥシュカの言説にみる 17 世紀から 18 世紀のアインザームカイト観

　ここでは、レオ・マドゥシュカの上掲論文から 17 世紀から 18 世紀のアインザームカイト観を要約する。
(1) バロック期からドイツ啓蒙主義時代におけるアインザームカイト観
　　17 世紀のバロック期に見られるのは、ハンス・ヤーコプ・クリストッフェル・フォン・グリンメルスハウゼン（Hans Jakob Christoffel von Grimmelshausen, 1621-1676）の『『ジンプリツィシムスの冒険』（Der Abenteuerliche Simplicissimus Teutsch, 1668-1669）にあるように、世を捨てた修道院生活的な、そして、宗教的な意味での無に帰した生活の後の平安と休息の場としてアインザームカイト観である。その根底にあるのは、ヴァニタス・バニタトゥム（Vanitas vanitatum）、すなわち、無常の洞察、地上のすべてのものが虚栄であるという認識であり、神への傾倒である。これに対して、ロビンソン物語風文学（ロビンソナーデ）の作品に見ら

35　　　Richard Schmid, a. a. O., 58.

れるように18世紀の啓蒙主義で好まれた孤島における生活というアインザームカイトのモティーフは、現実主義的、冷静、実践的、実利的であり明確に啓蒙主義的なものである[36]。もっとも、それは、ヨーハン・ゴットフリート・シュナーベル（Johann Gottfried Schnabel, 1690-1750）の『フェルゼンブルク島』（Wunderliche Fata einiger Seefahrer, absonderlich Albertii Julii, eines geborenen Sachsen, auf der Insel Felsenburg, 1731-1743）において時代批判とユートピア理念と結びついた情感的・牧歌詩的なものへと転換する。

（2）神秘主義・敬虔主義とアインザームカイト観

　　一方、同時期に並行して現れる「神秘的で敬虔主義的」なアインザームカイトは、啓蒙主義的なアインザームカイトと鋭く対立するものである。18世紀の神秘的で敬虔主義的なアインザームカイトの中には、バロック期に広まった無常観も生き続ける[37]。それは、宗教的な要素をもち、その本質からして黙想的なものであり、静寂主義的形態をとる。それは、世間とその虚栄から隔離する宗教的立場のアインザームカイトである。また、自己内省のアインザームカイトであり、感性と祈りのアインザームカイトである。そのアインザームカイトは、啓蒙思想が好む世俗的結果の成就や自己の人間的完成の「手段」ではない。それは、人間と神との「仲介者、媒介者（Mittelrin）」であり、終局的には「神の愛の海」へと沈潜するために宗教的な感性に没頭できる「場（Ort）」であった[38]。このアインザームカイトの最高の形においては、至高の存在との神秘的な一体化（unio mystica）が成される[39]。すべての神秘主義者と敬虔主義者において、以上のアインザームカイトは大きな役割を演じている。時代は遡るが、初期の神秘主義者のヤーコプ・ベーメ（Jakob Böhme, 1575-1624）もそうであった。

36　　Maduschka, a. a. O., S. 19-22.

37　　Ebda., S.26.

38　　Ebda., S.23-S.25.

39　　Ebda., S. 29.

（3）感傷主義とアインザームカイト観

　　18 世紀中葉からドイツを席巻した情感主義（Sentimentalismus）と感傷
主義のアインザームカイトの特徴は、神秘的で敬虔主義的なアインザー
ムカイトと啓蒙主義的・世俗的なアインザームカイトの両面をもつこ
とにある[40]。情感的・感傷的アインザームカイトは、純粋に内容のない、
自由に浮揚する感情であり、神秘主義的・敬虔主義的アインザームカイ
トのように神を目的としたものでもなければ、啓蒙主義的アインザーム
カイトのように仕事や生活上の諸活動を目的としたものでもない。情感
的・感傷的アインザームカイトは、それ自身のために存在し、最高度に
自己目的であり、かつ、自己享受である。それは中間的かつ介在的なア
インザームカイトである。すなわち、理性と感情との間に、頭脳と心の
間に、世界の享受と世界からの逃避の中間に、都市と田園との中間に、
ついには、ひとりぼっちという意味での孤独と交友との中間にある。こ
の孤独と人付き合いとの中間にあるアインザームカイトというパラドッ
クスが、実は情感的・感傷的アインザームカイトの核心である。情感的・
感傷的人間は、最上の孤独と最上の人付き合いを同時に等しく享受する
ことを望む。情感的・感傷的人間にとって絶対的なアインザームカイト
は危険なものであり、彼らは過激なアインザームカイトを評価しない。
孤独と交友を巡るその重層的立場は、都市と田園、人付き合いと孤独、
世間の享受と世間からの逃避という背反する問題において情感的感傷的
人間がとる態度に完璧に表れる[41]。

　　情感主義と感傷主義のアインザームカイトは、田園での交友の内々で
親密な形態であり、その中に情感的な孤独と情感的な人付き合いが溶け
混ざる。それは、ローマ時代のホラティウス（Horatius, 前65- 前8）やヴェ
ルギリウス（Vergilius, 前70- 前19）、キケロ（Marcus Tullius Cicero, 前106-
前43）らにも見られる。

40　　Ebda., S. 29.

41　　Ebda., S. 34-35.

（4）田園生活詩、アナクレオン派詩、牧歌詩とアインザームカイト

　田園生活詩、アナクレオン派詩、牧歌詩という互いに近縁関係にある
3の流れを結びつけ、ときには融合させるモティーフは、アインザーム
カイトと風景である。アインザームカイトは常にその3のジャンルで風
景と結びついて登場する。しかし、アナクレオン派詩では、その結びつ
きが最もルーズであり、アインザームカイトは、その本来的なモティー
フである愛や酒や友情、交友の添え物に過ぎない。アインザームカイト
とより緊密な関係にあるのは田園生活詩である。都会と田舎とのセンチ
メンタルな緊張関係（Spannung）は、ここでは特に意味が深い。それは
自然への感傷的憧憬であるが、しかし、心の内面に関係するアインザー
ムカイトでも創造的なアインザームカイトでもない。そのアインザーム
カイトは、ホラティウス的な意味、すなわち、田舎での心身の休養と小
さな内輪の人々の中での気軽な余暇としての意味をもつ。これに対して、
ザロモーン・ゲスナー（Salomon Geßner, 1730-1788）の本格的な牧歌詩的
理想郷（Idylle）では、田園詩的なアインザームカイトがユートピア的状
況として描かれる[42]。

（5）シュトルム・ウント・ドゥランクとアインザームカイト

　そうした中で、まったく新しいアインザームカイト感情を表明した
のは、ヨーハン・ヴォルフガング・フォン・ゲーテ（Johann Wolfang von
Goethe, 1749-1832）の『若きヴェアターの悩み』（Die Leiden des jungen
Werthers, 1774）である。その作品の中に表明されたのは、まったく新し
い生の感情である。ヴェアターは、感情をアインザームカイトの中に持
ち込み、そこで感情を手放すことを必要とする。このヴェアター的アイ
ンザームカイトは、受動的な態度であり、本来的な能動的・創造的なア
インザームカイトではないが、それ以前の感傷的かつ受動的な態度とは
違って、「新しい受動性」がそれ自身の中で動き、刺激し、エネルギー
を横溢させる。かくして、感情は新たにされ、再び濃密かつ動的に出現

42　　Ebda., S. 46-47.

するのである。それは過剰なまでの感情の横溢としてのアインザームカイトである[43]。

　ヤーコプ・ミヒャエル・ラインホルト・レンツ（Jakob Michael Reinhold Lenz, 1751-1792）などゲーテ以外の疾風怒濤の文人にあっても、同じようなアインザームカイト観が見られる。「アインザームカイトの中で混沌から神聖な感情を導く」という天才のモティーフは、希なものではない。また、「夜の深淵や神秘的な秘密、墓や死への精神的傾倒の可能性」をアインザームカイトに認めたクロネク（J. F. Cronegk, 1731-1758）については、ロマン主義のイデーやロマン主義的感情を先取りしたと評価できる。一方、フリードリヒ・マクシミリアン・フォン・クリンガー（Friedrich Maximilian von Klinger, 1752-1831）のアインザームカイト観は、疾風怒濤の人々のアインザームカイトの熱狂から距離を置いたもので、古典主義のアインザームカイト概念に近いものである[44]。

(6)　古典主義の人々とアインザームカイト

　ドイツ古典主義もまた、アインザームカイト問題をその精神領域に取り込み、これを深化させ、重みと真剣さを与えた。アインザームカイトは一つの規矩（Maß）であった。ドイツ古典主義は異質な両極の間の緊張のバランスをとることを志向したが、その中庸志向の特徴的な形は、休止、静止的なバランスではなく、動的なバランスである。アインザームカイトもまた、そうしたコンテクストにおいて把握される。

　フリードリヒ・シラー（Friedrich von Schiller, 1759-1805）にとってアインザームカイトは、「モラル的」なものであり、能動的な、アクティブなアインザームカイトを意味する。シラーは感情的アインザームカイトを認めてはいたが、彼が評価したのは創造的アインザームカイトである。能動的かつ生産的な形のアインザームカイトは、人間にとって絶対に必要な、教育の手段であり、媒体である。アインザームカイトの中で

43　　Ebda., S. 63.

44　　Ebda., S. 66.

はじめて人間個人の尊厳と調和のための確固とした条件である統合（ジンテーゼ）が完遂し、人間の最終的な形成が完成する。その中ではじめて自由と束縛、意志と必然性が両立して働く[45]。

　ゲーテは、その人生と作品の双方においてアインザームカイトを希求した。ゲーテは、運命としてのアインザームカイト、撤回できない生の法則としてのアインザームカイトを認識していた。諦念あるいは諦観のイデーとアインザームカイトは、最終的な内心のジンテーゼである。ゲーテにあってアインザームカイトは、意識的な精神的態度、心の持ち方であり、空間的な孤立として、また精神的な孤高として理解される。ゲーテの古典主義的アインザームカイトにあって重要なのは、本質的なもの、修養豊かなもの、心の内面の完成に役立つものである[46]。ゲーテが志向したのは、絶対的なアインザームカイトでなく、活き活きとした豊かな芸術の領域の中のアインザームカイトである。精神豊かな人間は、孤独（アインザーム）であらねばならない。アインザームカイトの中でのみ、彼は「死と生成」を体験し、経験しうる。その「死と生成」からすべての創造的な生が蘇る。しかし、彼は孤独だけであるべきではない。社会や人との交わり、同じ考えをもつ人々との共同体も、大きな内心のアインザームカイトとの必然的な対を形成しなければならない。ゲーテのアインザームカイトにあっては、「これもあれも」という古典主義的な調和が生み出される[47]。

　古典主義的なアインザームカイト概念は、エトスに根ざすものである。アインザームカイトは、深い「モラル」の表現であり、その内容は仕事とその作品それ自体に表明される。自由と調和、自己完成と自己永遠化への道を表すアインザームカイトは、古典主義者にとって、人間個人の

45　　　Ebda., S. 70.

46　　　Ebda., S. 74.

47　　　Ebda., S. 75.

生にとって整然と物事を統合する重要な原理となる。[48]

2.2.2. ミュンツの言説にみられる18世紀末までのアインザームカイト観

　ミュンツは、フランチェスコ・ペトラルカ（Francesco Petrarca, 1304-1374）の影響を基軸にアインザームカイト観の変遷を論ずる。ミュンツによれば、ペトラルカの作品において三つひと組の概念、すなわち「自然と関係するアインザームカイト」、「メランコリー」及び「魂を測る信仰告白の衝動」が形成される。「アケーディア」[49]は、ダンテにあっては煉獄を意味するものであったが、ペトラルカにおいては「新しいアインザームカイト」の基礎となる。また、モン・ヴァン・トゥー山登頂記に記された「自然に身をまかせること」による自分自身の忘却は、アインザームカイトにおけるナルシシズム的な感傷の高揚という危険な魅力をはらむ。[50]

　ペトラルカの影響は、ペトラルカ主義という言葉があるように、ドイツにおいてルネッサンス以来連綿として続き、特にバロック時代に盛んになる。その後、18世紀になってペトラルカはドイツ文学で再発見されるが、このペトラルカの再発見とシャッフズベリーの理論との出会いから、風景の新しい理解だけでなく、極端な個人主義という疑似宗教も生まれる。自然観やアインザームカイト観に関してペトラルカから大きなインスピレーションを得たジャン＝ジャック・ルソー（Jean-Jacques Rousseau, 1712-1778）の『ジュリまたは新エロイーズ』（Julie ou la Nouvelle Héloïse, 1761）がフランスやドイツの同時代人のアインザームカイト観に与えた影響は、極めて大きい。ドイツ語圏ではペトラルカの型どおりの再発見後に、自然神秘主義的な汎神論が深まり、「私」という個の存在に直接関係する自然への親

48　　Ebda., S. 75.

49　　「アケーディア」とは、「はかりしれない無関心」を意味する教会用語で、僧院生活を送っている者が陥るひどい抑鬱状態を表す。ある種のメランコリーである。

50　　Vgl. Münz, S,41.

近感が生まれる。ヨーハン・ハインリヒ・ユング＝シュティリング（Johann Heinrich Jung-Stilling, 1740-1817）、レンツらのアインザームカイトと心気症の傾向にもペトラルカのアインザームカイトの影響がみられる[51]。

　ミュンツによれば、新ペトラルカ主義は感傷主義の時代に登場した心理学にも大きな刺激を与えている。アインザームカイトに関する著作においてペトラルカ宣伝の第一人者となったツィンマーマンにあっては、感傷、すなわち自身の内面に沈潜化する人格の礼賛は、精神の混乱についての医学的関心の対象となる[52]。

　一方、18世紀の人間中心主義に基づく新しいアインザームカイト観は、ロビンソン物語風な文学（ロビンソナーデ）に反映される。新時代の人間のアインザームカイト観は、ペトラルカ以来の自然とアインザームカイトの神話に疑問を投げかけるものとなる。

2.2.3.　ビンダーの言説にみる文学におけるアインザームカイト観の変遷

　ビンダー[53]は、グリンメルスハウゼンの「『ジンプリツィシムスの冒険』とともに我々は近世への敷居を越える」と述べ、文学におけるアインザームカイトのモティーフの起点は中世文学にではなく、『ジンプリツィシム

51　Vgl. Münz, S,42. マドゥシュカもまた、レンツが「アインザームカイトの最初の偉大な使徒」であるペトラルカの「大の崇拝者」であったと指摘している。なお、レンツはツィンマーマンに宛てた手紙で「私はアインザームカイトにえも言われぬ魅力を感じる。それは私の要求するものすべてを満足させてくれる」と書いている。Vgl. Maduschka, a. a. O., S. 63-64.

52　Vgl. Münz, S,42. なお、マドゥシュカも、ツィンマーマンの思索に常に「悪しきアケーディア」に苦悩した「大好きなペトラルカ」の影響がみられることを指摘している。Vgl. Maduschka, a. a. O., S.85.

53　以下は、ビンダーの所説を要約したものである。Vgl. Binder, a. a. O., S. 95-99, S. 103.

スの冒険』に求められると考察する。そして、アインザームカイトとい⁵⁴う文学のモティーフは、歴史的には一貫性をもった内容で継続しているのではなく、時代（Epoche）毎にバリエーションがあると指摘する。その上で、ビンダーは、18 世紀以降のアインザームカイトのモティーフを概観し、まず、ルソー、ヨーハン・ハインリヒ・ペスタロッチ（Johann Heinrich Pestalozzi, 1746-1827)、ゲーテの『若きヴェアターの悩み』や『親和力』（Die Wahlverwandtschaften, 1809）などの例を挙げて 18 世紀の文学におけるアインザームカイトのモティーフに言及する。

　ビンダーによれば、18 世紀には「周期的に一人でいる」（periodisches Alleinsein）というアインザームカイトを「一人楽しむ」傾向が見られる。一方、シラーの『ドン・カルロス』（Don Karlos, 1787）における王フィリップやゴットホルト・エフライム・レッシング（Gotthold Ephraim Lessing, 1729-1781）の『エミーリア・ガロッティー』（Emilia Galotti, 1772）の王子などにみられるように、市民層が台頭する 18 世紀には市民社会と貴族社会の価値観との相剋を背景に「友のいない君侯」という君侯にとっての「不本意な（ungewollt）」アインザームカイトもテーマ化される。また、敬虔主義的な文学作品には、中世及びバロック期の神秘主義から現代の瞑想運動にまでつながる宗教的なアインザームカイトへの志向もみられる。Abgeschiedenheit という神秘主義由来の語は、「世の中から退隠すること」ではなく「世俗的な関心・利害の放棄」を意味し、したがって、敬虔主義的な文学作品では「己自身のアインザームな試練」と「人道主義的に役に立つ人間となること」という二つの要請が問題となる。⁵⁵

　ビンダーによれば、18 世紀末から 19 世紀にかけてのロマン派の文人たちは、ティークやアルニムにみられるように、その二つの要請を私的な問題として解して作品で扱っている。また、ノヴァーリス（Novalis, 1772-

---

54　Vgl. Binder, a. a. O., S.98.

55　これ描いた例としてビンダーは、ゲーテの『ヴィルヘルム・マイスターの修業時代』（Wilhelm Meisters Lehrjahre, 1796）を挙げている。

1801）やティークの作品を挙げて、「統合（Syn-）」による文学創作によって俗世界を超えた詩（ポエジー）の国を志向するロマン主義文学においては、現実を看過し、思い通りに現実に対処できなくなった絶対的な「私（das Ich）」が陥る「筆舌に尽くしがたいアインザームカイト」があるとする。なお、ビンダーは、フリードリヒ・ヴィルヘルム・ニーチェ（Friedrich Wilhelm Nietzsche, 1844-1900）はそうしたロマン主義の絶対的主体は『ツァラトゥストラはかく語りき』（Also sprach Zarathustra, 1885）の「超人」のアインザームカイトにおいて終焉を迎えると考えたと述べて、ロマン派のアインザームカイトと比較しつつニーチェのアインザームカイトに言及する。[56]

　19世紀が進む中での自然科学や技術の発展、産業革命、社会的な階層構造の変化のもとにロマン主義的な「主体の自由」の余地が狭まる中で写実主義文学が台頭する。ビンダーによれば、個人的自由の働く余地のない「遺伝や社会的環境」によって現実は決定されると考える決定論的内容の自然主義文学作品において新しいアインザームカイトの形が登場する。ビンダーは、これを「匿名の人形遣いに操られる人形たち」のアインザームカイトと述べ、ゲアハルト・ハウプトマン（Gerhart Hauptmann, 1862-1946）の作品を例示する。[57]

　次いでビンダーは、20世紀文学におけるアインザームカイトに言及す

56　　ビンダーは、7つのアインザームカイト（sieben Einsamkeiten）にも言及している。すなわち、①偉大な思考を前にした羞恥と弱さと沈黙の孤独、②古き慰めの基盤がなくなった孤独、③誘惑をともなった孤独，④友なしの孤独（友人たちを犠牲にする意識をともなった孤独），④最高の責任の孤独、⑥永遠における孤独（モラルの彼岸にあるもの、創造的なものであり善であるもの）、⑦病の孤独（慰めの歌、疲れること、静かになること。苦悩により神聖化されること）というアインザームカイトの7のカテゴリーである。なお、ニーチェの7つのアインザームカイトについては、Vgl. Theo Meyer: Nietzsche. Kunstauffassung und Lebensbegriff, Tübingen (Francke) 1991, S. 716.

57　　Vgl. Binder, a. a. O., S.97.

る。それによれば、20世紀初頭に一世を風靡した表現主義文学において
アインザームカイトは「別な側面へと振れる。」また、大都市を背景と
したゲオルク・ハイム（Georg Heym, 1887-1912）の詩あるいはゴットフリー
ト・ベン（Gottfried Benn, 1886-1956）の詩作にあるアインザームな人間に、
矛盾が噴出した時代の雰囲気が反映していると指摘する。さらに、ビン
ダーによれば、1950年代から1960年代の文学においては、敗戦と戦後の
混乱の中で先の見えない不安な世情を反映してアインザームカイトが主要
なテーマとなるが、その特徴は、アインザームカイトを文字で明示的に語
らずにアインザームカイトを文学作品の中に創り出していくという手法
をとっていることにある。もっとも、それらの作品におけるアインザー
ムカイトがどのような内容のものであるかについて、ビンダーはほとんど
語っていない。

2.2.4. 哲学歴史事典にみるアインザームカイト観の変遷

(1) 18世紀までのアインザームカイト観

　　アインザームカイトを意味する中高ドイツ語の einekeit や
abgeschiedenheit について、ドイツの代表的な神秘思想家であるマイス
ター・エックハルト（Meister Eckhart, c.a.1260-c.a.1328）は、神秘主義的
abgeschiedenheit は、人間の最高の可能性であるだけでなく、神の特性
（Eigenschaft des Gottes）でもあると説いた。中世の神秘主義、神秘主義思
想にとって、アインザームカイトは、そこにおいて心（魂）と神との神
秘的な一体化が完遂する神の恩寵の状況である。あらゆる願望、欲望、
志向から解き放たれること、己自身とあらゆる被造物を忘れることは、

58　　Vgl. ebda., S.98

59　　Ebda.

60　　Vgl. ebda., S.103.

61　　なお、中世文学ではまだ Einsamkeit という語は出現しない。Vgl. Eckhart
　　　Wiesenhütter: Menschen vor dem Sterben. In: Schultz (Hrsg.), Einsamkeit, S.70.

内心のアインザームカイトの本質となる。(HWP 407)

17 世紀後半に台頭した敬虔主義は、神との合一という神秘的な体験における敬虔な感情という点で神秘主義と通ずるところがある。敬虔主義では、アインザームカイトは「空虚（Leere）」という状態ではなく、「充溢（Fülle）」の状態を意味する。宗教的な感情や、祈りと黙想への専念を求める心は、外部と隔離されることへの願望を起こす。敬虔主義の集会では、集団的なアインザームカイトの形（eine Form kollektiver Einsamkeit）が具現化される。従って、アインザームカイトは、孤立感を惹起するような人間のありようではない。それ故、敬虔主義の書物では sanft すなわち「穏やかな」、「柔和な」という表現が好んで使われる。(HWP 408)

同時代の思潮の主流である啓蒙思想においては、有用性の観点から、アインザームカイトの長所と短所が論議される。宗教的なアインザームカイトは社会性の欠如、陶酔、不自然などと同義とみなされ、隠者や禁欲主義的・敬虔主義的なアインザームカイトはメランコリーという害悪を伴うものとして、啓蒙主義では受容されない。そうした内心のアインザームカイトに代えて、啓蒙主義は、人間個人の完成という目的のためになされる外形的な隠棲あるいは引き籠もり（Zurückgezogenheit）というアインザームカイトの形には最高の価値を認める。

18 世紀後半に一世を風靡した感傷主義においては、内的であること（Innerlichkeit）を重視するが故に、アインザームカイトの価値が高まる。アインザームカイトは、感傷主義の核心にある「私」の内面的な生の基礎となるものであり、かつ、その外形的な生を社会的に隔離し、孤立させるものである。しかし、この内的なアインザームカイト（innere Einsamkeit）は、敬虔主義のような神との関係の確信に基づくものではないが故に、感傷主義者に心地よさをもたらす一方で、苦しみや憂鬱さももたらす。(HWP408)　感傷主義におけるアインザームカイト体験は、ルソーの書簡小説『新エロイーズ』やゲーテの『若きヴェアターの悩み』などの、感傷主義ロマンや書簡文学、日記文学作品に書かれている。『ヴェ

アター』の中では、感傷主義的なアインザームカイト体験のあらゆる状態が語られる。しかし、そこには、現代の極端なアインザームカイトはまだ芽えてはいない。

　ロマン主義においてアインザームカイトは重要なテーマとなるが、その内容も作品におけるその機能も作家によってそれぞれ区々である。ティークの造語である Waldeinsamkeit（ヴァルトアインザームカイト）は、気分の風景（Stimmungslandschaft）を記したものである。それは、世界とのつながりと、世界から見捨てられていることを人に知らしめ、憂鬱にさせるとともに、安らぎももたらす。このことは、ロマン主義におけるアインザームカイト全般に当てはまる。一方、ノヴァーリスの作品におけるアインザームカイトは気分的なものではなく、ゾフィーの死の体験のような思弁的かつ具体的な経験に基礎が置かれたものである。（HWP 409）

(2) 19 世紀におけるアインザームカイト観

　19 世紀になると、アインザームカイトにある種々の意味の中でも社会やその規範から身を引くことを意味するアインザームカイトは、人間の自己生成と真の自由の形態として理解されるようになる。HWP は、19 世紀におけるアインザームカイトについての思索をそのように概括して、ヘーゲル、フォイエルバッハ、ショーペンハウアー、ニーチェなどの言説を取り上げている。なお、HWP の 19 世紀以降のアインザームカイト観についての概説には、ニーチェを除き、文学への直接的な言及はみられない。

　HWP によれば、ロマン主義のアインザームカイトに破滅の傾向を見てとったゲオルク・ヴィルヘルム・フリードリヒ・ヘーゲル（Georg Wilhelm Friedrich Hegel, 1770-1831）は、良心の主体性や良心の自由との関連で「すべての外的なるもの、あらゆる制約が消えうせた、自身に係る最も深い内面的なもの」であるアインザームカイトを是認したものの、個々人の自由は純然たる個人の倫理性を超えた家族、国家、市民社会という諸制度において実現されるべきものと考える。つまり、この HWP

の記述を踏まえると、ヘーゲルにあっては、アインザームカイトの問題は、個人と社会の動的関係である歴史や個人の自由の本質に関する問題において副次的に扱われているに過ぎない。

ルートヴィヒ・アンドレアス・フォイエルバッハ（Ludwig Andreas Feuerbach, 1804-1872）にあっては、アインザームカイトは、「すべての絆・束縛や、それらとの絡み合った状況から自由になった人間存在」、すなわち、自主的（autark）な「私」を特徴づけるものである。

アルトゥール・ショーペンハウアー（Arthur Schopenhauer, 1788-1860）にあっては、アインザームカイトは「自分自身であること（Selbstsein）」と「人間の自由を具現化する」状況あるいは場と理解されている。かかる観点からショーペンハウアーは、アインザームカイトを「すべての卓越した精神の持ち主の宿命」と規定する[62]。

ショーペンハウアーの影響が大きいとされるニーチェのアインザームカイト観は、アインザームカイトを大衆や読者層に迎合しない偉大な哲学者の普遍的な特徴とすることにある。ニーチェにあっては、アインザームカイトは隠者と表裏一体のものとして観念される。（HWP 410）ニーチェもまた、静かな親しみある雰囲気におけるモノローグ的な生としてのアインザームカイトを承知していたが、しかし、自己享受的なアインザームカイトを拒絶した。『アインザームカイトへのディオニソス賛歌』と副題された『ツァラトゥストラはかく語りき』において、ツァラトゥストラは、人間や、不正と憎悪と侮蔑以外には経験するもののない「市場（Markt）」から、己自身への道を見いだすためにアインザームカイトへと逃れる。ツァラトゥストラはアインザームカイトの生に隠れ場を見いだす。かくして、超人の「故郷」となるアインザームカイトは、ニー

62　ショーペンハウアーは、真の優れた精神の持ち主は必然的にアインザームカイトであると説く。ショーペンハウアーやフォイエルバッハにおける、このような意味でのアインザームカイトは、「孤独」というよりも「孤高」と訳すべきであろう。

チェ哲学の核心の構成要素となる。

(3)　20 世紀のアインザームカイト観

　　20 世紀に入ると、アインザームカイトは、人びとが散り散りばらばらで孤立する病的で社会的な状況として理解されるようになる。それはまた、文化批判の最も好まれるテーマともなる。哲学者、社会学者、心理学者、心理療法専門家、神学者は、そうしたアインザームカイト、もしくは病的な社会的孤立の理由を問い、また、社会とアインザームカイトとの調和、すなわち社会の行動規範に従うことと社会から退き隠棲することとの調和の道を探る。HWP は、アインザームカイトを巡る 20 世紀の欧米における思索の状況を以上のように括り、社会学、哲学などにおけるアインザームカイトに関する代表的な言説に言及する。

(HWP 410-413)

①社会学においては、特にアメリカの社会学者デヴィッド・リースマン (David Riesman, 1909-2002) が『孤 独 な 群 衆』(The Lonely Crowd: A Study of the Changing American Character, 1950) において社会行動理論に lonesomeness [63]（ドイツ語の Einsamkeit）の概念を導入して以降、アインザームカイトというカテゴリー概念は、社会学及び心理学で頻繁に使用されるようになる。また、アインザームカイトというカテゴリーは、細かく区分され、そして、隣接する概念、たとえば不安という心理分析的な概念と関係づけられる。(HWP 410)　また、エーリヒ・フロム (Erich Seligmann Fromm, 1900-1980) は、主著である『自由からの逃走』(Escape from Freedom, 1941) において、「孤立の全き感情 (utter feeling of isolation)」である心理的なアインザームカイトは、社会を結びつける絆の形成に資するものにはならないと考える。(HWP 411-412)　なお、リー

63　　HWP は、英語の lonesomeness をドイツ語の Einsamkeit（アインザームカイト）に置き換えているが、lonesomeness は Einsamkeit と違って、否定的な価値判断を表現する語であるという注釈を加えている。これは、アインザームカイトという語が否定的な価値判断だけではなく、肯定的な価値判断も含むことを示唆する重要な指摘といえる。

スマンやフロムの言説に照らせば、アインザームカイトが広く社会的に否定的なものとして受け止められるようになるのは、20世紀からと言えよう。

　また、HWPは、経済的・物質的な豊かさを伴う産業社会化時代の現代人のアインザームカイトは人間に対する「無関心」を特徴としていて、そこに「社会的諸関係における欠陥」が明らかになるとした上で、そうしたアインザームカイトを巡るいくつかの社会学上の言説を紹介する。(HWP 412)

②20世紀になると哲学上でアインザームカイトに係る諸問題に関する言説が増加し、アインザームカイトは対話の哲学や実存主義哲学においてしばしばプログラム的に扱われるテーマとなる。(HWP 412-413)

　HWPによれば、対話の哲学を提唱したマルティン・ブーバー (Martin Buber, 1878-1965) は、アインザームカイトに耐えることにより「個々人は、他者をそのあらゆる他者性において」「人間として認めるようになり、また、そこからさらに他者に向かって己を現す」と説く。(HWP412) アインザームカイトを死において明らかとなる哲学の基本問題とみたニコライ・アレクサンドロヴィチ・ベルジャーエフ (Nikolai Alexandrovich Berdyaev, 1874-1948) は、人間はアインザームカイトとともに、「固有の人格としての個人、特性、独自性、一回性、すべての者とは違う存在であること」を認識する可能性を得ると思索する。(HWP412) また、アーノルト・メッツガー (Arnold Metzger, 1892-1973) は、「アインザームな一人ひとりの自分自身 (das Selbst der einsamen Einzelnen)」に最高の価値をみると同時に、それは「他者とのコミュニケーションにおいて人間を理解する主体」であるとする。(HWP 412)

　一方、オルテガ・イ・ガセット (José Ortega y Gasset, 1883-1955) は、人間の生は「人間の本質からしてアインザームカイト」であり、「社会的なるもの」は単に二義的なものに過ぎない」とする。(HWP 412) ニーチェやオルテガにみられる「英雄的な思弁」を拒否するハンス＝エドアルト・ヘンクステンベルク (Hans-Eduard Hengstenberg, 1904-1998) は、

精神的な連帯を有する「純粋なアインザームカイト」を構想し、さらに
ヨハネス・バプティスト・ロッツ（Johannes Baptist Lotz, 1903-1992）は、
己自身への自省的黙想（Einkehr）としての「真のアインザームカイト」
とその「偽の形態」、すなわち危険な孤立化であるアインザームカイト
を区別する。（HWP 412-413）

　カール・テオドーア・ヤスパース（Karl Theodor Jaspers, 1883-1969）は、
アインザームカイトは「社会学的な隔離された存在（Isoriertsein）とは
同一ではない」として、「空虚の絶望」、「他者とのコミュニケーション
上の結合の欠如」などアインザームカイトに種々の形を認める。ここで
ヤスパースにとって重要なのは、アインザームカイトがコミュニケー
ションの欠くことのできない要素であり、「これによって初めてコミュ
ニケーションが可能になること」である。（HWP 413）

2.2.5. 清水の言説に見るアインザームカイト観の変遷

　主として英米文学における「孤独」の表象の史的展開を辿った清水は、
「社会の外の孤独」と「社会のなかの孤独」という対概念のもとにこれを
略述する。[64]

　清水によれば、中世から近世初期までの「孤独」は、砂漠、森、修道院
など「社会の外の孤独」の形態をとる。また、16世紀後半には「田園で
の孤独」が出現する。近代的孤独の誕生への転機となるのは、ルソーである。
清水はロバート・セイヤーの言説（Robert Sayre, 1978）を引用して、「セイ
ヤーによればこのとき、自己と社会の対立、真実の自己と虚偽の自己との
矛盾が意識化し［…］資本主義社会原理と社会の中の孤独がはじめて関連
づけられた［…］こうしてルソーの著作の中では、〈孤独〉の用語が意図
的にくりかえして用いられることとなる」と述べる。[65]　ルソーよりやや

64　清水：前掲書、41–44頁。
65　清水：同書、44頁。

後の時代のロマン主義における「孤独」は、「都市のなかの一人きりの書斎へと退去」する「貧乏詩人の、寂寞とした部屋の中での孤独」と規定される。次いで、1830年代を境に社会の工業化・産業化は一層の進展をとげ、社会のなかの孤独はいっそう深まる。他方、この時期にリアリズム小説の主人公が現れるが、彼が孤独であるのは、ブルジョワ社会の中で成功できない落伍者、敗北者であるからである。19世紀末から20世紀にかけて普遍的にいきわたるようになった個人の社会における断片化の感情は、もはや詩人や芸術家にとどまらず一般市民においても共有されていく。エリート的特権者の孤独や崇高な魂の孤独でなく、大衆の孤独の誕生である。ここに「社会のなかの孤独」の主題は完成をみる。こうして人間の「疎外」がまさしく「社会問題」となる。清水によれば、実存主義に代表されるような人類の普遍的孤独というヴィジョンも、こうしてますます浸透し一般化していき、近代の運命そのものとしての精神的孤独を、だれもが甘受せざるをえないという状況に至る。

　清水が「孤独の系譜学」として述べた内容は、セイヤーやミッシェル・アヌーンの論説（Michel Hannoun, 1993）に沿ったものであり、ややステレオタイプ的な言説といった感があり、また、ロマン主義における「孤独」[66]の理解もドイツ文学にみられるものとはやや異なるところがなくはないが、一つの史的概観として示唆に富む。また、清水は、ウッドの言説を取り上げ、まず物理的孤立の状態からそれにともなう感情へ、そして社会的孤立に伴う感情へ、さらには社会的関係にともなう感情へと「孤独」は変遷をとげるというその所論に注目している。[67]

66　　清水は、「以上は、主としてセイヤーによって描き出された〈孤独の物語〉である」と述べている。また、それは、「弁証法的マルクス主義を批判する立場からの〈孤独の社会史〉の手法」とされるものである。同書45頁。

67　　清水：同書、47頁

3. ティークのアインザームカイトのモティーフに関する 先行研究史

　ティークの作品におけるアインザームカイトのモティーフを個別の作品について、あるいは、総括的に扱った研究は少ない[68]。

(1) 1933 年に出されたミヒャエル・パウル・ハムメスの博士論文[69]は、ロマン主義における自然の高い評価、自然の典型的な出現形態としての森の重要性、さらに、森の概念がアインザームカイトの概念とおおかた結びついており、「森とアインザームカイトは両々あいまって一つの唯一の複合的雰囲気（Stimmungskomplex）をつくっている[70]」ことなどに着目

68　本章で取り上げた研究のほかに、アインザームカイトを表題に含むデートレフ・クレマー（Detlef Kremer）の論考がある。Detlef Kremer: Einsamkeit und Schrecken, Psychosemiotische Aspekte von Tiecks Phantasus-Märchen. In: Kremer (Hrsg.), Die Prosa Ludwig Tiecks. Bielefeld (Aisthesis Verlag) 2005, S. 53-68. しかし、これはローラン・バルト（Roland Barthes）やジャック・デリダ（Jacques Derrida）の言説に依拠しつつ心理記号論的観点から『金髪のエックベルト』や『愛の妖しさ』（Liebeszauber, 1811）を主体に『ファンタズス』のいくつかの作品におけるアインザームカイトや恐怖あるいは驚愕の心理を考察したものである。論考の中心は、近親相姦やエディプスコンプレックスなど主人公の意識にはない家族関係に起因する問題と、作品のシナリオへのそれらの反映（夢と現実の混然や、登場人物のアイデンティティーの解消、幻視など）にあり、アインザームカイトそのものについては、「私という存在の出口のないアインザームカイト」（ebda., S. 60）あるいは、「自分自身に絡め取られて克服しがたいアインザームカイト」（ebda., S. 63）が恐怖（驚愕）として言及されているに過ぎない。また、ヴァルトアインザームカイトについてもロマン主義的ディスクールのコードなどと論じられているにとどまる。したがって、アインザームカイトのモティーフそのものの論考に属するというよりも、心理記号論的研究の範疇に入ると考えるべきであろう。

69　Hammes, a. a. O.

70　Ebda., S.13.

して、ティークの作品を題材にして、森という景観とアインザームカイトとの関係を中心にアインザームカイトの性格や特性を明らかにするとともに、補足的に詩人と自然の関係、人間と自然の関係を考究することを試みたものである。なお、ハムメスは、ティーク作品群において「Wald（ヴァルト：森）」と「Einsamkeit」が緊密に結びあっているという理解にたち、これを「Waldeinsamkeit」と定義している[71]。したがって、ここでいう Waldeinsamkeit は、ハムメスのいわば作業仮説としての概念であり、『金髪のエックベルト』のリートで歌われる Waldeinsamkeit（ヴァルトアインザームカイト）そのものを指すのではない（以下、『金髪のエックベルト』の「Waldeinsamkeit」と区別するために、ハムメスの定義したこの概念について、本章では *Waldeinsamkeit* とイタリック体で表記する）。この論文はアインザームカイトのモティーフを真正面から論じた数少ない研究の一つであり、有益な示唆が多いが、1930 年代までの各作品の通説的解釈をもとにアインザームカイトが考察されたもので、作品解釈そのものを行ったものではない。

ハムメスは、ティーク作品群において、森や木立、庭園とともに現れるアインザームカイトあるいは *Waldeinsamkeit* の叙述部分を『金髪のエックベルト』、『アブダラ』、『美しきマガローネとプロバンス伯ペーターの愛の歴史』（Liebesgeschichte der schönen Magalone und des Grafen Peter von Provence, 1796）、『青ひげの 7 人の女たち』（Die sieben Weiber des Blaubart, 1797）、『フランツ・シュテルンバルトの遍歴』、『王子ツェルビーノ、あるいは、よき趣味を求めての旅』（Prinz Zerbino oder die Reise nach dem guten Geschmack gewissermaßen eine Fortsetzung des gestiefelten Katers, 1796）、『聖ゲノフェーファの生と死』（Leben und Tod der heiligen Genoveva, 1799/1800）

71　ハムメスの研究は非常に有用であるが、しかし、Waldeinsamkeit というティークの造語の成立経緯（本書 239 頁）についての考察なしに、この語を『金髪のエックベルト』における Waldeinsamkeit と区別しないで統一的な概念として用いていることは、ハムメスの研究の最大の欠陥と言わざるをえない。

ほかの作品から洗い出して分析し、議論を進めている。ハムメスは、ま
ずロマン主義者にとっての森とアインザームカイトの意義をやや幅広い
観点から検討している。次いで、ティークにあっての典型的な状況とい
う観点から *Waldeinsamkeit* を考察するとともに、*Waldeinsamkeit* における
空間の仕分けを試みる。さらに、物語の筋書きの風土（ミリュー）、通
過の場、登場人物との関係、筋の展開との関係、「庭園」と愛、自然の
擬人化などの観点から、*Waldeinsamkeit* の特性を論証する。また、Wald
とアインザームカイトの叙述における名詞、動詞、形容詞の働きなど、
文法論や言語論的分析を行うとともに、韻律論や音楽などの多様な観
点から *Waldeinsamkeit* がどのように取り扱われているかを考察している。
ハムメスは、ティークの作品のアインザームカイトが第一義的に気分
（Stimmung）から生まれたもので、雰囲気的な作用をすると結論する[72]。

(2) ヴェルナー・シュタインデッカー（Werner Steindecker）の論文[73]は、ノヴァー
リスとティークの様々な作品を素材に「アインザームな人間」のモティー
フを比較分析し、両者におけるアインザームカイト概念、アインザー
ムカイトのモティーフの特徴を明らかにすることを試みたものである。
ティークについては、『アブダラ』、『金髪のエックベルト』、『忠実なエッ
カルトとタンホイザー』（Der getreue Eckart und der Tannenhäuser, 1799）な
どの作品が取り上げられている。シュタインデッカーは、ノヴァーリス
にあっては内省が「私のアインザームカイト（die Ich-Einsamkeit）」を形
作るが、ティークにあっては夢想の像と罪の問題が「審美的な感情とし
てのアインザームカイト（die Gefühls-Einsamkeit）」を生み出す[74]と結論する。
つまり、シュタインデッカーは、アインザームカイトはノヴァーリスに
あっては人間個人の存在の問題となるが、ティークにあっては感情ある

72　　Ebda., S. 93.

73　　Werner Steindecker: Studium zum Motiv des einsamen Menschen bei Novalis und
　　　Tieck. Breslau (Verlag Priebatsch's Buchhandlung) 1937.

74　　Steindecker, ebda., S.79.

いは気分の問題になると考察しているのである。

(3) ローゼマリー・ヘルゲ（Rosemarie Hellge）の博士論文[75]は、パウル・ゲルハルト・クルスマン（Paul Gerhard Klussmann）やハインツ・ヒールマン（Heinz Hillmann）らの研究を基礎としつつ、ティークの初期の作品からアインザームカイトなど18のモティーフを取り上げ、ヴァレンツ（Valenz、結合価）を手がかりに個別のモティーフを解明する手法を用いて、モティーフのもつ機能に関する相互作用の観点からそれぞれの内容、機能、構造を分析したものである。ヘルゲは、18のモティーフを典型的かつ変わらぬ機能という点で共通性をもつ4のモティーフ群にくくる。すなわち、①動的モティーフ、②突き動かすモティーフ、③輪郭をおぼろにする（entkonturierend）モティーフ、④時を遅らす停滞的（retardierend）モティーフ、もしくは、静止的モティーフであり、アインザームカイトは最初の動的モティーフに位置づけられる[76]。ヘルゲは、『アブダラ』、『ウィリアム・ロヴェル』、『金髪のエックベルト』、『ルーネンベルク』、『忠実なエッカルトとタンホイザー』、『妖精』（Die Elfen, 1811）などの散文や、いくつかの詩作におけるアインザームカイトのモティーフを検討し、「内向的性格」、「孤立」、「牧歌的楽土」の三つの性格をもつアインザームカイトがあることを認めるとともに、アインザームカイトが積極的（能動的・肯定的）な性格と消極的（受動的・積極的）な性格との間を転移することを認める[77]。

　ヘルゲの論文は、アインザームカイトの諸様相について特徴的な要素を分析し、様相の相互関係や相互間の運動性を明らかにしたもので、興味深いものであるが、イロニーの観点からこれを論じていない。また、ハムメス論文同様に、その分析と結論は個々の作品の詳細な解釈を伴っ

75　Rosemarie Hellge: Motive und Motivstrukturen bei Ludwig Tieck. Göppingen (Verlag Alfred Kümmerle). 1974.

76　Ebda., S. 6.

77　Ebda., S. 93.

たものではなく、たとえば、エックベルトあるいはクリスティアン（『ルーネンベルク』）の最後の局面の主人公について、論拠を示すことなく狂気と一意的に断定してアインザームカイトとの関連を論じている。ここにヘルゲ論文の欠陥があるといえる。

4. ティークの青年期のアインザームカイト体験

　ティークの 1834 年のノヴェレ『古い本、そして、青空の中への旅』（Das alte Buch und die Reise ins Blaue hinein）は回顧的な作品であるが、そこで主人公アテールスタンは、友ウルリヒについて「彼のリートは私には殺伐としすぎている、彼の生のあり方はとても散文的で味気ないものだ」、「彼は、愛されるよりも自惚れが大きく、本当の幸せを喜んだことがないだろう。というのも、それを求めていないからだ。真実や気高さについての意味が彼に明らかになったことはないように思う。絢爛豪華や物珍しさ、世間の耳目を浴びることが彼を熱狂させる」（TS11, 755）、と評した後、友フリッツに対して次のように述べる。

　　私を魅了するものは、このアインザームカイトだ、我々に森から、そして、山から語りかけるかのような甘美さだ、囁くような小川が我々に打ち明けようとする秘密だ。（TS11, 755）

　ここでアインザームカイトは、「絢爛豪華」や「物珍しさ」やセンセーショナルなものなどの外見的な華やかさと対置されている。そして、「打ち明ける」「秘密」という言葉に表されるように、内的で親密なものであり、さらに、森や山や小川、すなわち自然との感応において得られる甘美さとしてとらえられている。アインザームカイトはまた、外見の豪華さ、「耳目を集める」すなわち人との関係で認められようとすることが「散文的」と述べられているのに対して、リートあるいは詩情として認識されている。すなわち、詩的な表象である。こうした森や山や小川が語りかける感情を一つの特徴とする詩的表象としてのアインザームカイトを、ティークはすでに少年から青年期にかけて体験していた。
　ビンダーは、「アインザームカイトが事柄それ自体は何の現象でもなく、具体的な体験なしには文学とはならないある特定の関係、状況の結果」であるとし、その上で、「種々の体験をするので、アインザームカイトは、

幸福として、あるいは呪詛として、内心の気楽さとして、あるいは流行として、あるいは個人的な運命として、はたまた人間の自然の毒として現れうる」と述べる[78]。このビンダーの指摘は、文学におけるアインザームカイトのモティーフが、著者のなにがしかの個人的なアインザームカイト体験を幾分なりとも反映したものであることを示唆している。とすれば、先に引用した『古い本、そして、青空の中への旅』はもとよりアインザームカイトのモティーフを数多くの作品に取り込んだティークは、アインザームカイトについてどのような体験をしたのであろうか。その体験の具体的内容を知ることは、彼の作品におけるアインザームカイトのモティーフを理解する重要な手がかりになるであろう。本章では、そうした観点に立って、ティークの特に青年期までのアインザームカイトの体験をケプケの『回想録伝記[79]』をテクストに探る。

　なお、ケプケは、『回想録伝記』の前書きにおいて、ティークと1849年に初めて会見してからティークが没するまで途切れることなく交流が続いたこと、話題の中心であったティークを中心とする歴史の回想（RK1, VIII）を当初は出版を考えずに書き留めたこと（RK1, XV）、ティークが亡くなる直前の1853年4月に、それまで書き記したメモ全部をティークに報告し、出版の了解をえたこと（RK1, V）、「ティークの言葉に忠実である」こと（RK1, XXI）を編纂の方針としたことなどを記している。それ故、この書は、ティーク研究において多くの研究者が引用する重要な史料となっている[80]。

78　Binder, a. a. O., S.95.

79　Rudolf Köpke: Ludwig Tieck. Erinnerung aus dem Leben des Dichters nach dessen mündlichen und schriftlichen Mitteilungen, Erster und zweiter Teil. Leipzig (Brockhaus) 1855. 以下、このテクストの第1部をRK1、第2部をRK2と略記し、テクストからの引用は頁数のみを併記する。

80　ロジャー・パウリン（Roger Paulin）は、『回想録伝記』には「ティークを美化した幾つかのところ」や「家族を考慮して沈黙しているところ」があることなどを挙げた上で、この書がティーク文学に関する「包括的な仕事

4. 1. 幼少期における子守娘のいたずらとアインザームカイト体験

　ケプケは、ティークがすでに幼い頃から想像力と創作力に天賦の才を
もっていたこと、と同時に、彼に「苦悩と喜びの暗い予感」の兆しが芽ば
えていたことを記す（RK1, 10）。そして、「その心を揺さぶる最初の出来事」
として、老ティークが語る二つの体験を記すが、その一つがアインザーム
カイト体験である。あるとき、ティークと一緒に出かけた子守娘は、彼を
城前の広場の一角にある階段に座らせる。彼が、王城の景色に目を奪われ
ていると、いつの間にか子守娘は姿を消す。晴れやかな印象を楽しんでい
る幼い少年は、突然それに気づく。子守娘は実は背後の柱の影にふざけて
隠れていたのである。しかし、「少年は、人びとが行き交う中で、もっと
も深いアインザームカイトの感情に捕らわれ」、「現れた子守娘が声をかけ
ても、彼には何の助けにもならない。そして、長いこと少年は、その暗く
恐ろしい感情を忘れることができなかった。」（RK1, 10-11）幼いティーク
が実体験したアインザームカイトは、信頼する者が不在となった際に湧き
起こった不安の感情と言えるであろう。

4. 2. 教師にほめられたアインザームカイトについての作文

　しかし、学校に上がったティークは、後年のメランコリーの傾向を想起
させる「苦悩の暗い予感」とはかけ離れた少年であった。『回想録伝記』
は、ギムナジウムに行く前のティークを父が「いわゆる少年フランス語学
校（sogenannte französische Schule für Knaben）」に託したこと、そこで沢山の

のための不可欠かつ豊富な情報を提供する土台」であると述べている。Vgl.
Roger Paulin: Ludwig Tieck. Stuttgart (J. B. Metzlersche Verlagshandlung) 1987, S.
6. また、ティークとケプケの関係について、マンフレート・フランク（Manfred
Frank）は、ケプケをゲーテにおけるエッカーマンになぞらえている。Vgl.
Manfred Frank: Einführung in die frühromantische Ästhetik: Vorlesungen. Frankfurt am
Main (Suhrkamp) 1989, S. 370.

友だちに囲まれた彼が、遊び仲間と悪戯もする快活な姿やエピソードを記す（RK1, 15ff.）。

　その後、ベルリンのフリードリヒ・スヴェルダー・ギムナジウムに学んだティークは、天賦の文才を開花させるが、その兆しとして『回想録伝記』の「希望に満ちた学校生活」の章は、ギムナジウム低学年時代のアインザームカイトに関するエピソードを二つ記す。その一つは、アインザームカイトを巡る父との次のやり取りである。

　　私がアインザームカイトについて何を知っているというのか。それについて何を考えろというのか。私はいつも人とともに生き、人と交際している。この愚かな少年は，書くことといったら詩や喜劇や馬鹿げたたわごとばかりだ。なのに一方では、アインザームカイトについて何か満足に語るすべすら知らない。（RK1, 48）

　このように言って背を向けた啓蒙主義者の父に少年ティークは狼狽する。この逸話は、思春期のティークがすでにアインザームカイトについてしばしば話題にしていたことを仄めかす。また、啓蒙思想の信奉者である父にはアインザームカイトが己の信条とは無縁のものであること、アインザームカイトの対義的概念が「人とともに生き、人との交際」だと考えていることがわかる。

　いま一つは、学校の宿題として書いた『アインザームカイト』と題する作文が教師の絶賛を得たというものである（RK1, 49）。それは、「ある冬の日、新しく買い入れた領地に赴き、凍てつく自然の中、人里から遠く離れて暮らす貴族を描いた」物語である。『回想録伝記』はその内容の一部を伝える。

　　春が目覚める。春はアインザームカイトに明るい色合いと晴れやかな顔を授ける。そして、平和な自然を幸せに楽しみながら、その余韻の中で男は夏と秋を暮らす。（RK1, 49）

『回想録伝記』は、「その自然描写の中にアインザームカイトに関する
ティークの考えが活き活きと息づいていた」（RK, 49）と記す。この逸話
の「明るい色合いと晴れやかな」アインザームカイトは、希望に満ちた少
年ティークの心情を映した、平安で明るく楽観的なものとなっているが、
すでに自然とアインザームカイトを結びつける後年のティークのアイン
ザームカイト観が仄かに垣間見られる。

4.3.　青年期初期の苦悩とアインザームカイト体験

4.3.1.　青年期初期の苦悩

ギムナジウム生活は、教師にも恵まれ、多くの学友と親しく付きあい、
彼らの家族にも温かく受け入れられる幸せなものであった。ティークは、
勉学だけでなく、劇場にも足繁く通うなど、充実した生活を送る。しか
し、一見順風満帆の幸せなギムナジウム生活の陰で、ティークは、幾つ
かの出来事を契機として、生についての深刻な苦悶に陥っていく。その一
つは、友人、知人の死である。まず、ふとしたことで知りあった少年兵が
軍隊生活で上官から虐げられた末に死を迎えるが、その悲惨な死を知った
ティークの心の痛み、非条理な社会に対する怒りの念は長く消えない(RK1,
96)。また、冬のある日、学校帰りの道で、連れだって歩く友のフィーリ
ングが戯れに飛び越えようとして氷の張る水路に落ち、それがもとで身体
をこわして死ぬ（RK1, 96）。さらに、1790 年秋、ティーク 17 歳の多感な
ときには、「力と希望に満ちあふれた」(RK1, 97) 親友トールを失う。ティー
クは、フランクフルトで学ぶ友の重い病の報せを聞いて駆けつけるが、今
際の際に間に合わない（RK1, 97）。人のいのちのはかなさを知ったティー
クを、『回想録伝記』は次のように記す。

心が悲しみで空虚になったまま、彼はベルリンに戻った。それは、彼が

被った中でもっとも苦しい喪失であった。そして、その傷がふさがるまで、長い時間が経過した。

　そうした経験は、彼の本質を変えるかのように思われる深刻な影響となって後に尾を引いた。あるいは、こういってもいいだろう。それまで数多の幸せな成功で被われていた本質の別の暗い側面が前面に出始めた、と。［…］彼は、ますます陰鬱になる眼差しで生を見て取るようになった。往時の非常に親しみやすい傾向が影を潜めてからこのかた、陰鬱な雰囲気、羽目を外したような気分と暗い自虐の気分の素早い移り変わりが、彼に頻繁にみられるようになった。（RK1, 98-99）

　しかし、この彼の人となりの変化に大きな影響を与えたのは、友や知人の死から生まれた「心の空虚（Leere des Herzens）」と「喪失（Verlust）」の苦しさの経験だけではない。『回想録伝記』は、もう一つの、おそらく彼の後年の文学創作に大きな意味をもつであろう要因について次のように記す。

　人が教養や啓蒙と呼ぶもの、時代の信条や知に視線を向けるとき、彼にはなんとそれらは惨めでつまらないものに思われたことか。彼は、うぬぼれと高慢さが増長し、無知が神意を告げ、人びとがそれを信心深かそうに受け入れるのを、そして、その一方で彼らが本物の見識・洞察をあざ笑っているのを目にした。［…］人びともまた、彼のことを誤解し、見誤り、彼の深い信念を尊大にもはねつけた。［…］確かな確信に代わって疑念が頻繁に起きるようになった［…］彼が視線を向けるところは、どこもかしこも獲物を狩って走り回る人びと、競争と争闘、勝利の雄叫びと悲嘆が止むことなく、絶えず新しく繰り返されていた［…］妄想と愚行が回転するその中心にあるのは何か。（RK1, 99-100）

　ケプケがティークの回想に基づいて記した往時のティークの心境は、闘争や競争、勝ち負け重視の狂愚という産物をもたらした啓蒙思想や教養という人格形成の教えに対する深刻な不信、思想と現実の矛盾や人間の尊大

さ、善意を装う人間の本性のイローニッシュな浅ましさについての悩みと苦しみが支配している。啓蒙思想が世の中を席巻し、旧来の価値が失権していく中で、弱者を平然として痛めつける人間の性向、死すなわち親しい者の予期せぬ喪失、呵責のない苛酷な世間の実相を知り、世間に広まる思想信条に疑念を懐いたティークは、己の生に「確かな確信」を失い、苦悩するようになる。『回想録伝記』はそれがついには「存在についての根本的問い」となったことを次のように記す。

　ありとあらゆる苦悩や惨めさの感情が恐ろしい力で彼を捕らえた時期、鈍い痛みが彼を支配した時期があった。その痛みの中を、何のため、なぜ、という問いが再三再四こだまして抜けていったが、彼はそれに答えられなかった。[…] そのこんがらがった道に目標はあるのだろうか。悟りや確かさというものは、どこにあるのだろうか。こうして、彼は存在の根本的な問いの前に立ち、そして、それを考え出すことに空しく取り組んだ。(RK1, 100)

4.3.2. 懊悩と神

　ところで、ついには、「錯乱」の「計り知れない暗い深淵」(RK1, 100)にまで至った[81]この苦悩の時期に、ティークは、神に助けを求めなかったのであろうか。『回想録伝記』は、ティークが「己を神の考えにより近づけ、それを理解し、しっかりとつかもうという深い心の動き、必要を感じていた」と記す。しかし、そうした考えは、差しあたり彼を御することができず、彼は、己の「深々とした弱さ」や「完璧な不十分さ」という感情に支配され、「不安が肉体の痛みになるまで増大する。」(RK1, 100)

81　『回想録伝記』は、「そのように、昼も夜も、不安な夢み心地の生活を彼は送り、夢遊病者のように彼は常軌を逸するかどうかの深淵の縁を彷徨い歩いたのであった」と記す。(RK1, 101)

そうした中で、ティークは、「被造物を破壊的な絶望の獲物とさせない
ように神が与えたもうた取りなし」（RK1, 101）である慰めの確信をとき
には得ることはあっても、それは長続きせず、繰り返し「死の恐れ」（RK1,
101）に襲われる。安心感の喪失、絶望、希望についての深い喪失感に捕
らわれたティークは、生や存在そのものに絶望し、ついには自死の誘惑が
己自身の中に湧くまでになる（RK1, 102）。『回想録伝記』はまた、この時
期のティークの心が「善ではなく、悪が世界を支配する」「絶望に満ちあ
ふれた考え」に悩まされていたこと、「悪魔がいるならば、その眼で見た
いという願望」をもったことを明かす（RK1, 102）。

4. 3. 3. 自然とアインザームカイト

　しかし、第9章の最後で、慰めがあることへの確信が語られる。すなわち、
『回想録伝記』は、自然・森・月の輝きなどに癒やされ、神を感じ、そして、
それらが彼の文学創作の「根源」となることを記す。
　存在についての根本的問いの答えを見出せずに苦しむティークは、いつ
しか「アインザームな夜の散歩であちこちを彷徨い歩く」（RK1, 103）よ
うになる。その足は、最も辺鄙な場所の一つである町外れの教会墓地に向
かうこともあったが、そこでは何も解決を見出せない。[82]こうして、彼の
彷徨の足は森や灌木の茂みに向かう。『回想録伝記』はアインザームカイ
トの中、森を彷徨い歩く彼を次のように記す。

　しかし、そうした絶望の中で、まさに最も大きな痛みの瞬間に、慰めが
彼の一部となり、彼の身を喰らう燃えるような情熱を柔らかな露のよう

82　　『回想録伝記』は次のように記す。「町の門の前にある教会墓地を、彼は
　　訪ねた。真夜中になるまで彼はじっと身を丸めて墓の上に、手足がこわば
　　るまで座っていた［…］妄想が募って、彼は一晩中、悪魔よ、わが前に現
　　れるなら現れよ、と叫んだ。しかし、万物は森閑として、ただ彼の叫び声
　　のみが不気味に彼へと反響しただけであった。」（RK1, 103）

に押さえたのであった。彼は、その慰めを自然の中に見いだした。彼を
自然へと、自然の生の秘密に満ちた静けさへと導いたものこそ、彼の心
の少なからぬ深い動きそのものであった。ここでもまた、彼は、彼の感
覚のすべてを支配し、彼を抗いようのない力をもって灌木の茂みや森の
中へと、そして月の光の中へと駆り立てる圧倒的で、何かはっきりしな
い不思議な力に身をまかせていると感じた。どうすれば彼は抗うことが
できたのであろうか、なぜなら、ここではある秘密の力が、彼の重荷に
なっている呪縛を解いてくれるように思われたからだ。(RK1, 107)

　我が身を喰らい尽くさんとする激しい懊悩の情熱を静めてティークに
「慰め」と安らぎと希望を与えたのは、彷徨の地となった「灌木の茂みや森」
の「月の光の中」の自然である[83]。ティークは、そこで「自然の生の静けさ」
を知り、「何かはっきりしない」が「不思議な力」を感じ、自然との一体
感を得、そしてそれが彼を絶望の淵から救う。さらに『回想録伝記』はそ
のアインザームな彷徨の様子を次のように記す。

　何時間も彼は、ティアーガルテンの野趣あふれる一帯のアインザームな
小径を彷徨った。この自然の生は大変単純素朴なものであったが、それ
でも彼は、自分を忘れるまでその中に没入した。ここ森の辺鄙さの中で、
サワサワと音をたてる木々の下で、薄明かりの中で切れ切れになった雲
の姿が梢を通して林床を眺めやるとき、一羽のアインザームな鳥の鳴き
声だけが深い静寂を破るところ、ここで彼は自然の息づかいに耳をそば
立て、自然の中で親しみをもった心が鼓動を打つのを感じるのであった。
生の最初の最も純粋な力だけをもってして、彼は自分自身を忘れ、彼を
怖れさせた仮面を忘れるのであった。(RK1, 107-108)

83　ハムメスもまた、ティークが森のアインザームカイトの中に慰めを見出
　　したとして、『回想録伝記』のこの箇所を引用している。Vgl. Hammes, a. a. O.,
　　S.14-15.

ここでは外観的・物理的に隔離された状況を意味する Abgeschiedenheit という語をもって「森の辺鄙さ（Abgeschiedenheit des Waldes）」が記されているが、それは、森のアインザームカイトと言い換えても差し支えないであろう。ティークは、自然と親しむ中で得た生の最も純粋な力によって、怖れている仮面を初めて忘れ、それから解放され、自由になる。また、「月の光」、「サワサワと音をたてる木々（rauschende Bäume）」など、後年の作品に頻繁に現れ、ロマン主義文学のトポスともなる表象が、その散策、彷徨の中でティークの心を捕らえていたことは、注目されねばならない。

　ティークの逍遙は、ベルリンの近郊からやがてアカマツの森の広がる周辺の村々での宿泊をともなう小旅行へと発展していく。

　そうしたアインザームな散策は、やがて次第に徒歩の小旅行になっていった。一人ぼっちで彼はベルリンの大地を彷徨した。自然がそこで示す単調さは彼の心を乱すことはなかった。それどころか、その中で彼は生きた。彼は、近隣の村々を逍遙し、ほかに旅する人もいないメルク地方の旅籠で休んだ。彼は、不足を感じなかった。日がな一日、彼は一人きりで歩き回った。雨の中でも風の日も、荒涼とした松の森の中を。（RK1, 108）

　逍遙という形で自然に受容された「一人きり」の「アインザーム」な生は、「夢見心地で草原に横たわり」「太陽が木々の背後に落ちていく」のも気づかずに寝込んで「湿った朝露が彼の服を被って」「冷気が彼を目覚めさせる」（RK1, 108）という牧歌的な趣のものだけではない。北ドイツに広がる氷河期由来の薄い砂質土壌は四季の豊かさを感じさせるブナやナラなどの広葉樹の森が育つのを許さず、そこに成立するのは、『回想録伝記』が記すように単調な、そして、曇りや雨の日には殺伐とした雰囲気さえ漂わすヨーロッパアカマツの松林である。その「荒涼とした」森の景観にはティークの心象が映し出されているように思われるが、そうした土地の自然とそのアインザームカイトもまた、彼の生を丸ごと受容し、生を支える大地となるのである。さらに『回想録伝記』は、ゲーテの『ファウスト断

片』（Faust. Ein Fragment, 1790）を読んだ体験を次のように記す。

文学が自然と一緒になって慰めてくれた。［…］彼は 1790 年に出版され
た『ファウスト断片』をライヒェルトの書庫で見つけた。［…］ベッド
に寝そべって読み始めたのは、夜もずいぶんふけたころであった。［…］
わくわくするような期待感と、息が止まるほどの緊張感をもって読み進
んだ。［…］最初のモノローグ、地霊の出現、すべてはなんと大きく、
圧倒的なんだ。しかも本当に人間的だ。［…］月の光が一杯になって窓
から射した。［…］果てしない憧れが彼を捕らえた。その部屋は彼には
狭すぎた。彼はベッドから飛び起き、庭に転がり出た。明るい月の光の
中で、彼は木々や生け垣の植え込みの間をあちこち朝になるまで歩き
回った。［…］悪い霊もまた詩作の響きの前から退いていくかのようで
あった。何かの詩を手にすると、彼は、心の中におぼろげな動きが起こり、
静けさや、力のバランスが戻るのを感じたものであった。まさに詩人の
ようにして自分に自分を述べることによって、彼は、自分自身を十分に
御することができるようになったのだ。［…］彼の生の根源がある場所は、
まさにここであった。（RK1, 108-109）

　これは 1790 年以降のことであるから、ティーク 18 歳頃のことであろう
か。いずれにしても「文学が自然と一緒になって慰めてくれた（tröstend
gesellte sich zur Natur die Poesie）」という記述にあるように、この頃から読書や、
「自分に自分を詩人のように述べること」すなわちアインザームなモノロー
グ的詩作、自分自身との対話もまた、「木々や生け垣」の緑とともに彼の
心を静めてくれるようになる。そしてそれは、ついには、「生の根源（die
Wurzeln seines Lebens）」と言えるまでになるのである。
　以上のことから、我々は、青年期のティークにおけるアインザームカイ
トは、アナクレオン派の詩人やルソーに見られるような日常の人付き合い
や諸事の煩わしさからの田園、自然への逃避、あるいは、友人関係や社交
における仲間からの孤立の苦悩、社会関係における疎外感などに由来する

ものではなく、「存在についての根本的問い」、人間の生そのものへの根源
的な問い、疑問、言葉を換えれば実存主義的な問いかけの途上での苦悩か
ら生まれたこと、そして、自然とアインザームカイトが両々あいまって、
苦しむティークを癒やし、慰めたこと、さらに、文学の読書と創作がやが
てそれらに加わりティークの生を支え、滋養を送る太い根となったことを
確認できるであろう。

4.4. ハルツ山の自然の中での神体験

『回想録伝記』は、ギムナジウムを終えて入学したハレ大学での学生生
活を記した第 1 部第 2 巻第 1 章で、1792 年 6 月にティークの心の在り方
に「決定的な転換点」（RK1, 142）が訪れたことを記す。

> 彼がハルツへの旅を行ったのは、1792 年 6 月のことであった。長く懐
> いてきた憧れを静めるために、はじめて彼はその山地に足を踏み入れよ
> うとしたのである。町を後にしたとき、澄んで素晴らしく晴れ渡った夏
> 空が彼の上にあった。その瞬間ほど、気が楽になり、幸せを感じたことは、
> 彼にはそれまでほとんどなかった［…］通り抜けていく村々では、人び
> とがうれしそうに動いていた。聖ヨハネの日であった。（RK1, 142）

ハレでの学生生活は、期待したほどのものではなく、教授陣や学友に
不満をかかえたものであった。また、ベルリンに残った親友ヴァッケン
ローダーへの手紙に記されているように、ある種の恐ろしい幻覚が起き

84　1792 年 6 月 12 日付けの手紙には、友人たちと『隠者（Einsiedler）』と
　　いう本を読んだ深夜に一種の幻覚症状がおき、「数秒、本当に狂った（auf
　　einige Sekunden wirklich wahnsinnig）」と書かれている。Wilhelm Heinrich
　　Wackenroder Sämtliche Werke und Briefe, Historisch-kritische Ausgabe. Hrgs. von Silvio
　　Vietta, Richard Littlejohns. Bd.II. Heidelberg (Carl Winter Universitätsverlag) 1991, S.
　　47f.. (以下、本書からの引用は WSWB と表記し、引用箇所の頁を付する。)

る日もあったようである。学友との楽しい付きあいもあったが、総じてそれはその日そのときだけのものであった。しかし、鬱屈した気分（trübere Stimmung）の中にも何かが発酵しつつあったティークは、爽快な６月の空の下を旅に出る。その旅先のハルツの宿で人びとは聖ヨハネの日の祝いに興じ、彼もこれを楽しむ。それが終わり、あたりが寝静まっても、ティークは、気分が高調したためであろうか、眠れずに外に出て朝を迎える。このときの様子を『回想録伝記』は次のように記す。

ついに静かになった。しかし、彼は眠れなかった。精気（Lebensgeister）が体中に脈打ち、夜への渇仰が彼を休ませることがなかった。朝の薄明るさの中を彼は歩き続けた。日の出はまだであった。薄く鉛のような色ではあったが、今まさに燃えようとする球体のように、太陽が大空の縁を上がろうとしていた。すると、そのとき、朦朧とした輪が破られ、突然、輝かしい最初の光線が平地の上に射した。その光線は彼にも直接当たった。彼には、それがあたかも彼の心の最も深いところに入って輝いたかのように思われた。彼の中でベールのような何かが破られた。彼を満たしたものこそ、内なるひらめき（Erleuchtung）であった。思いもしなかったような輝きの中で天と地が神々しく光るのを見た。彼には、神それ自身が彼に向かって来るかのように、神の顔を見ているかのように思われた。「神が現れた」という思いが、彼の全存在を貫き震わせた。神という確信、至高の幸福、神々しいような痛みが彼に流れ込んだ。心から無限の神の愛の感情が湧き出た。そう、永遠の神は彼を愛していたのだ。涙がほとばしり出て、彼は大声で泣いた。とめどなく流れたものこそ、至福の涙であった。「わたしは、この、そのときのそれ一回きり

なお、この深夜の体験については、脚注439（本書303–304頁）でも触れる。
85　　この旅についてはヴァッケンローダーとの往復書簡にも出てくるが、ティークがハレを出発したのは、1792年6月23日か24日である。Ebda., S. 68-69.

の状態を表す言葉を知らない」そのように老ティークは、晩年、本当に深い感動の中で語った。「それ以前も、それ以降も、私は同じようなことを体験しなかった。それは、神の存在についての最も直接的な確信であり、神と一つになったという感情であった。私の心に神が触れているのを感じた。顕現の場所であった。」(RK1, 143-144)

ヴァッケンローダーに宛てて書かれた手紙にも記されたこの日の出の体験は、ハルツの山中、おそらくは深い森が開けた嶺の上でなされたものであろう。目の前に広がる雄大な景観の中でティークは、地平線からまさに上がろうとする日の出を、広大な自然の中の小さな存在として余人を介さずただ一人だけで体験する。その神々しく清らかな雰囲気を、ティークは神の「顕現」あるいは「天啓」と訳される Offenbarung という言葉[86]をもって語る。この言葉に、我々は、自然とアインザームカイトと神がティークの心のありよう、生の転換点の要素となっていることを確認できるであろう。この顕現の体験をどう解釈するかについては、神秘主義や心理学などの観点から幾つかの議論があるが[87]、重要なのは神そのものを見たかどう

86　このハルツ山での神の顕現の体験について、ティークは、1853 年にイダ・フォン・リュティヒャウ (Ida von Lüttichau,1798-1856) 宛の手紙で「我が存在 (Dasein) の至高の瞬間 (Moment)」と書いている。Vgl. Wolfgang Rath: Ludwig Tieck, Das vergessene Genie. Paderborn (Verlag Ferdinand Schöningh) 1996, S.361. Thomas Meißner, a. a. O., S.246.　なお、トーマス・マイスナー (Thomas Meißner) は、このリュティヒャウ宛の手紙に比べて、『回想録伝記』の述懐が「出来事を月並みの表現で明瞭に書いたところ」が部分的にあると評している。Ebda., S.245-246.

87　早くも 1892 年にゴットロープ・ルートヴィヒ・クレー (Gottlob Ludwig Klee) は、この体験がティークの生の転換点であり、「山における日の出の壮麗な崇高さが少なくとも彼の心に平安と啓示をもたらした」と述べている。Gottlob Ludwig Klee: Tiecks Leben und Werke. In: Klee (Hrsg.), Tiecks Werke Bd. 1. Leipzig/Wien (Bibliographisches Institut) 1892, S.9.　パウリンは、この旅が「都

かではなく、「神の存在についての最も直接的な確信であり、神と一つに

会人であるティークの圧倒的な自然体験」となったこと、「日の出の光景が
神の恩寵の確信を経験」させたこと、「ティークの自然神秘説や超心理学的
現象への関心の誘因」となったことを指摘する。しかし、同時に、「彼の生
の原体験とみなされるか」、「文学創作の条件がそこから導き出せるか」に
ついては疑問とし、むしろ、6月12日の手紙に書かれた幻覚体験をそうし
た意味で重視している。Vgl. Paulin, a. a. O., S.19. しかし、5. 2. 1. 2. で考察する
ように、この旅は、彼の生と文学にとって重要な意味をもっていると考え
ていいのではないか。このハルツ体験についてやや詳しく論考した先行研
究としては、ヨハネス・P・ケルン（Johannes P. Kern）とヴォルフガング・
ラート（Wolfgang Rath）のものがある。ケルンの研究は、ハルツ体験とその
ティーク文学における意義を最初に正面から取り上げたもので、ハルツ体
験を「神体験（Gotteserlebnis）」と規定し、『ウィリアム・ロヴェル』、『フラ
ンツ・シュテルンバルトの遍歴』などに始まり『ゲノフェーファ』を帰着
点とする文学創作の困難な道程の目標点であった、そして、その影響は『皇
帝オクタヴィアヌス』（Kaiser Octavianus, 1804）にも及んでいると指摘して
いる。Johannes P. Kern: Ludwig Tieck-Dichter einer Krise. Heidelberg (Lothar Stiehm)
1977, S.15-16, S.18. ラートもまた、ティークにとってのハルツ体験はノヴァー
リスのゾフィー体験に相当する（kongruent）もので、「ゾフィー体験がノヴ
ァーリスの作品に構造的に（struktuell）な特徴を与えたと同様にハルツ体験
もティークの散文作品に特徴を与えた」と指摘している。Rath, a. a. O., S.360.
なお、ラートは、ハルツ体験について「現代心理学からすればある種の魂
の浄化作用」であるとして、心理学ないしは心理療法的観点からそれに言
及しているが、文学解釈で問題になるのは、心理学的にどのようなカテゴ
リーに当てはまるのかではなく、ティークがそのような特別な体験をし、
これを神の「顕現」としてとらえたという事実である。Vgl. Rath: ebda., S.361-
363. ハルツ体験については、ダニエル・ルッツ（Daniel Lutz）もティーク
の宗教との関係を概説する中で言及しているが、これはケルンらの言説の
要約にとどまっている。Vgl. Daniel Lutz: Religion. In: Stockinger/Scherer (Hrsg.),
Ludwig Tieck, S. 293.

なったという感情であった」という述懐からうかがえるように、自分を今このようにあらしめてくれる大きな存在があること、そして、たとえ孤独という意味でのアインザームカイトの中であろうともこの自分を超える大きな存在が自分とともにあることの確信と、この確信から生まれるところの守られているという安心感と言えよう。

88　マイスナーもまた、この体験に「私が守られている存在」であるという感情を認めている。Vgl. Meißner, ebda., 247.

5. ティークの作品群におけるアインザームカイトのモティーフの諸相

5.1. 信ずるものが失われた不安のアインザームカイト、隠者とアインザームカイト――『アブダラ』におけるアインザームカイトのモティーフ

5.1.1. 信ずるものが失われた寄る辺なき時代の、不安のアインザームカイト

　ティークは、ギムナジウム最上級生の1791年からハレ大学に学んだ1792年、さらにヴァッケンローダーとともに半年学んだ1793年のエアランゲン大学時代にかけて『アブダラ』を執筆する[89]。ティーク20歳頃のこの作品は1795年に出版される。この作品の成立の経緯についてティークは、「小生意気な疑心や飽くなき暗い煩悶がいのちの樹の葉を落としていた」時期をようやく脱して「失われた春を次第に新たに取り戻そうという」「情熱やエネルギー」がゲーテの『ゲッツ・フォン・ベルリヒンゲン』（Götz von Berlichingen, 1773）などの読書が糧となって出てきた状況の中で筆がとられたと述べている[90]。彼の作家としての地位を築いたとされるこの作品について、ケプケは『回想録伝記』において、その成立にウィリアム・シェークスピア（William Shakespeare, 1564-1616）の『嵐』が影響を与えたことに言及するとともに、第1章はティークの「打ち沈んだ、絶望に満ちた気分の流露」（RK1, 113）であると記している。
　作品が発表された当時の評判は肯定的というより、むしろ否定的なものが多く、そうした論調は20世紀にまで及ぶ。20世紀後半のティーク

89　Vgl. LTS 11, VIII.
90　LTS6, S. VII-IX. なお、この巻の出版年は1828年である。
91　山縣光晶：ティークの『アブダラ』における隠者とEinsamkeit――ヘル

再評価以降の研究をみると、ロジャー・パウリンは「牧歌詩的な雰囲気の芸術と冒険心があるかと思えば、不意に運命や、無常、享楽、自己充足を巡る絶望的な格闘がある。この格闘は、この人間の実存（menschliche Existenz）の物語の終わりまで、運命などについてのそれぞれの意味で過激なやり方で主張されている」[92] とこの作品を端的にまとめ、一定の評価を加えている。一方、ゲアハルト・シュルツは「享楽の哲学や善と悪の本質に関する長々とした会話」が全体を通してなされることを理由に挙げ、「ティークの最も緊張感に溢れ、最も均整のとれた業績の一つでないことは確かである」[93] と評している。このように作品の評価は区々であるが、『アブダラ』のすぐ後に出された『ウィリアム・ロヴェル』の高い評価に比べその「未熟さ」を指摘するものが多い。[94] しかし、丸山武彦が「ティークの初期及び比較的初期の諸作品におけるほとんどすべてのモティーフを含み、それが全体的なテーマ群をなしている。こうした観点からすると、『アブダラ』が若きティークの中心的な問題を描いていると述べることは、決して誇張ではない」[95] と指摘するように、『アブダラ』は、作品自体の魅力もさることながら、最も初期の大作であるが故に、アインザームカイトや隠者を含む様々なモティーフやティークの詩的思索を解明する上で、重要なテクストと考えられる。作品冒頭に描かれる詩的なアインザームカイト

　　　ダーリンの『ヒュペーリオン』と対比して —— ［『STUFE』第 30 号、2011、1–18 頁］2 頁。

92　　Paulin, a. a. O., S. 21.

93　　Gerhard Schulz, a. a. O., S. 379.

94　　『アブダラ』について、パウリンは「最初の独り立ちした作品『ウィリアム・ロヴェル』のための準備段階」（Paulin, a.a.O., S. 21）として位置づけ、また、シュルツも、そのための習作あるいは踏み台として捉えている。Vgl. Schulz, a.a.O., S. 378.

95　　Maruyama Takehiko: Tiecks „Abdallah" im Vergleich mit dem „Blonden Eckbert" und einigen anderen Texten – Zur Eigentümlichkeit dieses Dichters. ［『札幌医科大学人文自然科学紀要』第 32 号、1991、61–81 頁］61 頁。（訳は山縣による。）

の中で若き生を満喫するアブダラは、最後には一人ぼっちで死を迎える。この項では、アインザームカイトの文脈のもとにアブダラの生が何を語っているのかを読み解く。

5. 1. 1. 1. 『アブダラ』の成立及び研究史概要

　先行研究には、ティークの生涯と作品を扱う中で『アブダラ』の概要と特徴を手短に叙述する域を脱しないものは幾つかあるが[96]、先に述べたような評価からであろうか、本格的に作品を論じたものは少ない。『アブダラ』とゲーテの『若きヴェアターの悩み』を比較して論じた最新の研究において、バルバラ・ナイマイヤー（Barbara Neymeyr）もまた、「これまで長いこと研究がテーマとすることがほとんどなかったティークの小説風の記念碑的物語『アブダラ』[97]」と述べて、本格的な研究が少ないことに言及している。そうしたなかで、エルンスト・リバット（Ernst Ribbat）[98]は「時代の文学的・哲学的コンテクスト」や「主人公の心理の経過」などに焦点を当て、イングリッド・クロイツァー（Ingrid Kreuzer）[99]は構造主義的解釈の立場からテクストの構造を道と小屋の行き来と理解してテクストの解釈を試みている。先のナイマイヤーの研究は、『アブダラ』とゲーテの『若きヴェアターの悩み』を間テクスト性の観点から論じたもので、『ヴェアター』の8月

96　山縣：前掲論文、3頁参照。

97　Barbara Neymeyr: Intertextuelle Transformation-Goethes Werther, Büchners Lenz und Hauptmanns Apostel als produktives Spannungsfeld. Heidelberg (Universitätsverlag Winter) 2012, S.87.

98　Ernst Ribbat: Ludwig Tieck. Studien zur Konzeption und Praxis romantischer Poesie. Kronberg /TS. (Athenäum Verlag) 1978, S.24-32.

99　Ingrid Kreuzer: Märchenform und individuelle Geschichte. Zur Text- und Handlungsstrukturen in Werken Ludwig Tiecks zwischen 1790 und 1811. Göttingen (Vandenhoeck u. Ruprecht) 1983, S.81-102.

18日の書簡と『アブダラ』との間の類似性を指摘している[100]。また、丸山は、日の出と日没、愛、夢の現実性、善徳と悪徳などのモティーフについて『金髪のエックベルト』などのティークの他の作品と比較分析を行い、ティークの作品の特徴がすでに『アブダラ』に現れていることを論じている。

5.1.1.2. 「嗚呼、痛ましいかな、アブダラよ」——あらすじに代えて

　冒頭の章で三人称の語り手は、主人公アブダラを取り巻く主要な登場人物であるアリ、ゼリム、オマールの人物像を簡潔に述べた後に、主人公について「彼は今、人生の開花期にあった［…］屈託なく彼は己を愛し、世界すべてを愛した。未来は夏の朝のように花開いて彼を迎え、こうして彼は時の流れを一日一日なんの憂いもなく泳いでいった［…］あらゆるものが好ましい姿で彼の心の前に現れた。いまだかつて彼は不幸せについてはっきりと考えたことがなかった」（TS1, 259-260）と紹介する。そして、人生の暗部や不安や苦しみ、人を疑うことも知らずに青春を謳歌している主人公の姿を描写した直後に、次のような嘆きを語り手は口にする。

　嗚呼痛ましいかな、アブダラよ［…］おまえは、悲惨な苦しみの矢の的になるためだけにこの世に生まれついた［…］絶望は［…］倦むことなくおまえを逐う、死の底知れぬ深みにおまえが墜ちるまで。（TS1, 260）

　全3巻各10章からなる『アブダラ』は、君主アリが独裁者として君臨する中近東のある国を舞台に展開する。何一つ心配も不安も抱えていない青春の絶頂にある主人公アブダラは、師であり友であり、「第二の父」（TS1, 275）とも頼む老人オマールが操る、善徳（Tugend）と悪徳（Laster）、神と悪などを巡る様々な詭弁に翻弄され、享楽こそ善の極致との誘惑の言葉に唆される（第1巻）。オマールの旧友ナディアーは、オマールとその背

100　　　Neymeyr, a. a. O. S. 95ff.

後にいる「得体の知れない恐ろしい人物」モンダール（TS1, 335-336）の
企みを告げて彼を助けようとするが奏功しない（第2巻）。語り手の同情
が込められた感懐において予見的に示されるように、アブダラは結局、父
の意に逆らってアリの娘ツルマを得んがために、専制政治打倒の蜂起に失
敗して隠れ住む父ゼリムの居場所をアリに告げ、父を売って死に追いやり、
自身も「父親殺し」（TS1, 372）の汚名と引き替えに得たツルマとの結婚の
宴の果てに半ば狂気のうちに死に至る（第3巻）。

　物語は、全知の3人称の語り手が、ときとして感懐を挟みつつ全体とし
て筋を進行させていくが、主人公とオマール、ナディアー、父らとの会話
が主要な内容を構成する構造をとる。

5. 1. 1. 3.　森の静かなアインザームカイト

　作品は、以上のような主人公アブダラの生の悲劇的な道程を描いたもの
であるが、その道程は、美しい夜の風景の中を師オマールとともに散策す
るアブダラの描写で始まる。

　　アブダラとオマールが美しい木々の中を逍遙したときには、日は落ちて
　　いた。オマールは、アブダラの教師であり、威厳ある白髪の老人であった。
　　そして、その燃えるような目は、一人ひとりの心の中を深く覗き、額や
　　姿は畏怖を醸し出していた。［…］彼らが今足を踏み入れたのは、静か
　　な湖が月の青白い光の中に輝き開けた場所である。夕焼けの最後の残照
　　がトウヒの木々の梢の先を抜けてきらめき、身震いするヒマラヤスギの
　　間を通って、いくつもの星が瞬いていた。時季外れの蚊の群れが月の光
　　線の中を戯れ、甲虫がその周りを黙って眠そ群れている。また、森の
　　静かなアインザームカイトの中をコオロギの鳴き声のリートが大きく響
　　き渡る。（TS1, 260）

　ここに描かれたのは、確かに、「人生の開花期」にあって「屈託なく」「己

を愛し、世界すべてを愛し」「時の流れを一日一日なんの憂いもなく泳ぐ」
若きアブダラの心象や幸せで朗らかな気分を投射したかのような美しい自
然の夜景である。この情景を目にしたアブダラがオマールに語りかけた「見
て、オマール。なんと美しいのだ。——月があんなに優しく輝きを湖面に
落としている、あの静かな湖は」（TS1, 261）という言葉は、それを証すも
のである。そして、一見すると、それが森の静かなアインザームカイト（die
ruhige Einsamkeit des Waldes)[101]として詩的に表象されているようにみえる。し
かし、日没や、夕日の残照、夏の盛りにではなくコオロギの鳴く季節に遅
れて出てきた蚊の群れ（verspätete Mücke）[102]など言葉は、若さという生の最
盛期が陰りを見せていることを示し、また、月（ルナ）は運命を司る女神
のメタファーであることを考えると、「月の青白い光」は、主人公の将来
の悲運を暗示するものと解することができる。とすれば、この情景描写[103]
の最後に置かれた「森の静かなアインザームカイト」は、絶頂の至福感と
破滅への悲劇的な行程の予感という肯定的な要素と否定的な要素を内に秘

101　ここでは「Waldeinsamkeit」ではなく、「Einsamkeit des Waldes」と書かれて
　　　いることに注目したい。

102　この表現は、ゲーテの『ヴェアター』の8月18日の手紙にある「数
　　　百万の蚊の群れが太陽の最後の赤い光線の中を勇ましく踊り、その最後の
　　　閃光はブーンと羽音をたてる甲虫を草むらから解き放つ」というフレーズ
　　　を想起させる。Vgl. Johann Wolfgang von Goethe: Die Leiden des jungen Werther.
　　　In: Johann Wolfgang von Goethe. Werke. Hamburger Ausgabe in 14 Bänden. Band 6.
　　　München 1982, S. 51.『ヴェアター』にあっては、蚊や甲虫は「勇ましく（mutig）」
　　　などの語で表されるように前に向かうエネルギーをもつのに対して、『ア
　　　ブダラ』にあっては、「黙って」「眠そうに」と退行的に表現されている。
　　　なお、『ヴェアター』と『アブダラ』の間テクスト性を研究したナイマイ
　　　ヤーも、この点について言及している。Vgl. Neymeyr, a. a. O., S. 97ff.

103　ハムメスは、この夜の森の情景に関して「筋の進行あるいは登場人物の
　　　心的体験にとって意味深いものすべてが、周辺の景観の中に描かれる」と
　　　指摘する。Hammes, a. a. O., S.28.

めて静まりかえるアブダラの生を表すイロニーとして読むことができよ[104]
う。

5. 1. 1. 4.　アブダラの不安——恐ろしいアインザームカイト

　しかし、森と湖の岸辺の散策においてなされるオマールとの対話の終わ
り近くで、アブダラは次のような感懐を口にする。

　オマールよ、あなたは私を恐ろしいアインザームカイトの中に投げ入れ
　た。私は、恐るべき砂漠の中で己自身を失っている。（TS1, 265）

　アブダラの中で「森の静かなアインザームカイト」は「恐ろしいアイン
ザームカイト」、「恐るべき砂漠」に変化するが、何がそれをもたらしたの
か、そして、その変化は何を意味するのであろうか。

5. 1. 1. 4. 1.　オマールの言辞に翻弄されるアブダラ

　散策する主人公は、「森の静かなアインザームカイト」がはらむ破滅へ
の予感に気づいていない。その月光の中の森と湖の情景を目にしたアブダ
ラはオマールに向かって語りかける。

　見て、オマール。なんという美しさだ。——月があんなに優しく輝きを
　湖面に落としている、あの静かな湖は——木々が高い梢でまだサワサワ
　とした葉の音をたてている夜、数多に変わるメロディーを伴って森から

104　森が併せもつこの正負の側面は、『金髪のエックベルト』の
　　Waldeinsamkeit にも見られる。山縣光晶：信頼と Einsamkeit——ティークの『金
　　髪のエックベルト』における Einsamkeit のモティーフ［『STUFE』第 29 号、
　　2010、1–18 頁］8 頁。

響いてくるナイチンゲールの歌 ——［…］あらゆる生きものが喜んでい
る様子を、もの皆すべてが幸せに生きている。生の中で幸せなのだ［…］
おお、この自然からそのように汲み尽くされることなく湧きだし、無数
の生きものに呼吸と存在を与える活き活きとした力［…］その光景は［…］
心を満たす。慈悲深く無からすべてを生じさせ、塵灰に「生きよ、そし
て、幸せであれ」と語りかけるお方に感謝する。(TS1, 261)

あらゆる生きもの（被造物）が喜んでいる様子を、「もの皆すべてが幸
せに生きている。生の中で幸せなのだ」と無邪気に語る主人公に冷水を浴
びせるのは、オマールの次の言葉である。

夕べの蠅たちは、そのように太陽に向かって哀しそうに歌っている［…］
生は、深淵の中へと落ちる［…］尽きることのない創造が、いま君の周
りでなされているが——次の時間には——生きものは死して朽ち果て、
そして、死した塵灰となる。(TS1, 261)

幼少時から師として仰ぎ、青年になってからは親しく友として接するオ
マールが述べたのは、自然を賛美し、そして、その創造主への感謝を口に
するアブダラが思いもしなかったような、生きものはすべて人間も含めて
「死した塵灰となる」[105]という正反対の悲観的、冷笑的な見解である。その

105 　モティーフとしてテクストに頻繁に出てくる塵や灰は、旧約聖書の創世
　　記 3. 19、ヨブ記 30. 19 などとの関係を暗示する。この作品は、スルタンの
　　支配する中近東の地を舞台としたものであるので、テクスト中の Gott はキ
　　リスト教の神を直接指すものではないと考えられるが、キリスト教の世界
　　観が後述のオマールとナディアーの論争の材料として用いられていること
　　に注目したい。ケプケの『回想録伝記』は、『アブダラ』の舞台が中近東の
　　地であることについて、「オリエントの地は、かつて不思議とメルヒェンの
　　国とみなされていた。啓蒙主義者が自国では誤魔化しだと冷笑するものも、
　　彼らは、遠いアジアの地の砂漠や棕櫚の木の下では信心深く傾聴した」(RK1,

陰鬱な言葉に当惑したアブダラは、「その哀しい真実は、私の麗しい熱狂を強く打ちのめした」、「すべては灰の中の残り火だ」（TS1, 261）と語って、衝撃を隠すことができない。かくして、アブダラの心の中の「静かなアインザームカイト」の肯定的な側面はその言葉で粉砕され、何を確信して、いかなる信条のもとに生を送るべきか、その核となるものを失う道程が始まる。

5. 1. 1. 4. 2.　享楽と神——オマールの哲学的言辞とアブダラの不安

　二人の会話は、やがて生や存在の目的についてのやり取りに移る。アブダラは、「なぜあの月は輝いているのか」、「生ける神は私の内奥に何のために息を吹き込むのか」（TS1, 262）と問う。「神」を口にしたアブダラに対して、オマールは「醜悪な骸骨[106]」という言葉で応じ、さらに、「その秘密はあなたの心には閉ざされたままにしておくように」と勧める。しかし、そうしないほうがいいというのは、それを欲する者にとっては、強い誘惑となる。アブダラは、「人が理解できるものについては、私も理解したい[107]」（TS1, 262）という啓蒙主義的とも言うべき言葉を口にして、急かれたように懇願する。この世の中の、いわば消滅の側面を知ろうとすることへの欲求は、アブダラの生を変える。

　ここで問題となっているのは、生や存在の目的である。「我々の存在の目的が何だというのか」あるいは「なぜ我々はいるのか」というオマール

113）と記している。このことからも、ここで問題となっているのは、イスラム教などではなく、キリスト教それ自体の教えと考えられる。

106　「骸骨」のモティーフはテクスト全体を流れる。特にこの二人の会話では、打ちのめされた主人公に対して、知の扉を開いたのは、おまえが「そう望んだからじゃないか。死の骸骨を掘り起こすことを」（TS1, 269）とオマールは詰る。

107　このアブダラの言葉について、ヘルターは『ファウスト』との共通性を指摘する。Vgl. Hölter, a. a. O., S.1019.

の問題提起は、それを証す。オマールは、その目的について、次のように述べる。

　ある振動が大きな自然のあらゆる部分を貫いて起きている。あらゆる存在の中をある音調が鳴り響いている。ある力がそれらを中心点へと駆り立てている。享楽こそそれだ［…］創造主は、数多の生きものを砂漠へと送り込む。彼らは塵灰であり、己自身の中に閉じこめられている。──しかし、彼は、彼らが彼らの存在を感ずる手だてをその途上で与えた。こうして、万物は喜び、万物は生じ来たり、楽しみを享受し、それから死ぬ。何のために生まれついたのかを知ることもなく。（TS1, 263）

「己自身の中に閉じこめられている」という、ゴットフリート・ヴィルヘルム・ライプニッツ（Gottfried Wilhelm Leibniz, 1646-1716）のモナド論を思わせるような世界観[108]と「楽しみを享受すること」だけが存在を感ずる手だてだという、この言葉を聞いたアブダラは、それでは、「すべての創造行為は宿命の周りを巡っているだけなのか」と問う。これに対して、オマールは次のように述べる。

　人間はだれも、己自身の宿命を知らない。人間は、暗闇の中に一人取り残され覚束ない足で歩み、そして僭越にも生きものにその位階と目的を割り当てる［…］楽しみを享受する代わりに、人間は永遠の闘争の中で死や彼の宿命と格闘している。（TS1, 263）

　それらの言辞を聞いたアブダラをして「我々の存在の最高にして最終的な目的が享楽であるならば」（TS1, 263）と口にさせたように、オマールの哲学的思弁の中心にあるのは、生まれて死ぬ運命にある人間は享楽によってのみ存在を実感するという、享楽至上の哲学とも言うべき考えである。

108　　Vgl. Hölter, a. a. O., S.1007.

そして、人間はそれぞれの人間に定められた「宿命（Verhängnis）」を甘受してひたすら生を楽しめばいいのに、それをせずにもがき苦しんでいる、とオマールは言いたいのである。

　また「人間と動物との違い」についての問答でオマールは、人間は、己の生が宿命により定められていることを知らずに高慢にも「知性」をもって他の生きものに優越していると豪語しているが、「人間が己を誇るその知、その徳」たるや「風が平野の上を追う雲の影、これを錯乱した者は覚束ない足で追う」と語り（TS1, 264）、さらに知や善徳と悪徳について思弁を以下のように展開する。

　（アブダラ）徳が影に過ぎないというのか。悪徳と気高さがここでは一連となってあるのか。二つの端、すなわち偉大さと軽蔑すべきものは、尻尾と頭がつながっている蛇のようにつながっているのか。一つの種子から毒草と薬草が芽を吹いているのか。──ありえない。
　（オマール）なぜありえないのかね。[…]（TS1, 264）

　（オマール）[…] 我々は、ただ一つの力だけがあって、それが善徳と悪徳の中で生きていることを思ってもいない。その二つは、同じ鏡から投げ戻された同じ一つの姿なのに。（TS1, 265）

　善も悪も同じ一つのものから生まれたものに過ぎず、それ故、善と悪は相矛盾することはないという弁神論的な教説を説くオマールは、続いて不遜な言葉を口にする。

　私の行為のすべては、私の内奥から湧き起こる様々な姿だ。数多の内的な力によって成熟し、豊かな好奇心に育まれて植物は高く伸びる。──ただ私だけ、この創造主だけがその生成を知っている。私は、私自身だけを理解している。私は、私自身のことを知っている私自身のためだけに行為する。──他の人間はすべて、私にとっては陰影の中にある異質

な存在に過ぎない。(TS1, 265)

　この、自らを創造主とする二番目のオマールの言辞は、個人の自覚であるとともに、極端な個人主義の証左でもある。その個人主義の行き着く先に近代的なアインザームカイトがあるのは不思議ではない。
　それらの「我々がほとんど考えたことすらない言葉」に当惑し、「自分自身を思い誤らせる」ように感じたアブダラは、ついに「恐ろしいアインザームカイト」、「恐るべき砂漠」という言葉を口にするが（TS1 265）、しかし、オマールの言辞はそれで終わらない。神についての新しい、アブダラが思いもしなかった解釈を彼は提示し、その言葉にアブダラはのけぞる。

　　若者よ［…］我々が善と呼び、あるいは悪と名づけるものは、すべて一
　　つの存在のなかに融解する。あらゆるものは、ただの息吹にすぎない。
　　一つの聖霊が自然全体を貫いて歩み、一つの要素が計り知れないものの
　　中で波打つ——そして、これこそが神なのだ［…］世界は神である。一
　　つの原素において神は無数の形をとって我々の前に現れる。我々自身が
　　神の一部なのだ［…］彼がひとたび衣を脱げば、世界は廃墟となり、天
　　は破滅する。そして、その後に彼はまた立つ。彼自身の前に、永遠の砂
　　漠の中で。(TS1, 268)

　善も悪も神の息吹一つに過ぎない、神は一つの原素が様々な形をとって現れる、我々も神の一部である、というオマールの弁神論的、汎神論的考えは、ゲーテの『ヴェアター』にあるような牧歌的な調和世界を志向したものではなく、砂漠の中の生と廃墟、破滅の循環を志向したものである。
　そうしたオマールの言説にアブダラは意気消沈して、それに屈するように「今や、私のすべての力は枯れ果てた。私のすべての目論見、幸せに満ちた熱狂は、死骸のごとく私の周りに横たわる。喜びはすべて枯れて死んだ」（TS1, 269）と述懐する。
　その一連のやりとりを導入部として、世界や人間についての否定的な見

解を基調とした、享楽、善徳と悪徳、善悪同根論、神などについての種々
の啓蒙主義的な哲学的,思弁的言辞が、筋書きの節目節目で繰り返しオマー
ルによって展開され[109]、アブダラはそれに圧倒され、言いくるめられていく。

109　ヘルターは、ヴェルナー・ブランスの研究（Werner Brans, 1957）などを
　　　挙げて、オマールの教説に快楽主義、ヴォルフ派の合理主義的楽観主義、
　　　ライプニッツのモナド論や予定調和論、弁神論、スピノザの汎神論、ニ
　　　ュートンの機械論的世界像、カント哲学、唯物論、「人格神の否定に即した
　　　宇宙論的決定論」など様々な要素がみられることを指摘するとともに、自
　　　説としてパウル・ハインリヒ・ディートリヒ・フォン・ホルバッハ（Paul
　　　Henri Thiry d'Holbach. フランス名：ポール・アンリ・ティリ・ドルバッハ、
　　　1723-1789：啓蒙主義精神の代表者の一人とされる）の『自然の体系』論の
　　　影響について言及する。Vgl. Hölter, a.a.O., S. 1004-1010.　また、リバットは、
　　　オマールによって展開される善悪同根論などの哲学・思想に関する言辞と
　　　スピノザ哲学との関係を指摘している。Vgl. Ribbat, a.a.O., S. 27.
　　　　ところで、ティークは『アブダラ』執筆時に、いわゆるドイツ啓蒙主義
　　　を主導したクリスティアン・フォン・ヴォルフ（Christian von Wolff, 1679-
　　　1754）が哲学教授、学長を勤めたハレ大学に学んでいる。神学部に入学し
　　　た彼は、当時評判の高かった哲学教授フリードリヒ・アウグスト・ヴォル
　　　フ（Friedrich August Wolf, 1759-1824）らの哲学の講義を聴くほか、カント学
　　　派の人びととも行き来をしている。Vgl. RK, S.131-134.　C・ヴォルフは、ラ
　　　イプニッツの『弁神論』（1710）やモナド論（1721）とアリストテレス以
　　　降の哲学の遺産を折衷し、実用的有用性や健全な悟性の涵養、幸福追求の
　　　哲学を構想したとされる。Vgl. 藤本敦雄外：『ドイツ文学史』、東京大学出
　　　版会、1995、66–67 頁。とすれば、「享楽こそ生の目的だ」「神はいない、
　　　神は人間だ」などのというオマールや、後に出てくるモンダールの教説に
　　　は、C・ヴォルフの講壇哲学が最も色濃く反映されていると考えられるの
　　　ではないか。

5.1.1.5. ナディアーとオマール──対抗する新旧の思想・信条

　そうしたオマールとの間に交わされた教育的問答ともいえる対話によって「心の力が消耗した」（TS1, 269）主人公は、一旦眼を美しい夜景に転じる中で夢うつつの状態となる[110]。その朦朧とした眼に、オマールのもとへと急ぐ白髪の老人の姿が入る（TS1, 269-270）。その後、夢うつつから醒めた彼は、雲間に二つの火の玉が雷鳴を伴いつつ閃光を発するという不思議な恐ろしい情景を眼にする（TS1, 270）[111]。物語は、その後、父ゼリムとその盟友アブベカのアリに対する一揆の謀議、嵐の夜にオマールに連れて行かれた断崖絶壁の洞穴内での父の骸骨との遭遇[112]、アブダラと王女ツルマとの出会いなどの幾つかの出来事を挟み進行する。

　ツルマの甘美な語らいに陶酔したアブダラは、かつてオマールに案内された「断崖絶壁の谷間深く」[113]（TS1, 324）にいつしか入り込む。そして「お前の友だ」（TS1, 325）と称する老人に出会い、老人があの夜オマールのところへと急いだ者であることに気づく。その老人こそナディアーである。

110　　これについて、語り手は、「美しい風景が、あらゆる優しい夢と一緒になって次第にアブダラの考えと混ざり合っていった」と報ずる。（TS1, 269）すなわち、風景は、心象として内面化される。アブダラの逡巡、葛藤する心の動きは、第2章冒頭（TS1, 292-294）などでも、彼の見る風光の変化に重ね合わされている。

111　　ツルマを選ぶのか、父を選ぶのか，「父親殺し」の汚名をかぶるのか否か、という葛藤に具現化される善徳と悪徳などの対抗的モティーフは、この情景以降に現れるアブダラを巡るオマールとナディアーとの幻想的な抗争に巧みに暗喩されている。

112　　アブダラは、オマールに町外れの森の中の見知らぬ断崖に連れて行かれる。オマールが手にした杖で大地を叩くと、そこに洞穴が開き、アブダラは師の指示に従ってその中に入り、そこで骸骨となった父と出会う。しかし、この時点では、まだ父は死んでいない。（TS1, 310-313）

113　　ここに描かれた場所的特性は、ナディアーの隠者性を仄めかすものである。

ナディアーは、「お前の友オマールの姿の中に悪しき魔物がいる」、「かつて彼の友人であったこの老人ナディアーの警鐘を受け入れよ、おまえを毒ある結び目で首絞めるあの蛇から去れ」と言って棕櫚の葉の束[114]を手渡し、これを読み「己を救え」と諭して再び巌の断崖へと姿を消す（TS1, 325-326）。

　ナディアーは、アブダラに手渡した棕櫚の葉の書簡を通じて、また、断崖絶壁の谷を再び訪ねてきたアブダラと対話する中で、その昔、ある時期オマールと一緒にコーカサスの山中の隠者アヒメードに師事していた経緯を明かす。その上で、その後アヒメードから離反したオマールの正体と目論見、オマールの背後にいる謎の人物モンダールなどについて語りつつ、善徳や知恵のなんたるかを諭し、オマールに唆されたアブダラを待ち受ける悪、悪徳と悲運から彼を救おうとする。それによれば、「知恵を最も高貴なものと考え」、「神性を蔑視」（TS1, 335）したオマールは、アヒメードやナディアーと別れた後、知の探求の途で、「深淵を越えた、戻ることのできない場」に住むという得体の知れない恐ろしい人物モンダールの噂を聞き、彼を求めて洞穴から地底に降りる。そして、「戦慄が走るような静けさの中で」彼と出会い（TS1, 337）、享楽至上の教説を聞き、その仲間に入る盟約を結ぶ。そして、「破壊せよ［…］世界に戻れ」（TS1, 340）というモンダールの言葉を受けて人間の世に帰ったオマールは、専制政治を行うようアリを唆したが、アリの迫害に苦しむゼリムを見て同情心を起こし、その苦境を救う。それが仇となって、その後モンダールの下した劫罰ともいうべき責め苦を受けるが、「狂気に駆られることなく最愛の父を死に追いやる息子」（TS1, 357）を見つけよ、というモンダールが示した劫罰解放の条件を受け入れることで苦しみから放たれる。

　アブダラを人質、「復讐を満たす食べ物」（TS1, 358）としてゼリムへの

114　棕櫚の葉の手紙は、アブダラ、ゼリム、オマール、モンダール、ナディアー、アリなどの、筋の展開の背景となる登場人物の位置関係を哲学・思想的論説も交えつつ明かす。

復讐をはたすというのがオマールとモンダールのおそろしい目論見であることを明かしたナディアーは、さらに、次のように説いて主人公を諭す。

　私は、おまえを悪へと導くオマールの技法を発見した。彼は、おまえから神への信仰と善徳への信頼を奪った。おまえにとって、この世の中は軽蔑すべきものなのだ。おまえの熱情は、おまえの父の愛に逆らい闘っている。魔力の奥義がおまえを狂気に向けて導いていく［…］アブダラよ、自分を救え。私はおまえに未来を開いた。おまえは、おまえのぞっとするような宿命を知っている［…］私の言葉を信ぜよ。眩惑的な教えがおまえの心を永遠なるのものに不忠実になさしめるなかれ、その神聖な戒めを忘れるなかれ。もし、以前の友のところへと帰るならば、自分を失うぞ。あの男はお前を破滅の道へと導くぞ。私はお前に救いの手をさしのべる。その手を冷静な勇気をもってつかめ。私は見知らぬ者、よそ者、お前にとって未知の者だ。しかし、私を信じるがいい。なぜなら［…］私の心は今もなお、徳のために鼓動しているからだ。(TS1, 359)

　棕櫚の葉の書簡に記されたこのナディアーの言葉は、「神の信仰」、「善徳への信頼」、「永遠なるもの」すなわち「神」への忠実、旧約聖書のモーゼの十戒をも想起させる「聖なる戒め（seine heiligste Gebote）」などの語に表明されているように、彼がキリスト教的な教えの代弁者であること、その点においてナディアーとその教説がオマールとオマールの啓蒙主義的な教説に対置されていることを暗示している。また、ナディアーは、「悪意ある復讐心から善徳を否認しようとする者を恐れるなかれ」と言う。「善徳と悪徳は同じ一つの種子から伸びたもの」と規定して享楽を存在の目的と説くオマールと反対に、ナディアーにあっては、善徳の感情は、「この地上で黄金の織物を織り続けるために、我々とともにこの世界に与えられたもの」であり、「人間の自然と解け合っている。そして、いかなる詭弁もそれを封じることができない」ものである。悪徳も徳とする思弁が、詭弁（Vernünftelei）すなわち歪んだ理性（Vernunft）から生じたものである

ことを知るナディアーは、次のようにアブダラに呼びかける。

> その神々しい感情は、いつか我々を神性（Gottheit）の玉座へと舞い上がらせる翼だ［…］戻れ、そして、築け［…］おまえの人間の感情を誤った理性によって台無しにするなかれ。（TS1, 360）

オマールの教説を「誤った理性」と断じたナディアーはまた、「創造主とその世界を敬え［…］人間の眼は偉大な世界の創造主を意のままにすることはできないし、そうしてはならない」（TS1, 362）と説く。それらの言辞は、理性を新たな神と信奉し、神に代わって人間が万物を司る座に着こうとすることをよしとする啓蒙思想への批判となっていると考えて差し支えないであろう。

5.1.1.6. アブダラの逡巡、葛藤——オマールとナディアーの教説を巡って

冒頭の森と湖の夜景の「森の静かなアインザームカイト」は、オマールの教説によってアブダラの内心において「恐ろしいアインザームカイト」、「恐るべき砂漠」に転じ、さらに、夢うつつから醒めたアブダラの目に映る外形的にも戦慄するような壮絶な風景となる。翌日、彼は前夜の重苦しい一夜を内省し、「オマールよ、私の何も知らないという幸せを戻してくれ」とモノローグで語る。そのアブダラについて第三者の語り手は、「彼の生は、今、新しい軌道に歩み出した」（TS1, 271）と報じるが、その新しい道は、後に「彼は、倦むことなく互いに闘いあう二つの敵対しあう存在の中に引き裂かれたかに見えた」（TS1, 387）と報じられるように、オマールとナディアーの教説の間を揺れ動きながら行く道でもある[115]。そして、対抗する二

115　　ヘルターは、これを「疑問、混乱、懐疑そして、完璧な不信心の段階を通り抜けていく」道程ととらえた上で、「二つの真実に心を奪われ、その間を行ったり来たりする」アブダラの「心を得ようとオマールとナディア

つの教説の岐路の先に立つのが、王女ツルマと父ゼリムである。その道
程を以下に検討する。

　ナディアーの書簡を半ばまで読み、オマールとモンダールの関係の一端
を知ったアブダラは、そこに書かれた諫言の内容、特にオマールの実体に
ついてまだ半信半疑である。アブダラの胸には、「かつて父の仲間であっ
たその名、喜びと愛の別名でもあった」オマールの名が「今、なんとよそ
よそしく響くのか」という思いが湧き、さらに「その名前は途方もない怪
物なのか、はたまた、すべては夢に過ぎないのか、真実ではありえない。
そんなはずはない」、「いや、真実なのだ」というオマールの正体を巡る葛
藤が起きる（TS1, 350-351）。それは、オマールの教説、ナディアーの教え
のいずれかを選択することへの葛藤でもある。

　棕櫚の葉の書簡を読むのは、ゼリムとアブベカが主導する叛乱騒ぎの中
で一旦中断するが、その挫折後にそれを再び手にしてオマールとモンダー
ルの目論見を知った主人公は、「謎は解けた［…］オマールの恥ずべき名
前とともに地獄よ、わが記憶から去れ」、「オマールよ、私たちは二度と会

　　ーは闘う」と解釈する。Vgl. Hölter, a.a. O., S.1000.

116　　王女ツルマに初めて出会ったアブダラは、その陶酔から醒めると、彼女
　　への愛を追い求めることがもたらす父への背反などの悲運を予感して独白
　　する。「おお、何という不幸せな男なのだ——おまえの気高い、神々しい
　　陶酔は、今どこにあるのだ。それらは言葉一つで霧のように沈んでしまっ
　　た。［…］私は塵灰の中に拘束されていて、彼女はシリウスのように永遠
　　に届くことのできないまま私の上で輝くのだろうか。——いや、天にまで
　　梯子をかけよう。彼女なしには幸せはない。私にとって生はない。この勝
　　負にあって、私にできることは、ただ勝ち得ることだけだ」、「おまえの父
　　の呪詛で失うものは何もないのか——おお、暗い予感が私の心の上に広が
　　る。この日をもって、おそらく私の生の悲惨が始まる。私は、ここでおそ
　　らく岐路に立っている。暗い終わりなき森に入る岐路に。」（TS1, 302）ツ
　　ルマとの出会いもまた、享楽を説くオマールの教説へのアブダラの志向の
　　動因となり、主人公を善悪の岐路に立たせる。

うことはない」、「私は、神の祝福を受けた家へと行こう、そして、かつて私のものであったすべての宝をそこで眼にする」などと独白し、かつてオマールからもらった指輪を投げ捨てようとする（TS1, 363）。オマールの教説から離れようとする主人公の意志は、指輪を捨てようとする行為にも示される。また、アブダラは、父が守られていることを「新しい希望」と述べるが、この言葉から父がナディアーの教えのシンボルとなっていることが読みとれる。

　こうして一旦はナディアーの教戒が奏功したかに見えるが、しかし、すぐにまた「私は何をしようとしているのだろう」、「長く信用してきた友」オマールよりもナディアーの「メルヒェンや彼のまだ確かめられてもいない誠実さに大きな信を置くとは［…］真実ではないだろう。偽りだ。私のオマールが今まで占めていた玉座によそ者が座ろうとしている——だが、もしそれが真実だとしたら」（TS1, 364）という逡巡の念が起きる。これより前に、アブダラは、ナディアーから「おまえの中に巣くっている」「途方もない恐ろしい魔物」との「闘いに備えたいなら」（TS1, 362）断崖絶壁のその場所に来るようにと誘われているが、その言葉を思い出した主人公は、「もしそれが真実だとしたら」という思いに駆られて人里離れた谷にいるナディアーを訪ねる。

　ナディアーに会ったアブダラは、「あなたを信頼したい［…］私に幸せになるための道を示していただきたい」と助けを求める。これ対して、ナディアーは、絶壁に開いた洞穴を指さし、「恐ろしい形姿の群れの中を行くこととなるが、それらはすべて煙のごとき空虚な産物であり、無へと変わるものだ」、「それらすべてを通り抜ければ、重々しい夢から覚醒する」（TS1, 365）と説いて、その中を行くように勧める。ダンテの『神曲』の煉獄をも想起させる奈落の中の恐ろしい世界を勇気をもって通り抜ければ、[117]父は助かり、ツルマも妻として得られる可能性があると知ったアブダラは、暗い地底に降り、まず、闇の中で「小さな太陽のように緑の光を投げかけ

117　　Vgl. Hölter, a. a. O., S.1032.

る」宮殿で「神聖な芳香が漂う厳かな雰囲気」の部屋にいる白髪の老人に遭遇する。「神聖な歓喜の戦慄」を覚えたアブダラに対して、モンダールとおぼしき老人は、穏やかに「お前に知恵の国を開こう。認識の深みを究めよ」、「生の小道の上を、私はお前に連れ添い、そして、徳の太陽の寺院へと導こう。お前を神性の輝ける冠近くに連れて行こう」と語りかける。しかし、老人の表情は、「突然怒りがこみ上げてきたかのように」変化し、その口をついて出た言葉は、「善徳がなんだというのだ。神の玉座がのる台座はどこにあるのか」、「すべての生きものの座右の銘は享楽だ」、「善徳を考案した生きもの、その名こそ軽蔑すべきものだ」（TS1, 371）という、オマールの教説と瓜二つのものである。アブダラは、その霧のような姿の老人の中にオマールの姿が揺れて映るのを見て驚愕する。そして、その老人は、ついに「神はいない、徳もない。人間の徳は享楽だ。彼が神だ［…］軽蔑が天地創造で王座に就く」（TS1, 372）と叫ぶ。すなわち、主人公は、そこで享楽至上主義の教説に同意するよう試練を受けるのである。そのゆらゆら揺れる形姿は鉛色の手をアブダラに差し出すが、戦慄が走った彼は逃れる。その後、アブダラは、いくつもの凄惨な暗さの中にある部屋や広間を抜けて先へと進むが、ある大きな部屋では、女性の形姿の数千もの恐ろしい化け物が踊っているのを眼にする。そのなかの一人は「父親殺しめ」と叫ぶ。また、「これはお前の結婚式だよ」（TS1, 373）と密かにアブダラの耳に吹き込む女の化け物の形姿や、「後ろをご覧、ツルマがお前の後ろに立っている」（TS1, 373）と囁く形姿にも出会う。こうしてアブダラは、数多の亡霊の漂う荒野あるいは、無人の寒々とした砂漠を体験し誘惑の試練を受ける。しかし、結局、主人公は、その試練に耐えられずに、指にはめられたオマールの指輪を回して逃れ出る。その怪奇小説にあるような様相に満ちあふれた地底で彼が遭遇したモンダールあるいはオマールの幻影ともいうべき老人や数多の亡霊には、ナディアーに対置される啓蒙思想の種々の哲学的思弁が含意されていると解される。

5.1.1.7. 生命なき幻影の中のアインザームカイト——オマールの教説を採ったアブダラの最後

アブダラは、善徳と悪徳、義務あるいは運命と自由、父への愛と王女ツルマへの愛、換言すれば、ナディアーの教えとオマールの教えの間で葛藤する中で、隠者志向を口にして、ナディアーの道を行こうとする。アブダラは父の勧める結婚話を断って砂漠に行くことの許しを父に請うが、我が意に従おうとしない彼に対してゼリムは「私にはもはや息子はいない」（TS1, 392）と言ってこれを拒絶する。ツルマへの愛も隠者願望も拒否され絶望の淵に沈んだアブダラは、オマールの巧みな弁舌に唆されて、再び葛藤の隘路に入る。彼はオマールとの対話の中で次のように語る。「どの人間も、より大きな空虚の中で己自身の内に籠もって、己自身のためだけに生きている。個々人それぞれが最後の目標なのだ」、「人間は、自分が楽しむのを妨げる他のどの人間をも、自分の軌道から追い出す権利をもつ。」（TS1, 400）そして「父、息子という名は、空虚な名前以外の何ものでもない」（TS1, 398）と叫んだアブダラは、ついに「享楽こそ人生の目的」とする自己中心的なオマールの教えを選択し、「父親殺し」の汚名を着る道を歩むこととなる。

しかし、父を売って獲たツルマとの結婚祝宴の王宮広間で彼は、本来であれば喜びの気持ちに満ち足りているはずなのに、「私は、見知らぬ、借りてきた、死した機械の中に座っているようだ[118]」、「私は騙されていた。こいつらは人間ではない。ここで私は、生命なき幻影の下でアインザームに座っている」と口にする（TS1, 442-443）。広間に集う大勢の人間のまっただ中にいながら、アブダラは、それをもはや人間として認識できない。そこにあるのは他者不在のアインザームカイトである。

アブダラは最後には死ぬこととなる。広間に一人取り残されたアブダラ

118　「死した機械」という表現は科学的合理主義が優越していく時代思潮への批判として解される。

は、自分がなぜか父の亡きがらを台（Bett）にして座っているのを知り、「錯乱して（im Wahnsinn）」「彼は眠っている［…］この静かな真夜中に寝ている者のそばにいるのは怖い」、「死者が再び来るとは。私の教理は誤っていた」と叫び、「あっちに失せろ、私たちは最早知り合いではない」と言って髑髏を叩く（TS1, 447）。テクストは、そのアブダラの最後を、翌朝「奴隷たちはアブダラが激しく引きつった顔をして横たわっているのを見つけた」（TS1, 447）と語り手に報じさせて終わる。このアブダラの死は、父親殺しという道徳律に反した行為は悲惨な死をもって報いを受けるという因果応報の教えや、それ故に善徳の道を人は踏むべしといった勧善懲悪的な倫理観の教育を含意するものとも考えられる。しかし、彼は、最終的に狂気に陥るが故にモンダールがオマールに示した条件（TS1, 357）を満たしていない。従って、彼は享楽と悪徳を掲げるオマールやその背後にあるモンダールの世界には結局足を踏み入れず、あらゆる状況、事情にもかかわらず、「我が腕の中に来たれ。［…］私はお前に善徳と神について話さねばならない」（TS1, 447）と語る父の世界に受け入れられることとなる、という推量も可能である。裏切った父にアブダラが迎えられていると解すれば[119]、その結末には、単なる因果応報やニヒリズムなどではなく、ある種の慰め、恩寵・恩赦の余韻が漂う[120]。とすれば、「今や私は一人ぼっちだ」（TS1, 446）とつぶやくアブダラのアインザームカイトには「慰め」の期待の要素も微かに認められるのではないか。いずれにしろ、「髑髏を拳で叩

119 　父の意に反して行動した息子を迎え入れるという点で、ゼリムとアブダラの最後のやりとりには「放蕩息子」の帰郷（ルカ福音書 15. 11-32）を連想させるものがある。

120 　クロイツァーは、錯乱（狂気）における死に着目し、「〈狂気〉は［…］アブダラにとって確かに何らの和解的な性質のものではない。しかし、それにもかかわらず、自分のすべてを失うこととなる確信犯的な罪悪の認識の地獄と比べれば、ある種の恩赦的な意味をもつ」と述べている。Vgl. Kreuzer, a.a.O., S. 88.　観点が違うが、小論同様に主人公の死にある種の赦しを認めていることは興味深い。

いた」夜中の出来事と奴隷たちが「アブダラが横たわっているのを見つけた」翌朝との間に何が起きたのかを語り手は明瞭に語らず、余韻を残したままなので、ティークの多くの作品同様に結末は曖昧なままである[121]。

5. 1. 1. 8. 信ずるものが失われた、寄る辺なき時代の、不安のアインザームカイト

オマールとの教育的問答の後に、アブダラの生を「今、新しい軌道に歩み出した」と語った語り手は、そのアブダラについて「彼には、彼のそれまでのあらゆる考えが未熟で、子供っぽいものに思われた」と報じる。カント (Immanuel Kant, 1724-1804) は『啓蒙とは何か』(Was ist Aufklärung, 1783)[122]において、未熟な者が己の未熟さを理性によって成熟させ、青年として社会で自立し、自律的に生を送ることを要請する。「未熟で、子供っぽい考え」のように思われた生から新しい軌道に踏み出したとされるそのアブダラの姿には、カントが代弁する啓蒙主義の理念が反映していると解される。しかし、それは、その理念を読み手に啓発しようとするものではない。

アブダラの迷い、葛藤は、未成熟な者からその精神的な自立への途の敷居においてなされる次のモノローグにまず表明される。

おお、神聖なる善徳よ［…］あなたの聖壇は転覆した。あなた、太陽は消え失せた［…］いつもであれば私を母親のような微笑みで引きつけるこの神性が、もし死んでいるとしたら、私はだれなのだろう。(TS1, 271)

121　例えば『金髪のエックベルト』。山縣：前掲論文、16–17 頁。

122　Vgl. Immanuel Kant: Beantwortung der Frage. Was ist Aufklärung? In: Immanuel Kant. Ausgewählte kleine Schriften (Hrsg. von Horst Brandt). Hamburg (Felix Meiner) 1999, S.20.

アブダラのこの述懐は、神の存在についての確信が失われたことが、同時にまた、自分自身の存在への確信の喪失でもあることを意味している。それに続く述懐で「私は引きちぎられた木の葉のようだ。落下していくのを、つむじ風によって空中に舞い上げられるような」（TS1, 271）と、寄る辺を失ってあてどなく漂う木の葉に我が身を喩えていることも、それを暗示している。さらに、主人公は、オマールの教説が己を「孤児（Waise）」にしたとも述懐する。「孤児」はアインザームカイトにつながる語である。[123]

　アブダラは、旧来のキリスト教的思想・信条のもとに最初は美しい、「静かなアインザームカイト」を満喫する。しかし、これを口にするや否や、啓蒙思想の代弁者であり、個々人が内に籠もる戦慄させるようなアインザームカイト（TS1, 304）に熱狂するオマールに完膚なきまでに批判され、信じてきたものの土台を崩される。そして、「享楽」を人間の存在の最終目的に置く哲学を寄る辺、信条とするように唆される。一方、旧来のキリスト教的価値や倫理の代弁者、擁護者である、慰めのアインザームカイトに溢れたナディアーは、享楽至上主義で、利己的な悪徳を奨めるオマールの教えに染まることなく神と善徳を寄る辺とするように主人公に諫言する。アブダラは、両者の間を行きつ、戻りつするが、結局、ツルマを妻にしたいという自己中心的な欲求に屈し、オマールの道を辿る。ナディアーの諫言が功を奏さなかったことは、隠者ナディアーに仮託された旧来の価値観が、啓蒙思想の中で「我」に目覚めた「私」（das Ich）を助けるものではないことを暗示する。しかし、現世的な享楽を第一とする啓蒙主義的価値観に依拠した主人公は、結局そのためにすべてを失って、気がつくと一人、他者不在のアインザームカイトの中に座っているのに気づく。周りにいると見えたのは、機械のような幻影である。機械は啓蒙合理主義の申

123　漢字の孤独も、孟子『梁惠王章句下』の5にある「幼而無父曰孤」（幼にして父無きを孤と言う）の句、すなわち「孤児」を原義の一つとしている。内野熊一郎：新釈漢文体系第4巻・孟子（明治書院）1994、60頁。

し子である科学・技術の産物であることを考えれば、ここでの機械は啓蒙主義的諸哲学のメタファーになっているといえよう。とすれば、彼の周りにある「死した機械」と表現された啓蒙思想とその産物もまた、彼の心を満たすことのない、空虚な代物といえる。この主人公アブダラの姿の中には、4. 3. 1. でみられた、神と啓蒙思想の狭間で己の生に「確かな確信」を失い、「存在についての根本的問い」に苦悩する青年ティークが確認できるのではないか。そうした意味で、主人公アブダラのアインザームカイトは、旧来の価値観、世の中を席巻しつつある価値観の双方に、己の存在を支える寄る辺を失った人間の不安の詩的表象であるアインザームカイトであると解しても差し支えないであろう。

5. 1. 1. 9.　まとめ

哲学小説（Philosophieroman）[124]とも称される『アブダラ』における主人公アブダラのアインザームカイトは、ローマ帝国のキリスト教国教化このかた長く西欧、ドイツで人間の信仰、倫理規範、社会秩序の中心となってきた神が啓蒙思想の普及により権威を失う中で、神への信を失い、神に代わるべきものとしての啓蒙思想、啓蒙主義の提示する価値観に寄る辺を求めるものの、結局そこにも寄る辺が得られない人間の不安なアインザームカイトを表象したものである。

　それはまた、神という権威を失った、啓蒙思想以降の近代人の不安とその表象であるアインザームカイトの萌芽として読みとれる。自己の目的追求を至上とする個人主義の世界では、利害が一致しなければ赤の他人である。そこから生ずる他人からの孤立感、疎外感はアインザームカイトとなる。行きつ、戻りつして結局、自己の便益を優先する享楽主義の哲学・思想の道を行くアブダラは、一人孤立し、他をすべて失う。この姿にも近代人の他者不在のアインザームカイトが先取り的に読みとれるのではないか。

124　　　Vgl. Hölter, a. a. O., S.1004 ほか。

5. 1. 2. 隠者とアインザームカイト——『アブダラ』の隠者とヘルダーリンの『ヒュペーリオン』の隠者

　隠者（Einsiedler もしくは Eremit）とは、世間から離れて隠棲する者をいう。アインザームカイトは、隠者という人間の生の営みの一つのあり方と密接な関係をもつ。[125] 早くはバロック文学のグリンメルスハウゼンが『ジンプリツィシムスの冒険』において隠者のモティーフを扱っていることにみられるように、隠者はドイツ文学でも好まれたモティーフの一つといえる。ティークもまた、『アブダラ』や『アルマンズーア』（Almansur, 1790）をはじめとして、『フランツ・シュテルンバルトの遍歴』、『生の余剰』において隠者をアインザームカイトのモティーフと密接に関連させつつ描いている。[126] 一方、『アブダラ』とほぼ同時期に書かれたヘルダーリンの『ヒュペーリオンあるいはギリシャの隠者』（以下、『ヒュペーリオン』という）は、その表題が示すように隠者を主人公としたものであり、アインザームカイトのモティーフも作品全体にわたってちりばめられている。
　本項は、ティークの『アブダラ』と『アルマンズーア』並びにヘルダーリンの『ヒュペーリオン』をテクストに用いて、隠者とアインザームカイトのモティーフの相違を論じることで、それらの意義を明らかにしようとするものである。

125　Vgl. Lexikon für Theologie und Kirche, Bd. 3. Freiburg 1995, S. 558-559. 以下、この書を LTHK と略記し、引用箇所の頁を付記する。

126　『フランツ・シュテルンバルトの遍歴』における隠者については、本書148-149 頁、『生の余剰』におけるそれは 232-234 頁参照。

5. 1. 2. 1. 『アブダラ』及び『アルマンズーア』における隠者とアインザームカイトのモティーフ

5. 1. 2. 1. 1. ナディアーにみられる隠者の生とアインザームカイト

『アブダラ』においては二つの隠者の形がみられる。テクストに現れる隠者像の一つは、オマールに対抗して主人公アブダラを享楽至上主義の道から救おうとする、まもなく 80 歳になると自称する老人ナディアーである。

ナディアーは子供の頃から「人間の心の中に自ずと宿るものすべてを経験したい、知りたいという苛立ち」を抱いていたが、それが嵩じて、彼の心は「大胆にも厚かましい疑問と向こう見ずな思い違いのあらゆる分野を彷徨」(TS1, 332) するようになる。そして、自分の内面と知の探求の過程で「すべてを信ずるがために、何をも信じない」という隘路に立ち至った彼は、「闘いのまっただ中で己の弱さを感じ、そして、自分の厚かましさによって神と運命を失う。」しかし、「その惨めなアインザームカイトのなかにあってもなお満足ができず」、ついには「神の摂理を否定し、異界の者、デーモンを信じ始めるようになる」(TS1, 332)。迷信や不信心の際までいった「夢想家の」彼は、「奇跡や理解しがたいものの下で生を営む」ようになる (TS1, 333)。こうして「狂気の領域を抜ける細い道をよろめきながら歩む」(TS1, 333) ナディアーが行き着き、師事したのが、コーカサスの山の頂に住むアヒメードであった。ナディアーは、その師のもとでの 20 年に及ぶ生活ぶりを次のように記す。

> 私は、ひとり師のもとに残り、静かなアインザームカイトと平安の中に、世界とその営みから分かたれて、自然と神の叡智を絶えず内省しながら生きた。(TS1, 334)

「世界とその営みから分かたれた」生は、ここでは隠者の生を意味する。

「静かなアインザームカイト」と「平安」は、その生を営む時空であると同時に、隠者の生の詩的表象でもある。興味深いのは、ナディアーは、あらゆるものを、無窮のものすら知りたいという強い知恵欲の末に人間としての歯止めを越えて無神論や迷信が交錯する世界に一旦は踏み込む。そして、その後遭遇した師アヒメードのもとで数十年を過ごす中で「はじめて私は」すべてのことを知ろうという「願望が人間の限界の彼岸にあることを悟り」(TS1, 333)、「連れて行かれた鏡の前で己の下劣さを見た」(TS1, 334) と主人公アブダラに述懐することである。すなわち彼は、己の内心と向き合う中で狂気と紙一重の迷路に入り込む体験を経て、師のもとで己の人間の無力さを知り、謙虚さを理解し、隠者の生を送っていたのである。

　キリスト教における隠者、ひいてはヨーロッパの文化的伝統としての隠者の淵源は、およそ3世紀のエジプトのテーベの砂漠で他者から隔絶した状況のもとで神を求める修道の生活を送ったという隠修士とされる。隠者には、単なる厭世観から退隠生活を送る者という意味に止まらない積極性がある。隠者の原型は、聖アントニウスとされるが[127]、その砂漠における隠者の生の営みで最も有名なのはデーモンの数多の誘惑を克服したことであり[128]、絵画などの芸術作品においてもそのモティーフが多く取り上げられている[129]。ナディアーにみられる隠者の生の動機は、そもそも人間の内面あるいは真理の探究の軌道上にあり、また、その歩みには、聖アントニウスにおけるデーモンの誘惑の克服のような要素がみられる。その意味でナディアーは、伝統的な求道の隠者といえよう。また、彼の迷妄と不満足感につきまとわれた「惨めなアインザームカイト」は、神と自然の叡智を内省するという、言わば宗教的な隠者の生を営む中で、静寂で安らぎのアインザームカイトに変わりゆくのであり、ここにも伝統的な求道の隠者の

127　Vgl. LTHK Bd. 3, Einsiedler, Eremit, S. 557.　平凡社大百科事典 2、1984、29 頁。

128　Vgl. LTHK Bd. 1, Antonios, hl., S. 780-781.

129　例えば、マティアス・グリューネヴァルト (Matthias Grünewald, c.a. 1475-1528) のイーゼンハイムの祭壇画は、その好例である。

特性が示されている。

5. 1. 2. 1. 2.　救助者としての隠者──慰めをもたらすアインザームカイト

　アブダラに手渡した棕櫚の葉の書簡においてナディアーは、そうした自身の経緯に触れた後、続いて次のように語りかける。

　アブダラよ、自分を助けよ［…］今やお前は自分の恐ろしい天命を知っている［…］私の言葉を信じろ、目が眩むような教えによってお前の心を永遠なるものに背かせるな［…］私はお前に救助の手を差しのべる［…］私はよそ者であり、お前と知己の友ではないが、それでも私を信じてくれ。(TS1, 359)

　ナディアーは、アブダラを待ち受ける悪、悪徳と悲運から彼を救おうとする。小説『ジンプリツィシムスの冒険』において家族と家を失った少年期の主人公を養育する隠者[130]のように、ナディアーは教師として機能し、救助者あるいは逃げ場としての性格を発揮する[131]。
　ティークは『アブダラ』物語の直前に著した小品『アルマンズーア』においても主人公と対となる脇役として隠者を描く。奇しくもとアブダラという名の隠者に対して、人生に思い悩む主人公アルマンズーアは、次のように語りかけて助けを求める。

　私は、とうとうあなたの幸せなアインザームカイトへとやってきました、

130　Hans Jacob Christoffel von Grimmelshausen Werke I.1. Hrsg. von Dieter Breuer. Frankfurt am Main (Deutscher Klassiker Verlag) 1989, S. 32 ff.
131　リバットは「善良な精神であるナディアーは、たしかにオマールの役目を肩代わりしたかったのだが、しかしそれが叶うのは一時的である。なぜなら、彼の道義的な選択肢が効果を発揮するのは、若者の成長の初期の段階でしかないから」と述べる。Vgl. Ribbat, a.a.O., S.28.

気高い老人よ［…］あなたのそばに置いて下さい。安らぎとアインザーム
カイトの中に［…］アインザームカイトはかくも多くの苦悩のための
慰めなのです。（TS1, 49）

これに対して隠者は、次のように応じる。

おお、アルマンズーアよ。この小屋に私とともに暮らそう、私と一緒に
私のミルクを飲もう、木陰で休もうじゃないか。わたしは、あなたを子
と思おう。あなたも私が父であると思えばいい［…］私のもっているも
のを私とともに分けよう［…］道を誤って流離う者を私たちは食べ物と
飲み物で元気づけ、正しい道へと導こう。嘆き悲しむ者に慰めのバルサ
ム油を渡そう。（TS1、50）

　苦悩し、喪失を深く嘆き悲しむアルマンズーアを父として迎え入れるこ
の隠者の視線は、アルマンズーアだけでなく「道を誤った者」、「正しい
道」を踏み外した者にも向けられている。そのような者を彼は弾劾するの
ではなく、「慰めの」香油を渡し、正しい道へと案内しようというのであ
る。さらに、隠者は「私たちの過ぎ去った年月の歴史を物語ろう」、「私た
ちの体験をともに交換しよう。私は、あなたにとってかつて大切だった木々
を学び、あなたはかつての住まいを私に描写する［…］」（TS1、50-51）と
語りかける。他者を肯定し、他者に寄り添い、慰め生きかえらせる隠者と
アインザームカイトである。この隠者の姿と幸せなアインザームカイト、
苦悩し痛む者に「安らぎ」と「慰め」をもたらすアインザームカイトは、
『アブダラ』物語の隠者ナディアーにも共通すると考えられる[132]。ところで、

────────────────

[132]　『アルマンズーア』は枠物語の構造をとるが、枠となる物語で隠者アブ
ダラが師として青年アルマンズーアに読むように渡した中のメルヒェン、
すなわち、挿入された枠内物語にナディアーと名のる主人公の青年が登場
する。『アルマンズーア』におけるアブダラとナディアーの関係が『アブ
ダラ』で逆になって配置されていることや、『アルマンズーア』の枠内物

ティークの親友ヴァッケンローダーは、『アブダラ』の原稿についての感想・批評を求められ、次のように返信している。

慰めに満ち満ちて、心を高めてくれる考えやファンタジーをひらめかせてくれるアインザームカイトは［…］我々の肉体の消滅の前に魂を死なすような、身を食い尽くし消耗させるような毒から我々を自由にする。[133]

ここでヴァッケンローダーが記した「慰め」に満ちたアインザームカイトとは、『アルマンズーア』における隠者と対をなす隠者ナディアーのアインザームカイトに最もよく表れていると考えうるのではないか。

5.1.2.1.3.　葛藤からの逃避——アブダラに垣間見えた隠者志向とアインザームカイトのモティーフ

アブダラは、善徳と悪徳、義務あるいは運命と自由、父への愛と王女ツルマへの愛、換言すれば、ナディアーの教えとオマールの教えの間で葛藤する中で、次のような思いを口にする。『アブダラ』における隠者の第二の形がそこに描かれている。

この惨めさとともに私は砂漠に入りたい。そこで涙をもって朝焼けに挨拶し、嘆きをもって夕べを呼びたい。ため息が私の語る言葉になり、憂愁が遊び相手となる定めだ。そう、オマールよ、この幸せだけがまだ私に残っている。この喜びこそ、私から取り去られることのできない唯一のものだ。(TS1, 389)

語の主人公である青年ナディアーも生に苦しみ、『アブダラ』のナディアー老人のように砂漠やコーカサスの山中を流離っていることは、両作品の緊密な結びつきを示唆する。

133　　Hölter, a.a.O., S. 980.

私はこの世界から出る。広大な洞穴が私の住まいとなる。私の仲間は木々や獣たちだ。ああ、次第に私は、私が失ったものを忘れていくだろう。苦悩を仲間にして私は白髪の老人になる。（TS1, 389-390）

　アブダラ自身もまた、一度、束の間ではあるが、「この世界から出て」「砂漠（Wüste）」に入り、「苦悩と一緒に木々や獣を友として白髪の老人になる」という隠者の生を憧憬し、アインザームカイトにおいて隠者になることを願う。その彼をオマールは、「空虚な心を伴うアインザームカイトの中で幸せになろうというのか」(TS1, 389)と揶揄する。なぜ空虚な心なのか。彼は、ツルマをとれば父をなくさざるを得ず、父をとればツルマをなくさざるを得ない。身を離してその両者を捨ててしまえば、もはや奪われるものはないが、心は空虚になるであろう。それ故、彼は、己から「取り去られることのない」、「唯一の幸せ、唯一の喜び」に思われた砂漠における隠者の生を志向するのである。アブダラのその隠者志向の動機には、求道の精神のような積極性はない。「空虚な心を伴うアインザームカイト」とオマールに見抜かれたアブダラが思い描く隠者のアインザームカイトは、先に述べたような求道の隠者の放つ「幸せな」、悩みの慰めとなるアインザームカイトではなく、心を満たすために「苦悩を仲間と」せざるを得ないアインザームカイトとなるであろう。しかし、満たされない心には、オマールの教えにあって最高の善徳とされる生の享楽への強い欲求が執拗につきまとい、それからアブダラは離れられない。かくして、彼はその欲を消

134　中世ドイツのヘーリアント詩では聖書の砂漠（荒野）が森に置き換えられている。カール・ハーゼル（山縣光晶訳）：森が語るドイツの歴史（築地書館）1996、47 頁参照。また、17 世紀から 18 世紀の托鉢修道会には司教区段階で森林修道士 (Waldbruder) が組織された例がある。Vgl. LTHK Bd. 3, S. 559. 砂漠での木々や獣を友とした暮らしは、こうしたコンテクストで読む必要がある。

135　かつてオマールからアブダラに贈られた指輪は、その象徴（Zeichensymbol）となっている。ナディアーはそれを投げ捨てるように言

すことができず、必然的に隠者への道をたどらない。アブダラの隠者志向
は葛藤からの逃避であり、そのアインザームカイトは問題から身を遠ざけ
ることにより現実を甘受する戦術的なアインザームカイトといえる[136]。そ
して、結果的にそれに踏み切れなかったことが父との決定的な対立へとつ
ながり、最終的には悲運に至るのである。

5. 1. 2. 1. 4.　隠者と他者肯定のアインザームカイト

　父と恋人ツルマとのいずれかの選択の葛藤に苦しんだ末に砂漠の隠者
という第三の選択肢を口にしようとするアブダラに対して、オマールは
「すべての希望を犠牲にするその決意にお前を至らせたものは何か」（TS1,
388）と問う。これに対して、アブダラは次のように応ずる。

　私が人間であることだ。それ（注：希望）を、私は、私の所有するもの
　の中でも最も高価なものでもって購う［…］というのも、ツルマなしに
　は、私には世界は死に絶えたも同然だからだ。私は、至高の浄福を永遠
　に諦める。愛の感情は、二度と私の胸に起きることはない［…］私には
　愛の痛みだけが繰り返す。（TS1, 388）

　主人公の砂漠の隠者志向は、たとえそれが種々の葛藤からの逃げ道だけ

うが、アブダラは結局それができない（TS1, 366-367）。

136　　リバットは、世間を知らない主人公が世間知にたけたオマールの哲学に
　　　翻弄され、その犠牲になっていく流れに着目し、作品全体は異常な精神状
　　　態の経過（Ablauf einer Psychose）の叙述であり、「心の病の条件は語り手に
　　　よってお膳立てされている」とした上で、「アブダラにとって現実は、彼の、
　　　自分自身の中に身を隠す内面性に還元されている」と考察している。ここ
　　　での隠者志向とアインザームカイトはリバットの指摘する心の病とまでは
　　　言えないが、「自分自身の中に身を隠す内面性」の一つの表れとも解釈で
　　　きる。Vgl. Ribbat, a.a.O., S. 27-28.

を意味するものであるとしても、実現したとすれば、自らを砂漠という葛藤の局外に置くことで、父や恋人ツルマ、そして、結果的にみると彼自身をも護ったはずである。束の間ではあったが、アブダラに父とツルマのいずれかの選択ではなく、アインザームカイトにおける隠者の生を想起させたものは、「人間であること」あるいは人間性である。それ故にその意志をオマールに告げた後、アブダラは「数多の考えがわたしの荒んだ心を通っていった。長いこと私は今のように感ずることがなかった。この想いこそ、何日もたってはじめて戻った人間の感情なのだ」（TS1, 389）と、安堵したように吐露するのである。彼が憧憬した砂漠の隠者とアインザームカイトの生は、他者、すなわち、父や恋人ツルマを、そして、彼自身を肯定する道である。

　しかし、オマールの教説に乗って「父親殺し」の汚名を着る道を歩んだアブダラが最後に行き着いたのは、ツルマはおろか周りに集う大勢の人間をもはや人間として認識できない他者不在のアインザームカイトである。

　ところで、語り手は物語の冒頭で、大勢の民を統べながらも友一人いないアリを「永遠のアインザームカイトにいる」（TS1, 257）と報じている[137]。他者不在のアインザームカイトは、この永遠のアインザームカイトにも通じている。そもそもアブダラには、当初より「そうだ。私は、死して押し黙るような大衆に比べて高貴な人間だ」（TS1, 293）と、エリート意識を口にする一面も持ち合わせている。そして、その意識は、「享楽こそ、この世の生の最初にして最後の目標だ」（TS1, 293）という享楽至上主義から生まれたものである。

137　ビンダーの指摘する「友のいない君侯」のアインザームカイト（本書33頁）は、シラーの『ドン・カルロス』の王フィリップなどだけでなく、このアリにも具現化されている。

5. 1. 2. 2. 『ヒュペーリオン』における隠者とアインザームカイト

　ヘルダーリンの『ヒュペーリオン』は、18世紀後半のトルコ支配下の
ギリシャを舞台に、友や師との交流、ディオティーマとの愛、古典ギリシャ
の精神に基づく祖国の復興という理想に燃えて従軍した義勇軍での挫折と
失意、ディオティーマの死や友との別れ、ドイツへの旅と失望などを織り
込みつつ展開される主人公ヒュペーリオンの自己形成の物語であり、ヒュ
ペーリオンとドイツの友ベラルミンあるいは恋人ディオティーマとの間で
交わされる書簡体小説のスタイルで語られる。全編にわたってヒュペーリ
オンに仮託されたヘルダーリンの古代ギリシャの社会・文化・美・思想へ
の理念的かつ情感的憧憬や世界観が、自然やディオティーマとの愛などの
人間模様の描写に織り込まれて抒情豊かに歌い上げられるとともに、そこ
にフランス革命後の社会の地殻変動に対する厳しい視線と理想社会への熱
い想いが交錯する。スケールの大きな美しい作品である。『ヒュペーリオ
ン』については膨大な研究がなされている。ここでの論考は『ヒュペーリ
オン』研究そのものを意図したものではないので、以下、主としてヨヘン・
シュミット (Jochen Schmidt)[138]とハインツ・トーニ・ハムの所論[139]を援用しつつ、
『ヒュペーリオン』における隠者とアインザームカイトについて考察を行
う。

5. 1. 2. 2. 1　詩人としての自己生成過程——過去を内省する隠者

　『ヒュペーリオン』における最後のベラルミン宛の最終書簡で、ヒュペー
リオンは、「私、孤者は平野の上に立ち ［…］」[140]と感懐を述べる。しかし、

138　　Jochen Schmidt: Hyperion, Konzeption und Struktur. In: Friedrich Hölderlin: a.a.O.,
　　　　S. 940-965.

139　　Heinz Toni Hamm, a. a. O., S. 81-103.

140　　Friedrich Hölderlin: Sämtliche Werke und Briefe in drei Bänden. Hrsg. von Jochen
　　　　Schmidt. Band 2. Frankfurt am Main (Deutscher Klassiker Verlag) 1994, S. 172-173.

ここに述懐された「孤者（der Einsame）」という帰結は、すでに、少年期の出来事を報じた第1部第1巻第4書簡にある「お前は、一人ぼっちに（アインザーム）なるだろう。愛しい若者よ［…］お前は、遠い国に春を捜す兄弟たちに置き去りにされて荒れた季節に残った一羽の鶴のようになるだろう」（HS 23）という師アダマスの言葉に予見的に示されている。冒頭近くと最後に置かれたその二つの書簡は、この作品が、語られるヒュペーリオンの自己生成過程（すなわち過去）を、語り手としてのヒュペーリオンが内省するという構造をとること、すなわち副題の隠者とは、語る人つまり詩人として完結したヒュペーリオンその人であることを示すとともに、シュミットが指摘するようにアインザームカイトが小説『ヒュペーリオン』の主導的モティーフとなっていることを示唆する。[141]

5.1.2.2.2.　理想主義的な、壮麗なアインザームカイト

　ヒュペーリオンは、ディオティーマを振り切って友アラバンダとともに参加したトルコからの祖国解放の戦いの陣中で、来るべき決戦を前に死を覚悟した心境をディオティーマ宛の手紙に書きつづる。その手紙に次のような境地が書かれている。

　ずっと以前から、私には、運命に煩わされない魂の威厳がほかの何にもまして今眼の前にあるように思えていた。壮麗なアインザームカイトのうちに、私はしばしば私自身の心の中に籠もって生きた。私は、外部の物事を振り払うことに慣れたのだ。雪から汚れを払うように。（HS 135）

以下、このテクストからの引用は、HS と記し、ページ数を併記した。邦訳にあたっては、ヘルダーリン全集——3：ヒュペーリオン（手塚富雄訳）河出書房新社 1969 年を適宜参照した。

141　　Vgl. Schmidt, a.a.O., S. 948.

　理想を見て取り、これを理解するのはただ一人、世界から隔絶し、美しい自然のなかにアインザームに生きる者だけである。すなわち、その人こそ『ヒュペーリオン』における自己生成を完結した隠者、語る人であるヒュペーリオン、詩人である。ここに引用した句を含め、そのことをテクストは全体として仄めかしていると考えられる。素晴らしい、見事な、あるいは壮麗な、を意味する herrlich の語で形容されるアインザームカイトについての表象は、すでに、「わが愛する人々は遠くに離れ、あるいは、この世にいない［…］世に知られることなくアインザームに私は祖国に帰り、その中を流離う」（HS 15）との書き出しで始まる冒頭の第 2 書簡における「大気の優しい波動が我が胸の周りを戯れるとき、我が全存在は沈黙し、耳をそばだてる［…］私には、あたかもアインザームカイトの痛みが神のいのちの中に溶け入ったかのように思われる」、「万物と一つになること、これこそ神の生だ、これこそ人間の至福（Himmel）なのだ。生きとしいけるものと一つになること、この上ない喜びの中で己を忘れて自然のすべてに還ること。これこそ思考と喜びの頂点だ。これこそ神聖なる山頂、永遠の安らぎの場だ」[142]（HS 15-16）という述懐に暗示されていると考えられる。すなわち、「一にしてすべて」あるいは「全・一なるもの」（ヘン・カイ・パン）というギリシャ哲学などに由来する考え方の具現化としての、万物を統合してその頂点に立つアインザームカイトと隠者のイメージである。

　確かにそうした世界観をともなった隠者の姿は、美しく、崇高でさえある。しかしながら、それは「雪から汚れを払うように」という言葉が仄めかすように世の中の汚れを穢らわしいものであるかのように振り払い、それから身を遠ざけて己一人の完成をよしとする生き方である。そこには、世の中の汚れとともに生きつつ汚れを清らかなものにしようという、共苦・共感は見られない。その壮麗なアインザームカイトとは、他者に心を寄せ、

142　　この部分を含め、作品全般におけるヘン・カイ・パンの考えやルソー主義、汎神論の影響については、Vgl. Schmidt: Hyperion, Einzelkommentar. In: Friedrich Hölderlin: a.a.O., S. 974-975.

他者に寄り添う温かさのない、雪のような冷たさを伴うアインザームカイトである。哲学的、観念的なアインザームカイトともいえよう。そのような、アインザームカイトのうちに「心の中に籠もって生きる」という姿には、『ヴィリアム・ロヴェル』に出てくる「カタツムリのように自分自身に引き籠もり、兄弟たちの幸せや痛みに心を寄せることのない人間、エゴイスト」（LTS6, 168）にも似るところさえ感じられる。それは、「多くの苦悩」の慰めを求めての「あなたのそばに置いてください。安らぎとアインザームカイトの中に」と懇願する青年アルマンズーアに対して、「この小屋に私とともに暮らそう、私と一緒に私のミルクを飲もう、木陰で休もうじゃないか」と言って、子として迎え入れ、ともに生の体験を分かちあおうとする『アルマンズーア』における他者肯定の隠者や慰めのアインザームカイト（本書94頁）と対照的である。

5. 1. 2. 2. 3. 他者を否定する、他者不在の自己中心的・独白的なアインザームカイト

ヒュペーリオンは、孤者となるが、そのアインザームカイトの理念的な到達点は「雪から汚れを払うように」して完成した壮麗なアインザームカイトである。そこに彼はどのようにして達したのであろうか。この点について、彼を巡る人々との関係に焦点を当てて検討する。

ヒュペーリオンが壮麗なアインザームカイトを述懐するのは、戦場にある彼に宛てたディオティーマの告別の手紙への返信においてである。その一つ前の彼女に宛てた書簡の中でヒュペーリオンは、「一つだけ君に長いこと黙っていたことがある。父が私を追い出したことだ。父は、幼年時代を過ごした家から出て戻るなと命じた。そして、僕のことを二度と見たくないのだ」（HS 132）とディオティーマに大きな秘密を打ち明け、さらに「それでなくとも、僕は故郷なく、憩う場所さえなく生まれついた。ああ、大地よ。星よ。私は最後にはどこに住まうのか」（HS 134）と歎く。ここにすでに己自身が当初から否定された存在であることが証されている。

その後、戦闘で負った重い傷もほぼ癒えたころに除隊の知らせを受けた
ヒュペーリオンは、親友アラバンダとも別れる。ベラルミン宛の書簡は、
本来活力旺盛なはずの友が「役にも立たず、活力もなく、アインザームに
いる」（HS 149）ことや、その友との別離の顛末を告げる。すなわち、ディ
オティーマからの手紙を受け取ったヒュペーリオンが彼女のもとに行こう
としたときにアラバンダは、「そんなに容易く［…］君は僕を見捨てるのか」
（HS 149）、「放っておいてくれ。僕を慰めてくれるな。ここには慰めるも
のは何一つないのだから。僕はアインザームだ、アインザームだ。僕の人
生は、砂時計の如くに終わりゆくのだ」（HS 150）と言う。そして、長い
やりとりの後に、最後に友はヒュペーリオンに次のように言い残して、別
れを告げ、船に飛び乗る。

　　愛する友よ［…］男らしく終わりにしようじゃないか［…］ディオティー
　　マによろしく。愛しあって幸せになれよ、美しい魂の者たちよ［…］あ
　　あ、犠牲なしには幸せはない。おお、運命よ、僕を犠牲者として受け入
　　れてくれ。愛しあう者たちを喜びの中にあらしめよ。（HS 156）

　ディオティーマとの愛の成就のためには自分を「犠牲」にしてくれと口
にした親友に対して、ヒュペーリオンは「すべてが破棄されるなかで」、
確かに「気を取り直して、彼を、大切な別れ行く者を引き止めよう」とす
るが、結局「重苦しい別れ」となる（HS 156）。友人を引き止めようとす
る彼の行為が本気でなかったのは、アラバンダのことを以前のように「私
のアラバンダ」あるいは「友」という語ではなく、即物的、冷静に「別
れ行く者（der Scheidende）」と記していることからも看取できる。そして、
何よりもこの別離の事実が「破棄（Vernichtung）」という語をもって語ら
れるように、ヒュペーリオンは、他者を否定することで自己生成への歩み
を一歩前へと進めたのである。
　親友との別離の後、一人残ってリュートをつま弾き、かつて幼年時代に
師アダマスの前で唱ったリートを口にするヒュペーリオンのもとに一つの

書簡が届く。それは、愛するディオティーマの死を告げるノターラの手紙である。そこには、「あなたはまだこの大地で生きていらっしゃるのかしら」、「お日様をいまも見ていらっしゃるの」（HS 158）という書き出しで始まる４葉からなるディオティーマの最後の別離の書簡が同封されている。その手紙においてディオティーマは、「なぜ私は、こちらへいらっしゃいよ、あなたが私に約束してくれた美しい日々を本当のものにしてね、と言うことができないの」（HS 158）と、無理とはわかっていても自問せざるを得ない。そして、「けれども、もう遅いの、ヒュペーリオン、遅すぎるのよ」と記して、ヒュペーリオンが去った後、自分は「枯れ衰え」いまや「残るのはわずかばかりしかない」（HS 158）ことを告げる。さらに、彼と一緒に行ったことのある山に登っても心楽しまず、「やがて別れることとなる美しい大地を眺めようとする気すら起こらない」「そのような状況にあなたの娘はなってしまったのよ、ヒュペーリオン」（HS 160）と自分の状況を記した後に、次のように彼に対する思いを吐露する。

あなたの火は私の中で生きていたのよ。あなたの精神は私に乗り移ってきたわ。しかし、それは、私にはなんの差し障りにもならなかったと思っているの。だけど、あなたの運命こそ私の新しい生を致命的に傷つけたのよ［…］あなたはこの大地から私のいのちを取り去ったの。あなたには、私をこの大地につなぎ止めておく力もあったのに、私の魂を［…］あなたの腕のなかに封じ込めることができたのに［…］けれども、あなた自身の運命が、洪水が山の頂に押しやるようにして、あなたの精神のアインザームカイトへとあなたを駆り立てたとき［…］私のヒュペーリオンが自由へと高く飛んでいってしまったと思ったとき、初めて私の運命は決まったのよ。そしてそれもすぐに終わりとなるの。（HS 161）

今は亡きディオティーマの最期の心中が託されたその手紙は、確かにヒュペーリオンの魂が自分と同一化していることを告げている。これより先、彼女は「あなたについての深い悲しみが私を死なしたと言えばいいの

かしら。いいえ、違うわ。違うの。私はそれを歓迎したのよ。その悲しみを。
それは、我が身が負った死に姿と優美さを与えてくれたのよ」（HS 160）
とも記しているが、その二つからみても、彼女の死は、一面では自己了解
のもとでの死といえる。しかし、「あなたには、わたしをこの大地につな
ぎ止めておく力もあったのに」以下の接続法第二式で書かれた幾つかの述
懐は、それをしてくれなかったが故に「この大地から私のいのち」が取り
去られたことへの、すなわち、我が身の死に対するディオティーマのやる
せない、ある意味では恨みが込められた悲痛な心情を吐露したものである。
すでに我々は、ヒュペーリオンの理想の生は、「山の神聖なる絶頂」に象
徴される壮麗なアインザームカイトにあることを 5.1.2.2.2. でみた。ヒュ
ペーリオン自身の運命が「山の頂に押しやるようにして」彼を「精神のア
インザームカイトへと駆り立てた」と述懐するディオティーマの最後の書
簡もまた、そのことを証している。ディオティーマはヒュペーリオンが山
の頂、精神のアインザームカイトへと駆られるのを、そして自由へと羽ば
たいて跳び去るのを心ならずも是認し、自らの死を告げるのである。一方、
ヒュペーリオン自身は、他者の犠牲の上に立って壮麗なアインザームカイ
トの生を享受し、犠牲について顧みない。なぜなら、それは他者に心を寄
せることのない、雪のように純粋ではあるが、しかし、冷たいアインザー
ムカイトだからである。

　アラバンダやディオティーマとの別離に見られるように、主人公は他者
の不本意な是認と犠牲、すなわち、他者否定の上に詩人としての自己を完
結させる。ヒュペーリオンの壮麗なアインザームカイトは、そうした生の
あり方であり、道程である。

　ヒュペーリオンのあり方について、ハムは、「理想主義的な解決は隠者
をモノローグ的な理性の単独存在に慣れさせる［…］ヒュペーリオンは〈よ
り高い物事に生まれついた〉完遂された者である。すなわち、アダマス、
アラバンダそしてディオティーマは、ヒュペーリオンのための予言者や犠
牲者となることで完結している」、「ヒュペーリオンは極めて深い痛みを経
験せざるを得ない。なぜなら、慰めもなく、ただそうすることで絶頂に達

することになるから」[143]と指摘し、さらに、「生の統一は、歴史的人間関係の犠牲をもって償われる」[144]と述べている。「万物と一つになること」が「思考と喜びの頂点だ。これこそ神聖なる山頂、永遠の安らぎの場だ」(HS 16) とする『ヒュペーリオン』における壮麗なアインザームカイトあるいは隠者のあり方は、皮肉にも関係する者すべてが否定されることの上に成り立っているといえる。[145]シュルツもまた、「ヒュペーリオンはディオティーマの愛の死に祓い清められて詩人となる」[146]と述べて、主人公につきまとう悲観主義的な色合いが他者犠牲の上に成立した自己完成に由来するものであることに言及している。この意味で、主人公の得た壮麗なアインザームカイトは、他者を顧みない自己中心的・独白的なアインザームカイト、ナルシシズム的[147]なアインザームカイトともいえよう。ところでディオティーマはヒュペーリオンに「民衆の教育者となるでしょう」(HS 100) と言うが、他者と苦をともにすることのない、他者の犠牲の上に立つ詩人は民衆に何を語れるというのであろうか。

　ディオティーマは、ヒュペーリオンに別れを告げる手紙の一つにおいて、万物が息吹を戻す春に嘆き悲しむ自分たちについて次のように訴えかける。

　おお、私のヒュペーリオン、なぜ私たちは静かな人生の道を歩まないのかしら。神聖な名があるわ、冬、春、夏そして秋よ。けれども私たちは

143　　Hamm, a.a.O., S. 90-91.

144　　Hamm, a.a.O., S. 95

145　　ハムは、主人公はヘン・カイ・パンの原理の如くただ独りだけ（アインザーム）詩人に選ばれたという自惚れに由来する力に従っていると解釈している。Vgl. Hamm, a.a.O., S. 93-94.

146　　Schulz, a.a.O., S. 408.

147　　ハムもまた、ディオティーマは主人公の「己の美しさのナルシシズム的輝きを映し出す鏡か」と述べて、そのナルシシズム性に言及している。Vgl. Hamm, a.a.O., S. 91.

それらを知らないの。春に嘆き悲しむのは罪悪ではなくってよね。でも、なぜ私たちはそれをするのかしら。(HS 122)

　ヒュペーリオンの書簡の多くは、春と春の躍動する生命を歌い上げているが、この悲嘆などに見られるように、その季節本来の雰囲気とは裏腹に、ヒュペーリオンの姿と彼を取り巻く雰囲気にはたえず秋のごとき玲瓏さ、透明感、それどころか寂寥感すら漂う。ここにも、壮麗なアインザームカイトの影が射しているように思われる。なぜなら、ヒュペーリオンは、結局、自然の権化であるディオティーマと離別することで壮麗なアインザーム[148]カイトに達するが、しかし、それは、ディオティーマすなわち自然の死という形で手に入れたものであり、壮麗なアインザームカイトの理念とする自然との合一をも果たせないからにほかならない。

5. 1. 2. 3.　まとめ

　隠者とアインザームカイトについて、『アブダラ』は二つの形を提示する。その一つは苦悩する者を慰め救う求道の隠者のアインザームカイトである。いま一つは、現実を甘受するために葛藤からの逃避という戦術をとる隠者の、「空虚な心を伴う」アインザームカイトである。一方、自己を完結させる詩人を隠者といて描いた『ヒュペーリオン』は、万物を統合してその頂点に立つ理想主義的かつ、壮麗なアインザームカイトを提示する。しかし、その壮麗なアインザームカイトとは、他者に心を寄せ、他者に寄り添う暖かさのない、雪のような冷たさを伴うアインザームカイト、他者不在のアインザームカイトである。
　『アブダラ』は、ナディアーと主人公アブダラ自身における隠者のモティーフを通して他者を肯定するアインザームカイトの生のあり方を提起した。それは、『アルマンズーア』に描かれた、苦悩する者や道を誤った

148　Ebda., S. 91.

者を慰め安らぎを与えるアインザームカイト、他者を肯定し、他者に寄り添い、慰め生きかえらせるアインザームカイトとつながる。それは、『ヒュペーリオン』に示される他者を否定する、他者不在のモノローグ的アインザームカイトの対極にある。『アブダラ』と『アルマンズーア』の隠者の姿に託してティークが描いたアインザームカイトは、ヘルダーリンからショーペンハウアーを経てニーチェの「超人」へと連なる隠者のアインザームカイト[149]とは対照的な系譜をつくるものと言えよう。

　隠者のそのようなアインザームカイトの生に結局入れず、享楽への固執から他者を生かすアインザームカイトの途しか選択し得なかったアブダラにやってきたのは、一人ぼっちではあったが、皮肉にも彼の自己中心的な欲望によって死に追いやられた父が両手を広げて迎える死である。それは、アブダラに内在する潜在的なエリート意識の所産でもある。アブダラのエリート意識は、人間解放の理念や政治・社会・文化の改革、あるいは詩人を志向するヒュペーリオンのそれとは異なる。しかし、自己中心的に他者を下に視る点では、アブダラの選んだ道と、ヒュペーリオンの壮麗なアインザームカイトの中で他者すべてを否定する隠者の道、あるいは、他者不在の道には通底するものがあるのではないか。

　本項は、隠者のアインザームカイトについて多様な形があることを明らかにする。ティークの他の作品を含めドイツ文学では様々な隠者像が描かれている。本項で取り上げたのはその一端に過ぎない。隠者とそのアインザームカイトは、アインザームカイトの諸相を考察する上で欠くことができないものであり、さらに幾つかの作品を取り入れるなどして隠者のアインザームカイトのモティーフに関する論考を深める必要がある。

149　　Vgl. HWP410.

5. 2.　ヴァルトアインザームカイト：信頼と疑念、無垢と悟性──『金髪のエックベルト』におけるアインザームカイトのモティーフ

　ティークの代表作の一つである『金髪のエックベルト』は、ハルツ山地のとある城に暮らす孤独を愛する騎士エックベルトと妻ベルタの生を描いた作品である。ある晩秋の氷雨が降る夜、「この話をメルヒェンと思わないでください」（TS6, 127）という前置きとともに友ヴァルターに対して語られたベルタの子供の頃の奇妙な身の上話を契機に二人は数奇な生をたどる。テクストは、夫婦の数奇な生の展開を外枠として、ベルタの身の上話をその内側に埋め込んだ、枠物語の構造をとる。1796 年に単独の作品として発表された『金髪のエックベルト』は、後に 1812 年から 1816 年にかけて発表される枠物語『ファンタズス』（Phantasus, 夢神）に内物語の一つとして採択される。アインザームカイトは、ティークの創作の初期に位置するこの作品の「中心的モティーフ」[150]ともみなされており、そこにおいてティークのアインザームカイトのモティーフの諸相の一端が把握できると考えられる。

　『金髪のエックベルト』に関する最も初期の研究で、後年の研究動向に大きな影響を与えているのは、ルドルフ・ハイム（Rudolf Haym, 1821-1901）の著作、『ロマン派』（Die Romantische Schule, 1870）[151]と考えられる。ハイムは、「たとえ後になるとしても、あらゆる不正は罰をもって報いを受ける、という命題が全体を一貫して流れている」[152]と述べ、因果応報あるいは勧善懲悪ともいうべきモラルがこの作品の主題となっていると解釈する。また、現実と不思議の交錯が醸し出す気分（Stimmung）が作品の特徴

150　Vgl. Heinz Schlaffer: Roman und Märchen. Ein formtheoretischer Versuch über Tiecks >Blonden Eckbert<. (1969) In: Ludwig Tieck. Hrsg. von Wulf Segebrecht. Darmstadt (Wissenschaftliche Buchgesellschaft) 1976, S. 445.

151　Rudolf Haym: Die Romantische Schule. (1870) 6. Aufgabe. Bd. I. Berlin (Weidmannische Verlagsbuchhandlung) 1949.

152　Ebda., S.84.

であること、作品の最後に正気と狂気の敷居に立った主人公エックベルトの描写にも現れる錯乱、生の荒廃や空虚さへの沈潜といった気分と、それらの根底にある内省は、『ウィリアム・ロヴェル』などの作品にある古いテーマのバリエーションにほかならず、そうした気分は「生の形成には役立たない」[153]ことなどを指摘する。このハイムの因果応報あるいは勧善懲悪に立脚した解釈、狂気と正気の対比による解釈、気分についてのマイナスの評価、さらには、作品全体が有益なものではないという評価は、悲劇的結末の作品という評価とあわせて『金髪のエックベルト』を解釈する一つの大きな研究の系譜を形成していく。それは、因果応報、運命を司る老婆、エックベルトとベルタの近親相姦、本人の宿命、ニヒリズム、決定論などを論拠として、作品自体の価値を道徳倫理的観点から否定的に捉える傾向と、実存主義的に積極的に評価する傾向に分かれる。「堕罪のメルヒェン」という解釈[154]も、こうした系譜に連なるものであろう。もう一つの流れは、マリアンネ・タールマン（Marianne Thalmann）らに連なる系譜である。タールマンは、『金髪のエックベルト』をはじめとするティークのメルヒェンについて、理性の信仰ないしは善悪という道徳倫理的規範に即して人間性の完成を志向した啓蒙主義や古典主義の文学作品に対抗して「真の人間らしさとしての人間の不完全さ」を追求した「人間の可能性を拓こうとする大胆な試み」であると評価し、そこに「モデルンな人間の個人的な諸問題を存在というテーマへと普遍化」したという点で現代に通ずる意義を認め

153　Ebda., S.84-86.　Stimmung は、「気分」、「雰囲気」、「趣」などと訳されるが、哲学・思想的な考察をともなう訳では「気分」と訳されていることに鑑み、ここでは「気分」を統一的な訳語としている。

154　Kern, a. a. O., S. 84.　ヒールマンも、ベルタについて「善悪の区別について知ったとき、ベルタはいわゆる聖書の表象によれば避け得ない堕罪を犯す」という観点から作品解釈を試みる。Vgl. Heinz Hillmann: Ludwig Tieck. In: Benno von Wiese (Hrsg.): Deutsche Dichter der Romantik. Ihr Leben und Werk. 2., überarb. u. verm. Auflage. Berlin (Erich Schmidt Verlag) 1983, S.124.

る。それは、善が報われ、悪が罰せられるという価値体系では説明し得[155]
ない人間存在の本質、決して全貌が見えず、その核には合理的に説明でき
ないものがある人間の心の深部を肯定的、積極的に評価する解釈の流れで
ある。先行研究の作品解釈には大別して以上のような二つの流れがあると
考えられる[156]。アインザームカイトのモティーフは重要とみなされてはい
るものの、これを中心に据えて『金髪のエックベルト』を論じた先行研究
はほとんどみられない。また、ティークの作品群などにおけるアインザー
ムカイトのモティーフを全体的なテーマとする中で『金髪のエックベルト』
に言及した研究も散見されるが、その多くは因果応報、狂気などの既往の
解釈を前提としてその意味を論じるに止まっている[157]。

---

155   Vgl. Marianne Thalmann: Das Märchen und die Moderne. Zum Begriff der Surrealität
       im Märchen der Romantik. 2. Auflage. Stuttgart (W. Kohlhammer Verlag) 1966, S.37-39.

156   本書で言及するような、個としての人間の本質や道徳倫理などの観点か
       ら作品に迫る研究とは別に、資本主義社会批判や自然破壊批判、近代文
       明・近代人と自然の疎遠化批判など、社会や文明にかかわる作品の意義
       の観点からの解釈、さらにはベルタの人物像おける思春期問題、女性の
       自立主張とその失敗など多岐にわたる研究がある。なお、先行研究につ
       いてはクロイツァー、ヴィンフィリート・フロイント（Winfried Freund）、
       マイスナー、ヘルター、山縣がそれぞれ簡潔にまとめている。Vgl. Ingrid
       Kreuzer, a. a. O., S.157. Winfried Freund: Ludwig Tieck. Der blonde Eckbert. Stuttgart
       (Philipp Reclam jun.) 2005, S.76. Thomas Meißner, a. a. O., S.302. Achim Hölter: Über
       Weichen geschickt und im Kreis gejagt. In: Kremer (Hrsg.), Die Prosa Ludwig Tiecks, S.
       69-81. 山縣光晶：ルートヴィヒ・ティークの『金髪のエックベルト』及び
       『ルーネンベルク』における Einsamkeit のモティーフ、2009（上智大学大学
       院修士論文），S. 7-32. なかでも、ヘルターは、「最近 10 年の研究ですべて
       の典型的な解釈方法は十分に反復実行された」として、その方法を「伝記
       的、社会史的、心理分析的、哲学的、倫理的・神学的、民俗学的、フォル
       マリスム的、ナラトロジー的、ポスト構造主義的、その他」に大別している。
       Hölter, ebda., S.70.

157   Vgl. Hammes, a. a. O., Steindecker, a. a. O., Hellge, a. a. O., Kremer, a. a. O.

5.2.1. 信頼とアインザームカイトのモティーフ

5.2.1.1. 信頼と秘密の開陳

『金髪のエックベルト』では、主人公ら登場人物と場の描写の後、次のようなモノローグにも似た感懐が三人称の語り手による評釈（Erzählerkommentar）の形で唐突に挟まれる。テクストは全体として対話的コミュニケーションを構成要素とした内省の構造をとる[158]。ベルタの身[159]

---

[158] 『金髪のエックベルト』では老婆あるいはヴァルターが発した言葉が触媒となってベルタやエックベルトに様々な想念が生じ、それによって出来事が起きる。言葉を発すること、あるいは、語りかけることと、その言葉を聞くことで物語が展開している。すなわち対話的コミュニケーションが作品全体の基本的構成要素となっているのである。Vgl. 山縣：信頼とEinsamkeit、6–7 頁。

[159] 身の上話において幼少のベルタは、育ての父の仕打ちに耐えきれずに家を出る。そして、馴染みのない山中を一人流離い、死のうと思っても死にきれず、最後には疲れ切って、自分のことがほとんどわからなくなる（TS6, 130）までに絶望した後に、「あたりの雰囲気が和らいだように感じたとき」（TS6, 131）老婆に遭遇し、その後ヴァルトアインザームカイトのリートを聞く（TS6, 132）。一方、エックベルトは、かつて矢を放って害したヴァルターの面影をフーゴに認めた社交の場から居城にからくも立ち戻り、「気が触れたと思う一方で、己の想像力によって自分自身だけですべてを創り出している」（TS6, 144）と思い煩った後、城を去り、旅ゆくうちにいつしか野山をさまよい歩き、そして、夢見心地で上っていった丘で老婆に遭遇し、ヴァルトアインザームカイトのリートを聞く（TS6, 145）。このように日常世界からの出奔、山の中での彷徨と消耗、絶望、夢とうつつの混濁の末の老婆との遭遇、次いでヴァルトアインザームカイトの時空の出現という経過、生の体験は、幼少のベルタと成人のエックベルトに共通する。そのようなベルタの体験とエックベルトの生にかかわるコンテクストは、テクストの全体が内省の構造をとることを示唆する。クレマーも、作品創作

の上話に先立って織り込まれた語り手の評釈は、その対話的コミュニケーションと内省において何が問題となっているのかを漏らす。

人間には心配で不安になるときがある。それまで注意深く隠しおおせてきたものを友人に秘密としておかねばならないときがそうだ。すると、なお一層友情を深めたくなって、すべてを打ち明けたい、友人に自分の心のもっとも内なるところを開陳したいという抗いがたい衝動を魂が感ずるのだ。その瞬間、繊細な心は自ずとお互いをわかりあうこともあれば、また、ときには、一人がもう一人と知り合ったことに恐れをなして退くことも十分起こるのである。（TS6, 126 - 127）

『金髪のエックベルト』は、この人間のあり方に関する一般論としての語り手の感懐的評釈[160]を挟んで、晩秋の夜の暖炉を前にした団らんという歴史的現在の状況へと移行し、さらに、ベルタの過去に還った後、再び歴史的現在に立ち戻るという流れで、話が展開していく。従って、その感懐は、その置かれた位置などから考えると、この作品の主要なテーマを示唆したものとして理解してもいいであろう。

その感懐が語るものの本質は何か。「なお一層友情を深めたくなって［…］友人に自分の心のもっとも内なるところを開陳したい」とあるように、それが直接語るものは、友情と秘密の開陳の関係である。しかし、なぜ秘密を自ら暴露するのであろうか。それは、信頼を得んがためではなかろうか。

上の（poetologisch）自己内省がこのティークの作品の中にとりわけあると指摘している。Vgl. Kremer, Einsamkeit und Schrecken, S. 67. ハインツ・シュラッファー（Heinz Schlaffer）もロマンが「内省のための詩的な場」であることを示す多くの徴候がテクストにあると述べる。Vgl. Schlaffer, a.a.O., S.451.

160　　この冒頭部の語り手の感懐的評釈は、テクスト後半の、猜疑心に苛まれるエックベルトの姿に寄せた信頼と疑念に関する語り手の評釈（TS6, 144）へと継承されている。このこともまた、テクストが内省の構造をとることを示唆する。

信頼があってはじめて真の友情が成立する。秘密を打ち明けることのでき
る者との信頼関係において人間はおのれの生を確認し得る。とすれば、語
り手の感懐的評釈が提示したテーマとは、他者との関係において自分の生
あるいは実存を確認する人間のあり方と、その基盤である信頼といえよう。
同時にまた、信頼は秘密が漏れることを介して不安や疑念に転ずるという
人間一般の性向も派生的なテーマとなっている。それらのテーマは、アイ
ンザームカイトと緊密な関係にある。[161] 人里離れた山中の城、氷雨の降る
晩秋の夜、暖炉の火のある部屋、「孤独（アインザームカイト）を愛する」
(TS6, 126) 夫婦、唯一ともいえる友、というアインザームな内輪の雰囲気
の団らん、すなわち対話的コミュニケーションの場の設定のもとに、語り
手の感懐的評釈をもって物語が始まる構成は、アインザームカイト・信頼・
秘密の開陳・疑念が、相互に密接なかかわりあいをもちつつ、この作品に
おいて全体的なテーマ群、モティーフ群を構成していることを示唆する。[162]

　また、暖炉の火を前にしてベルタが語る内物語において、幼少のベルタ
は、育ての父の仕打ちに耐えきれずに家を出る。そして、なじみのない山
中を一人流離い、死のうと思っても死にきれず、「最後には自分が疲れ果
てているのかどうかも自分ではほとんどわからないくらい」(TS6, 130) に
なるまで絶望した後に、「当たりの雰囲気が和らいだように感じたとき」
(TS6, 131) 老婆に遭遇し、その後、不思議な鳥が歌うヴァルトアインザーム
カイトのリートを聞く (TS6, 132)。このように日常的世界からの出奔、

161　ティークのメルヒェン作品群を分析したタールマンもまた、「思いを同
　　じくする人々の集まりが小さいことを主人公が知る限りは、主人公はアイ
　　ンザームである」とした上で、「このアインザームカイトの中では、主人
　　公たちはいつもと違ってくつろぎ、友情や愛や懺悔を口にせずにはいられ
　　ない」と述べている。Vgl. Thalmann: Das Märchen und die Moderne, S.41-42.

162　シュラッファーは、『金髪のエックベルト』を念頭に置いて、ティーク
　　がメルヒェンの登場人物のアインザームカイトに人間の孤立性の形式をよ
　　くテーマ化していると指摘するが、その形式については具体的に論じてい
　　ない。Vgl. Schlaffer, a.a.O., S.450-451.

山の中での彷徨と消耗、絶望、夢とうつつの混濁の末に老婆との遭遇、次いでヴァルトアインザームカイトの時空が出現する。山の中は、それまで馴染みのなかった世界ではあるが、不思議な世界とまではいえない中間界である。この中間界を介在させて、日常世界と不可思議世界が対置されている。アインザームカイトと信頼（そのバリエーションである秘密の開陳・疑念）のモティーフは、内物語においてヴァルトアインザームカイトのリートを鳥が歌う不思議な世界と、外枠の物語の日常的な大人の世界において対照的な様相を呈する。

5.2.1.2. ヴァルトアインザームカイト――万物が一体化する絶対の信頼の時空

　8歳の少女ベルタは、アインザームカイトにも通じる「非常に見捨てられた」（TS6, 128）という感情にかられて親元を逃げ、山中で「孤独」（TS6, 129, 130）に恐れおののき憔悴しきって死を覚悟しつつも、死ねないまま、ついに「遠くの好ましい山並みをともなって森や草原が私の前にある」（TS6, 131）のを見る[163]。そのときの思いを、ベルタは「私には、まるで地獄から出てパラダイスに入ったかのように思われました。アインザームカイトと救いようのなさは、私には今やまったく怖いものではないように思われました」（TS6, 131）と述懐する。こうしてベルタの気持ちが幾分和らいだときに、彼女は、渓流の畔に休む老婆を認める。「全身ほとんど黒ずくめの装束で、黒い帽子が頭と顔の大部分を被っていた。また、瘤のついた杖を手にしていた」（TS6, 131）老婆に近づき、助けを請うたベルタに対

163　この山中の彷徨に関してティークがヴァッケンローダーと行ったフィヒテルゲビルゲの山行（本書 266–270 頁）で体験した「至福と、ぞっとするような戦慄」が『金髪のエックベルト』のテーマとなっている、というリュディガー・ザフランスキー（Rüdiger Safranski）の指摘は当を得ている。Rüdiger Safranski: Romantik - Eine deutsche Affäre. München (Carl Hanser Verlag) 2007, S.100.

して、老婆はパンと葡萄酒を与え、彼女が食べているそばで聖歌を歌い、食べ終わると「ついてくるがいい」と言う（TS6, 131）[164]。

ベルタは、老婆とともに心地よい草原と長い森を抜けていく。そして、森から出たときに見た光景と感情を、彼女は次のように述懐する。

> 私はその光景とその夕べの感情を二度と忘れないでしょう。柔和な赤と金色の中に万物がとけ込んでいきました［…］陶然とする輝きが野の上にあり、森や木々の葉は静まりかえっていました。澄み切った空は、開かれた楽園のようにみえました［…］私は我を忘れ、案内してくれる老婆を忘れました。私の心と眼は、ただただ金色の雲の間を夢中になってさまよっていたのです。（TS6, 132）

ヴァルトアインザームカイトの時空の境に到達したとき、ベルタは、目の前にあるものの趣に心をとらわれ、雰囲気に没我して、老婆のことを忘

164　老婆にはこのパンと葡萄酒と聖歌に示されるような救済的な側面、生に肯定的に働く側面がある。その一方で、老婆は、ある種の威嚇をもって一方的に規範を強要するという強権的な側面、従属を専制君主的、家父長的に要求する側面をもつ。また、作品の最後に再び登場し、エックベルトに向かって「ご覧、不正は自らを罰するの。おまえの友ヴァルター、友フーゴは、私以外のだれでもない」（TS6, 145）と叫び、さらにエックベルトとベルタが異母兄妹であることを告げる（TS6, 146）老婆からは、仮に近親相姦があったとしても、その事実を知る術もない者を不条理にも破滅の淵に追いやる意味で、生に否定的に働く側面が読み取れる。このように老婆の形姿は、一意的なものではなく、二つの相反する価値を同時に内包する、アンビバレントな様相を示す。老婆のもつアンビバレント性とその意義については、山縣：前掲論文、3-8頁。なお、先行研究の太宗において老婆は魔女（Hexe）と解されているが、ケルンはパンと葡萄酒と聖歌、さらに、祈りを根拠に魔女ではないと断定し、「中世の教会であると理解しうる」としている。Vgl. Kern, a. a. O., S. 89, S. 90.

れてパラダイスのような風光に見とれる。ヴァルトアインザームカイトの地は、ベルタが「二度と忘れることのできない」と述懐する「柔和な赤と金色の中に万物がとけ込む」「光景」とベルタの「感情」の中に広がる（TS6, 132）。ここに展開するのは、単なる物理的な景観ではない。万物が彼我の区別なく融けあって混然一体化している「光景」と、それを契機に生まれる名状しがたい「感情」が渾然とする中での時空である。多くの研究者が言及している気分がここで問題となっていると考えられる[165]。ハイデガー（Martin Heidegger, 1889-1976）によれば、知覚や行為による事物や他者へのさまざまなかかわりあいに先立ち、そうしたかかわりあいの場としての世界が気分によって予め開かれている[166]。とすれば、ヴァルトアインザームカイトは、ハイデガーの言説の意味での気分によって予め開かれたかかわりあいの時空であり、そのかかわりあいの本質の一つは、「柔和な赤と金色の中に万物がとけ込む」と述懐された万物の一体化であると考えられる。ティークは、1792年6月のハルツ山地の旅で、雄大な景色の中、地平線からまさに上がろうとする日の出を、余人を介さずただ一人だけで体験し、「思いもしなかったような輝きの中で天と地が神々しく光る」のを見て、「神と一つになったという感情」をもち、そこに、神の「顕現（Offenbarung）」

---

165 エミール・シュタイガー（Emil Staiger）は、ヴァルトアインザームカイトを現実感覚を欠いた気分の産物である幻影として理解している。Vgl. Emil Staiger: Ludwig Tieck und der Ursprung der deutschen Romantik. (1960). In: Segebrecht (Hrsg.), Ludwig Tieck, S.336-337. 気分は、作品の肯定的、否定的解釈は別として、ハイム、タールマン、シュタイガーなど多くの論者の言説においてこの作品の特徴・本質の一つとみなされている。

166 魚住洋一：『気分』、廣松渉他編：岩波哲学思想辞典（岩波書店）1998、324頁を参照。ハイデガーは、「情動性」（Befindlichkeit）の概念を用いて、われわれが何にどのようにかかわりあうかは、われわれが気分的に「自らを見出す」（sich befinden）あり方によって世界がどのように開かれるのかに左右されるとして、気分を解釈する。

を身をもって体験する。「ただただ金色の雲の間をさまよう」ベルタの姿[167]には、ティークのそうした体験、心情が込められているのではないか。

　老婆と遭遇したベルタは、その姿にいくばくかの奇妙さを感じつつも、恐れることもなく彼女に付き従って、澄み切った空が開かれた楽園のようにみえる光景の中にある小屋に行く。そして、犬が遊び、飼い鳥が「[…]永遠に／おお、わが喜び［…］」(TS6, 132)とヴァルトアインザームカイトのリートを歌い続ける地に何年も暮らすこととなる。鳥は「永遠に」という句を含むそのリートを3回繰り返す。その小屋でベルタは糸車を使[168]うが、その糸車についてベルタは「私の糸車は低い音をたて、犬はほえ、鳥は歌を歌いました。その際、その一帯を通してすべては、嵐の風も雷鳴も思い出すことがないくらい非常に静かでした」(TS6, 134)、「私の糸車は常に生き生きと回り続けました」(TS6, 135)と報ずる。この糸車のモティーフも3回繰り返される。鳥は「永遠」を歌い、糸車は永遠を紡ぐ。永遠、静けさ、平安がヴァルトアインザームカイトを支配している。また、ベルタがその家で最初に眼にし、耳にした三者の様子は、「あるときは小さな犬を優しく撫で、またあるときは鳥と語らいをしましたが、すると鳥はいつもと変わらぬリートをもって彼女に応えるのでした」(TS6, 133)というものであり、対話的コミュニケーションを土台とした信頼関係を示している。老婆に親しげにまとわりつき、うれしそうな仕草で見知らぬベルタを出迎えた犬(TS6, 132)は、信頼の象徴ともいえる。すなわち、ヴァルト[169]

167　　Vgl. RK143 -144. 本書 61 頁参照。エックベルトの住む城も青年期のティークの神の「顕現」の体験の地ハルツにあることからも、『金髪のエックベルト』とハルツ体験の関係性が暗示される。

168　　ハメスは鳥が歌うヴァルトアインザームカイトのリートについて老婆の小屋に着くまでに克服されねばならなかった孤独（アインザームカイト）感情の言葉による置き換えと解釈しているが、そうした面はあるとしても、この解釈は単純に過ぎるであろう。Vgl. Hammes, ebda., S. 32.

169　　フロイントは、犬が忠実を体現していると解釈している。確かに、後に犬はベルタが「欲しいことをすべてしてくれる」(TS6, 135)ようになる。

アインザームカイトは、我と彼の別がない信頼に満たされる万物の一体化の地、パラダイスのごとき時空の詩的表象にほかならないと考えられる。ベルタもまた、その地ですぐに「周りにあるすべてのものと顔なじみとなって」、「あらゆることがそうあっておかしくないと思われるように」（TS6, 133）なる。そして、そのような暮らしを四年間送ったベルタと老婆の関係は、「こうして、彼女はついに私を一層信頼するようになり、ある秘密を打ち明けるようになりました」（TS6, 134）と述懐するようなものとな[170]る。かくしてヴァルトアインザームカイトは、包み隠すことのない無私の時空という性格を顕わにする。ここで注目すべきは、このヴァルトアインザームカイトにおいて、アインザームカイトは、絶対的な一人の状態で[171]はないことである。人間か否かは別にして、常に、同行者、同伴者が存在する。すなわち、第三者がいないアインザームカイトという空間と時間で構成される場の中で、人は初めて信頼を醸成することが可能となる。アインザームカイトは、この意味では、意思疎通の時空であり、信頼を紡ぎ出す時空となる。さらに、ヴァルトアインザームカイトにおける信頼は、人間同士の関係にとどまるものではない。人間以外の存在にも及ぶ。信頼において、自然は対象としての存在ではなくなる。また、人間は自然それ自体になる。すなわち、自然と人間、客体と主体の合一[172]が信頼によって

　この意味では、忠実の象徴でもある。しかし、最初にベルタを迎えた時点の犬にあるのは、忠実ではなく、信頼と考えるべきであろう。Vgl. Freund, a.a.O., S.42.

170　このベルタの語りも、冒頭部の語り手の感懐的評釈と呼応した内省の構造を示すとともに、信頼や秘密の開陳とアインザームカイトがまとまったテーマ群となっていることを示唆する。

171　マドゥシュカは、アインザームカイトと Allein-heit（一人あること）は区別されねばならない、それらは同一ではない、と指摘している。Vgl. Maduschka, a. a. O., S. 4, S. 109.同様の指摘は、ほかにも多くある。

172　ヴァルトアインザームカイトを人間が自然と一体化した地と理解する研究は、フロイント、ロタール・ピクリク（Lothar Pikulik）などにみられる

実現する。パラダイスがそこに成立している。

　以上に考察したように、極めて不可思議な時空であるヴァルトアイン
ザームカイトは、無条件の絶対的な信頼の場であり、状況であるといえよ
う。

5. 2. 1. 3.　信頼が疑念に転ずる日常世界のアインザームカイト

　一方、大人の世界とも言える外枠の物語にある日常世界は、冒頭部の語
り手の感懐的評釈が示唆するように、信頼と疑念、安心と不安が交錯する
世界である。信頼は秘密の共有を含意する。あるいは、秘密があるが故に
自己のアイデンティティーを確認できるといえなくもない。従って、秘密
が明らかになるとき、信頼は試される。そして、信頼が絶対的なものでな
い場合には、それは崩れ、それとともにアイデンティティー確認のすべも
失って、人間は存在の瀬戸際に立たされる。

　ベルタの身の上話の後、エックベルトは、これを一緒に聞いた友ヴァル
ターについて「それなのに、今では私はその信頼を後悔しているのだ［…］
彼はあの話を悪用しないだろうか。ほかの者にその話を伝えることはない
だろうか。我々の宝石に忌まわしい所有欲を感じることはないだろうか
［…］たぶんそうするかもしれない。なんとなればそれは人間の性だから
だ」（TS6, 140）と独白する。さらに、「ふと、ヴァルターの別れの挨拶が、
そのような信頼のひとときの後には確かにあってもいいような心のこもっ
たものでなかったこと」に思い至り、「いったん心が疑念で張り詰めると、
心はあらゆる些細なことにも証明を見いだす」（TS6, 140-141）ようになる
のである。こうして、疑念と不安に駆られたエックベルトは、ヴァルター

が、例えば、フロイントは、自然と人間の共生する世界が与えられていても、
これを拒否する同時代の人間はエックベルトとベルタにみられるような悲
劇的結末を迎えることとなる、という啓蒙合理主義批判の文脈でヴァルト
アインザームカイトを捉えている。Vgl. Freund, a.a.O., S.42-44.　Lothar Pikulik:
Frühromantik. Epoche-Werke-Wirkung. München (Verlag C. H. Beck) 1992, S.265.

に矢を放つ。その後ベルタも失った後、彼は、自分を責めながら「極めて大きな孤独のうちに暮らしたのであった。」(TS6, 142) 妻や友とともに培った、一見平安に思われたアインザームカイトは、猜疑心と不安と後悔と自責の念が支配する一人ぼっちの暮らし、極めて大きなアインザームカイトに変貌したのである。すなわち、信頼が崩れるとき、アインザームカイトは、人もしくは世界に対する疑念の時空へと変容する。あるいは、絶対的な信頼がないときアインザームカイトは疑念の場、時間へと変容するともいえよう。また、「なんとなれば人間の性だからだ」というエックベルトの独白は、疑念が単に秘密の暴露からだけでなく、これを契機とした人間の欲望と、失うことへの恐れからも生ずることを示唆する。ところで、ここでも三人称の語り手は「まさに信頼のひとときに疑念を抱くことは、彼の業であるように見える」(TS6, 144) との感懐的評釈を差し挟むが、これは、エックベルトの先のモノローグと併せて考えると、エックベルトだけでなく人間全般の業について暗示したものと考えられるのではないか。

5. 2. 2.　無垢と悟性──ヴァルトアインザームカイトの時空に生きる条件

　幼少時の身の上話を語るベルタは、ヴァルトアインザームカイトの時空を出る経緯を語るに際して「人間はただ己の心の純真無垢さを失うためにのみ悟性を得る、これは人間にとって不幸なことなのです」(TS6, 136) と述懐する。この述懐は、ヴァルトアインザームカイトの時空においてベルタが初めは無心な純真無垢であったことを示唆する。しかし、ベルタは身の上話の最初から純真無垢であったのではない。「私は、家の仕事で何も助けになることはできませんでした。ただ両親の困窮だけはとてもよく理解していました［…］私はしばしば［…］どうしたら彼らを助けることができるだろうか、もし自分が突然お金持ちになったら、どのようにして彼らにたくさんの金や銀を贈ろうか［…］などという想像にふけるのでした」(TS6, 128) という思いが親に届かず、結局絶望のうちに家を後にするベルタは、親を楽にさせたいという健気な善い心が根底にあるとしても、すで

にひとかどの悟性を備えており、「金や銀」、宝石の経済的な価値も知った、物質的な欲をもつ存在である。その意味では、赤子のような純真無垢の存在ではない。しかし、山中放浪の末、森の境に立った少女ベルタには生に不可欠な自然本来の生きる欲以外の欲はみられない。すなわち、あるときは「気を失いそうに」（in Ohnmacht）（TS6, 129）なり、あるときは絶望のうちに死のうと思っても死にきれず（TS6, 130）、こうして己の死をもままならない、悟性から離れた無力（Ohnmacht）な存在になって初めて、彼我の区別なく万物が融和しているヴァルトアインザームカイトの世界がベルタの前に開けたのである。無力は無私に通ずる。老婆はベルタの名前など個人の属性について何も問わずにヴァルトアインザームカイトの時空に彼女を連れて行く。すなわち、無力となったベルタは、彼我の区別のない匿名の存在としてヴァルトアインザームカイトに迎え入れられているのである。個としての私を無にした匿名性は、純真無垢さを意味すると考えてもいいであろう。かくして、我々は、この幼いベルタの姿に、楽園ともいうべき無私の信頼の時空であるヴァルトアインザームカイトでの存在の要件、すなわち、無力となることによって生まれる純真無垢さを知る。と同時に、ヴァルトアインザームカイトの基本的な要素である信頼の本質が、悟性のまだ備わらない純真無垢な赤子の生を支える、人間に生まれつき備わる信頼と通底していることも明らかになる。この原初的な信頼は、通常、心の奥深くにしまわれているが故に、タールマンのいう「人間の心の深層」（Tiefenperson）[173]の一つともいえるが、原初的な恐怖感などと違って、生に

173　Thalmann, ebda., S.38-39. Tiefenperson は、本来、病理生理学者フリードリヒ・クラウス（Friedrich Kraus.1858-1936）が人格の層モデルの説明に用いた心理学用語である。クラウスにおける Tiefenperson は、中枢神経系のうち系統発生的に初期に形成される部位が司る、欲動や感情の生に携わる人間（人格）であり、精神的により高度の、分化した意識プロセスに携わる大脳皮質人格と区別される。タールマンは、人間の心にある説明しがたい存在を描写するために、Tiefenperson の語をクラウスの層モデルから援用している。

肯定的なものであると考えられる。

　従って、生に不可欠な自然本来の生きる欲とは別な欲望を自覚するとき、ヴァルトアインザームカイトでの存在の要件は失われ、ベルタは、それを去らざるを得なくなる。[174]「夕べには」、老婆は「私に読むことを教えてくれました。私はすぐにそれを理解しました。読書は、その後、私の孤独（アインザームカイト）の中での尽きることのない楽しみの泉となったのです」（TS6, 134）とベルタは述べるが、かくして得られたベルタの悟性は、触媒たる老婆の言葉を契機に[175]、「ただ己の心の純真無垢さを失うためにのみ悟性を得る」という言葉通り、鳥を奪って小屋を去り、「いわゆる世間」を訪ねようという「しっかりとした企図」もしくは決心を生む（TS6, 137）。「それは、心の中での奇妙な闘いでした［…］ある瞬間には、あの安らかな孤独（アインザームカイト）が私には非常に素晴らしいものに思われるのですが、するとそのあと、再び新しい世界のイメージが、あらゆる素晴らしい多様な姿をともなって私を魅了するのでした」（TS6, 137）と、そのときの

174　『金髪のエックベルト』を堕罪のメルヒェンと解釈するケルンは、ベルタが去らざるを得なくなったこと、すなわち、ベルタの過ちは、悟性の目覚めというよりも、忠実を失ったからであるとする。その論拠にケルンは、「なぜ彼女は悪だくみをもって私から去ったのか。そうでなければ、すべてはうまくいったのに」（TS6, 146）という言葉を引用するが、しかし、「悪だくみ」は悟性なしには生まれない。とすれば、やはり、読書によって悟性を得た、世の中の出来事を認識できるようになったことが、去らざるを得ない原因と考えるべきであろう。Vgl. Kern, ebda., S. 90.　なお、堕罪と解釈すれば、楽園（エデンの園）にある知恵の樹の実を口にしたことが、アダムとイヴの堕罪と楽園からの追放のきっかけとなったことを、ベルタの姿から読み取ることはできよう。なお、ヴァルトアインザームカイトから出るベルタを「堕罪」とする解釈は、ほかにもヒールマン、リバット、ザフランスキーなどに見られる。Vgl. Hillmann, a. a. O., S. 124, 126. Ribbat, a. a. O., S. 142. Safranski, ebda., S. 101.

175　老婆の言葉の触媒としての機能については、山縣：前掲論文、5–7 頁。

心情をベルタは漏らすが、その葛藤を起こしたのは、紛れもなく悟性によっ
て生じた欲望と、現在の自分の存在のあり方そのものに対する疑念である。
日常のアインザームカイトでの信頼は、語ることにより秘密が開かれて疑
念に変容したが、ヴァルトアインザームカイトでの信頼は、読むことで身
についた悟性や世界に関する知識によって疑念に変容するのである。

5.2.3. 悟性が生むそら恐ろしいアインザームカイト

　ヴァルトアインザームカイトの世界を出てベルタが入った世界、すなわ
ち、歴史的現在である世界は、いわばあれこれと考えを巡らし、筋道を立
てて物事を頭で理解する悟性の世界であり、大人の現実世界ともいえる。
それでは、そこにおける信頼とアイデンティティーの実相はいかなるもの
なのであろうか。
　冒頭に描写された山中の城でのエックベルトとベルタの暮らしぶりは、
「愛し合っているようにみえる」(TS6, 126) という三人称の語り手の憶測
による報告にあるように仲睦まじそうなものであり、そこには一見すると
ヴァルトアインザームカイトの時空に通ずる、信頼に基づくアインザーム
カイトの時空があるようにも感じられる。しかし、その後、二人の結婚が、
悟性に基づく打算を含む感情から成立したものだということが判明する。

　家政婦に対する不安がたびたび私を襲うようになりました ［…］ いつか
　彼女が私の持ち物を奪うかもしれない、それどころか私を殺すこともあ
　り得るだろうと思ったのです。――すでにそれ以前から、私は、私をた
　いそう好いて下さる若い騎士と知り合いになっていました。私は、その
　お方に結婚の承諾を与えました。(TS6, 140)

　ベルタはエックベルトと結婚するが、その直接的な動機は、「持ち物を
奪われるかもしれない」、「殺されるかもしれない」という家政婦に対する
疑念、自分が老婆に対して、さらには鳥に対してなしたことと同じことを

されるのではないかという疑念と不安である。とすれば、動機としてまずあったのは、エックベルトへの愛ではなく、打算であるといえよう。これに対して、エックベルトには「彼女の若さ、美しさ、そして、彼女がアインザームに躾けられたことは、彼女になんともいえぬ魅力を与えていた。彼女は、私にはさながら奇跡のように思われた。そして、私は彼女をまったく言うに言われぬほど愛していた。私には財産がなかった。けれども、彼女の愛によって、私は、この裕福な状態に至った」(TS6, 140) と言うように、確かに当初は彼女への愛が認められる。しかし、「君はあの当時、彼女に会うべきだったかもしれないよ、と言って、エックベルトは、せわしなく［…］口を挟んだ」(TS6, 140) とあるように、この言葉を今エックベルトがヴァルターに述べた動機には、素朴な愛だけでなく、ベルタの美しさや財の誇示、所有欲の裏面である自慢も見え隠れしている。

　また、身の上話の内容は、大人のベルタにとっての秘密である。彼女は、夫エックベルトだけには、すでにいずれかの時点でそれを話してある。このことは、「秘密を隠しておくことは不実となるので」(TS6, 127) ヴァルターに話すように夫から言われた、とのベルタの事実の報告から明白である。その意味で、秘密はベルタとエックベルトの間で共有されている。ベルタは、その時点でエックベルトには疑念を抱いていない。すなわち、一応の信頼が両者の間にはあると考えて差し支えないであろう。これに対して、ヴァルターへの秘密の開陳は、夫の言葉に促されたものであって、ベルタが自発的にしたものではない。エックベルトは、彼女に秘密を語らせることによってヴァルターとの友情を深め、彼との関係を通じて社会との関係を維持しようとするが、このこと自体、エックベルトの身勝手な意図であり、あったかもしれないベルタとの信頼関係を損なうものといえなくはない。そこに、二人の信頼のほころびの芽が認められる。やはり後日判明するのであるが、そもそも実は彼が「それでなくても常に陰鬱であった」のは、「妻の奇妙な生い立ち話が彼を不安にさせたからであり、起きることもあり得る何か不幸な事件を恐れていたからであった」(TS6, 142)。そうだとすれば、夫婦の信頼関係には、不安の共有で安心を得ることにより

構築されていたという逆説的な側面もあったと考えられる。城での暮らしは、一見、静かで平安なものであるようだが、その奥底には疑念、不安が潜んでいたといえよう。

　そのような心情から生まれる信頼は、状況が尋常ならざるものに変わると脆弱さを露呈する。「愛しいあなた［…］あなたに少し打ち明けなければならない話があります」（TS6, 141）と言って病床のベルタはエックベルトに苦しい胸の内を打ち明けるが、「病に苦しむ妻を深い感情を込めて見た」（TS6, 142）ものの、エックベルトにはもはやその不安を共有し、取り除く力はない。彼には、沈黙し、考え込み、「彼女に慰めの言葉を二言三言かけて去る」（TS6, 142）しかすべはなかったのである。もはや信頼が救いの手だてを用意することはできなかった。なぜなら、その信頼は、もともと打算的であり、見せかけの要素を含んでいたからである。妻のもとを去る素っ気ないエックベルトの姿にも、信頼が本物ではなかったことが投射されている。だからこそ、彼らの信頼は、悟性に起因する疑念により崩壊したのである。

　妻を失った後、「極めて大きな孤独（アインザームカイト）の中で」暮らすエックベルトは、「誰かある友達によって心の中の空虚を埋めてもらいたいと願った」（TS6, 143）。このエックベルトの姿は、厳しいアインザームカイトを敢然と生きようとする求道の隠棲者のようなものではない。テクスト冒頭で描写された「自分の殻に閉じこもり」、「孤独を愛する」（TS6, 126）エックベルトのもう一つの姿は、他者との関係において自分の生あるいは実存を確認しようする者、すなわち、対話的コミュニケーションを通じて社会における自らのアイデンティティーを確かめようとして、居ても立ってもいられない者である。また、このエックベルトのアインザームカイトは、「心の中の空虚」がアインザームカイトの本質の一つであることを端的に示している。

　こうして、その空虚を埋めるために、エックベルトは、その後、フーゴと交友関係を結ぶ。しかし、その関係で再び信頼と疑念の循環に陥った揚げ句、最終的に、主人公は夢見心地で上っていった丘で老婆に遭遇し、「もっ

とも不可思議なことがもっともありふれたことと混じり合っている」(TS6, 145) なかで、「ご覧、不正は自らを罰するのを。おまえの友ヴァルター、友フーゴは、私以外のだれでもない」と言われて驚愕し (TS6, 145)、さらに、「ベルタはおまえの妹だ」告げられて、地に倒れ、「頭がおかしくなったように (wahnsinnig)」なって横たわる (TS6, 146)。このときエックベルトがひそかに漏らした「だとすれば、なんというそら恐ろしいアインザームカイトの中で私は人生を送ってきたのだろうか」(TS6, 145) という言葉は、悟性による信頼がいかに頼りないものかを、また、現代社会で使われる生に否定的な意味での孤独にも通ずる信頼なきアインザームカイトの凄まじさ、破壊性を表したものといえる。同時にまた、そのつぶやきは、悟性に囚われたアインザームカイトの限界を悟り、己の無力を知った者の悲痛な心中の吐露とも考えられる。実の妹を妻とするという近親相姦を犯したことをもって、エックベルトの最後を道徳的な因果応報とする解釈が多いが[176]、しかし、そもそもその事実を彼が知ったのはそのとき初めてであり、この意味でもその事実について無力であり、罪を問われる筋合いのものではない。人間には何げなく言った言葉、悪意なく語った言葉や行いが、知らずに他者を傷つけることが多々ある。極言すれば、人間の存在それ自体が知らずに他者を害し、そこには悟性が働く余地がないと言っても過言ではない。生に否応なくつきまとうこうした面について、人間はどうすることもできず、お手上げである。こうした、存在することそれ自体がすでに罪を犯しているという人間存在の実存的な問題は、すべての人間が罪を犯すという意味で原罪とも言うべきであるが、とすれば、エックベルトと

176　もっとも、平安な森の世界から世間へのベルタの出奔を楽園での堕罪になぞらえて解釈するリバットは、主人公ベルタが子供から大人への成長、読むことなどを通じて罪と罰という道徳倫理的原理を知ったことにより近親相姦という不幸な関係に巻き込まれることになったとしても、近親相姦や財産に関する犯罪などの道徳倫理的要素を文学的規範として罪と罰の図式を当てはめて作品全体の解釈に通用する手がかりとすることは妥当ではないとする。Vgl. Ribbat, a. a. O., S. 142.

ベルタの近親相姦関係は原罪を象徴したものと言えよう。ティークは悲劇的なるもののカタルシスによる救済の美に関して罪なきオイディプス王に言及しているが[177]、これを踏まえると、その罪なき外形的な近親相姦は「そら恐ろしいアインザームカイト」という悲痛な叫びの中で無垢なるものへと浄化されたと読み取ることもできる。語り手はエックベルトを「頭がおかしくなったよう（wahnsinnig）」と描写するが、このエックベルトの狂気とは、病的な狂気ではなく[178]、異なる次元の心象世界への精神の昇華を詩的に表現したものとも言えるのではないか。

5.2.4. エックベルトが聞いた鳥の歌とは

エックベルトは、地面に横たわって死につつあるなかで、朦朧としながら、老婆が話し、犬が吠え、そして、鳥がヴァルトアインザームカイトの歌を繰り返すのを聞く（TS6, 146）。

テクスト最後のこの箇所は、仔細に見ると次のように二つに分かれる。

「エックベルトは、地面に横たわっていた」という三人称の語り手の報告は、だれでも確認できる性質のものであるが故に、客観的事実の報告といえよう。これに対して、「頭がおかしくなったようになって、死につつある」、あるいは、「朦朧としながら」という語りの内容は、語り手の視点からなされた判断であり、語り手の憶測に基づく報告である。また、「彼は、老婆が話し、犬が吠え、そして、鳥がその歌を繰り返すのを聞いていた」という語りも、語り手の憶測に基づく報告と考えられる。読み手は、

177　Vgl. RK2, 235-236.

178　エックベルトは、「そら恐ろしいアインザームカイト」という言葉を「ひっそりと（stille vor sich hin）漏らす」。そもそも真の狂気に至った人間は、そのような状況で「ひっそりと」あるいは「ひとり静かに」そうした感懐を口にすることができるであろうか。このことからも、エックベルトのwahnsinnig は狂気ではなく、何が何だかわからくなったという精神状況と解するべきと考えられる。

「彼」エックベルトの「聞いていた」ことを直接確認できない。あくまで、語り手の視点からなされた報告を介して「彼」に関する情報を得る。その情報には報告者の主観が交わる可能性があるが故に、「彼」が「聞いていた」内容について読み手は「彼」の真実とは異なるものを知る可能性がある。すなわち、確実な事実は「エックベルトは、地面に横たわっていた」ことだけである。先行研究の大半はエックベルトが狂死すると解釈するが、以上のことから、彼が狂死したかどうかは定かではないと考えるのが、むしろ自然であろう[179]。彼の生がなおもこの世にあるのか、それとも彼岸にあるのか、この問題自体が未解決のものとして読み手の解釈に委ねられていると考えられるのではないだろうか。そうだとすれば、この最後の状況は我々に何を語ろうとしているのであろうか。鳥の歌う次のリートを手がかりに、この点について考察を加える。

> ヴァルトアインザームカイトは ／ 私を再び喜ばす ／ 私には苦しみは起きない／ ここに妬みは住まない／ あらためて私を喜ばすのは ／ ヴァルトアインザームカイト（TS6, 145）

この鳥の歌う最後の詩においてヴァルトアインザームカイト は、苦しみも妬みもない世界として描かれる。激しい欲望は苦悩だけではなく妬みにも通じるとすれば、エックベルトは、欲望から解放された純真無垢な世界が啓示される中で大地に横たわっている。5. 2. 2. で考察したように、ヴァルトアインザームカイトは、悟性を離れ無力・無私となった者だけに開かれ、生が得られる時空である。それ故、その歌は、信頼が不在のそら恐ろしいアインザームカイトの中で人生を送った末に自分の無力を悟った主人公に与えられたある種の恩寵のメッセージとも考えることができるのでは

179　先行研究の中ではヘルターだけが、本書と同様に、経験的に読者はそう思うかもしれないが、「厳密に受け取れば、彼の死は証明されていない」と述べている。Hölter, a. a. O., S. 84.

ないか。そうだとすれば、それは、彼の行くべき道を示したもので、慰めまたは救いの呈示ともいえよう。あるいは、ヴァルトアインザームカイトとして詩的に表現された人間の生来にある原初の信頼の世界が、無力となることで、彼の心中に浮かび上がってきたとも理解される。この意味で、主人公の向かう先は、狂死でも、生に破壊的なニヒリズムの世界でもない。その一方で、その歌には、その世界が現世では、悟性を得た人間の手に届かぬものであるという諦念も感じられなくはない。しかし、いずれの読み方を選択するのかは、作品と読み手との尽きることのない対話的コミュニケーションにおいて読み手の感懐に委ねられていると考えられる。

5.2.5. まとめ

『金髪のエックベルト』では、信頼と、これから派生する秘密の開陳、疑念並びにアインザームカイトをテーマ群とすることで他者との関係における人間個人の実存の確認が問題とされている。テクストに提示されるアインザームカイトのモティーフ、すなわち、ハイデガーのいう「情動性」の意味での気分によって開かれて用意された無条件の絶対的な信頼の時空であるヴァルトアインザームカイトと、信頼が疑念に転じうる日常世界のアインザームカイトは、そのテーマを登場人物、筋立て、背景において具体化する上で大きな役割を果たしている。日常世界のアインザームカイトは、信頼ある限りは、平安で美しい時空であるが、ひとたび信頼が崩れ

---

180 メルヒェンにおける主人公のアインザームカイトが絶望的な側面だけではなく、慈悲深い側面もあることについては、タールマンも言及している。Vgl. Thalmann, ebda., S.41. M. Thalmann: Ludwig Tieck. Der romantische Weltmann aus Berlin. München (Lehnen Verlag) 1955, S. 90. ハムメスもまた、『金髪のエックベルト』ではないが、『聖ゲノフェーファの生と死』において森のアインザームカイトがゲノヴェーヴァを浄化したことを例に挙げて、森のアインザームカイトが「人間を浄化し、不幸の中で慰めを与える」と指摘している。Hammes, ebda., S.37.

ると、途方もなく恐ろしい時空となる。『ファンタズス』の外枠物語の登場人物たちは、マドゥシュカが言うホラティウス的な意味で（本書 27–28 頁）美しい田園の一角でアインザームカイトを楽しみつつ語り合う一時を過ごすが、煩わしい人付き合いが不可避の日常生活にいつでも引き返す道が用意されているそうした人々にとって、「心の空虚さ」から生じる「極めて大きな孤独（アインザームカイト）」や、「そら恐ろしい孤独（アインザームカイト）」が衝撃的であったことは、『金髪のエックベルト』の朗読が終わった後にだれの目にも「ひそかな恐怖の涙」が浮かんでいた（TS6、146）ことから明らかである。ティークは、『金髪のエックベルト』において、都会を離れた山の中の静かな城でのアインザームカイトも、都会の社交界での交友も破綻させ、情感的・感傷的アインザームカイトの道を閉ざして、絶対的なアインザームカイトにエックベルトを置き、その一方で、悟性がきかない無力となった人間を受容する楽園、すなわちヴァルトアインザームカイトという世界を提示することで、文学史上新たな境地を開いたと言えるのではないか。そこに描かれたアインザームカイトは、それまでの神秘主義・敬虔主義的アインザームカイトや情感的・感傷的アインザームカイトとも、あるいは、能動的な感情の放出という疾風怒濤文学のアインザームカイトとも、道徳倫理的規範に即した人間性の完全なる完成や調和ある人間性を志向した啓蒙主義的アインザームカイトや古典主義文学におけるアインザームカイトとも異なる新たな地平を切り開いた。この作品に描かれたアインザームカイトのモティーフの中には、我々が生きる現代における不安や絶望と裏腹の関係にある孤独と通底し、これを本質的に先取りした「心の空虚さ」から生じる「極めて大きな孤独（アインザームカイト）」や、「そら恐ろしい孤独（アインザームカイト）」がある。一方、ヴァルトアインザームカイトは、そうしたアインザームカイトの生にある人間を受け容れ、生かす時空として顕現する。

　『金髪のエックベルト』においてティークは、日常と不可思議が錯綜する詩的叙述をもって、人間の内奥にある合理的に説明できない真実の姿、理性や悟性に先んじてある人間の原初的な心の正と負の側面、自覚なき咎

を犯してしまう人間の実存的な実相とその浄化あるいは救済の可能性を描いた。18世紀から19世紀にかけての、人間個人の問題と本格的に対峙した文学の潮流において、人間が己の姿をあからさまにして、これと向きあえる唯一の時空であるアインザームカイトは、『金髪のエックベルト』においてその問題を詩的に表現しうる最適のモティーフとなったといえよう。

5. 3. 「私」の探求とアインザームカイト──『フランツ・シュテルンバルトの遍歴』と『ルーネンベルク』におけるアインザームカイトのモティーフ

　小説『フランツ・シュテルンバルトの遍歴』は、1798 年に出版される。その翌年に書かれた戯曲『ヴァレンシュタイン』（Wallenstein, 1799）において、シラーは、離反した元帥の息子ピッコロミニ大佐をして、恋人でもあるテクーラに対してヴァレンシュタイン公爵の娘としてではなく、「きみ、きみ、愛する方に尋ねている」[181]と問わせる。ここで問われたのは、あなた自身、すなわち、社会内部での関係や位置で規定される社会的存在としての人間ではなく、私人としての、一個の人間である「私（das Ich）」そのものである。自己がなんたるかの問い、自己の確立の問題は、古典主義に属するシラーだけのものではなく、時代思潮であった。ヨーロッパにおける人間精神や経済社会の仕組みなどの地殻変動の世紀であった 18 世紀から 19 世紀にかけての時代はまた文学や芸術の自立が大きく問われた時代であり、ドイツ・ロマン主義文学でも大きなテーマになる。[182]
　ヨーロッパ、ことにドイツ史上、時代を画するこの 18 世紀後半から 19 世紀前半にかけての時期は、啓蒙思想が広く浸透し、また、カントに触発されるなどして、初めて広範な人々が個人としての「私」を求め、あるいは「私」がなんたるかを問う時代となった。そもそも自立の問題は、人間個人の精神的自主性を促すカントの有名な『啓蒙とは何か』に代表されるように、「das Ich」すなわち「この私」、「私自身」つまり「自己」の自

181　　Friedrich Schiller Werke und Briefe in zwölf Bänden. Band 4. Wallenstein (Hrsg. von Frithjof Stock). Frankfurt am Main (Deutscher Klassiker Verlag) 2000, S. 236.

182　　Vgl. Horst Dieter Schlosser: dtv-Atlas zur deutschen Literatur. München (Deutscher Taschenbuch Verlag) 1983, S.133. Detlef Kremer: Romantik. Stuttgart (J. B. Metzler) 2007, S.89. Gerhard Schulz: Romantik. Geschichte und Begriff. München (C. H. Beck) 2002, S.22.

立であり、人間個人の精神的、経済的、社会的確立に帰着する。[183] ロマン主義文学においても、自己の自立・独立の問題、あるいは、その延長とも言える芸術の自立の問題は、好んで取り上げられた問題である。「私（das Ich）」の問題は、個々の人間存在である自分が自分自身にどう向き合うかという問題であり、また、他者とどうかかわりあうかという問題である。それは、変転する諸状況のなかでの自分は何かという不断の問いかけ、すなわち自省（Selbstreflexion）あるいは自己言及的態度により担保されるものである。[184] その意味で、ロマン主義文学でよく表れるモティーフである「私」の問題は、アインザームカイトを理解する一つの鍵となるものと考えられる。本節においては、『フランツ・シュテルンバルトの遍歴』及び『ルーネンベルク』をテクストとして、自己の確立、すなわち「私」の探求という文脈でアインザームカイトのモティーフを考察する。

5. 3. 1.　『フランツ・シュテルンバルトの遍歴』――「私」の探求・確立とアインザームカイトのモティーフ

『フランツ・シュテルンバルトの遍歴』は、1798 年に出版されたティーク 25 歳のときの小説であり、ロマン主義の入り口に立つとされるティークの代表作である。ティークが属したロマン派のイエナ・グループの主要なメンバーであるフリードリヒ・フォン・シュレーゲルは『フランツ・シュテルンバルトの遍歴』について「セルヴァンテス以降、初めてのロマン主義的な小説（der erste Roman seit Cervantes, der romantisch ist）[185]」と高く評価した。

183　Vgl. Schulz, ebda. Wolfgang Lukas/Madleen Podewski: Novellenpoetik. In: Stockinger/Scherer (Hrsg.), Ludwig Tieck, 353f. Safranski, a. a. O., S. 74ff.

184　クレマーは、ロマン主義文学について、明瞭な自己言及性や広範なアレゴリー的仕上げなどと並んでテクストの自立化がきちっとなされていると指摘する。Vgl. Kremer, a. a. O., S.89.

185　„Franz Sternbalds Wanderungen" im Urteil der Zeitgenossen. In: FSW 510.

『フランツ・シュテルンバルトの遍歴』は、2部（Teil）、各2巻（Buch）[186]
で構成される。画家修業途上の主人公フランツ・シュテルンバルトが己の
画風を確立し、画家として独り立ちしようと、ニュルンベルクの師デュー
ラーのもとを去り、ローマに向かってフランドル、シュトラースブルク、
イタリア各地を遍歴し、ついにはローマで、後で述べるような得難い体験
をする経過を物語ったものである。なお、ティーク自身は第3部を構想し、
結局それが果たせなかったと述懐していることから、未完の作ともされる。

　第1部は、シュテルンバルトが、師のもとで共に学んだ親友セバスティ
アンと別れ、ニュルンベルクの地を旅立ち、生まれ故郷の村を経て（第1
巻）、フランドルのライデンに画家ルーカスを訪ねた後、たまたま船旅で
知り合った絵画愛好家の富豪ヴァンゼンの誘いを受けて、アントワープを
訪ねるまで（第2巻）を描く。この間、ルーカスのもとでの思いがけぬ師
との再会と別れ、その後、遍歴の旅の道連れとなる友、ルドルフ・フロー
レスタンとの船旅での出会いと、フローレスタンが語る青年貴族と巡礼娘
のノヴェレ、富豪ヴァンゼンからの娘婿話の申し出などのエピソードと、
セバスティアンとの手紙のやりとりが随所に織り込まれて物語は展開す
る。アントワープを発って再開された遍歴の旅を描いた第2部は、春に託
して青春と憧れについての、往時を振り返った後年の主人公の感懐で始ま
る。その旅は、シュトラースブルクから北イタリア、フィレンツェを経て
ローマに行き着く。イタリア生まれの快活、自由闊達、軽佻浮薄なルドル
フを道連れにしたフランツは、同郷の彫刻家ボルツや修道士姿の騎士ロデ
リゴ、逃げたロデリゴを想う伯爵妃、ロデリゴの親友で世界を漂泊するル
ドヴィコ、隠者アンゼルム、主人公とつかの間の仲となる村娘エマ、フィ
レンツェでのルスティチらの画家グループ、ローマの美術愛好家カステ

186　　後に1843年にライマー社から出された改訂版（Ludwig Tieck's Schriften.
　　　Sechzehnter Band. Franz Sternbald's Wanderungen. Berlin (Reimer) 1843）では全4巻
　　　となるが、アンガー編纂版のテクストは、2巻からなる初版が採用されて
　　　いる。

ラーニと、その妻で主人公と道ならぬ関係を結ぶレオノーレ、奇人カミーロなど多彩な登場人物と邂逅する。物語は、主人公を巡る、あるいは彼らを巡る様々な事件の体験と知見、さらには登場人物間に交わされる絵画や詩などの芸術観や、人生観、世界観に関する論議が、会話や詩の詠唱などを構成要素に、北国ドイツと南国イタリアの対比も織り込みながら展開していく。

　北方ルネッサンス最大の巨匠の一人アルブレヒト・デューラー（Albrecht Dürer, 1471-1528）の弟子という設定で絵画修業のための遍歴をするフランツを描いたこの作品は、自己形成小説あるいは教養小説（Bildungsroman）と呼ばれるジャンルに入ると一般的に評価されている[187]。クレマーは「芸術の独立」に言及しつつ、「すべてのエピソードと、冒険的で通俗小説風の、好色的な部分もある枝分かれした幾つもの筋書きを通じて」、「芸術家の自己了解についての自己言及」や「芸術家的存在と社会的存在の調整の問題」が『フランツ・シュテルンバルトの遍歴』の中心テーマとなっていると述べる[188]。小説の性格とテーマ性を簡潔に記したクレマーの言葉は、この小説のもつ様式的、構造的、内容的豊かさを示唆したものであり、先行研究もそうした豊かさを反映して、ティークの作品の中では『金髪のエックベルト』と並んで数多く見られる。先行研究については、ここでは個別の研究には言及せず、De Gruyter Lexikon シリーズの一つとして 2011 年に出された『Ludwig Tieck. Leben-Werk-Wirkung』の研究書書誌の項だけでも、1930年以降発表された 70 の研究が挙げられている[189]ことを記すに留める。

187　Vgl. Uwe Japp: Der Weg des Künstlers und die Vielfalt der Kunst in *Franz Sternbalds Wanderungen*. In: Kremer (Hrsg.), Die Prosa Ludwig Tiecks, S.35.　なお、ウヴェ・ヤップ（Uwe Japp）は、こうした見方を批判的に検証している。

188　Vgl. Kremer, a. a. O., S. 125.

189　Vgl. Stockinger/Scherer (Hrsg.), Ludwig Tieck, S. 776 -780.

5. 3. 1. 1. 鍛冶職徒弟、工場主、母――『フランツ・シュテルンバルトの遍歴』におけるシュテルンバルトの三つの対話

ニュルンベルクの市門の前のナラの木の下で親友セバスティアンと別れを告げたあと、フランツは真昼の街道を行く。そして、暑さに涼を求めて傍らの木立に入り、昼食を取りながら休んでいるところにやってきた一人の鍛冶職徒弟の見知らぬ若者とそれぞれの歩む道について言葉を交わす。「絵描きだって［…］君は、絵で食っていけるのかい［…］絵なんてやつは何の役にも立たないぜ」、「そいつは、困ったときにはなくても済むものじゃないかね［…］君は、いつも何か心配事を抱えながら世間に入って行かざるを得ないこととなるよ。というのも、仕事にありつけるかどうか、いつもはっきりとしていないからさ」（FSW 22-23）と言う鍛冶職徒弟に対して、フランツは、「答えを返すすべを知らず、沈黙した」のであった。というのも、「彼の従事してきたことが人様の役に立つかどうかなどということは考えたこともなかった」からであり、「己の衝動（Trieb）」に「ただただ身をまかせていたから」（FSW 23）であった。

この会話に示される絵画ひいては芸術という職業の社会的、経済的有用性と芸術家の経済的自立の問題は、徒弟と別れた後で立ち寄ったある都市の工場主との会話で再び明瞭に提起される。師アルブレヒトから託された手紙を工場主に届けるフランツに対して、彼は次のように言う。

私のもとには大きな工場があって、労働者も沢山いる。［…］もし君が望むのなら、いい給料で私のところに来てもいい。君は、ちゃんとした食事をとれるし、いい生活ができるよ。旅をやめて私のところに留まったらどうかね［…］君が偉大な絵の職匠になったとしても、絶えず心配事の多い、貧乏な生活を送ることとなるよ。お師匠さんがそのよい例じゃないか。だれも彼に敬意を払っていないよ。なぜなら、普通の市民のやる仕事に打ち込んでいたら金持ちになって、名声も得て、影響力もあっただろうに、そうしなかったので、彼には資産がないからだ。（FSW 38）

この工場主の誘惑ともいえる言葉にフランツは惑わされることはないが、しかし、次のようにモノローグで語る。

　親愛なる、尊敬する師よ。今、私は、はじめて世間というもの、そして、その考え方と心情を知りました［…］しかし、私は、あなたや私の心の欲するところに忠実でありたい。もし、貧しく、侮られたからといって、それが何なのでしょうか。最後に困窮により死んでしまう定めにあるとしても、それが何の妨げになるのでしょうか。(FSW 39-40)

　市民的な安寧の生活に対置された芸術家の生は物質的に不安定であると同時に社会的にもまだ認知されていないことを、工場主とフランツの対話は雄弁に語っている。
　その後、主人公は、両親に旅の別れを告げるために彼らの住む村に立ち寄る。しかし、思いもよらないことに、年老いた父はフランツが彼らの実の子ではないことを告げ、その夜、静かに息を引き取る。育ての父の葬儀が終わった後、老いた養母はフランツに次のように語りかける。

　愛する息子よ。遠い世界に今入って行こうとしているのね。もし、私が助言してもいいのなら、どうかそうしないでおくれ。だって、そうしたって、おまえには何の利益もないじゃないか［…］絵を描くことでは、確かな食い扶持を得られないんだよ。おまえもそう言っていたじゃないか［…］どうか、ここで、私のそばにいておくれ。息子よ［…］見てご覧。畑はどれも上出来だよ［…］安心できる、安らかな暮らしを送れるよ。(FSW 52)

　この母の言葉もまた、画業の不安定さを案ずるものである。さらに母は、「自分自身で手に入れたパンを食べ、自分自身のワインを飲むことは心からの喜びよ」(FSW 53) と言ってフランツを諭す。「自分自身で (selber)」、「自分自身の (eigen)」という語をもって語られる問題は、単に息子の将来

についての心配だけではなく、画家、芸術家の経済的自立も含意している
と考えられる。

　『フランツ・シュテルンバルトの遍歴』の冒頭で交わされる三つの会話は、
「鍛冶職 (Schmied)」に託された伝統的な手工業や同業者組合の世界、デュー
ラーの時代という中世の設定ではあるが「工場 (Fabrik)」という言葉に託
された成長しつつある近代的工業と都市、そして、母が代弁する農業、農
村社会という、すでに確立されている経済的社会的な枠組みのなかで芸術
がまだしっかりとした位置を得ていないことを示すと同時に、三者に対す
る主人公の応答という形で芸術の独立（Autonomie der Kunst）あるいは芸
術家の自立がこの小説で問題となっていることを明らかにしている。[190]そ
の意味で、この小説が、芸術家小説の嚆矢であると位置づけられているの
も首肯しうるものである。

5. 3. 1. 2.　「私」の探求とアインザームカイトのモティーフ

　では、『フランツ・シュテルンバルトの遍歴』の基本的なテーマは、芸術
あるいは芸術家の自立にとどまるのであろうか。たしかに、主人公が師のも
とを旅立つのは、他の画家や絵画を知ることによって芸術家としての己の作
風を確立し、芸術家として自立するためである。しかし、そもそも師のもと
を旅立つこと自体が人間個人としての自立を含意していると言えるではなか
ろうか。それは、旅立つフランツに対して「どうか、ここで、私のそばにい
ておくれ。息子よ［…］見てご覧。畑はどれも上出来だよ［…］安心できる、
安らかな暮らしを送れるよ」と、収穫を待つ畑を指して自分のもとに留まる
ことを懇願した母に対する主人公の次の言葉から明らかとなる。

190　　その意味では、パンを巡るその三つのやり取りを単なる「試練
　　　（Versuchung）」とするフリードリヒ・グンドルフ（Friedrich Gundolf）の解
　　　釈は、問題の本質を捕らえていない皮相的なものといえよう。Vgl. Friedrich
　　　Gundolf: Ludwig Tieck. (1929). In: Segebrecht (Hrsg.), Ludwig Tieck, S. 222.

そうじゃないんだ、母さん［…］画布を手にするのは、日々の糧を稼ぐためではないんだ。沢山の声が遠くから僕に呼びかけるんだ。心を励ますようにね［…］一つひとつの思いが、脈拍の一つひとつが僕を前へと突き動かすんだ。若き青春の日を、ここでただ静かに座って、麦が育つのを待つだけの自分でいられようか。（FSW 54）

　このフランツの思いは、単に画家としての思いだけではない。その言葉からは、何かを求めて独り立ちしたいという、青春期の人間に共通する居ても立ってもいられない気持ちが読みとれる。また、両親からの別れ、実の親がだれかわからないことの判明、親友や敬愛する師、あるいは生まれ故郷や第二の故郷からの別れ、さらには世間への旅立ちなどの、第1部第1巻冒頭から第6章までの様々な出来事は、「私」、すなわち個人としての人間である私自身の確立、自立とその探求の過程が基本的なテーマとなっていることを全体として示唆する。[191] 作品全体を通底するこの「私」の問題は、ことに第1部第1巻に現れる、「私」を巡る5つの自問に明瞭に読みとれる。それは、アインザームカイトのモティーフと密接に関係している。

　なお、それらの自問は、いずれも親友セバスティアンに宛てた手紙の中に書かれている。すなわち、手紙の形をとった内省（反省）、自己言及の形式をとっていることは、注視されねばならない。

191　パウリンは、『フランツ・シュテルンバルトの遍歴』のモティーフが「自分自身についての探求（Suche nach sich selbst）」と結びついていることを指摘する。Vgl. Paulin, a. a. O., S.45.　また、『フランツ・シュテルンバルトの遍歴』が教養小説あるいは芸術家小説であるとする通説を検討したヤップは、そうではないと結論づけた上で、「なぜ旅となるのか」と問題提起し、「私は何か」という問いがこの小説のライトモティーフになっていると指摘する。Vgl. Japp, ebda., S. 43.

5.3.1.3. 「私は何か」「私はだれなのか」――「私」についての五つの
自問とアインザームカイトのモティーフ

5.3.1.3.1.「私は何か」という自問

　フランツは、鍛冶職徒弟と出会った後、とある村で農家に泊まり、そこ
で、夕食の後に聖ゲノフェーファの話を聞く質朴で敬虔な農民一家に感銘
を受ける。翌日、フランツはセバスティアンに宛てて手紙を書く。そこに
は、ニュルンベルクを去ってからの出来事がしたためられているが、それ
だけではない。
　手紙には、「芸術家は彼の寒々とした博識あるいはいかにも芸術家然と
したさまから本来の自分に戻るために農民や子供たちのもとで学ぶべき
だ。そうすることで彼の心に、唯一それだけが真の芸術である質朴さが改
めて開けるだろう」（FSW 33）という芸術論や、「いつも正しく真を語っ
ている」師デューラーについての回想などとともに、次のような想いが記
されている。

　　こうして、僕の気持ちは再びふさぎこみ、喜びがあるべき場所を改めて
　　見つけ出すことができないのだ。どのような姿も心に浮かばない。僕が
　　何であるか、それが僕にはわからないのだ。僕の心は、ごしゃごしゃに
　　混乱している。（FSW 35）

　師のもとで多くを学び、おそらくは将来を嘱望されていたであろうフラ
ンツは、それに飽きたらず画家として大成しようと意気込んでニュルンベ
ルクを後にしたはずである。その主人公は、遍歴の旅を始めるやすぐに、
芸術とは無縁の農民たちや子供たちの心情に芸術の真髄や生の真の在り方
があることに気づき、自分を反省する。それまで懐いてきた「私のすべて
の目論見、希望」と「自分自身への信頼」すなわち自信が「崩れ落ちる」
のを知った彼は、「心の中は空っぽで荒れ果てている」ことを認める（FSW

34)。そして、世の中から尊敬され愛される芸術家になりたいという気持ちと、それにはまだ足りないものばかりの自分へのやるせない気持ちが交錯する中で（FSW 34）、画業だけでなく、生そのものにある種の行き詰まりを感じ、ついには「僕が何であるか（Was bin ich）」ですらわからなくなる。「自分が何か」、すなわち自分の本質あるいは真の自分を見失った主人公は、親友に宛ててそれまでの自信が「狂気の沙汰であったように思える」、「心に思い浮かぶ様々なイメージに嫌悪を覚える」などの心境を伝え、「なぜ僕は僕自身と一致しないのだろう」と記す（FSW 35）。空虚な心、自分自身との不一致は、いずれも自分の本質、真の自分を見失ったことを表現している。

　この自分の本質への問いがテクストの最初に置かれていることに、主人公の遍歴の真の動機が読みとれる。と同時に、それが手紙というモノローグの形で、すなわちアインザームカイトの時空において吐露されていることに注目したい。

5. 3. 1. 3. 2.「私はだれか」という自問

　その後フランツは、師デューラーの友人ピルクハイマーの手紙を届けるためにある町に立ち寄り、それから生まれ故郷の村に足を向ける。村の外れの小さな森に足を踏み入れた主人公は、子供の頃を回想しながら次のように述懐する。

「僕は、だれなのだろう」彼はそう自問し、そして、ゆっくりと辺りを見回した。過ぎ去ったことがとても活き活きと僕の思い出の中で浮かんでくるが、これはどうしたことだろう。僕は長いこと、ほとんどすべてのことを、両親のことを忘れていたが、それはいかばかりであったのか。芸術が最も優れた最も大切な感情に逆らって僕たち自身を冷酷非情にさせうるとすれば、それはいかほど可能だというか。とはいえ、それは、その衝動が僕に強く働き、衝動そのものが僕の前に張り出し、普通の人

生についての展望を覆い隠すからに他ならないからだろう。
（FSW 43-44）

　「僕は、だれなのだろう（Wer bin ich ?）」という自問の契機には、社会関係の原初的、基本的な要素である「両親」との関係も含まれていることから、ここで問われている問題の一つは、個人の社会的アイデンティティーといえよう。しかし、それだけではない。主人公は、その自問に先立って、回想の中で自分が「少年として再びそこに立っているのを見」、自分が「まだまったく同じ人間である」ことを認める。とすれば、「僕は、だれなのだろう」、すなわち、自分は何者なのかという問いには、歴史的連続性という意味での自分の本質についての問いも含まれていると解される[192]。主人公の述懐は、自由への衝動、芸術を究めたいという衝動が、個人の社会的な立ち位置を忘れさせるだけでなく、自己の連続性をも人間の視野から遠ざけることを語っている。

　しかし、それでは、自由への衝動、芸術を究めることは、真の自己を見いだすこと、「私」と一致することを意味しないのであろうか。

192　クレマーもまた、「私はだれか」という問いが、『フランツ・シュテルンバルトの遍歴』の大きな構成要素であると指摘している。しかし、「表面的には不確かな家系的な出自に関係した」その問いは、実は「芸術家に向けた内心の決意」や、少年時代に邂逅して以来彼の憧憬の対象となった「マリーエという名の〈天使の姿〉に向けられたものである」と解釈している。Vgl. Kremer, a. a. O., S.123. 確かに、マリーエへの愛もまた『フランツ・シュテルンバルトの遍歴』の主要なテーマの一つであり、遍歴はこれを探し求める旅でもある。マリーエへの愛ついては、多くの先行研究でも取り上げられているが、本項では論考の焦点を絞り込むために考察の対象から外している。

5.3.1.3.3.　森の静かなアインザームカイト――回想と自問の時空

　この回想と自問は、子供の頃に遊び場であった小さな森の中でなされる。その森に足を踏みいれたフランツについて、テクストは次のように描写する。

　　彼が村の前にある小さな森の中に立ったのは、まだ朝方のことであった。そこは、彼の遊び場であった。その昔そこで彼は、木々の影が暗さを増し、沈みゆく太陽の赤い光が木々の幹の間を抜けて下に射し込み、光線が彼のまわりで瞬くように戯れるとき、しばしばその夕べの静かなアインザームカイトの中で深い物思いにふけったものであった。そこで初めて彼の衝動に火がついたのであった。こうして、彼は、だれしも聖なる寺院に入るときに抱く感情を胸にしながらその森に入った。(FSW 42)

「夕べの静かなアインザームカイト」と詩的に表象される時空は、少年フランツの内省の場である。主人公は、少年時代の日々に物思いにふけった同じその森で、再び、「自分はだれなのか」と自問しつつ、生の来し方と行く末に一人思いを馳せる。自己探求という前向きの旅の途上であるが故に、青年フランツの過ごす森についての時間的な設定は「夕方」ではなく「朝方」となっているが、いずれにしても、テクストのその部分には、自己言及の構造がアインザームカイトにおける反省に織り込まれている。[193]我々は『フランツ・シュテルンバルトの遍歴』におけるこの「静かなアインザームカイト」が、静的な中にも「衝動 (Trieb)」という能動的なエネルギーを生み出す場の表象となっていることを知る。また、「神聖な寺院」

193　クレマーは、「世界の中へのどの歩みも、自分自身の過去への歩みであり、自分自身の内心への歩みを意味している」と述べて、この「〈自分自身〉を問うこと ((Selbst) Erkundigung)」がロマン主義文学の旅の特性であることを指摘する。Vgl. Kremer, ebda.

という語で表現されるように、神聖なるもの、崇高なるものとの一体感と
安心がそこにはある。少年時代の彼は、アインザームカイトの中で沈みゆ
く太陽に過ぎゆく一日を顧みたであろう。しかし、同時にまた、そこには
将来についても思い描いている少年シュテルンバルトの姿がある。

　テクストは、「衝動」に「初めて火がついた」と記す。その衝動あるい
は意欲とはどのようなものであったのか。子供の頃に大好きであったナラ
の木を見つけた喜びは、主人公にありありとそれを思い出させる。

　　この木のいくつにも絡みあうように枝分かれした幹の梢の上に座って、
　　そこから広い平野を見下ろすことを、どんなにか願っていたことか、枝
　　から枝へと跳び渡りながら歌い、深緑の木の葉の上で戯れる小鳥たちを
　　どんなに憧れて見ていたことか。小鳥たちは彼のように家へと戻らず、
　　永遠の楽しい生の中で輝ける時間に照らされて、新鮮な空気を吸い込み、
　　歌声を返す［…］学校もなく、厳しい教師もいない。（FSW 42-43）

　ここに描かれているのは、広大な世界をのびのびと見たいという感情で
あり、だれからも、何からも拘束されずに自由に世界を動き回りたいとい
う心情である。彼の「憧れ」は、突き詰めていえば自由への憧れである。『ルー
ネンベルク』の冒頭で森のアインザームカイトに己の来し方を回想する主
人公クリスティアンは、「見知らぬ土地を求め、日々繰り返されるありき
たりの生活の輪から遠ざかろうと、父や母、知り尽くした故郷、村の友だ
ち、それらすべてを捨て去ってきた己の運命」に思いを馳せ、「自分は楽
しく、幸せである」と感じる（TS6, 184）[194]。自由を渇仰するフランツの心
情は、このクリスティアンの姿と重なる。

　ところで自由への憧れは、クリスティアンに見られるように、人間関係
を捨て去る結果も招きうるものである[195]。自由に憧れて親元を巣立ち、今

194　　本書 176 頁。
195　　同 184 頁。

また、師のもとも離れて遍歴を始めたフランツに、個人の社会的アイデンティティーの問題として「僕は、だれなのだろう」という自問が起きるのは、蓋し当然のことである。我々は、そこに「個」としての「私」あるいは「自我」に目覚めた近代人の「個」としての自由への期待と不安をくみ取ることができるのではないか。

5. 3. 1. 3. 4. 「何をしたいのか」、「どこへ」という自問

　故郷の村の我が家にしばらく逗留したフランツは、両親が実の親でないことを明かされ愕然とする。また、近隣にある数点の師の絵を見て、村人の活き活きと働く姿が師の絵の精髄であることに気づく。収穫祭を迎えて賑わう村の一角にある農家の庭で娘ゲルトルートと語り合う主人公は、夕日に映える娘の横顔を見ながら感傷にひたる。そうした雰囲気の中で、「旅のことを考えているのね」と娘は問うが、これに対してフランツは、旅をためらう気持ちに初めて捕らわれる。しかし、「イタリアはここから遠いの。戻ってくるの」と聞く娘にフランツは、「僕は行きたいし、行かねばならない」と答え、また、戻ってこようと考えているが、しかし「戻るのはずっと先のこととなるだろう。そのときには、おそらくここのすべてが変わっているだろう。僕は長いこと忘れ去られているだろう」などと応じる（FSW 64）。そして、家から呼ばれて娘が立ち去った後、主人公は次のように独白する。

　「もちろん」と彼は自分に言った。「故郷であって欲しいと願っている所で静かに人生そのものを送ること、平安な地を希求することは素晴らしいことだ［…］けれども、僕はそうはいかない。僕はまず、年齢を重ねなければならない。というもの、僕は今、僕が何をしたいのかを、僕自身まだ知らないからだ。」（FSW 65）

　自分が何であるか、自分はだれであるかという問いは必然的に「僕が何

をしたいのか（was will ich）」という生の目的についての問題意識に発展する。イタリアに「行きたい、行かねばならない」、なぜなら「僕が僕のことを一人の職匠とみなしてもいいようになる前に、僕はそこで絵画術のために多くのことを学ぼうと考えているから。多くの古い建物を、優れた人びとを訪ねなければならないから、多くのことをなし、経験しなければならないから」（FSW 65）である。

5.3.1.3.5.　「僕から成っていくものは何か」という自問

　主人公の遍歴は、画業のためという明快な目的をもつ。その意味で主人公には「意欲（Wille）」はあるが、しかし、まだ自分は何になろうとしているのかという問いが示す「生成していく（werden）」己の姿を想定できていない。「僕から成っていくものは何か（Was soll aus mir werden?）」という問い、すなわち自己の生成についての問いは、「どこへ」という目標を意味する問いと対となって現れる。フランツは、育ての母のもとを去った後にセバスティアンに手紙を書く。その手紙の冒頭に記されたのは、次の述懐である。

　僕は、まったく確信がもてないまま時々自問している。僕から成っていくべきものは一体何かと。僕は、僕自身の助けもなく、突然奇妙な迷路に紛れ込んだのだろうか。両親は僕から奪われた。いったい僕の親はだれなのか。僕は知らない。友たちも去ってしまった［…］この混乱がぼくの邪魔をしているのは、どうしてだろうか。僕はなぜ、普通の人間のような単純な人生行路を続けてはいけないのだろうか。（FSW 75-76）

　しばしばそう自問することがあると親友に告白したフランツは、そのような「自分自身に、言うに言われぬ不安」を感じること、しかし、「その感情を失いたくないこと」を明かす。なぜなら、「僕の魂とともに漂うように思われる」その感情には、「僕のもっとも本源的な自身（mein eigentlichstes Selbst）」を突き止める可能性がある（FSW 77）からである。この「単純な人生行路を歩んではいけない」というフランツの言葉には、真の自分を求めて、妻子を置いて鉱山内に姿を消す『ルーネンベルク』の主人公クリスティアンの生の航路を想起させるものがある[196]。

　また、目標とする芸術家像や芸術家のあり方が見えない己にもどかしさを感じるフランツは、師アルブレヒトら偉大な芸術家に対する愛や尊敬の念を手紙にしたため、その上で「僕の愛、芸術家への尊敬の念、そして彼らの作品は、僕をどこへと導くのだろう」と自問する。その心情は、おそらくは窓辺から見えているであろう景色に託された感懐に見事に表現されている。

　　僕の遍歴の旅は、しばしば僕の中に不思議な気分を醸し出す。今、僕はある村にいる。そして遠くの山々の上に霧がかかっているのを見ている。
　　（FSW 78）

　目標、あるいは、理想とするものは、いまだ霧に隠れたままである[197]。それを求めて主人公の旅は続けられる。

5. 3. 1. 3. 6.　敬虔なアインザームカイト──師の描いた隠者の絵についての回想

　そのように述懐したフランツは、手紙の最後に師の描いた隠者の絵に言[198]及する。

196　本書 184 頁。

197　ハムメスによれば、輪郭のはっきりしないおぼろげな遠方の景色の叙述は、ロマン派の文人が好んで用いた憧憬を表す筆法である。Hammes, a. a. O., S.22.

198　ここで言及された絵は、デューラーの代表作である『書斎の聖ヒエロニムス』（1514）である。

僕は、最近僕らのアルブレヒトの新しい銅版画を見た。僕がいないとき
に描かれたものだ［…］君もその絵を知ることとなろうが、読書をする
隠者だ。その絵に僕は、再び君たちと一緒にいるということを強く感じ
る。というのも、デューラーが自分の住まいを描き写したその絵にある
書斎も机も丸窓も、すべて僕は知っているからだ［…］親しく自分の周
りを囲んでいるものへの敬虔な愛情を込めて、僕らの師匠が彼の書斎を
摸写した版画を後世に贈ったなんて、何と素晴らしいことだろう。その
絵の中ではあらゆるものが意味をもっている。しかも、どの筆遣いも表
情も敬虔な気持ちとアインザームカイトを表しているのだ。（FSW 83）

主人公は、今、自身を反省し、芸術家の道、芸術家の理想像、ひいては「私」
のあるべき姿を求める我が身を、敬虔なアインザームカイトの時空で読書
する隠者に託して読み手に伝えようとしていると解される。ここでは隠者
のアインザームカイトが敬虔さや謙虚さとあいまって愛情に包まれた静か
な時空と、そうした人間の生き方の詩的表象となっていることが確認でき
る。また、神秘主義的・敬虔主義的なアインザームカイトの要素もみられる。

5. 3. 1. 3. 7. 村の教会での感動――聖なるアインザームカイト

シュテルンバルトは、故郷を離れて長い旅路につく前に、村の教会に祭
壇画を描いて贈る。その仕事に疲れ、時として途方に暮れる主人公を励ま
すのは、師からの手紙であり、森や自然や田園で営まれる庶民の何げない
日々の暮らしぶりである。

彼は微笑みながら小屋を後にした。そして、大好きな森の中で再び時を
過ごし、心の乱れから回復した［…］森の中で草の上に横たわった彼は、
自分の上に広がる大空を見上げ、来し方を眺めやり、そして、まだほと
んど何もなしていないことを恥じた。（FSW 67）

森あるいはアインザームカイトは、ここでも主人公にとって内省の時空となると同時に、自分自身と自分の活力を取り戻す場ともなる。彼は、様々な画家が「自分の存在の美しい時間」を捧げた記念碑である数々の作品を思い浮かべ、「僕はもう22歳だ」、「それなのに、語るに値するようなものは何もまだ僕から生まれていない」（FSW 67）と叫ぶ。そして、「僕はただ、僕の中の衝動、そしてまた勇気のなさを感じるだけだ」（FSW 68）と述懐する。

　そうした産みの苦しみを経て絵は完成し、村人が参列する中、教会に飾られて祝福される。

　そのとき、最後の鐘の音が鳴り響き、教会は人で一杯になった［…］フランツは上を見上げて、彼が描いた幾つもの画像の美しさに驚いた。それらは、もはや彼自身のものではなかった。それどころか、彼はそれらに畏敬の念すら感じたのであった［…］シュテルンバルトの心は筆舌に尽くしがたい浄福でみたされた。己のすべての力と感情が一致調和するのを、彼ははじめて感じた［…］世界全体が、そして、様々な出来事が、不幸せも幸せも、低きものも高きものも、それらすべてが彼には、その瞬間に合流し、芸術的な均斉に従って配列されていくかのように思われた。彼の眼から涙があふれ出した。（FSW 71-72）

　かつて遍歴の旅に出たばかりの主人公は、質朴で敬虔な農民や子供の姿に己の自負心を打ち砕かれ、荒んだ内心の空虚さ、「僕が僕自身と一致しない」自分を内省した。その反省の上に立って祭壇画を仕上げた主人公の心は、「己のすべての力と感情が一致調和」している。「力と感情の一致」あるいは「世界全体の合流」、「芸術的な均斉」などの語からは、彼の浄福の心情の表現だけでなく、ティークあるいは同時代人の懐く人間の生の理想像も読みとることができよう。こうしてフランツは、「私は何か」「私はだれか」という私の探求の旅を一歩前に進めることとなる。

　主人公のその喜び、至福感は、絵の完成だけから生まれたものではない。

テクストは次のように語る。

　ニュルンベルクでもすでにそうであったが、市場の雑踏、縺れた騒音だ
　らけの暮らしの雑踏から静かな教会の中へと身を寄せることは、フラン
　ツにとって、しばしば自らに活力を与えるものであった［…］彼は、そ
　の聖なるアインザームカイトが彼の心にとてもよく働くのをいつも感じ
　ていた。だが、彼は、いままで一度もこの澄み切った、崇高な恍惚感を
　味わったことはなかった。（FSW 72）

　フランツの絵が掲げられた今、教会は村人で溢れている。しかし、そこ
は、市場の雑踏から離れたニュルンベルクの教会の中と同じように、敬虔
な人びとの気持ちと静けさが支配する空間となっている。主人公の内心の
調和は、その「聖なるアインザームカイト（die heilige Einsamkeit）」の時空
でかなえられている。聖なるアインザームカイトは、心を浄福感で満たし
人間に活力を与えるだけでなく、内心の調和をもたらすものとなっている。
先に主人公は、少年時代の彼を育んだ森に「だれしも聖なる寺院に入ると
きに抱く感情を胸にしながら」入り、[199] そして、その「静かなアインザー
ムカイト」の中で彼の生の原点を取り戻している。『フランツ・シュテル
ンバルトの遍歴』において、アインザームカイトは、内省の場であり、内
省を通じて活力や原点を取り戻す時空であり、さらには聖なるものとして

199　ゲーテも『ドイツの建築術について』（Von deutscher Baukunst, 1772）に
　　　おいて「見よ、ここ聖なる森の中で」などと記して、シュトラースブル
　　　ク大聖堂を森（Hain）に見立てて称賛している。Vgl. J. W. v. Goethe Werke.
　　　Hamburger Ausgabe Band 12. Schriften zur Kunst und Literatur, Maximen und
　　　Reflexionen. München (C. H. Beck) 1982, S. 7. ゲーテ同様に、ティークもまた、『フ
　　　ランツ・シュテルンバルトの遍歴』で森を教会聖堂に見立てていることは、
　　　興味深い。中世以降の人びとに教会の聖堂（特にゴシック聖堂）を森に見
　　　立てる傾向があることについては、酒井健が詳しく論じている。酒井健：
　　　ゴッシックとは何か（ちくま書房）2006、第 1 章参照。

の表象となっている。この聖なるアインザームカイトのモティーフは、『フランツ・シュテルンバルトの遍歴』の最終章で再び現れる。

5.3.1.4. 新生する「私」とアインザームカイトのモティーフ

5.3.1.4.1. 友との交流——旅の中で変化する「私」の問題とアインザームカイトのモティーフ

　テクストにおいて「私」に関する問題、すなわち自己の探求と確立の問題は、①自問の形をとる、「私」が何たるかという五つの内省、②主人公とセバスティアンに交わされる手紙、③主人公と他者の対話、ないしは、他者同士の対話、④主人公ないしは作者の感懐、⑤詠唱される詩において語られるという構造をとる。
　主人公は、ライデンのルーカスの家で奇しくも再会した師デューラーから一人前の画家であることを告げられ、名実共に独り立ちの道を歩みはじめるが、それは親友セバスティアンに対する心情の変化にも投射している。この間、物語の展開役の一つであったセバスティアンとの手紙のやりとりは、それと期を一にして当初の風情を変容させつつ、第1部第2巻になるといつしか姿を潜めていく。また、「私」について自問する主人公の姿勢、問自体に変化もみられる。すなわち、第1部第1巻において随所で執拗に繰り返された、自省とも言える「私は何か」などの「私」についての主人公の自問それ自体が薄れてゆく。そして、「私」という問題の焦点は、「私」と友との関係である交友あるいは社交に移っていく。すなわち、個人の社会的アイデンティティーに焦点が移る。
　それは、アインザームカイトのモティーフにも反映される。家族や友など親しい者あるいは社会関係における孤立としてのアインザームカイトは、第1巻第1部では郷里の村での母の様子だけにしかうかがい知れない。テクストは、長く連れ添った夫を失った彼女を「不慣れなアインザームカイトに身を委ねるすべをしらない母」（FSW 52）と描いている。母はすでに述

べたようにフランツに彼女のもとに留まるよう懇請するが、そこには、画家としての不安定な将来を案じたからだけでなく、夫が不在となった寄る辺のない寂しさへの不安を埋め合わせたいという気持ちもあったであろう。

　一方、様々な人物と交流しながらローマを目指して遍歴する第2部では、他者の不在への不安、寂しさなど、人間関係に係るアインザームカイトが様々に現れる。それを端的に表明するのは、同郷の彫刻家ボルツと出会ったときに「アインザームカイトについてのリート（Lied von der Einsamkeit）」（FSW 343-346）という表題で主人公が歌う詩である。

　遠くから響いてくる音、だれも私のことを知らない／友は皆、私を去った／私を愛した友たちは、今、私を嫌っている／だれも気にかけていない、私がここに住んでいることを　（FSW 345）

　友や他者との関係性の喪失感はこの第10詩節だけでなく、詩全体を通して歌われている。第16詩節の「消せ、消せ、最後の光を／友たちが私を取り囲んでいるとしても／私はアインザームな生を送る」は、友に囲まれながらも意思疎通のない生を、孤独ともいえるアインザームな生と歌っている。『フランツ・シュテルンバルトの遍歴』におけるアインザームカイトのモティーフの一つの相を表す詩である。

5.3.1.4.2. 形を変える「私」の探求についての問い

　しかし、セバスティアンとの手紙のやり取りや「私」を巡る問いが姿を消していくことは、個人の自立という意味での「私」がフランツの問題意識外に置かれたことを意味するのではない。「私」についての問いは、「私は何か」などの直接的な内省だけではなく、第1部第1巻でのパンを巡る問答のような主人公と他者の対話の形でなされる。さらに、その特徴をよく示すのは、たとえば第1部第2巻第3章に挿入されたルドルフの語るフェルディナントの物語である。

彼（注：フェルディナンド）は、その絵を改めて見たが、何をなすべき
　　かわからなかった。彼の決心すべてがぐらつき始め、他人の人生どれも
　　が彼には虚しく味気ないもののように思われた。［…］「どの方向に向か
　　うべきなのか」と彼は叫んだ。「おお、曙の光よ、私に道を指し示してくれ。
　　ヒバリたちよ、私を呼び、わが行く道の先頭に立って進んでおくれ。迷
　　うわが足をどこに向けるべきかわからせるために。私の心は痛みと喜び
　　に揺れ動き、いかなる決意も根無し草だ。私は、私が何なのかわからな
　　い。私は、私が何を求めているのか知らない。どうして私は、ありふれ
　　た願望に甘んじることができないのだろう。(FWS 151-152)

　フェルディナントは、「どの方向に向かうべきなのか」、「私は、私が何
なのかわからない。何を求めているのか、知らない」などと自問する。こ
の物語を聞き終わったフランツの様子はテクストにおいて次のように記さ
れている。

　　フランツは物思いにふけった。彼が聞いたこと、見たこと。そのほとん
　　どが彼自身に関係していた。そして、そのように彼は、その話の中で彼
　　自身の歴史に出会ったのであった。(FSW 161)

　「私」についての自問に続く、「どうして私は、ありふれた願望に甘んじる
ことができないのだろう」というフェルディナントの言葉は、まさに遍歴の
旅の始まりで主人公が口にした「僕はなぜ、普通の人間のような単純な人生
行路を続けてはいけないのだろうか」という感懐と瓜二つである。語り手は
フランツがフェルディナンドの歴史に関して「聞き、見たほとんどすべて」
が「フランツに関係している」と語る。フランツは「その物語の中で彼自身
の歴史にも出会った」と述べているが、これは、他者に語らせる「私」につ
いての問いという形で、主人公の自問や内省が間接化したことを証すもので
ある。フェルディナントの物語をフランツが自分に重ねることで、フェルディ
ナントの心情は、フランツの心象の鏡像に化すのである。

第2部に配置される様々な登場人物において、この他者に語らす、問いの間接化の手法が数多く繰り返される。渡辺芳子は、第2部の世界では「逆にフランツの形姿は、あくまでも思索に止まる傍観者として、この世界にあっては舞台の隅に引っ込んだ存在となる」[200]と指摘する。しかし、この小説を自己の確立ないしは自己の確立の過程という「私」の探求の観点から検討すると、第2部は、多彩な登場人物が主人公フランツの鏡像としてこの問題への回答を提示していると考えられる。この意味でフランツは思索に止まる傍観者ではなく、自己探求の構造において間接的ではあるが主体そのものとなっていると言えるのではないか。そして、この探求の構造は、他者に投影された自己、そしてまた、その自己を再び他者に投影して、その姿を受容するという手法、もしくは、投影された自己を見ている自己を見る手法、あるいは他者の内省の中に自己を投射するという手法でものを語る手法である。すなわち、トランスツェンデンタールな自己言及ないしは二重の自己言及（Doppelreflexion）というロマン主義文学の特徴[201]をよく示すものと言えよう。

こうして語られ、直接的、間接的に内省される「私」の探求するもの、自己の確立の問題の具体的内容は、第2部においてはどのようなものであろうか。

5.3.1.4.3.「限りなく求心化する」私、「限りなく楽天的に、外へと向かう」私

『フランツ・シュテルンバルトの遍歴』では「私」の探求に係わる2つのタイプないしは原理ともいうべきものがみられる。その一つは、〈限りなく求心化する〉「私」である。第1部第1巻のフランツに映し出される

---

[200] 渡辺芳子：『フランツ・シュテルンバルトの遍歴』試論［『明治大学文学部紀要・文芸研究』第56号、1987、20–56頁］39頁。

[201] Vgl. Kremer, a. a. O., S. 91-92. 先に言及した、森であれこれと物思いにふける少年時代の自分の姿に寄せて、その同じ森で物思いにふける主人公の姿も同じ構図をとっている。

ことの多かったこの心象は、やがてルドルフと知り合い、ともに旅することで姿を薄くしていくが、しかし、まったく消えることはない。

　時折、僕（注：セバスティアン）は、僕の人生の行程がまったく失われたかのように思いたくなる。勇気がすべて僕を離れ去る、芸術においても人生においても先に進もうという勇気がね。今では、君（注：フランツ）が僕を慰めることができるようになってしまったよ。普段、僕が君によくしてあげたようにね。(FSW 334)

　これはフィレンツェで主人公が受け取った親友セバスティアンからの手紙の一部である。親友の中にすり替わって映し出された、「先に進もうという勇気がなくなる」というおおむね悲観的ともいうべき心象は、親友がフランツの鏡像であることを示すと同時に、そのことでそうした限りなく求心化する「私」が主人公に潜在化していることを暗示する。
　この対極にあるのが、ルドルフ・フローレスタンを鏡像とする〈限りなく楽天的に、外へと向かう〉「私」である。豊満で愛くるしい村娘エマに魅せられたフランツとルドルフは次のように言葉を交わす。

　ルドルフは友に語った。「君が気に入ったよ。だって、君が僕から学んでいることがわかったからね。僕に倣って、君にも好ましさがあるんだ。そして、それが君の生気を活き活きとさせているんだ」[…]「だけど、この軽薄さは、僕らをどこに導くのかね」とフランツは問うた。「どこにだって」とルドルフは叫んだ。「おお、友よ。そうした問いで君の素晴らしい人生の楽しみを暗いものにしないでくれたまえ。」(FSW 272)

　二人の対話は、前段の「僕に倣った」という言葉でルドルフがフランツの鏡像であることを示すとともに、後段の軽薄さを巡るやり取りは、楽観的な「私」、束縛を嫌う「私」を示す。それはまた、翻って、外への自由な発散の要素を、ひいては既存のモラル、道徳の破棄を暗示している。そ

の意味で、「私」の確立の一つのモメントであり、その方向を提示したものと言えよう。

そのルドルフは、フランツと出会ったばかりの会話で「まじめくさった嘆きなんて、僕はいやだね。だって、何をしたいのか、何を望んでいるのかを知っている人間なんて、まずほとんどいないよ」(FSW 162) と語って、限りない楽天性をここでも露わにしている。

5. 3. 1. 4. 4.　市場の雑踏とアインザームカイトのモティーフ

旅路で出会った伯爵妃、ロデリゴ、村娘エマらを巡る一連の出来事の後、ローマへと向かう途上で、とある町の市場に足を入れたフランツは、市場の雑踏の人々の姿に大きな感銘を覚える。

フランツは自分自身に言った。「なんと素晴らしい絵画だ［…］なんと心地よい無秩序だ。この無秩序は、しかし、いかなる絵の上にも模倣され得ないものなのだ。姿形のこの永遠の移り変わり。多様で、縦横に行き交うその無関心さ。それらの姿はただの一瞬たりとも停滞することがないが、これこそまさに、それをそのように見事に美しくしているものなのだ。あらゆる種類の衣服や色合いが、入り交じって彷徨している。男も女も、老いも若きも、ぎっしりと混み合って。彼らのだれ一人として隣り合う者に関心を寄せることなく、ただ己自身のことだけを気づかっている。だれもが、自分自身が願う幸せを探し、これをもってくるのだ。(FSW 336-337)

市場の雑踏にある個々人の「多様性」と「永遠の移り変わり」、すなわち動的な「無限性」に「心地よい無秩序」という個の独立性を審美的に認めるフランツの感懐は、自己のありかた、自己の確立につながる一つの価値観や世界観を示すものと言えるのではないか。

また、雑踏の群衆は一人ひとり袖すりあわせる近さにありながらも、そ

れぞれ他人に関与していない。これは、近現代的な問題意識からすれば個々人が疎外状況にあることを意味しており、アインザームカイトの語や概念でしばしば言及される孤独もしくは孤立という状況でもある。リースマンのいう「孤独な群衆」（HWP410）が、すでにこの作品で先取りされていることは注目に値する。しかし、フランツは、これをむしろ美的に高く評価している。これは「私」の探求過程における個々人の精神的自立と、その表象であるアインザームカイトの積極的評価と言えよう。

5.3.1.4.5. ミケランジェロの「最後の審判」──内省する「私」への回帰、新生する「私」と聖なるアインザームカイト

　念願かなってイタリアに行ったフランツは、その地でいつしか名誉、お金、美しい伴侶などの通俗的享楽、あるいは南方的な刹那的快楽の充足に至福を感じるようになり、それに伴っていつしか師や親友のことを、さらには内省や精神的充足の至福感などの北方的要素をほとんど忘れる。そして、謙虚さも失い、放逸と言ってもいいような生活ぶりとなる[202]。しかし、ミケランジェロの「最後の審判の絵」に出会ったことを契機に改心し、小説はクライマックスに達する。
　その伏線は、すでに、フランツが招かれたフィレンツェの画家ルスティチ[203]のサークルの宴の席で交わされたルスティチとラウラの会話にある。ルスティチに向かって「どこから」「何で」を自問させるのは宴の音曲が「悲しい出来事を思い起こさせる」と言ったラウラに対して、ルスティチはこれを否定して次のように応じる。

202　このフランツの生活ぶりは、作品発表当時、『ドイツ文芸新聞』(Allgemeine Literatur - Zeitung) の 1805 年 7 月の書評で道徳的退廃（Unwesen）と酷評された。Vgl. Alfred Anger: Nachwort. In: FSW. S. 524.

203　Giovanni Francesco Rustici（1474-1554）画家、彫刻家。レオナルド・ダ・ヴィンチの弟子。

その反対に、そうなると私は内心とても幸せだよ。捕らわれた鷲のように鎖につながれた私の喜びは、すると、突然、活き活きと翼を毅然として羽ばたかせるのさ。私は、自分を大地につなぐ鎖を引きちぎり、太陽に向けて飛んでいくように感じる［…］私は自由だ。しかし、自由だけではもの足りない。戻って、あらためて自分を天高く飛翔させるのさ。私がかつてとても幸せだったこと、そして、その幸せを土台にあらためて希望をもたねばならないこと、そんなことをその羽ばたきの響きが私に思い起こさせてくれるかのように。(FSW 387)

自問や内省を喜びとすることや、束縛から解き放たれて自由になっても、自由に満足を得らないので「かつての幸せを土台」にして改めて「希望」を求めようとするその述懐は、放逸な快楽という、自由がもたらす負の側面に浸るフランツに対して、間接的に歩むべき方向を示したものと言える。
　フィレンツェを旅立ったフランツは、最終的な目的地であるローマに着き、そこで教会を巡り、カステラーニの主宰する絵画アカデミーに通うなどして絵画を熱心に勉強し、絵画・芸術の本質を極めようとする（FSW 392）。そして、カステラーニの芸術理解、芸術観に触れた主人公は、熱狂や自己主張の抑制など人格的な成長をみせるようになる（FSW 393）。ある日、アカデミーでミケランジェロ（Michelangelo di Lodovico Buonarroti Simoni, 1475-1564）の絵「最後の審判」が話題になるが、カステラーニの低い評価の理由を尋ねるフランツに対して、彼は画家の資質を列挙しつつ、ミケランジェロは芸術を退行させた、罪を犯したと答える（FSW 393f.）。このカステラーニの批判に対して、そこに居合わせた白髪の奇人カミーロは激しく反発し、その批判は「不遜で、うぬぼれに過ぎない」と叫び、その場を立ち去る（FSW 395）。居残った人びとは、彼に「自分が理解できないことを、彼は無意味なことと思っている」と嘲笑の言葉を浴びせる。そのあとを追ってアカデミーを出てカミーロに話しかけた主人公に対して、彼は「言葉は何のためにあるのか」、「他人の言葉をだれが理解するのか」と語る（FSW 396）。言葉は他ならぬ自分のためにある、理解できるのは

己の言葉だけではないかというカミーロの言葉に反省し、求心化する「私」を取り戻す契機と謙虚さを得た主人公は、彼に導かれてシスティーナ礼拝堂を訪れる（FSW 396）。そこで目にしたミケランジェロの「最後の審判」[204]は、フランツに大きな衝撃と感動を与える。

　安らかなアインザームカイトの中で、シュテルンバルトは謙虚な眼差しをもってその崇高な詩を眺めた［…］彼はそこに立ち、そして、それらの姿に、ミケランジェロの精神に、己が迷いを醒まそうと祈った［…］雷鳴とどろく雷雨のごとく、堂々たる風情で最後の審判の絵は彼の目の前にあった。彼は心から自分自身が新しく変わったことを、新しく生まれたことを感じた。芸術がそのように圧倒的な力感をもって彼に近づいてくることは、かつてなかったことであった。「ここであなたは輝かしく理想と化した。ブオナロッティよ。すべてを悟った偉大なる者よ」とフランツは言った。「畏敬の念をいだかせるようなあなたの神秘がここに漂っている。あなたは、それを理解しようとするのが誰かということなど気にもかけていない。」　（FSW 396-397）

「最後の審判」の絵の前で、ミケランジェロの精神の前で、主人公は、当初の志をいつしか享楽的な仲間付き合いのなかで見失っていた己の迷いから目を醒まし、再生を自覚する[205]。「あなたは、それを理解するのが誰かと言うことなど気にもかけていない」とは、孤高を怖れない強靭な精神の表明である。「私」を探求したフランツは、ここに初めて「個」としての「私」について確信を得、このミケランジェロの歩んだ道を行くことを決意したと解される。ところで我々は、聖なるアインザームカイトが、内省の場で

204　ミケランジェロはバチカンのサンピエトロ大聖堂に隣接するシスティーナ礼拝堂に 1535 年から 1541 年にかけて「最後の審判」の絵を描く。

205　アルフレート・アンガー（Alfred Anger）は、この主人公の姿に「我々はシュテルンバルトの回心と救いの証人となる」と述べている。Vgl. Anger, a. a. O., S.567.

あり、内省を通じて活力や原点を取り戻す時空であり、さらには聖なるものとしての表象となっていることを、第1部第1巻の郷里の村はずれの森や教会の箇所ですでに見た。システィーナ礼拝堂の「安らかなアインザームカイト（die ruhige Einsamkeit）」は、聖なる（heilig）という語で表現はされていないが、かつてフランツが体験した聖なるアインザームカイトと同じと考えて差し支えないであろう。そのアインザームカイトは、ここでもまた、主人公が新しく蘇る時空となっている。

　こうして主人公は、「それまでの生き方が殺伐として、不十分なものであったことを見いだし」、そのように過ごした「幾多の時間を後悔し」つつ、親友セバスティアンを新鮮な気持ちで目に浮かべる。「最後の審判」の絵を契機になされた、この内省し求心化する私への回帰は、単なる昔の「私」への回帰ではない。内省する「私」に回帰しつつ新生する「私」である。その意味では、二つの「私」の原理の発展的融和とも言えよう。

　芸術家の所産が何たるかを「理解するのが誰かということなど気にもかけていない」という言葉は、「言葉は何のためにあるのか」、「他人の言葉をだれが理解するのか」という白髪の奇人カミーロの言葉ともあいまって、「理想と化した」ミケランジェロの表象に隠者の孤高の生を想起させる。それは、第1編の最後に置かれたセバスティアン宛のフランツの手紙に記された師デューラーの絵にある隠者に重なる。まだ自己が生成途上の、目標も霧に包まれたままの心情を親友に伝えたその手紙は、自身を反省し、芸術家の道、芸術家の理想像、ひいては「私」の在るべき姿を求める我が身を、敬虔なアインザームカイトの時空で読書する隠者に託したものである。最後に「理想化された」ミケランジェロを「安らかなアインザームカイト」の中に配置したテクストの構造は、「私」を求める遍歴の一つの答えを主人公が得たことを暗示したものと考えられる。

5.3.1.5. まとめ

　この第 2 部第 2 巻最終章は、『フランツ・シュテルンバルトの遍歴』が「私」の探求の問題を一貫したテーマ、最大のテーマの一つとしていることを明らかにする。同時に、注目すべきは、新生の内容については、画家として芸術・画業に改めて身を捧げる決心以外の何ものも語っていない。これをどう考えればいいのであろうか。

　『フランツ・シュテルンバルトの遍歴』は、「私」の本質や、あり方、生き方について読者に何々すべきという答を示す、ないしは、その理念的な姿を教訓的に提示するのではなく、本質、あり方、生き方も含めた「私」というものの模索の道程、模索することそのものに意味があることを提示していると考えていいのではないか。すなわち完成型としてのそれではなく、それを求める人間の生のあり方、過程そのものが問題となっていると言える。であればこそ、それは、止まることを知らない、終わりを知らない、変転窮まりない動的なものである。最終章の新生のモティーフもそれを示していると考えられる。すなわち、それは、さらなる変化を秘めた位相を有する。ロマン主義の理論的主導者であり、その理論的な原理として進行的普遍詩 (progressive Universalpoesie) の概念を提起したシュレーゲルは、「『シュテルンバルト』。ロマン主義小説であり、それ故に、まさに絶対的ポエジーである」[206]と述べたが、千変万化、多様性、無限の変動性などのロマン主義的特性や基本的性格は、まさに最終章に描かれた回帰と新生という、生み出すエネルギーを常にはらむ「私」の生成の動的過程そのものに端的に反映されていると言えよう。[207]

　小説『フランツ・シュテルンバルトの遍歴』は、しばしば、それより前

206　　　 „Franz Sternbalds Wanderungen" im Urteil der Zeitgenossen. In: FSW 510.

207　　　 この進行的普遍詩というロマン主義的特性は、全編を貫いている。特に、アンガーが、舞台はイタリアではなく「むしろロマン主義的憧憬の国」であると述べた第 2 部は、全体がその試みと解釈できるのではないか。Vgl. Anger, ebda., S. 569.

に成立していたゲーテの『ヴィルヘルム・マイスターの修行時代』とジャンルの観点、すなわち教養小説か否かの観点で比較され論じられることが多い[208]。たしかに、アンガーが指摘するように、『フランツ・シュテルンバルトの遍歴』は「特定の出口、より高き目標に向けて直線的に高まっていく啓蒙的な教養小説ではない[209]」と言えよう。しかし、たとえば、「シュテルンバルトの主題は、そのタイトルが伝えるように主人公の遍歴であって、その発展の物語ではない」とするボルヒェルトの見解[210]は、『フランツ・シュテルンバルトの遍歴』最終章までの「私」の探求の道程や「自己の確立」の文脈に照らすと当たっていないと言えるのではないか。

渡辺は、『フランツ・シュテルンバルトの遍歴』における「私」を巡る自問を取り上げ、「自己自身がわからなくなる、つまり自己同一（アイデンティティー）を喪失するという悩みは、旅に出た当初からフランツに巣くっている暗い部分である[211]」とする。しかしながら、「私」を巡るシュテルンバルトの自問は、退行的、悲観的な暗い悩みというよりも、すでに述べたように、そもそも、同時代人や近代人の抱える自己のアイデンティティーの確認と確立の旅として積極的、肯定的に解釈すべきではないか。なぜなら、フランツは決然とした強い意志で師のもとを出立している。また、途中でのパン、名声、家庭的幸せを巡る問答でも、それらを振り切って未知のものへの旅に向かわせる駆動力が描かれている。ここには、感傷はあっても、暗い部分はないからである。また、渡辺は、主人公が「外界

208　シュレーゲルが高く評価した『フランツ・シュテルンバルトの遍歴』のロマン主義的諸要素は、同時代人が好んで、あるいは切実に希求した「私」の探求の観点においも明確に示されていると言えよう。なお、渡辺は、その上で、主人公シュテルンバルトとゲーテの『ヴィルヘルム・マイスターの修業時代』の主人公ヴィルヘルムとの違いを指摘して、遍歴をテーマにした二つの小説の性格の違いを論じている。

209　Anger, ebda., S. 564

210　Vgl. 渡辺：前掲論文、50頁。

211　渡辺：前掲論文、35–36頁。

への働きかけのチャンスと注ぐべきエネルギーを失い、外界との平衡関係も保てない」と指摘するが、特に第2部の快活で、軽佻浮薄なシュテルンバルトにはそのような暗い面はほとんど失われ、彼は、楽天的、肯定的に人生を生きているのである。

　渡辺は「〈私とは誰か〉という問いは、『ウィリアム・ロヴェル』以来執拗に繰り返されていた問いであり、いわば、ティークの描き出す主人公の固有の資質を示すものである」[212]としている。しかし、『フランツ・シュテルンバルトの遍歴』に先立つ「処女小説、『ウィリアム・ロヴェル』が、自己の内なる感性と理性の相克という矛盾と、近代という非情なる外側の論理とのせめぎあいの中で滅び去っていく主人公の経過を描き出すことで、近代人の抱えている人間性の喪失という問題を鮮やかにえぐりだしている」[213]とすれば、『フランツ・シュテルンバルトの遍歴』においては、ティークは絶えず内省しつつも無限に多様に変化していくこと、その結果生まれたものではなく、その生成の動的過程そのものを肯定的に捉えること、そのような生き方を肯定的に提示することで、一つの答を用意したと言えるのではないか。それは、内省の場であり、内省を通じて活力や原点を取り戻す時空であり、さらには聖なるものとして表象されたアインザームカイトにおいて内面・内心に回帰し新生する道程であると言えよう。こうした『フランツ・シュテルンバルトの遍歴』における自己を探求する私というあり方は、『ルーネンベルク』へと受け継がれていく。

　ところで、シュテルンバルトの師アルブレヒトの描いた隠者は、アルブレヒトだけでなくシスティーナ礼拝堂で主人公シュテルンバルトの想念に

212　　渡辺：前掲論文、36頁。

213　　渡辺：前掲論文、30頁。なお、ティークが描く綿々と反省する自意識について渡辺は、『ウィリアム・ロヴェル』に関して言えば「現代人の魂を重ね合わせるようとする実存主義的考察」に基づく分析が優越していると指摘している。渡辺芳子：ルードヴィヒ・ティークの『ウィリアム・ロヴェル』──現実世界との関わりをめぐって──［『STUFE』第3号、1983、64–65頁］51頁参照。

浮かぶミケランジェロの生のありかた、すなわち画家、芸術家の生のあり方を暗示したものである。シュテルンバルトは、『ヒュペーリオン』における隠者、すなわち主人公の詩人と同じような孤高の道を歩むことを決意する。しかし、『ヒュペーリオン』における他者不在の隠者のアインザームカイトと異なり、『フランツ・シュテルンバルトの遍歴』における隠者のアインザームカイトには、敬虔さや謙虚さとあいまって、他者への愛情も含まれている。こうした他者肯定性をもつアインザームカイトは、ティーク文学の一つの特徴と言えるのではないか。

5.3.2. 真の自分を求めて――『ルーネンベルク』のアインザームカイト

『ルーネンベルク』では鉱山や鉱物がモティーフの一つとなっている。ティークは、1802年の『ルーネンベルク』成立に先立つ1793年に、当時有数の鉱山地帯であったフランケンヴァルト山地を親友ヴァッケンローダーと一緒に旅し、その中心の一つナイラを訪れ、近郊の鉱山で鉱業と鉱山内の神秘的ともいえる世界を実地体験する。しかし、これに言及して『ルーネンベルク』を論考した先行研究はほとんど見られない[214]。本項では、

使用したヴァッケンローダーの旅行記のテクストは次による。Reiseberichte Wackenroders 1.; 2.-3. Juni 1793. Reise vom17.-28. Mai 1793 in die Fränkische Schweiz, in den Frankenwald und ins Fichtelgebirge. In: WSWB156-178. また、ティークの旅行記のテクストは次による Reiseberichte Tiecks zu den gemeinsamen Reisen 2. [Ende Juli/Anfang August 1793], Reise vom 17.-28. Mai 1793. Brief an August Ferdinand Bernhardi und Sophie Tieck. In: WSWB245-253.

なお、本項の論述内容については、日本独文学会2012年春季研究発表会（2012年5月19日）においてその一部を発表している。

214 　　2011年に出された『De Gruyter Lexikon Ludwig Tieck』でも、この旅行における鉱山や鉱業は一言簡単に触れられているにすぎない。Vgl. Wolfgang Nehring: Wackenroder. In: Stockinger/Scherer (Hrsg.), Ludwig Tieck, S.40. 研究者の関心は、ヴァッケンローダーの『芸術を愛する一修道士の心情の吐露』（Herzensergießungen eines kunstliebenden Klosterbruders, 1797）の成立やロマン主義の中世憧憬の心情の背景としてのニュルンベルクなどでの消息に向かい、ティークらのフランケンヴァルトやフィヒテルゲビルゲの旅行の模様についてはほとんど看過されているようである。こうした中で、ザフランスキーはその旅で鉱山を訪れたことがティークに強い印象を与え、これが『ルーネンベルク』にも「明瞭な痕跡を残している」と、一言ではあるが言及している。Vgl. Safranski, S.102. なお、ノヴァーリスの作品『ハインリヒ・フォン・オフターディンゲン』（Heinrich von Ofterdingen, 1802）と鉱業・鉱山との関係を論じたヘルベルト・エーリングス（Herbert Uerlings）の研究は、『ルーネンベルク』やE・T・A・ホフマンの『ファルーン鉱山』（Die

ティークらの旅行記に描かれるその鉱山体験や、ナイラの市紋章に描かれた鉱山・鉱業のシンボルである野人（Wilder Mann）像と、テクスト最後の野趣溢れる姿の主人公像との類似性を論拠に、『ルーネンベルク』の構想の基底にはティーク自身の鉱山体験が反映されていることを論考する。そして、これに基づいて従来の研究とは異なる角度から作品の解釈を試み、主人公クリスティアンもまた、『フランツ・シュテルンバルトの遍歴』で「私」を探求するシュテルンバルト同様に、自分自身を求めて鉱山坑道内に姿を消したことを明らかにするとともに、アインザームカイトのモティーフの意味を考察する。

5.3.2.1. 山に入った主人公像を巡って――先行研究から

『ルーネンベルク』の最終局面は、妻子を置いて森の中の鉱山廃坑へと姿を消した主人公クリスティアンが、何年も後に次のような風体で再び妻と娘の前に現れることで始まる。

その男はぼろぼろに破れた上着姿で裸足であった。顔は陽光で黒褐色に焼け、絡み合った長いひげが醜さを一層ひどいものにしていた。頭には何もかぶらず、緑の広葉樹の葉で編んだ冠を髪に編み込み、それが荒々しい風貌を一層奇怪で不可解なものとしていた。［…］トウヒの若木を杖に歩いていた。（TS6, 207）

この姿は一見異様なものであり、それ故に、多くの先行研究はこれをもっ

Bergwerke zu Falun, 1819）についてもノヴァーリスとの関係で触れているが、鉱山実体験についての言及はもとより『ルーネンベルク』の構想の基底を論じたものではなく、解釈も「大理石の女を求めた思春期の主人公の挫折は狂気である」というものである。Vgl. Herbert Uerlings: Novalis in Freiberg. Die Romantisierung des Bergbaus – mit einem Blick auf Tiecks *Runenberg* und E.T.A. Hoffmanns *Bergwerke zum Falun*. In: Aurora 56 1996, S. 68, 74f.

て主人公の狂気の証と解する。[215] 木の葉の冠をもって山の王あるいはキリ
ストの受難の姿を連想する解釈もあるが、[216] 現実を超越したという点では
理解の次元は同じといえよう。主人公を狂気に走った悲劇の人物、世間一

215　　Vgl. Hermann August Korff: Geist der Goethezeit. Versuch einer ideellen
　　　Entwicklung der klassisch-romantischen Literaturgeschichte. III. Teil. Romantik:
　　　Frühromantik. Leipzig (S. Hirzel Verlag) 1949. S.497. Paul Gerhard Klussmann: Idylle
　　　als Glücksmärchen in Romantik und Biedermeierzeit. Bemerkungen zu Erzählungen
　　　und Taschenbuchnovellen Ludwig Tiecks, In: Hans Ulrich Seeber und Paul Gerhard
　　　Klussmann (Hrsg.), Idylle und Modernisierung in der europäischen Literatur des
　　　19. Jahrhunderts, Bonn (Bouvier) 1986, S. 375-376. Hartmut Böhme: Romantische
　　　Adoleszenzkrisen. Zur Psychodynamik der Venuskult-Novellen von Tieck, Eichendorff
　　　und E.T.A. Hoffmann. In: Literatur und Psychoanalyse. Vorträge des Kolloquiums am 6.
　　　und 7. Oktober 1980. Hrsg. von Klaus Bohnen u.a.. Kopenhagen/München (Wilhelm
　　　Fink Verlag) 1981 (Kopenhagener Kolloquien zur deutschen Literatur, Bd. 3). S.138-
　　　139. 梅沢知之 : ティークの初期メルヒェン「不思議なもの」と幻想文学［姫
　　　路獨協大学『外国語学部紀要』第 5 号 , 1992. 1–19 頁］ほか。なお、枠物語『フ
　　　ァンタズス』において、この枠内物語『ルーネンベルク』を朗読したマン
　　　フレートが友たちに「青ざめたね」と言うと、聞き手の一人エミーリエは、
　　　「確かにね。だって結末はぞっとするものですもの」と応じる（TS6, 208）。
　　　狂気など主人公の最後の形姿を不幸とみる解釈にはこの枠物語における登
　　　場人物の間奏的な言葉も影響していると思われる。ケルンは、『ルーネン
　　　ベルク』のみならず『金髪のエックベルト』などの朗読後に見られるそう
　　　した言葉は朗読対象となった作品についての真意を深く量って口にされた
　　　ものではないので、その読者（解釈者）はその言葉に拘束されてはならな
　　　いと指摘しているが、この指摘は妥当と考えられる。Vgl. Kern, a. a. O., S. 85.
　　　なお、『ルーネンベルク』の先行研究の全般的な概要については、山縣の
　　　前掲修士論文、23–32 頁。

216　　Vgl. Erwin Lüer: Aurum und Aurora. Ludwig Tiecks „Runenberg" und Jakob Böhme.
　　　Heidelberg (Universitätsverlag C. Winter) 1997, S. 174. Thalmann, a. a. O., S. 56.
　　　Ingrid Kreuzer, a. a. O., S.156.

般の生活習慣を逸脱した自分本位の不道徳な人物と見るのか。『ルーネン
ベルク』は恐ろしい悲劇、悲惨さを物語ると解釈すべきなのか。それとも、
主人公は山の女王に迎えられた未来の王との解釈にあるように、ハッピー
エンドと見るべきなのであろうか。[217]

　この作品には、多くの先行研究が指摘するように平地・村と山、農業と
鉱山・鉱業、植物界と鉱物界という形で対義的に対置される世界や事柄が
ある。[218] 結末を巡る解釈は、対置されたものについての価値観、価値評価
にかかっていると言っても過言ではない。悲劇的とみる前者は、平地の世
界、農業、植物界を人間の生や社会にとって肯定的、優位に、一方、山の
世界、鉱業・鉱物界を負のものと評価する。[219] ハッピーエンドとみる解釈

217　ケルンは、主人公の体験が狂気であったのか現実であったのかについて
　　は結着がついていないままであるとする。Vgl. Kern, a. a. O., S. 92.　マイスナ
　　ーは、主人公は「妖精の王」であるので、その最後は幸せとも不幸せとも
　　言えないとする。Vgl. Meißner, a. a. O., S. 314ff.

218　トーマス・アルトハウス（Thomas Althaus）は、アイヘンドルフの詩『二
　　人の道連れ（Zwei Gesellen）』を例に対義的な二つのプロセスが対置される
　　というロマン主義文学作品にはよくある多層性構図がティークの散文作品
　　にもよく現れるとした上で、『ルーネンベルク』における農村の生活と山
　　の生活の対置について、平地は平凡だが安定した家庭と生活、山は陶酔、
　　あるいは、常軌からの逸脱（狂気）として、主人公の生の変転を解釈す
　　る。Vgl. Thomas Althaus: Doppelte Erscheinung - Zwei Konzepte der Erzählprosa des
　　frühen Tieck, zwei notwendigen Denkweisen um 1800 und zwei Lektüren von Tiecks
　　Märchen-novelle Der Runenberg. In: Kremer (Hrsg.), Die Prosa Ludwig Tiecks, S. 95, S.
　　107f.　対義・対極的に対置される世界の評価については、ハルトムート・
　　ベーメ（Hartmut Böhme）やクロイツアーほかも触れている。Vgl. Böhme, a.
　　a. O., S. 136f. Kreuzer, a. a. O., 135f. ほか。

219　歴史的にみても、「平地は美であり、山は恐怖の地」というのは19世紀
　　に入ってもなお残る自然観であった。景観としての山岳美は、すでにアル
　　プレヒト・フォン・ハラー（Albrecht von Haller, 1708-1777）らによって肯定
　　的に発見されているが、人間の生という意味で、ティークの『ルーネンベ

における山の世界の評価も、積極的なものではない。しかし、語り手が報ずる内容は、はたして農業や植物などに表象される平地の文化に優位性を認めたものなのであろうか。別な言い方をすれば、鉱山・鉱物、林業や狩猟に代表される山の文化をどう見るかによって、解釈は岐路に立つと言えよう。

　また、山の地中へと行く主人公や交錯する植物界と鉱物界に着目し、『ルーネンベルク』成立や地中の鉱物・無機的世界に関する構想には、鉱物学者でもあった友人シュテフェンス（Henrik Steffens, 1773-1845）の影響[220]、フライベルク鉱山アカデミーで勉強したノヴァーリスや神智学者ベーメの影響[221]があると考察する先行研究も多い。ティークとの対話を基に伝記を書いたケプケも次のようにシュテフェンスの影響に言及している。

　　1801年に彼（注：ティーク）はドレスデンでシュテフェンスと再会した。自然とその秘密、ポエジー、哲学、宗教は、彼らがしばしば長時間語りあった対象であった。それらは、ヤーコプ・ベーメやその他の神秘主義者たちにおいて一体となった。そうした会話から、あの戦慄するような『ルーネンベルク』ができあがった。（RK1, 291-292）

　しかし、そのような影響があったとして、ティークは友人らの話から鉱山や鉱業、鉱物の世界を観念的に捉えることだけで作品を構想したのであろうか。その世界は、ベルリン育ちの都会人の頭の中のイメージに過ぎなかったのであろうか。まずこの点が検討されねばならない。

ルク』は、文化史的にも、山を肯定的に再評価した嚆矢と言えよう。ヨースト・ヘルマント（山縣光晶訳）：森なしには生きられない——ヨーロッパ・自然美とエコロジーの文化史（築地書館）1999、95–96頁。

220　Vgl. Korff: a.a.O., S.497, Klussmann: a.a.O., S. 375-376, Paulin: a.a.O., S.129-130.

221　代表的なのは、ベーメの影響に焦点を絞ったエルヴィン・リューア（Erwin Lüer）の前掲研究である。

5. 3. 2. 2.　ティークの鉱山実体験と『ルーネンベルク』

　現在のバイエルン州フランケンヴァルト地方の小都市、ナイラ（Naila）の紋章は、同地の鉱山と鉱業のシンボルである人物像を描いたものである[222]。フランケンヴァルト地方やフィヒテルゲビルゲ地方一帯は、13 世紀から 16 世紀にかけてヨーロッパ第二の鉄の産地であり、19 世紀に入ってもなお鉱業が盛んであった。その中心の一つであったナイラにおいて、その野人（Wilder Mann）と呼ばれる人物像が市の紋章となったのは、1454 年 12 月のことである。

　マルク伯は、参事会やケマインデの陳情を入れてナイラ村を 1454 年に市場権をもつ市に昇格させた。そして、赤い野原の上の二本の緑のナラの木の間に黄色い棍棒を手にして立つ一人の野人をその紋章のために与えた[223]。

　市の成立を記したこの古文書に描かれた野人の「黄色い棍棒を手にして二本の緑のナラの木の間に立つ」姿は、今日我々が目にすることができるナイラ市の紋章に描かれた人物[224]とほとんど変わることがない。現在の紋章の人物像は、半裸で木の葉の腰巻きをまとい、左手は木を杖のようにつ

222　この人物像のある市紋章の図は、山縣光晶：ルートヴィヒ・ティークの鉱山実体験と『ルーネンベルク』[『上智大学ドイツ文学論集』第 50 号、2013、123–132 頁]、124 頁に掲載されている。

223　J.D.A. Hübsch: Geschichte der Stadt und des Bezirks Naila. Helmbrechts 1863, S.12. この書は、ナイラとその周辺の歴史的沿革や、ティークが旅した頃の同地の模様を証言するほとんど唯一と言える資料である。

224　Wolfgang Brügel: Das Wappen von Naila. Die Bedeutung der Wappenverleihung vor 550 Jahren. Naila (Museum Naila) 2004, S. 7, S. 9.　紋章の歴史とその人物像のいわれについては次の資料も参照した。Willi Schmeißer Jurczek, Peter Brigit. Jurczek: 650 Jahre Naila 1343-1993. Naila (Stadt Naila.)1993, S. 13-15.

かんでいるようにも見える。また、頭には「緑の広葉樹の葉の冠」を戴いている。そのような形姿は、遅くとも 18 世紀後半までには出来上がっていたようである。その姿は全体的に先に引用したクリスティアンの姿に似通っていると言えよう。

1792 年にプロイセンに編入されたこの一帯をティークは、翌 1793 年に親友ヴァッケンローダー[225]と旅し、ナイラも訪れ、その近郊にあった鉱山[226]の縦坑の中で鉱山と鉱業を実地体験する。父に宛てたヴァッケンローダーの旅行報告と、妹ゾフィーに宛てたティークの手紙から、その日の様子をうかがい知ることができる[227]。ヴァッケンローダーの報告によれば、「神の賜物という名前」の鉱山に入坑したのは、1793 年 6 月のことである。報告は、次のように記す。

ナイラの周りには鉱山が 33 あり、ほとんどは鉄だが銅を含むものもある。[…] 僕らが入った鉱山は神の賜物という名前だ。この一帯では最も深くて、産出量豊かなものの一つだ。[…] 僕らは、ある縦坑の中へとはしごをつたって入っていった。(WSWB 166)

報告は、副鉱山監督ウルマンとともに「無事に坑内に降り立った」後の坑道内の印象を様々に記すが、なかでも興味深いのは、坑道内の次の記述

---

225   ヴァッケンローダーは、プロイセンの法務省の要職にあった父の命を受けて、この旅行を行った。その命がプロイセン編入まもない同地の民情視察、調査であったことは、ヴァッケンローダーが父に宛てた地勢、産業、民衆の生活ぶりなどの克明な報告からうかがい知ることができる。

226   この鉱山の場所は、ヴァッケンローダーの旅行記では Kembles と、ティークの旅行記では Kumblos と記されているが、現在のリヒテンベルク (Lichtenberg) 市イシガウ (Issigau) 地区のケムラス (Kemlas) 集落である。(ナイラ市役所、リヒテンベルク市イシガウ・ゲマインデ支所などに対する筆者の文書照会に対する回答に基づく。) Vgl. WSWB166, WSWB269.

227   これについて詳しくは、山縣の前掲修士論文、58–60 頁。

である。

坑道内で僕らは、豊かな鉄鉱石にビックリした。［…］幾つかの場所で、美しい鉄鉱石の鉱脈を見た。まだ自然の工作所にあるやつを。緑色の孔雀石も見たし、礬類の岩礫や、ついには、純粋な、流体状の緑の硫酸銅礬が岩壁から垂れているのを見た。（WSWB 167）

二人は、鉱山の中、すなわち地底で青（硫酸銅）や緑に光る鉱石を実際に目にし、また、黄褐色に美しく輝く鉄鉱石を見たのである。また、ヴァッケンローダーの報告には、これより前に視察したリヒテンベルク市近郊で色とりどりの様々な鉱物を目にしたことが記されている（WSW B166）。

一方、ティークの手紙は、ナイラ滞在の夜に有名な大理石の橋を見に行ったことなどを記した後、翌日ナイラ近くのクムブロス村にある「僕らが見たかった神の賜物鉱山」に馬で行ったこと、みぞれ交じりの悪天候であり、凍えきった手を坑夫頭の小屋の暖炉でまず暖めたこと、運び込まれた坑夫服を身につけたが、ヴァッケンローダーも彼も道化師のように見えたこと、そして、渡された灯りを坑夫帽にさして坑内へと降っていったこと記した後に、次のように垂直な縦坑を降りたときの感想を記す。

多くの人間は、［…］坑道に入っていく際の恐怖感や震えや臆病さについて書いているが、僕は少しもそれを感じなかった。危なかったよ。本当に。手を離してしまったらね。だけど、底に着いたときにも、僕はまったく冷静だった。これを決して勇気とは言いたくない。［…］貧弱な想像力しかもたない人間だけがここで怖くなったり震えたりするんだよ。（WSWB 269-270）

神の賜物鉱山に関するティークの手紙は、残念ながらこの先が失われているので、これ以上何を見、どのような印象をもったのかは確証となるものがない。しかし、同行したヴァッケンローダーの先の記述からすれば、

疑いもなくティークもまた、そこで実際の生業としての、職業としての鉱業、その現場である鉱山坑内を服まで着て実体験しているのである。ティークは、『ルーネンベルク』の主人公同様に鉱山の中に入っただけではない。主人公クリスティアンは、山中の廃墟の古びた大広間の壁が「宝石類や水晶」（TS6, 190-191）で見事に装飾されているのを目にするが、ティークもまた、それに比類しうる孔雀石や硫酸銅の青色の結晶などの美しい鉱物と、それらが眠る「秘密の、神秘的な」（WSWB167）地底を実際に眼にしているのである。

　1863年に編纂されたナイラ市史は、17世紀から18世紀にかけてナイラに隆盛をもたらした「黄金時代」の立役者であった「最も産出量が多かったと言われている」最も有名であった「野人（der wilde Mann）」という名の鉱山に言及している[228]。この鉱山の名前も示唆するように、ナイラの市紋章の野人像は鉱山・鉱業のシンボルとされている。この紋章あるいは野人についてヴァッケンローダーの記述にはない。ティークの手紙の断片にもそれは記されていない。失われた手紙の部分にそれが記されていたかどうかは、今ではもう知るすべもないが、しかし、言及されていた可能性も排除し得ない。なぜなら、それが市の紋章となったのは、それより300年以上も前のことだからである。リューアの研究が示すように[229]、『ルーネンベルク』のテクストでティークはエンブレムあるいは絵画的比喩を駆使している。また、ティークは、「この旅」で「鉱物や鉱業について多くを学んだ」（WSWB266）と報じている。本論考は、もとより作品成立の実証主義的な論証を意図するものではないが、それらからすると、テクスト最後の主人公像は、ナイラ市の紋章に描かれる人物が含意する鉱山や鉱業を[230]

228　Hübsch, ebda., S.98.

229　Vgl. Erwin Lüer, a. a. O., II. 2.

230　Wildemann あるいは Wilder Mann は、ドイツの森林地域の伝説によくある人物で、根源力（Urkraft）、健康、豊穣のシンボルとなっている。なかでも、鉱山・鉱業と関係が深く、産出量豊かな銅鉱山（鉱業）の縦坑にしばしばこの名前の形姿が見られる。Vgl. Manfred Lurker (Hrsg.): Wörterbuch der

表すと類推することもできよう。

『ルーネンベルク』が成立するより約9年前にティークは、その職業と、鉱山内の神秘的とも言うべき世界を実体験した。ティークの構想の基底には、観念的な鉱山、鉱物の世界ではないその体験があり、それが後にシュテフェンス、ノヴァーリスらの考えをも聞き知るなかで『ルーネンベルク』へと結実していったと考えることもできるのではないか。坑道ではないが、断崖に開いた洞穴を通って暗い地底に降りて歩くというモティーフは、『アブダラ』の主人公とオマールにも出てくる。[231] ティークがヴァッケンローダーとナイラを訪れたのは、『アブダラ』執筆中のことであったことを考慮に入れると、ティークの鉱山実体験は、『ルーネンベルク』だけでなく、『アブダラ』にも反映されていると考えられる。

ティークが「坑夫服」を着て体験した鉱山・鉱業・鉱物世界は、決して狂気や悲劇の存在あるいは対象ではない。植物を相手とした農業や造園など平地の人間の営みと変わることのない確固とした人間の営みであり、ナイラに「黄金時代」とされる経済的繁栄をもたらした基幹的な産業であった。とすれば、平地のベルリンに生まれ育ったティークはそこに、それまで生きてきた世界とは違う、人間の生の別な可能性を見出したと考えることもできよう。平地の世界も山の世界も同等とすれば、テクストは全体として何を我々に語りかけるのであろうか。その主人公の最後の姿の含意するものを念頭にしつつ、考察を進める。

Symbolik. Stuttgart (Alfred Kröner Verlag) 1988. S.810.

231　暗い地底に降りて歩くというモティーフは、アブダラについては本書83頁、オマールについては79頁。

5.3.2.3. 『ルーネンベルク』における自分探しとアインザームカイトのモティーフ

5.3.2.3.1. 自分を探す主人公クリスティアン

この作品は山奥の一人の若者を描写する次の一節で始まる。

一人の若い狩猟番が物思いにふけりながら、山の最も奥深くにある鳥の囮場のかたわらに座っていた。渓流の瀬音や森のざわめきがアインザームカイトの中で響いていた。彼は、見知らぬ土地を求め、日々繰り返されるありきたりの生活の輪から遠ざかろうとして、いかに若かったとはいえ、父や母、知り尽くした故郷、村の友だち、それらすべてを捨て去ってきた己の運命を考えていた。[…] あらためて彼は辺りを見回した。自分は楽しく、幸せであると思われた。(TS6, 184)

冒頭のこの一節において作品の行方を予想させる「自分探し」、「回想」、アインザームカイトなどの基本的な要素が提示される。主人公クリスティアンは、ルーチン化した平凡な生活から離れ見知らぬ土地を求めて故郷を去ったことを、「楽しく、幸せ」な気分で「美しいアインザームカイト」と狩人の歌を口ずさみながら回想する (TS6, 184)。その主人公の姿は、『フランツ・シュテルンバルトの遍歴』の旅の最初に立ち寄った故郷の小さな森のアインザームカイトの中で自由への衝動を感得した子供の頃を回想するシュテルンバルトの姿[232]と重なる。その二人の姿は、森、アインザームカイト、回想、既存の生からの自由などを共通項として『ルーネンベルク』と『フランツ・シュテルンバルトの遍歴』に同一のテーマ性があることを仄めかしている。

主人公は、その後、夕暮れとともに「もの悲しい」「恐ろしい」気分へ

232　本書 144–145 頁。

と転じたアインザームカイトの中を一人帰路につくが、夜の山中で遭遇した見知らぬ男に対して、父同様の平凡な生活を嫌って故郷から出たのは、新しい生き場所を探し、自分の生き方を求めたからであると説明する。この意味で、この作品は、自己探求や自己確立を基本的なテーマの一つとしていることは明らかである。自分探しは五つの段階で進行する。①は、主人公が回想の後、ルーネンベルク山の廃墟で美しい大柄の女に出会うなどの不思議な体験をへて、山を振り返りつつたどり着いた村はずれの小高い丘で山での暮らしを省み、狩猟番としての暮らしを捨てて平和な村に降りるまでの段階、②は、村で得た妻子と幸せな家庭生活を営み、家も豊かになる段階。この間、帰郷の旅の山中で遭遇した父を連れて妻子の待つ村に戻るという出来事を挟む。③は、数年後に、村に立ち寄って主人公の家に逗留した旅人が残した金貨を発端に、常軌を逸したような行動に走る段階、④は、父の諫言も空しく、美女の姿を求めて山中の廃墟の坑内へと姿を消す段階、⑤は、ある日突然、妻子のもとに現れ、石を見せるとすぐまた森の中へと姿を消す段階である。作品では、それらの段階の一つ一つにおいて、また、相互の関係において、出来事や感懐が年月の経過と空間の変化を伴いつつ自己言及的に展開する構図をとる。アインザームカイトのモティーフは、その展開の枠組みを準備するなど構造上も重要な意味をもつ。そのような語りの構造に託された自分探しあるいは自己追求とは、いかなるものなのか。

5. 3. 2. 3. 2. 厳しいアインザームカイトに耐え得ず、本当の己の姿を垣間見るに終わった若き主人公

　日暮れて帰路についた主人公は、「恐ろしい」アインザームカイトの中で出会った見知らぬ男に「若いが故にアインザームカイトの厳しさに耐えられない」（TS6, 186）と指摘される[233]。その後、彼は、見知らぬ同行者に

233　ハムメスは、『青髭』にも森のアインザームカイトにおける「見知らぬ

示唆された山中の廃墟に入り、鉱山の内部を暗示するような大広間で美女に遭遇し、不思議な体験をする。女のもつ宝石で飾られた石盤に心を奪われた若者の感動を、語り手は次のように報ずる。

彼の心の内でいくつもの姿と美しい調べ、そして、憧憬と歓喜の底知れぬ深みが開いた［…］彼は、自分自身の中に痛みと希望の世界が開いていくのを見た。(TS6, 192)

　クルスマンは、山中の廃墟にある大広間を心の内部世界の啓示の場と指摘しているが[235]、そうであれば、自分のあり方を捜すこの若者はそこで初めて美女の形姿をとった己の本当の姿を垣間見る機会を得たと言えよう。しかし、己の本当の姿、自分本来のあり方との出会いは、このとき一瞬に

男（der Fremde）」との邂逅のモティーフがあるとして、『ルーネンベルク』と『青髭』の双方で「見知らぬ男」が当然現れ、これにより主人公の生が決定的に転換することを理由に、「見知らぬ男」は運命を意味すると解する。Vgl. Hammes, S. 34.

234　自己探求・自己確立をライトモティーフとする『フランツ・シュテルンバルトの遍歴』においても、少女の置き忘れた小箱が、フランツの求めていたものへの邂逅の手がかりになっている。Vgl. FSW 87, 398.

235　Vgl. Paul Gerhard Klussmann: Die Zweideutigkeit des Wirklichen in Tiecks Märchennovellen. (1964) In: Segebrecht (Hrsg.) Ludwig Tieck, S 377.　なお、廃墟の大広間における心の内部世界の啓示、あるいは、後に言及する真の自分を求めての廃坑内や森の中へ入る主人公の姿には、ヨーハン・ゴットリープ・フィヒテ（Johann Gottlieb Fichte, 1762-1814）の自我（das Ich）と非我（das Nicht-Ich）で構成される世界観がうかがえる。ティークは後述するようにフィヒテと反りが合わず、哲学自体も敬遠していた。とすれば、それはフィヒテ自体からというよりも、当時フィヒテも出入りしていたイエナ・グループがそうした世界観に染まっていたからと考えられる。なお、フィヒテの自我の哲学とシュレーゲルやノヴァーリスへの影響については、Vgl. Safranski, a. a. O., S. 73-85.

して終わる。美女が彼に宝石と曲線の紋様でできた石盤を手渡し、忽然と姿を消した後、いつしか白みはじめた山を下り、気がつくと、主人公は、とある丘の上で目を覚ます。

> 彼は辺りを見回した。すると［…］遙か彼方の地平線にルーネンベルクの廃墟をかろうじて認めることができた。彼はあの石盤を探したが、どこにも見つからなかった。［…］極めて不思議なこととありふれたことが、相互に入り交じり、彼はそれをより分けることができなかった。己との長い葛藤の後、とうとう彼は、夢か突然の妄想がその夜、自分を襲ったのだ、と思った［…］（TS6, 193）

アインザームカイトの厳しさにまだ耐えられない主人公は、「希望」だけでなく「痛み」も伴う新しい世界に分け入ることができない。こうして、ルーネンベルクの山中で見たはずの出来事に「極めて不思議なこととありふれたこと」が区別しえないほど混交していると感じた主人公は、結局、それを夢または妄想と感じて、遥か彼方のルーネンベルクの廃墟を振り返りながら山を下り、ありふれた日常性の世界に立ち戻る。

5. 3. 2. 3. 3.　真の自分探しと平凡な人生への執着の相克に葛藤する主人公

その後、村で出会った妻と結婚し娘を得たクリスティアンは、かつて嫌った庭師あるいは農夫として働き、平穏平凡な幸福に満足する[236]。しかし、その暮らしはいつまでも続かない。五年後、自分と見まがうような見知らぬ旅人（der Fremde）[237]が訪れ、数ヵ月逗留した後、金貨を残して去っていく。

236　クリスティアンの働きにより家は村一番富裕になり、彼はその当主となって5年が経過する。（TS6, 198-199）

237　男は、クリスティアンの家に旅人として立ち寄り、そこに住みつき、いつしか家族の一員と思われるようになる。クリスティアンは、その男を昔から知っていたように思うが、それがいついかなるときであったか、どう

残された金貨に心を奪われたかにみえる主人公について、妻は、昼夜を問わず奇妙なことを口走るなどと涙ながらに父に訴え、父もまた、真夜中に「極めてまめまめしく金貨を数えながら灯りの傍らに座る」(TS6, 200) 息子の姿を眼にする。そのようなある日、主人公は、散歩の途中で父と次のような会話を交わす。

僕は［…］何年だって、自分の心の中の本当の姿を忘れ、あたかもよそ者の人生を軽薄に送ることができます［…］僕は楽しくいようと思えば、そうすることもできるでしょう。けれども［…］あの不思議で魅力的な姿は、眠って休んでいることもよくあり、僕はそれが過去のものとなったと思うこともありますが、すると突然毒のように湧き現れるのです。［…］それで僕は身も心も不安なのです。(TS6, 201-202)

　クリスティアンは、村での平穏かつ平凡な、しかも豊かな暮らしを続けようと思えば続けられると言う。しかし、それは、自分の内部 (mein Inneres)、すなわち自分自身の本当の姿を忘れた人生であり、よそ者のような人生であることを認める。この主人公の言葉には、「父や母、知り尽くした故郷、村の友だち、それらすべてを捨て去った」若者に見られがちな熱狂ではなく、一歩距離を置いて物事を見ることのできる年月の積み重ねも伺える。しかし、旅人の残した金貨に鉱物鉱石の金を連想した主人公は、過去のものとなったと思った、あの不思議で魅力的な姿が再び湧き上がってきて、それしか考えられなくなる、と述懐する。この過去のものとなった姿とは、若き日の主人公がルーネンベルク山中の廃墟の広間で垣間見た姿である。[238] すなわち、主人公は、一人いるときに悶々と自分本来を強く求める心中を、この父との会話において述懐しているのである。ここ

しても思い出せない。(TS6, 199)

238　クロイツアーも両者が同じであると指摘している。Vgl. Kreuzer: a.a.O., S.143.

で注目すべきは、この会話で使われている「内心」あるいは「心の中」を
意味する mein Inneres という語である。この語、あるいは inner という語は、
テクストの中でこれ以前にも何度か使われている。美女が手にした石盤に
目を奪われたときに「彼の心の内」に開いた「憧憬と歓喜」、さらに、石
盤を手渡されたときの「その姿は、見えることなく即座に彼の心の内に移っ
ていった」（TS6, 192）様子がそうである。これらは三人称の語り手による
語りである。一方、先にクリスティアンが父に述懐した「自分の心の中の
本当の姿」は一人称の言葉で語られている。このことは、主人公がここに
初めて「自分の心の内」を自覚したこと、生の実感の確信を明らかにした
ものであると解釈しても差し支えなかろう[239]。もっとも、そうした自分に「身
も心も不安を感ずる」彼の姿には、平穏無事な村の生活から離れることに
ついての、いささかの逡巡がまだ見て取れる。

5. 3. 2. 3. 4. 峻厳なアインザームカイトのなかに本当の自分を見いだし た主人公

　数ヵ月後の秋の収穫祭に、主人公は、一人丘の上で眼下に妻子や村人た
ちを見やりながら村での自分の人生を回顧しモノローグで述懐する。

　なんと私は私の生を夢の中で失っていたのだ、と彼は自分自身に言った。
　私がここから下って、子供たちの中に入り、それから何年もの時が流れた
　［…］そのようにして、私は、軽率にも、無常のもの、かりそめのものを
　得るために、崇高な永遠の幸福を顧みようとせずにいたのだ。(TS6, 203)

239　アルトハウスは、『ルーネンベルク』をノヴェレとして読めば単なる金
　　　銭欲で気が狂った男の話として読むことできる、一方、メルヒェンとし
　　　て読めば、より深い真実を語る話として読むことができると指摘する。
　　　Althaus, a. a. O., S. 107-108.

主人公は、自分の村での平穏無事な生がはかない夢のようなものであり、自分本来のものと違っていたことを確信する。『フランツ・シュテルンバルトの遍歴』の主人公シュテルンバルトは、旅のはじめに訪れた郷里の村で収穫祭の日に村娘と語らった際に、束の間ではあるが平凡で安穏な暮らしに心が捕らわれる。しかし、彼は、真の「私」を求める旅の途上であることに気づき、その思いを断ち切る。収穫祭の日に丘の上で回顧するクリスティアンの胸に浮かんだ感懐は、おそらくこのシュテルンバルト思いと同じものであろう。シュテルンバルトが自己探求の旅に再び足を踏み出したように、『ルーネンベルク』の主人公も旅を再開せざるを得ない。

彼は、憧れに胸をいっぱいにして近くの森へと歩み、そして、その濃い木陰の奥深くに入っていった。戦慄するような静けさが彼を取り巻いた。空気はまったく動かず、木の葉はそよぐことはなかった。するとそのとき、彼は一人の男が遠くから彼の方に来るのを見、そして、それがあの見知らぬ男であることがわかった。[…] その姿がいくらか近くなったとき、彼は、自分がいかに思い違いをしていたのかわかった。[…] 彼に向かってきたのは一人の老婆であった。[…] 最後の言葉とともにその女は身を翻した。そして、クリスティアンは、木々の間に金色のベールと、気高い足取りと、立派な体躯を再び認めたように思った。(TS6, 203-204)

丘の上で回顧の想いにふけった主人公は、そのすぐ後に、「憧れに胸をいっぱいにして近くの森」に入る。とすれば、この憧れの先にあるのは、疑いもなく「崇高な永遠の幸福」である。森の「戦慄を覚えるような静けさ」、すなわち、かつて若き日に彼が耐えられなかったアインザームカイ

240　本書 146 頁。

241　ティークは、フィヒテルゲビルゲの旅で「僕らの周りは、死んだ静寂の森だ。自然全体が枯死（abgestorben）したかのようで、まったく音がない、僕らの耳に届く限りは」を体験したことを旅行日誌に記しているが、この『ルーネンベルク』の描写の基底にはその原体験もあることが見てとれる。

トの厳しさ中に、彼はあの見知らぬ男を認める。男は、村のわが家に逗留したあの旅人であり、最初にルーネンベルクの山中で遭遇した見知らぬ男でもあろう。しかし、近づいてきたその姿について、語り手は、「旅人だと思った人の輪郭が溶けるように崩れて醜い老婆が近づいてきた。汚れたぼろを身にまとい、千切れた布で白髪を結い、瘤だらけの杖によりかかって、足を引きずりながらやってきた」と報ずる。老婆は、自分は「森の女と呼ばれている」と告げると、身を翻して去る（TS6, 204）。クリスティアンは老婆の行方に、かつて遭遇したあの美女の「黄金のベール、荘重な足の運び、堂々とした体躯」を確認する。こうして見知らぬ男は、あの旅人から瞬時に醜い老婆に、そして、あの美女の姿を連想させる姿に三変する。

　その「森の女」と名のった老婆の姿は、後に最後に妻子の前に現れる主人公の姿を予見させるものがある、すなわち、「森の女」にもまた、ナイラの紋章に描かれた野人と共通するものがある。マルク伯が紋章として授けた野人像は、もともと森の生命力を意味するものであった[242]。野人像は、ナイラだけでなくドイツ各地に見られるが、その中には女性の姿をとるものもある[243]。とすれば、ティークは野人像に着想を得て、この「森の女」も構想した、と考えることできるのではないか。

　その後、傍らの草むらの中に残された石盤を見つけたクリスティアンは、それが若き日に山中で心を奪われ、「何年か前に失った」（TS6, 204）魔法の石盤そのものであることを知り、これをもって村に戻る。そこで出会った父は、その石盤を手にして、「おまえを冷たい残忍な人間にするような、

Vgl. WSWB275.

242　Vgl. Hübsch, a. a. O., S.98.　なお、『ルーネンベルク』研究史の初期の一つであるマックス・ディーツ（Max Diez）の研究は、「森の女」にフォルクスメルヒェンや民衆バラードで山地風景の擬人化として現れる自然デーモンを認め、それを主人公の心の中にとけ込んでいる存在（大衆心理に潜在化した感情）の姿と解釈して、作品の隠喩法を論じている。Max Dietz: Metapher und Märchengestalt. IV. Tiecks Frau vom Runenberg. 1933.

243　Vgl. Brügel, a. a. O., S. 10-14.

心を石にさせずいられないような銘文が書かれた」その石盤を捨てて目を醒ますよう諭す（TS6, 204）。しかし、その美女の姿を再び認めた主人公には、これを聞き入れるすべは最早ない。

　森の女が私を呼んでいました。私は彼女を探しに行きます。ここの近くに何世紀も前に一人の山師によって掘り起こされた古い廃坑があります。おそらく、彼女を見つけるのはそこでしょう。（TS6, 205-206）

　父の諌止も空しく、主人公はその姿を求めて、妻子と家を捨てて山中の廃鉱の奥深くへと消える。彼が追ったのは、「まだ大地の深いところにあるはず」の「素晴らしい、はかりがたい宝もの」（TS6, 205）、言うまでもなく「自分の内部の本当の姿」である。ところで、老婆は森の深い木立に身を消したのに、それを探しに行く主人公が鉱山廃鉱（縦坑）に入るのはなぜであろうか。「森の女」には野人像にある鉱山・工業のメタファーとしての性格がある。とすれば、主人公が姿を消した先が鉱山廃鉱の中であるのは不思議ではない。

　最後にクリスティアンは冒頭引用の姿で妻子の前に再び現れる。その姿は、すでに論じたように、鉱業という確固とした生業に通ずるものがある。主人公が具体的な生き方の場として鉱業を選んだかどうかは、言うまでもなく定かではない。しかし、『ルーネンベルク』の登場人物や場がメタファーとしての性格をもつことに鑑みれば、具体的な生き方の場として鉱業を選んだか否かを問う必要はない。重要なのは、それが平地の村における農民などの生き方と遜色のない、確固とした一つの生き方を示していることである。主人公は、背中に背負った袋から石を取り出して、これを再会した妻子に見せる。

　これらの宝物はまだ研いだり磨いたりしてない。だから、光沢も輝きもないんだ［…］その言葉とともに、彼は一つの硬い石を手に取った。そして、これを別な石に激しく打ちつけたので、そこから赤い火花が飛び

出した。(TS6, 207-208)

「貴重な宝物」と言って妻に見せた石ころに宝石の「光沢」や「輝き」がないのはまだ研磨していないからだと説明した主人公は、石を叩いて火花を散らし、その価値を示す。その行動は、常軌を逸したものではなく、その道を知る者ならではのある種の専門性を示す。そうしたことも踏まえれば、「自分の内部の本当の姿」を求めて山に入った主人公は、狂気に走った人物でも、メルヒェンの世界の山の女王に迎えられる人物でもなく、内心の呼びかけに呼応して自分本来のあり方の追求に確固とした意志をもって踏み出した者にほかならない。ところで、主人公は、村での豊かで平穏かつ平凡な暮らしの中に現れた「見知らぬ旅人（der Fremde）」を契機に、己のその生が「よそ者のような人生」であると認める。それは「自分自身の本当の姿を忘れた人生」、すなわち、真の自分が不在の生である。清水は真実の自己と虚偽の自己との矛盾の意識化を近代的孤独の一つの様相としてとらえているが[244]、確かに、身内の者や親しい者に囲まれていても、人間は己の不在を知ったとき孤独を感じることがある。主人公が口にする「よそ者のような人生」という言葉には、そうした孤独という意味でのアインザームカイトの感情が読み取れる。とすれば、パラドックスではあるが、そもそも村での生の本質はアインザームカイトであり、逆に山に入った主人公の生は、見かけとは違ってアインザームカイトの生ではないと言えよう。

5. 3. 2. 4.　まとめ

　以上の一連の流れから読み取れるのは、①若き日、本当の己の姿を垣間見る機会を得たのに、厳しいアインザームカイトに耐え得ず、それを夢か妄想と感じた主人公が、②その後、幸せとは言え、ありきたりの生活の中で、

244　　清水：前掲書、44 頁。

真の自分探しと平凡な人生への執着との葛藤の時期をへて、③峻厳なアインザームカイトのなかに本当の自分を見いだす道を再確認し、鉱山・鉱業に詩的に仮託されたその道を歩み始める、という「自分探し」の道程である。ところで、見知らぬ旅人の残した金に心を奪われたかに見えた主人公を父は「おまえの心は平安を好んでいた。そう、植物に傾いていたのだ。それなのに、待ちきれない気持ちがおまえを荒涼とした岩石の社会に引きずっていった」(TS6, 202) として植物の生のあり方を引き合いにして諌めるが、彼は、「植物は［…］恐ろしい腐敗をみせてくれます」(TS6, 202) と言って、植物など生命ある世界が死して分解する存在であると反論する。また、主人公は、石盤の美女の姿を追って山中の鉱山廃坑に入るに先だって、丘の上で「無常のものを得るために、崇高な永遠の幸福を顧みずにいた」と反省する。父への反論と丘での内省の文脈を考察すると、植物の世界に見立てられた妻子や父との村の生活は無常のものと観念され、永遠のものである山中の鉱物の世界と対置されていることがわかる[245]。とすれば、『ルーネンベルク』は、主人公が、永遠・不変の存在のメタファーである鉱物と、死にゆき、分解して変質・変形する存在、無常の移ろいやすく、時間的な存在のメタファーである植物・有機物との対比において、鉱物世界に具象される不変の自分のあり方を求めて内心深くに行くその道程を、詩的表象としてのアインザームカイトの中に一人内省する我に託して描いたものとして読むことができるのではないか。

245　観点は異なるが、クラウス・リンデマン (Klaus Lindemann) (1974) やフランク (1977, 1985) も鉱物（金属）を永遠の生（不死）、永遠なる価値のメタファーととらえて主人公の生を論じている。Vgl. Klaus Lindemann: Von Naturphilosophie zur christlichen Kunst. In: Litjb. 15. 1974. Manfred Frank: Das Motiv des „kalten Herzens" in der romantischen Dichtung. In: Euphorion 71. 1977.（なお、この 2 つの研究については Lüer, a. a. O. S. 65, S. 71-72 から引用した。）
Vgl. Manfred Frank: Der Runenberg, Deutungsaspekte. In: TS6, S. 1288-1289.

5. 4. 仮面と生——『山の老人』における「彼のアインザームカイト」

ティークのドレスデン時代のノヴェレ『山の老人』は、「多くの機械が稼働し」「車や馬が行き交い」「砕鉱機が騒音をたてて」町中が活況を呈する一方で、「煙を上げる鉱山の幾つもの坑の黒い噴気と混ざって低くたれ込める霧」や「黒い鉱滓」などの後の公害をも予感させる面もある「暗く辺鄙な」山間の鉱工業都市を背景にしており[246]、民話・伝説的世界や中世的なものを題材とすることの多い彼の作品の中では異色のものである[247]。「山の老人」と人びとから呼ばれるバルタザールは鉱山を所有し、鉱業や

本節の論述内容については、日本独文学会関東支部第 3 回研究発表会 (2012 年 11 月 10 日) においてその一部を発表している。

246　　ペッシェルは、この山の鉱工業都市の景観描写 (LTS24, 147) にティークが 1817 年に行ったイギリス旅行の経験が反映されていると指摘する。Vgl. Burkhard Pöschel: »Im Mittelpunkt der wunderbarsten Ereignisse«. Versuch über die literarische Auseinandersetzung mit der gesellschaftlichen Moderne im erzählerischen Spätwerk Ludwig Tiecks. Bielefeld (Aisthesis Verlag) 1994, S. 160.　　一方、ヴァッケンローダーのフランケンヴァルト旅行記は、1792 年に鉱山都市ナイラをティークと訪れた際の町の印象を、ゼルビッツ川沿いに「非常に多くの鉄工場や水車を動力とする製作所が稼働している。バイロイトの大理石工場に送るための大理石切断加工場もある。鉄工場の騒音がそこかしこに聞こえる」と記している。(WSWB 166) この山間の鉱山都市ナイラの賑わいも、冒頭の景観描写に反映されていると考えられる。なお、ドイツ文学と環境保護意識の問題を論じたヨースト・ヘルマント (Jost Hermand) は、環境破壊を批判したロマン主義文学の例としてこの景観描写を取り上げている。Vgl. Jost Hermand: Grüne Utopien in Deutschland. Zur Geschichte des ökologischen Bewußtseins. Frankfurt am Main (Fischer Taschenbuch Verlag) 1991, S. 49.

247　　「喜びのために自然を求めるいかなる旅人も長く留まりたくはない」「その陰鬱な地方」(LTS24, 147) という表現もまた、旅人、自然とのふれあいの喜びなどの通念的なロマン主義的表象で表現されるものとは別な次元の地であることを示すものである。

紡績・紡織工業などを営む大事業家であるが、「見知らぬ者を決して通さないようにという厳命」を下し、また、事業の幹部たちと「仕事の話をするのはある特定の時間だけ」に限った「そうした決め事を 12 年間、外したことがない」（LTS24, 157）日常を送る。バルタザールの信任あつい、総支配人的な立場にある若きエドアルトは、そうしたしきたりについてテクスト冒頭で、「この風変わりな制度は」「彼のアインザームカイトを近づきがたいものとしている。そして、これこそまさに、彼が目論んでいること」（LTS24, 158）と語る。本節においては、仮象と実体、仮面の観点から「彼の（seine）」という指示代名詞のついたアインザームカイトとしてエドアルトが語るものがいかなる意味をもつのか、「彼のアインザームカイト」の本質を読み解き、アインザームカイトの遺産のコンテクストでノヴェレの結末の解釈を試みる。

5.4.1. 作品と先行研究について

5.4.1.1. 作品の成立

　ティークは、ドレスデンに移り住んだ 1819 年からフリードリヒ・ヴィルヘルム 4 世（Friedrich Wilhelm IV、在位 1840-1858/61）の招聘をうけてベルリンに戻る 1842 年までの、いわゆるドレスデン時代に約 30 のノヴェレ作品を著している。パウリンは 1826 年から 1835 年をティークの「力と名声の頂点[248]」にあった時期としているが、『山の老人』は、その 1828 年に書かれたノヴェレである。ティークは、ブレスラウの出版者ヨーゼフ・マックス（Josef Max、1787-1873）に宛てた 1828 年 4 月 3 日付の書簡で、難産であった作品の成立事情と関係者の好意的な評判について記している[249]。

248　Roger Paulin: Ludwig Tieck. Eine literarische Biographie. München (C. H. Beck) 1988, S. 238.

249　ティークは、「おそらく私には、今までの仕事の中でもこの『山の老人』

188

　同じくヨーゼフ・マックスに宛てた同年 5 月 14 日付けの手紙にティーク自身が「課題は特別な、私の書いた物語のなかでも最も深刻な、そう、最も暗く陰気なもの」[250]と書いたこのノヴェレの概要は、次のようなものである。

5.4.1.2.　作品の概要

　ある夏の日の早朝、来し方を回想するエドアルトの傍らを書記ヴィルヘルムが通り過ぎ、慌ただしく山を去る。その後やってきた老鉱夫クンツらと「山の老人」ことバルタザールの富にまつわる民話風の噂話などをしていると、馬車がバルタザールの館の前に止まる。降り立って面会を乞うた老婦人の旧称エリザベートという名前を聞いた老人は驚愕し、婦人を迎え入れる。二人の面会の間にエドアルトは、バルタザールの姪レースヒェンと話をし、白鳥のような純真無垢に思われた娘の悲哀・苦悩、結婚観や老人の決めた同僚エリーザーとの結婚話などを知る。
　翌日エドアルトを呼んだバルタザールは、困窮の家庭に育った自分の生い立ち、富豪の従兄弟ホールバッハ[251]やその妻となったエリザベートとの

ほど大変だったものはありません。少なくともこれほど多くの妨げに苦しんだ作品はありません。また、かくも頻繁に延ばし延ばしになったものもありませんでした。[…] この小さな作品をあなた方がとても気に入ったことは、私の大きな喜びです。この作品は、私のこの地の友人たちの称賛も得ています」と記す。Edwin Zeydel/Percy Matenko/Fife Herdon (Hrgs.): Letters of Ludwig Tieck. Hitherto unpublished 1792-1853. New York/London (Oxford University Press) 1937, S. 320.

250　　Ebda., S. 322.

251　　この従兄弟の姓は、ライマー版テクストでは、最初は Holbach と表記され、最後のほうに至って Helbach と表記されている。ペッシェルも「印刷ミスの少なくないライマー版」と述べて、この点を指摘している。Vgl. Pöschel, S.159, Anm., 2. 本節では、ホールバッハで統一している。なお、ホールバッ

関係、薄幸の妻との結婚、大実業家の富豪となり慈善家とも言われるようになった経緯、人も羨む幸せに見えたホールバッハ家の不幸な成り行きとエリザベート来訪の顛末など「私と私の歴史」を、極めて悲観主義的な人生観、世界観も開陳しながら述懐する。

　次いで、町中の噂となっていたバルタザールの貴重品収蔵庫の盗難事件を巡る居酒屋でのクンツと、居合わせたハンガリー出身の「渡りの山師[252]」らとのやりとりの模様に移る。枝を用いた呪縛という盗難対策の効果について真っ向から対立するクンツとよそ者の論争は、山の精霊や地下での鉱石の様子、自然観、科学観を巡る論争に発展する。翌日、山の製鉄所で昨夜の酒場の出来事の噂話などをするエドアルトや労働者たちのところに、渡りの山師とエリーザーが入ってくる。その男が車座になった男たちを相手に木片を用いて行った「次に死ぬ者」の占いの掛はエリーザーに当たる。

　数日後、その男はバルタザールを訪ね、件の盗難対策の提案と報償金を求めるが、拒絶される。その日、エドアルトと朝食を共にした老人は、歳も歳なので将来に備えたいと言って、遺産相続などの話を始める。自分を遺産相続人の一人にという言葉に、エドアルトは、レースヒェンとの結婚を希望する。すると、彼は突然表情を一変させて、エドアルトの申し出を拒絶し、レースヒェンとエリーザーの結婚は既定のものと告げ、幸福や、愛、友情、美などに関連して再び暗い人生観、世界観を縷々開陳する。二人の対話は、宗教、信仰に及ぶが、そうしたやり取りの途中で、エドアルトは、老人の眼に突然涙があふれるのを見る。その口から明かされたのは、レースヒェンが実の娘であるという驚くべき事実である。レースヒェンとの関

<hr />

ハは「宮廷顧問官（Hofrat）」という称号をもつ。ティーク自身ももったドレスデン時代の Hofrat は、宮廷や政府の要職の者から軽い地位の者に至るまで、宮廷からかなり気ままに発出された称号とされる。Vgl. Paulin, a.a.O., S. 241.

252　　ヴァッケンローダーとのフランケンヴァルト・フィヒテルゲビルゲ旅行においてティークは、各地の鉱山を点々と渡り歩く山師を目にしている。この経験はここにも反映されていると見てよいであろう。Vgl. WSWB172.

係やその母との経緯を明かした老人は、エドアルトに結婚式の日取りをエリーザーに伝えるように指示し、また、エドアルトにも資産の一部を相続する意向を告げる。

翌朝、その地を去ることを告げるエドアルトに対して、レースヒェンは留まるように懇願するが、彼は断る。その後、エドアルトは、バルタザールに宛てて、相続分を放棄して去ることなどを手紙に書く。しかし、後日、経理などの残務整理の報告のために老人を訪れたエドアルトは、手紙に記したレースヒェンとエリーザーとの結婚話の再考を求めるとともに、貴重品収蔵庫の盗難対策を提案するが、いずれも拒否される。そのやり取りの中で、盗難の嫌疑が自分にもかけられていたのを知って悄然とするエドアルトを見た老人は、赦しを求め、バネ銃設置の提案を許可する。

その後、盗難対策が奏功するなどして、渡りの山師が盗賊団を組んで貴重品収蔵庫の盗みを働いていたことや、エリーザーがその一味であったことが判明する。撃たれて死の床についたエリーザーは山の老人にあてた「遺書」をエドアルトに託す。これを読んだバルタザールは、エドアルトを息子とする旨の遺言の作成を告げ、遺言の証人として市長、牧師らを連れてくるよう求める。しかし、突然の心臓発作に倒れた老人は遺書を作成することなく、その夜中に世を去る。

しかし、ノヴェレは、バルタザールの死で終わらない。場面は一転し浪費家ホールバッハが催した饗宴と、参集した飽食家たちの美食談論に移る。宴会後、居残った二人の友人に家庭の不和など身の上話をする彼のもとに、失踪しバルタザールの山の事業所で偽名の下に書記を勤めていた息子が帰還する。一家の和解がなる中、バルタザールの相続人となったホールバッハは、全資産を息子に譲渡する。その後、判事立ち会いの下で遺産関係の手続きを終えたヴィルヘルムは、遺産相続についての老人の本心を偶然知った経緯を語り、レースヒェンがバルタザールの真の相続人であると宣言する。その後、レースヒェンは、事業の統率者として山に残るエドアルトと結婚する。

5. 4. 1. 3. 先行研究の概要

　このノヴェレについてヨアヒム・ミュラー（Joachim Müller）[253] は、「自然の非神話化」、「お金の神秘化、デーモン化」、「工業化や資本蓄積の経済的プロセス[254]」などの経済的観点やノヴェレの形式の観点から考察し、核心となるテーマは「悪の問題」であり、悪の本質であるお金とその魔力、それによって引き起こされる悪と人間の心の危うさが登場人物に象徴化されていると論ずる。

　ミュラーに対して、ペーター・ヴェゾレック（Peter Wesollek）の研究[255]は、「登場人物の生や体験の心理面」に焦点を当てて、それぞれの生や体験を「愛」と「悪」の相剋に還元してテクストを解釈する。ヴェゾレックは、「愛が常在することへの疑い」が止めどなく高まるが、不思議なるものである「愛が悪を凌駕して勝利する」、「愛の誓約は、社会的な悲惨さに由来する絶望の連続からの最後の隠れ場として認識される[256]」と述べて、結末を肯定的に論じる。

　鉱山・鉱業を舞台にしたロマン主義（Bergbauromantik）という観点でなされたヘルムート・ゴールト（Helmut Gold）の研究[257]は、鉱山・鉱業、経済・

253　Joachim Müller: Tiecks Novelle »Der Alte vom Berge«. Ein Beitrag zum Problem der Gattung. (1972). In: Segebrecht (Hrsg.), Ludwig Tieck, S. 303-321.

254　Ebda., S. 320-321.

255　Peter Wesollek: Ludwig Tieck oder Der Weltumsegler seines Innern. Anmerkungen zur Thematik des Wunderbaren in Tiecks Erzählwerk. Wiesbaden (Steiner Verlag) 1984, S.166 - 182.　なお、ヴェゾレックは、『山の老人』という表題がフライベルク鉱山アカデミー教授でありノヴァーリスの恩師であったアブラハム・ゴットロープ・ヴェルナー（Abraham Gottlob Werner, 1749-1817）に因むものという Cf. Huch の説を紹介している。Vgl. Ebda., S.166.

256　Ebda., S. 181 ff.

257　Helmut Gold: Erkenntnisse unter Tage. Bergbaumotiv in der Literatur der Romantik. Opladen (Westdeutscher Verlag) 1990, S.153-200.

政治、「不思議なるもの」などのテーマに迫ったものである。旧時代と新時代の代表者として老鉱夫クンツと渡りの山師やエドアルトを取り上げ、迷信的、神秘的要素と経済の近代化の要素について考察し、次いで、マックス・ヴェーバー（Max Weber, 1864-1920）の『プロテスタントの倫理と資本主義の精神』（Die protestantische Ethik und der Geist des Kapitalismus, 1905）やジョルジュ・バタイユ（Georges Bataille, 1897-1962）の「蕩尽」（Verausgabung）の概念を援用してバルタザールとホールバッハの生き様を論じる。

　一方、人間の自然（本性）と歴史という切り口で登場人物の人物像と運命を論じたクリストフ・ブレヒト（Christoph Brecht）の研究[258]は、登場人物すべての運命は、山の老人だけが所有しているお金・資本に左右され全員が資本の動きに巻き込まれる、と述べる。登場人物が行った人間の自然についてのすべての思弁や思惑は、経済的諸関係の下にあるとして、お金あるいは資本が、生成や過去についての全体的なメタファーとなっていると論ずる[259]。ブルクハルト・ペッシェル（Burkhard Pöschel）の研究[260]は、バルタザールの生の諸相と死の必然性をフロイト（Sigmund Freud, 1856-1939）の反復強迫説を援用して解釈し、次いで、鉱業・鉱石のモティーフに関して、老鉱夫クンツ像が「ティーク自身の初期ロマン主義の過去と、その詩的プログラムやテーマについての文学的反省[261]」として描かれていることや、心の石化のモティーフを論ずる。さらに、テクストの文学的価値は外面景観である金員資本の蓄積増大が心象風景における資本、すなわち不幸の蓄積を増大させ、その不幸の蓄積が次々と連鎖的に増殖するというプロセスにあると指摘する[262]。

　以上のように先行研究の多くは経済社会についての叙述の解釈に集中

258　Christoph Brecht: Die gefährliche Rede. Sprachreflexion und Erzählstruktur in der Prosa Ludwig Tiecks. Tübingen (Max Niemeyer Verlag) 1993, S. 211-226.

259　Ebda., S. 214-219.

260　Pöschel, a. a. O., S. 131-169.

261　Ebda., S.152.

262　Ebda., S.165.

し、アインザームカイトのモティーフや内心の遺産の相続などの観点から
論じたものは見られない。

5.4.2. 仮面と生

5.4.2.1. 仮象と実体、仮面

エリザベートの突然の訪問、貴重品収蔵庫の窃盗事件の顛末、エリーザー
とバルタザールの相次ぐ死などは、せいぜい数日という非常に短い時間の
なかでの出来事であり、これをバルタザール死後の簡潔な後物語の出来事
が補完している[263]。しかし、登場人物それぞれの人生体験、人生観・世界
観を語る幾つもの会話がその中に織り込まれることによって、テクストに
は非常に重層的な時間的厚みが生み出されている。パウリンは、ドレスデ
ン時代の一連のノヴェレの特徴として、幾つもの対話が筋を進行させてい
く「会話のテクニックが本質的な要素[264]」となっていることを挙げているが、
『山の老人』にもその特徴はよく現れている。

筋の進行を主として牽引するのは、ヴェゾレックも指摘するように、エ
ドアルトとバルタザールの4つの対話[265]であるが、エリザベートと会った
翌日、これから打ち明けることは「まさに沈黙する墓の中と同じような秘
め事」で、「人に打ち明けるのは初めてだ」（LTS24, 168）と前置きして語
られる最初の対話の中で、バルタザールの「私と私の歴史」を聞くエドア
ルトは、彼が財をなしていく過程を聞いて、「そうであれば、生のすべて

263　ヴェゾレックは、筋立ての貧しさはあるが、「このノヴェレの価値は筋
　　　立てにではなく」「バルタザールの人格的特性の展開と彼の見解のコメン
　　　ト」にあると指摘する。Vgl. Wesollek, a. a. O., S. 169.

264　Paulin, a.a.O., S. 273. また、同様にゴールトもテクストの構造的特徴とし
　　　てこの点を指摘している。Vgl. Gold, a. a. O., S. 161.

265　ヴェゾレックは、これを「ノヴェレの主索」と述べる。Vgl. Wesolleck,
　　　a.a.O., S. 168.

は、妄想と真実との間、仮象と実体との間の狭い路を通って行くようなものですね」（LTS24, 174）という感想を漏らす。この言葉は、このノヴェレでの基本的な問題の一つが「仮象（Schein）」と「実体（Wirklichkeit、現実）」であることを雄弁に語る。

また、エリーザーが窃盗犯の一味であったことが判明した後、バルタザールは、彼の遺書とされる文書をエドアルトに読むよう手渡して、次のように述懐する。

> あの男を私は無条件で信頼していた。なぜなら、人を欺くような、誘惑するような仮象が何一つ装われていなかったからだ。なぜなら、私の心には、彼に迎合するようなものが何もなかったからだ。自分自身の虚栄心をくすぐるために［…］自分を欺く必要もなかったからだ。（LTS24, 247）

この最後の対話における述懐もまた、仮象と実体がこのノヴェレの中心的なモティーフとなっていることを証すものである。また、先のエドアルトの感想は財物に関するものであったが、ここでは、仮象と実体は「信頼」との文脈で問題となっている。すなわち、心にかかわる問題として認識されている[266]。

仮象と実体のモティーフが出てくるのは、登場人物の生やその体験を語ったそれらの対話の中だけではない。バルタザールとエドアルトの最初の長い対話の後に間奏的に織り込まれた、居酒屋におけるクンツと渡りの山師との対話は、その男が窃盗犯であることの布石以外には、一見するとノヴェレの本筋とは関係ないような内容であるが、そうではない。対話は多岐にわたるが、鉱物や自然の本質を巡る論争のなかで、鉱物は植物と違って増

266　世間の荒波をかいくぐってきた老人の述懐は、仮象には「人を欺くような、誘惑するような」ものと、真実と見まごうような仮象があることを仄めかす。それにもかかわらず、自分自身が仮象に生きるバルタザールは、醜悪な外見などからエリーザーを仮象の生と無縁の者と錯覚し、一旦は息子と決めるが、大切な財産の窃盗犯という形で裏切られる。

殖しない、「天地創造以来」「永遠不易に己のうちに身を閉じてしまった」山や鉱物、宝石類を我々は「表面を掘って、シャベルですくっているだけだ［…］我々が掘り出しているのは原初の蓄積だけで、その後には何も育っていない」（LTS24, 187）と主張する男に対して、「もし生や産み出すことがどこかで止みうるとしたら、きみたち生きているものがいるその場所であっても生や産出は仮象や虚偽に過ぎないものとなる」（LTS24, 189）とクンツは反論する。この二人の対話は、単に鉱物と植物の違いだけでなく、鉱物や植物に託した仮象と実体という生のあり方全般の論議となっており、ノヴェレの登場人物の生の様相をも暗示したものと考えられる。

5.4.2.2.　仮面の生——バルタザールらの生の諸相

　先に引用した「人を欺くような、誘惑するような仮象が何一つ装われていなかったからだ」というエリーザーについてのバルタザールの述懐は、仮象が身に装う（umkleiden）ものであることを示唆する。登場人物の生は、仮象の生を送るという点で通底しているが、しかし、その形はそれぞれに異なる。身に装われるものとしての仮象は、仮面というメタファーの形をとって登場人物の生を彩る。[267]　これを端的に証すのは、バルタザールの死で一旦終わったかに見える物語に何の脈絡もなく続く、饗宴の場でのホルバッハの次の述懐である。

　私は、あなた方が思うような軽薄な人間ではないし、これまで一度もそうではなかった。ほとんどの人間は仮面をもつ。そして、私の仮面はそれなのだ。（LTS24, 256）

---

[267]　仮面は、ドイツ文学史上でも好んで取り上げられたモティーフである。ティークは、『ヴィリアム・ロヴェル』、『愛の妖しさ』ほかの作品でこれを取り上げている。

　ホールバッハの言う仮面とは、「軽薄さ」である。バルタザールはエド
アルトとの最初の対話で、ホールバッハを放縦な浪費家と語り、虚栄のた
めの著しい浪費の果てに妻エリザベートまで夫の借財を背負い込む始末と
なったと述懐する（LTS24, 170）。しかし、ホールバッハの語るところによ
れば、大資産家ではあるが「弱さや虚栄心」などの塊であった両親を尊敬
できず、惨めな感情に心が打ち砕かれた少年時代を送った彼は、自身も浪
費、慇懃さという仮面をつけることとなる（LTS24, 256-257）。後にエリザ
ベートという「気高い存在」の出現を契機に仮象の生は真実の生に変わり
得たが、しかし、妻となった彼女に彼への愛がなかったが故にそうはなら
ず、「美しい感情を憎しみや悪意に置き換えないように」、「不幸を見えな
いようにするだけのために」「見かけの軽薄さに再び身を投げ入れ」「不幸
せと感ずれば感ずるほど、幸せな男を演じた」（LTS24, 257）のである。こ
の述懐は、軽薄さという見かけの（scheinbar）生が仮面の生であることを
よく物語る。[268]

　バルタザールの生は、内実はホールバッハと通底するものがあるが、外
見はホールバッハのそれとは好対照をなすものである。[269]ノヴェレの冒頭
で、3人称の語り手は次のようにバルタザールについての風評を報ずる。

268　ペッシェルは、美食に関するホールバッハの「人生と官能についてのこ
　　　の喜ばしく享楽的な見解は、絶対化された苦悩経験の石化した特徴をまと
　　　う」と述べ、その上で、「ホールバッハの人生史上の不幸、エリザベート
　　　との満たされなかった夫婦関係」の苦悩を代償する飽食・浪費という合理
　　　化は、「たしかにバルタザールの場合よりも好ましい容貌をつけるが、最
　　　終的には同様に仮面のような硬直である」と述べる。Vgl. Pöschel, a. a. O., S.
　　　159.　しかし、ペッシェルは、バルタザールらの生については仮面のコン
　　　テクストで論じていない。

269　ゴールトは、禁欲的なバルタザールの生活態度、利潤を享楽ではなく慈
　　　善や新規投資に使う行動規範を挙げて、プロテスタントの仕事や労働倫理
　　　に共通するものがあると述べ、ホールバッハの蕩尽の態度と比較する。
　　　Vgl. Gold, a.a.O., S. 177-178.

バルタザールの名前は山全体に行き渡っていた。なぜなら子供はだれで
もその金持ちを知っていたからだ。[…] 人びとはみな彼を愛し、同時
に敬意もはらっていた。なぜなら、彼は、財産に富むだけでなく善良な
人間でもあったからだ。ただ、みな彼のことを怖れてもいた。なぜなら、
彼は、だれも理解できない風変わりなところが多くあり、それでみずか
らを苦しめ、他人も煩わしていたからだ。さらに、彼の憂鬱、寡黙な謹
厳は、間近にいる人びとをとても威圧していたからだ。　　（LTS24, 147）

　まず外見的状況を述べ、次いでその理由を加える形式の語り口で風評が
3回繰り返されるなかで、「金持ち」、皆から愛され尊敬される「善良な人間」
であると同時に、狷介で寡黙な、近づきがたいところのある人間というバ
ルタザールの屈折した、複雑な人物像が浮かび上がる。もっとも、そうし
た外見の老人像は、必ずしも珍しいものではない。
　しかし、そのバルタザールは、エドアルトに対して行った身の上話で、
貧しく、それが故に蔑まれ、ホールバッハの結婚式にも招かれないという
屈辱に満ちた若き日を振り返り、「かくして私は、世の中全体を、悲惨さ
と困窮が各人に決められている監獄と見る癖がついた」（LTS24, 168-169）
と述懐する[270]。また、父の遺志で醜く暗い性格の遠縁の娘を心ならずも妻
としたことに関して「私たちの生は苦悩と不安だ」（LTS24, 171）と語る。
さらに、事業家として成功する顛末を語るなかで、「あらゆる商売や事業
経営から流れ込む新たな利潤や資本が私に新しい事業をさせるように強い
る」ので、金持ちになってもお金や資本の論理に追い立てられ「安らぎや
休息は一つもない」（LTS24, 175）と言って、富が心の幸せに直結しない己
の生の実相を明らかにする。そして、築き得た富を慈善活動に向けた理由
について、国家や経済社会制度が「お金という怪物に滋養を与えて育て、

270　　環境決定論的色彩のあるこのバルタザールの言葉には、写実主義文学あ
　　　るいは自然主義文学の雰囲気もうかがえるのではないか。

荒れ狂うこと」を教え込んだが故に社会の「上層だけで資本が成長し、下
層では貧者がますます貧しくなる」[271]現実に気づき、その怪物を飼い慣らし
調教することが「私の義務」と自覚したからだ、と明かす。老人の述懐は、
「被造物は悲惨に向かうものと決められている。存在と苦悩は全く同じ一
つの言葉なのだ」(LTS24, 176) という言葉で一旦締めくくられるが、それ
らの言葉に表されるように、バルタザールの内実は、貧しい少年時代の体
験などから身に染みついた苦悶と痛みに満ちた生であり、それは、大実業
家、資産家、慈善家への歩みとともに、いよいよ深まっていく。

　存在と苦悩は同一であると認識するバルタザールは、エドアルトとの第
2の対話で、幸せについて次のように述べる。

幸せという言葉で、人間は何を思うのか。幸せも、不幸せもない。ある
のは痛みだけだ。自嘲だけだ。希望の喪失だけだ。それ以外は、すべて
嘘と欺瞞だ。存在は幻影であり、その前に私は［…］戦慄して立つ。そ
して、それを私は、ただ仕事や行動、緊張によって［…］耐える。人間
の悟性が感情や願望にあるとしたら、私は紡織台や紡績機が羨ましい。
［…］というのも、我々の意識は、ただ惨めさにあり、我々の存在は、我々

271　この一連のバルタザールの経済・社会観は、先行研究の関心の的となる。
　　ミュラーは「近代資本主義工業社会のどぎつい社会的コントラスト」は「マ
　　ルクス・エンゲルスの歴史哲学的・社会批判的認識や、資本主義における
　　貧困化と疎外のテーゼ、プロレタリア革命の歴史的必然性の洞察に驚くほ
　　ど近い」が、「社会的敵対関係を生み出す経済構造を認識できずに」「人間
　　を強欲な悪人にするお金の恐ろしい神話を創り出す」詩人、ロマン主義に
　　拘泥するティークの非現実的視野がバルタザールの「メランコリー」を生
　　むと解釈する。Vgl. Müller, a. a. O., S. 319 ff.　この解釈についてヴェゾレック
　　は、「ティークの洞察、さもなければ、マルクス・エンゲルス理論の誤解
　　に基づくもの」とし、ペッシェルは、マルクス主義的文学観に基づいて物
　　事を単純化しすぎていると批判する。Vgl. Wesollek, a. a. O., S. 170. Pöschel, a. a.
　　O., S. 133.

が妄想を、あらゆる生の狂乱を感じとり、それを甘受するか、［…］泣くか［…］あるいは、幸福や喜びのもつれと遊ぶことにあるからだ。それらの犯罪的な嘘の故に、我々は、自分自身まさしく己が裸の内部を知るのだ。（LTS24, 208- 209）

この「痛み」、「自嘲」、「希望の喪失」以外はすべて虚偽、存在は幻影、すなわち、仮象という思考は、バルタザールの世界観・人間観を端的に示すものである。また、戦慄するような幻影を仕事や諸活動、緊張で耐えしのぐという心情は、現代にも通じるものであり、この意味で、この作品は、現代を先取りしたものと言えなくはない。

痛みあるいは苦悩以外の存在は幻影と観るバルタザールの最大の嘘・欺瞞は、「眼に溢れた涙」とともになされた「レースヒェンは養子ではない。私の実の子だ。私の血を分けた子だ」（LTS24, 215）という述懐で明かされた、実子を養子と偽り、その母との経緯も隠して送る生である。そうした生が仮面の生であったことは、バルタザールの古い手記[272]の2枚目の断章が次のように雄弁に語る。

脱皮変身する幼虫からライオン、人間に至るまで、君たちすべての者は、短い仮初めの火花をその心中に抱きつつ［…］——短い火花が通りすぎる——再びそこにあるのは、ただ仮面だけ、生や愛の短い夢の後にあるのは、積み重なった石、腐敗物の上の腐敗［…］。（LTS24, 238）

272　ヴィルヘルムに漏れ聞かれた独白同様、内心を明かす手記のもつ意味は大きい。なお、ミュラーは、バルタザールの古い手記は基本テーマに関係なく、単なる叙情詩的・箴言的間奏に過ぎないと述べて、そのもつ意味を軽視している。Vgl. Müller, a. a. O., S. 312.

5. 4. 2. 3. 死のアインザームカイト──バルタザールのアインザームカイトの本質

　テクストには、製鉄所とその労働者たちが描かれる森（LTS24, 193）、急ぎ足で去るヴィルヘルムが姿を消す山（LTS24, 150）、エドアルトがバネ銃を設置する夜（LTS24, 235）などの情景や雰囲気を表象するアインザームカイトや、啓蒙合理主義的、科学技術的思考に対置される山の精霊の跋扈する鉱山内部という非合理的世界観を表現する「地中のアインザームカイト」（LTS24, 152）など幾つものアインザームカイトのモティーフが使われている。しかし、「この風変わりな制度は［…］彼のアインザームカイトを近づきがたいものとしている」とエドアルトが語るバルタザールのアインザームカイトは、それらの雰囲気や気分、時空の表象としてのアインザームカイトとは異なるものである。

　たしかに、エドアルトは、「老人が朝早くからアインザームカイトの中で読書をしているのか、それとも敬虔に祈っているのか、だれもそれを言うすべを知らない。なぜなら、彼はだれに対してもうち解けないからだ」（LTS24, 157）と、アインザームカイトの語を用いて主人バルタザールの生活や外見的な人となりに言及する。バルタザールが慈善を施す善人であるならば、社交や、人付き合いを嫌う必要はない。むしろ、人の中に出て、自らを誇りたがるのが普通であろう。とすると、この外見的なアインザームカイトは、エドアルトに打ち明けるまで己の本当の自分を開くことができず、それ故に仮面をつけざるを得なかったことから滲み出たものではないか。仮面をつけて自分を欺くことに呵責を感じ、自己嫌悪に陥るが故に「彼のアインザームカイト」は、気むずかしさ、狷介さ、人嫌い、寡黙などの修飾語をともなう。それでは、仮面の裏に隠された「彼のアインザームカイト」の本質とはいかなるものなのであろうか。

　バルタザールとエドアルトの2回目の対話は、宗教観すなわち魂の問題

に及ぶ[273]。愛の根本は「狂愚と獣性」（LTS24, 210）であり、花や若者や乙女の美が自分に残すのは「腐敗、死滅」だけと述べ、「己自身の腐敗、死滅の臭気が私を追う」（LTS24, 211）と言うバルタザールの悲観的な思いを聞いたエドアルトは、「宗教や哲学は、そうした、自身の生を破壊する暗い気分やメランコリーを押さえられないのか」と尋ねる。これに対して老人は、かつて宗教で「心は浄められ」「至福と平安」が得られたと思ったこともあったが（LTS24, 212）、「ここでもまた、官能と錯覚と狂愚が私を虜にしていたことを知った」、「非常に真実らしい見せかけの信心の中で流した官能的歓喜の涙」は「官能と肉体的な陶酔から発生したものに過ぎなかった」と応じ、その上で次のように述べる。

> 私は、私の心の嘘偽りを発見し、否認できなくなったとき、それに愕然とした。絶望の恐ろしい荒野、死のおぞましいアインザームカイトが私を再び取り囲んだ。錯覚していたことが取り除かれたときに。（LTS24, 212）

宗教で得られたはずの至福や平安も仮象であったことを吐露した彼は、貧困から身を起こして大事業家に成長し、事業の繁栄の中で増殖する富の一部を慈善に向ける自らの生全体が死のおぞましいアインザームカイトのなかにある仮面の生であることを否認し得なくなる。さらにバルタザールは、次のように述懐を続ける。

> 疑いは最早ない、というのも疑いの中に喜びもあるから。確信もない、というのも最もおそろしいものの中に生があるから。あるのは、完璧な無

273　そもそもバルタザール（Balthasar）という名前は、王を守護するバール神という意味のバビロニア・ヘブライ語系の言葉に語源をもち、キリストの誕生を知って財宝を贈り物として手にして祝いに訪れた3人の王の一人の名前となる。これを『山の老人』の主人公の名前に用いたところに、後段のキリストに対する誘惑や赦しのモティーフを含め、この作品の宗教性が含意されていると言えるのではないか。

関心という干からびた死だけだ。すべての神性に対する敵対者［…］が、私の心の荒れ野に測りがたい雪原のように横たわっていた。（LTS24, 212-213）

どこに生と死の間を隔てる壁があるのか――存在の亡霊の中、存在についてのスフィンクスの謎の中に、世界が生じたあのおぞましい生成の中にあるのだ［…］静寂、無を再び見いだすため［…］この中へとすべての矛盾、対立項は消滅する、妄想の中で、消しがたい呪詛として石化するために。（LTS24, 213）

存在そのものを苦悩とみて、苦悩が生の運命であるとするバルタザールの生の内部は、生にまとわりついて苦悩の原因となる諸矛盾を消さんがために「石化」[274]している。そこには生と死を隔てる壁は最早ない。その意味でバルタザールの生は、死んだも同然である。このことは、その述懐を聞いたエドアルトが部屋を去るときに「あたかも一人の死にゆく者を残していくかのような感情」（LTS24, 235）を抱いたことや、「私は死んでしまった。私はそのことをはっきりと知った。とはいえ、私は私の意識の中で生き続けていた」（LTS24, 240）と書かれた老人の古い第4の手記などからも明らかである。

「山の老人」ことバルタザールに属人化されたアインザームカイト（「彼のアインザームカイト」）は、バルタザールの営むそうした仮面の生の詩的表象であり、成功も挫折もすべてを含めて幾多の過去、所業を背負ってきた人間に内在する、自己そのものの存在への深い悲しみと悔恨から発するアインザームカイトである。仮面の生とは、実体を隠して仮象の生を営むことであり、バルタザールにあっては、死した者同然の実体を大実業家

274　「心とともに登場人物の世界観も石化する。ここにこのノヴェレの重要な芸術操作がある」という「石化」についてのペッシェルの指摘は当を得たものである。Vgl. Pöschel, a. a. O., 156.

の富豪、慈善家という立派な外見（仮面）で隠して営む生、「雪原のように」冷たい生ける屍の生といえる。それ故、彼自身の口から「死のアインザームカイト」という言葉が発せられる。また、老人は、己の生を「おぞましい死のアインザームカイト」という言葉で述懐した直後に、レースヒェンが実子であること、その母の心を傷つけて死に至らせたことを告白していることを勘案すれば、この真実を嘘偽りで糊塗し、仮面の生を送ってきたこともバルタザールのアインザームカイトの本質の一つである。

　人間の生は、真の自分を隠して生きるとき、すなわち、真の自分を殺して、あるいは、真の自分が不在な生を営むとき、「死のアインザームカイト」として表象される生となる。この意味で、「彼のアインザームカイト」は、内面における死、自己の不在を仮面の裏に隠して送る仮象の生の表象と言える。アインザームカイトの最も一般的な訳語である孤独について社会学者の清水学は、これを社会関係の不在、疎外、社会死と規定している[275]。たしかにバルタザールの表面の生には人との交わりを避けようとする面もあるが、しかし、バルタザールあっては、事業など社会生活での人間関係は維持されており、何よりも、大事業家、慈善家として老人は大きな存在感を放っている。それ故、「彼のアインザームカイト」は、清水の言説にある社会関係において疎外された孤独とは違い、自己そのものとの関係における孤独という意味でのアインザームカイトといえる。

　仮面の生としてのアインザームカイトのモティーフは、形は違うものの、レースヒェンにも現れる。エリーザーとの結婚の定めを甘受するという彼女は次のように述べる。

　　あなた（注：エドアルト）が去ったら、エリーザーと結婚しろというのは恐ろしいこと。というのも、あなたの助け、あなたの介添えがなければ、そのアインザームカイトの中で私には彼は亡霊のように思われることとなりましょうから。（LTS24, 222）

275　　清水：前掲書、33–34頁。

レースヒェンは、仮に短時間でもエドアルトと過ごすひと時にエリーザーを忘れることができれば、自分を押し殺して、エリーザーとの夫婦関係を保てるというのである。それは、醜悪で、錬金術師と見まがうような私生活を送り（LTS24, 179）、だれからも相手にされない男を元気づける定めにあるのは私の運命だという宿命論の裏に、本心ではエリーザーを裏切るという、はなはだ自分勝手な思いの嘘偽りがある生である。このレースヒェンの思い描く生のあり方は、とりもなおさず仮面の生に他ならない。[276]それ故にこそ、真実である本心を支えるエドアルトの不在はアインザームカイトの世界となる。

大実業家バルタザールはまた、産業革命による近代化の申し子ともいえる。幼少時の苦難や同じ女性への愛などを共通軸として、バルタザールと対をなすホールバッハは、バルタザールのような禁欲的な生とは正反対の蕩尽の生を送る。この対置された二人の生を比べると、自らは生産に携わらずに先祖伝来の資産を食いつぶすだけのホールバッハの旧時代的、封建社会的な生にはアインザームカイトの表象が語られていない。ここに、バルタザールのアインザームカイトが、産業革命が招来した近代社会のアインザームカイトであることが暗示されている。

5.4.3. 遺産の相続と「彼のアインザームカイト」

3人称の語り手は、テクストの最後に、バルタザールの遺産を相続して結婚したレースヒェンとエドアルトについて次のように記す。

楽しく、幸せな一家は古い館に住み、これに新しいいのちを吹き込んだ。こうして、古い館はその陰惨な性格を失い、しばしばそこから音楽や歌、

276　エドアルトは、レースヒェンの言葉にある種の甘美な誘惑を感じて、「あなたの考えに同調するほど軽薄ではない」「そうなれば必ずやあなたも私も不幸になる。あなたを堕落させることとなる」（LTS24, 224）と言う。

踊りの音が響いてきて、町の住民たちを喜ばせた。(LTS24, 262)

　この結末については、「悪に対する愛の勝利」の文脈でテクストを解釈するヴェゾレックを除けば、「一時しのぎの薄っぺらな空気」の「単純なハッピーエンド」と理解して「このノヴェレを台無しにした[277]」とティークを批判するミュラーはもとより、ブレヒトも「ノヴェレの最後は苛立たせるもの」で読者は「心から喜べないだろう[278]」という評価を下し、ゴールトは、そこにある種の「不気味さ[279]」を感じ取る。ペッシェルもまた、結末にある種の矛盾感をぬぐい去ることができず、イロニーを含意するオペレッタ的終結という言葉で解釈を締めくくる[280]。

　ノヴェレの最後は、喜ばしい様子を短く報じたものであり、陰惨さはない。にもかかわらず、先行研究がそれを肯定的に解釈しないのは、いずれにあっても、ティーク自身が評した「もっとも深刻で暗いもの」という要素とノヴェレの結末とを繋ぐ遺産相続と遺言、さらには赦しの文脈が看過され、それが故に結末が十分に解明されていないことによるものと考えられる[281]。以下、この点について考察を加える。

277　Müller, a. a. O., S. 175.

278　Brecht, a.a.O., S. 213.

279　ゴールトは、「運命が山の新しい主人公たち、すなわち、新しい時代精神の代弁者たちを庇護するのは、いかにも不気味だ」と述べる。Vgl. Gold, a.a.O., S. 199.

280　ペッシェルは、ハッピーエンドへのオペレッタ的転換は、矛盾の「すべてに通用する調和化」では決してないと解釈する。Vgl. Pöschel, a.a.O., S. 169.

281　エドアルトは、レースヒェンとの最初の会話の後に彼女との関係が「それまでとはまったく違う光の中にあるように思われる」(LTS24, 178) と語る。また、バルタザールは、最後に「われわれすべてのこの世の生は突然途方もない変転を被る」(LTS24, 249) と語る。それらは、一見同じ状況や人間関係が、ある出来事を契機に起きる人間の視点や心の変位によってまったく違ったものとして認識されうることを示唆する。ノヴェレの結末に

5. 4. 3. 1. 外形的遺産と内的遺産——バルタザールの遺産相続の意味するもの

テクスト冒頭のエドアルトとの会話でヴィルヘルムは、深淵に落ちるのがわかっていても、なすすべもない、という喩えで「運命」を口にする（LTS24, 149-150）。この運命のモティーフは、その後、各人の生のさまざまな局面で現れる。

その後のエドアルトとの対話においてバルタザールは、「自分は老いたと感じている。将来を考え、心配しなければならない。というのも、ゆっくりと死を迎えるのか、予期もせずに突然死ぬのか、わからないから」[282] と前置きして、その財産が法定相続人である浪費男の従兄弟、ホールバッハに遺産として渡って「その軽蔑すべき輩の妄想を強めることに乱用される定めにある」（LTS24, 204）ことへの懸念を口にする。運命的必然を意味する「定めにある（sollen）」という語で遺産の行方を案ずる老人の述懐は、遺産相続と運命の二つのモティーフが深くかかわっていることを暗示している。

その懸念から、バルタザールは別人への遺産の相続を考え、遺言を残そうとする。そこに明文化されるであろう事柄は、いうまでもなく外形的・物質的な財産の相続である。これは、バルタザールが再三にわたって資産の相続に言及することからも明らかである。しかし、相続されるのは物的遺産（動産・不動産などの財産、鉱山、会社など）だけなのであろうか。彼が当初、遺言での第一相続人に想定した者は、エリーザーである。その男について、バルタザールは、「名前があらねばならないとすれば、私の

一抹の不確かさが読み取れるとすれば、それは、結末そのものによるのではなく、随所に織り込まれたそうした認識の危うさを暗示する言葉が、「楽しく、幸せな一家」の行く末について読み手に先取り的な不安を惹起させたからと考えられる。

282　このバルタザールの言葉は、後段に起きる彼自身の突然の死を予見するものでもある。

存在の愚かしさがその名だ。それほど私は彼を嫌っている。彼は、私にとって反吐が出る男だ」（LTS24, 209）と言い、さらに、「天も自然も彼をひどく無視しているが故に、彼は私の第一遺産相続人かつ私の息子であらねばならない」（LTS24, 210）と語る。

　反吐が出るほど嫌っている男を相続人と定めて遺産を相続する理由は何か。一つは、「存在と苦悩は同じもの」とするバルタザールが、その男に自分と同質の「存在の愚かしさ」、生の苦悩を見て取ったからである。さらに、天からも自然からも相手にされない（vernachlässigen）存在とは、言い換えればアインザームカイトにある存在である。人びとから嫌われて錬金術師のように実験室に閉じ籠もりがちなエリーザーの生[283]を、老人はそれが仮面の生であると見抜けずに、アインザームカイトな生と認識し、そこに相続人たる資格があると認めたからである。とすれば、その屈折した思いと意図には、内実・内心の遺産、すなわち「彼のアインザームカイト」の相続が含意されているのではないか。

　バルタザールは遺言によりエリーザーを「私の息子」とするだけでなく、実の娘レースヒェンと結婚させることにより血筋の相続をも目論む。その結婚について老人は、「我が愛するあの子は、おそらく悲惨さの犠牲になるだろう、私よりもはるかに強い運命が、あの子をエリーザーの妻にするように私を強いているからだ」（LTS24, 216）と語る。老人が「悲惨さの犠牲」と述べるのは、レースヒェンが心ならずもその醜悪な容貌をした嫌われ者の中年男と連れ添うことだけでなく、5.4.2.3. で論じたようにエリーザーとの暮らしが仮面の生としてのアインザームカイトの生、しかも、バルタザール同様の「死のアインザームカイト」となりうることを予見しているからではなかろうか[284]。このことからも、バルタザールの遺産の相続とは、

283　実験室に閉じ籠もる錬金術師には孤独な（アインザーム）イメージがつきまとう。Vgl. Martina Wagner-Egelhaaf: Unheilbare Phantasie und heillose Vernunft. Johann Georg Zimmermann, *Über die Einsamkeit*. In: Aleida und Jan Assmann (Hrgs.): Einsamkeit. München (Fink) 2000, S. 272.

284　バルタザールも、「死のアインザームカイト」につながりかねない、レ

単なる物的遺産の相続だけでなく、アインザームカイトで表象される内的遺産の相続、「死のアインザームカイト」という運命の連鎖であると解される。

5. 4. 3. 2.　遺産の行方と赦し

　内的遺産であるバルタザールの苦悩と痛みの最大の源は、レースヒェンやその母との関係にある。[285] レースヒェンが実の娘であり、また、その母が哀れな死を遂げた[286]という真実を隠して、嘘偽りの仮面の人生を送ってきたことがバルタザールのアインザームカイトの本質の一つであるとすれば、彼自身も罪と自覚している母と娘への仕打ちが赦しによって解消されなければ、永遠にその苦悩と痛みは運命の連鎖として相続する者につきまとうこととなるであろう。

　結果的に、バルタザールの遺産の大部分はレースヒェンが相続する。ヴェゾレックは、ティークが悲観的なこのノヴェレをハッピーエンドで終わらせることを考えていたなら、バルタザールにもっと早く遺書を書かせればよかったのかもしれない、生や人間についての老人の悲観的な評価を修正

　ースヒェンに潜む「世の中の空気の中で身を持ち崩す」（LTS24, 227）要素について仄めかす。

285　　レースヒェンとエリーザーの結婚についての撤回を拒絶する際に、「わが生を通して鳴り響く心の琴線にこれ以上触れないでほしい」（LTS24, 226）、「私がとても愛さなければならなかった、そしてまた、悔いと憂愁をもって私の心に仕舞い込まねばならなかった」（LTS24, 227）と娘ロザーリエ（レースヒェンの本名）への思いを語るバルタザールの言葉は、それを物語る。

286　　美しい召使を妊娠させたバルタザールは、十分すぎるほど生活の面倒をみたものの、不安から彼女を遠ざける。そして、「苦悩、憂愁、疑念」の中、バルタザールの「愛が仮初めの戯れであったという深い傷心が彼女のいのちを奪う。」（LTS24, 215）

することがティークにとっての問題であったならば、レースヒェンに遺産を譲ったホールバッハやその家族の気前のよさだけをごく簡単に言及すれば足りたのではないか、と述べる[287]。しかし、仮にヴェゾレックの述べるように遺書によってエドアルトあるいはレースヒェンなどにバルタザールの遺産が相続されたなら、「生ける屍」という生の表象であるアインザームカイトもバルタザールから相続人に属人化され、かくして相続人もバルタザール同様に、内実はアインザームカイトである「仮象の生」を、仮面をつけて送ることになったであろう。

　しかし、そうはならず、遺産を相続したレースヒェンは、夫となったエドアルトと共に楽しく幸せな暮らしに入る。とすれば、レースヒェンが遺産を引き継ぐまでの間に、バルタザールに属人化された「死のアインザームカイト」が赦しによって遺産から払拭されていなければならない。それはどのようになされたのであろうか。

5.4.3.3.　バルタザールが口にした赦し

　バルタザールが言葉として赦しを口にするのは、貴重品収蔵庫の窃盗防止対策についてのエドアルトの提案を巡るやり取りの中である。己の心の「弱さ」が窃盗の横行を許していることを認めた老人は、窃盗の嫌疑をかけてその尊厳を踏みにじったエドアルトに対して「私は君を愛している。君は私にとって息子同然だ。君は、私にすべてを赦さねばならない」(LTS24, 231) などと言って、再三にわたり vergeben あるいは abbitten という言葉で赦しを求める。しかし、信頼していると言われつつも、その一方で嫌疑をかけられたことでひどく落胆したエドアルトは、バルタザールに赦しを乞われる理由はないと述べ、悄然としてバルタザールの部屋を去ろうとするが、これを引き留めた老人は、「正真正銘のキリスト教徒」(LTS24, 233)

287　Vgl. Wesolleck. a.a.O., S. 175. このヴェゾレックの見解も遺産の性格を看過している。

だと答えるエドアルトに対して、荒れ野で誘惑を受けるキリスト[288]の話に託して己の非を釈明し、再度赦しを促す。

　救世主がその種の誘惑に言いなりにならざるをえないとしたら、猜疑心が、悪魔によってだが、むしろ起こりえただろう。だとすれば、君は、私が［…］君のことを疑ったとしても、心から私のことも赦すことができるはずだ［…］思うに、その深い意味をもつ奇妙な物語は、人間の自然についての私の見解を弾劾しない。(LTS24, 234)

　ここで老人が救世主でさえ猜疑心を起こす可能性があったと仄めかし、わざわざ荒れ野で誘惑されるキリストを引き合いにしてまで、エドアルトに乞うた赦しとは何か。言うまでもなく直接的には猜疑心でエドアルトの尊厳を傷つけたことへの赦しであるが、それだけではない。これより前の会話で彼が3回にわたって己の弱さについて言及していることも勘案すると、本来赦しを求めた原因となるのは、人間の自然、本性にある弱さと考えられないだろうか。とすれば、その弱さとは、何を意味するのであろうか。そもそも老人は、「君は忍耐をもって私の弱さにつきあうこととなる」(LTS24, 168) と前置きして己の生をエドアルトに打ち明けるが、具体的に、「弱さ」という言葉をもって語られるのはレースヒェン出生の秘話である。「これもやはり、人間の弱さと自惚れの哀しい話だ」と前置きした老人は、美しい召使の妊娠を知って「自分の弱さと浅ましさ」[289]に驚愕し、「恥じらいと絶望、人間への恐れ」を抱いたことや、「自分の罪科を認め、彼女の純真無垢な心からの愛に報いてやる勇気がなかった」ことを語る (LTS24, 215)。また、バルタザールは、その秘話の告白の直前になされた「死のア

288　新約聖書のマタイ福音書 4, 1-11、ルカ福音書 4, 1-13、マルコ福音書 1, 12-13。

289　レースヒェンの母親もまた、「仕事を済ますと、特に若者たちとの人付き合いから身を引く」ほど「アインザームカイトを愛する」(LTS24, 215) 敬虔な娘であった。

インザームカイト」を巡る会話の中で、「愛したこともあった」頃は、世界は「バラの赤のように澄み、明るく、笑いながら、私の前にあった」と述べた上で、「愛の根本」とは「その花の中に育った［…］狂愚、獣性であり、結果として、それが神々しいと呼ばれる花ビラを散らし、すべてを傷つける」（LTS24, 210）と述懐する。すなわち、人間の自然、弱さという言葉には、獣性のあさましさ、具体的にはレースヒェンの母にした仕打ちも含意されているのではないか。とすれば、バルタザールがエドアルトに求めた赦しには、彼女の人間の尊厳を踏みにじった過去についての赦しも秘かに含まれていたと解される。

　しかし、エドアルトが最後の赦し乞いの示唆を看過したことから、バルタザールは今生では赦されないまま世を去る。エリーザーの仮面が剥がれ、老人の信頼を裏切って窃盗犯として死んだ後、老人は遺産を全部エドアルトに相続しようとするが、結局遺書を残さないままに、「確かに運命だ」「運命はすべてを素晴らしくなした」（LTS24, 248）と言って死ぬ。物的遺産とともに、バルタザールの暗い情念は残る。

5.4.3.4.　赦しの中で解消される「彼のアインザームカイト」──断たれた危険な運命の連鎖

　バルタザールの物的遺産は、遺言という故人の思いが込められた特別な文書によるのではなく、一旦、法的相続人であるホールバッハに引き継がれる。法という審決者の下での相続には、個人の意志が働く余地がなくなるが故に、外形的遺産はバルタザール固有のアインザームカイトの性格を失う。しかし、問題の、外形的な遺産につきまとう内的な遺産については、いかなる過程でその負の性格が消滅するのであろうか。テクストに巧みに織り込まれた赦しのモティーフがその過程を明らかにする。

　そもそも、バルタザールの従兄弟にして、ヴィルヘルムの父であるホールバッハ、不仲な妻エリザベート、母に手を下して出奔した非道な息子ヴィルヘルムからなるその一家も、不和と不幸が父から子へと代々連鎖、受け

継がれてきた。しかし、その不和は、バルタザールのもとを母が訪れたことを契機としたヴィルヘルムの回心と帰郷で劇的な転換を遂げる。母は、突然帰ってきた息子と次のような会話を交わす。

しばらくして、ようやく母は、それが失われたと思われていた息子であることがわかった。大きな感動が彼女を包んだ。彼女は言った、「どこからやってきたの［…］哀れな者よ、私の腕の中においで」／「あなたは私を追い出さないのですか、私を忌み嫌わないのですか。神よ、私も、愛のきらめきをこの気高い心から受けるにまだふさわしいのでしょうか。」／「だけど、母さん［…］あなたは、この怪物をあなたの腕の中に、あなたの胸に抱きしめることができるのですか、この怪物は、あの当時・・・」／「いいえ、息子よ、わが愛する息子よ、その恐ろしい瞬間にはもう二度と触れないでおくれ、私たちが忘れなければならないそのことには［…］私も今わかっているのよ、私があなたにあの当時悪いことをしたと」（LTS24, 258-259）

その対話で語られる母と子の相互の懺悔と赦し、さらにはホールバッハと妻子との相互の赦しによってなされた和解の中で、ホールバッハは全財産の処分権を息子に譲渡する。[290]その後、母とともにレースヒェンとエドアルトを訪れたヴィルヘルムは、かつて偶然漏れ聞いたバルタザールの言葉を二人に次のように伝え、その上で「レースヒェンこそ、彼の本来の、真の相続人であり、彼女に遺産の最大の取り分が帰属する」（LTS24, 262）と告げる。

---

[290] 生前バルタザールが、財産が軽蔑すべき輩ホールバッハに渡って「その妄想を強めることに乱用される定めにある」（LTS24, 204）と述べたことを勘案すると、財産の処分権を譲った時点で運命の連鎖は崩れ始めているといえよう。

人生の多くの出来事を、あたかも見えない者と共に語っているかのように自分自身に対して陳述することは、彼の習慣のように思われた。こうして、私は、彼の青年時代の歴史や、彼の途方もない苦悩［…］を聴き知った。しかし、最も重要なことは、そしてまた、何よりも私が感動したのは、レースヒェンが実の子であることを知ったことだ。どんなに彼が自分を弾劾していたことか、亡きその母を気の毒に思っていたことか、実の子のことを憐憫していたことか、それらは心を切り裂くようなものであった。（LTS24, 262）

　だれも聞いていないという前提でなされる独白は、話者の本心をさらけ出す。自分を激しく責め、レースヒェンとその母に共苦憐憫する（bedauern, bemitleiden）バルタザールの独白には、言葉こそ使われていないが、罪の懺悔と赦しを求める念が含まれていると考えられる。とすれば、バルタザールのその思いを知ったヴィルヘルムが、これを今は亡き老人に代わって皆に明かし、皆もこれを受け入れることにより、老人が秘かに乞うていた罪の赦しもなされたと解される。バルタザールのアインザームカイトは、赦しによって和解に達したホールバッハ一家に一旦相続されることによって浄化され、さらに、間接的ではあるが罪の赦しを得ることで、バルタザール一人の生涯で断絶し、消滅したと考えていいのではないか。かくして、「死のアインザームカイト」で表象される運命の連鎖は断たれ、生前のバルタザール個人に止まるものとなる。バルタザールの懺悔の思いを知ったヴィルヘルムの裁定を介して相続人となったレースヒェンには、必然的にアインザームカイトの属人化は起きない。レースヒェンひいてはエドアルトが相続するのは、バルタザールの「死のアインザームカイト」という内心の、魂の遺産ではなく、文字通り物的外形的遺産である。バルタザールが遺書を残さなかったことで、彼が心の奥深くに仕舞い込んで「自分自身との対話」でしか口に出せなかった懸念、実子レースヒェンの幸せは保証される。それはとりもなおさず、その母への償いでもあり、かくして、バルタザール生前の赦しへの束の間の願いも、これによって成就すると考えられる。

5. 4. 4. まとめ

　先行研究の多くは、鉱山や工業などの経済社会的要素というテクストの外観、すなわちテクストの仮象の要素に目を向け、その内実であるノヴェレの実体、すなわち心の問題には十分に光を当てていない。ノヴェレ『山の老人』は、「彼のアインザームカイト」として詩的に表象される人間の心の暗部をバルタザールの述懐を通して飽くなく描くが、しかし、それだけで終わらない。テクストの冒頭と結尾にホールバッハ一家に関する出来事を簡潔に置き、核心であるバルタザールの山の鉱山都市での出来事を外から包み込む形で赦しによる和解と遺産相続を描くことによって、ノヴェレは、人間の暗部である死のアインザームカイトの相続、運命的連鎖から解放される可能性があることについても秘かに語る。

　ティークはこの作品において、内面における死、自己の不在を仮面の裏に隠して送る仮象の生を「死のアインザームカイト」として詩的に表象した。現代のアインザームカイトの諸相に関する論集で社会心理学者のトビアス・ブロッヒャー (Tobias Brocher) は、「友情という仮面」をつけた者のアインザームカイトの深刻さや、その「凝固した内奥」が「ほとんど死のアインザームカイトである」ことに言及している[291]。仮面の形は異なるが、ティークがおよそ200年前に仮面の生としてのアインザームカイトを『山の老人』において文学的テーマとして描いていることは、注目に値するものと言えよう。

291　　Tobias Brocher: Einsamkeit in der Zweisamkeit. In: Schultz (Hrsg.), Einsamkeit, S.170.

5.5. 夫婦愛に示される生に不可欠なアインザームカイト：夫婦愛とアインザームカイト——『生の余剰』におけるアインザームカイトのモティーフ

『生の余剰』は、1838年に成立し1839年に出版されたティーク65歳の作品であり、後期の傑作の一つに数えられている。発表された当時の文芸誌の批評は芳しいものと言えなかったが、フリードリヒ・ヘッベル（Friedrich Hebbel, 1813-1863）などの評価は高いものがあった[292]。また、ヘルマン・ヘッセ（Hermann Hesse, 1877-1962）も「ドイツ・ロマン主義のもっともユーモアある作品」[293]として高く評価している。

本格的な先行研究は、1956年のベンノ・フォン・ヴィーゼ（Benno von Wiese）の研究[294]を嚆矢として以降、イングリッド・エスターレ（Ingrid Oesterle）[295]、クル

本節の論述内容については、日本独文学会2011年秋季研究発表会（2011年10月15日）においてその一部を発表している。

292　Uwe Schweikert: Kommentar. In: TS12, S.1127.

293　Hermann Hesse: Eine Bibliothek der Weltliteratur. In: Volker Michels (Hrsg.), Hermann Hesse Sämtliche Werke Bd. 14, Betrachtungen und Berichte II 1927-1961, Frankfurt am Main. (Suhrkamp) 2003, S.413.

294　Benno von Wiese: Die deutsche Novelle von Goethe bis Kafka: Interpretationen (1956), Düsseldorf (Bagel) 1982, S.117- 133.　ヴィーゼは、物質的な価値の偏重に傾く時代や社会において、現実実態とポエジー的な生のギャップを埋め合わせることを可能にするものとして「思いやり（Schonung）」のモティーフを詳しく論じる。

295　Ingrid Oesterle: Ludwig Tieck: *Des Lebens Überfluß* (1838), In: Paul Michael Lützeler (Hrsg.), Romane und Erzählung zwischen Romantik und Realismus: neue Interpretationen, Stuttgart (Reclam) 1983, S.231-267.　エスターレは、①「都会の中の島」という牧歌詩的モティーフに焦点を当てて、味気ない市民社会の暮らしにおける詩的で陽気な生の可能性を示したものとして作品を論ずるとともに、②グロテスクなオークションの夢やチョーサーの本を巡るコメディーに物質的価値偏重の市民社会の思潮への批判があることを指摘する。

スマン[296]、ダグマール・オットマン（Dagmar Ottmann[297]）、ペッシェル[298]、イムケ・マイヤー（Imke Meyer）[299]などがある[300]。先行研究は、「屋根裏部屋での牧歌的

296　Klussmann, a. a. O., S.41- 59.　クルスマンは、作品は現実の社会諸状況とビーダーマイヤー的な調和の生活との矛盾についての牧歌詩的風刺文学であり、社会から完全に隔離された牧歌詩的生の「制約の中での完璧な幸せ」は期限付きであるとする。

297　Dagmar Ottmann: Angrenzende Rede: Ambivalenzbildung und Metonymisierung in Ludwig Tiecks späten Novellen, Tübingen (Stauffenburg Verlag) 1990, S.55-72.　構造主義理論に基づきテクストにある事象シンボル（Dingsymbol）の文脈で作品解釈を行ったオットマンは、記号の意味の読み替えが「雪の結晶」、「階段」など様々なモティーフにみられること、主人公二人の隔離された状態は彼らが「貧困と物質的な不足」を乗り越えるのを助ける「見せかけの世界、その場限りの代替的世界」であると論じる。

298　Pöschel, a. a. O., S.91- 130.　ペッシェルは、「騎手と従者のエピソード」と「従僕の女」のモティーフに来るべきブルジャワ市民社会への批判と過去となりつつある主従関係の信頼への郷愁をみとめる。

299　Imke Meyer: Ludwig Tiecks *Des Lebens Überfluß* : Zur Dekomposition eines narrativen Zeit-Raumes. In: Seminar, Toronto, Vol. 37 Nr. 3, 2001, S.189-207.　マイヤーは、時間を自ら食い尽くすテクストの構造を指摘し、牧歌詩的生活の時間的有限性、不安定性を論ずる。

300　ほかに次の研究がある。William Lillyman: Reality's Dark Dream: The Narrative Fiction of Ludwig Tieck. Berlin & New York (de Gruyter) 1979. Helmut Bachmaier: Nachwort. In: Ludwig Tieck. Des Lebens Überfluß. Stuttgart (Philipp Reclan jun.) 1981, S. 67-79. Brecht, a. a. O., S. 211-226. Christian Gneuß: Der späte Tieck als Zeitkritiker. Düsseldorf (Bertelsmann) 1971, S. 78-79. 和泉雅人：ティークのノヴェレ『生の余剰』——仮象と現実——［影第 25 号、1983、9–19 頁］. 三木恒治：ティークの „Des Lebens Überfluß" について——社会との関係の問題を巡って——［岡山理科大学紀要第 28 号 B（人文・社会科学）、1992、45–53 頁］. 渡辺芳子：時を証す——ルートヴィヒ・ティーク『生の余饒』論 [Lingua 第 3 号 , 1992, 145–158 頁].

生活」、「階段の取り壊し」、「オークションの夢」、「馬術師範の諫言」、「チョーサーの本」、「おもいやり」などのモティーフを手がかりとして、三月革命前夜時代の社会的・経済的・政治的現実の中での個々人の生のアイデンティティーを保証するポエジーの可能性・成立条件・限界、経済的価値重視に傾く時代思潮や文学の商品化への批判、政治小説的性格、有限の時間と楽園の安定性などの多様な観点からなされている。

　しかし、この作品では主人公夫婦のアインザームカイトにおける生が突出しているにもかかわらず、主としてこれに着眼した研究はない。作品中の牧歌的な生活についてエスターレらはヨーロッパ文学に見られる島のユートピアの都会版としてとらえ、隔絶した状況（Abgeschiedenheit）としてその意味を論じているが[301]、社会や時代批判の文脈で論じられているが故に、それらの研究で問題となっているのは、場所・位置という物理的な状況での現実からかけ離れた特殊性であり、アインザームカイトという生の心象・在り方ではない。本節は、アインザームカイトのモティーフと夫婦愛のコンテクストで作品解釈を試みるとともに、アインザームカイトが対話に基づく生に肯定的なものであることなど『生の余剰』が提起するアインザームカイトの意義を考察する。

5.5.1.　木材──余剰のシンボルか、あるいは不可欠のシンボルか

　若い夫婦、ハインリヒとクララは、王都ではあるが下町風の賑やかさが支配する場末の家の最上階に人知れずひっそりと住んでいる。市民階層の出自の夫は、かつて外交官であり、妻は貴族の娘である。二人は、結婚に反対する妻の父のもとを出奔し、異国の地で今日に至っている。彼は、一旦は作家として生活の資を稼ごうとしたが、紆余曲折の後、失敗した。さて、

301　エスターレは「ノヴェレ『生の余剰』は、〈毎日起きる新しい出来事〉から隔絶した島によって牧歌の空間を創り、啓蒙や革命の時代以降いや増す〈努力〉に抗している」と指摘する。Vgl. Oesterle, a. a. O., S.249.

季節は冬のまっただ中だというのに、この夫婦には、パンや薪を買うお金を稼ぐ道すら今ではない。ついに暖をとり、煮炊きする薪もなくなった夫は、一計を案じ、家主が長期旅行で不在の借家の階段を鋸で切り取り、これを切り分けて薪にして燃やす。こうして、春も間近の2月のある日、階下をつなぐ階段がすべて薪と化し、もはや燃やすべきものがなくなったとき、予定より早く家主が帰宅し、警察も巻き込んだ大騒動が起きる。家主や警察とのユーモアあふれるやりとりの中で、主人公二人は国家転覆を目論む革命家にも見立てられるが、最後には幸せな結末を迎える。ノヴェレの粗筋は、およそそのようなものであるが、木材がそこで話の進行の要となる役割を果たしていることがわかる。

5.5.1.1. 階段と薪──生の余剰のメタファーとしての木材

　妻クララは冒頭で「私たちは、ほとんどすべてを欠いているわ（Wir entbehren fast Alles）」、「欠けていないのは、私たち自身がいることだけね（nur uns selbst nicht）」（TS12, 195）と言う。このノヴェレでは、都の一角における二人の生活と、そこにおける会話において、余剰（Überfluß）あるいは、「なくても済む（entbehren）」もの、すなわち、「なくてもなんとかなるもの（das Entbehrliche）」が、生（生存、生活、人生）にとっての「なくてはならないもの、不可欠なもの（das Unentbehrliche）」と対をなして、衣食住、文学、芸術、哲学、学問、社会・国家制度など広範な分野について数多く列挙されている。そして、それらはある場合はパロディ化されつつ、イローニッシュかつ、フモール豊かに語られる。その対話は、余分なものの多い浪費的な社会と時代についての辛辣な風刺や、社会や既存の価値への批判も含意されている。その象徴として、ノヴェレの筋の進行の主役の一つとなるのが木である。といっても、立木ではなく木材（Holz）である。[302]

302　オットマンは、中心的な事象シンボル（Dingsymbol）として階段を論ずる中で木材についても言及している。Vgl. Ottmann, a. a. O., S. 64.

木材は、アンビバレントな、二重の役割あるいは性格をもつものとして描かれる。一つは、生に「不可欠な」燃料としての木材である。もう一つは、それと対置される、「なくても済むもの」である。

　僕たちは、木の蓄えが終わりにならなければ、少しも窮乏を感じないよ。僕は暖炉用にその木材を鋸で切り分けるさ。階段の長くて厚くて重々しい手すりを［…］見てご覧、この何とも素晴らしいナラの木の塊を［…］こいつは、いままでの貧弱なマツやヤナギの小枝とひと味違った火をくれるだろう。その種の階段の手すりは、とりもなおさず、まったく生にとっての役立たずの余剰なるものの一つさ。（TS12, 212-213）

　薪がなくなったのに気づいたハインリヒが、踏み段と手すりで構成される階段を見て言ったその言葉にあるように、燃料としてやり玉に挙げられるのは、まずは転落防止の実用性とともに装飾的要素もある手すりを形づくる、用と美を兼備した木材である。しかし、その手すりの木材も尽きたとき、ハインリヒはクララに語る。

　僕らの階段は踏み段のゆうに半分を差し出すことができるだろうと思いついたんだ。というのも、かくも沢山の踏み段が単に快適性のためだけにあるのは、がっしりとした手すり同様に、ただの贅沢、余剰にすぎないからだよ。（TS12, 233）

　階段本来の機能を果たす踏み段も全部は必要ない。大股で上り下りすれば今の半分で済む。とすれば、残りは薪にすればいい。そのようなフモールあふれるハインリヒの考えにより、燃料に使われる木材は、踏み段の木材なども含めた階段全体に及ぶ。また、そのハインリヒの言葉には、このように階段のモティーフを借りて、生にとっての役立たずの余剰なるもの

が、ぜいたくや浪費などと等価であるという認識が示されている。[303] この認識に、階段として使われる木材が生の余剰のメタファーとなっていることがわかる。

5. 5. 1. 2.　階段の踏み段がなくて生きていけるのか？──相対化される価値

　こうして階段という階下、社会とつながる道が失われたことにある日、気づいたクララは、「けれども、この先どうなるというのかしら。だって、いわゆる将来は、いつかあるとき、私たちのいる今ここに移ってくるのよ」（TS12, 235）と、至極まっとうな疑問を口にする。これに対してハインリヒは、「偉大なドン・キホーテがもっているような沢山のファンタジーをほとんどの者がもっていないことには、気が滅入るよ」（TS12, 236）と言って、次のように応じる。

　　階段ってなんなの［…］せいぜい上と下を仲介するもの、機縁にすぎないじゃないか。それに、上とか、下とか、それらの概念自体がなんとも相対的なものなのさ。（TS12, 236）

　この答えに、クララもひとまず「それは心配事のフモールね」と、茶化して微笑む。ここで興味深いのは、余剰なるものと不可欠なものという観点から「階段」のモティーフを借りて、ある事物の価値の相対化が図られていることである。[304]

303　ヴィーゼは、階段を「文明批判の」事象シンボルとして論じている。
　　　Vgl. Wiese, a. a. O., S. 124.
304　相対化がこのノヴェレの際だった特徴、中心的テーマの一つであることは、多くの論者も指摘している。Vgl. Oesterle, a. a. O., S. 246. Ottmann, a. a. O., S. 58. Meyer, a. a. O., S. 201.　ノヴェレの冒頭での生活物資が欠乏していることを巡る会話で、「あなたが楽しく朗らかであれば、わたしは、あなたの

とはいえ、クララの「心配事」すなわち、階段が失われたその先の暮らし、生の継続への不安はいずれ何らかの形で決着されねばならないが、テクストはいかなる決着を用意しているのであろうか。

5.5.1.3. 親友から贈られた稀覯本は余剰か、不可欠なものか——木を介した意味の連関がうみだすフモールあふれる肯定的結末

　旅行先から予定を早めて帰宅した家主は、階段がなくなったことに気づき、それがハインリヒ夫婦の仕業と知って激怒する。家主は警察も呼ぶが、怒る家主と警察を前にいよいよ進退窮まったかに見えた二人の前に忽然として現れるのは、消息を絶って久しい親友ヴァンデルメーアであり、その出現を転機に、二人は外形的にも、かつて逃れた社会の世俗的な幸せに戻る。牧歌詩的生活を社会的な現実へと橋渡しするのは、階段ではなくフモール豊かな語りの構造と豪華な装丁が施されたチョーサーの稀覯本である[305]。
　それに先だって、ハインリヒは、冬の日の窮乏生活の中で日記のページをめくりながら、その昔、親友から誕生日に贈られたキャクストン版のチョーサーの本を売り飛ばした顛末と、インドで音信を断った親友の消息を、妻に読み聞かせる。

お側で不幸せを感じないでいられる」と言うクララに対して、ハインリヒは「不幸せも幸せも空虚な言葉だよ」と応じる（TS12, 194）。このハインリヒの言葉も、同じ相対性の文脈にある。そして、この相対化はとりもなおさずイロニーを意味している。『生の余剰』におけるこの相対化によってアインザームカイトに表象された二人の愛情がますます深化する（本書5.5.2.2.）というイロニーについては、最終章のイロニーとアインザームカイトの部分において改めて取り上げる。

305　ティークが稀覯本を含む本の一大収集家であり、ドレスデン及びベルリンの自宅に大きな書庫（Bibliothek）をもっていたことについては、ケプケが記している。Vgl. RK2, S.133-134.

今日、私は、あの強欲な本屋に私の貴重なチョーサーの本を売ってしまった。古い高価なキャックストン版の本だ。わが友、愛する高貴なヴァンデルメーアが、その昔、私の誕生日に贈ってくれた本だ。若き日のその誕生日を、我々は大学で祝った。彼は、その本をロンドンから取り寄せ、沢山のお金を払い［…］。(TS12, 202)

親友が大枚をはたき、豪華な装丁までほどこして贈ってくれた稀覯本は、文筆業を志向する者にとって本来かけがえのないものであるはずだが、ハインリヒの語るところによれば、日々の糧を得るために貪欲な書籍商に売られてしまう。つまり、困窮する生活の中で、なくてもいいものへと転じたのである。

　しかし、巡り巡ってその本は、その後インドに渡って事業に成功した親友の手に再び戻る。ロンドンの古美術商の店で親友は、偶然その本を手にし、本の中にハインリヒの窮乏の様子と住所が書かれた紙が挿まれているのを幸いにも発見し、ハインリヒに会いに行く。ヴァンデルメーアがハインリヒを訪れたのは、まさに、警官も巻き込んだ大騒動の最中である。親友は、そうした経緯を経て再会したハインリヒに「この本は、不思議な仕方で僕たちを再びお互いへと導いてくれた階段なのだね」(TS12, 247) と語りかける。

　かくして、一旦は、なくても済むものに転じたチョーサーの本は、生を続けることにとって不可欠のもの、すなわち生になくてはならないものに再び転ずる。興味深いのは、燃やされてなくなったはずの階段の木が、本に形を変えるという「不思議な仕方で」、主人公と外界を橋渡しする本来の機能を取り戻していることである。本（Buch）とブナの木（Buche）は語源的な繋がりがある。ブナはドイツを代表する木であり、代表的な木材である。とすれば、階段と薪と本は、木を共通項として有機的な関連をもつ。木材を介して通じている階段と薪と本は、物事の価値が相対的なものであ

ることをここでも暗示する、意味の大きな連関を構成している[306]。ここに、生にとっての余剰が、実は相対的なものであり、関係性におけるプライオリティで決まる性格のものであることが示されている。

5.5.2. アインザームカイトにおける夫婦愛と信頼

　こうして二人は必要なものにも欠ける暮らしを賛美しつつ、会話を楽しみながら毎日を過ごす。本当は、彼らは経済的には窮乏の極みにあるが、それにもかかわらず、大変幸せである。その、なくても済むものを排した生活は、夫婦愛の信頼の上に築かれたアインザームカイトにおける生、生活でもある[307]。

5.5.2.1　都会の雑踏の中での不思議なアインザームカイトの世界

　ノヴェレは２月末ころに街で起きたある事件の報告で始まる。そして、その後すぐに、事件の起きた家に住む主人公の様子が次のように語られる。

　一人の男がその家に住んでいた。近隣の人びとは、だれもその男の名前を知らなかった。彼は学者なのか、政治家なのか、その土地の者なのか、それともよそ者なのか。こうしたことについて知る者は、だれもいなかった。最も賢い者ですら、それについて十分教えることができなかった。確かにそうなのだ。その無名の男は、大変静かに、引き籠もって暮らしていた。だれも散歩中に、あるいは公の場所でその男を見たことがなかっ

306　オットマンやヴィーゼは木材あるいは階段を事象シンボルと解釈しているが、木・薪・階段・本の意味の連関については論じていない。

307　クルスマンは、アインザームカイトという語ではなく Abschließung という語を用いて、社会から完全に隔離されていることが二人の「陰りのない幸福」を維持する基礎となっていると指摘している。Vgl. Klussmann, ebda., S.55.

た。彼は、まだ老けてはおらず、教養ある人物であった。そして、この
アインザームカイトに彼とともに身をまかせている若い妻は、人から美
人と呼ばれても差し支えないほどであった。(TS12, 194)

大都会の一角で「だれも散歩中、あるいは公の場所で夫と会ったことが
ない」ほど「大変静かに、引き籠もって」人知れず暮らす若い夫婦の生は、
「アインザームカイトに身を委ねる」生として端的に表現されている。マ
ンションが林立する現代の都会の孤独を彷彿とさせる生がすでに 19 世紀
前半の都会を舞台に描かれているのは、注目に値すると言えよう。その主
人公夫婦、ハインリヒとクララについての描写に続いて置かれた二人の会
話で、ハインリヒは、「欠けていないのは、私たち自身がいることだけね」
という妻の言葉に対して、喜びに飛び起きて、美しい妻を腕に抱きながら
次のように語る。

もしすべてが上流社会の仕組みのままに進行していたなら、僕らはあの
上流階級の連中の中で、一緒になるのを邪魔され、永遠に引き離され、
一人ぼっちで別々にいることだろう。考えてごらんよ、彼らの目つき、
話すことや身振りを［…］だが、僕らはいま、こうしているじゃないか、
可愛い方よ。まるでアダムとイブのようにして、ここ、僕らの楽園で。
僕らをここから追い払おうというような余計なことを思いついてやって
来る天使などいないよ。(TS12, 195)

下町の一角で営まれる彼らの「アインザームカイトに身を委ねた」生は、
「欠けていないのは、私たち自身がいること」という言葉で表されている
ように「君には僕が、僕には君がいる」(TS12, 234) 生であり、虚飾に満
ちた「目つき、話すことや身振り」の支配する「上流社会の連中 (Schwarm
der vornehmen Zirkel)」の中で「一人ぼっち」（アインザーム）で別々にい
る生と対比される。煮炊きし暖をとる薪さえ事欠くにもかかわらず、その
アインザームカイトにおける生は、主人公にはパラダイスと認識されてい

る。その認識はまた、アインザームカイトの生の評価が状況による相対的なものであることを示している。

　その彼らの貧しい暮らしぶり、来し方行く末、さらにはこれに関連した余剰を巡る二人の幾つかの会話の後、一旦、語り手は次のようにこの二人の生を括る。

　　動いて止まない王都の騒然とした場末でその二人にかなったような、そのように完璧に隔絶されたアインザームカイトの中で暮らすことは、人間にとって容易にできることではなかった。このアインザームカイトは、しかし、愛しあう者たちには願ったりかなったりのものであった。（TS12, 217-218）

並の人間なら到底耐えられないであろう完全な孤立の中で厳冬の日々を過ごす二人を、語り手はさらに次のように報じる。

　　このアインザームになった者たち、貧乏になった者たち、けれども、だからこそ幸せな者たちにとって、月日はそのように過ぎていった。最低限の食物が彼らのいのちをつないだ。しかし、彼らの愛の意識においては欠けるものがなかった。差し迫った物質的な欠乏も、彼らの満足を妨げることができなかった。（TS12, 230）

　都会の雑踏の中で二人に首尾よくかなった仲睦まじい生[308]を表象するア

308　エスターレは、これをヨーロッパ文学に見られる島のユートピアの都会版として、社会批判的にその意味を論じていて示唆に富む。しかしながら、エスターレにあっては、そのような生活は隔離され状況 Abgeschiedenheit として論じられており、アインザームカイトとして論じられていない。Vgl. Oesterle, ebda., S. 244. 島のユートピア（ロビンソナーデ）は、後に言及するようにアインザームカイトのモティーフとも関係するが、優れて個人的な生き様に関するアインザームカイトのモティーフは、エスターレの関心外にある。

インザームカイトは、今日我々が通常思い浮かべる生に否定的な、都会の空虚な孤独とは様相を異にするもので、パラダイスに例えられる幸せと充足感に満ちたアインザームカイトである。それでは、その幸せと、「愛の意識においては欠けるものがない」という充足感に満ちたアインザームカイトとは一体いかなるものであろうか。この点について、さらに考察を加える。

5. 5. 2. 2.　余剰をそぎ落とした夫婦の愛──階段が薪として燃やされるほど深まる夫婦愛とアインザームカイト

　厳しい寒さの中、食事といえば薄いジャガイモスープを口にするだけのつましい生活をする夫婦は、やがて階段の手すりも薪として使い尽くし、踏み段まで切って利用するようになる。

　最初は一番下の踏み段を外した、それから［…］三段目、五段目と先に進んだ。［…］君は、手すりでしたのと同じように、踏み段を無邪気に、上手に燃やして部屋を暖めてくれたね。そのように僕はそれを［…］最後には全部壊した。いま、君はこの完成作を見つめている。［…］ぼくら自身が今、いつも以上に満足しなければならないことを分かっている。［…］きみには僕が、僕には君がいることだけで十分じゃないか。（TS12, 233-234）

　若い夫婦の生活は、窓の下の通りを往来する沢山の人々や立て込んだ家並みに暮らす隣人たちの様子が見えない物理的にも孤絶したアインザームカイトの中で営まれるが（TS12, 217-218）、夫婦の愛は、余剰のシンボルであり、他の人々、外部の通常の世界との橋渡しのメタファーでもある階段が、手すりが切って燃やされ、さらに「最初は一番下の踏み段を外した、それから三段目、五段目と先に進んだ」という言葉にあるように、階段が

一段、一段と徐々に薪として燃やされることで「完成作」となる。すなわち、二人の愛は、アインザームカイトな状況が拡大し、深化するのに比例して、余剰がそぎ落とされたかのように純化し、深まっていくのである。階段を「全部壊した」「完成作」を目にするハインリヒの「きみには僕が、僕には君がいることだけで十分じゃないか」という言葉は、アインザームカイトの深まりが愛の深まりを意味することを証している。

5.5.2.3. アインザームカイトにおけるみせかけの愛と真の夫婦愛―― 『金髪のエックベルト』と対照的な『生の余剰』

　二人の夫婦愛は、ティークの『金髪のエックベルト』におけるエックベルトとベルタの夫婦愛と好対照をなす。『金髪のエックベルト』の冒頭の「ハルツのあるところに金髪のエックベルトと呼ばれる騎士が住んでいた[…]人々も、城壁の外で彼をごくまれにしか見ることがなかった［…］その妻もまた、同じようにとてもアインザームカイトを愛していた」(TS6, 126)という語り手の報告は、場所を除けば『生の余剰』の出だしとほとんどおなじである。エックベルトとベルタの生が展開する場は、ハルツの山中の城である。いわば、アナクレオン派の文人たちが好んだ田園におけるアインザームカイトであり、その意味では、牧歌的で甘い感傷的なものであっ

309　「階段を燃やす」モティーフについては、多くの論者が扱っているが、もっぱら、時間や、社会批判などの観点からのものであり、人間の内面に関するアインザームカイトの観点から議論はされていない。

310　ローマ時代のホラティウス、キケロらにみられる田園での親密な者だけの閉ざされた集いのアインザームカイトに範をとったF・v・ハーゲドルン(F.v.Hagedorn)、J・W・グライム (J.W.Gleim)、J・N・ゲッツ (J.N.Götz) らアナクレオン派の文人の理想とするアインザームカイトは、マドゥシュカによれば、ホラティウス的な意味での、田舎での心身の休養と小さな内輪の人々の中での気軽な余暇の時空としてのアインザームカイトであり、そこには自然への感傷的憧憬があるものの、心の内面に関係するものはない。

てもおかしくないが、話はベルタの、いわば強いられた身の上話、秘密の
暴露を契機にベルタの悶死とエックベルトの彷徨と死という暗い結末とな
る。

　その意味では、エックベルトとベルタという夫婦が愛したというアイン
ザームカイトは、幸せなものとは言えない。これに対して、ハインリヒと
クララ夫婦のアインザームな生は、都会という、人々が否定的な意味での
孤立感、孤独感を深めうる場で、しかも、衣食住の面で極限へと追い込ま
れている状況にもかかわらず、幸福感にあふれるものである[311]。その違いは、
どこから生まれるのであろうか。

5. 5. 2. 4.　対話とアインザームカイト——愛と信頼の基礎

　それは、二つの夫婦愛が信頼の点でまったく違うものであることによる
と考えられる。エックベルトとベルタの夫婦関係は、5. 2. 3. で考察したよ
うに、見かけの愛で結ばれたものである。夫婦の信頼関係は、不安の共有
で安心を得ることにより構築されている面もあり、その奥底には疑念、不
安が潜んでいる。従って、一旦、心の奥底に疑念が生まれると信頼は簡単
に崩壊し、一見、静かで平安なアインザームカイトは、恐ろしい、不安な
アインザームカイトに転じるのである。

　これに対して、『生の余剰』の夫婦愛は、いかなるものであろうか。ク
ララは、自分たちのアインザームな生を次のように語る。

　　愛、酒、踊り、友情がその派の抒情詩のテーマとなる。Vgl. Maduschka, a. a.
　　O., S. 34-35. S.43-45.

311　　渡辺は、初期ロマン主義のティークとドレスデン時代のティークを論じ、
　　　ゾルガー哲学に示唆された転換点理論をベースとしたノヴェレ形式に託し
　　　て現実と非現実の折り合いが後期作品に描かれているが、なかでもこの作
　　　品がその代表作と論ずる。Vgl. 渡辺：前掲論文 147–148 頁参照。初期と後
　　　期の両作品にみられるアインザームカイト観の違いも、その作風の変化の
　　　証とも言えよう。

そのように私たちの愛は貧乏と一つのものとなったの。そして、この小さなお部屋、私たちの語らい、愛しあう者の目をじっと見つめあうことが私たちの生活なの。（TS12, 195）

ハインリヒがパラダイスと認めた二人の生活は、物質的なものの享受ではなく、「語らい、愛しあう者の目をじっと見つめること」とクララが述べるように、対話が主要な構成要素となっている。

　また、ノヴェレの前半、暮らしが窮乏し始めたころ、余剰、浪費などについてあれこれと交わされる会話の中で、ハインリヒはクララに、「本当に偉大な芸術家精神なら本来モノローグである日記においても対話的に考えたり、書いたりできるかもしれない」、しかし、「凡人は自分自身のなかに二つの対話する声を聞きとることはほとんどない」、まして、会話にあっても、相手の話が予め自分が思っていることと違うように聞こえるときには、「意思疎通の相手方とその人の答えを実際に聞きとることができる者なんか千人に一人いるかいないかなんだ」と言って、対話の難しさを口にする（TS12, 200）。これに対して「本当にそうだわ。だからこそ、その最高の厳粛な形で編み出されたのが夫婦なのよ。妻には、二人の愛の中にいつもあの第二の、返答する声が、心がお返しする本物の叫び声があるのよ。それは、純粋な心と心の対話[312]よ、補うものよ、あなた方殿方の魂の秘密の中の調和の調べなのよ」と応じた妻に、夫は「そうさ、僕たちはお互いに理解し合っているんだ。僕たちの愛は、真の夫婦関係だ」と言って喜ぶ（TS12, 200）。

312　„Geisterdialog". Geister は Geist の複数形である。今日では、この複数形は Geisterbeschwörer などの語に見られるようにデモーニッシュな意味での霊、心霊、幽霊を意味する語として一般的に用いられるが、ハインツ・ハム教授によれば、ヘーゲルの精神現象学（Phänomenologie des Geistes, 1807）が出るまでは、この複数形は、心と心の、精神的なという意味で普通に使用された。

　すなわち、二人の夫婦愛は、『金髪のエックベルト』の夫婦とは違って、対話においてお互いを補い合う、無限の信頼の上に構築されたものである。『生の余剰』の重要なモティーフの一つである「忠実 (Treue)」や「いたわり合い (Schonung)」も信頼の一つの表れであるが、その信頼を成立させるのは、お互いを理解する対話であることが、二人のその会話に明確に示される。一般的な孤独という意味でのアインザームカイトが不在や空白、喪失をその要素とするのに対して、[313] 二人の生におけるアインザームカイトは、イローニッシュなことに、階段と違って対話によって欠くところのない「完成作」となる。対話はアインザームカイトが深まる中でいよいよ進む。二人の夫婦愛の深化はアインザームカイトなしには成立しない。すなわち、アインザームカイトは、「一人いること (Alleinsein)」ではなく、パラドックスともいえようが、心の奥底からの会話あるいは対話を成立させるアインザームカイト、すなわち、対話のアインザームカイトと言える。

5.5.3.　義父との和解――他者を肯定するアインザームカイト

　生に不可欠なものに転じたチョーサーの稀覯本は、夫婦の窮状を救っただけではなく、主人公二人とクララの父との和解の運び手ともなる。しかし、その和解の土壌を予め耕していたのは、ほかでもなくアインザームカイトである。ハインリヒと再会し、二人の窮状を救ったヴァンデルメーアは、彼らにクララの父の伝言をもたらす。

　ご老人は今、自分の頑なさを後悔しています。自分自身を責めています。［…］ずっと長いこと彼は娘に詫びてきました。そして、君が完全に消息を絶ったことを［…］心をこめて僕に語ってくれたのです。――友よ、君がテバイの隠者のように［…］隠遁生活を送ってきたさまを人が見れば、厳父殿がすぐ近くに暮らしていることを君に告げるための、いかな

313　　清水：前掲書、33–34頁。

る報せも君へと届かなかったことが理解できるでしょう。だから、君に和解がかなえられていることを伝えることができることを、僕はとても嬉しく思う。(TS12, 247-248)

　その本を契機に現れた親友は、二人にクララの「父親がたまたま同じ都に滞在していること」、「結婚に反対したことを深く悔いていること」などを伝え、若き夫婦と父親は和解し、かくして「すべては喜びとなる」。しかし、その父親の思いは、二人が「隠者のように隠遁生活」を送っていて、「いかなる痕跡も」断っていたからこそ起きたものである。また、外界との接触が断たれたことで「父親が近くに公務で滞在している」という報せも、新聞も二人に届かなかったので、二人が再び居所を変えることがなかったが故に、親友が父親の言づてをもたらすことができたのである。さらに、わが子が「完全に消息を絶った」ことで残された父親が娘との関係で、漢字の語源的意味での孤独に相当するアインザームカイトになったことで和解の道が開かれたともいえる。ここに、アインザームカイトがその和解の条件を整えていたことが判明するとともに、アインザームカイトが、生にとっての不可欠なものであることが明確に示される。

5. 5. 4.　テーベの隠者やロビンソン・クルーソーにおけるアインザームカイトと異なるアインザームカイト

　親友は二人のアインザームカイトを「ほとんどテーベの隠者のようだ」とたとえる。テクストには、夫婦のアインザームカイト以外に「テーベの隠者[314]」と「ロビンソン・クルーソー」に仮託された二つのアインザームカ

314　エジプト、ナイル川上流のテーベ周辺の砂漠の地は、4世紀後半以降、コプト派キリスト教の多数の隠者の隠退所となり、それらの隠者は「テーベの隠者」あるいは「砂漠の隠者」と呼ばれ、キリスト教の隠者あるいは隠者の原型としてヨーロッパにおいて知られることとなる。また、修道院もこの砂漠の隠者を源流としたものであり、その意味でテーベの隠者ある

イトの形が示唆されている。間テクスト性の観点からテクスト分析を試み
たペッシェルは、テクスト内に他の作家の作品、歴史的事象などが数多く
現れることについて「イローニッシュな議論の材料[315]」を提供する機能があ
ると解しているが、その二つも、その隠者とロビンソンのアインザームカ
イトと夫婦のアインザームカイトの違いをイローニッシュに暗示するため
のものと考えられる。すなわち、前者は、その言葉に含意される「砂漠の
隠者」の肯定的な評価というよりも、その伝統的な隠者というあり方を諷
刺するための修辞と理解すべきであろう。なぜなら、主人公の生は、E・T・
A・ホフマン（Ernst Theodor Amadeus Hoffmann,1776-1822）の『ゼラピオン
の隠者』（Der Einsiedler Serapion, 1819）に出てくるテーベの砂漠の隠者、す
なわち自ら進んで世を捨て退隠する求道の隠者の生とは違う。ハインリヒ
とクララの生は、ヴィーゼが指摘するように「強いられた」面もある「貧
しい牧歌的生活[316]」であり、また、その暮らしには、当初はたとえば出版関
係者との行き来もあったのである。二人のアインザームカイトは「強いら
れた」ものであり、テーベの隠者と違って志向したものではない[317]。現実
をそのまま受け入れるか、否認してもがき苦しむかという問題に直面した
二人は、それを素直に受け入れ、ポエジーをもって昇華している。現代に

いは砂漠の隠者は、中世以降ヨーロッパ・キリスト教文化に大きな影響を
与えてきた。たとえば15世紀初め（1418年）のイタリアにはこれをテー
マとした絵画が現れる（スタルナーニ：フィレンツェ美術館収蔵）。晩年
のベルリン時代にティークと交流したE・T・A・ホフマンは、1816年の『ゼ
ラピオンの兄弟』（Die Serapionsbrüder, 1819-1821）に収められた『ゼラピオ
ンの隠者』でテーベの隠者を主人公としている。『生の余剰』の「テーベ
の隠者」がホフマンのこの作品を意識したものかどうかは、興味深い問題
である。

315　Pöschel, a. a. O., S.98.

316　Wiese, a. a. O., S. 128.

317　従って、階段をなくした先にあるのが、物理的なアインザームカイト状
　　　況の解消であることは不思議ではない。

生きる我々もまた意図しない不本意なアインザームカイトの生を経験する
機会が多いが、アインザームカイトの受容という点で、二人のアインザーム
カイトのありようは現代人を勇気づける例を提示している。二人のアイ
ンザームカイトは、隠者の「砂漠のアインザームカイト」のようなある・べ・
き・生・き・方としてのアインザームカイトではない。むしろ、この作品でのア
インザームカイトは、あ・り・よ・う・としてのアインザームカイトあるいは心・象・
と・し・て・のアインザームカイトであり、主人公が、いま現にある生とそのア
インザームカイトを肯定的に受け止め、楽しんでいる点に注目したい。
　ところで、ハインリヒは、階段の木を薪にして燃やすに際して、ロビン
ソン・クルーソーを引きあいにする。

　　僕たちは文明化された世紀に暮らしている［…］僕たちが野生の地にい
　　るならば、そうすれば僕は、もちろんロビンソン・クルーソーのように
　　何本か立木を伐り倒すだろうがね。(TS12, 212)

　ロビンソンは、生き延びるために漂着した島で自然の立木を伐って生活
の資を得、経済的に自立・発展していく。このロビンソンのアインザーム
カイトは、マドゥシュカが指摘するように啓蒙思想の申し子となった。[318]
ハインリヒがぎりぎりの生を続けるために最初に鋸で切るのは、職人に
よって入念に加工された階段の手すりの木材である。[319] つまりこの作品は、

318　「『ロビンソン・クルーソー』は、まったくの啓蒙的書物であり、啓蒙主
　　義が刻みこまれた個人主義を告白している［…］ロビンソンは、自立し、
　　まったく一人で、自分自身だけを頼りとする人間の理想として描かれてい
　　る［…］アインザームカイトは、そこですでに合理主義の精神の中で理解
　　されている。」Maduschka, a. a. O., S.37.

319　エスターレは、階段を都会の中の森と解釈して、階段を伐ることにティ
　　ークの文明批判を認めている。Vgl. Oesterle, ebda., S. 246. ティークが枢密顧
　　問官として活躍していたその時代のドレスデンは、また、林学の礎を築い
　　たハインリヒ・コッタ（Heinrich Cotta, 1763-1844）の本拠地でもあったこ

ロビンソンに託された啓蒙主義的、合理的思考、有用性を志向する社会思潮への辛辣な批判をこめつつ、ロビンソンとも異なるアインザームカイトの生の形を提示しているといえよう。[320]

5.5.5. まとめ

『生の余剰』が提示するアインザームカイトのモティーフは、物質的な豊かさで計られる幸せとは異なる心の豊かさにおける幸せなアインザームカイトである。それは、伝統的な隠者のアインザームカイトとも啓蒙主義的なアインザームカイトや敬虔主義的なアインザームカイトとも異なるものである。また、『金髪のエックベルト』の夫婦の場合と好対照をなすもので、対話に基づく、生を肯定する新しいアインザームカイトである。

人間はアインザームカイトにおいて生きなくても、人とのかかわりを断った生き方をしなくても生きていける。というよりも、むしろ、人間の現実的な生にとってそれが常態である。だからといって、アインザームカイトは生にとってなくても済むもの、余分なものではなく、生に必要不可欠なものであり、生を営む上でそうした時期、瞬間があること、そして、それが物的な価値の偏重や個人が社会に埋没する傾向を強めていく時代において大切なことであることを、このノヴェレはたとえ話のように示している。先行研究は、ポエジーや文学を現実との対極として前面に押し出してどちらが優位であるかを論ずるものが多い。しかし、『生の余剰』は、

とを考慮すると、メタファーとしての木（木材）の点でも、近代科学として形を整えつつあった林学への諷刺がなされている可能性も考えられる。

320　『ロビンソン・クルーソー』をモデルとしたいわゆるロビンソナーデの代表作であるシュナーベルの『フェルゼンブルク島』の復刻版にティークは長文の前書きを書いているが、アインザームカイトについてほとんど言及していない。このことからも、ティークにおけるアインザームカイトは、ロビンソン・クルーソー的アインザームカイト、すなわち、啓蒙主義的アインザームカイトではないと言えよう。

ポエジーや文学の優位性というよりも、現実を相対化して観るという「現実を生きる知恵」を示したと言う意味で現代を生きる我々にも訴える力のある作品と言えるのではないか。

　ところで、二人の愛についてクララは「あなたは私のためにすべてを犠牲にしてくれたわ。だから、なおさら愛は私たちにすべての代償とならなければならないのよ」(TS12, 204) と語るが、愛の代償としての性格が「しなければならない（müssen）」という語で強く要請されていることは、とりもなおさず、最終的なよりどころである愛すらも、その本質が絶対的なものではなく、関係性における相対的なものであることを示唆する。アインザームカイトのモティーフもまた、この範疇に入る。しかし、相対化においては、対立的な物事には一方が絶対的な勝者となり、もう一方が絶対的な敗者として否定されることはない。ハインリヒとクララのアインザームカイトは、現実の諸困難を笑いに転嫁して生を楽しむ、ポエーティシュであるが、すぐれて実践的なアインザームカイトである。イロニーとフモールによる相対化においては、物事は常に肯定される可能性をもつ。その意味で、『生の余剰』が提示する、否定による進展の図式とは異なる思考、態度と、それに基づくアインザームカイトのモティーフは、注目すべきと言えよう。

5.6. 手の届かないヴァルトアインザームカイトあるいは失われた楽園
──ノヴェレ『ヴァルトアインザームカイト』におけるアインザームカイトのモティーフ

　ドレスデン時代のノヴェレで、最も晩年に近い 1840 年、ティーク 68 歳の作品である『ヴァルトアインザームカイト』は、冒頭に、上流社会の集いにおいて若き主人公の叔父男爵がヴァルトアインザームカイトの語の由来を説明し、また、ティークのメルヒェン・ノヴェレ『金髪のエックベルト』に出てくるヴァルトアインザームカイトの雰囲気に主人公が憧れを抱いていることを語る。しかし、その憧れのヴァルトアインザームカイトが終局において主人公をして「私を破滅させた」と言わしめ、また、愛する人をして、「あなたの監獄」とまで言わしめたのはなぜであろうか。そもそも、『金髪のエックベルト』においてベルタの救済の場となり、万物が調和し睦み合う楽園として描かれたヴァルトアインザームカイト[321]が、この語を表題とするその最後のノヴェレにおいて、そのように主人公にとって自分に刃を向けるかの如き敵意あるものとして語られるに至ったのはなぜか。そこには、ヴァルトアインザームカイトの意味内容の変化があったのであろうか。あるとすれば、それはいかなるもので、その理由は何か。仮にないとした場合には、なぜヴァルトアインザームカイトはそのように語られたのであろうか。本節では、このような観点からヴァルトアインザームカイトの表象について『ヴァルトアインザームカイト』と『金髪のエックベルト』を比較検討しながら考察する。

5.6.1. 作品について

　ティークは、小説『ヴィットリア・アコロンボーナ』（Vittoria Accorombona,1840）を脱稿した 2 ヵ月後の 1840 年 6 月に出版者ブロックハ

321　本書 115–119 頁。

ウスに宛てて新しいノヴェレに取りかかっていること、1週間以内に原稿を送る見こみであることを報せる。しかし、幾つかの事情が重なって完成までにやや時間がかかり、『ウラーニア』（Urania）でノヴェレ『ヴァルトアインザームカイト』が発表されたのは1841年のことである。ノヴェレ『ヴァルトアインザームカイト』は、ティーク最後のノヴェレであるだけではない。それは、「これをもって彼は、彼自身によってドイツ文学の中での確かな位置が定まったこのジャンルに別れを告げただけでなく、およそポエジーからも別れを告げた[322]」と評される作品でもある。

　作品が世に出た当時の評判は、『朝刊』紙（Morgenblatt）を除き、「〈老巨匠〉は、わざわざ内容のない陰謀へと身を落とした。全体は、幻想的ではあるが、詩的ではない。それどころか細部は概ね趣に欠ける」（『ゲゼルシャフター』紙（Gesellschafter））、「結末が通俗文学的でなかったとしたら、出だしの酷さも忘れることができるだろうが」（『文学新聞』（Literarische Zeitung））など概ね芳しいものではない[323]。このノヴェレは、ゲゼルシャフター紙がテクスト中の「陰謀」という言葉を引用しているように、およそバロック文学的小説のトポスとも言うべき、愛と冒険と陰謀が全体の筋を形作っている作品である。

　先行研究は、リバット[324]、ブレヒト[325]、ウヴェ・シュヴァイケルト（Uwe Schweikert）[326]、クレマー[327]、信岡資生（1993）[328]などがあるが、数は多くない。

322　Uwe Schweikert: Kommentar. In: TS12, S. 1358.

323　Ebda.

324　Ernst Ribbat: Waldeinsamkeit. In: Ernst Ribbat, a. a. O., S. 216-218.

325　Brecht, a. a. O., S.158-169.

326　Uwe Schweikert: Kommentar. In: TS12. S. 1358-1365.

327　Detkef Kremer: Romantik als Re-Lektüre: *Des Lebens Überfluß und Waldeinsamkeit*. In: Stockinger/Scherer (Hrsg.), Ludwig Tieck, S. 575-581.

328　信岡資生：ティークのノヴェレ「Waldeinsamkeit」の考察［『中央大学ドイツ学会「ドイツ文化」第16号、1973、1–18頁］

5. 6. 2. 不動産広告のキャッチフレーズや流行語と化したヴァルトアインザームカイト

ノヴェレは、主人公フェルディナント・フォン・リンデンの叔父ヴァンゲン男爵の誕生日の朝食会に集まった主人公をはじめとする青年たちとヴァンゲンの談論で始まる。初老の彼が前世紀に活躍した何人もの作家と知己であったことから、話題は作家やその作品に向かう。話に花が咲いていると、執事が入ってきて叔父に新聞の最新版を渡す。その新聞を手にした叔父は、微笑みながら青年たちに楽しそうに言う。

ある地所が売りに出されているというのだ。そこにある広告だよ［…］売り手は家屋と庭と畑を記載し、そして、こうつけ加えている。愛好家は、菜園のすぐ後ろに大変素晴らしいヴァルトアインザームカイトを見つけることとなる、と。(TS12, 858)

ヴァンゲンの楽しそうな様子をいぶかしく思った青年ヘルムフリートは、ヴァンゲンにヴァルトアインザームカイトという「表現（Ausdruck）」は「まったくありふれた、日常的なものです。人びとは、あらゆる新聞、あらゆる所でその表現を聞き、読んでいます。それなのに、何が面白いのですか」(TS12, 858) と尋ねる。これを聞いたヴァンゲンは、『金髪のエックベルト』の「Waldeinsamkeit（ヴァルトアインザームカイト）」という語がつくり出された経緯、すなわち、ヴァッケンローダーが Waldeinsamkeit はドイツ語ではない、少なくとも「Waldeseinsamkeit（ヴァルデスアインザームカイト）」とすべきだと主張したが、ティークは反論しなかったものの、修正しなかったという顛末を語った上で、「彼は正しかった。新聞記事はどれも、その当時批判の槍玉に挙がったその表現を避けていない」(TS12, 859) と語る。

その後、別な社交の場で許婚者である美しいジドニーと語りあうリンデンは、「少なくともある期間、この饒舌なざわめきの多い、煩わしい世界

からまったく外に出て隠棲し、ある美しいアインザームカイトの中で暮らしたい」という願望を口にする。これを聞いたジドニーは、「おっしゃりたいのは、特にあの多くの人から誉め讃えられている正真正銘のドイツのヴァルトアインザームカイトのことなのでしょう」(TS12, 866) と応じる。[329]

　世の中は、新聞というメディアが不動産広告を載せる時代にすでに入っている。そして、それとともに、「月の輝く夜」とともにロマン主義文学の代表的なトポスともみなされるヴァルトアインザームカイトは、不動産広告のキャッチコピーになるまでになった。不動産広告にある「売り手」という言葉は、また、詩が物として商品化されている時勢についてのイロニーとも解される。ジドニーが口にした「正真正銘のドイツのヴァルトアインザームカイト」という言葉にある「正真正銘のドイツの（echte deutsche)」という言い回しは、物や旅行などの商品の宣伝文句を想起させる。その言葉を聞いた主人公は、「そのドイツの森ほど、君を愛する心情のための美しさを与えうるものは他にはないが、このことを冷やかさないでくれないか」(TS12, 866) と応じて、それを自分自身への皮肉として受けとめる。しかし、本当にイロニーをもって冷やかされているのは、主人公ではなく、美しい叙情的な詩的表現をキャッチコピー化し、商品化するに至った社会と言えよう。

5.6.3.　主人公の思い描く、憧れのヴァルトアインザームカイト

5.6.3.1.　社交と主人公の憂鬱

　場に着目してノヴェレの筋の展開を見ると、主人公の叔父の誕生日の朝食会にはじまり、許婚や友人、知人の語らう集い、アンデルス男爵の主宰

329　「大きな資産の相続が約束されている」ジドニーは、また、「都会の生だけを賛美しようとする」(TS12, 884) ロマン主義的な陶酔とは無縁の近代的、即物的な知性の女性として描かれている。

する酒宴、誘拐されて閉じこめられる森の館を経て、最後にはジドニーと
フェルディナントとの婚礼の宴に至ることがわかる。この展開は、社交あ
るいは人付き合いが、このノヴェレで大きな問題となっていることを仄め
かす。

　傍らに一人の憂鬱な面持ちの青年が座っていた。彼はそれまで、そこで
　語られたことすべてについて、話に加わらなかった。そのとき彼は立ち
　上がり、大声であったが、陰鬱な声で詩を唱えた。(TS12, 858)

　主人公フェルディナント・フォン・リンデンは、このように描写されて
交際社会の中に登場する。そこには、彼の基本的な特徴が現れている。す
なわち、「憂鬱」、さらには、仲間から一歩身を引きつつも、基本的に仲間
との交際の中に生きる、詩を愛好する若者である。ここでフェルディナン
トが陰鬱な声で唱った詩は、『金髪のエックベルト』において鳥かごの中
で不思議な鳥が歌う最初のヴァルトアインザームカイトのリートである[330]。
また、叔父の友人の顧問官エルスは主人公が人生で最も素晴らしい青春期
を謳歌せずに「ふさぎこんでいる」とみてその様子を心配するが、これに
対して、彼の許婚ジドニーは、別な社交の場で「あの詩的夢想家を心地よ
い憂鬱さの安らぎの中でなすがままにさせておけばいいのよ」(TS12, 863)
と言う。この言葉にあるように、彼の「憂鬱」（メランコリー）とは、深
刻なものではなく、「心地よい」ものである。もっとも、ジドニーが「な
ぜあなたは、いつも暗い気分に身をまかせて、人付き合いがうまくいかな
いようにご自分のことなさっているの」(TS12, 865) と言うように、はた
から見るとその憂鬱は、主人公の社交の不全の原因となっている。
　また、ロマン主義的夢想とはおよそ無縁の俗人的なその叔父との会話で、

330　後に誘拐されて森の館に閉じこめられた主人公は、「鳥かごに閉じこめら
　　れている」と感じる。誕生日の朝食会で主人公がこのリートを唱うことは、
　　不思議な鳥とのモティーフ的な関連を想起させる。

叔父がフェルディナントの友ヘルムフリートについて「感傷や憂鬱という雰囲気にときとして浸ることはあるが、言葉に刺があり陰険であるが故に、耐え難い」（TS12, 862）男だと警鐘を鳴らすのに対して、フェルディナントは、「もし、僕が長くつきあってきた友人を酷い奴だと思ったり、それどころか彼への不信を育むことができるとしたなら、僕は人間性や僕自身を捨て去らざるを得なくなる、だからそれはできない」と反論する。（TS12, 862）ここで友情に不信を抱くことは「人間性」の放棄につながると主人公が語っていることは、主人公がアインザームカイトの隠棲に憧れる一方で、友情や交際と全く無縁の者、あるいは、人との関係を断ち切ることのできる者ではないことを意味している。

5.6.3.2. 詩的夢想家の憧れるヴァルトアインザームカイト

　許婚のジドニーに「詩的夢想家」と言わしめたリンデンが憧れたアインザームカイトとは、どのようなものであろうか。
　朝食会散会後、叔父は一人残った主人公に「おまえは一言も喋らず、まったく話に加わらなかった。私は心配だよ。おまえの人生が、まったくもって夢うつつの中に失われていくことを」と語りかけるが、彼は陶酔に浸るような表情で「僕はこれしかありえません」と応じる（TS12, 860）。叔父はなおも、夢心地から目を醒まして目前に控えている試験に備えるよう叱るが、彼は、試験のことは心配ないと答えた上で、次のように話す。

　　まるで僕には、詩的なまどろみから現実へと目覚めることがまったくできないような日があるのです。実を言うと、あの小さな詩、ヴァルトアインザームカイトが僕をはじめて深々と揺すって寝かしてくれたのです。森の緑、ほの明るくなる様子、様々な木々の梢が醸し出すさわさわとした聖なる音、それらすべてが、まったく幼かった頃から魔法をもってするかのように僕をそのアインザームカイトへと引き寄せたのです。僕はなんと気持ちよく迷い込んだのでしょうか。僕は、すでに子供のと

き、我が故郷のあの森の中で忘我の状態にありました。森の最も内部の、ほとんど人が近づけない場所で、僕は、世の中から完全に孤立していると感じ、筆舌に尽くしがたい幸せを感じ、また、学校や親の家や昼食のことをややもすれば忘れたものでした。長じて徒歩旅行をするようになると、僕は、わざと街道を離れて、幾晩も森の中で過ごしたものでした［…］そして、それらすべてが、そして、かつて私が自然への憧れに感じ取ったものすべてが、ヴァルトアインザームカイトの語が言われたときに、僕の胸の中で再び本当に活き活きと目覚めたのです。（TS12, 860-861）

幼少のころから、すでに、リンデンは、森のもつ数多の表情に心が惹かれていた。そして、主人公にとって、人も行けないような森の最奥部での、いわば社会からの孤立は、筆舌に尽くせない幸せを感じるものであった。「学校や親の家」を忘れるほど幸せな主人公の姿は、少年の日に静かな森のアインザームカイトの中で「学校もなく、厳しい教師ももたない」小鳥たちの「楽しい生」を憧れ見ていた『フランツ・シュテルンバルトの遍歴』の主人公フランツの姿を連想させるものであり、また、長じて徒歩旅行を行うその姿は、ティークの青年期を彷彿とさせる[332]。もっとも、叔父は、その主人公の言葉に「その種のことを人は詩的気分あるいは詩そのものと呼ぶのではないのかね」、「おそらく、それは第一級の病気だと」と応ずる[333]。

すでに考察したように、主人公は、そもそも友情の世界、上流階級の人びととの交際の世界の中に生きる者である。しかし、ジドニーに対して語った「美しいアインザームカイトの中での暮らし」という願望にリンデンを駆り立てた「饒舌なざわめきの多い、煩わしい世界」という言葉は、その

331　本書 145 頁。

332　同 58 頁。

333　叔父男爵だけでなく、先に述べたジドニーも顧問官エルスも含め、主人公以外の登場人物はすべて現実的、実務的である。ここにも世の中の変化が映し出されていると言えるであろう。

友情の世界や交際社会が常に主人公にとって心地のいいものではないことを仄めかす。それでは、その世界とはどのようなものであろうか。

叔父の朝食会から二日後に、彼はアンデルス男爵主宰の社交の場に招待されるが、会場に出かける前にヘルムフリートに心境を述懐する。

僕は、まさにこの世で一番厄介なあの人間の招待を嫌々ながら受け入れたことで、ますます具合が悪くなってきたよ。つまり、僕は、あの面倒なアンデルス男爵のところに行くのだ。彼の楽しみは、そこにいる客人たちを酔わせることにある。そこで僕は、今夜、不快な人間の一団と顔をあわせる。そして、拙い冗談や饒舌、陰口、嘘、無駄話、ナンセンスの滝の奔流に墜落し、その結果、我が身を数時間ただただ無駄にすることとなるのだ。(TS12, 871-872)

表面的には社交辞令や他愛ないこと、冗談や無駄話を口にする一方で、陰に回って人の悪口を言うような輩の多くいる交際社会は、今も昔も変わらない。そのような人付き合いを主人公は敬遠している。それにもかかわらず、そこに行く屈折した理由を、彼は次のように語る。

僕は非常に深い悲しみに陥るからだ、僕自身とすべての人間に満足していないからだ、まさにそれが故にすべての気高き者、分別ある者に僕は吐き気を催す。だから僕は、下劣な輩の中に身を潜める。いつもであれば嫌悪を催す乱痴気騒ぎの荒んだ酒宴に没頭するのだ。(TS12, 872)

「美しいアインザームカイトの中での暮らし」という主人公の願望の先にあるアインザームカイトとは、ヴァルトアインザームカイトの詩が契機となって少年時代の彼の心を捕らえた森での幸せなアインザームカイトである。それはまた、人との交際につきまとう煩わしさから一時的に逃れ、あたかも保養地の別荘生活に期待するような、親密な人とともに心身を休めることのできる静かで美しい森のアインザームカイトという時空といえ

よう。

　ルソーは『孤独な散歩者の夢想』（Rêveries du promeneur solitaire、1776-1778）でサン・ピエール島での孤独な暮らしに関して「私の魂は、社会生活の喧噪が元凶である一切の世俗的な情念から解放されると、しきりに九天の彼方に舞い上がり、[…] 天使たちとの交わりを早手まわしにはじめることだろう」[334]と記す。ルソーは孤独を強いられるが、しかし、孤独を特に自然の中で楽しむまでに至る。その動因は、「社会生活の喧噪が元凶の一切の世俗的な情念」という言葉で語られた「交際社会の仲間」や世間から彼に向けられた「敵意」と「陰謀」[335]、「自負心の毒気と交際社会のざわめき」[336]であった。すなわち、社交、人付き合いの煩わしさである。フェルディナントの心境は、そのルソーの心情に酷似する。この、世間の煩わしさ、世俗的な情念の渦巻く世界から田園に逃避して自然のアインザームカイトの中に幸せに暮らすというルソーの理想は、その後、ドイツにも影響を与える[337]。それでは、ティークはルソーのアインザームカイトから影響を受けたのであろうか。次のケプケの『回想録伝記』におけるティークの述懐は、ティークのルソー観を物語っていて重要である。

　ルソーを知ったのは、青年時代の 1792 年のハルツ旅行のときのことで、偶然であった。ある旅籠で私は『新エロイーズ』を見つけた。私は、その記述の前半部にある情熱の燃え立つような炎に夢中になった。しかし、直ぐに熱は冷めてしまった。後半部と結末は極めて弱々しいものであり、それで私はとうとうその本を心ならずも投げ捨ててしまった。それ以降、私はルソーに満足したことがなかった。（RK2, 225）

334　　ジャン・ジャック・ルソー（佐々木康之訳）:孤独、白水社、2011 年、91 頁。
　　　ここでルソーが述べているのは、社交や人付き合いの煩わしさである。

335　　前掲書、161 頁。

336　　前掲書、143 頁。

337　　本書 31 頁。

『新エロイーズ』は、『孤独な散歩者の夢想』とともに、ルソーのアイン
ザームカイト観が描かれた作品とされる。その『新エロイーズ』を投げ捨
て、以降ルソーに満足しなかったという述懐からすると、ティークはルソー
から直接的な影響を受けてはいないと思料される。にもかかわらず、リン
デンがルソー的心情をまとっているのは、世の中にあるルソー的なアイン
ザームカイトへの憧れに対する批判を意味していると考えられる。

5.6.4. 鳥かごの中の主人公——主人公が体験した森の中の生

「一番厄介な人間（der allerfatalste Mensch）」、敵対的という意味もある「面
倒な（widerwärtig）」、あるいは、「不愉快な（unangenehm）」という言葉で
アンデルス男爵やその仲間たちとその交際社会は表現されている。その言
葉通り、彼らは、ヘルムフリートと結託して陰謀を企み、ジドニーから引
き離すべくフェルディナントを誘拐し、ジドニーがヘルムフリートと結婚
するように仕組む。陰謀により酒宴の場から運び込まれた森の館で泥酔の
眠りから醒めた主人公は、部屋の窓が牢屋のように鉄格子でできているこ
とに気づく。[338]
　また、外に菩提樹（リンデ）[339] の大樹が何本も立っているのを見つけ（TS12,

338　運び込まれた森の館で泥酔の眠りから醒めた主人公は、誘拐されて閉じ
　　　こめられていることも知らずに「私は、奇妙奇天烈なメルヒェンの登場人
　　　物なのだろうか」、「だれが」「なぜ」「何を私に企んでいるのか、私は囚人
　　　なのか」と自問する（TS12, 880）。主人公は、よくある社交の酒宴の場か
　　　ら確かに、まったく知らない時空へと転位する。その意味では、ティーク
　　　のメルヒェンの基本モティーフであるありふれたこと（日常性）と不思議
　　　（非日常性）との行き来が実現していると言える。しかし、この自分を「メ
　　　ルヒェンの登場人物」に見立てる認識自体、この作品がすでに初期ロマン
　　　主義のメルヒェンとは異質のものであることを証している。

339　主人公の姓である Linden は、Linde（菩提樹）の複数形である。Linde は
　　　lindern（弱める）という動詞、あるいは、linde（やさしい、穏やかな）に

881）、また、菩提樹の向こうにブナやナラの木々がはえる森や、森の中の小さな草地があるのに気づく（TS12, 883）。語り手は、館の位置とその周りの状況について次のよう記している。

　鉄格子と数本の菩提樹の木の枝の間から見通すことができるその限りでは、人は森を、ブナの木やナラの木を目にする。だから、この小さな、謎めいた館が街道から離れた、木々が密生する森のまっただ中にあるように思われた。さて、こうして若い囚われ人の驚きは止まなかったが、それでも彼は、今あのヴァルトアインザームカイトの小さな詩が心に浮かんだかのように微笑まずにはいられなかった。（TS12, 881）

　たしかにその館は人里から離れた森の奥深くにある。その後のテクストの記述に見られるように『金髪のエックベルト』のヴァルトアインザームカイトの外形的要素は、種々の面で整っている。しかし、語り手がここで「その限りでは」と前置きするように、菩提樹の向こうにあるブナやナラの木々が茂る森や、森の中の「エメラルドのような小さな草地」、あるいはナイチンゲールやコキジバト（Tuteltaube）のさえずりを主人公が認識できるのは「菩提樹の枝や鉄格子の間」からという、限定された条件においてのみである。また、語り手は、「あのヴァルトアインザームカイトの小さな詩が心に浮かんだかのように（als ihm jetzt jenes kleine Gedicht von der *Waldeinsamkeit* einfiel）」と述べるが、そこで『金髪のエックベルト』で歌われる Waldeinsamkeit（ヴァルトアインザームカイト）と主人公の体験する森の中の Einsamkeit（アインザームカイト）がイタリック体と通常の書体で書き分けられていることも留意されるべきである。

　そのように見ることのできる森は限定的なものであるにもかかわらず、その情景を目にした主人公に突然電光の如く走るのは、閉じこめられてい

　由来する。その意味で、この姓は、主人公の性格を表すものとなっていると考えられる。

るが「本当は幸せである」、「これと似たような状況に逗留することを何度
となく憧れてきたじゃないか」という「奇妙な感情」である。語り手は、
その主人公の心情を伝聞の接続法I式を用いて「一人の想像多い詩人だ
けがいつも望みうるようにして」「一つの詩的なヴァルトアインザームカ
イトを、ここで享受している」と報じている（TS12, 883）。また、主人公
は、かつてジドニーを説得して、「いずれ将来は、ときどき一夏を似たよ
うなアインザームカイトの中で暮らそう」と言っていたことを思い出し、
束の間ではあるが、その願望がかなえられたように思わずにはいられない
（TS12, 884）。そして、ある種のヴァルトアインザームカイトをそこに夢想
し、自分と一緒に「この辺鄙な森の中に引き籠もる」ジドニーの姿を想像
し、幸せな心地となる。（TS12, 884f.）

　しかし、その夢想に浸って眠る彼も、やがて我が身が置かれた現実を直
視せざるを得なくなる。その転機をもたらしたのは、ナイチンゲールやカッ
コウの鳴き声である[340]。甘い夢を邪魔されたフェルディナントは、「その忌々
しい批評家」が自分を「正しくも白けた仕方で日常へと引き戻した」こと
を嘆き、朝の情景を見渡す。

　　しっかりと保護された窓から彼は、かんぬきで閉じられたその館を後に
　　して間近な森の中に歩み入ることすら許されていないという結論だけを
　　得ることができた。（TS12, 885）

　閉じこめられて自由を失ったことをようやく認識した主人公は、彼の様
子を見ようと顔を覗かせた見張り番の老婆に「何としても外に出て自由に
なりたい」（TS12, 885）と叫ぶ。しかし、もちろんその要求はかなうはず
もない。静かで美しい森は主人公の目の前にある。ヴァルトアインザーム
カイトの外形的な要素は館の外にあって主人公を取り囲んでいる。それに
もかかわらず、それは、主人公の手の届かないものである。そこにあるの

340　鳥の果たしている機能も『金髪のエックベルト』におけるものとは異なる。

は、正しく夢に過ぎないと言っても過言ではない。そのもどかしい思いは、「おいしそうな食事も、美しい森も、春を告げる小鳥たちも、それどころか、贅沢の部類に入るカッコウも」「快適なアインザームカイトをよりよく楽しむためのタバコも」、「素晴らしいものすべて」があるのに（TS12, 886）、という彼の嘆きに読みとれる。望んでいたはずの心地よい要素がすべて備わっているにもかかわらず自由のないことに気づいた主人公は、「問題は、私がいつまでこの自由がないことに耐えうるかということだけだ」（TS12, 886）と独白する。この独白には、人との交際の煩わしさ、厄介から逃れるという意味で自由を志向したにもかかわらず、憧れの辺鄙な森の生において現実としてはそれが耐えられないものになりうるというイローニッシュな嘆き、あるいは、ヴァルトアインザームカイトという語に託された人里離れた自然の中の生という流行を追う同時代人に対する辛辣な諷刺が含意されていると言えよう。

　一旦、憤激して老婆にくってかかったフェルディナントは、そのように考えるうちに気持ちが静まってくる。その主人公の様子をテクストは次のように記す。

　彼の心はようやく落ち着いた。彼は窓を開け、そして、爽やかな朝の冷気を気分よく取り入れた。彼はパンくずを幾つか撒き、そして、そのアインザームカイトの中にいる鳩に微笑みかけた。鳩たちは、投げられた食べ物に喜んで寄ってくるのに馴れているかのようであった。私自身が、と彼は自分に言った。非常に奇妙な鳥かごのなかにいる、と。（TS12, 886）

　本来であれば美しい森の「快適なアインザームカイトをよりよく楽しむ」こともできたかもしれないのに、外で自由を謳歌する小鳥たちを、主人公は鳥かごの中で空しく見て「惨めで痛ましい気持ち」（TS12, 886）になる。そして、部屋の壁に掛けられた聖ゲノフェーファの絵を見つけ、絵に描かれた聖人が「緑のアインザームカイトの中で眼差しを天に向けて祈っている」（TS12, 887）ことに気づく。そして、その絵は彼の反省の契機となる。

5.6.5. 本の役割

　閉じこめられた主人公は、そこから脱出しようとその可能性を探すが、ひとまずどこにも逃げ道は見つからない。こうして為すすべのない主人公は、「彼のアインザームカイトに飽き飽きする」（TS12, 888）こととなるが、たまたま奥の部屋にほこりをかぶった二冊の本があるのを見つける。本は彼の助けとなるが、それは、どのようにしてなされるのであろうか。本項では、このノヴェレにおける本の意味を考察する。

　彼は、まずオレアリウスの旅行記を読み、無聊を慰める（TS12, 888ff.）。それは退屈な時間の一時しのぎになるものの、それ以上のものではない[341]。すなわち、旅行記から得た見聞や知識は彼の助けにはならず、その本に書かれた「人は、若いときに願ったことを、歳を重ねて満たされる」という、彼の置かれている状況に照らせば皮肉とも読める箴言を読んで、彼は不愉快そうに「私が青二才であった頃に思い望んだこの忌々しいヴァルトアインザームカイトのまっただ中に私は今、座っている」（TS12, 893）と独白するしかないのである。このとき、ついに「彼の」ヴァルトアインザームカイトは、陶酔や憧れの的から、「忌々しいもの」に転じている。

　こうして日ごとに、そこでの生に嫌気が嵩じる主人公は、老婆を言いくるめて出入りが可能となった古いワイン庫の中に、書き手の不明な原稿の束を見つけて、これを読みふけることとなる。その原稿は、実はその森の館を療養の場として定められた、一人の若い精神錯乱者レオポルトが書いたものであったが、その内容は、読み進めるなかで主人公が「こうも多くのナンセンスと理性が、狂愚と知恵が、同じ一人の人間の中で対をなしてあるとは」（TS12, 902）と驚嘆するような世界観や人間観である[342]。それら

341　リバットは、主人公が手にする本が二冊あることに注目し、それぞれの本の役割に関して、はじめに手にする旅行書は主人公の退屈しのぎであるが、二番目の本は、主人公を内省に導くことを指摘する。この指摘は妥当である。Vgl. Ribbat, a. a. O., S.217.

342　当時の社会や思想への辛辣な諷刺に富むその「原稿」の書き手は、同

を引きつけられるようにして読みふける彼は、書き手と「まったく同じ道にいて、同じ精神の煩悶によって」「悟性を失いうる」（TS12, 905）感情を抱くこととなる[343]。また、筆記用具を見つけた彼は、原稿の束の最後に数頁の余白があるのを見て、たまたま目にした窓ガラスに刻み込まれた碑文体の詩をそこに書き写す（TS12, 904）。その詩は実はレオポルトが刻んだものであり、こうして、主人公はいつしか迷妄の道の瀬戸際まで至る。しかし、このとき、詩を解読しつつ書き写している彼の耳に郵便馬車のホルンの音が届く（TS12, 904）。リバットは、「ポストホルンの響きが読書するリンデンを驚かす。それは、失われた交際社会を、いわんやジドニーを思い出させ、また、彼が見張り番の老婆を計略にかけて逃走することも成功させた」[344]と述べて、主人公の脱出におけるポストホルンのモティーフの役割を高く評価する。確かに、主人公を狂気の道の一歩手前で目覚めさせたという点で、ポストホルンは彼の社会への復帰の助けとなっている。しかし、そのとき、郵便馬車には彼の捜索・救出の旅に出た叔父とエルス顧問官が乗っているのに、馬車は空しく遠ざかっていく。主人公は、後に彼らに救出されて本当に安全になってからその事実を知る（TS12, 930f.）。ポストホルンの音に懐いた主人公の微かな希望は潰え、彼は、己の幽閉状態に「敵の目論見をみることができる。なぜ私は、長いこと夢うつつの中でたぶらかされていたのか」と自問しつつ、「おお、忌々しい、卑劣なヴァルトアインザームカイトよ」（TS12, 909）と叫ぶに至る。

　その主人公救出劇において大きな意味をもつのは、狂愚の若者が書き記した原稿の束である。自分が森の館に閉じこめられていることに何者かの悪意を感じ取った主人公は、暖炉の煙突をつたって外に脱出することを思

　　時代の作家、ヨーハン・カール・ヴェッツェル（Johann Carl Wetzel, 1747-1819）がモデルとされる。Vgl. Hölter, a. a. O., S.1371.

343　この主人公とレオポルトの関係は、『フランツ・シュテルンバルトの遍歴』におけるシュテルンバルトとフェルディナントの関係（本書153–154頁）を想起させるものである。

344　Ribbat, a. a. O., S. 218.

いつき、老婆をワインで酔いつぶして、その隙についに館の外に出る。そして、原稿の束を抱えて逃走をはじめる。その途上で行き着いたとある村の旅籠で、主人公は叔父に消息を報せ、迎えを待つ。しかし、奇しくもそこで彼は、陰謀の一味である神学志願者（Kandidat Theologe）に遭遇し、その巧みな言葉に乗って、その者と連れだって再び森の館に逆戻りすることとなる。このとき、彼は原稿を置いたまま旅籠を去るが、たまたまお付きの執事とともに立ち寄った狂愚の若者レオポルドがこれを見つけ狂喜乱舞しているところに、叔父のヴァンゲン男爵一行が通りかかり、レオポルドが手にした原稿の束にリンデンの筆跡を見つける。その原稿の経緯を執事に尋ね、森の館の所在を知った叔父一行は、リンデンの救出のためにそこに急行する。一方、道なき森を行くリンデンは、再び陰謀に陥れられたことに気づき[345]、森の館の直前で一味の手から辛くも逃げ、その途中で叔父一行と出会い、ここにリンデンの安全は確保される。

　この経過の中で、我々は、レオポルドの原稿の束、すなわち本と、書くことが、『生の余剰』におけるチョーサーの稀覯本[346]のように主人公の生の助けとして大きく機能していることを知る。ただ、その助けは、本から得られる知識や書くという知的行為ではなく、本と書かれたもの（筆跡）そのものから得られたものであり、知識や知的行為はむしろアインザームカイトの時空の中で主人公を狂愚へと誘っていることは注目されるべきである[347]。

345　その道すがら神学志願者は、パトロンのアンデルス男爵との関係などを仄めかす。また、途中で木材商人のフェルスマンが二人に加わるが、主人公は、その横顔に、かつて森の館で垣間見えた正体不明の男の面影を思い出す。（TS12, 904）

346　本書 222 頁。

347　リバットの研究をはじめ、既存の研究はこの点について言及していない。

5.6.6.　陰画となったヴァルトアインザームカイト

　リバットは、「〈ヴァルトアインザームカイト〉はリンデンにとって現実となった」[348]と述べる。しかし、この言説は当たっているのであろうか。

　本来ヴァルトアインザームカイトは、『金髪のエックベルト』において主人公の一人、ベルタがまだおよそ8歳の頃に山野を流離った末に、不思議な老婆とともに行った「シラカバの木々が茂った緑の谷間」の「木々の中に立つ小さな小屋」（TS6, 132）で不思議な鳥が歌うリートの一節である。小屋（Hütte）では、犬が老婆に親しげにまとわりつき、うれしそうな仕草で見知らぬベルタを出迎える。少女ベルタは、ヴァルトアインザームカイトで表象される、すべての存在が渾然一体と融和した森の雰囲気の中に迎え入れられて、6年間を老婆と犬と鳥とともに「小さな家族の輪の中に居所を得た」（TS6, 134）ようにして暮らす。犬も鳥も「昔からの友が醸し出す」ような印象をベルタに与える。少女ベルタは、ヴァルトアインザームカイトの時空の中を自由にのびのびと過ごす。鳥籠の中の鳥は、そうしたベルタにいつも「ヴァルトアインザームカイトは私を喜ばす」と歌いかける。ベルタがそうした暮らしぶりの変化を願ったことは、14歳になるまで一度もない（TS6, 131）。

　これに対して、青年貴族フェルディナントは、森の中の、かつて狩猟館として建てられ、狂愚の若者レオポルトの療養施設として使われた館（Waldhaus）の一角の鉄格子で守られた部屋に閉じこめられている。虜囚のように自由のない彼は、いつも、鉄格子の窓から辛うじて垣間見るだけの庭の菩提樹や彼方の広葉樹の森でのびのびと歌う小鳥の声を聞き、自由に走る鹿をみて羨ましく思う。彼は、幽閉という形で身体の自由が奪われているだけではない。おいしい料理をあてがわれて食べることには事欠かないが、食事以外は何もすることがないという意味でも自由が奪われている。それ故、囚われの身とはいえ森の中にある館の一室でアインザームカ

348　　Ribbat., a. a. O., S. 217.

イトにおける生が現実のものとなった主人公には「アインザームカイトでの時間が彼には長すぎるものとなり、静かな田園生活につきもののありふれた喜び、楽しみは、すぐに汲み尽くされてしまった」(TS12, 888) のである[349]。現代の都会人が保養に出かけた自然豊かなリゾートで、自然を見る以外にするすべもないこと、すなわち、それ以外に何かをする自由がない我が身に気づき、滞在数日で飽きが来るように、フェルディナントも憧れの森でのアインザームカイトの生にすぐに「飽き飽き」する。

　また、確かに森の館にも、ベルタが森の小屋でともに暮らした老婆のようにお祈りをする「醜い老婆」がいる (TS12, 883)。しかし、主人公の見張り番であるこの老婆は、親しそうな素振りを見せるようになるが、一度脱出を試みて失敗した彼を見て「意地悪く微笑みかける」敵対者である。

　そもそもベルタは、純真無垢な少女としてヴァルトアインザームカイトの地に入る。貧しい家に育ったベルタは、辛く彼女にあたる親を逃れて山野を流離った末に、心身ともに消耗しきって無力となってヴァルトアインザームカイトの地へと迎え入れられる。これに対して、富裕な青年男爵フェルディナントも森の館に運び込まれたときには、意識を失っている。しかし、それは、社交の酒宴の馬鹿騒ぎで泥酔させて誘拐しようという不実の友ヘルムフリートやアンデルス男爵らの陰謀によるもので、主人公の意図したものではない。また、フェルディナントが木々と藪の中を逃げ「見捨てられたものであるかのように、人間社会から突き出されたものであるかのように」「ボロボロに破れた服をまとって、お金ももたず、帽子もかぶらず、草原や畑を流離う」(TS12, 913) のは、森の館から脱出して社会に戻る行程の中である。これに対して、ベルタも流離うが、それは親の家を逃げて見捨てられた者のように山野をあてどなく歩むものであり、その先にあるのがヴァルトアインザームカイトの地である。このように、ベルタ

349　この「アインザームカイトでの」「静かな田園生活」の「ありふれた喜び、楽しみ」は、アナクレオン派や感傷主義の人びと懐いたアインザームカイトの理想である。本書 27–28 頁。

とフェルディナントの行程は、動因も方向も逆である。それ故、そもそもフェルディナンドは、ベルタのヴァルトアインザームカイトに入る資格[350]を最初から欠いていると言えよう。

さらに、両者にとっての本のもつ意味も、正反対である。本を読むことによって無学の少女ベルタは世界を知るが、本は、彼女を不道徳な行為へと誘い、彼女は、宝石を産む不思議な鳥を鳥かごごともってその不思議な世界を後にし、世間に仲間入りする。悟性を得た彼女は、純真無垢さを失ってヴァルトアインザームカイトの世界を出ざるを得なくなる[351]。本によってベルタは、パラダイスを失う。これに対して、すでに悟性ある青年貴族のリンデンにとって、本は退屈しのぎの手段に過ぎず、読書による知は理性までも危うくするが、本は彼を救出し、彼は幸福な世界に戻ることができる。

以上の対比は、両者の年齢、置かれた状況、接するものとの関係、心情、本の役割など様々な点で、フェルディナントがベルタの陰画となっていることを示唆する。これを明瞭に証すのは、フェルディナントが「そのアインザームカイトの中を窓辺に寄ってきた鳥」に微笑みかけながら独白した「私自身が非常に奇妙な鳥かごの中にいる」という言葉である。この言葉で示される鳥とフェルディナントの位置関係は、ヴァルトアインザームカイトの調べが流れる時空を自由に生きることのできるベルタと、鳥かごの中でその調べを歌う鳥との位置関係を逆転させたものであり、この意味でフェルディナントはベルタの陰画となっている。陰画は、言うまでもなく本物とは異なる。

「鳥かごの中にいる」という言葉で表されるこのフェルディナント像と、彼が森や草地や小鳥を見ることができるのは限定された条件下のみであると報じる語り手の前置きは、このノヴェレのヴァルトアインザームカイトが主人公にとって見ることができるだけの単なる対象に過ぎないことを示

350　本書 122 頁。
351　同 123 頁。

唆する。この対象化されたヴァルトアインザームカイトは、「彼の」アインザームカイトあるいは「あなたの」アインザームカイト（TS12, 935）として属人化されて表されている。

　森の館を脱出して、深い森の中を逃げる主人公は、叔父と遭遇した際に次のようなやりとりを交わす。

　　（叔父）かわいそうな、哀れな人間よ、とついにヴァンゲンはその甥を眺めやりながら言った。なんという外見をしているのだろう。衰弱して顔は傷つき、帽子をかぶらず、痩せこけて［…］どんな酷いことがお前の身の上に起こったというのか。
　　（リンデン）ヴァルトアインザームカイトが私を破滅させたのですと、リンデンは、腹立たしそうに、しかし、それでも微笑みながら答えた。
　　（TS12, 930）

　さらに、ノヴェレの最後で、主人公は愛するシドニーと再会し、正式に婚約する。そして、その後、二人は連れだって森の館を訪れるが、館を前にして彼女は彼に次のように語る。

　　ところで私は、フェルディナンドさま［…］あなたの監獄、あなたのヴァルトアインザームカイトを私は知っておかなければなりません。
　　（TS12, 935）

　主人公フェルディナント・フォン・リンデンの憧れた「彼の」ヴァルトアインザームカイトは、憧れの森の中の生の体験の中で、「忌々しいアインザームカイト」、「卑劣なアインザームカイト」に変わり、ついには「私を破滅させる」アインザームカイト、あるいは「監獄」としてのヴァルトアインザームカイトへと行き着く[352]。リバットの述べるようにヴァルトア

───────────────

352　もっとも、叔父に助けられた際に主人公が叔父に答える素振りは「腹立

256

インザームカイトが主人公にとって「現実のものとなった」としたら、そ
れは最早、ティークが『金髪のエックベルト』で描いたヴァルトアインザーム
カイトではない。「少なくともある期間、この饒舌なざわめきの多い、
煩わしい世界からまったく外に出て隠棲し、ある美しいアインザームカイ
トの中で暮らしたい」という人間にとって、ヴァルトアインザームカイト
は失われた楽園となっている。むしろ、そのような主人公に『金髪のエッ
クベルト』のヴァルトアインザームカイトの生を追体験させないことこそ、
ノヴェレ『ヴァルトアインザームカイト』におけるティークの意図であっ
たのではないか。

5. 6. 7.　まとめ

　ノヴェレ『ヴァルトアインザームカイト』において問題となっているの
は、言うまでもなくヴァルトアインザームカイトである。そして、テクス
トには確かに森という風景が美的、詩的に語られている。しかし、そのヴァ
ルトアインザームカイトは、『金髪のエックベルト』の主人公の一人であ
るベルタが幼少時に過ごしたヴァルトアインザームカイトとはまったく違
うものである。
　『金髪のエックベルト』におけるヴァルトアインザームカイトが普遍化
されたものであるの対して、『ヴァルトアインザームカイト』のヴァルト
アインザームカイトは、「彼の（seine）」という指示代名詞がついているこ
とからわかるように主人公フェルディナント・フォン・リンデンだけの憧
憬の対象にすぎない。すなわち、それは、個人一人に係わるものである。
誘拐された主人公は、一度は過ごしてみたかった森の中の館でアインザー
ムカイトの中に存在するものの、「非常に奇妙な鳥かご」の中の世界にい

　たしそう」なものだが、同時にまた「微笑みながら」なされている。これは、
　主人公がヴァルトアインザームカイトを心から憎んでいる、うんざりして
　いるのではなく、なおもある種の愛着を感じていることを証すものである。

るので、長いこと熱狂的に憧れてきたヴァルトアインザームカイトは、近くではあるが、手の届かない対面にある。このノヴェレの「ヴァルトアインザームカイト」は、彼にとって見ることができるだけの単なる対象に過ぎない。

　「この饒舌なざわめきの多い、煩わしい世界からまったく外に隠棲し、ある美しいアインザームカイトの中で暮らしたい」という願望を口にするフェルディナントは、アナクレオン派や感傷主義の人びと、あるいはロマン主義の亜流の人びとのように、田園での一過性のアインザームカイトの愛好家のすべての要素を体現している。すなわち、人付き合いや交際社会における流行のスタイルとしてのアインザームカイトの要素である。本当の詩的想像から生まれ、そして、困窮にある者を慰め、活かすことのできるヴァルトアインザームカイトは、その流行のスタイルの対岸にある。

　リバットはこの作品のテーマを「根本的に変わってしまった時代におけるロマン主義的なるものの有効性」[353]であると指摘する。そして、「このノヴェレは、社会的なコミュニケーションから離れる危険、誘惑としてのロマン主義を思い起こさせる」と述べつつ、「しかし、ティークは、生の実用面では非現実的ではあるが、乱用によって脅かされ、失われつつある主体と自然の調和のかけがいのない証としてこの独自の詩文学的創作を、選定した」[354]と結論する。確かに、時代は1848年前夜の三月革命前（Vormärz）とよばれる社会・経済・政治の大変動の時期のまっただ中にある。それがこのノヴェレの背景をなしていることは、ノヴェレ冒頭の新聞の不動産広告に象徴されている。しかし、ヴァルトアインザームカイトという「詩文学的創作」が経済などの「生の実用面では非現実的」であり、それが故に「有効性」に欠けることを世に告げるために、わざわざティークは筆をとったのであろうか。また、ヴァルトアインザームカイトが「主体と自然の調和」の詩的表象であり、それがロマン主義の一つの極致であることについ

353　Ribbat, a. a. O., S.216.

354　Ribbat. a. a. O., S.218.

ては、異存はないが、しかし、このノヴェレ自体は、新たにその調和を描いたものではない。

　ティークがこの作品をもってノヴェレのみならずポエジー創作の筆を断ったという事実は、この作品が彼のある種の遺言となっていることを物語るのではないか。75歳の老ゲーテは、詩『ヴェアターに寄せて』（An Werther, 1824）において『若きヴェアターの悩み』の主人公の影を呼び出して己の青春を懐かしみ、老いらくの恋に情熱を傾ける我が身に苦笑する[355]。68歳のティークは、この最後のノヴェレをもって若き日に手がけた『金髪のエックベルト』のヴァルトアインザームカイトを呼び出し、ヴァルトアインザームカイトを懐かしみつつ、我が手でこれをイロニーとした。そのイロニーに込められたティークの意図は、「あらゆるものが柔和な赤と金の光の中に溶けあう」楽園としてのヴァルトアインザームカイトの価値が時代の変化により変わるものではないことを示し、その価値が永久に続くようにするためであったと考えられる。

355　　Johann Wolfgang von Goethe: An Werther. In: Johann Wolfgang Goethe Sämtliche Werke. Briefe, Tagebücher und Gespräche. 40 Bände. Band 2, Gedichte 1800-1832. Frankfurt am Main (Deutscher Klassiker Verlag) 1988, S. 456-457.

5. 7. アインザームカイトと日本語の「孤独」――ティークの作品におけるアインザームカイトを巡る補足的考察

（1）Einsamkeit（アインザームカイト）という語は、一つないしは一つの存在、一個の存在を意味する「ein」と、名詞もしくは数詞と結びついて形容詞をつくり満たされている様子、一杯である様子を意味する「sam」と、形容詞を名詞化して状態を表す「keit」が結合した語である。つまり、存在の態様の表象である。語の組み立ての上では、Einsamkeit は、一つの存在で満たされている状態すなわちまったく一つである状態を意味する。また、「ein」という語は、それとは別のもの、他を意味する「ander」を意識している。万物の生においては、この世がまったく同じ一つの存在で満たされていることは通常ありえない。思弁的にも、一者からの流出と環帰という新プラトン主義的な意味でのまったく同じ一つの存在を別として、仮にまったく同じ一つの存在で満たされている世界しかないとしたら、そこで思考は停止するわけであり、思考が成り立つには他の存在を要する。つまり、「ein」は、相手が何であるかどうかを別として、他の存在を前提とした語である。この意味で、Einsamkeit（アインザームカイト）とは、優れて対話的な語であり、概念であると同時に、ein と ander という相対的な関係性を内在している。

（2）一つの存在で満たされている状態を意味するアインザームカイトは、一つの存在、すなわち、個に帰するものであるが故に、単に事物や事象の客観的な存在の態様を表すだけでなく、人間の己の存在、己の生そのものに関係する詩的表象となる。個である己の存在そのものの状況（Sein）やその心象風景、すなわち、生の在りようと、己の存在のあるべき在り方（Sollen）、すなわち、生き方の表象としてのアインザームカイトである。自我を認識した近代以降の人間は、認識する己の内にもう一人の己、すなわち本当の己を意識し、対話する[356]。従って、その意味

356　こうした存在のありようを、ハンナ・アーレント（Hannah Arendt, 1906-

でのアインザームカイトは、『フランツ・シュテルンバルトの遍歴』、『ルーネンベルク』などに見られる自分自身を反省しつつ確認する生のありよう、己の生、己の存在への信あるいは確信の表象であると同時に、その裏返しである確信のなさ・不確かさ・覚束なさの表象（『アブダラ』、『山の老人』など）となる。

　一方、アインザームカイトは、他者の存在を意識する語であり、概念であるが故に、人間の他者との関係性を表象するものである。人間の存在は、そもそも個の存在である。しかし、その個である人間は、他者との関係において個の存在（自身が個の存在であること）を認識すると同時に、個であるという存在を求める他者との関係の維持・深化を求める。人間の個別のこの存在は、相対的なものである。他者とのつながりを求める存在である人間にとって、実はその人間関係は一面では生に対する制約もしくは制限となる。かくして、アインザームカイトは、『ルーネンベルク』冒頭の主人公の「自分は楽しく、幸せである」という言葉に見られるように人間個人を他者との関係性から解放することで人間を自由にする（本書 176 頁）。つまり、アインザームカイトは、人間個人を地縁的、血縁的あるいは各種の共同体あるいは社会から、あるいは、個別の人間関係から解放する時空ないしはモメントである。自由の開放感から「喜ばしい（fröhlich）」などの肯定的感情・気分が起き、そうした心象風景を要素とするアインザームカイトが成立する。しかし、その一方で、他者とのつながりを喪失し、この意味で他者との関係性が空白となった人間は、喪失あるいは空虚を自覚したとき、寄る辺なき存在である自己に不安を覚え、ついには己の存在についての不在感まで覚えるようになる。「恐ろしい」、「戦慄するような」などの否定的感情・気分が

1975）もまた、「私と私の自己とのこの沈黙の対話において在るという存在の在りようを、私は孤独と呼ぼう」と述べている。Hannah Arendt: Some Questions of Moral Philosophy, Responsibility and Judgment. Schocken Books. 2003, S. 97-98.（ハンナ・アーレント「道徳哲学のいくつかの問題」『責任と判断』筑摩書房 2007）

起き、そうした心象風景を要素とする他者不在のアインザームカイトが成立する。アインザームカイトは、他者との関係において、一人でありたいと願う一方で、にもかかわらず、再び他者・友情を希求する人間の心象を映し出す。それは、人間関係から解放されたという点で明るく、喜ばしく、生に肯定的であるが、喪失・不在・疎遠が惹起する存在への不安感を惹起するが故に暗く、憂鬱で「恐ろしい」、「戦慄すべき」という、生に否定的・阻害的な面を有する。妻を失った後、「極めて大きな孤独の中で」暮らすエックベルトは、「誰かある友達によって心の中の空虚を埋めてもらいたいと願った」が、このエックベルトのアインザームカイトは、対話的な対象の喪失によって生ずる「心の中の空虚」がアインザームカイトの本質の一つであることを端的に示している。アインザームカイトは、そうした人間関係における個の存在の相対的な二つの側面の詩的表象となる。それ故、アインザームカイトは、獲得と喪失、存在と不在、親密と疎遠、喜びと恐れ、安心と不安、明と暗などの対義的要素（気分、雰囲気）を併せもつ。換言すれば、人間関係における自由から生じる個の解放の喜びと、自由から生じる不在感への不安のイローニッシュな倒錯を文学的に表象するのが、人間関係の存在形としてのアインザームカイトであるとも言えよう。

(3) 日本語の「孤独」の語源となる『孟子・梁恵王下』には「老いて子なきを独、幼くして親なきを孤という」とあり、その後、この意味を受け継いだ『礼記』王制篇、『淮南子』時則篇などに至って「孤独」の熟語が使われることとなる。斯波六郎は、『孟子・梁恵王下』において、その「独」と「孤」の両者は「天下の貧民にして告ぐるなき者」とされていることから、その概念は「物質生活上における、たよりのないものをいう」としたうえで、「主として精神生活上についていう」「現今、普通に行われておる孤独なる語」とは「内容にずれがある」と指摘する。一方、物質生活に対置される精神生活に係る意味を「孤独」の熟語がもつようになったのは、斯波によれば2世紀中頃に出された『楚辞』など以

降である。[357]

　つまり、「孤独」という語には、物質的な意味での人間の生においても、精神的な意味での生においても、本来的に喪失、不在、空白、空虚が含意されている。他者との関係において自己の存在の確信を人間が得る、得られるとすれば、あるいは、人間が自己の存在の確信を得られるのは、ルネ・デカルト（René Descartes, 1596-1650）のいう「われ思う、故にわれあり」という形而上的な意識においてよりも一般に他者との関係においてであることを考えると、喪失や不在についての認識や、存在への不信、寄る辺なき覚束なさは、不安を惹起し、不安は憂いの感情に結びつく。つまり、日本語の「孤独」という語は、他者との関係の喪失や他者の不在、空白と結びついた語であり、また、存在への不信や寄る辺なさ、自己の存在への確信のなさなどの心情と関係している。『アブダラ』や『ヴィリアム・ロヴェル』、『金髪のエックベルト』など多くの作品に見られる。こうした意味でのアインザームカイトは、「孤独」と同じ意味内容と言えよう。

　しかるに、ドイツ語の Einsamkeit（アインザームカイト）は、必ずしも孟子にいう「老いて子なきを独、幼くして親なきを孤という」という喪失、不在、空白、空虚の因子を必要としない。『フランツ・シュテルンバルトの遍歴』のシスティーナ聖堂でのアインザームカイト、あるいは、『ルーネンベルク』の主人公の行く道は、個の生き方、生の在るべき在り方・姿の追究としてのアインザームカイトである。従って、このアインザームカイトは、「孤独」の語ではなく、別な語、例えば「独歩」あるいは「独往」などの言葉で表現すべきであろう。また、それは、ヘルダーリンの『ヒュペーリオン』の主人公やニーチェの『超人』にあるような他者を超え出たアインザームカイトを表す「孤高」ではない。

　また、日本語の孤独は不安や憂いなど生を阻害する要素を伴うが、他者との関係で自由の開放感をともなうアインザームカイトは、そのよう

___

357　斯波：前掲書、7-8 頁.

な要素とは無縁である。こうした喜ばしく伸びやかなものであるアイン
ザームカイトは、不安や憂いなどの生を阻害する心情をともなう「孤独」
ではなく、あえて言えば「閑雅」、「単身」、「単独」などの語がそれに相
当すると考えて差し支えないであろう。

　さらに、アインザームカイトは反省・内省の時空にもなっている。こ
の意味でのアインザームカイトには、「孤独」や「孤高」の語を当てる
こともできようが、「ひとり今いるこのとき」など文脈に応じた訳を工
夫する必要があろう。

　なお、それらの範疇に入らない独自の世界ないしは世界観の詩的表象
であるヴァルトアインザームカイトの訳語については、6.3.3.で論ずる。
いずれにしても、文学作品におけるアインザームカイトの日本語への置
き換えは、辞書的な訳語にとらわれずに、それぞれの文脈において詩的
想像力をもって案出されるべきことは言うまでもない。

6. アインザームカイトのモティーフとイロニー──アインザームカイトのモティーフについての文芸論的考察

　これまで我々は、ティークの作品をいくつか取り上げ、アインザームカイトのモティーフの意味を考察してきた。我々は、アインザームカイトのモティーフは、一例を挙げれば、「楽しい」と「そら恐ろしい」、「美しい」と「戦慄するような」などの対極的な要素（心象、気分、雰囲気など）を同時に内包していること、あるいは人間の内奥や人間関係の相対性などを詩的に表象するものであることを見てきた。イロニーは、そうした対義的、対極的な概念や事柄をもってある事象を表現する文学的手法あるいは創作原理である。本章では、全体としてアインザームカイトのモティーフがティークの散文作品群においてどのような意味をもつのか、どのような意味の関連性をもつのか、ティークの創作の生涯の中でどのように変化したのか、こうした問題について文芸理論、特にティーク文学の核心の一つであるイロニーに焦点をあてて考察する。

6.1. 日常語としてのアインザームカイトから詩的表象としてのアインザームカイトへ

　『アブダラ』の冒頭で、「森の静かなアインザームカイト」の中を散策する主人公アブダラは、月光の中の森と湖の情景を目にして「なんという美しさだ。──月があんなに優しく輝きを湖面に落としている、あの静かな湖は──木々が高い梢でまだサワサワとした葉の音を立てている夜［…］」と語る（本書71頁）。また、『ルーネンベルク』の冒頭では、主人公クリスティアンが、捨て去った故郷を「楽しく、幸せ」な気分のアインザームカイト、森の「美しいアインザームカイト」の中で回想する（同176頁）。以上は一例であるが、ティークの作品におけるアインザームカイトのモティーフは、自然描写と密接に関係している。

6.1.1.　若き日の旅行報告の手紙におけるアインザームカイトの語

　5.3.2.でも言及しているが、『アブダラ』執筆とほぼ同時期の1793年の聖霊降誕祭の時期、5月17日から28日かけて、ティークは、ヴァッケンローダーとともにフランケンヴァルトやフィヒテルゲビルゲの地を旅している。この旅については、ヴァッケンローダーが父に宛てた旅行記[358]と、ティークが妹ゾフィー並びに親友フェルディナント・ベルンハルディに宛てた日誌風の手紙[359]が残されている。その二つの文書において「Einsamkeit（アインザームカイト）」あるいは「einsam（アインザーム）」の語の用い方を比較すると、興味深い点が判明する。すなわち、①同じ風景、事物についての叙述において、ヴァッケンローダーに比べてティークは einsam の語を用いることが格段に多いこと、②Einsamkeit という語はヴァッケンローダーにあってはまったく使われていないこと、また、ティークにあってもわずかに1回きりであること、③これに対して、ティークにあっては einsam という形容詞の名詞化された das Einsame（ダス　アインザーメ）という語が使われていることである。

　ティークは、schön（美しい）, öde（荒れ果てた）, verwüstet（荒廃した）という語だけでなく、romantisch（ロマンティシュな、詩的趣が豊かな）あるいは melancholisch（憂鬱な）と同じような用法で einsam という形容詞を用いて風光を叙述している。ヴァッケンローダーの旅行記は、たしかに romantisch や einsam も用いているが、einsam の頻度は小さく、さらに、興味深いことに心理状態の表象に関係する melancholisch の語は使われていない[360]。この違いは、ヴァッケンローダーの旅行記がプロイセン国の高官で

358　WSWB 168-178.

359　WSWB 272-283.

360　ティークは、einsam の語を9回、Einsamkeit を1回使っているのに対して、ヴァッケンローダーは、einsam の語を5回使うにとどまっている。また、ティークは、旅行9日目のロイポルズドルフからフィヒテルゲビルゲのシュネーベルク山とオクセンコップフ山の森と登頂に関してそれらを

あった厳格な父に対する地誌や民情・産業に関する報告の性格を有することから、即物的、客観的あるいは科学的・技術的な内容の記述となっていること、これに対してティークの日誌風手紙は、妹あるいは友人という最も気を許した相手に対するもので、随所にフモールや感情の横溢（たとえば、陶酔的気分、憂愁など）を表現したものであることによると考えられる。

ところで、「この村は本当に美しい。なんといってもアインザームであり、しかも、物憂くフィヒテルゲビルゲの山々の麓に横たわっている」（WSWB 278）という一文が示すように、「物憂く（melancholisch）」として風景あるいは自然を描写することは、風景あるいは自然の擬人化とも言うべきであり、einsam もまた、melancholisch という語と併せて風光描写に用いられていることから、これらの語を用いた叙述はやや文学的、詩的な領域に入りかけているとも言えよう。従って、einsam（アインザーム）には、ここでは「ひっそりと侘しく」を訳語として当ててもいいであろう。しかし、興味深いことに、旅行の少し前には隠者とアインザームカイトを書いた『アルマンズーア』を脱稿し、また、旅行と同時期には「森の静かなアインザームカイト」などの表現を書いた『アブダラ』を執筆中であったティーク[361]は、しかしながら、そうした森や自然をその目で確かめようと訪ねたフランケンヴァルトとフィヒテルゲビルゲの旅行日誌ではわずかに一箇所しか Einsamkeit の語を用いなかった。このことはどのように解釈できるので

---

melancholisch, romantisch などの情感を伴う語とともに7回使って叙述している（WSWB 273-278）のに対して、ヴァッケンローダーは、「この一帯は、ふたたびアインザームで荒廃している」（WSWB 169）と即物的な民情・産業報告調の文章で書いているに過ぎない。

361　ティークは、特にフェルディナント・ベルンハルディ宛の手紙（旅行最終日の日誌に付与されている）で「あなただけに若干付記する」と前置きして、「『アブダラ』用の銅版画の記述を同封して送ります。どうぞ、「アブダラ——恐ろしい犠牲者」と印刷させるように」と書き、また、「『アブダラ』においては何も変更しないようにお願いする」、「拙劣なところは自分が責任をとりたい」と述べている。（WSWB 282）.

あろうか。③で指摘したように、ティークは Einsamkeit ではなく einsam を名詞化した das Einsame という語を風光の叙述に用いている。旅行9日目、ヴンジーデルからロイポルズドルフを経てオクセンコップフ山に登る模様をティークは次のように書いている。[362] まずティークは、「湖の畔を取り囲むようにして絵のように美しい」町ロイポルズドルフについてその風景を記した上で、次のようにその印象を述べる。

　そのロイポルズドルフがある。――その一帯には何かアインザームなるもの（Etwas Einsames）、陰鬱な物憂さがあり、ごく近くにあるフィヒテルゲビルゲは、その一帯に生真面目で、威風堂々とした風貌さえも与えている。（WSWB 273-274）

　次いで、ロイポルズドルフを発って森の中の道に入り、オクセンコップフ山頂へと高度を上げていくさまを、ティークは次のように記している。

　さて、フィヒテルベルク山は美しいブナの森で始まった。朝の陽光が森の中に射し入り、どの葉もきらめいている。鳥たちは歌い、草原は薫る。――峨々たる奇観という感情も起きる、アインザームなるもの（das Einsame）がここにはある――なんという神々しい朝なのだ。――我々が登って高度がますにつれ、時折、木々の間からほとんど筆舌に尽くしがたい景色の美しさが見え、それはまた、すぐに視界から逸れていくのであった。（WSWB 274）

　ティークは、この山行の模様を、「鳥たちは歌い、草原は薫る」、あるいは「神々しい朝」という叙情的な表現で叙述している。そして、「峨々

362　ティークは、この旅の主要目的がフィヒテルゲビルゲ山地を見ることにあり、ヴンジーデルがその山地の近くに位置していることを述べている。（WSWB 273）.

たる奇観（die abenteuerliche Gegend)」[363]という表現で、ふだんの生活では味わえない山々や鬱蒼とした森が醸し出す畏怖と言ってもいいような感情、心情を語り、これを das Einsame という言葉で置き換えている。この das Einsame の最適な訳語は何かという問題はあるが、しかし、問題は、感情、心情を表象する語として、同時期に書かれ、その後も全般的に用いられるアインザームカイト（Einsamkeit）の語ではなく、ここでは das Einsame という einsam の名詞化の語が使われていることである。なお、先に記された「何かアインザームなるもの（Etwas Einsames)」は、後段では das Einsame と記述されているが、文脈も勘案すると、この語は「孤独」あるいはこれに類する語ではなく、「森閑としたもの」あるいは「崇高な深閑」とでも訳して然るべきであろう。

　一方、アインザームカイトの語が出てくるのは、その山行の道中の、とある山の頂の小屋のかたわらで昼食をとった際に見た景色と、食後に二人の人物に遭遇した経緯の叙述である。

　僕たちの前や後ろには広大な眺めが広がっているが、トウヒで覆われた森以外は何もない。その中にシュネーベルク山と、いわゆるオクセンコップフ山が巨人のように聳え立っている。極めてアインザームで、しかも、ロマンティッシュだ。小さな山小屋が、この雄大で荒々しい景色の中でとりわけ不思議で、憂鬱な効果をなしている。——僕らがちょうど食事を終えようとしたとき、別な側から数人の人々が山を登ってきた。——このアインザームカイトの中で、彼らが森林を計測している、僕らのことをまるで奇妙な動物のように観察しているのだと、僕は推測せざるを得なかった。（WSWB 276)

363　フィヒテルゲビルゲの一帯は急峻な岩壁がそそり立つアルプス山地とは違った緩やかな地形を呈しているが、巨大な岩塊が累々と林立する景観も点在する。この描写は、そうした景観を指していると考えられる。

ここでティークは、風景あるいはその雰囲気をひとまずアインザームと
ロマンティッシュ[364]の語で描写しているが、それが「不思議で（wunderbar）、
憂鬱な効果をなしている」と述べていることから明らかなように、そのア
インザームとは、単なる客観的・即物的な状況説明ではなく、感情的、情
動的な内容となっている。それは、気分、雰囲気（Stimmung）を表現する
形容詞と言っていいであろう。しかし、「森林を計測」という叙述からお
そらくは森林官と思われる一団の人間について書かれた後段の部分のアイ
ンザームカイトの語は、「計測する（ausmessen）」という語や、彼らが自分
のことを「観察している（betrachten）」と推測をしているという記述など
から見て、心情の表明ないしは心情を含意したアインザームカイトという
よりも、単なる「人里離れた地」といった意味合いの客観的・即物的な説
明の語として使っていると言える。
　以上のように、ティークは、旅行日誌風の手紙では、確かに einsam（ア
インザーム）という語・概念を「憂鬱」や「ロマンティッシュ」、「美しい」、
「神々しい」などの感情や情動を表す語と組み合わせながら用いているが、
しかし、Einsamkeit（アインザームカイト）については、『アブダラ』の「森
の静かなアインザームカイト（die ruhige Einsamkeit des Waldes）」のような感
情や情動の表現としては用いてない。そして、こうした感情や情動の表現
として das Einsame を用いていることは注目に値する。このことから、ティー
クにおいてアインザームカイトという語・概念は、文学作品の中で意識的
に使われた表象、言い換えれば、ある事象、感情、あることの文学的な表
象と言うことができるのではないか。このことは、ティークの詩論からも
論証される。

364　ティークは、「文学作品にロマン的か非ロマン的かと区別をつけたがる」
　　傾向があるが、「そもそも詩とはロマンティッシュなものであり」、『オデ
　　ュッセイ』もアイスキュロスもこの意味では「ロマンティッシュなポエジ
　　ーにほかならない」と述べている。すなわちロマンティッシュとは、詩的
　　な気分の表象という意味と考えられる。Vgl. RK2, 273.

6.1.2. 心象風景としてのアインザームカイト──ティークの詩論から

　芸術家小説とされる『フランツ・シュテルンバルトの遍歴』において、主人公シュテルンバルトは、芸術における自然や景観の受容と描写について次のように吐露する。

　植物も摸写したくないし、山々も摸写したくない。描写したいのは、そのようなものではない。僕の心情だ、気分だ。この瞬間、僕をまさに支配しているそうしたものを描き出したい。それを僕は自分自身にとどめておきたいし、理解ある人々に伝えたいのだ。(FSW 258)

　ティーク自身もまたその文学評論集『Die neuesten Musenalmanache und Taschenbücher 1796-1798』の中で、自然についての認識、受容及び描写について「我々は、自然を在るがまま描くことができるのであろうか。どの眼も、自然を心とのなにがしかの関係の中で見ざるを得ない」と書き、さらに「思考し、感じる存在としての人間が自然を見るのだ」、「詩的な人間はだれでも、木々や花々が活き活きと友情で結ばれた存在のように思われるような気分に置かれる」と述べている。[365] また、同じ論述で、自然を「彼の痛みや苦悩を分かち合ってくれる者」として位置づけている。[366] すなわち、詩人は、自然や風物を単に客観的、物理的存在として認識して受容し、詩作するのではない。「美しい風景が、あらゆる優しい夢となって次第にアブダラの考えと混ざり合っていった」(TS1, 269) という『アブダラ』の語

365　Ludwig Tieck: Die neuesten Musenalmanache und Taschenbücher (1796-1788). In: Ludwig Tieck: Kritische Schriften. Band 1. Leipzig 1848. (Photomechanischer Nachdruck. Berlin/New York (Walter de Gruyter) 1974.) S. 82-83.

366　Ebda. このティークの詩論について、ナイマイアーはゲーテの『ヴェアター』の主人公が「陳腐な通常の審美への志向を批判した」ように、ティークもまた、同じような趣旨を主張していると論じている。Vgl. Neymeyr, a. a. O., S. 87-88.

り手の報告もそれを証すものである。ティークにおける自然や風物、さらには事象全般の表象は、思考や感情を媒体として彼の心情を分かち合うものとして詩的に内面化されたものと言えよう。本節の冒頭で取り上げた『アブダラ』や『ルーネンベルク』の一文、あるいは、芸術家としての生の目標、芸術家の在り方がいまだにつかめないことへのもどかしい心情を「遠くの山々の上に霧がかかっている」（FSW 78）いう自然や風景の描写に仮託した『フランツ・シュテルンバルトの遍歴』の一文（本書148頁）は、そうしたティークの詩論の実践の一例と言えよう。

ハムメスは、『アブダラ』を例として引用し、「雷鳴と稲妻によって奇妙に活気を帯びた」アインザームカイト[367]は、「同様に心の不安と同時に起きている」と述べ、「自然の状況は、幾重にも心の状況の裏打ちとなっている。あるいは、それは心のコントラストとなる背景を形成する」と指摘している[368]。また、ナイマイヤーは、『アブダラ』においてティークは「ロマンティッシュな心象風景（Seelenlandschaft）」を「張り裂かれた心理の戦略的な媒体として演出」していると指摘する[369]。このように各作品で自然や風景などとあいまって語られるアインザームカイトは、テクストの解釈を通して得られたように様々な心情あるいは心象風景の詩的表象となると言えよう。換言すれば、①外的風光の描写は、アインザームカイトを媒体として心象風景に化する、あるいは、②往々にして心象風景を投射したものとして外的風光がアインザームカイトとして表現されている、と言える。そして、こうした心象の風景化は、アインザームカイトに修飾語がつくことでより強調されているのである。もっとも、アインザームカイトは、自然や風景、

367　ハムメスの原文テクストでは *Waldeinsamkeit* と書かれているが、この *Waldeinsamkeit* という語は作業仮説としての語であるので、『金髪のエックベルト』における Waldeinsamkeit（ヴァルトアインザームカイト）などとの混同を避けるために、ここではアインザームカイトと書き換えている。Vgl. 本書44頁。

368　Hammes: a. a. O., S. 35.

369　Neymeyer, ebda., S. 93.

　あるいは、一般化して言えば、客体についての叙述とあいまって語られる
だけではない。『山の老人』の「彼のアインザームカイト[370]」が示すように、
言うまでもなく、登場人物その人についての存在のありようを表象する語
でもある。

　それでは、そのようにしてアインザームカイトのモティーフに映し出され
た心象風景とは、いかなるものであったのか。ティークの作品は、そうした
自然描写を含めて多く用いたアインザームカイトのモティーフをもって、何
を語ろうとしたのであろうか。ハムメスは「ティークのドラマ、メルヒェン、
詩、あるいは、それに類するもののほとんどどの頁でも、我々はアインザー
ムカイトという名詞に出会う[371]」と述べている。「ほとんどどの頁」という強
調した表現までではないとしても、若き日から晩年に至るまでティークの多
くの作品でアインザームカイトあるいはアインザーム[372]という語が用いられ
ている。この意味で、アインザームカイトのモティーフは、ティークが明確
な意識を有していたかどうかはさておき、ある意味ではティーク文学のプロ
グラムとも言えるものとなっていたと考えられる。一方、ティークは、イロ
ニーを文学創作の一つの中核として一貫して用いた。第5章ですでに幾つか
言及したが、取り上げた作品にもイロニーの要素が随所に現れる。ティーク
が文学に携わった生涯を通じてアインザームカイトのモティーフをプログラ
ムとも言うべく追究したとすれば、そこには、ティーク文学全体における内
容のテーマ性や文芸学的表現手法であるイロニーとどのような関係があるの
か。そしてまた、文学人生において、どのような変化があったのか、また、
変わらずに底流として流れるともいうべきものはあったのであろうか。これ
らの点について、ティーク文学のプログラム的な叙述手法ともいうべきイロ
ニーの観点も含めて以下の節で検討する。

370　本書 5. 4. 2. 3.

371　Hammes, ebda., S.79.

372　ハムメスはまた、アインザームカイトと並んで「形容詞のアインザームも
　　また、しばしば出てくる。さまざまな名詞に添えられて」と述べる。Ebda.

6.2. ティークのイロニー観

　晩年のティークは、『回想録伝記』においてケプケに対して「私自身の
文芸作品の中では、それゆえイロニーは、まずは無意識に、しかし、はっ
きりと表現されている」と述べた上で、次のように具体例を挙げている。

　　わけても、『ロヴェル』がそうである。直接的なイロニーは『長靴をは
　　いた猫』において支配している。より高次のイロニーについては、『青
　　ひげ』の中になにがしかみられる。そして、『フォルトゥナート』にお
　　いて直接的なイロニーは決定的である。聖なるものが叙述されるべきで
　　ある『ゲノフェーファ』は、あきらかに、それについて何ももたない。
　　しかし、ゴローが彼の熱情にどんどん沈潜していく様は、ほとんどイロー
　　ニッシュと言えるものだ。(RK2, 174)

　また、ケプケは、ドレスデン時代のノヴェレ作品群に関して「自身の内
にイロニーを抱いている最も豊饒なノヴェレ題材」があるとし、そして、
ティークがノヴェレの諸作品の中で「イローニッシュと呼びうる一連の時
代像を創案した。というのも、それらはすべてその構成要素を含んでいた
からである」として、ドレスデン時代のノヴェレの核心の一つがイロニー
であることを指摘している。[373] さらに、ゾルガーと親しく交流する中で、
ティークは彼のイロニー論に共感し、それはドレスデン時代の作品、特に
ノヴェレに反映されていると述べる。[374] ケプケによれば、「偏狭な啓蒙主義
者」の「厭わしい啓蒙思想」に対抗するティークの「最も鋭い武器」が「ヴィッ
ツとイロニー」[375] であった。それらの言葉は、イロニーがティーク文学の
終生の中核、ティークの作風、文学的表現法の柱となっていたことを示唆

373　　RK2, 45-48.

374　　RK2, 239.

375　　RK2, 47-48.

する。また、後述するようにティークのイロニー観とロマン主義イロニー
の関係については議論の余地はあるが、ザフランスキーは、ティークの作
品が初期ロマン主義の特徴であるイロニーを備えていること、ロマン主義
イロニーをシュレーゲルが理論的に論じる以前に、すでにティークがそれ
を作品で実践的に駆使していたと指摘している。[377]

　それでは、ティークにおけるイロニーとはいかなるものであったのか。
ティーク自身は、自分の作品をイロニーという観点でどのように見ていた
のであろうか。まずこの点について、ティークの言葉を中心に以下に考察
する。

6. 2. 1.　より高次のイロニー、エーテル的精神、神的にして人間的なる もの——イロニーを巡るティークの言説

　ティークはヘーゲルがゾルガーのイロニー論を批判したことに傷つけら
れた、と晩年のティークと対談したケプケは『回想録伝記』に書き留めて
いるが（RK2, 70）、そのティークの次の言説に彼のイロニー観の一端が表
明されている。

　ほとんどの場合、イロニーは非常に一面的に定義されている。私は非常
に散文的であり、即物的であると言いたい。ヘーゲルは、この点でゾル
ガーを誤って理解した。彼は、ゾルガーが卑俗なイロニー、すなわちス

376　これに関してマルクウス・オフェルダース（Markus Ophälders）は、「テ
　　　ィークは必ずしも理論的に言及していないが、イロニーはティークの作品
　　　ほとんどすべてに貫徹している」と指摘している。Markus Ophälders: Ironie
　　　bei Tieck und Solger. In: Stockinger/Scherer (Hrsg.), Ludwig Tieck, S. 365.

377　Safranski, a. a. O., S.89, S.94. なお、後段についてはエルンスト・ベーラー（Ernst
　　　Behler）が『長靴をはいた猫』に関して詳しく論証している。Vgl. Ernst
　　　Behler: Klassische Ironie, romantische Ironie, tragische Ironie: zum Ursprung dieser
　　　Begriffe. Darmstadt (Wissenschaftliche Buchgesellschaft) 1972, S. 40.

ウィフトのあの粗野なイロニーを考えていたかのようだと理解した。し
かし、それとはまったく別の、より高次のイロニーがあることを、人は
すでにプラトンから知り得る。私が言わんとするイロニーは、愚弄や嘲
笑、皮肉による諷刺、あるいは、人がそうした言葉で［…］通常理解す
ることに慣れ親しんでいるようなものではない。むしろ、冗談や真の明
朗さと同時に結びついた生真面目さがある。イロニーは、ネガティヴな
だけでなく、なにかまったくポジティヴなものである。イロニーは、作
家が素材を意のままに支配する力である。［…］そうしてイロニーは、
視野の狭さや空疎な観念から詩人を守る。（RK2, 238-239）

　ティークは、その当時一般的にイロニーとは「愚弄や嘲笑、嘲り、皮肉
による諷刺」と理解され、その種のものとして定義されていることを認め、
この一面的なイロニーの定義を「非常に散文的（prosaisch）であり、非常
に即物的（materiell）」だと指摘し、その上でこうした理解をイロニーの一
面しか見ていないと批判している。そして、このような観点から、ゾルガー
のイロニー観に対するヘーゲルの誤解を批判する中で、イロニーには、そ
れとは別の、「より高次のもの」がある。と述べる。
　ところで、この「スウィフトのイロニー」に関してベーラーは、偽装
（dissimilatio）としてのイロニーという修辞的な文彩（Tropus）が18世紀半
ばに至るまで数世紀を通してヨーロッパのイロニー概念を規定しイロニー
についての一般的な解釈であったこと、「結局はソクラテスに由来する」

378　　ベーラーは、ディドロの百科全書（1765年）におけるイロニーの定義
　　　について、キケロやクインティリアン以降ヨーロッパにおける伝統となっ
　　　ている修辞法としてのイロニーしか言及されておらず、ロマン主義イロ
　　　ニーに通じる要素はまだ一つもみられないことを指摘している。Vgl. Ernst
　　　Behler: Frühromantik. Berlin/New York (de Gruyter) 1992, S.248. したがって、ここ
　　　でティークが言うイロニーは、その後にロマン主義イロニーとして概念が
　　　定着したイロニーではないと理解して差し支えないと考えられる。

ものであること[379]を指摘し、その上で「このイロニー概念からの重要な逸脱、あるいは、より厳密に言えば古典的なイロニー解釈との微妙な違いは、スウィフトにあって初めて示された」[380]と述べている。

　ドイツ文学史のみならずヨーロッパ文学全体の歴史において非常に大きな位置を占めるイロニーは、このベーラーの論述にあるように、そもそもギリシャに端を発し、ソクラテス（Sokrates, 前470頃-399）やプラトン（Platon, 前427-437）によって概念的な進化を遂げ、その後、もっぱら修辞的イロニーと呼ばれる概念のもとに18世紀中葉まで用いられる[381]。しかし、それは、ジョナサン・スウィフト（Jonathan Swift, 1667-1745）の文学を端緒に18世紀後半に転機を迎え、シュレーゲルらロマン派の文人によってロマン主義イロニーと呼ばれる新たな次元に飛躍する[382]。

379　Behler, Klassische Ironie, romantische Ironie, tragische Ironie, S.29.

380　Ebda.

381　イロニーの淵源はギリシャ語の εἰρωνεία (eirōneía) である。「空とぼけ」、「知らぬふり」を意味するこの語は、当初、嘘つき者や狡猾な者を意味する狐を描く際に使われるなど、否定的な修辞法として使われていた。その後、プラトンがソクラテスの無知の知を説くことによって、そのような精神的な態度を表象するものとして、イロニーの機能に本質的な発展が見られることとなった。その後、イロニーの概念や技法は、キケロやクインティリアン（マルクス・ファビウス・クインティリアヌス Marcus Fabius Quintilianus, 35頃-95頃）などによって、もっぱら偽装（dissimilatio）としてのイロニーという修辞的な文彩（Tropus）として練り上げられていく。Vgl. Behler, ebda., S. 17-26.

382　一般的にイロニーは概念上、修辞としてのイロニー（修辞的イロニー）、人間の生き方や振る舞い（仕草）としてのイロニー（Ironie als Lebensform）、あるいは、存在そのものの本質としてのイロニーすなわち存在論的・実在論的イロニー（ontologisch-existenzielle Ironie）の3つの範疇に区分される。Vgl. Historisches Wörterbuch der Philosophie. Bd. 4 I-K. Basel/Stuttgart (Schwabe & Co Verlag) 1976, 557-558.（以下、同書を HWP Bd. 4 と略記する。）　また、ベーラーは、その歴史的沿革と内容の相違から、イロニーを古典的イロニー、

ティークは、そのような修辞的な文彩としてのイロニーなどがあること
を承知しており、その上で自身の意図するイロニーはそれらとは違って「よ
り高次なもの」と述べる。また、フランクが指摘しているように、ティー
クはそうした「通常の意味でのイロニー」を喜劇などの作品で用いてい
る[383]。ところで、ティークは「より高次のもの（höhere）」と述べているが、
ここではこれについて、「冗談（Scherz, 戯れ）や真の明朗さと同時に結び
ついた生真面目（Ernst, 真剣さ）」あるいは「作家（Dichter, 詩人）」に素材
を意のままにする力」を与え、「詩人を視野の狭さや空疎な観念から（vor
leerem Idealisieren）守る」としてイロニーの機能を説くだけで、それが具体
的になにかをほとんど語っていない。
　それでは、そのような「より高次の」イロニーとはどのようなものなの

ロマン主義的イロニー、悲劇的イロニーに区分している。「思っていること
（das Gemeinte 言わんとしていること）を、それと逆のこと（der Gegenteil）
で表現する」修辞的言い回し（Wolfgang G. Müller：後掲書 S.189）と定義さ
れる修辞的イロニーは、また、沿革上、古典的イロニーとも称される。イ
ロニーの概念や用いられ方の史的変遷の観点から修辞的イロニーとはまっ
たく違う存在論的・実存的イロニーの次元を切り開いたのがロマン主義イ
ロニーであるとされる。イロニーの概念を巡る議論については、ベーラー
の前掲書（Ernst Behler: Klassische Ironie, romantische Ironie, tragische Ironie）が
詳しく論じている。なお、イロニーの語源、史的変遷、イロニーの種類と
意義については、HWP Bd. 4 や Reallexikon der deutschen Literaturwissenschaft
Bd. II, に簡潔にまとめられており、また、それらについてはベーラーやヴ
ォルフガング・G・ミュラー（Wolfgang G Müller）が詳しく論じていること
を述べるにとどめ、本書では詳しく言及しない。Vgl. HWP Bd. 4, S. 557-581.
Reallexikon der deutschen Literaturwissenschaft Bd. II. Berlin/New York (de Gruyter)
2007, S. 185-188. Wolfgang G. Müller: Ironie, Lüge, Simulation, Dissimulation und
verwandte rhetorische Termini. In: Zur Terminologie der Literaturwissenschaft. Akten
des IX. Germanist. Symposium der Deutschen Forschungsgemeinschaft, Würzburg
1986/hrsg. von Christian Wagenknecht. Stuttgart (Metzler) 1988, S.189.

383　　　Manfred Frank, Einführung in die frühromantische Ästhetik, S. 346.

であろうか。これを直接示唆するのは、1828 年にティーク自身が編纂し
た全集第 6 巻の前書きの論述である。ティークは、「スウィフトや他の人々
がするように、できの悪いものが良いものと、できの良いものが悪いもの
と称される」という「物事の転倒」を「まったく単純なイロニー」である
（LTS6, XXVII）とした上で、次のように述べる。

　アリストパネスあるいはシェークスピアのより高次のイロニーは、多く
の読者によってどのように把握されるべきなのか。単に他人の言いなり
になるような読者には、ソクラテスのイロニーなど用はないし、ゾルガー
がどの芸術作品にも不可欠と告げたあのイロニーについてどうすればい
いかわからないだろう。哲学を職業としている人々でさえ［…］プラト
ンの対話を最後まで読むことはほとんどできないだろうし、ましてやゾ
ルガーの『エルヴィン』を読み通すことなどまずないのだから。けれど
も、プラトンの対話全体の上を［…］より高次の、精神的なイロニーが
たしかに漂っている、ソクラテスにおいて見かけは無知のイロニーとし
て告げられたものが。ならば批評家や哲学者たちは、詩的な芸術作品の
あの最終的な完成を［…］あの［…］全体の上に漂い、全体をその高み
から創造し、つかむことができる、エーテル的精神を、どのように名づ
けようというのか。もし我々が、その表象をゾルガーや、（かつて『ア
テネウム』でそれを暗示した）フリードリヒ・シュレーゲルとともにイ
ロニーと呼ばないのであれば、洞察する者は、別な名前を与え、案出し
てみればいい。」（LTS6, XXVIII-XXIX）

　この論述は、ティークのイロニー観を知る上で多くの手がかりを与えて
くれる。まず、「物事の転倒」によるイロニー、すなわち修辞的イロニー
あるいは古典的イロニーとされるものを「まったく単純なイロニー」と位
置づけた上で、①この通常のイロニーと違う「より高次のイロニー」の
一つがあり、それがアリストパネス（Aristophanes, 前 445 頃 -385 頃）ある
いはシェークスピアに見てとれるとしていることである。次いで「あるい

は」という言葉をもって、②「より高次の、精神的なイロニー」があることを明らかにし、ソクラテスの「無知のイロニー」として例示されるもの、あるいは、抽象的な表現であるが「全体の上に漂い、全体をその高みから創造し、つかむことができる詩的な芸術作品、エーテル的精神」として、なおも抽象的であるが、それを具体的に示していることである。さらに、ティークは晩年、「私はゾルガーの思考過程を実際にたどろうとした、そして、その過程で私は再び哲学に踏み入った」（RK2、174）と回想しているが、上記のティーク論述は、③その「詩的な芸術作品、エーテル的精神」と表現されたイロニー観について、『エルヴィン』[384]の書名を挙げるなどしてゾルガーやシュレーゲルから受容したものであることを自ら示唆していると言える。

　また、ティークは、ケプケの『回想録伝記』の中で次のようにイロニーの概念について語っている。

　イロニーの概念を特定の文章で言い表すことは無限に困難である。ゾルガーもまた、『エルヴィン』の結末で美なるものの探究をした後に、それについて至高に関してとして暗示するに過ぎない。それは、ポエジーにおける神的にして人間的なるものなのだ。これを最も深い確信として心に抱き、かつまた体験した者は、なんらかの定義を必要とするのだろうか。定義とは、とどのつまりある言葉に代えて、おそらく同じようにほとんど理解されない別な言葉を置くに過ぎないのである」（RK2, 238-239）

　ここでティークは、イロニーの概念について「ある特定の文章で（in einer bestimmten Formel）表明することは限りなく難しい」とまず述べる。

384　正式の書名は、『エルヴィン　美と芸術に関する四つの対話』（Erwin; vier Gespräche über das Schöne und die Kunst,1815）である。以下、本書における引用文以外の箇所においても、このティークの記述にならって同書を『エルヴィン』と表記する。

そして、ゾルガーさえも『エルヴィン』の最後で、それが「至高に関して (über
das Höchste)」として暗示しているにすぎないと指摘した上で、イロニーは
「ポエジーにおける神的にして人間的なるもの (das Göttlich=Menschliche)」
であると述べ、さらに、反語を用いて、神的かつ人間的なるものであるイ
ロニーの言葉による明文の定義は虚しいものとしているのである。さらに
ティークは、「最も深い確信 (tiefste Ueberzeugung)」と「体験する (erleben)」
という語によってイロニーを個々人の次元における認識の問題に還元し、
定義の形で一般化するのを避けている。しかし、我々は、この論述にティー
クのイロニーのさらなる核心である④「神的にして人間的なるもの」ある
いは「至高のもの」という語と、⑤「最も深い確信」や「体験」という語

385　　『エルヴィン』第 2 巻の 277 頁から最終 287 頁にかけて、後述のイロ
　　　ニーの定義 (277 頁) や「見せかけのイロニー (Scheinironie)」などイロ
　　　ニーについて言及されている。Vgl. Karl Wilhelm Ferdinand Solger: Erwin; vier
　　　Gespräche über das Schöne und die Kunst, 2. Berlin (Realschulbuchhandlung) , 1815,
　　　S. 277-287.　　以下、同書第 1 巻を Erwin1，　第 2 巻を Erwin2 と表記し、該
　　　当ページを付記する。このオリジナルテクストについては、Bayerische
　　　Staatsbibliothek digital 収録のものを使用している。なお、第 1 巻については
　　　清浦康子の次の邦訳があり、本書での訳は、適宜これを参照した。K. W. F.
　　　ゾルガー (清浦康子訳)：美と芸術の対話　エルヴィン (南窓社) 1992 年。
　　　以下、この同書を『エルヴィン (清浦訳)』とする。

386　　これについてイングリッド・ストローシュナイダー＝コーアス (Ingrid
　　　Strohschneider-Kohrs) は、ティーク自身が「イロニーに関して定義するこ
　　　とから距離を置くすべを心得ていた」、すなわち定義化の部外者であろう
　　　としたと解している。Vgl. Ingrid Strohschneider-Kohrs: Die romantische Ironie
　　　in Theorie und Gestaltung. 3., unveränd. Aufl. Tübingen (Niemeyer) 2002. Zugl.:
　　　München, Univ., Habil., 1958, S. 131.　　なお、ストローシュナイダー＝コーアス
　　　のこの著作は、ベーラーの研究などに先立つロマン主義イロニー研究の先
　　　駆的なものである。ストローシュナイダー＝コーアスは第 3 版の補遺で、
　　　ベーラーらの後続の研究を評価しつつも、彼女の研究をベースにしている
　　　と述べている。Ebda., S. 452.

を見出す。

　以下、それらの点についてやや詳しくティークの言説を考察していきたい。

6. 2. 2.　シェークスピアとセルヴァンテスのイロニーを巡って

　ティークは、シェークスピアを「イロニーにおける名匠（Meister in der Ironie）」とし、「イロニーが彼にあっては意識的なものであったのか、あるいは無意識のうちになされたのかについて述べるのは難しい。これは、その中には踏み込めない深い魂の秘密（神秘）である［…］しかし、あらゆるキャラクターや紛糾のほとんどにおいてイロニーが姿を現す」と述べる。そして、そのイロニーとして『ロメオとジュリエット』、『ハムレット』、『マクベス』などを挙げ（RK2, 217-223）、ロザリンデに夢中になって登場するロメオ、そのすぐ後にジュリエットのための激烈な情熱を有するロメオ、彼の魂の気分とこの愛のための自由な素質、「この両者の組み合わせの中に、明らかにイロニーがある」（RK2, 217-218）、「この作家のほかの作品の主人公でハムレット以上に多くイロニーをもって扱われた者はほとんどいない」（RK2, 219）、あるいは、「マクベスもまた何らかのイロニーをもつ。もともとは力強く、高貴な性格がマクベス夫人にもあった。しかし、彼女の名誉欲の幻影は彼女を犯罪へと駆り立てる」（RK2, 223）と述べる。つまり、その意味での「より高次のイロニー」とは、生の本質にかかわる生きざま、生き方を対義的な表現あるいは文脈で描いたものと解して差し支えないであろう。

　また、セルヴァンテス（Miguel de Cervantes Saavedra, 1547-1616）の『ドン・キホーテ』におけるイロニーについて、ティークは次のように語っている。

　シェークスピアと同じように、セルヴァンテスもまたイロニーの名匠である。『ドン・キホーテ』において、それは何と深いのだろう。彼（注：主人公ドン・キホーテ）が言うそのことの中に、彼はきまって気高く思

慮深い人間として現れる。我々は、たいてい彼に同意する。彼は最高を
欲し、これにその全身全霊を捧げる。とはいうものの、まさにこの高貴
な心において、なんとも彼は滑稽に思われるのだ。なぜなら、彼がつか
んでいる武具はといえばまったく真逆なものだから。（RK2, 239）

　ティークによれば、ドン・キホーテの語ることから判断すれば、この人
物は、「我々も同感できるような」「気高く」「思慮深い」人間のように見
える。彼は「至高」を求め、おのれの生をそこに置く。しかし、まさに彼
がつかむ武具がまったくその高貴な心情と思いとは本末転倒なものであ
るが故に、彼は滑稽に現れるのである。すなわちティークは、「気高さ」、
「思慮深さ」、「至高」を語る言葉と、「滑稽」、「喜劇的」な行為という、内
容と形式に関する一対の対極的概念と、その二つを一身に、一つの生に形
として体現したドン・キホーテという人物をイロニーの典型として認めて
いるのである。換言すれば、ティークが『ドン・キホーテ』において理解
したイロニーとは、ある言葉あるいは語句をもってその真逆の意味内容を
表現する単なる修辞的な文彩ではなく、当該登場人物に関連する叙述全体
の文脈の中で表面的に叙述される姿とは真逆のその人物の生き様を描くこ
と、あるいは、それを示唆することと言えよう。ベーラーは、『ドン・キホー
テ』について「ロマン主義者によって見つけられた、現実と詩作（Dichtung）
の対照の提示という意味でのイロニーの輝かしい具現化」であると指摘し
ているが、[387]ティークもまた、この意味でイロニーを理解していたと言え
るのではないか。ところで、主人公ドン・キホーテは、白（「気高さ」も
しくは「高貴」、「思慮深さ」、「至高」）か黒（「滑稽」、「喜劇的」）に截然
と判別される存在ではない。アナロジカルな存在である。ドン・キホーテ
というイロニーの形（表象）においては、白・黒は、両者の関係性あるい
は割合として表象される。そうした対となる概念あるいは振る舞い（実践）
は、その「愛らしさ、愛嬌に魅了される」と「笑ってしまう」（RK2, 239）

387　　　Behler, ebda., S. 49.

というティークの書きぶりにも現れる。それだけではない、ティークは、ドン・キホーテ自身が熱狂時にはこれと「釣り合いをとるもの」である「空想・夢想することのないサンチョという純朴な自然である機知なしにはいられない」（RK2, 239）と述べる。ここでは、対概念は、学のある者の感情の横溢時におけるという条件のもとでの空想・夢想と、無学な従者の純朴な自然である機知（ヴィッツ）であり、それらがイロニーの形で一体化しているのである。イロニーは、物事の相対性についての認識を基礎とし、その表象であるといえるが、『ドン・キホーテ』のイロニーについてのティークの論述は、そうした意味でイロニーの本質をとらえたものと言えよう。

　もっとも、この二つの論述に表明されたティークのイロニー観について、ストローシュナイダー＝コーアスは、取り上げられたシェークスピアのイロニーの例に関して「たしかに日常的なものではないとしても」、「運命のイロニーとして理解されているか、あるいは、ドラマの狭義の意味での悲劇的なというイロニーとして総じてそのように理解されるよく知られている事柄」であると指摘し、また、ティークはその視線をもっぱら①ドラマの内実（Gehalt）、②キャラクターの精神的、心理的な状況、③筋書きの

388　　Vgl. Frank, a. a. O., S. 311f.　フランクは、時間における有限と無限の関係のアナロジカルな形として観念されたイロニーに関して、「イロニーもまた、絶対なるもの（das Absolute）を時間化する動きを芸術という媒体（Medium）の中で繰り返す」（S. 311）、「イロニーというロマン主義の芸術手法は、同時に有限と無限があるのを有限の中の現象にするという唯一の解決である」、「有限なるものをその個別性において措定することは［…］矛盾を内包する。なぜなら、この措定は、別な、さらなる措定によって相対化されるからであり、また、相対的なるもののすべては、自身の他へのその否定的な関係性によって無に帰する（vernichten）からである。しかし、そこに、ユートピア的な提示の公準化の根拠が存在するのである」（S. 312-313）と指摘している。

絡み合いに当てていると述べる。[389] さらにその上で、シェークスピアの造形（Gestaltung）の独自性について「題材についての視点、劇作の登場人物の本質と運命」の観点から問われていて、ロマン主義イロニーという意味でのそもそもの芸術上の特性についての問いかけについては、ティークは触れていないと指摘している。[390] 一方、セルヴァンテスの『ドン・キホーテ』に関するティークの見解についても、折角「セルヴァンテスのイロニーを形式的な造形の点で語れるのに」[391]、「ティークがここで明らかにしているのは小説主人公の生き方（Lebensweise）と振る舞いかたである」と述べている。[392] つまり、そうしたイロニー理解は、「より高次のイロニー」に関するものであっても、ロマン主義イロニーの本質を突いたものではないとするのである。このストローシュナイダー＝コーアスの指摘は、ティークのイロニーを考察する上で示唆に富む。

---

389 Strohschneider-Kohrs, a. a. O., S. 134.

390 Ebda.

391 確かにドン・キホーテと釣り合いをとるためにサンチョを配置したことは、作品の造形、すなわち、構成原理の観点でとらえることができるが、ティークはこの意味でサンチョについて語っていない。

392 Ebda., S.135. なお、ストローシュナイダー＝コーアスは、シェークスピアのドラマに関するティークのイロニー観に関する脚注で M. Joachimi-Dege（M・ヨアヒミ＝デーゲ）の次の言説（1907）を援用していることにも触れておきたい。「ティークがイロニーという語で理解しているものを端的に言えば、人は、そういいたのであればイロニーといえる。しかし、ロマン主義的イロニーではない。その言葉の根底にある考えは、まったく日常的なありふれたものであり、哲学的な議論を必要とするものではない。」Vgl. ebda., S. 133.

6.2.3. エーテル的精神、神的にして人間的なイロニーとは——フリード リヒ・シュレーゲルとゾルガーのイロニー観の影響

　今日でも「愚弄や嘲笑、皮肉による諷刺」と訳されることの多い通常の イロニー、すなわち、「単純なイロニー」と、芸術上の「より高次のイロニー」 をティークは、明確に区分していた。そして、後者の一つにシェークスピ アやセルヴァンテスの作品に見られるイロニーを数えた。しかし、ティー クのイロニー観の核心をなすもう一つの「より高次の、精神的なイロニー」 である「エーテル的精神」、さらには「ポエジーにおける神的かつ人間的 なるもの」とは、いかなるものなのであろうか。

　ティークは、この二つを語るのに際して上述のようにシュレーゲルと ゾルガーに言及している。晩年のティークは、「ゾルガーが私の人生にお いて深い一時期をつくった」として、「イロニーを示唆した」ゾルガー の著作『エルヴィン』に「多くのことを負っている」と述べている[393]。ま た、初期ロマン主義の美や美学に関する言説をカントの哲学やアレクサン ダー・ゴットリープ・バウムガルテン（Alexander Gottlieb Baumgarten, 1714- 1762）の美学を皮切りに、シュレーゲル、ノヴァーリスの所論などを引用 しつつ、様々な観点、特に、時間という意味での有限性と無限性の扱いか ら解説し、論じたフランクは、イロニーをロマン主義美のある種の極致と 述べた上で、「フリードリヒ・シュレーゲル本人は自身をその権威として いるわけではない」が、人は「ロマン主義イロニーの核心となる考え方を シュレーゲルの省察から抜粋し、要約しようとする」のが常である、と指 摘し、さらにゾルガーについて、シュレーゲルやノヴァーリスといったイ エナ・グループの人々の「断章の形でしか提示されていない思考を体系化」

---

[393]　RK2, 174. また、ケプケは、ティークがゾルガーと出会ったそのとき から『『エルヴィン』の最後で幾つか仄めかされている」イロニーに長く 取り組むこととなるとして、ゾルガーの大きな影響について述べている。 Vgl. RK1, 367.

して同時代人に理解される著作を書いたと評価している。[394]フランクはま
た、ゾルガーについて「本来、ロマン派の人間には数えられないが、フリー
ドリヒ・シュレーゲルのイロニーに関するラプソディ的なコメントを体系
化している」と評するとともに、「著作や手紙の往復において哲学とポエ
ジーの結合に関して実際に成果を上げた」のはゾルガーのみであったと述
べて、イロニー概念の体系化に関するゾルガーの業績に高い評価を与え、
さらに、「ロマン主義の哲学者のなかで彼のみが、イエナ・グループの唯
一の作家であるルートヴィヒ・ティークを、抽象的な哲学への反感、毛嫌
いから、哲学的思索の問いかけへの関心へと変身させた」と評している。[395]
従って、ティークのイロニーを理解するには、シュレーゲルとゾルガーの
イロニー観を知る必要がある。以下、まずシュレーゲルあるいはゾルガー
のイロニー観をたどりながら、ティークが「エーテル的精神」と「ポエジー
における神的かつ人間的なるもの」という言葉で言わんとしたところを考
察する。

6.2.3.1. 詩的反省の翼の上に乗って──シュレーゲルのイロニー観

　シュレーゲルのイロニーについては多くの研究があるが、本項では、
ティークのイロニー観との関係を論じたストローシュナイダー＝コーア
ス、フランク、ベーラーの研究を主として踏まえて、そのイロニー観を概
述する。
　ストローシュナイダー＝コーアスは、まず『リュツェウム』断章
（Lyceums-Fragmente, 1797）第42を取り上げ、『リュツェウム』断章の執筆
時におけるイロニーの意味にとっての決め手となる極めて重要な要素とし
て「自身そのものを超越するという考え方（der Gedanke einer Erhebung über
sich selbst）」がこの断章の中心にあり、この考えが「シュレーゲルによっ

394　　Frank, a. a. O., S. 307.

395　　Ebda., S. 316.

て公準とされた芸術家の態度」であるイロニーであると指摘する。さらに、この意味でのイロニーとは「芸術上の原理（künstlerisches Prinzip）」であり、「芸術家の全き関心も、具体的叙述（表現）における完全な客観化のいずれも許容しない自由な造形の原理である」[396]と述べる。つまり、シュレーゲルにとってイロニーとは、「芸術家の創作プロセスにとって、意識され、かつ自由な自己超越（Selbsterhebung）、自己克服としての意味を持ち、イロニーにおいて芸術家は自身と己の作品を自らつかみ、その二つから解放される」[397]のである。それでは具体的にそうしたイロニーは、作品においてどのように現れるのか。これについてストローシュナイダー＝コーアスは、「最終的にイロニーは、［…］芸術家による次の実践として読みとられる。すなわち、具体的な拘束的表現や描写（gebundene Darstellung）を自由に打ち破るオペラの道化役（Buffo）や主要テーマからの逸脱（Parekbase）」として」[398]と述べる。

　さらにストローシュナイダー＝コーアスは、『リュツェウム』断章において芸術上の創造と結びつけられたイロニーの概念は『アテネウム』断章（Athenaeums-Fragmente, 1798）においてさらに拡張され、改めて細分化されていると指摘して[399]、イロニーはロマン主義芸術そのものと同一ではなく、その手段であるが、ロマン主義文学の可能性を条件付けるもの、その内的な原動力である、と述べる[400]。その上で、『アテネウム』断章51にある「イロニーに至るまで、あるいは、自己創造と自己破壊の絶え間なき交替に至るまで」[401]という叙述と、同121の「イロニーに至るまでの完璧な概念、絶

396　　Strohschneider-Kohrs, a. a. O., S. 37.

397　　Ebda.

398　　Ebda.

399　　Ebda., S. 38.

400　　Ebda., S. 38f.

401　　Friedrich Schlegel: Athenäum Fragment. In: Kritische Friedrich-Schlegel-Ausgabe. Ernst Behler u. a. (Hrsg.). Bd. 2. München/Paderborn/Wien (Verlag Ferdinand Schöningh) 1967, S. 172.

対的なアンチテーゼの絶対的な統合、二つの争う考えの、絶えず自身を生みだす交替」[402]という叙述を挙げる。イロニーは、『リュツェウム』断章において自由からの自身そのものの超越、「自己創造 (Selbstschöpfung)」と「自己否定 (Selbstvernichtung)」から結果的に生ずる自己制約、すなわちシュレーゲルが「終わりなき力（unendliche Kraft）」と名づけたものとして規定されたが、『アテネウム』ではその種の一回きりの弁証法的に根拠づけられた行為ではなく、その常なる変化、継続的な弁証法的運動となっている、と指摘するのである[403]。さらに、ロマン主義文学は「いかなる現実の関心と観念的な関心からも自由に、詩的反省の翼の上に乗って、表現されたものと表現するものとの中間に漂い、この反省を、常に累乗的に増高させ、かつまた、鏡が終わりなく連なって並ぶように自らを幾重にも増やしていくことができる」[404]（『アテネウム断章116』）を挙げて、ストローシュナイダー＝コーアスは、シュレーゲルにおけるイロニーという考えには、力としての内的な無限性だけでなく、芸術作品における自ら繰り返し自己把握する円環的な運動である自分自身への振る舞いとしての内的な無限性があるとする[405]。「行為する者が己の可能性の条件であると同時に、可能性の条件を言うことができる」その「自分自身への振る舞い（ein Verhalten zu sich selbst）」について、ストローシュナイダー＝コーアスは、超越性 (transzendental)

402　Ebda., S. 184.

403　Strohschneider-Kohrs, a. a. O., S. 39.

404　Schlegel, a. a. o., S.182-183.

405　Strohschneider-Kohrs, a. a. O., S. 42.　また、ストローシュナイダー＝コーアスは、イロニーという知的な能力は、「仲介的に働く動因 (vermittelndes Agens)」であり、「超越的で、統合的な能力」であるとする。「ロマン主義のポエジー」は「この詩的反省をもって、芸術的に関する自由の媒体として現れる内的な、動き動かされる可能性を有する。この反省の累乗化 (Potenzierung) をもって終わりない円環的な思考のプロセスが暗示される」と述べる。Ebda., S.44-45.

という語が意味するものを内包していると述べる[406]。換言すれば、シュレーゲルにとってイロニーとは、反省を反省する不断の行動とその能力の表象であり、ロマン主義の核心となる「超越性」という考えの一つの具現化と言えよう。

　ベーラーもまた、シュレーゲルの、『アテネウム』で叙述されたイロニーの主要形態は①「自己創造と自己破壊の絶え間なき交替」、「熱狂と懐疑」のリズム[407]、②「詩的反省」[408]、③「全なるものについての予感」[409]という「イロニーのシンボリックな理解」という3つの概念に集約されるが、「自己創造と自己破壊の絶え間なき交替」に結局還元されると指摘する[410]とともに、作者の己の作品の上に「浮かび漂う（Schweben）」行為は「詩的反省の行為にとって決定的に重要なものである」が故に、この行為はシュレーゲルのイロニーの象徴的な様相となっていることを強調している[411]。またベーラーによれば、シュレーゲルのイロニーにおける「自己創造と自己破壊」の弁証法の本当の動機は、単なる錯覚の破壊（Illusionszerstörung）ではなく、

406　Ebda., S. 47.

407　Behler, a. a. O., S. 66f.

408　ベーラーは、シュレーゲルの「詩的反省」という語概念が『アテネウム』断章116で意図された作家の彼の作品内での「美しい自己鏡像化（schöne Selbstbespiegelung)」を表すために創出されたものであると指摘し、この概念の中に「自己創造と自己破壊の絶え間なき交替」として表現された本来的な対立関係というイロニー理解の新しい表現があると述べる。Vgl. Ebda., S. 66f.

409　これについてベーラーは、「個々人の感性、心、悟性、想像をかき立て、それらを働かせ、楽しませるすべて」が「全なるものの予感（Ahndung des Ganzen)」のための印であり、手段である」イロニーの中にある、というシュレーゲルの『ポエジーに関する対話（Gespräch über die Poesie)』の言葉を引用して論じている。Vgl. Ebda., S. 70.

410　Ebda., S. 72.

411　Ebda., S. 72.

制約あるもの、終わりあるものを終わりなく高揚させることを完全に仲介
することが不可能であると同時に、それが必要であるという感覚の中に「全
なるものについての予感」があることを証す「限定的な創造能力の超越」
の中にある[412]。

さらに、フランクもまた、シュレーゲルはイロニーとは「自己創造と自
己破壊の絶え間なき交替」、「自己制約と自己解放（Selbstentgrenzung）」で
あるとしたと述べた上で、さらに、①諸制約の下にある世界を超越する
こと（Erhebung über die Welt der Bedingungen）、②芸術作品の上を浮遊しこ
れを高みから概観することの明朗な気分（die heiteren Stimmungen des Über-
dem-Kunstwerk-Schwebens und Es-aus-der-Höhe-Überblickens）、③人が完成され
たものから離れ出て、これに距離を置くときに生じる精神的態度及び寛い
だ気分を「イローニッシュ」と呼んだ、と指摘する[413]。フランクによれば、我々
が有限の存在であることはまさに、絶対なるものを描写することが我々に
は不可能であることの裏面であるが故に、それ自身無限という意味を内包
する表現だけが、絶対なるものの適切な表現となる。イロニーとは有限（終
わりあるもの）の中に、無限（終わりなきもの）が仄めかされる手段であ
る。フランクは、このことをシュレーゲルが暗示したというのである[414]。

後に研究者によって形成されたロマン主義イロニーという概念の起点と
なるシュレーゲルのイロニーとは、「自己創造と自己破壊の絶え間なき交替」
という言葉に仮託された作家による作家自身と作品創造における自己言及
的姿勢、自己反省的精神であり、また、これに基づいて作品を筋の展開な
どにおいて構成することと言えよう。別な表現で言えば、表現の主体によっ
ても客体によっても規定されるものでなく、「自由に、詩的反省の翼の上に
乗って、表現されたものと表現するものとの中間に」、主体と客体の間に漂
いつつ行う観照の表現の手法とも言える。ティークは、先に引用した1828

---

412   Ebda., S. 72-73.

413   Frank, a. a. O., S.344.

414   Ebda., S. 316.

年全集第6巻の前書きの論述で、エーテル的精神に関してゾルガーと併せて、シュレーゲルの名と『アテネウム』に言及している。とすれば、イロニーを「あの［…］全体の上に漂い、全体をその高みから創造し、つかむことができる」エーテル的精神と規定したティークのイロニー観は、以上のシュレーゲルのイロニー観との文脈でまずは理解できるであろう。

6.2.3.2. すべてを鳥瞰する一つの視線、神的なるものの顕現としてのイロニー——ゾルガーのイロニー観

ゾルガーは、美とは何か、わけても芸術における美の本質を哲学的に探究した主著『エルヴィン』及び、弟フリードリヒ・ゾルガー宛の『エルヴィン』の内容について記した1815年7月11日付けの手紙において、イロニーについて次のように述べている。

> イデーそれ自身が必然的に水泡に帰すという移行のその瞬間こそ、芸術の真の座所でなければならない。そしてそこでは、機知と観照、すなわち、それによって各々が、対峙する片方の働きにより同時に生まれ、かつ、無になるところの生成と消滅が同時に起こる。機知と観照は、同じ一つのものである。つまり、ここで芸術的精神は、すべてを鳥瞰するような一つの視線の中へとすべての方向を終息させねばならない。そして、あらゆるものの上に浮かび漂う、すべてを無に帰すその視線を、我々はイロニーと呼ぶ。(Erwin 2, S. 277)

> 「それ（注：本当の問題）は、こうである。時間的な、そして、そうしたものであるからこそ欠陥のある不完全な現象の中に、完全なる本質が顕現できるとは、どのようにすれば可能なのか。というのも、ここにこそ美があるのであり、だれもがこのことを仄かに感じていて、だからこそ、その相反する事柄を統合しようとしてきたからだ。解決はこうである。芸術と称する完璧な行為によって、ある確かな定められたやりかた

によって。それ（注：芸術という行為）は、イデーあるいは本質という
ものが現実を座所とし、そしてまさにそうなることで、そもそもの単な
る現象である現実なるもの自体が無に帰するその瞬間にあるのだ。これ
がイロニーの考え方である。(Solger, NSB1, S. 360)[415]

　ゾルガーは、時間的に有限なるもの、すなわち現実の現象と、時間に左
右されない完璧なる本質すなわち完璧なイデー（理念）[416]を対置させ、欠陥
ある現実の中に完璧な本質が顕現（Offenbarung）することを美と呼び、こ
れを芸術の真の座所、居所（Sitz）と考える。イデーは現象となって現実
のものに化すると、現実は移ろいゆく現象にすぎないから即おのずと壊れ
て消滅する、すなわち無に帰すのは必然である。ゾルガーは、これを『エ
ルヴィン』で「イデー自身が必然的に水泡に帰す（vernichten）」と表現す
るのである。しかし、「無に帰する」（vernichten）あるいは破棄され消滅
するとは、何もないこと、虚無、あるいは真空状態という意味ではない。[417]
この無に帰するという「移行」の「瞬間」にイデーが完璧なものとして、
すなわち芸術における美として現出すると考えるのである。[418]そして、そ

415　　　Karl Wilhelm Ferdinad Solger: Nachgelassene Schriften und Briefwechsel. Bd.
1. Hrsg. von Ludwig Tieck und Friedrich von Raumer. Heidelberg (Verlag Lambert
Schneider), 1826. Faksimiledruck. Heidelberg (Verlag Lambert Schneider) 1973, S.360.
以下、Nachgelassene Schriften und Briefwechsel 第 1 巻を「Solger, NSB 1」とし、
第 2 巻を「Solger, NSB 2」とする。

416　　　清浦によれば、ゾルガーにおいてイデー（理念）は、彼の「思想の中心概念」
であり、「生と認識の根底をなす永遠の本質、〈普遍〉と〈特殊〉の根源的
な統合を示唆する」ものである。その語をもって一般に理解されている「抽
象的な観念」ではないことに留意する必要がある。Vgl. エルヴィン（清浦訳）
194 頁。

417　　　Vgl. Frank, a. a. O., S. 362.

418　　　「現象における現象と本質の一致が、それが認識されることとなれば、
美である。」(Erwin1, S. 161)

の生成と消滅という対極的な方向への動きを起こすのが、「機知（Witz、ヴィッツ）」と「観照（Betrachtung）」という対極的な知的営為である。ゾルガーは、この知的営為をもってすべてを滅して無に帰すると同時に生成が起きるとする見方、精神の持ち方をイロニーと呼び、さらに、これを「すべてを鳥瞰する一つの視線」、あるいは、シュレーゲルと同様に「Schweben」という語を用いて「浮かび漂う視線」と喩えたのである。ティークの言う「全体の上に漂い、全体をその高みから創造し、つかむことができるエーテル的精神」とは、このゾルガーが「芸術的精神（künstlerischer Geist）」名づけたものの文脈で理解することができるであろう。

　ところで、「イデー」と「現実」、「時間的に有限なもの」とそうでないものの統合、あるいは、不完全な現象の中の完全なる本質の顕現とは、いかなるものであろうか。そしてまた、「機知」と「観照」とは、シュレーゲルの言う「自己破壊」と「自己創造」に対応する概念とも考えられるが、その意味はいかなるものなのか。こうした点についてストローシュナイダー＝コーアス、フランクあるいは清浦康子の研究をたどることで、ゾルガーのイロニーの本質の理解を今少し深めることとしたい。

　ストローシュナイダー＝コーアスによれば、ゾルガーの美に関する哲学は、イデー（理念）と現象が「直接的、かつ、破棄不可避でありながら、しかも、必然的な相互関係にある」こと、及び、「イデー（理念）と現象、本質（Wesen）と現実（Wirklichkeit）、神性（神的なるもの Göttliches）と現世（この世のもの Irdisches）」という対極的なものが「相互に浸透し、ともに現前する」状況の「現実という瞬間」における顕現を基本的な考え方としている。[419]そして、こうした思考の基底には、『エルヴィン』に表明された「創出されたものすべては、同時にまた自ら創出する。すなわち、あらゆるところで原初の力がその中で繰り返される原初の存在（Wesen）以外の何ものでもない」（Erwin 1, S. 153）という考えに暗示されているように、新プラトン主義、ことにプロティノス（Plotin, 205-270）の流出と還帰の概

419　Strohschneider-Kohrs, a. a. O., S. 186

念がある。[420]

　ストローシュナイダー＝コーアスは、本質と現実という対立する事柄の間の「絆（Band）」である「移行（Übergang）」がゾルガーのイロニーの決め手となる基本コンセプトであると指摘する。[421]ゾルガーは、「イデーと現実が互いに入り混ざって一緒になる」移行について、「芸術にとって哲学にとっての弁証法と同じものである。それ故、我々は、それを芸術上の弁証法（künstlerische Dialektik）と呼ぶことができる」としている。[422]

420　その影響は、後述の Erwin1, S.152-153 の叙述の後段（本書 299 頁）にも読み取ることができる。

421　Vgl. Strohschneider-Kohrs, ebda., S. 190.

422　K. W. L. Heyse (Hrsg.): Karl Wilhelm Ferdinand Solger: Vorlesungen über Aesthetik. Leipzig (F. A. Brockhaus) 1829, S. 187. Vgl. Strohschneider-Kohrs, ebda., S. 191.

　なお、ゾルガーの考える弁証法は、否定の原理に立つヘーゲルの弁証法とは異なると考えられる。というのも、ゾルガーにあっては、対立するものが「互いに入り混ざって一緒になる（互いの中に消滅して一つになる）」ことが弁証法であり、単なる存在の否定から対立項を捨象して新たな発展にうつるものではない。なぜなら、そもそも、「非存在がない存在はない」あるいは「すべての差異が解消しているその同一性（Gleichheit）こそ真の無（Nichts）である」と考えるゾルガーにあっては、「すべての対立は、一つであるイデーの開花（Entfaltung (...) daß alle Gegensätze nur die Entfaltung der Einheit der Idee sind）」と解されているからである。（Solger, Vorlesungen, S.150）ストローシュナイダー＝コーアスも、ゾルガーのイロニーを単に否定の営為として記述するのは誤りであると指摘している。Vgl. Strohschneider-Kohrs, a. a. O., S. 192-193. また、清浦は、ゾルガーの弁証法とヘーゲルの弁証法の違いについて「〈啓示〉と直観に源を置く特殊な弁証法の形態が、ヘーゲルの論理的弁証法とは性格を異にする宗教的・啓示的弁証法、彼の言う〈神の弁証法的啓示〉の形態が成り立つこととなるのであり、弁証法的対立と否定を媒体としつつ、一切の対立に先立つ無限者への道を、それとの必然的関わりのもとに、直観と思惟によって拓いていこうとするところにゾルガーの弁証法の性格は在ると言える」と述べる。清浦康子：ゾルガー

ところでゾルガーは、「本質を現象と、現象を本質と結びつけるように働く力であり、その統一を対立の進行の中で宙ぶらりんにしたまま」、すなわち結着を付けずにしたまま（schwebend）、「中心点を現にあるまま維持するそのような力」を「芸術上の悟性」と規定した（Erwin2, S. 240）。「悟性の活動において、イデーから現実へとまさに、ある点で移る、その一つのものが別なものへと移り変わる点」（Erwin2, S. 263）で、悟性が自身を「対立——結合の生ずる力（vollziehende Kraft）」と「実現する力（verwirklichende Kraft）」として啓示される。ゾルガーの先に引用したイロニーの定義に関する論述で明らかにした観照と機知は、この二つの力、芸術上の悟性にあるこの二つの方向である[423]。観照は、本質あるいは普遍的なものから現象、特別なものへと行く、理性に即した結びつけの営為であり、ヴィッツは、逆の営為、すなわち、個々のもの、出現したものから普遍的なもの、本質へと向かう営為である[424]。この対抗する二つの流れの中で本質であるイデーは現実の現象と溶けあい、イデーと現実の対立はなくなって「芸術上の悟性の全体ができあがる」（Erwin2, S.247）。観照と機知の働きによって本来は一であるものの原初の相互関係性への洞察、すなわち、イデーと現象を一つにして視る（Ein-Sicht）ことが起きる[425]。つまり、「芸術上の悟性」と

のイロニー（南窓社）2013 年 , 14–15 頁。

423　　Strohschneider-Kohrs, ebda., S. 191.

424　　Ebda., S.193.　フランクもまた、「浮かび漂いつつ」仲介する「芸術的悟性」の内にある互いに対抗的な「働き」が機知と観照であり、観照は「普遍的なるものの特殊なるものの中への想像（Einbildung）」と、機知は「特別なるものの普遍的なるもの中への想像」であるとする。Vgl. Frank, a. a. O., S. 338.　さらにフランクは、キリスト教における受肉も意味する inkarnieren という語を用いて、「観照において至高なるものは有限の衣をまとって（in der endlichen Hülle）顕現する」、これに対して、逆に向かう機知は「有限なるものが安定しないものであることを証明する」と説明する。Vgl. Frank, *Solger. Tiecks Ironie-Begriff.* In: TS6, S. 1185.

425　　Vgl. Strohschneider-Kohrs, ebda., S.193.

も称される「イデーの顕現（Offenbarung der Idee）」は、「イデーが破棄さ
れて無効になること（Nichtigwerden）として認識され、また、完遂するの
ではない」（Erwin2, S. 275）。矛盾を両サイドからつかむ、理解することが
芸術上の悟性には可能であるし、必要なのである。ストローシュナイダー[426]
＝コーアスは、その芸術上の悟性の個々のやり方（Verfahrenswesen）にお
いて、本質的なるものと終わりあるものが同時に存在する「本来の切り口
（Schneidepunkt）であるところ」、イデーの顕現が「必然的に、同時に現実
におけるその破棄であるところ」が示されると指摘し、その上でゾルガー
が、その「移行」の意識的な把握をイロニーと呼んだことを強調してい[427]
る[428]が、この意味でストローシュナイダー＝コーアスはゾルガーのイロニー
を芸術家の創作姿勢（態度）あるいは創作原理と理解していると言えよう。

ところでゾルガーは、イロニーにおける問題の核心は「時間的な、そし
て、そうしたものであるからこそ欠陥ある現象の中」の「完全なる本質の
顕現」であると述べている。その手だてが機知と観照をもって移行を把握
するという創作原理であるとのストローシュナイダー＝コーアスの説明を
是として、さてそれでは、その文章は何を言わんとしているのであろうか。
この論述においてイデーと現象という対をなす概念は、「完全なる本質」
と「時間的な現象」、「欠陥ある現象」と言い換えられている。「時間的な
現象」、「欠陥ある現象」とは、とりもなおさずこの世の現実である。この
世の現実、すなわち、人間の生も含めた森羅万象は、時間的な制約のある
存在、有限の存在である。この時間性の観点で、有限の対極にあるのは、
いうまでもなく無限であり、永久である。また、欠けたところのある現象、

426　なお、『エルヴィン』における対話の中で、イデーと現象の「矛盾」を
　　　機知と観照の「両側からどのようにつかめばいいのかまだ明確にわからな
　　　い」と言うエルヴィンに対して、アーデルベルトは、両者の「移行」に
　　　おいてつかめばいいのであり、これが芸術上の「悟性」であると答える。
　　　Erwin2. S. 275-276. Vgl. ebda., S.194.

427　　Erwin2, S.277.

428　　Vgl. ebda., S.194.

すなわち、衰えやがて死ぬ人間など移ろいゆくこの世の万物の存在に対置されるのは、完全なるもの、変わらざるもの、その意味で絶対なるものである。この永久、不変、完全は、換言すれば、キリスト教における神の特性とも言える。[429] それ故、永久不変にして完全で絶対的な存在は、キリスト教の神と言い換えることができるであろう。とすれば、「完全なる本質」とは神ないしは神的なものと理解して差し支えないであろう。『エルヴィン』の第2の対話の冒頭の、イデーの表出である原像（Muster）と現象である模像を巡る対話は、「あの原像あるいはイデーの中に［…］それ自体永遠に同じであり続ける根源的かつ完全なるものがある」（Erwin1, S.125）とし、さらに、「結局のところ、友よ、原像すべては、一つにしてまったく同じ神の本質の特別な表出に過ぎず、それがそこに様々に顕現するのだ」（Erwin1, S. 129）と述べる。つまり、ゾルガーがイロニーにおける「本当の問題」という言葉で言わんとしたのは、有限な存在の中での永遠不滅の存在の顕現、[430] すなわち、神ないしは神的なるものの顕現であると言えよう。

429 　たとえば、ドイツにおけるカトリックの祈りの書『Gotteslob』にある告白の祈りの「あなたよ、永遠に不変のお方、変わることのないお方よ」、あるいは、賛美と感謝の祈りにおける「時間の王、移ろいゆくことなく、見ることのできない唯一の神に、永遠に栄光と讃美あれ」もしくは「あなたは至高なるもの」という句は、永遠、不変、至高がキリスト教の神の特性であり、神の代名詞であることを示している。Vgl. Gotteslob, Katholisches Gebet- und Gesangbuch. Köln (Verlag J. P. Bachem) 1975, S.22, S.23, S.32.

430 　有限の中に無限なるものは、そもそも顕現しうるのか。フランクは、ゾルガーの哲学の基本認識として「非存在がない存在はない」（Solger: Philosophische Gespräche über Seyn, Nichtseyn und Erkennen. In: Solger, NSB 2, S. 218）と「すべての差異が解消しているその同一性（Gleichheit）が真の無（Nichts）である」の二つの言説を挙げ、存在と非存在は時間性において相対的な関係にあるという存在の本質に言及する。現象としての個別の存在が消滅した非存在とは同一性としての真の無の存在である。ゾルガーの「無」とは何もないことではない。このゾルガーの認識は、新プラトン

このことは、先の二つの対話の後に置かれた、「僕」と一人称で語るアーデルベルトの、美が彼の前に現れた体験についての次の語りに証される。

> つまり僕が告知されたのは、本質の世界なのだ［…］そこには善と悪、完全と不完全、不死と死の交替もない。いや、あの境ではこれらはすべて一つで、しかも神そのものとして在り、己を取り巻く森羅万象を永遠かつ純粋な自由をもって生みだしているのだ。しかし、その営為はすべてを成し遂げ、己の可能性を完全に満たすので、想像されたものはすべて初めから完全なものとして在り、それ自身の必然により保たれる。ちょうど神が自らの創造の中に休らうように——つまり、あらゆるものの中心に、自身を照らす神性が座しているのだ。そして、あらゆる方向に、驚くべき仕方でたえまなくその全能の想像力を注ぐので、その光は中心から発する統合的な流れとしてすべてを充たしながら伸びていく。と同時に、一つ一つの光となって流出し、創られたものを最も内奥にある単一な本質で充たすのだ［…］すべてを創出する存在は、同時に自らを創造している。そうだ、そのすべての原初の力をそこで限無く繰り返す本源的な本質なのである。(Erwin1, S. 152-153)

ここで「時間的な、そして、そうしたものであるからこそ欠陥ある現象の中」の「完全なる本質の顕現」とは、限りあるいのち、やがて滅びゆく人間による何らかの形での神的なものの体験の自覚意識と言い換えることもできる。ゾルガーの哲学とイロニー観を時間性と物事に内在する相対性の観点から論じたフランクは、イロニーに関してゾルガーが好んで用いた稲妻の暗喩、すなわち、「稲妻は消滅（Vergehen）のその瞬間に神的な生に

主義的な全一的存在（一者）の考えの反映といえる。イロニーにおける機知と観照の働きによって、破棄された現象の中に、非存在の中に一切の差異を超えた同一なるものの現れをみるのである。Vgl. Frank, Einführung in die frühromantische Ästhetik, S. 320, S. 321. このことは、この対話（Erwin1, S. 152-153）にも示唆されている。

火がつく。これこそ、自身を自身が破棄し、その位置に絶対的なるものそのものが登場するというものの見方である」[431]を取り上げている[432]。この喩えは、ゾルガーが神的なるものの顕現を彼のイロニーの核心としてとらえていたことを示唆するものである[433]。また、ストローシュナイダー＝コーアスがゾルガーのイロニーに関する思索の中心的概念とした「移行」についてフランクは、「終わりなきもの」（永遠のもの）と「終わりあるもの」（有限のもの）との間の移行というイロニーをゾルガーは「自覚意識における至高なるものの自己顕現（Selbstoffenbarung des Höchsten）の生起」の中に発見したと指摘して、有限なるものと永遠なるものの仲介としての移行をイロニーの本質と理解していたと指摘する[434]。

　以上のように、ゾルガーにとってイロニーの「本当の問題」とは、移ろいゆくこの世の現象のなかでの神あるいは神的なものの顕現にほかならず、ティークのイロニーに関する論述の「神的にして人間的なるものの顕現」もまた、このゾルガーのイロニーとの文脈にあると理解される。この意味で、ゾルガーのイロニーを「この世界の不完全で有限な現実のさなかに、完全に本質的なもの、ティークが〈神〉と呼ぶものを洞察する、パラドキシカルな視点」[435]であり、「人間の実存が永遠なものに向かうべく定められながら、なおかつ有限な実存としてあらねばならぬという［…］この矛盾と分離を明晰に意識しつつ、なおそれを繋ぐ統合の環を、根源的な〈イデー〉の観点から美と芸術の内に求めるところに」その「より深い性格が

431　　NSB 2, S. 283.

432　　Vgl. Frank, ebda., S. 318.

433　　フランクは、相対的なるもの、有限なるもの（das Relative, das Endliche）なのに「存在すると思っているもの（das vermutlich Seiende）」に代わって本当の存在（das eigentliche Seiende）、すなわち絶対なるもの（das Absolute）が現れるという稲妻の「経験」がゾルガーのイロニー観の宗教的な解釈の手がかりともなると指摘する。Vgl. Frank, Solger. Tiecks Ironie-Begriff, S. 1185.

434　　Vgl. Frank, Einführung in die frühromantische Ästhetik, S. 332.

435　　清浦：『エルヴィン』、214 頁。

ある」[436]とした清浦の指摘は、的を射ていると言えよう。

　ところでシュレーゲルのイロニー観とゾルガーのイロニー観の相違について、清浦は、イロニーは「文学、芸術そのものの構成原理として、美学を貫く中心的な課題を形成する。それが芸術において、有限な人間存在と無限で永遠なものを媒介する意識であること、現実的なものと理念的なものの対立と差異を、否定を介し逆説的に仲介しようとする基本的形式であるという点では、ゾルガーの立場もまたシュレーゲルのそれを継承している」とした上で、ゾルガーのイロニーは「有限な自己を知的反省によって絶えず超え否定することで〈無限なるものの意識を構成しようとする精神〉、フィヒテに基づくシュレーゲルのロマン的イロニーを特徴づける〈自己創造と自己破壊の不断の交替〉の意識とは同義ではない」と指摘する。そして、「シュレーゲルの立場から微妙に分かつ」ゾルガーのイロニーの独自性は、「〈知の前提をなす絶対的存在そのものの観取と洞察へと至ろうとする〉このような思惟と存在の究極の原理への遡源とそうした絶対的な〈存在〉自体への直接的な洞察と観想」という「立場」にあり、「芸術とはつまり、こうした「存在」そのものの観想の立場に身を置くことで、それ自体は有限で〈不完全〉な現実存在と、そうした現実性の意識自体の内に、その絶対的な根底をなす無限者、「完全な本質」を直観し、顕わにして見せる行為に他ならない。絶対者が有限な現実のただ中に、その超越性と絶対性を否定して自ら身を顕すという、この下降の意識と否定性の内にゾルガーのイロニーの精神は機能している」と述べる[437]。

　なお、ストローシュナイダー＝コーアスは、「すべてを鳥瞰するような一つの視線」、「あらゆるものの上に浮かび漂う、すべてを無に帰す視線」をゾルガーがイロニーと名づけたことをもって、ゾルガーのイロニーを作品内容ではなく、作品創作における作家（詩人）の姿勢、あるいは作品に対する態度と捉える。フランクは、ゾルガーのイロニーを芸術に関する行

436　同上、216–217 頁。

437　清浦：『ゾルガーのイロニー』、11–12 頁

動の仕方、態度（Dèmarche）とした上で、「哲学は我々に」イロニーの「メカニズムを記述するが、我々にそれを感じ取れるようにできるのは文学作品（Dichtung）だけしかない。ゾルガーは、この場合、とりわけ友人ティークのことを考えていた」と指摘する[438]。すなわち、フランクもストローシュナイダー＝コーアスも、ゾルガーのイロニーについて第一義的には、シュレーゲルのイロニーと同じように作品の構成原理、形としてのイロニーとして理解していることについては、留意しておく必要がある。

6. 2. 3. 3.　シュレーゲルとゾルガーのイロニー観とティークにおける受容

　以上のように、シュレーゲルのイロニーもゾルガーのイロニーもともに、作家（詩人）の「己の作品の上に漂う」行為（シュレーゲル）、「すべてを鳥瞰する一つの視線」あるいは、「浮かび漂う視線」であり「芸術的精神」（ゾルガー）としてとらえられていたという点では、作家の作品に対する態度あるいは作品の創作ないしは構成上の原理と言える。しかし、ともに自己創造と自己破壊という対極的な動きとその同時性をイロニーの本質にかかわる共通点としながらも、有限なるものと無限なるもの、かりそめのものと絶対的なるものの仲介あるいは宥和という芸術の究極的な課題の面では、シュレーゲルのイロニーが有限の中に無限が仄めかされる手段にとどまったのに対して、ゾルガーのイロニーは、神的なるものの顕現、すなわち、有限なるものの中に顕現する無限についての洞察に関心の鉾先が向かう。

　ティークは、イロニーのその二つの要素を受容した。すなわち、①ロマン主義イロニーを特徴づける、作家の作品に対する態度・姿勢あるいは作品の創作ないしは構成上の原理としての「浮かび漂う（Schweben）」行為や「反省と創造の絶え間のない繰り返し」（シュレーゲル）あるいは「すべてを鳥瞰する一つの視線」（ゾルガー）とその意味するもの、すなわち、

438　　　Frank, ebda., S. 340.

「反省と創造の絶え間のない繰り返し」を、「全体の上に漂い、全体をその
高みから創造し、つかむ」イロニーの「エーテル的精神」として理解した。
また、②ゾルガーのイロニーの核心である有限なるものの中に顕現する無
限、神的なるものの顕現についての洞察を、「至高のもの」あるいは「ポ
エジーにおける神的にして人間的なるもの」という詩的かつ端的な表現で
理解したのである。さらに、この「ポエジーにおける神的にして人間的な
るもの（das Göttlich=Menschliche）」という表現の背後には、時間という条
件に制約された有限なる存在、絶対との関係で相対的な存在である人間や、
自然など、この世の森羅万象の真実あるいは仮象をイローニッシュに描く
ことによって、無限なる存在、永遠、不変の存在、絶対なる存在、すなわ
ち神、神的存在を表象すること、あるいは、有限なる存在が実は無限であ
る存在（永遠なるもの）と同一であること、換言すればゾルガーの言うと
ころの美の極致を描き得るというティークの確信と体験があると考えられ
る。これをティークは、イロニーの定義に関する見解の中で「最も深い[439]

---

[439] 　　オフェルダースは、「かりそめのもの（Vorläufigen）や衰えるもの
（Hinfälligen）の経験、あるいは、永遠なるものを時間的に永続的に表現す
ることは不可能であるという認識は、ティークの表現様式（Stil）におい
て最高の意識として、そして、イロニーとして表出している。それは、詩
の表現媒体、すなわち、言葉の物質性（Materialitaet）に至るまで広がって
いる」と指摘し、さらに、「ゾルガーが高く評価した『フォルトゥナート』
（Fortunat, 1815）や『青ひげ』、さらには、『長靴をはいた猫』（Der gestiefelte
Kater, 1797）や『ツェルビーノ』、『倒錯した世界』（die verkehrte Welt, 1798）
を挙げつつ、それらの作品が「愉快である（lustig）だけでなく」、「それ
らを常に貫いているのは、あの軽妙さと悲劇性の浮かび漂うような息づか
いである、とはいえ、その息づかいは、作品構造上で明白に（einwandfrei）
把握可能というものではない、すなわち、理論的な反省の中に固定化され
うるものではない。その軽妙さは、悲劇性から分離され得ないだけでなく、
むしろ、その悲劇性自体から根本的経験として発するのである」と述べる。
その上で、その悲劇性の根源的体験を 1792 年 6 月 12 日の夜の有名な体験、

確信として心に抱き、かつまた体験した者は、なんらかの定義を必要とするのであろうか」と言う言葉で表明したのではないか。

　ところで、ティークにおけるシュレーゲルとゾルガーのイロニー観の受容を論じたストローシュナイダー＝コーアスは、「ティークは、『長靴をはいた猫』の基本形態において、ロマン主義においての芸術上のイロニーのよく知られた例を与えている」と認めつつも、「シュレーゲルやゾルガーの言説と言葉が響き合う部分があるにもかかわらず、ロマン主義における芸術上のイロニーの概念の保障者の一人としてみなされてはならない」と述べる。その理由として、ストローシュナイダー＝コーアスは、「ティーク[440]がシェークスピアやセルヴァンテスを切り口にしてイロニーとして論じたものは、芸術上のイロニーというロマン主義的概念とは関係がない。ここで言及されたのは、悲劇的・劇的イロニーとして知られる、内実の特殊性であり、あるいは、純然たる内容に関する問題[441]」であること、「シュレーゲルやゾルガーにあって強調された、イロニーの創造的活動を妥当なものとさせる自覚意識や芸術上の悟性[442]」、「シュレーゲルやノヴァーリス、シェ

すなわち、ヴァッケンローダー宛て書簡に書かれた正気と狂気すれすれの体験に求めている。Markus Ophälders, a. a. O., S. 370.

440　　Vgl. Strohschneider-Kohrs, a. a. O., S. 145, S. 146.

441　　Ebda., S.145.

442　　Ebda., S. 141-142.　なお、ストローシュナイダー＝コーアスは、ティークの「読書するときそれ自体、私はいつも全体を俯瞰する立ち位置にいるように心がけた。［…］私は、一つの言葉を不当に強調せざるを得ない瞬間に自らを叱責できるように、そのように多くの概観を保持できるように試みた。これは、俳優や芸術家にとって同様に読み手にとっても正しい気分である。それは、ここではイロニーである」（RK2, 179）という述懐に言及し、その叙述が「再生産的なプロセスに関係するもの」で「距離を置くという普遍的な態度以上のものをほとんど意味していない」が、「ティークがイロニーと呼ぶ芸術家の気分に関する普遍化された結語の表現は、彼が題材の支配をどのように考えていたのかについて、その中身を凡そうか

リングやゾルガーが提起した作品創造プロセスにとっての普遍的な原理や
哲学的・美学的可能性と根拠づけ、さらには、芸術上の自発性[443]」はティー
クには縁遠いものであること、ティークにとって「イロニーは、内心の問
題、個人の属人的な問題の範疇にあり」、「己を偏った見方や理想像として
の対象への傾倒から守るためのものとして、あるいは、その矯正策として
解釈されうる[444]」ことを挙げる。また、「芸術上の作品構成に関する形態的
特性（Formbesonderheiten）の論述をもって、文芸作品の形において具体化
されるイロニーの公準の意味するものに合致する別な見方も存在する」が、
しかし、これについて「ティークはイロニーの概念を投入しなかった」と
も述べる[445]。

　このストローシュナイダー＝コーアスの議論は、「自己反省と自己破
壊の絶え間なき交替」という言葉に仮託された自己言及的内省という芸
術上の作品構成に関する原理がロマン主義イロニーの本質であることを
前提としてティークのイロニーに関する言説を検討したものであり、作
品の語る意味内容そのものにおけるイロニーの意味を論じたものではな
い。ティークにとって内心の問題、個人の属人的な問題の範疇において
イロニーは意味をもっていたというストローシュナイダー＝コーアスの
見解については、ひとまず妥当なものと言えよう。しかし、「シュレーゲ
ルやゾルガーにあって強調された、イロニーの創造的活動を妥当なもの
とさせる自覚意識や芸術上の悟性がティークには縁遠いものであり」、彼
らの言葉を繰り返し用いていたに過ぎないというストローシュナイダー
＝コーアスの指摘については、①エーテル的精神に関して、1828年全集
第6巻の前書きの論述でゾルガーと併せてシュレーゲルの名と『アテネ
ウム』に言及していること、②『エルヴィン』執筆から出版までの間、

　がわせるものである」とも述べている。Ebda., S. 141.

443　　Ebda., S. 143.

444　　Ebda.

445　　Ebda., S. 145.

ゾルガーとの間で頻繁に交わされた手紙の中でゾルガーがその内容など
についてティークに意見をたびたび求めていること、③「完全なる本質[446]
の顕現」についての解釈をゾルガーが弟に教示した文章が掲載されたゾ
ルガー後遺集が出版されたのは 1826 年であり、この本がティークとラ
ウマーの共同編纂であること、さらに先に引用したティークが自身のイ
ロニー観の論述はティークの晩年のものであること、④ヘーゲルがゾル
ガーのイロニーを批判したことに対してゾルガーを擁護してイロニーを
論じていることを考えあわせると、ティークはシュレーゲルやゾルガー
のイロニー観を承知していたと考えて然るべきではないか。ティークが
シュレーゲルやゾルガーの考えに疎遠であったとストローシュナイダー＝
コーアスは結論づけるが、ティークはそれを理解していなかったのでは
なく、問題意識はあったが、体系的に哲学的に、あるいは、理論的にそれ
を論述することは、そもそも、啓蒙思想や体系化、哲学に疑念を抱いて
いたティークの本意ではなかったと解するべきではないか。作家・詩人[447]

446 　ティークからゾルガー宛の手紙（1814 年 3 月 21 日、同 5 月 20 日、6 月
　　 27 日、10 月 16 日、12 月 11 日、1815 年 3 月 31 日、同 9 月 1 日、1816 年 4
　　 月 1 日、1817 年 3 月 24 日など）及びゾルガーからティーク宛の手紙（1814
　　 年 4 月 17 日、同 7 月 15 日、10 月 9 日、12 月 17 日など）。Vgl. Solger, NBS
　　 1, S.300f, S.306-308, S.312f, S.321f, S.324, S.325f, S.329. なお、ゾルガーの 12 月
　　 17 日の手紙は、宛名が書かれておらず、「最も大切な友よ」となっているが、
　　 文脈からティーク宛と判断できる。また、フランクはティークにおけるゾ
　　 ルガーのイロニー観の受容と理解の例証として 1816 年 4 月 1 日、1817 年
　　 3 月 24 日の手紙などを挙げている。Vgl. Frank, Solger. Tiecks Ironie-Begriff, S.
　　 1176-1181.
447 　ティークのこうした傾向については、還元論的方法論についての批判を
　　 若い頃からもっていたこと（Vgl. RK 1. S.91）、イエナ・グループで知りあっ
　　 たフィヒテの厳格で呵責ない哲学的思考と相いれなかったという逸話（RK
　　 1, S. 253-254）、あるいは、「反省や理路整然としたもの言い、それらすべては、
　　 私の本性とは縁遠いもの、疎遠なものであった。私は、物事を常に全体から、

としての彼の関心の矛先は、理論的に芸術の基本原理としてイロニーを
考察し、文章として定式化することよりも、実際の作品の中にシュレー
ゲルやゾルガーのイロニーの考え方、とりわけ、ゾルガーが「神的なも
のの顕現」と呼ぶものを、作品構成の形として、そしてなによりも作品
の内実として組み込み、表現することであったと考えるべきであろう。

6.3. ヴァルトアインザームカイト——ティークのイロニーの極致

　ティークは、自ら言明しているだけでも『ウィリアム・ロヴェル』、『長
靴をはいた猫』、『青ひげ』、『ゲノフェーファ』などの作品でイロニーを用
いている。フランクやストローシュナイダー＝コーアスが指摘するように、
「通常のイロニー」（ティークが言うところの「物事の転倒」による「まっ
たく単純なイロニー」。以下、これを「単純なイロニー」と呼ぶ）や、『マ
クベス』や『ドン・キホーテ』などの作品をティークが例として挙げたよ
うな意味での「より高次のイロニー」は、随所で使われている。また、シュ
レーゲルやゾルガーのイロニー観から影響を受けたといえるイロニー、す
なわち、「全体の上に漂い、全体をその高みから創造し、つかむことがで
きるエーテル的精神」と「有限から無限への移行の瞬間における神的にし
て人間的なるものの顕現」という意味でのイロニー概念もまた、作品の題

　感情（Gefühl）から、そして、感激（Begeisterung）から把握し、観るよう
に務めた。この要請は、私の場合には年齢を重ねることで減少することが
なく、むしろ、高まっていった。これこそが、私の個別性、属人性である」（RK,
2, S. 169）や、「生涯を通じて、すべてが完結するシステムという酷い響き
ほど私にとって嫌なものはなかった。これとは逆に、なるようになると思
うことで、いつも心が高揚した」（RK 2, S. 176）という『回想録自伝』にお
けるティークの述懐（「ティークとの対話（Unterhaltung mit Tieck)」）が示し
ている。なお、この点に関しては、ストローシュナイダー＝コーアスも「テ
ィークから哲学を指向した問いや明瞭な概念設定を期待することは不当で
あるかもしれない」と述べている。Vgl. Strohschneider- Kohrs, a. a. O., S. 144.

材や内容に関する細部に反映されていると考えて差し支えないであろう。

　ところでストローシュナイダー＝コーアスは、イロニーを論ずるに当たって形（Form）と内実（Gehalt）、すなわち作品の意味内容の二つの視点を提示し、フランクもまた「言葉の取り扱い（Sprachbehandlung）の特殊な仕方である表現様式（Stil）の特性」と「作品内容の特性」という二つの視点から論じている。その二つの視点は、「より高次のイロニー」も含め、ティークのイロニーを考察する上で有益である。それでは、ストローシュナイダー＝コーアスが「形」と呼び、フランクが「言葉の取り扱いの特殊な仕方である表現様式の特性」と呼ぶ作品構成に関する原理（kompositorisches Prinzip）は、具体的に作品の中にどのように反映されているのであろうか。また、イロニーは、ストローシュナイダー＝コーアスが作品の「内実」と呼び、フランクが「作品内容の特性」と呼ぶものの中にどのように現れているのであろうか。イロニーを「我々に感じ取れるようにできるのは文学作品のなかでしかない」（フランク）[448]とすれば、それはどこに現れているのであろうか。先行研究はティークのイロニーを作品構成原理の観点から実作の中で確認する作業を『長靴をはいた猫』などのドラマ作品を中心に行っているが、[449]散文作品についてはそれも含めてほとんど検討がなされていない。

　本節では、第5章で取り上げた作品を中心にしながら、アインザームカイトのモティーフとイロニーについて主に形と内実の観点から考察する。なお、本書の関心は、ティークのイロニーがロマン主義イロニーの範疇に入るか否かという問題ではない。清浦の指摘する「より深い性格」という意味でのイロニーが作品の形の中に、また、意味内容の中にどのように現れているかという点にある。

448　　　Frank, Einführung in die frühromantische Ästhetik, S. 340.

449　　　Vgl. Strohschneider- Kohrs, a. a. O., II. Kapitel. Frank, ebda., S. 347ff. Ulrich Breuer: Ethik der Ironie? Paratextuelle Programmierungen zu Friedrich Schlegels Idee der Komödie und Ludwig Tiecks Der gestiefelte Kater. In Athenäum 2013, S. 65ff.

6. 3. 1.　アインザームカイトのモティーフと創作原理、作品構成原理としてのイロニー

(1) 5. 4. 1 で見たように『ルーネンベルク』において主人公は、冒頭の奥深い山中の美しいアインザームカイトの中で生家のある村での過去の暮らしを捨てて今あることを省みる（本書 176 頁）。次いで、その直後に「もの悲しい」、「恐ろしい」アインザームカイトの中で邂逅した見知らぬ男と美女のいる山を振り返りつつたどり着いた村はずれの小高い丘で山での暮らしを省み、狩猟番としての暮らしを捨てて村での生活に入る（同179 頁）。さらに、村で豊かな暮らしを送るようになった主人公は、ある日村に立ち寄った見知らぬ男を契機として、再び村はずれのその丘に登り、村での暮らしを省みるなかでこれを破棄して、再びアインザームカイトな森に入る（同 181–182 頁）。いずれも、高みでの反省によって過去が破棄され、新しい生が始まる。すなわち、『ルーネンベルク』は、アインザームカイトという生き方において真の「自分」、真の存在の確信を希求する人間の姿を、現象としての己を不断に反省しつつ「生成したものを無に帰す」という形で自己の本質である内奥に沈潜し、新しい生き方を創出していく自己探求というイロニーの構造の内に描いているのである。クロイツァーは、これを山と丘と村と、それらを繋ぐ道を主人公が繰り返し往復する循環構造と解釈するが[450]、むしろ、テクストに描かれた循環は、作品に内在する自己言及的反省の形、すなわち「全体の上に漂い、全体をその高みから創造し、つかむ」イロニーの「エーテル的精神」が主人公において具体化しているとしてとらえるべきであろう。ティークは、ケプケの回想録伝記においてフィヒテと、いわば反りが合わなかったとされ、また、ゾルガーと知りあうまで哲学という体系的な思考を嫌っていたとされるので、フィヒテの直接的な影響があったとは言えないが、そこには、不断の反省と進展によって自我の深部に超越的

450　Vgl. Kreuzer, a. a. O., S. 95f.

な実体を目指すというフィヒテの『知識学』における認識とその本質根拠への遡源の態度に通底するものが感じられる。こうした形は、その他の作品の中にもみられる。

(2) 『フランツ・シュテルンバルトの遍歴』においては、①「夕べの静かなアインザームカイト」と詩的に表象される時空は、フランツの内省の場である。主人公は、少年時代の日々に物思いにふけった同じその森で、かつて「木の梢の上に座って、そこから広い平野を見下ろし」広大な世界をのびのびと自由に見た少年の頃を振り返りながら、再び、「自分はだれなのか」と自問しつつ、生の来し方と行く末に一人思いを馳せ、旅立つ（同 142 頁）。自己探求という前向きの旅の途上であるが故に、青年フランツの過ごす森についての時間的な設定は「夕方」ではなく「朝方」となっているが、いずれにしても、テクストのその部分には、高みからの多層的な自己言及の構造がアインザームカイトにおける反省に織り込まれている。②親友セバスティアン宛の手紙で「自問することがある」と告白したフランツは、そのような「自分自身に、言うに言われぬ不安」を感じること、しかし、「その感情を失いたくないこと」を明かす。なぜなら、「僕の魂とともに漂うように思われる」その感情には、「僕のもっとも本源的な自身」を突き止める可能性があるからである（同 147–148 頁）。この手紙を用いた独白は、現象である己の存在への確信のなさ、喪失への不安を表明することで心情としてのアインザームカイトの特性の一つを示すとともに、「僕の魂とともに漂うように思われる」感情が現象である己と「本源的な自身」すなわち本質の媒体となる形を示すことで、「エーテル的精神」のイロニーを暗示しているといえよう。ここではアインザームカイトという言葉は使われていないが、反省の形による現象である己と本質である内なる己との対話というイローニッシュな形で生のありようとしてのアインザームカイトが暗示されている。また、その反省は実質的にアインザームカイトを意味する独白の時空において

451　清浦：前掲書、11 頁。

なされている。ここにアインザームカイトがエーテル精神の働く時空であることが暗示されている。なお、『フランツ・シュテルンバルトの遍歴』第2部では、アインザームカイトのモティーフとは直接関係するものではないが、ルドルフが語るフェルディナンドの物語に主人公シュテルンバルトが己の生を反省するように（同 153-154 頁）多彩な登場人物に語らせることで主人公が反省するという形、他者に投影された自己を反省し、そしてまた、その自己を再び他者に投影して、その姿を反省するという形が随所に出てくる。それらもまた、イロニーの「エーテル的精神」の具現化といえよう。

(3) 一方、『金髪のエックベルト』においては、内枠となる枠物語においてベルタによって語られる日常的世界からの出奔、山の中での彷徨と消耗、絶望、夢とうつつの混濁の末の老婆との遭遇、次いで老婆を介してのヴァルトアインザームカイトの時空の出現という経過が描かれるが、この幼女の生の体験は、時空がずれた形で夫エックベルトに再現する。その再現の過程で、エックベルトは妻ベルタが実の異母妹であることを知り、己の生が「何とそら恐ろしいアインザームカイトであったことか」と省みて、己の無力を知る。このようにベルタの体験が、時空がずれた形でエックベルトに反映することは、『ルーネンベルク』に見られる自己言及的進行と基本的に共通している。[452] また、家政婦にかつて鳥を奪って逃げた己を省みて疑念を抱くベルタ（同 124 頁）と同様に、疑念にかられて友ヴァルターを撃ったエックベルトは、その後、新たに交友関係をもったフーゴにも疑念を抱くようになり、彼も撃つ。エックベルトは、フーゴにヴァルターの面影を見出し、さらに山野を彷徨する中で出会う農夫にもヴァルターの面影を見る。そのエックベルトに老婆は、「ご覧、不正は自らを罰するのを。ヴァルターとフーゴは私である」、「そして、ベルタはおまえの妹だ」と告げる（同 127 頁）。面影は、本質の仮象として繰り返し反省される。また、夫婦関係にあったエックベルトとベル

452　詳しくは山縣修士論文 38-39 頁。

夕が実は兄妹であったという設定は、道徳的な不義である近親相姦を因果応報によって罰することを意図したというよりも、夫婦という他人同士の結合である現象が実は血のつながった本質であること、そして、このイローニッシュな関係性を通して全体が構成的にも意味的にも連関していることを表象することを意図したものと読むことができる。以上のように、枠物語という構造や登場人物の相互関係における自己言及的反省と破棄、すなわち作品に内在する形としての「エーテル的精神」のイロニーの構造のもとに、①他者を希求しつつも疑念により他者との関係をもてない人間の生のイローニッシュな実相、②現世的な疑念と信頼の不断の変転・交替並びにそこに惹起されるアインザームカイト感（喪失、空虚、はかなさ）を通じた有限の生、③無力を知ることで自己を無に帰する主人公エックベルトが、すべてに先行して在る真存在としてのヴァルトアインザームカイトへと統合されようとする姿が描かれている。つまり、自己言及的反省、すなわち、作品に内在する形としてのイロニーの構造と取ると同時に、内容としてのイロニーの点でも、有限な個人が永遠なるものに融合するその瞬間が描かれているのである。

(4) そうした「エーテル精神」という言葉で象徴化された「全体の上に漂い、全体をその高みから創造し、つかむ」、自己反省と自己創造の不断の繰り返しというイロニーの創作原理、作品構成原理は、初期のティークの作品である『アルマンズーア』や『アブダラ』のアインザームカイトのモティーフにおいてはまだ見られない。たしかに、『アブダラ』の先に引用した情景描写における「森の静かなアインザームカイト」は「月の青白い光」との文脈で主人公の将来の悲運を暗示するイロニーとして読むことができるが（同 69–71 頁）、しかし、それは直截的な修辞であって、自己言及的反省や「エーテル的精神」のイロニーの構成は見られず、「より高次のイロニー」として解するべきであろう。

(5) ところでティークは、「無意識」ではあるが「イロニーがはっきりと表現された」作品として、『アルマンズーア』や『アブダラ』と同時期に書かれた『ウィリアム・ロヴェル』を挙げているので、この作品にお

けるイロニーについても簡単に考察する必要があろう。確かにこの作品
では、例えば狂気のうちに行方不明になるという設えで登場する友人バ
ルダーが失踪直前に主人公に宛てた手紙にイロニーが読みとれる。バル
ダーは、表向きは相手を称賛し追従を口にするものの内心では妬みで一
杯の、社交界の人間や文人について「水車の輪の轟音のほうが人間のあ
ごのパタパタする音よりもわかりやすく、心地よい。人間は言葉をもつ
が故に猿にも劣る」(LTS6, 223)、「動物や木々は、それらが無垢である
という点で、我々人間と呼ぶ塵芥の軽蔑的な集合体よりも尊敬に値する」
(LTS6, 224) と評するが、これはスウィフト的な辛辣なイロニーと言え
るであろう。また、治療に当たる医者とのやりとりについてのイローニッ
シュな記述に続いて、「僕は、もはや己を偽装しない。僕は狂っている」
(LTS6, 225) と記す。イロニーの一つタイプに偽装があることはすでに
指摘したところである、このバルダーの手紙の句は彼の生をイロニーと
してとらえていることを文字通り表明していると言える。さらに、バル
ダーは、その医師と比較しつつ、「ある人物を知っている。彼は口がき
けず、耳も聞こえない。彼にはいかなる心も開示されない。だが彼は、
死ぬ宿命にある者すなわち人間の中で最も賢明だ」(LTS6, 225-226) と
書くが、この句は、修辞あるいは生き方としてのソクラテスのイロニー
を彷彿とさせる。以上の例にみられるように、『ウィリアム・ロヴェル』
には随所にその種のイロニーがみられるが、創作原理、作品構成原理と
してのイロニーはアインザームカイトのモティーフとの関連も含めて明
確に読みとれない。なお、ゾルガーは、ティークに宛てた手紙で『ウィ
リアム・ロヴェル』について「対象と感情にとらわれて、多くのことが
ほとんど恣意的に現れている。というのも、イロニーを非常に欠いてい
るからだ」[453] と批評しているが、このゾルガーの評が言わんとするのは、

---

453   Solger, NSB 1, S. 338.　ティーク宛の 1815 年 3 月 18 日付の手紙の一節であ
る。この手紙でゾルガーは、『ウィリアム・ロヴェル』をティークの人生
の重要な時期を記述しているが故に、非常に興味深く読んだと記した上で、

以上のことと理解される。なお、そうした「単純なイロニー」もしくは
スウィフト的イロニーは、ノヴェレ『ヴァルトアインザームカイト』に
ある不動産広告や旅行の宣伝広告のキャッチコピーとなったヴァルトア
インザームカイト（本書239–240頁）、狂愚の若者レオポルトの手にな
るとされる原稿に書かれた世界観（TS12、898-905）にも読み取ること
ができる。

(6)　これに対して、ドレスデン時代のノヴェレ作品である『生の余剰』、『山
の老人』、『ヴァルトアインザームカイト』は、創作原理や作品構成原理
の意味でのイロニーが明確に認められる。

　　『生の余剰』においては、夫が日記を読み返す中で己を含む文人が競
売にかけられる夢などの挿話にも「全体の上に漂い、全体をその高みか
ら創造し、つかむことができるエーテル的精神」[454]の作品の形として具象
化が認められるが、イロニーを何よりもよく示すのは、アインザームカ
イトにおける夫婦の愛の深まりや生の様相を表象する燃料と装飾物とい
うアンビバレントな要素を内包する木材と階段である。妻クララから階
段をすべて薪として切って燃やしたら自分たちの暮らしはどうなるのか
と問われた夫ハインリヒは、ドン・キホーテを引きあいに出して階段が
相対的なものであるという認識を示すが（同221頁）、ここに階段のモ
ティーフがイロニーであることが図らずも証されている。そして、木材
が媒介することで生まれた木材と階段と本に大きな意味の連関の中で、
生に「不可欠なもの」と「なくても済むもの」が反省され、二人の幸せ
なアインザームカイトの生を深めていく。

　　また、バルタザールの仮面の生とその実態を「彼のアインザームカイ

いわばその回顧から生まれる感情に溺れすぎて、作中人物や物事に距離を
置いていないとし、これを「イロニーに欠ける」と論評するのである。

454　TS12, 221-227.　競売にかけられ、国の財政破綻を招きかねない高額で競
り落とされることとなり、これを咎められてあわや死刑寸前に至るという
夢を主人公は見るが、こうして主人公を異化することにより、当時の文人
の生活や文学界の傾向が批判的に描かれている。

ト」によって描く『山の老人』では、人がうらやむ大富豪という仮象をもっ
て、その対極にある、己の存在そのものを苦悶する不幸な人間を描くと
いう直截的なイロニー[455]と並んで、苦悩の人である彼の筆頭相続人であ
るエリーザーにバルタザールが己の実体を反省するという設えや、その
エリーザーと娘の結婚と、これに伴う仮面の生の相続に己の仮面の生を
反省するという設え（同 207–208 頁）、偶然のようにして他者に読まれ
るバルタザールの古い手記（同 200 頁、203 頁）あるいは偶然他者に漏
れ聞かれる独白（同 214 頁）、さらには、バルタザールの死をもって一
旦終わったかに見える物語に脈絡なく続く従兄弟ホールバッハの述懐に
主人公の生の実体が反省される（同 196 頁）ことなど、テクストの全体
的な構造に「エーテル的精神」のイロニーというべきものが認められる。
なかでも、ホールバッハの「失われた息子」によって偶然聞かれた仮面
の主人公とは違うバルタザールの姿、実像でのアインザームカイトの時
空における赦し乞いの言葉は、他人に聞かれることによってホールバッ
ハ家の赦しと和解（同 213–214 頁）を反照する形で大きな赦しと宥和・
和解を生むのである。

　ノヴェレ『ヴァルトアインザームカイト』は、伯父男爵にティークと
ヴァッケンローダーとの会話を紹介させる（同 239 頁）という反省の構
造や、森のアインザームカイトの中に幽閉された主人公フェルディナン
トの生において『金髪のエックベルト』における少女ベルタの生が陰画
として設定されることで『ヴァルトアインザームカイト』と『金髪のエッ
クベルト』の間に転倒した形でのテクスト間の反省が行われている（同
253–255 頁）点で、テクストの構成自体がイロニーの「全体の上に漂い、
全体をその高みから創造し、つかむことができるエーテル的精神」によっ

455　　この意味では、「人を欺くような、誘惑するような仮象が何一つ装われ
　　　ていなかった」エリーザーが窃盗犯の一味であったというバルタザールの
　　　述懐（本書 195 頁）が証すように、エリーザーの姿もイロニーを具象化し
　　　たものである。

て形成されている。このノヴェレは、それが明瞭であるという点で、ロマン主義的イロニーの流れを最もよく継承していると言えよう。

　以上のように、本書で考察したドレスデン時代のノヴェレには自己言及的反省という意味でのエーテル精神は認められるが、しかし、作品はいずれも幸福に結着する（『山の老人』同 191 頁、214 頁、『生の余剰』同 219 頁、232 頁、『ヴァルトアインザームカイト』同 256 頁）ので、「反省と創造」における「絶え間のない繰り返し」は形として失われており、この点でロマン主義的イロニーからは外れていると言えよう。

6.3.2.　アインザームカイトのモティーフと意味内容としてのイロニー

6.3.2.1.　ティークの初期の作品におけるアインザームカイトのモティーフとイロニー

「森の静かなアインザームカイト」（本書 69 頁）を初めとして、『アブダラ』には「恐ろしいアインザームカイト」（同 71 頁）、「生命なき幻影の中のアインザームカイト」（同 85 頁）、「惨めなアインザームカイト」（同 91 頁）、「静かなアインザームカイト」（同 91 頁）、「空虚な心を伴うアインザームカイト」（同 96 頁）などのアインザームカイトが出てくる。また、『アルマンズーア』においては、「幸せなアインザームカイト」、「安らぎのアインザームカイト」、「慰め」の「アインザームカイト」（同 93-95 頁）という表象がでてくる。それらは、いずれも登場人物の心象の直接的表象もしくは自然や景観に仮託されたその表象であって、生のありよう、あるいは、他者とのつながりを希求して止まない人間の表象としてのアインザームカイトの諸相をよく示すが、そこにはイロニーの要素は認められない。

　同時期に書かれた『ウィリアム・ロヴェル』において、主人公は恋人ローザ宛の手紙で「アインザームカイト、すなわち、僕たちを不快で憂鬱にするものこそ、その狭い壁なのだ」（LTS6, 217-218）と記す。また、これより前に、主人公の友人バルダーは、苦悶の中でロヴェルに宛てて次のよう

に書く。

　　人間が己自身の中に安らぎを見つけることができないように定められて
　いるのは、なぜなのか。──今、僕は、アインザームな森の縁に立つ小
　さな小屋で暮らすことを考えている。すべての世界を忘れながら、しか
　も、永遠にそのことを忘れて、知り合いは大地だけで、見える限りはだ
　れの目にとまることもなく、朝の風と灌木のざわめきだけに挨拶される
　のだ──小さなかまどと、小さな畑──人間は、それ以上何を必要とす
　るのかね ［…］ 僕は重苦しいアインザームカイトの重荷に屈することな
　く、分かち合いや愛や、友人の握手を渇望することになるのかね──僕
　の前にある人生は、僕を悪意に満ちた運命に結ぼうと互いに強いる長い
　縺れた糸の束のようだ ［…］ 熱が僕のこの旅をここらで完全に駄目にし
　てしまった。僕にはローザは重荷だし、僕自身、自分が耐え難くなって
　いる。──アインザームカイトの中で、奇怪な幻影、僕のファンタジー
　のぞっとするような絵姿と陰鬱なイデーのもとで、僕にとって最もいい
　のは、──とはいえ、人間がいて、喜んでいる場所に僕が来るとしても
　だよ！──多分音楽があり、踊っている場所だが！──ああ、ウィリア
　ム、僕の心が切り裂かれることだ ［…］ 僕は、仮面をつけた亡霊のよう
　に自身の前に来る。知られることなく、ぼんやりとして、そしてまた、
　静かに閉じたまま、人間の間を通り抜ける。彼らはみな、よそ者なのだ。
　（LTS6, 167-168）

　　ここに引用した『ウィリアム・ロヴェル』の 2 箇所におけるアインザー
ムカイトもまた、孤独という語で置き換えることのできる他者不在の人間
の生のありよう、あるいは、他者との関係においてこれを避けようとする
人間の心象の表象であるが、やはりここでも、イロニーの要素は認められ
ない。

6.3.2.2. 生のありようとしてのアインザームカイト、生き方としての
アインザームカイトとイロニー

(1) 5.3.2. で考察したように『ルーネンベルク』は、真の「自分」、真の
存在の確信を希求する人間の姿とその生を、山あるいは森と平地の両極
を対置し、平地と山、耕作・栽培を特性とする農村・農業と、採取を特
性とする林業・鉱業、植物と鉱物などいくつかの対極的な概念の対比に
よって描いている。なかでも、いずれは枯れて死ぬ移ろいゆく植物と、
姿形を変えることなく存在する鉱物の対比において、鉱物の在りかたに
真の自分を見出す主人公の姿の描写は、植物に見かけの存在、すなわちゾルガーのいう現象を、鉱物に変わらぬ存在である本質を文学的表象と
して仮託したものであり、内実としてのイロニーと言える。こうした内
実としてのイロニーは、さらに作品の最後に登場する主人公の野人の姿
にも現れる。

　主人公は、村での平安な暮らしを捨てて山に入る。このモティーフ
は、3回繰り返される。山の暮らしの中からぼろをまとって現れた野人
の姿（本書167頁）は、平地の通念では貧乏・貧困・困窮・惨めな姿で
ある。しかし、その姿は、本当の自分を求めるという意味では本来は豊
かな存在である[456]。貧相な見かけの惨めな姿によって人間の本当の豊か
さ、幸せの存在を表明するという意味で、その姿はイロニーによる表
現の一つの典型と言える。旧約聖書サムエル記（9-10）におけるソロ
モンが王になる経緯に因む、ゲーテの『ヴィルヘルム・マイスターの修
業時代』の終局に置かれた「ロバに乗った王」[457]の喩えは、王を貧しい庶

456　ケルンもまた、そのひどい身なりについて非合理とする一方で、「醜い
　　　貧相がまさにすべての実りの原初であり、中心であること示している」と
　　　積極的に解している。Vgl. Kern, a. a. O., S. 98.

457　「人はその出自を恥じる必要がまずないように、君も自らを恥じなく
　　　てよい［…］君を見ると、私は思わず笑ってしまう。私には、君がキス
　　　の子ザウルのように思われる。父のロバを探すために家から出て、そし

民の乗り物であるロバに乗せて描く点において典型的なイロニーとされ
るが、ティークは、同じ趣の内容を、山の森のアインザームカイトの中
に姿を消していく野人の姿とその経緯を描くことで示した。しかし、こ
の野人はその姿をもって生き方としての仮象と真実を「より高次のイロ
ニー」によって示すだけではない。妻と娘の前で「貴重な宝物」と言っ
て取り出したどこにでもあるような「石ころ」を野人の姿をした主人公
が叩き合わせると「赤い火花が飛び出す」(同 184-185 頁)が、これは
単に「石ころ」すなわち瓦礫に「宝物」の価値があることを示そうとす
る行動を意味するだけではない。火花は、「石ころ」という見かけの現
象の中に「宝物」という本質が顕現する瞬間と解される。アインザーム
カイトという、生き方の追究の道についての確信は、この本質の顕現に
よって示される。ゾルガーのイロニーの基底にあるという「稲妻の喩え」
(同 299-300 頁)の本旨とするものが、すでに 1802 年に成立した『ルー

て、王国を見つけたザウルのように。/ 私は王国の価値を知りません、と
ヴィルヘルムは応じた。けれども、私には、分に過ぎた幸せ、この世で
何ものにも代えがたい幸福を手に入れたことがわかっています。」Johann
Wolfgang Goethe: Sämtliche Werke nach Epochen seines Schaffens. Münchner Ausgabe,
Bd. 5, Wilhelm Meisters Lehrjahre. München/Wien (Carl Hanser Verlag) 1988, S.610.
ロータル・ブルーム(Lothar Bluhm)は、この聖書を引用した喩えについ
て『サミュエル記 I』において一市民の子サウルは、父の逃げ去ったロバ
を探す途上で、思いもしないのに、神の恩寵で彼がイスラエルの将来の王
に選ばれるという贈り物を受けるが、そのようにヴィルヘルムも、どう
してそうなるのか知ることのないまま、ナターリエとの結婚という、信
じられないような贈り物を経験する」と述べる。Lothar Bluhm: „Du kommst
mir vor wie Saul, der Sohn Kis". *Wilhelm Meisters Lehrjahre* zwischen ‚Heilung‘ und
‚Zerstörung‘. S.7. また、マティアス・マイヤー(Mathias Mayer)は、この
喩えが「イローニッシュな異化」であると指摘する。Vgl. Mathias Mayer:
Selbstbewußte Illusion. Selbstreflexion und Legitimation der Dichtung im „Wilhelm
Meister". Heidelberg 1989, S. 123.

ネンベルク』で、しかも、「稲妻」という大掛かりで華麗なものでなく、つましい庶民のささやかな行為の中にすでに叙述されているのである。ところで、野人の姿をした主人公は、一瞬にして消滅する火花のように、再び森の中へと姿を消す。すなわち、彼は、真の己、己の本質を求め、これに邂逅する時空であるアインザームカイトの生に移るのである。しかし、このアインザームカイトは、単に彼一人だけの時空ではなく、同行者のある時空である。主人公が向かう先の森には「森の女」が待ちかまえている。この存在は、かつて主人公が村での豊かな暮らしを破棄して森のアインザームカイトに入った際にその姿を眼にして、後を追った老婆である。その老婆は、若き日の山中のアインザームカイトの中で、そしてまた、村で豊かな暮らしを営むようになった主人公の前に「見知らぬ者」として姿を現した男、また、山中の廃墟の城で「大柄の美しい女」として主人公の前に姿を現した美女に姿を三変させた存在である。主人公は、見知らぬ者を契機に本当の自分を求める道に繰り返し歩みだし、そして、その美女に仮託された本当の自分の存在を認め、これを求める。すなわち、見知らぬ者、美女、森の女と称する老婆は、アインザームカイトという主人公が己自身に邂逅する媒体的な時空の中で、主人公が己自身に邂逅する上で媒体として機能しているのである。ここにもまた、イロニーとしてのアインザームカイトの特性が現れている。

(2)『フランツ・シュテルンバルトの遍歴』において主人公フランツは、師デューラーの許を離れた後、遠く旅立つ前に一旦故郷の村へ帰るが、その途上で知りあい、一夜の宿を借りるある年配の農民一家の何げない日々の暮らしぶり（FSW 28-30）に真の芸術の本質を知る（FSW 33-34）。その思いを胸にして主人公は村の教会の聖堂の絵の完成へとこぎつける。完成された絵を目にした主人公は、「世界全体が、森羅万象が、不

458　フランツは親友に宛てた手紙の中で、その絵の構想について「夕焼けと天使の輝きの中にある安らかな人々、敬虔な人々。天使は、彼らに主であり救世主 […] である方の誕生を告げるために遠く麦畑を通っていく […]」

幸せも幸せも、低きものも高きものも、すべてがその瞬間に合流し」芸
術的に調和するのを見てとり、感動に涙を流し、「己自身に、世界に、
すべてに満足する」（FSW 72）。主人公のこの浄福感と内心の調和は、ニュ
ルンベルクの教会における「聖なるアインザームカイト」へとつながる
ものであった（同 151 頁）。すなわち、家の前で遊ぶ小さな子どもたちや、
日暮れになってもまだ畑で働く若者、夕食を準備する老いた母、夕食後
に訪ねてきた隣人との会話など、平凡な農民の暮らしぶりに「かつて体
験したことがなかったような静かな家庭（Häuslichkeit）、つましい暮らし
の中の平安をきわめて間近かに感じ」（FSW 29）、さらに、夕べにその敬
虔な一家の中で聖ゲノフェーファやラウレンティスの話が語られるのに
心を打たれる。主人公は、親友セバスティアンに宛てた手紙で「一人の
隣人が訪ねてきて、彼なりの純朴なやり方で殉教者の聖人譚を語った。
芸術家は、己の冷たい博識から立ち直り、偉大な芸術性に向けて回復す
るために、農民や子どもの許でたびたび学ぶがよい、唯一真の芸術であ
る素朴や純心さに己の心が再び開くように。少なくとも僕は、その語り
から多くのことを学んだよ。画家がそこから描写すべき対象が、僕には
まったく新しい光の中に現れたのだ」（FSW 33）と告白しつつ、琴線に
触れる対象が「必要ないような美しい姿、絵画に関する博識、卓越した
図案で」描かれているものの、「そこに目が学び、心が感じるものが何
一つない」（FWS34）絵があるのを知っていると書く。セバスティアン
への手紙とは、言うまでもなくアインザームカイトの中での対話である。
その親友への告白にある、専門的な画家、博識ある高邁な学者などの論
議や営為の対極にある農民の平凡な生きざまが、いわば「より高次のイ
ロニー」となって村の教会堂の絵に反映され、ついには世界全体が、す

ものと打ち明ける。（FSW 32-33）主人公は、故郷の村に着いたときからず
っと「生まれ故郷に絵を一つ残しておきたい」との思いを抱く。そして、
その思いの中にずっとあり続けたのは、「キリストの誕生の告知という考
え」である。（FSW 65）

べての対立が解消して一つになる瞬間、すなわち、「神的にして人間的なるものの」顕現につながり、主人公の心は浄福感に満たされるのである。

　また、『フランツ・シュテルンバルトの遍歴』の最後に主人公は奇人カミーロの言葉に導かれてシスティーナ礼拝堂に入り、「安らかなアインザームカイト」の中でミケランジェロの最後の審判の絵、「崇高なる詩」を目にし、その姿と精神に「雷鳴」のような衝撃を受け、「自分自身が新しく変わったこと、新しく生まれたことを感じる」（同 159–160頁）。白髪の老人カミーロは、著名な画家ルスティーナを取り巻く人々から「半ば気が狂っている」と見なされ、「己が理解できないものはすべて無意味」と揶揄される人物である（FSW 396）。ここではカミーロが、いわばソクラテスの無知の知を体現した人物としてイローニッシュに描かれ、この人物を媒介としてミケランジェロの精神に仮託された「崇高なるもの」、すなわち「神的にして人間的なるもの」がまさに、バチカンの神聖なる聖堂のアインザームカイトの時空に顕現し、同時に、主人公のそれまでの生は消滅し、新たな創造となるのである。

　『フランツ・シュテルンバルトの遍歴』は比較的長編の小説であり、内実のイロニーとして読みとれるものはほかにもあるが、[459]ここに取り上げた旅立ちの際の農民一家と教会の絵の経緯と、旅の最後における奇人とミケランジェロ体験は、内実のイロニーとして生のありよう、生き方としてのアインザームカイトが巧みに描かれていると言えよう。

(3) 都会のアインザームカイトをモティーフとする『生の余剰』は、アインザームカイトにおける生に仮託して、生に必要不可欠な要素（燃料、

459　たとえば主人公フランツは、イタリアへの旅の途上である伯爵夫人の城に旅の道連れフローレスタンとともに立ち寄った際に、「近くの山の中に住み」、「半ば気が狂った」と噂され、「アインザームカイトのうちに暮らして、彼の荒涼とした居所を決して離れることのない」奇妙な人物のことを耳にし（FSW 247）、この隠者を訪ねて芸術について教えられる。（FWS 253-259, 283ff）カミーロのように「なかば気が狂った」と見なされつつもソクラテス的イロニーを体現する人物像は、この隠者にも読みとることができる。

住まい）と不要を可とする要素（装飾）というアンビバレントな要素を
内包する木材をもって愛や信頼の相対性をイローニッシュに描く。すな
わち、薪だけでなく木材でできた階段まで燃やして世間から孤立すれば
するほど、すなわち主人公夫婦のアインザームカイトが物理的に深化す
ればするほど、アインザームカイトは幸福なものとなる。なぜなら、ア
インザームカイトにおいて二人の関係は一層親密になり、愛の深まりが
確認されるからである。通念的な負の時空、負の表象であるアインザー
ムカイトをイロニーとして用いることで、二人のアインザームカイトは
対極にある最大の幸せである愛の深化を表象している。

　また、夫婦は、最後には燃やす木がなくなり、二人の現実の生は窮地
に陥る。しかし、消息を絶って久しい親友からその昔贈られた稀覯本が
二人の救出の機縁となる。語源において木と共通性ある本（Buch）、自
然の産物である木材の対極にある人智の産物である本が救いの媒体とな
るという点で、それらは、イロニーとは最も深刻、真面目なことが諧謔
（Scherz）でもあるというティークのイロニー、特にゾルガーと出会って
イロニーを自覚した後の、ドレスデン時代のイロニーを最もよく表すも
のと言える。

　精神あるいは心が満ち足りるという内的な充足があれば、物質的生活
面など外面的な喪失はネガティヴたり得ない。従って外面的には世間か
らの孤立であるアインザームカイトも喪失や不在による不安や覚束なさ
を惹起するアインザームカイトとはならない。これを『生の余剰』は、
対義的な関係にある木材と本を媒体するイロニーによりアインザームカ
イトとして表象した。なお、イロニーをもって表現されるそうした内実
は、夫婦という二人の存在（Zweisamkeit）が幸せなアインザームカイト
（Einsamkeit）の詩的表象であるという点で、「より高次のイロニー」となっ
ていると言えよう。

　ところで、『生の余剰』の4年前の1835年に書かれた小品『クリスマ
スの夕べ』（Weihnacht-Abend）は、研究の対象として取り上げられるこ
とがほとんどないが、『生の余剰』を考察する上で大きな意味をもつ作

品である。ベルリンの一角で針仕事をして生計をたて、日々の生活の必要に迫られてした借金の返済もままならずに極貧のうちに暮らす主人公である母と娘の間でかわされるクリスマスの夕べのある対話を、テクストは次のように記す。

(娘) ベルリンに来る途中の暗い森で道に迷って泣いていたとき、[…] 荒くれた黒い煤だらけの炭焼夫に出会ったとき、まるで太陽が昇ったかのように思ったわ。というのも、その人が私たちを正しい道に連れて行ってくれたから。そのころ私は、なんと愚かにも考えたことでしょう、人間以外の何も会わない、人間しか見るものもない大きな、大きな都会に住むことは何と素晴らしいことに違いないと。彼らが私たちを慰め、よくしてくれ、喜ばせてくれると。それなのに、人々は私たちを滅入らせるだけ、私たちは、暗い森の中にいるかのように人々を怖れなければならないのよ。

(母) 人はしばしば、と母はため息をついて言った。人混みの中で最も孤独なのよ。どの人も自分自身と、自分だけが必要とするものにかかわるの。そして、お金持ちや身分の高い人は、私たちのことを何も知らず、何も見聞きしないときが一番幸せなのよ。(TS11, 914)

プロイセンの王都ベルリンという都会の中の一粒の砂として、周りに大勢の人がいるのに感じる孤独を、母は「最も孤独な (einsamste)」と、最上級の表現を使って述べる。また、娘は、暗い森の中で出会であった見知らぬ炭焼夫と、彼の親切との対比で、今住む大都会において周りにいる大勢の人間に暗い森の中での孤立感が惹起する恐れを口にする。「黒い煤だらけの炭焼夫」は一見「荒くれた」野人、恐ろしい人として娘の目には映るが、実は人間関係において最も優しい善人である。一方、多

460　『金髪のエックベルト』でも幼い娘ベルタは、家を飛び出して流離う山と森の中で炭焼夫や鉱夫に出会い、耳慣れない彼らの言葉にびっくりして、

くの人々と「慰め」「喜び」あう心のつながりができると期待してやってきた大都会では、案に相違して人々は己が「必要とするもの」以外にはかかわろうとしない。

　その母が幼い娘ヴィルヘルミーネ（愛称ミンヒェン）とともにどこからきて隣の部屋に住むようになったのか、以前は何をしていたのか。それらについて親切な隣人であり、大家である老婆は知らない。老婆は、母娘の暮らしぶりを、隣人が素性不明であるという趣旨で「そのアインザームカイト」、「その暗いアインザームカイト」という言葉で語る（TS11, 935, 941）。母娘に家賃の支払いや借金の返済を迫る息子に代わって、その息子との結婚を善意で持ち出したその老婆に対して、母は、内枠の物語として、生まれから結婚、夫と父親の不和と、夫との出奔、裕福な婚家の没落、夫の死などを経て、娘と二人で流浪し、ベルリンのそのアパートにたどり着いたことを、ようやく語って聞かせる。その背景にあるのは、経済規模もまだ小さく、地縁・血縁関係の濃密な農村や手工業的な都市から、産業革命などによって大規模な都市が発展し、人口が増大するに従い、隣の住人がいかなる氏素性の者かわからなくなるといった状況が多く出現するようになる時代である。そうした全般的な社会状況の中で、人は村落や手工業的な街区での営みのなかで育まれる人間関係をもたなくなり、孤立感を折に触れて味わうこととなる。『ウィリアム・ロヴェル』においては「カタツムリのように自分自身に引き籠もり、兄弟たちの幸せや痛みに心を寄せることのない人間、エゴイスト」（LTS6, 168）が叙述されるが、そうした人間が木々のかわりに立つ「暗い森」が都会である。山のだれもいない森、すなわち、「暗い森」のアインザームカイトは、実際は慰め時空であり、これに対して人間が大勢いる都会の人混みこそが人が怖れるアインザームカイトの時空となっている。母

ほとんど気を失いそうになる。（TS6, 129）しかし、興味深いのは、ベルタにとってその出会いは助けにならず、さらに深い山奥に入ることとなることである。

や娘が口にしたアインザームカイトの孤独感は、家族、友人、仲間など特定の人間関係における孤立感、すなわち、関係性の喪失感、あるいは友情の喪失感というよりも、社会における一般的な孤立感、全般的な他者との希薄な関係性の認識から生まれる孤立感といえる。己が「必要とするもの」以外にはかかわろうとしない「カタツムリのように自分自身に引き籠もる」人間とそこから生じるアインザームカイトは、『ウィリアム・ロヴェル』ではまだ「兄弟たち」という身近な人間関係の中での問題であったが、『クリスマスの夕べ』ではそうした全般的な社会状況を背景に語られている。そうした現代の「孤独死」にも相通じる孤独、孤独感としてのアインザームカイトの実相が、『クリスマスの夕べ』において「黒い煤だらけの炭焼夫」という「より高次のイロニー」を用いて巧みに叙述されているのである。

　ところで、都会の雑踏の中の孤独は、中世を舞台とした『フランツ・シュテルンバルトの遍歴』においてすでに描写されている（同157頁）が、それが人間の精神的自立の象徴として美しいアインザームカイトとして表象されているのに対して、『クリスマスの夕べ』では「最も孤独」と叙述されている。この両者の違いに、18世紀末から19世紀前半にかけての時代の激変と、その作品への反映が読み取れる。もっとも、ユンクは、そうした都会のアインザームカイトについて「カタツムリのような殻に引き籠もった」[461]人間が一層深くその殻に閉じ籠もる「孤立化」が現代社会の孤独の深刻な問題であると論じているが[462]、『クリスマスの夕べ』ではそれは社会問題としては扱われてはいない。

　しかし、都会の中の「最も孤独な」と最上級で表現されるアインザームカイトにおいても、アインザームカイトは、生に否定的なものとは限

461　　　Vgl. Robert Jungk, a. a. O., S. 126.

462　　　ユンクは、孤独（アインザームカイト）に引き籠もるという都市のアインザームカイトの問題を「現代の高度産業社会において〈分離を余儀なくされる〉人間」のアインザームカイトの病理（Pathologie der Einsamkeit）」と述べる。Ebda., S.126-127.

らない。むしろ、リルケのパリの孤独とは対照的に、生に肯定的なもの、[463]
生を育むものとなることがあることを、『クリスマスの夕べ』や『生の
余剰』は示している。すでに『生の余剰』においてみたように、外形的
なアインザームカイトが増せばますほど、夫婦の心の結びつきは深まっ
ていく。同じように、『クリスマスの夕べ』の母と娘の関係も、人混み
で賑わうクリスマスの市での出来事によって、一層深まっていく。「最
もアインザーム（孤独）」なクリスマスの市の雑踏の中で、娘が欲しが
るものを、なけなしのお金で買ってあげようとする母は、もっていたは
ずのお金が店屋の軒先で見つからず、買うことができない。悄然として
悲しみ、娘に詫び、神に赦しを乞う母に対して、娘はそれに不平を言う
のではなく、「私たちは神さまに会うことができるわ、私たちが望みさ
えすればね」と語り、家に帰る途中で「美しい、それは美しい、素晴ら
しいいくつものお星さまを見たわ」(TS11, 943)などと言って母を慰める。
これを聞いた母は、「神々しい清らかな娘の目」を見て、「最も心のこもっ
た深い声音」で娘に「主なる神、キリストさま。おまえが個人的に知り、
見たキリストさまは、おまえが言うように、私たち二人をお助けになる

463　『クリスマスの夕べ』では母と娘に何かと心を配る隣人の老婆が配置さ
れており、また、老婆との会話の中で母の心が開いていき、それが筋書き
の展開につながる。アインザームカイトは「ひとりでいること」、「ひとり
あること」を要しないが故に、ティークの作品におけるアインザームカイ
トには、逆説的な意味で意思疎通、コミュニケーションの時空という性格
が認められる。そうした点でティークにおける都会のアインザームカイト
は、リルケにみられるような、周りの「冷たく厳しい」眼差しに耐えて生
きなければならない都会の孤独、松田正雄の指摘する「神なき世に、共通
した価値観を喪失し、孤立した人々の不安と絶望を生む、恐ろしい、完全
なる孤独」すなわち、コミュニケーションを失った現代的なアインザーム
カイトとは異なる地平を開いていると考えられる。Vgl. 松田正雄：現代と
いう問題——第一章　リルケ『マルテの手記』[東京大学ドイツ文学研究
室詩・言語同人会『詩・言語』第 43 号 . 1994. 1–72 頁] 3–6 頁。

わ」と応える。ノヴェレは、その母の言葉の後に、遠く外洋航海の途中で難破し、死んだと信じられていた息子が、心の優しい母と娘に対するあたかもキリストのクリスマスプレゼントのように現れ、全体として家族再会と貧しい生活に終止符が打たれるという大団円を迎えて終わる。『生の余剰』では、遠くインドで消息を絶ち、死んだと思われていた親友が、主人公が売り飛ばしたはずのチョーサーの稀覯本をもって現れ、主人公夫妻の窮状を救い（同222頁、231頁）、物語は幸せな結末を迎える。ここにも『生の余剰』と『クリスマスの夕べ』の二つの作品が密接な関係が伺える[464]。また、お金が無に消えることにより母と娘の愛が昇華され、喪失したはずの息子が戻って家族の愛は欠けるところのないものとなる点で、アインザームカイトは「神的にして人間的なるもの」の顕現のイロニーとして読むこともできよう。

　この『クリスマスの夕べ』あるいは『生の余剰』に描かれたアインザームカイトは、外形としてのアインザームカイト（孤独、孤立）が、ノヴェレの意味内容（内実）としての親密さ（パートナー、あるいは、同行者・随伴者（Begleiter）、救い手（Beisteher）の存在）[465]、人間関係の親密さを表わしているのである。すわなち、アインザームカイトという生の外形は、内実としてアインザームカイトの逆である親密な人間関係の表象となっているが、この意味で、アインザームカイトはイロニーとして叙述されていると言える。そしてまた、そのイロニーが表す内実に通底するのは、

464　『生の余剰』において語り手は、結末について「すべてが喜びであった。夫婦には再び満足のゆく（anständig）、心地よい豊かさの中で暮らす展望が与えられた、子どもにクリスマスの贈り物が与えられるように」と語る（TS12, 248）。この「子どもにクリスマスの贈り物が与えられるように」という言葉に、『生の余剰』と『クリスマスの夕べ』の連関性が明瞭に認められる。

465　『生の余剰』では、失われたはずの親友が、『クリスマスの夕べ』では、失われたはずの息子が救い手として現れる。この失われたはずの息子、親友が救い手となるモティーフは、『山の老人』にも見られる。（本書213頁）

アインザームカイトにある救いや慰め、安心などの要素である。

(4)『山の老人』では、事業に成功した富豪の老人という外見（現象）をもって、その対極にある内心の惨めさ（己の存在の欺瞞性、不確かさを巡る苦悩など）という彼の存在の本質が表象されているが、このような「より高次のイロニー」が主人公のバルタザールだけでなく、その娘や従兄弟のホールバッハなどにも見られる。一方、バルタザールの死後に判明する、生前のバルタザールがアインザームカイトの中で行う懺悔と赦し乞いの祈りは、先に言及したようにホールバッハの「失われた息子」によって偶然聞かれることで、かつて不幸にした女性との間に生まれた娘を幸せにする。そして、これによってその女性への償いは間接的にではあるが果たされ、同時にバルタザールの赦し乞いもかなう。仮面の彼とは違う姿、実像での懺悔と赦し乞いの言葉は、アインザームカイトにおける神との対話であり、これは、他者に聞かれなければ人知れず無に帰したであろう。本人存命中にたまたま本人は知らずに、しかし、他人に聞かれたその言葉によって、死後に、すなわち、己の存在が消滅した後に大きな赦しと宥和・和解をもたらす。換言すれば、個々の存在相互の齟齬が破棄され大きな一致が生まれたのである。この赦しと和解は、『山の老人』の最も美しい瞬間で、「神的にして人間的なるもの」の顕現というイロニーの内実を示す一例であると言える。

(5) ノヴェレ『ヴァルトアインザームカイト』においては、冒頭のヴァンゲン男爵を囲む談論の中で、本来最も詩的な表象であるはずのヴァルトアインザームカイトの語が不動産広告という実利的な商売上のうたい文句となることで、ヴァルトアインザームカイトはいわば仮象が本質を支配しているという世相や文学の現状を表現する「より高次のイロニー」となっている。また、『ヴァルトアインザームカイト』と『金髪のエックベルト』の間にあるテクスト間の反省には、イロニーの内実として、次項に述べる「神的にして人間的なるもの」の顕現であるヴァルトアインザームカイトの価値の確認と再認識への期待（同 259 頁）が表明されている。

6.3.3. ヴァルトアインザームカイト──「神的にして人間的なるもの」の顕現、イロニーの極致

『金髪のエックベルト』におけるヴァルトアインザームカイトは、人間の生のありようや在り方、他者との関係を希求してやまない人間の心象の表象、あるいは、反省の時空のいずれのアインザームカイトの範疇にも入らない。また、それが『アブダラ』における「森の静かな孤独（die ruhige Einsamkeit des Waldes）」のような、孤独などの心象を森に仮託した単なる心象風景の詩的表象ではないことは、ノヴェレ『ヴァルトアインザームカイト』で紹介されている、この造語を巡るティークとヴァッケンローダーのやりとり（本書239頁）によって暗示される。それでは、後にヨーゼフ・フォン・アイヘンドルフ（Joseph Freiherr von Eichendorff, 1788-1857）の詩でも歌[466]われるなど文学や音楽の愛されるモティーフとなり、また、新聞の不動産広告に引用されるまでになったとノヴェレ『ヴァルトアインザームカイト』においてイローニッシュ（揶揄）的な口調で報じられる（同239–240頁）などして人口に膾炙することとなるヴァルトアインザームカイトとは何であろうか。

『金髪のエックベルト』のヴァルトアインザームカイト（Waldeinsamkeit）には、ヴァルト（Wald）とアインザームカイト（Einsamkeit）という変転するもの、儚いもの、相対的な構成要素を結合させることによって永遠なるもの、絶対なるものが一瞬にして顕現される「神的にして人間的なるもの」の顕現というイロニーが提示されている。なぜなら、①ヴァルトアインザームカイトの世界は、身も心も疲れ切って無力になったベルタが最初に邂逅したときにみられるように（同114頁）、一切の対立に先立ってあるもの、万物が融けあい、差異や矛盾が解消し宥和する「パラダイス（楽園）」（同115–117頁）として顕現する。また、そこにいる不思議な鳥が歌うヴァル

466　Joseph von Eichendorff Werke in einem Band. München (Deutscher Taschenbuch Verlag) 1995, S.260.

トアインザームカイトのリートは「永遠に」の句を三回繰り返す。ベルタの使う「糸車」も「常に生き生きと回り続ける」。この糸車のモティーフも三回繰り返される[467]。糸車は永遠を紡ぐ。鳥の歌と糸車は、永遠なるもの、不変のもの、その意味で、絶対的なるものを表している。（同 118 頁）ところで、アダムとイヴが神によって追放されて去った（旧約聖書：創世記3）エデンの園、すなわちパラダイス（旧約聖書 1 モーゼ 2, 8-15）は、「絶対的なるもの」、「永遠なるもの」と言えるのであろうか。確かにアダムとイヴにとって楽園は永遠なるものではなかった。しかし、このことは、被造物の行為によって楽園に存在できなくなることを意味しているのであり、楽園の有限性を語るものではない[468]。楽園は二人がそこに生を営む前にすでにあり、そしてまた、二人が去っても楽園は存在していると解釈される。以上のことから、ベルタの目の前に開けた、すなわち顕現した時空、ベルタが「パラダイス」と語ったヴァルトアインザームカイトの地と時間は、永遠、絶対さらには、神的なるものの顕現と解されるのである。②これに対して、ヴァルト（Wald）、すなわち、限りある生命の共同体である森は、野生・荒々しさ・恐ろしさと穏やかさ・温かさ・美徳、獣性・堕落・魔性の空間・悪徳と聖域・聖性との出会いの場などの対義的な意味を内包

467　マックス・リュティ（Max Lüthi）によれば、ほかの数字と違って、3 は作品の筋の形成にかかわる（handlungsbildend）特別な数字である。Vgl. Max Lüthi: Märchen. Stutgart（J. B. Metzlerische Verlagsbuchhandlung）1962, S. 29.

468　パラダイスは、語源的には柵囲いされたペルシャの王の庭園を表記するのに使われた語であるが、転じて、食物にあふれ、苦しみのない、神の近くにある幸福の地を意味する語として用いられた。すでに古代オリエントの地で、パラダイスは、永遠の生命をもたらすいのちの水と結びついた概念となっていた。古代ギリシャ時代に、パラダイスは黄金時代のイメージと結びつき、病気も年齢からも解放されて平安に暮らす地を意味することとなる。すなわち、古来パラダイスの概念は、永遠の地、人間がその有限性から解放された地を含意している。Vgl. Lurker, a. a. O., S. 537-538.

する。ティークの作品における森が魔女や精霊などの棲む異界の地とい[469]
う要素であるだけでなく、聖域の要素も併せもつことは、『フランツ・シュ
テルンバルトの遍歴』において主人公フランツが少年時代によく過ごした
森に入るに際して「聖なる寺院に入るときに抱く感情を胸に抱いた」こと
が雄弁に証す（同 144 頁）。さらに、すでに見てきたように、アインザー
ムカイトもまた、充足・充溢と空虚・不在の双方の要素、あるいは、それ
らを反映した喜びなどの肯定的な情緒と戦慄・恐ろしさ・不安などの否定
的な情緒を内包する。ヴァルトは、現世では生成、消滅、次世代への更新
という変転、移行の相をとる有限の循環であり、アインザームカイトも第
5 章で論じたように、肯定的なものと否定的なものが変転してやまない心
象の脆さを表象する。特に『ルーネンベルク』冒頭で「楽しいアインザー

469　　音楽的メルヒェンと副題のついたティークの 1800 年の作品『怪物と魅
　　　了された森』（Das Ungeheuer und der verzauberte Wald）の表題は、恐ろしいが、
　　　にもかかわらず、うっとりと魅了されるような、相反する要素が森にある
　　　ことを示す。ヴァルト（Wald）すなわち森には現実世界と異界、天使の出
　　　現と悪魔の出現、神の恵みと盗賊などに象徴される無秩序、乙女と老婆な
　　　ど対義的な要素がある。ゲルマンの森を、ケルト・ゲルマン文明に根ざし
　　　た自然観（アミニズム的自然観、ケルト的自然愛的自然観）、キリスト教
　　　文明に根ざした自然観（文明論的自然観、悪魔論的自然観、終末論的自然
　　　観、創造論的自然観、聖域論的自然観、象徴論的自然観）などの観点から
　　　論考した藤本武は、中世の大開墾時代以降、森が脱悪魔化、文明化され、
　　　森への恐怖が和らいでいくが、なおも、隠者・アウトロー・狂人・盗人・
　　　遍歴騎士などの棲む異空間と見なされていたことを指摘する。ヴァルトの
　　　民俗的、文化的意義については、Lurker, ebda., S.787-788, Wolfgang Baumgart:
　　　Der Wald in der deutschen Dichtung, Berlin/Leipzig（Walter de Gruyter）1936, S. 6-15,
　　　S. 33-47. Kurt Mantel: Wald und Forst in der Geschichte: ein Lehr- und Handbuch.
　　　Alfeld-Hannover（Verlag M. & H. Schaper）1990, S. 113- 135. 藤本武、古代ゲルマ
　　　ン語 Wald への宗教史的視点 II、新潟清陵女子短期大学研究報告第 28 号
　　　1998 年、63–80 頁。大野寿子、黒い森のグリム──ドイツ的なフォークロ
　　　ア（郁文堂）2010 年。

ムカイト」が「戦慄するようなアインザームカイト」に瞬時に転じること
に見られるように肯定的なアインザームカイトと否定的なアインザームカ
イトが瞬時に交替するなど、同じ態様が永遠に続くものではない。現世の
アインザームカイトもまた、有限の内に在る相対的な態様である。③現世
において有限なるもの、儚いもの、相対的な関係性の中にあって絶対的で
はないものの物的な比喩（象徴）であるヴァルト（Wald）と心的・精神的
比喩（象徴）であるアインザームカイト（Einsamkeit）が語として統合さ
れたヴァルトアインザームカイト（Waldeinsamkeit）の中に、そしてまた、
意味的にもヴァルトアインザームカイトとして詩的に表象されたヴァルト
の風光のアインザームカイトの時空に置かれたベルタあるいはエックベル
トに、永遠なるもの、不変のもの、その意味で絶対的なるもの、すなわ
ち「神的なるもの」が顕現する。その顕現が起きるのはいつか。それは、
ベルタが無力の存在となり、エックベルトが無力の存在であること認識し
たときである。幼女ベルタは山中彷徨の末に「死を覚悟しつつも、死ねな
い」、すなわち死ぬことも自由にならないほど無力になる（同122頁）。知
るよしもない近親相姦の事実まで告げられたエックベルトは、地に崩れ落
ちる。自分ではどうすることもできない、言わば原罪とも言うべき業を知っ
た彼は、信頼という現世における人間存在の基盤が破棄された存在である
（同127頁）。つまり、個別の現象としての存在が破棄され消滅するときに、
その前に、万物が融和する時空ヴァルトアインザームカイト、ゾルガーの
イロニーの意味する「破棄された現象の中に、すなわち非存在の中に一切
の差異を超えた同一なるものの現れ」[470]をみるのである。換言すれば、有限
と永遠など一つになることのないようなものが詩的時空において一つにな
る。これを、イロニーをもって詩的に表象したのがヴァルトアインザーム
カイトにほかならない。ティークあるいはゾルガーのいうところの「神的
にして人間的なるもの」、「神的なるもの」の顕現というイロニーの本質が、
ヴァルトアインザームカイトの語の組み立てと内実に提示されていると解

470　　　Vgl. Frank, a. a. O., S. 320.

釈できる。この「神的にして人間的なるもの」、「神的なるもの」の顕現というイロニーは、『ルーネンベルク』の「石ころ」から発する「火花」のモティーフや、『山の老人』における「漏れ聞かれた老人の赦し乞い」などのモティーフにも認められるが、いずれも内実として提示された「神的なるもの」の顕現のイロニーであり、語と内実の両面でこれを成就したのはヴァルトアインザームカイトをおいて他にはない。④さらに、この万物が融けあい、差異や矛盾が解消し宥和する「パラダイス」の顕現、永遠なるもの、絶対的なるもの、「神的なるもの」の顕現は、青年期のハルツ体験を重ねたものと解されることは、5. 2. 1. 2. の「ヴァルトアインザームカイト——万物が一体化する絶対の信頼の時空」（同 117–118 頁）に論述したとおりである。孤立して、寄る辺がなく、はかない人間の生、疑念と不安に満ちた人間の生が、永遠かつ不変なるものの中にとけ込み、安心立命を得られる時空として現れたものが、ヴァルトアインザームカイトに他ならない。そこには、安心感と慰めがある。多くの先行研究はヴァルトアインザームカイトの出現を目にしたエックベルトの最後の姿を直截的にとらえて、死にゆく哀れな人物、因果応報の悲劇的な姿などと解釈しているが、ヴァルトアインザームカイトを「神的にして人間的なるものの顕現」のイロニーととらえることにより、その姿は、安心と慰めの時空という己の居所を瞬時でもようやく見出した人間を描いたものとして解釈できるであろう。以上のことから、ヴァルトアインザームカイトとは神的にして人間的なる世界の顕現というイロニーの詩的表象の極致であると結論づけることができる。

　ここでもう一つ検討すべきは、ヴァルトアインザームカイトが顕現したときのエックベルトの生の行方である。『金髪のエックベルト』は、「死につつある」と記されている。仮に「死んだ」として「死」も救済であるとするならば、エックベルトは永遠なるものを目にして、そこに受容される、すなわち、救済されるとも解釈されるが、しかし、エックベルトについてのその記述は、この点を白紙にしたままで終わる。すでに論じたように（同 128–129 頁）、死んだかどうかも含めて、そこには様々な解釈が成立する

余地が広がっている。そして、先行研究でもまた、その解釈の多様性は[471]
そこに明らかになる。しかし、翻ってみると、エックベルトは、ヴァルト
アインザームカイトで救済されることを要しない。なぜなら、ここで完結
することは、ロマン主義的イロニーではなくなるからである。換言すれば、
その点を曖昧にし、読者あるいは解釈者を作品内に巻き込むことこそ、「自
己創造と自己破壊の不断の交替」というシュレーゲルのいうイロニーの本
質があるからである。

　ところでティークは、最晩年のノヴェレ『ヴァルトアインザームカイ
ト』において、この語が自らの造語であること、そして、この造語につ
いてヴァッケンローダーが、ドイツ語として不自然であり、少なくとも
「Waldeseinsamkeit（ヴァルデスアインザームカイト）」とすべきと主張した
が、ティークはその主張に同意せず、無視したことを登場人物の一人ヴァ
ンゲン男爵の口を借りて披瀝している（同 239 頁）。仮に「Einsamkeit des

---

[471]　この最後の局面でエックベルトは「夢をみているのか、はたまた、その昔、
　　　　ベルタという女のことを夢見ていたのか、という謎。この謎から抜けるこ
　　　　とができなくなる」（TS6, 145）ヘルターは、現実と夢の混乱を、精神錯乱
　　　　や追跡妄想など合理的に説明しようとし、多くの傍証をあげる先行研究に
　　　　欠くことはないが、しかし、証明力のある明確な根拠はない、と指摘して
　　　　いる。Vgl. Achim Hölter, Über Weichen geschickt und im Kreis gejagt, S. 77.　解釈
　　　　の一例を挙げれば、登場人物にある不可思議と現実などの両義性に着目し
　　　　たクルスマンは、エックベルトを巡る最後の情景について、狂気にとりつ
　　　　かれたエックベルトとその死は現実の世界と不可思議な世界のもはや区別
　　　　不能となった組み立ての結果と考察し、この過程において現象と人間の運
　　　　命の多義性は、もはやほどくことができないほど絡み合うものとなり、そ
　　　　の結果を「別な世界のくぐもったような音とヴァルトアインザームカイト
　　　　の旋律の中で魔法がその最高の勝利を祝う」と述べる。結局クルスマンは、
　　　　両義性のテーゼを提出しながら、魔法の勝利という一意的な弁証法的解決
　　　　の道を採っている。なお、クルスマンは、両義性に着目するものの、イロ
　　　　ニーとしては論じていない。Vgl. Klussmann, a. a. O., S. 371-372.

Waldes（アインザームカイト デス ヴァルデス）」、もしくは、これを2格によって一語に合成して「Waldeseinsamkeit」とした場合、今ここで便宜的に「孤独」を Einsamkeit（アインザームカイト）の訳語として当てるとすると、その語は「森の孤独」もしくは「森という孤独」という、「孤独」という属性をもつ森を単に表現するものとなり、有限なるものや儚いものの物的比喩である Wald（ヴァルト）と心的・精神的比喩である Einsamkeit（アインザームカイト）をもって、永遠なるもの・絶対的なるもの・神的なるものをイローニッシュに表象する語ではなくなる。男爵は、作者（すなわちティーク）が「結局、押し黙ったが、修正はしなかった」（TS12, 859）としているが、ティークの意図を忖度すれば、「Waldeinsamkeit（ヴァルトアインザームカイト）」の語を変えなかった理由はそのように解釈できると言えよう。なお、Waldeinsamkeit（ヴァルトアインザームカイト）の訳[472]語については詩人に委ねるべきと考えるが、あえてこれを試みれば、以[473]

472　すでに 19 世紀末にクレーは、Waldbaum、Haustür、Bergschloß などの語を挙げつつ、合成語において第一の構成部分が2格の形ではなく語の基本形の中に現れることは言語上何も疑わしいことではないと指摘して、Waldeinsamkeit を極めて幸せな新造語だと述べている。Vgl. Klee, a. a. O., S. 6.

473　Waldeinsamkeit に鈴木潔や信岡、丸山らは「森の孤独」という訳語をあてている。鈴木潔：ティークとロマン派（一）［同志社大学外国文学会『同志社外国文学研究』第 13 号 , 1976. 62–77 頁］66 頁、信岡資生：ティークのメールヒェン「金髪のエックベルト」小論［中央大学ドイツ学会『ドイツ文化』第 26 号 , 1978. 63–88 頁］83 頁、丸山武彦：『金髪のエックベルト』解明の試み──ティークの初期の作品との関連を中心に──［上智大学ドイツ文学会『上智大学ドイツ文学論集』第 30 号 , 1993. 105–128 頁］116 頁。一方、前川道介はこれを「森のしじま」と訳し、信岡も別な論文では「森のさびしさ」と訳している。ルートヴィヒ・ティーク（前川道介訳）：金髪のエックベルト（国書刊行会）1983、16 頁、信岡資生：ティークのノヴェレ「Waldeinsamkeit」の考察［中央大学ドイツ学会『ドイツ文化』第 16 号、1973. 1–18 頁］2 頁。

上のことを総合的に考慮すると、訳語としては、「森の孤独」など「孤独」
を含む語ではなく、イロニー性を的確に表現するものではないが、「ひそ
やかな森の安らぎ」あるいは「森の閑静な安らぎ」、「森に憩う静かな安ら
ぎ」とするのも一案であろう。

6.4.　変容するアインザームカイトのモティーフ、一貫して流れるアイン
ザームカイトのモティーフ

(1) ティークの生涯は、文学創作活動の観点からいくつかの時代に分けて
論じられるのが一般的である。パウリンは、これを 1773 年から 1779 年
にかけての時代（ベルリンでの幼少年時代、ハレ大学やゲッティンゲン
大学での勉学時代、ベルリンのニコライの下での初期の作品創作時代）、
1799 年から 1819 年時代（イエナ滞在とイエナ・ロマン派グループとの
交流や、ゲーテとの出会いなどの遍歴時代、中世文学研究時代、ツィー
ビンゲン時代）、1819 年から 1841 年までのドレスデン時代、1841 年か
ら 1853 年までの最後のベルリン時代に区分し、作品を論じている。また、
クラウディア・ストッキンガー（Claudia Stockinger）らの監修による『De
Gruyter Lexikon Ludwig Tieck』もおおむね似たような時代区分により文学
史の文脈でティークと彼の時代を総覧している。なお、ティークの生涯

474　　ティークは 1799 年 7 月に 2 週間イエナに滞在した後、同年 10 月に家族
　　　　とともに同地に移り、1800 年 6 月まで住む。ティークは、この時期にその
　　　　新しいロマン派の一員であることを公に認める。Vgl. Claudia Stockinger: Der
　　　　Jenaer Kreis und die frühromantische Theorie. In: Stockinger/Scherer (Hrsg.) Ludwig
　　　　Tieck, S. 61. Paulin, Ludwig Tieck, S. 53.

475　　Vgl. Paulin, ebda., S. 11, S. 17, S. 25, S. 50, S. 69, S. 73, S. 80, S. 113.

476　　Stockinger/Scherer (Hrsg.), Ludwig Tieck, S. 1-147. この書は、ベルリンの幼少
　　　　年時代、啓蒙後期のベルリンの文学とティーク、ヴァッケンローダーとの
　　　　交友、イエナ・グループと初期ロマン主義、ヴァーマール・クラッシック
　　　　とティーク、ツィービンゲンなどの遍歴と友人グループ、ドレスデン時代

は文学史の時代区分の観点では啓蒙後期、ヴァイマール・クラッシック、初期及び後期ロマン主義、ビーダーマイヤー・前3月期、レアリスムの時代に重なる。なかでも、ティークの名前はロマン主義文学と切っても切り離せない。しかし、その作品は、その成立時期に応じて多かれ少なかれそれぞれの時代と関係している。本研究は、ティークあるいは彼の作品が文学史のどの時代に属するかを考察するものではないので、これ以上この問題に立ち入ることはせず、一義的にどれに属するかを言うことは難しく、研究史においても議論が分かれていることを記すにとどめる。[477]

(2) アインザームカイトのモティーフは、すでに述べたようにティークの初期から晩年に至る作品群において随所に見られる。しかし、本書で取り上げた作品を見ると、次のような傾向が見られる。①イロニーという文芸論的観点から見ると、初期の作品『アルマンズーア』、『アブダラ』、『ウィリアム・ロヴェル』ではまだイロニーによるアインザームカイトのモティーフの叙述は見られず、アインザームカイトは心象風景を直截的に表象するものとなっている。そうした自然などに仮託された心象風景の直截的な表象としてのアインザームカイトと並んで、イロニーによるアインザームカイトの表象が現れるようになるのは、1796年の『金髪のエックベルト』以降であり、それは晩年の作品まで続く。『金髪のエックベルト』にはロマン主義イロニーとされるもの、あるいはゾルガーの

と最後のベルリン・ポツダム時代に区分している。

477　Vgl. Gustav Frank, Tiecks Epochalität (Spätaufklärung, Frühromantik, Klassik, Spätromantik, Biedermeier/Vormärz, Frührealismus). In: Stockinger/Scherer (Hrsg.), Ludwig Tieck, S.131-133.　グスタフ・フランク（Gustav Frank）は、時代の途切れ（Epochenbruch）という概念を拒否すべきと考える者にとっては、ティークにおいてロマン主義が長く続いているが、逆に非連続性を肯定する者にとってティークは「文学史のカメレオン」のように見えると指摘する。Ebda., S. 133.　なお、「文学史のカメレオン」は、Christoph Brecht: Die gefährliche Rede, S. 248 からの引用句である。

イロニーの諸要素がほぼすべて含まれているが、この作品は、ティーク
がシュレーゲルと邂逅する 1797 年秋以前にすでに成立しているという
点で、それを先取りしたものとなっている。ゾルガーのイロニー観の影
響を受けたとされるドレスデン時代のノヴェレでは、『生の余剰』や『山
の老人』に端的に見られるようにアインザームカイトのモティーフはイ
ロニーを駆使して描かれている。[478]②アインザームカイトの意味内容の
観点から見ると、芸術家の自己形成ロマンである『フランツ・シュテル
ンバルトの遍歴』を別にして、『アブダラ』から『ルーネンベルク』ま
での創作初期からイエナ・グループとの交流期までの作品においては、
アインザームカイトのモティーフはメルヒェン的、神秘的な出来事の中
に現れるのに対して、ドレスデン時代のノヴェレ群では日常的な些細な
出来事の中に現れる。これに対応して、前半期の作品群におけるアイン
ザームカイトのモティーフは、美しさと戦慄や不気味さ、恐怖の中に喪
失や不在の不安を惹起し、極端に走る傾向があるが、ドレスデン時代の
アインザームカイトのモティーフは、穏和でつましく、より求心的であ
る。パウリンは、イエナ・グループとの親密な交流期、すなわち初期ロ
マン主義の時代まで作品は叙情的な雰囲気、人間の存在に関する牧歌的
側面と暗い悲観主義、宿命的な崩壊、怪奇や超自然的恐怖などを特徴と
することを示唆する[479]一方、ドレスデン時代のティークの作風について
「不可思議なことと日常的なことは、生の矛盾する現象形ではないとい
う信条」は変わりないものの、[480]温厚なもの、宥和的なものとなり、それ
が友情や庇護（Schonung）、人間らしさ（Menschlichkeit）などの作品の題
材や、和解や幸せな結末、秩序などの作品の構成と内容に反映されてい
ること、また、中世という過去ではなく同時代の社会をあつかっている

478　　ケプケは、ドレスデン時代のノヴェレ群の核心にイロニーがあることに
　　　言及している。Vgl. RK2, 48-49.

479　　Vgl. Paulin, ebda., S.21, 28, 32, 47.

480　　Ebda., S.86.

ことを指摘している。[481]

　ところで、ティークの作風は、初期ロマン主義期までのものから一足跳びにドレスデン時代のものに変わったわけではない。ティークは、1800年6月にイエナを離れた後、ベルリン、ドレスデンなど各地を転々とし、最終的に1802年に一家でツィービンゲンに落ち着く。同地での生活は17年に及ぶが、この間、1802年の『ルーネンベルク』完成後1812年の『ファンタズス』に至るまで、評論などを除いて作品創作の筆を絶つ。ティークの「危機の時代」と呼ばれるおよそ10年のその時期は、自らの信仰の問題と実存的不安さ、病気、初期ロマン派の瓦解とノヴァーリスの死、思うようにものが書けなくなったこと（Schreibkrise）、家庭内の事情などに起因するものであった。[482] この危機を経てティークは作品執筆活動を再開するが、その最初の作品『ファンタズス』についてパウリンは、「祖国、友情、風景、演劇や劇作、劇的なるもの、文学的趣味」などと並んで、なおも「夢や謎や不可思議なるもの」が語られるが、「ロマン主義的思想にもかかわらず、何事にも動じない寛容さ（souveräne Toleranz）の雰囲気が支配している」と指摘している。パウリンによれば、いくつかの作品はドレスデン時代のノヴェレを先取りしたトーンが見られる。[483] 一方、ケプケは、ツィービンゲン時代にティークがベーメの神秘主義哲学を懸命に研究したことと、ゾルガーのイロニーの考えを知ったことが、彼の力を調和のとれた安定的なものとなることに与った旨を記している。[484] ティークのゾルガーに宛てた1817年3月24日の手紙も、この時期にそれらを知ることで危機を脱し、「ポエジーと快活の領域に立って」、「再び仕事ができるようになった。青年時代の試みが再び私の前に活き活きとしている」、「私が当時筆を止めたところを

481　Ebda., S.86-88.

482　Vgl. Thomas Meißner: Wanderschaften und Freundeskreise. In: De Gruyter Lexikon Ludwig Tieck, S. 103.

483　Paulin, ebda., S. 75-76.

484　Vgl. RK2, 11.

続けることととなった」と書いている[485]。ティークは、作品も書けなくなるような人生の危機を克服する過程で、青年期とは違った形で生きることの痛みと、おそらくは他者の痛みを共にすることを体験する。そして、このことがベーメの神秘主義哲学やゾルガーのイロニー観から得たものとも両々あいまって、パウリンの言う「寛容さ」として作風の変化に現れ、さらにはドレスデン時代のノヴェレ作品群につながったと考えていいであろう。さらに、ティークの作品の舞台もまた、自然や農村、あるいは、中世を主とする傾向から、ドレスデン時代には都会や同時代を主とするものに変化を見せる。『アブダラ』、『金髪のエックベルト』、『ルーネンベルク』などのアインザームカイトの場は自然、中世、オリエントであるが、『生の余剰』、『山の老人』などは同時代の都会がアインザームカイトの場となっている。そうしたティークの作風の変化は、アインザームカイトのモティーフの変化にも認められると言えよう。

(3) それでは、ティークの作品群を通じて、換言すればティークの生涯を通じて変わることなく一貫して流れるアインザームカイトはなかったのであろうか。この点について以下に考察する。

最晩年のティークは、イダ・フォン・リュティヒャウ宛の手紙で[486]「我が存在の至高の瞬間と呼ぶべき状態を再現しようとする努力は、非常に多くのことを読み、考え、ポエジーと芸術、神秘さと不可思議なことについての思考や、あれこれを経験する中で歓喜することはあったものの、

---

485 Solger, NSB 1、540. なお、この手紙でティークは、ベーメによって自分の生きる力をようやく我がものとしたこと、ベーメの考えからキリスト教と自然力に体現されて表現されている神の言葉（das lebendige Wort im Abbild der (...) sich verklärenden Naturkräfte）を理解したいと思っていたことを明かしている。Ebda., 539.

486 ドレスデン劇場の監督ヴォルフ・アドルフ・フォン・リュティヒャウ（Wolf Adolf von Lüttichau）の夫人で、夫とともにティークを囲むドレスデン・グループの有力な一員であった。

私の長い人生の中で常に虚しくもかなわなかった」[487]と書いている。この手紙は、「我が存在の至高の瞬間」と呼ぶべきもの、すなわちハルツ体験（本書 61–64 頁）を文学作品の中に再現することが、ティークの生涯の課題であったこと、文学創作のプログラムとなっていたことを仄めかすが[488]、そうだとすれば、ハルツ体験のイロニーによる詩的表象であるヴァルトアインザームカイトは、彼の文学創作プログラムの中核に一貫して存在していると言えよう。では、ハルツ体験が「神的なるものの顕現」の体験であったとして、ティークの作品群に通底するヴァルトアインザームカイトの本質は何であったのか。

　第 4 章で考察したように、ティークは幼少から執筆活動を本格化させる青年期までにアインザームカイトについていくつかの体験をする。親しい人間（子守娘や親友）の喪失体験と孤独（アインザームカイト）感（同 51 頁、53 頁）、「存在についての根本的な問い」あるいは己の存在自体への確信の喪失に苦悶する中でのベルリンの森や自然とアインザームカイトから得られた慰め（同 56–59 頁）、大学生時代のハルツ山での「神が現れたという思い」の中での「神という確信」と「神の愛の感情」の体験（同 61–62 頁）である。前者の喪失体験は不安を惹起するが、後者の二つの体験に共通するのは慰めや安心である。慰めをもたらす自然のアインザームカイトの中での自身との対話は、若きティークの「生の根源」（同 59 頁）であった。苦悩する者に「慰め」と「安らぎ」をもたらすアインザームカイトは、早くも『アルマンズーア』に現れる（同 94 頁）。『金髪のエックベルト』のヴァルトアインザームカイトの基底にあるのは、ティークの作品のアインザームカイトに通底する基本的な要素である「慰め」、「安心」である。すなわち、神あるいは神的なるもの（永遠

487　Vgl. Rath, a. a. O., S.361, S. 487. なお、この手紙については本書 62 頁脚注 86 でも簡単に言及している。

488　ケルンもまた、ハルツ体験を「神体験（Gotteserlebnis）」として理解した上で、その文学作品への表明がプログラム性格を帯びていることを示唆している。Kern, a. a. O., S.18.

性、不変性、絶対性）の顕現であるヴァルトアインザームカイトそのも
のには、衰え消滅するという存在の喪失は本来的に存在しない。それ故、
人はそこに安心や慰めを見出しうる。つまり、神ないしは神的なるもの
の体験により、人は初めて失われることのないものの確信を得、これに
よって平安を得るのである。それは、神の存在についての信頼と言って
もいいであろう。2005 年から 2013 年までベネディクト 16 世としてロー
マ教皇に在位したヨーゼフ・ラッツィンガー（Joseph Ratzinger）は、テュー
ビンゲン大学の神学教授時代に著した『キリスト教入門——使徒的信仰
信条告白に関する講義』においてキリスト教神学の立場からアインザー
ムカイトの本質を次のようにとらえている。[489] すなわち、人間は己の存在
の確信をあなた（Du）への呼びかけと、あなたによってこれが充たさ
れること、すなわち他者との対話のうちに確認しようとする。孤独とし
てのアインザームカイトは「人間のあなたと呼べるものを見つけること
で癒やされる」が、「見つけられたこのあなたも結局は一つの錯覚にし
か過ぎず、どんな出会いも最後の孤独を克服し得ない」ことを知って「絶
対的なあなた」を呼び求める。『金髪のエックベルト』における「見よ、
ヴァルター、フーゴ、他でもない、この私（老婆）だ」という錯覚、あ
るいは、実は異母妹が妻ベルタであったという錯覚の末に「だとすれば、
私はなんという恐ろしいアインザームカイトの中で人生を送ってきたの
だろう」とエックベルトは漏らすが（同 127 頁）、このつぶやきに表明
されたような、もはや為すすべもないアインザームカイトにラッツィン
ガーのいう「絶対的なあなた」との出会い、すなわち「人間の神との出
会い」である神体験の「基本的根源」があると言えよう。

　同時にまたラッツィンガーは、「守られているという安心
（Geborgenheit）」の喜びからも神体験が生まれることを指摘する。ラッ

489　　Joseph Ratzinger: Einführung in das Christentum, Vorlesungen über das Apostolische
Glaubensbekenntnis mit einem neuen einleitenden Essay. München (Koesel) 2013, S.
98-99.

ツィンガーは、この「守られているという安心」を「人間のあなた」との相互関係の成就や愛との文脈で述べているが、為すすべのないアインザームカイトにおける神体験で顕現する「絶対的なあなた」から「守られているという安心」の揺るぎない確信が得られることは言うまでもないであろう。

　ところで、ドレスデン時代のノヴェレ群に関する回想録伝記の記述は、人間と「神性（das Göttliche）」との関係をティークが創作において終生問題としていたこと、この問題の作品への反映について青年期のティークと円熟期のティークの間に変化がみられることに言及し、その例としてドレスデン時代のノヴェレでは日常の中に常在する奇跡と最高の奇跡が描かれていることを挙げている[490]。それによれば、「罪を深く悔いる者あるいは無力を自覚した者の心が神に抗うことができないと感じたときに、人間の心に自ずと起きる」、すなわち、意識してそれを求めるのではなく、自ずと起きる「最高の奇跡（不思議）」がドレスデン時代のノヴェレ作品にも流れている。また、青年時代の宗教的な神秘についての問題意識が、ドレスデン時代には若い頃の「熱き血」をもって語られるのではなく、「より深い心の内奥と穏やかさ」をもって語られており、それは例えば『山の老人』などの作品に継承されていると記されている。このケプケの回想録伝記も暗示するように、「守られているという安心」を本質とするアインザームカイトは、『金髪のエックベルト』のヴァルトアインザームカイトだけでなく『山の老人』や『生の余剰』のアインザームカイトのモティーフにも窺うことができる。

490　　Vgl. RK2, 49-50. なお、1800 年代初めのいわゆる「危機の時代」を脱し、文筆活動を再開できるようになったときの心境を記したティークの 1817 年 3 月 24 日付のゾルガー宛の手紙は、最後に「天上、地上、宗教と心情、真面目さと冗談、神と愛、それらすべてが、あのバランスの中に輝かしく晴れやかに突然再び浮かんだ。我が青春と若気がうすうす気づいていたあのバランスの中で」（Solger, NSB 1、541-542）と記している。この記述もまた、神や愛、宗教的信条の問題が終生の文学的課題であったことを証している。

　驚くことに、各作品に現れるアインザームカイトのモティーフをイロ
ニーの観点から考察することで、表面的には恐怖や不気味さを描いた作
品にも慰めの要素が潜んでいることが読み取れる。それは、「神的にし
て人間的なるもの」の顕現という内実としてのイロニーが叙述されてい
ない『アルマンズーア』の慰めや安らぎのアインザームカイトにも通底
している。不安という面も対極にもつアインザームカイトのイローニッ
シュにして基本的要素である安心や慰めは、初期の戦慄を催させるよう
な『金髪のエックベルト』だけでなく、ドレスデン時代の穏和なノヴェ
レ作品群の基底にも一貫して流れている。青年期の自然やハルツ体験か
ら得られた慰めや安らぎのアインザームカイトはまた、草創期に位置す
る『アルマンズーア』から『生の余剰』まで連綿として流れる他者肯定
のアインザームカイト、人を生かすアインザームカイトでもある。

結語

　自我に目覚めた時代、また、啓蒙思想の光と影が社会・経済・政治・文化など様々な面で激しく交錯する大激動の中で、個人としての生のあり方が改めて本格的に問われた時代において、アインザームカイトという詩的、文学的表象はどのような意味をもっていたのか、ティークの作品におけるアインザームカイトのモティーフは何を読者に語りかけるのか。本書で取り上げた幾つかのテクストは、詩的表象としてのアインザームカイトのモティーフが、今日その語で想起するものを超えた豊かな内容をわれわれに提示する。それは、おおよそ次のようにとりまとめることができるであろう。

　青年になる過程でティークは、生の厳しい実相を体験し、人間の本性・生のあり方に思い悩む。また、それと軌を一にして啓蒙思想がもたらす社会的、文化的、個人的な諸相に疑問を抱く。晩年のノヴェレ『山の老人』にある「存在と苦悩は同じ一つの言葉」とでも言うべき、そうした人間の生そのものについての問い、ひいては自分自身の生きる意味について問いとのティークの格闘は、人々や社会が共有してきたかつての価値規範である宗教（キリスト教）が啓蒙合理主義やその産物である自然科学・技術の台頭とともに揺らぎ、退潮していくという全般的な時代状況の中で、世を支配する啓蒙思想や教育などのへの懐疑や、それらとの葛藤を生む。そうした苦悩はやがて、自然や文学を知り、自然の中でのアインザームカイトを体験し、また、ハルツ山におけるアインザームカイトの中での神の顕現体験をすることで次第に和らいでいく。

　ティークは、思い詰めたあまり奈落を覗く寸前にまで至った青年時代のそうした悩み苦しみのアインザームカイト体験と、そのとき彼を慰め救ったアインザームカイトや自然、神の体験を文学作品に結実させていく。

　その端緒となるのは、『アルマンズーア』で語られるアインザームカイトである。「生」の意味を問い、出口が見えないことに思い悩む青年を慰め、安らぎを与える他者肯定のアインザームカイトと自然は、その後のティー

クの作品の基本的な要素となり、ティークのアインザームカイトの原風景となる。そのすぐ後に続く『アブダラ』においては、自己の優先を基本とする諸欲の充足とその享受を説くオマールに託された啓蒙思想と、神やキリスト教的道徳倫理観を説く隠者ナディアーに託された旧来の価値規範との狭間に揺れ動く中で信ずべきもの、頼るものを失った者の心のアインザームカイトが描かれる。心の寄る辺を失った主人公は、家族や友人にも寄る辺を失う。すなわち、人間関係における孤立というアインザームカイトの様相も示される。このアインザームカイトは『ヴィリアム・ロヴェル』では「カタツムリのように自分自身に引き籠もる」アインザームカイトとして表象されるが、現代的な意味での孤独に通じるこのアインザームカイトはその後の作品にも随所でモティーフとなる。その二つの作品では、時代思潮の負の側面を個人的な心象として反省されるアインザームカイトの対極にある社会問題としてのアインザームカイトの表象はまだ現れない。

　アブダラにおける近代的自我の不幸とアインザームカイトの対極にあるものとして構想されたものこそ、『金髪のエックベルト』におけるヴァルトアインザームカイトである。ヴァルトアインザームカイトは、憧憬、古き良き時代、故郷、自然、魔力的なものなどを特徴とするロマン主義文学のトポスの一つとされているが、それは、単なる詩的な景観や世界、心象の表象というだけではない。ティークのハルツ山での神の顕現体験を思わせるような、森羅万象が「私」も他者も自然もなく混然一体となって融和した雰囲気の中に現れた楽園は、彼我を分ける合理主義的な哲学、理性とは異なる原理、すなわち、生の痛み・苦しみと人間個人の無力を実体験した者だけが入れる、匿名の摂理の支配する世界である。したがって、そこで世間知という知識を得、所有という欲を意識した私ベルタ、すなわち自我はそこを出て行かざるを得なくなる。この点において、ヴァルトアインザームカイトが、知のあり方に関するティークの個人的な苦悩の体験をも踏まえた、近代的自我の挫折の対極にある理想的な楽園的世界の表象であることが明らかになる。

　ヴァルトアインザームカイトは、約40年後、老境に達したティークの

最後のノヴェレで再び登場する。しかし、『金髪のエックベルト』のヴァルトアインザームカイトが、無力になって自我をなくした「私」も溶け込んだ、主体と客体の区別のない世界であるのに対して、ノヴェレ『ヴァルトアインザームカイト』では、それは、人との交際にまとわりつく厄介や瑣事からの避難所としてのアインザームカイトを憧憬する世間知ある「私」の外側に存在する。『ヴァルトアインザームカイト』で語られるのは、いずれ時至れば人付き合いを求めて再び他者や社会との関係に立ち戻る近代人、近代社会の産物であるアインザームカイトといえる。アインザームカイトの一系譜であるアナクレオン派や感傷主義のアインザームカイトが近代社会に置き換えられたものと言えよう。このノヴェレは、ヴァルトアインザームカイトが、現実の生では、特に、近代的な知と欲の生を知った大人にとっては手の届かないところにあること、しかし、それだけに人の苦しみを慰め再生させる楽園としていつまでも憧憬の対象となることを確認させるものと言える。

『アブダラ』でも問題となった人間関係におけるアインザームカイトは、『金髪のエックベルト』においては、友情や交際における信頼と疑念の問題として描かれる。友情や人付き合いを内心深く希求しつつも、相手の言葉に疑念を懐き、相手を信頼できずに人付き合いがうまく実現できないエックベルトのアインザームな生は挫折する。

これに対して、『生の余剰』においては、信頼によって育まれたアインザームカイトが、社会との一般的な関係が失われた生においても、個人の生を助けるもの、生の継続に欠くべからざるものであることが示される。大都会の片隅に人知れず極貧の生を営む夫婦を描いた『生の余剰』においては、物質的な豊かさの対極にある心の豊かさにおける幸せなアインザームカイトが提示される。それは、愛と信頼を基盤とした対話に基づくアインザームカイトであり、他者肯定のアインザームカイトである。

『山の老人』においては、死した己の本心を仮面の裏に隠して社会的生活を営む、自己自身との関係におけるアインザームカイトが描かれる。その意味では、アインザームカイトは、社会との関係の問題であると同時に、

『アブダラ』同様に存在の寄る辺なさの問題となっている。しかし、『アブダラ』ではそれが思想・信条の問題となっているのに対して、『山の老人』では、己自身に己の存在の確信を失い、生の基盤を失った人間のアインザームカイトという、極めて根源的な存在の問題が描かれている。

　ところで、社会に立ち位置を失ったエックベルトのアインザームカイトは、言うなれば社会から疎外状況にあるアインザームカイトである。こうした社会との関係におけるアインザームカイトは、『生の余剰』においては、都会を舞台にした社会における一般的な孤立、他者との全般的な関係の希薄化として描かれている。これは、現代社会における孤独、あるいは、社会問題としての孤独にも通じるアインザームカイトである。また、『山の老人』でもまた、アインザームカイトのモティーフは工業化の進展など大きく変化する経済社会を背景として描かれている。しかしながら、他者との関係で孤立する人間とそのアインザームカイトの問題は、それらの作品では個人側の心情的問題として描かれており、疎外が生む社会への影響、社会の病理というような社会問題としてはまだテーマ化されていない。

　一方、『フランツ・シュテルンバルトの遍歴』及び『ルーネンベルク』においては、アインザームカイトのモティーフは真の自分を探求する人間の生き方とその探求の時空を表象するものとなる。「私」を探し求めるシュテルンバルトにとってアインザームカイトは、「私」のあり方の内省の場、内省を通じて活力や己の原点を取り戻す時空である。また、豊かで平穏な暮らしを真の自分が不在の生であることとアインザームカイトの時空で内省する『ルーネンベルク』の主人公もまた、峻厳なアインザームカイトの中に本当の自分を見出す道を確認し、その道を歩む。『フランツ・シュテルンバルトの遍歴』における自己探求は聖なるものとして表象されたアインザームカイトにおいて内心に回帰し新生する道程としても描かれるが、そのアインザームカイトは、内省のうちに神と我との合一を求める敬虔主義的・神秘主義的なアインザームカイトとは異なり、「私」の自立にかかわるアインザームカイトである。しかし、それは、自己の調和的完成という古典主義的な文脈にあるアインザームカイトとも異なる。そうした点は

『ルーネンベルク』の峻厳なアインザームカイトも同じである。

　『フランツ・シュテルンバルトの遍歴』において自己のあり方あるいは芸術家としての完成を追求する生のアインザームカイトには、隠者のアインザームカイトを予感させるものがある。詩人としての自己生成過程を描いたヘルダーリンの『ヒュペーリオン』では、隠者の生とそのアインザームカイトは、他者に心を寄せ、他者に寄り添う温かさのない、雪のような冷たさを伴うものであり、理想的ではあるが、自己の完成における他者否定性を露わにする。『アブダラ』や『アルマンズーア』でも取り上げられる隠者のアインザームカイトは、隠者ヒュペーリオンとは逆に他者に寄り添い、慰め生きかえらせるアインザームカイトであり、他者肯定の性格を有する。

　本書で取り上げたティークの作品におけるアインザームカイトのモティーフは、意味的には以上のように、①自己あるいは人間存在そのものについての問い、内省、それに起因する苦悩、②他者との関係（人付き合い、友情、交際、社会的アイデンティティー）における喪失・空虚（他者不在）と充足（愛の深まり）、③自己の探求あるいは自己生成、④反省の時空、⑤ヴァルトアインザームカイトに示された世界観の詩的表象という5の観点から描かれていると言えよう。それらは、いずれも、人間の生のあり方そのものに直結する問題である。アインザームカイトは人間の生の基本的な態様であるが故に、その意味や本質については、人間存在の①実相（Sein）と、②あり方、理念型（Sollen）の二つの観点から考究されうる。本書では、アインザームカイトのモティーフを中心に据えてティークの幾つかの作品を解釈することにより、作品自体のもつ意味との関連でアインザームカイトの意味や本質がそうした観点でおよそ5つに大別されることが示された。また、ティークの作品におけるアインザームカイトのモティーフには、啓蒙主義や敬虔主義、感傷主義、田園詩やアナクレオン派、古典主義などにおけるアインザームカイトと異なる独自のものがあることが論じられた。

　ティークにおける自然や風物、さらには事象全般の表象は、思考や感情

を媒体として彼の心情を分かち合うものとして詩的に内面化されたものである。この意味で、各作品で自然や風景などとあいまって語られるアインザームカイトのモティーフは、テクストの解釈を通して得られたように様々な心情の詩的表象となっている。

　以上の意味と内容をもつアインザームカイトを、ティークは、彼の文学的創作の核心となるイロニーを駆使して描いた。それは、修辞上の文彩であるイロニーや、彼が『マクベス』や『ドン・キホーテ』を引きあいにして語る「より高次のイロニー」という面だけにとどまらない。ティークの作品におけるアインザームカイトは、彼の言う「エーテル的精神」の発現である自己言及的な作品の構造的構成的要素としての役割を果たしている。主人公による来し方の反省や幾つもの内省は、作品の筋の展開において重要な要素となっているが、アインザームカイトはその媒体となり、そのための時空を提供している。ゾルガーに触発されたティークは、イロニーを有限な人間、時間な限界の中に生きる人間が永遠なるもの、絶対なるものに融合する瞬間、「ポエジーにおける神的にして人間的なるもの顕現」と記しているが、『金髪のエックベルト』におけるヴァルトアインザームカイトは、そのティークやゾルガーのいう「芸術的イロニー」である「神的にして人間的なるもの」の顕現の詩的表象の極致と言えよう。

　アインザームカイトのモティーフは、そのようにして初期の作品から最晩年の作品に至るまで一貫して取り上げられ、作品創造の手法の終生一貫して用いたイロニーによってその詩的表象としての意味内容を表現した。この意味で、アインザームカイトのモティーフは、ティークの文学的プログラムであったと結論しても過言ではないであろう。

　ティークの文学的創作活動の過程で、詩的表象としてのアインザームカイトの表現や意味内容は、一面において、時代とともに、言い換えれば、ティークの生の積み重ねとともに変化を見せる。イエナ・ロマン派の文人との親密な交流の中でその一人と目された青年期、すなわち、初期ロマン主義までの時代は、戦慄や恐怖の念をも催させる作品、あるいはメルヒェン的な通常ならざる世界と現実世界が交錯する作品を特徴とする。その後、

「危機の時代」を克服したツィービンゲン時代には作品にも寛容などの要素が現れるが、この時代を経て、壮年から老年にかけての円熟期に入ったドレスデン時代には、穏和な機知と観照というイロニーの態度で和解や人間らしさを描いた作品、ささやかな日常の中に起きる生の不思議さを描いた作品などに作風が変化する。アインザームカイトのモティーフにもまた、そうした変化がみられる。しかし、若き日の己の存在を巡る苦悶を慰め安らげた自然におけるアインザームカイト体験や、ヴァルトアインザームカイトに表象された若き日のハルツ体験、すなわち、神的なものの顕現と、それへの信に裏打ちされた安心と慰めをアインザームカイトのモティーフによって文学作品の中に再現することは、ティークの生涯を通じて変わらぬプログラムとなっていたと言えよう。

あとがき

　こうした本の「あとがき」としてはいささか似つかわしくないようにも思うが、きわめて個人的な感懐と喜びをまず述べさせていただきたい。最愛の妻、典子が神に召され帰天してからこの夏で２年を迎える。本書のもととなる博士論文を本来であれば論文提出後すぐにでも本として世に出すべきであったが、仕事など様々な事由で、そして、いつでもできるという安直かつ怠惰な心根から、これを先延ばししていた。ところが、今を去るおよそ２年前の６月、妻が不治の病にあることを青天霹靂のごとく告げられ、慌てて出版を思い立ったものの、看病に明け暮れるなかで着手もままならいうちに、ついに本を手にすることなく妻は卒然と帰天したのであった。そして、その後も一年以上、激変した日々の暮らしにただただ追われ、情けないことに出版にまでは手が回らなかったが、古希を過ぎた自分にとって最早残された時間はそれほどないことに気づき、鳥影社の門を叩いたのは昨年の暮れのことであった。そうした道程を振り返るとき、ようやく今ここに本書が日の目を見ることができたことに感慨無量である。

　思えば、還暦近くになってから初めてドイツ文学研究の道に入った私を温かく支え、やさしく励まし、いつも見守ってくれた妻がいなければ、論文の完成はなかった。一人暮らしとなった今、食事作りや掃除、洗濯など家事に追われる日々を過ごす中で、その思いはいや増すばかりである。15年前に、それまで主として森林・環境関係の分野を歩んできた私が突然、社会人入試を受けて上智大学大学院でドイツ文学を勉強したいと言い出したとき、さぞかし妻は驚いたことと思う。妻は良き理解者であった。大学院のゼミで習い覚えた知識を食卓で嬉しそうに披露する私の話をいつも楽しそうに聞いてくれた妻の笑顔が、今も目に浮かぶ。

　今、私は、期せずして本書のテーマとするアインザームカイトの生を文字通り送っている。気がつくと、一日中だれとも口をきいていない日もあ

る。しかし、はたから見ればモノローグであろうが、ティークの『生の余剰』の夫婦のように、いつも妻と対話をしながら暮らしているせいか、時に寂しさを思えることもなくはないが、しかし、幸せなことにアインザームカイトの生のなかに安らぎを得ている。本書を実践しているともいえようか。

　ここに最愛の妻に次の言葉をかけたい。

「本書を上梓できた喜びを君と分かちあいたい。Du、長いこと待たせたね。ようやくできたよ、ありがとう。」

　本書は、2017年に上智大学に提出した学位論文『Waldeinsamkeit －ルートヴィヒ・ティークの作品における Einsamkeit のモティーフの諸相』を、本として出版するにあたって書き改めたものである。手を加えるにあたっては、ドイツ文学研究者だけでなく幅広い読者にお読みいただくことを願って、タイトルを『静けさ、安らぎ、喜び、そして、自然　ティーク文学とアインザームカイト』に改題するとともに、博士論文においてはすべてドイツ語表記としていた「Einsamkeit」や「Waldeinsamkeit」などいくつかの語を基本的にカタカナ表記に改め、また、目次の簡素化のために章の表題について一部手直しをするなどした。

　博士論文ならびに本書の上梓にあたっては、上智大学名誉教授のハインツ・トーニ・ハム（Prof. Dr. Heinz Toni Hamm）先生に大変お世話になった。そもそもドイツ文学研究の門外漢であった私を忍耐強くご指導いただいたハム先生がいなければ、そして、先生の公私にわたっての温かい励ましがなければ、論文の完成はなく、本書の上梓もなかった。SJ ハウス（イエズス会修道院）の一室で毎週のように行われた先生との一対一のゼミ、軽井沢や山中湖、八ヶ岳山麓での先生主宰の通称「ハムゼミ」などにおいて先生から受けた薫陶は、いまも私の大きな支えとなっている。お世話になったハム先生への感謝の念を表す言葉が見当たらない。ただただ、心を尽くしてお礼を申し上げる。

上智大学大学院文学研究科の佐藤朋之先生にはハム先生退官後に博士論文の指導教授をお願いし、論文をまとめるに当たっていくつもの貴重なご指導、ご助言をいただいた。2007 年から 2013 年までドイツ文学専攻の院生として四谷のキャンパスで勉強させていただいたが、この間、小泉進先生、菅野カーリン先生（Prof. Dr. Karin Sugano）、高橋明彦先生、北島玲子先生、中村朝子先生、そして、お一人おひとりお名前を挙げないが、非常勤講師として来られた先生方には、中世から現代にいたるまでのドイツ文学の広大かつ豊かな世界の扉を開いていただき、テクスト解釈など研究の醍醐味を教えていただいた。先生方のゼミなどを通じて培われた土壌の上に博士論文が実っているのは言うまでもない。なかでも現在ドイツにお住まいの菅野カーリン先生には、公私にわたって終始温かい励ましをいただいた。ここに諸先生に篤くお礼を申し上げる。さらに、大学院での院生時代をともにした多くの院生仲間や諸先輩にも謝意を表したい。とりわけ長谷川純さんには、出版に際していくつものアドバイスをいただいた。

　ドイツ・ヴンジーデル在住の友、ガブリエール夫妻（Gabriele Gabriel, Dr. Manfred Gabriel）へのお礼も忘れてはならない。夫妻には、フランケンヴァルトやフィヒテルゲビルゲの地を論文執筆の最終段階で妻とともに訪れた時、ナイラの町やフィヒテルゲビルゲの森をご案内いただき、かつてティークが旅した地の風光をこの目で確かめることができた。それを契機にお二人とは今も家族ぐるみの付き合いが続いている。Gabriele und Manfred, ich möchte Euch meine herzlichste Dankbarkeit für Eure freundliche Unterstützung bei meiner Exkursion im Fichtelgebirge und Frankenwald 2016 aussprechen!!

　さらに、本書の出版を快く引き受けていただいた鳥影社の百瀬精一さん、編集の労をとっていただいた北澤康男さん、関綾子さん、装幀の野村美枝子さんをはじめとする皆さんのおかげでこの本を世に出すことができた。筆を擱くにあたり、鳥影社の皆さんに深甚の感謝の意を表するものである。

文献一覧

1. 一次文献

- Ludwig Tieck: Schriften in zwölf Bänden. Hrsg. von Manfred Frank, Paul Gerhard Klussmann, Ernst Ribbat, Uwe Schweikert, Wulf Segebrecht. Frankfurt am Main (Deutscher Klassiker Verlag).
  (Hrsg.) Achim Hölter. Band 1, 1991. (Hrsg.) Manfred Frank. Band 6, 1985. (Hrsg.) Uwe Schweikert. Band 11. 1988. (Hrsg.) Uwe Schweikert. Band 12. 1986.

- Ludwig Tieck's Schriften. 28 Bände. Berlin (Georg Reimer) 1828-1854. 6. Band, 1828. 11. Band, 1829. 24. Band, 1853.
  ※この24. Band はLudwig Tieck's gesammelte Novellen. Vollständige anf's Neue durchgesehene Ausgabe. 8. Band, 1853 でもある。

- Ludwig Tieck: Franz Sternbalds Wanderungen. Studienausgabe. Hrsg. von Alfred Anger. Stuttgart (Philipp Reclam jun.) 1966.

- Ludwig Tieck: Kritische Schriften. Band 1. Leipzig 1848. (Photomechanischer Nachdruck. Berlin/New York (Walter de Gruyter) 1974.)

- Wilhelm Heinrich Wackenroder. Sämtliche Werke und Briefe. Historisch-kritische Ausgabe. Hrgs. von Silvio Vietta, Richard Littlejohns. Bd. II. Heidelberg (Carl Winter Universitätsverlag) 1991.

- Zeydel, Edwin/Matenko, Percy/ Herdon, Fife (Hrgs.): Letters of Ludwig Tieck. Hitherto unpublished 1792-1853. New York/London (Oxford University Press) 1937.

- Dichter über Ihre Dichtungen, Band 9/I. Hrsg. von Uwe Schweikert. München (Heimeran Verlag) 1971.

- Köpke, Rudolf: Ludwig Tieck. Erinnerung aus dem Leben des Dichters nach dessen mündlichen und schriftlichen Mitteilungen, Erster und zweiter Teil. Leipzig (Brockhaus) 1855.

- Solger, Karl Wilhelm Ferdinand: Erwin. Vier Gespräche über das Schöne und die

Kunst. Leipzig 1829.

- Ludwig Tieck/Friedrich von Raumer (Hrsg.): Karl Wilhelm Ferdinand Solger, Nachgelassene Schriften und Briefwechsel. Faksimiledruck nach der Ausgabe von 1826 /2 Bände. Heidelberg (Verlag Lambert Schneider) 1973.
- Karl Wilhelm Ludwig Heyse (Hrsg.): Solger, Vorlesungen über Ästhetik. Leipzig 1829.
- Friedrich Hölderlin: Sämtliche Werke und Briefe in drei Bänden. Hrsg. von Jochen Schmidt. Band 2. Frankfurt am Main (Deutscher Klassiker Verlag) 1994, S. 9-175.
- Hans Jacob Christoffel von Grimmelshausen Werke I.1. Hrsg. von Dieter Breuer. Frankfurt am Main (Deutscher Klassiker Verlag) 1989.
- Joseph von Eichendorff Werke in einem Band. München (Deutscher Taschenbuch Verlag) 1995.
- Johann Wolfgang von Goethe. Werke. Hamburger Ausgabe in 14 Bänden. Band 6, Die Leiden des jungen Werther. Band 12, Schriften zur Kunst und Literatur, Maximen und Reflexionen. München (C. H. Beck.) 1982.
- Johann Wolfgang Goethe Sämtliche Werke nach Epochen seines Schaffens Münchner Ausgabe. Band 5, Wilhelm Meisters Lehrjahre. München/Wien (Carl Hanser Verlag) 1988.
- Johann Wolfgang Goethe Sämtliche Werke. Briefe, Tagebücher und Gespräche. 40 Bände. Band 2, Gedichte 1800-1832. Frankfurt am Main (Deutscher Klassiker Verlag) 1988.
- Friedrich Schiller Werke und Briefe in zwölf Bänden. Band 4. Wallenstein (Hrsg. Frithjof Stock). Frankfurt am Main (Deutscher Klassiker Verlag) 2000.
- Friedrich Schlegel: Kritische Friedrich-Schlegel-Ausgabe. Ernst Behler u. a. (Hrsg.). Bd. 2. München/Paderborn/Wien (Verlag Ferdinand Schöningh) 1967.
- ルートヴィヒ・ティーク（前川道介訳）：金髪のエックベルト（国書刊行会）1983.
- ルートヴィヒ・ティーク（鈴木潔訳）：ルーネンベルク（国書刊行会）1983.

・ヘルダーリン全集 ―― 3: ヒュペーリオン（手塚富雄訳）河出書房新社
1969.

・K・W・F・ゾルガー（清浦康子訳）：美と芸術の対話 ―― エルヴィン（南
窓社）1992. ※この書は、„Erwin. Vier Gespräche über das Schöne und
die Kunst" のうち第1、第2の対話を翻訳したものである。

2. 二次文献

・ Althaus, Thomas: Doppelte Erscheinung, Zwei Konzepte der Erzählprosa des frühen
Tieck, zwei notwendige Denkweisen um 1800 und zwei Lektüren von Tiecks
Märchennovelle *Der Runenberg*. In: Kremer (Hrsg.), Die Prosa Ludwig Tiecks, S.
95-114.

・ Anger, Alfred: Nachwort. In: Anger (Hrsg.): Franz Sternbalds Wanderungen, S.545-
583.

・ Apel, Friedmar: Deutscher Geist und deutsche Landschaft - Eine Topographie.
München (Albrecht Knaus Verlag) 1998.

・ Arendt, Dieter: Der poetische Nihilismus in der Romantik. Studium zum Verhältnis
von Dichtung und Wirklichkeit in der Frühromantik. Bd. I, Bd. II. Tübingen (Max
Niemeyer Verlag) 1972.

・ Arendt, Hannah: Some Questions of Moral Philosophy, Responsibility and Judgment.
Schocken Books. 2003

・ Assmann, Aleida/Assmann, Jan (Hrsg.): Einsamkeit. Archäologie der literarischen
Kommnikation VI. München (Wilhelm Fink Verlag) 2000.

・ Bachmaier, Helmut: Nachwort. In: Ludwig Tieck. Des Lebens Überfluß. Stuttgart
(Philipp Reclan jun.) 1981.

・ Baumgart, Wolfgang: Der Wald in der deutschen Dichtung. Berlin/Leipzig (Walter
de Gruyter) 1936.

・ Behler, Ernst: Klassische Ironie, romantische Ironie, tragische Ironie - Zum Ursprung
dieser Begriffe. Darmstadt (Wissenschaftliche Buchgesellschaft), 1972.
 ― Frühromantik. Berlin/New York (de Gruyter) 1992.

- Binder, Wolfgang: Einsamkeit als Thema der Literatur. In: Schultz (Hrsg.), Einsamkeit, S.92-104.
- Bluhm, Lothar: „Du kommst mir vor wie Saul, der Sohn Kis". *Wilhelm Meisters Lehrjahre* zwischen ‚Heilung' und ‚Zerstörung'. Goethezeitportal. URL: http://www.goethezeitportal.de/db/wiss/Goethe/meisterslehrjahre_Blum.pdf, 2004.
- Böhme, Hartmut: Romantische Adoleszenzkrisen. Zur Psychodynamik der Venuskult- Novellen von Tieck, Eichendorff und E.T.A. Hoffmann. In: Literatur und Psychoanalyse. Vorträge des Kolloquiums am 6. und 7. Oktober 1980. Hrsg. von Klaus Bohnen u.a.. Kopenhagen/München (Wilhelm Fink Verlag) 1981 (Kopenhagener Kolloquien zur deutschen Literatur, Bd. 3). S.133-176.
- Brecht, Christoph: Die gefährliche Rede. Sprachreflexion und Erzählstruktur in der Prosa Ludwig Tiecks. Tübingen (Max Niemeyer Verlag) 1993.
- Breuer, Ulrich: Ethik der Ironie? Paratexuelle Programmierungen zu Friedrich Schlegels Idee der Komödie und Ludwig Tiecks Der gestiefelte Kater. In: Athenäum 23. 2013, S. 49-75.
- Brocher, Tobias: Einsamkeit in der Zweisamkeit. In: Schultz (Hrsg.), Einsamkeit, S. 162-172.
- Brügel, Wolfgang: Das Wappen von Naila. Die Bedeutung der Wappenverleihung vor 550 Jahren. Naila (Museum Naila) 2004.
- Bürger, Christa: Der blonde Eckbert. Tiecks romantischer Antikapitalismus. In: Joachim Bark (Hrsg.): Literatursoziologie. Bd.II. Stuttgart (Verlag W. Kohlhammer) 1974. S.139-158.
- Castein, Hanne: Erläuterungen und Dokumente. Ludwig Tieck: Der blonde Eckbert. Der Runenberg. Ergänzte Ausgabe. Stuttgart (Philipp Reclam jun.) 1987.
- Dehmann, Mark-Georg: Produktive Einsamkeit. Hannover (Wehrhahn Verlag) 2002.
- Dietz, Max: Metapher und Märchengestalt. IV. Tiecks Frau vom Runenberg. 1933.
- Duden Deutsches Universal Wörterbuch. Mannheim (Dudenverlag) 1989.
- Fischbacher, Andrea: Freundschaft und Einsamkeit. Erzähltheoretische Überlegungen zu Ludwig Tiecks *Der blonde Eckbert*. In: Ars et amicitia. Beiträge zum Thema

Freundschaft in der Geschichte, Kunst und Literatur. Festschrift für Martin Bircher. Hrsg. von Ferdinand van Ingen und Christia Juranek. Amsterdam (Chloe. Beihefte um Daphnis, Bd. 28) 1998. S.609-622.

- Frank, Gustav: Tiecks Epochalität (Spätaufklärung, Frühromanitik, Klassik, Spätromantik, Biedermeier/Vormärz, Frührealismus). In: Stockinger/Scherer (Hrsg.), Ludwig Tieck, S. 131-147.

- Frank,Manfred: Einführung in die frühromantische Ästhetik. Vorlesungen. Frankfurt am Main (Suhrkamp) 1989.

  — Das Motiv des „kalten Herzens" in der romantischen Dichtung. In: Euphorion 71. 1977.

  — *Solger. Tiecks Ironie-Begriff.* In: TS6, S. 1174-1199.

  — Der Runenberg, Deutungsaspekte. In: TS6, S. 1285-1290.

- Freund, Winfried: Ludwig Tieck. Der blonde Eckbert. Stuttgart (Philipp Reclam jun.) 2005.

- Gneuß, Christian: Der späte Tieck als Zeitkritiker. Düsseldorf (Bertelsmann) 1971.

- Gold, Helmut: Erkenntnisse unter Tage. Bergbaumotive in der Literatur der Romantik. Opladen (Westdeutscher Verlag) 1990.

- Gotteslob, Katholisches Gebet- und Gesangbuch. Köln (Verlag J. P. Bachem) 1975.

- Gumbel, Hermann: Ludwig Tiecks dichterischer Weg. (1928) In: Segebrecht (Hrsg.), Ludwig Tieck, S.172-190.

- Gundolf, Friedrich: Ludwig Tieck. (1929) In: Segebrecht (Hrsg.), Ludwig Tieck, S.191-265.

- Günzel, Klaus: König der Romantik. Berlin (Verlag der Nation) 1981.

- Hamm, Heinz Toni: Poesie und kommunikative Praxis. Heidelberg (Carl Winter Universitätsverlag) 1981.

- Hammes, Michael Paul: Die Waldeinsamkeit. Eine Motiv- und Stiluntersuchung zur deutschen Frühromantik, insbesondere zu Ludwig Tieck. Dissertation der Philosophischen Fakultät der Universität Frankfurt 1933.

- Handbuch Literaturwissenschaft. Hrsg. von Thomas Anz. Bd. 2, Methoden und

Theorien. Stuttgart/Wien (Verlag J. B. Metzler) 2007.

- Haym, Rudolf: Die Romantische Schule. (1870) 6. Aufgabe. Bd. I. Berlin (Weidmannische Verlagsbuchhandlung) 1949.
- Hellge, Rosemarie: Motive und Motivstrukturen bei Ludwig Tieck. Göppingen (Verlag Alfred Kümmerle) 1974.
- Hermand, Jost: Grüne Utopien in Deutschland. Zur Geschichte des ökologischen Bewußtseins. Frankfurt am Main (Fischer Taschenbuch Verlag) 1991.
- Hesse, Hermann: Eine Bibliothek der Weltliteratur. In: Volker Michels (Hrgs.), Hermann Hesse Sämtliche Werke Bd.14, Betrachtungen und Berichte II 1927-1961, Frankfurt a.M. (Suhrkamp) 2003.
- Hillmann, Heinz: Ludwig Tieck. In: Wiese (Hrsg.), Deutsche Dichter der Romantik, S. 114-138.
- Historisches Wörterbuch der Philosophie. Joachim Ritter (Hrsg.) Bd.2: D-F. Basel/Stuttgart (Schwabe & Co Verlag) 1972. Bd.4: I-K, 1976.
- Hölter, Achim: Ludwig Tieck. Ein kurzer Forschungsbericht seit 1985. In: Athenäum. Jahrbuch für Romantik. 13 Jahrgang 2003. S.93-129.
  — Über Weichen geschickt und im Kreis gejagt. In: Kremer (Hrsg.), Die Prosa Ludwig Tiecks, S. 69-95.
  — Kommentar, Abdallah. In:TS1, S. 983-989.
  — Kommentar, Armansur. In:TS1, S. 847-868.
- Hübsch, J. D. A.: Geschichte der Stadt und des Bezirks Naila. Helmbrechts 1863.
- Japp, Uwe: Der Weg des Künstlers und die Vielfalt der Kunst in *Franz Sternbalds Wandelungen*. In: Kremer (Hrsg.), Die Prosa Ludwig Tieck, S. 35-52.
- Jungk, Robert: Mechanismen der Trennung. In: Schultz (Hrsg.), Einsamkeit, S. 124-134.
- Kant, Immanuel: Beantwortung der Frage. Was ist Aufklärung? In: Immanuel Kant. Ausgewählte kleine Schriften (Hrsg. von Horst Brandt). Hamburg (Felix Meiner) 1999.
- Kern, Johannes P. : Ludwig Tieck. Dichter einer Krise. Heidelberg (Lothar Stiehm)

1977.

- Kluckhorn, Paul: Das Ideengut der deutschen Romantik. Tübingen (Max Niemeyer Verlag) 1966.
- Klee, Gottlob Ludwig: Einleitung des Herausgebers. In: Klee (Hrsg.), Tiecks Leben und Werke Bd. 2. Leipzig/Wien (Bibliographisches Institut) 1892, S. 1-6.
- Kluge, Friedrich: Etymologisches Wörterbuch der Deutschen Sprache. 20. Auflage. Berlin 1967.
- Klussmann, Paul Gerhard: Die Zweideutigkeit des Wirklichen in Tiecks Märchennovellen. (1964). Segebrecht (Hrsg.), Ludwig Tieck, S.352-385.
- Idylle als Glücksmärchen in Romantik und Biedermeierzeit. Bemerkungen zu Erzählungen und Taschenbuchnovellen Ludwig Tiecks, In: Hans Ulrich Seeber und Paul Gerhard Klussmann (Hrsg.), Idylle und Modernisierung in der europäischen Literatur des 19. Jahrhunderts, Bonn (Bouvier) 1986, S.41-59.
- Korff, Hermann August: Geist der Goethezeit. Versuch einer ideellen Entwicklung der klassisch-romantischen Literaturgeschichte. III. Teil. Romantik: Frühromantik. Leipzig (S. Hirzel Verlag) 1949.
- Kremer, Detlef (Hrsg.): Die Prosa Ludwig Tiecks. Bielefeld (Aisthesis Verlag) 2005.
- Einsamkeit und Schrecken. In: Kremer (Hrsg.), Die Prosa Ludwig Tieck, S. 53-68.
- Romantik. Stuttgart (Verlag J. B. Metzler) 2007.
- Romantik als Re-Lektüre: *Des Lebens Überfluß und Waldeinsamkeit.* In: Stockinger /Scherer (Hrsg.): Ludwig Tieck. S. 575-581.
- Kreuzer, Ingrid: Märchenform und individuelle Geschichte. Zu Text-und Handlungsstrukturen in Werken Ludwig Tiecks zwischen 1790 und 1811. Göttingen (Vandenhoeck & Ruprecht). 1983.
- Lexikon für Theologie und Kirche. Bd. 3. Freiburg 1995.
- Lillyman, William: Reality's Dark Dream: The Narrative Fiction of Ludwig Tieck. Berlin & New York (de Gruyter), 1979.
- Lüer, Erwin: Aurum und Aurora. Ludwig Tiecks „Runenberg" und Jakob Böhme. Heidelberg (Universitätsverlag C. Winter) 1997.

- Lukas, Wolfgang/Poewski, Madleen: Novellenpoethik. In: Stockinger/Scherer (Hrsg.), Ludwig Tieck, S. 353-364.
- Lurker, Manfred (Hrsg.): Wörterbuch der Symbolik. Stuttgart (Alfred Kröner Verlag) 1988.
- Lüthi, Max: Märchen. Stuttgart (J. B. Metzlerische Verlagsbuchhandlung) 1962.
- Lutz, Daniel: Religion. In: Stockinger/Scherer (Hrsg.), Ludwig Tieck, S. 291-302.
- Maduschka, Leo: Das Problem der Einsamkeit im 18. Jahrhundert, im besonderen bei J. G. Zimmermann. Dissertation Univ. München. Murnau (Buchdruckerei Fürst) 1932.
- Maruyama, Takehiko: Tiecks „Abdallah" im Vergleich mit dem „Blonden Eckbert" und einigen anderen Texten – Zur Eigentümlichkeit dieses Dichters. [『札幌医科大学人文自然科学紀要』第 32 号、1991、61–81 頁]
- Meißner, Thomas: Erinnerte Romantik. Ludwig Tiecks „Phantasus". Würzburg (Verlag Königshausen & Neumann) 2007.
  — Eulenböcks Wiederkehr – Über Fälschung, Kunstfrömmigkeit und Ironie bei Daniel Kehlmann und Ludwig Tieck. In: Athenäum. 24 2014, S. 175-184.
- Mantel, Kurt: Wald und Forst in der Geschichte: ein Lehr- und Handbuch. Alfeld-Hannover (Verlag M. & H. Schaper) 1990.
- Mathias Mayer: Selbstbewußte Illusion. Selbstreflexion und Legitimation der Dichtung im „Wilhelm Meister". Heidelberg 1989.
- Meyer, Imke: Ludwig Tiecks *Des Lebens Überfluß*: Zur Dekomposition eines narrativen Zeit-Raumes. In: Seminar, Toronto, Vol.37 Nr. 3, 2001, S.189-207.
- Meyer, Theo: Nietzsche. Kunstauffassung und Lebensbegriff, Tübingen (Francke) 1991.
- Müller, Joachim: Tiecks Novelle »Der Alte vom Berge«. Ein Beitrag zum Problem der Gattung. (1972). In: Segebrecht (Hrsg.), Ludwig Tieck, S.303-321.
- Müller, Wolfgang: Ironie, Lüge, Simulation, Dissimulation und verwandte rhetorische Termini. In: Christian Wagenknecht (Hrsg.), Zur Terminologie der Literaturwissenschaft. Akten des IX. Germanist. Symposium der Deutschen

Forschungsgemeinschaft, Würzburg 1986. Stuttgart (Metzler) 1988.

- Münz, Walter: Individuum und Symbol in Tiecks "William Lovell" Materialien zum frühromantsichen Subjektivismus. Frankfurt a. M. (Peter Lang) 1975.
- Nehring, Wolfgang: Wackenroder. In: Stockinger/Scherer (Hrsg.), Ludwig Tieck, S. 36-49.
- Neumann, Gerhard: Kindheit und Erinnerung. Anfangsphantasien in drei romantischen Novellen: Ludwig Tieck *Der blonde Eckbert*, F. D. L. M. Fouqué *Undine*, E.T.A. Hoffmann *Der Magnetiseur*. In: Günter Oesterle (Hrsg.): Jugend - ein romantisches Konzept? Würzburg (Verlag Königshausen & Neumann) 1997. S.81-102.
- Neymeyr, Barbara: Intertextuelle Transformation - Goethes Werther, Büchners Lenz und Hauptmanns Apostel als produktives Spannungsfeld. Heidelberg (Universitätsverlag Winter) 2012.
- Oesterle, Ingrid: Ludwig Tieck: *Des Lebens Überfluß* (1838), In: Paul Michael Lützeler (Hrsg.), Romane und Erzählung zwischen Romantik und Realismus: neue Interpretationen, Stuttgart (Reclam) 1983, S.231- 267.
- Ophälders, Markus: Ironie bei Tieck und Solger. In: Stockinger/Scherer (Hrsg.), Ludwig Tieck, S. 365-376.
- Ottmann, Dagmar: Angrenzende Rede: Ambivalenzbildung und Metonymisierung in Ludwig Tiecks späten Novellen, Tübingen (Stauffenburg Verlag) 1990.
- Paulin, Roger: Ludwig Tieck. Stuttgart (J. B. Metzlersche Verlagsbuchhandlung) 1987.
  — Ludwig Tieck. Eine literarische Biographie. München (C. H. Beck) 1988.
  — Autoren der mittleren Romantik (Brentano, Arnim, Hoffmann, Schütz, Fouqué) In: Stockinger/Scherer (Hrsg.): Ludwig Tieck, S. 84-94.
- Pöschel, Burkhard: »Im Mittelpunkt der wunderbarsten Ereignisse«. Versuch über die literarische Auseinandersetzung mit der gesellschaftlichen Moderne im erzählerischen Spätwerk Ludwig Tiecks. Bielefeld (Aisthesis Verlag) 1994.
- Pikulik, Lothar: Frühromantik. Epoche-Werke-Wirkung. München (C. H. Beck)

1992.

- Rath, Wolfgang: Ludwig Tieck: Das vergessene Genie. Paderborn (Verlag Ferdinand Schöningh) 1996.

- Ratzinger, Joseph: Einführung in das Christentum, Vorlesungen über das Apostolische Glaubensbekenntnis mit einem neuen einleitenden Essay. München (Koesel) 2013

- Reallexikon der deutschen Literaturwissenschaft Bd. II. Berlin/New York (de Gruyter) 2007.

- Riemann, Fritz: Flucht vor der Einsamkeit. In: Schultz (Hrsg.), Einsamkeit, S. 22-33.

- Ribbat, Ernst: Ludwig Tieck. Studien zur Konzeption und Praxis romantischer Poesie. Kronberg/TS. (Athenäum Verlag) 1978.

- Safranski, Rüdiger: Romantik –eine deutsche Affäre. München (Carl Hanser Verlag) 2007.

- Sanada, Kenji: Solipsistisches Mitleid und Märchenmotive. Georg Büchners Lenz im Vergleich mit Ludwig Tiecks Der blonde Eckbert. ［日本独文学会『ドイツ文学』第 100 号 , 1998. 142–149 頁］

- Sauder, Gerhard: Empfindsamkeit. Bd. I. Voraussetzungen und Elemente. Stuttgart (J. B. Metzler) 1974.

- Schlaffer, Heinz: Roman und Märchen. Ein formtheoretischer Versuch über Tiecks >Blonden Eckbert<. (1969). In: Segebrecht (Hrsg.), Ludwig Tieck, S. 444 - 464.

- Schlosser, Horst Dieter: dtv-Atlas zur deutschen Literatur. München (Deutscher Taschenbuch Verlag) 1983.

- Schmeißer, Willi. Jurczek, Brigit. Jurczek, Peter: 650 Jahre Naila 1343 – 1993. Naila (Stadt Naila.)1993.

- Schmid, Richard: Isolation in der Zelle. In: Schultz (Hrsg.), Einsamkeit, S. 56-67.

- Schmidt, Jochen: Hyperion, Konzeption und Struktur. In: Friedrich Hölderlin: Sämtliche Werke und Briefe in drei Bänden. Hrsg. von Jochen Schmidt. Band 2. Frankfurt am Main (Deutscher Klassiker Verlag) 1994, S. 940-965.
  －Hyperion, Einzelkommentar. In: Friedrich Hölderlin: a.a.O., S. 974-975.

- Schmitz-Emanz, Monika: Einführung in die Literatur der Romantik. Darmstadt

(Wissenschaftliche Buchgesellschaft) 2004.

- Schultz, Hans Jürgen (Hrsg.): Einsamkeit. Stuttgart (Kreuz Verlag) 1980.
- Schulz, Gerhard: Die deutsche Literatur zwischen französischer Revolution und Restauration. Erster Teil: Das Zeitalter der französischen Revolution 1789-1806. München (Beck) 1983.
  − Romantik. Geschichte und Begriff. München (C. H. Beck) 2002.
- Schweikert, Uwe: Kommentar. Des Lebens Überfluß. In: TS12, S. 1113-1143.
- Segebrecht, Wulf (Hrsg.): Ludwig Tieck. Darmstadt (Wissenschaftliche Buchgesellschaft) 1976 (WdF386).
- Seifert, Theodor: Wachstum im Alleinsein: Singles und andere. In: Schultz (Hrsg.), Einsamkeit, S. 148-160.
- Staiger, Emil: Ludwig Tieck und der Ursprung der deutschen Romantik. (1960) In: Segebrecht (Hrsg.), Ludwig Tieck, S. 321-351.
- Steindecker, Werner: Studium zum Motiv des einsamen Menschen bei Novalis und Tieck. Breslau (Verlag Priebatsch's Buchhandlung) 1937.
- Stockinger, Claudia/Scherer, Stefan (Hrsg.): Ludig Tieck. Leben-Werke-Wirkung. Berlin/Boston (De Gruyter) 2011.
- Strohschneider-Kohrs, Ingrid: Die romantische Ironie in Theorie und Gestaltung. 3., unveränd. Aufl. Tübingen (Niemeyer) 2002. Zugl.: München, Univ., Habil., 1958.
- Thalmann, Marianne: Ludwig Tieck. Der romantische Weltmann aus Berlin. München (Lehnen Verlag) 1955.
  − Das Märchen und die Moderne. Zum Begriff der Surrealität im Märchen der Romantik. 2. Auflage. Stuttgart (W. Kohlhammer Verlag) 1966.
  − Zeichensprache der Romantik. Heidelberg (Lothar Stiehm Verlag) 1967.
- Uerlings, Herbert: Novalis in Freiberg. Die Romantisierung des Bergbaus – mit einem Blick auf Tiecks *Runenberg* und E.E.A. Hoffmanns *Bergwerke zum Falun*. In: Aurora 56 1996.
- Wagner-Egelhaaf, Martina: Unheilbare Phantasie und heillose Vernunft. Johann Georg Zimmermann, *Über die Einsamkeit*. In: Aleida und Jan Assmann (Hrgs.):

Einsamkeit. München (Fink) 2000.

- Wesollek, Peter: Ludwig Tieck oder der Weltumsegler seines Innern. Anmerkungen zur Thematik des Wunderbaren. In Tiecks Erzählwerk. Wiesbaden (Franz Steiner Verlag) 1984.
- Wiese, Benno von (Hrsg.): Die deutsche Novelle von Goethe bis Kafka: Interpretationen (1956). Düsseldorf (Bagel) 1983.
- Ziegner, Thomas: Ludwig Tieck, Leben und Werk. Frankfurt am Main (R. G. Fischer) 1990.
- Wiesenhütter, Eckhart: Menschen vor dem Sterben. In: Schultz (Hrsg.), Einsamkeit, S. 68-79.
- Alpha-Forum-extra: Die Entdeckung der Tiefenperson - Friedrich von Hardenberg. Prof. Dr. Wolfgang Frühwald im Gespräch mit Dr. Walter Flemmer. BR-ONLINE.17. 5. 2003

- ジャン・ジャック・ルソー（佐々木康之訳）：孤独（白水社）2011 年。
- アイザイア・バーリン（田中治男訳）：ロマン主義講義（岩波書店）2000 年。
- R.C. ホルプ：〔空白〕を読む　受容理論の現在、鈴木聡訳、勁草書房、1986 年。
- ヨースト・ヘルマント（編著）（山縣光晶訳）：森なしには生きられない ──ヨーロッパ・自然美とエコロジーの文化史（築地書館）1999 年。
- カール・ハーゼル（山縣光晶訳）：森が語るドイツの歴史（築地書館）1996 年。
- 和泉雅人：ティークのノヴェレ『生の余剰』──仮象と現実──［影第 25 号、1983 年、9-19 頁］。
- 梅沢知之：ティークの『金髪のエックベルト』──ジャンル論を超えて［姫路独協大学外国語学部『紀要』第 3 号、1990、59-73 頁］。
- 同上　：ティークの初期メルヒェン「不思議なもの」と幻想文学［姫路獨協大学『外国語学部紀要』第 5 号、1992、1-19 頁］。
- 内野熊一郎：新釈漢文体系第 4 巻・孟子（明治書院）1994 年。

・清浦康子：ゾルガーの哲学・美学とイロニー（南窓社）2013 年。

・大野寿子：黒い森のグリム──ドイツ的なフォークロア（郁文堂）2010 年。

・久保庭孝：宿なし人間の神話 ──『ルーネンベルク』に見る「放浪」の形態［東京都立大学大学院独文研究会『独文論集』1991、45-60 頁］。

・酒井健：ゴッシックとは何か（ちくま書房）2006 年。

・斯波六郎：中国文学における孤独感（岩波書店、岩波文庫）1962 年。

・清水学：思想としての孤独〈視線のパラドックス〉（講談社）1999 年。

・鈴木潔：ティークとロマン派（一）［同志社大学外国文学会『同志社外国文学研究』第 13 号、1976、62-77 頁］。

・高橋透：ニーチェ──孤独への道とその陥穽［日本独文学会『ドイツ文学』第 94 号、1995、108-119 頁］。

・田端雅英：日本におけるルートヴィヒ・ティーク──翻訳・研究文献──［日本独文学会『ドイツ文学』第 94 号、1995、176-193 頁］。

・同上　　　：ティークのメルヒェンにおける昼と夜［東京大学詩・言語同人会『詩・言語』第 22 号、1984、59-74 頁］。

・中井千之：予感と憧憬の文学論──ドイツ・ロマン派フリードリヒ・シュレーゲル研究──（南窓社）1994 年。

・信岡資生：ティークのノヴェレ「Waldeinsamkeit」の考察［中央大学ドイツ学会『ドイツ文化』第 16 号、1973、1-18 頁］。

・信岡資生：ティークのメールヒェン「金髪のエックベルト」小論［中央大学ドイツ学会『ドイツ文化』第 26 号、1978、63-88 頁］。

・廣松渉他編：岩波哲学思想辞典（岩波書店）1998 年。

・藤本武、古代ゲルマン語 Wald への宗教史的視点 II、新潟清陵女子短期大学研究報告第 28 号、1998、63-80 頁。

・藤本敦雄外：ドイツ文学史（東京大学出版会）1995 年。

・平凡社大百科事典 2、1984 年。

・深見茂：『ロマン主義文学の基本構造──ティークの童話小説『金髪のエックベルト』を中心に──』.伊坂清司・原田哲史編：ドイツロマン主義研究（お茶の水書房）2007、189-209 頁。

・町住み：開かれた孤独. 東京新聞文化欄「大波小波」、2009 年 5 月 26 日 夕刊。

・松田正雄：現代という問題―― 第一章リルケ『マルテの手記』［東京大 学ドイツ文学研究室詩・言語同人会『詩・言語』第 43 号、1994. 1–72 頁］。

・丸山武彦：『金髪のエックベルト』解明の試み――ティークの初期の作 品との関連を中心に―― ［上智大学ドイツ文学会『上智大学ドイツ文 学論集』第 30 号、1993、105–128 頁］。

・三木恒治：ティークの „Des Lebens Überfluß“ について――社会との関係 の問題を巡って――、岡山理科大学紀要第 28 号 B（人文・社会科学）、 1992 年、45–53 頁。

・孟子（下）小林勝人訳注、（岩波書店、岩波文庫）1972 年。

・森田悟：ティークの『金髪のエックベルト』――その「素朴なモラル」 の破壊に至るまで［日本大学文理学部独文研究室『ドイツ文学論集』 第 7 号、1986、40–55 頁］。

・山縣光晶：ルートヴィヒ・ティークの『金髪のエックベルト』及び『ルー ネンベルク』における Einsamkeit のモティーフ［上智大学大学院修士 論文（2009 年度）、2010、1–94 頁］。

・山縣光晶：信頼と Einsamkeit －ティークの『金髪のエックベルト』にお ける Einsamkeit のモティーフ［『STUFE』第 29 号、2010、1–18 頁］。

・山縣光晶：ティークの『アブダラ』における隠者と Einsamkeit －ヘルダー リンの『ヒュペーリオン』と対比して－［『STUFE』第 30 号、2011、 1–18 頁］。

・山縣光晶：仮面と生－ティークの『山の老人』における Einsamkeit のモティ ーフ［『STUFE』第 31 号、2012、1–20 頁］。

・山縣光晶：ルートヴィヒ・ティークの鉱山実体験と『ルーネンベルク』［『上 智大学ドイツ文学論集』第 50 号、2013、123–132 頁］。

・寄川条路：ヘーゲル哲学入門（ナカニシヤ出版）2009。

・渡辺芳子：時を証す――ルートヴィヒ・ティーク『生の余饒』論［Lingua 第 3 号、1992、145–158 頁］。

・渡辺芳子：『フランツ・シュテルンバルトの遍歴』試論［『明治大学文学部紀要・文芸研究』第 56 号、1987、20–56 頁］。

・渡辺芳子：ルードヴィヒ・ティークの『ウィリアム・ロヴェル』－現実世界との関わりをめぐって－［『STUFE』第 3 号、1983、64–65 頁］。

〈著者紹介〉

山縣　光晶（やまがた　みつあき）

1950年生まれ。
ドイツ環境政策研究所所長、林業経済研究所フェロー研究員。
1972年、東京農工大学農学部卒業。
2013年、上智大学大学院文学研究科（ドイツ文学専攻）博士後期課程修了。
博士 (文学)。
林野庁国有林野総合利用推進室長、近畿中国森林管理局計画部長、岐阜県
立森林文化アカデミー教授、東京農工大学・京都精華大学・上智大学講師、
林道安全協会専務理事、全国森林組合連合会常務理事、一般財団法人林業
経済研究所所長などを歴任。日本独文学会会員。専門はドイツロマン主義
文学、環境問題。『原子力と人間』、『木材と文明』、『森なしには生きられな
い──ヨーロッパ・自然美とエコロジーの文化史』、『森が語るドイツの歴
史』（築地書館）などの訳書、著書がある。

静けさ、安らぎ、喜び、そして自然

ティーク文学と
　　アインザームカイト

Stille, Frieden, Freude und Natur
Das Motiv der Einsamkeit bei Ludwig Tieck

定価（本体2000円＋税）

2021年 8月18日初版第1刷印刷
2021年 8月24日初版第1刷発行
著　者　山縣 光晶
発行者　百瀬 精一
発行所　鳥影社 (www.choeisha.com)
〒160-0023 東京都新宿区西新宿3-5-12トーカン新宿7F
電話 03-5948-6470, FAX 0120-586-771
〒392-0012 長野県諏訪市四賀229-1(本社・編集室)
電話 0266-53-2903, FAX 0266-58-6771
印刷・製本　モリモト印刷
© YAMAGATA Mitsuaki 2021 printed in Japan
ISBN978-4-86265-922-4　C0098

東工大の化学

20ヵ年 ［第5版］

井邊二三夫 編著

教学社

はじめに

　本書は，年度別に編集された「赤本」とは別に，20年間を通してどのような分野の問題が，どのような形式や内容として出題されているかなどを整理し，受験生諸君の受験対策の一助となることを願って編集したものです。

　一般に，化学は"物質"を学ぶ学問です。物質は実に多種多様で，化学ではこれらの物質の性質や特徴をさまざまな法則や原理を用いて考えるのですが，数学のように公式を絶対的なものとして扱い，演繹的に物事を考える学問ではありません。化学とは，おおよそ物質にはある方向性や類似の性質があり，これを法則として他の物質の反応や性質を類推していくというもので，法則や原理は絶対的なものではないのです。必ずそこには例外が存在します。このことが化学という学問を考えにくいものにしていると言えるかもしれません。自然科学とは，仮説を立て，実験的に正しいことを帰納的に証明していくもので，そこから外れた挙動を示すものが必ず存在します。

　私たちが大学受験を通して学ぶ化学は，化学という学問のほんの入り口の部分にすぎません。しかし，受験を通して学ぶ化学の中で，設問とは直接関係のない内容にも疑問を感じることが多々あると思います。この疑問が将来非常に大切なものになると信じています。疑問をもち考える力を受験勉強を通じ培ってください。

　自分が行った行為は決して無駄にはならず，いつか必ず自分自身に返ってくるものです。本書を利用される諸君が，合格の二文字を勝ち取り，素晴らしい春を迎えられることを心より祈ると同時に，時間をかけ努力したものが皆さんの素晴らしい未来の糧となることを心から願ってやみません。

　「学問なんて，覚えると同時に忘れてしまってもいいものなんだ。けれども，全部忘れてしまっても，その勉強の訓練の底に一つかみの砂金が残っているものだ。これだ。これが貴いのだ」

（太宰治『正義と微笑』より）

井邊二三夫

目次

【お断り】

- 2023 年度〔7〕については，大学より問題に不備があったことが公表されているため本書では省略しています。
- 学習指導要領の変更により，問題に現在使われていない表現が見られることがありますが，出題当時のまま収載しています。解答・解説につきましても，出題当時の教科書の内容に沿ったものとなっています。
- 本書に掲載されている入試問題の解答・解説は，出題校が公表したものではありません。

本書の活用法

≪問題の特徴≫

　東工大の化学は，他大学の入試問題に見られるような，いくつかのテーマをもった大問の中にさまざまな内容を問う小問が設けられているというタイプの問題ではなく，例年，大問は3題で，それぞれテーマ別に5題前後の中問に分かれており，全体では中問15題前後という非常に多くの問題で構成されています。

　設問には，5〜9個程度の選択肢の中から「1つまたは2つ」の正解を選ぶ問題があり，かなり正確な理解を必要とします。また，計算により数値を求める設問においては，数値のみを与えられた形式で答え，途中の計算過程などを求める問題はありません。過去問をやってみると，この特徴がよくわかると思います。

　このような設問に対応するためには，「分野別に問題を整理することで，出題の概観をつかむこと」，また，「どのような関連事項を学習すればよいのかを知ること」が対策の要点となると考えます。

≪本書の活用法≫

1．本書は，2004年度から2023年度までの20年分の問題を「第1章　物質の構造」「第2章　物質の状態・状態変化」「第3章　物質の化学変化」「第4章　無機物質」「第5章　有機化合物」「第6章　天然有機化合物，合成高分子化合物」の大きく6分野に分類し，年度順に並べたものです。いくつかの分野の内容を含む問題は，主となるテーマに的を絞り分類しました。レベルについては，Aは易〜標準，Bは標準，Cはやや難〜難としました。この3つのレベルの指標となるのは，Aは「教科書などに書かれている基本内容を理解していれば，十分解答できる問題」，Bは「問題によっては平均7割前後は解答でき，解説を読めば十分理解できる問題」，Cは「問題によっては4〜5割程度は解答でき，解説を読めばだいたいは理解できるが，再現するには少し練習を要する問題」と位置づけました。この整理によって，分野別にどのような問題が，どのような内容やレベルで出題されてきたかの概観をつかんでもらうことを目的としています。

2．東工大の化学のような，テーマ別になった比較的短い問題に対応するためには，小問の誘導や流れに乗って解答していくというよりも，各設問に対し，より正確な知識や素早い判断力が求められると同時に，相当な計算力も必要とされます。本書では，特に必要と思われる設問には，別解や関連する知識，考え方などを「攻略のポイント」として解説の最後に付しました。入試問題集や参考書などで関連事項の演習や整理をする際の参考にしてください。また，「攻略のポイント」で紹介している用語・物質の性質などは，理解できていない分野の研究課題とし，周辺知識の理解を深めるためにも利用してもらいたいと思います。

傾向と対策

第1章　物質の構造

番号	難易度	内　　　容	年　　　度	問題	解答
1	B	CsCl 型・NaCl 型イオン結晶	2023 年度〔5〕	24	186
2	B	ペロブスカイト型イオン結晶	2022 年度〔5〕	24	187
3	A	元素，結晶の性質，物質の状態変化	2022 年度〔6〕	25	188
4	B	塩化セシウム型イオン結晶	2021 年度〔5〕	26	189
5	B	原子，イオンの構造と性質	2020 年度〔1〕	26	189
6	B	セン亜鉛鉱型イオン結晶	2020 年度〔10〕	27	190
7	B	体心立方格子と面心立方格子	2019 年度〔5〕	27	191
8	A	原子の構造，分子間力，分子の構造と極性	2019 年度〔6〕	28	192
9	B	黒鉛の構造と充填率	2018 年度〔5〕	28	193
10	A	物質の構成粒子と状態，化学量	2017 年度〔1〕	29	194
11	B	面心立方格子，セン亜鉛鉱型結晶の充填率	2017 年度〔10〕	29	195
12	B	六方最密構造をもつ金属結晶	2016 年度〔5〕	30	196
13	B	金属の結晶	2015 年度〔3〕	31	197
14	B	イオン化エネルギー，電子親和力，イオン半径	2015 年度〔6〕	31	198
15	B	イオン結晶	2013 年度〔4〕	32	198
16	B	同位体	2012 年度〔6〕	32	199
17	C	面心立方格子，六方最密構造	2011 年度〔1〕	33	200
18	B	同位体と反応の量的関係	2009 年度〔6〕	34	203
19	C	黒鉛における燃焼反応の量的関係	2008 年度〔7〕	34	204
20	C	混合気体における反応の量的関係	2007 年度〔1〕	35	206
21	B	金属単体の結晶	2007 年度〔3〕	36	208
22	C	水素吸蔵合金	2006 年度〔6〕	37	210
23	A	元素の周期律，化学結合，分子間力	2005 年度〔1〕	38	212
24	B	クロム結晶とニッケル結晶	2005 年度〔4〕	39	213
25	B	酸素の同位体存在比	2005 年度〔9〕	40	214
26	A	結合の極性，固体の性質	2004 年度〔1〕	40	215
27	B	Ba 結晶と BaO 結晶	2004 年度〔4〕	40	216

🔍 傾向

　化学結合や元素の周期律，分子の構造や極性に関する問題は，比較的標準的なものが多い。結晶構造に関しては，金属結晶やイオン結晶などについて，粒子の空間的な位置関係の把握を求める問題に難易度の高いものが多く見られる。特に，2006 年度の〔6〕は複合的な内容を含んでおり，難易度Cでもしっかり得点したい問題であるが，他の難易度Cの問題は，与えられた時間内に正答にたどりつくのが難しい。また，反応の量的関係に関する問題は，平均して難易度の高いものが多く，求める物質の質量や体積，物質量など，何を $x, y, z, a, b, c,$ …などの文字でおき，方程式を立てるかが重要なポイントになると思われる。他の大学の入試問題にはあまり見られない東工大特有の問題である。

✏️ 対策

◇　イオン化エネルギー，電子親和力，電気陰性度，分子の構造や極性に関しては，用語の意味はもちろん，マリケンやポーリングの電気陰性度はどのようにして定義されたか，電気双極子モーメントとは何かなど，一歩踏み込んだ内容まで理解しておきたい。

◇　結晶構造に関する問題は，図を描き，粒子の空間的な位置関係の把握を心がけること。イオン結晶における限界半径比，結晶のすき間などに関する問題はほとんど出題されていないが，これらの内容を含め，切断面や結晶表面の粒子の状態，繰り返し単位のとらえ方など，思考力が要求される問題の練習を十分に行いたい。

◇　化学反応の量的関係に関する問題は，短時間のうちに方程式を立てることがポイントになるが，求める値の仮定を誤ると相当煩雑な計算になる。問題文をよく読み，出題の意図を見抜く練習をする必要がある。過去問に対し，解答・解説を見ず，少し時間をかけても自分自身で解ききることを前提に，よく考えてみることも練習の一つの方法である。

第2章　物質の状態・状態変化

番号	難易度	内　　　　容	年　　　度	問題	解答
28	B	純物質の状態変化と状態図	2023 年度〔6〕	42	218
29	B	理想気体と実在気体, 蒸気圧	2023 年度〔8〕	42	218
30	C	CH_4 の燃焼反応と気体の溶解度	2023 年度〔9〕	43	219
31	A	固体, 気体の溶解度, 希薄溶液, コロイドの性質	2022 年度〔8〕	44	221
32	B	イオン化エネルギー, 物質の状態変化	2021 年度〔7〕	44	222
33	B	凝固点降下	2021 年度〔9〕	45	222
34	C	浸透圧	2021 年度〔10〕	46	223
35	B	気体の法則, 理想気体と実在気体	2020 年度〔2〕	46	224
36	C	気体の溶解度	2020 年度〔4〕	47	225
37	C	蒸気圧降下と沸点上昇	2019 年度〔10〕	48	226
38	B	理想気体と実在気体, 気体の溶解度	2018 年度〔6〕	48	227
39	B	水溶液の浸透圧と沸点上昇	2018 年度〔10〕	49	227
40	B	酢酸蒸気における単量体と二量体の分圧比	2017 年度〔4〕	49	228
41	B	容積一定条件下における気体の溶解度	2017 年度〔5〕	50	229
42	A	コロイド溶液の性質	2015 年度〔7〕	50	230
43	C	固体の溶解度と溶解熱	2015 年度〔10〕	50	230
44	B	水溶液の性質	2014 年度〔5〕	51	231
45	B	混合気体の圧力, 水蒸気圧	2014 年度〔7〕	51	232
46	B	固体の溶解度, 希薄溶液の性質	2014 年度〔8〕	52	233
47	B	希薄水溶液の性質	2013 年度〔1〕	53	234
48	C	気体の溶解度	2013 年度〔2〕	53	234
49	C	浸透圧	2012 年度〔4〕	54	236
50	C	蒸気圧	2012 年度〔5〕	55	239
51	B	凝固点降下	2011 年度〔5〕	56	241
52	B	水蒸気圧	2010 年度〔1〕	57	242
53	C	空気中の水蒸気圧	2008 年度〔9〕	58	243
54	C	気体の断熱変化	2007 年度〔2〕	58	244
55	C	蒸気圧降下	2006 年度〔3〕	60	245
56	C	水蒸気圧と混合気体の圧力	2006 年度〔5〕	60	246

57	B	気体の溶解度, 蒸気圧降下, コロイドの性質	2005 年度〔2〕	61	247
58	B	混合気体の燃焼	2005 年度〔3〕	61	247
59	A	圧力一定下での状態変化	2004 年度〔3〕	61	248

🔍 傾向

　蒸気圧降下や沸点上昇, 凝固点降下に関しては, これらが起こる原因などが問われるほか, 計算問題も出題されている。また, 気体の溶解度や蒸気圧に関しては難易度の高い問題が多く, 出題の意図をよく読み取らなければ計算が非常に煩雑になり, 与えられた時間内に解答に至らなくなる可能性がある。また, 2015 年度の〔10〕は, 溶解熱などを含む設問で, 溶解度曲線の意味を理解したうえで, 総合力が試される問題である。いずれにしても, 物質の状態や状態変化に関する設問は, 相当な計算力や立式の力, 出題の意図を見抜く力が必要になると思われる。

✏️ 対策

◇　物質の三態変化について, 状態図や温度とエネルギーの関係を表すグラフなどを, 自然現象などと関連づけて理解する学習が必要である。例えば, 「冬季に湖が表面から凍りはじめる現象は, 状態図とどのような関連性があるか」などである。

◇　混合気体や蒸気圧などについては, 実在気体における圧力と体積, 温度と圧力, 温度と体積の関係を表すグラフを十分に理解したうえで, 標準〜やや難レベルの問題練習を行う必要がある。特に, 現象を正確にとらえ, 理想気体の状態方程式などを用い, どのように方程式を立てるかをポイントに問題練習を繰り返し行いたい。

◇　希薄溶液の性質については, 蒸気圧降下・沸点上昇・凝固点降下・浸透圧などの現象において, 濃度が大きくなった場合の問題点や, 不揮発性物質を溶解した溶液の蒸気圧が降下する理由, エタノールと水のような混合溶液の蒸気圧とラウールの法則との関係, 凝固点降下が起こる原因などを, 教科書以外の参考書などでもよく調べ理解しておきたい。

第3章　物質の化学変化

≪熱化学，酸・塩基，酸化還元反応，電池，電気分解≫

番号	難易度	内　　　　　容	年　　　　度	問題	解答
60	B	NaCl 水溶液の電気分解	2023 年度〔3〕	63	249
61	B	結合エネルギーと解離熱	2023 年度〔10〕	63	249
62	B	水溶液の電気分解	2022 年度〔3〕	64	250
63	B	塩酸の pH	2022 年度〔4〕	64	251
64	B	熱化学方程式，化学反応の量的関係	2022 年度〔9〕	65	252
65	A	水溶液の電気分解	2021 年度〔3〕	66	252
66	B	反応熱と光，結合エネルギー	2021 年度〔8〕	67	253
67	B	反応熱，化学平衡，光化学反応	2020 年度〔3〕	67	254
68	A	電池，電気分解，ファラデー定数	2020 年度〔8〕	68	255
69	B	酸化還元滴定	2020 年度〔9〕	68	255
70	B	金属のイオン化傾向と水溶液の電気分解	2019 年度〔3〕	69	256
71	A	酸・塩基の定義，電離度，塩の分類と指示薬	2019 年度〔7〕	69	257
72	B	熱化学における反応熱の関係	2019 年度〔8〕	70	258
73	A	電池，電気分解	2018 年度〔2〕	70	259
74	C	中和滴定と滴定曲線	2018 年度〔9〕	71	260
75	B	NaCl 水溶液の電気分解	2017 年度〔9〕	71	261
76	B	直列に接続された水溶液の電気分解	2016 年度〔4〕	72	262
77	B	C_{60} フラーレン分子における炭素原子間の結合エネルギー	2016 年度〔6〕	73	263
78	A	実用的な電池の性質	2016 年度〔8〕	73	264
79	B	氷の融解熱	2016 年度〔10〕	73	265
80	A	酸・塩基の反応，塩の性質と分類	2015 年度〔1〕	74	266
81	B	融解塩電解法によるアルミニウムの製法	2015 年度〔4〕	74	267
82	B	鉛蓄電池，水溶液の電気分解	2014 年度〔4〕	74	267
83	B	反応の経路と反応熱の関係	2014 年度〔6〕	75	268
84	B	ダニエル電池，水溶液の電気分解	2012 年度〔8〕	75	270
85	B	銅合金を用いた電気分解	2011 年度〔3〕	76	271
86	B	融解塩電解法	2009 年度〔2〕	77	272
87	B	酸化還元滴定	2009 年度〔3〕	77	272

88	C	混合気体の燃焼，燃焼熱	2009 年度〔4〕	79	273
89	A	イオン結晶の構造と性質，格子エネルギー，熱化学	2007 年度〔6〕	79	275
90	B	電池，水溶液の電気分解	2006 年度〔8〕	80	276
91	B	有機化合物の反応熱	2006 年度〔14〕	81	277
92	B	溶存酸素の定量	2005 年度〔10〕	81	277
93	B	オストワルト法と反応熱	2004 年度〔5〕	82	278
94	B	クロム酸イオンの反応	2004 年度〔10〕	83	279
95	B	銅の電解精錬	2004 年度〔11〕	83	280

🔍 傾向

　中和滴定，酸化還元滴定による濃度の決定や，電池・水溶液の電気分解などをテーマにした標準的な問題が比較的多い。第2章に比べると計算量が少なく，方程式の立て方などの方針が立てやすいこともあり，得点に結びつけたい分野である。

✏️ 対策

◇　熱化学に関しては，反応熱を求める際など，エネルギー図を用いる必要がある。特に，結合エネルギー，イオン化エネルギー，格子エネルギーなどに関する問題は数をこなし，エネルギー図をすらすら書けるようにしておきたい。

◇　中和滴定を利用した炭酸ナトリウムの2段階滴定やアンモニアの逆滴定，CODや I_2 を用いた酸化還元滴定などの計算問題の練習を十分に行うこと。また，アンモニアの逆滴定などにおいて，未反応の硫酸などを水酸化ナトリウム水溶液で滴定する場合，メチルオレンジなどの指示薬は使用できるが，フェノールフタレインは使用できない理由や，滴下する溶液の濃度が大きすぎても小さすぎてもいけない理由など，少し踏み込んだ内容まで学習しておきたい。

◇　電池・水溶液の電気分解では，電解槽や電池を直列または並列に接続した場合の計算問題などにも十分注意しておきたい。また，水の電気分解が起こる場合，水素よりイオン化傾向の大きな金属が析出することもあるので，注意して問題練習を行いたい。

≪反応速度，化学平衡≫

番号	難易度	内　　容	年　　度	問題	解答
96	B	水酸化鉄(Ⅲ)の溶解度積とpH	2023年度〔4〕	84	281
97	B	反応速度，反応速度定数，化学平衡の法則	2022年度〔7〕	84	281
98	B	化学平衡の量的関係と気体の圧力	2022年度〔10〕	85	282
99	B	溶解度積，共通イオン効果	2021年度〔4〕	85	283
100	B	反応速度，平衡定数と平衡移動	2021年度〔6〕	85	283
101	B	気体の解離平衡	2020年度〔5〕	86	284
102	B	CuSの溶解度積	2019年度〔4〕	86	285
103	C	窒素化合物の反応と平衡定数	2019年度〔9〕	87	286
104	B	プロピオン酸の電離定数	2018年度〔4〕	87	287
105	C	一次反応の反応速度	2018年度〔7〕	87	288
106	B	プロパンの解離平衡	2018年度〔8〕	88	290
107	B	気体分子の熱運動と反応速度	2017年度〔2〕	89	291
108	B	平衡移動，化学反応と反応熱	2017年度〔3〕	89	291
109	B	弱酸の混合溶液	2016年度〔3〕	90	292
110	B	アミノ酸の等電点と電離定数	2016年度〔7〕	90	294
111	B	H_2O_2の分解反応	2016年度〔9〕	90	294
112	B	硫化物の溶解度積	2015年度〔5〕	91	296
113	B	二次反応における反応物の濃度と半減期	2015年度〔8〕	92	297
114	B	平衡状態における生成物の定量	2015年度〔9〕	92	298
115	C	緩衝液のpH	2014年度〔3〕	93	299
116	C	化学平衡，反応速度	2013年度〔3〕	93	301
117	B	アンモニアの電離平衡，緩衝液	2013年度〔6〕	94	304
118	B	電離平衡，溶解度積	2012年度〔9〕	95	306
119	C	H_2O_2分解反応における反応速度	2011年度〔4〕	96	307
120	B	気相間平衡における量的関係	2010年度〔2〕	97	309
121	B	硫酸の電離平衡，希硫酸の電気分解	2010年度〔4〕	97	310
122	B	中和滴定，電離平衡	2008年度〔5〕	98	312
123	C	平衡移動，平衡状態における量的関係	2008年度〔8〕	99	313
124	B	気相間の平衡	2006年度〔1〕	100	314
125	B	H_2O_2分解反応における反応速度	2006年度〔4〕	100	315
126	B	平衡移動	2005年度〔5〕	101	316

127	B	反応熱，化学平衡と平衡移動	2004 年度〔2〕	102	318
128	B	酢酸の電離平衡	2004 年度〔6〕	103	318
129	B	酸，水の電離平衡と pH	2004 年度〔8〕	103	320

🔍 傾向

やや難易度の高い問題もあるが，標準問題が多く，得点に結びつけたい分野である。H_2O_2 の分解反応における反応速度，反応速度定数と平衡定数の関係，平衡移動，電離平衡，緩衝液などは，問題集などでもよく扱われているような問題が多い。しかし，中には平衡の量的関係に関する問題など，難易度の高いものも見られるので注意したい。

✏️ 対策

◇　一次反応における濃度と時間の関係，半減期と初濃度の関係などを十分理解しておくこと。特に，一次反応には H_2O_2 以外に N_2O_5 の分解反応や年代測定に関する ^{14}C の放射壊変などがあり，それらの内容も十分に問題練習を行いたい。

◇　反応速度定数とアレニウスの式，平衡定数と反応速度定数の関係など，教科書の発展学習にある内容も，問題と関連して理解しておきたい。

◇　平衡移動の原理を用いた問題は頻出なので，問題練習により十分理解しておこう。

◇　弱酸や弱塩基における pH や，緩衝液，塩の加水分解による溶液の pH に関する問題練習を十分に行いたい。また，酸の電離定数，弱塩基の電離定数と滴定曲線との関係，2 種類の弱酸の混合溶液の pH など，一歩踏み込んだ学習も必要と思われる。

◇　溶解度積に関する問題は比較的少ないが，グラフに関する問題，モール法，硫化物イオンと金属イオンに関する問題の練習を十分に行いたい。また，水とクロロホルムを用いた分配平衡などに関する問題練習も必要である。

第4章 無機物質

番号	難易度	内　　　容	年　　　度	問題	解答
130	A	単体・化合物・イオンの性質	2023 年度〔1〕	104	322
131	A	金属単体・化合物の性質	2023 年度〔2〕	104	322
132	A	金属単体・化合物の性質	2022 年度〔1〕	105	323
133	B	金属元素の性質	2022 年度〔2〕	105	324
134	B	金属イオンの性質と反応	2021 年度〔1〕	106	324
135	B	標準状態で気体である物質の性質と反応	2021 年度〔2〕	106	325
136	B	金属化合物，単体の反応，銅の電解精錬	2020 年度〔6〕	107	326
137	B	ハロゲン単体とその化合物の性質	2020 年度〔7〕	107	327
138	B	金属イオンと金属単体の反応	2019 年度〔1〕	108	328
139	B	気体の実験室的製法	2019 年度〔2〕	108	329
140	A	金属単体と化合物の性質と反応	2018 年度〔1〕	109	330
141	B	金属元素の性質と金属の決定	2018 年度〔3〕	109	331
142	A	無機化合物，単体の性質	2017 年度〔6〕	110	332
143	A	気体の製法と生成する気体，化合物の性質	2017 年度〔7〕	110	333
144	A	陽イオンの系統的分離	2017 年度〔8〕	111	334
145	A	典型元素の単体	2016 年度〔1〕	111	335
146	A	無機化合物の反応	2016 年度〔2〕	112	336
147	B	金属イオンの反応	2015 年度〔2〕	112	336
148	A	ハロゲン単体の性質，反応の起こり方	2014 年度〔1〕	113	337
149	B	無機化合物の性質と反応	2014 年度〔2〕	114	338
150	C	金属元素の性質	2013 年度〔5〕	114	339
151	C	無機物質の性質	2012 年度〔7〕	116	340
152	B	気体化合物の性質と反応	2011 年度〔2〕	117	342
153	C	気体の製法と量的関係	2010 年度〔3〕	118	344
154	B	気体の性質，化学平衡	2009 年度〔1〕	119	346
155	B	化合物中の成分元素の決定	2008 年度〔4〕	120	347
156	C	接触法	2008 年度〔6〕	121	348
157	B	遷移元素，酸化鉄の還元	2007 年度〔4〕	122	350
158	B	非金属元素	2007 年度〔5〕	122	351
159	A	固体および気体の性質	2006 年度〔2〕	123	352

160	A	元素の性質	2006 年度〔7〕	124	352
161	B	無機化合物の性質	2005 年度〔6〕	124	353
162	B	金属の製造	2005 年度〔7〕	124	354
163	A	気体の製法	2005 年度〔8〕	125	355
164	A	無機化合物の性質	2004 年度〔7〕	125	355
165	A	ハロゲン元素の単体と化合物の反応	2004 年度〔9〕	126	356
166	B	酸化コバルトの反応	2004 年度〔12〕	126	356

🔍 傾向

　単体や化合物の性質に関する各論，金属イオンの反応や気体の製法，無機化学工業に関し，無機化学全体から出題され，量的関係をはじめ，理論分野と関連した基本～標準的な問題が多い。中には，2013 年度〔5〕の金属イオンの推定，2008 年度〔6〕の接触法に関する量的関係など，難易度の高い設問も見られるが，全体としては得点に結びつけたい分野である。

✏️ 対策

◇　典型・遷移金属単体，化合物，イオンの性質や反応を整理する。
　例：イオンの色，錯イオンの構造・名称，NH_3，$NaOH$，Cl^-，S^{2-}，SO_4^{2-}，CO_3^{2-} などとの反応について
◇　気体の実験室的製法，気体の性質（酸化力の大きさ，還元性の有無など）に関する内容を整理する。
　例：H_2，O_2，N_2，Cl_2，HF，HCl，H_2S，NH_3，CH_4，C_2H_2，SO_2，NO，NO_2，CO_2 などの単体，水素化物，酸化物
◇　無機化学工業に関する内容を整理する。
　例：$NaOH$ の製法，Na_2CO_3 の製法，HNO_3 の製法，H_2SO_4 の製法，Cu の電解精錬，Al の溶融塩電解，Fe の製錬などについて

第 5 章		有機化合物			

番号	難易度	内　　　容	年　　　度	問題	解答
167	B	芳香族炭化水素の性質と異性体	2023 年度〔11〕	127	358
168	A	脂肪族カルボン酸	2023 年度〔12〕	127	359
169	C	芳香族化合物の構造決定	2023 年度〔15〕	128	360
170	B	芳香族化合物の性質と反応	2022 年度〔11〕	129	362
171	B	分子式 $C_5H_{10}O$ のカルボニル化合物の性質	2022 年度〔12〕	129	363
172	B	エステルの加水分解生成物の量的関係	2022 年度〔14〕	130	364
173	C	脂肪族化合物の構造決定	2022 年度〔15〕	130	365
174	B	有機化合物の生成とその性質	2021 年度〔11〕	131	366
175	C	炭素-炭素二重結合のオゾン分解による分子式の決定	2021 年度〔14〕	131	367
176	C	カルボン酸の構造決定	2021 年度〔15〕	132	368
177	C	C_8H_9NO で表される一置換ベンゼンの異性体	2020 年度〔11〕	132	370
178	C	脂肪酸の分子式の決定	2020 年度〔14〕	133	371
179	C	酸素を含む脂肪族化合物の構造決定	2020 年度〔15〕	133	372
180	B	芳香族化合物の反応と性質	2019 年度〔11〕	134	373
181	C	芳香族化合物の異性体，燃焼反応の量的関係	2019 年度〔12〕	135	375
182	C	酸素を含む脂肪族化合物の分子式の決定	2019 年度〔14〕	135	377
183	B	アミド結合とエステル結合をもつ芳香族化合物の構造決定	2019 年度〔15〕	136	378
184	B	分子式 C_6H_{12} のアルケンの異性体	2018 年度〔11〕	136	380
185	A	芳香族化合物の反応と性質	2018 年度〔12〕	137	381
186	C	不飽和炭化水素の分子式の決定	2018 年度〔13〕	138	383
187	B	アスパラギン酸誘導体の構造決定	2018 年度〔15〕	138	383
188	A	炭化水素の性質，構造異性体	2017 年度〔11〕	139	384
189	B	分子式 $C_5H_{12}O$ の飽和 1 価アルコールの構造・性質	2017 年度〔12〕	139	385
190	B	窒素を含む芳香族化合物の構造決定	2017 年度〔15〕	140	386
191	B	炭化水素の構造	2016 年度〔11〕	140	388
192	A	不飽和炭化水素の燃焼，付加反応の量的関係	2016 年度〔12〕	141	388
193	B	芳香族化合物の構造決定	2016 年度〔15〕	141	389

194	B	不飽和炭化水素の反応，ヨードホルム反応	2015 年度〔11〕	141	390
195	B	芳香族化合物の性質と反応	2015 年度〔12〕	142	391
196	B	C_5H_{10} のアルケンの異性体	2015 年度〔13〕	142	393
197	B	エステル結合とアミド結合をもつ芳香族化合物の構造決定	2015 年度〔15〕	143	394
198	B	有機化合物の製法，性質	2014 年度〔9〕	143	395
199	C	芳香族化合物の構造決定	2014 年度〔10〕	144	396
200	B	芳香族化合物の反応	2013 年度〔7〕	145	397
201	C	芳香族化合物の構造決定	2013 年度〔8〕	146	398
202	C	アミノ酸とエステルの構造決定	2013 年度〔9〕	147	400
203	B	酸素を含む脂肪族化合物の構造決定と性質	2012 年度〔1〕	148	402
204	C	芳香族化合物の構造決定	2012 年度〔2〕	149	404
205	C	脂肪族炭化水素の構造決定	2012 年度〔3〕	150	405
206	C	芳香族化合物の構造決定	2011 年度〔7〕	151	409
207	B	芳香族化合物の構造決定	2010 年度〔5〕	152	412
208	C	芳香族化合物の異性体と合成	2010 年度〔6〕	153	414
209	B	エステルの構造決定	2009 年度〔5〕	154	416
210	B	脂肪族化合物の反応	2008 年度〔1〕	155	418
211	B	脂肪族化合物の構造決定	2008 年度〔3〕	156	419
212	B	芳香族化合物の分離，合成	2007 年度〔8〕	157	421
213	C	ボンビコールの構造決定	2007 年度〔9〕	158	422
214	B	飽和脂肪族エステルの加水分解	2006 年度〔9〕	160	424
215	B	有機化合物の反応	2006 年度〔10〕	160	426
216	B	芳香族化合物の反応と量的関係	2006 年度〔11〕	161	427
217	C	炭化水素の混合物	2006 年度〔12〕	162	427
218	B	芳香族化合物の分類	2006 年度〔13〕	162	428
219	B	脂肪族化合物の構造決定	2005 年度〔11〕	163	430
220	B	セッケン，脂肪酸の性質	2005 年度〔13〕	164	431
221	B	ベンゼンの置換反応における量的関係	2005 年度〔15〕	164	432
222	A	有機化合物の性質	2004 年度〔13〕	165	433
223	B	C_8H_8O の異性体	2004 年度〔14〕	165	433
224	B	$C_{10}H_{18}O_4$ のエステルの加水分解	2004 年度〔15〕	166	434
225	B	不飽和度，エステルの加水分解と異性体	2004 年度〔18〕	166	435

Q 傾向

　脂肪族・芳香族各化合物の性質や合成法，異性体などに関しては，ほとんどが基本〜標準的な問題である。ただし，2010年度〔6〕の異性体や合成に関する問題，2006年度〔12〕の炭化水素に関する計算問題などは，難易度の高い問題である。

　有機化合物の構造決定に関しては，新しい年度ほど出題数が多い傾向にある。また，難易度の高い問題が多く，特に2013年度の〔8〕〔9〕や，2012年度の〔2〕〔3〕などは，与えられた時間内に解答することが難しい問題である。構造決定問題は有機化学の総合力が問われる問題ともいえるので，有機化学全体についてレベルの高い問題で練習を行うことで，構造決定の力をつけておく必要がある。

✎ 対策

◇　教科書にあるアルコール，エーテル，カルボニル化合物，カルボン酸，エステル，芳香族炭化水素，フェノール関連化合物，窒素を含む芳香族化合物などの性質や反応を整理する。

◇　立体異性体におけるメソ化合物，ナフタレンのようにベンゼン環をいくつかもつ化合物の異性体の数え方を理解しておくこと。

◇　マルコフニコフ則，ザイツェフ則，ベンゼンの置換反応の配向性，アルコールの脱水反応，ベンゼンの置換反応における中間体の存在など，教科書の発展学習の内容も十分確認しておきたい。

◇　有機化合物の構造決定に関しては，分子式から不飽和度などを調べて分子の特徴をつかみ，設問中に与えられた反応や実験結果からどのような構造を有するかを推定する力など，構造決定問題に対して標準〜やや難レベルの問題練習によって，十分身につけておくことが必要である。

◇　アルケンの酸化開裂，環状構造を有するエステル（ラクトン）の加水分解など，問題練習で得た知識をノートに整理しておくことも有機化学の学習に役立つ。

第6章		天然有機化合物，合成高分子化合物			
番号	難易度	内　　　容	年　　　度	問題	解答
226	B	トリペプチド	2023 年度〔13〕	168	438
227	B	ビニロンの合成と高分子化合物の性質	2023 年度〔14〕	168	439
228	A	核酸の性質	2022 年度〔13〕	169	440
229	B	合成樹脂，合成繊維	2021 年度〔12〕	170	440
230	B	二糖類の加水分解と単糖類の性質	2021 年度〔13〕	170	441
231	A	合成高分子化合物	2020 年度〔12〕	171	444
232	B	タンパク質を構成する α-アミノ酸とペプチドの性質	2020 年度〔13〕	172	445
233	B	合成高分子化合物の性質と反応	2019 年度〔13〕	172	446
234	B	多糖類，天然ゴムの性質	2018 年度〔14〕	173	448
235	A	付加重合，開環重合による合成高分子化合物	2017 年度〔13〕	173	449
236	B	油脂の分子式と構成脂肪酸の性質	2017 年度〔14〕	174	450
237	A	合成高分子化合物の合成反応と性質	2016 年度〔13〕	175	451
238	B	糖類の性質，セルロースの誘導体	2016 年度〔14〕	175	453
239	B	ヒドロキシ酸の縮合重合による生成物	2015 年度〔14〕	176	455
240	B	糖類の性質，デキストリンの重合度	2014 年度〔11〕	177	455
241	B	油脂の構造決定	2014 年度〔12〕	177	456
242	C	ポリエステル	2011 年度〔6〕	178	457
243	B	天然有機化合物，DNA	2011 年度〔8-1〕	178	459
244	B	糖類	2011 年度〔8-2〕	179	460
245	B	アミノ酸の性質	2009 年度〔7A〕	180	461
246	C	SBR の反応	2009 年度〔7B〕	181	463
247	B	ポリアミド	2008 年度〔2〕	182	464
248	B	糖類の性質	2007 年度〔7〕	182	465
249	B	糖類，タンパク質の性質	2005 年度〔12〕	183	466
250	B	合成高分子の組成	2005 年度〔14〕	184	466
251	B	ジペプチドの構成	2004 年度〔16〕	184	467
252	B	6,6-ナイロン	2004 年度〔17〕	184	468

🔍 傾向

　基本からやや難易度の高いものまで出題されているが，全体的に標準的な問題が多い。内容も天然有機化合物である糖類，アミノ酸・タンパク質から合成高分子化合物まで分野全体から出題されている。難易度の高い設問としては，2011 年度〔6〕のポリマーに関する計算問題や 2009 年度〔7B〕の重合体における単量体の割合を問う問題などがある。一般に，高分子化合物の計算問題は，ポリマーの繰り返し単位に着目することで解答に至りやすくなることがある。また，生体高分子化合物である DNA やRNA などに関する設問は少ない。

✏️ 対策

◇　教科書にある糖類の構造や性質，タンパク質の性質，合成高分子化合物における単量体の構造式などを整理しておくこと。

◇　糖類におけるアセタールやヘミアセタール，フルクトースの還元性を示す構造部分などの反応や性質を理解しておくこと。

◇　共重合体（イオン交換樹脂，NBR，SBR など）における単量体の重合比や，ビニロンのアセタール化に関する計算問題などを十分練習しておきたい。

◇　アミノ酸やペプチド，タンパク質は，第 3 章の反応速度，化学平衡分野に含まれる問題も含め，等電点，酵素反応など十分理解しておきたい。

◇　油脂については，ヨウ素価，けん化価，構成脂肪酸中の二重結合位置を決定する問題などの練習を十分行いたい。

解答する際の注意点

　東工大の実際の入学試験の問題冊子には，次のような注意書きがあります。本書には答案用紙はありませんが，解答の形式が指定されているものについては，該当する問題に解答欄を表示しています。解答する際の参考としてください。

注意I　問題○，問題△については，<u>1つまたは2つの正解</u>がある。答案用紙の所定の枠の中に，正解の<u>番号</u>を記入せよ。

　解答例：**1**　水はどんな元素からできているか。

　　　　　1．水素と窒素

　　　　　2．炭素と酸素

　　　　　3．水素と酸素　　　　　　　　　　　1　　　　　　1

　　　　　4．窒素と酸素　　　　　　　　　 3　 または 　 3

　解答例：**2**　水を構成している元素は，つぎのうちどれか。

　　　　　1．水　　素

　　　　　2．炭　　素

　　　　　3．窒　　素　　　　　　　　　　　2　　　　　　2

　　　　　4．酸　　素　　　　　　　 1 4　 または 　 4 1

注意II　問題□については，指示にしたがって答案用紙の所定の枠の中に適切な数値や式あるいは構造を記せ。

注意III　その他の問については，答案用紙の所定の枠の中に，0から9までの適当な数字を1枠に1つ記入せよ。

　解答例：**3**　ベンゼン分子は何個の炭素原子で構成されているか。

　　　　　　　　　　　　　　　　　　　　　　　　　　　3

　　　　　　　　　　　　　　　　　　　　　　　　　 0 6

　解答例：**4**　つぎの問に答えよ。

　　　　　問 i　水分子には何個の水素原子が含まれているか。

　　　　　問 ii　水分子には何個の酸素原子が含まれているか。

問題編

第1章　物質の構造

1　CsCl型・NaCl型イオン結晶　　　　　　　　　　　2023年度〔5〕

イオン結晶**A**と**B**はいずれも陽イオン M^+ と陰イオン X^- からなる。結晶**A**，**B**に関するつぎの問に答えよ。ただし，結晶中のイオンはすべて球とみなす。また，$\pi = 3.14$，$\sqrt{2} = 1.41$，$\sqrt{3} = 1.73$ とする。

問 i　結晶**A**は塩化セシウム型の構造をもつ。単位格子は立方体で各頂点に X^- が位置し，単位格子の中心に M^+ が位置する。また，最も近い M^+ と X^-，および最も近い X^- と X^- は互いに接しているものとする。M^+ のイオン半径を r^+，X^- のイオン半径を r^- とすると，$\dfrac{r^-}{r^+}$ はいくらか。解答は小数点以下第2位を四捨五入して，下の形式により示せ。

$$\boxed{}.\boxed{}$$

問 ii　結晶**B**は塩化ナトリウム型の構造をもつ。また，M^+ と X^- のイオン半径は結晶**A**と同じで，最も近い M^+ と X^- は互いに接しているものとする。原子やイオンが結晶内で占める体積の割合を充填率という。結晶**A**の充填率を f_A，結晶**B**の充填率を f_B とすると，$\dfrac{f_B}{f_A}$ はいくらか。解答は小数点以下第3位を四捨五入して，下の形式により示せ。

$$0.\boxed{}\boxed{}$$

2　ペロブスカイト型イオン結晶　　　　　　　　　　2022年度〔5〕

元素**A**，**B**の陽イオンと元素**C**の陰イオンからなる化合物の結晶は，図に示す立方体の単位格子をもつ。**A**イオンは単位格子の各頂点に位置し，**B**イオンは単位格子の中心に位置し，**C**イオンは単位格子の各面の中心に位置する。つぎの問に答えよ。ただし，結晶中のイオンはすべて球とみなし，最も近い**A**イオンと**C**イオン，**B**イオンと**C**イオンは互いに接しているものとする。また，$\sqrt{2} = 1.41$，$\sqrt{3} = 1.73$，アボガドロ定数を $6.02 \times 10^{23}/\text{mol}$ とする。

問 i　**A**イオンと**B**イオンの半径の差は $0.820 \times 10^{-8}\,\text{cm}$ であった。この結晶の単位格子の一辺の長さはいくらか。解答は有効数字の3桁目を四捨五入して，下の形式

により示せ。

問 ii この結晶の密度はいくらか。ただし，各元素の原子量は，$A = 88$，$B = 48$，$C = 16$とする。解答は小数点以下第2位を四捨五入して，下の形式により示せ。

$$\boxed{\ }.\boxed{\ } \text{g/cm}^3$$

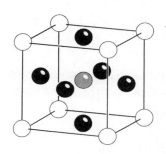

○ 元素Aの陽イオン
◎ 元素Bの陽イオン
● 元素Cの陰イオン

3 元素，結晶の性質，物質の状態変化 　　　2022年度〔6〕

つぎの記述のうち，誤っているものはどれか。なお，正解は1つまたは2つある。

1．第3周期に属する元素の中で，アルカリ金属は電子親和力が最も大きい。

2．O^{2-} と Al^{3+} を比べると，O^{2-} の方がイオン半径は小さい。

3．天然には炭素の放射性同位体が存在する。

4．ケイ素，塩化ナトリウム，ヨウ素の結晶のうち，融点が最も高いのはケイ素である。

5．アモルファスの固体は，構成単位である原子，分子，もしくはイオンの配列に規則性をもたない。

6．水が沸騰している間，水の蒸気圧は外圧に等しい。

7．圧力一定の条件で純物質を加熱し続けても，状態変化している間，温度は変化しない。

4　塩化セシウム型イオン結晶　　　　　　　　　2021年度〔5〕

陽イオン M^+ と陰イオン X^- からなるイオン結晶 A は塩化セシウム型の構造をもつ。結晶 A の単位格子は立方体で各頂点に X^- が位置し，単位格子の中心に M^+ が位置する。つぎの問に答えよ。ただし，結晶中の M^+ と X^- はすべて球とみなし，最も近い M^+ と X^- は互いに接しているものとする。また，$\sqrt{2}=1.41$，$\sqrt{3}=1.73$ とする。

問 i　結晶 A の単位格子の一辺の長さを a とし，M^+ のイオン半径と X^- のイオン半径の和を d とするとき，d/a はいくらか。解答は小数点以下第3位を四捨五入して，下の形式により示せ。

$$0.\boxed{}\boxed{}$$

問 ii　結晶 A の単位格子の一辺の長さは 0.422 nm である。M^+ のイオン半径 r^+ は 0.082 nm，0.139 nm，0.172 nm のいずれかであり，X^- のイオン半径 r^- は 0.183 nm，0.193 nm，0.216 nm のいずれかである。結晶 A の r^+/r^- はいくらか。解答は小数点以下第3位を四捨五入して，下の形式により示せ。

$$0.\boxed{}\boxed{}$$

5　原子，イオンの構造と性質　　　　　　　　　2020年度〔1〕

つぎの記述のうち，誤っているものはどれか。なお，正解は1つまたは2つある。

1．すべての元素の原子番号の値は，その元素の原子量よりも小さい。
2．天然に存在する水素原子には放射性同位体がある。
3．すべての価電子は最外殻（最外電子殻）に位置する。
4．貴ガス（希ガス）の第一イオン化エネルギーは，原子番号が大きくなるにつれて大きくなる。
5．ある原子の1価の陰イオンから電子1個を取り去るのに要するエネルギーは，その原子の電子親和力に等しい。
6．K^+ と Cl^- は同じ電子配置をもつが，イオンの大きさは Cl^- の方が大きい。
7．天然に存在する遷移元素はすべて金属元素である。

6　セン亜鉛鉱型イオン結晶　　　　　　　2020 年度〔10〕

陽イオン M^+ と陰イオン X^- からなる化合物 MX の結晶は，図に示すセン亜鉛鉱型構造をとる。X^- は立方体の単位格子の各頂点と面の中心に位置し，M^+ は図中破線で示す 4 個の X^- からなる正四面体の中心に位置する。つぎの問に答えよ。ただし，結晶中の M^+ と X^- はすべて球とみなし，最も近い M^+ と X^- は互いに接しているものとする。また，M^+ と X^- の半径比を 1：4，$\pi = 3.14$，$\sqrt{2} = 1.41$，$\sqrt{3} = 1.73$ とする。

問 i　結晶中のある X^- に接している M^+ の数はいくつか。

　　　　　　　　　　　　　　　　　　　　　　　　　　☐☐

問 ii　単位格子の体積は単位格子内の X^- の体積の何倍か。解答は小数点以下第 2 位を四捨五入して，下の形式により示せ。

　　　　　　　　　　　　　　　　　　　　　　　　☐.☐倍

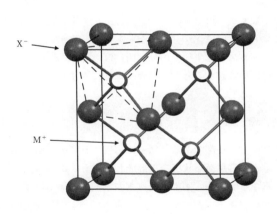

7　体心立方格子と面心立方格子　　　　　　2019 年度〔5〕

結晶構造に関するつぎの問に答えよ。ただし，結晶中の原子を球とみなし，最も近い原子は互いに接しているものとする。また，$\pi = 3.14$，$\sqrt{2} = 1.41$，$\sqrt{3} = 1.73$，$\sqrt[3]{2} = 1.26$，$\sqrt[3]{3} = 1.44$ とし，アボガドロ定数を 6.02×10^{23}/mol とする。

問 i　元素 A の結晶は体心立方格子をもち，単位格子の一辺の長さは a_1 である。また，元素 B の結晶は面心立方格子をもち，単位格子の一辺の長さは a_2 である。A と B の原子半径が等しいとするとき，a_2/a_1 はいくらか。解答は小数点以下第 2 位を四捨五入して，下の形式により示せ。

　　　　　　　　　　　　　　　　　　　　　　　　☐.☐

問ii　元素Cの結晶は体心立方格子をもち，Cの原子半径はr_1である。また，元素Dの結晶は面心立方格子をもち，Dの原子半径はr_2である。元素Dの原子量を元素Cの原子量の4.00倍，元素Dの結晶の密度を元素Cの結晶の密度の2.00倍とするとき，r_2/r_1はいくらか。解答は小数点以下第2位を四捨五入して，下の形式により示せ。

□.□

8　原子の構造，分子間力，分子の構造と極性　　2019年度〔6〕

つぎの記述のうち，誤っているものはどれか。なお，正解は1つまたは2つある。

1．すべての原子において，電子の数は原子番号と等しい。
2．すべての貴ガス（希ガス）において，原子の最外殻は収容できる最大の数の電子で満たされている。
3．ヘリウム原子はすべての原子の中で最大の第一イオン化エネルギーをもつ。
4．元素の中には天然に同位体が存在しないものがある。
5．ファンデルワールス力はすべての分子間にはたらく。
6．分子内の結合に極性があると，その分子は常に極性分子となる。

9　黒鉛の構造と充填率　　2018年度〔5〕

図は黒鉛の結晶構造の一部である。原子は隣接する3個の原子と共有結合しており，正六角形を単位とする平面層状構造を形成している。この層状構造どうしは分子間力により積み重なっている。図中の白抜きの原子は破線で結ばれた原子と上下に重なる。つぎの問に答えよ。ただし，結合距離をr，各層間の距離を$\sqrt{6}r$とし，原子は半径$\frac{r}{2}$の球とみなす。また，$\pi=3.14$，$\sqrt{2}=1.41$，$\sqrt{3}=1.73$とする。

問i　結晶中のある原子から，原子の中心間の距離がr以上$2r$以下にある原子の数はいくつか。

□□個

問ii　結晶の体積に対して原子が占める体積の割合を充填率という。この黒鉛結晶の充填率はいくらか。解答は小数点以下第1位を四捨五入して，下の形式により示せ。

□□%

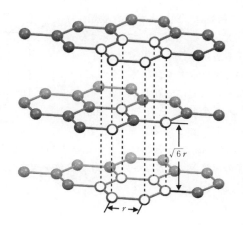

10 物質の構成粒子と状態, 化学量　　　　　　　　2017 年度〔1〕

つぎの記述のうち，正しいものはどれか。なお，正解は 1 つまたは 2 つある。

1．NaI の融点は NaCl の融点よりも高い。
2．20℃，$1.0×10^5$ Pa で液体の単体は 2 つある。
3．大気中の CO_2 分子 1 個の質量はすべて同じである。
4．溶液のモル濃度は温度を変化させても変わらない。
5．原子や分子などが規則正しく配列した状態を固体という。
6．ある分子 1 mol あたりの質量を，その分子の分子量という。
7．標準状態での気体 1 mol あたりの体積は，H_2 のほうが NH_3 よりも大きい。

11 面心立方格子, セン亜鉛鉱型結晶の充填率　　　　2017 年度〔10〕

結晶内の原子またはイオンが空間に占める体積の割合を充填率という。つぎの問に
答えよ。ただし，結晶中の原子またはイオンはすべて球とみなし，$π=3.14$，
$\sqrt{2}=1.41$ とする。

問 i　金属Mの結晶は，面心立方格子をとる。充填率はいくらか。解答は小数点以下
　　第 1 位を四捨五入して，下の形式により示せ。ただし，最も近い原子は互いに接し
　　ているものとする。

　　　　　　　　　　　　　　　　　　　　　　　　　　　　□□ %

問 ii　化合物 MX の結晶は，図に示すセン亜鉛
鉱型構造をとる。X^- イオンは図中太線で示す
立方体の単位格子の各頂点と面の中心に位置し，
M^+ イオンは図中点線で示す 4 個の X^- イオン
からなる四面体空間の中心に位置する。M^+ イ
オンと X^- イオンの半径はそれぞれ 0.600
$\times 10^{-8}$cm，2.00×10^{-8}cm とする。単位格子

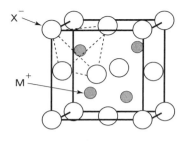

の一辺の長さを 6.00×10^{-8}cm としたときの化合物 MX の充填率は，**問 i** で求め
た金属Mの充填率の何倍か。解答は小数点以下第 3 位を四捨五入して，下の形式に
より示せ。

0.☐☐倍

12 六方最密構造をもつ金属結晶　　　2016 年度〔5〕

下図に示す六方最密構造をもつ金属結晶に関するつぎの問に答えよ。ただし，図中
の丸印は原子位置を示し，太線は単位格子を示している。また，結晶中の原子を球
とみなし，最も近い原子は互いに接しているものとする。$\sqrt{2} = 1.41$，$\sqrt{6} = 2.45$ と
し，アボガドロ定数は 6.02×10^{23}/mol とする。

問 i　図中の灰色で表されている 4 個の原子で形成される正四面体の高さは，単位格
子の高さ c の半分である。c は最近接原子間距離 a の何倍か。解答は小数点以下第
2 位を四捨五入して，下の形式により示せ。

☐.☐倍

問 ii　原子量が 60.2，$a^3 = 3.24 \times 10^{-23}$cm³ のとき，この金属結晶の密度はいくらか。
解答は小数点以下第 2 位を四捨五入して，下の形式により示せ。

☐.☐g/cm³

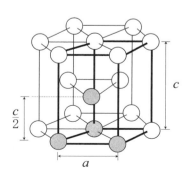

13　金属の結晶　　　　　　　　　　　　　　2015 年度〔3〕

つぎの表に示す金属の結晶に関する下の問に答えよ。ただし，結晶中の各原子を球とみなし，最も近い原子は互いに接しているとする。また，$\sqrt{2}=1.4$，$\sqrt{3}=1.7$ とし，アボガドロ定数は 6.0×10^{23}/mol とする。

金属元素	結晶構造	原子量	単位格子の 1 辺の長さ〔cm〕	単位格子の体積〔cm³〕
ナトリウム	体心立方格子	23	4.3×10^{-8}	8.0×10^{-23}
アルミニウム	面心立方格子	27	4.0×10^{-8}	6.4×10^{-23}
カリウム	体心立方格子	39	5.3×10^{-8}	15×10^{-23}
銅	面心立方格子	64	3.6×10^{-8}	4.7×10^{-23}

問 i　密度が大きい順番に並べると，ナトリウムは何番目になるか。

問 ii　原子半径の大きい順番に並べると，アルミニウムは何番目になるか。

14　イオン化エネルギー，電子親和力，イオン半径　　2015 年度〔6〕

つぎの記述のうち，正しいものはどれか。なお，正解は 1 つまたは 2 つある。

1．Na 原子が電子 1 個を失って Na^+ になるとき，エネルギーが放出される。
2．Cl 原子の電子親和力は，Cl^- から電子 1 個を取り去るのに必要なエネルギーと等しい。
3．単原子イオン O^{2-}，F^-，Mg^{2+} のうち，最もイオン半径が大きいものは Mg^{2+} である。
4．アルカリ金属の単体では，原子半径が大きいほど融点が高くなる。
5．金属に特有の光沢は，自由電子の働きによるものである。
6．水素，重水素，三重水素は互いに同素体である。

15 イオン結晶 　　　　　　　　　　　　　　　　2013年度〔4〕

塩化ナトリウムと塩化セシウムの結晶は，図のような単位格子をもつ。これらの結晶に関する下の問に答えよ。

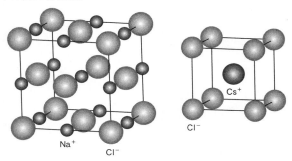

問i 塩化ナトリウムの単位格子内にある塩化物イオンの数は，塩化セシウムの単位格子内にある塩化物イオンの数の何倍か。解答は小数点以下第2位を四捨五入して，下の形式により示せ。

□.□倍

問ii 塩化ナトリウム中の，ある塩化物イオンに最も近いナトリウムイオンの総数は，塩化セシウム中の，ある塩化物イオンに最も近いセシウムイオンの総数の何倍か。解答は小数点以下第3位を四捨五入して，下の形式により示せ。

0.□□倍

問iii 塩化ナトリウム中の，ある塩化物イオン X に最も近いナトリウムイオン A_1，A_2，……を考える。これら A_1，A_2，……に最も近い塩化物イオンのうち，X を除いた塩化物イオンの総数は何個か。

16 同位体 　　　　　　　　　　　　　　　　　　2012年度〔6〕

つぎの文を読み，下の問に答えよ。

放射性同位体には ^{40}K，^{90}Sr，^{131}I，^{137}Cs，^{222}Rn などがある。^{131}I は1原子あたり ア 個の中性子をもち，放射線を放出して，原子番号が1だけ大きい ^{131} イ に変わる。

問i 空欄アに入るべき数値を答えよ。
問ii 空欄イに入るべき元素記号を答えよ。

問iii　つぎの記述のうち，正しいものはどれか。なお，正解は 1 つまたは 2 つある。

1. 天然に存在する原子は必ず 1 個以上の中性子をもつ。
2. ^{2}H は天然には存在しない。
3. ^{14}C は天然には存在しない。
4. ^{40}Ar，^{40}K，^{40}Ca は互いに同位体である。
5. Sr と Ca は同族元素である。
6. Cs はアルカリ土類金属である。
7. 希ガス元素 Rn の最外電子殻には，収容できる最大数の電子が配置されている。

17 面心立方格子，六方最密構造　　　　　　　　2011 年度〔1〕

最密構造に関するつぎの文を読み，下の問に答えよ。ただし，粒子の間の距離とは，粒子の中心の間の距離のことである。

　面心立方格子（立方最密構造）と六方最密構造は，1 種類の球状粒子を三次元空間に最も密に充塡してできる最密構造の代表的な例である。いずれの構造においても，ある粒子 X に接する粒子（粒子 X の最近接粒子）の数は 12 個である。それらは粒子 X から等しい距離にあり，粒子 X を取り囲む。

　粒子 X の最近接粒子いずれかに接する粒子のうち，粒子 X および粒子 X の最近接粒子を除いたものは，粒子 X の 12 個の最近接粒子を取り囲む。しかし，それらは粒子 X から等しい距離にあるわけではない。

問 i　ある粒子 X の 12 個の最近接粒子いずれかに接する粒子のうち，粒子 X および粒子 X の最近接粒子を除いたものの数は何個か。面心立方格子および六方最密構造それぞれの場合について答えよ。

問 ii　問 i で数え上げた粒子は，粒子 X からの距離を用いて分類すると，何種類に分類されるか。面心立方格子および六方最密構造それぞれの場合について考えよ。

問 iii　問 i で数え上げた粒子と粒子 X の間の距離のうち，最も長いものは最も短いものの何倍であるか。面心立方格子および六方最密構造それぞれの場合について答えよ。解答は所定の枠に適切な実数で記入せよ。

面心立方格子の場合　▢ 倍

六方最密構造の場合　▢ 倍

18 同位体と反応の量的関係　2009 年度〔6〕

つぎの文を読み，下の問に答えよ。ただし，各元素の原子量は，H＝1，C＝12，O＝16，Na＝23，Cl＝35.5 とし，また ^{13}C の相対質量を 13 とする。

カルボキシ基の炭素のみが ^{13}C からできている酢酸がある。この酢酸のナトリウム塩 41.0 g と水酸化ナトリウム 24.0 g を混ぜて加熱し，(ア)無色無臭の化合物 **A** を得た。得られた化合物 **A** に 50.0 g の塩素を混合し，紫外線を当てて置換反応を行ったところ，塩素が消失し，(イ)**A** が塩素化されたいくつかの種類の化合物とともに塩化水素が生成した。

問 i　下線(ア)における，化合物 **A** の生成量は何 g か。解答は小数点以下第 2 位を四捨五入して，下の形式により示せ。

□.□ g

問 ii　下線(イ)における，塩化水素の生成量は何 g か。解答は小数点以下第 1 位を四捨五入して，下の形式により示せ。

□□ g

19 黒鉛における燃焼反応の量的関係　2008 年度〔7〕

つぎの文を読み，下の問に答えよ。ただし，黒鉛，一酸化炭素の燃焼熱はそれぞれ 390，280 kJ/mol とする。

容積を変えることで圧力を一定に保つ容器の中に，(ア)物質量の不明な黒鉛と 4.50 mol の酸素を入れ，黒鉛を燃焼させた。燃焼後の容器内の気体は一酸化炭素と二酸化炭素であり，それらの物質量は同じであった。(イ)この状態の容器にさらに酸素を加え，再び燃焼させたところ，容器内に残っていた黒鉛は消失した。燃焼後の容器内の気体は二酸化炭素と酸素であり，両者の物質量の和は，下線(ア)の燃焼後の容器内の気体の物質量と比較して 3.75 倍であった。また，下線(イ)の燃焼で発生した熱量は，下線(ア)の燃焼の場合と比較して 2.90 倍であった。

問 i　下線(ア)で示した燃焼により発生した熱量はいくらか。解答は有効数字 3 桁目を四捨五入して，下の形式により示せ。

□.□ ×10³ kJ

問ii　はじめに容器の中に入れた黒鉛の物質量はいくらか。解答は小数点以下第 1 位を四捨五入して，下の形式により示せ。

$$\boxed{}\boxed{}\,\text{mol}$$

問iii　下線(イ)の燃焼の際に新たに加えた酸素の物質量はいくらか。解答は小数点以下第 1 位を四捨五入して，下の形式により示せ。

$$\boxed{}\boxed{}\,\text{mol}$$

20　混合気体における反応の量的関係　　　　2007 年度〔1〕

容積を変えることで圧力を一定に保つ容器の中に，エタン，エチレン，アセチレンの混合気体が入っている。各気体の物質量の総和は 1.00 mol である。25℃でこの容器に水素と白金触媒を加えて十分に長い時間反応させたところ，反応後の 25℃における容積は水素を加えた直後の容積の $\dfrac{5}{8}$ に減少した。つぎに容器内の白金触媒を取り除き，(ア)十分な量の酸素を加えて完全燃焼させたところ，1850 kJ の発熱があった。一方，(イ)水素を加える前の混合気体を完全燃焼させると，1400 kJ の発熱があることがわかっている。つぎの問に答えよ。ただし，白金触媒の体積は無視でき，気体はすべて理想気体としてふるまうものとする。また，エタン，エチレン，アセチレン，水素の燃焼熱はそれぞれ 1560，1410，1300，290 kJ/mol とする。

問i　つぎの記述のうち，正しいものはどれか。なお，正解は 1 つまたは 2 つある。
1．エタン，エチレン，アセチレンを完全燃焼させると，生成する二酸化炭素 1 mol あたりの発熱量が一番大きいものはアセチレンである。
2．エタン，エチレン，アセチレンを完全燃焼させると，生成する水 1 mol あたりの発熱量が一番大きいものはエタンである。
3．エタン，エチレン，アセチレンを完全燃焼させると，消費される酸素 1 mol あたりの発熱量が一番大きいものはアセチレンである。
4．下線(ア)と(イ)で示した燃焼で生成する二酸化炭素の物質量は(ア)の方が多い。
5．下線(ア)と(イ)で示した燃焼で消費される酸素の物質量は(ア)の方が多い。

問ii　下線(ア)で示した燃焼で生成した水の物質量はいくらか。解答は小数点以下第 2 位を四捨五入して，下の形式により示せ。

$$\boxed{}.\boxed{}\,\text{mol}$$

問iii　下線(イ)で示した燃焼で生成する水の物質量はいくらか。解答は小数点以下第 2 位を四捨五入して，下の形式により示せ。

$$\boxed{}.\boxed{}\,\text{mol}$$

21 金属単体の結晶

2007 年度〔3〕

金属の単体の結晶に関するつぎの問に答えよ。ただし，ある原子の中心から他の原子の中心までの距離を原子間距離といい，結晶中で，ある原子から最も近い位置にある原子を最近接原子，最近接原子までの距離を最近接原子間距離という。また，アボガドロ数は 6.02×10^{23}，平方根および立方根（三乗根）の値は本問題末尾の表のとおりとする。

問 i つぎの記述のうち，誤っているものはどれか。なお，正解は1つまたは2つある。

1. 面心立方格子では単位格子あたりの原子の数は4個である。
2. 体心立方格子では単位格子あたりの原子の数は2個である。
3. 面心立方格子の単位格子の一辺の長さは，最近接原子間距離の $\sqrt{2}$ 倍である。
4. 体心立方格子の単位格子の一辺の長さは，最近接原子間距離の $\sqrt{3}$ 倍である。
5. 面心立方格子では1つの原子に対する最近接原子の数は8個である。
6. 体心立方格子では1つの原子に対する最近接原子の数は8個である。

問 ii つぎの表に示す金属の結晶を，最近接原子間距離が短いものから順に並べると，銀は何番目になるか。

金　　　属	結晶構造	モル質量 M〔g/mol〕	結晶の密度 D〔g/cm³〕	M/D 〔cm³/mol〕
リ チ ウ ム	体心立方格子	6.94	0.536	12.9
アルミニウム	面心立方格子	27.0	2.70	10.0
鉄	体心立方格子	56.0	7.81	7.17
銀	面心立方格子	108	10.5	10.3

問 iii 問 ii の4種類の結晶の最近接原子間距離のうち，最大のものは最小のものの何倍か。解答は小数点以下第2位を四捨五入して，下の形式により示せ。

□.□倍

平方根，立方根（三乗根）表

	2.00	3.00	4.00	5.00	6.00	7.00	8.00	9.00	10.0
平方根	1.41	1.73	2.00	2.24	2.45	2.65	2.83	3.00	3.16
立方根	1.26	1.44	1.59	1.71	1.82	1.91	2.00	2.08	2.15

22　水素吸蔵合金　　　　　　　　　　　　　2006年度〔6〕

水素と酸素の反応を利用して電気エネルギーを取り出す燃料電池の本格的な普及に際し，水素の安全な輸送手段の確立が求められている。この手段の一つとして水素を可逆的に吸収・放出することのできる水素吸蔵合金の利用が検討されている。水素と水素吸蔵合金に関するつぎの**問ⅰ～ⅲ**に答えよ。

問ⅰ　つぎの記述のうち，誤っているものはどれか。なお，正解は1つまたは2つある。

1．地球上にある水素原子の大部分は質量数1のものであるが，質量数2，3の同位体も存在する。

2．常温常圧で水素は最も密度が小さい気体である。

3．1molの水素と0.5molの酸素を混ぜて点火すると，爆発的に反応し0.5molの水を生じる。

4．熱した酸化銅(Ⅱ)に水素を作用させると，水素が酸化銅(Ⅱ)から酸素を奪い，金属銅が生じる。

5．水素は亜鉛や鉄に希硫酸を加えると発生するが，鉛に希硫酸を加えてもほとんど発生しない。

6．水素の水に対する溶解度は，二酸化炭素の水に対する溶解度より小さい。

問ⅱ　水素吸蔵合金は水素を原子として吸収する。鉄とチタンからなる水素吸蔵合金に関するつぎの問に答えよ。ただし，鉄原子，チタン原子，水素原子はそれぞれ 1.17×10^{-8} cm，1.33×10^{-8} cm，3.30×10^{-9} cm の半径をもつ球とし，$\sqrt{2}=1.41$，$\sqrt{3}=1.73$，$\sqrt{5}=2.24$ とする。

問A　図1のように，この合金の結晶の単位格子は立方体であり，α面では図2のように対角線上の原子が互いに接している。鉄原子間の最短距離（鉄原子の中心間の最短距離）はいくらか。解答は有効数字3桁目を四捨五入して，下の形式により示せ。

$$\boxed{}.\boxed{}\times10^{-8}\text{cm}$$

問B　この合金が最大量の水素を吸収したとき，図3のように2つの鉄原子と4つのチタン原子がつくる八面体の中心すべてに水素原子が入るとする。このとき，水素原子が鉄原子またはチタン原子のいずれかと接するように原子間を押し広げ，単位格子は立方体を保ったまま膨張する。鉄原子間の最短距離はいくらか。解答は有効数字3桁目を四捨五入して，下の形式により示せ。

$$\boxed{}.\boxed{}\times10^{-8}\text{cm}$$

問C 水素を最大量吸収したとき，合金中の水素の質量パーセントはいくらか。ただし，各元素の原子量は，H = 1，Ti = 48，Fe = 56 とする。解答は小数点以下第2位を四捨五入して，下の形式により示せ。

□.□ %

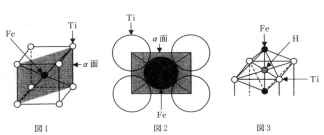

図1と図3は原子の位置のみを示したものであり，図2は原子の大きさも考慮して描かれている。

問ⅲ 水素吸蔵合金の1つにマグネシウムとニッケルの合金がある。つぎの**ア〜ウ**は，水素を吸収したマグネシウムとニッケルの合金を試料として，その組成を調べるために行った実験と結果である。

ア．11.50 g の試料を塩酸に完全に溶解したところ，0.410 mol の水素ガスが生じた。この反応で，合金に含まれていたマグネシウムとニッケルはともに2価のイオンになり，吸収されていた水素は気体として放出された。

イ．得られた水溶液を適当な条件下で電気分解したところ，陰極では，1種類の金属イオンだけがすべて金属として析出し，さらに 0.300 mol の水素ガスが発生した。

ウ．イの電気分解に必要な電気量は，アで発生した水素ガスを燃料電池で完全に水に変換したときに得られる電気量に等しかった。

試料 11.50 g 中には何 g の水素が吸収されていたか。解答は小数点以下第3位を四捨五入して，下の形式により示せ。ただし，燃料電池の負極では水素ガスが H^+ に酸化され，正極では負極から移動した H^+ と酸素から水を生じる。また，各元素の原子量は，H = 1，Mg = 24，Ni = 59 とする。

0.□□ g

23 元素の周期律，化学結合，分子間力　　　2005 年度〔1〕

つぎの記述のうち，誤っているものはどれか。なお，正解は1つまたは2つある。

1．希ガス原子の第一イオン化エネルギーは，原子番号が大きくなるにつれて小さくなる。

2．K^+ と Cl^- は同じ電子配置をもつが，イオンの大きさは K^+ の方が小さい。

3．アンモニア分子に水素イオンが配位結合した NH_4^+ では，4つの N−H 結合の結合エネルギーがすべて等しい。

4．分子内に極性をもつ共有結合がある場合，その分子は極性分子である。

5．ハロゲン化水素の沸点は，分子量が大きくなるにつれて高くなる。

24 クロム結晶とニッケル結晶　　　　　2005年度〔4〕

クロム結晶の単位格子は体心立方格子，ニッケル結晶の単位格子は面心立方格子である。結晶の中で，1つの原子からみて最も近い位置にある原子を最近接原子，2番目に近い位置にある原子を第2近接原子と呼ぶ。結晶内の1つの原子からその最近接原子までの距離は，クロム結晶とニッケル結晶で等しいとみなせる。下の問に答えよ。ただし，各元素の原子量は，Cr = 52.0，Ni = 58.7 とし，$\sqrt{2}=1.41$，$\sqrt{3}=1.73$，$\sqrt{6}=2.45$ とする。

問i つぎの記述のうち，誤っているものはどれか。なお，正解は1つまたは2つある。

1．単位格子中に含まれる原子の数を比べると，クロム結晶はニッケル結晶の0.5倍である。

2．単位格子の1辺の長さを比べると，クロム結晶はニッケル結晶の $\sqrt{\dfrac{2}{3}}$ 倍である。

3．最近接原子の数を比べると，クロム結晶はニッケル結晶の $\dfrac{2}{3}$ 倍である。

4．結晶内の1つの原子からその第2近接原子までの距離を比べると，クロム結晶はニッケル結晶の $\sqrt{\dfrac{2}{3}}$ 倍である。

5．第2近接原子の数を比べると，クロム結晶はニッケル結晶の $\dfrac{2}{3}$ 倍である。

問ii 同じ質量のクロム結晶とニッケル結晶を比べると，クロム結晶の体積はニッケル結晶の体積の何倍か。解答は小数点以下第2位を四捨五入して，下の形式により示せ。

□．□倍

25　酸素の同位体存在比　　　　　　　　　　　　　　2005 年度〔9〕

酸素の同位体として ^{16}O と ^{18}O だけを含む酸化鉄（Ⅲ）の粉末がある。この酸化鉄（Ⅲ）65.50 g を Fe まで完全に還元したところ，質量が 20.70 g 減少した。この酸化鉄（Ⅲ）に含まれる ^{16}O と ^{18}O の物質量の比はいくらか。

解答は小数点以下第 3 位を四捨五入して，下の形式により示せ。ただし，Fe の原子量は 56，^{16}O の相対質量は 16，^{18}O の相対質量は 18 とする。

$$^{16}O \text{ の物質量} : {}^{18}O \text{ の物質量} = 0.\boxed{} : 1$$

26　結合の極性，固体の性質　　　　　　　　　　　　2004 年度〔1〕

つぎの記述のうち，誤っているものはどれか。なお，正解は 1 つまたは 2 つある。

1．メタンは C−H 結合が極性をもっているため極性分子である。

2．水分子に水素イオン H^+ が配位結合してできるオキソニウムイオン H_3O^+ では，3 つの O−H 結合はすべて同等で区別できない。

3．塩化水素よりフッ化水素の沸点が高いのは，分子間の水素結合がより強いからである。

4．分子量がほぼ等しいにもかかわらず，メタノールの沸点がエタンの沸点に比べて著しく高いのは，分子間に静電気的な引力が働くからである。

5．金属結晶内のすべての原子は，すべての自由電子を共有することによって互いに結合している。

6．イオン同士が強く結びついた NaCl は，加熱融解しても電気を通さない。

7．結晶内に平面的な網目構造をもつ黒鉛では，平面構造の中を自由に動ける電子があるため，電気をよく通す。

27　Ba 結晶と BaO 結晶　　　　　　　　　　　　　　2004 年度〔4〕

バリウム結晶の単位格子は体心立方格子である。また，酸化バリウムの結晶は塩化ナトリウムと同様の結晶構造をもち，Ba^{2+} 間の最短距離はバリウムの結晶における Ba 間の最短距離の 0.90 倍である。つぎの記述のうち，誤っているものはどれか。ただし，各元素の原子量は O=16，Ba=137 とし，$\sqrt{2}=1.41$，$\sqrt{3}=1.73$，$\sqrt{5}=2.24$ とする。なお，正解は 1 つまたは 2 つある。

1．BaO 結晶において，Ba^{2+} 間の最短距離は O^{2-} 間の最短距離に等しい。

2．BaO 結晶中の 1 つの Ba^{2+} に隣接している O^{2-} の数は，Ba 結晶中の 1 つの Ba に隣接している Ba の数より少ない。

3．Ba 結晶中の 1 つの Ba とそれに 2 番目に近い Ba との距離は，BaO 結晶中の 1 つの Ba^{2+} と，Ba^{2+} の中でそれと 2 番目に近い Ba^{2+} との距離より短い。

4．Ba 結晶の単位格子の体積は，BaO 結晶の単位格子の体積より小さい。

5．ある Ba 結晶を酸化して BaO 結晶としたとき，その結晶の体積は $0.90^3 \times 3\sqrt{6}/8$ 倍となる。

6．Ba 結晶の密度は，BaO 結晶の密度より大きい。

第２章 物質の状態・状態変化

28 純物質の状態変化と状態図　　　　　　　　2023 年度〔6〕

下図はある純物質の状態図である。この物質に関するつぎの記述のうち，誤っているものはどれか。なお，正解は１つまたは２つある。

1. 点Aにおける温度よりも低い温度でこの物質を昇華させることができる。
2. 点Aを除く曲線 AB 上のある点における温度を，その点の圧力におけるこの物質の融点あるいは凝固点という。
3. 曲線 AC をこの物質の蒸気圧曲線という。
4. 点Dの温度と圧力のとき，この物質の状態は気体である。
5. 温度一定の条件下で圧力を上げることにより，この物質を固体から液体に変化させることができる。
6. 各状態におけるこの物質の比熱は温度によらず一定とし，点Eにおける比熱を H_1〔J/(g·K)〕，点Fにおける比熱を H_2〔J/(g·K)〕とする。この物質を一定の圧力 P で点Eから点Fに変化させたとき，この物質 1g が吸収する熱量は $H_1(T_2-T_1)+H_2(T_3-T_2)$〔J〕である。

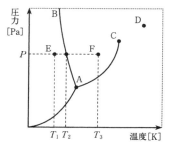

29 理想気体と実在気体，蒸気圧　　　　　　　　2023 年度〔8〕

気体に関するつぎの記述のうち，誤っているものはどれか。ただし，圧力を p，体積を V，物質量を n，気体定数を R，絶対温度を T としたときに，$Z=\dfrac{pV}{nRT}$ とする。なお，正解は１つまたは２つある。

1. 実在気体において，分子間力を無視し，分子自身の体積の影響のみを考慮すると，

Z は 1 より小さくなる。

2．300 K，1×10^7 Pa の状態より，400 K，1×10^5 Pa の状態の方が，水素分子の Z は 1 に近い。

3．標準状態では，メタンの Z よりアンモニアの Z の方が小さい。

4．気体を水上置換で捕集するとき，水温が高いほど捕集される気体の純度は低下する。

5．温度 T，圧力 p，体積 V の理想気体 **A** と，温度 T，圧力 $2p$，体積 $\dfrac{V}{2}$ の理想気体 **B** がある。**A** と **B** を体積 $2V$ の 1 つの容器に入れて温度 $2T$ にすると，全圧は $2p$ になる。ただし，**A** と **B** は化学反応しないものとする。

6．室温での水の飽和蒸気圧を p とする。室温でアルゴンと水蒸気を 1 つの容器に入れ，全圧を $4p$ としたとき，水蒸気圧は $\dfrac{p}{2}$ であった。これを温度一定のまま圧縮し，全圧を $6p$ にした。すべての気体は理想気体としてふるまうものとすると，アルゴンの分圧は $5p$ である。

30 CH$_4$ の燃焼反応と気体の溶解度　　　　2023 年度〔9〕

右図の容積一定の断熱容器内に水 1.0 L と CO$_2$ 5.9×10^{-2} mol を入れ，CH$_4$ と O$_2$ を密封した体積一定の反応容器を水中に沈めて，293 K で平衡状態にした。このとき，図の矢印で示す空間（上部スペース）の CO$_2$ の圧力は 1.0×10^5 Pa であった。

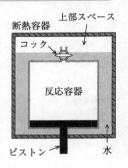

その後，CH$_4$ を完全燃焼させたところ，反応容器の外側の水温が 313 K に上昇した。続いて反応容器のコックを開けて，ピストンを動かして反応容器内の気体をすべて上部スペースに移動させ，313 K で平衡状態にした（状態 **A**）。

つぎに示す値を用いて，下の問に答えよ。なお，CO$_2$ は理想気体としてふるまい，水の体積は温度や圧力および気体の溶解によらず一定とし，CH$_4$ の燃焼で発生した熱量は反応容器外の水を 293 K から 313 K まで変化させるのに必要な熱量に等しいとする。

　　　水の比熱 4.2 J/(g·K)，水の密度 1.0 g/cm^3

　　　圧力 1.0×10^5 Pa のときの水 1.0 L に対する CO$_2$ の溶解度

　　　　　3.9×10^{-2} mol（293 K），2.4×10^{-2} mol（313 K）

　　　反応容器内で CH$_4$ 1 mol が燃焼するときに発生する熱量 8.4×10^2 kJ

問 i　状態 **A** において上部スペースにある CO_2 の物質量はいくらか。状態 **A** における CO_2 の分圧を p〔Pa〕として下の形式により示せ。

$$\boxed{}.\boxed{}\times10^{-7}\times p \text{〔mol〕}$$

問 ii　p〔Pa〕はいくらか。解答は下の形式により示せ。

$$\boxed{}.\boxed{}\times10^5\,\text{Pa}$$

31　固体，気体の溶解度，希薄溶液，コロイドの性質　　2022年度〔8〕

つぎの記述のうち，正しいものはどれか。なお，正解は1つまたは2つある。

1．水に対する電解質の溶解度は，電解質の種類によらず温度上昇とともに大きくなる。
2．水に対する気体の溶解度は，温度（K）に反比例する。
3．純溶媒に不揮発性の物質を溶かした溶液の沸点は，その溶媒の沸点よりも高い。
4．希薄溶液の浸透圧は，溶媒や溶質の種類によらず溶液の温度上昇とともに低下する。
5．ある温度における溶液のモル濃度は，溶媒1Lあたりに溶けている溶質の物質量で表される。
6．コロイド粒子は溶液中で不規則に動いている。これをチンダル現象という。
7．疎水コロイドにおいては，コロイド粒子と同一符号の電荷を持った価数の大きなイオンほど，凝析を起こしやすい。

32　イオン化エネルギー，物質の状態変化　　2021年度〔7〕

つぎの記述のうち，誤っているものはどれか。なお，正解は1つまたは2つある。

1．第6周期までの同一周期の元素で比較すると，第1イオン化エネルギーが最も大きいのは貴ガスである。
2．第6周期までの遷移元素はすべて金属元素である。
3．圧力一定の条件下で液体の温度を徐々に下げていくと，凝固点よりも低い温度で凝固しないことがある。
4．SiH_4 と H_2S は分子量がほぼ同じであるが，沸点は SiH_4 よりも H_2S のほうが高い。
5．密閉容器内に入れた液体がある温度で気液平衡の状態にあるとき，液体の量が多いほど蒸気圧は高い。

6．温度一定の条件下で圧力が増加すると，固体から液体に変化する物質がある。

7．液体とも気体とも明確に区別できない状態になる物質がある。

33　凝固点降下

つぎの文を読み，下の問に答えよ。

　水素イオン H^+ と陰イオン A^- からなる化合物 HA は水溶液中では単量体として存在し，その水溶液は酸性を示す。HA をベンゼンに溶解すると，HA は電離せず，すべての分子が二量体を形成する。

$$2HA \longrightarrow (HA)_2$$

　ベンゼン 100 g に 2.20 g の HA を完全に溶解したところ，その溶液の凝固点は 4.890℃ であった。水 100 g に 0.500 g の HA を完全に溶解したところ，その水溶液の凝固点は $-0.185℃$ であった。ただし，ベンゼンの凝固点は 5.530℃ であり，ベンゼンおよび水のモル凝固点降下はそれぞれ 5.12 K·kg/mol，および 1.85 K·kg/mol とする。また，すべての溶液は希薄溶液としてふるまうものとする。

問 i　HA の分子量はいくらか。解答は小数点以下第 1 位を四捨五入して，下の形式により示せ。

□□

問 ii　HA 水溶液について，凝固点における HA の電離度はいくらか。解答は小数点以下第 3 位を四捨五入して，下の形式により示せ。

0.□□

34 浸透圧 2021年度〔10〕

図のような固定された半透膜と2つの左右に動く可動壁で4つの部屋に仕切られた容器がある。それぞれの部屋の体積がすべて V_0〔L〕になるように可動壁を固定した上で，半透膜と可動壁の間の2つの部屋を図のようにモル濃度 C_1〔mol/L〕のスクロース水溶液と純水で満たし，両端の部屋は圧力 P_0〔Pa〕の理想気体で満たした。可動壁を自由に動けるようにしたところ，体積 ΔV〔L〕（>0）の水が半透膜を透過して平衡状態に達し，左端の部屋の圧力は P_1〔Pa〕，右端の部屋の圧力は P_2〔Pa〕となった。つぎの問に答えよ。ただし，すべての実験を通じて温度は T〔K〕で一定であり，気体定数を R〔Pa・L/(mol・K)〕とする。半透膜は水のみを透過させ，浸透圧はファントホッフの法則に従う。スクロース水溶液と純水の変化した体積は透過した水の体積に等しく，圧力には依存しないものとする。

問 i $\dfrac{\Delta V}{V_0}=X$ とするとき，$\dfrac{P_1-P_2}{P_0}$ を X のみを用いて示せ。

問 ii $\dfrac{P_0}{RT}=C_0$ とするとき，X を C_0 および C_1 を用いて示せ。

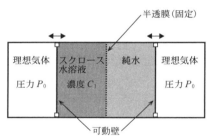

35 気体の法則，理想気体と実在気体 2020年度〔2〕

つぎの記述のうち，誤っているものはどれか。ただし，気体定数は 8.31×10^3 Pa・L/(mol・K) とする。なお，正解は1つまたは2つある。

1．27℃，1.0×10^5 Pa において，10L の理想気体がある。この気体を127℃，5.0×10^5 Pa にすると，体積は4.0L になる。
2．気体の状態方程式は，物質量が n〔mol〕の理想気体について，ボイル・シャルルの法則を表したものである。
3．127℃，8.31×10^4 Pa において，分子量40の理想気体1.0L の質量は1.0g であ

る。

4．実在気体が理想気体と異なるふるまいをするのは，分子自身に体積があり，また，分子間力がはたらくためである。

5．27℃において，$2.0 \times 10^5\,\mathrm{Pa}$ の窒素 3.0L と $1.0 \times 10^5\,\mathrm{Pa}$ の酸素 4.0L を 10L の空の容器に入れた。それぞれを理想気体とすると，この混合気体の全圧は $1.0 \times 10^5\,\mathrm{Pa}$ となる。

6．水素を水上置換で捕集するとき，捕集する容器の内側と外側の水面の高さを一致させると，捕集した水素の圧力は大気圧と等しくなる。

36 気体の溶解度 　　　　　　　　　　　　　2020 年度〔4〕

温度 25℃，圧力 $1.00 \times 10^5\,\mathrm{Pa}$ で行ったつぎの**実験**に関する記述を読み，下の問に答えよ。

実験 空気（体積百分率で窒素：80.0 %，酸素：20.0 %）と溶解平衡にある水がある。この水 1.00L を自由に可動するピストンのついた容器に注入し，容器内を水で満たした。このとき，容器内の水に V_0〔mL〕の酸素が溶けていた。

　　溶解平衡を保ちながらアルゴンをゆっくり注入し，容器内の気体部分の体積を 0.120L とした（操作 1 回目）。このとき，容器内の水に V_1〔mL〕の酸素が溶けていた。

　　ピストンを押して容器内から気体部分だけを追い出し，上と同様に再びアルゴンを注入して，気体部分の体積を 0.120L とした（操作 2 回目）。このとき，容器内の水に V_2〔mL〕の酸素が溶けていた。同様の操作をくり返したところ，操作 n 回目で容器内の水に V_n〔mL〕の酸素が溶けていた。

ただし，気体はすべて理想気体としてふるまい，気体の水への溶解はヘンリーの法則に従う。また，V_0，V_1，V_2，…，V_n は 25℃，$1.00 \times 10^5\,\mathrm{Pa}$ における体積である。25℃，$1.00 \times 10^5\,\mathrm{Pa}$ の窒素，酸素，アルゴンは水 1.00L に，それぞれ 15.0mL，30.0mL，32.0mL 溶ける。また，容器内の圧力は常に $1.00 \times 10^5\,\mathrm{Pa}$ に保たれており，水の蒸気圧と体積変化は無視できる。

問 i 　V_1 はいくらか。解答は小数点以下第 2 位を四捨五入して，下の形式により示せ。

$$\Box . \Box\,\mathrm{mL}$$

問 ii 　V_n が初めて V_0 の 1/1000 以下となるのは n がいくらのときか。

$$\Box\Box$$

37 蒸気圧降下と沸点上昇　　　　　　　　　2019 年度〔10〕

圧力 P_0〔Pa〕における沸点が T_b〔K〕の溶媒がある。温度 T〔K〕におけるこの溶媒の蒸気圧は，$AT+B$〔Pa〕（A〔Pa/K〕と B〔Pa〕は正の定数）で表された。また，この溶媒に不揮発性の非電解質を溶かして作った，質量モル濃度が C〔mol/kg〕の希薄溶液の蒸気圧は，いずれの温度においても溶かす前と比べて kCP_0〔Pa〕（k〔kg/mol〕は正の定数）だけ減少した。この溶媒のモル沸点上昇 K_b〔K·kg/mol〕を求めよ。解答は A, B, C, k, T_b のうち，必要な記号を用いて示せ。

$$K_b = \boxed{}\ \text{〔K·kg/mol〕}$$

38 理想気体と実在気体，気体の溶解度　　　　2018 年度〔6〕

つぎの記述のうち，正しいものはどれか。なお，正解は 1 つまたは 2 つある。

1．理想気体の体積は，圧力を一定にして，温度を 50℃ から 100℃ に変化させると 2 倍になる。
2．理想気体の体積は，温度が一定のとき，圧力に比例する。
3．実在気体のふるまいは，標準状態と比べて十分に高温かつ低圧になると理想気体に近づく。
4．実在気体の体積は，圧力，温度，物質量が同じ理想気体の体積より常に小さい。
5．水に対する気体のアンモニアの溶解度は，アンモニアの圧力に比例する。
6．水に対する気体のアンモニアの溶解度は，温度が高くなると増加する。

39 水溶液の浸透圧と沸点上昇 　　　2018年度〔10〕

図のようなシリンダー中で，浸透圧の実験を温度 T〔K〕の下で行った。半透膜を通過しない非電解質の溶質を含んだ希薄水溶液が，半透膜をはさんで水と正対している。希薄水溶液に圧力 P_1〔Pa〕，水に圧力 P_0〔Pa〕をピストン越しに加え，それぞれの体積が図のように V_1〔L〕と V_0〔L〕になって平衡状態に達したところで，希薄水溶液をシリンダーから外に取り出した。この取り出した希薄水溶液の沸点上昇度 ΔT〔K〕を求めよ。

ただし，水のモル沸点上昇を K_b〔K・kg/mol〕，気体定数を R〔Pa・L/(mol・K)〕とし，解答は P_0, P_1, V_0, V_1, T, K_b, R のうち必要な記号を用いて示せ。また，水1Lあたりの質量は1kgであり，圧力変化および溶質の溶解による水の体質変化は無視できるものとする。

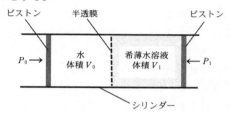

40 酢酸蒸気における単量体と二量体の分圧比 　　　2017年度〔4〕

容積 0.831 L の密閉容器内に酢酸を入れて温度を 440 K としたところ，酢酸はすべて気体となり，単量体 CH_3COOH と二量体 $(CH_3COOH)_2$ が存在する平衡状態となった。このとき気体の全圧は 4.40×10^5 Pa であった（状態**A**）。これをさらに加熱すると，すべての酢酸が無水酢酸となった。容器内の温度を 440 K にもどしたところ，無水酢酸と水のみが気体として存在し，気体の全圧は 7.70×10^5 Pa となった。状態**A**における酢酸の単量体の分圧 P_M〔Pa〕と二量体の分圧 P_D〔Pa〕の比はいくらか。解答は小数点以下第3位を四捨五入して，下の形式により示せ。ただし，各成分気体は理想気体としてふるまうものとする。また，気体定数は 8.31×10^3 Pa・L/(mol・K) とする。

$$\frac{P_M}{P_D} = 0.\boxed{}\boxed{}$$

41　容積一定条件下における気体の溶解度　　　2017年度〔5〕

温度 T〔K〕の条件で，容積 V_1〔L〕の密閉容器に圧力 P_1〔Pa〕の窒素を充てんし，さらに，窒素が溶け込んでいない水 $V_1/2$〔L〕を加えたところ，窒素の圧力は最終的には一定の値 P〔Pa〕となった。P を求めよ。

ただし，温度 T〔K〕において圧力 P_0〔Pa〕の窒素が1Lの水に溶け込む体積を V_0〔L〕とする。また，窒素は理想気体としてふるまうものとし，窒素が溶け込んでも水の体積は変化しないものとする。気体定数を R〔Pa·L/(mol·K)〕とし，解答は T, R, P_0, P_1, V_0, V_1 のうち必要なものを用いて示せ。

42　コロイド溶液の性質　　　2015年度〔7〕

つぎのコロイド溶液に関する記述のうち，誤っているものはどれか。なお，正解は1つまたは2つある。

1．コロイド粒子は可視光を散乱する。
2．牛乳は水が分散媒のコロイドである。
3．水酸化鉄(Ⅲ)のコロイドは疎水コロイドである。
4．1分子で形成されるコロイド粒子がある。
5．親水コロイドに大量の電解質を加えると，コロイド粒子が集まり沈殿する。
6．コロイド粒子のブラウン運動は，分散質どうしの衝突が原因で起こる。

43　固体の溶解度と溶解熱　　　2015年度〔10〕

ある塩の溶解に関する実験1～2を行った。下の問に答えよ。ただし，実験に用いた塩の溶解熱 Q は温度および濃度に依存しない。また，この塩の溶解度は40.0℃で70.0〔g/水100g〕であり，この実験の範囲内では溶液の温度が下がると1℃あたり2.00〔g/水100g〕ずつ減少するものとする。容器内の物質の比熱はすべて4.00J/(g·K)とする。

実験1　断熱容器内に40.0℃の水100gと40.0℃の塩100gを入れて混合した。十分な時間が経過すると，溶液の温度が25.0℃となった。この状態をAとする。
実験2　状態Aに25.0℃の水100gを加えて混合し，十分な時間経過させた。この状態をBとする。

問 i　実験に用いた塩の溶解熱 Q はいくらか。解答は有効数字 3 桁目を四捨五入して，下の形式により示せ。ただし，実験に用いた塩の式量は 100 とする。

$$Q = -\boxed{}\ \text{kJ/mol}$$

問 ii　状態 B における溶液の温度はいくらか。解答は有効数字 3 桁目を四捨五入して，下の形式により示せ。

$$\boxed{}\ ℃$$

44　水溶液の性質　　　　　　　　　　　　　　　2014 年度〔5〕

つぎの記述のうち，正しいものはどれか。なお，正解は 1 つまたは 2 つある。

1．0℃の氷水中の氷がすべて解けて 0℃の水になっても，温度が変わらないので氷水と外部との間のエネルギーのやり取りはない。
2．水に食塩を溶かすと凝固点が降下するのは，食塩の溶解が吸熱反応であることが原因である。
3．断熱容器中で，0℃の食塩水中に 0℃の氷を入れると，氷の体積は増える。
4．食塩水にレーザー光を通すと，食塩水中の光の通路が輝いて見える。
5．水に対する水酸化ナトリウムの溶解熱は負である。
6．食塩が溶けきれず沈殿している飽和食塩水では，沈殿している食塩が溶液に溶け出す速さと，溶液から食塩が析出する速さは等しい。

45　混合気体の圧力，水蒸気圧　　　　　　　　　　2014 年度〔7〕

容積 16.6 L で一定の容器内に，0.880 g のプロパン（C_3H_8）と 6.40 g の酸素を導入し，C_3H_8 を完全燃焼させたのち，容器内の温度を 300 K とした。このとき，容器内の気体の全圧はいくらか。解答は有効数字 3 桁目を四捨五入して，下の形式により示せ。ただし，すべての気体は理想気体としてふるまい，気体の水への溶解は無視できるものとする。また，温度 300 K での水の飽和蒸気圧は 3.60×10^3 Pa，気体定数は 8.3×10^3 Pa·L/(K·mol) とし，各分子の分子量は，$H_2O = 18$，$O_2 = 32$，$CO_2 = 44$，$C_3H_8 = 44$ とする。

$$\boxed{}.\boxed{} \times 10^4\ \text{Pa}$$

46 固体の溶解度，希薄溶液の性質 2014年度〔8〕

Na$_2$SO$_4$水溶液を用い，つぎの実験1〜3を行った。下の問に答えよ。ただし，水溶液中で溶質は完全に電離しているものとする。また，実験1，2では水の蒸発は無視できるものとし，実験3では水蒸気は理想気体としてふるまうものとする。Na$_2$SO$_4$の式量を142，H$_2$Oの分子量を18とする。

実験1　80℃の飽和Na$_2$SO$_4$水溶液50.0gを20℃まで冷却したところ，Na$_2$SO$_4$·10H$_2$Oの結晶が沈殿した。この状態を**A**とする。

実験2　状態**A**の上ずみ液10.0gに水50.0gを加え，−1.35℃まで冷却したところ，氷が析出した。この状態を**B**とする。

実験3　容器の容積を変化させることで圧力を1.01×10^{5}Paで一定に保つことのできる密閉容器内に，1.42gのNa$_2$SO$_4$を水50.0gに溶かした希薄水溶液を入れた。この容器を加熱したところ，沸騰している希薄水溶液と水蒸気が共存し，水蒸気の体積が一定の平衡状態となった。この状態を**C**とする。つづいて状態**C**から容器内の溶液を取り除き，容器内の温度を300℃にしたところ，容器内の水蒸気の体積は状態**C**における水蒸気の体積のa倍となった。

問i　状態**A**において析出したNa$_2$SO$_4$·10H$_2$Oの質量はいくらか。解答は小数点以下第1位を四捨五入して，下の形式により示せ。ただし，Na$_2$SO$_4$の溶解度〔g/水100g〕は20℃では20.0，80℃では43.0とする。

$\boxed{}$g

問ii　状態**B**において析出した氷の質量はいくらか。解答は小数点以下第1位を四捨五入して，下の形式により示せ。ただし，状態**B**においてNa$_2$SO$_4$水溶液は希薄溶液としてふるまうものとする。また，水のモル凝固点降下は1.85K·kg/molとする。

$\boxed{}$g

問iii　状態**C**における希薄水溶液中の水の質量は，下の式で表される。式中の$\boxed{}$をaを用いて表せ。ただし，水のモル沸点上昇をK_b〔K·kg/mol〕とする。

$\boxed{}$×K_b〔g〕

47 希薄水溶液の性質　　　　　　　　　　　　2013 年度〔1〕

希薄水溶液の性質に関するつぎの記述のうち，正しいものはどれか。ただし，水の
モル凝固点降下，モル沸点上昇はそれぞれ K_f〔K・kg/mol〕，K_b〔K・kg/mol〕とす
る。また溶質はすべて不揮発性であるとする。なお，正解は 1 つまたは 2 つある。

1．定温定圧下で，水溶液の浸透圧は重力加速度の大きさに依存して変化する。
2．定温定圧下で，同じ質量モル濃度のショ糖と塩化ナトリウムの水溶液では，それ
　らの浸透圧は等しい。
3．1 mol の溶質を M〔kg〕の水に溶かしたとき，その水溶液の沸点上昇度は K_b/M
　〔K〕より大きくなることはない。
4．水に食塩を溶かすと，水の蒸気圧は減少する。
5．尿素 1 mol を水に溶かしてできた m〔kg〕の水溶液の凝固点降下度は K_f/m〔K〕
　である。

48 気体の溶解度　　　　　　　　　　　　　　2013 年度〔2〕

容積を変えることのできる 3 つの密閉容器ア～ウに，それぞれ気体の溶解していな
い 1.00 L の水を入れて，つぎの**実験 1 ～ 5** を行った。下の問に答えよ。ただし，
気体はすべて理想気体としてふるまい，ヘンリーの法則に従って水に溶解し，速や
かに平衡状態に達するものとする。また，水の飽和蒸気圧は 300 K において
$4.00×10^3$ Pa とし，液体の水の体積は一定であるものとする。気体定数は $8.3×10^3$
Pa・L/(mol・K) とする。

実験 1　容器アに $5.00×10^{-3}$ mol の酸素を入れ，容器内の気体の体積を 0.100 L，容
　　器の温度を 300 K としたところ，容器内の圧力が $9.80×10^4$ Pa となった。この状態
　　を**A**とする。
実験 2　状態**A**から，温度を一定に保ちながら容器内の気体の体積を 0.250 L とした。
　　この状態を**B**とする。
実験 3　容器イにメタンを入れ，容器内の気体の体積を 0.100 L，容器の温度を 300
　　K としたところ，気体中のメタンの分圧が $1.00×10^5$ Pa となった。このとき，メ
　　タンは水に $1.40×10^{-3}$ mol 溶解した。
実験 4　容器ウに酸素，メタンの混合気体を入れ，容器内の気体の体積を 0.100 L，
　　容器の温度を 300 K としたところ，容器内の圧力は $1.99×10^5$ Pa となった。この状
　　態を**C**とする。

実験5　状態**C**から，容器内のすべてのメタンを完全燃焼させたところ，容器内の気体の酸素の物質量と水に溶解した酸素の物質量の和は 5.00×10^{-3} mol となった。

問i　状態**A**において，水に溶解した酸素の物質量はいくらか。解答は有効数字3桁目を四捨五入して，下の形式により示せ。

$$\boxed{}.\boxed{} \times 10^{-3} \text{mol}$$

問ii　状態**B**において，気体中の酸素の分圧はいくらか。解答は有効数字3桁目を四捨五入して，下の形式により示せ。

$$\boxed{}.\boxed{} \times 10^{4} \text{Pa}$$

問iii　状態**C**において，気体中のメタンの分圧はいくらか。解答は有効数字3桁目を四捨五入して，下の形式により示せ。

$$\boxed{}.\boxed{} \times 10^{4} \text{Pa}$$

49　浸透圧　　　　　　　　　　　　　2012年度〔4〕

下図に示すように，中央を半透膜でしきった断面積 S〔m^2〕のU字管がある。半透膜の右側には非電解質の溶質が溶解している水溶液，左側には純水があり，半透膜は水分子のみを通し溶質は通さない性質をもっている。この装置を用いて，つぎのような浸透圧の**実験1〜3**を行った。下の問に答えよ。ただし，重力加速度を g〔m/s^2〕，水の密度を d〔kg/m^3〕とし，水溶液は十分希薄で，その密度は水と同じであり温度によらず一定とする。また左右のピストンは同じもので，厚みや摩擦は無視する。

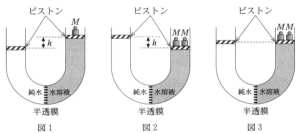

図1　　　　　図2　　　　　図3

実験1　右側のピストンの上に質量 M〔kg〕のおもりをのせ，十分に時間が経過したところ，図1のように両側のピストンの高さの差は h〔m〕となった。この状態を**A**とする。

実験2　状態**A**から温度を一定に保ちつつ，さらに質量 M〔kg〕のおもりを追加し，十分に時間が経過したところ，図2のように左側のピストンが上昇しピストンの高

さの差が h〔m〕となった。この状態を**B**とする。

実験3　状態**B**から温度を上昇させ，十分に時間が経過したところ，図3のように両ピストンが同じ高さになった。この状態を**C**とする。

問i　状態**A**における水溶液の浸透圧〔Pa〕を，M, S, h, d, g のうち必要な記号を用いて表せ。

問ii　状態**C**における水溶液の体積〔m³〕を，M, S, h, d, g のうち必要な記号を用いて表せ。

問iii　状態**C**から，温度を一定に保ちながら，右側のピストン上のおもりを2つとも取り去った。十分に時間が経過した後，両ピストンの高さの差は以下の式で表される。

$$\text{ピストンの高さの差} = \frac{3Mh}{2\,(M-2hSd)}\left(-1+\sqrt{\frac{\boxed{}}{3hSd}}\right)$$

式中の $\boxed{}$ を，M, S, h, d, g のうち必要な記号を用いて表せ。

50 蒸気圧

2012年度〔5〕

窒素分子 0.8000 mol と酸素分子 0.2000 mol が混合した気体について，温度による状態の変化を調べた。容積が変化することによって圧力が一定に保たれる容器に，この気体を入れて冷却したところ，ある温度範囲では，凝縮によって生じた液体と気体が容器内に共存した。さらに低い温度では，液体のみが容器内に存在した。気体と液体が共存している温度範囲では，温度が下がるにつれて，液体の全物質量が増えるとともに，気体および液体中の酸素分子のモル分率が変化した。下の問に答えよ。ただし，気体と液体が共存しているときには，それらに含まれる酸素分子のモル分率と温度 T〔K〕の間につぎの関係が成立するものとする。

　　気体中の酸素分子のモル分率：$A = 0.05000T - 3.870$
　　液体中の酸素分子のモル分率：$B = 0.1200T - 9.290$

問i　上記の冷却過程において，凝縮が始まったときの温度はいくらか。解答は小数点以下第2位を四捨五入して，下の形式により示せ。

8□.□K

問ii　上記の冷却過程において，容器内の液体の全物質量と気体の全物質量が等しくなったときの A はいくらか。解答は小数点以下第3位を四捨五入して，下の形式により示せ。

0.□□

問iii 問iiの状態において，容器から液体のみをすべて取り除いた。さらに，液体の
みが容器内に存在する状態になるまで温度を下げた。この過程において A が変化
した範囲は，つぎの式で表される。

$$A_1 < A \leqq A_2$$

A_1 はいくらか。解答は小数点以下第3位を四捨五入して，下の形式により示せ。

0. ☐☐

51 凝固点降下 2011 年度〔5〕

温度がすべて0℃になっている氷900g，水100g，および_(ア)ある量の塩化ナトリウ
ムを断熱容器に入れて混合したところ，氷の融解と塩化ナトリウムの溶解が起こり，
温度が下がった。十分な時間が経過すると，容器内の物質は_(イ)氷と塩化ナトリウム
水溶液の混合物のみになり，温度は−15.2℃になった。つぎの問に答えよ。
ただし，塩化ナトリウムは，式量が58.5であり，水に溶解するとすべて電離し，
このとき塩化ナトリウム1gあたり66.0Jの熱量が吸収されるものとする。塩化ナ
トリウム水溶液は濃度によらず希薄溶液としてふるまうものとし，水のモル凝固点
降下は1.90K・kg/molとする。塩化ナトリウム水溶液から凝固した氷は塩化ナト
リウムを含まないものとし，氷の融解熱は340J/gとする。過冷却および蒸発は起
こらないものとする。なお，容器内の物質の比熱はすべて2.00J/(g・K)であると
せよ。

問i 下線(イ)の混合物中の塩化ナトリウム水溶液は，水100gあたり何gの塩化ナト
リウムを含むか。解答は小数点以下第1位を四捨五入して答えよ。

問ii 下線(ア)の塩化ナトリウムは何gか。解答は小数点以下第1位を四捨五入して
答えよ。

問iii つぎの記述のうち，誤っているものはどれか。なお，正解は1つまたは2つあ
る。

1．下線(イ)の混合物を徐々に加熱すると，氷がすべて融解して液体になるまでは混
合物の温度は変化しない。

2．下線(イ)の混合物に水を加えて十分な時間−15.2℃に保つと，加えた水の質量
だけ氷の質量が増える。

3．氷に塩化ナトリウム水溶液を加えて十分な時間0℃に保つと，加えた溶液の濃
度と質量によらずに氷はすべて融解する。

4．水に溶解するときに熱が発生する物質の水溶液では，凝固点降下は起こらない。

52 水蒸気圧 　　　　　　　　　　　　　　　　　　　2010 年度〔1〕

温度と容積を変えることができる密閉容器に水だけを入れて，つぎの操作 a～d を行った。下の問に答えよ。ただし，水蒸気は理想気体としてふるまい，凝縮した水の体積は無視できるものとする。また，水の蒸気圧は，360 K において 6.21×10^4 Pa であり，温度が下がると 1 K あたり 2.00×10^3 Pa 低下するものとする。

a．容器の温度を 360 K，圧力を 5.76×10^4 Pa にすることによって，容器内の水をすべて水蒸気とした。この状態を A とする。

b．状態 A から，温度を一定に保ちながら容積を減らすことによって，状態 A で水蒸気となっていた水の 25.0 ％を凝縮させた。この状態を B とする。

c．状態 A から，圧力が一定に保たれるように温度を調節しながら，容積を減らすことによって，状態 A で水蒸気となっていた水の 25.0 ％を凝縮させた。この状態を C とする。

d．状態 A から，容積を一定に保ちながら温度を下げることによって，状態 A で水蒸気となっていた水の 25.0 ％を凝縮させた。この状態を D とする。

問 i　状態 A の容積は状態 B の容積の何倍か。解答は小数点以下第 2 位を四捨五入して，下の形式により示せ。

　　　　　　　　　　　　　　　　　　　　　　　　　　　　　　□.□倍

問 ii　状態 D の温度は状態 A の温度より何 K 低いか。解答は小数点以下第 1 位を四捨五入して，下の形式により示せ。

　　　　　　　　　　　　　　　　　　　　　　　　　　　　　　□□ K

問 iii　つぎの記述のうち，誤っているものはどれか。なお，正解は 1 つまたは 2 つある。

1．操作 b～d のうち，水が凝縮し始めてからの操作の過程で，温度を一定に保ったものは，b だけである。

2．操作 b～d のうち，水が凝縮し始めてからの操作の過程で，水蒸気の密度が変化したものは，d だけである。

3．状態 C は状態 B と比べて，容積が大きい。

4．状態 C は状態 D と比べて，温度が高い。

5．状態 C は状態 D と比べて，水蒸気の密度が小さい。

53　空気中の水蒸気圧　　　　　　　　　　　　　　　2008 年度〔9〕

湿度（相対湿度）とは，空気中の水蒸気分圧と，その空気の温度における純水の飽和蒸気圧の比を百分率で表したものである。湿度が 100 ％を越えた分の水蒸気は凝縮して水となる。湿度に関するつぎの問に答えよ。ただし，気体は理想気体としてふるまい，凝縮した水の体積は無視できるものとする。なお，275.0 K から 310.0 K における飽和水蒸気圧は，末尾の表に示す値であるものとする。

問 i　容積一定の 300.0 K の容器に，湿度 50.0 ％の空気が入っている。容器の温度を 310.0 K にして十分な時間が経過した後に，空気の湿度は何％になるか。解答は小数点以下第 1 位を四捨五入して，下の形式により示せ。

$$\boxed{}\,\%$$

問 ii　容積一定の 310.0 K の容器に，湿度 95.0 ％の空気が入っている。容器の温度を T_c まで下げ，十分な時間が経過した後に凝縮した水をすべて除去した。容器の温度を再び 310.0 K に戻して十分な時間が経過した後の空気の湿度は 20.0 ％であった。T_c はいくらか。解答は小数点以下第 1 位を四捨五入して，下の形式により示せ。ただし，表中の隣り合う 2 つの温度 T_1 と T_2（$T_2 = T_1 + 5.0$ K）の間の温度 T における飽和水蒸気圧 P は，T_1 と T_2 での飽和水蒸気圧 P_1 と P_2 を用いて，

$$P = P_1 + (P_2 - P_1)\frac{T - T_1}{T_2 - T_1}$$

と表すことができるものとする。

$$2\boxed{}\,\text{K}$$

純水の飽和蒸気圧

温度（K）	275.0	280.0	285.0	290.0	295.0	300.0	305.0	310.0
飽和蒸気圧（hPa）	7.00	10.00	14.00	19.50	26.50	36.00	47.50	62.00

54　気体の断熱変化　　　　　　　　　　　　　　　　2007 年度〔2〕

フェーン現象は，水蒸気を多く含んだ空気が山の斜面にそって上昇する際に雨が降り，山を越えて下降する際に気温が高くなる現象である。この現象をある空気の塊を使って考える。この空気の塊はまわりの空気と混じり合わないで上昇，下降する。また，まわりの空気と熱のやりとりをせず，まわりの空気の温度の影響を受けない。空気の塊は上昇すると膨張し，その温度が下がる。空気の塊が上昇する際，ある地点で水蒸気が飽和蒸気圧に達する。さらに上昇すると水蒸気が凝縮して水滴となり，空気の塊から分離する。空気の塊は下降すると圧縮され，その温度が上がる。

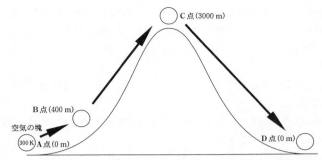

空気の塊が，つぎの条件に従って，図のように**A**点から**D**点に移動したとする。下の問に答えよ。ただし，窒素，酸素，水蒸気はそれぞれ理想気体として取り扱い，気体定数は $83.1\,\mathrm{hPa \cdot L/(K \cdot mol)}$，各元素の原子量は，$H=1$，$N=14$，$O=16$ とする。

ア）**A**点において，空気の塊は $80.0\,\mathrm{mol}$ の窒素，$20.0\,\mathrm{mol}$ の酸素，$3.00\,\mathrm{mol}$ の水蒸気からなり，温度は $300\,\mathrm{K}$ である。**A**点と**D**点における空気の塊の圧力は $1000\,\mathrm{hPa}$ である。

イ）空気の塊は高さ $400\,\mathrm{m}$ の**B**点で飽和蒸気圧に達し，$3000\,\mathrm{m}$ の**C**点を越え，**D**点まで下降する。水蒸気の凝縮は**B**点から**C**点で起こる。

ウ）空気の塊の圧力は，$100\,\mathrm{m}$ 上昇（下降）するごとに $10.0\,\mathrm{hPa}$ 減少（増加）する。

エ）水蒸気の凝縮を伴わない場合，空気の塊の温度は，圧力が $10.0\,\mathrm{hPa}$ 減少（増加）するごとに $1.00\,\mathrm{K}$ 下がる（上がる）。

問 i　**B**点における水の飽和蒸気圧はいくらか。解答は小数点以下第1位を四捨五入して，下の形式により示せ。

☐☐hPa

問 ii　空気の塊が**B**点から**C**点に上昇する際，$1.00\,\mathrm{mol}$ の水蒸気が凝縮し，凝縮熱がすべて空気の塊を温めるために使われたとする。このとき圧力が $10.0\,\mathrm{hPa}$ 減少するごとに空気の塊の温度はいくら下がるか。解答は小数点以下第3位を四捨五入して，下の形式により示せ。ただし，水蒸気の凝縮熱は温度によらず $45.0\,\mathrm{kJ/mol}$ とする。また，この空気の塊全体の温度を $1.00\,\mathrm{K}$ 上げるのに必要な熱量は，空気の塊の温度と水蒸気含有量によらず $3.00\,\mathrm{kJ}$ とする。

$10.0\,\mathrm{hPa}$ 減少するごとに $0.\square\square\,\mathrm{K}$

問 iii　つぎの記述のうち，誤っているものはどれか。なお，正解は1つまたは2つある。

1．**D**点での空気の塊の密度は，**C**点での空気の塊の密度より大きい。

2. A点での空気の塊に含まれる水蒸気の物質量が 3.0 mol の場合と 2.5 mol の場合を比べると、D点での空気の塊の温度は、2.5 mol のときの方が低い。

3. C点の高さを 3000 m から 3500 m にすると、D点での空気の塊の温度は高くなる。

4. A点での空気の塊の温度を 300 K から 2 K 下げると、D点での空気の塊の温度も 2 K 下がる。

5. 標準状態で、乾燥した空気と水蒸気を含んだ空気を比較すると、水蒸気を含んだ空気の方が密度は小さい。

55 蒸気圧降下   2006 年度〔3〕

濃度 0.1 mol/kg の希薄なショ糖水溶液を試験管 A の半分まで入れて密栓した。また、同じ濃度のショ糖水溶液をふたまた試験管 B の一方の管に半分まで入れ、もう片方の管には純水を半分まで入れて密栓した。その後、これらの試験管を 25℃ で十分に長い時間静置した。このとき、ショ糖水溶液から水が蒸発する速さ、ショ糖水溶液に水蒸気が凝縮する速さを、それぞれの液面 1 cm^2 で単位時間に蒸発、凝縮する H_2O の分子数と定義し、下の表のア〜エで表す。つぎの 1 〜 6 の大小関係のうち、正しいものはどれか。なお、正解は 1 つまたは 2 つある。

1. ア<ウ   2. ア=エ   3. イ>ウ
4. イ=ウ   5. イ<エ   6. イ=エ

	ショ糖水溶液から 水が蒸発する速さ	ショ糖水溶液に 水蒸気が凝縮する速さ
試験管 A	ア	イ
ふたまた試験管 B	ウ	エ

56 水蒸気圧と混合気体の圧力   2006 年度〔5〕

ある反応によって生じた水素を水上置換により容器に捕集した。この容器は、容積を変えることで圧力を外気の圧力と等しく保つことができる。気体を捕集したときの温度は 27℃ で外気の圧力は 1.000 atm = 1013 hPa であった。液体を含まないように気体を容器に密閉し、温度を 27℃ で一定に保ったまま、外気の圧力を変化させて容積の変化を測定した。外気が 0.500 atm のときの容積は、外気が 4.000 atm のときの容積の何倍か。解答は小数点以下第 2 位を四捨五入して、下の形式により示せ。ただし、気体はすべて理想気体としてふるまうものとし、27℃ における水の蒸気圧は 0.0355 atm = 36.0 hPa とする。

□.□ 倍

57 気体の溶解度，蒸気圧降下，コロイドの性質 　　　　2005年度〔2〕

つぎの記述のうち，誤っているものはどれか。なお，正解は1つまたは2つある。

1. 水と反応しない気体の場合，水に対する溶解度は，一定圧力では温度を低くする
ほど大きくなり，一定温度では気体の圧力を高くするほど大きくなる。
2. 不揮発性物質を溶かした溶液の沸点における蒸気圧は，大気圧に等しい。
3. 溶媒に不揮発性物質を溶かしても蒸気圧は変わらない。
4. 負に帯電したコロイド粒子を含む疎水コロイドでは，加える電解質の陽イオンの
価数により凝析しやすさが異なる。
5. チンダル現象を生じているデンプン水溶液に少量の電解質を加えると，チンダル
現象を生じなくなる。

58 混合気体の燃焼 　　　　2005年度〔3〕

容積を変えることで圧力を 1.00 atm に保っている容器の中に，水素 1.00 mol と酸
素 2.00 mol を入れ，水素を完全燃焼させた。その後，容器内の温度を $47℃$ とした。
つぎの問に答えよ。ただし，気体はすべて理想気体としてふるまうものとし，気体
定数は 0.0821 atm·L/(K·mol) とする。また，$47℃$ における水の蒸気圧は 0.106
atm である。

問 i　燃焼後の $47℃$ における容器内の気体の体積はいくらか。解答は小数点以下第
1位を四捨五入して，下の形式により示せ。

$$\boxed{}\,L$$

問 ii　このときの液体の水の質量はいくらか。解答は小数点以下第1位を四捨五入し
て，下の形式により示せ。ただし，各元素の原子量は $H=1$，$O=16$ とする。

$$\boxed{}\,g$$

59 圧力一定下での状態変化 　　　　2004年度〔3〕

容積を変えることで圧力を一定に保つことができる密閉容器を分子量 M の純物質
X〔g〕で満たし，容器内の圧力を 1 atm に保ちながら物質が固体から気体になる
まで加熱した。そのときに物質が吸収した熱量と温度との関係を下図に示す。つぎ
の記述のうち，正しいものはどれか。なお，正解は1つまたは2つある。

1．領域**D**では，2種類の状態が共存している。

2．領域**C**では，蒸気圧は一定である。

3．1 mol あたりの融解熱は，$\dfrac{M}{X}(Q_4 - Q_3)$ で表される。

4．容器内の圧力を変えても，領域**B**の温度 T_1 と領域**D**の温度 T_2 はどちらも変化しない。

5．物質量を増やしても，Q_3 の値は変化しない。

6．物質量を増やすと，領域**B**の温度 T_1 は高くなる。

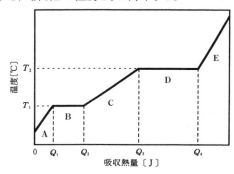

第3章　物質の化学変化

≪熱化学，酸・塩基，酸化還元反応，電池，電気分解≫

60 NaCl水溶液の電気分解　　　　　　　　　　2023年度〔3〕

下の問に答えよ。ただし，ナトリウムの原子量は 23.0，ファラデー定数は 9.65×10^4 C/mol とする。

問 i　電解槽に 0.100 mol/L の塩化ナトリウム水溶液を 500 mL 入れ，炭素電極を用いて電気分解を行った。一定電流を 5.00×10^3 秒間流すと，標準状態で 0.224 L の気体が発生した。電気分解を行ったときの電流はいくらか。解答は小数点以下第3位を四捨五入して，下の形式により示せ。ただし，発生した気体は理想気体としてふるまい，水に溶解せず，互いに反応しないものとする。

0. ☐☐ A

問 ii　電気分解を終えた**問 i**の水溶液に単体のナトリウムを加えると，気体が発生した。ナトリウムが完全に反応したのち，1.00 mol/L の塩酸を 16 mL 加えたところ，中和点に達した。加えたナトリウムの質量はいくらか。解答は小数点以下第3位を四捨五入して，下の形式により示せ。

0. ☐☐ g

61 結合エネルギーと解離熱　　　　　　　　　　2023年度〔10〕

C_2H_6 の燃焼反応の反応熱 Q は，つぎの熱化学方程式により表される。

$$C_2H_6 (気) + \frac{7}{2} O_2 (気) = 2CO_2 (気) + 3H_2O (気) + Q \, 〔kJ〕$$

また，つぎの表はそれぞれの分子中の結合をすべて切断し，気体状態の個々の原子に分解するために必要なエネルギー（解離熱）を示す。

分子	解離熱〔kJ/mol〕
O_2 (気)	E_1
CO_2 (気)	E_2
H_2O (気)	E_3
CH_4 (気)	E_4

C_2H_6 中の C-C の結合エネルギーを，Q および $E_1 \sim E_4$ を用いて表せ。ただし，すべての反応熱と解離熱は 25℃，1.013×10^5 Pa における値とし，C-H の結合エネルギーは，分子の種類によらず同一であるものとする。

[ ]〔kJ/mol〕

62 水溶液の電気分解   2022年度〔3〕

白金電極を挿入した2つの電解槽①，②にそれぞれ水酸化ナトリウム水溶液，塩化銅(Ⅱ)水溶液が入っている。これらの電解槽を図のように接続し，6.00 A の一定電流で 8.00×10^3 秒間電気分解を行った。この電気分解において，電解槽①で発生した気体の体積の総和は，標準状態で 6.00 L であった。また，電解槽②の陰極では気体の発生はなかった。この電気分解に関するつぎの問に答えよ。ただし，銅の原子量は 63.6，ファラデー定数は 9.65×10^4 C/mol とする。発生した気体は水溶液に溶解せず，理想気体としてふるまうものとする。

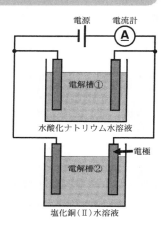

電源　電流計

電解槽①

水酸化ナトリウム水溶液

電極

電解槽②

塩化銅(Ⅱ)水溶液

問 i 電解槽①に流れた電子の物質量はいくらか。解答は小数点以下第3位を四捨五入して，下の形式により示せ。

0.[ ] mol

問 ii 電解槽②の電極上に析出した金属の質量はいくらか。解答は小数点以下第2位を四捨五入して，下の形式により示せ。

[ ].[ ] g

63 塩酸の pH   2022年度〔4〕

ある温度で純水の pH を測定したところ 6.65 であった。この温度において，4.00×10^{-7} mol/L の塩酸の pH はいくらか。解答は下の形式により示せ。ただし，$10^{0.3} = 2.00$，$10^{0.5} = 3.16$ とする。

pH = [ ].[ ]

64 熱化学方程式，化学反応の量的関係　　　2022 年度〔9〕

つぎに示す値のうち，必要なものを用いて，下の問に答えよ。ただし，すべての反応熱は 25℃，1.013×10^5 Pa における値であり，生成する水はすべて液体であるとする。

O=O の結合エネルギー 489 kJ/mol
H−H の結合エネルギー 436 kJ/mol
プロパンの生成熱 106 kJ/mol
水素の燃焼熱 286 kJ/mol
炭素（黒鉛）の燃焼熱 394 kJ/mol

問 i プロパンの燃焼熱はいくらか。解答は下の形式により示せ。

□□□ kJ/mol

問 ii 3.00 mol のプロパンを酸素と反応させたところ，CO_2 と H_2O のみを生成する反応と，つぎの熱化学方程式で表される反応が起こり，プロパンはすべて消費されて全体で 5.61×10^3 kJ の熱が発生した。

$$C_3H_8 \text{（気）} + \frac{7}{2} O_2 \text{（気）} = 3CO \text{（気）} + 4H_2O \text{（液）} + 1.38 \times 10^3 \text{kJ}$$

生成物は CO と CO_2，H_2O のみであるとして，全体で使われた酸素の物質量はいくらか。解答は小数点以下第 1 位を四捨五入して，下の形式により示せ。

□□ mol

65 水溶液の電気分解

2021年度〔3〕

白金電極を挿入した3つの電解槽①，②，③にそれぞれ硫酸ニッケル水溶液，硝酸銀水溶液，水酸化ナトリウム水溶液が入れられている。これらの電解槽を下図のように接続し，一定電流で200分間電気分解を行った。電気分解後，電解槽①の電極上に析出した金属の質量は7.30gであった。この電気分解において，電解槽①と②の陰極では気体の発生はなかった。この電気分解に関するつぎの問に答えよ。ただし，各元素の原子量は，Ni＝58.7，Ag＝108，ファラデー定数は，9.65×10^4 C/molとする。

問i 電解槽②の電極上に析出した金属の質量はいくらか。解答は小数点以下第1位を四捨五入して，下の形式により示せ。

$\boxed{}\boxed{}$ g

問ii 電気分解によって電解槽③で発生した気体の体積の総和は，標準状態でいくらか。解答は小数点以下第2位を四捨五入して，下の形式により示せ。ただし，発生した気体は水溶液に溶解せず，理想気体としてふるまうものとする。

$\boxed{}.\boxed{}$ L

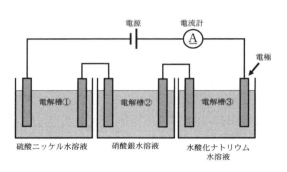

66　反応熱と光，結合エネルギー　　　　2021 年度〔8〕

つぎの記述のうち，誤っているものはどれか。なお，正解は 1 つまたは 2 つある。

1．物質は，光を吸収して元の状態よりエネルギーの高い状態になることや，エネルギーの高い状態から光を放出してエネルギーの低い状態になることがある。
2．NaCl の水への溶解熱は吸熱であるが，H_2SO_4 の水への溶解熱は発熱である。
3．25℃，$1×10^5$Pa において，メタンとプロパンでは，プロパンの燃焼熱の方が大きい。
4．室温において銅と水とでは，水の比熱の方が大きい。
5．黒鉛の燃焼熱は 394 kJ/mol，一方，ダイヤモンドの燃焼熱は 395 kJ/mol である。黒鉛 1 mol からダイヤモンド 1 mol ができるときの反応は発熱反応である。
6．H−H，O=O，H−O の結合エネルギーがそれぞれ 440 kJ/mol，500 kJ/mol，460 kJ/mol とすると，気体の水の生成熱は 230 kJ/mol である。
7．25℃において強酸と強塩基の希薄溶液どうしの中和熱は，酸や塩基の種類によらずほぼ一定である。

67　反応熱，化学平衡，光化学反応　　　　2020 年度〔3〕

つぎの記述のうち，誤っているものはどれか。なお，正解は 1 つまたは 2 つある。

1．25℃，$1.0×10^5$Pa における H−H，Cl−Cl，H−Cl の結合エネルギーから，その温度と圧力における塩化水素（気体）の生成熱を求めることができる。
2．25℃，$1.0×10^5$Pa において，エタノール（液体）の燃焼熱は 1400 kJ/mol，二酸化炭素（気体）の生成熱は 400 kJ/mol，水（液体）の生成熱は 300 kJ/mol であるとすると，その温度と圧力におけるエタノール（液体）の生成熱は 350 kJ/mol 以上である。
3．水に対する溶解熱が，負の値になる物質がある。
4．温度と圧力が一定であれば，ある平衡反応において，触媒を用いて活性化エネルギーを変化させても平衡定数は変化しない。
5．ハーバー・ボッシュ法におけるアンモニアの生成反応では，反応が平衡に達した後のアンモニアのモル分率を高くするには，圧力を高くして，温度を低くする方がよい。
6．二酸化炭素と水からグルコースと酸素を生成する光合成は，吸熱反応である。

68 電池，電気分解，ファラデー定数 　　　　　　　2020年度〔8〕

つぎの記述のうち，誤っているものはどれか。なお，正解は1つまたは2つある。

1．電池を放電するとき，正極で酸化反応，負極で還元反応が起こる。
2．放電をし続けると起電力が低下し，充電による再使用が難しい電池を一次電池という。
3．電気分解を行うとき，外部電源の負極につないだ電極を陽極という。
4．アルミニウムの単体は，酸化アルミニウムを原料として，炭素電極を用いて溶融塩電解（融解塩電解）することにより得ることができる。
5．ニッケル板を硫酸銅(Ⅱ)水溶液に浸すと，ニッケル板上に銅が析出する。
6．ファラデー定数をアボガドロ定数で割った値は，電子1個のもつ電気量の絶対値となる。

69 酸化還元滴定 　　　　　　　　　　　　　　　　　　2020年度〔9〕

つぎの**実験**1・2に関する記述を読み，下の問に答えよ。

実験1　シュウ酸ナトリウム（式量134）0.670 g を水に溶かして，100.0 mL の水溶液をつくった。その水溶液 10.0 mL に 5.0 mol/L の硫酸 10.0 mL を加えたものを，60℃に温めてから，濃度未知の過マンガン酸カリウム水溶液を用いて滴定したところ，反応の終点までに 16.0 mL を要した。
実験2　濃度未知の過酸化水素水 15.0 mL に 5.0 mol/L の硫酸 15.0 mL を加えたものを，**実験1**で用いた過マンガン酸カリウム水溶液で滴定したところ，反応の終点までに 30.0 mL を要した。

問　**実験2**で用いた過酸化水素水の濃度（mol/L）はいくらか。解答は下の形式により示せ。

　　　　　　　　　　　　　　　　　　　　　　　　　　☐ mol/L

70 金属のイオン化傾向と水溶液の電気分解 2019年度〔3〕

金属 **A ～ D** は，Mg, Fe, Zn, Ag, Sn, Pt, Pb のいずれかである。つぎの**実験 1・2** を室温で行った。下の問に答えよ。ただし，各元素の原子量は，Mg＝24，Fe＝56，Zn＝65，Ag＝108，Sn＝119，Pt＝195，Pb＝207，ファラデー定数は 9.65×10^4 C/mol とする。

実験1 濃度 1.00 mol/L の硫酸銅（Ⅱ）水溶液に，**A ～ D** の金属片をそれぞれ浸したところ，**B** と **D** では何も起こらなかったが，**A** と **C** の表面には銅が析出した。また，4つの金属片をそれぞれ希塩酸に浸したところ，**C** のみがよく溶け，一方，濃硝酸に浸したところ，**A** と **B** だけがよく溶けた。

実験2 電解槽に濃度 1.00 mol/L の **B** の硝酸塩水溶液を 1.00 L 入れ，両極に炭素電極を用いてこの水溶液の電気分解を 0.400 A の電流で 9650 秒間行ったところ，片側の電極に **B** が析出し，もう片側の電極から気体が発生した。

問 i **A ～ D** のイオン化傾向が正しく並べられているものはどれか。

1．**A ＞ B ＞ C ＞ D**　　2．**A ＞ B ＞ D ＞ C**
3．**A ＞ C ＞ B ＞ D**　　4．**A ＞ D ＞ C ＞ B**
5．**C ＞ A ＞ B ＞ D**　　6．**C ＞ A ＞ D ＞ B**
7．**C ＞ B ＞ A ＞ D**　　8．**C ＞ D ＞ B ＞ A**

問 ii 実験2の電気分解によって析出した **B** の質量および発生した気体の標準状態における体積の組み合わせとして，最も適切なものはどれか。ただし，発生した気体は水溶液に溶解せず，理想気体としてふるまうものとする。

1．2.2g, 0.22L　　2．2.6g, 0.22L　　3．4.3g, 0.22L
4．2.2g, 0.45L　　5．2.6g, 0.45L　　6．4.3g, 0.45L

71 酸・塩基の定義，電離度，塩の分類と指示薬 2019年度〔7〕

つぎの記述のうち，正しいものはどれか。なお，正解は1つまたは2つある。

1．アレニウスの酸・塩基の定義によれば，塩基は水素イオンを受け取る分子またはイオンである。
2．ブレンステッド・ローリーの酸・塩基の定義によれば，水は酸でもあり塩基でもある。
3．水溶液中での弱塩基の電離度は，弱塩基の濃度の平方根に比例する。

4. 水酸化ナトリウム水溶液で酢酸水溶液を中和滴定する場合には，指示薬としてメチルオレンジを用いるのが適切である。

5. 炭酸水素ナトリウムは，水に溶かすと塩基性を示すので塩基性塩である。

6. 弱酸の塩に強塩基を加えると，弱酸が遊離する。

72 熱化学における反応熱の関係　　　　　2019年度〔8〕

つぎの記述のうち，誤っているものはどれか。なお，正解は1つまたは2つある。

1. 25℃，1.0×10^5 Pa における，ある反応の反応熱は，その温度と圧力における反応物と生成物の両方の生成熱から求めることができる。

2. 25℃，1.0×10^5 Pa において，水素が完全燃焼して液体の水を生成するときの燃焼熱は，その温度と圧力における液体の水の生成熱から求めることができる。

3. 二酸化炭素の生成熱と二酸化炭素のC=O結合の結合エネルギーから，酸素分子のO=O結合の結合エネルギーを求めることができる。

4. 反応温度と圧力が一定であれば，可逆反応における逆反応の活性化エネルギーと正反応の活性化エネルギーの差は，触媒を加えても変化しない。

5. 水が電離する反応は吸熱反応である。

6. 水1molを0℃の氷から100℃の水蒸気にするのに必要な熱量は，氷の融解熱と水の蒸発熱の和に等しい。

73 電池，電気分解　　　　　2018年度〔2〕

つぎの記述のうち，誤っているものはどれか。なお，正解は1つまたは2つある。

1. 電気分解では，陰極で還元反応，陽極で酸化反応が起こる。

2. ナトリウムの単体は，融解した塩化ナトリウムを電気分解して得ることができる。

3. ダニエル電池を放電させると，正極の質量は増加する。

4. マンガン乾電池の負極には，亜鉛が用いられる。

5. 両極に銀を用いて硝酸銀水溶液の電気分解を行うと，陽極では酸素が発生する。

6. 電気分解において，電極で反応する物質の物質量は，流れた電気量に比例する。

74　中和滴定と滴定曲線　　　　　　　　　　　2018年度〔9〕

中和滴定の**実験1**および**実験2**を25℃で行い，それぞれ図のような滴定曲線を得た。下の問に答えよ。ただし，強酸および強塩基の水溶液中での電離度は1とする。

実験1　純水に気体の塩化水素を吹き込んで得られた水溶液①を 10.0mL はかり取り，1.00mol/L の水酸化ナトリウム水溶液を滴下しながら pH を測定した。

実験2　純水に気体のアンモニアを吹き込んで得られた水溶液②を 10.0mL はかり取り，水溶液①を滴下しながら pH を測定した。

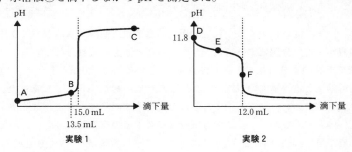

問　つぎの記述のうち，正しいものはどれか。なお，正解は1つまたは2つある。

1．A点の溶液の pH の値は 0.5 より大きい。
2．B点の溶液の pH の値は 1 より大きい。
3．C点の溶液から滴下量を増やしていくと，pH の値は 14 より大きくなる。
4．D点の溶液におけるアンモニアの電離度は 0.01 より大きい。
5．E点の溶液は緩衝作用を示す。
6．F点の溶液の pH の値は温度を変えても変化しない。

75　NaCl 水溶液の電気分解　　　　　　　　　　2017年度〔9〕

陽イオンのみを通す1枚の膜によって2つに仕切られた電解槽がある。電解槽の片側に濃度 5.00×10^{-2} mol/L の水酸化ナトリウム水溶液を 100mL，もう片側に濃度 1.00mol/L の塩化ナトリウム水溶液を 100mL 入れた。水酸化ナトリウム水溶液側に鉄電極を陰極として，塩化ナトリウム水溶液側に炭素電極を陽極として挿入し，25℃で電気分解を行った。この電気分解に関するつぎの問に答えよ。ただし，ファラデー定数は 9.65×10^4 C/mol とし，この実験を行った際の水溶液の体積変化は無視できるものとする。また，発生する気体は水溶液に溶解せず，理想気体としてふるまうものとする。

問ⅰ　5.00 A の電流で電気分解を 386 秒間行った。炭素電極から発生した気体の体積は，標準状態でいくらか。解答は小数点以下第3位を四捨五入して，下の形式により示せ。

0.□□ L

問ⅱ　問ⅰの電気分解を終えた後の鉄電極側の水溶液の pH はいくらか。ただし，25 ℃における水のイオン積を $1.00×10^{-14}$ $(mol/L)^2$ とし，また，$log_{10}2 = 0.301$，$log_{10}3 = 0.477$ とする。解答は小数点以下第2位を四捨五入して示せ。

76 直列に接続された水溶液の電気分解　　　　　　　　2016 年度〔4〕

電解槽①，②，③には，それぞれ硫酸銅（Ⅱ）水溶液，硝酸銀水溶液，ヨウ化カリウム水溶液が，電気分解によって侵されない電極とともに入れられている。これらの電解槽を下図のように接続し，1.93 A の一定電流で電気分解を行った。電気分解後，電解槽①と電解槽②の電極上に析出した金属の総量は 55.9 g であった。また，この電気分解において，電解槽①の陰極と電解槽②の陰極，および電解槽③の陽極では気体の発生がなかった。この電気分解に関するつぎの問に答えよ。ただし，各元素の原子量は，$Cu = 63.5$，$Ag = 108$，ファラデー定数は $9.65×10^4$ C/mol とする。

問ⅰ　電気分解した時間はいくらか。解答は有効数字3桁目を四捨五入して，下の形式により示せ。

□.□×10⁴ 秒

問ⅱ　電気分解によって発生した気体の物質量の総和はいくらか。解答は小数点以下第3位を四捨五入して，下の形式により示せ。

0.□□ mol

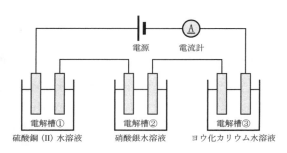

77　C_{60} フラーレン分子における炭素原子間の結合エネルギー　2016年度〔6〕

C_{60} は，60個の炭素原子おのおのが，となりあう3つの
炭素原子と結合した，図のような構造をもつ分子である。
C_{60} 中の炭素原子間の結合エネルギーはいくらか。解答
は有効数字3桁目を四捨五入して，下の形式により示せ。
ただし，C_{60} 中の炭素原子間の結合エネルギーはすべて
等しいものとし，C_{60} の燃焼熱は 25500 kJ/mol，O_2 分子
中の O=O 結合の結合エネルギーは 500 kJ/mol，CO_2 分
子中の C=O 結合1つあたりの結合エネルギーは 800 kJ/mol とする。

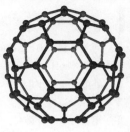

$\boxed{}.\boxed{} \times 10^2$ kJ/mol

78　実用的な電池の性質　2016年度〔8〕

つぎの記述のうち，誤っているものはどれか。なお，正解は1つまたは2つある。

1．一次電池と二次電池はどちらも，放電するときに正極で還元反応が起こる。
2．リチウム電池とマンガン乾電池はどちらも一次電池である。
3．二次電池を充電するとき，外部電源の負極を電池の負極側，外部電源の正極を電池の正極側に接続する。
4．ダニエル電池を放電するとき，陰イオンは，溶液を仕切っている素焼き板を正極側から負極側に向かって通過する。
5．鉛蓄電池を放電するとき，負極の質量は減少し，正極の質量は増加する。
6．電解液にリン酸水溶液を用いた燃料電池を放電するとき，正極では水が生成する。

79　氷の融解熱　2016年度〔10〕

断熱容器に，いずれも温度が 0℃ である水 M〔g〕，氷 $99M/100$〔g〕，食塩 $M/100$
〔g〕を入れた。一定時間後，食塩はすべて溶解して完全に電離し，氷は一部融解
して全体の温度が $-T$〔℃〕（ただし $T>0$）となり平衡に達した。
食塩のモル質量を A〔g/mol〕，水のモル凝固点降下を K〔K・kg/mol〕，実験に用い
た物質の比熱をすべて C〔J/(g・K)〕とするとき，氷が1g融解するのに必要な熱
量 L〔J/g〕を求めよ。解答は A, C, K, M, T のうち必要なものを用いて示せ。
ただし，水溶液は希薄溶液とみなし，食塩の溶解熱は無視する。

80 酸・塩基の反応，塩の性質と分類 2015 年度〔1〕

つぎの記述のうち，誤っているものはどれか。なお，正解は1つまたは2つある。

1．同じ体積の $0.025\,mol/L$ 塩酸と $0.010\,mol/L$ 水酸化ナトリウム水溶液を混合した水溶液の pH は，2より小さい。

2．酢酸ナトリウムは，水に溶けて塩基性を示すので，塩基性塩である。

3．CO_2，SiO_2，P_4O_{10} は，いずれも酸性酸化物である。

4．塩素のオキソ酸は，塩素の酸化数が大きいものほど強い酸である。

5．フッ化水素酸は，石英を溶かす弱酸である。

6．アンモニア水を塩酸で中和滴定する場合，指示薬としてメチルオレンジを用いることができる。

81 融解塩電解法によるアルミニウムの製法 2015 年度〔4〕

単体のアルミニウムは，氷晶石 Na_3AlF_6 に酸化アルミニウム Al_2O_3 を混合して溶かし，炭素電極を用いた溶融塩電解（融解塩電解）により製造される。陰極ではアルミニウムが得られ，陽極では炭素電極の炭素と酸化物イオン O^{2-} との電解反応によって，一酸化炭素と二酸化炭素が生成する。つぎの問に答えよ。ただし，各元素の原子量は，$Al = 27$，$C = 12$ とし，ファラデー定数は $9.65 \times 10^4\,C/mol$ とする。

問 i この溶融塩電解で 965 A の電流を 100 時間流すと，得られるアルミニウムの質量は理論上いくらか。解答は小数点以下第1位を四捨五入して，下の形式により示せ。

$\boxed{}$ kg

問 ii 問 i の電解で，一酸化炭素の 2.50 倍の物質量の二酸化炭素が生成するとき，炭素電極の質量は理論上いくら減少するか。解答は小数点以下第1位を四捨五入して，下の形式により示せ。

$\boxed{}$ kg

82 鉛蓄電池，水溶液の電気分解 2014 年度〔4〕

質量パーセント濃度 40.0 %，密度 $1.30\,g/cm^3$ の硫酸 100 mL を電解質溶液とする全く同じ鉛蓄電池（起電力は約 2.1 V）が 10 個ある。直列に5個接続した鉛蓄電池2組を並列に接続して電源とし，白金電極を用いて硝酸銀水溶液を電気分解した

ところ，陰極には気体の発生はなく，8.64 g の銀が析出した。下の問に答えよ。ただし，式量および分子量は，Ag = 108，H_2SO_4 = 98，H_2O = 18 とする。

鉛蓄電池の電池式　$(-)Pb|H_2SO_4aq|PbO_2(+)$

問 i　電気分解後，鉛蓄電池 1 個の電解質溶液で増加した水の質量はいくらか。解答は小数点以下第 3 位を四捨五入して，下の形式により示せ。

0.☐☐ g

問 ii　電気分解後，鉛蓄電池の電解質溶液における硫酸の質量パーセント濃度はいくらか。解答は小数点以下第 1 位を四捨五入して，下の形式により示せ。

☐☐ %

83　反応の経路と反応熱の関係　　　　　2014 年度〔6〕

つぎの問に答えよ。

問 i　一酸化窒素の生成熱は 91 kJ/mol の吸熱で，一酸化窒素から二酸化窒素への燃焼熱は 57 kJ/mol の発熱であるとき，二酸化窒素の生成熱はいくらか。解答は，符号をつけて表せ。

問 ii　つぎの記述のうち，誤っているものはどれか。なお，正解は 1 つまたは 2 つある。

1．物質の生成熱は温度に依存する。
2．アルミナの生成熱は酸化鉄(Ⅲ)の生成熱より大きい。
3．ヘスの法則を用いると，実際に起こらない反応と起こる反応を区別できる。
4．化学反応において，逆反応の活性化エネルギーから正反応の活性化エネルギーをひいたものは反応熱に等しい。
5．化学反応にともなう反応熱は，反応物のもつ化学エネルギーから生成物のもつ化学エネルギーをひいたものに常に等しい。

84　ダニエル電池，水溶液の電気分解　　　　2012 年度〔8〕

9 種類の金属元素，Li，Al，K，Ca，Fe，Cu，Zn，Ag，Pb について，下の問に答えよ。ただし各元素の原子量は，Li = 7，N = 14，O = 16，Al = 27，K = 39，Ca = 40，Fe = 56，Cu = 64，Zn = 65，Ag = 108，Pb = 207，ファラデー定数は 9.65×10^4 C/mol とする。

問i　ダニエル電池と同様に，2種類の金属と，それらの硝酸塩の水溶液で構成される電池を作製した。ただし，金属と硝酸塩は，上述の9種類の金属元素から2つを選び用いた。この電池を，0.0200 A で20分間放電させたところ，負極活物質が6.96 mg 減少した。

　　次に，この電池で正極活物質として用いた金属の硝酸塩の水溶液を電気分解する。この硝酸塩を水に溶解すると無色の溶液となった。この硝酸塩を 0.0500 mol/L の濃度で含む水溶液 1.00 L に，室温，0.200 A で2時間電気を流すと，陰極に金属が析出したが，陽極では気体のみが発生した。また，水溶液に含まれる金属イオンの濃度は 0.0400 mol/L 以下に低下した。

　　上述の電池で，正極および負極として用いた金属の元素記号を，つぎの中からそれぞれ選び，数字で答えよ。

1．Li　　2．Al　　3．K　　4．Ca　　5．Fe
6．Cu　　7．Zn　　8．Ag　　9．Pb

問ii　問iで行った電気分解において陰極に析出した金属の質量を求めよ。ただし，電気分解に使われたすべての電子は，溶液中に含まれる金属イオンを金属まで還元するために消費されたとする。解答は小数点以下第2位を四捨五入して，下の形式により示せ。

$$\boxed{}.\boxed{}\ \text{g}$$

85　銅合金を用いた電気分解　　　　　　　　2011年度〔3〕

質量パーセントで 80.00％の銅を含有し，その他の成分として鉄と金属**A**のみを含む銅合金がある。この合金および純銅を電極に用いて，十分な量の硫酸酸性の硫酸銅（II）水溶液中で，電流を 9.65 A として一定時間電気分解を行った。その結果，陽極は均一に消費されて質量は 265.0 g 減少し，その下には金属が沈殿した。また，陰極には1種類の金属のみが析出し，陰極の質量は 254.0 g 増加した。つぎの問に答えよ。ただし，各元素の原子量は，Fe＝56，Cu＝63.5，ファラデー定数は 9.65×10^4 C/mol とし，水溶液中に存在する金属イオンはすべて2価とする。なお，陽極の消費，陰極への金属の析出以外の反応は起こらなかったものとする。

問i　金属**A**として可能なものはどれか。なお，正解は1つまたは2つある。

1．亜　鉛　　2．ス　ズ　　3．ナトリウム　　4．銀　　5．ニッケル

問ii　電解時間および陽極の下に沈殿した金属の質量を求めよ。解答は有効数字3桁目を四捨五入して，それぞれ下の形式により示せ。

電解時間　$\boxed{}.\boxed{} \times 10^3$ 分　　金属の質量　$\boxed{}$ g

86 融解塩電解法 2009 年度〔2〕

金属アルミニウムは，ボーキサイトから酸化アルミニウム Al_2O_3 をつくり，これを炭素電極で融解塩電解（溶融塩電解）することにより製造される。今，ボーキサイトがギブサイト $Al_2O_3\cdot3H_2O$ とベーマイト $Al_2O_3\cdot H_2O$ および不純物である酸化鉄(Ⅲ) Fe_2O_3 のみからなるものとする。このボーキサイト 1200 g を水酸化ナトリウム水溶液中で加熱すると，ギブサイトとベーマイトはすべて溶解したが，Fe_2O_3 は反応せずに沈殿し，その質量は 180 g であった。得られた水溶液から水酸化アルミニウム $Al(OH)_3$ を析出させ，これを加熱することによりすべての $Al(OH)_3$ を Al_2O_3 とした。この Al_2O_3 を融解した氷晶石に溶かし，約 1000℃ において融解塩電解したところ，すべての Al_2O_3 が陰極において金属アルミニウムとなった。このとき陽極では，陽極物質である炭素と酸化物イオンが反応し，一酸化炭素 3.00 mol と二酸化炭素 9.00 mol の混合気体が生成した。つぎの問に答えよ。ただし，融解した氷晶石は電極での反応には関与しないものとし，各元素の原子量は，H＝1，C＝12，O＝16，Al＝27，Fe＝56，ファラデー定数は 96500 C/mol とする。

問 i 上記の融解塩電解を 965 A の一定電流で行うと，すべての Al_2O_3 を金属アルミニウムにするのに何分かかるか。解答は小数点以下第 1 位を四捨五入して，下の形式により示せ。

□□ 分

問 ii 用いたボーキサイト中のギブサイトの割合は，質量パーセントでいくらか。解答は小数点以下第 1 位を四捨五入して，下の形式により示せ。

□□ %

87 酸化還元滴定 2009 年度〔3〕

つぎの文を読み，下の問に答えよ。

酸化還元反応の量的関係を利用して，以下に記述する滴定実験により，軟マンガン鉱に含まれる酸化マンガン(Ⅳ)の定量を行った。【滴定①】は過マンガン酸カリウム水溶液 A の正確な濃度を決定するための実験であり，【滴定②】は酸化マンガン(Ⅳ)の定量を行うための実験である。本実験では，軟マンガン鉱に含まれる成分のうち，酸化還元に関与するのは酸化マンガン(Ⅳ)だけであると考え，その反応は

$$MnO_2 + 4H^+ + 2e^- \longrightarrow Mn^{2+} + 2H_2O$$

とする。

【滴定①】

　蒸留水 30.0 mL に 2.00 mol/L の硫酸 20.0 mL と 2.00×10⁻² mol/L のシュウ酸標準溶液 50.0 mL を加えた。80℃に温めたこの水溶液に，過マンガン酸カリウム水溶液 **A** を滴下したところ，25.0 mL 加えたときに過マンガン酸イオンの赤紫色が残って消えなくなった。

【滴定②】

　蒸留水 30.0 mL に 2.00 mol/L の硫酸 20.0 mL と 2.00×10⁻² mol/L のシュウ酸標準溶液 50.0 mL を加えた。80℃に温めたこの水溶液に，50.0 mg の軟マンガン鉱を完全に溶解させた。この溶液に過マンガン酸カリウム水溶液 **A** を滴下したところ，14.0 mL 加えたときに過マンガン酸イオンの赤紫色が残って消えなくなった。

問 i　過マンガン酸カリウム水溶液 **A** のモル濃度はいくらか。解答は有効数字 3 桁目を四捨五入して，下の形式により示せ。

$$\boxed{}.\boxed{}×10^{-2}\,\text{mol/L}$$

問 ii　軟マンガン鉱に含まれている酸化マンガン(IV)の割合は，質量パーセントでいくらか。解答は小数点以下第 1 位を四捨五入して，下の形式により示せ。ただし，各元素の原子量は，O＝16，Mn＝55 とする。

$$\boxed{}\boxed{}\%$$

問 iii　上の滴定操作に関するつぎの記述のうち，正しいものはどれか。なお，正解は 1 つまたは 2 つある。

1．温めている水溶液から水が蒸発してシュウ酸の濃度が濃くなると，赤紫色が残って消えなくなるのに必要な過マンガン酸カリウム水溶液 **A** の滴下量は増加する。

2．滴定により過マンガン酸カリウムとシュウ酸が反応すると，酸素が発生する。

3．デンプン水溶液を 1〜2 滴加えることで，酸化還元反応にともなう色の変化をより正確に観察できる。

4．【滴定①】では，硫酸の代わりに同量の純水を加えても，赤紫色が残って消えなくなるのに必要な過マンガン酸カリウム水溶液 **A** の滴下量に変化はない。

5．【滴定②】では，シュウ酸に対して，過マンガン酸カリウムは酸化剤として働き，酸化マンガン(IV)は還元剤として働く。

6．【滴定②】では，軟マンガン鉱に含まれる酸化マンガン(IV)の割合が低いほど，赤紫色が残って消えなくなるのに必要な過マンガン酸カリウム水溶液 **A** の滴下量は増加する。

88 混合気体の燃焼，燃焼熱　　2009年度〔4〕

加熱炉などに用いる燃料ガスは，使用する器具に適合した発熱量となる組成で調製された混合気体である。水素，メタン，エタン，プロパンおよびそれらの混合気体の燃焼熱と，燃焼により発生する二酸化炭素量に関するつぎの問に答えよ。ただし，水素，メタン，エタン，プロパンの燃焼熱は末尾の表に示す値であるものとする。なお，燃焼時には十分な量の酸素が供給され，完全燃焼するものとする。

問i　水素とプロパンを物質量比 2：1 で混合した気体の燃焼熱はいくらか。解答は有効数字 3 桁目を四捨五入して，下の形式により示せ。

$$\boxed{}.\boxed{}\times 10^2\,\mathrm{kJ/mol}$$

問ii　水素，メタン，プロパンから 2 種類を混合してエタンと燃焼熱が等しい気体を調製する。この気体 1.000 mol の燃焼により発生する二酸化炭素の物質量の最小値はいくらか。解答は小数点以下第 3 位を四捨五入して，下の形式により示せ。

$$1.\boxed{}\boxed{}\,\mathrm{mol}$$

問iii　燃焼熱が 1000 kJ/mol の気体を，水素，メタン，エタン，プロパンから 2 種類以上を混合して調製する。この気体 1.000 mol の燃焼により発生する二酸化炭素の物質量が最小となる組成をモル分率で求めよ。解答は小数点以下第 3 位を四捨五入して，下の形式により示せ。ただし，含まれない気体成分がある場合には，その成分の解答欄に 00 を記入すること。

<table>
<tr><th>水　素</th><th>メタン</th><th>エタン</th><th>プロパン</th></tr>
<tr><td>0.☐☐</td><td>0.☐☐</td><td>0.☐☐</td><td>0.☐☐</td></tr>
</table>

水素，メタン，エタン，プロパンの燃焼熱

物質名(分子式)	燃焼熱〔kJ/mol〕
水素(H_2)	285.0
メタン(CH_4)	890.0
エタン(C_2H_6)	1560
プロパン(C_3H_8)	2220

89 イオン結晶の構造と性質，格子エネルギー，熱化学　　2007年度〔6〕

イオン結晶に関するつぎの問に答えよ。

問i　つぎの記述のうち，誤っているものはどれか。なお，正解は 1 つまたは 2 つある。

1．イオン結晶は，一般に硬いがもろい。

2．イオン結晶は陽イオンと陰イオンから構成されているので，水によく溶ける。

3．イオン結晶を融解するとイオンが動きやすくなるので，電気を通しやすくなる。

4．ともに NaCl 型構造をもつ NaF 結晶と MgO 結晶では，イオンの価数の大きな MgO 結晶の方が高い融点をもつ。

5．NaF 結晶と MgO 結晶を構成するイオンはすべて同じ電子配置をとり，その大きさは元素の原子番号が大きいものほど大きい。

問ii　KCl 結晶を気体状の陽イオン K^+ と陰イオン Cl^- にする反応は，つぎの熱化学方程式で表される吸熱反応である。

$$KCl（固）= K^+（気）+ Cl^-（気）+ Q$$

このときの熱量 Q はいくらか。解答は有効数字3桁目を四捨五入して，下の形式により示せ。

ただし，KCl（固）の生成反応と K（固）の昇華は，それぞれつぎの熱化学方程式で与えられる。

$$K（固）+ \left(\frac{1}{2}\right)Cl_2（気）= KCl（固）+ 437\,kJ$$

$$K（固）= K（気）- 89\,kJ$$

また，Cl_2（気）の結合エネルギーは 240 kJ/mol，K（気）のイオン化エネルギーは 419 kJ/mol，Cl（気）の電子親和力は 349 kJ/mol である。

$$Q = - \boxed{}.\boxed{} \times 10^2\,kJ$$

90　電池，水溶液の電気分解　　　　　　　　　2006 年度〔8〕

つぎの記述のうち，誤っているものはどれか。なお，正解は1つまたは2つある。

1．白金電極を用いて塩化ナトリウム水溶液を電気分解すると，陽極で気体が発生する。

2．白金電極を用いる水酸化ナトリウム水溶液および希硫酸の電気分解では，それぞれの陽極で異なる気体が発生する。

3．亜鉛板と銅板を硫酸銅（Ⅱ）水溶液に浸して導線でつなぐと，電流が流れて正極の質量が増える。

4．十分な量の濃硝酸と希硝酸それぞれに，同じ質量の銅を加えて発生する気体の物質量は濃硝酸の方が多い。

5．水で湿らせたヨウ化カリウムデンプン紙がオゾンで青紫色に変わるのは，オゾンによりヨウ化物イオンが酸化されることに起因する。

91　有機化合物の反応熱　　　　　　　　　2006 年度〔14〕

ステアリン酸，グリセリン，およびグルコースの燃焼反応は，それぞれつぎの熱化学方程式で表される。これらをもとに，油脂と糖の燃焼熱を比較した。下の問に答えよ。ただし，各元素の原子量は，$H=1$，$C=12$，$O=16$ とする。

ステアリン酸　　$C_{17}H_{35}COOH + 26O_2 = 18CO_2 + 18H_2O + 10500\,kJ$

グリセリン　　　$HOCH_2CH(OH)CH_2OH + \dfrac{7}{2}O_2 = 3CO_2 + 4H_2O + 1700\,kJ$

グルコース　　　$C_6H_{12}O_6 + 6O_2 = 6CO_2 + 6H_2O + 2800\,kJ$

問 i　ある油脂 1.00 mol を加水分解したところステアリン酸とグリセリンのみが得られ，300 kJ の熱が発生した。この油脂の燃焼熱はいくらか。解答は有効数字 3 桁目を四捨五入して，下の形式により示せ。

$$\boxed{}.\boxed{}\times 10^4\,kJ/mol$$

問 ii　マルトースはグルコース 2 分子が脱水縮合した二糖である。マルトース 1.00 mol をグルコースに加水分解したところ，100 kJ の熱が発生した。**問 i** の油脂 57.0 g を燃焼して得られるのと同じ熱量を得るには，マルトースを何 g 燃焼する必要があるか。解答は有効数字 3 桁目を四捨五入して，下の形式により示せ。

$$\boxed{}.\boxed{}\times 10^2\,g$$

92　溶存酸素の定量　　　　　　　　　　　2005 年度〔10〕

つぎの文章を読み，下の問に答えよ。

水の汚染や水中での生物活動などを知るために，水に溶けている酸素（溶存酸素）を定量することは重要である。酸化還元反応を利用することによって溶存酸素を定量することができる。基本的な原理は①〜③の通りである。

①　塩基性水溶液中で $Mn(OH)_2$ が O_2 により酸化され $MnO(OH)_2$ を生じる。
　　　　$2Mn(OH)_2 + O_2 \longrightarrow 2MnO(OH)_2$

②　$MnO(OH)_2$ を含む水溶液を酸性にして I^- を加えると，$MnO(OH)_2$ は Mn^{2+} に還元され，それに伴い I^- が酸化され I_2 を生じる。

③　$Na_2S_2O_3$ 水溶液を用いて，②で生じた I_2 を定量する。$S_2O_3{}^{2-}$ は，つぎの反応にしたがって $S_4O_6{}^{2-}$ に酸化され，I_2 を還元する。
　　　　$2S_2O_3{}^{2-} \longrightarrow S_4O_6{}^{2-} + 2e^-$

問 i　溶存酸素の定量のためには，③で用いる $Na_2S_2O_3$ 水溶液の濃度を正確に決定しておく必要がある。

　　$3.00 \times 10^{-4}\,mol$ の I_2 をすべて還元するには $30.0\,mL$ の $Na_2S_2O_3$ 水溶液が必要であった。この $Na_2S_2O_3$ 水溶液の濃度を求めよ。解答は有効数字 3 桁目を四捨五入して，下の形式により示せ。

$$\boxed{}.\boxed{} \times 10^{-2}\,mol/L$$

問 ii　ある湖の水 $100\,mL$ をとり，上述の①～②の原理にしたがって溶存酸素から I_2 を生成させた。生じた I_2 をすべて還元するには，**問 i** で濃度を決定した $Na_2S_2O_3$ 水溶液が $4.00\,mL$ 必要であった。湖水の溶存酸素濃度の酸素飽和濃度に対する割合は何％か。ただし，湖水の温度において，$1.00\,atm$ の酸素の飽和濃度は $1.25 \times 10^{-3}\,mol/L$ であり，湖水採取時の酸素分圧は $0.200\,atm$ であった。解答は小数点以下第 1 位を四捨五入して，下の形式により示せ。

$$\boxed{}\boxed{}\ \%$$

93 オストワルト法と反応熱　　　　　　　2004 年度〔5〕

アンモニアから HNO_3（気体）が生成するつぎの 3 段階の気相反応について下の問に答えよ。ただし，1 mol のアンモニアが酸素と反応して窒素と H_2O（気体）が生成するときの反応熱を $317\,kJ$ とし，各気体の生成熱を右の表の値とする。

気体の生成熱	〔kJ/mol〕
一酸化窒素	-90
二酸化窒素	-33
H_2O	242
HNO_3	135

(1)　アンモニアと酸素の反応によって，一酸化窒素と H_2O（気体）が生成する。

(2)　一酸化窒素と酸素の反応によって，二酸化窒素が生成する。

(3)　二酸化窒素と H_2O（気体）の反応によって，一酸化窒素と HNO_3（気体）が生成する。

問A　(1)の反応によって $1.00\,mol$ の一酸化窒素が生成するときの反応熱を求めよ。解答は有効数字 3 桁目を四捨五入して，下の形式により示せ。

$$\boxed{}.\boxed{} \times 10^{2}\,kJ$$

問B　$1.00\,mol$ のアンモニアが $1.75\,mol$ の酸素と反応して，HNO_3（気体），H_2O（気体），一酸化窒素が生成するときの反応熱を求めよ。解答は有効数字 3 桁目を四捨五入して，下の形式により示せ。

$$\boxed{}.\boxed{} \times 10^{2}\,kJ$$

94 クロム酸イオンの反応

クロム酸カリウムの水溶液**A**について，つぎの**実験ア，イ**を行った。下の間に答えよ。ただし，各元素の原子量は，H = 1，O = 16，K = 39，Cr = 52，Ag = 108 とする。

ア． 10.0 mL の水溶液**A**に，硝酸銀飽和水溶液を加えたところ沈殿が生じた。十分な量の硝酸銀飽和水溶液を加え，新たな沈殿が生じなくなった後，沈殿すべてをろ過，乾燥したところ 1.66 g の粉末を得た。

イ． 10.0 mL の水溶液**A**を十分な量の硫酸で酸性にした後，過酸化水素水を加えたところ気体**B**が発生し，この気体**B**の発生が止まるまで過酸化水素水を加えた。

問 i 水溶液**A**中のクロム酸イオン濃度を求めよ。解答は小数点以下第 3 位を四捨五入して，下の形式により示せ。

0. ☐☐ mol/L

問 ii **実験イ**で発生した気体**B**の質量を求めよ。解答は小数点以下第 3 位を四捨五入して，下の形式により示せ。

0. ☐☐ g

95 銅の電解精錬

ニッケルと銀を含む粗銅 200.0 g を陽極に，純銅を陰極に用いて硫酸銅（Ⅱ）水溶液中で銅の電解精錬を行った。9.65 A の電流を 400 分間流したところ，陽極の質量が 120.0 g となり，陽極の下方に陽極泥が 4.00 g 沈殿した。下の間に答えよ。ただし，陽極の組成は電解精錬中変化しないものとする。また，各元素の原子量は，Ni = 59，Cu = 64，Ag = 108，ファラデー定数は 96500 C/mol とする。

問A 陰極の質量は何 g 増加したか。解答は小数点以下第 1 位を四捨五入して，下の形式により示せ。

☐☐ g

問B 粗銅中の銅の質量パーセントを求めよ。解答は小数点以下第 1 位を四捨五入して，下の形式により示せ。

☐☐ %

≪反応速度，化学平衡≫

96　水酸化鉄(Ⅲ)の溶解度積と pH　　　　　2023 年度〔4〕

25℃で，0.320 mol/L の塩化鉄(Ⅲ)水溶液の pH を変化させたところ，pH がある値を超えると水酸化鉄(Ⅲ)が沈殿しはじめた。この pH の値を下の形式により示せ。ただし，25℃での水酸化鉄(Ⅲ)の溶解度積は $4.00 \times 10^{-38} (mol/L)^4$，水のイオン積は $1.00 \times 10^{-14} (mol/L)^2$ とする。また，$10^{0.3} = 2.00$，$10^{0.5} = 3.16$ とする。

pH = □.□

97　反応速度，反応速度定数，化学平衡の法則　　　　2022 年度〔7〕

つぎの記述のうち，誤っているものはどれか。なお，正解は 1 つまたは 2 つある。

1．過酸化水素が分解して酸素が生成する反応では，過酸化水素の濃度が大きいほど反応速度は大きくなる。
2．水のイオン積は温度が高くなると大きくなる。
3．電離平衡が成立している酢酸水溶液に塩化水素を吹き込むと，酢酸イオンの濃度は減少する。
4．反応速度定数は，反応物の濃度の大小では変化しない。
5．H_2 と I_2 が反応して HI が生成する反応で，反応開始から 3 分で H_2 のモル濃度が 0.8 mol/L から 0.5 mol/L に減少した。この間の HI の平均の生成速度は，0.2 mol/(L·min) である。
6．HI が気体の I_2 と H_2 に分解する反応では，反応速度定数は温度（K）に比例して変化する。
7．気体分子 A，B，C からなる可逆反応 $A + B \rightleftharpoons 2C$ がある。5L の容器の中に A，B を入れ，ある温度に保ったところ，A，B，C の物質量がそれぞれ 0.5 mol，0.5 mol，2 mol のときに平衡状態に達した。このときの平衡定数は 16 である。

98　化学平衡の量的関係と気体の圧力　2022年度〔10〕

ある温度において，容積一定の容器に圧力 P_1〔Pa〕の CO_2 が入っている。温度を一定に保ったまま，この容器に固体の炭素を加え十分長い時間待ったところ，つぎの可逆反応の平衡状態に達し，気体の全圧は P_2〔Pa〕となった。

　　　C（固）$+CO_2$（気）$\rightleftharpoons$ 2CO（気）

平衡状態における CO_2 の分圧 P〔Pa〕を求めよ。解答は P_1，P_2 を用いて示せ。ただし，すべての気体は理想気体としてふるまい，固体の炭素の体積は無視できるものとする。

$$P = \boxed{}\text{〔Pa〕}$$

99　溶解度積，共通イオン効果　2021年度〔4〕

一定温度で塩化銀の飽和水溶液に塩化ナトリウムを溶解させ，ナトリウムイオン濃度を 1.0×10^{-5} mol/L にした。このとき水溶液中の銀イオンの濃度（mol/L）はいくらか。解答は下の形式により示せ。ただし，この温度での塩化銀の溶解度積は 2.00×10^{-10} $(\text{mol/L})^2$ とする。また，$\sqrt{2} = 1.41$ とする。

$$\boxed{}\text{mol/L}$$

100　反応速度，平衡定数と平衡移動　2021年度〔6〕

つぎの記述のうち，誤っているものはどれか。なお，正解は 1 つまたは 2 つある。

1．化学反応の速さは，単位時間当たりの反応物の濃度の減少量で表すことができる。

2．H_2 と I_2 から HI が生成する発熱反応の反応熱を 9 kJ/mol とすると，逆反応の活性化エネルギーは正反応の活性化エネルギーよりも 9 kJ/mol 大きい。

3．容積一定の容器に 1.0 mol の H_2 と 1.0 mol の I_2 を入れて温度を一定に保ったところ，I_2 はすべて気体となり，H_2（気）$+I_2$（気）$\rightleftharpoons$ 2HI（気）の反応が起こり，H_2 が 0.20 mol に減少して平衡に達した。この温度における平衡定数は 40 である。

4．密閉容器内で N_2O_4 から NO_2 が生じる気体反応が平衡状態にあるとき，温度一定で容器の体積を増加させると NO_2 の分子数が増加する方向に平衡が移動する。

5．温度を上げて反応速度が大きくなるのは，主に活性化エネルギーを超えるエネルギーをもつ分子の割合が増えるためである。

6．反応速度が反応物の濃度の何乗に比例するかは，化学反応式の係数で決まる。

7．ある 2 つの発熱反応のうち，反応速度が大きい方が反応熱も大きいとは限らない。

101　気体の解離平衡　　　　　　　　　　2020年度〔5〕

式(1)で表される気体の解離反応に関する**実験**の記述を読み，下の問に答えよ。ただし，X_2，X は理想気体としてふるまうものとする。

$$X_2 \rightleftharpoons 2X \qquad (1)$$

実験　温度 T_A〔K〕において，容積 V〔L〕の密閉容器に n〔mol〕の X_2 を入れたところ，圧力は P_A〔Pa〕となった。このとき，容器内には X_2 のみが存在していた。その後，温度を T_B〔K〕まで上昇させたところ，X_2 の一部が解離して X が生成し，平衡に達した。このとき，解離度は α であり，容器内の圧力は P_B〔Pa〕となった。ただし，解離度 α はつぎの式で表される。

$$\alpha = \frac{\text{解離した } X_2 \text{ の物質量}}{\text{容器に入れた } X_2 \text{ の物質量}}$$

問 i　式(1)で表される反応が温度 T_B〔K〕において平衡に達したときの平衡定数 K_c〔mol/L〕を，n，V，α を用いて示せ。

$$K_c = \boxed{} \text{〔mol/L〕}$$

問 ii　解離度 α を，P_A，P_B，T_A，T_B を用いて示せ。

$$\alpha = \boxed{}$$

102　CuS の溶解度積　　　　　　　　　　2019年度〔4〕

5.0×10^{-4} mol/L の硫酸銅（Ⅱ）水溶液 100 mL に，25℃において硫化水素を飽和になるまで吹き込んだ。このとき，水溶液の水素イオン濃度は 1.0×10^{-3} mol/L，硫化水素の濃度は 0.10 mol/L であった。沈殿せず溶液中に残っている銅（Ⅱ）イオンの濃度はいくらか。

ただし，25℃における硫化銅（Ⅱ）の溶解度積 K_{sp} は 6.0×10^{-30} (mol/L)^2 とする。また，硫化水素は2段階に電離し，25℃における第1段階の電離定数は 9.6×10^{-8} mol/L，第2段階の電離定数は 1.3×10^{-14} mol/L とする。

$$\boxed{} \text{mol/L}$$

103　窒素化合物の反応と平衡定数　　　　　2019 年度〔9〕

N_2O_3 の固体は 277 K 以上で NO と NO_2 に完全に分解し，逆反応は起こらない。また NO_2 はつぎの(1)式により速やかに N_2O_4 との平衡状態に達する。

$$2NO_2 \rightleftarrows N_2O_4 \qquad (1)$$

(1)式において，NO_2 の濃度を 2 倍にすると，正反応の速度が 4 倍になり，N_2O_4 の濃度を 2 倍にすると，逆反応の速度が 2 倍になる。また，300 K における(1)式の正反応の速度定数は 4.95×10^8 L/(mol·s)，逆反応の速度定数は 4.50×10^6 /s である。下の問に答えよ。ただし，気体はすべて理想気体としてふるまうものとする。

問 i　(1)式の 300 K における平衡定数はいくらか。解答は下の形式により示せ。

$\boxed{}$ L/mol

問 ii　容積 2.20 L の空の容器に N_2O_3 を入れ，容器内の温度を 277 K 以上に保ったところ，NO，NO_2 および N_2O_4 からなる混合気体が生成した。この混合気体を含む容器に O_2 を加えたところ，NO のみが O_2 と反応し，容器内は NO_2，N_2O_4 および O_2 のみとなった。ここで，容器内の温度を 300 K に保ったところ，NO_2 の濃度が N_2O_4 の濃度の 2.50 倍となった。はじめに容器に入れた N_2O_3 の物質量はいくらか。解答は有効数字の 3 桁目を四捨五入して，下の形式により示せ。

$\boxed{}.\boxed{} \times 10^{-3}$ mol

104　プロピオン酸の電離定数　　　　　　　2018 年度〔4〕

濃度不明のプロピオン酸（C_2H_5COOH）水溶液 10.00 mL をとり，0.100 mol/L の水酸化ナトリウム水溶液を用いて 25℃で滴定した。水酸化ナトリウム水溶液を 17.50 mL 滴下した時，pH の値は 5.50 になり，さらに 2.30 mL 滴下したところで中和点に達した。プロピオン酸の 25℃での電離定数 K_a はいくらか。解答は有効数字 2 桁で，下の形式により示せ。ただし，$\sqrt{10} = 3.16$ とする。

$K_a = \boxed{}$ mol/L

105　一次反応の反応速度　　　　　　　　　2018 年度〔7〕

つぎの記述を読み，下の問に答えよ。

　ある気体 **A** は **A** → 2**B** + **C** のように不可逆的に分解し，気体 **B** および気体 **C** を生成する。この反応を温度と体積が一定の条件下で行い，**A** の濃度を 10 分ごとに測定し

たところ，**A**の平均の分解速度 v〔mol/(L·min)〕は，**A**の平均の濃度 a〔mol/L〕と速度定数 k〔/min〕を用いて $v = ka$ で表すことができた。このとき反応開始から 10 分後の気体の全圧は，反応開始時の**A**の圧力 P_0〔Pa〕の 1.8 倍であった。ただし，反応開始時に**B**と**C**は存在せず，**A**の初期濃度は a_0〔mol/L〕であった。また，すべての気体は理想気体としてふるまうものとする。

問　つぎの記述のうち，誤っているものはどれか。なお，正解は 1 つまたは 2 つある。

1．反応開始から 10 分後の**A**の濃度は，a_0 の 0.60 倍である。
2．反応開始から 20 分後の全圧は，P_0 の 2.2 倍より小さい。
3．反応開始から 20 分後の**A**の濃度は，**C**の濃度よりも小さい。
4．反応開始後，10 分から 20 分までの間における**A**の平均の分解速度は，**C**が生成する平均の速度よりも小さい。ただし，**C**が生成する平均の速度は反応開始後，10 分から 20 分までの間の平均の速度である。
5．**A**の濃度が初期濃度の半分になるまでに要する時間は，**A**の初期濃度を変えても変わらない。

106　プロパンの解離平衡　　　2018 年度〔8〕

つぎの式はプロパンからプロペンおよび水素を生成する反応を表したものであり，この反応は可逆反応である。この反応に関する**実験 1・2** の記述を読み，下の問に答えよ。ただし，気体定数は 8.31×10^3 Pa·L/(mol·K) とし，すべての気体は理想気体としてふるまうものとする。

$$C_3H_8 \rightleftharpoons C_3H_6 + H_2$$

実験 1　容積を自由に変えることができる空の容器にプロパン 0.400 mol を入れ，800 K，1.00×10^5 Pa に保ったところ，平衡状態に達し，気体の体積は 40.0 L となった。

実験 2　容積が 40.0 L の空の容器にプロパンを入れ，800 K に保ったところ，平衡状態に達し，0.100 mol のプロペンが生成した。

問 i　実験 1 の平衡状態において，生成した水素の物質量はいくらか。解答は小数点以下第 3 位を四捨五入して，下の形式により示せ。

0.□□ mol

問 ii　実験 2 で最初に容器に入れたプロパンの物質量はいくらか。解答は小数点以下第 3 位を四捨五入して，下の形式により示せ。

0.□□ mol

107 気体分子の熱運動と反応速度　2017 年度〔2〕

つぎの記述のうち，誤っているものはどれか。なお，正解は１つまたは２つある。

1．気体分子どうしの反応において温度を低くすると，発熱反応の反応速度は減少する。
2．温度一定の条件下で反応物の濃度を変えても，反応の速度定数は変化しない。
3．ある反応に触媒を加えると，活性化エネルギーは変化するが反応熱は変化しない。
4．可逆反応において触媒を加えたとき，正反応の反応速度が大きくなると，逆反応の反応速度も大きくなる。
5．気体分子どうしの反応において，温度一定の条件下で圧力を変化させても，反応速度は変化しない。
6．気体分子どうしの反応において，温度を高くすることにより反応物の衝突回数が２倍になると，反応速度も２倍になる。

108 平衡移動，化学反応と反応熱　2017 年度〔3〕

つぎの式で表される反応に関する記述を読み，下の問に答えよ。

$$CH_4 + H_2O \rightleftharpoons CO + 3H_2 \quad (1)$$
$$CO + H_2O \rightleftharpoons CO_2 + H_2 \quad (2)$$

反応(1)は水蒸気メタン改質，反応(2)は水性ガスシフト反応と呼ばれ，両者を組み合わせて天然ガスから水素が製造されている。どちらも，水が水蒸気となる高温で行われる可逆反応である。

ここで，メタン，一酸化炭素，水素の燃焼熱はそれぞれ 891 kJ/mol，283 kJ/mol，286 kJ/mol，水の蒸発熱は 44.0 kJ/mol とする。ただし，メタンと水素の燃焼熱は液体の水が生成するときの値である。すべての気体は理想気体としてふるまい，反応熱は温度と圧力に依存しないものと考えてよい。

問　つぎの記述のうち，誤っているものはどれか。なお，正解は１つまたは２つある。
1．反応温度を上げると，反応(1)の平衡は左に移動する。
2．圧力を上げると，反応(1)の平衡は左に移動する。
3．反応温度を上げると，反応(2)の平衡は左に移動する。
4．圧力を上げると，反応(2)の平衡は左に移動する。
5．メタンと水蒸気から二酸化炭素と水素が生成する反応は吸熱反応である。
6．反応(1)，反応(2)いずれも，右向きの反応では炭素原子の酸化数が増加する。

109　弱酸の混合溶液　　2016年度〔3〕

濃度 $2C$〔mol/L〕のギ酸水溶液に，同じ体積の $2.20×10^{-4}$ mol/L の酢酸水溶液を混合した。この水溶液の水素イオン濃度は $2.80×10^{-4}$ mol/L であった。下の問に答えよ。

ただし，すべての水溶液の温度は25℃であり，ギ酸と酢酸の電離定数はそれぞれ $2.80×10^{-4}$ mol/L，$2.80×10^{-5}$ mol/L とする。また，混合後の水溶液のギ酸イオンと酢酸イオンの濃度の和は水素イオン濃度に等しいものとする。

問 i　混合後の酢酸イオンの濃度はいくらか。最も適切なものをつぎの1～6から選び，番号で答えよ。

1．$2.8×10^{-6}$ mol/L　　2．$1.0×10^{-5}$ mol/L　　3．$1.1×10^{-5}$ mol/L
4．$2.8×10^{-5}$ mol/L　　5．$1.0×10^{-4}$ mol/L　　6．$1.1×10^{-4}$ mol/L

問 ii　C はいくらか。最も適切なものをつぎの1～6から選び，番号で答えよ。

1．$2.5×10^{-4}$ mol/L　　2．$2.7×10^{-4}$ mol/L　　3．$5.4×10^{-4}$ mol/L
4．$2.5×10^{-3}$ mol/L　　5．$2.7×10^{-3}$ mol/L　　6．$5.4×10^{-3}$ mol/L

110　アミノ酸の等電点と電離定数　　2016年度〔7〕

中性アミノ酸では，水溶液中でつぎの2つの電離平衡が成り立ち，それぞれの電離定数は K_1, K_2 で表される。

$$R-CH(NH_3^+)-COOH \underset{}{\overset{K_1}{\rightleftharpoons}} R-CH(NH_3^+)-COO^- + H^+$$
$$R-CH(NH_3^+)-COO^- \underset{}{\overset{K_2}{\rightleftharpoons}} R-CH(NH_2)-COO^- + H^+$$

等電点が 5.70，$K_1 = 1.00×10^{-2.10}$ mol/L である中性アミノ酸の電離定数 K_2〔mol/L〕の対数 $\log_{10}K_2$ はいくらか。解答は小数点以下第2位を四捨五入して，下の形式により示せ。

$$\log_{10}K_2 = -\boxed{}.\boxed{}$$

111　H₂O₂の分解反応　　2016年度〔9〕

つぎの文を読み，下の問に答えよ。

少量の酸化マンガン（Ⅳ）に 0.90 mol/L の H_2O_2 水溶液を 10 mL 加え，20℃に保ちながら H_2O_2 の分解反応を行った。発生した気体の体積を1.0分ごとに量り，平均の分解速度 v〔mol/(L·min)〕を求めた。v はつぎの反応速度式で表された。

$$v = kc$$

ここで，c〔mol/L〕は H_2O_2 の平均のモル濃度，k〔/min〕は速度定数である。反応を開始してから 1.0 分間に発生した気体の物質量は 1.0×10^{-3} mol だった。

問　つぎの記述のうち，誤っているものはどれか。なお，正解は 1 つまたは 2 つある。
1．一般に，化学反応式から反応速度式を導くことはできない。
2．H_2O_2 がすべて分解すると，4.5×10^{-3} mol の気体が発生する。
3．反応開始から 1.0 分後の H_2O_2 の濃度は 0.70 mol/L である。
4．反応開始から 2.0 分後の H_2O_2 の濃度は 0.50 mol/L である。
5．H_2O_2 水溶液の濃度を半分にして同じ実験を行うと，反応を開始してから 2.0 分間に 1.0×10^{-3} mol の気体が発生する。

112　硫化物の溶解度積　　　　　　　　　　　2015 年度〔5〕

つぎの表 1 の 1 〜 5 に示す金属イオンを含む水溶液がある。それぞれに飽和になるまで 25℃ で硫化水素を通じた結果，pH は右の欄の値になった。沈殿を生じなかったものはどれか。表 1 中の番号で答えよ。PbS，NiS，MnS の溶解度積は表 2 のとおりである。なお，正解は 1 つまたは 2 つある。

表 1

番　号	金属イオン	金属イオンの濃度〔mol/L〕	硫化水素を通じた後の pH
1	Pb^{2+}	1×10^{-2}	2
2	Pb^{2+}	1×10^{-4}	2
3	Ni^{2+}	1×10^{-2}	2
4	Ni^{2+}	1×10^{-4}	4
5	Mn^{2+}	1×10^{-2}	4

ただし，硫化水素を通じても，水溶液の体積は変化しないものとする。水溶液中の硫化水素の濃度 $[H_2S]$ は飽和濃度 0.1 mol/L で一定であり，硫化物イオンの濃度 $[S^{2-}]$ は pH により変化し，pH = 1 のとき $[S^{2-}] = 1 \times 10^{-20}$ mol/L である。

表 2

硫　化　物	25℃ での溶解度積〔mol^2/L^2〕
PbS	3×10^{-28}
NiS	4×10^{-20}
MnS	3×10^{-11}

113　二次反応における反応物の濃度と半減期　　2015 年度〔8〕

つぎの式(1)で表される反応に関する記述を読み，下の問に答えよ。

$$2X \longrightarrow Y \qquad (1)$$

この反応では，反応速度が X の濃度の 2 乗に比例する。このとき，反応時間 t における反応物 X の濃度 [X] は，反応速度定数を k，反応開始時の X の濃度を $[X]_0$ とすると，式(2)で表される。

$$\frac{1}{[X]} = kt + \frac{1}{[X]_0} \qquad (2)$$

問　25.0℃で 4.00 mol/L の X を反応させたところ，X の濃度が半分になるまでの時間は t_X〔s〕であった。また，65.0℃で A〔mol/L〕の X を反応させたところ，X の濃度が半分になるまでの時間は $0.150t_X$〔s〕となった。この反応では，温度が 10.0℃上がるごとに反応速度定数が 2.00 倍になる。

　　A はいくらか。解答は有効数字 3 桁目を四捨五入して，下の形式により示せ。

$$\boxed{}\ .\ \boxed{}\ \text{mol/L}$$

114　平衡状態における生成物の定量　　2015 年度〔9〕

つぎの式で表される気体の反応に関する**実験 1〜2** の記述を読み，下の問に答えよ。

$$X_2 + Y_2 \rightleftharpoons 2XY$$

実験 1　容器に n〔mol〕の X_2 と n〔mol〕の Y_2 を入れたところ，XY が A〔mol〕生成して平衡状態に達した。この状態を I とする。

実験 2　状態 I から容器の温度と体積を一定に保ちながら B〔mol〕の XY を容器に加えたところ，新たな平衡状態に達した。この状態を II とする。

問　状態 II における XY の物質量を，A，B，n を用いて示せ。ただし，この反応に関与する気体はすべて理想気体としてふるまうものとする。

115　緩衝液の pH　　　　　　　　　　　　　　　2014 年度〔3〕

0.200 mol/L の酢酸水溶液 50.0 mL に，0.100 mol/L の水酸化ナトリウム水溶液を V〔mL〕加えてできる pH が 3.5〜5.0 の緩衝液に関する下の問に答えよ。ただし，水溶液の温度は 25℃で一定に保たれており，25℃における酢酸の電離定数 K_a は 2.80×10^{-5} mol/L，酢酸ナトリウムの電離度は 1 とする。また，必要であれば，$\log_{10} 2 = 0.301$，$\log_{10} 3 = 0.477$，$\log_{10} 7 = 0.845$ を用いよ。

問 i　緩衝液の水素イオン濃度 $[\text{H}^+]$〔mol/L〕は，V を用いてつぎの式で表される。式中の分母と分子にあてはまる最も適切なものを，それぞれ下の 1〜5 より選び，番号で答えよ。

$$[\text{H}^+] = K_a \times \frac{\boxed{}}{\boxed{}}$$

1．$50 + V$　　2．V　　3．$100 + V$

4．$50 - V$　　5．$100 - V$

問 ii　緩衝液に 0.100 mol/L の水酸化ナトリウム水溶液を 10.0 mL 加えたときの pH 変化の絶対値を ΔpH_1 とし，水酸化ナトリウム水溶液の代わりに，0.100 mol/L の塩酸を 10.0 mL 加えたときの pH 変化の絶対値を ΔpH_2 とする。ΔpH_1 と ΔpH_2 の和が最小となる緩衝液の pH とそのときの V はいくらか。それぞれ最も適切なものを下の 1〜6 より選び，番号で答えよ。

(pH)　1．3.95　　　　2．4.19　　　　3．4.38

　　　4．4.55　　　　5．4.73　　　　6．4.98

(V)　1．30.0 mL　　2．40.0 mL　　3．50.0 mL

　　　4．60.0 mL　　5．70.0 mL　　6．80.0 mL

116　化学平衡，反応速度　　　　　　　　　　　2013 年度〔3〕

つぎの文を読み，下の問に答えよ。

容積 V〔L〕の密閉容器に気体 **X** と気体 **Y** を入れ，温度 T〔K〕に保ったところ，下の式(1)で表される可逆反応によって，気体 **Z** が生成し平衡状態となった。この状態を **A** とする。

$$\text{X} + \text{Y} \rightleftarrows 2\text{Z} \qquad (1)$$

この反応において，正反応の反応速度は，気体 **X** と気体 **Y** の濃度の積に比例し，速度定数は a〔L/(mol·s)〕で表される。逆反応の反応速度は，気体 **Z** の濃度の 2 乗に比例する。気体はすべて理想気体としてふるまうものとし，気体定数は R〔Pa·L/

(mol・K)〕とする。

問i 式(1)の反応に関するつぎの記述のうち,正しいものはどれか。なお,正解は1つまたは2つある。

1.触媒を加え活性化エネルギーを減少させると,正反応の反応速度が減少する。
2.温度を上昇させると,逆反応の反応速度が増大する。
3.正反応が発熱反応であるとき,温度を上昇させると,平衡定数の値は増加する。
4.温度一定のまま,この混合気体の体積を変化させると,平衡定数の値は変化する。
5.全圧一定のまま温度を変化させても,平衡定数の値は変わらない。

問ii 状態**A**における気体の全圧は P〔Pa〕であった。また,気体**X**と気体**Y**の分圧は等しく,気体**Z**の分圧は全圧の半分であった。状態**A**における逆反応の反応速度 v_A〔mol/(L・s)〕を,a,P,T,R を用いて表せ。

問iii 状態**A**において温度 T〔K〕に保ち,触媒を加え,状態**A**における気体**X**の物質量と同じ物質量の気体**X**を追加したところ,新しい平衡状態になった。この状態を**B**とする。状態**B**における正反応の速度定数は b〔L/(mol・s)〕となった。状態**B**における逆反応の反応速度は v_A の何倍になるかを,a,b,P,T,R のうちから必要なものを用いて表せ。

---

117 アンモニアの電離平衡,緩衝液　　　　2013年度〔6〕

溶液**A**は $0.100\,\mathrm{mol/L}$ のアンモニア水であり,その pH は 11.20 であった。溶液**B**は $0.100\,\mathrm{mol/L}$ の塩酸である。$10.0\,\mathrm{mL}$ の溶液**A**に,溶液**B**を滴下して中和し,溶液**C**を得た。さらに,溶液**C**に,$20.0\,\mathrm{mL}$ の溶液**A**を加えて溶液**D**を得た。つぎの問に答えよ。ただし,溶液**A**～**D**の温度は同じであり,アンモニア水の電離度は1に比べて著しく小さい。また,水のイオン積を $1.00\times10^{-14}\,(\mathrm{mol/L})^2$ とする。必要であれば $\log_{10}2=0.30$,$\log_{10}3=0.48$ を用いよ。

問i つぎの記述のうち,正しいものはどれか。なお,正解は1つまたは2つある。

1.溶液**A**と,純水で溶液**A**を10倍に希釈した溶液とでは,前者の方が $NH_4{}^+$ の濃度が高い。
2.溶液**A** $10.0\,\mathrm{mL}$ の中和に必要な溶液**B**の量は $10.0\,\mathrm{mL}$ より少ない。
3.溶液**A**と溶液**C**では,溶液**A**の方が $NH_4{}^+$ の濃度が高い。
4.溶液**C**を純水で10倍に希釈すると pH が減少する。
5.溶液**C**と溶液**D**のそれぞれに,溶液**A**を $1.00\,\mathrm{mL}$ ずつ加えたときの pH 変化は,

溶液 C の方が大きい。

　6．溶液 C と溶液 D のそれぞれを，純水で 10 倍に希釈したときの pH 変化は，溶液 D の方が大きい。

問 ii　溶液 A における，アンモニアの電離定数 K_b の対数 $\log_{10} K_b$ はいくらか。解答は小数点以下第 2 位を四捨五入して，下の形式により示せ。

$$\log_{10} K_b = -\boxed{}.\boxed{}$$

問 iii　溶液 D の pH はいくらか。解答は小数点以下第 2 位を四捨五入して，下の形式により示せ。

$$pH = \boxed{}.\boxed{}$$

118　電離平衡，溶解度積　　　　2012 年度〔9〕

つぎの問に答えよ。

問 i　つぎの記述のうち，正しいものはどれか。なお，正解は 1 つまたは 2 つある。

　1．0.100 mol/L の酢酸水溶液 10 mL を水で希釈して 1000 mL とした。このとき pH は 1.5 以上増大する。

　2．強塩基と弱塩基とでは，必ず強塩基の方が水への溶解度〔g/L〕は大きい。

　3．塩酸を用いてアンモニア水を中和滴定するとき，指示薬としてフェノールフタレインを用い，中和点の判定は水溶液が無色になったことで行う。

　4．塩化アンモニウムを室温で水に溶かしたとき，この水溶液中に存在する H^+，NH_4^+，NH_3，Cl^-，NH_4Cl のうち，濃度の最も高い成分は Cl^- である。ただし，塩化アンモニウム 0.100 mol を 1000 mL の水に溶かしたとする。

　5．塩化ナトリウムの飽和水溶液に，温度を一定に保ったまま希硫酸を加えると，塩化ナトリウムの沈殿が生じる。

　6．アレニウスの定義による酸とブレンステッドの定義による塩基を反応させると必ず水が生じる。

問 ii　水素イオン濃度を酸性から中性の領域で様々に調整した 0.100 mol/L の塩化鉄（II）水溶液がある。これらに H_2S を飽和になるまで吹き込んだとき FeS の沈殿が生じるかどうかを調べた。FeS の沈殿が生じたときの水溶液の水素イオン濃度を測定したところ，最大で 4.20×10^{-4} mol/L であった。H_2S は以下のように 2 段階に電離する。第 1 段階の電離定数が 8.40×10^{-8} mol/L であるとき，第 2 段階の電離定数はいくらか。

$$H_2S \rightleftharpoons H^+ + HS^- \quad（第 1 段階）$$
$$HS^- \rightleftharpoons H^+ + S^{2-} \quad（第 2 段階）$$

ただし，FeS の溶解度積は $6.00 \times 10^{-18} \mathrm{mol^2/L^2}$ とする。また，硫化水素の飽和溶解度は $0.100 \mathrm{mol/L}$ であり，電離度が小さいため，飽和溶液における分子としての H_2S の濃度も $0.100 \mathrm{mol/L}$ とみなしてよいものとする。解答は有効数字3桁目を四捨五入して，下の形式により示せ。

$$1.\ \boxed{} \times 10^{-1\boxed{}} \mathrm{mol/L}$$

119　H_2O_2 分解反応における反応速度　　　　　2011年度〔4〕

少量の酸化マンガン（Ⅳ）MnO_2 に $0.640 \mathrm{mol/L}$ の過酸化水素 H_2O_2 水溶液を 10.0 mL 加え，分解反応で発生した酸素 O_2 を水上置換ですべて捕集した。捕集容器内の圧力を大気圧にあわせて気体の体積を量ったところ，反応時間と体積の関係はつぎの表のようになった。実験は $300 \mathrm{K}$ で行われ，大気圧は $1.010 \times 10^5 \mathrm{Pa}$ であった。下の問に答えよ。ただし，気体は理想気体としてふるまうものとし，H_2O_2 の分解反応にともなう水溶液の体積変化および O_2 の水への溶解は無視する。気体定数は $8.3 \times 10^3 \mathrm{Pa \cdot L/(mol \cdot K)}$ とし，$300 \mathrm{K}$ での水蒸気圧は $0.040 \times 10^5 \mathrm{Pa}$ とする。なお，s は秒を表す。

反応時間〔s〕	0	60	300	600
捕集容器内の気体の体積〔mL〕	0.0	18.0	58.0	75.0

問 i　$0 \sim 60$ 秒における H_2O_2 の平均の分解速度はいくらか。解答は有効数字3桁目を四捨五入して，下の形式により示せ。

$$\boxed{}.\boxed{} \times 10^{-3} \mathrm{mol/(L \cdot s)}$$

問 ii　この実験における H_2O_2 の分解速度 v は，$v = k[H_2O_2]$ に従う。ただし，k は分解反応の速度定数，$[H_2O_2]$ は過酸化水素の濃度である。速度定数 k を $0 \sim 60$ 秒における H_2O_2 の平均の分解速度と平均の濃度より求めよ。解答は有効数字3桁目を四捨五入して，下の形式により示せ。

$$k = \boxed{}.\boxed{} \times 10^{-3} \mathrm{s^{-1}}$$

問 iii　反応開始後 600 秒において，O_2 の生成速度を増大させるために $0.640 \mathrm{mol/L}$ の H_2O_2 水溶液を追加したところ，その 60 秒後における捕集容器内の気体の体積は $85.0 \mathrm{mL}$ となった。追加した H_2O_2 水溶液の体積はいくらか。ただし，平均の分解速度は，平均の濃度と**問 ii**で求めた速度定数 k を用いて $v = k[H_2O_2]$ により計算できるものとする。解答は小数点以下第2位を四捨五入して，下の形式により示せ。

$$\boxed{}.\boxed{} \mathrm{mL}$$

120　気相間平衡における量的関係　2010 年度〔2〕

容積を変化させることで圧力を一定に保つことができる密閉容器に H_2O 3.00 mol と CO 4.00 mol を入れて高温に保ったところ，(1)式の可逆反応によって H_2 と CO_2 が生成し平衡状態となった。このときの容器内の H_2 の物質量は 2.40 mol であった。

$$H_2O \text{（気）} + CO \text{（気）} \rightleftharpoons H_2 \text{（気）} + CO_2 \text{（気）} \qquad (1)$$

この混合気体に，ある物質量の O_2 を加えて燃焼させた。この燃焼により 360.0 kJ の熱が発生し，容器内の O_2 はすべて消失した。さらに容器を，O_2 を加える前の温度にしたところ，新たに下線の平衡状態となり H_2 の物質量は 1.80 mol となった。つぎの問に答えよ。ただし，気体はすべて理想気体としてふるまうものとし，反応に関与する水はすべて気体であるものとする。また，CO および H_2 の燃焼熱は，温度によらず，それぞれ 283.0 kJ/mol，246.0 kJ/mol とする。

問 i　下線の平衡状態における平衡定数 K はいくらか。解答は小数点以下第 2 位を四捨五入して，下の形式により示せ。

$$K = \boxed{}.\boxed{}$$

問 ii　燃焼前に混合気体に加えた O_2 の物質量はいくらか。解答は小数点以下第 2 位を四捨五入して，下の形式により示せ。

$$\boxed{}.\boxed{} \text{ mol}$$

問 iii　燃焼により消費された H_2 の物質量はいくらか。解答は小数点以下第 2 位を四捨五入して，下の形式により示せ。

$$\boxed{}.\boxed{} \text{ mol}$$

121　硫酸の電離平衡，希硫酸の電気分解　2010 年度〔4〕

つぎの問に答えよ。

問 i　硫酸は，水溶液中で下式のように 2 段階で電離する。

$$H_2SO_4 \longrightarrow H^+ + HSO_4^- \qquad (1)$$
$$HSO_4^- \rightleftharpoons H^+ + SO_4^{2-} \qquad (2)$$

H^+ の濃度 $[H^+]$ を，HSO_4^- の濃度 $[HSO_4^-]$ と SO_4^{2-} の濃度 $[SO_4^{2-}]$ を用いて表せ。ただし，H^+，HSO_4^-，SO_4^{2-} 以外のイオンの濃度は十分に低く，無視できるものとする。

問 ii　(1)式の電離が完全に起こり，(2)式の電離定数が 1.00×10^{-2} mol/L であるとき，0.100 mol/L の希硫酸中での H^+，HSO_4^-，SO_4^{2-} の各イオンの濃度はいくらか。

解答は小数点以下第3位を四捨五入して，下の形式により示せ。必要ならば，
$\sqrt{1.61} = 1.27$ を用いよ。

$$[H^+] \qquad 0.\boxed{}\ mol/L$$
$$[HSO_4^-] \qquad 0.\boxed{}\ mol/L$$
$$[SO_4^{2-}] \qquad 0.\boxed{}\ mol/L$$

問ⅲ　十分な量の希硫酸に白金電極を入れて直流電圧をかけたところ，0.965 A の一定電流が流れ，陽極と陰極からそれぞれ異なる気体が発生した。これらの気体に関する以下の記述のうち，誤っているものはどれか。ただし，発生した気体は理想気体としてふるまい，気体定数は $8.31 \times 10^3\ Pa \cdot L/(mol \cdot K)$，ファラデー定数は 96500 C/mol とする。なお，正解は1つまたは2つある。

1．この条件で，800 秒間通電を行ったとき，陰極で発生した気体の体積は，298 K，$1.01 \times 10^5\ Pa$ で 100 mL 以下である。

2．この条件で，陽極で発生した気体の体積と陰極で発生した気体の体積の合計が，298 K，$1.01 \times 10^5\ Pa$ で 200 mL に達するのに要する通電時間は，1000 秒以内である。

3．陰極で発生した気体の工業的な製法として，石油から得られる炭化水素を高温で水と反応させる方法がある。

4．陽極で発生した気体の工業的な製法として，液体空気の分留がある。

5．陰極で発生した気体と陽極で発生した気体とで燃料電池を構成するとき，陰極で発生した気体は正極活物質として用いる。

122　中和滴定，電離平衡　　　　　　　　　2008 年度〔5〕

酢酸水溶液**A**の濃度を中和滴定により決定するため，つぎの**実験ア**および**イ**を行った。**実験ア**は標準溶液として用いる水酸化ナトリウム水溶液**B**の正確な濃度を決定するための中和滴定（標定）であり，**実験イ**は酢酸水溶液**A**の濃度を決定するための中和滴定である。下の問に答えよ。ただし，各元素の原子量は，H＝1，C＝12，O＝16，K＝39 とし，$\log_{10}2 = 0.30$，$\log_{10}3 = 0.48$，$\log_{10}5 = 0.70$，$\log_{10}7 = 0.85$ とする。また，フタル酸水素カリウム $C_8H_5O_4K$ は，1価の酸としてはたらく。

ア．フタル酸水素カリウム 0.306 g を純水 30.0 mL に溶解した溶液に，水酸化ナトリウム水溶液**B**を滴下したところ，中和までに 15.0 mL を要した。

イ．5.00 mL の酢酸水溶液**A**に，水酸化ナトリウム水溶液**B**を滴下したところ，中和までに 24.5 mL を要した。

問i　酢酸水溶液**A**のモル濃度はいくらか。解答は小数点以下第3位を四捨五入して，下の形式により示せ。

0.□□mol/L

問ii　酢酸水溶液**A**の pH を測定したところ，2.53 であった。この酢酸の電離定数 K_a を x〔mol/L〕としたとき，$-\log_{10}x$ の値はいくらか。解答は小数点以下第2位を四捨五入して，下の形式により示せ。ただし，酢酸水溶液**A**の電離度は十分小さいものとする。

$-\log_{10}x=$□.□

問iii　**実験ア**において，水酸化ナトリウム水溶液**B**の正確な濃度を中和滴定で決定したのは，濃度が正確にわかっている水酸化ナトリウム水溶液を調製することが困難なためである。つぎの記述のうち，その理由として誤っているものはどれか。なお，正解は1つまたは2つある。

1．水酸化ナトリウムを水に溶解すると，発熱するため。
2．水酸化ナトリウムは潮解しやすいため。
3．水酸化ナトリウムは皮膚や粘膜を激しくおかすため。
4．水酸化ナトリウムは空気中の二酸化炭素を吸収しやすいため。

123　平衡移動，平衡状態における量的関係　　　2008年度〔8〕

窒素と水素を混合した気体を，酸化鉄を主成分とする触媒を含む容器中で高温高圧の条件で反応させると，アンモニアが生成して平衡状態に達する。この平衡反応に関するつぎの問に答えよ。ただし，窒素，水素，およびアンモニアは，すべて理想気体としてふるまうものとする。

問i　平衡状態にあるアンモニアの物質量に関するつぎの記述のうち，誤っているものはどれか。なお，正解は1つまたは2つある。

1．温度一定で，圧力を上げるとアンモニアの物質量は増える。
2．圧力一定で，温度を上げるとアンモニアの物質量は増える。
3．容器の容積と温度を一定に保ちながらネオンを加えると，アンモニアの物質量は増える。
4．容器の容積と温度を一定に保ちながら水素を加えると，アンモニアの物質量は増える。
5．容器内の温度と圧力が同じであれば触媒の量を増やしても，アンモニアの物質量は変わらない。
6．単位時間あたりに生成するアンモニアの物質量と分解するアンモニアの物質量

は等しい。

問ⅱ　容器の容積と温度を一定に保ちながら，窒素 5.00 mol と水素 5.00 mol を反応させた。平衡状態に達した後の容器内の圧力は，反応開始時の圧力の 0.80 倍になった。このときの窒素の分圧は水素の分圧の何倍か。解答は小数点以下第2位を四捨五入して，下の形式により示せ。

$$\boxed{}.\boxed{}\ 倍$$

問ⅲ　**問ⅱ**の平衡状態にある混合気体を別の容器に移し，アンモニアだけを取り除いた。これに新たに窒素と触媒を加え，**問ⅱ**と同じ容積と温度に保ち反応させた。平衡状態に達した後の水素とアンモニアの分圧は等しくなった。加えた窒素の物質量はいくらか。解答は小数点以下第2位を四捨五入して，下の形式により示せ。

$$\boxed{}.\boxed{}\ mol$$

124　気相間の平衡　　　　　　　　　　2006 年度〔1〕

同じ質量の気体AとBが，容積の等しい2つの容器に別々に封入されている。2つの容器はコックがついた容積の無視できる管でつながれており，常に一定温度に保たれている。最初閉じていたコックを開いて2つの気体を混合すると，反応 $A + B \rightleftharpoons C$ が起こり，気体Cが生じて平衡に達する。つぎの記述のうち正しいものはどれか。ただし，Bの分子量はAの2倍であり，気体A，B，Cはいずれも理想気体としてふるまうものとする。なお，正解は1つまたは2つある。

1．混合する前，気体AとBの物質量は等しい。
2．混合する前，気体Aの圧力は気体Bの圧力の2倍である。
3．混合する前，気体Aの密度は気体Bの密度の $\dfrac{1}{2}$ 倍である。
4．混合して平衡に達したとき，気体AとBの分圧の比は混合前の圧力の比に等しい。
5．混合して平衡に達したとき，全物質量は混合前よりも増加している。
6．混合して平衡に達した後，ヘリウムを加えて容器内の圧力を高くしても気体Cの物質量は変化しない。

125　H₂O₂ 分解反応における反応速度　　　　2006 年度〔4〕

つぎの文章を読み，下の問に答えよ。

酸化マンガン(Ⅳ)による過酸化水素の水と酸素への分解反応の速度 v は，(1)式に示すように過酸化水素濃度 [H₂O₂] に比例することが知られている。

$$v = k[\mathrm{H_2O_2}] \qquad (k\ \text{は反応速度定数}) \qquad (1)$$

質量パーセント濃度で 1.36% の過酸化水素水溶液 $500\,\mathrm{mL}$（密度 $1.00\,\mathrm{g/cm^3}$）に酸化マンガン(Ⅳ)を加え，一定温度で反応を行った。反応時間とそれまでに発生した酸素の体積の総和を，下の表に示す。ただし，この温度で $1\,\mathrm{mol}$ の酸素が占める体積は $25.0\,\mathrm{L}$ であり，反応によって溶液の体積は変化しないものとする。また，$\log_e 2 = 0.693$，$\log_e 3 = 1.10$，$\log_e 5 = 1.60$ とし，各元素の原子量は，$\mathrm{H}=1$，$\mathrm{O}=16$ とする。

反応時間〔分〕	発生した酸素の体積の総和〔L〕
0	0
10	1.00
32	2.00

問 i　反応時間 10 分における反応速度は，反応時間 32 分における反応速度の何倍であるか。解答は小数点以下第 2 位を四捨五入して，下の形式により示せ。

□.□倍

問 ii　反応時間 t_1，t_2 における反応速度をそれぞれ v_1，v_2 とすると，(1)式からつぎの関係が導かれる。

$$\log_e \frac{v_1}{v_2} = -k\,(t_1 - t_2)$$

反応速度定数 k を求めよ。解答は有効数字 3 桁目を四捨五入して，下の形式により示せ。

□.□×10^{-2}/分

126　平衡移動　　　2005 年度〔5〕

つぎの気体反応 1 〜 5 に関する下の問に答えよ。ただし，各気体の生成熱は下の表の値とする。なお，正解は 1 つまたは 2 つある。

1．二酸化炭素から一酸化炭素と酸素が生成
2．二酸化窒素から四酸化二窒素が生成
3．一酸化窒素から窒素と酸素が生成
4．三酸化硫黄から二酸化硫黄と酸素が生成
5．水素と窒素からアンモニアが生成

問 i　気体反応 1 〜 5 がそれぞれ平衡にあるとき，下の記述ア〜エの 2 つにあてはまるものはどれか。反応の番号で答えよ。

問 ii　気体反応 1 〜 5 がそれぞれ平衡にあるとき，下の記述ア〜エの 1 つにだけあて

はまるものはどれか。反応の番号で答えよ。

問ⅲ　気体反応1～5がそれぞれ平衡にあるとき，下の記述**ア**～**エ**のいずれにもあて
はまらないものはどれか。反応の番号で答えよ。

ア．圧力一定で温度を高くすると，生成物の物質量が増加する。
イ．温度一定で圧力を高くすると，正反応の速度定数が大きくなる。
ウ．温度一定で圧力を低くすると，生成物の物質量が増加する。
エ．温度一定で圧力を高くしても，生成物の物質量は変化しない。

表　気体の生成熱

気体	CO_2	CO	NO_2	N_2O_4	NO	SO_3	SO_2	NH_3
生成熱〔kJ/mol〕	394	111	−34	−10	−91	396	297	46

127　反応熱，化学平衡と平衡移動　　　　　　　　2004年度〔2〕

反応熱と平衡に関するつぎの記述のうち，誤っているものはどれか。なお，正解は
1つまたは2つある。

1．化学反応式に含まれるすべての物質の生成熱がわかっている場合，必ずその反応
　熱を求めることができる。
2．単体の燃焼熱は，その完全燃焼によって生成する酸化物の生成熱と常に等しい。
3．ある水溶液を試験管の半分まで入れた後に密栓し，室温で十分に長い時間静置す
　ると，水溶液の濃度によらず，この試験管内の水の蒸発速度と水蒸気の凝縮速度は
　等しくなる。
4．ふたまた試験管の片方に半分まで純水を入れ，もう片方に純水と同体積の飽和シ
　ョ糖水溶液を入れた後に密栓し，室温で十分に長い時間静置すると，純水の体積は
　ショ糖水溶液の体積より小さくなる。
5．酢酸とエタノールから酢酸エチルと水が生成する反応は，可逆反応である。
6．一酸化炭素と酸素から二酸化炭素が生成する反応が平衡にあるとき，一定の圧力
　のもとで温度を高くすると二酸化炭素が増加する。

128　酢酸の電離平衡　　　　　　　　　　　　　　　　2004 年度〔6〕

濃度 2.25×10^{-3} mol/L の酢酸水溶液における酢酸の電離度を測定したところ，1.00×10^{-1} であった。同じ温度において，電離度を 4.00×10^{-2} とするためには，この酢酸水溶液 100 mL に対して 1.00×10^{-1} mol/L の酢酸水溶液を何 mL 加えればよいか。解答は小数点以下第 1 位を四捨五入して，下の形式により示せ。ただし，この操作で混合後の酢酸水溶液の体積は混合前の体積の和になるものとする。

□□ mL

129　酸，水の電離平衡と pH　　　　　　　　　　　　2004 年度〔8〕

つぎの記述のうち，正しいものはどれか。なお，正解は 1 つまたは 2 つある。

1．硫化水素は水溶液中で 2 段階に電離する強酸である。
2．フッ化水素酸は電離度が小さく弱酸であるが，酸化力が強いのでガラスを溶かす。
3．水酸化銅（Ⅱ）や水酸化亜鉛の沈殿を含む水溶液に過剰のアンモニア水を加えると，アンモニア分子が Cu^{2+} や Zn^{2+} に配位して，正四面体構造の錯イオンができる。
4．アンモニアと塩化アンモニウムによる緩衝溶液の pH は，少量の酸を加えてもほとんど変化しないが，純水で 100 倍に希釈すると大きく変化する。
5．水の電離は吸熱反応なので，純水の温度を高くすると純水中の水素イオン濃度は増加する。
6．10^{-4} mol/L の塩酸を純水で 10^4 倍に希釈すると，水溶液の pH の値は 25℃ で 7 より大きくなる。

第4章 無機物質

130 単体・化合物・イオンの性質 　　　　　　　　　　2023年度〔1〕

つぎの記述のうち，正しいものはどれか。なお，正解は1つまたは2つある。

1. 第4周期に属するハロゲンの単体は，常温，常圧で固体である。
2. Ca^{2+} の最外電子殻には，収容できる最大数の電子が配置されている。
3. Li，Na，K の単体の中で，Li は密度が最も小さくて融点が最も低い。
4. K^+，Ca^{2+}，Cl^-，S^{2-} のうち，イオン半径が最も大きいのは S^{2-} である。
5. 赤リンは空気中で自然発火する。
6. 黒鉛では，各炭素原子が別の炭素原子4個と共有結合を形成している。
7. 鉄と銅はいずれも，塩酸と反応して水素を発生する。

131 金属単体・化合物の性質 　　　　　　　　　　2023年度〔2〕

つぎの記述のうち，誤っているものはどれか。なお，正解は1つまたは2つある。

1. 塩化鉄(Ⅲ)水溶液にチオシアン酸カリウム水溶液を加えると，溶液は血赤色となる。
2. 酸化マンガン(Ⅳ)は，塩素酸カリウムから酸素を発生させる触媒として使用される。
3. Zn^{2+}，Cu^{2+}，Ag^+ をそれぞれ別に含む3種類の水溶液に，少量の水酸化ナトリウム水溶液を加えると，いずれも水酸化物の沈殿が得られる。
4. 銅，チタン，ニッケル，パラジウム，および銀は，すべて遷移元素である。
5. 過マンガン酸イオンは，硫酸酸性水溶液中で酸化剤としてはたらく。
6. 1mol の酸化鉄(Ⅲ)を 2mol の一酸化炭素で還元すると，単体の鉄が 2mol 生成する。
7. 亜鉛，スズ，アルミニウム，および鉛は，すべて両性金属（両性元素）である。

132 金属単体・化合物の性質 2022年度〔1〕

つぎの記述のうち，誤っているものはどれか。なお，正解は1つまたは2つある。

1．硫酸銅（Ⅱ）の無水塩（無水物）は水を吸収すると，白色から青色に変化する。
2．同一周期に属する遷移元素では，原子番号が大きくなると最外殻電子の数が多くなる。
3．銅の単体は塩酸や希硫酸とは反応しないが，希硝酸や濃硝酸とは反応して溶ける。
4．ステンレス鋼はクロムを含む合金である。
5．マンガンの単体は空気中の酸素と反応して，表面が酸化される。
6．スズと鉛はいずれも0，＋2，＋4の酸化数をとることができる。
7．鋼は，銑鉄の中の炭素を酸化し，炭素の含有量を減らすことにより得ることができる。

133 金属元素の性質 2022年度〔2〕

第6周期までの金属元素A〜Eに関するつぎの記述ア〜カを読み，下の問に答えよ。なお，正解は1つまたは2つある。

ア．A〜Eは3〜11族以外に属する元素である。
イ．AとBとCは同じ周期に属し，この周期にはA，B，C以外の金属元素は存在しない。
ウ．Bの原子番号はAの原子番号よりも大きい。
エ．Cの酸化物は両性酸化物である。
オ．Dの単体はダニエル電池の一方の電極として用いられる。
カ．Eは第6周期に属し，Dの同族元素である。

問 つぎの記述のうち，誤っているものはどれか。
1．A〜Eのうち，イオン化傾向の最も小さいものはEである。
2．A〜Eの単体は，常温，常圧においてすべて固体である。
3．Aの単体は，常温の水と激しく反応する。
4．Aの同族元素には，非金属元素がある。
5．Bは炎色反応を示さない。
6．Cの単体は，濃硝酸によく溶ける。
7．Dの2価のイオンを含む水溶液に少量のアンモニア水を加えると沈殿が生じ，さらにアンモニア水を過剰に加えるとその沈殿は溶解する。

134　金属イオンの性質と反応　　　　　　　　2021年度〔1〕

金属イオン Ag^+，Ba^{2+}，Ca^{2+}，Cu^{2+}，Fe^{2+}，Pb^{2+} をそれぞれ別に含む6種類の水溶液に関するつぎの記述のうち，正しいものはどれか。なお，正解は1つまたは2つある。

1．炎色反応を示す金属イオンを含むものは2種類である。
2．有色のものは2種類である。
3．常温で酸性にしたのち硫化水素を吹き込んだときに，黒色沈殿を生じるものは2種類である。
4．常温で希硫酸を加えたときに，沈殿を生じるものは2種類である。
5．常温で過剰量のアンモニア水を加えたときに，沈殿が残るものは2種類である。
6．常温で過剰量の水酸化ナトリウム水溶液を加えたときに，沈殿が残るものは2種類である。
7．常温でクロム酸カリウム水溶液を加えたときに，沈殿を生じるものは2種類である。

135　標準状態で気体である物質の性質と反応　　　2021年度〔2〕

標準状態で気体であり，互いに異なる物質 A ～ G に関するつぎの記述ア～カを読み，下の問に答えよ。

ア．A は銅と熱濃硫酸の反応によって発生する。
イ．天然に存在する気体のうち，B は最も軽く，C は2番目に軽い。
ウ．D は単体であり，D を構成する元素の同族元素の単体のうち，標準状態で気体として存在するものは D だけである。
エ．白金電極を用いた希硫酸の電気分解により B と E が発生する。
オ．F は，四酸化三鉄を主成分とした触媒の存在下で，B と D を高温・高圧で反応させると発生する。
カ．G は塩化ナトリウムに濃硫酸を加えると発生する。

問　つぎの記述のうち，誤っているものはどれか。なお，正解は1つまたは2つある。
　1．A ～ G の気体はすべて無色である。
　2．A ～ G をモル質量の大きいものから順に並べたとき，4番目は D である。
　3．A と硫化水素を反応させると，A は酸化剤としてはたらく。

4．**A** の高濃度の水溶液は強い酸性を示す。

5．**C**，**D**，**E** の沸点をそれぞれ T_C，T_D，T_E とすると，$T_C < T_D < T_E$ である。

6．**F** と **G** の反応によって生じる塩は酸性塩である。

136　金属化合物，単体の反応，銅の電解精錬　　　　2020 年度〔6〕

つぎの記述のうち，正しいものはどれか。なお，正解は 1 つまたは 2 つある。

1．遷移元素のとり得る酸化数は，最外殻電子の数を超えることはない。

2．鉄の製錬において鉄鉱石に含まれる酸化鉄は，Fe_3O_4，Fe_2O_3，FeO，Fe の順に還元される。

3．硫酸銅(Ⅱ)水溶液を用いた銅の電解精錬では，粗銅は陰極として用いられる。

4．Ag^+，Cu^{2+}，Fe^{2+}，Fe^{3+} をそれぞれ別に含む 4 種類の水溶液に，室温でアンモニア水を過剰に加えると，沈殿が生じるのは Fe^{2+} と Fe^{3+} である。

5．塩化鉄(Ⅲ)水溶液に，室温でヘキサシアニド鉄(Ⅱ)酸カリウム水溶液を加えると濃青色の沈殿を生じる。

6．Ag^+，Cu^{2+}，Fe^{2+}，Fe^{3+}，Pb^{2+} をそれぞれ別に含む 5 種類の水溶液に，室温で水酸化ナトリウム水溶液を少量加えると，酸化物が沈殿するのは Ag^+ と Cu^{2+} である。

7．単体の Ag，Au，Pt のうち，熱濃硫酸に溶けるのは Ag と Pt である。

137　ハロゲン単体とその化合物の性質　　　　2020 年度〔7〕

第 5 周期までのハロゲンに関するつぎの記述のうち，正しいものはどれか。なお，正解は 1 つまたは 2 つある。

1．すべてのハロゲン化水素は強酸である。

2．すべての単体は二原子分子であり，有色である。

3．塩素酸カリウムと酸化マンガン(Ⅳ)の混合物を加熱して発生する気体は，湿ったヨウ化カリウムデンプン紙を青〜青紫色に変化させる。

4．塩素のオキソ酸では，塩素の酸化数が小さいものほど，より強い酸である。

5．すべてのハロゲン化水素の水溶液の保存には，ガラス容器が用いられる。

6．単体のうち，低温，暗所で水素と反応するものは 2 つである。

7．単体のうち，常温，常圧で固体のものは 2 つである。

138　金属イオンと金属単体の反応　　　　　　　　2019 年度〔1〕

つぎの記述のうち，誤っているものはどれか。なお，正解は1つまたは2つある。

1．第4周期の3〜12族に属する元素では，原子の最外殻電子の数は1つまたは2
つである。
2．クロム酸カリウムの水溶液に希硫酸を加えて酸性にすると，水溶液の色は黄色か
ら赤橙色に変化し，さらに過酸化水素水を加えると，水溶液の色は緑色に変化する。
3．ハロゲン化銀はハロゲンの種類によらず，水にほとんど溶けない。
4．アルミニウムは塩酸または水酸化ナトリウム水溶液のどちらとも反応して，水素
が発生する。
5．Cu^{2+}，Ag^+，Zn^{2+} をそれぞれ別に含む3種類の水溶液に少量のアンモニア水を
加えるといずれも沈殿が生じ，さらにアンモニア水を過剰に加えるとそれらの沈殿
はいずれも溶解する。
6．Fe^{2+} と Fe^{3+} をそれぞれ別に含む塩基性の水溶液に硫化水素を十分に通じると，
いずれも硫化鉄(Ⅱ)の黒色沈殿が生じる。

139　気体の実験室的製法　　　　　　　　　　　　2019 年度〔2〕

25℃，$1.0×10^5$Pa において気体である，単体あるいは化合物 A〜F に関するつぎ
の記述ア〜カを読み，下の問に答えよ。

ア．Aは硫化鉄(Ⅱ)と塩酸との反応によって発生する。
イ．Bはホタル石と加熱した濃硫酸との反応によって発生する。
ウ．Cは銅と加熱した濃硫酸との反応によって発生する。
エ．Dは銅と濃硝酸との反応によって発生する。
オ．Eは銅と希硝酸との反応によって発生する。
カ．Fはさらし粉と希塩酸との反応によって発生する。

問　つぎの記述のうち，正しいものはどれか。なお，正解は1つまたは2つある。
1．A〜Fのうち，無色のものは3つである。
2．A〜Fの分子は，すべて極性分子である。
3．第5周期までの12族元素のイオンを含む塩基性水溶液にAを通じると，いず
れも黒色の沈殿が生じる。
4．BとCは，ともに強酸である。

5．Cはヨウ素ヨウ化カリウム水溶液を脱色する。

6．Eは水上置換により捕集する。

7．Fと水との反応では，Fを構成している原子の酸化数がすべて減少する。

140　金属単体と化合物の性質と反応　　　　2018年度〔1〕

つぎの記述のうち，正しいものはどれか。なお，正解は1つまたは2つある。

1．金や白金は塩酸には溶けないが，硝酸や熱濃硫酸にはよく溶ける。

2．二クロム酸カリウムは，硫酸酸性溶液中で酸化剤と還元剤のどちらとしてもはたらく。

3．硫酸鉄（Ⅱ）水溶液および塩化鉄（Ⅲ）水溶液に水酸化ナトリウム水溶液を加えると，それぞれ緑白色と赤褐色の水酸化鉄が沈殿する。

4．銅は銀よりも熱伝導性と電気伝導性がどちらも大きい。

5．硫酸酸性溶液中で過マンガン酸カリウムを用いて過酸化水素から酸素を発生させるとき，過マンガン酸カリウムは触媒としてはたらく。

6．蛍光灯の光を当てると，塩化銀の固体は銀の微粒子を遊離するため黒くなる。

141　金属元素の性質と金属の決定　　　　2018年度〔3〕

金属元素A～Dに関するつぎの記述ア～キを読み，下の問に答えよ。

ア．A～Dは第4周期～第6周期に属し，3族～11族には属さない。

イ．Aは同族元素の中で原子量がもっとも小さく，Aの同族元素には単体が常温，常圧で液体のものがある。

ウ．BはAと同じ周期に属する。

エ．CとDは同族元素であり，Aと異なる周期に属する。

オ．第6周期までのBの同族元素は，すべて金属元素である。

カ．第6周期までのCとDの同族元素のうち，非金属元素は2つである。

キ．イオン化傾向の大きさを比べると，CがDより小さい。

問　つぎの記述のうち，誤っているものはどれか。なお，正解は1つまたは2つある。

1．Aは亜鉛であり，Bはカリウムである。

2．A～Dのうち，両性元素は3つである。

3．A～Dのうち，酸化数+2と+4の化合物のどちらもつくることができるのは2つである。

4．Aと酸素が1:1の数の比である酸化物は，冷水にほとんど溶けない。

5．Cと酸素が1:1の数の比である酸化物は，白色である。

6．イオン化傾向の大きさを比べると，アルミニウムはBとDの間にある。

142　無機化合物，単体の性質　　　　　　　　2017年度〔6〕

つぎの記述のうち，正しいものはどれか。なお，正解は1つまたは2つある。

1．第6周期までのアルカリ金属は，炎色反応を示す。

2．2族元素の単体は，常温の水と反応して水素を発生する。

3．ハロゲンは，原子番号が大きくなるほど，電気陰性度およびイオン化エネルギーが小さくなる。

4．酸素，リンおよび硫黄の同素体の種類は，それぞれ2つである。

5．ケイ素の単体の結晶と炭素の単体であるダイヤモンドは，ともに絶縁体である。

6．鉄と銅の単体は不動態を作るので，濃硝酸には溶けない。

143　気体の製法と生成する気体，化合物の性質　　2017年度〔7〕

つぎの記述ア～オを読み，下の問に答えよ。ただし，下線部は主成分のみを考え，気体a～eは互いに異なる。

ア．石灰石を加熱したところ，白色の固体Aと気体aが生じた。

イ．石英とコークスを混合して加熱したところ，固体Bと気体bが生じた。

ウ．岩塩に過剰な濃硫酸を加えて加熱したところ，白色の固体Cと気体cが生じた。

エ．ホタル石に濃硫酸を加えて加熱したところ，白色の固体Dと気体dが生じた。

オ．黄鉄鉱（二硫化鉄(II)）を燃焼させたところ，赤褐色の固体Eと気体eが生じた。

問　つぎの記述のうち，誤っているものはどれか。なお，正解は1つまたは2つある。

1．A～Eのうち，塩基性酸化物は2つである。

2．a～eのうち，無色で刺激臭があるのは2つである。

3．a～eのうち，水溶液中で強酸として働くのは1つである。

4．オの反応では，黄鉄鉱を構成している元素の酸化数がすべて増える。

5．Bの結晶はダイヤモンド型構造をもつ。

6．Dを構成している元素はすべてセッコウに含まれている。

144 陽イオンの系統的分離　　　　2017年度〔8〕

Al³⁺, K⁺, Ca²⁺, Fe³⁺, Cu²⁺, Zn²⁺, Ag⁺, Pb²⁺ の金属イオンを，それぞれ0.1 mol/L 含む混合水溶液に，つぎのア〜エの操作を順に行った。下の問に答えよ。

ア．混合水溶液に希塩酸を十分に加え，生じた沈殿をろ過により分離した。
イ．アで得たろ液に硫化水素を十分に吹き込み，生じた沈殿をろ過により分離した。
ウ．イで得たろ液を煮沸して硫化水素を除いた後，希硝酸を加えた。さらにアンモニア水を過剰に加え，生じた沈殿をろ過により分離した。
エ．ウで得たろ液に硫化水素を十分に吹き込んだ。生じた沈殿をろ過により分離した。

問　つぎの記述のうち，誤っているものはどれか。なお，正解は1つまたは2つある。
　1．最初の混合水溶液に希硫酸を十分に加えて生じる沈殿には，アで得た沈殿と共通の金属イオンが含まれる。
　2．アで得た沈殿を熱水に加えてろ過し，ろ液にクロム酸カリウム溶液を加えると，黄色の沈殿が生じる。
　3．イで得た沈殿には，単体が真ちゅうの原料である金属のイオンが含まれる。
　4．ウで得た沈殿を希塩酸で溶かし，水酸化ナトリウム水溶液を過剰に加えても，金属イオンを含む沈殿は生じない。
　5．エで得た沈殿を希塩酸で溶かし，煮沸後に水酸化ナトリウム水溶液を過剰に加えても，金属イオンを含む沈殿は生じない。
　6．エで得たろ液を煮沸して硫化水素を除き，炭酸アンモニウム水溶液を加えても，金属イオンを含む沈殿は生じない。

145 典型元素の単体　　　　2016年度〔1〕

典型元素A〜Eに関するつぎの記述ア〜オを読み，下の問に答えよ。

ア．A〜Eの原子は，すべて正の整数の価電子をもつ。
イ．A〜Eの単体は，0℃，1気圧ですべて気体である。
ウ．AとCは同族元素であり，単体の沸点はAがCより高い。
エ．DとEの単体は0℃，1気圧で空気より密度が小さい。
オ．Dの単体の結合エネルギーは，Eの単体の結合エネルギーより大きい。

問　つぎの記述のうち，誤っているものはどれか。なお，正解は1つまたは2つある。

1. A〜Eの単体は，すべて二原子分子である。
2. Aとカルシウムだけからなる化合物は，水への溶解度が大きく，潮解する。
3. Bは，質量パーセントで地殻中でも人体内でも最も多く存在する。
4. A〜Eの単体すべてを分子量が小さい順から並べたとき，4番目はCの単体である。
5. 原子番号がDとEの間の金属元素の数は1つである。
6. Eより原子番号が大きいEの同族元素は，すべて金属元素である。

146 無機化合物の反応 2016 年度〔2〕

つぎの実験操作ア〜オに関する下の問に答えよ。

ア. クロム酸カリウムの水溶液に硫酸を加え，酸性にした。
イ. 二クロム酸カリウムの硫酸酸性水溶液に過酸化水素水を加えた。
ウ. 酸化マンガン(Ⅳ)に濃塩酸を加え，加熱した。
エ. 過マンガン酸カリウムの硫酸酸性水溶液にシュウ酸水溶液を加えた。
オ. 酸化鉄(Ⅲ)の粉末とアルミニウムの粉末を混合して点火した。

問 つぎの記述のうち，誤っているものはどれか。なお，正解は1つまたは2つある。
1. 下線の原子の酸化数が3減少した実験操作は2つである。
2. 下線の原子を含む化合物が触媒として作用した実験操作は1つである。
3. 気体が発生した実験操作は3つである。
4. 下方置換での捕集に適する気体が発生した実験操作は2つである。
5. 水が生成した実験操作は3つである。

147 金属イオンの反応 2015 年度〔2〕

金属元素A〜Dは，Ag，Al，Ca，Cu，Fe，Mg，Pb，Zn のいずれかである。つぎの記述ア〜カを読み，下の問に答えよ。

ア. A〜Dの金属イオンをそれぞれ別に含む水溶液に，室温で水酸化ナトリウム水溶液を少量ずつ加えていくといずれも沈殿を生じる。
イ. A〜Dの金属イオンをそれぞれ別に含む水溶液に，室温で希塩酸を適量加えるとAの水溶液だけが沈殿を生じる。
ウ. アで生じたAを含む沈殿は，暗褐色の酸化物である。
エ. アで生じたBを含む沈殿に，さらに過剰の水酸化ナトリウム水溶液を加えると，

錯イオンが生じて溶ける。

オ．アで生じたBを含む沈殿とCを含む沈殿に，さらに過剰のアンモニア水を加えると，いずれも錯イオンが生じて溶ける。溶けたBの水溶液は無色で，Cの水溶液は深青色である。

カ．アで生じたDを含む緑白色沈殿は，水溶液中で酸化されると赤褐色に変わる。この赤褐色沈殿は，過剰のアンモニア水を加えても溶けない。

問　つぎの記述のうち，正しいものはどれか。なお，正解は1つまたは2つある。

1．アで生じたAを含む沈殿は，過剰のアンモニア水を加えても溶けない。

2．Bの酸化物は，ルビーの主成分である。

3．BとCの単体は，いずれも室温で希硫酸と反応して水素を発生する。

4．A～Dの単体のうち，熱や電気の伝導性が最も高い単体はCである。

5．イオン化傾向は，B，D，C，Aの順に小さくなる。

148　ハロゲン単体の性質，反応の起こり方　　　2014年度〔1〕

つぎの同族元素A～Dに関する記述ア～オを読み，下の問に答えよ。

ア．A，B，C，Dの原子はいずれも1個の電子を得て1価の陰イオンになりやすい。

イ．Aの単体は，標準状態で液体である。

ウ．Bの単体とCの単体は，標準状態で気体である。

エ．Cの単体は，室温で水と激しく反応して酸素を発生させる。

オ．Dの単体は，標準状態で黒紫色の固体で，水にほとんど溶けない。

問　つぎの記述のうち，誤っているものはどれか。なお，正解は1つまたは2つある。

1．Aのカリウム塩を溶かした水溶液にBの単体を溶かした水溶液を加えると，Aの単体が生じる。

2．Aのカリウム塩とデンプンを溶かした水溶液にオゾンを吹きこむと，溶液が青紫色になる。

3．Bのカリウム塩を溶かした水溶液に硝酸銀の水溶液を加えると，白色の沈殿が生じる。

4．A，B，C，Dの単体は，二原子分子である。

5．Dの単体と水素を450℃前後で反応させてDと水素の化合物ができるときには，すべての分子が原子に解離して反応する。

149　無機化合物の性質と反応　　　　2014年度〔2〕

つぎの無機化合物A〜Fに関する記述ア〜オを読み，下の問に答えよ。

ア． Aは，標準状態で空気より重く，無色で無臭の気体である。また，Aの分子は無極性である。

イ． Bは水によく溶け，標準状態で空気より軽く，無色で刺激臭をもつ気体である。

ウ． Cの飽和水溶液にAを通じると，Dの白色沈殿が生じ，さらに過剰にAを通じると沈殿が溶解する。沈殿が溶解した水溶液をきれいな白金線の先につけ，バーナーの外炎に差し入れると橙赤色を示す。

エ． 同じ物質量のCとEの混合物を十分に加熱するとFの無水和物，B，および水が生成する。生成するBと水の物質量は等しい。

オ． Fの半水和物の白色粉末に適量の水を加えて練ると，膨張して固化する。

問　つぎの記述のうち，誤っているものはどれか。なお，正解は1つまたは2つある。

　1．標準状態における，Aの分子の平均の速さは，エタンの分子の平均の速さより大きい。

　2．Bは，高温・高圧下で鉄を主成分とする触媒を用い，Bを構成する元素の単体から製造される。

　3．Cの水への溶解度は，温度を上げると大きくなる。

　4．Dに希塩酸を作用させるとAが発生する。

　5．エの反応により，1.0molのEから2.0molのBが生成する。

150　金属元素の性質　　　　2013年度〔5〕

金属元素a〜gは，つぎの1〜8のいずれかであり互いに異なる。これらを用いた**実験1〜7**に関する下の問に答えよ。ただし各問について，1組または2組の正解がある。

1．Na　　2．Ba　　3．Fe　　4．Cu
5．Ag　　6．Zn　　7．Al　　8．Pb

実験1　水に**a**の単体を加えると，激しく反応しながら溶解した。この水溶液を適量の油脂と反応させたところセッケンを生じた。このセッケンを水に溶かし，十分な量の塩化カルシウム水溶液を加えてよくかき混ぜた。

実験2　空気中で**b**の酸化物を加熱すると，気体が発生し同時に金属が析出した。**b**の単体に硝酸を加えると気体を発生しながら溶解した。この反応で生成した塩を水

に溶かした水溶液に，アンモニア水を加えると沈殿が生じた。さらにアンモニア水を加えると，その沈殿が溶解した。<u>この溶液に，十分な量のアセトアルデヒドを加え加温した。</u>

実験3　**c**の単体と水を室温で反応させると，気体を発生しながら溶解した。この水溶液①をきれいな白金線につけ，バーナーの外炎の中に入れると黄緑色の炎が観察された。また，水溶液①に希硫酸を加えると白色の沈殿が生じた。<u>これに，加えた希硫酸と同体積の濃塩酸をさらに加え，よくかき混ぜた。</u>

実験4　**d**の単体を熱濃硫酸と反応させると溶解した。この反応で生成した硫酸塩を水に溶かした水溶液②に硫化水素を吹き込むと黒色の沈殿が生じた。また水溶液②に，水酸化ナトリウム水溶液を加えると青白色の沈殿が生じた。<u>水溶液②に，酒石酸ナトリウムカリウムを水酸化ナトリウム水溶液に溶かしたものを混合し，さらに十分な量のアセトアルデヒドを加えて加温した。</u>

実験5　**e**の酸化物は，酸とも強塩基とも反応した。**e**の単体を，水酸化カリウム水溶液と反応させると，無色の水溶液③が得られた。<u>水溶液③を，炭素電極を用いて短時間電気分解した。</u>また，水溶液③に硫化水素を吹き込むと，白色の沈殿が得られた。

実験6　**f**の単体に塩酸を加えると，水素を激しく発生しながら溶解し，水溶液④が得られた。水溶液④に，過剰のアンモニア水を加えると白色の沈殿が生じた。また<u>水溶液④に，水酸化ナトリウム水溶液を加えて弱塩基性にした。</u>

実験7　**g**の単体に塩酸を加えると，水素を発生しながら溶解した。この溶液に，適当な酸化剤を加えると黄褐色の溶液になった。この反応で生じた**g**のイオンと塩化物イオンとの塩を水に溶かした後，中性にして水溶液⑤を得た。水溶液⑤に硫化水素を吹き込むと黒色の沈殿が生じた。また水溶液⑤に，過剰の水酸化ナトリウム水溶液を加えると沈殿が生じた。<u>**g**の酸化物と**f**の単体をよく混合し，着火すると激しく反応した。反応終了後，室温まで冷却した。</u>

問 i　下線で示す実験操作を終了したとき，各実験1～7それぞれで最初に用いた金属元素**a**～**g**の単体が得られず，さらに各実験1～7それぞれで最初に用いた金属元素**a**～**g**を含む化合物も固体として得られない実験の番号を1～7から選び，またその金属元素の番号を1～8から選べ。

問 ii　各実験において，下線で示す実験操作を終了したとき，最初に用いた金属元素**a**～**g**が，主に2価の陽イオンで存在する実験の番号を1～7から選び，またその陽イオンの金属元素の番号を1～8から選べ。

問 iii　各実験において，下線で示す実験操作を終了したとき，最初に用いた金属元素**a**～**g**の単体が生成する実験の番号を1～7から選び，またその金属元素の番号を1～8から選べ。

151　無機物質の性質

常温常圧下，5種類の液体 a～e および4種類の固体 f～i がある。液体 a～e の
うち1つは水であり，その他はそれぞれ異なる1種類の無機化合物を溶解させた水
溶液である。水溶液の無機化合物の濃度はすべて 1mol/L に調製されている。また，
固体 f～i は無機物の固体である。これらの物質の反応についての記述ア～カを読
み，下の問に答えよ。なお，a～i はすべて，希ガス，ベリリウムおよびホウ素を
除く原子番号1(H)～20(Ca) までの元素のいずれか1つまたは複数の元素により
構成されている。元素の原子量は，H=1，Li=7，C=12，N=14，O=16，F=19，
Na=23，Mg=24，Al=27，Si=28，P=31，S=32，Cl=35.5，K=39，Ca=40，
Ag=108 とする。分子量，式量を求めるにあたっては，分子よりなる物質につい
ては分子量を，そうでない物質には式量を用いよ。

ア. 液体 a～e のうち，水以外の液体を調製する際に溶解させた無機化合物のすべて
に含まれている共通元素は H のみであった。また，液体 a～e の pH の値は
e<a<b<d<c の順であった。液体 a～e を常温常圧でそれぞれ別々に放置して水
がなくなるまで乾燥させたところ，c にだけ固体が残り，他は何も残らなかった。
また，液体 c を炎の中に入れると黄色を呈した。

イ. 硝酸銀の水溶液に液体 a を加えたところ，無色透明なままであった。一方，硝酸
銀の水溶液に液体 e を加えると①感光性を示す難溶性の白色の沈殿を生成し，さら
にチオ硫酸ナトリウムを加えると沈殿は溶解した。他方，硝酸銀の水溶液に液体 d
を加えていくと，いったん②暗褐色の沈殿が生成し，さらに加えると消失して無色
透明になった。

ウ. 固体 f は，地殻を構成する元素のうち最も質量割合の大きい上位2種類の元素だ
けからなる化合物である。固体 f を主成分として含んでいる鉱物は，ガラスやセメ
ントの原料として用いられている。③12g の固体 f に液体 a を加えたところ，すべ
て反応して溶解した。また，そのときの液体 a の必要量は 1.2L であった。一方，
固体 f は液体 e には溶解しなかった。

エ. 液体 c の調製の際に溶解させた無機化合物は，工業的には固体 g の水溶液を用い
たイオン交換膜法によって製造されており，その副産物として生成する物質は，液
体 e の調製の際に溶解させた無機化合物を工業的に製造するときの原料に使われる。

オ. 固体 h は，あらゆる物質の中でもっとも硬い無色の結晶である。3.0g の固体 h
を十分な量の酸素とともに加熱し反応させると，標準状態で 5.6L の気体となった。
次に，固体 g の飽和水溶液を調製し，液体 d に溶解させた無機化合物を充分な量加
えてからこの気体を通じたところ，④白色沈殿を生成した。この反応は，ガラスや
石けんなどの化学製品の原料を得る工業用製法（ソルベー法）の反応の中の一つで

ある。

カ. 固体 i は，動物の骨に含まれ，生命活動に欠かすことのできない元素の単体である。固体 i は，乾燥した空気に触れさせると自然発火して燃え，吸湿性を有する白い粉末を生成する。0.1 mol の固体 i より得られたこの白い粉末を水に溶かしたところ，酸性を示し，中和に液体 c を 1.20 L 要した。

問 i つぎの記述のうち，正しいものはどれか。なお，正解は 1 つまたは 2 つある。

1．**a〜e** には，2 価の酸あるいは 2 価の塩基が含まれているものがある。
2．**a〜e** の調製の際に加えた無機化合物のうち，分子量または式量が水の分子量より大きいものは 2 種類である。
3．下線①の沈殿物の式量と下線②の沈殿物の式量では，②の方が大きい。
4．下線③の反応は酸化還元反応である。
5．下線④の白色沈殿は水に溶解させると酸性を示す。

問 ii **f〜i** の無機物の分子量または式量の大小関係について誤っているものはどれか。なお，正解は 1 つまたは 2 つある。

1．**f ＜ g**   2．**f ＞ h**   3．**f ＜ i**
4．**g ＞ h**   5．**g ＞ i**   6．**h ＜ i**

---

152 気体化合物の性質と反応 $\qquad$ 2011 年度〔2〕

つぎの文章ア〜キは，常温常圧で気体の化合物 **A〜E** に関する記述である。これらの化合物に関する下の記述 1 〜 5 のうち，下線部が誤っているものはどれか。ただし，すべての気体は理想気体としてふるまうものとする。また，各元素の原子量は，H ＝ 1，N ＝ 14，O ＝ 16，S ＝ 32，Cl ＝ 35，Ag ＝ 108 とする。なお，正解は 1 つまたは 2 つある。

ア. 塩化ナトリウム水溶液に化合物 **A** と化合物 **B** を吹き込んで沈殿を生成させる反応は，ナトリウムを含む化合物の工業的製法の主反応として用いられる。
イ. 化合物 **A** は，化合物 **C** と反応して細かな結晶を生成して白煙を発生する。
ウ. 化合物 **A** から合成される酸および化合物 **C** は，王水の原料である。
エ. 石灰石に化合物 **C** の水溶液を作用させると，化合物 **B** が生成する。
オ. 化合物 **D** の水溶液は，弱い酸性を示す。
カ. 化合物 **D** と化合物 **E** を反応させると，酸化還元反応により **D** と **E** に共通に含まれる元素の単体が遊離する。
キ. 硫化鉄（Ⅱ）に，化合物 **D** から合成される酸の薄い水溶液を加えると，化合物 **E** が生成する。

1．イで生成する結晶を水に溶解したときに起こる加水分解反応の25℃での平衡定
　数は，$\underline{4.5 \times 10^{-10} \text{mol/L より小さい}}$。ただし，25℃における化合物Aの水溶液中で
　の電離定数は2.3×10^{-5}mol/L，水のイオン積は1.0×10^{-14}(mol/L)^{2}とする。

2．石灰水に化合物Bを通すことで生成する沈殿には，化合物Bが水に溶解して電離
　することで生じる陰イオンのうち，$\underline{2 \text{種類}}$が含まれる。

3．ある濃度の硝酸銀水溶液1.00Lに，化合物Cの1.00×10^{-4}mol/Lの水溶液1.00
　Lを加えたところ，溶解度積が1.80×10^{-10}(mol/L)^{2}の化合物8.58×10^{-3}gが沈殿
　した。はじめに用いた硝酸銀水溶液の濃度は$\underline{6.5 \times 10^{-5} \text{mol/L より大きい}}$。ただし，
　溶液の混合に際して体積の変化は生じないものとする。

4．化合物Dと硫酸酸性の過マンガン酸カリウム水溶液との反応では，1molの化合
　物Dと反応する過マンガン酸カリウムの物質量は$\underline{0.3 \text{mol より多い}}$。

5．0℃，1.013×10^5Paの化合物Eをこの圧力を保ったまま0℃の水1.0Lと十分な
　時間接触させたところ，6.8gの化合物Eが水に溶解した。化合物Eの0℃の水に
　対する溶解度（L/水1L）は$\underline{3.5 \text{より小さい}}$。ただし，水は凍らないものとする。

153　気体の製法と量的関係　　　　　　　2010年度〔3〕

つぎの記述ア〜キを読み，下の問に答えよ。

ア．0.100molの銀に，十分な量の熱濃硫酸を加え，気体Aを得る。

イ．0.270molの銅に，十分な量の希硝酸を加え，気体Bを得る。

ウ．0.0750mol/Lの過酸化水素水1.00Lに，十分な量の硫酸酸性過マンガン酸カリ
　ウム水溶液を加え，気体Cを得る。

エ．0.100molの塩化ナトリウムに，十分な量の濃硫酸を加え，気体Dを得る。

オ．0.220molのアルミニウムに，十分な量の水酸化ナトリウム水溶液を加え，気体
　Eを得る。

カ．0.0200molの塩化アンモニウムに，十分な量の水酸化カルシウムを加えて加熱
　し，気体Fを得る。

キ．十分な量の水に，0.0100molの炭化カルシウム（カーバイド）を加え，気体G
　を得る。

問i　ア〜キの反応には，水を生成する反応（このときの水の物質量変化を正とす
　る），水を消費する反応（このときの水の物質量変化を負とする），水の生成も消費
　もともなわない反応がある。ア〜キの反応にともなう水の物質量変化を，正の大き
　いものから順に並べると，アおよびウはそれぞれ何番目になるか。

問ii　つぎの記述のうち，誤っているものはどれか。ただし，発生した気体に含まれる水蒸気などの不純物は考慮しないものとする。なお，正解は1つまたは2つある。

1．気体A〜Gのうち，室温で空気中の酸素により速やかに酸化されるものの数は2つである。

2．気体A〜Gのうち，標準状態で空気より密度が小さいものの数は3つである。

3．気体A〜Gのうち，二原子分子であるものの数は4つである。

4．酸化バナジウム(V)を触媒として500℃で気体Aと気体Cを反応させて得られる気体を水に溶解したものは，気体Aを水に溶解したものよりも強い酸である。

5．気体Dを塩化ナトリウム飽和水溶液に通すと，塩化ナトリウムが沈殿する。

問iii　容積を変えることができる容器を用いて，つぎの操作1〜5を行うとする。操作が完了した後，容器内の圧力を 1.013×10^5 Pa，温度を 273 K に保ち，十分な時間が経過して平衡状態に達したとき，容器内の気体の体積が最も大きいものと，最も小さいものは，それぞれどれか。ただし，気体A〜Gは，すべて回収し完全に精製して用いることとし，気体はすべて理想気体としてふるまうものとする。

1．アで得られた気体Aと，ウで得られた気体Cを，酸化バナジウム(V)を触媒として500℃で反応させる。

2．イで得られた気体Bと，ウで得られた気体Cを室温で混合する。

3．ウで得られた気体Cと，オで得られた気体Eを混合して点火する。

4．ウで得られた気体Cと，キで得られた気体Gを混合して点火し，完全に燃焼させる。

5．エで得られた気体Dと，カで得られた気体Fを室温で混合する。

154　気体の性質，化学平衡　　2009年度〔1〕

気体発生法に関するつぎの記述ア〜オを読み，下の問に答えよ。ただし発生した気体中に含まれる水蒸気は考慮しないものとする。

ア．亜硝酸アンモニウム水溶液を加熱する。

イ．塩化アンモニウムと水酸化カルシウムの混合物を加熱し，発生した気体をソーダ石灰に通す。

ウ．炭酸カルシウムに希塩酸を加える。

エ．硫化鉄(II)に希塩酸を加える。

オ．酸化マンガン(IV)に濃塩酸を加えて加熱し，発生した気体を水と濃硫酸に順次通す。

問i　ア〜オの気体発生法で得られる気体のうち，①無色のもの，および②特異臭や刺激臭など特有の臭いを有するものはそれぞれ何種類か。

問ii　ア〜オの気体発生法で得られる気体に関するつぎの記述のうち，誤っているものはどれか。なお，正解は1つまたは2つある。

1．酸化作用を示す気体は，2種類である。

2．単体の気体は，2種類である。

3．水に溶かすと酸性の水溶液が得られる気体は，3種類である。

4．水に溶かすと塩基性の水溶液が得られる気体は，1種類である。

5．下方置換で捕集できる気体は，3種類である。

問iii　アの方法で発生する気体Aに，ある気体Bを反応させると，イの方法で発生する気体Cが得られ，これら3つの気体の間で化学平衡に達する。AとBを物質量比1:2で混合し，容積と温度を一定に保ちながら反応させたところ，平衡状態における混合気体の全圧は $4.0 \times 10^5 \, hPa$，Cの分圧は $1.0 \times 10^5 \, hPa$ となった。つぎの記述のうち，正しいものはどれか。なお，いずれの気体も理想気体としてふるまうものとする。また圧平衡定数とは，各成分の濃度の代わりに平衡状態における分圧を用いて表した平衡定数のことである。なお，正解は1つまたは2つある。

1．Bは，過酸化水素の分解により得られる。

2．Bは，還元性を示す。

3．この反応での平衡定数（K）と圧平衡定数（K_p）の比 $\left(\dfrac{K}{K_p} \right)$ は，温度に正比例する。

4．上記の反応条件で平衡に達した際のBの物質量は，反応開始時のBの物質量の $\dfrac{1}{2}$ 以下になる。

5．反応開始時のAとBの混合気体の圧力は，$5.0 \times 10^5 \, hPa$ である。

155　化合物中の成分元素の決定　　　2008年度〔4〕

元素 a 〜 f に関するつぎの記述①〜⑤を読み，下の問に答えよ。

① 石英の主成分は a と b の化合物である。

② 石灰石の主成分は b と c と d の化合物である。

③ ホタル石の主成分は c と e の化合物である。

④ ルビーの主成分は b と f の化合物である。

⑤ 氷晶石の主成分はナトリウムと e と f の化合物である。

問i　**a**〜**f**を原子番号が小さなものから順に並べたとき，**a**および**e**はそれぞれ何番目か。

問ii　つぎの記述のうち，誤っているものはどれか。なお，正解は1つまたは2つある。

1．地殻中に最も多く存在する元素は**a**であり，つぎに多く存在する元素は**b**である。
2．**b**と**c**が1：1の数の比で結合した化合物は，水と発熱しながら反応する。
3．**b**と**d**からなる二原子分子は，常温常圧で無色の有毒な気体である。
4．**e**の単体は強い酸化力をもち，水と激しく反応する。
5．**f**の単体は，塩酸とも水酸化ナトリウム水溶液とも反応する。

156 接触法　　　　　　　2008年度〔6〕

硫酸に関するつぎの問に答えよ。ただし，各元素の原子量は，$H=1$，$O=16$，$S=32$，$K=39$，$Mn=55$，$Fe=56$，$Cu=64$，$Pb=207$とし，ファラデー定数を96500C/molとする。

問i　硫酸の工業的製法として接触法がある。この方法はつぎの①および②からなる。
①　硫黄の燃焼により得た二酸化硫黄を，触媒上で空気酸化して三酸化硫黄とする。
②　この三酸化硫黄を濃硫酸に吸収させ発煙硫酸とした後，希硫酸と混合して濃硫酸とする。このとき，三酸化硫黄は水と反応してH_2SO_4となる。

　今，①の操作で160gの硫黄をすべて三酸化硫黄にした。つぎに，②の操作でこの三酸化硫黄をXgの95.0％濃硫酸にすべて吸収させてから，ある量の15.0％希硫酸と混合したところ，すべての三酸化硫黄が反応し95.0％濃硫酸がYg得られた。これらの操作により生成した95.0％濃硫酸の質量，$(Y-X)$g，はいくらか。解答は有効数字3桁目を四捨五入して，下の形式により示せ。

$$\boxed{}.\boxed{}\times10^2\,g$$

問ii　つぎの操作**A**〜**D**を，消費されるH_2SO_4の物質量が多い順に並べたとき，**A**および**B**はそれぞれ何番目か。ただし，H_2SO_4の量は消費量に比べて十分に多いものとする。

A　5.6gの鉄と19.2gの銅に，室温で希硫酸を加える。
B　鉛蓄電池を1.4Aの電流で9650秒間放電する。
C　陽極と陰極に白金電極を用いて，H_2SO_4水溶液を2.2Aの電流で9650秒間電気分解する。
D　希硫酸に過マンガン酸カリウム15.8gを溶かし，十分な量の過酸化水素水を加える。

157 遷移元素，酸化鉄の還元 　　　　　　　　　　　2007年度〔4〕

遷移元素に関するつぎの問に答えよ。

問 i　つぎの操作1～6のうち，下線で示した原子の酸化数が反応によって減少する
ものはどれか。なお，正解は1つまたは2つある。
1．クロム酸カリウム水溶液に硫酸を加える。
2．二クロム酸カリウム水溶液に水酸化ナトリウムを加える。
3．酸化マンガン(IV)に塩酸を加える。
4．酸化マンガン(IV)に過酸化水素水を加える。
5．硫酸で酸性にした硫酸鉄(II)水溶液に過酸化水素水を加える。
6．硫酸鉄(II)水溶液中にニッケル板をつるす。

問 ii　窒素ガスを充たした加熱炉の中で，酸化鉄(III)と黒鉛を反応させた。その結果，
すべての酸化鉄(III)が完全に還元され，炭素を含み，質量パーセントで純度98.0
％の鉄200 gが生成した。このとき，一酸化炭素と二酸化炭素が物質量比37：13
で発生した。一酸化炭素と二酸化炭素になった黒鉛の質量はいくらか。解答は小数
点以下第1位を四捨五入して，下の形式により示せ。ただし，各元素の原子量は，
C＝12，O＝16，Fe＝56とする。

□□ g

158 非金属元素 　　　　　　　　　　　　　　　　　2007年度〔5〕

つぎの文を読み，下の問に答えよ。

単体Aおよび化合物B～Dはいずれも元素Xを含み，常温常圧で気体である。また，
それぞれつぎの性質を示す。
Aは無色，無臭で常温では化学的に安定である。
Bは無色，無臭で水にほとんど溶けない。(ア)空気中ですぐに酸化されCを生成する。
Cは赤褐色で，(イ)水と反応しBと化合物Eを生成する。
Dは無色で特有の刺激臭をもち，水によく溶け弱塩基性を示す。工業的にはAと水
素から合成される。(ウ)Dを酸化するとBと水が生成する。

問 i　Xの酸化数が増加する順にA～Eを並べたとき，AおよびCはそれぞれ何番目
か。

問ii　ある量の**D**を原料として，つぎの一連の反応を行った。まず，下線(ウ)の反応を行い，**D**を**B**と水に変換した。つぎに，生成した**B**に下線(ア)の反応を行い，**C**を得た。その後，得られた**C**をすべて用いて，酸素のない条件下で下線(イ)の反応を行い，生成した**B**を除去して**E**の水溶液を得た。この水溶液に水を加えて正確に 1.00 L にした。そのうちの 10.0 mL をとり，濃度 0.100 mol/L の水酸化バリウム水溶液を用いて滴定したところ，中和するのに 87.0 mL を要した。

原料として用いた**D**の物質量，および一連の反応で消費した酸素の物質量はそれぞれいくらか。解答は小数点以下第2位を四捨五入して，下の形式により示せ。

Dの物質量：☐.☐ mol　　酸素の物質量：☐.☐ mol

159 固体および気体の性質　　　　　　　　2006 年度〔2〕

つぎの条件ア～オをすべて満たす物質**A**～**E**の組合せはどれか。1～7の番号で答えよ。なお，正解は1つまたは2つある。

ア．Aは常温常圧で固体であり，最外殻電子の数が奇数の原子からなる。
イ．Bは常温常圧で電気を通さない固体であり，融解すると電気を通すようになる。
ウ．Cは常温常圧で水に溶けにくい固体である。
エ．Dは常温常圧で気体であり，二原子分子からなる。
オ．Eは常温常圧で気体であり，無極性分子からなる。

組合せ ＼ 物質	A	B	C	D	E
1	ナトリウム	酸化マグネシウム	炭酸カルシウム	ヘリウム	二酸化炭素
2	アルミニウム	酸化カルシウム	酸化アルミニウム	臭素	メタン
3	カリウム	ナフタレン	水酸化ナトリウム	ヨウ素	アンモニア
4	ケイ素	塩化カリウム	塩化マグネシウム	アルゴン	一酸化窒素
5	マグネシウム	トルエン	硫酸バリウム	窒素	一酸化炭素
6	カルシウム	黒鉛	ベンゼン	塩素	水素
7	リチウム	塩化ナトリウム	塩化銀	塩化水素	フッ素

160 元素の性質 2006 年度〔7〕

つぎの元素に関する下の記述のうち，正しいものはどれか。なお，正解は1つまたは2つある。

Al，C，Ca，H，K，Mg，Na，Si

1．原子の価電子の数がホウ素よりも多い元素は2つ，少ない元素は5つである。
2．MCl（Mは上の元素を表す）の化学式をもつ塩素化合物を生成する元素は2つである。
3．常温常圧では，いずれの非金属元素の単体も固体である。
4．金属元素のうち，化合物の融解塩電解で単体が得られるものは4つである。
5．金属元素のうち，単体が水と常温で反応し，2mol の単体から水素1mol を発生するものは2つである。

161 無機化合物の性質 2005 年度〔6〕

つぎの記述のうち，誤っているものはどれか。なお，正解は1つまたは2つある。

1．酸化ナトリウムと酸化カルシウムはどちらも塩基性酸化物であり，水に溶かすとアルカリ性を示す。
2．水酸化亜鉛と水酸化アルミニウムはどちらも両性水酸化物であり，塩酸にもアンモニア水にも溶ける。
3．ヨウ化水素酸，臭化水素酸，塩酸は強酸であるが，フッ化水素酸は弱酸である。
4．硫酸水素ナトリウムと炭酸水素ナトリウムはどちらも酸性塩であり，水に溶かすと酸性を示す。
5．水に溶けて2段階に電離する硫酸と硫化水素では，どちらも第1段階の電離度に比べて第2段階の電離度は小さい。

162 金属の製造 2005 年度〔7〕

金属の製造に関するつぎの記述のうち，正しいものはどれか。なお，正解は1つまたは2つある。

1．カルシウムは，その炭酸塩を熱分解することで製造される。
2．アルミニウムは，その塩を含む水溶液を電気分解して製造される。
3．銑鉄は，溶鉱炉で水素と一酸化炭素によって鉄鉱石を還元して製造される。

4．融解している銑鉄に酸素を吹き込み，銑鉄中の炭素を燃焼させると鋼が得られる。

5．銅の電解精錬では，粗銅を陰極に，純銅を陽極に用いて硫酸銅(Ⅱ)水溶液中で電気分解を行う。

163　気体の製法　　　　　　　　　　　2005年度〔8〕

つぎのア〜オの気体発生をともなう化学反応に関する下の問に答えよ。

ア．さらし粉と塩酸とを反応させる。

イ．炭酸水素ナトリウムと塩酸とを反応させる。

ウ．塩化アンモニウムと水酸化カルシウムとの混合物を加熱して反応させる。

エ．銅と熱濃硫酸とを反応させる。

オ．塩化ナトリウムと濃硫酸とを反応させる。

問　つぎの記述のうち，誤っているものはどれか。1〜5の番号で答えよ。なお，正解は1つまたは2つある。

1．還元作用を示し，漂白に用いられる気体を生じる反応は1つである。

2．二酸化炭素を生じる反応は1つである。

3．水に溶けて塩基性を示す気体を生じる反応は2つである。

4．酸化還元反応は3つである。

5．無色で刺激臭のある気体を生じる反応は3つである。

164　無機化合物の性質　　　　　　　　　2004年度〔7〕

つぎの記述のうち，誤っているものはどれか。なお，正解は1つまたは2つある。

1．硫化物 NiS，CuS，ZnS の粉末は，いずれも黒色である。

2．ハロゲン化銀 AgCl，AgBr，AgI の粉末のうち，AgCl だけが白色である。

3．無水硫酸塩 $PbSO_4$，$BaSO_4$，$CuSO_4$ の粉末は，いずれも白色である。

4．アルカリ土類金属元素 Ca，Sr，Ba の炎色反応による発光の色は，すべて異なる。

5．有毒な気体である H_2S，NO_2，SO_2，CO のうち，NO_2 以外は無色である。

165 ハロゲン元素の単体と化合物の反応 2004 年度〔9〕

ハロゲンとその化合物に関するつぎの記述のうち，正しいものはどれか。なお，正解は1つまたは2つある。

1. 塩化ナトリウムを濃硫酸と完全に反応させると，塩化ナトリウム 1 mol あたり 0.5 mol の塩化水素が発生する。
2. マグネシウムを塩酸と完全に反応させると，マグネシウム 1 mol あたり 0.5 mol の塩素が発生する。
3. フッ化カルシウムに濃硫酸を加えて熱し完全に反応させると，フッ化カルシウム 1 mol あたり 1 mol のフッ素が発生する。
4. 塩素 1 mol を水に溶かすと，水溶液中には塩化水素と次亜塩素酸がそれぞれ 1 mol 生じる。
5. 次亜塩素酸イオンを含むさらし粉は，強い還元作用を示す。
6. フッ化物イオン，塩化物イオン，臭化物イオン，ヨウ化物イオンをそれぞれ含む水溶液に硝酸銀水溶液を少量滴下すると，すべての水溶液で沈殿が生じる。
7. ヨウ化カリウムを溶かしたデンプン水溶液に塩素水を加えると，溶液は青〜紫色を呈する。

166 酸化コバルトの反応 2004 年度〔12〕

2種類の酸化コバルト CoO と Co_3O_4 からなる混合物 **A** を用いて，リチウム二次電池の正極材料 $LiCoO_2$ を調製することとした。つぎの問に答えよ。ただし，各元素の原子量は，$Li = 7$，$C = 12$，$O = 16$，$Co = 59$ とする。

問 i Co_3O_4 は，加熱すると CoO に還元される。3.910 g の混合物 **A** を加熱してすべて CoO にしたところ，質量が 0.160 g 減少した。混合物 **A** 中の CoO と Co_3O_4 の物質量の比はいくらか。解答は有効数字3桁目を四捨五入して，下の形式により示せ。

CoO の物質量：Co_3O_4 の物質量 ＝ □.□：1

問 ii CoO あるいは Co_3O_4 を Li_2CO_3 と酸素中で加熱すると，次式により $LiCoO_2$ を合成できる。

$$4CoO + 2Li_2CO_3 + O_2 \longrightarrow 4LiCoO_2 + 2CO_2$$
$$4Co_3O_4 + 6Li_2CO_3 + O_2 \longrightarrow 12LiCoO_2 + 6CO_2$$

$LiCoO_2$ を 245 g 得るためには少なくとも何 g の混合物 **A** が必要か。解答は有効数字第3桁目を四捨五入して，下の形式により示せ。

□.□ ×10²g

第 5 章　有機化合物

167　芳香族炭化水素の性質と異性体　　2023 年度〔11〕

分子式 $C_{10}H_{14}$ で表される芳香族化合物に関するつぎの記述のうち，誤っているものはどれか。ただし，鏡像異性体は考慮しないものとする。なお，正解は 1 つまたは 2 つある。

1．不斉炭素原子をもつものの数は，1 である。
2．他の炭素原子 4 つと結合した炭素原子をもつものの数は，1 である。
3．$CH_3CH_2CH_2-$ の構造をもつものの数は，4 である。
4．ベンゼン環に直接結合した水素原子が 3 つであるものの数は，6 である。
5．過マンガン酸カリウム水溶液を用いてベンゼン環に結合した炭化水素基を十分に酸化したのち，酸性にするとテレフタル酸を生じるものの数は，2 である。
6．すべての炭素原子が常に同一平面上に位置するものの数は，3 である。

168　脂肪族カルボン酸　　2023 年度〔12〕

カルボン酸 A〜H に関するつぎの記述ア〜カを読み，下の問に答えよ。なお，正解は 1 つまたは 2 つある。

ア．A は，エチレンを塩化パラジウム（Ⅱ）と塩化銅（Ⅱ）を触媒として酸化したのち，硫酸酸性の二クロム酸カリウム水溶液と反応させることで得られる。
イ．B は飽和脂肪酸であり，銀鏡反応を示す。
ウ．C は分子式 $C_2H_2O_4$ で表される二価カルボン酸である。
エ．D は分子式 $C_3H_6O_3$ で表され，不斉炭素原子を 1 つもつ。
オ．E と F は分子式 $C_4H_4O_4$ で表される二価カルボン酸であり，互いに立体異性体の関係にある。E を 160℃ で加熱すると，分子内で脱水反応が進行して酸無水物となる。
カ．G と H は天然の油脂を加水分解すると得られる高級脂肪酸であり，炭素数は等しい。同じ物質量の G と H をそれぞれヨウ素と完全に反応させると，H の方がより多くのヨウ素と反応する。

問　つぎの記述のうち，誤っているものはどれか。

1．**A**は，微生物による発酵を利用して，エタノールからつくることができる。

2．**B**は**A**よりも強い酸性を示す。

3．1mol の**C**に，十分な量の硫酸酸性の過マンガン酸カリウム水溶液を反応させると，2mol の二酸化炭素が発生する。

4．**F**は**E**よりも水に対する溶解度が大きい。

5．**H**のみを構成脂肪酸とする油脂の融点は，**G**のみを構成脂肪酸とする油脂の融点より低い。

6．**A**〜**F**のうち，ヨードホルム反応を示すものは，1つである。

7．**A**〜**F**のうち，縮合重合の単量体になりうるものは，3つである。

169　芳香族化合物の構造決定　2023 年度〔15〕

炭素，水素，酸素からなる化合物**A**に関するつぎの記述**ア**〜**カ**を読み，下の問に答えよ。ただし，各元素の原子量は，H＝1，C＝12，O＝16とする。

ア．**A**は3つのフェニル基（C_6H_5-）をもち，フェニル基のベンゼン環以外に不飽和結合や環状構造を含まない。

イ．**A**は1価アルコールであり，不斉炭素原子をもつ。

ウ．**A**と酢酸を脱水縮合させると，分子量 330 の化合物が得られた。

エ．**A**に硫酸酸性の二クロム酸カリウム水溶液を加えて加熱すると，カルボニル化合物が得られた。

オ．**A**の脱水反応により生じうるアルケンには，シス−トランス異性体が存在するものがある。

カ．**A**の3つのフェニル基のいずれか1つを水素原子に置き換えて生じる化合物は，すべて不斉炭素原子をもつ。

問　**A**の構造式を例にならって示せ。

（例）

170　芳香族化合物の性質と反応　　　　　2022 年度〔11〕

つぎの記述のうち，正しいものはどれか。ただし，水素の原子量は 1 とする。なお，正解は 1 つまたは 2 つある。

1．1 mol のフェノールに十分な量のナトリウムを作用させると，2 g の水素が発生する。
2．酸触媒を用いてベンゼンとプロペンを反応させると，一置換ベンゼンが得られた。この化合物中の水素原子の 1 つを塩素原子に置き換えると，生じうる構造異性体の数は 4 である。
3．1 mol のニトロベンゼンを，触媒を用いて水素と反応させて 1 mol のアニリンを合成した。このとき必要な水素の質量は 4 g である。
4．触媒を用いて p-キシレンに十分な量の水素を付加させると，不斉炭素原子を 2 つもつ化合物が得られる。
5．トルエンとフェノールは，分子中に含まれる電子の総数が同じである。
6．サリチル酸に無水酢酸と濃硫酸を作用させて得られた芳香族化合物は，塩化鉄（Ⅲ）水溶液で呈色する。
7．酸触媒を用いてフェノールとホルムアルデヒドを反応させると，熱可塑性樹脂の原料が得られる。

171　分子式 $C_5H_{10}O$ のカルボニル化合物の性質　　　2022 年度〔12〕

化合物 **A**～**D** に関するつぎの記述ア～オを読み，下の問に答えよ。なお，正解は 1 つまたは 2 つある。

ア．**A**～**D** は，いずれも分子式 $C_5H_{10}O$ をもつカルボニル化合物である。
イ．**A** の還元により生じるアルコールは，分子式 $C_5H_{10}O$ をもつカルボニル化合物を還元して得られるアルコールの中で沸点が最も高い。
ウ．**B**，**C** を還元してアルコールとすると，不斉炭素原子の数が 1 つ増加する。
エ．**B** を還元した後に脱水すると，3 種類のアルケンを生じうる。
オ．**D** は銀鏡反応を示さない。

問　つぎの記述のうち，誤っているものはどれか。
　1．**A**～**D** はすべて不斉炭素原子をもたない。
　2．**A**～**D** はすべて CH_3CH_2- 基をもつ。
　3．**A**～**D** のうち，ヨードホルム反応を示すものは 2 つである。

4．Cを還元した後に脱水して生じうるアルケンにシス-トランス異性体は存在しない。

5．A～Dのうち，フェーリング液を還元するものは1つである。

6．A～Dを還元した後に脱水して生じうるアルケンは互いにすべて異なる。

172　エステルの加水分解生成物の量的関係　　2022年度〔14〕

分子式 $C_7H_{10}O_2$ で表されるエステル A に関するつぎの記述を読み，下の問に答えよ。

　　Aは炭素－炭素二重結合をもち，環構造をもたない。Aのエステル結合を加水分解すると，カルボン酸Bとアルコール C が生じる。Cは不安定であり，安定な構造異性体 D にすべて変化する。D はヨードホルム反応および銀鏡反応を示す。

問　化合物 A 12.6 g の加水分解を試みたところ反応は完全には進行せず，A，B，Dのみを含む混合物 X が得られた。X に含まれる化合物中の炭素－炭素二重結合すべてに水素を付加させると，0.240 g の水素が消費された。X に含まれていた B の質量はいくらか。解答は小数点以下第2位を四捨五入して，下の形式により示せ。ただし，各元素の原子量は，H = 1，C = 12，O = 16 とする。

$$\square.\square \text{ g}$$

173　脂肪族化合物の構造決定　　2022年度〔15〕

有機化合物 A に関するつぎの記述ア～オを読み，下の問に答えよ。ただし，各元素の原子量は，H = 1，C = 12，O = 16 とする。

ア．Aは炭素，水素，酸素からなる分子量 250 以下の化合物であり，不斉炭素原子を1つと，エステル結合を1つもつ。

イ．13.0 mg の A を完全燃焼させると，二酸化炭素 26.4 mg と水 9.00 mg が生成した。

ウ．Aに硫酸酸性の二クロム酸カリウム水溶液を加えておだやかに反応させると，B が生成した。Bにフェーリング液を加えて加熱すると，赤色沈殿が生じた。

エ．Aを加水分解すると，Cが生成した。CはAよりも分子量が 18 大きく，不斉炭素原子をもたない。

オ．Aを脱水させて生じるDに臭素を付加させると，不斉炭素原子を1つだけもつ E が生成した。

問　化合物 **A** の構造式を例にならって示せ。ただし，鏡像異性体（光学異性体）は考慮しなくてよい。

（例）

$$CH_3-\underset{\underset{OH}{|}}{CH}-CH_2-\underset{\underset{O}{||}}{C}-O-CH_3$$

174　有機化合物の生成とその性質　　　　　　　2021 年度〔11〕

有機化合物 **A** ～ **F** に関するつぎの記述**ア**～**カ**を読み，下の問に答えよ。

ア．炭化カルシウムに水を加えると **A** が生じる。

イ．**A** に塩化水素が付加すると高分子化合物の原料となる **B** が生じる。

ウ．**A** を赤熱した鉄に触れさせると化合物 **C** が生じる。

エ．**C** に鉄触媒の存在下，塩素を反応させると **D** が生じる。

オ．**D** と水酸化ナトリウム水溶液を高温で反応させたのち，酸性にすると **E** が生じる。

カ．**F** は **C** の水素原子のうちの 2 つがメチル基で置換された化合物である。**F** を酸化すると，飲料容器などに使われる高分子化合物の原料となる 2 価カルボン酸が得られる。

問　つぎの記述のうち，誤っているものはどれか。なお，正解は 1 つまたは 2 つある。

1．**A** ～ **F** のうち，もっとも短い炭素-炭素結合をもつ化合物は **C** である。

2．**B** には幾何異性体が存在しない。

3．**A** ～ **F** のうち，もっとも強い酸は **E** である。

4．**E** の水溶液に十分な量の臭素水を加えると，ただちに白色沈殿が生じる。

5．**A** ～ **F** のうち，無極性分子は 3 つである。

6．**A** ～ **F** のいずれも，水素以外のすべての原子が同一平面上にある。

175　炭素-炭素二重結合のオゾン分解による分子式の決定　2021 年度〔14〕

炭素-炭素三重結合をもたない炭化水素 **A** に対し，オゾンを反応させた後に亜鉛を加えたところ，下に示すカルボニル化合物 **B**，**C**，**D** の混合物 **X** が得られた。**A** はすべて **B**，**C**，**D** に変換されてその他の生成物は生じなかった。この混合物 **X** 8.46 g に対して，十分な量の水酸化ナトリウム水溶液とヨウ素を反応させると，ヨードホルムが 45.31 g 生成した。また，混合物 **X** 8.46 g に対して十分な量のアンモニア性硝酸銀水溶液を反応させると，銀が 1.08 g 析出した。**A** の分子式を例にならって示せ。

$$
\underset{\mathbf{B}}{CH_3-\overset{\overset{\displaystyle O}{\|}}{C}-CH_2CH_3} \qquad \underset{\mathbf{C}}{H-\overset{\overset{\displaystyle O}{\|}}{C}-CH_2CH_3} \qquad \underset{\mathbf{D}}{CH_3-\overset{\overset{\displaystyle O}{\|}}{C}-(CH_2)_4-\overset{\overset{\displaystyle O}{\|}}{C}-CH_3}
$$

ただし，炭素–炭素二重結合をもつ化合物に対し，オゾンを反応させた後に亜鉛を加えると，つぎの反応式のように炭素–炭素二重結合の切断が起こり，カルボニル化合物が生成する。また，各元素の原子量は，H＝1，C＝12，O＝16，Ag＝108，I＝127 とする。

$$
\underset{CH_3}{\overset{CH_3}{>}}C=C\underset{CH_3}{\overset{H}{<}} \xrightarrow{\text{オゾン，亜鉛}} \underset{CH_3}{\overset{CH_3}{>}}C=O + O=C\underset{CH_3}{\overset{H}{<}}
$$

（例）　$CH_3(CH_2)_{10}CH_3$ の分子式：C $\boxed{0}\boxed{1}\boxed{2}$ H $\boxed{0}\boxed{2}\boxed{6}$

176 カルボン酸の構造決定　　　　　　　　2021 年度〔15〕

分子式 $C_{10}H_{16}O_2$ で表されるカルボン酸 **A** に関するつぎの記述ア～オを読み，下の問に答えよ。

ア． 炭素–炭素二重結合を1つと，環構造を1つもつ。

イ． 不斉炭素原子を2つもち，そのうちの1つはカルボキシ基と結合している。

ウ． 炭素–炭素二重結合に，臭素が付加すると不斉炭素原子が1つ増えるが，水素が付加しても不斉炭素原子の数は変わらない。

エ． 結合している水素原子の数が2である炭素原子をもたない。

オ． 環構造を構成する炭素原子の1つには，同じ置換基が2つ結合している。

問　**A**の構造を例にならって示せ。

（例）

177 C_8H_9NO で表される一置換ベンゼンの異性体　　2020 年度〔11〕

分子式 C_8H_9NO で表される一置換ベンゼンのうち，炭素–酸素二重結合をもつものは8種類ある。それらに関するつぎの記述のうち，誤っているものはどれか。ただし，光学異性体は考慮しないものとする。なお，正解は1つまたは2つある。

1. メチル基をもつものは3種類である。
2. ケトンに分類できるものは1種類である。
3. 不斉炭素原子をもつものは1種類である。
4. 塩酸を加えて酸性にすると塩をつくり，その溶液を中性にすると元の化合物にもどるものは3種類である。
5. 加水分解すると，炭酸よりも強い酸性を示す芳香族化合物が生じるものは1種類である。
6. 加水分解すると，元の化合物より大きな分子量をもつ化合物が生じるものは1種類である。

178 脂肪酸の分子式の決定 　　　　　　　　　　2020年度〔14〕

油脂Aに関するつぎの記述ア～ウを読み，下の問に答えよ。

ア．Aは $C_{68}H_{130}O_6$ の分子式で表され，不斉炭素原子をもつ。
イ．触媒を用いてAに水素を付加させると，不斉炭素原子をもたない油脂が得られた。
ウ．Aを加水分解すると3種類の脂肪酸が得られた。この中の1つは $C_{24}H_{48}O_2$ の分子式をもっていた。

問 ウで得られた3種類の脂肪酸のうち，分子量が最も小さい脂肪酸の分子式を例にならって示せ。
(例) $CH_3(CH_2)_5OH$ の分子式：C☐0☐6☐H☐1☐4☐O☐1☐

179 酸素を含む脂肪族化合物の構造決定 　　　　　　2020年度〔15〕

炭素，水素，酸素からなる有機化合物Aに関するつぎの記述ア～オを読み，下の問に答えよ。ただし，各元素の原子量は，H = 1，C = 12，O = 16 とする。

ア．21.9 mg のAを完全に燃焼させたところ，二酸化炭素 39.6 mg，水 13.5 mg が生成した。
イ．Aは不斉炭素原子を1つもつ分子量150以下の化合物であり，エステル結合をもつ。
ウ．Aの水溶液は酸性を示した。
エ．Aを加水分解したところ，有機化合物BとCを生成した。BおよびCはともに不斉炭素原子をもたない化合物であった。

オ．**C**はアルコールであり，ヨードホルム反応を示した。

問 **A**の構造式を例にならって示せ。ただし，光学異性体は考慮しなくてよい。

（例）
$$CH_3-\overset{\overset{\displaystyle O}{\|}}{C}-O-CH_2-\underset{\underset{\displaystyle OH}{|}}{CH}-CH_3$$

180 芳香族化合物の反応と性質　　　　　2019 年度〔11〕

芳香族化合物**A**〜**G**に関するつぎの記述ア〜オを読み，下の問に答えよ。

ア．**A**（分子式 C_9H_{12}）を酸素により酸化した後，硫酸を用いて分解すると，**B**とアセトンが得られる。

イ．**C**は**A**の構造異性体であり，**C**を過マンガン酸カリウム水溶液を用いて酸化した後，希硫酸を加えて酸性にすると**D**（分子式 $C_8H_6O_4$）が得られる。

ウ．**D**とエチレングリコールとの縮合重合により鎖状の高分子化合物が得られ，飲料容器などとして使われる。

エ．**E**は**D**の構造異性体であり，**E**を加熱すると分子内で脱水反応がおこり，酸無水物**F**が得られる。

オ．**B**を水酸化ナトリウムと反応させた後，高温・高圧のもとで二酸化炭素と反応させて得られる化合物に，希硫酸を作用させると**G**が得られる。

問 つぎの記述のうち，誤っているものはどれか。なお，正解は1つまたは2つある。

1．**B**の水溶液に臭素水を加えると，ただちに白色沈殿が生じる。

2．**B**は，ベンゼンスルホン酸ナトリウムをアルカリ融解した後，酸で処理することにより得ることができる。

3．**F**は触媒を用いてナフタレンを酸化することにより得ることができる。

4．**G**に無水酢酸と濃硫酸を作用させて生じる芳香族化合物は，塩化鉄(Ⅲ)水溶液により呈色する。

5．**A**〜**G**のうち，水酸化ナトリウム水溶液を加えて反応させると，塩を作るものは5つである。

6．**A**〜**G**のうち，熱硬化性樹脂の原料となるモノマーがある。

181　芳香族化合物の異性体，燃焼反応の量的関係　2019 年度〔12〕

つぎの構造をもつ化合物 **A**〜**C** を比較した。下の記述 1 〜 7 のうち，誤っているものはどれか。ただし，各元素の原子量は，H＝1，C＝12，O＝16，Br＝80 とする。なお，正解は 1 つまたは 2 つある。

1．ベンゼン環に結合した水素原子 1 つを臭素原子に置換したとき，生じうる構造異性体の数が最も多いのは **B** である。
2．一方のベンゼン環に結合した水素原子 2 つを臭素原子に置換したとき，生じうる構造異性体の数が最も少ないのは **C** である。
3．一方のベンゼン環に結合した水素原子 1 つを臭素原子に置換し，さらに他方のベンゼン環に結合した水素原子 1 つを臭素原子に置換したとき，生じうる構造異性体の数が最も多いのは **A** である。
4．化合物 100 g を完全燃焼させるとき，生成する二酸化炭素の物質量が最も多いのは **A** である。
5．化合物 100 g を完全燃焼させるとき，必要な酸素の物質量が最も少ないのは **C** である。
6．元素分析を行ったとき，炭素の質量百分率が最も小さいのは **C** である。
7．分子中のすべての水素原子を臭素原子に置換し，元素分析を行ったとき，炭素の質量百分率が最も小さいのは **C** の場合である。

182　酸素を含む脂肪族化合物の分子式の決定　2019 年度〔14〕

化合物 **A** は炭素，水素，酸素からなる分子量 746 のエステル結合をもつ中性化合物である。化合物 **A** は環状構造も炭素原子間の不飽和結合も含まない。また，化合物 **A** の構造中には，エステル結合を除いて 2 つ以上の酸素原子と結合した炭素原子はない。化合物 **A** に関する**実験 1・2** の記述を読み，下の問に答えよ。ただし，各元素の原子量は，H＝1，C＝12，O＝16 とする。

実験 1　化合物 **A** 1 mol を完全に加水分解したところ，化合物 **B** 7 mol とメタノール 1 mol のみが得られた。化合物 **B** は不斉炭素原子をもたないヒドロキシ酸であった。
実験 2　化合物 **A** 14.92 g を過剰の無水酢酸と反応させると，化合物 **A** のすべてのヒ

ドロキシ基がアセチル化された化合物 **C** が 21.64 g 得られた。

問　化合物 **A** の分子式を例にならって示せ。

（例）　CH₃(CH₂)₅OH の分子式：C⎡0⎤⎡6⎤H⎡1⎤⎡4⎤O⎡0⎤⎡1⎤

183　アミド結合とエステル結合をもつ芳香族化合物の構造決定　2019年度〔15〕

有機化合物 **A** に関するつぎの記述ア～オを読み，下の問に答えよ。ただし，**A** は炭素，水素，酸素，窒素からなる分子量 250 以下の化合物であり，アミド結合とエステル結合をもつ。各元素の原子量は，H＝1，C＝12，N＝14，O＝16 とする。

ア．4.70 g の **A** を完全燃焼させたところ，二酸化炭素 11.44 g と水 3.06 g および窒素酸化物のみが生成した。このうち窒素酸化物をすべて単体の窒素まで還元したところ，0.28 g の窒素が生成した。

イ．**A** を完全に加水分解すると，有機化合物 **B**，**C**，**D** のみが生成した。

ウ．**B**，**C**，**D** の混合物にジエチルエーテルを加えて炭酸水素ナトリウム水溶液で抽出した後，その水層を強酸性にすると 2 価カルボン酸 **B** が得られた。

エ．ウの操作で得られたエーテル層を塩酸で抽出した後，その水層を強アルカリ性にすると芳香族化合物 **C** が得られた。**C** にさらし粉水溶液を加えると，赤紫色に呈色した。

オ．エの操作で得られたエーテル層を濃縮すると，**D** が得られた。**D** は不斉炭素原子を 1 つだけもち，ヨードホルム反応を示さなかった。

問　化合物 **A** の構造式を例にならって示せ。ただし，光学異性体は考慮しなくてよい。

（例）

184　分子式 C₆H₁₂ のアルケンの異性体　2018年度〔11〕

化合物 **A**～**D** に関するつぎの記述ア～カを読み，下の問に答えよ。

ア．**A**～**D** は，いずれも分子式 C₆H₁₂ のアルケンである。

イ．**A** は不斉炭素原子をもつ。

ウ． BとCでは，二重結合をつくる一方の炭素原子には水素原子が1個結合し，他方の炭素原子には水素原子が結合していない。

エ． Dでは，二重結合をつくる炭素原子には水素原子が結合していない。

オ． AとBに触媒の存在下でそれぞれ水素を付加させると，同じアルカンになる。

カ． Cに触媒の存在下で水素を付加させると，オで得られたアルカンと異なるアルカンになる。

問　つぎの記述のうち，誤っているものはどれか。なお，正解は1つまたは2つある。

1．Aに触媒の存在下で水素を付加させると，不斉炭素原子をもたないアルカンになる。

2．Aには幾何異性体が存在しない。

3．Bには幾何異性体が存在する。

4．Cには幾何異性体が存在する。

5．Bに塩素を付加させると，不斉炭素原子をもつ化合物になる。

6．Dに塩素を付加させると，不斉炭素原子をもつ化合物になる。

7．A～Dの中に，触媒の存在下で水素を付加させてもヘキサン（$CH_3CH_2CH_2CH_2CH_2CH_3$）になるものはない。

185　芳香族化合物の反応と性質　　　2018 年度〔12〕

芳香族化合物A～Fに関するつぎの記述ア～カを読み，下の問に答えよ。

ア． ニトロベンゼンにスズと濃塩酸を加えて加熱し，その後中和するとAが得られる。

イ． Aを希塩酸に溶かし，0～5℃で亜硝酸ナトリウム水溶液を加えた後，その水溶液を熱するとBが得られる。

ウ． Bと水酸化ナトリウムを反応させるとCが得られる。

エ． Cを高温・高圧下で二酸化炭素と反応させた後，中和し，得られた生成物にメタノールと少量の濃硫酸を加えて加熱するとDが得られる。

オ． Aと無水酢酸を反応させるとEが得られる。

カ． Aを希塩酸に溶かし，0～5℃で亜硝酸ナトリウム水溶液を加えた後，Cを加えるとFが得られる。

問　つぎの記述のうち，誤っているものはどれか。なお，正解は1つまたは2つある。

1．A～Fのうち，水に溶けるとアルカリ性を示すものは2つである。

2．A～Fのうち，炭酸よりも強い酸は3つである。

3．A〜Fのうち，ベンゼン環に直接結合した水素原子1つを塩素原子に置換した
　ときに，生じうる化合物が4種類であるものは2つである。
4．A〜Fのうち，硫酸酸性の二クロム酸カリウム水溶液を加えると黒色物質を生
　じるものがある。
5．Dの融点はEの融点より低い。
6．Fは橙色〜赤橙色である。

186　不飽和炭化水素の分子式の決定　　　　　　　2018年度〔13〕

化合物Aは炭素原子の数が33の炭化水素であり，三重結合もベンゼン環ももたな
い。75.0gのAにオゾンO_3を反応させた後に亜鉛で還元したところ，複数の化合
物からなる混合物が得られた。それらの化合物はすべて分子式$C_nH_{2n-2}O_2$で表され
るカルボニル化合物であり，それらの質量を合計すると107.0gであった。1分子
のAに含まれる水素原子の数はいくらか。
ただし，炭素-炭素二重結合をもつ化合物にオゾンO_3を反応させた後に亜鉛で還
元すると，つぎの反応式のように炭素-炭素二重結合の切断が起こり，カルボニル
化合物が生成する。また，各元素の原子量は，H＝1，C＝12，O＝16とする。

$$CH_3-CH_2 \quad H$$
$$\underset{CH_3}{\overset{CH_3-CH_2}{>}}C=C\underset{CH_2-CH_2-CH_3}{\overset{H}{<}} \xrightarrow{O_3,\ 亜鉛} \underset{CH_3}{\overset{CH_3-CH_2}{>}}C=O \ + \ O=C\underset{CH_2-CH_2-CH_3}{\overset{H}{<}}$$

☐☐個

187　アスパラギン酸誘導体の構造決定　　　　　　　2018年度〔15〕

有機化合物A〜Dに関するつぎの記述ア〜オを読み，下の問に答えよ。ただし，各
元素の原子量は，H＝1，C＝12，N＝14，O＝16とする。

ア．Aは環状構造をもたない分子量250以下の化合物である。また，不斉炭素原子を
　1つもち，エステル結合をもつ。
イ．43.4mgのAを完全に燃焼させたところ，二酸化炭素88.0mg，水34.2mg，お
　よび窒素酸化物のみが生成した。窒素酸化物をすべて単体の窒素まで還元したとこ
　ろ，2.80mgの窒素が生成した。
ウ．Aにニンヒドリン溶液を加えて加熱したところ，青〜赤紫色を呈した。
エ．1molのAを加水分解したところ，1molのアミノ酸Bと2molのアルコールCが
　生成した。
オ．アルコールCを酸化したところ，Dが生成した。Dは酢酸カルシウムの熱分解

（乾留）により得られる化合物と同じものであった。

問　**A** の構造式を例にならって示せ。ただし，光学異性体は考慮しなくてよい。

（例）　CH$_3$-C(=O)-O-CH$_2$-CH(CH$_3$)-C(=O)-N(CH$_3$)-[phenyl]

188　炭化水素の性質，構造異性体　　2017 年度〔11〕

つぎの化合物に関する記述 1 ～ 6 のうち，誤っているものはどれか。なお，正解は
1 つまたは 2 つある。

エタン	エチレン	アセチレン	プロパン
シクロプロパン	ブタン	ヘキサン	シクロヘキサン
シクロヘキセン	ベンゼン		

1．25℃，1.0×10^5 Pa で気体である化合物は 6 種類である。
2．組成式が CH$_2$ である化合物は 3 種類である。
3．完全燃焼するときに必要な酸素が，化合物中の炭素原子 1 個あたり最も多いものはエタンである。
4．分子中の水素原子のうち，いずれか 1 個を塩素原子に置き換えたとき，構造異性体が生じうる化合物は 4 種類である。
5．最も短い炭素-炭素結合をもつ化合物はベンゼンである。
6．分子を構成するすべての原子が同一平面上にある化合物は 3 種類である。

189　分子式 C$_5$H$_{12}$O の飽和 1 価アルコールの構造・性質　2017 年度〔12〕

分子式 C$_5$H$_{12}$O をもつアルコールに関するつぎの記述のうち，誤っているものはどれか。ただし，光学異性体は考慮しないものとする。なお，正解は 1 つまたは 2 つある。

1．分子内に CH$_3$CH$_2$- 基をもたないアルコールは，3 つである。
2．脱水反応によって幾何異性体を生じうるアルコールは，2 つである。
3．不斉炭素原子をもつアルコールは，すべてヨードホルム反応を示す。
4．沸点が最も低いアルコールは，アルデヒドの還元反応では得られない。
5．過マンガン酸カリウム水溶液を加えたときに黒色沈殿を生じるアルコールは，6

つである。

6．アルケンに水を付加させても，得られないアルコールがある。

190　窒素を含む芳香族化合物の構造決定　2017 年度〔15〕

有機化合物A〜Dに関するつぎの記述ア〜オを読み，下の問に答えよ。

ア．Aは分子式 $C_{13}H_{14}N_2O_4$ をもち，アミド結合とエステル結合を含む中性の分子である。

イ．Aをおだやかに加水分解すると，B，C，Dが得られる。

ウ．Bは炭素数6の芳香族化合物であり，Bの水溶液に塩化鉄(Ⅲ)の水溶液を加えると，紫色に呈色する。

エ．Cは不斉炭素原子を含まない天然の α-アミノ酸である。

オ．Dは不斉炭素原子を1つ含み，五員環構造をもつ。Dをさらに加水分解すると，等電点3.2の天然の α-アミノ酸が得られる。

問　化合物Aの構造式を例にならって示せ。ただし，光学異性体は考慮しなくてよい。

$$
\text{(例)}\quad CH_3-O-\underset{\underset{O}{\|}}{C}-\underset{\underset{CH_3}{|}}{C}H-\underset{\underset{O}{\|}}{C}-\overset{\overset{H}{|}}{N}-\text{〈ベンゼン環〉}
$$

191　炭化水素の構造　2016 年度〔11〕

つぎの記述のうち，誤っているものはどれか。なお，正解は1つまたは2つある。

1．エタンを構成する原子のうち，同一平面上に位置することができるのは最大4個である。

2．プロパンを構成する原子のうち，同一平面上に位置することができるのは最大5個である。

3．プロペンを構成する原子のうち，同一平面上に位置することができるのは最大6個である。

4．1,3-ブタジエンを構成する原子は，すべて同一平面上に位置することができる。

5．トルエンを構成する原子のうち，同一平面上に位置することができるのは最大13個である。

6．プロピンを構成する原子のうち，同一直線上に位置することができるのは最大5個である。

192 不飽和炭化水素の燃焼，付加反応の量的関係　　2016年度〔12〕

化合物Aは，環構造を含まない不飽和炭化水素である。0.0100 mol のAを完全燃焼させると 13.2 g の二酸化炭素と 4.50 g の水が生成した。また，触媒を用いてAに水素を付加させると，飽和炭化水素Bが得られた。Aから 233 g のBを得るために必要な水素の物質量はいくらか。解答は小数点以下第2位を四捨五入して，下の形式により示せ。ただし，各元素の原子量は，H＝1，C＝12，O＝16 とする。

□.□ mol

193 芳香族化合物の構造決定　　2016年度〔15〕

有機化合物A〜Dに関するつぎの記述ア〜ウを読み，下の問に答えよ。

ア．化合物Aは，炭素数が6の酸無水物であり，六員環構造をもつ。また，化合物Aは不斉炭素原子をもたない。

イ．化合物Aとアニリンを反応させると，アミド結合をもつカルボン酸Bを与える。カルボン酸Bは不斉炭素原子をもつ。

ウ．カルボン酸Bをヨードホルム反応を示す化合物Cと脱水縮合すると，アミド結合をもつ分子式 $C_{15}H_{21}NO_3$ のエステルDを与える。

問　化合物Dの構造式を例にならって示せ。ただし，光学異性体は考慮しなくてよい。
（例）

$$CH_3-CH-CH_2-\overset{}{\underset{O}{C}}-\overset{H}{\underset{}{N}}-CH_3$$

194 不飽和炭化水素の反応，ヨードホルム反応　　2015年度〔11〕

有機化合物A〜Gに関するつぎの文を読み，下の問に答えよ。

炭化カルシウムに水を反応させたところ，Aが生成した。触媒を用いてAに水素を付加させたところ，BとCが得られた。Bに水を付加させるとDが得られた。一方，Aに酢酸を付加させるとEが生成し，Eを加水分解するとFとGが得られた。また，Fを酸化するとGが得られた。

問　つぎの記述のうち，誤っているものはどれか。なお，正解は1つまたは2つある。

1．1molの炭化カルシウムに2molの水を反応させると，1molの**A**が生成する。
2．**A**を赤熱した鉄に接触させると，ベンゼンが生じる。
3．**A**から1molの**B**と1molの**C**を得るためには，3molの水素が必要である。
4．濃硫酸と**D**の混合物を170℃に熱すると，**B**が得られる。
5．**D**と**G**を縮合させると，**F**と同じ組成式をもつ化合物が得られる。
6．**F**を用いてヨードホルム反応を行った後，酸性にすると**G**が得られる。

195　芳香族化合物の性質と反応　　　2015年度〔12〕

つぎの図に示す芳香族化合物に関する記述1〜5のうち，正しいものはどれか。なお，正解は1つまたは2つある。

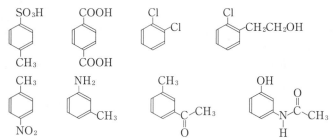

1．炭酸より強い酸は1つである。
2．塩化水素と塩を形成するものは1つである。
3．ヨードホルム反応を示すものは2つである。
4．銀鏡反応を示すものは1つである。
5．ベンゼン環に直接結合した水素原子1つを塩素原子に置換したときに，生じる化合物が2種類であるものは3つである。

196　C_5H_{10}のアルケンの異性体　　　2015年度〔13〕

分子式C_5H_{10}をもつアルケンに関するつぎの記述のうち，正しいものはどれか。なお，正解は1つまたは2つある。

1．考えられるアルケンは5種類である。
2．幾何異性体の関係にあるアルケンは2組である。
3．メチル基を3つもつアルケンは2種類である。

4．水素を付加させると，不斉炭素原子をもつ化合物になるアルケンは 1 種類である。

5．臭素を付加させると，いずれのアルケンも不斉炭素原子をもつ化合物を与える。

6．分子式 C_5H_{12} をもつアルカンには，分子式 C_5H_{10} をもつアルケンに水素を付加させても得られないものがある。

197　エステル結合とアミド結合をもつ芳香族化合物の構造決定　　　2015 年度〔15〕

有機化合物 A〜D に関するつぎの記述ア〜エを読み，下の問に答えよ。ただし，各元素の原子量は，H = 1，C = 12，N = 14，O = 16 とする。

ア．A はエステル結合とアミド結合をもち，400 以下の分子量をもつ。28.3 mg の A を完全燃焼させたところ，二酸化炭素 74.8 mg と水 15.3 mg および窒素酸化物のみが生成した。このうち，窒素酸化物をすべて単体の窒素まで還元したところ，1.40 mg の窒素が生成した。

イ．A を完全に加水分解すると，B，C，D が得られた。

ウ．B はタンパク質を構成する α-アミノ酸の 1 つであり，不斉炭素原子をもつ天然の α-アミノ酸の中で分子量が最も小さい。

エ．C と D は芳香族化合物であり，C を酸化すると D が生成した。

問 i　化合物 A の分子式を例にならって示せ。

（例）　$CH_3(CH_2)_5OH$ の分子式：C[0][6]H[1][4]N[0]O[1]

問 ii　化合物 A の構造式を例にならって示せ。ただし，光学異性体は考慮しなくてよい。

（例）

198　有機化合物の製法，性質　　　2014 年度〔9〕

つぎの有機化合物 A〜F に関する記述ア〜カを読み，下の問に答えよ。

ア．炭化カルシウムに水を加えると，化合物 A が得られる。

イ．エチレンに触媒を用いて水を付加させると，化合物 B が得られる。

ウ．無水酢酸に水を加え加熱して反応させると，化合物 C が得られる。

エ．塩化パラジウム（Ⅱ）と塩化銅（Ⅱ）を触媒とし，エチレンを水および酸素存在下で

酸化すると，化合物Dが得られる。化合物Dにフェーリング液を加え加熱すると赤色沈殿が生じる。

オ．トルエンを過マンガン酸カリウム水溶液と加熱して酸化した後，酸性にすると，化合物Eが得られる。

カ．クロロベンゼンに高温・高圧下で水酸化ナトリウム水溶液を作用させた後，酸性にすると，化合物Fが得られる。

問 つぎの記述のうち，誤っているものはどれか。なお，正解は1つまたは2つある。

1．イソプロピルベンゼンを触媒を用いて酸素で酸化した後，希硫酸で分解して得られる生成物は，A〜Fの中に1つある。

2．炭酸水素ナトリウム水溶液に加えると二酸化炭素を発生させる化合物は，A〜Fの中に2つある。

3．ヨードホルム反応を示す化合物は，A〜Fの中に3つある。

4．分子を構成する炭素の数が同じ化合物は，A〜Fの中に4つある。

5．A〜Fの中には，硫酸水銀(II)を触媒として水を付加させると，A〜Fの中の別の化合物を生じるものがある。

199 芳香族化合物の構造決定　　　　2014年度〔10〕

つぎの記述を読み，下の問に答えよ。ただし，光学異性体は考慮しないものとする。

化合物Aは，$C_{17}H_{18}O_2$の分子式で表されるエステルであり，ベンゼン環を2つもつ。化合物Aを加水分解したところ，化合物Bと化合物Cが得られた。Bはヨードホルム反応を示し，その反応により生成する有機化合物の塩を塩酸で処理するとCが得られた。

問 つぎの記述のうち，正しいものはどれか。なお，正解は1つまたは2つある。

1．Aとして考えられる化合物の数は，3つである。

2．Bとして考えられる化合物の中には，脱水反応を行い，アルケンにすると複数の異性体を生じるものがある。

3．Bの分子量は，ナトリウムフェノキシドを高温・高圧のもとで二酸化炭素と反応させた後，酸性にして得られる有機化合物の分子量と同じである。

4．Cの酸性はフェノールよりも強く，炭酸よりも弱い。

5．BとCを含むジエチルエーテル溶液に十分な量の希塩酸を加え，分液漏斗を使ってエーテル層と水層とを分けると，BとCの分離が可能である。

200 芳香族化合物の反応 2013年度〔7〕

目的とする化合物（以下目的化合物という）を1mol得るために必要な物質（溶媒および触媒を除く）の質量の総和を，目的化合物1molの質量で除した値をxとする。ただし，目的化合物を得る過程で中間生成物以外に生成する物質（以下目的外物質という）は，以降の反応で再利用しないものとする。例えば，（例）に示すアセトアルデヒドの製法において，必要な物質は炭化カルシウムと水であり，xの値は小数点以下第2位を四捨五入すると2.7となる。このxの値は，合成法の効率を考える1つの指針となり，1に近いほど無駄なく物質を使用していることになる。

（例）

$$CaC_2 \xrightarrow{2H_2O} \underset{\text{（中間生成物）}}{H-C\equiv C-H} \xrightarrow[\text{触媒}]{H_2O} \underset{\text{（目的化合物）}}{CH_3-CHO}$$

式量：64　　　　目的外物質：$Ca(OH)_2$　　　　分子量：44

フェノールを目的化合物とする**製法1～3**についてxの値を比較し，下の問に答えよ。ただし，**製法1～3**では，必要な物質および目的外物質に係数を付していない。また，各元素の原子量および主な化合物の分子量は，H=1，C=12，O=16，Na=23，S=32，Cl=35.5，ベンゼン=78，フェノール=94とする。

製法1

ベンゼン $\xrightarrow{H_2SO_4}$ ベンゼンスルホン酸(SO_3H) $\xrightarrow{NaOH}$ (ONa) $\xrightarrow{CO_2, H_2O}$ フェノール(OH)

目的外物質：H_2O　　目的外物質：Na_2SO_3，H_2O　　目的外物質：$NaHCO_3$

製法2

ベンゼン $\xrightarrow[\text{触媒}]{Cl_2}$ (Cl) $\xrightarrow{NaOH}$ (ONa) $\xrightarrow{CO_2, H_2O}$ フェノール(OH)

目的外物質：HCl　　目的外物質：$NaCl$，H_2O　　目的外物質：$NaHCO_3$

製法3

ベンゼン $\xrightarrow[\text{触媒}]{CH_3-CH=CH_2}$ ($CH_3-\overset{H}{C}-CH_3$) $\xrightarrow[\text{触媒}]{O_2}$ ($CH_3-\overset{OOH}{C}-CH_3$) $\xrightarrow{\text{触媒}}$ フェノール(OH)

目的外物質：CH_3COCH_3

問i　最大と最小の x の値を与える製法の番号を，それぞれ1～3から選べ。

問ii　製法1～3における x の値のうち，2番目に大きい値はいくらか。解答は小数点以下第2位を四捨五入して，下の形式により示せ。

□.□

201　芳香族化合物の構造決定　　　2013年度〔8〕

つぎの問に答えよ。ただし，シス-トランス異性体は考慮しないものとする。

問i　つぎの記述のうち，誤っているものはどれか。なお，正解は1つまたは2つある。

1．炭素原子，窒素原子，および酸素原子を比べると，価電子の数が多い原子ほど原子価の値が小さい。
2．メタン分子では，すべての電子が共有結合に用いられている。
3．メタン分子，アンモニア分子，および水分子では，1分子中の共有電子対の数と非共有電子対の数を足した値が互いに等しい。
4．アセチレン分子と窒素分子では，1分子中の共有電子対の数と非共有電子対の数を足した値が互いに等しい。
5．トルエン分子とフェノール分子では，1分子中の総電子数が互いに等しい。
6．トルエン分子とフェノール分子では，1分子に含まれるすべての原子の原子価の総和が互いに等しい。

問ii　化合物**A**は炭素と水素から構成され，つぎの**ア～エ**で述べるそれぞれの値が下に示す化合物**B**における値と等しい。

ア．総電子数
イ．ベンゼン環の数
ウ．ベンゼン環に直接結合した水素原子の数
エ．ベンゼン環に直接結合した水素原子1つを塩素原子に置換したときに生成しうる異性体の数

$$HO-\bigcirc-N=N-\bigcirc$$
化合物**B**

　また，化合物**A**に触媒存在下で水素を付加させると，不斉炭素原子をもつ化合物が生成する。なお，この反応において，ベンゼン環は変化しない。

　化合物**A**の構造を例にならって示せ。

（例）
$$CH_3-CH=CH-\bigcirc\begin{matrix}CH_3 & CH_3\\ -CH_2-C=CH_2\end{matrix}$$

問iii　化合物Cは，炭素，水素，酸素から構成され，**問ii**のア～エで述べた値が化合物Bにおける値と等しい。つぎの記述のうち，Cとして考えられる化合物に関して誤っているものはどれか。なお，正解は1つまたは2つある。

1．塩化鉄(Ⅲ)水溶液で呈色するものがある。
2．ヨードホルム反応を示すものがある。
3．炭酸水素ナトリウムと反応させたときに，二酸化炭素が生成するものがある。
4．エステル結合をもち，加水分解により酢酸を生じるものがある。
5．1分子に含まれるすべての原子の原子価の総和が，化合物Bにおける値と等しいものがある。
6．1分子に含まれるすべての原子の原子価の総和は，化合物Aにおける値より必ず小さい。

202　アミノ酸とエステルの構造決定　　2013年度〔9〕

つぎの記述を読み，下の問に答えよ。ただし，各元素の原子量は，H＝1，C＝12，N＝14，O＝16とする。

化合物Aは，炭素，水素，窒素，酸素からなる分子量331の化合物であり，アミノ基とカルボキシ基が同じ炭素原子上に結合した構造をもつ。また，Aは複数のエステル結合をもつ。

Aを完全に加水分解したところ，1molのAから化合物B，C，Dのみがそれぞれ1molずつ得られた。一方，Aをおだやかな条件で加水分解したところ，B，C，D以外に，エステル結合が一部保たれたままの化合物がいくつか得られた。そのうちの2つは，分子量191の化合物Eと分子量202の化合物Fであった。

化合物Eを完全に加水分解するとBとCのみが，またFを完全に加水分解するとCとDのみが生成した。ここで，1molのEを完全に加水分解するためには，1molの水が，また1molのFを完全に加水分解するためには，2molの水が必要であった。

得られた化合物Cは2価アルコールであり，これを酸化するとCと同じ炭素数をもち，還元性を示す2価カルボン酸Gに変換された。

一方，化合物Bはアミノ酸の一種であり，1つの不斉炭素原子をもっていた。このアミノ酸の一方の光学異性体は小麦に多く含まれ，そのナトリウム塩はうまみ成分としても知られている。

問i　33.1mgの化合物Aを完全燃焼させたところ，61.6mgの二酸化炭素と18.9mgの水，および窒素酸化物のみが生成した。このうち窒素酸化物を，銅を用いてすべて還元したところ，窒素原子を含む物質として単体の窒素のみが1.40mg生

じた。化合物 **A** に含まれる酸素の割合は，質量パーセントでいくらか。解答は，小数点以下第1位を四捨五入して，下の形式により示せ。

□□ %

問 ii　6.62 g の化合物 **A** を完全に加水分解すると，最大で何 g の化合物 **D** が得られるか。解答は小数点以下第2位を四捨五入して，下の形式により示せ。

□.□ g

問 iii　化合物 **D** は炭素，水素，酸素からなり，第二級アルコール構造をあわせもつ2価カルボン酸であった。また，**D** は不斉炭素原子を含んでいなかった。**D** の構造を例にならって示せ。

$$(例)\quad CH_3-\underset{O}{\overset{OH}{\underset{|}{C}}}-CH-CH_2-CH=CH-COOH$$

問 iv　つぎの記述のうち，誤っているものはどれか。なお，正解は1つまたは2つある。

1．化合物 **A** に含まれる不斉炭素原子の数は2つである。
2．化合物 **B** の等電点の値は，グリシンの等電点の値より大きい。
3．化合物 **C** をテレフタル酸と縮合重合させて得られる高分子化合物は，ペットボトルの素材として利用されている。
4．化合物 **F** は単体のナトリウムと反応し，水素を発生する。
5．化合物 **G** を酸性水溶液中にて過マンガン酸カリウムと反応させると，無色，無臭の気体が発生する。

203　酸素を含む脂肪族化合物の構造決定と性質　　2012年度〔1〕

つぎの文を読み，下の問に答えよ。ただし，各元素の原子量は，H = 1，C = 12，O = 16 とする。

炭素と水素からなる化合物 **A** がある。化合物 **A** に酸を用いて水を付加させたところ，アルコール **B** が得られた。アルコール **B** の分子量は70以下であり，質量〔%〕組成は，炭素 60.0 %，水素 13.3 %，酸素 26.7 % であった。このアルコール **B** を二クロム酸カリウムの硫酸酸性溶液で酸化したところ，ケトン **C** が得られた。

問 i　化合物 **A** の分子式を下の形式により示せ。

C□H□

問 ii　つぎの記述のうち，誤っているものはどれか。なお，正解は1つまたは2つある。

1．化合物**A**は縮合重合し，高分子化合物となる。
2．触媒を用い化合物**A**をベンゼンと反応させて得られる生成物を，酸素で酸化して過酸化物としてから，希硫酸で分解して得られる芳香族化合物は，水酸化ナトリウム水溶液に塩をつくって溶ける。
3．アルコール**B**は水によく溶ける。
4．アルコール**B**はフェーリング液を還元しない。
5．ケトン**C**は，酢酸カルシウムの熱分解（乾留）によって合成することができる。
6．ケトン**C**にアンモニア性硝酸銀水溶液を加えると銀が析出する。

204 芳香族化合物の構造決定　　　　　　　　2012 年度〔2〕

地衣類（菌類の一種）がつくり出す化合物のひとつにギロホリン酸がある。ギロホリン酸は，ベンゼン環，エステル結合およびカルボキシ基を含み，炭素，水素，酸素原子のみから構成される化合物である。この化合物に関するつぎの記述を読み，下の問に答えよ。ただし，各元素の原子量は，$H=1$，$C=12$，$O=16$ とする。

　ギロホリン酸を加水分解したところ，分子量が 200 以下の化合物**A**のみが得られた。この化合物**A**を高圧下，水中で加熱すると脱炭酸反応※のみが起こり，ベンゼン環をもつ化合物**B**が得られた。この化合物**A**から化合物**B**への変換において，質量が 26.2 ％減少した。また，1 mol の化合物**B**を十分な量のナトリウムと反応させると 1 mol の水素が発生した。一方，化合物**A**を塩基性水溶液中，過マンガン酸カリウムと反応させた後，酸性にして得た生成物を，さらに加熱処理すると分子内の脱水反応が起こり，酸無水物が生成した。なお，化合物**A**および化合物**B**のベンゼン環に直接結合した水素原子 1 つを塩素原子に置換したときに生成しうる異性体の数は，それぞれ 2 である。
　※脱炭酸反応とは，カルボン酸が起こす下式の反応である。

　　　$R-COOH \longrightarrow R-H + CO_2$

問 i　化合物**B**を構成している炭素と水素の数はそれぞれいくらか。解答は下の形式により示せ。

炭素 ☐ 個　　水素 ☐ 個

問 ii　化合物**A**の構造を例にならって示せ。

　（例）　⬡−CH=CH−CH₂−COOH

問 iii　ギロホリン酸 11.7 g を高圧下，水中で加熱したところ，加水分解とともに脱炭酸反応が起こり，ベンゼン環をもつ化合物としては化合物**B**のみが 9.30 g 得ら

れた。ギロホリン酸 0.0100 mol を用いてこの反応を行ったとき，生成する化合物
Bの質量はいくらか。解答は小数点以下第2位を四捨五入して，下の形式により示
せ。

$$\boxed{}.\boxed{}\ \text{g}$$

205 脂肪族炭化水素の構造決定 　　　　　　2012年度〔3〕

つぎのア～オの記述を読み，下の問に答えよ。ただし，各元素の原子量は，H＝1，
C＝12，O＝16，Br＝80，I＝127 とする。また環を構成する原子が n 個である場合，
その環を「n 員環」と呼ぶ。

ア．化合物**A**は分子式 $C_{12}H_{18}$ で表される。

イ．化合物**A**は炭素－炭素結合を1つ共有する2つの環からなり，環状構造中に炭素
　－炭素二重結合を含む。また環状構造の他にメチル基を2つだけ持つ。

ウ．酸性条件で，<u>炭素－炭素二重結合をもつ化合物と過マンガン酸カリウムとを反応</u>
　<u>させると，炭素－炭素二重結合が開裂し，ケトンやカルボン酸が生成する（下式参</u>
　<u>照）</u>。48.6 g の化合物**A**を下線にしたがって反応させると，化合物**A**と炭素の数が
　等しい化合物**B** 72.6 g が生成する。

$$\underset{R^2}{\overset{R^1}{>}}C=C\underset{R^4}{\overset{R^3}{<}} \xrightarrow{\text{KMnO}_4} \underset{R^2}{\overset{R^1}{>}}C=O \ + \ O=C\underset{R^4}{\overset{R^3}{<}}$$

$$\underset{R^2}{\overset{R^1}{>}}C=C\underset{H}{\overset{R^3}{<}} \xrightarrow{\text{KMnO}_4} \underset{R^2}{\overset{R^1}{>}}C=O \ + \ O=C\underset{OH}{\overset{R^3}{<}}$$

$$(R^1\sim R^4 \text{ は炭化水素基})$$

エ．化合物**B**はヨードホルム反応を示す。72.6 g の化合物**B**を完全に反応させたと
　きに生じるヨードホルムは 236 g である。

オ．化合物**B**の最も長い炭素鎖の炭素数は 10 である。
　（注）例えば，下図に示す化合物の最も長い炭素鎖の炭素数は7である。

問i　48.6 g の化合物**A**と反応する臭素は最大何 g か。下の形式で答えよ。

$$\boxed{}\boxed{}\ \text{g}$$

問ii　化合物**A**のひとつである**A－1**は下図に示すように6員環を含み，メチル基が
　C①とC②に結合している。化合物**A－1**は下図のどの炭素－炭素間に二重結合を

もつか。下の 1 ～ 9 から選べ。なお，正解は 1 つまたは 2 つある。

（環を構成する炭素原子を C ①～ C ⑩で表し，それらに結合した水素原子は省略した。）

1．C ①― C ②間　　　　2．C ②― C ③間　　　　3．C ③― C ④間

4．C ④― C ⑤間　　　　5．C ⑤― C ⑥間　　　　6．C ⑥― C ⑦間

7．C ⑨― C ⑩間　　　　8．C ①― C ⑩間　　　　9．C ⑤― C ⑩間

問ⅲ　化合物 **A** のうち，6 員環を含むものは，メチル基と二重結合の位置を適切に配置すれば**問ⅱ**で考えた化合物 **A−1** 以外にも存在する。そのひとつである化合物 **A−2** は，下線の反応により化合物 **B−2** に変換される。一方，化合物 **A** のひとつ **A−3** は，環状構造として 5 員環を含む。また化合物 **A−3** は下線の反応により化合物 **B−2** に変換される。化合物 **A−3** の構造を例にならって示せ。

$$化合物 \textbf{A−2} \xrightarrow{KMnO_4} 化合物 \textbf{B−2} \xleftarrow{KMnO_4} 化合物 \textbf{A−3}$$
（6 員環を含む）　　　　　　　　　　　　　　　（5 員環を含む）

（例）

206　芳香族化合物の構造決定　　　2011 年度〔7〕

化合物 **A**，**B**，および **C** は，いずれも分子式 $C_{14}H_{12}O_3$ で表されるカルボン酸エステルである。つぎの記述ア～カを読み，下の問に答えよ。

ア．化合物 **A**，**B**，**C** の混合物に対して下に示した①～⑥の実験操作を行うと，②で化合物 **D** が，④で化合物 **E** と化合物 **F** が，また⑥で化合物 **G** と化合物 **H** が得られる。化合物 **D**～**H** は，いずれもベンゼン環をもつ化合物である。また，⑤の水層には有機化合物は含まれない。

イ．化合物 **A**，**B** の混合物に対して下に示した①～⑥の実験操作を行うと，⑥では化合物 **G** のみが得られる。

ウ．化合物 **B**，**C** の混合物に対して下に示した①～⑥の実験操作を行うと，②では何も得られない。

エ．化合物**G**および化合物**H**は，いずれもメチル基をもたない。また，化合物**G**および化合物**H**のいずれも，ベンゼン環に直接結合する水素原子の1個を塩素原子に置換すると2つの異性体が生成しうる。

オ．化合物**H**は，塩化鉄(Ⅲ)水溶液で呈色しない。

カ．化合物**E**に塩基性の過マンガン酸カリウム水溶液を加えて加熱した後，塩酸で酸性にすると，化合物**G**が得られる。

〔実験操作〕

① 水酸化ナトリウム水溶液を加え，かき混ぜながら加熱し，加水分解する。冷却後，ジエチルエーテルを加えてよく振り混ぜ，エーテル層と水層を分離する。

② ①のエーテル層からジエチルエーテルを蒸発させる。

③ ①の水層に二酸化炭素を十分に通じた後，ジエチルエーテルを加えてよく振り混ぜ，エーテル層と水層を分離する。

④ ③のエーテル層からジエチルエーテルを蒸発させる。

⑤ ③の水層に塩酸を加えて酸性にした後，ジエチルエーテルを加えてよく振り混ぜ，エーテル層と水層を分離する。

⑥ ⑤のエーテル層からジエチルエーテルを蒸発させる。

問i 化合物**C**および化合物**E**の構造を，それぞれ例にならって示せ。

（例）

問ii つぎの記述のうち，誤っているものはどれか。なお，正解は1つまたは2つある。

1．化合物**D**〜**H**はすべてナトリウムと反応して水素を発生する。

2．化合物**D**〜**H**のうち，エーテル結合を含むものは1つである。

3．化合物**D**〜**H**のうち，分子中のいずれか1個の水素原子をメチル基に置換すると，不斉炭素原子をもつ化合物になるものは2つである。

4．化合物**D**〜**H**のうち，酸化によりポリエチレンテレフタラートの原料を生成しうるものは1つである。

5．化合物**D**〜**H**のうち，塩化鉄(Ⅲ)水溶液で呈色するものは3つである。

207 芳香族化合物の構造決定　　　2010年度〔5〕

つぎの文を読み，下の問に答えよ。ただし，各元素の原子量は，H＝1，C＝12，O＝16とする。

　質量〔％〕組成が，炭素 75.95 ％，水素 10.55 ％，酸素 13.50 ％である化合物 A を加水分解したところ，分岐構造をもたない脂肪族化合物 B，およびメチル基を 2 個もつ芳香族化合物 C が得られた。化合物 B および C は同じ炭素数からなる化合物であった。化合物 B を酸化すると，化合物 D が得られた。また，C および D に炭酸水素ナトリウム水溶液を加えると発泡した。C を加熱すると，分子内脱水反応が起こり，化合物 E が生成した。化合物 E に B を作用させると，分子量 334 の化合物 F が得られた。

問 i　化合物 A の組成式を下の形式により示せ。

C □□ H □□ O □□

問 ii　化合物 F として考えられる構造異性体の数はいくつか。

問 iii　化合物 E と B の反応により，F が構造異性体を含まずに単一の生成物として得られる場合，考えられる化合物 E の構造式を，例にならって 1 つだけ示せ。

（例）　CH₃-CH₂ ⟨環⟩ O / C=O / CH₂

208　芳香族化合物の異性体と合成　　2010 年度〔6〕

化合物 A，B に関するつぎの記述ア〜オを読み，下の間に答えよ。ただし，各元素の原子量は，H＝1，C＝12，N＝14，O＝16 とする。

ア． 化合物 A，B は，炭素，水素のほかに，窒素または酸素，あるいはその両方を含むが，これ以外の元素は含まない。

イ． 化合物 A，B は，8 つの炭素原子をもつ。

ウ． 化合物 A，B は，互いに構造異性体の関係にある。

エ． 化合物 A，B は，いずれもベンゼンのパラ（p-）二置換体である。

オ． 化合物 A，B は，いずれもメチル基をもつ。

問 i　化合物 A の分子量が 150 から 155 の範囲にあるとき，可能な分子式はいくつあるか。

問 ii　化合物 A は分子量 151 のエステルであった。この化合物 A を加水分解したのち，無水酢酸と反応させると分子量 179 の化合物 C が得られた。一方，化合物 B は塩化鉄（Ⅲ）を加えると呈色する化合物であり，ベンゼン環以外の環状構造，炭素－窒素二重結合，窒素原子に直接結合したメチル基のいずれももたない。化合物 B，C の構造を例にならって示せ。

（例）

問ⅲ ベンゼンまたはトルエンを出発原料に用いて，次に示す反応操作 a ）〜 j ）の
うちのいくつかを適切な順で行うことにより化合物**A**および**B**を合成したい。**A**，
Bの合成が可能な出発原料（1または2）と反応操作の順（3〜8）の組み合わせ
をそれぞれ選び，答えよ。

a ）ニッケルを触媒に用いて水素と反応させる。

b ）濃硝酸と濃硫酸の混合物を加えて加熱する。

c ）スズと濃塩酸を加えて加熱した後に塩基を加える。

d ）触媒を用いてエチレンと反応させる。

e ）過マンガン酸カリウム水溶液を加えて加熱する。

f ）濃硫酸を加えて加熱する。

g ）固体の水酸化ナトリウムを加えて高温で融解した後に酸を加える。

h ）メタノールと少量の濃硫酸を加えて加熱する。

i ）無水酢酸と反応させる。

j ）氷冷下で希塩酸と亜硝酸ナトリウム水溶液を加えた後，室温まで温度を上げる。

出発原料	反応操作の順
1．ベンゼン	3．b→c→i→e→h
2．トルエン	4．f→g→e→h
	5．b→c→i→b→a→j
	6．b→c→j→e→i
	7．b→e→a→i
	8．d→b→e→a→h

209 エステルの構造決定 2009 年度〔5〕

化合物**A**は分子式 $C_8H_{12}O_2$ で表されるエステルであり，炭素−炭素二重結合をもつ。
この化合物**A**を加水分解したところ，化合物**B**のみが生成した。これにオゾンを作
用させ，還元剤による処理（下式参照）を行うと，ヨードホルム反応を示す酸性化
合物**C**と銀鏡反応を示すアルコール**D**が得られた。

（R^1〜R^4 はそれぞれアルキル基，または水素原子）

一方，化合物Bに触媒を用いて水素を付加させて化合物Eとした後，これを酸化したところ，不斉炭素原子をもたない2価カルボン酸Fが得られた。つぎの問に答えよ。ただし，幾何異性体は考慮しないものとし，各元素の原子量は，H＝1，C＝12，O＝16とする。

問i 化合物Dと同一の分子式をもつ構造異性体のうち，炭素−炭素二重結合をもたない鎖状化合物に関するつぎの記述で正しいものはどれか。ただし，化合物Dも含めて考えること。また，光学異性体は考慮しないものとする。なお，正解は1つまたは2つある。
1．酸性を示すものは1種類である。
2．不斉炭素原子をもつものは2種類である。
3．エステルは3種類である。
4．ヨードホルム反応を示すものは4種類である。
5．還元性を示すものは5種類である。

問ii 28.0gの化合物Aを用いて上の実験を行ったとき，化合物Cは何g得られるか。解答は小数点以下第1位を四捨五入して，下の形式により示せ。

$$\boxed{}\boxed{}\text{g}$$

問iii 化合物Bの構造を例にならって示せ。

（例）

$$\begin{array}{c}H_3C-CH_2\\H_3C-\underset{\underset{O}{\|}}{C}\end{array}\!\!\!\Big\rangle C=CH-\overset{\overset{OH}{|}}{CH}-CH_3$$

210　脂肪族化合物の反応　　　　2008年度〔1〕

つぎの文を読み，下の問に答えよ。

触媒を用いてエチレンに水を付加させ化合物Aとした後，これを酸化して化合物Bを得た。この化合物Bを水酸化カルシウムと反応させて得た物質を熱分解（乾留）し，沸点56℃の化合物Cを得た。

問i つぎの記述のうち，正しいものはどれか。なお，正解は1つまたは2つある。
1．化合物A 4molにナトリウム2molを作用させると，水素2molが発生する。
2．化合物Aに濃硫酸を加えて170℃で反応させると，縮合反応が起こる。
3．化合物Bはフェーリング液を還元する。
4．触媒を用いてエチレン2molと酸素1molを反応させると，化合物B 2molが

　　　生成する。

　5．触媒を用いてアセチレン1molに水1molを付加させると，化合物B 1molが
　　　生成する。

　6．化合物Bの酸性は炭酸水よりも強く，ベンゼンスルホン酸よりも弱い。

問ii　化合物Cと同じ分子式で表される化合物に関するつぎの記述のうち，正しいも
のはどれか。ただし，光学異性体の関係にあるものは各々を別の構造と考え，また，
化合物Cも含めて考えるものとする。なお，正解は1つまたは2つある。

　1．光学異性体の関係にあるものが，2組ある。

　2．カルボニル基をもつものは，3つである。

　3．炭素原子間に不飽和結合を含まないものは，7つである。

　4．不飽和結合を含まないものは，4つである。

　5．不飽和結合を含まないアルコールは，2つである。

問iii　化合物Cを100g得るためには，エチレンを何g必要とするか。解答は小数点
以下第1位を四捨五入して，下の形式により示せ。ただし，各元素の原子量は，
H＝1，C＝12，O＝16とする。

$$\boxed{}\,\text{g}$$

211　脂肪族化合物の構造決定　　　　2008年度〔3〕

化合物A～Fに関するつぎの文を読み，下の問に答えよ。ただし，各元素の原子量
は，H＝1，C＝12，O＝16とする。

　Aは分子式 $C_6H_{10}O_4$ をもつ化合物である。Aを加水分解すると，還元性を示す2
価カルボン酸Bと1種類のアルコールCが得られる。またAに炭酸水素ナトリウム水
溶液を加えても，二酸化炭素は発生しない。一方，Aの異性体Dを加水分解すると，
Bと1種類のアルコールEが得られる。Eを酸化するとケトンFが生じる。

問i　つぎの記述のうち，誤っているものはどれか。なお，正解は1つまたは2つあ
る。

　1．Aは水酸基をもたない。

　2．Cを酸化するとアルデヒドが生成する。

　3．CとEは互いに異性体の関係にある。

　4．Dに炭酸水素ナトリウム水溶液を加えると，二酸化炭素が発生する。

　5．Eは不斉炭素原子をもつ。

　6．EとFはともにヨードホルム反応を示す。

問 ii　58.4 g の **A** を加水分解するときに生成する **C** の質量はいくらか。解答は小数点以下第 1 位を四捨五入して，下の形式により示せ。

　　　　　　　　　　　　　　　　　　　　　　　　　　　　□□ g

問 iii　**A** の異性体であり，かつ加水分解すると 2 価カルボン酸を生じるエステルのうち，不斉炭素原子を含むものはいくつあるか。ただし，互いに光学異性体の関係にある化合物も 1 つずつ区別して数えるものとする。

212　芳香族化合物の分離，合成　　　　　　　　　2007 年度〔8〕

化合物 **A**〜**C** は分子量が 160 以下で，ベンゼン環をもち，炭素，水素，酸素，窒素以外の原子を含まない。つぎの記述①〜⑩を読み，下の問に答えよ。ただし，「分液操作」とは，水および水と混ざり合わない有機溶媒とを分液漏斗の中でよく振り混ぜた後，有機溶媒の層（有機層）と水の層（水層）を別々に取り出すことをいう。また，各元素の原子量は，H＝1，C＝12，N＝14，O＝16 とする。

①　化合物 **A**〜**C** を含むジエチルエーテル溶液に十分な量の水酸化ナトリウム水溶液を加えて，分液操作を行った。
②　①の水層に二酸化炭素を十分通じた後，ジエチルエーテルを加えて分液操作を行った。
③　②の有機層からジエチルエーテルを蒸発させ，化合物 **A** を得た。
④　①の有機層に十分な量の希塩酸を加えて分液操作を行った。
⑤　④の有機層からジエチルエーテルを蒸発させ，化合物 **B** を得た。
⑥　④の水層に水酸化ナトリウム水溶液を加えて塩基性にした後，ジエチルエーテルを加えて分液操作を行った。
⑦　⑥の有機層からジエチルエーテルを蒸発させ，化合物 **C** を得た。
⑧　化合物 **A** および化合物 **B** を無水酢酸と反応させてエステル化すると，それぞれ化合物 **D**，化合物 **E** を生成した。
⑨　化合物 **D** および化合物 **E** をそれぞれ 20.5 mg 完全燃焼させると，どちらの場合にも二酸化炭素 55.0 mg および水 13.5 mg だけを生成した。
⑩　化合物 **C** 108 mg を十分な量の無水酢酸と反応させると，化合物 **F** 192 mg を生成した。

問 i　化合物 **A** を構成している炭素と水素の数はそれぞれいくつか。
問 ii　化合物 **B** の構造として可能なものはいくつあるか。ただし，光学異性体は考慮しないものとする。
問 iii　化合物 **A** および化合物 **C** はつぎの式に示すように，下の＜**ア群**＞の中の化合物

を原料として，＜**イ群**＞の中の2つの反応操作を順に利用することによりそれぞれ合成することができた。原料Ⅰ，原料Ⅱおよび反応1〜反応4として適切なものはどれか。番号で答えよ。

$$原料Ⅰ \xrightarrow{反応1} \xrightarrow{反応2} 化合物\mathbf{A}$$

$$原料Ⅱ \xrightarrow{反応3} \xrightarrow{反応4} 化合物\mathbf{C}$$

＜ア群＞
1．トルエン
2．*m*-キシレン
3．クメン
4．フェノール
5．*p*-クレゾール
6．クロロベンゼン
7．ニトロベンゼン
8．ベンゼンスルホン酸
9．安息香酸

＜イ群＞
1．過マンガン酸カリウムの塩基性水溶液と反応させる。
2．スズおよび塩酸を用いて還元した後，水酸化ナトリウム水溶液を作用させる。
3．濃硫酸を作用させ加熱する。
4．触媒（H_3PO_4）を用いてプロペンと反応させる。
5．希硫酸を作用させ加熱する。
6．高温・高圧で二酸化炭素と反応させた後，酸性にする。
7．塩酸に溶かして氷で冷却し，亜硝酸ナトリウム水溶液を作用させる。
8．濃硫酸と濃硝酸の混合物を作用させ加熱する。
9．固体の水酸化ナトリウムと混合して高温で融解した後，酸性にする。

213　ボンビコールの構造決定　　　　2007年度〔9〕

ドイツの A. Butenandt は，カイコ蛾の雌が放出し，雄を誘引する物質（性フェロモンと呼ばれる）の研究を1930年代から始め，50万匹の雌のカイコ蛾からボンビコールと命名した性フェロモンを約6mg単離・精製して，1959年にその推定構造を発表した。ボンビコールの構造決定に関するつぎの文を読み，下の問に答えよ。ただし，各元素の原子量は，H＝1，C＝12，N＝14，O＝16とする。なお，この問題文は Butenandt の実験を忠実に再現したものではない。

　Butenandt は，精製の途中でボンビコールがヒドロキシ基をもつことに気がつき，ボンビコールを橙赤色で結晶化しやすい*p*-ニトロフェニルアゾ安息香酸のエステルに導き，再結晶を繰り返し，融点95〜96℃の純粋な結晶を得ている。ボンビコール

の p-ニトロフェニルアゾ安息香酸エステルは，分子内に不斉炭素をもたず，また三重結合ももっていなかった。このエステルを加水分解すると定量的にボンビコールが得られた。

$$O_2N-\!\!\!\bigcirc\!\!\!-N\!=\!N-\!\!\!\bigcirc\!\!\!-COOH$$

p-ニトロフェニルアゾ安息香酸（分子式 $C_{13}H_9N_3O_4$，分子量271）

　得られたボンビコール 1.19 mg をパラジウム触媒の存在下で水素と完全に反応させたところ，1.21 mg の生成物 A が得られた。1.21 mg の生成物 A を完全燃焼させたところ，3.52 mg の二酸化炭素と 1.53 mg の水だけが得られた。

　一方，ボンビコールの p-ニトロフェニルアゾ安息香酸エステル 4.91 mg を過マンガン酸カリウム水溶液と反応させたところ，p-ニトロフェニルアゾ安息香酸エステル基を含む 1 価のカルボン酸 B が 4.41 mg，2 価のカルボン酸 C が 0.90 mg，1 価のカルボン酸 D が 0.88 mg 得られた。このときの反応では，下図のような炭素−炭素二重結合が酸化的に切断され，他の官能基は影響を受けなかった。

$$R\text{-CH}=\text{CH-R}' \xrightarrow{\text{KMnO}_4} R\text{-COOH} + \text{HOOC-R}'$$

問 i　1 mol の生成物 A を完全燃焼するために必要な酸素の物質量はいくらか。解答は小数点以下第1位を四捨五入して，下の形式により示せ。

□□ mol

問 ii　1 mol のボンビコールと反応する水素の物質量はいくらか。

問 iii　ボンビコールを構成している炭素と水素の数は，それぞれいくつか。

問 iv　1 価のカルボン酸 B を構成している炭素の数はいくつか。

問 v　ボンビコールとして考えられる構造に関するつぎの記述 1 〜 6 のうち，正しいものはどれか。ただし，幾何異性体は考慮しないものとする。なお，正解は1つまたは2つある。

1. 環構造をもつ。
2. メチル基（CH_3-基）の数が1つであるとすると，考えられる構造は1つである。
3. メチル基（CH_3-基）の数が2つであるとすると，考えられる構造は2つである。
4. メチル基（CH_3-基）の数が3つであるとすると，考えられる構造は3つである。
5. 第一級アルコールであるとすると，考えられる構造は1つである。
6. 第三級アルコールであるとすると，考えられる構造は3つである。

214　飽和脂肪族エステルの加水分解　　　　　　　　2006年度〔9〕

1 mol の飽和脂肪酸エステル A を加水分解すると，化合物 B と分子式 $C_5H_{12}O$ で表されるアルコール C がそれぞれ 1 mol ずつ得られた。また，アルコール C を酸化すると化合物 B が生成した。つぎの問に答えよ。ただし，各元素の原子量は，H＝1，C＝12，O＝16 とする。

問 i　つぎの記述のうち，正しいものはどれか。ただし，光学異性体は考慮しないものとする。なお，正解は1つまたは2つある。

1．B として考えられる化合物の中には，フェーリング液と反応して赤色沈殿を生成するものがある。

2．C として考えられる化合物は8種類である。

3．C として考えられる化合物の中には，脱水反応により幾何異性体を生じるものがある。

4．C として考えられる化合物はいずれも不斉炭素原子を含まない。

5．C のすべての異性体のうち，ヨードホルム反応を示すものは2種類である。

6．C のすべての異性体はナトリウムと反応して水素を発生する。

問 ii　6.88 g のエステル A を完全燃焼させるために必要な酸素の物質量はいくらか。解答は小数点以下第3位を四捨五入して，下の形式により示せ。

0.□□ mol

215　有機化合物の反応　　　　　　　　　　　　　2006年度〔10〕

つぎの文章を読み，下の**問 i ～iii** に答えよ。

化合物 A を適切な触媒の存在下で加熱すると，3分子が結合してベンゼンが生じる。また，化合物 A は化合物 B を経由して化合物 C へと変換できる。

化合物 C は，濃硫酸を加えて約170℃に加熱すると化合物 B を生じる。また，化合物 C を適切な酸化剤で酸化すると化合物 D が得られ，これをさらに酸化すると化合物 E が得られる。化合物 D は，化合物 A に水を付加させて合成することもできる。

2分子の化合物 E が縮合すると無水酢酸を生じる。また，化合物 C と化合物 E を縮合すると化合物 F が得られる。

問 i　化合物 B を化合物 C へ変換するための適切な方法を下の1～9の中から1つ選び，番号で答えよ。

問ⅱ　化合物**D**は，化合物**C**を経由することなく，化合物**B**から直接合成することもできる。そのための適切な方法を下の1～9の中から1つ選び，番号で答えよ。

1．硫酸水銀（Ⅱ）を触媒として水と反応させる。

2．ニッケルを触媒として水素と反応させる。

3．高温高圧のもとで二酸化炭素と反応させる。

4．塩化パラジウムおよび塩化銅（Ⅱ）を触媒として，酸素で酸化する。

5．硫酸酸性の二クロム酸カリウム水溶液を用いて酸化する。

6．空気を遮断して加熱分解する。

7．十酸化四リンを加えて加熱する。

8．濃硫酸を加えて温める。

9．リン酸を触媒として水と反応させる。

問ⅲ　下線の反応で理論的に1300 kgのベンゼンを生じる量の化合物**A**がある。この化合物**A**から上記の一連の変換によって，化合物**F**を理論的に最大いくら合成できるか。解答は有効数字3桁目を四捨五入して，下の形式により示せ。ただし，各元素の原子量は，H＝1，C＝12，N＝14，O＝16とする。

$$\boxed{}.\boxed{} \times 10^3\,\text{kg}$$

216　芳香族化合物の反応と量的関係　　　　2006年度〔11〕

つぎの反応1～4を，下線で示した物質をそれぞれ同じ質量だけ用いて行う。このとき得られる生成物**A**～**D**の質量が理論的に最大となる反応，最小となる反応はどれか。1～4の番号で答えよ。ただし，各元素の原子量は，H＝1，C＝12，N＝14，O＝16，Na＝23，Cl＝35.5とする。

1．塩化ベンゼンジアゾニウム（式量140.5）をナトリウムフェノキシドと反応させ，染料として用いられる赤橙色の化合物**A**を得る。

2．サリチル酸（分子量138）にメタノールと濃硫酸を作用させ，強い芳香のある化合物**B**を得る。

3．ベンゼン（分子量78）とプロペンを，触媒を用いて反応させ，フェノールを合成するための原料となる化合物**C**を得る。

4．トルエン（分子量92）を過マンガン酸カリウムの塩基性水溶液と反応させた後，溶液を酸性にして，医薬品・香料などの原料となる化合物**D**を得る。

217　炭化水素の混合物　　　2006年度〔12〕

　3種類の炭化水素を含む混合物に関するつぎの記述ア〜キを読み，下の問に答えよ。ただし，各元素の原子量は，H = 1，C = 12，Br = 80 とする。

ア. 炭素数4の炭化水素2種類と炭素数6の炭化水素1種類を含む。
イ. 飽和炭化水素を2種類だけ含む。
ウ. 飽和シクロアルカンを1種類だけ含む。
エ. 環構造を2つ以上もつ化合物は含まれない。
オ. 2種類は，互いに構造異性体の関係にある。
カ. 完全燃焼すると，二酸化炭素と水が物質量比 12：13 で生成する。
キ. 混合物 7.00 g に臭素を作用させると，臭素 4.40 g が消費される。

問 i　炭素数4の炭化水素の合計質量が混合物全体の質量に占める割合は何パーセントか。解答は小数点以下第1位を四捨五入して，下の形式により示せ。

$$\boxed{}\boxed{}\ \%$$

問 ii　混合物に含まれる飽和シクロアルカンの質量パーセントはいくらか。解答は小数点以下第1位を四捨五入して，下の形式により示せ。

$$\boxed{}\boxed{}\ \%$$

218　芳香族化合物の分類　　　2006年度〔13〕

つぎに示す4つの化合物がラベルのはがれた容器に別々に入っている。

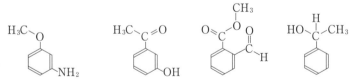

これらを区別するために，**実験ア〜キ**をそれぞれの内容物について行うことにした。
　実験ア. アンモニア性硝酸銀水溶液に加えて変化をみる。
　実験イ. 希塩酸によく溶けるかどうかを調べる。
　実験ウ. 炭酸水素ナトリウム水溶液によく溶けるかどうかを調べる。
　実験エ. 無水酢酸と反応するかどうかを調べる。
　実験オ. さらし粉を加えて変化をみる。
　実験カ. 塩化鉄(Ⅲ)水溶液を加えて変化をみる。
　実験キ. 水酸化ナトリウム水溶液を加えて加熱し，つぎに塩酸を加えて溶液を酸

性にする。これにエーテルを加えてよく振り混ぜ，エーテル層に化合物がある場合には，それがもとの化合物であるかどうかを調べる。

実験ア～キをこの順番で行うと，何番目の実験が終わった段階で4つの化合物を区別できるか。また，実験の順番を逆にして実験キから実験アへと行うと，何番目の実験が終わった段階で4つの化合物を区別できるか。

219　脂肪族化合物の構造決定　　　　　　　　　　　　2005年度〔11〕

分子式 $C_nH_{2n}O_2$ で表されるエステルAを加水分解したところ，アルコールBと脂肪酸Cが得られた。つぎの問に答えよ。ただし，光学異性体は考慮しないものとし，各元素の原子量は，H＝1，C＝12，O＝16とする。

問 i　アルコールBの酸素含有率は，質量パーセントで18.2％であった。アルコールBを構成する炭素と水素の数はそれぞれいくらか。

問 ii　アルコールBにあてはまる構造はいくつあるか。

問 iii　アルコールBの構造を決めるため，つぎの実験ア～エを計画した。

ア．穏やかに酸化して，銀鏡反応を示す化合物を生じるかどうかを調べる。

イ．ヨードホルム反応を示すかどうかを調べる。

ウ．不斉炭素をもつかどうかを調べる。

エ．脱水反応を行い，シス-トランス異性体を生じるかどうかを調べる。

ア～エの実験では，アルコールBの構造によってつぎの実験結果の組み合わせ1～6の6通りが考えられる。このうち，アルコールBを1つの構造異性体に決めることができないものはどれか。1～6の番号で答えよ。なお，正解は1つまたは2つある。

	ア	イ	ウ	エ
1	生じる	示さない	もつ	生じない
2	生じる	示さない	もたない	生じない
3	生じない	示す	もつ	生じる
4	生じない	示す	もつ	生じない
5	生じない	示さない	もたない	生じる
6	生じない	示さない	もたない	生じない

問 iv　1.16gの脂肪酸Cを完全燃焼させたところ，0.0800molの酸素が必要であった。エステルA（$C_nH_{2n}O_2$）の n はいくらか。

220　セッケン，脂肪酸の性質　　　2005 年度〔13〕

つぎの記述のうち，誤っているものはどれか。なお，正解は1つまたは2つある。

1．酢酸とエタノールの混合液に少量の濃硫酸を加えて温めると，酢酸エチルと水を生じる。

2．グリセリンに濃硫酸と濃硝酸の混合物を作用させると，グリセリンの硝酸エステルを生じる。

3．けん化は，エステルを塩基により加水分解し，カルボン酸の塩とアルコールを生じる反応である。

4．セッケン分子は，疎水性の炭化水素基の部分と親水性のカルボン酸イオンの部分をもっている。

5．脂肪油はオレイン酸やリノール酸のような高級不飽和脂肪酸のグリセリンエステルを多く含み，水素を付加させると融点が低くなる。

6．脂肪酸の水溶液は弱い酸性を示し，脂肪酸のナトリウム塩の水溶液は，加水分解の結果，塩基性を示す。

221　ベンゼンの置換反応における量的関係　　　2005 年度〔15〕

つぎの文章を読み，下の問に答えよ。ただし，各元素の原子量は，$H=1$，$C=12$，$N=14$，$O=16$，$Na=23$，$Cl=35.5$ とする。

　ベンゼンに鉄粉を加えて塩素を通じると，分子量 112.5 の化合物Aが生成する。この化合物Aを高温・高圧下，水酸化ナトリウム水溶液と反応させると化合物Bが生成する。

　一方，ベンゼンに濃硝酸と濃硫酸の混合物を作用させると，分子量 123 の化合物Cが生成する。この化合物Cにスズおよび塩酸を作用させ，化合物Dとしたのち，水酸化ナトリウム水溶液を作用させると化合物Eが生成する。この化合物Eの希塩酸溶液に低温で亜硝酸ナトリウムを作用させると化合物Fが生成する。

　化合物Fの水溶液に化合物Bの水溶液を加えると，化合物Gが生成する。

問i　化合物G中の炭素の質量パーセントはいくらか。解答は小数点以下第1位を四捨五入して，下の形式により示せ。

$$\boxed{}\boxed{}\,\%$$

問ii　上記の操作で，46.8 g のベンゼンと 18.6 g の化合物Eから，化合物Gは最大何 g 得られるか。解答は小数点以下第1位を四捨五入して，下の形式により示せ。

$$\boxed{}\boxed{}\,g$$

222　有機化合物の性質 　　　　　　　　　　　　　　　　　2004 年度〔13〕

つぎの問に答えよ。なお，正解は 1 つまたは 2 つある。

問A　つぎの化合物 1 ～ 8 のうち，下の記述**ア**～**カ**のいずれにもあてはまらないものはどれか。化合物の番号で答えよ。

問B　つぎの化合物 1 ～ 8 のうち，下の記述**ア**～**カ**の 3 つ以上にあてはまるものはどれか。化合物の番号で答えよ。

1．エタノール　　　2．フェノール　　　3．アニリン
4．グリセリン　　　5．トルエン　　　　6．グルコース
7．酢酸エチル　　　8．グリシン

ア．水によく溶ける。
イ．水酸化ナトリウム水溶液と反応して，塩をつくる。
ウ．塩化鉄(Ⅲ)水溶液を加えると青紫～赤紫色を示す。
エ．フェーリング液を還元する。
オ．無水酢酸と反応してアミドをつくる。
カ．不斉炭素原子をもつ。

223　C_8H_8O の異性体 　　　　　　　　　　　　　　　　　2004 年度〔14〕

ベンゼン環をもち分子式 C_8H_8O で表される化合物に関するつぎの記述のうち，誤っているものはどれか。ただし，ベンゼン環のほかに環構造はないものとする。なお，正解は 1 つまたは 2 つある。

1．銀鏡反応を示す化合物がある。
2．ヨードホルム反応を示す化合物がある。
3．弱酸性を示す化合物がある。
4．オルト，メタ，パラ異性体をもつ化合物がある。
5．不斉炭素原子をもつ化合物がある。
6．C－O－C 結合をもつ化合物がある。

224　$C_{10}H_{18}O_4$ のエステルの加水分解　　　　　2004 年度〔15〕

分子式 $C_{10}H_{18}O_4$ をもつエステル A は，加水分解によりアルコール B，アルコール C および 2 価のカルボン酸 D を与える。アルコール C およびカルボン酸 D は不斉炭素原子をもつ。化合物 A〜D として考えられる構造に関するつぎの記述のうち，正しいものはどれか。なお，正解は 1 つまたは 2 つある。

1．アルコール B には炭素数 2 のものがある。
2．アルコール B には炭素数 3 のものがある。
3．アルコール C には炭素数 4 のものがある。
4．アルコール C には炭素数 5 のものがある。
5．カルボン酸 D には炭素数 6 のものがある。
6．エステル A の中には，互いに構造異性体の関係となるものがある。

225　不飽和度，エステルの加水分解と異性体　　　　2004 年度〔18〕

つぎの文章を読み，下の問に答えよ。

　有機化合物の分子式からは，分子に含まれている原子の種類と数の情報のほかに，不飽和度と呼ばれる情報が得られる。不飽和度は，その分子がもつ不飽和結合の数と環の数の和を表し，0 または正の整数で表される。たとえば，二重結合を 1 つもつエチレンの不飽和度は 1，三重結合を 1 つもつアセチレンは 2，環構造を 1 つもつシクロヘキサンは 1，また，ベンゼンの不飽和度は 4 である。炭素と水素からなる分子の不飽和度は，つぎの式で分子式から計算できる。

　　　不飽和度＝炭素数－（水素数／2）＋1

問 i　炭素，水素からなる化合物のうち，炭素数 4 で不飽和度 1 をもつ化合物は全部でいくつあるか。

問 ii　炭素，水素，酸素からなる分子の不飽和度は，つぎの 1 〜 6 のうち，どの式で表されるか。
　1．炭素数－（水素数／2）
　2．炭素数－（水素数／2）＋1
　3．炭素数－（水素数／2）＋酸素数
　4．炭素数－（水素数／2）＋酸素数＋1
　5．炭素数－（水素数／2）－酸素数
　6．炭素数－（水素数／2）－酸素数＋1

問 iii　炭素，水素，酸素からなるエステル**A**がある。2.60 g のエステル**A**を完全に加水分解したところ，1.76 g のアルコール**B**と 1.20 g の 1 価のカルボン酸**C**が得られた。17.6 mg のアルコール**B**を完全燃焼させたところ，44.0 mg の二酸化炭素と 21.6 mg の水が生成した。エステル**A**として考えられる構造はいくつあるか。ただし，光学異性体は考慮しないものとし，各元素の原子量は，H＝1，C＝12，O＝16 とする。

第6章　天然有機化合物，合成高分子化合物

226　トリペプチド　　　　　　　　　　　　　　　　　　　2023年度〔13〕

トリペプチド**A**に関するつぎの記述ア〜オを読み，下の問に答えよ。ただし，各元素の原子量は，H＝1，C＝12，N＝14，O＝16とする。

ア．Aは，分子量が250より大きく，環構造をもたない。

イ．Aは，下の1〜5に示すα-アミノ酸のうち，2種類以上のα-アミノ酸の脱水縮合により得られる。
1．グリシン（分子式$C_2H_5NO_2$，分子量75）
2．セリン（分子式$C_3H_7NO_3$，分子量105）
3．リシン（分子式$C_6H_{14}N_2O_2$，分子量146）
4．アスパラギン酸（分子式$C_4H_7NO_4$，分子量133）
5．グルタミン酸（分子式$C_5H_9NO_4$，分子量147）

ウ．Aを構成するα-アミノ酸の混合物を，pHが6.0の緩衝溶液中で電気泳動すると，陽極側に移動するα-アミノ酸と，ほとんど移動しないα-アミノ酸があった。陰極側に移動するα-アミノ酸はなかった。

エ．ウの電気泳動でほとんど移動しなかったα-アミノ酸は1種類であり，また不斉炭素原子をもたない。

オ．Aを完全燃焼させると，得られた二酸化炭素と水の質量比は44：15であった。

問　**A**を1-プロパノール（分子式C_3H_8O）と反応させて**A**のカルボキシ基をすべてエステル化すると，化合物**B**が得られた。**B**の分子式を例にならって示せ。
（例）　$C_5H_{11}NO_2$の分子式：C⓪⑤H①①N①O②

227　ビニロンの合成と高分子化合物の性質　　　　　　　2023年度〔14〕

高分子化合物**A**〜**C**に関するつぎの記述ア〜ウを読み，下の問に答えよ。ただし，各元素の原子量は，H＝1，C＝12，O＝16とする。なお，正解は1つまたは2つある。

ア．酢酸ビニルを付加重合させると**A**が得られる。

イ．Aを水酸化ナトリウム水溶液で加水分解すると**B**が得られる。

ウ．繊維状の**B**をホルムアルデヒド水溶液で処理すると**C**が得られる。

問　つぎの記述のうち，誤っているものはどれか。
1．**A**は熱可塑性樹脂として用いられる。
2．**A**と同様に付加重合で得られる高分子化合物には，ポリアクリロニトリルがある。
3．**イ**の加水分解反応は，可逆的に進行する。
4．**B**のコロイド溶液を細孔から飽和硫酸ナトリウム水溶液中に押し出すと，繊維化する。
5．**C**は分子内に残存するヒドロキシ基によって適度な吸湿性を示す。
6．88 g の**B**とホルムアルデヒドを反応させると 92 g の**C**が得られた。このとき，**B**のすべてのヒドロキシ基に対して，**C**に残存するヒドロキシ基の割合は 67 ％である。
7．**C**は漁網やロープに用いられる。

228　核酸の性質　　2022 年度〔13〕

細胞の遺伝情報の伝達に重要な役割を果たす核酸に関するつぎの記述のうち，正しいものはどれか。なお，正解は 1 つまたは 2 つある。

1．核酸はヌクレオチドのリン酸どうしが脱水縮合したものである。
2．アデニンは 3 本の水素結合によって相補的な塩基と対を形成する。
3．ウラシルと相補的に対を形成する塩基はグアニンである。
4．DNA を構成するヌクレオチドよりも RNA を構成するヌクレオチドのほうが不斉炭素原子が 1 つ多い。
5．二重らせん構造をとっている，ある DNA の全塩基数に対するシトシンの数の割合は 23 ％であった。このときアデニンの数の割合は必ず 27 ％である。
6．核酸の水溶液に水酸化ナトリウムを加え塩基性にした後，薄い硫酸銅(Ⅱ)水溶液を少量加えると赤紫色を呈する。
7．核酸は中性水溶液中で電気泳動すると陰極側に移動する。

229　合成樹脂，合成繊維　　　　　　　　　　　　2021 年度〔12〕

高分子化合物 **A**〜**D** に関するつぎの記述ア〜エを読み，下の問に答えよ。

ア． プロピレンを付加重合させると **A** が得られる。

イ． スチレンを付加重合させると **B** が得られる。

ウ． 同じ物質量のアジピン酸とヘキサメチレンジアミンを縮合重合させると **C** が得られる。

エ． ε-カプロラクタムを開環重合させると **D** が得られる。

問　つぎの記述のうち，誤っているものはどれか。なお，正解は 1 つまたは 2 つある。

　　1．**A** の固体では，結晶部分の割合が多くなると密度が大きくなる。

　　2．**B** は断熱材として用いることができる。

　　3．**B** の平均分子量を測定したところ，1.04×10^4 であった。この **B** は，すべて重合度 100 以上の高分子化合物からなる。

　　4．**ウ** の反応で，アミノ基とカルボキシ基がすべてなくなるまで重合させると，得られる高分子化合物は必ず環状になる。

　　5．**C** と **D** のそれぞれに含まれる繰り返し単位中の窒素の含有率は，同じである。

　　6．**A**〜**D** は，すべて熱可塑性を示す。

230　二糖類の加水分解と単糖類の性質　　　　　　　2021 年度〔13〕

単糖 **A**〜**C** に関するつぎの記述ア〜ウを読み，下の問に答えよ。ただし，各元素の原子量は，$O = 16$，$Cu = 64$ とする。

ア． マルトースを加水分解すると **A** が得られる。

イ． スクロースを加水分解すると **A** と **B** が得られる。

ウ． ラクトースを加水分解すると **A** と **C** が得られる。

問　つぎの記述のうち，誤っているものはどれか。なお，正解は 1 つまたは 2 つある。

　　1．**A** と **B** は互いに構造異性体である。

　　2．数千個の **A** が脱水縮合した多糖であるデンプンとグリコーゲンは，いずれもヨウ素ヨウ化カリウム水溶液を加えると呈色する。

　　3．**A** の 1 位の炭素に結合しているヒドロキシ基どうしで脱水縮合した二糖は，ヘミアセタール構造をもたない。

4．アミロース，セロビオース，セルロース，アミロペクチンをそれぞれ完全に加水分解したときに得られる単糖は**A**のみである。

5．水溶液中で**A**は複数の異性体が平衡状態にある混合物となっているが，そのうち還元性を示すものは１種類のみである。

6．**B**を 1.80 g 含む水溶液に過剰なフェーリング液を加え完全に反応させた。この反応で生じた銅の酸化物は 0.80 g である。

7．マルトース，スクロース，ラクトースの混合物に希硫酸を加えて加熱し，完全に加水分解したところ，**A**，**B**，**C**の物質量の比が 7：3：2 となった。この混合物中のスクロースのモル分率は 0.5 である。

231　合成高分子化合物　　　　　　2020 年度〔12〕

高分子化合物 **A** 〜 **G** に関するつぎの記述ア〜オを読み，下の問に答えよ。

ア． アジピン酸とヘキサメチレンジアミンを縮合重合させると**A**が得られる。

イ． メタクリル酸メチルを付加重合させると**B**が得られ，酢酸ビニルを付加重合させると**C**が得られる。

ウ． フェノールとホルムアルデヒドの付加縮合において，酸を触媒として用いると分子量 1000 程度の**D**が得られ，塩基を触媒として用いると分子量数百程度の**E**が得られる。

エ． 塩基を触媒として尿素とホルムアルデヒドを付加縮合させると**F**が得られる。

オ． ジクロロジメチルシランとトリクロロメチルシランを加水分解した後，縮合重合させると三次元網目構造をもつ**G**が得られる。

問　つぎの記述のうち，誤っているものはどれか。なお，正解は１つまたは２つある。

1．**A**と同じ官能基を有する高分子を，開環重合によって合成することができる。

2．**B**は有機ガラスとして水族館の大型水槽に用いられている。

3．**C**は水溶性である。

4．**D**を加熱して三次元網目構造にするためには硬化剤が必要であるが，**E**には不要である。

5．**F**は熱可塑性樹脂である。

6．**G**は耐熱性，耐水性，電気絶縁性に優れた樹脂である。

232　タンパク質を構成する α-アミノ酸とペプチドの性質　2020 年度〔13〕

タンパク質を構成する α-アミノ酸 **A**，**B** に関するつぎの記述ア〜ウを読み，下の問に答えよ。ただし，各元素の原子量は，H＝1，C＝12，N＝14，O＝16 とする。

ア．**A** とメタノールを脱水縮合させると分子量 103 の化合物 **C** が得られた。
イ．**A** を無水酢酸と反応させると化合物 **D** が得られた。
ウ．**B** はメチル基をもたない α-アミノ酸で，濃い水酸化ナトリウム水溶液を加えて加熱した後に，酢酸鉛(Ⅱ)を加えると黒色沈殿が生じた。

問　つぎの記述のうち，正しいものはどれか。なお，正解は 1 つまたは 2 つある。
 1．**A** より分子量の小さな α-アミノ酸はない。
 2．**B** を構成成分として含むタンパク質中の **B** がもつ官能基の間で酸化により生成する結合は，タンパク質の二次構造の形成に重要である。
 3．2 分子の **A** と 1 分子の **B** からなる鎖状のトリペプチドは，4 種類存在する。
 4．塩基性条件下で電気泳動すると，**C** は陽極の方へ移動する。
 5．**D** にニンヒドリン水溶液を加えて加熱すると，赤〜青紫色を呈する。
 6．**A** のみからなる鎖状のトリペプチドの分子量は 231 である。
 7．**A**，**C**，**D** の結晶のうち，**A** の結晶が最も低い温度で融解する。

233　合成高分子化合物の性質と反応　2019 年度〔13〕

高分子化合物 **A**〜**G** に関するつぎの記述ア〜オを読み，下の問に答えよ。

ア．アセチレンを重合させると **A** が得られる。
イ．酢酸ビニルを重合させると **B** が得られる。
ウ．**C** は **B** から得られ，**C** を繊維化した後，ホルムアルデヒド水溶液を作用させることによって **D** が得られる。**D** は日本で開発された合成繊維である。
エ．スチレンと p-ジビニルベンゼンを共重合させると **E** が得られる。**E** に濃硫酸を反応させると **F** が得られる。
オ．アクリル酸ナトリウムを架橋構造を形成するように重合させると **G** が得られる。

問　つぎの記述のうち，誤っているものはどれか。なお，正解は 1 つまたは 2 つある。
 1．**A** とヨウ素から金属に近い電気伝導性を示す高分子化合物が得られる。
 2．**B** から **C** を生成する反応を，けん化と呼ぶ。
 3．**D** は六員環構造を含む。

4．Fを塩化ナトリウム水溶液に加えると，水溶液が酸性になる。
5．Gは高分子内に存在するイオンの影響によって，多量の水を吸収することができる。
6．A～Fのうち，水に溶けるのは3つである。
7．A～Gのうち，縮合重合によっても得られる高分子化合物がある。

234 多糖類，天然ゴムの性質　　2018 年度〔14〕

| つぎの高分子化合物 **A**～**E** に関する記述を読み，下の問に答えよ。

　A と **B** は，それぞれ分子式（$C_6H_{10}O_5$）$_n$ で表される天然高分子化合物である。**A** は水に不溶であり，分子間水素結合により繊維を形成する。**B** は熱水に可溶であり，また，**B** にヨウ素ヨウ化カリウム水溶液を加えると濃青色を示す。**C** は，**A** を無水酢酸と酢酸および少量の濃硫酸の混合物と十分に反応させることにより得られる。**D** は，**A** を濃硫酸と濃硝酸の混合物と十分に反応させることにより得られる。**E** は樹液から得られる天然高分子化合物であり，そのくり返し構造中に含まれる二重結合は主にシス形である。

問　つぎの記述のうち，正しいものはどれか。なお，正解は1つまたは2つある。
　1．**A** と **B** をそれぞれ適当な酵素で加水分解すると，同じ二糖が得られる。
　2．**B** の水溶液は銀鏡反応を示す。
　3．**C** と **D** は再生繊維に分類される。
　4．同じ質量の **A** から生成した **C** と **D** の質量を比較すると，**D** の質量のほうが大きい。
　5．**E** に数％の硫黄を加えて加熱すると，三次元網目構造を形成し弾性が低下する。
　6．空気を遮断して **E** を加熱分解すると，クロロプレンが得られる。

235 付加重合，開環重合による合成高分子化合物　　2017 年度〔13〕

| つぎの記述ア～エを読み，下の問に答えよ。

ア．化合物 **a** は，アセチレンにシアン化水素を付加させることで得られる。化合物 **a** を重合させると高分子 **A** が得られる。
イ．化合物 **b** は，アセチレンに塩化水素を付加させることで得られる。化合物 **b** を重合させると高分子 **B** が得られる。

ウ．化合物 c は，分子式 $C_6H_{11}NO$ をもち，七員環構造を含む。化合物 c を開環重合させると高分子 C が得られる。高分子 C は，分子間に多くの水素結合を有しており，強度や耐久性に優れる。

エ．化合物 d は，ナフサの熱分解で得られる最も小さなアルケンである。化合物 d をアルミニウム化合物と塩化チタン（Ⅳ）を触媒として 60℃，比較的低圧下で重合させると高分子 D が得られる。化合物 d を 200℃，高圧下で重合させると高分子 E が得られる。高分子 D は，高分子 E よりも結晶部分を多く含む。

問　つぎの記述のうち，誤っているものはどれか。なお，正解は1つまたは2つある。
　1．高分子 A の繊維は，柔軟で軽く，羊毛に似た肌触りをもつ。
　2．高分子 B は，適度な吸湿性を示し，耐摩耗性や耐薬品性に優れる。
　3．高分子 B は，燃焼させると有害なダイオキシン類を生じやすい。
　4．高分子 C と同じ官能基を有する高分子を縮合重合によって得ることができる。
　5．高分子 E は，高分子 D よりも密度が高く，透明度が低い。
　6．高分子 A〜E の中に熱硬化性樹脂は含まれていない。

236　油脂の分子式と構成脂肪酸の性質　　　　2017 年度〔14〕

油脂 A に関するつぎの記述ア〜ウを読み，下の問に答えよ。ただし，各元素の原子量は，H＝1，C＝12，O＝16，K＝39，Br＝80 とする。

ア．油脂 A を完全に加水分解すると，直鎖の脂肪酸 B，C，D およびグリセリンが得られた。油脂 A 20.0 g を完全に加水分解するには，4.20 g の水酸化カリウムが必要であった。

イ．油脂 A に金属触媒を用いて水素を付加させ，得られた化合物を加水分解すると，脂肪酸 B とグリセリンのみが得られた。

ウ．油脂 A 20.0 g に臭素を完全に付加させるには，7.50×10^{-2} mol の臭素が必要であった。

問　油脂 A の分子式を例にならって示せ。
　（例）　$CH_3(CH_2)_5OH$ の分子式：C⬚0⬚6⬚H⬚0⬚1⬚4⬚O⬚1

237　合成高分子化合物の合成反応と性質　2016年度〔13〕

有機化合物 **a** ～ **f** および高分子化合物 **A** ～ **G** に関するつぎの記述ア～エを読み，下の問に答えよ。

ア． 化合物 **a** は，白金や銅を触媒として用い，メタノールを空気中で酸化すると得られる。芳香族化合物 **b** はイソプロピルベンゼンを酸素で酸化した後，希硫酸で処理することで得られる。化合物 **a** と化合物 **b** を塩基触媒を用いて反応させた後，その生成物を加熱すると高分子 **A** が得られる。

イ． 化合物 **c** はアセチレンに酢酸を付加させることで得られる。化合物 **c** を重合させると高分子 **B** が得られる。高分子 **B** をけん化すると高分子 **C** が得られる。

ウ． 化合物 **d** は分子式 C_8H_8 をもつ一置換ベンゼンである。化合物 **e** は分子式 $C_{10}H_{10}$ をもち，同一の置換基がパラ（*p*-）の位置で結合した二置換ベンゼンである。化合物 **d** と化合物 **e** を共重合させると高分子 **D** が得られる。高分子 **D** を濃硫酸と反応させると高分子 **E** が得られる。

エ． 化合物 **f** は分子式 C_4H_6 をもち，二重結合を2つ含む。化合物 **f** を重合させると高分子 **F** が得られる。化合物 **d** と化合物 **f** を共重合させると高分子 **G** が得られる。高分子 **F** と高分子 **G** はどちらも合成ゴムとして用いられる。

問　つぎの記述のうち，誤っているものはどれか。なお，正解は1つまたは2つある。

1．高分子 **A** ～ **G** のうち，三次元の網目状構造をもつものは2つである。
2．高分子 **C** を化合物 **a** の水溶液で処理すると，アセタール化された高分子が得られる。
3．水酸化ナトリウム水溶液に高分子 **E** を作用させると，pH の値が小さくなる。
4．高分子 **F** と高分子 **G** は，どちらも空気中で次第に酸化されて弾性を失う。
5．同じ平均分子量をもつ高分子 **B** と高分子 **F** では，**B** のほうが平均重合度が大きい。
6．高分子 **A** ～ **G** のうち，水溶性を示すものは1つである。

238　糖類の性質，セルロースの誘導体　2016年度〔14〕

つぎの文を読み，下の問に答えよ。なお，正解は1つまたは2つある。

セルロースは自然界に最も多量に存在する有機化合物である。希酸で処理すると，セルロースは徐々に加水分解され最終的に単糖 **X** になり，セルラーゼによる処理では，

主に二糖 **Y** に加水分解される。また，セルロースの誘導体は有用物質として広く使用されている。例えば，アセテート繊維は適度な吸湿性と絹に似た風合いをもつ。

問 i　つぎの記述のうち，誤っているものはどれか。

1. アミロースやアミロペクチンを単糖に加水分解すると，いずれも **X** のみが得られる。

2. **Y** と同じ二糖であるスクロース，マルトース，ラクトースを単糖に加水分解すると，いずれも **X** のみが得られる。

3. **Y** はフェーリング液を還元する。

4. スクロース，マルトース，ラクトースはいずれも **Y** の異性体である。

5. **X** は水溶液中で主に六員環の構造をとっている。

6. 酵母による発酵では，**X** は最終的にエタノールと水に分解される。

問 ii　つぎのセルロースの誘導体に関する記述のうち，誤っているものはどれか。

1. セルロースから作られるアセテート繊維は半合成繊維に分類される。

2. セルロースからアセテート繊維を作るときに新たに生じる官能基は，油脂中にも含まれる。

3. 銅アンモニアレーヨンやビスコースレーヨンは再生繊維に分類される。

4. ビスコースから膜状にセルロースを再生させるとゼラチンとなる。

5. 火薬としても利用されるトリニトロセルロースは，セルロースに濃硝酸と濃硫酸を反応させると得られる。

239　ヒドロキシ酸の縮合重合による生成物　　2015 年度〔14〕

つぎの記述を読み，下の問に答えよ。ただし，各元素の原子量は，H = 1，C = 12，O = 16 とする

分子式 $C_3H_6O_3$（分子量 90）で表される化合物 **A** は，ヒドロキシ基とカルボキシ基を 1 つずつもつ。化合物 **A** 180.00 g を縮合重合してエステル結合を形成したところ，化合物 **A** はすべて反応により消費され，環状化合物の混合物 14.40 g と，一方の末端にヒドロキシ基，もう一方の末端にカルボキシ基をもつ鎖状化合物の混合物 131.76 g が得られた。

問 i　環状化合物の生成に使われた化合物 **A** の物質量はいくらか。解答は小数点以下第 3 位を四捨五入して，下の形式により示せ。

0.☐☐ mol

問ii　鎖状化合物は平均何個の化合物 **A** が縮合重合したものか。解答は小数点以下第1位を四捨五入して，下の形式により示せ。

☐☐ 個

240　糖類の性質，デキストリンの重合度　　2014年度〔11〕

糖類に関するつぎの問に答えよ。ただし，各元素の原子量は，H=1，C=12，O=16 とする。

問i　つぎの記述のうち，正しいものはどれか。なお，正解は1つまたは2つある。
1．フルクトースは，グルコースの構造異性体ではない。
2．1mol のマルトースでフェーリング液を還元すると 2mol の Cu_2O が生じる。
3．スクロースを加水分解して得られる2種類の糖類は，いずれも還元性を示す。
4．アミロースやセルロースは，どちらも分子内の水素結合でらせん構造をとる。
5．希硫酸を用いてデンプンをグルコースまで完全に加水分解する反応では，デキストリンを経由する。

問ii　デンプンを希硫酸で部分的に加水分解すると，化合物 **A** が得られた。0.0100 mol の化合物 **A** を過剰の無水酢酸と反応させると，すべてのヒドロキシ基がアセチル化され，質量が 33.6g 増加した。化合物 **A** は何個のグルコース分子が縮合してできたものか。

241　油脂の構造決定　　2014年度〔12〕

油脂は，1分子のグリセリン（1,2,3-プロパントリオール）に3分子の脂肪酸がエステル結合した構造をもつ化合物である。つぎの油脂に関する**実験1**と**2**の記述を読み，下の問に答えよ。ただし，各元素の原子量は，H=1，C=12，O=16，K=39 とする。

実験1　油脂 **A** を加水分解するとグリセリンと2種類の直鎖の飽和脂肪酸 **B** と **C** が得られた。この油脂 **A** 40.3g を完全に加水分解するのに必要な水酸化カリウムの量は 8.40g であった。
実験2　油脂 **A** を触媒を用いて加水分解すると，エステル結合を1つもつ化合物 **D** と脂肪酸 **C** が得られた。化合物 **D** は不斉炭素原子をもたなかった。13.7g の化合物 **D** を完全に燃焼させると，二酸化炭素 33.0g と水 13.5g が得られた。

問 i　1分子の油脂**A**を構成する炭素原子の数はいくらか。

問 ii　化合物**D**の構造を示せ。

242　ポリエステル　　　2011 年度〔6〕

つぎの文を読み，下の問に答えよ。ただし，各元素の原子量は，H＝1，C＝12，O＝16 とする。

化合物**A**は鎖状分子であり，分子式 $C_mH_nO_2$ で表される 2 価アルコールである。化合物**A**に二クロム酸カリウムの硫酸酸性溶液を作用させ得られた化合物を，さらに酸化すると，化合物**A**と炭素数が等しい化合物**B**が得られた。1.0200 mol の化合物**A**と 1.0000 mol の化合物**B**を反応させたところ，化合物**A**および化合物**B**はすべて反応し，ポリエステル**C**と水のみが得られた。ポリエステル**C**は鎖の両末端にヒドロキシ基をもつ高分子であり，平均分子量は 11518 であった。

問 i　得られたポリエステル**C**に含まれるヒドロキシ基を，触媒と酢酸を用いて完全にアセチル化した。このとき，ヒドロキシ基と反応した酢酸の質量はいくらか。解答は小数点以下第2位を四捨五入して，下の形式により示せ。

$$\boxed{}.\boxed{}\ g$$

問 ii　化合物**B**の分子量はいくらか。解答は下の形式により示せ。

$$1\boxed{}\boxed{}$$

問 iii　化合物**A**として考えられる構造はいくつあるか。ただし立体異性体は考慮しないものとする。

243　天然有機化合物，DNA　　　2011 年度〔8-1〕

つぎの問に答えよ。

問 i　つぎの記述のうち，正しいものはどれか。なお，正解は1つまたは2つある。
 1．アミロースはグルコースが縮合重合した多糖であり，枝分かれしてつながった部分をもつ。
 2．タンパク質を構成するすべてのアミノ酸は不斉炭素原子をもつ。
 3．酵素によって化学反応の速度が大きくなるのは，酵素が基質と結合することで反応熱が小さくなるためである。
 4．トリペプチドの水溶液に水酸化ナトリウム水溶液と少量の硫酸銅（Ⅱ）水溶液を

加えると，赤紫に呈色する。

5．RNA には，DNA におけるシトシンの代わりにウラシルが塩基として含まれる。

6．光合成において二酸化炭素から糖を合成する過程では，水が還元されて酸素が発生する。

問 ii　ある微生物の細胞 1.0×10^9 個からすべての DNA を抽出して 4.3×10^{-6} g の DNA を得た。この DNA の塩基組成を調べたところ，全塩基数に対するアデニンの数の割合は 23 ％であった。

問A　この DNA の全塩基数に対するグアニン，シトシン，チミンの数の割合として，正しい組み合わせはどれか。

1．グアニン＝23 ％，シトシン＝27 ％，チミン＝27 ％

2．グアニン＝23 ％，シトシン＝25 ％，チミン＝29 ％

3．グアニン＝27 ％，シトシン＝27 ％，チミン＝23 ％

4．グアニン＝25 ％，シトシン＝23 ％，チミン＝29 ％

5．グアニン＝27 ％，シトシン＝23 ％，チミン＝27 ％

6．グアニン＝25 ％，シトシン＝29 ％，チミン＝23 ％

問B　この微生物の細胞 1 個が有する DNA の塩基対の数として，適切なものはどれか。ただし，DNA におけるヌクレオチド構成単位の式量を塩基がアデニンの場合に 313，グアニンの場合に 329，シトシンの場合に 289，チミンの場合に 304 とし，アボガドロ数を 6.0×10^{23} とする。

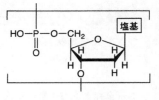

ヌクレオチド構成単位

1．2.1×10^6　　2．4.2×10^6　　3．8.4×10^6　　4．1.7×10^7

5．2.1×10^9　　6．4.2×10^9　　7．8.4×10^9　　8．1.7×10^{10}

244 糖類　　2011年度〔8-2〕

つぎの問に答えよ。

問 i　つぎの記述のうち，正しいものはどれか。なお，正解は 1 つまたは 2 つある。

1．アセテート繊維は再生繊維である。

2．セルロースとデンプンはいずれもヨウ素—ヨウ化カリウム水溶液で青〜青紫に呈色する。

3．スクロースは転化糖である。

4．銅アンモニアレーヨン（キュプラ）は半合成繊維である。

5．トリニトロセルロースは火薬の原料となる。

6．α,α-トレハロースには還元性がない。

α,α-トレハロース

問ii　リボース，グルコース，マルトース，およびスクロース
をそれぞれ1.80g含む水溶液に，過剰なフェーリング液を
加え，加熱した。この反応で生成した酸化銅（I）は何gか。
解答は小数点以下第2位を四捨五入して，下の形式により示
せ。ただし，各元素の原子量は，H＝1，C＝12，O＝16，
Cu＝63.5とする。また，フルクトース1.80gを含む水溶液と過剰なフェーリング
液との反応では，酸化銅（I）が1.43g生成するものとする。

リボース

□．□g

245　アミノ酸の性質　　　　　　　　　　　　2009年度〔7A〕

つぎの文を読み，下の問に答えよ。ただし，各元素の原子量は，H＝1，C＝12，
N＝14，O＝16とする。

　ある単純タンパク質の溶液に酵素を加えて加水分解した。この溶液をセロハンの袋
に入れて水に浸しておいたときに袋の外に出てくる物質の中から，分子式
$C_{15}H_{23}N_3O_3$の化合物Aを得た。化合物Aはビウレット反応による呈色を示さなかっ
た。化合物Aに希硫酸を作用させると，化合物Bと化合物Cの2種類の化合物のみが
得られ，それらはともにメチル基をもたないα-アミノ酸であった。化合物Bは分子
量が150以下であり，炭素，水素，窒素，および酸素を構成元素とし，それぞれの質
量〔％〕組成は炭素49.3％，水素9.6％，窒素19.2％，酸素21.9％であった。化合
物Cは，タンパク質中でキサントプロテイン反応に関与するアミノ酸であった。化合
物Cにメタノールを作用させると，化合物Dが生成した。化合物Cと化合物Dのあい
だで脱水縮合によりアミド結合を形成させると，化合物Eが生成した。

問i　上記の酵素として適切なものはどれか。番号で答えよ。なお，正解は1つまた
は2つある。

　1．セルラーゼ　　　2．アミラーゼ　　　3．リパーゼ

　4．ペプシン　　　　5．カタラーゼ　　　6．チマーゼ

問ii　化合物**B**について，pH＝1の水溶液中での主なイオンの構造およびpH＝12の水溶液中での主なイオンの構造をそれぞれ示せ。ただし，光学異性体は考慮しなくてよい。なお構造は例にならって示せ。

（例）

$$CH_3-CH-\overset{\displaystyle O}{\overset{\displaystyle \|}{C}}-O-(CH_2)_3-CH-CH_2-\overset{\displaystyle O}{\overset{\displaystyle \|}{C}}-O^-$$

$$\overset{\displaystyle |}{NH_3^+}$$

問iii　化合物**A**〜**E**について，pH＝7の水溶液を用いて電気泳動を行った場合，1つだけ明らかに移動する方向の異なる化合物があった。それはどれか。**A**〜**E**の記号で答えよ。

246　SBRの反応

つぎの文を読み，下の問に答えよ。ただし，各元素の原子量は，H＝1，C＝12，N＝14，O＝16，Br＝80とする。

　高分子**A**はブタジエンとスチレンを共重合させたものである。この高分子**A** 1.00 gに十分な量の臭素を加えて反応させると，臭素 2.00 gが消費された。

　一方，高分子**A**に，触媒を用いて水素を付加すると高分子**B**が生成した。この際，ベンゼン環は反応しなかった。高分子**B**に濃硫酸と濃硝酸を加えて熱すると，ベンゼン環1個あたり平均1か所以上でニトロ化がおこり，高分子**C**を生じた。高分子**C**に濃塩酸とスズを作用させて還元した後，塩基を加えると高分子**D**を生じ，これを無水酢酸と反応させると高分子**E**を生じた。この一連の反応により，高分子**A** 16.0 gから高分子**E** 21.0 gが得られ，**E**の平均分子量は $2.10×10^5$ であった。

問i　高分子**A**における，各構成単位の数の比はいくらか。解答は小数点以下第2位を四捨五入して，下の形式により示せ。

ブタジエン構成単位：スチレン構成単位＝□.□：1

問ii　高分子**E** 1分子あたりに含まれるアセチル基の平均の数はいくらか。解答は有効数字2桁目を四捨五入して，下の形式により示せ。

□×10[□] 個

247 ポリアミド　　　　　　　　　　　　　　　2008 年度〔2〕

質量〔%〕組成が，炭素 68.09 %，水素 10.64 %，窒素 9.93 %，酸素 11.34 %であるポリアミド A は，分子式 $C_mH_nN_2$ で表されるジアミンとアジピン酸 $HOOC(CH_2)_4COOH$ が同じ物質量ずつ縮合重合したものである。つぎの問に答えよ。ただし，各元素の原子量は，H = 1，C = 12，N = 14，O = 16 とする。

問 i　ジアミンの分子式中の m と n はそれぞれいくらか。

問 ii　縮合重合によりポリアミド A を 100 kg 得る際に発生する水の量は何 kg か。解答は小数点以下第 1 位を四捨五入して，下の形式により示せ。ただし，ポリアミド A の分子量は $1.41×10^5$ とする。

$$\boxed{}\ \mathrm{kg}$$

248 糖類の性質　　　　　　　　　　　　　　　2007 年度〔7〕

つぎの文を読み，下の問に答えよ。なお，正解は 1 つまたは 2 つある。

　純物質としてもっとも古くから大量に得られていた有機化合物の一つに化合物 A がある。4 世紀にはすでに結晶化された化合物 A が甘味料として使用されていたといわれている。サトウキビから化合物 A を取り出す産業も 14 世紀以降盛んに行われてきた。19 世紀になってサトウキビ以外の原料から甘味料を得る試みがなされ，ブドウ汁から化合物 B が単離された。化合物 B が脱水縮合した構造をもつものにデンプンやセルロースがある。セルロースは，半透膜，写真用フィルムなどの機能性材料の原料としても使われている。

問 i　つぎの記述のうち，正しいものはどれか。

1. 化合物 A に希硫酸を作用させると転化糖が得られる。
2. 化合物 A はフェーリング液を還元する。
3. 化合物 A はヨウ素デンプン反応により呈色する。
4. 化合物 A は水溶液中で 3 種類の異性体として存在する。
5. アミロペクチンを酸で加水分解すると，化合物 A が得られる。
6. 化合物 B の発酵によって二酸化炭素とエタノールが生じる。
7. ヒトは化合物 B を体内でアミロースという多糖に変換して貯蔵している。

問 ii　つぎの高分子化合物 1 〜 5 のうち，下線の反応形式で重合した構造をもたないものはどれか。

　　1．ポリエチレンテレフタラート

　　2．ポリエチレン

　　3．ナイロン 66

　　4．タンパク質

　　5．ポリ塩化ビニル

問ⅲ　つぎの記述のうち，誤っているものはどれか。

　　1．水への溶解性の違いからデンプンと化合物 **B** を区別できる。

　　2．熱水への溶解性の違いからデンプンとセルロースを区別できる。

　　3．ニンヒドリン反応により化合物 **A** と化合物 **B** を区別できる。

　　4．チンダル現象の有無により，デンプン水溶液と化合物 **B** の水溶液を区別できる。

　　5．化合物 **A** と化合物 **B** を 1g ずつ，それぞれ 1kg の水に溶かした溶液の凝固点は同じである。

　　6．デンプンと化合物 **A** の混合水溶液をセロハン膜でできた袋に入れて，ヨウ素ヨウ化カリウム水溶液の入ったビーカーに浸すと，袋内の水溶液だけが青紫色になる。

249 糖類，タンパク質の性質　　　　　　　　　　2005 年度〔12〕

つぎの記述のうち，正しいものはどれか。なお，正解は 1 つまたは 2 つある。

1．スクロースがフェーリング反応を示さないのは，鎖状構造をとることができず，還元性を示すアルデヒド基が存在しないからである。

2．マルトース 1 分子の加水分解では，2 分子の水が必要であり，2 分子のグルコースが生成する。

3．タンパク質を構成するアミノ酸は，すべて α-アミノ酸であり，それぞれに光学異性体が存在する。

4．あるアミノ酸のアミノ基と，もう 1 つのアミノ酸のカルボキシ基から形成された塩をジペプチドという。

5．タンパク質に熱，酸，塩基，重金属イオンを作用させることにより，アミノ酸の配列順序が変化して凝固する現象をタンパク質の変性という。

6．腸液中の酵素であるインベルターゼは，デンプン，マルトース，スクロースのいずれも加水分解する。

250　合成高分子の組成 　　　　　　　　　　　　　　2005 年度〔14〕

合成高分子の組成に関するつぎの問に答えよ。ただし，各元素の原子量は，H＝1，C＝12，N＝14，Cl＝35.5 とする。

問 i　合成ゴムの一種であるポリクロロプレンに含まれる塩素の質量パーセントを求めよ。解答は小数点以下第 1 位を四捨五入して，下の形式により示せ。

　　　　　　　　　　　　　　　　　　　　　　　　　　　　　　□□ ％

問 ii　塩化ビニルとアクリロニトリルの付加重合により平均分子量 8700 の共重合体を得た。この共重合体に含まれる塩素の質量パーセントは，ポリクロロプレンに含まれる塩素の質量パーセントに等しかった。この共重合体 1 分子あたりに含まれるアクリロニトリル単位の平均の数を求めよ。解答は小数点以下第 1 位を四捨五入して，下の形式により示せ。

　　　　　　　　　　　　　　　　　　　　　　　　　　　　　　□□ 個

251　ジペプチドの構成 　　　　　　　　　　　　　　　2004 年度〔16〕

下のアミノ酸 1 〜 6 のうちの 2 種類からなるジペプチド(分子量 200 以上)59.0 mg を完全燃焼させたところ，88.0 mg の二酸化炭素と 36.0 mg の水が得られた。このジペプチドを構成しているアミノ酸は，どれとどれか。ただし，各元素の原子量は，H＝1，C＝12，N＝14，O＝16，S＝32 とする。

1．アラニン　　　　　　　（分子式 $C_3H_7NO_2$，　分子量 89）
2．セリン　　　　　　　　（分子式 $C_3H_7NO_3$，　分子量 105）
3．リシン　　　　　　　　（分子式 $C_6H_{14}N_2O_2$，　分子量 146）
4．グルタミン酸　　　　　（分子式 $C_5H_9NO_4$，　分子量 147）
5．メチオニン　　　　　　（分子式 $C_5H_{11}NO_2S$，分子量 149）
6．フェニルアラニン　　　（分子式 $C_9H_{11}NO_2$，　分子量 165）

252　6,6-ナイロン 　　　　　　　　　　　　　　　　2004 年度〔17〕

アジピン酸と過剰量のヘキサメチレンジアミンを用いて縮合重合を行ったところ，分子鎖の両末端にアミノ基をもつ直鎖状の 6,6-ナイロン(平均分子量 3550)が得られた。この 6,6-ナイロン中の末端アミノ基の数とアミド結合の数との比を求めよ。解答は小数点以下第 1 位を四捨五入して，下の形式により示せ。ただし，各元素の原子量は，H＝1，C＝12，N＝14，O＝16 とする。

　　　　　　　　　　　末端アミノ基の数：アミド結合の数＝ 1 ：□□

解答編

第1章　物質の構造

1　解　答

問 i　**1.4**　　問 ii　**0.77**

解　説

問 i　CsCl型イオン結晶 **A** の単位格子の一辺の長さを，次図のように a とすると，a とイオン半径 r^+ と r^- との間には，次の関係が成立する。

$$a = 2r^- \quad \cdots\cdots ①, \quad \sqrt{3}\,a = 2r^+ + 2r^- \quad \cdots\cdots ②$$

①，②より求める $\dfrac{r^-}{r^+}$ は

$$\sqrt{3} \times 2r^- = 2r^+ + 2r^-$$

$$(\sqrt{3}-1)\,r^- = r^+$$

$$\frac{r^-}{r^+} = \frac{1}{\sqrt{3}-1} = 1.36 \fallingdotseq 1.4$$

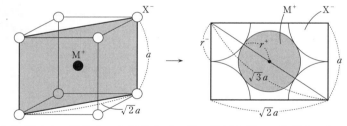

問 ii　CsCl型イオン結晶 **A** の充填率 f_A は，②の関係を用いて整理すると，次のようになる。

$$f_A = \frac{\dfrac{4}{3}\pi (r^+)^3 + \dfrac{4}{3}\pi (r^-)^3}{a^3} = \frac{\dfrac{4}{3}\pi\{(r^+)^3 + (r^-)^3\}}{\left\{\dfrac{2}{\sqrt{3}}(r^+ + r^-)\right\}^3}$$

$$= \frac{\sqrt{3}\pi}{2} \cdot \frac{(r^+)^3 + (r^-)^3}{(r^+ + r^-)^3}$$

また，NaCl型イオン結晶 **B** の充填率 f_B は，単位格子の一辺の長さを右図のように b とすると

$$b = 2r^+ + 2r^- = 2(r^+ + r^-)$$

よって，充填率 f_B は次のようになる。

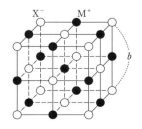

第
1
章

$$f_{\mathrm{B}} = \frac{4 \times \left\{ \dfrac{4}{3} \pi \, (r^+)^3 + \dfrac{4}{3} \pi \, (r^-)^3 \right\}}{b^3}$$

$$= \frac{\dfrac{16}{3} \pi \{ (r^+)^3 + (r^-)^3 \}}{\{ 2 \, (r^+ + r^-) \}^3} = \frac{2\pi}{3} \cdot \frac{(r^+)^3 + (r^-)^3}{(r^+ + r^-)^3}$$

したがって，求める $\dfrac{f_{\mathrm{B}}}{f_{\mathrm{A}}}$ は

$$\frac{f_{\mathrm{B}}}{f_{\mathrm{A}}} = \frac{\dfrac{2\pi}{3}}{\dfrac{\sqrt{3}\pi}{2}} = \frac{4\sqrt{3}}{9} = 0.768 \fallingdotseq 0.77$$

2　解　答

問 i　4.0×10^{-8} cm　　問 ii　$4.8\,\mathrm{g/cm^3}$

解　説

問 i　単位格子の一辺の長さを l〔cm〕，**A**イオンの半径を r_{A}〔cm〕，**B**イオンの半径を r_{B}〔cm〕，**C**イオンの半径を r_{C}〔cm〕とすると，次の2つの関係が成り立つ。

$$\sqrt{2}\,l = 2r_{\mathrm{A}} + 2r_{\mathrm{C}} \quad \cdots\cdots ① \qquad l = 2r_{\mathrm{B}} + 2r_{\mathrm{C}} \quad \cdots\cdots ②$$

①－②より

$$(\sqrt{2} - 1)\,l = 2\,(r_{\mathrm{A}} - r_{\mathrm{B}})$$

よって，**A**イオンと**B**イオンの半径の差が 0.820×10^{-8} cm であるから，求める単位格子の一辺の長さ l は次のようになる。

$$(1.41 - 1)\,l = 2 \times 0.820 \times 10^{-8}$$

$$l = 4.00 \times 10^{-8}\,〔\mathrm{cm}〕$$

問 ii　単位格子あたりにあるイオンの個数は，**A**イオン，**B**イオンはそれぞれ1個，**C**イオンは3個あるので，求める密度を d〔$\mathrm{g/cm^3}$〕とすると

$$d = \frac{\dfrac{88 + 48 + 16 \times 3}{6.02 \times 10^{23}}}{(4.00 \times 10^{-8})^3} = 4.77 \fallingdotseq 4.8\,〔\mathrm{g/cm^3}〕$$

攻略のポイント

結晶格子の問題を考えるときは，次のように図を描いて考えてみるのもよい。一般に，イオン結晶において，陽イオンと陰イオンは接し，同符号のイオンの場合は反発力がはたらくために離れる。

このことに注目して図を描くと，次のようになる。

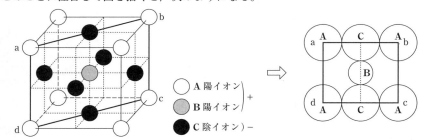

〔解説〕と同様に，それぞれのイオン半径を用いると

$$\sqrt{2}\,l = 2r_A + 2r_C \quad \cdots\cdots①$$

$$l = 2r_B + 2r_C \quad \cdots\cdots②$$

①，②を解けば格子の一辺の長さが求まる。

3　解　答

1・2

解　説

1．（誤文）原子が最外電子殻に1個の電子を取り込み，1価の陰イオンになるときに放出するエネルギーを電子親和力といい，電子親和力が最大なのは塩素 Cl である。

2．（誤文）O^{2-}，Al^{3+} ともにネオン Ne と同じ電子配置であるが，原子核中の陽子数は O^{2-} が8個，Al^{3+} が13個であるから，Al^{3+} の方が電子を強く引きつけるため，Al^{3+} の方が O^{2-} よりイオン半径は小さくなる。

3．（正文）$^{14}_{6}C$ の放射性同位体が存在し，遺跡などの年代測定に利用される。

4．（正文）Si 単体は共有結合の結晶，NaCl はイオン結晶，I_2 は分子結晶を形成するので，融点が最も高いのはケイ素である。

5．（正文）構成単位の配列に規則性をもたない固体をアモルファス（非晶質）という。

6．（正文）水が沸騰している間，液体から気体へと状態変化が起こっているので，温度は一定でその蒸気圧は外圧に等しい。

7．（正文）圧力一定の条件で純物質を加熱し続けると，融点または沸点に達し，状態変化が起こっている間は温度は一定である。

4 解答

問 i **0.87** 問 ii **0.89**

解 説

塩化セシウム型イオン結晶の単位格子は右図のようになる。

問 i 立方体の対角線の方向で M^+ と X^- が接しているから，

$\sqrt{3}\,a = 2d$ より

$$\frac{d}{a} = \frac{\sqrt{3}}{2} = 0.865 \fallingdotseq 0.87$$

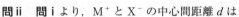

○：X^-，●：M^+

問 ii 問 i より，M^+ と X^- の中心間距離 d は

$$\frac{d}{0.422} = 0.865 \qquad d = 0.365$$

ここで，d の値から与えられた M^+ のイオン半径 r^+ を引くと，それぞれの値は次のようになる。

$$0.365 - 0.082 = 0.283\,[\text{nm}]$$
$$0.365 - 0.139 = 0.226\,[\text{nm}]$$
$$0.365 - 0.172 = 0.193\,[\text{nm}]$$

よって，適する X^- のイオン半径 r^- は，0.193 nm となるので，求める半径比は次のようになる。

$$\frac{r^+}{r^-} = \frac{0.172}{0.193} = 0.891 \fallingdotseq 0.89$$

5 解答

3 ・ 4

解 説

1．（正文）${}^1_1\text{H}$ 以外の原子は，すべて中性子が存在するので，原子番号の値は，その元素の原子量よりも小さくなる。水素原子も ${}^2_1\text{H}$ や ${}^3_1\text{H}$ の同位体が存在するので，原子番号の値は，原子量よりも小さい。

2．（正文）三重水素 ${}^3_1\text{H}$ は，β 線（電子）を放出し β 崩壊する放射性同位体である。

3．（誤文）化学反応などに関与する価電子は，一般に最外電子殻に存在するが，遷移元素などは内殻にある電子も化学結合などに関与し，色々な酸化数の化合物をつくることがある。また，貴ガスは他の原子とほとんど化合物をつくらず，最外殻電

子は化学結合に関与しないため，価電子の数は 0 個である。

4．（誤文）貴ガスにおいて，第一イオン化エネルギーが最大の元素は He であり，原子番号の増加とともに小さくなる。

5．（正文）気体状の原子に 1 個の電子を与えたとき，放出するエネルギーが電子親和力であるから等しくなる。

6．（正文）K^+ の陽子数は 19，Cl^- の陽子数は 17 であるので，K^+ の方が Cl^- より電子を引きつける力が強く，イオンの大きさは Cl^- の方が大きくなる。

7．（正文）典型元素には金属元素と非金属元素が約半数ずつ含まれるが，遷移元素はすべて金属元素である。

6 解 答

問 i　04　　問 ii　1.4 倍

解 説

問 i　一般に，陽イオンと陰イオンの組成比が 1：1 のイオン結晶の場合，陽イオンに接している陰イオンの数と，陰イオンに接している陽イオンの数は等しくなる。

問 ii　図の単位格子の一辺の長さを l，M^+ のイオン半径を r とすると，X^- のイオン半径は $4r$ となるので

$$\sqrt{3}\,l = 4 \times (r + 4r) \qquad l = \frac{20r}{\sqrt{3}}$$

よって，単位格子の体積を，単位格子内の X^- の体積で割ると，単位格子中に X^- は 4 個あるので

$$l^3 \div \left\{ \frac{4}{3}\pi(4r)^3 \times 4 \right\} = \left(\frac{20r}{\sqrt{3}}\right)^3 \times \frac{3}{4^5 \times \pi \times r^3} = 1.43 \fallingdotseq 1.4 \text{ 倍}$$

攻略のポイント

陽イオンと陰イオンが 1：1 の組成であるイオン結晶には，(1)塩化セシウム型イオン結晶，(2)塩化ナトリウム型イオン結晶，(3)セン亜鉛鉱型イオン結晶などがある。これら 3 つのイオン結晶において，**限界半径比**と**配位数**（1 つのイオンに隣接する反対符号のイオンの数）の関係を理解しておきたい。

● **限界半径比**について

陽イオンの半径 r^+，陰イオンの半径 r^- とすると，それぞれの限界半径比は次のようになる。

(1)　塩化セシウム型

$$2r^- \times \sqrt{3} = 2(r^+ + r^-) \qquad \frac{r^+}{r^-} = \sqrt{3} - 1 \fallingdotseq 0.73$$

(2)　塩化ナトリウム型

$$4r^- = 2(r^+ + r^-) \times \sqrt{2} \qquad \frac{r^+}{r^-} = \sqrt{2} - 1 \fallingdotseq 0.41$$

((1), (2)については教科書などで，上式を確認してほしい。)

(3)　セン亜鉛鉱型

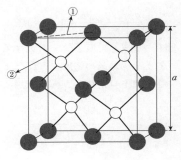

右図の単位格子の一辺の長さを a とおくと，
図の①，②の長さは次のようになる。

$$2r^- = \frac{a}{2} \times \sqrt{2} \quad \cdots\cdots ①$$

$$r^+ + r^- = \frac{a}{2} \times \sqrt{3} \times \frac{1}{2} \quad \cdots\cdots ②$$

①，②より a を消去すると

$$\frac{r^+}{r^-} = \frac{\sqrt{6} - 2}{2} \fallingdotseq 0.22$$

● **配位数**について

(1)　塩化セシウム型：配位数 8

(2)　塩化ナトリウム型：配位数 6

(3)　セン亜鉛鉱型：配位数 4

一般に，配位数の大きいイオン結晶の方が，陽イオンと陰イオンの間により多くの静電気力がはたらくため安定になる。例えば $0.22 < \dfrac{r^+}{r^-} < 0.41$ のイオン結晶は，塩化ナトリウム型のイオン結晶にはなれず，$0.73 < \dfrac{r^+}{r^-}$ のイオン結晶であれば，塩化ナトリウム型やセン亜鉛鉱型のイオン結晶ではなく，配位数が大きく，より安定なイオン結晶である塩化セシウム型の構造をとることを覚えておきたい。

7　解　答

問 i　**1.2**　　問 ii　**1.3**

解　説

問 i　原子半径を r とすると，体心立方格子において，単位格子の一辺の長さ a_1 と原子半径の関係は次のようになる。

$$\sqrt{3}\,a_1 = 4r \qquad r = \frac{\sqrt{3}\,a_1}{4} \quad \cdots\cdots ①$$

また，同様にして，面心立方格子では次のようになる。

$$\sqrt{2}a_2 = 4r \qquad r = \frac{\sqrt{2}a_2}{4} \quad \cdots\cdots ②$$

よって，①，②より

$$\frac{\sqrt{3}a_1}{4} = \frac{\sqrt{2}a_2}{4}$$

$$\frac{a_2}{a_1} = \frac{\sqrt{2} \times \sqrt{3}}{2} = 1.21 \fallingdotseq 1.2$$

問ii 元素 C の原子量を M とすると，元素 D の原子量は $4.00M$ となる。また，元素 C，D の結晶の密度をそれぞれ d_C，d_D，単位格子の一辺の長さをそれぞれ a_C，a_D，アボガドロ定数を N_A〔/mol〕とおくと，それぞれの密度は次のようになる。

$$d_C = \frac{\dfrac{M}{N_A} \times 2}{a_C{}^3} = \frac{2M}{\left(\dfrac{4r_1}{\sqrt{3}}\right)^3 N_A} \quad \cdots\cdots ①$$

$$d_D = \frac{\dfrac{4.00M}{N_A} \times 4}{a_D{}^3} = \frac{16M}{(2\sqrt{2}r_2)^3 N_A} \quad \cdots\cdots ②$$

元素 D の結晶の密度は元素 C の結晶の密度の 2.00 倍なので，①，②より

$$\frac{16M}{(2\sqrt{2}r_2)^3 N_A} = \frac{2M}{\left(\dfrac{4r_1}{\sqrt{3}}\right)^3 N_A} \times 2.00$$

$$4 = \left(\frac{2\sqrt{2}r_2}{\dfrac{4}{\sqrt{3}}r_1}\right)^3$$

$$(\sqrt[3]{2})^2 = \frac{\sqrt{2} \times \sqrt{3}}{2} \times \frac{r_2}{r_1}$$

$$\frac{r_2}{r_1} = \frac{1.41 \times 1.73 \times (1.26)^2}{3} = 1.29 \fallingdotseq 1.3$$

8 解答

2・6

解説

1．（正文）原子において，原子番号，陽子の数，電子の数はともに等しい。

2．（誤文）He 原子，Ne 原子の最外殻は収容できる最大の数の電子で満たされてい

る。Ar 原子，Kr 原子の最外殻はそれぞれ収容できる電子の数が 18，32 であるが，それぞれの最外殻電子は 8 個で，収容できる最大の数の電子で満たされていない。

3．（正文）He 原子の最外殻電子は，原子核から最も近い K 殻にあり，その K 殻が 2 個の電子で満たされた安定な閉殻構造をとるため，すべての原子の中で第一イオン化エネルギーが最大となる。

4．（正文）F，Na，Al などは同位体が存在しない元素である。

5．（正文）ファンデルワールス力はすべての分子間にはたらき，その大きさは分子量や分子の形（表面積）などに依存する。

6．（誤文）CO_2 や CH_4 などは，分子内の結合に極性はあるが，分子の形からその極性が打ち消し合い，無極性分子となる。

---

9 解 答

問 i　**12 個**　　問 ii　**16 %**

解 説

問 i　層間距離が $\sqrt{6}\,r$ なので，原子の中心間距離が r 以上 $2r$ 以下にある原子は，同じ層上の原子である。同じ層上の原子の中心間距離は下の図のようになる。

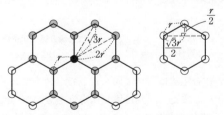

よって，●の C 原子に対し，近いものから順に中心間距離が r，$\sqrt{3}\,r$，$2r$ の◎で表した 12 個の C 原子がある。

問 ii　設問に与えられた図から，破線で示された 3 層間（$2\sqrt{6}\,r$）の正六角柱において考える。第 1 層と第 3 層にある原子は $\dfrac{1}{6} \times 6 \times 2 = 2$ 個分，第 2 層（中央の層）には，$\dfrac{1}{3} \times 3 + 1 = 2$ 個分ある。

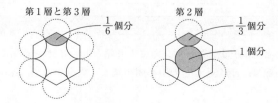

よって，この正六角柱には $2+2=4$ 個分のC原子がある。

また，この正六角柱の体積は

$$r \times \frac{\sqrt{3}}{2} r \times \frac{1}{2} \times 6 \times 2\sqrt{6} r = 9\sqrt{2} r^3$$

したがって，求める充填率は

$$\frac{\frac{4}{3}\pi\left(\frac{r}{2}\right)^3 \times 4}{9\sqrt{2} r^3} \times 100 = \frac{\sqrt{2}\pi}{27} \times 100 = 16.3 \fallingdotseq 16 〔\%〕$$

攻略のポイント

①黒鉛の繰り返し単位には，いくつかの考え方がある。黒鉛の密度などを求める際，繰り返し単位が指定されていない場合は，次のように考えてもよい。

1層目と2層目を黒鉛の平面構造
に対し，垂直方向から見た場合

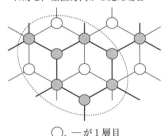

○，─が1層目
●，─が2層目

⋯⋯を繰り返し単位とした場合

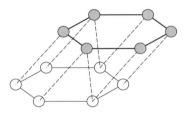

この繰り返し単位中にはC原子が
$\frac{1}{6} \times 6 \times 2 = 2$ 個分ある。

②黒鉛の炭素原子間の結合距離はすべて同じ長さで，ダイヤモンドの炭素原子間の結合距離よりも少し短い。また，黒鉛は電気伝導性をもつが，同素体であるフラーレンは，単結合と二重結合からなる1,3,5-シクロヘキサトリエンの構造をもち絶縁体である。また，フラーレンは面心立方格子からなる分子結晶であり，その結晶のすき間にアルカリ金属が取り込まれると導体に変化する。

10 解 答

2 ・ 7

解 説

1.（誤文）NaIとNaClは，クーロン力により結合したイオン結晶である。Na^+ と I^- の中心間距離は，Na^+ と Cl^- の中心間距離より大きいため，NaIの方が結合力

は弱く融点は低くなる。

2. （正文）常温・常圧において液体の単体は，Br_2 と Hg である。

3. （誤文）C原子やO原子には質量数の異なる同位体があるため，CO_2 には質量の異なる分子が大気中に存在する。

4. （誤文）温度を高くすると，溶媒粒子の熱運動が激しくなるため，溶液の体積は大きくなり，モル濃度は小さくなる。このように，温度が変われば溶液の体積が変化するためモル濃度も変化する。

5. （誤文）原子や分子などが規則正しく配列した状態を結晶という。固体は，粒子間の距離が小さく，粒子は熱運動をしているが，相互の位置が変わらないものをいう。

6. （誤文）分子1molあたりの質量を，その分子のモル質量という。一方，分子式中の元素の原子量の総和を，その分子の分子量という。

7. （正文）H_2 分子間にはたらく分子間力より，NH_3 分子間にはたらく分子間力の方が大きいので，標準状態で比べると，気体1molあたりの体積は H_2 の方が NH_3 より大きい。

11 解 答

問i 74%   問ii 0.86倍

解 説

問i 面心立方格子の一辺の長さを a〔cm〕，原子半径を r〔cm〕とすると，単位格子面上において，右図のように原子どうしは接している。また，単位格子中に原子は4個分あるので，充填率は次のようになる。

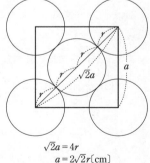

$$\frac{\frac{4}{3}\pi r^3 \times 4}{(2\sqrt{2}r)^3} \times 100 = \frac{\sqrt{2}\pi}{6} \times 100 = 73.7$$

$$\fallingdotseq 74〔\%〕$$

$$\sqrt{2}a = 4r$$
$$a = 2\sqrt{2}r〔cm〕$$

問ii 化合物 MX 結晶の単位格子中には，M^+，X^- がそれぞれ4個ずつあるので，充填率は次のようになる。

$$\frac{\left\{\frac{4}{3}\pi \times (0.600 \times 10^{-8})^3 + \frac{4}{3}\pi \times (2.00 \times 10^{-8})^3\right\} \times 4}{(6.00 \times 10^{-8})^3} \times 100 = 63.6〔\%〕$$

よって，求める値は　$\dfrac{63.6}{73.7} = 0.862 \fallingdotseq 0.86$ 倍

12 解　答

問 i　1.6倍　　問 ii　4.4g/cm³

解　説

問 i　灰色で表された4個の原子の中心を右図のA，

B，C，Dで表すと，単位格子の高さの半分

$\dfrac{c}{2}$＝AH となる。また，Hは△BCDの重心である

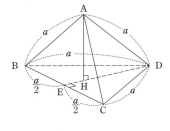

から，$DE = \dfrac{\sqrt{3}}{2}a$，DH：HE＝2：1 より

$$DH = \frac{\sqrt{3}}{2}a \times \frac{2}{3} = \frac{\sqrt{3}}{3}a$$

よって　　　$AH = \sqrt{a^2 - \left(\dfrac{\sqrt{3}}{3}a\right)^2} = \sqrt{\dfrac{2}{3}}\,a$

したがって，求める値は

$$\frac{c}{2} = \sqrt{\frac{2}{3}}\,a \quad \therefore\ \frac{c}{a} = 2\sqrt{\frac{2}{3}} = \frac{2 \times 2.45}{3} = 1.63 \fallingdotseq 1.6 \text{ 倍}$$

問 ii　問題の図の正六角柱内において，原子は上面と下面にそれぞれ

$$\frac{1}{2} + \frac{1}{3} \times \frac{1}{2} \times 6 = \frac{3}{2} \text{ 個}$$

上面と下面の間の中央には3個の原子があるので，正六角柱内には全部で

$2 \times \dfrac{3}{2} + 3 = 6$ 個ある。したがって，図の太線で囲まれた平行六面体中に原子は2個

分ある。

また，平行六面体の体積は次のようになる。

$$\left(2 \times \frac{1}{2}a^2 \sin 60°\right) \times c = \frac{\sqrt{3}}{2}a^2 \times 2\sqrt{\frac{2}{3}}\,a$$
$$= \sqrt{2}\,a^3 \text{〔cm}^3\text{〕}$$

平行六面体の底面積

$2 \times \dfrac{1}{2}a^2 \sin 60°$

よって，求める密度を d〔g/cm³〕とすると

$$d = \frac{\dfrac{60.2}{6.02 \times 10^{23}} \times 2}{\sqrt{2} \times 3.24 \times 10^{-23}} = \frac{14.1}{3.24} = 4.35 \fallingdotseq 4.4 \text{〔g/cm}^3\text{〕}$$

13　解　答

問 i　3番目　　問 ii　3番目

解　説

問 i　単位格子中に含まれる原子数は，体心立方格子は2個，面心立方格子は4個である。よって，それぞれの密度は次のようになる。

ナトリウム：$\dfrac{\dfrac{23}{6.0\times10^{23}}\times2}{8.0\times10^{-23}}=0.958\fallingdotseq0.96\,(\text{g/cm}^3)$

アルミニウム：$\dfrac{\dfrac{27}{6.0\times10^{23}}\times4}{6.4\times10^{-23}}=2.81\fallingdotseq2.8\,(\text{g/cm}^3)$

カリウム：$\dfrac{\dfrac{39}{6.0\times10^{23}}\times2}{15\times10^{-23}}=0.866\fallingdotseq0.87\,(\text{g/cm}^3)$

銅：$\dfrac{\dfrac{64}{6.0\times10^{23}}\times4}{4.7\times10^{-23}}=9.07\fallingdotseq9.1\,(\text{g/cm}^3)$

問 ii　体心立方格子における原子半径を $r_1(\text{cm})$，単位格子の一辺の長さを $l_1(\text{cm})$ とおくと

$$\sqrt{3}\,l_1=4r_1\quad\therefore\quad r_1=\frac{\sqrt{3}}{4}l_1$$

また，面心立方格子における原子半径を $r_2(\text{cm})$，単位格子の一辺の長さを $l_2(\text{cm})$ とおくと

$$\sqrt{2}\,l_2=4r_2\quad\therefore\quad r_2=\frac{\sqrt{2}}{4}l_2$$

よって，それぞれの原子半径は次のようになる。

ナトリウム：$\dfrac{1.7}{4}\times4.3\times10^{-8}=1.82\times10^{-8}\fallingdotseq1.8\times10^{-8}(\text{cm})$

アルミニウム：$\dfrac{1.4}{4}\times4.0\times10^{-8}=1.4\times10^{-8}(\text{cm})$

カリウム：$\dfrac{1.7}{4}\times5.3\times10^{-8}=2.25\times10^{-8}\fallingdotseq2.3\times10^{-8}(\text{cm})$

銅：$\dfrac{1.4}{4}\times3.6\times10^{-8}=1.26\times10^{-8}\fallingdotseq1.3\times10^{-8}(\text{cm})$

14　解　答

2・5

解　説

1．（誤文）原子が電子1個を失って陽イオンになるとき，エネルギーを吸収する。

2．（正文）Cl原子の電子親和力を Q 〔kJ/mol〕とすると

$$Cl + e^- = Cl^- + Q \text{〔kJ〕}$$

よって，Cl^- から電子を取り去って Cl にするのに必要なエネルギーは，電子親和力 Q 〔kJ/mol〕に等しい。

3．（誤文）各単原子イオンの電子配置は Ne と同じであるから，陽イオンの数が最も多い Mg^{2+} のイオン半径が最も小さくなる。

4．（誤文）一般に，原子間の距離が大きくなるほど結合力が弱くなる。このため，アルカリ金属の単体は，原子半径が大きくなるほど融点は低くなる。

5．（正文）自由電子が金属表面で光を散乱する。このため，金属には特有の光沢がある。

6．（誤文）水素 ^1_1H，重水素 ^2_1H，三重水素 ^3_1H は互いに同位体である。

15　解　答

問 i　4.0倍　　問 ii　0.75倍　　問 iii　18個

解　説

問 i　塩化ナトリウムの単位格子における塩化物イオンの配置は，面心立方格子状であるので，イオン数は4個となる。一方，塩化セシウムの単位格子中の塩化物イオンは単位格子の頂点のみに存在するとすれば1個となるから

$$\frac{4}{1} = 4.0 \text{倍}$$

問 ii　塩化ナトリウムでは，塩化物イオンの前後，左右，上下にナトリウムイオンが存在するので6個となる。塩化セシウムでは，塩化物イオンを中心とした立方体の各頂点にセシウムイオンが存在するので8個となるから

$$\frac{6}{8} = 0.75 \text{倍}$$

問 iii　与えられた塩化ナトリウムの単位格子において，ナトリウムイオンと塩化物イオンを入れ替えて考えると，中心の塩化物イオンに最も近いナトリウムイオンは6

個ある。また，これらの6個のナトリウムイオンに最も近い塩化物イオンもそれぞれ6個存在するが，中心の塩化物イオンは含まないので，それぞれ5個存在する。これらの5個のうち1個はいずれも単位格子の外にあって，他のナトリウムイオンと共通ではないが，他の4個はいずれも2個のナトリウムイオンと共通する存在である。よって，求める個数は

$$1 \times 6 + (5-1) \times \frac{6}{2} = 18 \text{ 個}$$

攻略のポイント

問iii　与えられた塩化ナトリウムの単位格子において，ナトリウムイオンと塩化物イオンを入れ替えた図を描くと，右のようになる。
$A_1 \sim A_6$ の6個のナトリウムイオンを取り囲む塩化物イオンは，中心にある X を除いて数えると，単位格子中の12個以外に，格子外にある6個の○で表した塩化物イオンがある。

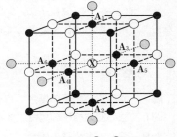

● : Na^+　　○・◍ : Cl^-

16 解答

問i 78　　**問ii** Xe　　**問iii** 5

解説

問i　ヨウ素の原子番号は53であるので，^{131}I のもつ中性子の数は
131－53＝78 個
問ii　ヨウ素より原子番号が1大きい元素は，原子番号が54のキセノン Xe である。
問iii　1．（誤文）^1H は中性子をもたない。
2．（誤文）^2H はわずかながら（0.01％程度）天然に存在する。
3．（誤文）^{14}C は天然に存在する（放射性同位体であり，年代測定に利用される）。
4．（誤文）同位体とは，原子番号が同じ（すなわち，同じ元素記号で表される）で，質量数の異なる原子である。
5．（正文）Sr も Ca も2族の元素である。
6．（誤文）Cs はアルカリ金属である。
7．（誤文）Rn の最外殻は P 殻であり，P 殻は最大で72個の電子が収容されるが，Rn 原子の P 殻には8個の電子しか収容されていない。希ガス元素の原子は，He

を除いて，最外殻に8個の電子をもつ。

一般に，陽子数より中性子数が多くなると原子核が不安定となり，粒子を放出しながら安定な原子核へと変化する。この現象を放射壊変という。放射壊変には，ヘリウムの原子核を放出する α 壊変，電子を放出する β 壊変，陽子が電子を取り込み中性子に変化する電子捕獲などがある。

例えば，年代測定で利用される ^{14}C は，高速の電子線である β 線を放出しながら，^{14}N へ変化する。

$$^{14}_{6}C \longrightarrow {}^{14}_{7}N + \beta 粒子$$

なお，この反応は一次反応として理解しておきたい。

17　解　答

問 i 　面心立方格子の場合：**42個**　六方最密構造の場合：**44個**

問 ii 　面心立方格子の場合：**3種類**　六方最密構造の場合：**5種類**

問 iii 　面心立方格子の場合：**$\sqrt{2}$ 倍**　六方最密構造の場合：**$\sqrt{2}$ 倍**

解　説

▶（面心立方格子の場合）

問 i 　塗りつぶした粒子を粒子 X とすると，粒子 X の最近接粒子は，粒子 A，B，C，D，E，F，G，H（およびこの単位格子の"右隣り"の単位格子の E，F，G，H に相当する粒子）である。

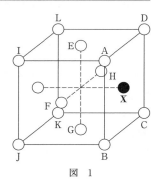

図　1

平面 ABCD 内にある粒子を考えると，図2のようになる。この面内にある，粒子 X の最近接粒子（A，B，C，D）に接する粒子（粒子 X および粒子 X の最近接粒子を除く。以下，同様）は，⊗印の8個の粒子である。

次に，平面 EFGH 内にある粒子を考えると，図3のようになる。この面内にある，粒子 X の最近接粒子（E，F，G，H）に接する粒子は，⊗印の8個の粒子である。

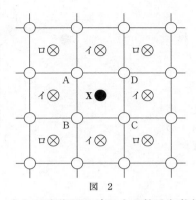

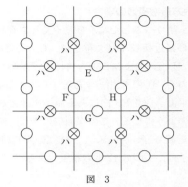

図 2　　　　　　　　　　　　　　図 3

また，平面 IJKL 内にある粒子を考えると，
図4のようになる。この面内にある，粒子**X**の
最近接粒子（E, F, G, H）に接する粒子は，
⊗印の9個の粒子である。

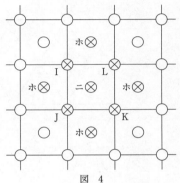

図 4

はじめに描いた単位格子の"右隣り"でも同
様に考えられるから，求める粒子の個数は

　　　$8+8\times2+9\times2=42$ 個

問ⅱ　粒子間の距離を考える。単位格子の一辺の
長さをaとすると

　　　粒子**X**－粒子イ間：a

　　　粒子**X**－粒子ロ間：$\sqrt{2}a$　（≒1.4a）

　　　粒子**X**－粒子ハ間：$\dfrac{\sqrt{6}}{2}a$　（≒1.2a）

　　　粒子**X**－粒子ニ間：a

　　　粒子**X**－粒子ホ間：$\sqrt{2}a$　（≒1.4a）

　　　粒子**X**－粒子Ⅰ間：$\dfrac{\sqrt{6}}{2}a$　（≒1.2a）

よって，粒子**X**との間の距離は3種類である。

問ⅲ　このうち，最も短いものはa，最も長いものは$\sqrt{2}a$であるから，最も長いもの
は最も短いものに対して

　　　$\dfrac{\sqrt{2}a}{a}=\sqrt{2}$ 倍

▶（六方最密構造の場合）

問i　塗りつぶした粒子を粒子**X**とすると，粒子
Xの最近接粒子は，粒子 A，B，C，D，E，F，
G，H，I（およびこの六角柱の"上側"の六角
柱の G，H，I に相当する粒子）である。

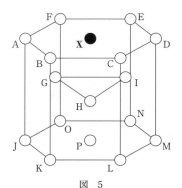

図　5

　平面 ABCDEF 内にある粒子を考えると，図
6のようになる。この平面内にあり，粒子**X**の
最近接粒子（A，B，C，D，E，F）に接する
粒子は，◎印の12個の粒子である。

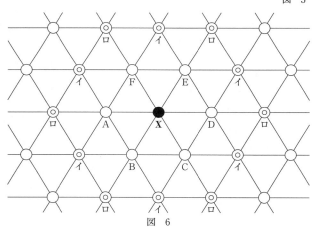

図　6

　次に，平面 GHI 内にある粒子を考えると，図
7のようになる。この平面内にあり，粒子**X**の最
近接粒子に接する粒子は，◎印の9個の粒子であ
る。

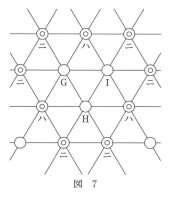

　また，面 JKLMNO 内にあり，粒子 G，H，I
に接する粒子は，粒子 J，K，L，M，N，O，P
の7個の粒子である。

　描いた六角柱の"上側"でも同様に考えられる
から，求める粒子の個数は

　　12＋9×2＋7×2＝44 個

図　7

問ii　粒子間の距離を考える。最近接粒子間の距離
をaとすると

　　粒子**X**ー粒子イ間：$\sqrt{3}a$　（$\fallingdotseq 1.7a$）

粒子 **X**―粒子ロ間：$2a$

粒子 **X**―粒子ハ間：$\sqrt{2}a$　（$\fallingdotseq 1.4a$）

粒子 **X**―粒子ニ間：$\sqrt{3}a$　（$\fallingdotseq 1.7a$）

粒子 **X**―粒子 P 間：$\dfrac{2\sqrt{6}}{3}a$　（$\fallingdotseq 1.6a$）

粒子 **X**―粒子 J 間：$\dfrac{\sqrt{33}}{3}a$　（$\fallingdotseq 1.9a$）

よって，粒子 **X** との間の距離は 5 種類ある。

問iii　このうち，最も短いものは $\sqrt{2}a$，最も長いものは $2a$ であるから，最も長いものは最も短いものに対して

$$\frac{2a}{\sqrt{2}a}=\sqrt{2}\text{ 倍}$$

18 解 答

問i　**7.9 g**　　**問ii**　**26 g**

解 説

問i　このとき起こる変化は

$$CH_3{}^{13}COONa + NaOH \longrightarrow CH_4 + Na_2{}^{13}CO_3$$

化合物 **A** は CH_4 である。

$CH_3{}^{13}COONa = 83$ より，ナトリウム塩の物質量は

$$\frac{41.0}{83}=0.493\,[\text{mol}]$$

また，NaOH の物質量は

$$\frac{24.0}{40}=0.600\,[\text{mol}]$$

よって，酢酸のナトリウム塩は完全に反応し，化合物 **A** の生成量は

$$0.493\times16=7.88\fallingdotseq7.9\,[\text{g}]$$

問ii　CH_4 と Cl_2 は，次のように反応する。

$$CH_4 + Cl_2 \longrightarrow CH_3Cl + HCl$$

$$CH_3Cl + Cl_2 \longrightarrow CH_2Cl_2 + HCl$$

この反応で，HCl と Cl_2 の物質量は同じであるから，求める HCl の生成量は

$$\frac{50.0}{71.0}\times36.5=25.7\fallingdotseq26\,[\text{g}]$$

攻略のポイント

問 i　カルボキシ基の ^{13}C は，次のようにして，Na_2CO_3 に取り込まれる。

$$CH_3-\overset{\overset{\displaystyle O}{\|}}{\underset{\underset{\displaystyle OH^-}{\delta^+}}{\overset{\delta^-}{C}}}-O^- \longrightarrow CH_3\!-\!\overset{\overset{\displaystyle O^-}{|}}{\underset{\underset{\displaystyle OH}{}}{C}}-O^- \longrightarrow CH_4 + \overset{\overset{\displaystyle O}{\|}}{\underset{\underset{\displaystyle ^-O}{}}{C}}\ O^-$$

炭酸イオンの構造から考えると，^{13}C は Na_2CO_3 に取り込まれ，メチル基の CH_3 が CH_4 へ変化することが予想できる。

問 ii　メタンと塩素の反応はラジカル反応とよばれ，塩素分子が開裂し不対電子をもった $\cdot Cl$ が生成する。このような化学種をラジカルといい，反応性が高く，次のような一連の反応によって，水素が塩素に置換されたクロロメタンが生成する。

$$Cl:Cl \xrightarrow{\text{光}} Cl\cdot + \cdot Cl$$
$$CH_4 + \cdot Cl \longrightarrow \cdot CH_3 + H:Cl$$
$$\cdot CH_3 + Cl:Cl \longrightarrow CH_3Cl + \cdot Cl$$

19 解答

問 i　$1.5\times10^3\,kJ$　　**問 ii**　$15\,mol$　　**問 iii**　$18\,mol$

解説

はじめに容器に入れた黒鉛の物質量を X〔mol〕とし，下線(ア)で反応した黒鉛の物質量を Y〔mol〕とする。下線(ア)での反応は次のようになる。

$$C\,(黒鉛) + O_2 \longrightarrow CO_2 \quad \cdots\cdots①$$
$$C\,(黒鉛) + \frac{1}{2}O_2 \longrightarrow CO \quad \cdots\cdots②$$

生じた気体 CO_2 と CO の物質量が同じなので，①，②で反応した C（黒鉛）の物質量はそれぞれ $\dfrac{Y}{2}$〔mol〕ずつとなる。よって，反応した O_2 の物質量は

$$\frac{Y}{2}+\frac{Y}{4}=4.50 \quad \therefore \quad Y=6.00\,〔mol〕$$

次に，下線(イ)で加えた O_2 の物質量を Z〔mol〕とすると，下線(イ)では次の反応が起こる。

$$C+O_2 \longrightarrow CO_2 \quad \cdots (X-Y)\,〔mol〕の C（黒鉛）が CO_2 に変化$$
$$CO+\frac{1}{2}O_2 \longrightarrow CO_2 \quad \cdots \frac{Y}{2}\,〔mol〕の CO が CO_2 に変化$$

したがって，下線(イ)で反応した O_2 の物質量は

$$(X-Y)+\frac{Y}{4}=X-\frac{3}{4}Y〔mol〕$$

また，下線(ア)と下線(イ)によって黒鉛はすべて CO_2 に酸化されたため，反応後，容器内に存在する CO_2 の物質量は，はじめに容器に入れた黒鉛の物質量 X に等しい。

ゆえに，反応後の容器内の気体の物質量は

$$X+Z-\left(X-\frac{3}{4}Y\right)=3.75Y$$

$\therefore$ $Z=3.00Y=3.00\times6.00=18.0\fallingdotseq18〔mol〕$ （**問 iii の答**）

下線(イ)で発生した熱量は

$$(X-Y)\times390+280\times\frac{Y}{2}=390X-250Y〔kJ〕$$

下線(ア)で発生した熱量は，CO の生成熱が $390-280=110〔kJ/mol〕$ となるので，①，②の反応熱から

$$\frac{Y}{2}\times390+\frac{Y}{2}\times110=250Y〔kJ〕$$

与えられた条件から

$$390X-250Y=250Y\times2.90$$

$$390X=975Y \qquad \therefore \quad X=\frac{975}{390}\times6.00=15.0\fallingdotseq15〔mol〕 \quad （\textbf{問 ii の答}）$$

また，$Y=6.00$ より下線(ア)での燃焼による発熱量は

$$250Y=250\times6.00=1500\fallingdotseq1.5\times10^3〔kJ〕 \quad （\textbf{問 i の答}）$$

攻略のポイント

次のように考えてもよい。与えられた燃焼熱から

$$C（黒鉛）+\frac{1}{2}O_2=CO+110kJ$$

$$C（黒鉛）+O_2=CO_2+390kJ$$

問 i CO，CO_2 へ変化した C（黒鉛）の物質量が同じなので，$x〔mol〕$ ずつ反応したとすると，下線(ア)の反応で O_2 4.50 mol はすべて反応しているので

$$\frac{1}{2}x+x=4.50 \qquad \therefore \quad x=3.00〔mol〕$$

よって，発生した熱量は

$$3.00\times110+3.00\times390=1500\fallingdotseq1.5\times10^3〔kJ〕$$

問 ii 下線(ア)で残った C（黒鉛）の物質量を $z〔mol〕$ とすると

下線(ア)の燃焼後	
CO	3.00 mol
CO_2	3.00 mol
C（黒鉛）	z〔mol〕

加えた O_2　a〔mol〕

$$\left(\begin{array}{l} CO + \dfrac{1}{2}O_2 \longrightarrow CO_2 \\ C + O_2 \longrightarrow CO_2 \end{array} \right)$$

下線(イ)の燃焼後	
CO_2	3.00 mol
CO_2	3.00 mol
CO_2	z〔mol〕
未反応の O_2	

このとき，次の式が成り立つ。

$$3.00 \times 280 + 390z = 1500 \times 2.90 \quad \therefore \quad z = 9.00 \text{〔mol〕}$$

よって，はじめの C（黒鉛）の物質量は

$$3.00 + 3.00 + 9.00 = 15.00 \fallingdotseq 15 \text{〔mol〕}$$

問 iii　新たに加えた O_2 の物質量を a〔mol〕とすると，$z = 9.00$〔mol〕より，CO および C と反応した残りの物質量は

$$a - \left(\dfrac{1}{2} \times 3.00 + 9.00 \right) = a - 10.5 \text{〔mol〕}$$

よって

$$(3.00 + 3.00) \times 3.75 = 3.00 + 3.00 + 9.00 + a - 10.5$$

$$\therefore \quad a = 18.0 \fallingdotseq 18 \text{〔mol〕}$$

20　解　答

問 i　**3・5**　　**問 ii**　**4.0 mol**　　**問 iii**　**1.8 mol**

解　説

問 i　1．（誤文）各気体の燃焼式は

$$C_2H_6 + \frac{7}{2}O_2 = 2CO_2 + 3H_2O + 1560 \text{ kJ}$$

$$C_2H_4 + 3O_2 = 2CO_2 + 2H_2O + 1410 \text{ kJ}$$

$$C_2H_2 + \frac{5}{2}O_2 = 2CO_2 + H_2O + 1300 \text{ kJ}$$

よって，生成する二酸化炭素 1 mol あたりの発熱量は，エタンが最大である。

2．（誤文）水 1 mol あたりの発熱量は，上記の熱化学方程式から

$$\text{エタン} : \frac{1560}{3} = 520 \text{〔kJ〕}$$

$$\text{エチレン} : \frac{1410}{2} = 705 \text{〔kJ〕}$$

$$\text{アセチレン} : \frac{1300}{1} = 1300 \text{〔kJ〕}$$

よって，アセチレンが最大である。

3．（正文）酸素 1 mol あたりの発熱量は，上記の熱化学方程式から

エタン：$\dfrac{1560}{\dfrac{7}{2}} = 445.7 \,(\text{kJ})$

エチレン：$\dfrac{1410}{3} = 470 \,(\text{kJ})$

アセチレン：$\dfrac{1300}{\dfrac{5}{2}} = 520 \,(\text{kJ})$

よって，アセチレンが最大である。

4．（誤文）炭素の物質量が同じなので，CO_2 の物質量も同じである。

5．（正文）下線(ア)の反応の前に，次の反応により水素の付加が起こっている。

$$C_2H_4 + H_2 \longrightarrow C_2H_6$$
$$C_2H_2 + 2H_2 \longrightarrow C_2H_6$$

よって，消費される O_2 の物質量は(ア)の方が多い。

問ii　エチレン，アセチレンに水素が付加し，エタンが生成する。はじめの混合気体の物質量の総和が 1.00 mol であったので，燃焼時に存在したエタンの物質量も 1.00 mol である。残っていた H_2 の物質量を $a\,(\text{mol})$ とすると，下線(ア)の燃焼熱から

$$1.00 \times 1560 + a \times 290 = 1850 \quad \therefore \quad a = 1.00 \,(\text{mol})$$

1.00 mol のエタンの燃焼で 3.00 mol の水が，1.00 mol の H_2 の燃焼で 1.00 mol の水が生成するので，求める水の物質量は

$$3.00 + 1.00 = 4.00 \fallingdotseq 4.0 \,(\text{mol})$$

問iii　エタン，エチレン，アセチレンがそれぞれ $x\,(\text{mol})$，$y\,(\text{mol})$，$z\,(\text{mol})$ あるとすると

$$x + y + z = 1.00 \quad \cdots\cdots\text{①}$$

また，混合気体に加えた H_2 の物質量を $b\,(\text{mol})$ とすると，反応する H_2 分が減少するので

$$\dfrac{(1.00 + b) - (y + 2z)}{1.00 + b} = \dfrac{5}{8} \quad \therefore \quad y + 2z = \dfrac{3}{8}(1.00 + b)$$

ここで，$y + 2z$ は付加した H_2 の物質量である。

問ii より，残った H_2 の物質量は $b - (y + 2z) = 1.00$ なので

$$b = \dfrac{11}{5} = 2.20$$

よって　　$y + 2z = \dfrac{6}{5} = 1.20 \quad \cdots\cdots\text{②}$

下線(イ)の燃焼熱は

$$1560x + 1410y + 1300z = 1400$$

これより　　　$156x + 141y + 130z = 140$　……③

①〜③を解くと

　　　$x = 0.300$ 〔mol〕,　$y = 0.200$ 〔mol〕,　$z = 0.500$ 〔mol〕

よって,各炭化水素の燃焼で生じる水の物質量は

エタンから　　　$0.300 \times 3 = 0.900$ 〔mol〕

エチレンから　　　$0.200 \times 2 = 0.400$ 〔mol〕

アセチレンから　　　$0.500 \times 1 = 0.500$ 〔mol〕

したがって,求める水の物質量は

　　　$0.900 + 0.400 + 0.500 = 1.800 \fallingdotseq 1.8$ 〔mol〕

攻略のポイント

問 iii は次のように考えてもよい。水素との付加反応により,容積は $\dfrac{5}{8}$ に減少し,こ

のとき容器中には付加反応によって生じたエタンと,未反応の水素が**問 ii** の結果より

合計 2.00 mol 存在している。よって,付加反応が起こる前は,気体が合計で

$2.00 \times \dfrac{8}{5} = 3.20$ 〔mol〕存在していた。

エ　タ　ン		
エ チ レ ン	}1.00 mol	
ア セ チ レ ン		
水　　　素 2.20 mol		

反応した水素
1.20 mol

エ　　タ　　ン	
エ　　タ　　ン	}1.00 mol
エ　　タ　　ン	
水素（未反応） 1.00 mol	

反応前の物質量をエタン x〔mol〕,エチレン y〔mol〕,アセチレン z〔mol〕とおくと,

次の関係式が成り立つ。

　　　$x + y + z = 1.00,\ y + 2z = 1.20,\ 1560x + 1410y + 1300z = 1400$

これらを整理すると

　　　$x = 0.300$ 〔mol〕,　$y = 0.200$ 〔mol〕,　$z = 0.500$ 〔mol〕

以上の値より,水の物質量を求めればよい。

21　解　答

問 i 　4・5　　問 ii 　3番目　　問 iii 　1.2倍

解　説

問 i　1．（正文）$\dfrac{1}{2} \times 6 + \dfrac{1}{8} \times 8 = 4$ 個

2．（正文）$1+\dfrac{1}{8}\times8=2$ 個

3．（正文）図1より，単位格子の一辺の長さを l，原子半径を r とすると，最近接
原子間距離は $2r$ であるから，次の関係が成立する。

$$\sqrt{2}\,l=2\times2r \qquad \therefore \quad l=\sqrt{2}\times2r$$

4．（誤文）図2より，単位格子の一辺の長さを l，原子半径を r とすると，最近接
原子間距離は $2r$ であるから，次の関係が成立する。

$$\sqrt{3}\,l=2\times2r \qquad \therefore \quad l=\dfrac{2\sqrt{3}}{3}\times2r$$

5．（誤文）図3の面心立方格子より，最近接原子数（配位数）は

$$4\times3=12\text{ 個}$$

（図3で●の原子は12個の○の原子と接している）

6．（正文）体心立方格子の配位数は8である。

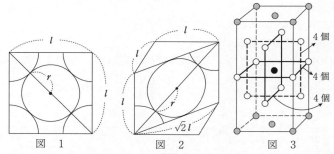

図1　　図2　　図3

4個
4個
4個

問ii　アボガドロ定数を N_A とすると，結晶の密度 $D\,[\text{g/cm}^3]$ は

体心立方格子：$D=\dfrac{\dfrac{M}{N_A}\times2}{l^3}$　これより　$l=\sqrt[3]{\dfrac{2}{N_A}\cdot\dfrac{M}{D}}$

面心立方格子：$D=\dfrac{\dfrac{M}{N_A}\times4}{l^3}$　これより　$l=\sqrt[3]{\dfrac{4}{N_A}\cdot\dfrac{M}{D}}$

最近接原子間距離は，**問i**より，次のようになる。

体心立方格子：$\dfrac{\sqrt{3}}{2}l$　　面心立方格子：$\dfrac{\sqrt{2}}{2}l$

それぞれの金属について計算式を示すと

リチウム：$\dfrac{\sqrt{3}}{2}\times\sqrt[3]{\dfrac{2}{N_A}}\times12.9$

アルミニウム：$\dfrac{\sqrt{2}}{2}\times\sqrt[3]{\dfrac{4}{N_A}}\times10.0$

$$鉄：\frac{\sqrt{3}}{2}\times\sqrt[3]{\frac{2}{N_A}\times7.17}$$

$$銀：\frac{\sqrt{2}}{2}\times\sqrt[3]{\frac{4}{N_A}\times10.3}$$

N_A はすべてに共通なので，これを除いて計算すると，それぞれ次のようになる。

$$リチウム：\frac{\sqrt{3}}{2}\times\sqrt[3]{2}\times\sqrt[3]{12.9}=1.09\times\sqrt[3]{12.9}$$

$$>1.08\times\sqrt[3]{12}=1.08\times\sqrt[3]{3}\times\sqrt[3]{4}\fallingdotseq2.47$$

$$アルミニウム：\frac{\sqrt[3]{4}}{\sqrt{2}}\times\sqrt[3]{10.0}=1.13\times\sqrt[3]{10.0}\fallingdotseq2.43$$

$$鉄：\frac{\sqrt{3}}{2}\times\sqrt[3]{2}\times\sqrt[3]{7.17}\fallingdotseq1.09\times\sqrt[3]{7.17}<1.08\times\sqrt[3]{8}=2.16$$

$$銀：1.13\times\sqrt[3]{10.3}>2.43$$

これらを比較すると

　　鉄＜アルミニウム＜銀＜リチウム

となり，銀は3番目である。

問ⅲ　問ⅱの結果から，リチウムと鉄の比をとればよいので次のようになる。

$$\frac{\sqrt[3]{12.9}}{\sqrt[3]{7.17}}=\sqrt[3]{1.799}\fallingdotseq\sqrt[3]{1.8}=\sqrt[3]{\frac{2\times9}{10}}=\frac{1.26\times2.08}{2.15}=1.21\fallingdotseq1.2\text{ 倍}$$

---

22 解 答

問ⅰ　**3**

問ⅱ　問A　**2.9×10^{-8}cm**　　　問B　**3.0×10^{-8}cm**　　　問C　**2.8％**

問ⅲ　**0.20g**

解 説

問ⅰ　1．（正文）^{3}H（Tとも表す；トリチウム）は放射性同位体で，地球上にきわめてわずか（通常の水素の 10^{17} 分の1程度）存在する。

2．（正文）固体，液体，気体において，気体の密度が最も小さい。H_2 は常温・常圧において気体であるから，圧力 P，絶対温度 T，気体定数 R とすると，理想気体の状態方程式から

$$密度=\frac{P}{RT}\times(分子量)$$

H_2 は分子量が最小であるから，密度も最小である。

3．（誤文）$2H_2+O_2\longrightarrow2H_2O$ より，水素と酸素は $H_2：O_2=2：1$（物質量比）で反

応し，水素と同じ物質量の水が生成する。したがって，この場合は $1\,mol$ の水を生じる。

4．（正文）酸化銅（Ⅱ）と水素は次のように反応し，金属銅が生じる。

$$CuO + H_2 \longrightarrow Cu + H_2O$$

5．（正文）Zn，Fe はそれぞれ希硫酸と次のように反応する。

$$Zn + H_2SO_4 \longrightarrow ZnSO_4 + H_2$$

$$Fe + H_2SO_4 \longrightarrow FeSO_4 + H_2$$

一方，鉛に希硫酸を加えると，水に難溶性の $PbSO_4$ が鉛の表面をおおってしまうため，反応が進行しない。

6．（正文）二酸化炭素は一部水と反応するので，水素よりも水に対する溶解度が大きい。

問ii　問A　右図の一辺の長さを $l\,[cm]$，鉄原子，チタン原子の半径をそれぞれ r_{Fe}，r_{Ti} とすると

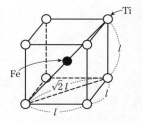

$$\sqrt{3}\,l = 2r_{Ti} + 2r_{Fe}$$

これより

$$l = 2.89 \times 10^{-8} \fallingdotseq 2.9 \times 10^{-8}\,[cm]$$

図より，鉄原子間の最短距離は l に等しいので，$2.9 \times 10^{-8}\,cm$ となる。

問B　チタン原子と水素原子が接していると仮定して，水素原子の半径を r_{H_2} とすると

$$\sqrt{2}\,l = 2r_{Ti} + 2r_{H_2}$$

これより　　$l = 2.35 \times 10^{-8}\,[cm]$

となるが，これは**問A**で求めた $l = 2.89 \times 10^{-8}\,[cm]$ より小さいので，矛盾する。したがって，鉄原子と水素原子が接していることがわかり，この距離が最短距離になる。よって，求める原子間距離は

$$(1.17 \times 2 + 0.33 \times 2) \times 10^{-8} = 3.00 \times 10^{-8} \fallingdotseq 3.0 \times 10^{-8}\,[cm]$$

問C　単位格子に含まれる各原子の個数は，それぞれ次のようになる。

$$Ti : \frac{1}{8} \times 8 = 1 \qquad Fe : 1 \qquad H : \frac{1}{2} \times 6 = 3$$

よって，合金中の水素の質量パーセントは

$$\frac{3 \times 1}{3 \times 1 + 48 + 56} \times 100 = 2.80 \fallingdotseq 2.8\,[\%]$$

問iii　試料の合金に Mg が $x\,[g]$，Ni が $y\,[g]$，H が $z\,[g]$ 含まれるとすると

$$x + y + z = 11.50$$

アのマグネシウム，ニッケルと塩酸との反応は次のようになる。

$$Mg + 2HCl \longrightarrow MgCl_2 + H_2$$

$$Ni + 2HCl \longrightarrow NiCl_2 + H_2$$

イの電気分解の陰極で析出するのはニッケルのみである。

$$Ni^{2+} + 2e^- \longrightarrow Ni$$

同時に，$2H^+ + 2e^- \longrightarrow H_2$ も起こり，水素ガスが 0.300 mol 発生する。

ウの燃料電池の負極では，次の変化が起こる。

$$H_2 \longrightarrow 2H^+ + 2e^-$$

これより，0.410 mol の水素ガスが反応すると，0.820 mol の電子が流れる。

イの電気分解で，水素ガスの発生に使われる電子は

$$0.300 \times 2 = 0.600 \text{[mol]}$$

したがって，ニッケルの析出に使われる電子は

$$0.820 - 0.600 = 0.220 \text{[mol]}$$

析出したニッケルの質量と物質量は

$$0.220 \times \frac{1}{2} \times 59 = 6.49 \text{[g]}, \quad \frac{6.49}{59} = 0.11 \text{[mol]}$$

よって，**ア**の塩酸と反応したニッケルの質量は，6.49 g となるので

$$x + z = 11.50 - 6.49 = 5.01 \text{[g]} \quad \cdots\cdots①$$

アの塩酸との反応で生じた水素ガスのうち，ニッケルとの反応で生じた水素ガスが 0.11 mol であるから，マグネシウムとの反応で生じた水素ガスおよび吸収されていた水素から生じた水素ガスの物質量は

$$0.410 - 0.11 = 0.30 \text{[mol]}$$

したがって，次式が成り立つ。

$$\frac{x}{24} + \frac{z}{2} = 0.30 \quad \cdots\cdots②$$

①，②より　　$z = 0.199 \fallingdotseq 0.20 \text{[g]}$

よって，試料中には 0.20 g の水素が吸収（吸蔵）されていたことがわかる。

23 解 答

4・5

解 説

1．（正文）原子番号が大きくなるほど最外殻電子は原子核から離れることになり，第一イオン化エネルギーは小さくなる。He が全元素中で最大である。

2．（正文）同じ電子配置をもつ陽イオンと陰イオンでは，陽イオンの方が原子核に陽子を多くもつので，最外殻電子が原子核に強く引きつけられる。そのため，陽イオンの方が小さい。

3．（正文）NH_4^+ は正四面体構造で，4つの N−H 結合はまったく等価である。したがって，結合エネルギーはすべて等しい。

4．（誤文）二酸化炭素を例にとると，炭素と酸素間の共有結合には電荷の片寄り，つまり極性があるが，分子全体としては無極性である。これは二酸化炭素が直線構造をもつためである。このほか，メタン分子のような正四面体構造なども同様である。

5．（誤文）ハロゲン化水素の沸点を比較すると分子量の一番小さいフッ化水素が最も高い。これは分子間に水素結合が存在するためである。なお，このような例外を除けば，「物質の沸点は，分子量が大きくなるにつれ高くなる」と一般にいえる。つまり，分子量が大きいほど分子間力が強くなることを反映している。

24　解　答

問 i　5　　問 ii　1.2倍

解　説

問 i　1．（正文）クロム結晶は体心立方格子であるから，単位格子中に 2 個 $\left(\dfrac{1}{8} \times 8 + 1 = 2\right)$ 含まれる。ニッケル結晶は面心立方格子であるから，4 個 $\left(\dfrac{1}{8} \times 8 + \dfrac{1}{2} \times 6 = 4\right)$ 含まれる。よって，単位格子中に含まれる原子数は

$$\frac{2}{4} = 0.5 \text{倍}$$

2．（正文）条件からクロムとニッケルの原子半径は等しいとみなせる。単位格子の一辺の長さ l をそれぞれ原子半径 r を用いて表すと以下のようになる。

クロム結晶：$l = \dfrac{4\sqrt{3}}{3} r$

ニッケル結晶：$l = 2\sqrt{2} r$

よって，単位格子の一辺の長さは

$$\frac{\dfrac{4}{3}\sqrt{3}\, r}{2\sqrt{2}\, r} = \frac{2}{3}\sqrt{\frac{3}{2}} = \sqrt{\frac{2}{3}} \text{倍}$$

3．（正文）最近接原子の数は，クロム結晶は 8 個，ニッケル結晶は 12 個であるから

$$\frac{8}{12} = \frac{2}{3} \text{倍}$$

4．（正文）第 2 近接原子までの距離は，単位格子の一辺の長さになるので，2 と同

様にすると

$$\frac{\frac{4}{3}\sqrt{3}r}{2\sqrt{2}r}=\sqrt{\frac{2}{3}} \ 倍$$

5．（誤文）第2近接原子の数は，クロム結晶もニッケル結晶もともに6個であるから

$$\frac{6}{6}=1 \ 倍$$

問 ii 各結晶の密度を d，d' とすると，それぞれ次式で表される（ただし，N_A はアボガドロ定数）。

$$クロム結晶：d=\frac{2\times\dfrac{52.0}{N_A}}{\left(\dfrac{4}{3}\sqrt{3}r\right)^3}$$

$$ニッケル結晶：d'=\frac{4\times\dfrac{58.7}{N_A}}{(2\sqrt{2}r)^3}$$

ここで，一定質量の金属を用いたとして，それぞれの体積を，クロム結晶 v〔cm³〕，ニッケル結晶 v'〔cm³〕とすると，次式が成り立つ。

$$d\times v=d'\times v'$$

よって，求める値は

$$\frac{v}{v'}=\frac{d'}{d}=\frac{\dfrac{4\times\dfrac{58.7}{N_A}}{(2\sqrt{2}r)^3}}{\dfrac{2\times\dfrac{52.0}{N_A}}{\left(\dfrac{4}{3}\sqrt{3}r\right)^3}}=\frac{4\sqrt{6}\times58.7}{9\times52.0}=1.22\fallingdotseq1.2 \ 倍$$

25 解　答

¹⁶O の物質量：¹⁸O の物質量＝**0.60：1**

解　説

酸化鉄（Ⅲ）Fe_2O_3 65.50 g 中に，¹⁶O が x〔mol〕，¹⁸O が y〔mol〕含まれているとすると，還元した結果，減少した 20.70 g は含まれていた酸素の質量であるので，次式が成り立つ。

$$16x+18y=20.70 \quad \cdots\cdots①$$

また，還元により得られた鉄は

$$\frac{65.50 - 20.70}{56} = 0.80 \text{[mol]}$$

よって，$Fe_2O_3 + 3H_2 \longrightarrow 2Fe + 3H_2O$ より次式が成り立つ。

$$0.80 : (x + y) = 2 : 3 \quad \cdots\cdots②$$

①，②より　　$x = 0.45$，$y = 0.75$

したがって　　^{16}O の物質量：^{18}O の物質量 $= 0.45 : 0.75 = 0.60 : 1$

攻略のポイント

次のように考えてもよい。^{16}O と ^{18}O が $x : 1$ の物質量比で構成されていると考える。このとき，酸素の原子量 M は次式で表される。

$$M = \frac{16x + 18}{x + 1} \quad \cdots\cdots③$$

また，Fe_2O_3 の式量は $112 + 3M$ となるので

$$\frac{65.50}{112 + 3M} : \frac{65.50 - 20.70}{56} = 1 : 2 \quad \therefore \quad M = 17.25$$

よって，③より

$$17.25 = \frac{16x + 18}{x + 1} \quad \therefore \quad x = 0.60$$

26　解　答

1・6

解　説

1．（誤文）メタンは正四面体構造分子のため，分子全体として無極性になる。

2．（正文）例えば $H_3O^+ \longrightarrow H_2O + H^+$ と電離するときを考えると，3つの水素原子は同じ確率で電離する。

3．（正文）沸点は HF $20℃$，HCl $-85℃$ で，HF は分子量は小さいが，分子間に水素結合を形成するため非常に高い沸点を示す。

4．（正文）メタノール分子間には水素結合が存在するため沸点が高い。この水素結合は右のように表される静電気的引力である。

$$CH_3-O^{\delta-} \cdots H^{\delta+} \cdots O^{\delta-} \cdots H^{\delta+}$$
$$\underset{CH_3}{|}$$

5．（正文）金属結晶は，陽イオンが規則正しく並び，その間を自由電子が自由に動き回る構造をしている。

6．（誤文）イオン結晶を加熱融解すると，イオンが自由に動けるようになり電気が

通る。

7．（正文）平面的な網目構造は，炭素原子がもつ4つの価電子のうち3つを使って形成される。残りの価電子は特定の共有結合ではなく，平面構造の中を自由に動けるようになっている。

27 解 答

6

解 説

バリウム結晶と酸化バリウム結晶を下図のように表す。図1のBa間の最短距離をlとすると，図2のBa^{2+}間の最短距離l'は，$l'=0.90l$と表される。そこで，図1の単位格子の一辺の長さをaとすると

$$a=\frac{2}{3}\sqrt{3}l=1.153l\fallingdotseq1.15l$$

また，図2の単位格子の一辺の長さをbとすると

$$b=\sqrt{2}l'=0.90\sqrt{2}l=1.269l\fallingdotseq1.27l$$

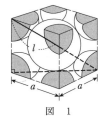

図 1　　　　図 2

1．（正文）図2の……で表された距離であるから等しい。

2．（正文）Ba^{2+}に隣接しているO^{2-}の数は6個，Baに隣接しているBaの数は8個となる。

3．（正文）図1より，この条件のBa間の距離は単位格子の一辺の長さaになる。また，図2より，この条件のBa^{2+}間の距離は単位格子の一辺の長さbになる。よって，a, bを比較すると$a<b$となる。

4．（正文）$a<b$であるから，$a^3<b^3$である。したがって，Ba結晶の単位格子の体積の方が小さい。

5．（正文）Ba 1molからBaO 1molが得られる。Baの単位格子中にはBaが2個，BaOの単位格子中にはBa^{2+}が4個含まれているので

$$\frac{b^3}{a^3\times2}=\frac{(0.90\sqrt{2}l)^3}{\left(\frac{2}{3}\sqrt{3}l\right)^3\times2}=\frac{0.90^3\times3\times\sqrt{6}}{8}$$

6. （誤文）Ba 結晶の密度を d, BaO 結晶の密度を d', アボガドロ定数を N_A とおくと

$$\frac{d}{d'}=\frac{\dfrac{137\times2}{N_A}}{\dfrac{153\times4}{N_A}}=\frac{137}{153\times2}\times\frac{b^3}{a^3}=\frac{137}{153\times2}\times\frac{(0.90\sqrt{2}\,l)^3}{\left(\dfrac{2}{3}\sqrt{3}\,l\right)^3}\fallingdotseq\frac{137}{306}\times\left(\frac{1.27}{1.15}\right)^3$$

この比の値は 1 より小さい。したがって，Ba 結晶の密度の方が小さい。

第2章　物質の状態・状態変化

28 解 答

4・6

解 説

1．（正文）図の①の変化によって昇華させること
ができる。

2．（正文）曲線 AB を融解曲線といい，図の G 点
の温度 T_2〔K〕は，圧力 P〔Pa〕における融点ま
たは凝固点という。

3．（正文）曲線 AC は蒸気圧曲線，AH は昇華圧
曲線という。

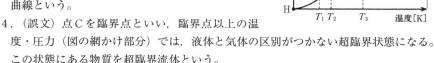

4．（誤文）点 C を臨界点といい，臨界点以上の温
度・圧力（図の網かけ部分）では，液体と気体の区別がつかない超臨界状態になる。
この状態にある物質を超臨界流体という。

5．（正文）図の②の変化によって，固体から液体に変化させることができる。

6．（誤文）点 G において，固体から液体へ状態変化するために，融解熱が必要であ
る。

29 解 答

1・6

解 説

1．（誤文）分子間力を無視し，分子自身の体積の影響のみを考慮すると，体積 V の
値が大きくなるため，Z は 1 より大きくなる。

2．（正文）高温・低圧の方が，分子間力，分子自身の体積の影響が小さくなるため，
Z は 1 に近くなる。

3．（正文）標準状態では，CH_4 は無極性分子であるが，NH_3 は極性分子であり，分
子間力が大きくはたらくため，Z の値は NH_3 の方が小さくなる。

4．（正文）温度が高くなるほど飽和蒸気圧は大きくなるが，大気圧はほぼ一定であ
るため，捕集される気体の分圧は小さくなり，気体の純度は低下する。

5．（正文）理想気体**A**について，操作後の圧力を p_A とすると

$$\frac{pV}{T} = \frac{p_A \times 2V}{2T} \qquad \therefore \quad p_A = p$$

理想気体**B**について，同様に p_B とすると

$$\frac{2p \times \dfrac{V}{2}}{T} = \frac{p_B \times 2V}{2T} \qquad \therefore \quad p_B = p$$

よって，操作後の全圧は $p_A + p_B = 2p$ である。

6．（誤文）室温における水の飽和蒸気圧 p より，水蒸気圧が $\dfrac{p}{2}$ であるから，水はすべて気体である。このときアルゴンの分圧は

$$4p - \frac{p}{2} = \frac{7}{2}p$$

であるから，アルゴンと水蒸気の物質量比は

$$\frac{7}{2}p : \frac{p}{2} = 7 : 1$$

よって，温度一定のまま圧縮し，全圧を $6p$ にしたとき，水がすべて水蒸気であるとすると，その分圧 p_{H_2O} は

$$p_{H_2O} = 6p \times \frac{1}{8} = \frac{3}{4}p < p$$

したがって，水はすべて水蒸気となるので，求めるアルゴンの分圧は次のようになる。

$$6p \times \frac{7}{8} = \frac{21}{4}p = 5.25p$$

30 解 答

問i $1.9 \times 10^{-7} \times p$〔mol〕　　　**問ii** 3.7×10^5 Pa

解 説

問i　燃焼反応前における反応容器外の CO_2 の物質量は

$$5.9 \times 10^{-2} - 3.9 \times 10^{-2} = 2.0 \times 10^{-2}〔mol〕$$

上部スペースの体積を V，気体定数を R とすると，理想気体の状態方程式から次の関係が成立する。

$$1.0 \times 10^5 V = 2.0 \times 10^{-2} \times R \times 293 \quad \cdots\cdots ①$$

また，燃焼後の状態**A**において上部スペースにある CO_2 の物質量を n〔mol〕とすると，次の関係が成立する。

$pV = nR \times 313$　……②

したがって，①÷② より

$$\frac{1.0 \times 10^5 V}{pV} = \frac{2.0 \times 10^{-2} \times R \times 293}{nR \times 313}$$

∴　$n = 1.87 \times 10^{-7} p \fallingdotseq 1.9 \times 10^{-7} p$〔mol〕

問ii　CH_4 の燃焼反応は次のように表される。

$$CH_4 + 2O_2 \longrightarrow CO_2 + 2H_2O$$

ここで，反応容器内の CH_4 を x〔mol〕とすると，CH_4 の燃焼によって発生した熱量は，反応容器外の水の温度上昇に用いられたので

$$8.4 \times 10^2 x = 4.2 \times 1000 \times (313 - 293) \times 10^{-3}$$

∴　$x = 0.10$〔mol〕　……③

③より，CH_4 の燃焼反応によって生じる CO_2 は 0.10 mol であるから，断熱容器内に存在する全 CO_2 は

$$5.9 \times 10^{-2} + 0.10 = 0.159$$〔mol〕

ここで，水 1.0 L に溶解している CO_2 は

$$\frac{p}{1.0 \times 10^5} \times 2.4 \times 10^{-2} = 2.4 \times 10^{-7} p$$〔mol〕

よって，**問i**で求めた上部スペースにある CO_2 は $1.87 \times 10^{-7} p$〔mol〕であるから，次の関係が成立する。

$$2.4 \times 10^{-7} p + 1.87 \times 10^{-7} p = 0.159$$

∴　$p = 3.72 \times 10^5 \fallingdotseq 3.7 \times 10^5$〔Pa〕

攻略のポイント

次図のように，データなどの値を整理して考えてみるとよい。

(i)CH_4 を燃焼させる前（293K）

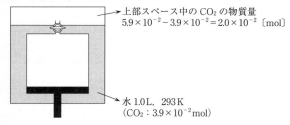

上部スペース中の CO_2 の物質量
$5.9 \times 10^{-2} - 3.9 \times 10^{-2} = 2.0 \times 10^{-2}$〔mol〕

水 1.0 L，293K
（CO_2 : 3.9×10^{-2} mol）

よって，上部スペースの体積を V〔L〕とすると，理想気体の状態方程式より

$$1.0 \times 10^5 V = 2.0 \times 10^{-2} \times R \times 293$$　……①

(ii)CH_4 を燃焼させた後（313K）

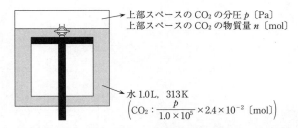

$$水 1.0 L, \ 313 K$$
$$\left(CO_2 : \dfrac{p}{1.0 \times 10^5} \times 2.4 \times 10^{-2} \ (\text{mol})\right)$$

よって，上部スペースにおいて，理想気体の状態方程式より

$$pV = nR \times 313 \quad \cdots\cdots②$$

①，②より

$$n = 1.87 \times 10^{-7}p \fallingdotseq 1.9 \times 10^{-7}p \, (\text{mol})$$

ところで，CH_4 の燃焼によって生じた CO_2 は $0.10\,\text{mol}$，初めにあった CO_2 の物質量は $5.9 \times 10^{-2}\,\text{mol}$ であるから，上部スペースと水中に存在する全 CO_2 の物質量は

$$5.9 \times 10^{-2} + 0.10 = 0.159 \, (\text{mol})$$

ヘンリーの法則より，水に溶けている CO_2 の物質量は

$$\frac{p}{1.0 \times 10^5} \times 2.4 \times 10^{-2} = 2.4 \times 10^{-7}p \, (\text{mol})$$

よって，p の値を求めることができる。

31 解 答

3

解 説

1．（誤文）KNO_3 などは温度が高くなるほど溶解度は大きくなるが，NaOH などは温度が高くなると溶解度は小さくなる。

2．（誤文）水に対する気体の溶解度は，温度が高くなると減少するが，必ずしも反比例するわけではない。

3．（正文）純溶媒に不揮発性物質を溶解させると，液体表面から蒸発する溶媒分子の数が減少するため蒸気圧降下が起きる。このため純溶媒の沸点より不揮発性物質が溶解した溶液の沸点は高くなる。

4．（誤文）希薄溶液の浸透圧は，溶液のモル濃度と絶対温度に比例する。

5．（誤文）溶液のモル濃度は，溶液 1L あたりに溶けている溶質の物質量で表される。

6．（誤文）チンダル現象ではなく，ブラウン運動である。

7．（誤文）コロイド粒子の電荷と反対符号の電荷をもった価数の大きいイオンほど，

凝析を起こしやすい。

32 解 答

5

解 説

1．（正文）同一周期内において，貴ガスは最も安定な電子配置をもつため，同一周期内の元素の中では，第1イオン化エネルギーが最も大きい。

2．（正文）遷移元素はすべて金属元素である。

3．（正文）凝固点を過ぎて冷却されても凝固せず，液体の状態を維持する現象を過冷却という。

4．（正文）シラン SiH_4 は正四面体形の無極性分子であるが，硫化水素 H_2S は，折れ線形の極性分子である。このため分子量はほぼ同じであるが，SiH_4 に比べ H_2S は，分子間に電荷の偏りによって弱い静電気力が生じるため，沸点は高くなる。

5．（誤文）蒸気圧は，気液平衡状態にあれば，密閉容器内の液体の量や容器の容積に関係なく，温度によって決まり，蒸気圧曲線に沿って温度の上昇とともに高くなる。

6．（正文）水のように，融解曲線が右図のように右下がりになっている場合，温度一定で圧力が増加すると，固体から液体に変化する。

7．（正文）右図の臨界点以上の温度，圧力にある状態を超臨界流体といい，液体とも気体とも区別のつかない状態となる。

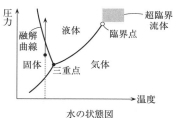

水の状態図

33 解 答

問i　88　　問ii　0.76

解 説

問i　HA の分子量を M とすると，ベンゼン溶液中では二量体を形成するので $2M$ となる。よって，分子量は凝固点降下度から次のようになる。

$$5.530 - 4.890 = 5.12 \times \frac{2.20}{2M} \times \frac{1000}{100} \qquad M = 88$$

問ii　電離度を α とすると，水溶液中での HA，H^+，A^- の質量モル濃度は，それぞ

れ次のようになる。

$$HA : \frac{0.500}{88} \times \frac{1000}{100}(1-\alpha) = \frac{5.00}{88}(1-\alpha) \, \text{[mol/kg]}$$

$$H^+, \ A^- : \frac{0.500}{88} \times \frac{1000}{100}\alpha = \frac{5.00}{88}\alpha \, \text{[mol/kg]}$$

よって，溶液中の全粒子の質量モル濃度は

$$\frac{5.00}{88}(1-\alpha) + 2 \times \frac{5.00}{88}\alpha = \frac{5.00}{88}(1+\alpha) \, \text{[mol/kg]}$$

したがって，電離度は凝固点降下度から次のようになる。

$$0.185 = 1.85 \times \frac{5.00}{88}(1+\alpha) \qquad \alpha = 0.76$$

34　解　答

問 i　$\dfrac{2X}{1-X^2}$　　問 ii　$\dfrac{C_1}{2C_0 + C_1}$

解　説

問 i　平衡状態に達したときの，各室の圧力，体積は下図のようになる。

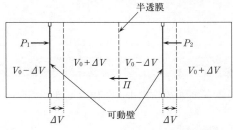

（Πは浸透圧を表す）

このとき，左右両端の理想気体について，温度 T〔K〕で一定であることから，ボイルの法則より次の関係が成り立つ。

$$P_0 V_0 = P_1(V_0 - \Delta V) \quad \cdots\cdots① , \quad P_0 V_0 = P_2(V_0 + \Delta V) \quad \cdots\cdots②$$

①，②の両辺を V_0 で割り，変形すると

$$P_0 = P_1\left(1 - \frac{\Delta V}{V_0}\right) = P_1(1-X) \qquad \frac{P_1}{P_0} = \frac{1}{1-X} \quad \cdots\cdots①'$$

$$P_0 = P_2\left(1 + \frac{\Delta V}{V_0}\right) = P_2(1+X) \qquad \frac{P_2}{P_0} = \frac{1}{1+X} \quad \cdots\cdots②'$$

よって，①$'$ － ②$'$ より

$$\frac{P_1}{P_0} - \frac{P_2}{P_0} = \frac{1}{1-X} - \frac{1}{1+X} \qquad \frac{P_1 - P_2}{P_0} = \frac{2X}{1-X^2}$$

問ii　スクロース水溶液中のスクロースの物質量は $C_1 V_0$〔mol〕であるから，平衡後のスクロース水溶液の濃度は

$$\frac{C_1 V_0}{V_0 + \Delta V} = \frac{C_1}{1 + \dfrac{\Delta V}{V_0}} = \frac{C_1}{1 + X} \text{〔mol/L〕}$$

よって，ファントホッフの法則より，浸透圧 Π〔Pa〕は

$$\Pi = \frac{C_1}{1+X} RT \text{〔Pa〕}$$

したがって，図におけるつり合いの関係より，$P_1 = \Pi + P_2$ が成り立つので

$$P_1 = \frac{C_1}{1+X} \cdot RT + P_2 \qquad P_1 - P_2 = \frac{C_1}{1+X} \cdot RT$$

辺々を P_0 で割って整理すると

$$\frac{P_1 - P_2}{P_0} = \frac{C_1}{1+X} \cdot \frac{RT}{P_0} \qquad \frac{2X}{1-X^2} = \frac{1}{1+X} \cdot \frac{C_1}{C_0}$$

$$2C_0 X = C_1(1-X) \qquad \therefore \quad X = \frac{C_1}{2C_0 + C_1}$$

35 解 答

1・6

解 説

1．(誤文) ボイル・シャルルの法則より，127℃，5.0×10^5 Pa での体積を V〔L〕とすると

$$\frac{1.0 \times 10^5 \times 10}{273 + 27} = \frac{5.0 \times 10^5 \times V}{273 + 127} \qquad \therefore \quad V = 2.66 \fallingdotseq 2.7 \text{〔L〕}$$

2．(正文) 理想気体の状態方程式は，ボイル・シャルルの法則とアボガドロの法則より導かれたものである。

3．(正文) 理想気体の状態方程式より，質量を w〔g〕とすると

$$8.31 \times 10^4 \times 1.0 = \frac{w}{40} \times 8.31 \times 10^3 \times (273 + 127)$$

$$w = 1.0 \text{〔g〕}$$

4．(正文) 理想気体と実在気体の違いは，実在気体には分子間力と分子自身の大きさがあり，理想気体にはその2つが存在しないことである。

5．(正文) N_2，O_2 それぞれを 10L の容器に入れたときの分圧を P_{N_2}〔Pa〕，P_{O_2}〔Pa〕

とすると

$2.0 \times 10^5 \times 3.0 = P_{N_2} \times 10 \quad \therefore \quad P_{N_2} = 0.60 \times 10^5 \, [Pa]$

$1.0 \times 10^5 \times 4.0 = P_{O_2} \times 10 \quad \therefore \quad P_{O_2} = 0.40 \times 10^5 \, [Pa]$

よって，この混合気体の全圧は

$0.60 \times 10^5 + 0.40 \times 10^5 = 1.0 \times 10^5 \, [Pa]$

6．（誤文）水上置換をおこなっているので，捕集容器の内部の圧力は水素と水蒸気の各分圧の和であり，これが大気圧と等しくなっている。

36　解　答

問 i　1.2 mL　　問 ii　05

解　説

問 i　25℃，$1.00 \times 10^5 Pa$，水 1.00 L に溶解する O_2 は 30.0 mL であるから，水 1.00 L に溶解する O_2，容器内の気体部分の体積中の O_2 をすべて 25℃，$1.00 \times 10^5 Pa$ 下に換算して考えると，物質量比＝体積比となる。よって，操作 1 回目によって気体部分に放出される O_2 の体積を $x \, [mL]$ とすると，ヘンリーの法則より次の関係が成立する。

$$\frac{\frac{x}{120} \times 10^5}{1.00 \times 10^5} \times 30 = V_0 - x \quad \therefore \quad x = \frac{4}{5} V_0 \, [mL]$$

したがって，求める $V_1 \, [mL]$ は，$V_0 = 30.0 \times \dfrac{20.0}{100} = 6.00 \, [mL]$ より

$$V_1 = V_0 - \frac{4}{5} V_0 = \frac{1}{5} V_0 = \frac{1}{5} \times 6.00 = 1.20 \, [mL]$$

問 ii　V_n が V_0 の $\dfrac{1}{1000}$ 以下となるためには，$V_n = V_0 \times \left(\dfrac{1}{5}\right)^n$（$n = 0, 1, 2, \cdots$）と表されるので，求める n は

$$V_0 \times \left(\frac{1}{5}\right)^n \leqq V_0 \times \frac{1}{1000}$$

$$1000 \leqq 5^n$$

よって，これをみたす最小の n は，$5^4 = 625$，$5^5 = 3125$ より，$n = 5$ である。

攻略のポイント

水への気体の溶解度を，ヘンリーの法則を用いて考える場合，水に溶解する気体の質量や物質量は，溶解する気体の分圧に比例するが，溶解する量を体積で考える場合，

温度一定下において次の2点に注意することが必要である。

(1) 溶解する気体の体積を，同温・同圧下に換算すれば，物質量や質量と同様に分圧に比例する。

(2) 溶解する気体の体積を，その気体の分圧下に換算すれば，溶解する気体の体積は常に一定である。

本問では，問題文中に溶解する酸素の体積 V_0, V_1, V_2, …, V_n はすべて，25℃，1.00×10^5 Pa における体積とあるので，(1)の考え方を用いればよい。

問 ii 問 i より $V_1 = \dfrac{1}{5} V_0$ から $V_n = \dfrac{1}{5} V_{n-1}$ が成り立つので，V_n は初項 V_0，公比 $\dfrac{1}{5}$ の等比数列と考え，$V_n = V_0 \left(\dfrac{1}{5}\right)^n$ ($n = 0, 1, 2, 3, \cdots$) を用いて n を求めればよい。

37 解 答

$$K_b = kT_b + \frac{kB}{A} \ [\mathrm{K \cdot kg/mol}]$$

解 説

溶媒の蒸気圧は，$AT + B$ より T の1次関数で表され，希薄溶液の蒸気圧は，いずれの温度においても kCP_0 だけ減少したという条件より，縦軸に蒸気圧，横軸に絶対温度をとり図示すると，右図のように表される。ここで，この希薄溶液の沸点上昇度を Δt 〔K〕とすると，希薄溶液の蒸気圧を表す直線の傾きも A となるので，次の関係が成立する。

$$\frac{kCP_0}{\Delta t} = A \qquad \Delta t = \frac{kCP_0}{A} \quad \cdots\cdots ①$$

$$P_0 = AT_b + B \quad \cdots\cdots ②$$

$$\Delta t = K_b C \quad \cdots\cdots ③$$

よって，①〜③より P_0 と Δt を消去して整理すると

$$\frac{kC(AT_b + B)}{A} = K_b C \qquad K_b = kT_b + \frac{kB}{A} \ [\mathrm{K \cdot kg/mol}]$$

38　解 答

3

解　説

1．（誤文）50℃のときの体積を V〔L〕，100℃のときの体積を V'〔L〕，圧力を P〔Pa〕とすると，ボイル・シャルルの法則より

$$\frac{PV}{273+50}=\frac{PV'}{273+100} \qquad \frac{V'}{V}\fallingdotseq 1.15 \text{ 倍}$$

2．（誤文）ボイルの法則より，温度一定のとき体積と圧力は反比例する。

3．（正文）高温になるほど，分子の熱運動が激しくなり，おもに分子間力の影響が小さくなる。また，低圧になるほど，単位体積中の分子数の減少により分子自身の占める体積の影響が小さくなる。したがって，実在気体のふるまいは理想気体に近づく。

4．（誤文）実在気体では，分子間力の影響は，その気体の体積を減少させる効果をもち，分子自身の大きさの影響は，その気体の体積を増加させる効果をもつ。したがって，実在気体の体積は，圧力，温度の違いによって，圧力，温度，物質量が同じ理想気体の体積より大きい場合も小さい場合もある。

5．（誤文）アンモニアや塩化水素のように，水への溶解度が非常に大きい気体の溶解度は，その気体の圧力に比例しない。

6．（誤文）一般に温度が高くなると気体分子の熱運動が激しくなるため，水に対する気体の溶解度は減少する。

39　解 答

$$\varDelta T=\frac{K_{\mathrm{b}}(P_1-P_0)}{RT}\text{〔K〕}$$

解　説

平衡状態に達したときの希薄水溶液の浸透圧を $\varPi$〔Pa〕，希薄水溶液中の非電解質の物質量を n〔mol〕とすると，ファントホッフの法則より

$$\varPi=\frac{n}{V_1}RT \quad \cdots\cdots①$$

ここで，図の平衡状態に達したときのつり合いの関係から

$$P_0+\varPi=P_1 \qquad \varPi=P_1-P_0 \quad \cdots\cdots②$$

①を②へ代入して，n について整理すると

$$\frac{n}{V_1}RT = P_1 - P_0 \qquad n = \frac{(P_1 - P_0)\,V_1}{RT}\,[\text{mol}]$$

希薄水溶液であるから $V_1[\text{L}] \fallingdotseq V_1[\text{kg}]$ とすると，求める沸点上昇度 $\varDelta T[\text{K}]$ は次のようになる。

$$\varDelta T = K_b \times \frac{(P_1 - P_0)\,V_1}{RT} \times \frac{1}{V_1} = \frac{K_b(P_1 - P_0)}{RT}\,[\text{K}]$$

40　解　答

$$\frac{P_M}{P_D} = 0.33$$

解　説

はじめ，容器に入れた単量体 CH_3COOH を $x[\text{mol}]$，生成した二量体 $(CH_3COOH)_2$ を $y[\text{mol}]$ とすると

$$2CH_3COOH \rightleftharpoons (CH_3COOH)_2 \quad \cdots\cdots①$$

反応前	x　　　　　　 0	$[\text{mol}]$
変化量	$-2y$　　　　　 $+y$	$[\text{mol}]$
平衡後	$x-2y$　　　　 y	$[\text{mol}]$

よって，理想気体の状態方程式より

$$4.40 \times 10^5 \times 0.831 = (x - 2y + y) \times 8.31 \times 10^3 \times 440$$

$$x - y = 0.100 \quad \cdots\cdots②$$

さらに，状態 **A** より加熱すると，①の平衡は左へ移動し，すべての酢酸が次の反応により無水酢酸と水に変化する。

$$2CH_3COOH \longrightarrow (CH_3CO)_2O + H_2O$$

よって，新たに生じる $(CH_3CO)_2O$ と H_2O の物質量は，それぞれ $\frac{x}{2}[\text{mol}]$ ずつで合計 $x[\text{mol}]$ となるから

$$7.70 \times 10^5 \times 0.831 = x \times 8.31 \times 10^3 \times 440$$

$$x = 0.175\,[\text{mol}] \quad \cdots\cdots③$$

②，③より，$x = 0.175\,[\text{mol}]$，$y = 0.0750\,[\text{mol}]$ となるので，状態 **A** における単量体 CH_3COOH と，二量体 $(CH_3COOH)_2$ の物質量は次のようになる。

単量体 CH_3COOH：$0.175 - 2 \times 0.0750 = 0.0250\,[\text{mol}]$

二量体 $(CH_3COOH)_2$：$0.0750\,\text{mol}$

したがって，同温・同体積において，（分圧の比）＝（物質量の比）より

$$\frac{P_M}{P_D} = \frac{0.0250}{0.0750} = 0.333 \fallingdotseq 0.33$$

41 解 答

$$P = \frac{2P_1}{V_0 + 1} \text{(Pa)}$$

解 説

はじめに充填した N_2 の物質量を n 〔mol〕とすると，理想気体の状態方程式より

$$P_1 V_1 = nRT \qquad \therefore \quad n = \frac{P_1 V_1}{RT} \text{〔mol〕} \quad \cdots\cdots①$$

水を加えた後に，気体として存在する N_2 の物質量を n_1 〔mol〕とすると，理想気体の状態方程式より

$$P \times \frac{V_1}{2} = n_1 RT \qquad \therefore \quad n_1 = \frac{PV_1}{2RT} \text{〔mol〕} \quad \cdots\cdots②$$

また，$\frac{V_1}{2}$ 〔L〕の水に溶解した N_2 は，ヘンリーの法則より，温度 T 〔K〕において，その圧力下に換算すると溶解する気体の体積は不変であるから，P 〔Pa〕下で溶解した体積は

$$V_0 \times \frac{V_1}{2} = \frac{V_0 V_1}{2} \text{〔L〕}$$

よって，溶解した体積が n_2 〔mol〕とすると，理想気体の状態方程式から

$$P \times \frac{V_0 V_1}{2} = n_2 RT \qquad \therefore \quad n_2 = \frac{PV_0 V_1}{2RT} \text{〔mol〕} \quad \cdots\cdots③$$

したがって，$n = n_1 + n_2$ であるから，①〜③より求める P は次のようになる。

$$\frac{P_1 V_1}{RT} = \frac{PV_1}{2RT} + \frac{PV_0 V_1}{2RT}$$

$$\therefore \quad P = \frac{2P_1}{V_0 + 1} \text{〔Pa〕}$$

攻略のポイント

次のように，気体の体積に着目して考えてもよい。

水を加える前

①N_2 の体積 V_1 〔L〕
（P_1 〔Pa〕，T 〔K〕）

水を加えた後

②N_2 の体積 $\frac{V_1}{2}$ 〔L〕
（P 〔Pa〕，T 〔K〕）
③水 $\frac{V_1}{2}$ 〔L〕に溶解した N_2

N_2 は T 〔K〕において，P_0 〔Pa〕のとき，水 1L に V_0 〔L〕溶解するので，P 〔Pa〕

下において，水 $\dfrac{V_1}{2}$〔L〕に溶解する N_2 は P〔Pa〕下に換算すると $\dfrac{V_0 V_1}{2}$〔L〕である。

よって，P〔Pa〕，T〔K〕において，気体の N_2 と水に溶解した N_2 の体積の和は

$$\dfrac{V_1}{2} + \dfrac{V_0 V_1}{2} = \dfrac{V_1(V_0+1)}{2}\text{〔L〕}$$

したがって，水を加える前の N_2 の体積 V_1（P_1〔Pa〕，T〔K〕）は，ボイルの法則から次のようになる。

$$P \times \dfrac{V_1(V_0+1)}{2} = P_1 V_1 \qquad \therefore \quad P = \dfrac{2P_1}{V_0+1}\text{〔Pa〕}$$

42 解 答

6

解 説

1．（正文）コロイド粒子は直径 $10^{-7} \sim 10^{-5}$ cm 程度の大きさで，可視光を散乱する。このため，強い光を当てると，光の通路が明るく光って見える。この現象をチンダル現象という。

2．（正文）牛乳は水が分散媒となり，この中にコロイド粒子が沈殿せずに混合したものである。

3．（正文）水酸化鉄(Ⅲ)のコロイド粒子は，水和している水分子が少ない疎水コロイドである。

4．（正文）タンパク質やデンプンのような分子量が大きい高分子は，分子1個でコロイド粒子となる。

5．（正文）親水コロイドは，多くの水分子が水和しているため，多量の電解質を加え水和している水分子を取り除くと沈殿する。この現象を塩析という。

6．（誤文）分散媒の熱運動により，分散媒がコロイド粒子に衝突し，コロイド粒子が不規則に運動する。この現象をブラウン運動という。

43 解 答

問 i　$Q = -30$ kJ/mol　　問 ii　20℃

解 説

問 i　実験1より，温度が下がると溶解度が小さくなるので，実験に用いた塩を M，溶解熱を Q〔kJ/mol〕とすると，塩 M の水への溶解は次の熱化学方程式で表される。

M（固）$+ aq = Maq - Q$〔kJ〕（$Q > 0$）

40.0℃では水 100 g あたり塩は 70.0 g 溶解するが，溶解により温度が 40.0℃から 25.0℃へ 15.0℃下がるので，25.0℃で溶解平衡となったとき，水に溶解した塩の質量は

$70.0 - 2.00 \times 15.0 = 40.0$〔g〕

よって，塩の式量 100，容器内の物質の比熱 4.00 J/(g·K) より，溶解熱 Q は次のようになる。

$$\frac{40.0}{100}Q = 4.00 \times 200 \times 15.0 \times 10^{-3} \quad \therefore \quad Q = 30.0 \fallingdotseq 30 \text{〔kJ/mol〕}$$

問 ii 　**問 i** より，25.0℃の水 100 g に塩は 40.0 g 溶解するので，温度が Δt〔℃〕下がるとすると，水は 200 g あるから析出する塩の質量は

$$2.00 \times \frac{200}{100} \times \Delta t = 4.00\Delta t \text{〔g〕}$$

Δt〔℃〕下がったときの溶解度は $40.0 - 4.00\Delta t$ であり，このときの溶解熱が水溶液 300 g の温度を下げるので

$$\frac{40.0 - 4.00\Delta t}{100} \times 30.0 = 4.00 \times 300 \times \Delta t \times 10^{-3} \quad \therefore \quad \Delta t = 5.00 \text{〔℃〕}$$

したがって，求める状態 **B** の溶液の温度は次のようになる。

$25.0 - 5.00 = 20.0 \fallingdotseq 20$〔℃〕

攻略のポイント

固体の溶解度と温度の関係を表したものを，溶解度曲線といい，右の図の **A** または **B** のような曲線になることが多い。このとき，**A** と **B** の溶解は，次の熱化学方程式で表される。

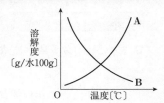

A（固体）$+ aq = Aaq - Q_A$〔kJ〕
B（固体）$+ aq = Baq + Q_B$〔kJ〕
（$Q_A > 0$，$Q_B > 0$）

よって，温度が上昇すれば，**A** の場合は平衡は右へ移動し，溶解度は大きくなるが，**B** の場合は逆になる。

44　解　答

6

解　説

1．（誤文）0℃の氷がすべて解けるとき，周りから熱を吸収するが，温度が変わらないのは，外部と熱エネルギーの交換があるからである。

2．（誤文）純物質に食塩などの他の物質を溶解すると，温度を下げても結晶化しにくくなる。このため，凝固する温度が純水に比べて降下する。

3．（誤文）食塩水と氷の濃度が異なるため，氷は解けて食塩水の濃度をできるだけ小さくしようとする。

4．（誤文）直径 $1.0 \times 10^{-7} \sim 10^{-5}$ cm 程度の粒子をコロイド粒子という。コロイド粒子が溶解した溶液では，レーザー光などの光束を当てると光が散乱され，その通路が輝いて見える。これをチンダル現象という。Na^+ や Cl^- はコロイド粒子より小さく光を散乱しない。

5．（誤文）固体の水酸化ナトリウムは水に溶解すると発熱するので，溶解熱は正の値である。

6．（正文）飽和食塩水では，溶質である食塩の溶解する速度と析出する速度が等しくなった溶解平衡の状態にある。

45 解　答

2.8×10^4 Pa

解　説

プロパン C_3H_8（分子量 44），酸素 O_2（分子量 32）の物質量はそれぞれ次のようになる。

$$C_3H_8 : \frac{0.880}{44} = 0.0200 \,[mol] \qquad O_2 : \frac{6.40}{32} = 0.200 \,[mol]$$

燃焼にともなう物質量の変化は

	C_3H_8	+	$5O_2$	$\longrightarrow$	$3CO_2$	+	$4H_2O$	
反応前	0.0200		0.200		0		0	[mol]
変化量	-0.0200		-0.100		$+0.0600$		$+0.0800$	[mol]
反応後	0.00		0.100		0.0600		0.0800	[mol]

次に，容器中の水蒸気圧が飽和蒸気圧の状態にあるとすると，その物質量 n [mol] は

$$3.60 \times 10^3 \times 16.6 = n \times 8.3 \times 10^3 \times 300 \quad \therefore \quad n = 0.0240 \,[mol]$$

よって，生じた H_2O の一部が水蒸気となり，H_2O の分圧は飽和水蒸気圧になっている。また，未反応の O_2，生成した CO_2 の分圧の和を P [Pa] とすると

$$P \times 16.6 = (0.100 + 0.0600) \times 8.3 \times 10^3 \times 300$$

$$\therefore \quad P = 2.40 \times 10^4 \, [Pa]$$

したがって，求める容器内の気体の圧力は

$$2.40 \times 10^4 + 3.60 \times 10^3 = 2.76 \times 10^4 \fallingdotseq 2.8 \times 10^4 \, [Pa]$$

46　解　答

問 i　24 g　　**問 ii　10 g**　　**問 iii　$\dfrac{30a}{573 - 373a} \times K_b \, [g]$**

解　説

問 i　80℃の飽和 Na_2SO_4 水溶液 50.0 g 中に含まれる Na_2SO_4 の質量を $x \, [g]$ とすると

$$\frac{x}{50.0} = \frac{43.0}{143} \quad \therefore \quad x = 15.0 \, [g]$$

よって，析出した $Na_2SO_4 \cdot 10H_2O$ の質量を $y \, [g]$ とすると

$$\frac{15.0 - y \times \dfrac{142}{142 + 180}}{50.0 - y} = \frac{20.0}{120} \quad \therefore \quad y = 24.3 \fallingdotseq 24 \, [g]$$

問 ii　上ずみ液 10.0 g 中に含まれる Na_2SO_4 の質量を $z \, [g]$ とすると

$$\frac{z}{10.0} = \frac{20.0}{120} \quad \therefore \quad z = \frac{5.00}{3.00} \, [g]$$

また，H_2O の質量は　$50.0 + 10.0 - \dfrac{5.00}{3.00} = \dfrac{175}{3.00} \, [g]$

よって，$w_1 \, [g]$ の氷が析出するとすれば

$$1.35 = 1.85 \times \frac{\dfrac{5.00}{3.00} \times 3}{142} \times \frac{1000}{\dfrac{175}{3.00} - w_1} \quad \therefore \quad w_1 = 10.1 \fallingdotseq 10 \, [g]$$

問 iii　状態 **C** での水蒸気が占める体積を $V \, [L]$，沸点上昇度を $\Delta t \, [K]$，純水の $1.01 \times 10^5 \, Pa$ での沸点を 100℃とすると，シャルルの法則より

$$\frac{V}{373 + \Delta t} = \frac{aV}{573} \quad \therefore \quad \Delta t = \frac{573 - 373a}{a} \quad \cdots\cdots ①$$

また，状態 **C** における希薄水溶液中の水の質量を $w_2 \, [g]$ とすると

$$\Delta t = K_b \times \frac{1.42}{142} \times 3 \times \frac{1000}{w_2} \quad \cdots\cdots ②$$

よって，①，②より

$$K_b \times \frac{1.42}{142} \times 3 \times \frac{1000}{w_2} = \frac{573 - 373a}{a}$$

$$\therefore \quad w_2 = \frac{30a}{573 - 373a} \times K_b \, [\text{g}]$$

47 解　答

4

解　説

1．（誤文）浸透圧 Π に関するファントホッフの式は
　　　$\Pi = CRT$
　　C：希薄水溶液のモル濃度，R：気体定数，T：絶対温度であり，Π は重力加速度の影響を受けない。

2．（誤文）塩化ナトリウム NaCl は電離するので，全イオンのモル濃度はショ糖水溶液よりも大きくなり，浸透圧も大きくなる。

3．（誤文）溶質が電解質の場合，イオンを含む全粒子の質量モル濃度は $1/M$ 〔mol/kg〕より大きくなるので，沸点上昇度は K_b/M〔K〕より大きくなる。

4．（正文）食塩は不揮発性溶質であるので，水溶液の蒸気圧降下を生じさせる。

5．（誤文）尿素 1mol を水 m〔kg〕に溶かしたときの凝固点降下度は K_f/m〔K〕である。

48 解　答

問 i 　1.2×10^{-3}mol　　問 ii 　4.4×10^4Pa　　問 iii 　3.3×10^4Pa

解　説

問 i　状態 **A** での気体中の酸素の物質量を x〔mol〕とすると，このとき酸素の分圧は $9.80 \times 10^4 - 4.00 \times 10^3$〔Pa〕であるから，酸素についての気体の状態方程式は

　　　$(9.80 \times 10^4 - 4.00 \times 10^3) \times 0.100 = x \times 8.3 \times 10^3 \times 300$

$\therefore \quad x = 3.77 \times 10^{-3}$〔mol〕

　　よって，水に溶解した酸素の物質量は

　　　$5.00 \times 10^{-3} - 3.77 \times 10^{-3} = 1.23 \times 10^{-3} \fallingdotseq 1.2 \times 10^{-3}$〔mol〕

問 ii　液体の水の体積は変化しないので，温度が一定の場合，ヘンリーの法則により，水に溶けている気体の物質量は気体の分圧に比例する。よって，比例定数を k_1 と

して，状態 A についてこの考え方をあてはめると

$$1.23 \times 10^{-3} = k_1 \times (9.80 \times 10^4 - 4.00 \times 10^3)$$

$\therefore \quad k_1 = 1.30 \times 10^{-8}$

次に，状態 B で水に溶解している酸素の物質量を n 〔mol〕，気体中の酸素の分圧を P 〔Pa〕，物質量を y 〔mol〕とすると

$$n = 1.30 \times 10^{-8} \times P$$

$$P \times 0.250 = y \times 8.3 \times 10^3 \times 300$$

$\therefore \quad y = \dfrac{P \times 0.250}{8.3 \times 10^3 \times 300} = 1.00 \times 10^{-7} \times P$

全物質量は 5.00×10^{-3} mol であるから

$$n + y = 1.30 \times 10^{-8} \times P + 1.00 \times 10^{-7} \times P$$

$$5.00 \times 10^{-3} = 1.13 \times 10^{-7} \times P$$

$\therefore \quad P = 4.42 \times 10^4 \fallingdotseq 4.4 \times 10^4$ 〔Pa〕

問 ⅲ　実験 3 のメタンの溶解量に関して，**問 ⅱ** と同様にヘンリーの法則についての考え方を用いる。比例定数を k_2 とすると

$$1.40 \times 10^{-3} = k_2 \times 1.00 \times 10^5 \quad \therefore \quad k_2 = 1.40 \times 10^{-8}$$

状態 C でのメタンの分圧を P_C 〔Pa〕とし，水に溶けているメタンの物質量を n_1 〔mol〕，気体中のメタンの物質量を z 〔mol〕とすると

$$n_1 = 1.40 \times 10^{-8} \times P_C$$

$$P_C \times 0.100 = z \times 8.3 \times 10^3 \times 300 \quad \therefore \quad z = 4.016 \times 10^{-8} \times P_C \fallingdotseq 4.02 \times 10^{-8} \times P_C$$

よって，メタンの全物質量は

$$n_1 + z = 5.42 \times 10^{-8} \times P_C$$

一方，メタンの燃焼の反応式は

$$CH_4 + 2O_2 \longrightarrow CO_2 + 2H_2O$$

よって，メタンの完全燃焼に必要な酸素の物質量は

$$2 \times (n_1 + z) = 10.84 \times 10^{-8} \times P_C$$

次に，状態 C での酸素の分圧を P_O 〔Pa〕とし，水に溶けている酸素の物質量を n_2 〔mol〕，気体中の酸素の物質量を w 〔mol〕とすると

$$n_2 = 1.30 \times 10^{-8} \times P_O$$

$$P_O \times 0.100 = w \times 8.3 \times 10^3 \times 300$$

$\therefore \quad w = 4.016 \times 10^{-8} \times P_O \fallingdotseq 4.02 \times 10^{-8} \times P_O$

よって，酸素の全物質量は

$$n_2 + w = 5.32 \times 10^{-8} \times P_O$$

ここで，実験 5 での酸素の物質量の和を考えると

$$(n_2 + w) - 2 \times (n_1 + z) = 5.00 \times 10^{-3}$$

$$5.32\times10^{-8}\times P_O-10.84\times10^{-8}\times P_C=5.00\times10^{-3}$$

状態 **C** での気体の全圧について，$P_O+P_C+4.00\times10^3=1.99\times10^5$ であるから，P_O を上式に代入すると

$$5.32\times10^{-8}\times(1.99\times10^5-P_C-4.00\times10^3)-10.84\times10^{-8}\times P_C=5.00\times10^{-3}$$

∴ $P_C=3.32\times10^4\fallingdotseq3.3\times10^4\,[\mathrm{Pa}]$

攻略のポイント

問iii は次のように考えてもよい。**実験4，5** において，容器内の気体の体積は 0.100 L，300 K で，気体として残る O_2 と，水に溶解した O_2 の物質量の和が**実験1**と同じであることに注目すると，反応した CH_4 と O_2 の分圧の和は

$$1.99\times10^5-9.80\times10^4=1.01\times10^5\,[\mathrm{Pa}]$$

CH_4 と O_2 は，分圧比 1：2 で反応するから，求める CH_4 の分圧 P_C は

$$P_C=1.01\times10^5\times\frac{1}{1+2}=3.36\times10^4\fallingdotseq3.4\times10^4\,[\mathrm{Pa}]$$

49 解 答

問 i $\left(\dfrac{M}{S}+hd\right)g\,[\mathrm{Pa}]$ 　　問 ii $\dfrac{3MhS}{2(M-2hSd)}\,[\mathrm{m^3}]$ 　　問 iii $8M-13hSd$

解 説

問 i 低い方（純水側）のピストンの高さを基準にして考える。状態 **A** における水溶液の浸透圧とこの基準線より上にある物体による圧力が等しい。基準線より上にある水溶液側の液体の体積は

$$h[\mathrm{m}]\times S[\mathrm{m^2}]=hS[\mathrm{m^3}]$$

であるから，その質量は

$$hS[\mathrm{m^3}]\times d[\mathrm{kg/m^3}]=hSd[\mathrm{kg}]$$

である。質量 $M[\mathrm{kg}]$ のおもりの質量とあわせると，基準線より上にある物体の質量は

$$M+hSd[\mathrm{kg}]$$

よって，求める浸透圧は次のようになる。

$$\frac{(M+hSd)g[\mathrm{N}]}{S[\mathrm{m^2}]}=\left(\frac{M}{S}+hd\right)g\,[\mathrm{Pa}]$$

問 ii 低い方（水溶液側）のピストンの高さを基準にとり，状態 **B** における水溶液の浸透圧 $\Pi_B[\mathrm{Pa}]$ を考えると，Π_B は，水溶液側の基準線より上にある物体による圧力と，純水側の基準線より上にある物体による圧力との差に等しいから

$$\Pi_B = \frac{2Mg}{S} - \frac{hSdg}{S} = \left(\frac{2M}{S} - hd\right)g\,\text{〔Pa〕}$$

一方，状態Cにおける水溶液の体積をV_c〔m³〕とすると，状態Cよりh〔m〕の液面差が生じるため，$\frac{h}{2}\times S$〔m³〕分の水が移動している。よって，状態A，Bにおける水溶液の体積は次のようになる。

状態Aにおける水溶液の体積 $V_A = V_c + \frac{h}{2}\times S$〔m³〕

状態Bにおける水溶液の体積 $V_B = V_c - \frac{h}{2}\times S$〔m³〕

浸透圧Π〔Pa〕は，溶液の体積をV〔m³〕，溶質の物質量をn〔mol〕，絶対温度をT〔K〕，気体定数をR〔Pa·m³/(K·mol)〕とすると

$$\Pi V = nRT$$

状態Aと状態Bにおいて溶質の物質量は等しく，温度も一定であるから，状態Aにおける浸透圧をΠ_Aとすると

$$\Pi_A V_A = \Pi_B V_B$$

したがって

$$\left(\frac{M}{S} + hd\right)g\cdot\left(V_c + \frac{hS}{2}\right) = \left(\frac{2M}{S} - hd\right)g\cdot\left(V_c - \frac{hS}{2}\right)$$

$$\therefore\quad V_c = \frac{3MhS}{2(M - 2hSd)}\,\text{〔m³〕}$$

問 iii 状態Cにおける水溶液の浸透圧Π_cは

$$\Pi_c = \frac{2Mg}{S}\,\text{〔Pa〕}$$

一方，求めるピストンの高さの差をx〔m〕，この状態における水溶液の浸透圧をΠ_c'〔Pa〕とすると

$$\Pi_c' = \frac{xSdg}{S} = xdg\,\text{〔Pa〕}$$

また，水溶液の体積をV_c'〔m³〕とすると

$$V_c' = \left(V_c + \frac{x}{2}\times S\right)\text{〔m³〕}$$

状態Cと，x〔m〕の液面差がついた状態とで，溶質の物質量と絶対温度は同じであるから

$$\Pi_c V_c = \Pi_c' V_c' \qquad \therefore\quad \frac{2Mg}{S}\cdot V_c = xdg\cdot\left(V_c + \frac{xS}{2}\right)$$

x ($x>0$) について整理すると

$$S^2 dx^2 + 2SdV_c x - 4MV_c = 0$$

$$\therefore \quad x = \frac{-SdV_c + \sqrt{(SdV_c)^2 + S^2d \cdot 4MV_c}}{S^2d}$$

$$= -\frac{V_c}{S} + \frac{\sqrt{S^2d^2V_c^2 + 4MS^2dV_c}}{S^2d}$$

$$= \frac{V_c}{S}\left(-1 + \sqrt{\frac{S^2d^2V_c^2 + 4MS^2dV_c}{S^2d^2V_c^2}}\right)$$

$$= \frac{V_c}{S}\left(-1 + \sqrt{1 + \frac{4M}{dV_c}}\right) \quad \cdots\cdots①$$

ここで，**問ⅱ** より

$$V_c = \frac{3MhS}{2(M-2hSd)}$$

$$\frac{V_c}{S} = \frac{3Mh}{2(M-2hSd)} \quad \cdots\cdots②$$

②を①へ代入すると

$$x = \frac{3Mh}{2(M-2hSd)}\left(-1 + \sqrt{1 + \frac{4M \times 2(M-2hSd)}{d \times 3MhS}}\right)$$

ここで，根号の中に注目して整理すると

$$(\text{根号の中の式}) = 1 + \frac{4M \cdot 2(M-2hSd)}{d \cdot 3MhS} = 1 + \frac{8M-16hSd}{3hSd}$$

$$= \frac{3hSd + 8M - 16hSd}{3hSd} = \frac{8M-13hSd}{3hSd}$$

攻略のポイント

U字管を用いた浸透圧の実験において，次の点に注意したい。

①

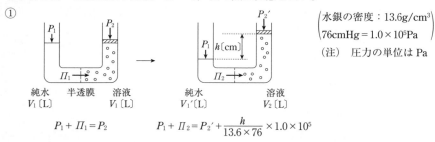

$$\begin{pmatrix} 水銀の密度 : 13.6\text{g/cm}^3 \\ 76\text{cmHg} = 1.0 \times 10^5\text{Pa} \end{pmatrix}$$

(注) 圧力の単位は Pa

$$P_1 + \varPi_1 = P_2 \qquad P_1 + \varPi_2 = P_2' + \frac{h}{13.6 \times 76} \times 1.0 \times 10^5$$

②上記①において，溶質の物質量を n [mol]，気体定数を R [Pa·m³/(K·mol)]，絶対温度を T [K] とすると，ファントホッフの式より

$$\varPi_1 = \frac{n}{V_1}RT, \quad \varPi_2 = \frac{n}{V_2}RT$$

よって，$\varPi_1 V_1 = \varPi_2 V_2$ の関係が成り立つ。

50 解 答

問 i 81.4K 問 ii 0.12 問 iii 0.05

解 説

問 i 気体と液体が共存しているときの気体の全物質量を n_g〔mol〕，液体の全物質量を n_l〔mol〕とすると

$$n_g + n_l = 0.8000 + 0.2000 \quad \cdots\cdots ①$$

また，気体中の酸素分子 O_2 のモル分率が A，液体中の O_2 のモル分率が B であるから，容器内の O_2 の物質量について

$$A n_g + B n_l = 0.2000 \quad \cdots\cdots ②$$

一方，与えられた関係式より

$$A = 0.05000T - 3.870 \quad \cdots\cdots ③$$
$$B = 0.1200T - 9.290 \quad \cdots\cdots ④$$

①〜④より，A，B および n_g を消去すると

$$(0.0700T - 5.420)n_l = 4.070 - 0.0500T \quad \cdots\cdots ⑤$$

よって，凝縮が始まる瞬間は液体の物質量は 0mol に近いので，⑤に $n_l = 0$ を代入すると，凝縮が始まる瞬間の温度 T〔K〕は次のようになる。

$$0 = 4.070 - 0.0500T \quad \therefore \quad T = 81.40 \fallingdotseq 81.4 \text{〔K〕}$$

問 ii 容器内の液体の全物質量と気体の全物質量が等しくなるときは

$$n_l = \frac{1.000}{2} = 0.5000 \text{〔mol〕}$$

これを⑤に代入すると

$$(0.0700T - 5.420) \times 0.5000 = 4.070 - 0.0500T$$

$$\therefore \quad T = \frac{6.780}{0.0850} = 79.764 \fallingdotseq 79.76 \text{〔K〕}$$

よって，この結果を③に代入すると A の値は次のようになる。

$$A = 0.05000 \times 79.76 - 3.870$$
$$= 0.1180 \fallingdotseq 0.12$$

問 iii 問 ii の状態のとき，気体として存在する O_2 の物質量は

$$A n_g = 0.1180 \times 0.5000 = 0.0590 \text{〔mol〕}$$

また，気体として存在する窒素分子 N_2 の物質量は

$$0.5000 - 0.0590 = 0.4410 \text{〔mol〕}$$

問 ii の状態の容器から液体のみをすべて取り除くと，上記の物質量の O_2 と N_2 が容器内に残る。ここから温度を下げ，気体と液体が共存するようになったときの気体の全物質量を $n_g{}'$〔mol〕，液体の全物質量を $n_l{}'$〔mol〕とすると

$n_g' + n_l' = 0.5000$ 　……⑥

$An_g' + Bn_l' = 0.0590$ 　……⑦

③，④，⑥，⑦より，**問 i** と同様にして

$(0.0700T - 5.420) n_l' = 1.994 - 0.0250T$ 　……⑧

気体と液体が共存するとき，n_l' のとる範囲は

$0 < n_l' < 0.5000$

また，⑧の T がとる範囲は

$78.40 < T < 79.76$

したがって，このときの A のとる範囲は

$0.05000 \times 78.40 - 3.870 < A < 0.05000 \times 79.76 - 3.870$

∴　$0.05000 < A < 0.1180$

すべて気体であるときの A の値（$= 0.1180$）を含めると，A の変化する範囲は次のようになる。

$0.05000 < A \leqq 0.1180$

以上より，求める A_1 は

$A_1 = 0.05000 \fallingdotseq 0.05$

攻略のポイント

次のように考えてもよい。気体中の N_2 のモル分率を A'，液体中の N_2 のモル分率を B' とすると

$A' = 1 - A = 4.870 - 0.05000T$

$B' = 1 - B = 10.29 - 0.1200T$

問 i　容器内には N_2 が $0.8000\,mol$，O_2 が $0.2000\,mol$ あるので，N_2，O_2 の凝縮が温度 $T\,[K]$ で同時に始まったとすると

$0.05000T - 3.870 = 0.2000$ 　　∴　$T = 81.4\,[K]$

$4.870 - 0.05000T = 0.8000$ 　　∴　$T = 81.4\,[K]$

よって，N_2 と O_2 は $81.4\,K$ で同時に凝縮が始まる。

問 ii　液体の全物質量と気体の全物質量はともに $0.5000\,mol$ となるから，O_2 の全物質量が $0.2000\,mol$ であることに注目すると

$0.5000\,(0.05000T - 3.870) + 0.5000\,(0.1200T - 9.290) = 0.2000$

∴　$T = 79.76\,[K]$

よって，求める A は

$A = 0.05000 \times 79.76 - 3.870 = 0.118 \fallingdotseq 0.12$

問 iii　液体を取り除いた後の気体の O_2，N_2 は

O_2（気体）：$0.5000 \times 0.118 = 0.0590\,[mol]$

N_2（気体）：$0.5000 \times (1-0.118) = 0.4410$〔mol〕

ここで，これらがすべて液体になったとすると，B，B' の値はそれぞれ 0.118，
$1-0.118$ となるので

$0.1200T - 9.290 = 0.118$　　　∴　$T = 78.4$〔K〕

$10.29 - 0.1200T = 1-0.118$　　∴　$T = 78.4$〔K〕

よって，78.4K で O_2，N_2 がすべて凝縮するので，求める A_1 は

$A_1 = 0.05000 \times 78.4 - 3.870 = 0.0500 \fallingdotseq 0.05$

51　解答

問 i　**23 g**　　問 ii　**43 g**　　問 iii　**1・4**

解説

問 i　下線(イ)の混合物中の塩化ナトリウム水溶液は，-15.2℃で氷と共存している
ことから，凝固点降下度は 15.2 K である。この水溶液は水 100 g あたり x〔g〕の
NaCl（式量 58.5）を含むとすると，NaCl は水中ですべて電離しているので

$$15.2 = 1.90 \times \frac{\dfrac{x}{58.5} \times 2}{100 \times 10^{-3}}　　∴　x = 23.4 \fallingdotseq 23〔g〕$$

問 ii　融解した氷の質量を m_i〔g〕，溶解した NaCl の質量を m_s〔g〕とすると，容
器内の物質に吸収された熱量は

$340 \times m_i + 66.0 \times m_s$〔J〕

また，すべて 0℃の $900 + 100 + m_s$〔g〕の物質（比熱はすべて 2.00 J/(g·K)）が
-15.2℃になったことから，容器内の物質に吸収された熱量は

$2.00 \times (900 + 100 + m_s) \times 15.2 = 30.4(1000 + m_s)$〔J〕

よって，次の関係が成り立つ。

$340m_i + 66.0m_s = 30.4(1000 + m_s)$

∴　$340m_i + 35.6m_s = 30400$　……①

一方，溶媒である（液体の）水は $100 + m_i$〔g〕となるから，**問 i** の結果より

$$\frac{m_s}{100 + m_i} = \frac{23.4}{100}$$

∴　$m_s = \dfrac{23.4}{100}(100 + m_i)$　……②

したがって，①，②より

$m_i = 84.8 \fallingdotseq 85$〔g〕

$m_s = 43.2 \fallingdotseq 43$〔g〕

問 iii　1.（誤文）下線(イ)の混合物を徐々に加熱すると，氷が融解して NaCl 水溶液の濃度が変化するため，混合物の温度は変化する。

2.（正文）下線(イ)の混合物中の NaCl 水溶液は −15.2℃ で氷と平衡状態にあるため，下線(イ)の混合物に水を加えて十分な時間 −15.2℃ に保つと，水を加える前と同じ濃度の NaCl 水溶液となって新たな平衡に達する。

3.（正文）水溶液の凝固点は 0℃ より低いので，0℃ に保つと氷はすべて融解する。

4.（誤文）モル凝固点降下は溶媒に固有の量であり，溶質の種類にはよらないので，凝固点降下は起こる。

52　解　答

問 i　1.4倍　　問 ii　10K　　問 iii　1・5

解　説

操作 **a** ～ **d** によって生じた状態 **A** ～ **D** を次のように表す。

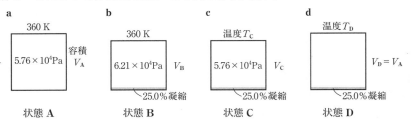

a　360 K　5.76×10⁴Pa　容積 V_A　状態 **A**

b　360 K　6.21×10⁴Pa　V_B　25.0%凝縮　状態 **B**

c　温度 T_C　5.76×10⁴Pa　V_C　25.0%凝縮　状態 **C**

d　温度 T_D　$V_D = V_A$　25.0%凝縮　状態 **D**

問 i　**a** で用いられた水の物質量を n〔mol〕，気体定数を R とすると，状態 **A**，**B** について，次の式が成り立つ。

$$5.76 \times 10^4 \times V_A = nR \times 360 \quad \cdots\cdots①$$

$$6.21 \times 10^4 \times V_B = 0.750nR \times 360 \quad \cdots\cdots②$$

よって，①，②より

$$V_A = \frac{6.21}{0.750 \times 5.76} V_B = 1.43 V_B \fallingdotseq 1.4 V_B$$

問 ii　状態 **D** の温度が状態 **A** より t〔K〕低いとすると，$T_D = 360 - t$ となる。また，体積は $V_A = V_D$，状態 **D** の圧力は $6.21 \times 10^4 - 2.00 \times 10^3 t$〔Pa〕となる。よって，状態 **D** について，次の式が成り立つ。

$$(6.21 \times 10^4 - 2.00 \times 10^3 t) \times V_A = 0.750nR \times (360 - t) \quad \cdots\cdots③$$

したがって，①，③より

$$\frac{5.76 \times 10^4}{6.21 \times 10^4 - 2.00 \times 10^3 t} = \frac{360}{0.750 \times (360 - t)}$$

$$\therefore\quad t = 10.0 \fallingdotseq 10 \,(K)$$

問ⅲ　1．（誤文）**c** の操作では，圧力が一定であるから，圧縮によって凝縮が起こり，温度 T_C を保ちながら容積が減少している。

2．（正文）**b**：操作の過程での体積を V，水蒸気の質量を w，水の分子量を M，蒸気圧を P_B とすると，密度について

$$\frac{w}{V} = \frac{P_B M}{R T_B} = (一定)$$

よって，$T_B = (一定)$ であるから蒸気圧も一定となるので，密度も一定となる。

c：**b** と同様，凝縮が始まってからは P_C と T_C が一定であるから，密度も一定となる。

d：凝縮が始まってからも温度を下げるので，飽和蒸気圧は低下し，気体の質量も減少する。しかし，体積は一定なので気体の密度は減少する。

3．（正文）T_C について，$T_A = 360 \,(K)$ からの低下を $t' \,(K)$ とすると

$$6.21 \times 10^4 - 2.00 \times 10^3 t' = 5.76 \times 10^4 \quad \therefore \quad t' = 2.25 \,(K)$$

よって，T_C は

$$T_C = 360 - t' = 360 - 2.25 = 357.75 \fallingdotseq 358 \,(K)$$

状態 **B**，**C** における気体の物質量は等しいから，ボイル・シャルルの法則より

$$\frac{6.21 \times 10^4 V_B}{360} = \frac{5.76 \times 10^4 V_C}{358} \quad \therefore \quad \frac{V_C}{V_B} = \frac{621 \times 358}{576 \times 360} > 1$$

したがって，$V_B < V_C$ となる。

4．（正文）$T_C = 358 \,(K)$，$T_D = 360 - 10 = 350 \,(K)$ となるので，T_C の方が高い。

5．（誤文）状態 **C**，**D** における気体の物質量は等しいが，$V_C < V_D \,(= V_A)$ であるから，状態 **C** の密度の方が大きい。

53　解答

問ⅰ　30 %　　**問ⅱ　282 K**

解　説

問ⅰ　容積を $V \,(L)$ とすると，300.0 K で湿度 50.0 ％の空気中の水蒸気圧は

$$36.00 \times 0.50 = 18.00 \,(hPa)$$

容積が一定なので，ボイル・シャルルの法則から，310.0 K になったときの水蒸気圧を $P \,(hPa)$ とおくと

$$\frac{18.00}{300.0} = \frac{P}{310.0} \quad \therefore \quad P = 18.60 \,(hPa)$$

310.0 K における飽和水蒸気圧は 62.00 hPa であるから，求める湿度は次のように

なる。

$$\frac{18.60}{62.00} \times 100 = 30.00 \fallingdotseq 30 \text{〔\%〕}$$

問ii　操作終了後，310.0K における湿度が 20.0 ％であるから，水蒸気圧は

$$62.00 \times 0.20 = 12.4 \text{〔hPa〕}$$

ここで，T_e における飽和水蒸気圧は，310.0K に戻したときに 12.4 hPa になることから，これに近い値と考えられるので，表より $280.0 \text{〔K〕} < T_e < 285.0 \text{〔K〕}$ と仮定すると

$$P = 10.00 + (14.00 - 10.00) \times \frac{T_e - 280.0}{285.0 - 280.0} = 0.80 T_e - 214.0$$

温度 T_e の状態から 310.0K に温度を上げたとき 12.4 hPa になるので

$$\frac{0.80 T_e - 214.0}{T_e} = \frac{12.4}{310.0} \qquad \therefore \quad T_e = 281.5 \fallingdotseq 282 \text{〔K〕}$$

よって，$280.0 \text{〔K〕} < T_e < 285.0 \text{〔K〕}$ を満たすので，$T_e = 282 \text{〔K〕}$ となる。

攻略のポイント

飽和水蒸気圧〔hPa〕と温度〔K〕の関係，および 310K で 12.4hPa となる空気中の水蒸気の圧力〔hPa〕と温度〔K〕の関係（①）は右図のようになる。

右図において，①の直線の傾きは $\dfrac{12.4}{310}$

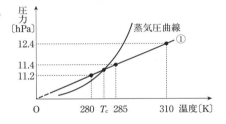

$= 0.0400$ となるから

$$P = 0.0400 T$$

$T = 280 \text{K}$ のとき　　$P = 0.0400 \times 280 = 11.2 \text{〔hPa〕} > 10.00 \text{hPa}$

$T = 285 \text{K}$ のとき　　$P = 0.0400 \times 285 = 11.4 \text{〔hPa〕} < 14.00 \text{hPa}$

よって，$280 < T_e < 285$ となる。

54 解 答

| 問i | 28hPa | 問ii | 0.42K | 問iii | 4 |

解 説

問i　題意より，**B**点における空気の塊の圧力は 960hPa である。水の飽和蒸気圧は，そのときの水蒸気の分圧となるので

$$960 \times \frac{3.00}{80.0 + 20.0 + 3.00} = 27.96 \fallingdotseq 28 \text{〔hPa〕}$$

問ii B点からC点に上昇すると,空気の圧力は260hPa減少し,水蒸気の凝縮を伴わない場合,空気の温度は26.0K下がる。このとき1.00molの水蒸気が凝縮すると,45.0kJの凝縮熱が放出される。この熱により,空気の温度は$\frac{45.0}{3.00}=15.0$〔K〕上昇する。

よって,圧力が260hPa減少した結果,温度は26.0−15.0=11.0〔K〕下がる。

したがって,圧力が10.0hPa減少するごとに,下がる温度は次のようになる。

$$\frac{11.0}{\frac{260}{10.0}}=0.423 \fallingdotseq 0.42〔K〕$$

問iii 1.(正文)気体の密度は圧力に比例し,絶対温度に反比例する。このため,密度は高圧・低温ほど大きい。C点とD点における圧力と温度の違いを比較すると,温度の変化による影響より圧力の変化による影響の方が大きい。したがって,D点での空気の塊の密度の方が大きい。

2.(正文)水蒸気が少ないと,凝縮熱の放出が少なくなるのでC点における温度が低くなる。したがって,D点における温度も2.5molのときの方が低くなる。

3.(正文)3000mから3500mにすると,C点における温度は下がるが,C点からD点に移動するときの温度上昇の方が大きいので,D点における温度は高くなる。

4.(誤文)A点で2K下げると,飽和蒸気圧に達する点がB点と異なってくるので,C点に達するまでの温度変化も変わる。したがって,A点で2K下げるとD点での温度も2K下がるわけではない。

5.(正文)水蒸気の分子量は18であるから,水蒸気を含んだ空気の平均分子量は29より小さくなる。したがって,密度も小さくなる。

55 解 答

1・5

解 説

水溶液の蒸気圧は,純水の蒸気圧より低い。したがって,ふたまた試験管Bではショ糖水溶液側の蒸気圧が低いので,ショ糖水溶液への凝縮がより多い。その結果,水溶液の濃度が小さくなるので,水が蒸発する速さは試験管Aより速くなる。つまり,**ア**<**ウ**となる。また,ショ糖水溶液の濃度が小さくなると,蒸気圧降下が小さくなる。言い換えると,ふたまた試験管Bの方が蒸気圧が高くなるので,凝縮する速さは大きくなる。つまり,**イ**<**エ**となる。

攻略のポイント

図を用いて考えると次のようになる。図のように，水が蒸発する速さを v_1, v_1'，水蒸気が凝縮する速さを v_2, v_2' とする。

試験管 **A**　　　　　　ふたまた試験管 **B**

濃度が大きいほど蒸気圧降下が大きくなるので，$v_1 < v_1'$，$v_2 < v_2'$ となる。

56　解　答

8.2 倍

解　説

気体を捕集したときの水素の分圧は

$$1.000 - 0.0355 = 0.9645 \text{〔atm〕}$$

この混合気体を容器に入れ，外気を 0.500 atm にしたときの体積を V〔L〕とすると

$$p_{H_2} V = n_{H_2} RT \quad (\text{ただし，} p_{H_2}: \text{水素の分圧，} n_{H_2}: \text{水素の物質量})$$

次に，外気を 4.000 atm にしたときの体積を V'〔L〕とすると

$$p_{H_2}' V' = n_{H_2} RT \quad (\text{ただし，} p_{H_2}': \text{水素の分圧，} n_{H_2}: \text{水素の物質量})$$

体積比をとると

$$\frac{V}{V'} = \frac{p_{H_2}'}{p_{H_2}}$$

ここで，外気が 0.500 atm のときは水蒸気はすべて気体として存在し，水蒸気の圧力は分圧の法則に従う。一方，外気が 4.000 atm のときは水蒸気の一部が凝縮して液体になり，そのときの水蒸気圧は，温度が $27℃$ で一定に保たれているので，0.0355 atm を示す。よって，p_{H_2}, p_{H_2}' は次のようになる。

$$p_{H_2} = 0.9645 \times 0.500 \text{〔atm〕}, \quad p_{H_2}' = 4.000 - 0.0355 = 3.9645 \text{〔atm〕}$$

したがって，求める値は次のようになる。

$$\frac{V}{V'} = \frac{3.9645}{0.9645 \times 0.500} = 8.22 ≒ 8.2$$

57　解　答

$3 \cdot 5$

解　説

1．（正文）ヘンリーの法則で，溶解度の小さい気体に適用できる。
2．（正文）溶液の蒸気圧が大気圧に等しくなったとき沸騰が始まる。
3．（誤文）液体表面にある溶質粒子の存在により溶媒の蒸発が妨げられる。
4．（正文）陽イオンの価数が大きいほど少量の電解質で凝析が起こる。
5．（誤文）デンプン水溶液は親水コロイドで，少量の電解質ではコロイド粒子は沈殿しないが，多量の電解質を加えれば塩析が起き，チンダル現象を生じなくなる。

58　解　答

問 i 　**44 L**　　　問 ii 　**15 g**

解　説

問 i 　$2H_2 + O_2 \longrightarrow 2H_2O$ の反応で，水素はすべて水になり，残る酸素は

$$2.00 - 1.00 \times \frac{1}{2} = 1.50 \,〔mol〕$$

燃焼後の 47℃における容器内の気体の体積を $V〔L〕$ とすると，混合気体中の酸素の分圧は，$1.00 - 0.106 = 0.894〔atm〕$ であるから

$$0.894 \times V = 1.50 \times 0.0821 \times (273 + 47) \qquad \therefore \quad V = 44.0 \fallingdotseq 44 〔L〕$$

問 ii 　気体になっている水の物質量を $n〔mol〕$ とすると

$$0.106 \times 44.0 = n \times 0.0821 \times (273 + 47)$$

$$\therefore \quad n = 0.1775 〔mol〕$$

よって，液体になっている水は

$$1.00 - 0.1775 = 0.8225 〔mol〕$$

したがって，求める質量は

$$0.8225 \times 18 = 14.80 \fallingdotseq 15 〔g〕$$

59 解 答

1

解 説

1. （正文）沸騰している状態では，液体と気体の2つの状態が共存する。
2. （誤文）領域 **C** では，温度の上昇につれて蒸気圧が上昇する。
3. （誤文）与えられた式は，1mol あたりの蒸発熱を表す。
4. （誤文）融点 T_1，沸点 T_2 は，外圧により変化する。
5. （誤文）物質量が変化すれば，吸収熱量 Q の値は変化する。
6. （誤文）温度 T_1 は融点で，物質量に無関係で一定である。

第3章　物質の化学変化

≪熱化学，酸・塩基，酸化還元反応，電池，電気分解≫

60 解答

問 i　**0.19 A**　　問 ii　**0.14 g**

解 説

問 i　陽極，陰極での反応は，それぞれ次のようになる。

陽極：$2Cl^- \longrightarrow Cl_2 + 2e^-$

陰極：$2H_2O + 2e^- \longrightarrow H_2 + 2OH^-$

ここで，回路を流れた電子 e^- を，x〔mol〕とすると

$$\frac{1}{2}x + \frac{1}{2}x = \frac{0.224}{22.4} \quad \therefore \quad x = 0.0100 \text{〔mol〕}$$

よって，求める電流値を y〔A〕とすると

$$0.0100 = \frac{y \times 5.00 \times 10^3}{9.65 \times 10^4} \quad \therefore \quad y = 0.193 \fallingdotseq 0.19 \text{〔A〕}$$

問 ii　金属 Na と H_2O との反応は次のようになる。

$$2Na + 2H_2O \longrightarrow 2NaOH + H_2$$

ここで，加えた金属 Na の質量を z〔g〕とすると，電気分解によって生じる OH^- も含めると，水溶液中の全 OH^- の物質量は次のようになる。

$$\frac{z}{23.0} + 0.0100 \text{〔mol〕}$$

よって，加えた塩酸との中和反応より

$$1.00 \times \frac{16}{1000} = \frac{z}{23.0} + 0.0100 \quad \therefore \quad z = 0.138 \fallingdotseq 0.14 \text{〔g〕}$$

61 解答

$$2E_2 + 3E_3 - \frac{3}{2}E_4 - \frac{7}{2}E_1 - Q \text{〔kJ/mol〕}$$

解 説

C−C の結合エネルギーを x〔kJ/mol〕とすると，CH_4 の解離熱より，C−H の結合エ

ネルギーは $\dfrac{E_4}{4}$〔kJ/mol〕となるので，C_2H_6 の解離熱は

$$x+6\times\dfrac{E_4}{4}=x+\dfrac{3}{2}E_4\text{〔kJ/mol〕}$$

よって，C_2H_6 の燃焼熱 Q〔kJ〕は，生成物の全解離熱より，反応物の全解離熱を引いたものに等しいので

$$Q=2E_2+3E_3-\left\{\left(x+\dfrac{3}{2}E_4\right)+\dfrac{7}{2}E_1\right\}$$

よって，求める結合エネルギーは

$$x=2E_2+3E_3-\dfrac{3}{2}E_4-\dfrac{7}{2}E_1-Q\text{〔kJ/mol〕}$$

62　解　答

問 i　**0.36 mol**　　問 ii　**4.5 g**

解　説

問 i　電解槽①における各電極での反応は次のようになる。

陰極：$2H_2O+2e^-\longrightarrow H_2+2OH^-$

陽極：$4OH^-\longrightarrow O_2+2H_2O+4e^-$

よって，電解槽①を流れた e^- を x〔mol〕とすると，H_2 が $\dfrac{1}{2}x$〔mol〕，O_2 が $\dfrac{1}{4}x$〔mol〕となるので

$$\left(\dfrac{1}{2}x+\dfrac{1}{4}x\right)\times22.4=6.00\qquad x=0.357\fallingdotseq0.36\text{〔mol〕}$$

問 ii　電解槽②における各電極での反応は次のようになる。

陰極：$Cu^{2+}+2e^-\longrightarrow Cu$

陽極：$2Cl^-\longrightarrow Cl_2+2e^-$

また，電解槽①，②を流れた e^- は

$$\dfrac{6.00\times8.00\times10^3}{9.65\times10^4}=0.497\text{〔mol〕}$$

よって，電解槽②を流れた e^- は

$$0.497-0.357=0.140\text{〔mol〕}$$

したがって，析出した Cu の質量は

$$0.140\times\dfrac{1}{2}\times63.6=4.452\fallingdotseq4.5\text{〔g〕}$$

63 解 答

pH = 6.3

解 説

ある温度における純水の pH が 6.65 であるから，水素イオン，水酸化物イオン濃度を [H$^+$]，[OH$^-$] とすると，[H$^+$] = [OH$^-$] = $10^{-6.65}$〔mol/L〕より，水のイオン積は，[H$^+$][OH$^-$] = $10^{-13.3}$〔mol^2/L^2〕となる。

ここで，塩酸中での水の電離によって生じる水素イオン濃度，水酸化物イオン濃度を [H$^+$] = [OH$^-$] = x〔mol/L〕とする。この塩酸中での水のイオン積は $10^{-13.3}$ mol^2/L^2 としてよいので，次の式より x を求めると

$$(4.00 \times 10^{-7} + x) \times x = 10^{-13.3}$$
$$x^2 + 4.00 \times 10^{-7}x - 10^{-0.3} \times 10^{-13} = 0$$
$$x^2 + 4.00 \times 10^{-7}x - 5.00 \times 10^{-14} = 0$$

$x > 0$ より，解の公式から

$$x = -2.00 \times 10^{-7} + \sqrt{4.00 \times 10^{-14} + 5.00 \times 10^{-14}}$$
$$= 1.00 \times 10^{-7}〔mol/L〕$$

よって，溶液中の全水素イオン濃度を [H$^+$]$_t$ とすると

$$[H^+]_t = 4.00 \times 10^{-7} + 1.00 \times 10^{-7} = 5.00 \times 10^{-7}〔mol/L〕$$

したがって，求める pH は，$10^{0.3} = 2.00$ より $\log_{10}2.00 = 0.3$ であるから

$$pH = -\log_{10}(5.00 \times 10^{-7}) = -\log_{10}\left(\frac{1}{2} \times 10^{-6}\right)$$
$$= 6.30 \fallingdotseq 6.3$$

攻略のポイント

水のイオン積は，温度が高くなると大きくなる。これは，25℃における中和熱が次のように表されるからである。

$$H^+aq + OH^-aq = H_2O（液）+ 56.5kJ$$

温度が高くなれば，平衡は左へ移動し，電離度は大きくなる。「1つだったものが2つに分かれればエネルギーを吸収し，2つだったものが1つになるとエネルギーを放出する」と一般的に理解しておくとよい。

64　解　答

問 i　2.22×10^3（2220 も可）kJ/mol　　問 ii　13 mol

解　説

問 i　C_3H_8（気）の燃焼熱を Q〔kJ/mol〕とすると，その熱化学方程式は次のように表される。

$$C_3H_8（気）+5O_2（気）=3CO_2（気）+4H_2O（液）+Q \text{ kJ}$$

よって，与えられた生成熱より燃焼熱 Q〔kJ/mol〕は

$$Q = 3 \times 394 + 4 \times 286 - 106 = 2220 \text{〔kJ/mol〕}$$

問 ii　燃焼反応によって CO_2 を生成した C_3H_8 を x〔mol〕，CO を生成した C_3H_8 を y〔mol〕とすると

$$x + y = 3.00 \quad \cdots\cdots①$$

$$2220x + 1380y = 5610 \text{ より} \quad 222x + 138y = 561 \quad \cdots\cdots②$$

②$-$①$\times 138$ より　　$84x = 147$　　$x = 1.75$〔mol〕

よって，①より　　$y = 1.25$〔mol〕

したがって，求める O_2 の物質量は

$$5 \times 1.75 + \frac{7}{2} \times 1.25 = 13.1 \fallingdotseq 13 \text{〔mol〕}$$

65　解　答

問 i　27 g　　問 ii　4.2 L

解　説

電解槽①〜③の各電極における反応は次のようになる。

電解槽①　陰極：$Ni^{2+} + 2e^- \longrightarrow Ni$

　　　　　陽極：$2H_2O \longrightarrow O_2 + 4H^+ + 4e^-$

電解槽②　陰極：$Ag^+ + e^- \longrightarrow Ag$

　　　　　陽極：$2H_2O \longrightarrow O_2 + 4H^+ + 4e^-$

電解槽③　陰極：$2H_2O + 2e^- \longrightarrow H_2 + 2OH^-$

　　　　　陽極：$4OH^- \longrightarrow O_2 + 2H_2O + 4e^-$

問 i　各電極を流れる電子の物質量は次のようになる。

$$\frac{7.30}{58.7} \times 2 = 0.248 \text{〔mol〕}$$

よって，析出する Ag は　　$108 \times 0.248 = 26.7 \fallingdotseq 27$〔g〕

問 ii　電解槽③で発生する気体は H_2 と O_2 で，回路を流れる電子の物質量から，求める気体の体積は次のようになる。

$$\left(0.248 \times \frac{1}{2} + 0.248 \times \frac{1}{4}\right) \times 22.4 = 4.16 \fallingdotseq 4.2 \text{〔L〕}$$

66 解 答

5

解 説

1．（正文）物質は熱や光などのエネルギーを吸収して高いエネルギー状態（励起状態）になり，低いエネルギー状態（基底状態）になるとき光を放出する。この発光の一例が炎色反応である。

2．（正文）25℃において，NaCl の溶解熱は -3.88 kJ/mol，H_2SO_4（液体）の溶解熱は 95.3 kJ/mol である。

3．（正文）CH_4 に比べ C_3H_8 は C 原子数，H 原子数が多いので，燃焼熱も大きくなると考えられる。CH_4 の燃焼熱は 891 kJ/mol，C_3H_8 の燃焼熱は 2219 kJ/mol である。

4．（正文）一般に金属の比熱は小さく，液体の水の比熱は金属に比べて大きい。銅の比熱は約 0.379 J/(g・K)，液体の水の比熱は約 4.18 J/(g・K) である。

5．（誤文）黒鉛とダイヤモンドの燃焼熱をエネルギー図に表すと右図のようになる。よって，黒鉛からダイヤモンドへの生成反応は 1.0 kJ/mol の吸熱反応である。

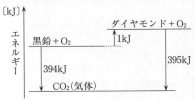

6．（正文）与えられた結合エネルギーを用いてエネルギー図に表すと，下図のようになる。

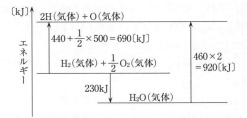

7．（正文）強酸と強塩基の希薄溶液どうしの中和熱は，それぞれの酸，塩基がほぼ

完全に電離し，H$^+$aq と OH$^-$aq から H$_2$O（液体）1 mol が生成する反応熱となり，酸，塩基の種類によらず一定で 56.5 kJ/mol である。なお一般に，弱酸や弱塩基の場合や濃厚溶液の場合は，電離による反応熱（吸熱反応）がともなうので，中和熱は 56.5 kJ/mol より小さくなる。

攻略のポイント

イオン結晶などの溶解熱は，格子エネルギーと水和熱との差で決まる。一般に，NaCl や KNO$_3$ などは吸熱反応（温度が高くなると溶解度が大きくなる），NaOH や Ca(OH)$_2$ は発熱反応（温度が高くなると溶解度が小さくなる）であることは覚えておきたい。
水和熱などの大小に関してはいくつかの要因が考えられる。例として NaCl と NaOH の溶解熱について，Cl$^-$ より OH$^-$ の水和熱が大きくなるのは，OH$^-$ が水分子と水素結合を形成するためであり，水和熱が大きくなることが発熱反応になる要因であることも理解しておきたい。

67　解　答

2

解　説

1．（正文）HCl（気体）の生成熱 Q〔kJ/mol〕は次のように表される。

$$\frac{1}{2}H_2（気体）+\frac{1}{2}Cl_2（気体）=HCl（気体）+QkJ$$

H$_2$，Cl$_2$，HCl の結合エネルギーをそれぞれ，x〔kJ/mol〕，y〔kJ/mol〕，z〔kJ/mol〕とすると，（反応熱）＝（生成物の結合エネルギーの総和）－（反応物の結合エネルギーの総和）より

$$Q=z-\frac{1}{2}x-\frac{1}{2}y〔kJ/mol〕$$

2．（誤文）C$_2$H$_5$OH（液体）の燃焼反応の熱化学方程式は，次のように表される。

$$C_2H_5OH（液体）+3O_2（気体）=2CO_2（気体）+3H_2O（液体）+1400kJ$$

C$_2$H$_5$OH（液体）の生成熱を Q〔kJ/mol〕とすると

$$1400=2\times400+3\times300-(Q+0)$$

∴　$Q=300$〔kJ/mol〕

よって，C$_2$H$_5$OH（液体）の生成熱は 350 kJ/mol 以下である。

3．（正文）KNO$_3$ などは，温度が高くなると溶解度が大きくなるので，KNO$_3$ の水への溶解は吸熱反応である。

4．（正文）一般に，温度が一定であれば活性化エネルギーが変化しても平衡定数は変化しない。

5．（正文）ハーバー・ボッシュ法における NH_3 の生成反応は，反応熱を Q〔kJ〕とすると，次のように表される。

$$N_2（気体）+3H_2（気体）=2NH_3（気体）+Q\,kJ \quad (Q>0)$$

よって，ルシャトリエの原理より NH_3 のモル分率を高くするためには，低温・高圧にする方がよい。

6．（正文）グルコース $C_6H_{12}O_6$（固体）の燃焼反応における反応熱を Q〔kJ〕とすると $Q>0$ である。よって，光合成における熱化学方程式は，次のように表されるので吸熱反応である。

$$6CO_2（気体）+6H_2O（液体）=C_6H_{12}O_6（固体）+6O_2（気体）-Q\,kJ$$

68　解　答

$1 \cdot 3$

解　説

1．（誤文）電池において，正極では還元反応，負極では酸化反応が起こる。

2．（正文）充電により再使用できない電池を一次電池，再使用できる電池を二次電池という。

3．（誤文）負極につないだ電極を陰極，正極につないだ電極を陽極という。

4．（正文）Al_2O_3 を融解すると Al^{3+} と O^{2-} に電離し，炭素電極を用いると各電極では次のように反応する。

　　陰極：$Al^{3+}+3e^- \longrightarrow Al$

　　陽極：$C+O^{2-} \longrightarrow CO+2e^-$，$C+2O^{2-} \longrightarrow CO_2+4e^-$

5．（正文）イオン化傾向は $Ni>Cu$ であり，次の反応により Cu が析出する。

　　$Cu^{2+}+Ni \longrightarrow Cu+Ni^{2+}$

6．（正文）ファラデー定数は，電子 $1\,mol$ のもつ電気量である。

69　解　答

$6.25 \times 10^{-2}\,mol/L$

解　説

実験1より，硫酸により遊離したシュウ酸と過マンガン酸イオンとのイオン反応式は，

次のようになる。

$$2MnO_4^- + 5H_2C_2O_4 + 6H^+ \longrightarrow 2Mn^{2+} + 10CO_2 + 8H_2O$$

よって，濃度未知の $KMnO_4$ 水溶液の濃度を x〔mol/L〕とすると

$$x \times \frac{16.0}{1000} : \frac{0.670}{134} \times \frac{10.0}{100.0} = 2 : 5 \qquad \therefore \quad x = 1.25 \times 10^{-2}〔mol/L〕$$

また，**実験2**より，過酸化水素と過マンガン酸イオンとのイオン反応式は，次のようになる。

$$2MnO_4^- + 5H_2O_2 + 6H^+ \longrightarrow 2Mn^{2+} + 5O_2 + 8H_2O$$

よって，濃度未知の H_2O_2 水の濃度を y〔mol/L〕とすると

$$1.25 \times 10^{-2} \times \frac{30.0}{1000} : y \times \frac{15.0}{1000} = 2 : 5 \qquad \therefore \quad y = 6.25 \times 10^{-2}〔mol/L〕$$

---

70 解 答

問 i　5　　問 ii　3

解 説

実験1より，次の①～③が推定される。

①**B**と**D**は Cu よりイオン化傾向が小さく，**A**と**C**は Cu よりイオン化傾向が大きい。

②希塩酸と反応しない金属は，水素よりイオン化傾向の小さい Ag，Pt と，難溶性の塩 $PbCl_2$ を形成する Pb である。よって，**A**，**B**，**D** は Ag，Pt，Pb のいずれかである。

③**A**と**B**が濃硝酸に溶け，**C**と**D**が溶けないことから，**C**と**D**は不動態を形成する Fe，または王水には溶ける Pt と考えられる。

以上より，**A**は Pb，**B**は Ag，**C**は Fe，**D**は Pt と推定できる。

問 i　イオン化傾向は，Fe＞Pb＞Ag＞Pt の順となる。

問 ii　**実験2**において，**B**の硝酸塩水溶液は，$AgNO_3$ 水溶液である。各電極での反応は次のようになる。

陽極：$2H_2O \longrightarrow O_2 + 4H^+ + 4e^-$

陰極：$Ag^+ + e^- \longrightarrow Ag$

回路を流れた e^- の物質量は

$$\frac{0.400 \times 9650}{9.65 \times 10^4} = 4.00 \times 10^{-2}〔mol〕$$

よって，溶液中に存在していた Ag^+ は 1.00 mol であるので，陰極に析出した Ag の質量は

$$4.00 \times 10^{-2} \times 108 = 4.32 \fallingdotseq 4.3〔g〕$$

また，陽極から発生した O_2 の標準状態での体積は

$$22.4 \times \frac{4.00 \times 10^{-2}}{4} = 0.224 \fallingdotseq 0.22 \text{〔L〕}$$

71 解答

2

解説

1．（誤文）アレニウスの定義では，塩基とは水溶液中で OH^- を生じる物質のことである。

2．（正文）次の反応では，水はそれぞれ酸・塩基としてはたらいている。

$$\underset{酸}{NH_3 + \underline{H_2O}} \longrightarrow NH_4^+ + OH^-$$

$$CH_3COOH + \underset{塩基}{\underline{H_2O}} \longrightarrow CH_3COO^- + H_3O^+$$

3．（誤文）弱酸や弱塩基では，それぞれの濃度が大きくなると電離度は小さくなり，濃度が小さくなると電離度は大きくなる。よって，濃度の平方根に比例しない。

4．（誤文）中和点において生成する CH_3COONa は水溶液中で加水分解し，弱塩基性を示すので，メチルオレンジではなくフェノールフタレインを用いる。

5．（誤文）$NaHCO_3$ は，水溶液中で次のように反応して弱塩基性を示すが，塩の分類上は酸性塩である。

$$NaHCO_3 \longrightarrow Na^+ + HCO_3^-$$

$$HCO_3^- + H_2O \rightleftharpoons H_2CO_3 + OH^-$$

よって，塩の液性と塩の分類は必ずしも一致しない。

6．（誤文）例えば，弱酸の塩である CH_3COONa に，強塩基ではなく，強酸である塩酸を加えると，次のように反応して，弱酸である CH_3COOH が遊離する。

$$CH_3COONa + HCl \longrightarrow CH_3COOH + NaCl$$

攻略のポイント

5．一般に，塩の液性は，強酸と弱塩基からできた塩は弱酸性，弱酸と強塩基からできた塩は弱塩基性となるが，酸性塩などではあてはまらないことがある。例えば，H_3PO_4 の場合，第 1 ～ 3 段階の電離定数 $K_1 \sim K_3$〔mol/L〕および，H_3PO_4 水溶液を $NaOH$ 水溶液で滴定したときの滴定曲線の概形は次のようになる。

第 1 段階：$H_3PO_4 \rightleftharpoons H^+ + H_2PO_4^-$

$K_1 = 7.0 \times 10^{-3}$〔mol/L〕

第2段階：$H_2PO_4{}^- \rightleftharpoons H^+ + HPO_4{}^{2-}$

　　　$K_2 = 6.3 \times 10^{-8}$〔mol/L〕

第3段階：$HPO_4{}^{2-} \rightleftharpoons H^+ + PO_4{}^{3-}$

　　　$K_3 = 4.5 \times 10^{-13}$〔mol/L〕

　　　$-\log_{10} K_1 \fallingdotseq 3 - 0.84 = 2.16$

　　　$-\log_{10} K_2 \fallingdotseq 8 - 0.80 = 7.20$

　　　$-\log_{10} K_3 \fallingdotseq 13 - 0.65 = 12.35$

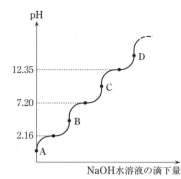

A：H_3PO_4，**B**：NaH_2PO_4，**C**：Na_2HPO_4，

D：Na_3PO_4 である。

よって，**B** の酸性塩は酸性であるが，**C** の酸性

塩は塩基性である。

〔注〕　$[H_3PO_4] \fallingdotseq [H_2PO_4{}^-]$ で は $[H^+] = K_1$，$[H_2PO_4{}^-] \fallingdotseq [HPO_4{}^{2-}]$ で は $[H^+]$ $= K_2$，$[HPO_4{}^-] \fallingdotseq [PO_4{}^{3-}]$ では $[H^+] = K_3$ である。

72 解 答

3・6

解 説

1．（正文）反応熱は，生成物の全生成熱から反応物の全生成熱を引くことにより得られる。

2．（正文）H_2（気体）の燃焼熱を Q〔kJ/mol〕とすると，熱化学方程式は次のようになる。

$$H_2（気体）+ \frac{1}{2} O_2（気体）= H_2O（液体）+ Q \, kJ$$

よって，液体の水の生成熱も Q〔kJ/mol〕となる。

3．（誤文）下のエネルギー図より，O_2 分子の O=O 結合の結合エネルギーを求めるためには，C（固体）の昇華熱も必要である。

(C（固体）の昇華熱)+
(O=O 結合エネルギー)　　(C=O の結合エネルギー)×2

（　）内のエネルギーはいずれも 1 mol あたりの値を表す。

4．（正文）ある物質 **A** からある物質 **B** への反応における反応熱を Q'〔kJ〕，正反応の活性化エネルギーを E_1〔kJ〕，逆反応の活性化エネルギーを E_2〔kJ〕とすると，

下図より，$Q' = E_2 - E_1$〔kJ〕となる。触媒は，E_1，E_2 の両方を小さくするが，Q' の値は変化しない。

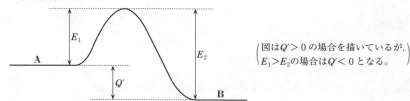

$$\left(\begin{array}{l}\text{図は}Q' > 0\text{の場合を描いているが，}\\ E_1 > E_2\text{の場合は}Q' < 0\text{となる。}\end{array}\right)$$

5．（正文）次の反応における反応熱を Q''〔kJ/mol〕とすると，Q'' は中和熱であり，これは発熱反応である。

　　　$H^+aq + OH^-aq = H_2O$（液体）$+ Q''kJ$　　（aq は多量の液体の水を表す）

　よって，H_2O（液体）の電離はこの逆反応で，吸熱反応である。

6．（誤文）融解熱と蒸発熱に加えて，0℃の液体の水を 100℃の液体の水にするためのエネルギーが必要である。

73 解答

5

解説

1．（正文）陰極では，電池の負極より流れてきた e^- を受け取る還元反応が起こり，陽極では，電池の正極に向け e^- を放出する酸化反応が起こる。

2．（正文）NaCl 固体を融解すると Na^+ と Cl^- になり，これを電気分解すると各電極では次のように反応する。

　　　陽極：$2Cl^- \longrightarrow Cl_2 + 2e^-$　　　陰極：$Na^+ + e^- \longrightarrow Na$

3．（正文）ダニエル電池の正極，負極での反応は次のようになる。

　　　正極：$Cu^{2+} + 2e^- \longrightarrow Cu$　　　負極：$Zn \longrightarrow Zn^{2+} + 2e^-$

　よって，正極の質量は増加する。

4．（正文）マンガン乾電池は正極に MnO_2，負極に Zn を用い，電解質には少量の NH_4Cl を含む $ZnCl_2$ 水溶液を用いた一次電池である。

5．（誤文）銀を電極に用いた硝酸銀水溶液の電気分解において，各電極での反応は次のようになる。

　　　陽極：$Ag \longrightarrow Ag^+ + e^-$　　　陰極：$Ag^+ + e^- \longrightarrow Ag$

6．（正文）ファラデーの法則において次の2つの関係が成立する。

　①電極で生成する物質または反応する物質の物質量は，流れた電気量に比例する。

　②同じ電気量で変化するイオンの物質量は，イオンの種類に関係なく，そのイオン

の価数に反比例する。

74 解 答

2・5

解 説

実験1より，塩酸のモル濃度を x〔mol/L〕とすると

$$x \times \frac{10.0}{1000} = 1.00 \times \frac{15.0}{1000} \qquad x = 1.50 〔\text{mol/L}〕$$

実験2より，アンモニア水のモル濃度を y〔mol/L〕とすると

$$y \times \frac{10.0}{1000} = 1.50 \times \frac{12.0}{1000} \qquad y = 1.80 〔\text{mol/L}〕$$

1．（誤文）**A**点における水素イオン濃度は $[H^+] = 1.50$〔mol/L〕であり，pH = 0 のとき $[H^+] = 10^0 = 1.00 < 1.50$〔mol/L〕であるから，**A**点の pH は 0 より小さくなる。

2．（正文）**B**点における未反応の HCl は

$$1.50 \times \frac{10.0}{1000} - 1.00 \times \frac{13.5}{1000} = \frac{1.50}{1000} 〔\text{mol}〕$$

よって，水素イオン濃度 $[H^+]$ は

$$[H^+] = \frac{1.50}{1000} \times \frac{1000}{23.5} = 0.0638 < 0.100 〔\text{mol/L}〕$$

したがって，水素イオン濃度が小さくなるほど pH は大きくなるので，pH は 1 より大きい。

3．（誤文）pH > 14 のとき，水酸化物イオン濃度は $[OH^-] > 10^0 = 1.00$〔mol/L〕である。ここで，中和点よりさらに加えた水酸化ナトリウム水溶液の体積を V〔mL〕とすると，溶液中の $[OH^-]$ は次のようになる。

$$[OH^-] \fallingdotseq 1.00 \times \frac{V}{1000} \times \frac{1000}{25.0 + V} = 1.00 \times \frac{V}{25.0 + V} < 1.00 〔\text{mol/L}〕$$

よって，pH は 14 に近づくが，14 より大きくならない。

4．（誤文）水のイオン積を $[H^+][OH^-] = 1.00 \times 10^{-14}$〔mol²/L²〕とすると，**D**点における $[OH^-]$ は

$$[OH^-] = \frac{10^{-14}}{10^{-11.8}} = 10^{-2.2} = 10^{-0.2} \times 10^{-2} < 1.00 \times 10^{-2} 〔\text{mol/L}〕$$

ここで，**D**点におけるアンモニアの電離度が 0.01 より大きいとき

$$[OH^-] > 0.01 \times 1.80 = 1.80 \times 10^{-2} > 1.00 \times 10^{-2} > 10^{-0.2} \times 10^{-2} 〔\text{mol/L}〕$$

よって，アンモニアの電離度は 0.01 より小さい。

5．（正文）**E** 点では，中和によって生じた NH_4^+ と未反応の NH_3 の約 1 : 1 混合溶液であり，少量の酸（H^+）や少量の塩基（OH^-）を加えると，次の反応により H^+ や OH^- の増加を抑えるため，溶液の pH は大きく変化せず，緩衝作用を示す。

$$NH_4^+ + OH^- \longrightarrow NH_3 + H_2O$$

$$NH_3 + H^+ \longrightarrow NH_4^+$$

6．（誤文）　**F** 点における [H^+] の値は次のように表される。

$$NH_4^+ + H_2O \rightleftharpoons NH_3 + H_3O^+$$

この加水分解反応の加水分解定数を K_h〔mol/L〕，[H_3O^+] $\fallingdotseq$ [H^+]，[NH_4^+] $= c$〔mol/L〕とすると

$$K_h = \frac{[NH_3][H^+]}{[NH_4^+]} = \frac{K_w}{K_b} \fallingdotseq \frac{[H^+]^2}{c}$$

$$[H^+] = \sqrt{\frac{cK_w}{K_b}}$$

ここで，中和反応における熱化学方程式は次のように表される。

$$H^+aq + OH^-aq = H_2O（液体）+ 56\,kJ \quad （25℃，aq は多量の水を表す）$$

この式について，温度を上げると，平衡は電離の方向である左へ移動し，[H^+]，[OH^-] の値が大きくなる。そのため水のイオン積は $K_w =$ [H^+][OH^-] $> 10^{-14}$ となる。

また，NH_3 の電離定数 $K_b = \dfrac{[NH_4^+][OH^-]}{[NH_3]}$ も温度が変われば変化する。

したがって，温度により K_b，K_w が変化するので，pH の値も変化する。

75 解 答

問 i　**0.22L**　　問 ii　**13.4**

解 説

問 i　陽極である炭素電極では，次の反応により Cl_2 が発生する。

$$2Cl^- \longrightarrow Cl_2 + 2e^-$$

よって，発生した Cl_2 の体積は，標準状態において次のようになる。

$$\frac{5.00 \times 386}{9.65 \times 10^4} \times \frac{1}{2} \times 22.4 = 0.224 \fallingdotseq 0.22〔L〕$$

問 ii　陰極である鉄電極では，次の反応により OH^- が生じる。

$$2H_2O + 2e^- \longrightarrow H_2 + 2OH^-$$

電気分解をする前，陰極側の水溶液中にある OH^- の物質量は

$$5.00 \times 10^{-2} \times \frac{100}{1000} = 5.00 \times 10^{-3} \, [mol]$$

電気分解後，新たに陰極側に生じた OH^- の物質量は

$$\frac{5.00 \times 386}{9.65 \times 10^4} = 2.00 \times 10^{-2} \, [mol]$$

陰極側にある OH^- は，陽イオン交換膜を通って陽極側へ移動しないので，OH^- のモル濃度 $[OH^-]$ は

$$[OH^-] = (5.00 \times 10^{-3} + 2.00 \times 10^{-2}) \times \frac{1000}{100} = 0.250 \, [mol/L]$$

したがって，求める pH は，水のイオン積を用いて次のようになる。

$$pH = -\log_{10} \frac{1.00 \times 10^{-14}}{0.250} = -\log_{10}(4.00 \times 10^{-14})$$

$$= 13.39 \fallingdotseq 13.4$$

76 解 答

問 i **2.0×10^4 秒**　　問 ii **0.40 mol**

解 説

問 i　電気分解によって侵されない電極を用いているので，陽極として Cu や Ag などは用いていない。また，電解槽①・②の陰極，電解槽③の陽極で気体の発生がないことから，各電極では次の反応のみが起こったと考えればよい。

電解槽①　陽極：$2H_2O \longrightarrow O_2 + 4e^- + 4H^+$

陰極：$Cu^{2+} + 2e^- \longrightarrow Cu$

電解槽②　陽極：$2H_2O \longrightarrow O_2 + 4e^- + 4H^+$

陰極：$Ag^+ + e^- \longrightarrow Ag$

電解槽③　陽極：$2I^- \longrightarrow I_2 + 2e^-$

陰極：$2H_2O + 2e^- \longrightarrow H_2 + 2OH^-$

ここで，回路を流れた電子 e^- の物質量を $x \, [mol]$ とすると，電極上に析出した金属の総量から

$$63.5 \times \frac{1}{2}x + 108x = 55.9$$

$$\therefore \quad x = \frac{111.8}{279.5} = 0.400 \, [mol]$$

よって，電気分解した時間を t 秒間とすると

$$1.93 \times t = 0.400 \times 9.65 \times 10^4$$

∴ $t = 2.00 \times 10^4 ≒ 2.0 \times 10^4$ 秒

問 ii 回路を流れた電子 e^- の物質量は $0.400\,mol$ であるから，発生した気体の物質量の総和は，次のようになる。

$$\frac{1}{4} \times 0.400 + \frac{1}{4} \times 0.400 + \frac{1}{2} \times 0.400 = 0.400 ≒ 0.40\,[mol]$$

77 解答

$4.5 \times 10^2\,kJ/mol$

解 説

C_{60} 1分子中の結合数は，C 原子1個あたり3つの共有結合があるので

$$(結合数) = 60 \times 3 \times \frac{1}{2} = 90$$

また，C_{60} の燃焼を表す熱化学方程式は次のようになる。

$$C_{60} + 60\,O_2 = 60\,CO_2 + 25500\,kJ$$

反応物である C_{60} を含め，反応物，生成物がすべて気体の場合，反応に関与する物質の結合エネルギーから，次の関係が成立する。

(反応熱) = (生成物の結合エネルギーの総和)
− (反応物の結合エネルギーの総和)

よって，求める結合エネルギーを $x\,[kJ/mol]$ とすると，与えられた結合エネルギーの値から，次のようになる。

$$25500 = 60 \times 2 \times 800 - (90x + 60 \times 500)$$

∴ $x = 450 ≒ 4.5 \times 10^2\,[kJ/mol]$

〔注〕 反応熱や結合エネルギーは，一般に $25℃$，$1.013 \times 10^5\,Pa$ における値を用いる。C_{60} は室温では，C_{60} 分子が面心立方格子を形成する分子結晶であるが，本問では，C_{60} は気体として考え，結合エネルギーを導いた。

攻略のポイント

エネルギー図を用いて，次のように考えてもよい。まず，C_{60} 分子の燃焼熱 25500 kJ/mol より

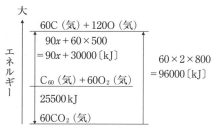

よって，与えられた結合エネルギーの値を用いると次のようになる。

したがって，求める結合エネルギー x 〔kJ/mol〕 は

$$90x + 30000 + 25500 = 96000$$

$$\therefore \quad x = 450 \fallingdotseq 4.5 \times 10^2 \text{〔kJ/mol〕}$$

ところで，C_{60} フラーレンの合成法に燃焼法とよばれる合成法があり，炭化水素を不完全燃焼させ連続的に生成物を得る方法がある。例えば，ベンゼンを原料とした場合の反応は次のようになる。

$$10C_6H_6 + 15O_2 \longrightarrow C_{60} + 30H_2O$$

78 解答

5

解説

1．（正文）一次電池，二次電池とも放電するとき，負極は酸化反応，正極は還元反応が起こる。

2．（正文）リチウム電池，マンガン乾電池以外にも，銀電池などの一次電池がある。また，リチウムイオン電池は二次電池である。

3．（正文）二次電池を充電するとき，負極では放電とは逆の還元反応，正極では酸化反応が起こる。このため，外部電源の負極から流れ出す電子を二次電池の負極が受け取り，二次電池の正極が電子を放出する。よって，外部電源の負極は電池の負極側，正極は電池の正極側に接続する。

4．（正文）ダニエル電池の放電では，各電極において次の反応が起こる。

$$負極：Zn \longrightarrow Zn^{2+} + 2e^-$$

正極：$Cu^{2+} + 2e^- \longrightarrow Cu$

負極側，正極側の電解液はそれぞれ $ZnSO_4$，$CuSO_4$ 水溶液であるから，負極側では Zn^{2+} が増加するため素焼き板を通って正極側へ移動し，正極側では $SO_4{}^{2-}$ が過剰となるため素焼き板を通って負極側へ移動する。

5．（誤文）鉛蓄電池の放電では，各電極において次の反応が起こる。

負極：$Pb + SO_4{}^{2-} \longrightarrow PbSO_4 + 2e^-$

正極：$PbO_2 + SO_4{}^{2-} + 4H^+ + 2e^- \longrightarrow PbSO_4 + 2H_2O$

よって，両電極ともに $PbSO_4$ に変化するので質量が増加する。

6．（正文）電解液にリン酸水溶液を用いた燃料電池の放電では，各電極において次の反応が起こる。

負極：$H_2 \longrightarrow 2H^+ + 2e^-$

正極：$O_2 + 4H^+ + 4e^- \longrightarrow 2H_2O$

よって，正極では水が生成する。

79 解 答

$$L = \frac{2CAT^2}{20K - AT} \,[\text{J/g}]$$

解 説

断熱容器内の物質の質量は

$$M + \frac{99M}{100} + \frac{M}{100} = 2M \,[\,\text{g}\,]$$

また，氷の融解に用いられた熱量は

$$C \times 2MT = 2CMT \,[\,\text{J}\,]$$

このとき，融解した氷の質量を $x\,[\,\text{g}\,]$ とすると

$$xL = 2CMT \quad \therefore \quad x = \frac{2CMT}{L} \,[\,\text{g}\,]$$

よって，食塩の質量モル濃度は

$$\frac{\frac{M}{100}}{A} \times \frac{1000}{M + \frac{2CMT}{L}} = \frac{10M}{A\left(M + \frac{2CMT}{L}\right)} \,[\text{mol/kg}]$$

したがって，凝固点降下度 $T\,[\text{K}]$ であるから，次の関係が成立する。

$$T = K \times 2 \times \frac{10M}{A\left(M + \frac{2CMT}{L}\right)}$$

$$\therefore \quad L = \frac{2CAT^2}{20K - AT} \, \text{[J/g]}$$

80 解 答

1・2

解 説

1. （誤文）塩酸と水酸化ナトリウム水溶液を，それぞれ V〔L〕ずつ混合すると，混合溶液中の水素イオンのモル濃度 $[H^+]$ は

$$[H^+] = (0.025V - 0.010V) \times \frac{1}{2V} = 0.0075 \, \text{[mol/L]}$$

よって，pH 2 の水溶液中の水素イオン濃度は $[H^+] = 0.010$〔mol/L〕であるから，混合溶液の pH は 2 より大きい。

2. （誤文）酢酸ナトリウムは水溶液中で酢酸イオン CH_3COO^- と Na^+ に電離し，酢酸イオンが次のように加水分解し塩基性を示す。

$$CH_3COO^- + H_2O \longrightarrow CH_3COOH + OH^-$$

一方，酢酸ナトリウムは，酸である酢酸と塩基である水酸化ナトリウムが過不足なく反応して生じた正塩に分類される。

3. （正文）水と反応しオキソ酸を生じたり，塩基と反応して塩を生じる酸化物を酸性酸化物という。CO_2，SiO_2，P_4O_{10} は水や塩基と次のように反応する。

$$CO_2 + H_2O \longrightarrow H_2CO_3$$
$$SiO_2 + 2NaOH \longrightarrow Na_2SiO_3 + H_2O$$
$$P_4O_{10} + 6H_2O \longrightarrow 4H_3PO_4$$

4. （正文）塩素のオキソ酸と化合物中の塩素の酸化数は次のようになる。

	化合物名	化合物中の塩素の酸化数
$HClO$	次亜塩素酸	+1
$HClO_2$	亜塩素酸	+3
$HClO_3$	塩素酸	+5
$HClO_4$	過塩素酸	+7

よって，化合物中の酸素原子数の多いオキソ酸ほど強い酸となるので，塩素の酸化数が大きいものほど強い酸である。

5. （正文）フッ化水素の水溶液をフッ化水素酸という。フッ化水素酸は，フッ化水素分子間に水素結合を生じるため，弱酸となる。また，フッ化水素酸は石英や水晶の主成分である SiO_2 と次のように反応する。

$$SiO_2 + 6HF \longrightarrow H_2SiF_6 + 2H_2O$$

6．（正文）アンモニアは弱塩基，塩酸は強酸であるため，中和反応によって生じる塩化アンモニウム NH_4Cl 中の NH_4^+ が次のように加水分解するため，中和点は弱酸性を示す。

$$NH_4^+ + H_2O \Longleftrightarrow NH_3 + H_3O^+$$

よって，指示薬は pH4 付近に変色域をもつメチルオレンジを用いることができる。

81 解答

問 i　**32 kg**　　問 ii　**13 kg**

解説

問 i　回路を流れた電子 e^- の物質量は

$$\frac{965 \times 100 \times 60 \times 60}{9.65 \times 10^4} = 3.60 \times 10^3 \,(\text{mol})$$

また，陰極での反応は次のようになる。

$$Al^{3+} + 3e^- \longrightarrow Al$$

よって，得られるアルミニウムの質量は

$$3.60 \times 10^3 \times \frac{1}{3} \times 27 \times 10^{-3} = 32.4 \fallingdotseq 32 \,(\text{kg})$$

問 ii　陽極での反応は次のようになる。

$$C + O^{2-} \longrightarrow CO + 2e^-, \quad C + 2O^{2-} \longrightarrow CO_2 + 4e^-$$

このとき，CO が $x\,(\text{mol})$ 生じたとすると，CO_2 は $2.50x\,(\text{mol})$ 生じるので，回路を流れた電子 e^- について考えると

$$2x + 4 \times 2.50x = 3.60 \times 10^3 \quad \therefore \quad x = 3.00 \times 10^2 \,(\text{mol})$$

また，反応した炭素電極の炭素の物質量は

$$x + 2.50x = 3.50x\,(\text{mol})$$

したがって，減少した炭素電極の質量は次のようになる。

$$3.50 \times 3.00 \times 10^2 \times 12 \times 10^{-3} = 12.6 \fallingdotseq 13 \,(\text{kg})$$

82 解答

問 i　**0.72 g**　　問 ii　**38 %**

解　説

問 i　白金電極を用いた $AgNO_3$ 水溶液の電気分解において，陽極，陰極での反応は次のようになる。

　　陽極：$2H_2O \longrightarrow O_2 + 4e^- + 4H^+$

　　陰極：$Ag^+ + e^- \longrightarrow Ag$

回路全体を流れた e^- は $\dfrac{8.64}{108} = 0.0800$〔mol〕となり，直列に接続した鉛蓄電池5個それぞれに流れた e^- は $0.0400\,mol$ となる。また，鉛蓄電池の放電反応は

　　$Pb + PbO_2 + 2H_2SO_4 \longrightarrow 2PbSO_4 + 2H_2O$

よって，$1.00\,mol$ の e^- が流れると H_2SO_4 $1.00\,mol$ が反応し，H_2O $1.00\,mol$ が生じるので，放電によって生じる H_2O は

　　$0.0400 \times 18 = 0.720 \doteqdot 0.72$〔g〕

問 ii　放電前の鉛蓄電池1個あたりの電解液の質量は $1.30 \times 100 = 130$〔g〕，H_2SO_4 の質量は $0.400 \times 130 = 52.0$〔g〕である。また，放電によって減少する H_2SO_4 は $0.0400 \times 98 = 3.92$〔g〕，放電によって増加する H_2O は $0.720\,g$ となるから，放電後の電解液中の H_2SO_4 は

　　$52.0 - 3.92 = 48.08$〔g〕

電解液の質量は

　　$130 - 3.92 + 0.720 = 126.8$〔g〕

よって，求める質量パーセント濃度は

　　$\dfrac{48.08}{126.8} \times 100 = 37.9 \doteqdot 38$〔%〕

83　解　答

問 i　$-34\,kJ/mol$　　　**問 ii**　3

解　説

問 i　一酸化窒素の生成，および燃焼の熱化学方程式は次のようになる。

　　$\dfrac{1}{2}N_2$（気体）$+ \dfrac{1}{2}O_2$（気体）$= NO$（気体）$- 91\,kJ$　……①

　　NO（気体）$+ \dfrac{1}{2}O_2$（気体）$= NO_2$（気体）$+ 57\,kJ$　……②

よって，①+② から

$$\frac{1}{2}N_2 \text{(気体)} + O_2 \text{(気体)} = NO_2 \text{(気体)} - 34\,kJ$$

したがって，二酸化窒素の生成熱は $-34\,kJ/mol$ である。

問ii 1．（正文）生成熱は $1.013 \times 10^5\,Pa$，25℃における反応熱である。よって，温度が変化すれば生成熱も変化する。

2．（正文）アルミナの生成熱を $Q_1(kJ/mol)$，酸化鉄(Ⅲ)の生成熱を $Q_2(kJ/mol)$ とすると

$$2Al \text{(固体)} + \frac{3}{2}O_2 \text{(気体)} = Al_2O_3 \text{(固体)} + Q_1\,kJ \quad \cdots\cdots③$$

$$2Fe \text{(固体)} + \frac{3}{2}O_2 \text{(気体)} = Fe_2O_3 \text{(固体)} + Q_2\,kJ \quad \cdots\cdots④$$

③ － ④ より

$$2Al \text{(固体)} + Fe_2O_3 \text{(固体)}$$
$$= 2Fe \text{(固体)} + Al_2O_3 \text{(固体)} + (Q_1 - Q_2)\,kJ \quad \cdots\cdots⑤$$

一般に，Al 粉末と酸化鉄(Ⅲ)の混合物にマグネシウムリボンで点火すると⑤の反応（テルミット反応）が生じることから，$Q_1 - Q_2 > 0$ である。したがって，アルミナの生成熱の方が酸化鉄(Ⅲ)の生成熱より大きい。

3．（誤文）ヘスの法則は，物質が変化するとき反応熱の総和が，化学反応の経路などによって変化せず，反応の前後の状態によって決まるものであり，実際に化学反応が起こるかどうかは区別できない。

4．（正文）例えば，次の図の **A ⟶ B** の反応において，逆反応の活性化エネルギーから正反応の活性化エネルギーを引いたものが反応熱となる。

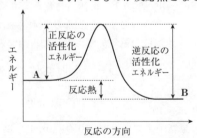

5．（正文）反応物のもつエネルギーから生成物のもつエネルギーを引いたものが反応熱になる。このとき，反応物のもつエネルギーが生成物のもつエネルギーより大きいときは上の図のように発熱反応となる。

84　解　答

問 i　正極：8　負極：5　　問 ii　1.6g

解　説

問 i　電池の放電時に流れた電子の物質量は，次のようになる。

$$\frac{0.0200 \times 20 \times 60}{9.65 \times 10^4} = 2.487 \times 10^{-4} \text{(mol)}$$

　負極に用いた金属が1価の陽イオンになるもの（Li，K）である場合，反応する金属の物質量は 2.487×10^{-4} mol であるので，その質量は

　　Li の場合：$7 \times 2.487 \times 10^{-4} = 1.74 \times 10^{-3}$〔g〕

　　K の場合：$39 \times 2.487 \times 10^{-4} = 9.69 \times 10^{-3}$〔g〕

よって，問題の記述と合わない。

　負極に用いた金属が2価の陽イオンになるもの（Fe，Cu，Zn，Pb）である場合，反応する金属の物質量は次のようになる。

$$\frac{2.487 \times 10^{-4}}{2} = 1.243 \times 10^{-4} \text{(mol)}$$

であるので，その質量は

　　Fe の場合：$56 \times 1.243 \times 10^{-4} = 6.960 \times 10^{-3}$

　　　　　　　　　　　　　　$\doteqdot 6.96 \times 10^{-3}$〔g〕$= 6.96$〔mg〕

したがって，問題文の記述と合致する。

　負極活物質として Fe を用いた場合，正極活物質となり得るのは Fe よりもイオン化傾向の小さい Cu，Ag，Pb のいずれかとなり，水溶液が無色であることから，Ag か Pb である。また，水溶液の電気分解において析出する金属の物質量は

　　Ag の場合：$\dfrac{0.200 \times 2 \times 60 \times 60}{9.65 \times 10^4} \times 1 = 0.0149$〔mol〕

　　Pb の場合：$\dfrac{0.200 \times 2 \times 60 \times 60}{9.65 \times 10^4} \times \dfrac{1}{2} = 0.00746$〔mol〕

であり，電気分解後の金属イオンの濃度が 0.0400 mol/L 以下となるためには 0.01 mol 以上反応しなければならないので，Ag を用いた場合が適する。

問 ii　問 i より，電気分解において析出した金属（Ag）の質量は

　　$0.0149 \times 108 = 1.60 \doteqdot 1.6$〔g〕

攻略のポイント

問 i において，Li，K，Ca などのアルカリ金属やアルカリ土類金属は，常温の水と反応するため，ダニエル電池型の電極としては適当でない。また，Ag は与えられた

9種類の金属中，イオン化傾向が最も小さいので，負極活物質にはならない。さらに
正極活物質として用いた金属の硝酸塩水溶液が無色であることから，正極は Fe，Cu
ではないことがわかる。

85　解　答

問 i　4　　問 ii　電解時間：1.3×10^3分　金属の質量：$16\,\mathrm{g}$

解　説

問 i　銅よりもイオン化傾向の大きい金属は，陽極で酸化されて陽イオンになってし
まう。この電気分解では陽極の下に金属が沈殿したので，銅よりもイオン化傾向の
小さい銀が含まれていることがわかる。

問 ii　陰極では銅の析出が起こる。

$$Cu^{2+} + 2e^- \longrightarrow Cu$$

電解した時間を x 分とすると

$$\frac{9.65 \times x \times 60}{9.65 \times 10^4} \times \frac{1}{2} \times 63.5 = 254.0 \qquad \therefore \quad x = 1.33 \times 10^3 \fallingdotseq 1.3 \times 10^3 \text{ 分}$$

一方，陽極では，銅と鉄のイオン化が起こり，金属 **A**（銀）が沈殿する。

$$Cu \longrightarrow Cu^{2+} + 2e^-$$
$$Fe \longrightarrow Fe^{2+} + 2e^-$$

陽極の質量減少量の 80.00％は銅のイオン化によるものであるから，銅から放出さ
れた電子の物質量は

$$\frac{265.0 \times \dfrac{80.00}{100}}{63.5} \times 2 = 6.67 \,[\mathrm{mol}]$$

また，この電気分解で流れた電子の物質量は，陰極の質量増加より

$$\frac{254.0}{63.5} \times 2 = 8.00 \,[\mathrm{mol}]$$

よって，鉄から放出された電子の物質量は

$$8.00 - 6.67 = 1.33 \,[\mathrm{mol}]$$

したがって，沈殿した銀の質量は

$$265.0 - \left(265.0 \times \frac{80.00}{100} + 56 \times 1.33 \times \frac{1}{2}\right) = 15.7 \fallingdotseq 16 \,[\mathrm{g}]$$

86 解答

問 i　**70分**　　問 ii　**65%**

解説

問 i　陽極における反応は次のようになる。

$$C + O^{2-} \longrightarrow CO + 2e^-, \quad C + 2O^{2-} \longrightarrow CO_2 + 4e^-$$

このとき，CO が 3.00 mol 生成し，CO_2 が 9.00 mol 生成しているので，回路を流れた電子は

$$6.00 + 36.0 = 42.0 \,[mol]$$

よって，かかった時間を x 分とすると

$$965 \times x \times 60 = 42.0 \times 96500 \quad \therefore \quad x = 70.0 \text{ 分}$$

問 ii　ボーキサイト 1200 g から Fe_2O_3 180 g を除くと，残りは 1020 g となる。いま，$Al_2O_3 \cdot 3H_2O$（= 156）が $x\,[mol]$，$Al_2O_3 \cdot H_2O$（= 120）が $y\,[mol]$ 含まれているとすると，流れた電子の物質量から，Al は $42.0 \times \dfrac{1}{3} = 14.0\,[mol]$ 生じるので，次の2式が成り立つ。

$$156x + 120y = 1020 \quad \cdots\cdots\text{①}$$
$$2x + 2y = 14.0 \quad\quad \cdots\cdots\text{②}$$

①，②より　　$x = 5.0$，$y = 2.0$

よって，求める $Al_2O_3 \cdot 3H_2O$ の質量パーセントは

$$\frac{156 \times 5.0}{1200} \times 100 = 65.0 \fallingdotseq 65\,[\%]$$

87 解答

問 i　**1.6×10^{-2} mol/L**　　問 ii　**77%**　　問 iii　**6**

解説

問 i　過マンガン酸イオンおよびシュウ酸の半反応式は次のようになる。

$$MnO_4^- + 8H^+ + 5e^- \longrightarrow Mn^{2+} + 4H_2O \quad \cdots\cdots\text{⑦}$$
$$(COOH)_2 \longrightarrow 2CO_2 + 2H^+ + 2e^- \quad\quad \cdots\cdots\text{④}$$

⑦ × 2 + ④ × 5 より

$$2MnO_4^- + 6H^+ + 5(COOH)_2 \longrightarrow 2Mn^{2+} + 8H_2O + 10CO_2$$

よって，$(COOH)_2$ と MnO_4^- は 5 : 2 の物質量比で反応するから，求める $KMnO_4$

水溶液 **A** のモル濃度を x〔mol/L〕とすると

$$2.00 \times 10^{-2} \times \frac{50.0}{1000} : x \times \frac{25.0}{1000} = 5 : 2$$

∴ $x = 1.60 \times 10^{-2} \fallingdotseq 1.6 \times 10^{-2}$〔mol/L〕

問ii 滴定②の反応は，2段階に分けて考えればよい。

第1段階：MnO_2 と $(COOH)_2$ の反応

第2段階：上記反応で残った $(COOH)_2$ と $KMnO_4$ の反応

第1段階の反応は次のようになる。

$$MnO_2 + 2H^+ + (COOH)_2 \longrightarrow Mn^{2+} + 2H_2O + 2CO_2$$

第2段階の反応から，第1段階で反応した $(COOH)_2$ の物質量は

$$2.00 \times 10^{-2} \times \frac{50.0}{1000} - 1.60 \times 10^{-2} \times \frac{14.0}{1000} \times \frac{5}{2} = 4.40 \times 10^{-4}\text{〔mol〕}$$

よって，第1段階の反応から，反応した MnO_2 と $(COOH)_2$ の物質量は等しいので，軟マンガン鉱 50.0mg 中の MnO_2（式量 87）の質量パーセントは

$$\frac{4.40 \times 10^{-4} \times 87}{50.0 \times 10^{-3}} \times 100 = 76.56 \fallingdotseq 77\text{〔%〕}$$

問iii 1．（誤文）水が蒸発しても，シュウ酸の物質量は変化しないので，過マンガン酸カリウム水溶液の滴下量は同じである。

2．（誤文）CO_2 が発生する。

3．（誤文）デンプン水溶液は I_2 の生成や消費に関わる反応に用いられる。

4．（誤文）中性条件下で反応させると次の反応が起こる。

$$MnO_4^- + 2H_2O + 3e^- \longrightarrow MnO_2 + 4OH^-$$

よって，過マンガン酸カリウム水溶液の滴下量は変化する。

5．（誤文）酸化マンガン(Ⅳ)も酸化剤としてはたらく。Mn の酸化数は，+4 → +2 と変化し，還元される。

6．（正文）MnO_2 の割合が低いと，はじめに加えたシュウ酸の反応量が少ないので，過マンガン酸カリウム水溶液の滴下量は増加する。

---

88 解 答

問i 9.3×10^2 kJ/mol 　　問ii 1.98 mol

問iii 水素：0.63 　メタン：0.00 　エタン：0.00 　プロパン：0.37

解 説

問i 水素とプロパンを物質量比 2：1 で混合しているので

$$285.0 \times \frac{2}{3} + 2220 \times \frac{1}{3} = 930 \fallingdotseq 9.3 \times 10^2 \text{ (kJ/mol)}$$

問ii　(1)H_2 と CH_4 の組み合わせ

H_2 を x〔mol〕用いるとすると

$$285 \times x + 890 \times (1.000 - x) = 1560 \qquad \therefore \quad x = -1.10 \text{ (mol)}$$

$x < 0$ なので，この組み合わせは不適。

(2)H_2 と C_3H_8 の組み合わせ

H_2 の物質量を y〔mol〕とおくと

$$285 \times y + 2220 \times (1.000 - y) = 1560 \qquad \therefore \quad y = 0.341 \text{ (mol)}$$

C_3H_8 の物質量は　　$1 - 0.341 = 0.659$〔mol〕

ここで C_3H_8 の燃焼反応は

$$C_3H_8 + 5O_2 \longrightarrow 3CO_2 + 4H_2O$$

よって，発生する CO_2 の物質量は

$$0.659 \times 3 = 1.977 \fallingdotseq 1.98 \text{ (mol)}$$

(3)CH_4 と C_3H_8 の組み合わせ

CH_4 の物質量を z〔mol〕とおくと

$$890 \times z + 2220 \times (1.000 - z) = 1560 \qquad \therefore \quad z = 0.496 \text{ (mol)}$$

よって，CH_4，C_3H_8 から発生する CO_2 はそれぞれ次のようになる。

CH_4 から発生する CO_2 は　　0.496 mol

C_3H_8 から発生する CO_2 は　　$(1.000 - 0.496) \times 3 = 1.512$〔mol〕

したがって，発生する全 CO_2 は

$$0.496 + 1.512 = 2.008 \text{ (mol)}$$

以上，(1)〜(3)より，最小値は　　1.98 mol

問iii　1000 kJ/mol より多いもの同士や少ないもの同士の組み合わせでは条件を満たさないので，考えられる組み合わせは，H_2 と C_2H_6，H_2 と C_3H_8，CH_4 と C_2H_6，CH_4 と C_3H_8 の4つ。

　問ii の結果より，同じ物質量，同じ燃焼熱では，H_2 と C_2H_6 より H_2 と C_3H_8 の方が CO_2 の発生量が少なく，CH_4 と C_3H_8 の組み合わせでは H_2 と C_3H_8 より多くなるから，H_2 と C_2H_6，CH_4 と C_3H_8 の組み合わせは除かれる。

　• H_2 と C_3H_8 の組み合わせ

　　H_2 の物質量を x〔mol〕とすると

$$285 \times x + 2220 \times (1.000 - x) = 1000 \qquad \therefore \quad x = 0.630 \text{ (mol)}$$

　　C_3H_8 の物質量は　　$1.000 - 0.630 = 0.370$〔mol〕

　　したがって，発生する CO_2 は　　$0.370 \times 3 = 1.11$〔mol〕

　• CH_4 と C_2H_6 の組み合わせ

CH$_4$ の物質量を y〔mol〕とすると

$890 \times y + 1560 \times (1.000 - y) = 1000$　　∴　$y = 0.835$〔mol〕

C$_2$H$_6$ の物質量は　　$1.000 - 0.835 = 0.165$〔mol〕

したがって，発生する CO$_2$ は　　$0.835 \times 1 + 0.165 \times 2 = 1.165$〔mol〕

以上より，H$_2$ 0.63 mol，CH$_4$ 0 mol，C$_2$H$_6$ 0 mol，C$_3$H$_8$ 0.37 mol のとき，発生する CO$_2$ の量が最も少なくなる。

89　解　答

問 i　2・5　　問 ii　$Q = -7.2 \times 10^2$ kJ

解　説

問 i　1．（正文）イオン結晶の特徴のひとつである。

2．（誤文）AgCl，BaSO$_4$ のように水に溶けにくいイオン結晶もある。

3．（正文）イオン結晶は固体のときは電気を通さないが，融解し液体にすると通す。

4．（正文）イオンの価数が大きいものほどクーロン力が大きくなり，融点が高くなる。

5．（誤文）同じ電子配置のイオンの大きさは，次のように原子番号が大きくなるほど小さくなる。

$O^{2-} > F^- > Na^+ > Mg^{2+} > Al^{3+}$

これは原子番号が大きくなるにつれて，原子核中の陽子の数が増え，電子がより内側に引きつけられるからである。

問 ii　与えられた値から次の熱化学方程式をつくり，①〜⑤とする。

K（気）＝ K$^+$（気）＋ e$^-$ － 419 kJ　　　……①　（イオン化エネルギー）

Cl（気）＋ e$^-$ ＝ Cl$^-$（気）＋ 349 kJ　　……②　（電子親和力）

Cl$_2$（気）＝ 2Cl（気）－ 240 kJ　　　　……③　（結合エネルギー）

K（固）＝ K（気）－ 89 kJ　　　　　……④　（K の昇華熱）

K（固）＋ $\frac{1}{2}$Cl$_2$（気）＝ KCl（固）＋ 437 kJ　……⑤　（KCl の生成熱）

よって，① ＋ ④ ＋ ② ＋ $\frac{1}{2} \times$③ － ⑤ より

KCl（固）＝ K$^+$（気）＋ Cl$^-$（気）－ 716 kJ　　∴　$Q = -716 \fallingdotseq -7.2 \times 10^2$〔kJ〕

攻略のポイント

問 ii　エネルギー図を用いて考えると次のようになる。

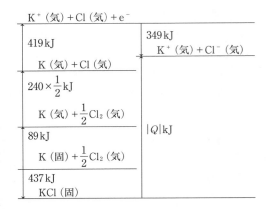

よって

$$|Q| = 437 + 89 + 240 \times \frac{1}{2} + 419 - 349 = 716 \text{〔kJ〕}$$

したがって，$Q<0$ より $Q = -716 \fallingdotseq -7.2 \times 10^2$ kJ となり，この $|Q|$ を KCl（固）の格子エネルギーという。

90 解答

2

解　説

1．（正文）陽極では $2Cl^- \longrightarrow Cl_2 + 2e^-$ の反応が起こり，塩素ガスが発生する。

2．（誤文）ともに同じ気体 O_2 が発生する。

　　　NaOH 水溶液：$4OH^- \longrightarrow 2H_2O + O_2 + 4e^-$

　　　H_2SO_4 水溶液：$2H_2O \longrightarrow 4H^+ + O_2 + 4e^-$

3．（正文）正極では $Cu^{2+} + 2e^- \longrightarrow Cu$ の変化が起こり，質量が増える。

4．（正文）それぞれの反応は以下のように表せる。

　　　濃硝酸：$Cu + 4HNO_3 \longrightarrow Cu(NO_3)_2 + 2H_2O + 2NO_2$　　……①

　　　希硝酸：$3Cu + 8HNO_3 \longrightarrow 3Cu(NO_3)_2 + 4H_2O + 2NO$　　……②

　①より，Cu 1mol から NO_2 が 2mol 発生する。

　②より，Cu 1mol から NO が $\frac{2}{3}$ mol 発生する。

　したがって，発生する気体の物質量は濃硝酸との反応の方が多い。

5．（正文）このときの変化は次のようになる。

　　　$O_3 + 2KI + H_2O \longrightarrow O_2 + 2KOH + I_2$

ヨウ化物イオンは酸化されて，ヨウ素デンプン反応が起こる。

91 解 答

問 i 3.4×10^4kJ/mol 問 ii 1.3×10^2g

解 説

問 i 油脂の燃焼熱を Q〔kJ/mol〕とすると

$$C_3H_5(OCOC_{17}H_{35})_3 + \frac{163}{2}O_2 = 57CO_2 + 55H_2O + Q\,kJ$$

ここで，以下の3つの熱化学方程式を①〜③とする。

$$C_3H_5(OCOC_{17}H_{35})_3 + 3H_2O = C_3H_5(OH)_3 + 3C_{17}H_{35}COOH + 300\,kJ \quad\cdots\cdots①$$

$$C_3H_5(OH)_3 + \frac{7}{2}O_2 = 3CO_2 + 4H_2O + 1700\,kJ \quad\cdots\cdots②$$

$$C_{17}H_{35}COOH + 26O_2 = 18CO_2 + 18H_2O + 10500\,kJ \quad\cdots\cdots③$$

①＋②＋③×3 より

$$Q = 33500 \fallingdotseq 3.4\times10^4\,〔kJ/mol〕$$

問 ii 次の2つの熱化学方程式を④，⑤とする。

$$C_{12}H_{22}O_{11} + H_2O = 2C_6H_{12}O_6 + 100\,kJ \quad\cdots\cdots④$$

$$C_6H_{12}O_6 + 6O_2 = 6CO_2 + 6H_2O + 2800\,kJ \quad\cdots\cdots⑤$$

④＋⑤×2 より

$$C_{12}H_{22}O_{11} + 12O_2 = 12CO_2 + 11H_2O + 5700\,kJ$$

問 i の油脂（分子量890）57.0gを燃焼すると

$$3.35\times10^4\times\frac{57.0}{890} = 2.14\times10^3\,〔kJ〕$$

よって，必要なマルトース（分子量342）の質量は次のようになる。

$$\frac{2.14\times10^3}{5.70\times10^3}\times342 = 128 \fallingdotseq 1.3\times10^2\,〔g〕$$

92 解 答

問 i 2.0×10^{-2}mol/L 問 ii 80%

解 説

問 i $2S_2O_3^{2-} \longrightarrow S_4O_6^{2-} + 2e^- \quad\cdots\cdots(ア)$

$I_2 + 2e^- \longrightarrow 2I^- \quad\cdots\cdots(イ)$

(ア)，(イ)より

$$2S_2O_3^{2-} + I_2 \longrightarrow S_4O_6^{2-} + 2I^-$$

$Na_2S_2O_3$（チオ硫酸ナトリウム）水溶液の濃度を x〔mol/L〕とすると

$$x \times \frac{30.0}{1000} : 3.00 \times 10^{-4} = 2 : 1$$

∴　$x = 2.00 \times 10^{-2} \fallingdotseq 2.0 \times 10^{-2}$〔mol/L〕

問ii　①および②の反応をまとめると次のようになる。

$$2Mn(OH)_2 + O_2 \longrightarrow 2MnO(OH)_2 \qquad \cdots\cdots(ウ)$$

$$MnO(OH)_2 + 2I^- + 4H^+ \longrightarrow Mn^{2+} + 3H_2O + I_2 \quad \cdots\cdots(エ)$$

ここで，生じた I_2 は**問i**より

$$2.00 \times 10^{-2} \times \frac{4.00}{1000} \times \frac{1}{2} = 4.00 \times 10^{-5}〔mol〕$$

よって，(ウ)および(エ)より，反応した O_2 は

$$4.00 \times 10^{-5} \times \frac{1}{2} = 2.00 \times 10^{-5}〔mol〕$$

100 mL 中に飽和している O_2 の物質量は

$$1.25 \times 10^{-3} \times 0.200 \times \frac{100}{1000} = 2.50 \times 10^{-5}〔mol〕$$

したがって，求める溶存酸素の割合は次のようになる。

$$\frac{2.00 \times 10^{-5}}{2.50 \times 10^{-5}} \times 100 = 80.0 \fallingdotseq 80〔\%〕$$

93　解　答

問A　2.3×10^2 kJ　　問B　3.0×10^2 kJ

解　説

問A　(1)の反応熱を Q_1〔kJ〕とすると

$$NH_3 + \frac{5}{4}O_2 = NO + \frac{3}{2}H_2O（気体）+ Q_1 kJ$$

また，与えられた条件から次の熱化学方程式をつくることができる。

$$NH_3 + \frac{3}{4}O_2 = \frac{1}{2}N_2 + \frac{3}{2}H_2O（気体）+ 317 kJ \quad \cdots\cdots①$$

$$\frac{1}{2}N_2 + \frac{1}{2}O_2 = NO - 90 kJ \qquad\qquad\qquad \cdots\cdots②$$

①＋②より

$$NH_3 + \frac{5}{4}O_2 = NO + \frac{3}{2}H_2O（気体）+ 227 kJ$$

よって $Q_1 = 2.27 \times 10^2 \fallingdotseq 2.3 \times 10^2$〔kJ〕

問B 反応する NH_3 と O_2 の物質量比は

$$NH_3 : O_2 = 1.00 : 1.75$$
$$= 4.00 : 7.00$$

よって，反応熱を Q_2〔kJ〕とすると

$$NH_3 + \frac{7}{4}O_2 = \frac{1}{3}NO + \frac{2}{3}HNO_3 + \frac{7}{6}H_2O + Q_2\,kJ$$

ここで NH_3 の生成熱を Q_3〔kJ〕とすると，**問A**で導いた熱化学方程式より，（反応熱）=（生成物の生成熱の和）-（反応物の生成熱の和）を用いて

$$\left(-90 + \frac{3}{2} \times 242\right) - (Q_3 + 0) = 227 \quad \therefore \quad Q_3 = 46\,\text{〔kJ/mol〕}$$

よって，求める反応熱 Q_2 は

$$Q_2 = \frac{1}{3} \times (-90) + \frac{2}{3} \times 135 + \frac{7}{6} \times 242 - (46 + 0) = 296.3 \fallingdotseq 3.0 \times 10^2\,\text{〔kJ〕}$$

94 解 答

問i **0.50 mol/L**　　**問ii** **0.24 g**

解 説

問i このときの変化は次のように表される。

$$K_2CrO_4 + 2AgNO_3 \longrightarrow 2KNO_3 + Ag_2CrO_4$$

水溶液**A**のクロム酸イオン濃度を x〔mol/L〕とすると，$Ag_2CrO_4 = 332$ より

$$x \times \frac{10.0}{1000} = \frac{1.66}{332} \quad \therefore \quad x = 0.500 \fallingdotseq 0.50\,\text{〔mol/L〕}$$

問ii K_2CrO_4 水溶液に硫酸を加えると，CrO_4^{2-} は次のように $Cr_2O_7^{2-}$ へ変化する。

$$2CrO_4^{2-} + 2H^+ \longrightarrow Cr_2O_7^{2-} + H_2O$$

水溶液**A**中にある K_2CrO_4 は

$$0.500 \times \frac{10.0}{1000} = 5.00 \times 10^{-3}\,\text{〔mol〕}$$

よって，生成する $Cr_2O_7^{2-}$ は $5.00 \times 10^{-3} \times \frac{1}{2}$ mol である。

ここで，硫酸酸性二クロム酸カリウム水溶液と過酸化水素の反応は

$$Cr_2O_7^{2-} + 14H^+ + 6e^- \longrightarrow 2Cr^{3+} + 7H_2O \quad \cdots\cdots①$$
$$H_2O_2 \longrightarrow 2H^+ + O_2 + 2e^- \quad\quad\quad\quad \cdots\cdots②$$

①+②×3 より

$$\mathrm{Cr_2O_7{}^{2-} + 8H^+ + 3H_2O_2 \longrightarrow 2Cr^{3+} + 7H_2O + 3O_2}$$

よって，発生した O_2 の質量は

$$5.00 \times 10^{-3} \times \frac{1}{2} \times 3 \times 32 = 2.40 \times 10^{-1} \fallingdotseq 0.24 \,(\mathrm{g})$$

95　解　答

問A　77 g　　問B　83 %

解　説

問A　回路を流れた電子は

$$\frac{9.65 \times 4 \times 10^2 \times 60 \,(\mathrm{C})}{9.65 \times 10^4 \,(\mathrm{C/mol})} = 2.4 \,(\mathrm{mol})$$

陰極における変化は $\mathrm{Cu^{2+} + 2e^- \longrightarrow Cu}$ となるので，陰極の質量の増加量は次のようになる。

$$\frac{64}{2} \times 2.4 = 76.8 \fallingdotseq 77 \,(\mathrm{g})$$

問B　粗銅 $200.0 - 120.0 = 80.0 \,(\mathrm{g})$ 中には，Ag が $4.00 \,\mathrm{g}$ （陽極泥）含まれている。この中に Cu が $x\,(\mathrm{g})$，Ni が $y\,(\mathrm{g})$ 含まれるとすると，陽極では，

$\mathrm{Cu \longrightarrow Cu^{2+} + 2e^-}$, $\mathrm{Ni \longrightarrow Ni^{2+} + 2e^-}$ の反応が起こるので，次式が成り立つ。

$$\begin{cases} x + y = 76.0 & \cdots\cdots① \\ 2\left(\dfrac{x}{64} + \dfrac{y}{59}\right) = 2.4 & \cdots\cdots② \end{cases}$$

①，②より　　$x = 66.56\,(\mathrm{g})$, $y = 9.44\,(\mathrm{g})$

よって，求める銅の質量パーセントは

$$\frac{66.56}{80.0} \times 100 = 83.2 \fallingdotseq 83 \,(\%)$$

≪反応速度，化学平衡≫

96 解 答

pH = 1.7

解 説

水酸化鉄（Ⅲ）の溶解平衡は次のように表される。

$$Fe(OH)_3 \rightleftarrows Fe^{3+} + 3OH^-$$

Fe^{3+} の濃度を $[Fe^{3+}]$ とすると，$[Fe^{3+}] = 0.320 [mol/L]$ であるから，沈殿が生じ始めるときの OH^- の濃度を $[OH^-]$ とすると

$$0.320 \times [OH^-]^3 = 4.00 \times 10^{-38}$$

$$[OH^-] = 5.00 \times 10^{-13} [mol/L]$$

よって，水のイオン積から H^+ の濃度 $[H^+]$ は

$$[H^+] = \frac{1.00 \times 10^{-14}}{5.00 \times 10^{-13}} = 2.00 \times 10^{-2} [mol/L]$$

したがって，求める pH は

$$pH = -\log_{10}(2.00 \times 10^{-2}) = 1.70 \fallingdotseq 1.7$$

97 解 答

6

解 説

1．（正文）H_2O_2 の分解反応における反応速度 v は，反応速度定数を k とおくと，$v = k[H_2O_2]$ と表すことができる。よって，過酸化水素の濃度が大きいほど，反応速度は大きくなる。

2．（正文）25℃における中和熱は，次の熱化学方程式に示すように，56.5 kJ/mol の発熱反応である。

$$H^+aq + OH^-aq = H_2O (液) + 56.5 kJ$$

よって，水の電離は吸熱反応となるため，温度が高くなると電離度は大きくなり，水素イオン濃度 $[H^+]$ と水酸化物イオン濃度 $[OH^-]$ も大きくなるため，水のイオン積 $[H^+][OH^-]$ も大きくなる。

3．（正文）CH_3COOH の電離平衡は，次のように表される。

$$CH_3COOH \rightleftarrows CH_3COO^- + H^+$$

よって，CH_3COOH 水溶液に HCl を吹き込むと，HCl の電離によって生じる H^+ の増加に伴い，平衡は左へ移動するため CH_3COO^- イオンの濃度は減少する。

4．（正文）反応速度定数 k は，次のアレニウスの式で表される。

$$k = Ae^{-\frac{E_a}{RT}}$$

ここで A（頻度因子），e（自然対数の底）はともに定数，T は絶対温度，R は気体定数，E_a は活性化エネルギーを表す。よって濃度は影響しない。

5．（正文）反応は次のように表される。

$$H_2 + I_2 \longrightarrow 2HI$$

よって，H_2 が 3 分間で $0.3\,mol/L$ 減少すれば，HI は $0.6\,mol/L$ 増加するので，HI の平均の生成速度は

$$\frac{0.6}{3} = 0.2\,[mol/(L\cdot min)]$$

となる。

6．（誤文）反応速度定数は，アレニウスの式で表されるので，絶対温度〔K〕に依存するが，比例して変化するわけではない。

7．（正文）平衡定数を K_c とすると，化学平衡の法則（質量作用の法則）から，K_c は次のようになる。

$$K_c = \frac{\left(\dfrac{2}{5}\right)^2}{\dfrac{0.5}{5} \times \dfrac{0.5}{5}} = 16$$

98　解　答

$$P = 2P_1 - P_2\,[Pa]$$

解　説

温度，容積が一定のとき，気体の物質量と圧力は比例する。ここで，CO_2 が $x\,[Pa]$ 分減少したとすると

$$C\,(固) + CO_2\,(気) \rightleftarrows 2CO\,(気)$$

平衡前	P_1	0	〔Pa〕
変化量	$-x$	$+2x$	〔Pa〕
平衡後	P_1-x	$2x$	〔Pa〕

平衡後の気体の全圧 $P_2\,[Pa]$ は

$$P_2 = (P_1 - x) + 2x \qquad \therefore \quad x = P_2 - P_1$$

CO_2 の分圧 $P\,[Pa]$ は

$$P = P_1 - x = P_1 - (P_2 - P_1) = 2P_1 - P_2 \,\text{[Pa]}$$

99 解 答

$1.0 \times 10^{-5}\,\text{mol/L}$

解 説

AgCl の飽和水溶液中の Ag^+，Cl^- のモル濃度 $[Ag^+]$，$[Cl^-]$ は

$$[Ag^+] = [Cl^-] = \sqrt{2} \times 10^{-5}\,\text{[mol/L]}$$

NaCl を溶解しても AgCl の飽和溶液の体積は変化しないと考えると，NaCl の溶解で生じる $[Cl^-]$ は，$[Na^+] = 1.0 \times 10^{-5}\,\text{[mol/L]}$ より $1.0 \times 10^{-5}\,\text{mol/L}$ である。NaCl の溶解によって AgCl が $x\,\text{[mol]}$ 沈殿したとすると，溶液 1.0L あたりの各イオンの物質量は次のようになる。

	AgCl $\rightleftharpoons$	Ag^+	+	Cl^-	
反応前		$\sqrt{2} \times 10^{-5}$		$(\sqrt{2}+1) \times 10^{-5}$	[mol]
変化量	$+x$	$-x$		$-x$	[mol]
平衡後	x	$\sqrt{2} \times 10^{-5} - x$		$(\sqrt{2}+1) \times 10^{-5} - x$	[mol]

よって，AgCl の溶解度積 $2.00 \times 10^{-10}\,(\text{mol/L})^2$ より

$$(\sqrt{2} \times 10^{-5} - x)\{(\sqrt{2}+1) \times 10^{-5} - x\} = 2.00 \times 10^{-10}$$

展開して整理すると

$$x^2 - (2\sqrt{2}+1) \times 10^{-5}x + \sqrt{2} \times 10^{-10} = 0$$

ここで，$x < \sqrt{2} \times 10^{-5}$ より解の公式から

$$x = \frac{(2\sqrt{2}+1) \times 10^{-5} - \sqrt{(9+4\sqrt{2}) \times 10^{-10} - 4\sqrt{2} \times 10^{-10}}}{2}$$

$$= \frac{(2\sqrt{2}+1-3) \times 10^{-5}}{2} = (\sqrt{2}-1) \times 10^{-5}\,\text{[mol]}$$

したがって，求める Ag^+ のモル濃度は，溶液の体積 1.0L より次のようになる。

$$[Ag^+] = \sqrt{2} \times 10^{-5} - (\sqrt{2}-1) \times 10^{-5} = 1.0 \times 10^{-5}\,\text{[mol/L]}$$

100 解 答

$3 \cdot 6$

解 説

1．（正文）化学反応の速さは，単位時間あたりの反応物の濃度の減少量，または生

成物の濃度の増加量で表す。

2．（正文）H_2 と I_2 から HI が 2mol 生成する
反応熱を 9kJ とすると，その反応熱と活性
化エネルギーの関係は，右図のようになる。
よって，逆反応の活性化エネルギーは，正反
応の活性化エネルギーよりも 9kJ/mol 大き
い。

3．（誤文）化学反応による量的関係は，次の
ようになる。

	H_2	$+$	I_2	$\rightleftharpoons$	2HI	
反応前	1.0		1.0		0	〔mol〕
変化量	-0.80		-0.80		$+1.6$	〔mol〕
平衡後	0.20		0.20		1.6	〔mol〕

よって，容器の容積を V〔L〕とすると，平衡定数 K は

$$K = \frac{\left(\dfrac{1.6}{V}\right)^2}{\dfrac{0.20}{V} \cdot \dfrac{0.20}{V}} = 64$$

4．（正文）$N_2O_4 \rightleftharpoons 2NO_2$ の平衡状態において，温度一定で容器の体積を増加させ
ると，容器内の圧力が減少する。このため，ルシャトリエの原理により，NO_2 の
分子数が増加する方向に平衡が移動する。

5．（正文）温度を上げると分子の運動エネルギーが増加するため，単位時間あたり
の衝突回数も増加するが，反応速度が大きくなるのは，主に活性化エネルギー以上
のエネルギーをもつ分子の割合が増えるためである。

6．（誤文）化学反応は一般にいくつかの反応（素反応）が組み合わさって起こる。
これを多段階反応という。その中の最も遅い素反応を律速段階といい，その化学反
応によって反応速度が決まる。

7．（正文）反応速度の大小関係は，反応熱の大きさではなく，活性化エネルギーの
大小によって決まる。

101 解 答

問 i　$K_c = \dfrac{4n\alpha^2}{(1-\alpha)\,V}$〔mol/L〕　　問 ii　$\alpha = \dfrac{P_B T_A}{P_A T_B} - 1$

解　説

問 i　解離した X_2 の物質量は $n\alpha$〔mol〕であるから，その量的関係は次のようにな

る。

$$\text{X}_2 \quad \Longleftrightarrow \quad 2\text{X}$$

反応前	n	0	〔mol〕
変化量	$-n\alpha$	$+2n\alpha$	〔mol〕
平衡後	$n(1-\alpha)$	$2n\alpha$	〔mol〕

また，平衡後の X_2，X の濃度を $[\text{X}_2]$〔mol/L〕，$[\text{X}]$〔mol/L〕とすると

$$[\text{X}_2] = \frac{n(1-\alpha)}{V} \qquad [\text{X}] = \frac{2n\alpha}{V}$$

よって，平衡定数 K_c は次のように表される。

$$K_c = \frac{[\text{X}]^2}{[\text{X}_2]} = \frac{\left(\dfrac{2n\alpha}{V}\right)^2}{\dfrac{n(1-\alpha)}{V}} = \frac{4n\alpha^2}{(1-\alpha)V} \text{〔mol/L〕}$$

問 ii 反応前と反応後において，理想気体の状態方程式より

$$P_A V = nRT_A \quad \cdots\cdots ①$$

$$P_B V = (n - n\alpha + 2n\alpha)RT_B = n(1+\alpha)RT_B \quad \cdots\cdots ②$$

よって，②÷①より式を整理すると，α は次のようになる。

$$\frac{P_B V}{P_A V} = \frac{n(1+\alpha)RT_B}{nRT_A} \qquad \therefore \quad \alpha = \frac{P_B T_A}{P_A T_B} - 1$$

102 解 答

$4.8 \times 10^{-14}\,\text{mol/L}$

解 説

水溶液中の各物質のモル濃度を $[\text{H}_2\text{S}]$，$[\text{HS}^-]$，$[\text{S}^{2-}]$，$[\text{H}^+]$ と表すと，H_2S の電離平衡から，$\text{H}_2\text{S} \Longleftrightarrow 2\text{H}^+ + \text{S}^{2-}$ の電離定数 K〔mol²/L²〕は

H_2S の第1段階の電離定数より

$$9.6 \times 10^{-8} = \frac{[\text{H}^+][\text{HS}^-]}{[\text{H}_2\text{S}]} \quad \cdots\cdots ①$$

H_2S の第2段階の電離定数より

$$1.3 \times 10^{-14} = \frac{[\text{H}^+][\text{S}^{2-}]}{[\text{HS}^-]} \quad \cdots\cdots ②$$

①，②を辺々かけあわせると

$$9.6 \times 1.3 \times 10^{-22} = \frac{[\text{H}^+]^2[\text{S}^{2-}]}{[\text{H}_2\text{S}]} = K \text{（mol²/L²）}$$

ここで，$[\text{H}^+] = 1.0 \times 10^{-3}$〔mol/L〕，$[\text{H}_2\text{S}] = 0.10$〔mol/L〕であるから，$[\text{S}^{2-}]$ は

$$9.6 \times 1.3 \times 10^{-22} = \frac{(1.0 \times 10^{-3})^2 \times [S^{2-}]}{0.10}$$

$$[S^{2-}] = 9.6 \times 1.3 \times 10^{-17} [\text{mol/L}]$$

よって，求める溶液中のCu^{2+}濃度$[Cu^{2+}]$は，CuSの溶解度積$[Cu^{2+}][S^{2-}]$ $= 6.0 \times 10^{-30} (\text{mol/L})^2$より，次のようになる。

$$[Cu^{2+}] = \frac{6.0 \times 10^{-30}}{9.6 \times 1.3 \times 10^{-17}} = 4.80 \times 10^{-14} \fallingdotseq 4.8 \times 10^{-14} [\text{mol/L}]$$

103　解　答

問i　$1.10 \times 10^2 \text{L/mol}$　　問ii　$7.2 \times 10^{-3} \text{mol}$

解　説

問i　正反応の速度定数を$k_1 = 4.95 \times 10^8 [\text{L/(mol·s)}]$，逆反応の速度定数を$k_2 = 4.50 \times 10^6 [/\text{s}]$とする。また，$NO_2$，$N_2O_4$の濃度をそれぞれ$[NO_2][\text{mol/L}]$，$[N_2O_4][\text{mol/L}]$とすると，正反応の速度$v_1[\text{mol/(L·s)}]$，逆反応の速度$v_2[\text{mol/(L·s)}]$は次のように表される。

$$v_1 = k_1[NO_2]^2, \quad v_2 = k_2[N_2O_4]$$

ここで，300Kにおける平衡定数を$K[\text{L/mol}]$とおくと，平衡状態では$v_1 = v_2$より

$$k_1[NO_2]^2 = k_2[N_2O_4]$$

$$\frac{k_1}{k_2} = \frac{[N_2O_4]}{[NO_2]^2} = K[\text{L/mol}]$$

よって

$$K = \frac{k_1}{k_2} = \frac{4.95 \times 10^8}{4.50 \times 10^6} = 1.10 \times 10^2 [\text{L/mol}]$$

問ii　はじめに容器に入れたN_2O_3の物質量を$x[\text{mol}]$とすると，次の反応により，N_2O_3はすべて$x[\text{mol}]$のNOと$x[\text{mol}]$のNO_2に変化する。

$$N_2O_3 \longrightarrow NO + NO_2$$

さらに十分量のO_2を加えることで，次の反応により，$x[\text{mol}]$のNOはすべて$x[\text{mol}]$のNO_2に変化する。

$$2NO + O_2 \longrightarrow 2NO_2$$

したがって，NO_2は合計$2x[\text{mol}]$存在する。

ここで，300Kにおいて，N_2O_4が$y[\text{mol}]$生成し，平衡状態になったとすると

$$2NO_2 \rightleftharpoons N_2O_4$$

反応前	$2x$	0	〔mol〕
変化量	$-2y$	$+y$	〔mol〕
平衡状態	$2x-2y$	y	〔mol〕

よって，与えられた条件 $[NO_2]=2.50[N_2O_4]$ と，**問 i** の平衡定数 K より

$$\frac{2(x-y)}{2.20}=2.50\times\frac{y}{2.20} \qquad \therefore \quad 2(x-y)=2.50y \quad \cdots\cdots①$$

$$1.10\times10^2=\frac{\dfrac{y}{2.20}}{\left\{\dfrac{2(x-y)}{2.20}\right\}^2} \qquad \therefore \quad 200(x-y)^2=y \quad \cdots\cdots②$$

①，②より $\quad y=3.2\times10^{-3}$〔mol〕

よって $\quad x=7.2\times10^{-3}$〔mol〕

---

104 解答

$K_a=2.4\times10^{-5}\,\mathrm{mol/L}$

解説

プロピオン酸のモル濃度を x〔mol/L〕とすると，中和点までに加えた水酸化ナトリウム水溶液が $17.50+2.30=19.80$〔mL〕であるから

$$x\times\frac{10.00}{1000}=0.100\times\frac{19.80}{1000} \qquad x=0.198\,\text{〔mol/L〕}$$

また，水酸化ナトリウム水溶液を $17.50\,\mathrm{mL}$ 滴下したときの各物質の量的関係において，まず反応前の各物質量は

$$\text{プロピオン酸：}0.198\times\frac{10.00}{1000}=1.98\times10^{-3}\text{〔mol〕}$$

$$\text{水酸化ナトリウム：}0.100\times\frac{17.50}{1000}=1.75\times10^{-3}\text{〔mol〕}$$

$$C_2H_5COOH + NaOH \longrightarrow C_2H_5COONa + H_2O$$

反応前	1.98	1.75	0	〔×10⁻³mol〕
変化量	-1.75	-1.75	$+1.75$	〔×10⁻³mol〕
反応後	0.23	0	1.75	〔×10⁻³mol〕

反応後の pH の値が 5.50 であることから，各濃度を $[H^+]$，$[C_2H_5COOH]$，$[C_2H_5COO^-]$ とすると

$$[H^+]=10^{-5.50}=10^{0.5}\times10^{-6}=\sqrt{10}\times10^{-6}\text{〔mol/L〕}$$

$$[C_2H_5COOH] = \frac{0.23 \times 10^{-3}}{\dfrac{10.00 + 17.50}{1000}} = \frac{0.23}{27.5}\,[\mathrm{mol/L}]$$

$$[C_2H_5COO^-] = \frac{1.75 \times 10^{-3}}{\dfrac{10.00 + 17.50}{1000}} = \frac{1.75}{27.5}\,[\mathrm{mol/L}]$$

したがって，電離定数 K_a は次のようになる。

$$K_a = \frac{[C_2H_5COO^-][H^+]}{[C_2H_5COOH]} = \frac{\dfrac{1.75}{27.5} \times \sqrt{10} \times 10^{-6}}{\dfrac{0.23}{27.5}}$$

$$= \frac{1.75 \times 3.16 \times 10^{-6}}{0.23}$$

$$= 2.40 \times 10^{-5} \doteqdot 2.4 \times 10^{-5}\,[\mathrm{mol/L}]$$

105　解　答

2・4

解　説

最初の10分間で，気体 **A** が $x\,[\mathrm{mol/L}]$ 反応したとすると，10分後の各物質の量的関係は次のようになる。

$$\mathbf{A} \longrightarrow 2\mathbf{B} + \mathbf{C}$$

	A	2B	C	
反応前	a_0	0	0	$[\mathrm{mol/L}]$
変化量	$-x$	$+2x$	$+x$	$[\mathrm{mol/L}]$
反応後	a_0-x	$2x$	x	$[\mathrm{mol/L}]$

よって，反応後の全濃度は，$a_0 - x + 2x + x = a_0 + 2x\,[\mathrm{mol/L}]$ となる。

ここで，気体 **A**，**B**，**C** は理想気体で，温度と体積が一定の条件下にあるので，理想気体の状態方程式から，各物質のモル濃度と分圧は比例関係にある。したがって，反応開始後10分間で全圧が1.8倍になっているので

$$1.8a_0 = a_0 + 2x \qquad x = 0.40a_0\,[\mathrm{mol/L}]$$

また，10分後の各物質のモル濃度を $[\mathbf{A}]_{10}$，$[\mathbf{B}]_{10}$，$[\mathbf{C}]_{10}\,[\mathrm{mol/L}]$ とすると

$$[\mathbf{A}]_{10} = 0.60a_0\,[\mathrm{mol/L}], \quad [\mathbf{B}]_{10} = 0.80a_0\,[\mathrm{mol/L}], \quad [\mathbf{C}]_{10} = 0.40a_0\,[\mathrm{mol/L}]$$

さらに，この反応は一次反応であるから，**A** の濃度と時間 t の関係は次のようになる。
時間：$0 \to t$ のとき **A** の濃度が $[\mathbf{A}]_0 \to [\mathbf{A}]$ と変化したとすると

$$-\frac{d[\mathbf{A}]}{dt} = k[\mathbf{A}] \quad (\because \quad v = ka)$$

$$\int_{[\mathbf{A}]_0}^{[\mathbf{A}]} \frac{d[\mathbf{A}]}{[\mathbf{A}]} = \int_0^t (-k)\,dt$$

$$\log_e[\mathbf{A}] - \log_e[\mathbf{A}]_0 = -kt \quad (e \text{ は自然対数の底})$$

$$\frac{[\mathbf{A}]}{[\mathbf{A}]_0} = e^{-kt} \quad \cdots\cdots①$$

ここで，反応開始 10 分後の $\mathbf{A}$ の濃度 $[\mathbf{A}]_{10} = 0.60a_0$〔mol/L〕を①に代入すると

$$\frac{0.60a_0}{a_0} = e^{-10k} \qquad 0.60 = e^{-10k} \quad \cdots\cdots②$$

また，反応開始 20 分後の $\mathbf{A}$ の濃度を $[\mathbf{A}]_{20} = y$〔mol/L〕とすると，①，②より

$$\frac{y}{a_0} = e^{-20k} \qquad \frac{y}{a_0} = (0.60)^2$$

$$y = 0.36a_0\,\text{〔mol/L〕}$$

以上より，$\mathbf{A}$，$\mathbf{B}$，$\mathbf{C}$ の濃度と時間の関係をまとめると次のようになる。

	0分	10分	20分	
$[\mathbf{A}]$	a_0	$0.60a_0$	$0.36a_0$	〔mol/L〕
$[\mathbf{B}]$	0	$0.80a_0$	$1.28a_0$	〔mol/L〕
$[\mathbf{C}]$	0	$0.40a_0$	$0.64a_0$	〔mol/L〕

1．（正文）反応開始 10 分後の $\mathbf{A}$ の濃度は a_0 の 0.60 倍になっている。

2．（誤文）反応開始 20 分後の全濃度は

$$0.36a_0 + 1.28a_0 + 0.64a_0 = 2.28a_0\,\text{〔mol/L〕}$$

全濃度は初濃度の 2.28 倍になっているので，全圧も P_0 の 2.28 倍である。

3．（正文）反応開始 20 分後の $\mathbf{A}$ の濃度は $0.36a_0$〔mol/L〕，$\mathbf{C}$ の濃度は $0.64a_0$〔mol/L〕である。

4．（誤文）化学反応式の係数から，$\mathbf{A}$ の 1 分間あたりの反応量と $\mathbf{C}$ の 1 分間あたりの生成量は等しく，ともに $\dfrac{0.60a_0 - 0.36a_0}{10} = \dfrac{0.64a_0 - 0.40a_0}{10}$〔mol/（L·min）〕である。

5．（正文）①より，$\mathbf{A}$ の濃度が半分になるまでの時間 $t_{\frac{1}{2}}$ は

$$\frac{1}{2} = e^{-kt_{1/2}} \qquad t_{\frac{1}{2}} = \frac{\log_e 2}{k} \quad (\text{一定})$$

よって，初期濃度とは関係なく $t_{\frac{1}{2}}$（半減期）は一定である。

攻略のポイント

次のように考えてもよい。この反応は一次反応であるから，反応開始 10 分後の $\mathbf{A}$ の濃度が 0.60 倍になるので，さらに 10 分後の，反応開始から 20 分後の濃度は，初期

濃度の $(0.60)^2 = 0.36$ 倍となる。一般に，10 分間隔でこれを n 回繰り返したときの濃度を a_n とすると，〔解説〕中の②式を用いて次のようになる。

$$\frac{a_n}{a_0} = e^{-10nk} = (e^{-10k})^n = (0.60)^n$$

したがって，一次反応の場合は，同じ時間間隔で考えるならば，上記の方法で濃度を計算してもよい。

106　解答

問 i　**0.20 mol**　　問 ii　**0.15 mol**

解　説

問 i　C_3H_8 が解離した物質量を x〔mol〕とすると，各物質の量的関係は次のようになる。

$$C_3H_8 \rightleftharpoons C_3H_6 + H_2$$

反応前	0.400	0	0	〔mol〕
変化量	$-x$	$+x$	$+x$	〔mol〕
平衡後	$0.400-x$	x	x	〔mol〕

平衡後の全物質量は，$0.400-x+x+x=0.400+x$〔mol〕となるので，理想気体の状態方程式より

$$1.00 \times 10^5 \times 40.0 = (0.400+x) \times 8.31 \times 10^3 \times 800$$

$$x = 0.201 \fallingdotseq 0.20 \, \text{〔mol〕}$$

問 ii　最初に容器に入れたプロパンの物質量を y〔mol〕とすると，各物質の量的関係は次のようになる。

$$C_3H_8 \rightleftharpoons C_3H_6 + H_2$$

反応前	y	0	0	〔mol〕
変化量	-0.100	$+0.100$	$+0.100$	〔mol〕
平衡後	$y-0.100$	0.100	0.100	〔mol〕

ここで，**実験1**の平衡後における各物質量は次のようになる。

$C_3H_8 : 0.400-0.201 = 0.199$〔mol〕

$C_3H_6 : 0.201 \, \text{mol}$

$H_2 : 0.201 \, \text{mol}$

よって，800 K におけるこの平衡の平衡定数 K〔mol/L〕は

$$K = \frac{\dfrac{0.201}{40.0} \times \dfrac{0.201}{40.0}}{\dfrac{0.199}{40.0}} = \frac{0.201 \times 0.201}{40.0 \times 0.199} \, \text{〔mol/L〕}$$

したがって，求める y は次のようになる。

$$\frac{0.201 \times 0.201}{40.0 \times 0.199} = \frac{\dfrac{0.100}{40.0} \times \dfrac{0.100}{40.0}}{\dfrac{y-0.100}{40.0}}$$

$y = 0.149 \fallingdotseq 0.15 \,〔\text{mol}〕$

107　解　答

5・6

解　説

1．（正文）温度を低くすると，発熱・吸熱反応にかかわらず，粒子の熱運動が不活発になり反応速度は減少する。

2．（正文）反応の速度定数は活性化エネルギーと温度に依存し，反応物の濃度には依存しない。

3．（正文）触媒は活性化エネルギーを変化させるが，反応熱は変化させない。

4．（正文）一般に，触媒を加えると活性化エネルギーが小さくなるので，正・逆両反応ともに反応速度は大きくなる。

5．（誤文）温度一定の条件下で圧力を変化させると，容器の体積が変化するため，気体分子どうしの単位体積あたりの衝突回数が変化し，反応速度も変化する。

6．（誤文）温度を高くすると，反応物の衝突回数が大きくなるとともに分子の熱運動も活発になり，活性化エネルギー以上のエネルギーをもった分子の割合も増加する。このため，反応速度はさらに大きくなる。

108　解　答

1・4

解　説

与えられた反応熱を熱化学方程式で表すと，次のようになる。ただし，液体の水のみH_2O（液）と表記し，他の物質はすべて気体とする。

$CH_4 + 2O_2 = CO_2 + 2H_2O（液）+ 891\,kJ$　……①

$CO + \dfrac{1}{2}O_2 = CO_2 + 283\,kJ$　　　　　　……②

$$H_2 + \frac{1}{2}O_2 = H_2O \ (液) + 286 \, kJ \qquad \cdots\cdots ③$$

$$H_2O \ (液) = H_2O - 44.0 \, kJ \qquad \cdots\cdots ④$$

①＋④×2 より

$$CH_4 + 2O_2 = CO_2 + 2H_2O + 803 \, kJ \quad \cdots\cdots ①'$$

③＋④ より

$$H_2 + \frac{1}{2}O_2 = H_2O + 242 \, kJ \quad \cdots\cdots ③'$$

反応(1)の熱化学方程式は，①′－②－③′×3 より

$$CH_4 + H_2O = CO + 3H_2 - 206 \, kJ \quad \cdots\cdots 反応(1)$$

また，同様にして反応(2)の熱化学方程式は，②－③′ より

$$CO + H_2O = CO_2 + H_2 + 41 \, kJ \quad \cdots\cdots\cdots 反応(2)$$

1．（誤文）反応(1)は吸熱反応であるため，温度を上げると平衡は右に移動する。

2．（正文）反応(1)は圧力を上げると，分子数減少の方向である左に平衡は移動する。

3．（正文）反応(2)は発熱反応であるため，温度を上げると平衡は左に移動する。

4．（誤文）反応(2)は反応によって分子数の増減がないので，圧力を上げても平衡は移動しない。

5．（正文）反応(1)＋反応(2) より

$$CH_4 + 2H_2O = CO_2 + 4H_2 - 165 \, kJ$$

よって，吸熱反応である。

6．（正文）反応(1)において CH_4 の C 原子の酸化数は -4，CO の C 原子の酸化数は $+2$ となるので酸化数は増加する。また，反応(2)において CO の C 原子の酸化数は $+2$，CO_2 の C 原子の酸化数は $+4$ となるので酸化数は増加する。

109　解　答

問 i　2　　問 ii　3

解　説

問 i　酢酸，酢酸イオン，水素イオンのモル濃度を，$[CH_3COOH]$，$[CH_3COO^-]$，$[H^+]$ と表し，ギ酸，ギ酸イオンのモル濃度も同様に表す。ここで，ギ酸水溶液と酢酸水溶液を同体積ずつ混合するので，それぞれの濃度は，半分の $C \, [mol/L]$，$1.10 \times 10^{-4} \, mol/L$ となることに注意すると，次の関係が成立する。

$$[CH_3COOH] + [CH_3COO^-] = 1.10 \times 10^{-4} \quad \cdots\cdots ①$$

$$2.80 \times 10^{-5} = \frac{[CH_3COO^-][H^+]}{[CH_3COOH]} \qquad \cdots\cdots ②$$

$[H^+] = 2.80 \times 10^{-4} \, [mol/L]$, ①より得られる $[CH_3COOH] = 1.10 \times 10^{-4}$
$- [CH_3COO^-]$ を②へ代入し整理すると

$$2.80 \times 10^{-5} = \frac{[CH_3COO^-] \times 2.80 \times 10^{-4}}{1.10 \times 10^{-4} - [CH_3COO^-]}$$

∴ $[CH_3COO^-] = 1.00 \times 10^{-5} \, [mol/L]$

問ii 問題の条件より，$[HCOO^-] + [CH_3COO^-] = [H^+]$ であるから

$[HCOO^-] + 1.00 \times 10^{-5} = 2.80 \times 10^{-4}$

∴ $[HCOO^-] = 2.70 \times 10^{-4} \, [mol/L]$

また，$[HCOOH] + [HCOO^-] = C$ より

$[HCOOH] = C - [HCOO^-]$

$\qquad\qquad = C - 2.70 \times 10^{-4} \, [mol/L]$

よって，ギ酸の電離定数から次の関係が成立する。

$$2.80 \times 10^{-4} = \frac{[HCOO^-][H^+]}{[HCOOH]} = \frac{2.70 \times 10^{-4} \times 2.80 \times 10^{-4}}{C - 2.70 \times 10^{-4}}$$

∴ $C = 5.40 \times 10^{-4} \, [mol/L]$

攻略のポイント

1価の弱酸 HA と HB を混合した場合，混合水溶液中の水素イオン濃度 $[H^+]$
$[mol/L]$ は次のようにして求める。

混合水溶液中の HA のモル濃度，電離度，電離定数をそれぞれ，$C_A \, [mol/L]$，α_A，
$K_A \, [mol/L]$，HB についても同様に，$C_B \, [mol/L]$，α_B，$K_B \, [mol/L]$ とし，$1 \gg \alpha$ より
$1 - \alpha_A \fallingdotseq 1$，$1 - \alpha_B \fallingdotseq 1$ とする。よって，弱酸 HA，HB の平衡状態での各物質のモル濃
度，電離定数は次のように表される。

$$HA \;\rightleftharpoons\; H^+ + A^- \qquad\qquad HB \;\rightleftharpoons\; H^+ + B^-$$

平衡状態　$C_A(1 - \alpha_A) \qquad C_A\alpha_A \;\; C_A\alpha_A \qquad C_B(1 - \alpha_B) \qquad C_B\alpha_B \;\; C_B\alpha_B$

$\qquad\qquad\; \fallingdotseq C_A \qquad\qquad\qquad\qquad\qquad\; \fallingdotseq C_B$

$$K_A = \frac{[H^+][A^-]}{[HA]} \;\; \cdots\cdots ① \qquad\qquad K_B = \frac{[H^+][B^-]}{[HB]} \;\; \cdots\cdots ②$$

ここで，$[H^+] = C_A\alpha_A + C_B\alpha_B$ であることに注意して，①，②より

$$K_A \fallingdotseq \frac{C_A\alpha_A(C_A\alpha_A + C_B\alpha_B)}{C_A} = \alpha_A(C_A\alpha_A + C_B\alpha_B) \quad \cdots\cdots ①'$$

$$K_B \fallingdotseq \frac{C_B\alpha_B(C_A\alpha_A + C_B\alpha_B)}{C_B} = \alpha_B(C_A\alpha_A + C_B\alpha_B) \quad \cdots\cdots ②'$$

①$' \times C_A +$②$' \times C_B$ より

$$C_A K_A + C_B K_B = C_A\alpha_A(C_A\alpha_A + C_B\alpha_B) + C_B\alpha_B(C_A\alpha_A + C_B\alpha_B)$$

$$= (C_A\alpha_A + C_B\alpha_B)^2$$

$$= [\mathrm{H^+}]^2$$

$$\therefore \quad [\mathrm{H^+}] = \sqrt{C_A K_A + C_B K_B} \, [\mathrm{mol/L}]$$

よって，混合水溶液中の水素イオン濃度を，弱酸 HA，または弱酸 HB のみの水溶液における各水素イオン濃度 $\sqrt{C_A K_A} \, [\mathrm{mol/L}]$，$\sqrt{C_B K_B} \, [\mathrm{mol/L}]$ を用いて，$[\mathrm{H^+}] = \sqrt{C_A K_A} + \sqrt{C_B K_B} \, [\mathrm{mol/L}]$ としてはいけないことに着目したい。

110　解　答

$\log_{10} K_2 = -9.3$

解　説

各イオンのモル濃度を $[\mathrm{R{-}CH(NH_3^+){-}COOH}]$ などで表すと，電離定数 K_1，K_2 と各イオンのモル濃度の関係は次のようになる。

$$K_1 = \frac{[\mathrm{R{-}CH(NH_3^+){-}COO^-}][\mathrm{H^+}]}{[\mathrm{R{-}CH(NH_3^+){-}COOH}]} \quad \cdots\cdots ①$$

$$K_2 = \frac{[\mathrm{R{-}CH(NH_2){-}COO^-}][\mathrm{H^+}]}{[\mathrm{R{-}CH(NH_3^+){-}COO^-}]} \quad \cdots\cdots ②$$

等電点では，$[\mathrm{R{-}CH(NH_3^+){-}COOH}] = [\mathrm{R{-}CH(NH_2){-}COO^-}]$ であるから，①，②より辺々かけあわせると次のようになる。

$$K_1 K_2 = [\mathrm{H^+}]^2 \qquad [\mathrm{H^+}] = \sqrt{K_1 K_2}$$

$$\therefore \quad -\log_{10}[\mathrm{H^+}] = -\log_{10}\sqrt{K_1 K_2}$$

与えられた数値を代入して整理すると

$$5.70 = -\frac{1}{2}(\log_{10} 1.00 \times 10^{-2.10} + \log_{10} K_2)$$

$$\therefore \quad \log_{10} K_2 = -9.30 \fallingdotseq -9.3$$

111　解　答

4 ・ 5

解　説

1．（正文）化学反応は，一般に多段階で反応が起こるものが多く，反応速度式は実験によって導く。

2．（正文）$\mathrm{H_2O_2}$ の分解反応は次のように表される。

$$2\mathrm{H_2O_2} \longrightarrow \mathrm{O_2} + 2\mathrm{H_2O}$$

よって，発生する O_2 は

$$0.90 \times \frac{10}{1000} \times \frac{1}{2} = 4.5 \times 10^{-3} \, [\text{mol}]$$

3．（正文）反応開始後，1.0 分間で発生した O_2 が 1.0×10^{-3} mol なので，反応した H_2O_2 は 2.0×10^{-3} mol となる。よって，H_2O_2 のモル濃度は，溶液の体積が変わらないとすると

$$(9.0 \times 10^{-3} - 2.0 \times 10^{-3}) \times \frac{1000}{10} = 0.70 \, [\text{mol/L}]$$

4．（誤文）初めの 1.0 分間で H_2O_2 の濃度が 0.20 mol/L 分減少し 0.70 mol/L になると，反応速度は $v = kc$ より H_2O_2 の濃度に比例するから，次の 1.0 分間で反応する H_2O_2 は，初めの 1.0 分間で反応する量より減少する。

よって，反応開始から 2.0 分後の濃度は 0.50 mol/L にはならない。

5．（誤文）初濃度を半分にすると $v = kc$ より，反応速度は時間と共に減少していくので，時間を 2 倍にしても生成する O_2 の量は同じにならない。

攻略のポイント

H_2O_2 の分解反応は一次反応で，H_2O_2 の濃度 $[H_2O_2]$ [mol/L] と時間 t [min] の関係は次のように導かれる。

時間：$0 \rightarrow t$，H_2O_2 の濃度：$[H_2O_2]_0 \rightarrow [H_2O_2]$ とすると

$$-\frac{d[H_2O_2]}{dt} = k[H_2O_2]$$

変数を分離して積分すると

$$\frac{d[H_2O_2]}{[H_2O_2]} = -kdt \qquad \int_{[H_2O_2]_0}^{[H_2O_2]} \frac{d[H_2O_2]}{[H_2O_2]} = -\int_0^t kdt$$

$$\log_e[H_2O_2] - \log_e[H_2O_2]_0 = -kt$$

$$\therefore \quad \log_e \frac{[H_2O_2]}{[H_2O_2]_0} = -kt \quad \cdots\cdots ①$$

①より一次反応では，濃度が半分になるまでの時間 $t_{\frac{1}{2}}$（半減期）は，濃度とは関係なく次のように一定となる。

$$\log_e \frac{1}{2} = -kt_{\frac{1}{2}} \qquad t_{\frac{1}{2}} = \frac{\log_e 2}{k}$$

ところで，選択肢 4 は①を用いて次のように考えてもよい。まず，選択肢 3 で，反応開始後 1.0 分間で，H_2O_2 の濃度が 0.90 mol/L から 0.70 mol/L となるので，反応速度定数 k [/min] は次のようになる。

$$\log_e \frac{0.70}{0.90} = -k \times 1.0 \qquad k = -\log_e \frac{7}{9} \quad \cdots\cdots ②$$

ここで，2.0 分後の H_2O_2 の濃度を x [mol/L] とすると，①より

$$\log_e \frac{x}{0.90} = -k \times 2.0 \qquad 2k = -\log_e \frac{x}{0.90} \quad \cdots\cdots ③$$

よって，②，③より

$$\frac{x}{0.90} = \left(\frac{7}{9}\right)^2 \qquad x = 0.544 \fallingdotseq 0.54 〔mol/L〕$$

また，選択肢5も温度が一定の20℃とすると，反応速度定数 k は変化しないので，初濃度を $0.45\,mol/L$ とし，2.0分後の H_2O_2 の濃度を y〔mol/L〕とすると，①より

$$\log_e \frac{y}{0.45} = -k \times 2.0 \qquad 2k = -\log_e \frac{y}{0.45}$$

よって，②を用いて整理すると

$$\frac{y}{0.45} = \left(\frac{7}{9}\right)^2 \qquad y = 0.272 \fallingdotseq 0.27 〔mol/L〕$$

したがって，発生した O_2 は次のようになる。

$$(0.45 - 0.27) \times \frac{10}{1000} \times \frac{1}{2} = 9.0 \times 10^{-4} 〔mol〕$$

112 解答

3・5

解説

$[H_2S] = 0.1$〔mol/L〕で pH $= 1$ のとき，$[S^{2-}] = 1 \times 10^{-20}$〔mol/L〕であるから，$H_2S$ $\rightleftharpoons 2H^+ + S^{2-}$ における電離定数を K〔mol^2/L^2〕とすると

$$K = \frac{[H^+]^2[S^{2-}]}{[H_2S]} = \frac{(1 \times 10^{-1})^2 \times 1 \times 10^{-20}}{0.1} = 1 \times 10^{-21} 〔mol^2/L^2〕$$

このとき，各 pH における $[S^{2-}]$ のモル濃度は
pH $= 2$ のとき

$$[S^{2-}] = 1 \times 10^{-21} \times \frac{0.1}{(1 \times 10^{-2})^2} = 1 \times 10^{-18} 〔mol/L〕$$

pH $= 4$ のとき

$$[S^{2-}] = 1 \times 10^{-21} \times \frac{0.1}{(1 \times 10^{-4})^2} = 1 \times 10^{-14} 〔mol/L〕$$

よって，表1中の番号1〜5における Pb^{2+}，Ni^{2+}，Mn^{2+} と S^{2-} とのモル濃度の積を各溶解度積と比較すると，次のようになる。

1：$[Pb^{2+}][S^{2-}] = 1 \times 10^{-2} \times 1 \times 10^{-18} = 1 \times 10^{-20} > 3 \times 10^{-28}$

2：$[Pb^{2+}][S^{2-}] = 1 \times 10^{-4} \times 1 \times 10^{-18} = 1 \times 10^{-22} > 3 \times 10^{-28}$

3：$[Ni^{2+}][S^{2-}] = 1 \times 10^{-2} \times 1 \times 10^{-18} = 1 \times 10^{-20} < 4 \times 10^{-20}$

$4：[Ni^{2+}][S^{2-}]=1\times10^{-4}\times1\times10^{-14}=1\times10^{-18}>4\times10^{-20}$

$5：[Mn^{2+}][S^{2-}]=1\times10^{-2}\times1\times10^{-14}=1\times10^{-16}<3\times10^{-11}$

溶解度積以下であれば沈殿しないので，正解は3と5である。

113　解 答

1.7 mol/L

解 説

25.0℃，4.00 mol/L の **X** を反応させると，濃度が半分になるまでの時間がt_X〔s〕であるから，式(2)より

$$\frac{1}{2.00}=kt_X+\frac{1}{4.00} \quad \therefore \quad kt_X=\frac{1}{4.00} \quad \cdots\cdots①$$

ここで，25.0℃から65.0℃まで10.0℃の温度上昇を4回行ったので，反応速度定数 k は $(2.00)^4=16.0$ 倍になる。

よって，式(2)より

$$\frac{1}{\dfrac{A}{2}}=16.0k\times0.150t_X+\frac{1}{A} \quad \cdots\cdots②$$

①を②に代入すると

$$\frac{2}{A}=16.0\times0.150\times\frac{1}{4.00}+\frac{1}{A} \quad \therefore \quad A=1.66\fallingdotseq1.7〔mol/L〕$$

攻略のポイント

二次反応において，**X** の濃度 [**X**] と時間 t の関係は，次のようにして求められる。

$$-\frac{d[\mathbf{X}]}{dt}=k[\mathbf{X}]^2$$

よって，$t：0\to t$ のとき $[\mathbf{X}]：[\mathbf{X}]_0\to[\mathbf{X}]$ とすると

$$-\int_{[\mathbf{X}]_0}^{[\mathbf{X}]}\frac{d[\mathbf{X}]}{[\mathbf{X}]^2}=\int_0^t kdt \qquad \frac{1}{[\mathbf{X}]}-\frac{1}{[\mathbf{X}]_0}=kt$$

$$\therefore \quad \frac{1}{[\mathbf{X}]}=kt+\frac{1}{[\mathbf{X}]_0}$$

このようにして式(2)が得られる。つまり $\dfrac{1}{[\mathbf{X}]}$ を t に対してプロットして直線になるなら，その反応は二次反応と判断できる。

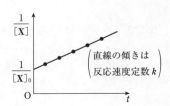

114 解 答

$$\frac{A(2n+B)}{2n}\,[\text{mol}]$$

解 説

実験1より，平衡状態Iにおける反応物，生成物の物質量は

$$X_2 \ + \ Y_2 \ \rightleftharpoons \ 2XY$$

反応前	n	n	0 〔mol〕
変化量	$-\dfrac{A}{2}$	$-\dfrac{A}{2}$	$+A$ 〔mol〕
平衡状態	$n-\dfrac{A}{2}$	$n-\dfrac{A}{2}$	A 〔mol〕

よって，反応容器内の容積を V〔L〕，この温度における平衡定数を K とすると，K と物質量との関係は次のようになる。

$$K = \frac{\left(\dfrac{A}{V}\right)^2}{\dfrac{n-\dfrac{A}{2}}{V}\times\dfrac{n-\dfrac{A}{2}}{V}} = \left(\frac{2A}{2n-A}\right)^2 \quad \cdots\cdots①$$

また**実験2**において，変化した **XY** の物質量を $2x$〔mol〕とすると，平衡状態における各物質量は

$$X_2 \ + \ Y_2 \ \rightleftharpoons \ 2XY$$

反応前	$n-\dfrac{A}{2}$	$n-\dfrac{A}{2}$	$A+B$ 〔mol〕
変化量	$+x$	$+x$	$-2x$ 〔mol〕
平衡状態	$n-\dfrac{A}{2}+x$	$n-\dfrac{A}{2}+x$	$A+B-2x$ 〔mol〕

よって，温度，体積を一定に保つので平衡定数 K は変化しないから，K と物質量の関係は次のようになる。

$$K = \frac{\left(\dfrac{A+B-2x}{V}\right)^2}{\dfrac{n-\dfrac{A}{2}+x}{V}\times\dfrac{n-\dfrac{A}{2}+x}{V}} = \left(\frac{2A+2B-4x}{2n-A+2x}\right)^2 \quad \cdots\cdots②$$

ここで，かっこ内の値は正の値であるから，①，②より x について整理すると

$$\left(\frac{2A}{2n-A}\right)^2 = \left(\frac{2A+2B-4x}{2n-A+2x}\right)^2$$

$$\frac{2A}{2n-A} = \frac{2A+2B-4x}{2n-A+2x}$$

$$\therefore \quad x = \frac{B(2n-A)}{4n}$$

したがって，求める **XY** の物質量は次のようになる。

$$A + B - 2 \times \frac{B(2n-A)}{4n} = \frac{A(2n+B)}{2n} \ (\text{mol})$$

攻略のポイント

平衡定数が変わらなければ，X_2，Y_2 が，それぞれ n〔mol〕から平衡状態になったときと，**XY** が $2n$〔mol〕から平衡状態になったときの，X_2，Y_2，**XY** のそれぞれの物質量は同じになる。実験2においても，初め X_2，Y_2 が n〔mol〕ずつ，**XY** が B〔mol〕として次のように考えてもよい。

$$X_2 \ + \ Y_2 \ \Longleftrightarrow \ 2XY$$

反応前	n	n	B	〔mol〕
変化量	$-x$	$-x$	$+2x$	〔mol〕
平衡状態	$n-x$	$n-x$	$B+2x$	〔mol〕

$$\left(\frac{2A}{2n-A} \right)^2 = \frac{(B+2x)^2}{(n-x)^2} \qquad \therefore \quad x = \frac{2nA - 2nB + AB}{4n}$$

よって，求める **XY** の物質量は次のようになる。

$$B + 2x = \frac{A(2n+B)}{2n} \ (\text{mol})$$

115　解　答

問i　分母：**2**　分子：**5**

問ii　(pH) **4**　(V) **3**

解　説

問i　CH_3COOH，$NaOH$ のそれぞれの物質量は

$$CH_3COOH : 0.200 \times \frac{50.0}{1000} = 0.0100 \ (\text{mol})$$

$$NaOH : 0.100 \times \frac{V}{1000} = \frac{0.100V}{1000} \ (\text{mol})$$

よって，反応の量的関係は

$$CH_3COOH \quad + \quad NaOH \quad \longrightarrow CH_3COONa + H_2O$$

反応前	0.0100	$\dfrac{0.100V}{1000}$	0	〔mol〕
変化量	$-\dfrac{0.100V}{1000}$	$-\dfrac{0.100V}{1000}$	$+\dfrac{0.100V}{1000}$	〔mol〕
反応後	$0.0100-\dfrac{0.100V}{1000}$	0	$\dfrac{0.100V}{1000}$	〔mol〕

したがって，酢酸のモル濃度を $[CH_3COOH]$，酢酸イオンのモル濃度を $[CH_3COO^-]$ とすると，水素イオンのモル濃度 $[H^+]$ は

$$[H^+] = K_a \times \frac{[CH_3COOH]}{[CH_3COO^-]} = K_a \times \frac{\left(0.0100-\dfrac{0.100V}{1000}\right) \times \dfrac{1000}{50.0+V}}{\dfrac{0.100V}{1000} \times \dfrac{1000}{50.0+V}}$$

$$= K_a \times \frac{100-V}{V} \ \text{〔mol/L〕}$$

問ii　NaOH を $0.100 \times \dfrac{10.0}{1000} = 1.00 \times 10^{-3}$ 〔mol〕加えたとき，緩衝液中の CH_3COOH が NaOH と反応するので，それぞれの物質量は

$$CH_3COOH : 0.0100-\frac{0.100V}{1000}-1.00 \times 10^{-3} = \frac{9.00-0.100V}{1000} \ \text{〔mol〕}$$

$$CH_3COO^- : \frac{0.100V}{1000}+1.00 \times 10^{-3} = \frac{1.00+0.100V}{1000} \ \text{〔mol〕}$$

よって，水素イオンのモル濃度 $[H^+]_1$ は

$$[H^+]_1 = K_a \times \frac{\dfrac{9.00-0.100V}{1000} \times \dfrac{1000}{60.0+V}}{\dfrac{1.00+0.100V}{1000} \times \dfrac{1000}{60.0+V}}$$

$$= K_a \times \frac{9.00-0.100V}{1.00+0.100V} \ \text{〔mol/L〕}$$

したがって，pH 変化の絶対値 ΔpH_1 は

$$\Delta pH_1 = -\log_{10}\left(K_a \times \frac{9.00-0.100V}{1.00+0.100V}\right) - \left\{-\log_{10}\left(K_a \times \frac{100-V}{V}\right)\right\}$$

また，HCl を $0.100 \times \dfrac{10.0}{1000} = 1.00 \times 10^{-3}$ 〔mol〕加えたとき，緩衝液中の CH_3COO^- が HCl と反応するので，それぞれの物質量は

$$CH_3COOH : 0.0100-\frac{0.100V}{1000}+1.00 \times 10^{-3} = \frac{11.0-0.100V}{1000} \ \text{〔mol〕}$$

$$CH_3COO^- : \frac{0.100V}{1000}-1.00 \times 10^{-3} = \frac{0.100V-1.00}{1000} \ \text{〔mol〕}$$

よって，水素イオンのモル濃度 $[H^+]_2$ は

$$[H^+]_2 = K_a \times \dfrac{\dfrac{11.0 - 0.100V}{1000} \times \dfrac{1000}{60.0 + V}}{\dfrac{0.100V - 1.00}{1000} \times \dfrac{1000}{60.0 + V}}$$

$$= K_a \times \dfrac{11.0 - 0.100V}{0.100V - 1.00} \, [\mathrm{mol/L}]$$

したがって，pH 変化の絶対値 $\Delta\mathrm{pH}_2$ は

$$\Delta\mathrm{pH}_2 = -\log_{10}\!\left(K_a \times \dfrac{100 - V}{V}\right) - \left\{-\log_{10}\!\left(K_a \times \dfrac{11.0 - 0.100V}{0.100V - 1.00}\right)\right\}$$

ここで，$\Delta\mathrm{pH}_1$ と $\Delta\mathrm{pH}_2$ の和は

$$\Delta\mathrm{pH}_1 + \Delta\mathrm{pH}_2 = -\log_{10}\!\left(K_a \times \dfrac{9.00 - 0.100V}{1.00 + 0.100V}\right) - \left\{-\log_{10}\!\left(K_a \times \dfrac{100 - V}{V}\right)\right\}$$

$$-\log_{10}\!\left(K_a \times \dfrac{100 - V}{V}\right) - \left\{-\log_{10}\!\left(K_a \times \dfrac{11.0 - 0.100V}{0.100V - 1.00}\right)\right\}$$

$$= -\log_{10}K_a - \log_{10}\dfrac{90.0 - V}{10.0 + V} + \log_{10}K_a + \log_{10}\dfrac{110 - V}{V - 10.0}$$

$$= \log_{10}\dfrac{(10.0 + V)(110 - V)}{(90.0 - V)(V - 10.0)}$$

$$= \log_{10}\dfrac{V^2 - 100V - 1100}{V^2 - 100V + 900}$$

$$= \log_{10}\left\{1 - \dfrac{2000}{(V - 50)^2 - 1600}\right\}$$

したがって，$V = 50.0\,[\mathrm{mL}]$ のとき $\Delta\mathrm{pH}_1$ と $\Delta\mathrm{pH}_2$ の和は最小となる。

このとき，**問 i** より $[H^+] = K_a$ となるから，求める pH は

$$\mathrm{pH} = -\log_{10}(2.80 \times 10^{-5}) = 4.553 \doteqdot 4.55$$

---

116 解 答

問 i　2　　問 ii　$v_A = \dfrac{aP^2}{16R^2T^2}\,[\mathrm{mol/(L \cdot s)}]$　　問 iii　$\dfrac{1.44b}{a}$

解 説

問 i　1．(誤文) 触媒によって，正・逆反応とも反応速度は大きくなる。

2．(正文) 温度を上昇させると，正・逆反応とも反応速度は大きくなる。

3．(誤文) 正反応が発熱反応であるとき，温度を上昇させると，平衡は吸熱反応である逆反応の方向（左辺）へ移動する。そのため，気体 **X**，気体 **Y** の濃度が大きくなり，気体 **Z** の濃度が小さくなるので，平衡定数の値は減少する。

4．(誤文) 温度が一定であれば，平衡定数も一定で変化しない。

5．（誤文）温度が変化すると平衡定数も変化する。

問ⅱ　状態**A**での気体**X**，気体**Y**，気体**Z**の分圧を，P_X〔Pa〕，P_Y〔Pa〕，P_Z〔Pa〕とすると

$$P_X + P_Y + P_Z = P, \quad P_X = P_Y, \quad P_Z = \frac{P}{2}$$

よって　　$P_X = P_Y = \dfrac{P}{4}$

ここで，気体**X**，気体**Y**，気体**Z**の物質量を x〔mol〕，y〔mol〕，z〔mol〕とすると

$$P_X V = \frac{P}{4} V = xRT \qquad \therefore \quad [\mathbf{X}] = \frac{x}{V} = \frac{P}{4RT} \text{〔mol/L〕}$$

$$P_Y V = \frac{P}{4} V = yRT \qquad \therefore \quad [\mathbf{Y}] = \frac{y}{V} = \frac{P}{4RT} \text{〔mol/L〕}$$

$$P_Z V = \frac{P}{2} V = zRT \qquad \therefore \quad [\mathbf{Z}] = \frac{z}{V} = \frac{P}{2RT} \text{〔mol/L〕}$$

したがって，正反応の反応速度 v は

$$v = a[\mathbf{X}][\mathbf{Y}] = a \times \frac{P}{4RT} \times \frac{P}{4RT} = \frac{aP^2}{16R^2T^2} \text{〔mol/(L·s)〕}$$

平衡状態では，正反応と逆反応の反応速度は等しく，$v = v_A$ だから

$$v_A = \frac{aP^2}{16R^2T^2} \text{〔mol/(L·s)〕}$$

問ⅲ　状態**A**の各成分の濃度を用いて平衡定数 K を求めると

$$K = \frac{[\mathbf{Z}]^2}{[\mathbf{X}][\mathbf{Y}]} = \frac{\left(\dfrac{P}{2RT}\right)^2}{\dfrac{P}{4RT} \times \dfrac{P}{4RT}} = 4$$

次に，状態**A**に気体**X**を加えた瞬間の全圧および各成分の分圧を考える。加えた気体**X**の量は，状態**A**での気体**X**の量に等しいから，分圧に換算すると $\dfrac{P}{4}$〔Pa〕である。よって，求める全圧は $P + \dfrac{P}{4} = \dfrac{5P}{4}$〔Pa〕となるので，各成分の分圧は

気体**X**：$\dfrac{P}{4} + \dfrac{P}{4} = \dfrac{P}{2}$〔Pa〕　　　気体**Y**：$\dfrac{P}{4}$〔Pa〕　　　気体**Z**：$\dfrac{P}{2}$〔Pa〕

さらに，この平衡反応では，平衡の移動によって分子数は変化しないから，全圧は一定に保たれ，状態**B**での全圧は $\dfrac{5P}{4}$〔Pa〕である。

また，状態**A**から状態**B**への平衡の移動は気体**X**を減らす方向であるから，分圧に換算すると，気体**X**，気体**Y**が P_1〔Pa〕減少し，気体**Z**が $2P_1$〔Pa〕増加したとすると，状態**B**での各成分の分圧は次のようになる。

$$\text{気体}\mathbf{X} : \frac{P}{2} - P_1 \, [\text{Pa}] \qquad \text{気体}\mathbf{Y} : \frac{P}{4} - P_1 \, [\text{Pa}] \qquad \text{気体}\mathbf{Z} : \frac{P}{2} + 2P_1 \, [\text{Pa}]$$

これらの値を濃度に換算すると

$$[\mathbf{X}] = \frac{\dfrac{P}{2} - P_1}{RT} \, [\text{mol/L}] \qquad [\mathbf{Y}] = \frac{\dfrac{P}{4} - P_1}{RT} \, [\text{mol/L}] \qquad [\mathbf{Z}] = \frac{\dfrac{P}{2} + 2P_1}{RT} \, [\text{mol/L}]$$

ゆえに, 平衡定数 K は

$$K = \frac{[\mathbf{Z}]^2}{[\mathbf{X}][\mathbf{Y}]} = \frac{\left(\dfrac{\dfrac{P}{2} + 2P_1}{RT}\right)^2}{\dfrac{\dfrac{P}{2} - P_1}{RT} \times \dfrac{\dfrac{P}{4} - P_1}{RT}} = \frac{2P^2 + 16PP_1 + 32P_1{}^2}{P^2 - 6PP_1 + 8P_1{}^2} = 4$$

$$\therefore \quad P_1 = \frac{P}{20}$$

よって, 気体 $\mathbf{X}$, 気体 $\mathbf{Y}$ の濃度は

$$[\mathbf{X}] = \frac{\dfrac{P}{2} - \dfrac{P}{20}}{RT} = \frac{9P}{20RT} \, [\text{mol/L}]$$

$$[\mathbf{Y}] = \frac{\dfrac{P}{4} - \dfrac{P}{20}}{RT} = \frac{P}{5RT} \, [\text{mol/L}]$$

したがって, 状態 $\mathbf{B}$ での正反応の反応速度 v' は

$$v' = b[\mathbf{X}][\mathbf{Y}] = b \times \frac{9P}{20RT} \times \frac{P}{5RT} = \frac{9bP^2}{100R^2T^2}$$

以上より, 状態 $\mathbf{B}$ での逆反応の反応速度は v' に等しいから, 求める比は

$$\frac{v'}{v_{\mathbf{A}}} = \frac{\dfrac{9bP^2}{100R^2T^2}}{\dfrac{aP^2}{16R^2T^2}} = \frac{36b}{25a} = \frac{1.44b}{a}$$

攻略のポイント

問 iii は次のように考えてもよい。状態 $\mathbf{A}$ における気体 $\mathbf{X}$, 気体 $\mathbf{Y}$ のモル濃度を $\dfrac{P}{4RT} = c \, [\text{mol/L}]$ として, 状態 $\mathbf{B}$ へ変化した気体 $\mathbf{X}$, 気体 $\mathbf{Y}$ のモル濃度を $n \, [\text{mol/L}]$ とおくと, 濃度の関係は次のように表される。

$$X + Y \rightleftharpoons 2Z$$

反応前	$2c$	c	$2c$	〔mol/L〕
変化量	$-n$	$-n$	$+2n$	〔mol/L〕
平衡状態	$2c-n$	$c-n$	$2c+2n$	〔mol/L〕

よって，$K = \dfrac{(2c)^2}{c \times c} = 4$ より

$$4 = \frac{(2c+2n)^2}{(2c-n)(c-n)} \qquad c(c-5n) = 0$$

$c \neq 0$ より $\qquad n = \dfrac{c}{5}$

したがって，状態**B**での逆反応の反応速度 $v_A{}'$ は正反応の反応速度に等しいので，v_A，$v_A{}'$ は c を用いて，次のように表される。

$$v_A = ac^2, \quad v_A{}' = b\left(2c - \frac{c}{5}\right)\left(c - \frac{c}{5}\right) = 1.44bc^2$$

以上より $\qquad \dfrac{v_A{}'}{v_A} = \dfrac{1.44b}{a}$

117　解　答

問 i　1・5　問 ii　$\log_{10}K_b = -4.6$　問 iii　pH = 9.7

解　説

問 i　1．（正文）溶液 **A**（アンモニア水）の濃度を c〔mol/L〕，電離度を α，10 倍に希釈後の電離度を α'，電離定数を K_b〔mol/L〕とすると

$$K_b = \frac{[\text{NH}_4{}^+][\text{OH}^-]}{[\text{NH}_3]} = \frac{c^2\alpha^2}{c(1-\alpha)} \fallingdotseq c\alpha^2 \quad (\because \quad \alpha \ll 1)$$

よって，$\alpha = \sqrt{\dfrac{K_b}{c}}$ より $\qquad [\text{NH}_4{}^+] = c\alpha = \sqrt{cK_b}$

また，10 倍に希釈すると，$\alpha' = \sqrt{\dfrac{K_b}{\dfrac{c}{10}}} = \sqrt{\dfrac{10K_b}{c}}$ より

$$[\text{NH}_4{}^+] = \frac{c}{10} \times \alpha' = \frac{\sqrt{10}}{10}\sqrt{cK_b}$$

したがって，$\text{NH}_4{}^+$ の濃度は希釈前の方が高い。

2．（誤文）中和反応の量的関係においては，酸・塩基の強弱は関係しないので，濃度が等しければ，中和に必要な体積は等しい。

3．（誤文）溶液 **A** における NH_3 の電離度は非常に小さいので，$\text{NH}_4{}^+$ の濃度は

0.100 mol/L に比べ非常に小さい。一方、溶液 C では、中和によって生じた NH_4Cl は完全に電離しているので、NH_4^+ の濃度は、全体積が 20.0 mL であることから、0.0500 mol/L となり、溶液 C の NH_4^+ の濃度の方が高い。

4．（誤文）溶液 C 中では NH_4^+ が加水分解し、弱酸性を示す。

$$NH_4^+ + H_2O \rightleftharpoons NH_3 + H_3O^+$$

よって、純水で 10 倍に希釈すると pH は増加する。

5．（正文）溶液 D は NH_4^+ と NH_3 を含む緩衝液であるから、NH_3 を加えても pH の変化は、溶液 C よりも小さい。

6．（誤文）緩衝液である溶液 D は純水で 10 倍程度希釈しても pH はほとんど変化しない。

問ii 溶液 A 中の NH_3 の電離度は非常に小さいので、それぞれの濃度は次のようになる。

$$[NH_3] = 0.100 \, [mol/L]$$

$$[NH_4^+] = [OH^-] = \frac{1.00 \times 10^{-14}}{[H^+]} = \frac{1.00 \times 10^{-14}}{1.00 \times 10^{-11.2}} = 1.00 \times 10^{-2.80} \, [mol/L]$$

また、H_2O の濃度は一定とみなしてよいので

$$K_b = \frac{[NH_4^+][OH^-]}{[NH_3]} = \frac{(1.00 \times 10^{-2.80})^2}{0.100} = 1.00 \times 10^{-4.60} \, [mol/L]$$

よって、求める値は

$$\log_{10} K_b = \log_{10}(1.00 \times 10^{-4.60}) = -4.60 \fallingdotseq -4.6$$

問iii 溶液 D 中において、NH_4^+ の加水分解反応による NH_3 の生成量や、NH_3 の電離による NH_4^+ の生成量は無視できるので、それぞれの濃度は次のようになる。

$$[NH_4^+] \fallingdotseq 0.100 \times \frac{10.0}{1000} \times \frac{1000}{40.0} = 0.0250 \, [mol/L]$$

$$[NH_3] \fallingdotseq 0.100 \times \frac{20.0}{1000} \times \frac{1000}{40.0} = 0.0500 \, [mol/L]$$

よって、溶液中の $[OH^-]$ は

$$[OH^-] = K_b \times \frac{[NH_3]}{[NH_4^+]} = 1.00 \times 10^{-4.60} \times \frac{0.0500}{0.0250} = 2.00 \times 10^{-4.60} \, [mol/L]$$

したがって、求める pH は

$$pH = -\log_{10} \frac{1.00 \times 10^{-14}}{2.00 \times 10^{-4.60}} = 9.40 + \log_{10} 2 = 9.70 \fallingdotseq 9.7$$

攻略のポイント

問i 4．溶液 C の NH_4Cl 水溶液の濃度 $c \, [mol/L]$ は

$$c = 0.100 \times \frac{10.0}{1000} \times \frac{1000}{20.0} = 0.0500 \, [mol/L]$$

NH_4^+ の加水分解反応 $NH_4^+ + H_2O \rightleftharpoons NH_3 + H_3O^+$ における平衡定数を K_h〔mol/L〕，アンモニアの電離定数を K_b〔mol/L〕，水のイオン積を K_w (mol/L)^2 とすると

$$K_h = \frac{[NH_3][H^+]}{[NH_4^+]} = \frac{[NH_3][H^+][OH^-]}{[NH_4^+][OH^-]} = \frac{K_w}{K_b} \quad \cdots\cdots①$$

また，$[NH_4^+] \doteqdot c$，$[NH_3] \doteqdot [H^+]$ としてよいので

$$K_h = \frac{[H^+]^2}{c} \qquad [H^+] = \sqrt{cK_h} \quad \cdots\cdots②$$

①，②より $[H^+] = \sqrt{\dfrac{cK_w}{K_b}}$ 〔mol/L〕

よって，濃度を 10 倍に希釈すると，$[H^+] = \sqrt{\dfrac{cK_w}{10K_b}}$ となり，$[H^+]$ が小さくなるので，pH は増加する。

6．溶液 **D** 中の $[OH^-]$ は $[OH^-] = K_b \times \dfrac{[NH_3]}{[NH_4^+]}$ と表されるので

$$[H^+] = \frac{K_w}{[OH^-]} = \frac{K_w}{K_b} \times \frac{[NH_4^+]}{[NH_3]} \text{〔mol/L〕}$$

よって，10 倍に希釈しても $[NH_3]$，$[NH_4^+]$ がともに $\dfrac{1}{10}$ になるので，$[H^+]$ はほとんど変化しない。一方，上記の 4 より溶液 **C** の $[H^+]$ は $\dfrac{1}{\sqrt{10}}$ 倍になる。

118 解答

問 i　4　　問 ii　1.3×10^{-15} mol/L

解説

問 i　1．(誤文) 酢酸の電離定数 K_a は 10^{-5} mol/L 程度であるから，濃度 $c = 0.100$〔mol/L〕の酢酸水溶液の水素イオン濃度 $[H^+]$ は

$$[H^+] = \sqrt{cK_a}$$

希釈しても上式が成り立つと仮定すると，100 倍に希釈したとき，水素イオン濃度は $\dfrac{1}{10}$ となるので，pH 変化は 1 となる。

2．(誤文) $Ca(OH)_2$ は強塩基であるが，その溶解度は 20℃ において 1.7 g/L 程度である。一方，NH_3 は弱塩基であるが，濃アンモニア水の質量パーセント濃度は約 28 %（比重約 0.9）であるので，20℃ におけるその溶解度はおよそ 252 g/L に

なる。

3．（誤文）強酸である塩酸と弱塩基である NH_3 水の中和では，中和点は弱酸性側にあるので，塩基性側に変色域をもつフェノールフタレインは使えない。

4．（正文）水に溶かすと塩化アンモニウム NH_4Cl はほぼ完全に電離し，アンモニウムイオン $NH_4{}^+$ と塩化物イオン Cl^- を生じる。$NH_4{}^+$ は水中で加水分解し，その一部が NH_3 と H_3O^+（H^+）になるため，その濃度がわずかに減少する。

$$NH_4{}^+ + H_2O \longrightarrow NH_3 + H_3O^+$$

しかし，生じた Cl^- は加水分解することなく水中に存在するため，これらのイオンのうち最も濃度が高くなる。

5．（誤文）希硫酸を加えても塩化ナトリウムの沈殿は生じない。むしろ，希硫酸を加えることによって $NaCl$ の濃度は低くなり，$NaCl$ はさらに溶けるようになる。

6．（誤文）HCl はアレニウスの定義による酸であり，NH_3 はブレンステッドの定義による塩基であるが，これらが反応しても H_2O は生じない。

$$HCl + NH_3 \longrightarrow NH_4Cl$$

問 ii　FeS の溶解度積が $6.00 \times 10^{-18}\,mol^2/L^2$ であるので，Fe^{2+} の濃度が $0.100\,mol/L$ の溶液に対して FeS の沈殿が生じるためには，S^{2-} の濃度 $[S^{2-}]$ が次の値以上であればよい。

$$\frac{6.00 \times 10^{-18}}{0.100} = 6.00 \times 10^{-17}\,[mol/L]$$

ここで，H_2S の第1段階の電離定数を $K_1\,[mol/L]$，第2段階の電離定数を K_2 $[mol/L]$ とすると

$$K_1 = \frac{[H^+][HS^-]}{[H_2S]}, \quad K_2 = \frac{[H^+][S^{2-}]}{[HS^-]}$$

よって，$H_2S \rightleftharpoons 2H^+ + S^{2-}$ の平衡定数 $K\,[mol^2/L^2]$ は

$$K = \frac{[H^+]^2[S^{2-}]}{[H_2S]} = K_1K_2$$

よって，FeS の沈殿が生じはじめるとき，$[H_2S] = 0.100\,[mol/L]$，$[S^{2-}] = 6.00 \times 10^{-17}\,[mol/L]$，$[H^+] = 4.20 \times 10^{-4}\,[mol/L]$ となるので，求める K_2 は

$$8.40 \times 10^{-8} \times K_2 = \frac{(4.20 \times 10^{-4})^2 \times 6.00 \times 10^{-17}}{0.100}$$

$$\therefore \quad K_2 = 1.26 \times 10^{-15} \fallingdotseq 1.3 \times 10^{-15}\,[mol/L]$$

119 解 答

問 i　$2.3 \times 10^{-3}\,mol/(L \cdot s)$　　　問 ii　$k = 4.1 \times 10^{-3}\,s^{-1}$　　　問 iii　$4.7\,mL$

解 説

問i 捕集容器内には，水蒸気が含まれているから，捕集された O_2 の分圧は

$1.010 \times 10^5 - 0.040 \times 10^5 = 0.970 \times 10^5 \text{[Pa]}$

反応開始後60秒までに発生した O_2 の物質量は，気体の状態方程式から次のようになる。

$$\frac{0.970 \times 10^5 \times 18.0 \times 10^{-3}}{8.3 \times 10^3 \times 300} = 0.701 \times 10^{-3} \text{[mol]}$$

よって，H_2O_2 の分解反応は $2H_2O_2 \longrightarrow 2H_2O + O_2$ であるから，反応開始後60秒までに減少した H_2O_2 の物質量は

$0.701 \times 10^{-3} \times 2 = 1.40 \times 10^{-3} \text{[mol]}$

したがって，0～60秒における H_2O_2 の平均の分解速度は

$$\frac{1.40 \times 10^{-3} \times \dfrac{1000}{10.0}}{60} = 2.33 \times 10^{-3} \fallingdotseq 2.3 \times 10^{-3} \text{[mol/(L·s)]}$$

問ii 0～60秒における H_2O_2 の平均の濃度は

$$\frac{0.640 + (0.640 - 0.140)}{2} = 0.570 \text{[mol/L]}$$

よって，求める速度定数 k は次のようになる。

$$k = \frac{2.33 \times 10^{-3}}{0.570} = 4.08 \times 10^{-3} \fallingdotseq 4.1 \times 10^{-3} \text{[s}^{-1}\text{]}$$

問iii 反応開始後600秒（H_2O_2 水溶液を追加する前）において，発生した O_2 の物質量は

$$\frac{0.970 \times 10^5 \times 75.0 \times 10^{-3}}{8.3 \times 10^3 \times 300} = 2.92 \times 10^{-3} \text{[mol]}$$

よって，H_2O_2 のモル濃度の減少量は

$$2.92 \times 10^{-3} \times 2 \times \frac{1000}{10.0} = 0.584 \text{[mol/L]}$$

したがって，H_2O_2 水溶液を追加する前の H_2O_2 のモル濃度は

$0.640 - 0.584 = 0.056 \text{[mol/L]}$

追加した H_2O_2 水溶液の体積を x [mL] とすると，追加直後の H_2O_2 の濃度は

$$\frac{0.056 \times 10.0 \times 10^{-3} + 0.640 \times x \times 10^{-3}}{(10.0 + x) \times 10^{-3}} = \frac{0.56 + 0.640x}{10.0 + x} \text{[mol/L]}$$

一方，追加直後から60秒間で発生した O_2 は

$85.0 - 75.0 = 10.0 \text{[mL]}$

よって，この60秒間の H_2O_2 の平均の分解速度は

$$\frac{\dfrac{0.970\times10^5\times10.0\times10^{-3}}{8.3\times10^3\times300}\times2}{(10.0+x)\times10^{-3}}\times\frac{1}{60}=\frac{0.779}{10.0+x}\times\frac{1}{60}\,[\mathrm{mol/(L\cdot s)}]\quad\cdots\cdots①$$

また，この 60 秒間の H_2O_2 の平均の濃度は

$$\frac{\dfrac{0.56+0.640x}{10.0+x}+\left(\dfrac{0.56+0.640x}{10.0+x}-\dfrac{0.779}{10.0+x}\right)}{2}=\frac{0.17+0.640x}{10.0+x}\,[\mathrm{mol/L}]\quad\cdots\cdots②$$

したがって，①，②より求める x [mL] は

$$\frac{0.779}{10.0+x}\times\frac{1}{60}=4.1\times10^{-3}\times\frac{0.17+0.640x}{10.0+x}$$

∴ $x=4.68\fallingdotseq4.7$ [mL]

120 解 答

問 i $K=6.0$　　問 ii **0.7 mol**　　問 iii **1.0 mol**

解 説

問 i 燃焼前の平衡と燃焼後の平衡は同温であるから，平衡定数 K の値は同じである。よって，燃焼前の平衡前後の各成分の物質量は次のようになる。

	H_2O	+ CO	$\rightleftharpoons$	H_2	+ CO_2	
反応前	3.00	4.00		0	0	[mol]
変化量	−2.40	−2.40		+2.40	+2.40	[mol]
平衡後	0.60	1.60		2.40	2.40	[mol]

したがって，この容器の体積を V [L] とすると，平衡定数 K は次のようになる。

$$K=\frac{[\mathrm{H_2}][\mathrm{CO_2}]}{[\mathrm{H_2O}][\mathrm{CO}]}=\frac{\left(\dfrac{2.40}{V}\right)\left(\dfrac{2.40}{V}\right)}{\left(\dfrac{0.60}{V}\right)\left(\dfrac{1.60}{V}\right)}=\frac{2.40^2}{0.60\times1.60}=6.00\fallingdotseq6.0$$

問 ii 燃焼した H_2, CO の物質量をそれぞれ x [mol], y [mol] とすると，それぞれの燃焼反応は次のようになる。

$$2H_2+O_2\longrightarrow 2H_2O,\ 2CO+O_2\longrightarrow 2CO_2$$

よって，加えた O_2 は $\dfrac{1}{2}(x+y)$ [mol] で，燃焼によって生じる H_2O は x [mol]，CO_2 は y [mol] であるから，燃焼後の平衡前後の各成分の物質量は，次のようになる。

$$
\begin{array}{ccccccc}
 & H_2O & + & CO & \rightleftharpoons & H_2 & + & CO_2 \\
\end{array}
$$

	H_2O	CO	H_2	CO_2	
燃焼直後	$0.60+x$	$1.60-y$	$2.40-x$	$2.40+y$	〔mol〕
変化量	$+(0.60-x)$	$+(0.60-x)$	$-(0.60-x)$	$-(0.60-x)$	〔mol〕
平衡後	1.20	$2.20-(x+y)$	1.80	$1.80+(x+y)$	〔mol〕

この平衡状態における容器の体積を V'〔L〕とすると

$$K=\dfrac{\left(\dfrac{1.80}{V'}\right)\left\{\dfrac{1.80+(x+y)}{V'}\right\}}{\left(\dfrac{1.20}{V'}\right)\left\{\dfrac{2.20-(x+y)}{V'}\right\}}=\dfrac{1.80\times(1.80+x+y)}{1.20\times(2.20-x-y)}=6.00$$

$$\dfrac{1.80+(x+y)}{2.20-(x+y)}=4.00 \qquad \therefore\quad x+y=1.40 \quad\cdots\cdots①$$

よって，求める O_2 の物質量は　$\dfrac{1}{2}\times1.40=0.70 \doteqdot 0.7$〔mol〕

問iii　燃焼による発熱量より

$$246.0x+283.0y=360.0 \quad\cdots\cdots②$$

①，②から　　$x=0.97 \doteqdot 1.0$〔mol〕

121　解　答

問 i　$[H^+]=[HSO_4^-]+2[SO_4^{2-}]$

問 ii　$[H^+]=0.11\,mol/L$　$[HSO_4^-]=0.09\,mol/L$　$[SO_4^{2-}]=0.01\,mol/L$

問 iii　**2・5**

解　説

問 i　H_2SO_4 から HSO_4^- が生成するときは，これと同数の H^+ を生成する。H_2SO_4 から SO_4^{2-} が生成するときは，この2倍量の H^+ を生成する。

よって，$[H^+]=[HSO_4^-]+2[SO_4^{2-}]$ となる。

問 ii　(1)は完全に電離するから，(1)で生じる H^+，HSO_4^- の濃度は

$$[H^+]=0.100\,mol/L,\quad [HSO_4^-]=0.100\,mol/L$$

$[HSO_4^-]$ のうち x〔mol/L〕$(x>0)$ が電離すると

$$[HSO_4^-]=0.100-x\,〔mol/L〕,\quad [SO_4^{2-}]=x\,〔mol/L〕$$

$[H^+]$ は(1)の電離とあわせて　　$[H^+]=0.100+x$〔mol/L〕

よって，(2)の電離について電離定数を K_a とすると，次の式が成り立つ。

$$K_a=\dfrac{[H^+][SO_4^{2-}]}{[HSO_4^-]}=\dfrac{(0.100+x)\,x}{0.100-x}$$

ここで $K_a=1.00\times10^{-2}$〔mol/L〕より

$$x^2 + 0.110x - 0.00100 = 0$$

$$\therefore \quad x = \frac{-0.11 + \sqrt{0.0161}}{2} = 0.0085$$

以上より

$$[\mathrm{H}^+] = 0.100 + 0.0085 = 0.1085 \fallingdotseq 0.11 \,(\mathrm{mol/L})$$

$$[\mathrm{HSO_4}^-] = 0.100 - 0.0085 = 0.0915 \fallingdotseq 0.09 \,(\mathrm{mol/L})$$

$$[\mathrm{SO_4}^{2-}] = 0.0085 \fallingdotseq 0.01 \,(\mathrm{mol/L})$$

問 iii　1．（正文）流れた電子 e^- の物質量は

$$\frac{0.965 \times 800}{96500} = 8.00 \times 10^{-3} \,(\mathrm{mol})$$

陰極での反応 $2\mathrm{H}^+ + 2\mathrm{e}^- \longrightarrow \mathrm{H_2}$ より，生成する $\mathrm{H_2}$ は

$$4.00 \times 10^{-3} \,\mathrm{mol}$$

$\mathrm{H_2}$ の体積を $V(\mathrm{L})$ とすると

$$1.01 \times 10^5 \times V = 4.00 \times 10^{-3} \times 8.31 \times 10^3 \times 298$$

$$\therefore \quad V = 9.80 \times 10^{-2} \fallingdotseq 9.8 \times 10^{-2} \,(\mathrm{L}) = 98 \,(\mathrm{mL}) < 100 \,(\mathrm{mL})$$

2．（誤文）陽極での反応 $2\mathrm{H_2O} \longrightarrow 4\mathrm{H}^+ + \mathrm{O_2} + 4\mathrm{e}^-$ より，800 秒間での発生量は

$$98 \times \frac{1}{2} \,\mathrm{mL}$$

よって，陽極と陰極の 800 秒間での発生気体の合計は

$$98 + 98 \times \frac{1}{2} = 147 \,(\mathrm{mL})$$

ゆえに，1000 秒間での発生量は

$$147 \times \frac{1000}{800} = 183.7 \fallingdotseq 184 \,(\mathrm{mL})$$

したがって，200 mL には満たない。

3．（正文）例えば，$\mathrm{C_3H_6} + 3\mathrm{H_2O} \xrightarrow{\text{触媒}} 3\mathrm{CO} + 6\mathrm{H_2}$ などで製造される。

4．（正文）空気を液化して，$\mathrm{N_2}$ と $\mathrm{O_2}$ の沸点の差を利用し，分留する。

5．（誤文）正極では次のように還元反応が生じる。

$$4\mathrm{H}^+ + \mathrm{O_2} + 4\mathrm{e}^- \longrightarrow 2\mathrm{H_2O}$$

よって，$\mathrm{O_2}$ が正極活物質となる。

攻略のポイント

問 i　水溶液全体では，電気的に中性である。水の電離による H^+ や OH^- の存在は無視できるので，「正電荷の総和」＝「負電荷の総和」より

$$[\mathrm{H}^+] = [\mathrm{HSO_4}^-] + 2[\mathrm{SO_4}^{2-}]$$

特に $\mathrm{SO_4}^{2-}$ のように 2 価の陰イオンは濃度の 2 倍の電荷があることに注意する。

問ii 問 i を利用して次のように考えてもよい。

$$[H^+] = [HSO_4^-] + 2[SO_4^{2-}] \quad \cdots\cdots①$$

希硫酸の濃度が $0.100\,mol/L$ であるから

$$[HSO_4^-] + [SO_4^{2-}] = 0.100 \quad \cdots\cdots②$$

また，(2)の電離定数 $1.00 \times 10^{-2}\,mol/L$ から

$$1.00 \times 10^{-2} = \frac{[H^+][SO_4^{2-}]}{[HSO_4^-]} \quad \cdots\cdots③$$

①，②より

$$[SO_4^{2-}] = [H^+] - 0.100, \quad [HSO_4^-] = 0.200 - [H^+]$$

これらの式を③へ代入して整理すると

$$[H^+]^2 - 9.00 \times 10^{-2}[H^+] - 2.00 \times 10^{-3} = 0$$

$$[H^+] = \frac{9.00 \times 10^{-2} + \sqrt{81.0 \times 10^{-4} + 8.00 \times 10^{-3}}}{2} = 0.108 \fallingdotseq 0.11\,〔mol/L〕$$

よって，$[HSO_4^-]$，$[SO_4^{2-}]$ は

$$[HSO_4^-] = 0.200 - 0.108 = 0.092 \fallingdotseq 0.09\,〔mol/L〕$$

$$[SO_4^{2-}] = 0.108 - 0.100 = 0.008 \fallingdotseq 0.01\,〔mol/L〕$$

122　解　答

問 i 　**0.49 mol/L**　　　**問 ii** 　$-\log_{10}x = 4.8$　　　**問 iii** 　**1・3**

解　説

問 i 　フタル酸水素カリウムの式量は 204 であるから

$$\frac{0.306\,〔g〕}{204\,〔g/mol〕} = 1.50 \times 10^{-3}\,〔mol〕$$

水酸化ナトリウム水溶液 **B** の濃度を a〔mol/L〕とすると

$$a \times \frac{15.0}{1000} = 1.50 \times 10^{-3} \quad \therefore \quad a = 0.100\,〔mol/L〕$$

次に，酢酸水溶液 **A** の濃度を b〔mol/L〕とすると

$$b \times \frac{5.00}{1000} = 0.100 \times \frac{24.5}{1000} \quad \therefore \quad b = 0.490 \fallingdotseq 0.49\,〔mol/L〕$$

問ii 　酢酸水溶液 **A** の濃度を c〔mol/L〕，電離度を α とすると

$$K_a = \frac{c\alpha \cdot c\alpha}{c(1-\alpha)} \fallingdotseq c\alpha^2$$

よって，水素イオン濃度 $[H^+]$ は

$$[H^+] = c\alpha = \sqrt{cK_a}\,〔mol/L〕 \quad \cdots\cdots①$$

ここで，$[H^+] = 1.00 \times 10^{-2.53}\,mol/L$, $c = 0.490\,mol/L$, $K_a = x\,[mol/L]$ を①へ代入すると

$$1.00 \times 10^{-2.53} = \sqrt{0.490x} \qquad \therefore \quad x = \frac{(1.00 \times 10^{-2.53})^2}{0.490}\,[mol/L]$$

したがって，求める値は

$$-\log_{10}\frac{(1.00 \times 10^{-2.53})^2}{0.490} = -\log_{10}\left(\frac{1.00 \times 10^{-2.53}}{7.00 \times 10^{-1}}\right)^2 = 4.76 \fallingdotseq 4.8$$

問iii 1．（誤文）水酸化ナトリウム（固体）を水に溶かすと発熱するが，一定濃度の水溶液の調製とは関係ない。

2．（正文）空気中の水分を吸収する潮解性があるため正確な質量が測れない。

3．（誤文）濃度調製とは無関係である。

4．（正文）CO_2 を吸収すると，$2NaOH + CO_2 \longrightarrow Na_2CO_3 + H_2O$ の反応が起こるためである。

---

123 解 答

問i 2・3　　問ii 2.0倍　　問iii 6.4mol

解 説

問i 1．（正文）ルシャトリエの原理により，分子数が減少するアンモニア生成の方向に平衡が移動する。

2．（誤文）アンモニア生成の反応は発熱反応である。よって，温度を上げると吸熱の向きに平衡が移動するため，アンモニアは減少する。

3．（誤文）容積一定でネオンを加えても，各成分の濃度は変わらないので平衡移動は起こらない。

4．（正文）加えた水素を減らす方向に平衡は移動するので，アンモニアの物質量は増える。

5．（正文）触媒には平衡状態に達する時間を短くするはたらきはあるが，平衡は移動させない。

6．（正文）平衡状態では，正反応と逆反応の反応速度が等しい。

問ii 反応した N_2 を $x\,[mol]$ とすると，反応による物質の関係は次のようになる。

$$N_2 \quad + \quad 3H_2 \quad \rightleftharpoons \quad 2NH_3$$

	N_2	$3H_2$	$2NH_3$	
反応前	5.00	5.00	0	[mol]
変化量	$-x$	$-3x$	$+2x$	[mol]
平衡後	$5.00-x$	$5.00-3x$	$2x$	[mol]

よって，反応前の全物質量は $10.0\,mol$，平衡後の全物質量は $10.0-2x\,[mol]$ とな

るので，理想気体の状態方程式から

反応前：$PV = 10.0RT$　　　……①

平衡後：$P'V = (10.0 - 2x)RT$　……②

①，②より　　$\dfrac{P}{P'} = \dfrac{10.0}{10.0 - 2x}$

ここで，$P' = 0.80P$ であるから

$10.0 - 2x = 0.80 \times 10.0$　　∴　$x = 1.00$

したがって，平衡状態における各成分の物質量は

N$_2$：$5.00 - 1.00 = 4.00$〔mol〕　　　H$_2$：$5.00 - 1.00 \times 3 = 2.00$〔mol〕

NH$_3$：$1.00 \times 2 = 2.00$〔mol〕

分圧は物質量に比例するので，窒素の分圧を P_{N_2}，水素の分圧を P_{H_2} とすると

$\dfrac{P_{N_2}}{P_{H_2}} = \dfrac{4.00}{2.00} = 2.00 \fallingdotseq 2.0$ 倍

問iii　加えた窒素の物質量を y〔mol〕とする。窒素が a〔mol〕反応して平衡に達したとすると，各成分の物質量は次のようになる。

N$_2$：$4.00 + y - a$〔mol〕　　　H$_2$：$2.00 - 3a$〔mol〕

NH$_3$：$2a$〔mol〕

水素とアンモニアの分圧が等しいので

$2.00 - 3a = 2a$　　∴　$a = 0.400$〔mol〕

よって，各成分の物質量は次のようになる。

N$_2$：$3.60 + y$〔mol〕　　　H$_2$：0.800 mol　　　NH$_3$：0.800 mol

ここで，**問ii** から平衡定数 K_c は，容器の体積を V〔L〕とすると

$$K_c = \dfrac{\left(\dfrac{2.00}{V}\right)^2}{\left(\dfrac{4.00}{V}\right) \times \left(\dfrac{2.00}{V}\right)^3} = \dfrac{V^2}{8.00}$$

したがって

$$\dfrac{\left(\dfrac{0.800}{V}\right)^2}{\left(\dfrac{3.60 + y}{V}\right) \times \left(\dfrac{0.800}{V}\right)^3} = \dfrac{V^2}{8.00}　　　∴　y = 6.40 \fallingdotseq 6.4$$〔mol〕

124　解　答

2・6

解 説

1．（誤文）気体 B の分子量は気体 A の分子量の 2 倍であり，混合する前の気体 A と気体 B の質量は等しいので，気体 B の物質量は気体 A の物質量の $\frac{1}{2}$ になる。

2．（正文）混合する前，気体 A の物質量は気体 B の物質量の 2 倍である。気体の圧力は一定容積・温度の下では物質量に比例するので，気体 A の圧力は気体 B の圧力の 2 倍になる。

3．（誤文）気体の密度は，単位体積あたりの質量（g/cm^3 など）で表されるので，両者の密度は等しい。

4．（誤文）反応前の気体 A と気体 B の物質量比が，平衡に達した後の物質量比と異なるので，等しくない。平衡に達した後は，気体 A の圧力は気体 B の圧力の 2 倍よりも大きくなる。

5．（誤文）反応により分子数が減少するので，全物質量は混合前よりも減少する。

6．（正文）容器の体積が一定であるから，反応に関与しないヘリウムを加えても，気体 A，B，C のいずれも濃度（分圧）は変化しない。したがって，平衡の移動も起こらず，気体 C の物質量は変化しない。

125 解 答

問 i　**3.0倍**　　問 ii　**5.0×10^{-2}/分**

解 説

問 i 反応開始前の H_2O_2（分子量 34）の物質量は

$$\frac{500 \times 1.00 \times 0.0136}{34} = 0.200 \, [mol]$$

反応時間 10 分において，発生した O_2 の体積が 1.00 L であるから，$2H_2O_2 \longrightarrow O_2 + 2H_2O$ より反応した H_2O_2 は

$$\frac{1.00}{25.0} \times 2 = 0.0800 \, [mol]$$

よって，溶液中には $0.200 - 0.0800 = 0.120 \, [mol]$ の H_2O_2 が残っているので，その濃度は

$$\frac{0.120}{0.500} = 0.240 \, [mol/L]$$

したがって，反応時間 10 分における反応速度は次のように表される。

$$v = k \times 0.240 \quad \cdots\cdots ①$$

次に，反応時間 32 分において，発生した O_2 の体積が 2.00L なので，反応した H_2O_2 は

$$\frac{2.00}{25.0} \times 2 = 0.160 \text{〔mol〕}$$

よって，残っている H_2O_2 は $0.200 - 0.160 = 0.0400$〔mol〕となるので，その濃度は

$$\frac{0.0400}{0.500} = 0.0800 \text{〔mol/L〕}$$

したがって，反応時間 32 分における反応速度は次のように表される。

$$v = k \times 0.0800 \quad \cdots\cdots ②$$

①，②より

$$\frac{k \times 0.240}{k \times 0.0800} = 3.00 \fallingdotseq 3.0 \text{ 倍}$$

問ii **問i** より $v_1 = 0.240k$, $v_2 = 0.0800k$, $t_1 = 10$, $t_2 = 32$ とすると

$$\log_e \frac{0.240k}{0.0800k} = -k(10 - 32)$$

これより $\quad \log_e 3.00 = 22k$

∴ $\quad k = 0.0500 \fallingdotseq 5.0 \times 10^{-2}$〔/分〕

---

126 解 答

| 問i | 1・4 | 問ii | 3 | 問iii | 2・5 |

解 説

$1 \sim 5$ の各反応を表の生成熱を用いて熱化学方程式で表すと次のようになる。ただし，$1 \sim 5$ の反応熱を $Q_1 \sim Q_5$〔kJ〕とする。

1. CO_2（気）$= CO$（気）$+ \dfrac{1}{2}O_2$（気）$+ Q_1 kJ$

   C（固）$+ \dfrac{1}{2}O_2$（気）$= CO$（気）$+ 111 kJ \quad \cdots\cdots ①$

   C（固）$+ O_2$（気）$= CO_2$（気）$+ 394 kJ \quad \cdots\cdots ②$

   ① $-$ ② より $\quad Q_1 = -283$〔kJ〕

2. $2NO_2$（気）$= N_2O_4$（気）$+ Q_2 kJ$

   $\dfrac{1}{2}N_2$（気）$+ O_2$（気）$= NO_2$（気）$- 34 kJ \quad \cdots\cdots ③$

   N_2（気）$+ 2O_2$（気）$= N_2O_4$（気）$- 10 kJ \quad \cdots\cdots ④$

   ④ $-$ ③ $\times 2$ より $\quad Q_2 = 58$〔kJ〕

3. NO (気) $= \dfrac{1}{2} N_2$ (気) $+ \dfrac{1}{2} O_2$ (気) $+ Q_3 kJ$

$\quad \dfrac{1}{2} N_2$ (気) $+ \dfrac{1}{2} O_2$ (気) $= NO$ (気) $- 91\,kJ$

∴ $Q_3 = 91$ 〔kJ〕

4. SO_3 (気) $= SO_2$ (気) $+ \dfrac{1}{2} O_2$ (気) $+ Q_4 kJ$

$\quad S$ (固) $+ \dfrac{3}{2} O_2$ (気) $= SO_3$ (気) $+ 396\,kJ$ ……⑤

$\quad S$ (固) $+ O_2$ (気) $= SO_2$ (気) $+ 297\,kJ$ ……⑥

⑥－⑤ より $\quad Q_4 = -99$ 〔kJ〕

5. N_2 (気) $+ 3H_2$ (気) $= 2NH_3$ (気) $+ Q_5 kJ$

$\quad Q_5 = 46 \times 2 = 92$ 〔kJ〕

以上の熱化学方程式をもとに，平衡移動の原理からア～エに対応する反応を考えると，次のようになる。

ア：1・4　　イ：該当するものなし　　ウ：1・4　　エ：3

攻略のポイント

1～5の熱化学方程式において，反応熱は次の関係式を用いて求めてもよい。

（反応熱）＝（生成物の生成熱の和）－（反応物の生成熱の和）

また，反応速度定数kと温度Tの間には，アレニウスの式とよばれる，次の関係式が成立する。

$$k = Ae^{-\frac{E_a}{RT}}$$

ここで，Aは頻度因子，eは自然対数，E_aは活性化エネルギー，Rは気体定数である。温度が高くなったり，触媒の存在によりE_aが小さくなると，kは大きくなるので，反応速度も大きくなる。ところで，このアレニウスの式に対し，両辺の自然対数をとると

$$\log_e k = -\frac{E_a}{RT} + \log_e A$$

$\log_e k$と$\dfrac{1}{T}$の関係をグラフに表すと右図のようになり，実験からグラフの傾き$-\dfrac{E_a}{R}$を求めることにより，活性化エネルギーE_aを求めることができる。

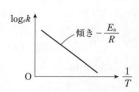

127 解 答

2・6

解 説

1. (正文) 反応熱は次のようにして求められる。

(反応熱) = (生成物の生成熱の和) − (反応物の生成熱の和)

2. (誤文) $H_2 + \dfrac{1}{2}O_2 = H_2O$ (液) $+ Q\,kJ$ の場合は，燃焼熱と生成熱が等しいが，

$2Al + \dfrac{3}{2}O_2 = Al_2O_3 + Q\,kJ$ の場合は，生成熱は Q〔kJ〕であるが，Al の燃焼熱は $\dfrac{Q}{2}$〔kJ〕となる。

3. (正文) 水の蒸発速度と水蒸気の凝縮速度が等しくなった状態が平衡状態である。このときの水蒸気の圧力が飽和水蒸気圧である。

4. (正文) ショ糖水溶液が示す蒸気圧は純水の蒸気圧より低いため，ふたまた試験管中の純水側から水溶液側へ水蒸気が移動し，平衡状態に達する。

5. (正文) 酢酸とエタノールの反応は，次の式で表される可逆反応である。

$$CH_3COOH + C_2H_5OH \rightleftharpoons CH_3COOC_2H_5 + H_2O$$

6. (誤文) $2CO + O_2 \rightleftharpoons 2CO_2$ で右向きの反応は CO の燃焼であるから発熱反応である。よって，一定圧力下で温度を高くすると，平衡は左に移動し CO_2 が減少する。

128 解 答

15 mL

解 説

酢酸濃度を c〔mol/L〕，電離度を α とする。

$CH_3COOH \rightleftharpoons CH_3COO^- + H^+$ の電離定数 K_a は

$$K_a = \frac{[CH_3COO^-][H^+]}{[CH_3COOH]} = \frac{c\alpha \cdot c\alpha}{c\,(1-\alpha)} = \frac{c\alpha^2}{1-\alpha}$$

$c = 2.25 \times 10^{-3}$〔mol/L〕，$\alpha = 1.00 \times 10^{-1}$ を代入すると

$$K_a = \frac{2.25 \times 10^{-3} \times 10^{-2}}{1 - 0.100} = 2.5 \times 10^{-5}\text{〔mol/L〕}$$

次に，$\alpha = 4.00 \times 10^{-2}$ となるときの濃度 c〔mol/L〕は

$$\frac{c \times (4.00 \times 10^{-2})^2}{1 - 0.0400} = 2.5 \times 10^{-5} \qquad \therefore \quad c = 1.50 \times 10^{-2} \, [\text{mol/L}]$$

この酢酸水溶液 100 mL に 1.00×10^{-1} mol/L の酢酸を V [mL] 加えたとすると，次式が成り立つ。

$$\frac{2.25 \times 10^{-3} \times \dfrac{100}{1000} + 1.00 \times 10^{-1} \times \dfrac{V}{1000}}{\dfrac{100 + V}{1000}} = 1.50 \times 10^{-2}$$

$$\therefore \quad V = 15.0 \fallingdotseq 15 \, [\text{mL}]$$

攻略のポイント

酢酸のような弱酸の水溶液において，濃度が小さくなると電離度 α が大きくなるため $1 - \alpha \fallingdotseq 1$ とは近似できない。このような場合には，次のようにして水素イオン濃度 $[\text{H}^+]$ を求めればよい。

(i)電離定数を K_a [mol/L]，酢酸水溶液の濃度を c [mol/L] とすると

$$K_a = \frac{c\alpha \cdot c\alpha}{c(1 - \alpha)} \qquad c\alpha^2 + K_a\alpha - K_a = 0$$

この2次方程式を解いて，得られた α から $[\text{H}^+]$ を求める。

(ii)水溶液中では，次の2つの関係が成立している（$[\text{CH}_3\text{COOH}]$，$[\text{CH}_3\text{COO}^-]$ は，それぞれ酢酸，酢酸イオンの濃度を表す）。

$$[\text{CH}_3\text{COOH}] + [\text{CH}_3\text{COO}^-] = c \quad \cdots\cdots ①$$

$$[\text{H}^+] = [\text{CH}_3\text{COO}^-] + [\text{OH}^-]$$

ここで酢酸水溶液は酸性なので，$[\text{H}^+] \gg [\text{OH}^-]$ として

$$[\text{H}^+] \fallingdotseq [\text{CH}_3\text{COO}^-] \quad \cdots\cdots ②$$

①，②より $\quad [\text{CH}_3\text{COOH}] = c - [\text{H}^+] \quad \cdots\cdots ③$

②，③を $K_a = \dfrac{[\text{CH}_3\text{COO}^-][\text{H}^+]}{[\text{CH}_3\text{COOH}]}$ に代入すると

$$K_a = \frac{[\text{H}^+]^2}{c - [\text{H}^+]} \qquad [\text{H}^+]^2 + K_a[\text{H}^+] - cK_a = 0$$

この2次方程式を解いて $[\text{H}^+]$ を求める。

129 解 答

5

解 説

1．(誤文) $H_2S \rightleftharpoons H^+ + HS^-$, $HS^- \rightleftharpoons H^+ + S^{2-}$ のように2段階で電離する弱酸である。

2．(誤文) フッ化水素酸がガラスを溶かす反応は次のようになる。

$$SiO_2 + 6HF \longrightarrow \underset{\text{ヘキサフルオロケイ酸}}{H_2SiF_6} + 2H_2O$$

この反応は酸化数の変化がなく，酸化還元反応ではない。

3．(誤文) それぞれの反応は，次のようになる。

$$Cu(OH)_2 + 4NH_3 \longrightarrow [Cu(NH_3)_4]^{2+} + 2OH^-$$
$$Zn(OH)_2 + 4NH_3 \longrightarrow [Zn(NH_3)_4]^{2+} + 2OH^-$$

テトラアンミン銅(Ⅱ)イオンは正方形，テトラアンミン亜鉛(Ⅱ)イオンは正四面体の構造となる。

4．(誤文) 弱酸と弱酸の塩からなる緩衝溶液では

$$[H^+] = K_a \frac{[\text{酸の濃度}]}{[\text{塩の濃度}]} \quad (K_a；弱酸の電離定数)$$

弱塩基と弱塩基の塩からなる緩衝溶液では

$$[OH^-] = K_b \frac{[\text{塩基の濃度}]}{[\text{塩の濃度}]} \quad (K_b；弱塩基の電離定数)$$

それぞれ10倍，100倍と薄めても，[　　]内の濃度が同程度に薄まるので，pHはほぼ一定に保たれる。

5．(正文) 水の電離は次の熱化学方程式で表される吸熱反応である。

$$H_2O = H^+ + OH^- - 57\,kJ$$

よって，温度を高くすると平衡は右へ移動し，電離度が大きくなる。したがって水素イオン濃度は増加する。

6．(誤文) $1 \times 10^{-4}\,mol/L$ の塩酸を 10^4 倍に薄めると，塩酸から生じる水素イオンは $1 \times 10^{-8}\,mol/L$ となる。しかし，非常に希薄になると，水の電離で生じる $[H^+]$ が影響を与えるようになるため，酸をどんなに薄めても塩基性になることはなく，限りなく中性に近づくだけである。

攻略のポイント

6．$10^{-4}\,mol/L$ の塩酸を純水で 10^4 倍に希釈した水溶液の pH は，次のようにして求める。水の電離によって生じる水素イオン，水酸化物イオンの濃度を $x\,[mol/L]$，

水のイオン積を $1.0 \times 10^{-14} \mathrm{mol^2/L^2}$ とすると

$$(x + 10^{-8})\, x = 1.0 \times 10^{-14} \qquad x^2 + 10^{-8} x - 1.0 \times 10^{-14} = 0$$

$$\therefore \quad x = \frac{-10^{-8} + \sqrt{10^{-16} + 4.0 \times 10^{-14}}}{2} \fallingdotseq \frac{-10^{-8} + 2.0 \times 10^{-7}}{2} = 0.95 \times 10^{-7}\,[\mathrm{mol/L}]$$

よって，この水溶液の水素イオン濃度 $[\mathrm{H^+}]$ は

$$[\mathrm{H^+}] = 0.95 \times 10^{-7} + 10^{-8} = 1.05 \times 10^{-7}\,[\mathrm{mol/L}]$$

したがって，pH は，$\log_{10}2 = 0.30$，$\log_{10}3 = 0.48$，$\log_{10}7 = 0.85$ とすると

$$\mathrm{pH} = -\log_{10}\frac{2.1 \times 10^{-7}}{2} = 8 - \log_{10}3 - \log_{10}7 + \log_{10}2 = 6.97$$

第4章　無機物質

130 解答

4

解　説

1．（誤文）第4周期に属するハロゲンの単体はBr_2であり，常温・常圧では液体である。

2．（誤文）Ca^{2+}の最外殻電子数は8であるが，収容できる最大の電子数はM殻において18である。

3．（誤文）原子の中心間距離を原子間距離とすると，一般に原子間距離の小さいものほど結合力が強く，融点は高くなる。よって，Li，Na，Kの単体の中では，Liの融点が最も高い。

4．（正文）K^+，Ca^{2+}，Cl^-，S^{2-}の電子配置はArと同じであるが，陽子数の最も多いCa^{2+}は原子核が電子を強く引きつけるため，イオン半径が最も小さい。一方，陽子数が最も少ないS^{2-}のイオン半径が最も大きい。

5．（誤文）赤リンは空気中でも安定に存在できるが，黄リン（白リン）は空気中で自然発火するため，水中に保存する。

6．（誤文）黒鉛は，炭素原子の4個の価電子のうち，3個が他の炭素原子と共有結合し，残りの1個の価電子は，結合している炭素原子間を比較的自由に移動できる。

7．（誤文）銅は水素よりイオン化傾向が小さいので，塩酸とは反応しない。

131 解答

3・6

解　説

1．（正文）Fe^{3+}を含む水溶液にSCN^-を含む水溶液を加えると，溶液は血赤色となる。

2．（正文）MnO_2は触媒としてはたらき，次の反応によりO_2を発生させる。

$$2KClO_3 \longrightarrow 2KCl + 3O_2$$

3．（誤文）Zn^{2+}，Cu^{2+}はそれぞれ$Zn(OH)_2$の白色沈殿，$Cu(OH)_2$の青白色沈殿を生じるが，Ag^+はAg_2Oの暗褐色沈殿を生じる。

4．（正文）すべて遷移元素である。

5．（正文）次の電子を含むイオン反応式で表されるように，MnO_4^- は酸化剤としてはたらく。

$$MnO_4^- + 8H^+ + 5e^- \longrightarrow Mn^{2+} + 4H_2O$$

6．（誤文）1 mol の Fe_2O_3 を 3 mol の CO で還元すると，次の反応により 2 mol の Fe が生成する。

$$Fe_2O_3 + 3CO \longrightarrow 2Fe + 3CO_2$$

7．（正文）Zn，Sn，Al，Pb は，酸や強塩基の水溶液と反応し，H_2 を発生する。ただし，Pb は硝酸などには溶解するが，希硫酸や希塩酸とは，難溶性の $PbSO_4$ や $PbCl_2$ を生じるため溶けにくい。

132 解 答

2

解 説

1．（正文）白色の $CuSO_4$ の無水塩は水を吸収すると，水和物である $CuSO_4 \cdot 5H_2O$ となり青色に変化するため，水の検出に用いられる。

2．（誤文）一般に，同一周期に属する遷移元素では，原子番号の増加によって増える電子は内殻の電子殻に収容されるため，最外殻電子数は多くならない。

3．（正文）Cu 単体は水素よりイオン化傾向が小さいため，塩酸や希硫酸とは反応しないが，酸化力のある希硝酸や濃硝酸とは反応する。

4．（正文）ステンレス鋼は，Fe，Cr，Ni などの金属を含む合金である。

5．（正文）マンガン Mn は硬いがもろい金属で，鉄 Fe よりイオン化傾向が大きく，空気中の O_2 と反応して表面が酸化される。

6．（正文）スズ Sn，鉛 Pb はいずれも 14 族元素であり，Sn，$SnCl_2$，$SnCl_4$，Pb，$PbCl_2$，PbO_2 などのように0，＋2，＋4の酸化数をとることができる。

7．（正文）銑鉄は炭素含有量が約4％程度であり，融点は低く硬くてもろい。銑鉄を高温にして O_2 と反応させ，炭素含有量を2％以下にしたものは鋼といい，硬く強い材料となる。

133 解 答

2・6

解 説

記述ア〜カの条件を整理すると次のようになる。

ア．A〜Eは典型元素である。

イ．第3周期に存在する金属元素は Na，Mg，Al の3つであり，それ以外の周期は2以下または14以上となるので，**A，B，C**は Na，Mg，Al のいずれかである。

ウ・エ．Cの酸化物は両性酸化物であるから，**C**は Al となるので，**B**は Mg，**A**は Na となる。

オ．Dはダニエル電池の電極として用いられる典型元素であるから Zn である。

カ．Eは Zn と同じ12族元素であり，第6周期に属することから Hg である。

以上から　　**A**：Na，**B**：Mg，**C**：Al，**D**：Zn，**E**：Hg

1．（正文）イオン化傾向は，大きいものから順に次のようになる。

$$Na > Mg > Al > Zn > Hg$$

2．（誤文）Hg のみ常温・常圧において液体である。

3．（正文）Na は常温の水と次のように反応し H_2 を発生する。

$$2Na + 2H_2O \longrightarrow 2NaOH + H_2$$

4．（正文）1族元素には非金属元素の水素がある。

5．（正文）Mg は炎色反応を示さない。

6．（誤文）Al 単体は，濃硝酸とは不動態を形成するため，ほとんど溶解しない。

7．（正文）Zn^{2+} イオンはアンモニア水とは次のように反応する。

$$Zn^{2+} + 2NH_3 + 2H_2O \longrightarrow Zn(OH)_2 \downarrow + 2NH_4^+$$
$$\text{白色沈殿}$$

$$Zn(OH)_2 + 4NH_3 \longrightarrow [Zn(NH_3)_4]^{2+} + 2OH^-$$

134 解 答

2・5

解 説

1．（誤文）炎色反応を示すものは，Ba^{2+}，Ca^{2+}，Cu^{2+} の3種類である。

2．（正文）水溶液中において，Cu^{2+} は青色，Fe^{2+} は淡緑色を呈する。

3．（誤文）黒色沈殿は，Ag_2S，CuS，PbS の3種類である。

4. （誤文）生じる沈殿は，$BaSO_4$，$CaSO_4$，$PbSO_4$ の3種類で，いずれも白色である。

5. （正文）Ba^{2+}，Ca^{2+} は沈殿を生じず，Ag^+ と Cu^{2+} は沈殿を生じるが，過剰量のアンモニア水によって $[Ag(NH_3)_2]^+$，$[Cu(NH_3)_4]^{2+}$ となって溶解する。一方，Fe^{2+} と Pb^{2+} はそれぞれ緑白色の $Fe(OH)_2$，白色の $Pb(OH)_2$ の沈殿を生じる。

6. （誤文）Ba^{2+}，Ca^{2+} は沈殿を生じず，Ag^+，Cu^{2+}，Fe^{2+} はそれぞれ褐色の Ag_2O，青白色の $Cu(OH)_2$，緑白色の $Fe(OH)_2$ の沈殿を生じる。Pb^{2+} は沈殿を生じるが，過剰量の水酸化ナトリウム水溶液によって $[Pb(OH)_4]^{2-}$ となって溶解する。

7. （誤文）生じる沈殿は，赤褐色の Ag_2CrO_4，黄色の $BaCrO_4$，$PbCrO_4$ の3種類である。

135 解 答

4・6

解 説

記述ア〜カから，物質A〜Gは次のようになる。

ア． 銅と熱濃硫酸は次のように反応し，SO_2 を発生する。

$$Cu + 2H_2SO_4 \longrightarrow CuSO_4 + SO_2 + 2H_2O$$

よって，**A**は SO_2 である。

イ． **B**は分子量が最も小さい H_2，**C**はその次に小さい He である。

ウ． 同族元素の単体のうち，1種類だけが標準状態で気体として存在するものは，15族の N_2，16族の O_2 が考えられる。

エ． 白金を用いた希硫酸の電気分解において，陽極，陰極ではそれぞれ次の反応が起こる。

$$陽極：2H_2O \longrightarrow O_2 + 4H^+ + 4e^-$$
$$陰極：2H^+ + 2e^- \longrightarrow H_2$$

よって，**B**はイより H_2 であるから，**E**は O_2 となる。したがって，**D**は N_2 である。

オ． H_2 と N_2 を Fe_3O_4 を主成分とする触媒存在下で反応させると NH_3 が生じる。よって，**F**は NH_3 である。

カ． 塩化ナトリウムに濃硫酸を作用させると次の反応が起こる。

$$NaCl + H_2SO_4 \longrightarrow NaHSO_4 + HCl$$

よって，**G**は HCl である。

1. （正文）**A**〜**G**の気体（標準状態）は次のとおり。

$A：SO_2$，$B：H_2$，$C：He$，$D：N_2$，$E：O_2$，$F：NH_3$，$G：HCl$
これらはすべて無色の気体である。

2．（正文）モル質量の大きい順に並べると，SO_2，HCl，O_2，N_2，NH_3，He，H_2 となる。

3．（正文）H_2S の S の酸化数は最も小さい -2 で還元剤としてはたらく。一方，SO_2 の S は酸化数 $+4$ で，酸化剤としても還元剤としてもはたらくことができる。よって，この場合 SO_2 は酸化剤として次のように H_2S と反応する。

$$SO_2 + 2H_2S \longrightarrow 3S + 2H_2O$$

4．（誤文）SO_2 は水に溶け，亜硫酸 H_2SO_3 となる。一般に H_2SO_3 は弱酸に分類される。

5．（正文）He は単原子分子，N_2 と O_2 は二原子分子で無極性分子であることから，分子量の増加とともに沸点は高くなると考えればよい。

6．（誤文）NH_3 は 1 価の塩基，HCl は 1 価の酸であるから，これらが反応して生じる NH_4Cl は正塩に分類される。

136 解答

4・5

解説

1．（誤文）遷移元素の最外殻電子数は，一般に 1 または 2 であるが，内殻の電子も一部化学結合などに関与する。そのため，MnO_4^-，MnO_2 では Mn の酸化数は $+7$ や $+4$ となるように，複数の酸化数をとるものもある。

2．（誤文）鉄鉱石の主成分は Fe_2O_3 で CO によって，Fe_2O_3，Fe_3O_4，FeO，Fe の順に還元されていく。

3．（誤文）不純物を含む粗銅を陽極に，純銅を陰極に用いて電気分解をおこなう。

4．（正文）Ag^+，Cu^{2+} にまず NH_3 水を加えると次の反応が起こり，それぞれ褐色の Ag_2O，青白色の $Cu(OH)_2$ の沈殿が生じる。

$$2Ag^+ + 2NH_3 + H_2O \longrightarrow Ag_2O + 2NH_4^+$$
$$Cu^{2+} + 2NH_3 + 2H_2O \longrightarrow Cu(OH)_2 + 2NH_4^+$$

さらに NH_3 水を過剰に加えると，次の反応が起こり，沈殿は溶解する。

$$Ag_2O + 4NH_3 + H_2O \longrightarrow 2[Ag(NH_3)_2]^+（無色）+ 2OH^-$$
$$Cu(OH)_2 + 4NH_3 \longrightarrow [Cu(NH_3)_4]^{2+}（深青色）+ 2OH^-$$

Fe^{2+} と Fe^{3+} は，NH_3 水を加えると $Fe(OH)_2$（緑白色），$Fe(OH)_3$（赤褐色）の沈殿が生じるが，NH_3 水を過剰に加えても，沈殿は溶けない。

5．（正文）Fe^{3+} を含む水溶液に $K_4[Fe(CN)_6]$ を加えると濃青色の沈殿（紺青）が生じる。また，Fe^{2+} を含む水溶液に $K_3[Fe(CN)_6]$ を加えると同様に濃青色の沈殿（ターンブル青）が生じる。

6．（誤文）Ag^+ は酸化物 Ag_2O の沈殿を生じるが，他はすべて水酸化物の沈殿が生じる。

7．（誤文）Ag は熱濃硫酸と次のように反応して溶けるが，Au，Pt は反応しない。

$$2Ag + 2H_2SO_4 \longrightarrow Ag_2SO_4 + SO_2 + 2H_2O$$

Au，Pt は濃硝酸と濃塩酸の体積比 1：3 の混合物で非常に酸化力の強い王水に溶解する。

攻略のポイント

銅の電解精錬では，次の 2 点に注意したい。

(1) 粗銅に含まれる不純物として，Cu よりイオン化傾向の大きな Zn，Fe，Ni，Pb などの金属は，水溶液中にイオンとして溶け出す。このため，陰極に析出する銅は，粗銅から溶け出した Cu^{2+} イオンだけでは不足するので，電解液中の Cu^{2+} イオンから補われるため，電解液中の Cu^{2+} イオン濃度が減少する。

(2) 粗銅に含まれる不純物として，Cu よりイオン化傾向の小さい Ag，Au などの金属は陽極の下に沈殿する。これを陽極泥というが，粗銅中に Pb が含まれていると，この沈殿物中には難溶性の $PbSO_4$ も含まれる。

過年度には，銅の電解精錬に関する設問が数題出題されているので，計算過程などにおいて上記内容を十分理解しておきたい。

137　解　答

2

解　説

1．（誤文）HF の水溶液であるフッ化水素酸のみ，分子間に水素結合を形成するため弱酸である。

2．（正文）F_2（淡黄色），Cl_2（黄緑色），Br_2（赤褐色），I_2（黒紫色）ですべて有色である。

3．（誤文）$KClO_3$ に触媒として MnO_2 を作用させると，次の反応により O_2 が発生する。

$$2KClO_3 \longrightarrow 2KCl + 3O_2$$

湿ったヨウ化カリウムデンプン紙を青変させるのは，O_2 の同素体 O_3 であり，次の

反応により生じる I_2 とデンプンが反応するため，青〜青紫色に呈色する。

$$O_3 + 2KI + H_2O \longrightarrow O_2 + 2KOH + I_2$$

4．（誤文）酸化数の小さいものほど（酸素原子数の少ないものほど）弱酸で，酸化力とは次のように逆の関係になる。

5．（誤文）フッ化水素酸は，ガラスの成分 SiO_2 と反応するためポリエチレン製容器に保存する。

6．（誤文）低温，暗所で H_2 と反応するのは F_2 のみである。Cl_2 は常温で，Br_2，I_2 は高温かつ触媒存在下で H_2 と反応する。

7．（誤文）常温，常圧において，F_2，Cl_2 は気体，Br_2 は液体，I_2 は固体である。

138 解答

3

解説

1．（正文）第4周期の3〜12族に属する元素 Sc〜Zn において，Cr と Cu の最外殻電子の数は1つ，他は2つである。

2．（正文）黄色の K_2CrO_4 水溶液に希硫酸を加えると次の反応が起こり，赤橙色の $K_2Cr_2O_7$ 水溶液に変化する。

$$2K_2CrO_4 + H_2SO_4 \longrightarrow K_2Cr_2O_7 + K_2SO_4 + H_2O$$

また，$K_2Cr_2O_7$ 水溶液に H_2O_2 を作用させると，次の反応により Cr^{3+} が生じ緑色になる。

$$Cr_2O_7{}^{2-} + 3H_2O_2 + 8H^+ \longrightarrow 2Cr^{3+} + 3O_2 + 7H_2O$$

3．（誤文）AgCl（白色），AgBr（淡黄色），AgI（黄色）は水にほとんど溶けないが，AgF は水によく溶ける。

4．（正文）Al 単体は，塩酸，水酸化ナトリウム水溶液と次のように反応して，H_2 を発生する。

$$2Al + 6HCl \longrightarrow 2AlCl_3 + 3H_2$$

$$2Al + 2NaOH + 6H_2O \longrightarrow 2Na[Al(OH)_4] + 3H_2$$

5．（正文）Cu^{2+}，Ag^+，Zn^{2+} をそれぞれ別々に含む水溶液に，少量のアンモニア水を加えると，次の反応により沈殿が生じる。

$$Cu^{2+} + 2NH_3 + 2H_2O \longrightarrow 2NH_4{}^+ + Cu(OH)_2 （青白色沈殿）$$

$2Ag^+ + 2NH_3 + H_2O \longrightarrow 2NH_4^+ + Ag_2O$ （暗褐色沈殿）

$Zn^{2+} + 2NH_3 + 2H_2O \longrightarrow 2NH_4^+ + Zn(OH)_2$ （白色沈殿）

これらの沈殿を含む水溶液に，さらにアンモニア水を過剰に加えると次の反応により，これらの沈殿は溶解する。

$Cu(OH)_2 + 4NH_3 \longrightarrow [Cu(NH_3)_4]^{2+} + 2OH^-$

$Ag_2O + 4NH_3 + H_2O \longrightarrow 2[Ag(NH_3)_2]^+ + 2OH^-$

$Zn(OH)_2 + 4NH_3 \longrightarrow [Zn(NH_3)_4]^{2+} + 2OH^-$

6．（正文）H_2S を十分に通じると，Fe^{3+} は H_2S に還元され Fe^{2+} に変化する。このため，いずれも塩基性の水溶液中では FeS の黒色沈殿を生じる。

攻略のポイント

2．同じ6価クロム（酸化数 +6 の Cr）でも，CrO_4^{2-} は H_2O_2 より酸化力が弱い。このため，$K_2Cr_2O_7$ を合成する場合，$(CH_3COO)_3Cr$ 水溶液に KOH 水溶液を加え $[Cr(OH)_4]^-$ とし，H_2O_2 水で酸化後 CrO_4^{2-} とする。次に，未反応の H_2O_2 を水溶液中から追い出し，氷酢酸などで酸性にし $Cr_2O_7^{2-}$ とした後，溶液を濃縮して $K_2Cr_2O_7$ の結晶を得る。

$$Cr^{3+} \xrightarrow{KOH} Cr(OH)_3 \xrightarrow{KOH} [Cr(OH)_4]^- \xrightarrow{H_2O_2} CrO_4^{2-} \xrightarrow{H^+} Cr_2O_7^{2-}$$

Cr^{3+} は Al^{3+} と似たように反応し，過剰の KOH 水溶液に溶解し，$[Cr(OH)_4]^-$ の錯イオンを形成したり，$CrK(SO_4)_2 \cdot 12H_2O$ のようなクロムミョウバンなども存在する。

6．Fe^{3+} は還元されやすいため，Fe^{3+} を含む水溶液に Cu を入れると，次の反応により，Cu が Cu^{2+} となって溶け出す。

$$2Fe^{3+} + Cu \longrightarrow 2Fe^{2+} + Cu^{2+}$$

139 解答

5・6

解説

ア～カの反応によって，それぞれ生成する A～F の気体は次のようになる。

ア．$\underset{A}{FeS + 2HCl \longrightarrow FeCl_2 + H_2S}$

イ．$\underset{B}{CaF_2 + H_2SO_4 \longrightarrow CaSO_4 + 2HF}$

ウ. $Cu + 2H_2SO_4 \longrightarrow CuSO_4 + SO_2 + 2H_2O$
$$C$$

エ. $Cu + 4HNO_3 \longrightarrow Cu(NO_3)_2 + 2NO_2 + 2H_2O$
$$D$$

オ. $3Cu + 8HNO_3 \longrightarrow 3Cu(NO_3)_2 + 2NO + 4H_2O$
$$E$$

カ. $CaCl(ClO)\cdot H_2O + 2HCl \longrightarrow CaCl_2 + Cl_2 + 2H_2O$
$$F$$

1．（誤文）NO_2（赤褐色），Cl_2（黄緑色）以外の4つの気体は無色である。

2．（誤文）Cl_2 は無極性分子で，他の気体は極性分子である。

3．（誤文）12族元素の Zn^{2+}，Cd^{2+} の塩基性水溶液に H_2S を通じると，それぞれ ZnS（白色），CdS（黄色）の沈殿を生じる。

4．（誤文）HF，SO_2 はいずれも水に溶け，弱酸性を示す。

5．（正文）SO_2 は還元剤としてはたらき，次の反応により I_2 が反応し，褐色の溶液が無色になる。

$$I_2 + 2e^- \longrightarrow 2I^- \quad \cdots\cdots ①$$
$$SO_2 + 2H_2O \longrightarrow SO_4^{2-} + 4H^+ + 2e^- \quad \cdots\cdots ②$$

①，②を辺々加えると

$$I_2 + SO_2 + 2H_2O \longrightarrow 2HI + H_2SO_4$$

6．（正文）NO は水に溶けにくい無色の気体であり，水上置換により捕集することができる。

7．（誤文）Cl_2 は水と次のように反応し，塩素の酸化数 -1 の HCl と塩素の酸化数 $+1$ の $HClO$ に変化する。

$$\underset{0}{Cl_2} + H_2O \longrightarrow \underset{-1}{H\underline{Cl}} + \underset{+1}{H\underline{Cl}O}$$

140 解答

3・6

解説

1．（誤文）金や白金は，塩酸，希硫酸だけでなく，硝酸や熱濃硫酸にも溶けないが，濃硝酸と濃塩酸の体積比 $1:3$ の混合物である王水には溶ける。

2．（誤文）二クロム酸カリウムは，硫酸酸性溶液中では強い酸化力をもち，還元剤としてははたらかない。

3．（正文）それぞれの化学反応式は次のようになる。

$$FeSO_4 + 2NaOH \longrightarrow Fe(OH)_2 \downarrow + Na_2SO_4$$
（緑白色）

$$FeCl_3 + 3NaOH \longrightarrow Fe(OH)_3 \downarrow + 3NaCl$$
（赤褐色）

4．（誤文）銀は金属中で熱伝導性，電気伝導性が最大であり，金に次いで展性，延性も大きい。

5．（誤文）過マンガン酸カリウムは，酸化剤としてはたらき，化学反応式は次のようになる。

$$2KMnO_4 + 5H_2O_2 + 3H_2SO_4 \longrightarrow 2MnSO_4 + K_2SO_4 + 5O_2 + 8H_2O$$

6．（正文）一般に，ハロゲン化銀には感光性があるため，光を当てると，分解して銀の微粒子を遊離する。塩化銀の反応は次のようになる。

$$2AgCl \longrightarrow 2Ag + Cl_2$$

141 解 答

1・5

解 説

ア～キより，金属元素は次のように考えられる。

ア．A～Dは典型金属元素で右のような金属元素が考えられる。

イ．常温・常圧で単体が液体の金属はHgであるから，AはZnである。

周期 ＼ 族	1	2	12	13	14
4	K	Ca	Zn	Ga	Ge
5	Rb	Sr	Cd	In	Sn
6	Cs	Ba	Hg	Tl	Pb

ウ・オ．Bは第4周期元素であり，1族，13族，14族にはそれぞれH，B，Cなどの非金属元素が存在する。よって，同族元素がすべて金属であることからBはCaである。

エ・カ・キ．C，Dは第5または第6周期元素であり，第6周期までの同族元素に非金属元素を2つ含むことから，14族元素のSnまたはPbである。また，イオン化傾向はCがDより小さいことから，CはPb，DはSnである。

1．（誤文）AはZn，BはCaである。

2．（正文）両性元素はAのZn，CのPb，DのSnである。

3．（正文）CのPbとDのSnは，ともにPb^{2+}，Pb^{4+}，Sn^{2+}，Sn^{4+}となる化合物を生成する。

4．（正文）ZnOは，冷水にはほとんど溶けない。

5．（誤文）PbOは白色ではなく，黄色（または赤色）である。

6．（正文）**A**～**D**と Al をイオン化傾向の順に並べると次のようになる。

　　Ca ＞Al＞ Zn ＞ Sn ＞ Pb
　　（**B**）　　　（**A**）　（**D**）　（**C**）

142 解答

1・3

解　説

1．（正文）周期表の1族に属する水素以外の元素をアルカリ金属元素といい，その化合物や水溶液は炎色反応を示す。

2．（誤文）Be，Mg 単体は，常温では水と反応しない。

3．（正文）ハロゲンは，原子番号が大きくなるほど原子半径も大きくなることから，イオン化エネルギーや電気陰性度が小さくなる。

4．（誤文）硫黄の同素体には，斜方硫黄，単斜硫黄，ゴム状硫黄の3つがある。

5．（誤文）ケイ素単体の結晶はダイヤモンドと同様の構造をもち，金属に似た光沢があり，導体と絶縁体の中間の電気伝導性をもつ半導体である。

6．（誤文）鉄やアルミニウムの単体は不動態をつくるが，銅の単体は不動態をつくらず，濃硝酸と次のように反応する。

$$Cu + 4HNO_3 \longrightarrow Cu(NO_3)_2 + 2NO_2 + 2H_2O$$

攻略のポイント

マリケンの電気陰性度は，イオン化エネルギーと電子親和力の相加平均として表される。一般に，（イオン化エネルギー）＞（電子親和力）となることが多く，電気陰性度はイオン化エネルギーの値によって左右される。

下表にハロゲン原子の第一イオン化エネルギーと電子親和力の値を示す。

	第一イオン化エネルギー〔kJ/mol〕	電子親和力〔kJ/mol〕
F	1681	328
Cl	1251	349
Br	1140	325
I	1008	295

ハロゲン原子の原子半径は，F＜Cl＜Br＜I の順に大きくなるので，原子半径の小さいものほど，イオン化エネルギーは大きく，電気陰性度の値も大きくなる傾向を示す。

143 解 答

2

解 説

ア〜オの化学反応は，次のようになる。

ア．$CaCO_3 \longrightarrow \underset{\textbf{A}}{CaO} + \underset{\textbf{a}}{CO_2}$

イ．$SiO_2 + 2C \longrightarrow \underset{\textbf{B}}{Si} + \underset{\textbf{b}}{2CO}$

ウ．$NaCl + H_2SO_4 \longrightarrow \underset{\textbf{C}}{NaHSO_4} + \underset{\textbf{c}}{HCl}$

エ．$CaF_2 + H_2SO_4 \longrightarrow \underset{\textbf{D}}{CaSO_4} + \underset{\textbf{d}}{2HF}$

オ．$4FeS_2 + 11O_2 \longrightarrow \underset{\textbf{E}}{2Fe_2O_3} + \underset{\textbf{e}}{8SO_2}$

1．（正文）金属の酸化物である CaO と Fe_2O_3 が，塩基性酸化物である。

2．（誤文）無色で刺激臭がある気体は，HCl，HF，SO_2 の3つである。

3．（正文）水溶液中で強酸としてはたらくのは，HCl のみである。

4．（正文）黄鉄鉱の化学式は FeS_2 で，Fe の酸化数は $+2$，S の酸化数は -1 である。オの反応によって Fe は $+3$，S は $+4$ へ酸化数が増加する。

5．（正文）**B**の結晶である Si は，ダイヤモンドと同じ形の結晶をもつ。

6．（正文）セッコウの主成分は，$CaSO_4 \cdot 2H_2O$ である。

144 解 答

4・6

解 説

ア〜エの操作により，各金属イオンは次のように系統的に分離される。

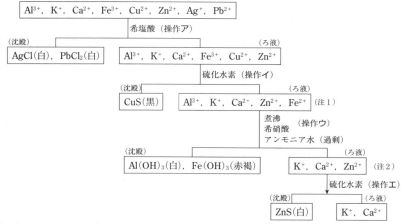

(注1) H_2S により Fe^{3+} は還元され Fe^{2+} になるが，煮沸後希硝酸を加え酸化することにより Fe^{3+} に戻る。

(注2) アンモニア水を過剰に加えると Zn^{2+} は $[Zn(NH_3)_4]^{2+}$ となって溶解する。

1．(正文) 希硫酸を加えると，$CaSO_4$（白）と $PbSO_4$（白）の沈殿が生じる。

2．(正文) 熱水を加えると $PbCl_2$ の沈殿は溶解し，ろ液に K_2CrO_4 溶液を加えると $PbCrO_4$（黄）の沈殿が生じる。

3．(正文) 真ちゅうは Cu と Zn の合金であり，イで得た沈殿には Cu が含まれている。

4．(誤文) ウで得た沈殿である $Al(OH)_3$ は，希塩酸に溶解後，過剰の NaOH 水溶液を加えると次の反応により溶解するが，$Fe(OH)_3$ は希塩酸に溶解後，NaOH 水溶液を加えると $Fe(OH)_3$ の沈殿を生じる。

$$Al(OH)_3 + NaOH \longrightarrow Na^+ + [Al(OH)_4]^-$$

5．(正文) エで得た沈殿である ZnS を希塩酸に溶かし，煮沸後 NaOH 水溶液を過剰に加えると，次の反応により溶解する。

$$ZnS + 2HCl \longrightarrow ZnCl_2 + H_2S \quad (煮沸により追い出す)$$

$$ZnCl_2 + 4NaOH \longrightarrow 4Na^+ + [Zn(OH)_4]^{2-} + 2Cl^-$$

6．(誤文) エで得たろ液には，K^+ と Ca^{2+} が存在するので，$(NH_4)_2CO_3$ 水溶液を

　加えると，$CaCO_3$ の沈殿が生じる。

145 解 答

1・5

解 説

ア・イより，考えられる単体は，H_2，N_2，O_2，F_2，Cl_2 である。

ウより，**A** と **C** は同族元素で，単体 **A** の沸点は単体 **C** より高いので，単体 **A** は Cl_2，単体 **C** は F_2 である。

エより，空気は主に，N_2（分子量 28），O_2（分子量 32）の体積比 4：1 の混合気体であるから，その平均分子量は 28.8 である。また，理想気体の状態方程式 $PV = \dfrac{w}{M}RT$（P：圧力，V：体積，M：分子量，w：質量，R：気体定数，T：絶対温度）より

$$\frac{w}{V} = \frac{P}{RT}M$$

密度 $\dfrac{w}{V}$ は，同温・同圧下において，分子量に比例する。よって，密度（または分子量）は小さい方から，$H_2 < N_2 <$ 空気 $< O_2$ の順となるので，**D** と **E** の単体は H_2 と N_2 である。

オより，N_2 は三重結合を形成するから，H_2 より結合エネルギーは大きいと予測できる。（実際 $N \equiv N$，$H-H$ の結合エネルギーは，それぞれ 946 kJ/mol，436 kJ/mol である。）よって，**D** の単体は N_2，**E** の単体は H_2 である。

以上より，典型元素 **A**～**E** はそれぞれ次のようになる。

　　　A：塩素　**B**：酸素　**C**：フッ素　**D**：窒素　**E**：水素

1．（誤文）酸素には三原子分子の O_3 がある。

2．（正文）**A** とカルシウムからなる化合物は $CaCl_2$ で，無水物は水への溶解度が大きく，空気中で潮解する。

3．（正文）酸素は，地殻中・人体内に質量パーセントで最も多く存在する元素である。

4．（正文）分子量は小さい方から順に，H_2，N_2，O_2，F_2，Cl_2 となる。

5．（誤文）Li と Be の 2 つの金属元素がある。

6．（正文）アルカリ金属元素である。

146　解　答

2・5

解　説

実験操作ア〜オの反応は，それぞれ次のようになる。

ア．$2K_2CrO_4 + H_2SO_4 \longrightarrow K_2Cr_2O_7 + K_2SO_4 + H_2O$

イ．$Cr_2O_7{}^{2-} + 6e^- + 14H^+ \longrightarrow 2Cr^{3+} + 7H_2O$　……①

　　$H_2O_2 \longrightarrow O_2 + 2H^+ + 2e^-$　　　　　　　……②

①＋②×3 より

　　$Cr_2O_7{}^{2-} + 3H_2O_2 + 8H^+ \longrightarrow 2Cr^{3+} + 3O_2 + 7H_2O$

よって，化学反応式は

　　$K_2Cr_2O_7 + 3H_2O_2 + 4H_2SO_4 \longrightarrow Cr_2(SO_4)_3 + K_2SO_4 + 3O_2 + 7H_2O$

ウ．$MnO_2 + 4HCl \longrightarrow MnCl_2 + Cl_2 + 2H_2O$

エ．$MnO_4{}^- + 8H^+ + 5e^- \longrightarrow Mn^{2+} + 4H_2O$　……③

　　$(COOH)_2 \longrightarrow 2CO_2 + 2H^+ + 2e^-$　　　　……④

③×2＋④×5 より

　　$2MnO_4{}^- + 5(COOH)_2 + 6H^+ \longrightarrow 2Mn^{2+} + 10CO_2 + 8H_2O$

よって，化学反応式は

　　$2KMnO_4 + 5(COOH)_2 + 3H_2SO_4 \longrightarrow 2MnSO_4 + K_2SO_4 + 10CO_2 + 8H_2O$

オ．$Fe_2O_3 + 2Al \longrightarrow Al_2O_3 + 2Fe$

1．（正文）ア〜オの下線の原子の酸化数は，化学反応の前後で次のように変化する。

　ア．$+6 \longrightarrow +6$　　**イ**．$+6 \longrightarrow +3$　　**ウ**．$+4 \longrightarrow +2$

　エ．$+7 \longrightarrow +2$　　**オ**．$+3 \longrightarrow 0$

2．（誤文）触媒として作用した実験操作はない。

3．（正文）実験操作イ，ウ，エでそれぞれ O_2，Cl_2，CO_2 が発生している。

4．（正文）O_2 は水上置換が適しているが，Cl_2，CO_2 は空気よりも重く，水に少し溶けて次のように反応するので，下方置換で捕集する。

　　$Cl_2 + H_2O \rightleftharpoons HCl + HClO$

　　$CO_2 + H_2O \rightleftharpoons H^+ + HCO_3{}^-$

5．（誤文）水が生成した実験操作は，ア，イ，ウ，エの4つである。

147　解　答

5

解 説

ア～カの記述より，次のことがわかる。

ア：A～Dは Ca 以外の金属元素と考えられる。

イ：室温で希塩酸を加えると沈殿する金属イオンは Ag^+，Pb^{2+} である。

ウ：Ag^+ は OH^- と次のように反応し Ag_2O の褐色沈殿を生じる。

$$2Ag^+ + 2OH^- \longrightarrow Ag_2O + H_2O$$

よって，A は Ag である。

エ：B は Zn，Al，Pb のいずれかである。

オ：B は Zn，C は Cu で，それぞれの沈殿は過剰のアンモニア水と次のように反応し錯イオンを生じる。

$$Zn(OH)_2 + 4NH_3 \longrightarrow [Zn(NH_3)_4]^{2+} + 2OH^-$$

$$Cu(OH)_2 + 4NH_3 \longrightarrow [Cu(NH_3)_4]^{2+} + 2OH^-$$

カ：D は Fe で緑白色の沈殿は $Fe(OH)_2$ である。$Fe(OH)_2$ は，水溶液中に溶け込んだ酸素 O_2 と次のように反応して，$Fe(OH)_3$ の赤褐色の沈殿を生じる。

$$4Fe(OH)_2 + O_2 + 2H_2O \longrightarrow 4Fe(OH)_3$$

以上より，A は Ag，B は Zn，C は Cu，D は Fe である。

1．（誤文）アで生じた A を含む沈殿は Ag_2O である。Ag_2O は過剰のアンモニア水と次のように反応し，無色のジアンミン銀（Ⅰ）イオンを生じる。

$$Ag_2O + 4NH_3 + H_2O \longrightarrow 2[Ag(NH_3)_2]^+ + 2OH^-$$

2．（誤文）ルビーの主成分は Al_2O_3 である。

3．（誤文）C の単体である Cu は希硫酸とは反応しない。

4．（誤文）C の単体である Cu は，熱や電気の伝導性は高いが，A～D の中では Ag が最も高い伝導性を示す。

5．（正文）イオン化傾向は大きい方から Zn，Fe，Cu，Ag の順になる。

148 解 答

2・5

解 説

ア～オの記述から，同族元素 A～D はハロゲンである。A の単体は標準状態で液体であることから Br_2，B，C の単体は標準状態において気体であり，C の単体は室温で水と激しく反応して酸素を発生させることから F_2，B の単体は Cl_2 である。また，D の単体は標準状態で黒紫色の固体で水に溶けにくいことから I_2 である。

1．（正文）Cl_2 は Br_2 より酸化力が強いので，次の反応により Br_2 が遊離する。

$$2KBr + Cl_2 \longrightarrow 2KCl + Br_2$$

2．（誤文）O_3 は Br_2 より酸化力が強いので，次の反応により Br_2 が遊離する。

$$2KBr + O_3 + H_2O \longrightarrow O_2 + Br_2 + 2KOH$$

よって，Br_2 を含む溶液はデンプンにより青紫色に呈色しない。

3．（正文）次の反応により AgCl の白色沈殿が生じる。

$$KCl + AgNO_3 \longrightarrow AgCl + KNO_3$$

4．（正文）すべて二原子分子である。

5．（誤文）I_2 と H_2 が反応し HI が生成するとき，分子が原子に解離して反応するのではなく，次のような活性化状態を経て HI が生成する。

$$H_2 + I_2 \longrightarrow \begin{matrix} H \cdots H \\ \vdots \quad \vdots \\ I \cdots I \end{matrix} \longrightarrow HI$$

149　解答

1・3

解説

ア・**ウ**の記述より，化合物 **A** は CO_2，化合物 **C** は $Ca(OH)_2$，化合物 **D** は $CaCO_3$ である。また，**イ**の記述から化合物 **B** は NH_3 と考えられるので，**エ**の記述中の反応は次のようになる。

$$\underset{\textbf{C}}{Ca(OH)_2} + \underset{\textbf{E}}{(NH_4)_2SO_4} \longrightarrow \underset{\textbf{F}}{CaSO_4} + 2\underset{\textbf{B}}{NH_3} + 2H_2O \quad \cdots\cdots①$$

よって，**オ**の記述から化合物 **F** の半水和物は焼きセッコウ $CaSO_4 \cdot \dfrac{1}{2}H_2O$ である。焼きセッコウに水を加えて練ると発熱しセッコウ $CaSO_4 \cdot 2H_2O$ が生じる。

$$CaSO_4 \cdot \frac{1}{2}H_2O + \frac{3}{2}H_2O \longrightarrow CaSO_4 \cdot 2H_2O$$

1．（誤文）分子の平均の速度 v は，気体分子の熱運動から，分子量が大きくなるほど小さくなる。よって，分子量は $CO_2 = 44$，$C_2H_6 = 30$ となるから，エタンの分子の平均の速さの方が大きい。

2．（正文）N_2 と H_2 を体積比 1：3 で混合し反応させると NH_3 が生じる。この工業的製法をハーバー法という。

3．（誤文）$Ca(OH)_2$ は水に溶解すると発熱するので，温度を下げると水への溶解度は大きくなる。

4．（正文）$CaCO_3$ と希塩酸との反応は次のようになる。

$$CaCO_3 + 2HCl \longrightarrow CaCl_2 + CO_2 + H_2O$$

5.（正文）①の反応より 1.0 mol の $(NH_4)_2SO_4$ から 2.0 mol の NH_3 が生じる。

一般に，固体の溶解度と温度の関係を表したものを，溶解度曲線という。溶解度曲線には，右図のように KNO_3 や KCl のように右上がりの曲線と，NaOH や $Ca(OH)_2$ のように右下がりの曲線がある。例えば KNO_3 と $Ca(OH)_2$ の場合は

溶解度〔g/水100g〕

温度〔℃〕

$$KNO_3（固）+ aq = KNO_3aq - Q_1〔kJ〕$$
$$Ca(OH)_2（固）+ aq = Ca(OH)_2aq + Q_2〔kJ〕 \quad (Q_1>0，Q_2>0)$$

よって，KNO_3 の場合は，吸熱反応なので温度を上げると溶解度は大きくなるが，$Ca(OH)_2$ の場合は，発熱反応なので温度を上げると溶解度は小さくなる。これらの溶解熱は，結晶格子をバラバラにする格子エネルギーと水和熱の関係で決まる。

150 解答

問i	実験番号：1	金属元素の番号：1
	実験番号：5	金属元素の番号：6
問ii	実験番号：3	金属元素の番号：2
	実験番号：5	金属元素の番号：6
問iii	実験番号：2	金属元素の番号：5
	実験番号：7	金属元素の番号：3

解 説

実験1 高級脂肪酸のナトリウム塩がセッケンである。よって，**a** は Na である。下線部の反応は，セッケンを RCOONa とすると

$$2RCOONa + CaCl_2 \longrightarrow (RCOO)_2Ca + 2NaCl$$

したがって，$(RCOO)_2Ca$ の沈殿が生じる。

実験2 アンモニア性硝酸銀水溶液にアセトアルデヒドを加えて加温すると，銀鏡反

応が生じる。よって，**b**は Ag である。下線部の反応では，単体の銀が生成する。

実験3　室温の水と反応し，炎色反応が黄緑色であるのは Ba である。また，硫酸バリウム $BaSO_4$ は水に溶けにくい白色物質である。よって，**c**は Ba である。下線部の操作では，$BaSO_4$ に濃塩酸を加えても変化は見られない。

実験4　金属イオンが酸性条件下で黒色の硫化物沈殿を生じ，水酸化物が青白色の沈殿を生じることから，**d**は Cu である。また，下線部の反応では，フェーリング液の還元によって，Cu_2O の赤色沈殿が生じる。

実験5　塩基性条件下で白色の硫化物沈殿を生じるので**e**は Zn である。また，Zn 単体を KOH 水溶液と反応させると次のようになる。

$$Zn + 2KOH + 2H_2O \longrightarrow K_2[Zn(OH)_4] + H_2$$

よって，短時間の電気分解では，Zn 単体は得られない。

実験6　塩酸に溶け，過剰のアンモニア水に溶解せず白色沈殿を生じるので，**f**は Al である。また，下線部の反応は次のようになり，白色ゲル状の水酸化アルミニウム $Al(OH)_3$ の沈殿を生じる。

$$AlCl_3 + 3NaOH \longrightarrow Al(OH)_3 + 3NaCl$$

実験7　塩酸に溶け，その水溶液を酸化すると黄褐色になるので，**g**は Fe である。また，下線部の反応はテルミット反応で，次のようになる。

$$2Al + Fe_2O_3 \longrightarrow Al_2O_3 + 2Fe$$

以上より，下線部の反応で単体が得られるのは，**実験2・7**であり，金属元素が固体の化合物として含まれるのは，**実験3・4・6**である。また，金属元素が2価の陽イオンとして存在するのは，**実験3・5**である。

151　解　答

問 i　3　　問 ii　1・5

解　説

記述オより，あらゆる物質の中で最も硬い無色の結晶である固体**h**はダイヤモンドである。3.0 g のダイヤモンドを十分な量の酸素とともに加熱して反応させると二酸化炭素となり，その標準状態における体積は $\dfrac{3.0}{12} \times 22.4 = 5.6$〔L〕となる。

また，ソルベー法は炭酸ナトリウム Na_2CO_3 の工業的製法で，その第1段階の反応では，塩化ナトリウム NaCl の飽和水溶液にアンモニア NH_3 を吸収させた後 CO_2 を通じることにより，炭酸水素ナトリウム $NaHCO_3$ を沈殿させる。

$$NaCl + NH_3 + CO_2 + H_2O \longrightarrow NaHCO_3 + NH_4Cl$$

よって，固体 g は NaCl，液体 d に溶解させた無機化合物は NH$_3$，下線④の白色沈殿は NaHCO$_3$ となる。

記述ウより，地殻を構成する元素のうち最も質量割合の大きい上位 2 種類の元素は酸素とケイ素であるから，固体 f は二酸化ケイ素 SiO$_2$ と考えられる。また，この固体 f は液体 a に溶解していることから，液体 a はフッ化水素酸（フッ化水素 HF の水溶液）である。

$$SiO_2 + 6HF \longrightarrow \quad H_2SiF_6 \quad + 2H_2O$$
$$\text{ヘキサフルオロケイ酸}$$

SiO$_2$（式量 60）12 g と反応する HF の物質量は $\dfrac{12}{60} \times 6 = 1.2$〔mol〕となり，1 mol/L のフッ化水素酸 1.2 L に含まれる HF の物質量に等しい。

記述エより，固体 g（NaCl）の水溶液を用いたイオン交換膜法によって製造される物質は水酸化ナトリウム NaOH である。

$$陰極：2H_2O + 2e^- \longrightarrow H_2 + 2OH^-$$
$$陽極：2Cl^- \longrightarrow Cl_2 + 2e^-$$

この反応をまとめると次のようになる。

$$2NaCl + 2H_2O \longrightarrow 2NaOH + H_2 + Cl_2$$

このとき，H$_2$ と Cl$_2$ が得られ，塩化水素 HCl が合成できる。よって，液体 e は HCl であると考えられ，pH は小さく，固体 f（SiO$_2$）を溶かさず，硝酸銀 AgNO$_3$ 水溶液に加えると感光性をもつ塩化銀 AgCl の白色沈殿を生じる。

また，AgCl はチオ硫酸ナトリウム Na$_2$S$_2$O$_3$ 水溶液を加えると，次のように反応し溶解する。

$$AgCl + 2Na_2S_2O_3 \longrightarrow \quad Na_3[Ag(S_2O_3)_2] \quad + NaCl$$
$$\text{ビス(チオスルファト)銀(I)酸}$$
$$\text{ナトリウム}$$

AgNO$_3$ 水溶液に液体 d（NH$_3$ 水溶液）を加えたときに生じる暗褐色の沈殿（下線②）は酸化銀 Ag$_2$O である。

$$2AgNO_3 + 2NH_3 + H_2O \longrightarrow Ag_2O + 2NH_4NO_3$$

記述力より，動物の骨に含まれ，生命活動に欠かすことのできない元素の単体で自然発火する固体 i は黄リン P$_4$ である。燃焼後に生じる白色粉末は十酸化四リン P$_4$O$_{10}$ であり，P$_4$O$_{10}$ は水に溶けて（加熱されると）リン酸を生じるため酸性を示す。

$$P_4 + 5O_2 \longrightarrow P_4O_{10}$$
$$P_4O_{10} + 6H_2O \longrightarrow 4H_3PO_4$$

0.1 mol の P$_4$ から生じるリン酸は 0.4 mol であるから，このリン酸を中和するのに必要な NaOH は $0.4 \times 3 = 1.2$〔mol〕となり，1 mol/L の NaOH 水溶液 1.20 L に含まれる NaOH の物質量に等しい。

以上から，各物質は次のようになる。

　　　a．HF 水溶液　　　　**b**．H_2O　　　　　　　**c**．NaOH 水溶液

　　　d．NH_3 水溶液　　　**e**．HCl 水溶液　　　　**f**．SiO_2

　　　g．NaCl　　　　　　　**h**．ダイヤモンド　　**i**．P_4

問 i　1．（誤文）**a**〜**e**に2価の酸または2価の塩基は含まれていない。

2．（誤文）加えた無機化合物の分子量または式量は次のようになる。

　　　a：20　　**c**：40　　**d**：17　　**e**：36.5

　　　よって，水の分子量18より大きいものは3つある。

3．（正文）下線①の沈殿物は AgCl（式量 143.5），下線②の沈殿物は Ag_2O（式量 232）である。

4．（誤文）下線③の反応は，酸化還元反応ではない。

5．（誤文）下線④の白色沈殿は $NaHCO_3$ である。その水溶液は塩基性を示す。

問 ii　**f**〜**i** の無機物の分子量または式量の大小関係は次のようになる。

　　　h（12）＜**g**（58.5）＜**f**（60）＜**i**（124）

152　解　答

2・5

解　説

化合物 **A** は NH_3，化合物 **B** は CO_2，化合物 **C** は HCl，化合物 **D** は SO_2，化合物 **E** は H_2S である。

1．（正文）記述**イ**で生成する結晶は NH_4Cl である。

　　　NH_3　＋　HCl　$\longrightarrow$　NH_4Cl

　　　化合物**A**　　化合物**C**

化合物 **A**（NH_3）の電離定数 K_b は

$$K_b = \frac{[NH_4^+][OH^-]}{[NH_3]} = 2.3 \times 10^{-5}\,[mol/L]$$

水のイオン積 K_w は

$$K_w = [H^+][OH^-] = 1.0 \times 10^{-14}\,(mol/L)^2$$

NH_4Cl の加水分解における平衡定数（加水分解定数）を K_h とすると

$$K_h = \frac{[NH_3][H^+]}{[NH_4^+]} = \frac{[NH_3][H^+]}{[NH_4^+]} \times \frac{[OH^-]}{[OH^-]} = \frac{K_w}{K_b}$$

$$= \frac{1.0 \times 10^{-14}}{2.3 \times 10^{-5}} = 4.34 \times 10^{-10} \fallingdotseq 4.3 \times 10^{-10}\,[mol/L]$$

となり，4.5×10^{-10} mol/L より小さい。

2．（誤文）石灰水に化合物 **B**（CO_2）を通すことで生成する沈殿は $CaCO_3$ である。
また，化合物 **B** が水に溶けて生じる陰イオンは HCO_3^-，CO_3^{2-} である。

3．（正文）硝酸銀水溶液に化合物 **C**（HCl）を加えることで生じる沈殿は AgCl（式量 143）である。生じた AgCl の物質量は

$$\frac{8.58 \times 10^{-3}}{143} = 6.00 \times 10^{-5} \,[\text{mol}]$$

この沈殿生成に関する物質の増減は，次のようになる（沈殿生成前の硝酸銀水溶液の濃度を $x \,[\text{mol/L}]$ とする）。

	Ag^+	$+$	Cl^-	$\longrightarrow$	AgCl	
沈殿生成前	$x \times 1.00$		$1.00 \times 10^{-4} \times 1.00$		0	[mol]
変化量	-6.00×10^{-5}		-6.00×10^{-5}		$+6.00 \times 10^{-5}$	[mol]
沈殿生成後	$x - 6.00 \times 10^{-5}$		4.00×10^{-5}		6.00×10^{-5}	[mol]

よって，沈殿生成後の Ag^+ および Cl^- のモル濃度 $[Ag^+]$ および $[Cl^-]$ は，それぞれ次のようになる。

$$[Ag^+] = \frac{x - 6.00 \times 10^{-5}}{2.00} \,[\text{mol/L}]$$

$$[Cl^-] = \frac{4.00 \times 10^{-5}}{2.00} = 2.00 \times 10^{-5} \,[\text{mol/L}]$$

AgCl の溶解度積が $1.80 \times 10^{-10} \,(\text{mol/L})^2$ であるから

$$\frac{x - 6.00 \times 10^{-5}}{2.00} \times 2.00 \times 10^{-5} = 1.80 \times 10^{-10}$$

$$\therefore \quad x = 7.80 \times 10^{-5} \,[\text{mol/L}]$$

したがって，はじめに用いた硝酸銀水溶液の濃度は，6.5×10^{-5} mol/L より大きい。

4．（正文）化合物 **D**（SO_2）は，硫酸酸性の過マンガン酸カリウム水溶液と反応するとき，還元剤として次のようにはたらく。

$$SO_2 + 2H_2O \longrightarrow SO_4^{2-} + 4H^+ + 2e^-$$

また，過マンガン酸カリウムは，酸化剤として次のようにはたらく。

$$MnO_4^- + 8H^+ + 5e^- \longrightarrow Mn^{2+} + 4H_2O$$

よって，1 mol の化合物 **D** と過不足なく反応する過マンガン酸カリウムの物質量は $1 \times \dfrac{2}{5} = 0.4 \,[\text{mol}]$ であり，0.3 mol より多い。

5．（誤文）化合物 **E** は H_2S（分子量 34）であるから，0℃の水に対する溶解度は

$$22.4 \times \frac{6.8}{34} = 4.48 \,[\text{L/水 1 L}]$$

よって，3.5 より大きい。

153　解　答

問 i 　ア：3番目　ウ：2番目

問 ii 　1

問 iii 　最も大きいもの：3　最も小さいもの：2

解　説

ア〜キの反応式および反応物と気体の物質量は次のとおりになる（下線の下の数字が物質量〔mol〕を示す）。

ア． $\underset{0.100}{\underline{2Ag}} + 2H_2SO_4 \longrightarrow Ag_2SO_4 + 2H_2O + \underset{0.0500}{{}_A\underline{SO_2}}$

イ． $\underset{0.270}{\underline{3Cu}} + 8HNO_3 \longrightarrow 3Cu(NO_3)_2 + 4H_2O + \underset{0.180}{{}_B\underline{2NO}}$

ウ． $\underset{0.0750}{\underline{5H_2O_2}} + 2KMnO_4 + 3H_2SO_4 \longrightarrow K_2SO_4 + 2MnSO_4 + 8H_2O + \underset{0.0750}{{}_C\underline{5O_2}}$

エ． $\underset{0.100}{\underline{NaCl}} + H_2SO_4 \longrightarrow NaHSO_4 + \underset{0.100}{{}_D\underline{HCl}}$

オ． $\underset{0.220}{\underline{2Al}} + 2NaOH + 6H_2O \longrightarrow 2Na[Al(OH)_4] + \underset{0.330}{{}_E\underline{3H_2}}$

カ． $\underset{0.0200}{\underline{2NH_4Cl}} + Ca(OH)_2 \longrightarrow CaCl_2 + 2H_2O + \underset{0.0200}{{}_F\underline{2NH_3}}$

キ． $\underset{0.0100}{\underline{CaC_2}} + 2H_2O \longrightarrow Ca(OH)_2 + \underset{0.0100}{{}_G\underline{C_2H_2}}$

問 i 　正の反応は**ア・イ・ウ・カ**であり，これらの大小関係を調べると次のようになる。

> **ア**：$0.100 \times 1 = +0.100$〔mol〕
>
> **イ**：$0.270 \times \dfrac{4}{3} = +0.360$〔mol〕
>
> **ウ**：$0.0750 \times \dfrac{8}{5} = +0.120$〔mol〕
>
> **カ**：$0.0200 \times 1 = +0.0200$〔mol〕

よって，大きい方から **イ＞ウ＞ア＞カ** の順となり，**ア**は3番目，**ウ**は2番目となる。

問 ii 　1．（誤文）室温で空気中の O_2 によって速やかに酸化されるのは，**B** の NO のみである。

2．（正文）分子量はそれぞれ，$SO_2 = 64$，$NO = 30$，$O_2 = 32$，$HCl = 36.5$，$H_2 = 2$，$NH_3 = 17$，$C_2H_2 = 26$ であるから，空気（$N_2 : O_2 = 4 : 1$）の平均分子量の 28.8 よ

り小さいのは，H_2，NH_3，C_2H_2 の 3 つである。

3．（正文）二原子分子は，NO，O_2，HCl，H_2 の 4 つである。

4．（正文）気体 **A**（SO_2）と気体 **C**（O_2）を V_2O_5 を触媒として反応させ，得られる気体を水に溶解させると，強酸である硫酸が得られる。

$$2SO_2 + O_2 \xrightarrow{V_2O_5} 2SO_3, \quad SO_3 + H_2O \longrightarrow H_2SO_4$$

一方，SO_2 を水に溶かすと次の反応により，弱酸の亜硫酸が生じる。

$$SO_2 + H_2O \longrightarrow H_2SO_3$$

5．（正文）$NaCl(固) \rightleftharpoons Na^+(aq) + Cl^-(aq)$ において，HCl を加えると，

$HCl \longrightarrow H^+ + Cl^-$ の電離により，$Cl^-(aq)$ が生じるため，共通イオン効果により，平衡は左に移動し，$NaCl(固)$ が析出する。

問ⅲ　操作 1 〜 5 の反応式と物質量の関係を示すと，次のようになる（下線の下の数字が物質量〔mol〕を示す）。

	反　応　式	未反応気体	気体の合計	液体または固体
1	$\underline{2SO_2} + \underline{O_2} \longrightarrow \underline{2SO_3}$ 0.0500　0.0750　　0.0500	O_2 0.0500	O_2 0.0500	SO_3 0.0500
2	$\underline{2NO} + \underline{O_2} \longrightarrow \underline{2NO_2}$ 0.180　0.0750　　0.150	NO 0.030	NO 0.030	N_2O_4 0.0750
3	$\underline{O_2} + \underline{2H_2} \longrightarrow \underline{2H_2O}$ 0.0750　0.330　　0.150	H_2 0.180	H_2 0.180	H_2O 0.150
4	$\underline{5O_2} + \underline{2C_2H_2} \longrightarrow \underline{4CO_2} + \underline{2H_2O}$ 0.0750　0.0100　　0.0200　0.0100	O_2 0.0500	CO_2, O_2 0.0700	H_2O 0.0100
5	$\underline{HCl} + \underline{NH_3} \longrightarrow \underline{NH_4Cl}$ 0.100　0.0200　　0.0200	HCl 0.080	HCl 0.080	NH_4Cl 0.0200

よって，気体の体積は，3＞5＞4＞1＞2 の順となり，最も大きいものは 3，最も小さいものは 2 となる。

ただし，以下の物質は，標準状態では次のような状態にある。

1．SO_3 は固体。2．N_2O_4 は液体。3・4．H_2O は液体または固体。5．NH_4Cl は固体。

攻略のポイント

問ⅲ　操作 1 で生じている三酸化硫黄 SO_3 には，一般に，単量体の SO_3 分子（融点 16.9℃，沸点 45℃）以外に，α 型（融点 62.3℃），β 型（融点 32.5℃），γ 型（融点 16.8℃）とよばれる 3 種類の異なる構造がある。β 型は，O 原子と S 原子が交互に結合し，長い鎖状となるが，α 型は，β 型と同様の長い鎖状構造が，部分的に結合して網状になっている。一方，γ 型は三量体分子で，六員環の構造を形成して

いる。

β型　　　　　　　　　　　　　　　　　　　γ型

154　解　答

問 i　　①4種類　　②3種類
問 ii　　1　　　　問 iii　　2・5

解　説

ア〜オの化学反応式は，次のようになる。

$\quad$ア．$NH_4NO_2 \longrightarrow N_2 + 2H_2O$

$\quad$イ．$2NH_4Cl + Ca(OH)_2 \longrightarrow CaCl_2 + 2H_2O + 2NH_3$

$\quad$ウ．$CaCO_3 + 2HCl \longrightarrow CaCl_2 + H_2O + CO_2$

$\quad$エ．$FeS + 2HCl \longrightarrow FeCl_2 + H_2S$

$\quad$オ．$MnO_2 + 4HCl \longrightarrow MnCl_2 + 2H_2O + Cl_2$

問 i　　①有色気体は黄緑色の Cl_2 のみで，他は無色である。

　　②特有の臭いをもつのは，NH_3，H_2S，Cl_2 の3種類である。

問 ii　　1．（誤文）酸化作用を示すのは，Cl_2 のみである。

2．（正文）N_2 と Cl_2 の2種類である。

3．（正文）CO_2，H_2S，Cl_2 の3種類である。

4．（正文）NH_3 のみである。

5．（正文）下方置換で捕集できるのは，水に溶け，分子量が空気の平均分子量 29 より大きい気体の CO_2，H_2S，Cl_2 の3種類である。

問 iii　　気体Aは N_2，気体Bは H_2，気体Cは NH_3 である。

1．（誤文）H_2O_2 の分解では O_2 が得られる。

2．（正文）H_2 は還元性を示す。

3．（誤文）$N_2 + 3H_2 \rightleftharpoons 2NH_3$ の反応の平衡定数 K は

$$K = \frac{[NH_3]^2}{[N_2][H_2]^3} \quad \cdots\cdots(\mathrm{i})$$

と表される。気体の状態方程式 $pV = nRT$ より

$$\frac{n}{V} = \frac{p}{RT}$$

よって，H_2 のモル濃度は

$$[H_2] = \frac{n_{H_2}}{V} = \frac{p_{H_2}}{RT}$$

同様に，N_2，NH_3 のモル濃度は $[N_2] = \dfrac{p_{N_2}}{RT}$，$[NH_3] = \dfrac{p_{NH_3}}{RT}$ と表される。これらを
(i)に代入すると

$$K = \frac{p_{NH_3}{}^2}{p_{N_2} \cdot p_{H_2}{}^3}(RT)^2 = K_p(RT)^2 \qquad \therefore \quad \frac{K}{K_p} = (RT)^2$$

したがって，絶対温度の 2 乗に比例する。

4．（誤文）N_2 が x〔mol〕反応し，平衡に達したとする。

$$N_2 \ + \ 3H_2 \ \rightleftharpoons \ 2NH_3$$

	反 応 前	a	$2a$	0	〔mol〕
	平衡状態	$a-x$	$2a-3x$	$2x$	〔mol〕

平衡時の全物質量は $3a-2x$〔mol〕となるから，気体 **C** の分圧と全圧より

$$\frac{2x}{3a-2x} = \frac{1.0 \times 10^5}{4.0 \times 10^5} \qquad \therefore \quad x = \frac{3}{10}a\,〔mol〕$$

よって，H_2 の物質量は

$$2a - 3 \times \frac{3}{10}a = \frac{11}{10}a\,〔mol〕$$

したがって，反応開始時の **B** の物質量 $2a$〔mol〕の $\dfrac{1}{2}$ より大きい。

5．（正文）平衡時の全物質量は

$$3a - 2x = 3a - 2 \times \frac{3}{10}a = 2.4a\,〔mol〕$$

反応開始時の混合気体の圧力を y〔hPa〕とすると

$$2.4a : 4.0 \times 10^5 = 3a : y \qquad \therefore \quad y = 5.0 \times 10^5\,〔hPa〕$$

155 解 答

問 i　**a**：5 番目　**e**：3 番目　　問 ii　**1**

解 説

問 i　①～⑤の各物質の化学式は，次のようになる。

①SiO_2　②$CaCO_3$　③CaF_2　④Al_2O_3　⑤$Na_3[AlF_6]$

よって，**a**～**f** の元素と原子番号は，次のようになる。

a．$_{14}Si$　**b**．$_8O$　**c**．$_{20}Ca$　**d**．$_6C$　**e**．$_9F$　**f**．$_{13}Al$

したがって，原子番号の小さなものから順に並べると，**d** → **b** → **e** → **f** → **a** → **c** と

なるので，**a** は5番目，**e** は3番目である。

問ii　1．（誤文）O＞Si＞Al＞… の順である。

2．（正文）$CaO + H_2O \longrightarrow Ca(OH)_2$ の反応で，大きな発熱を示す。

3．（正文）CO（一酸化炭素）である。

4．（正文）$2F_2 + 2H_2O \longrightarrow 4HF + O_2$ の反応で，水を酸化してしまう。

5．（正文）Al は両性元素であるので，塩酸とも水酸化ナトリウム水溶液とも次のように反応し，H_2 を発生する。

$$2Al + 6HCl \longrightarrow 2AlCl_3 + 3H_2$$
$$2Al + 2NaOH + 6H_2O \longrightarrow 2Na[Al(OH)_4] + 3H_2$$

156　解　答

問i　**$5.4 \times 10^2\,g$**　　**問ii**　**A：3番目　B：2番目**

解　説

問i　反応は次のようになる。

$$S + O_2 \longrightarrow SO_2$$
$$2SO_2 + O_2 \longrightarrow 2SO_3$$
$$SO_3 + H_2O \longrightarrow H_2SO_4$$

工業的製法では，SO_3 を濃硫酸に吸収させて発煙硫酸とし，これを希硫酸と混合し，濃硫酸を得る。ここで，用いた硫黄（原子量 32）は

$$\frac{160}{32} = 5.00\,[\text{mol}]$$

よって，得られる SO_3（分子量 80）も同じ物質量であるから，$5.00 \times 80 = 400\,[g]$ 生成する。また，15.0 ％希硫酸を $Z\,[g]$ とすると次式が成り立つ。

$$X + 400 + Z = Y \quad \cdots\cdots①$$

$Z\,[g]$ 中の水は，$0.850Z\,[g]$ である。このうち，$A\,[g]$ が SO_3 と反応し，H_2SO_4 になったとする。さらに，$X\,[g]$ 中の水 $0.0500X\,[g]$ も SO_3 と反応し，H_2SO_4 になるので，次式が成り立つ。

$$\frac{0.0500X + A}{18} = 5.00\,[\text{mol}] \quad \therefore\quad A = 90.0 - 0.0500X \quad \cdots\cdots②$$

濃硫酸 $Y\,[g]$ 中の水は $0.0500Y\,[g]$ であるから

$$0.850Z - A = 0.0500Y \qquad\qquad \cdots\cdots③$$

②を③に代入すると

$$0.850Z - (90.0 - 0.0500X) = 0.0500Y \quad \cdots\cdots④$$

①と④から Z を消去し，整理すると

$$0.800\,(Y-X)=430 \qquad \therefore \quad Y-X=537.5\fallingdotseq5.4\times10^2\,[\mathrm{g}]$$

問ⅱ　**A**．鉄のみが次のように反応する。

$$\mathrm{Fe+H_2SO_4 \longrightarrow FeSO_4+H_2}$$

鉄（原子量56）の物質量は　$\dfrac{5.6}{56}=0.10\,[\mathrm{mol}]$

よって，$\mathrm{H_2SO_4}$ も 0.10 mol 消費される。

B．放電のとき起こる反応は，次のようになる。

$$負極：\mathrm{Pb+SO_4^{2-} \longrightarrow PbSO_4+2e^-}$$
$$正極：\mathrm{PbO_2+SO_4^{2-}+4H^++2e^- \longrightarrow PbSO_4+2H_2O}$$

これらの式を1つにまとめると

$$\mathrm{Pb+PbO_2+2H_2SO_4 \longrightarrow 2PbSO_4+2H_2O}$$

ここで，2mol の電子が流れると，2mol の $\mathrm{H_2SO_4}$ が消費される。

よって，流れた電子は　$\dfrac{1.4\times9650\,[\mathrm{C}]}{9.65\times10^4\,[\mathrm{C/mol}]}=0.14\,[\mathrm{mol}]$

となるので，0.14 mol の $\mathrm{H_2SO_4}$ が消費される。

C．水の電気分解が起こるから，$\mathrm{H_2SO_4}$ 自身は変化しない。

D．それぞれの半反応式は次のようになる。

$$\mathrm{MnO_4^-+8H^++5e^- \longrightarrow Mn^{2+}+4H_2O}$$
$$\mathrm{H_2O_2 \longrightarrow 2H^++O_2+2e^-}$$

よって，$\mathrm{e^-}$ を消去し，整理すると

$$\mathrm{2MnO_4^-+6H^++5H_2O_2 \longrightarrow 2Mn^{2+}+8H_2O+5O_2}$$
$$\mathrm{2KMnO_4+3H_2SO_4+5H_2O_2 \longrightarrow K_2SO_4+2MnSO_4+8H_2O+5O_2}$$

ここで，過マンガン酸カリウム（式量158）の物質量は　$\dfrac{15.8}{158}=0.100\,[\mathrm{mol}]$

となるので，反応した $\mathrm{H_2SO_4}$ は

$$0.100\times\dfrac{3}{2}=0.150\,[\mathrm{mol}]$$

したがって，消費される $\mathrm{H_2SO_4}$ の物質量の大小は次のようになる。

$$\mathbf{D>B>A>C}$$

以上より，**A**は3番目，**B**は2番目となる。

攻略のポイント

問ⅰ　次のように考えてもよい。

生じた $\mathrm{SO_3}$ は 5.00 mol であるから，これより生じる $\mathrm{H_2SO_4}$ も 5.00 mol である。加えた濃硫酸，希硫酸と，生成した濃硫酸の質量の関係をまとめると，次のようになる（ただし，加える希硫酸を $x\,[\mathrm{g}]$ とする）。

SO₃	400 g	SO₃ より生じる H₂SO₄	490 g
加えた濃硫酸	X〔g〕	含まれる H₂SO₄	$0.950X$〔g〕
加えた希硫酸	x〔g〕	含まれる H₂SO₄	$0.150x$〔g〕
生成した濃硫酸	Y〔g〕	含まれる H₂SO₄	$0.950Y$〔g〕

よって，次の2つの関係式が成立する。

$$400 + X + x = Y \quad \cdots\cdots ①$$

$$490 + 0.950X + 0.150x = 0.950Y \quad \cdots\cdots ②$$

①，②より　　$Y - X = 537.5 ≒ 5.4×10^2$〔g〕

157 解答

問 i　3　　問 ii　50 g

解 説

問 i　それぞれの反応を化学反応式で表すと次のようになる。

1．$2CrO_4{}^{2-} + 2H^+ \longrightarrow Cr_2O_7{}^{2-} + H_2O$
　 Cr の酸化数は，+6→+6 で変化しない。

2．$Cr_2O_7{}^{2-} + 2OH^- \longrightarrow 2CrO_4{}^{2-} + H_2O$
　 Cr の酸化数は，+6→+6 で変化しない。

3．$MnO_2 + 4HCl \longrightarrow MnCl_2 + 2H_2O + Cl_2$
　 Mn の酸化数は，+4→+2 で減少する。

4．$2H_2O_2 \longrightarrow 2H_2O + O_2$
　 酸化マンガン(Ⅳ)は触媒として作用するので変化しない。

5．$2Fe^{2+} + H_2O_2 + 2H^+ \longrightarrow 2Fe^{3+} + 2H_2O$
　 Fe の酸化数は，+2→+3 で増加する。

6．イオン化傾向が Fe＞Ni であるから，反応しない。

問 ii　このときの変化は次のようになる。

$$Fe_2O_3 + 3C \longrightarrow 2Fe + 3CO \quad \cdots\cdots ①$$

$$2Fe_2O_3 + 3C \longrightarrow 4Fe + 3CO_2 \quad \cdots\cdots ②$$

得られた鉄は　　$200×0.980 = 196$〔g〕

①の反応で得られた鉄を x〔g〕，②の反応で得られた鉄を y〔g〕 とする。

$$x + y = 196 \quad \cdots\cdots ③$$

①の反応で生じた CO は

$$\frac{x}{56} × \frac{3}{2} \text{〔mol〕}$$

②の反応で生じた CO_2 は

$$\frac{y}{56} \times \frac{3}{4} \text{(mol)}$$

これらの物質量比は

$$\frac{x}{56} \times \frac{3}{2} : \frac{y}{56} \times \frac{3}{4} = 37 : 13 \qquad \therefore \quad y = \frac{26}{37}x \quad \cdots\cdots④$$

③，④より　　　$x = 115.1 \text{(g)}, \quad y = 80.9 \text{(g)}$

したがって，$Fe = 56$ より反応した黒鉛（原子量 12）は

$$\frac{115.1}{56} \times \frac{3}{2} \times 12 + \frac{80.9}{56} \times \frac{3}{4} \times 12 = 36.9 + 13.0 = 49.9 \fallingdotseq 50 \text{(g)}$$

158 解 答

問 i　　A：2 番目　　C：4 番目

問 ii　　D の物質量：**2.6 mol**　　酸素の物質量：**4.6 mol**

解 説

問 i　　A〜E の物質を化学式で示すと次のようになる。

　　A. N_2　　B. NO　　C. NO_2　　D. NH_3　　E. HNO_3

また，それぞれの N の酸化数は次のようになる。

　　A. 0　　B. +2　　C. +4　　D. −3　　E. +5

よって，A は 2 番目，C は 4 番目となる。

問 ii　　反応で得られた硝酸の濃度を $x \text{(mol/L)}$ とすると

$$1 \times x \times \frac{10.0}{1000} = 2 \times 0.100 \times \frac{87.0}{1000} \qquad \therefore \quad x = 1.74 \text{(mol/L)}$$

よって，硝酸 1.00L 中に 1.74 mol の HNO_3 が含まれている。

ここで，硝酸生成の反応式は次のようになる。

　　$4NH_3 + 5O_2 \longrightarrow 4NO + 6H_2O$　　$\cdots\cdots①$

　　$2NO + O_2 \longrightarrow 2NO_2$　　　　　　$\cdots\cdots②$

　　$3NO_2 + H_2O \longrightarrow 2HNO_3 + NO$　　$\cdots\cdots③$

③より，消費した NO_2 は

$$1.74 \times \frac{3}{2} = 2.61 \text{(mol)}$$

原料として用いた D（NH_3）の物質量は，NO_2 と等しいので

　　$2.61 \fallingdotseq 2.6 \text{(mol)}$

また，①，②の反応で消費した O_2 は

$$2.61 \times \frac{5}{4} + 2.61 \times \frac{1}{2} = 4.56 \fallingdotseq 4.6 \,[\text{mol}]$$

159 解 答

7

解 説

ア. 該当する物質は，ナトリウム，アルミニウム，カリウム，リチウムで，1族および13族に属する元素である。

イ. 該当するのは，イオン結合性物質で，酸化マグネシウム（MgO），酸化カルシウム（CaO），塩化カリウム（KCl），塩化ナトリウム（NaCl）の4種類である。

ウ. 該当する物質は，炭酸カルシウム，酸化アルミニウム，硫酸バリウム，塩化銀の4種類である。

エ. 該当する物質は，窒素（N_2），塩素（Cl_2），塩化水素（HCl）の3種類である。なお，臭素は常温常圧で液体，ヨウ素は常温常圧で固体である。

オ. 該当する物質は，二酸化炭素，メタン，水素，フッ素の4種類である。

以上より，**ア**〜**オ**すべてを満たすのは7である。

160 解 答

1・5

解 説

1．（正文）ホウ素は13族であるから価電子の数は3である。これより価電子の数が多い元素はCとSiの2つで，少ない元素はCa，H，K，Mg，Naの5つである。

2．（誤文）KCl，NaCl，HClの3種類ある。

3．（誤文）非金属元素C，H，Siの単体のうち，H_2は気体である。

4．（誤文）該当するのは，Al，Ca，K，Mg，Naの5つ。

5．（正文）KとNaが該当し，反応は次のようになる。

$$2K + 2H_2O \longrightarrow 2KOH + H_2$$
$$2Na + 2H_2O \longrightarrow 2NaOH + H_2$$

161 解 答

2 ・ 4

解 説

1. （正文）それぞれ水と次のように反応する。
$$Na_2O + H_2O \longrightarrow 2NaOH, \quad CaO + H_2O \longrightarrow Ca(OH)_2$$
よって、アルカリ性を示す。

2. （誤文）$Al(OH)_3$ は NaOH 水溶液には溶けるが、NH_3 水には溶けない。一方、$Zn(OH)_2$ は NH_3 水にも溶解し、それぞれ次のように反応する。

塩酸との反応：$Zn(OH)_2 + 2HCl \longrightarrow ZnCl_2 + 2H_2O$

NaOH 水溶液との反応：$Zn(OH)_2 + 2NaOH \longrightarrow 2Na^+ + [Zn(OH)_4]^{2-}$

NH_3 水との反応：$Zn(OH)_2 + 4NH_3 \longrightarrow [Zn(NH_3)_4]^{2+} + 2OH^-$

3. （正文）HF は水溶液中でいくつかの分子が水素結合により会合するため、電離度が小さくなる。

4. （誤文）$NaHSO_4$ は酸性を示す。一方、$NaHCO_3$ は加水分解により弱塩基性を示す。

5. （正文）硫酸も硫化水素も、第1段階の電離度に比べて第2段階の電離度は小さくなる。

攻略のポイント

5. 一般に、多段階で電離する場合、第1段階、第2段階と段階が進むにつれて、電離定数が小さくなる。つまり電離度が小さくなる。例として、マレイン酸とフマル酸の場合、K_1〔mol/L〕を第1段階の電離定数、K_2〔mol/L〕を第2段階の電離定数とすると次のようになる。

	K_1〔mol/L〕	K_2〔mol/L〕
マレイン酸	1.8×10^{-2}	1.5×10^{-6}
フマル酸	1.4×10^{-3}	7.9×10^{-5}

このように、第1段階の電離定数が、第2段階の電離定数より大きくなるのは、いくつかの理由が考えられるが、マレイン酸の場合、次のような理由による。

マレイン酸　（水素結合による安定な構造を形成する）

このように，マレイン酸が第1段階の電離により安定な構造をとることが，一つの原因と考えられる。また，マレイン酸は，フマル酸の第1段階の電離によるイオン構造と比較して，より安定な構造をとるため，マレイン酸の K_1 がフマル酸の K_1 より大きい理由と考えられる。

162 解答

4

解説

1．（誤文）$CaCO_3$ を熱分解すると CaO が得られる。

$$CaCO_3 \longrightarrow CaO + CO_2$$

Ca 単体は $CaCl_2$ の溶融塩電解で得られる。

2．（誤文）アルミニウムは，イオン化傾向が大きいので水溶液の電気分解では得られない。Al 単体は Al_2O_3 の溶融塩電解で得られる。

3．（誤文）溶鉱炉内では，コークス（C）や CO により鉄鉱石中の Fe_2O_3 などが還元される。

$$2Fe_2O_3 + 3C \longrightarrow 4Fe + 3CO_2, \quad Fe_2O_3 + 3CO \longrightarrow 2Fe + 3CO_2$$

よって，水素は使われない。

4．（正文）銑鉄には炭素が約4％含まれ，もろい。転炉で酸素により炭素を燃焼し，炭素含有量を 0.04〜1.7％に調製すると鋼が得られる。

5．（誤文）粗銅を陽極に，純銅を陰極に用いて電気分解することで Cu 単体が得られる。このとき，陽極では，$Cu \longrightarrow Cu^{2+} + 2e^-$ と反応して溶け出す。不純物の Pt や Au は陽極泥として落ち，Zn や Ni はイオンとして溶け出すが，陰極で析出しないように調製される。よって，陰極では，$Cu^{2+} + 2e^- \longrightarrow Cu$ の反応により，Cu が析出する。

163 解 答

3 ・ 4

解 説

ア～オの変化を化学反応式で表すと次のようになる。

ア. $CaCl(ClO) \cdot H_2O + 2HCl \longrightarrow CaCl_2 + 2H_2O + Cl_2$

イ. $NaHCO_3 + HCl \longrightarrow NaCl + H_2O + CO_2$

ウ. $2NH_4Cl + Ca(OH)_2 \longrightarrow CaCl_2 + 2NH_3 + 2H_2O$

エ. $Cu + 2H_2SO_4 \longrightarrow CuSO_4 + 2H_2O + SO_2$

オ. $NaCl + H_2SO_4 \longrightarrow NaHSO_4 + HCl$

1. （正文）**エ**（SO_2）である。この SO_2 による漂白を還元漂白という。
2. （正文）**イ**のみである。
3. （誤文）**ウ**（NH_3）のみである。
4. （誤文）**ア**および**エ**の2つが酸化還元反応である。
5. （正文）無色で刺激臭のある気体は**ウ**（NH_3），**エ**（SO_2），**オ**（HCl）である。

164 解 答

1

解 説

1. （誤文）ZnS の粉末は白色である。他の硫化物として，PbS（黒），CdS（黄）などがある。
2. （正文）AgBr は淡黄色，AgI は黄色である。
3. （正文）硫酸銅(II)・五水和物は青色，無水物は白色である。
4. （正文）それぞれの炎色反応による発光色は，Ca が橙赤，Sr が赤，Ba が黄緑である。
5. （正文）NO_2 のみ赤褐色である。

攻略のポイント

$CuSO_4 \cdot 5H_2O$ や Cu^{2+} を含む水溶液が青色である理由は，Cu^{2+} は水が存在すると青色の $[Cu(H_2O)_4]^{2+}$ を生じるためである。この $[Cu(H_2O)_4]^{2+}$ は，水溶液中では，次のように加水分解するため，$CuSO_4$ 水溶液などが弱酸性を示す原因となっている。

$$[Cu(H_2O)_4]^{2+} + H_2O \rightleftharpoons [Cu(OH)(H_2O)_3]^+ + H_3O^+$$

165 解 答

7

解 説

1. （誤文）反応は次のようになる。
$$NaCl + H_2SO_4 \longrightarrow NaHSO_4 + HCl$$
よって，$NaCl$ 1 mol あたり HCl 1 mol が発生する。

2. （誤文）次の反応により H_2 が発生する。
$$Mg + 2HCl \longrightarrow MgCl_2 + H_2$$

3. （誤文）次の反応により HF が発生する。
$$CaF_2 + H_2SO_4 \longrightarrow CaSO_4 + 2HF$$

4. （誤文）塩素を水に溶かすと，その一部が次のように水と反応して HCl と $HClO$ を生じる。
$$Cl_2 + H_2O \rightleftharpoons HCl + HClO$$

5. （誤文）さらし粉の主成分は $CaCl(ClO)$ である。この中に含まれる次亜塩素酸イオン ClO^- が強い酸化作用を示す。
$$ClO^- + 2H^+ + 2e^- \longrightarrow H_2O + Cl^-$$

6. （誤文）AgF のみ溶解する。

7. （正文）次の反応により I_2 が生じる。
$$2KI + Cl_2 \longrightarrow 2KCl + I_2$$
このためヨウ素デンプン反応により青紫色（濃青色）に呈色する。

166 解 答

問 i　CoO の物質量：Co_3O_4 の物質量＝2.0：1
問 ii　2.0×10^2 g

解 説

問 i　混合物 **A** は，Co_3O_4（式量 241）x〔mol〕と CoO（式量 75）y〔mol〕からなるものとすると
$$241x + 75y = 3.910 \quad \cdots\cdots①$$

また，Co_3O_4 を熱分解すると，$Co_3O_4 \longrightarrow 3CoO + \dfrac{1}{2}O_2$ と変化する。混合物 **A** の加熱により質量が 0.160 g 減少するので

$16x = 0.160$ ……②

①, ②より $x = 0.0100$ [mol], $y = 0.0200$ [mol]

よって $y : x = 0.0200 : 0.0100 = 2.0 : 1$

問ii 与えられた化学反応式から，CoO 1 mol から LiCoO$_2$ 1 mol，Co$_3$O$_4$ 1 mol から LiCoO$_2$ 3 mol がそれぞれ生じるので，Co$_3$O$_4$ を x'[mol]，CoO を y'[mol] とすると，次の式が成り立つ。

$y' + 3x' = \dfrac{245}{98} = 2.50$ ……③

$y' : x' = 2 : 1$ ……④

よって，③，④より

$x' = 0.500$ [mol], $y' = 1.00$ [mol]

したがって，必要な混合物 **A** の質量は

$0.500 \times 241 + 1.00 \times 75 = 195.5 \fallingdotseq 2.0 \times 10^2$ [g]

第5章　有機化合物

167　解　答

5

解　説

$C_{10}H_{14}$ で表される芳香族炭化水素の異性体は次のとおり（${}^*C$ は不斉炭素原子。炭化水素基は，水素原子を省略し，炭素原子のみを記している）。

一置換体：① 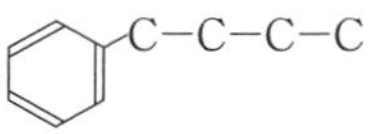 　② 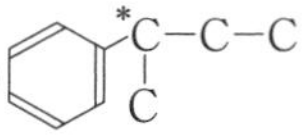 　③

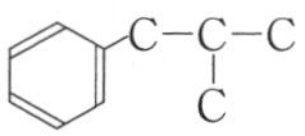

④

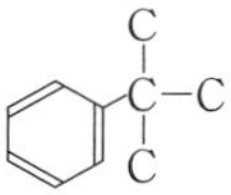

二置換体：⑤ 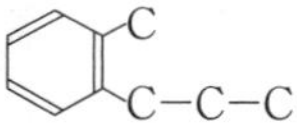 　⑥ 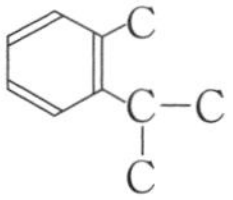 　⑦

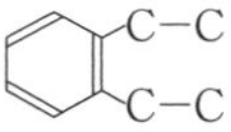

（⑤，⑥，⑦それぞれに置換基の位置がメタとパラの異性体がある）

三置換体：⑧ 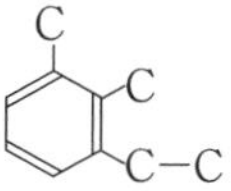 　⑨ 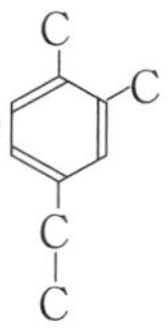 　⑩ 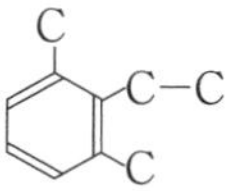 　⑪

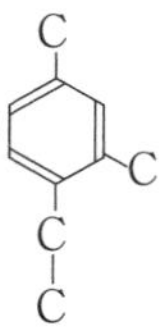

⑫ 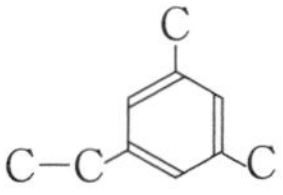 　⑬

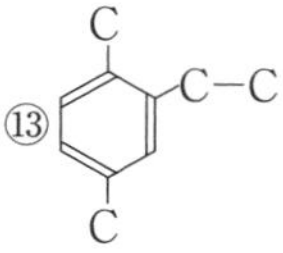

四置換体：⑭ 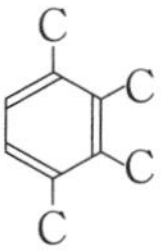 　⑮ 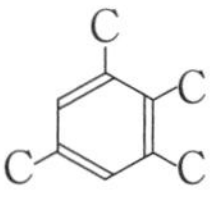 　⑯

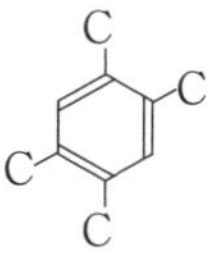

1．（正文）不斉炭素原子をもつものは，②のみである。

2．（正文）他の炭素原子4つと結合した炭素原子をもつものは，④のみである。

3．（正文）$CH_3CH_2CH_2-$ の構造をもつものは，①と⑤以外に⑤のメタとパラの異性体の4つである。

4．（正文）ベンゼン環に直接結合した３つの水素原子をもつのは，⑧〜⑬の６つである。

5．（誤文）テレフタル酸を生じるものは，炭化水素基をパラ位にもつ⑤〜⑦のパラ異性体の３つである。

6．（正文）すべての炭素原子が，常に同一平面上にあるのは，⑭〜⑯の３つである。

攻略のポイント

「何個の炭素原子が，常に同一平面上に位置しているか」と「炭素原子が同一平面上に最大何個位置することができるか」を区別すること。例えば次のような例について確認しておきたい。

〔解説〕の一置換体①の場合

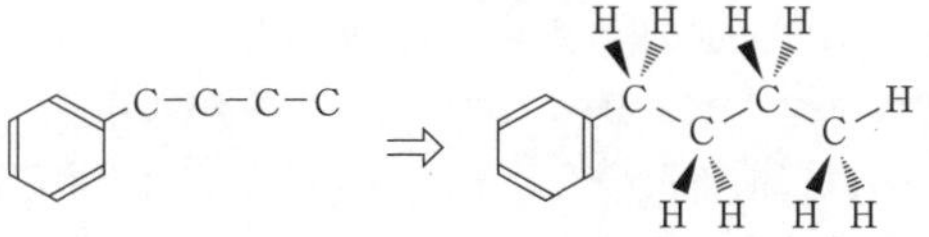

炭素原子は最大 10 個が同一平面上に位置できる。

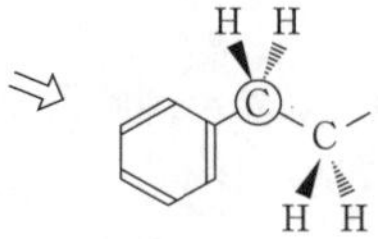

ベンゼン環を構成する６個の炭素原子と ◯ 印をつけた C 原子は常に同一平面上に位置している。

168　解答

4・7

解　説

記述ア〜カを整理すると次のようになる。

ア．エチレンは次のように反応し，CH_3COOH を生じる。

$$CH_2=CH_2 \xrightarrow[\text{(PdCl}_2,\ \text{CuCl}_2)]{O_2} CH_3CHO \xrightarrow[\text{酸性}]{K_2Cr_2O_7} CH_3COOH$$

イ．銀鏡反応を示す飽和脂肪酸は HCOOH である。

ウ．分子式 $C_2H_2O_4$ の二価カルボン酸は，シュウ酸 $(COOH)_2$ である。

エ．分子式 $C_3H_6O_3$ で不斉炭素原子をもつカルボン酸は，乳酸である。

オ．分子式 $C_4H_4O_4$ の二価カルボン酸で，カルボン酸Eは分子内脱水反応により，酸無水物となるのでマレイン酸，カルボン酸Fはフマル酸である。

カ．カルボン酸Gとカルボン酸Hはともに不飽和脂肪酸であり，Hの方がより多くの炭素−炭素二重結合をもつ。

1．（正文）酢酸は酢酸菌を用い，エタノールを酸化することによってつくられる。

2．（正文）メチル基 CH_3- は，電子供与性の基であるため，酢酸はギ酸に比べ，同じ条件下では電離しにくく，ギ酸よりも弱い酸である。

3．（正文）シュウ酸 $(COOH)_2$ および MnO_4^- の電子 e^- を含むイオン反応式は，それぞれ次のようになる。

$$(COOH)_2 \longrightarrow 2CO_2 + 2H^+ + 2e^- \quad \cdots\cdots①$$
$$MnO_4^- + 8H^+ + 5e^- \longrightarrow Mn^{2+} + 4H_2O \quad \cdots\cdots②$$

①×5＋②×2 より

$$2MnO_4^- + 5(COOH)_2 + 6H^+ \longrightarrow 2Mn^{2+} + 10CO_2 + 8H_2O$$

4．（誤文）C＝C 二重結合に結合している 2 つのカルボキシ基は，カルボン酸 E のマレイン酸ではシス型，カルボン酸 F のフマル酸ではトランス型の構造をとる。よって，E のマレイン酸は極性分子であり，F のフマル酸は無極性分子である。したがって，E のマレイン酸の方が F のフマル酸より水に対する溶解度が大きい。また，マレイン酸はカルボキシ基がシス位にあるため，分子内および分子間で水素結合するが，フマル酸は分子間のみで水素結合するため，結晶状態における分子間の結合が強く，水に溶けにくいと考えられる。

5．（正文）カルボン酸 G，カルボン酸 H は天然の油脂の加水分解によって得られる高級脂肪酸で，H の方が炭素－炭素二重結合が多い。また，天然油脂に含まれる不飽和脂肪酸はほとんどシス型である。このため，H は G よりも分子間にはたらく力が弱く，H のみを構成脂肪酸とする油脂の方が融点が低くなる。

6．（正文）ヨードホルム反応を示すのは乳酸である。一般に，ヨードホルム反応を示す構造は，$CH_3-\underset{\underset{OH}{|}}{CH}-R$，$CH_3-\underset{\underset{O}{\|}}{C}-R$ をもち，R は水素原子または炭化水素基とされているが，R が $-O$，$-N$ などの原子と直接結合した $CH_3-\underset{\underset{O}{\|}}{C}-O-$ などはヨードホルム反応は示さない。

7．（誤文）縮合重合の単量体となりうるものは，1 分子中に，$-COOH$，$-OH$，$-NH_2$ などの官能基を 2 つ以上もつものであるから，カルボン酸 C～F が該当する。

169 解答

解　説

記述ア〜オより，次の①〜③の部分構造などが考えられる。

①記述イ・エ・オより，次の部分構造がある。

②記述ウより，化合物 A の分子量を M とすると，CH_3COOH，H_2O の分子量はそれぞれ 60，18 であるから

$$M + 60 - 18 = 330 \qquad \therefore \quad M = 288$$

③記述ア・イより，フェニル基，ヒドロキシ基の原子量の和は，それぞれ 77，17 であるから，フェニル基，ヒドロキシ基以外の原子量の総和は

$$288 - 77 \times 3 - 17 = 40$$

この原子量の和 40 に対応するものとして C_3H_4 が考えられる。例えば，次のような構造がある。

炭素原子に結合する $a \sim h$ の 8 つのうち，4 つが H 原子，残り 4 つのうち 3 つがフェニル基，1 つがヒドロキシ基である。

④記述オ・カより，次の構造が考えられる。また，フェニル基のいずれか 1 つを H 原子に置換すると，それぞれ次のようになる（*C は不斉炭素原子を表す）。

（シス-トランス異性体が存在する）

で囲んだ部分は①の部分構造を示す。

170 解 答

5

解 説

1．（誤文）フェノールと金属 Na との反応は，次のようになる。

$$2 \langle\!\!\bigcirc\!\!\rangle\text{-OH} + 2\text{Na} \longrightarrow 2 \langle\!\!\bigcirc\!\!\rangle\text{-ONa} + \text{H}_2$$

よって，1 mol のフェノールから生成する H_2 は 0.5 mol であるから 1 g となる。

2．（誤文）ベンゼンとプロペンから生成する物質はクメンである。

$$\longrightarrow \langle\!\!\bigcirc\!\!\rangle\begin{array}{c}\text{CH}_3 \leftarrow\\ \text{CH} \leftarrow\\ \text{CH}_3\end{array}$$

よって，→で示した H 原子を Cl 原子に置き換えることで生じる構造異性体の数は 5 である。

3．（誤文）ニトロベンゼンを触媒存在下で H_2 と反応させ，アニリンを生成する反応は次のようになる。

$$\langle\!\!\bigcirc\!\!\rangle\text{-NO}_2 + 3\text{H}_2 \longrightarrow \langle\!\!\bigcirc\!\!\rangle\text{-NH}_2 + 2\text{H}_2\text{O}$$

よって，必要な H_2 は 3 mol であるから 6 g となる。

4．（誤文）触媒存在下で p-キシレンと H_2 との反応は次のようになる。

$$\text{H}_3\text{C-}\langle\!\!\bigcirc\!\!\rangle\text{-CH}_3 + 3\text{H}_2 \longrightarrow \text{H}_3\text{C-CH}\begin{array}{c}\text{CH}_2\text{-CH}_2\\\text{CH}_2\text{-CH}_2\end{array}\text{CH-CH}_3$$

よって，生じる 1,4-ジメチルシクロヘキサンは不斉炭素原子をもたない。

5．（正文）トルエン C_7H_8 の総電子数は　　$6 \times 7 + 8 = 50$
フェノール C_6H_6O の総電子数は　　$6 \times 6 + 6 + 8 = 50$
よって，総電子数は同じである。

6．（誤文）濃硫酸を触媒としたサリチル酸と無水酢酸との反応は次のようになる。

$$\begin{array}{c}\text{OH}\\\langle\!\!\bigcirc\!\!\rangle\\\text{COOH}\end{array} + (\text{CH}_3\text{CO})_2\text{O} \longrightarrow \begin{array}{c}\text{OCOCH}_3\\\langle\!\!\bigcirc\!\!\rangle\\\text{COOH}\end{array} + \text{CH}_3\text{COOH}$$

よって，生じるアセチルサリチル酸は，フェノール性のヒドロキシ基をもたないので $FeCl_3$ 水溶液で呈色しない。

7．（誤文）生じる化合物はノボラックで，熱硬化性樹脂であるフェノール樹脂の原料である。

171 解 答

2・6

解 説

記述ア〜オを整理すると次のようになる（$\overset{*}{C}$ は不斉炭素原子）。

ア. 分子式 $C_5H_{10}O$ のカルボニル化合物の構造異性体には次のようなものがある。

$$CH_3-CH_2-CH_2-CH_2-\underset{O}{C}-H \qquad CH_3-CH_2-CH_2-\underset{O}{C}-CH_3$$

$$CH_3-CH_2-\underset{O}{C}-CH_2-CH_3 \qquad CH_3-CH_2-\underset{CH_3}{\overset{*}{C}H}-\underset{O}{C}-H$$

$$CH_3-\underset{O}{C}-\underset{CH_3}{CH}-CH_3 \qquad H-\underset{O}{C}-CH_2-\underset{CH_3}{CH}-CH_3$$

$$CH_3-\underset{CH_3}{\overset{CH_3}{C}}-\underset{O}{C}-H$$

イ. $C_5H_{10}O$ を還元して得られるアルコールで沸点が最も高いものは，枝分かれ構造のない第1級アルコール，1-ペンタノールである。よって，**A**の構造式は次のペンタナールである。

$$CH_3-CH_2-CH_2-CH_2-\underset{O}{C}-H$$

ウ. 次のカルボニル化合物を還元してアルコールとすると，不斉炭素原子が1つ増える。

$$CH_3-CH_2-CH_2-\underset{O}{C}-CH_3 \xrightarrow{\text{還元}} CH_3-CH_2-CH_2-\underset{OH}{\overset{*}{C}H}-CH_3$$

$$CH_3-\underset{O}{C}-\underset{CH_3}{CH}-CH_3 \xrightarrow{\text{還元}} CH_3-\underset{OH}{\overset{*}{C}H}-\underset{CH_3}{CH}-CH_3$$

エ. ウで得られたアルコールを分子内脱水すると，それぞれ次のようなアルケンが得られる。

$$CH_3-CH_2-CH_2-\underset{OH}{\overset{*}{C}H}-CH_3 \longrightarrow \begin{cases} CH_3-CH_2-CH_2-CH=CH_2 \\ CH_3-CH_2\underset{H}{\diagup}C=C\underset{H}{\diagup}CH_3 \qquad CH_3-CH_2\underset{H}{\diagup}C=C\underset{CH_3}{\diagup}H \end{cases}$$

$$CH_3-\underset{OH}{\overset{*}{C}H}-\underset{CH_3}{CH}-CH_3 \longrightarrow CH_2=CH-\underset{CH_3}{CH}-CH_3 \qquad CH_3-CH=\underset{CH_3}{C}-CH_3$$

よって，**B**，**C**の構造式は次のようになる。

$$\text{CH}_3-\text{CH}_2-\text{CH}_2-\overset{\overset{\displaystyle O}{\|}}{\text{C}}-\text{CH}_3 \qquad \text{CH}_3-\overset{\overset{\displaystyle O}{\|}}{\text{C}}-\overset{\overset{\displaystyle }{}}{\underset{\underset{\displaystyle \text{CH}_3}{|}}{\text{CH}}}-\text{CH}_3$$

化合物 B　　　　　　　　　化合物 C

オ．アで示したカルボニル化合物の中で，**A**，**B**，**C**を除き還元性を示さないものは
　1つしかないので，**D**の構造式は次のようになる。

$$\text{CH}_3-\text{CH}_2-\overset{\overset{\displaystyle O}{\|}}{\text{C}}-\text{CH}_2-\text{CH}_3$$

1．（正文）**A**〜**D**はすべて不斉炭素原子はもたない。

2．（誤文）**C**のみエチル基 CH_3CH_2- をもたない。

3．（正文）ヨードホルム反応を示すのは，$\text{CH}_3-\overset{\overset{\displaystyle O}{\|}}{\text{C}}-$ の部分構造をもつ**B**，**C**である。

4．（正文）**C**を還元して生じるアルコールを脱水すると2種類のアルケンを生じる
　が，シス-トランス異性体は存在しない。

5．（正文）**A**のみがホルミル基をもつため還元性を示すが，**B**，**C**，**D**はすべてケ
　トンであり還元性は示さない。

6．（誤文）**A**を還元しアルコールとした後に脱水して生じるアルケンと，**B**を還元
　しアルコールとした後に脱水して生じるアルケンには次の 1-ペンテンがある。

　A．$\text{CH}_3-\text{CH}_2-\text{CH}_2-\text{CH}_2-\overset{\overset{\displaystyle O}{\|}}{\text{C}}-\text{H} \longrightarrow \text{CH}_3-\text{CH}_2-\text{CH}_2-\text{CH}_2-\underset{\underset{\displaystyle \text{OH}}{|}}{\text{CH}_2}$

　　　　　　　　　　　　　　　　$\longrightarrow \text{CH}_3-\text{CH}_2-\text{CH}_2-\text{CH}=\text{CH}_2$
　　　　　　　　　　　　　　　　　　　1-ペンテン

　B．$\text{CH}_3-\text{CH}_2-\text{CH}_2-\overset{\overset{\displaystyle O}{\|}}{\text{C}}-\text{CH}_3 \longrightarrow \text{CH}_3-\text{CH}_2-\text{CH}_2-\underset{\underset{\displaystyle \text{OH}}{|}}{\overset{\overset{\displaystyle *}{}}{\text{CH}}}-\text{CH}_3$

　　　　　　　　　　　　　　　　$\longrightarrow \text{CH}_3-\text{CH}_2-\text{CH}_2-\text{CH}=\text{CH}_2$
　　　　　　　　　　　　　　　　　　　1-ペンテン

　　　　　　　　　　　　　　$\text{CH}_3-\text{CH}_2-\text{CH}_2=\text{CH}-\text{CH}_3$
　　　　　　　　　　　　　　　　2-ペンテン

また，**D**を還元しアルコールとした後脱水して生じるアルケンは 2-ペンテンであ
るから，**B**より生じるアルケンと同じものがある。

---

172 解答

8.0g

解　説

分子式 $\text{C}_7\text{H}_{10}\text{O}_2$（分子量126）の**A**を加水分解すると，次のようにカルボン酸**B**とア

ルコール **C** が生成するが，**C** は不安定で，ヨードホルム反応および銀鏡反応を示す **D**
に変化することから，**D** はアセトアルデヒド，**C** はビニルアルコールである。

$$\underset{\textbf{A}}{C_7H_{10}O_2} + H_2O \longrightarrow \underset{\textbf{B}}{C_4H_7COOH} + \underset{\textbf{C}}{CH_2=CH-OH}$$

A は炭素−炭素二重結合をもち，環構造はもたず，カルボン酸 **B** は C_4H_7- に炭素−
炭素二重結合を 1 つもつから，**A** は 1 分子中に炭素−炭素二重結合を 2 つもつと考え
られる。このことから化合物 **A** $\dfrac{12.6}{126}=0.1$〔mol〕のうち x〔mol〕が加水分解された
とすると

$$C_7H_{10}O_2 + H_2O \longrightarrow C_4H_7COOH + CH_2=CH-OH$$

反応前	0.1		0	0	〔mol〕
反応後	$0.1-x$		x	x	〔mol〕

よって，反応後 **C** はアセトアルデヒドに変化するので，**X** に付加する H_2（分子量 2）
0.240 g は，未反応の **A** とカルボン酸 **B** と反応するから

$$(0.1-x)\times 2 + x = \frac{0.240}{2} \qquad x=0.080\text{〔mol〕}$$

したがって，**B** の分子量 100 より求める質量は

$$100\times 0.080 = 8.0\text{〔g〕}$$

173　解答

$$\text{HO-CH}_2\text{-CH}\begin{array}{c}\text{CH}_2\text{-CH}_2\\ \\ \text{CH}_2\text{-O}\end{array}\text{C=O}$$

解説

記述ア〜オから化合物の性質を整理する。

イ．**A** の分子式は次のようになる。

C の質量：$26.4\times\dfrac{12}{44}=7.2$〔mg〕

H の質量：$9.00\times\dfrac{2}{18}=1.0$〔mg〕

O の質量：$13.0-7.2-1.0=4.8$〔mg〕

よって，各原子数の比は

$$C:H:O=\frac{7.2}{12}:\frac{1.0}{1}:\frac{4.8}{16}=6:10:3$$

組成式は $C_6H_{10}O_3$（式量 130）となり，**ア** より分子量 250 以下であるから **A** の分子

式は $C_6H_{10}O_3$ となる。

また，**A** の不飽和度は $\dfrac{6 \times 2 + 2 - 10}{2} = 2$ である。

ウ．A を酸化するとホルミル基をもつ **B** に変化するので，**A** は分子中に $-CH_2-OH$ の部分構造（ヒドロキシメチル）をもつ。

エ．A を加水分解すると，**A** より分子量が 18 大きい **C** が生成しているので，**A** は環状構造を形成するエステル（ラクトン）である。この加水分解によって，不斉炭素原子がなくなっているので，**C** は次のような構造をもつと考えられる。

$$\overset{\leftarrow\;|\;\rightarrow \text{左右対称}}{\text{HO}-CH_2-\!\!-\!\!-\overset{|}{\underset{|}{\text{Ⓒ}}}\!\!-\!\!-CH_2-\text{OH}} \quad \begin{pmatrix}\text{Ⓒの炭素原子が環状構造を形成する}\mathbf{A}\text{に}\\ \text{おいて不斉炭素原子と考えられる。}\end{pmatrix}$$
$$\underset{\text{COOH}}{}$$

オ．A と **E** にある不斉炭素原子 $^*\text{C}$ は，炭素原子の配列において同じ位置にあると考えられる。

以上の条件より，化合物 **A〜E** は次のようになる。

化合物 **C**　化合物 **A**　化合物 **B**　化合物 **D**　化合物 **E**

174　解　答

1

解　説

記述ア〜カの反応によって生じる有機化合物 **A〜F** は，次のようになる。

ア． $CaC_2 + 2H_2O \longrightarrow Ca(OH)_2 + C_2H_2$
　　　　　　　　　　　　　　　　　　　A（アセチレン）

イ． $CH \equiv CH + HCl \longrightarrow CH_2 = CHCl$
　　　　　　　　　　　　　　B（塩化ビニル）

ウ． $3CH \equiv CH \longrightarrow$ ⬡
　　　　　　　　　　　　C（ベンゼン）

エ． ⬡ $+ Cl_2 \longrightarrow HCl +$ ⬡$-Cl$
　　　　　　　　　　D（クロロベンゼン）

オ. $-$Cl $\xrightarrow[\text{高温・高圧}]{\text{NaOH 水溶液}}$ $-$ONa $\xrightarrow{\text{H}^+}$ $-$OH

E （フェノール）

カ. H₃C$-$$-$CH₃ $\xrightarrow{\text{酸化}}$ HOOC$-$$-$COOH

F （p-キシレン）　　　　テレフタル酸

1．（誤文）炭素-炭素結合を短い順に並べると次のようになる。

$$-C\equiv C- \ < \ {}^{\textstyle >}C=C^{\textstyle <} \ < \ \begin{matrix}\text{ベンゼン環の}\\\text{炭素-炭素結合}\end{matrix} \ < \ -\overset{|}{\underset{|}{C}}-\overset{|}{\underset{|}{C}}-$$

2．（正文）Bは塩化ビニルで，幾何異性体は存在しない。

3．（正文）Eはフェノールで，A〜Fの中では最も強い酸である。

4．（正文）次の反応により，2,4,6-トリブロモフェノールの白色沈殿が生じる。

$+3Br_2 \longrightarrow$ $+3HBr$

2,4,6-トリブロモ
フェノール

5．（正文）無極性分子は，Aのアセチレン，Cのベンゼン，Fのp-キシレンの3つである。

6．（正文）A〜Fのすべての分子において，水素以外の原子は同一平面上に存在する。

---

175 解 答

C₀₉₅H₁₆₈

解 説

一般に，ヨードホルム反応，および銀鏡反応は，それぞれ次のようになる。

$$CH_3-\underset{\underset{O}{\|}}{C}-R + 4NaOH + 3I_2 \longrightarrow CHI_3 + RCOONa + 3NaI + 3H_2O$$
ヨードホルム

$$R-\underset{\underset{O}{\|}}{C}-H + 2[Ag(NH_3)_2]^+ + 3OH^- \longrightarrow 2Ag + RCOO^- + 4NH_3 + 2H_2O$$

（Rは炭化水素基などを表す）

ここで，カルボニル化合物B（分子量 72），C（分子量 58），D（分子量 142）をそれぞれ x〔mol〕，y〔mol〕，z〔mol〕とすると，銀鏡反応を示すのはCのみであるから

$$y = \frac{1.08}{108} \times \frac{1}{2} = 5.00 \times 10^{-3} \text{〔mol〕}$$

よって，混合物 8.46 g を反応させるので，次の関係が成立する。

$$72x + 58 \times 5.00 \times 10^{-3} + 142z = 8.46 \qquad 72x + 142z = 8.17 \quad \cdots\cdots①$$

また，ヨードホルム反応を示すのは **B** と **D** であり，**D** はメチレン基 $-CH_2-$ 4つをはさんで左右両側に $CH_3-\underset{\underset{O}{\|}}{C}-$ を有するので，**D** 1分子からヨードホルム CHI_3 2分子が生成する。よって，生成するヨードホルム（分子量 394）45.31 g より

$$x + 2z = \frac{45.31}{394} \qquad x + 2z = 0.115 \quad \cdots\cdots②$$

①，②より

$$x = 5.00 \times 10^{-3}, \quad z = 5.50 \times 10^{-2}$$

したがって，生成する **B**，**C**，**D** の物質量比は

$$\mathbf{B} : \mathbf{C} : \mathbf{D} = 5.00 \times 10^{-3} : 5.00 \times 10^{-3} : 5.50 \times 10^{-2}$$
$$= 1 : 1 : 11$$

以上より炭化水素 **A** の構造式は次のようになる。

（分子式：$C_{95}H_{168}$）

176 解答

解説

分子式 $C_{10}H_{16}O_2$ より，不飽和度は $\dfrac{10 \times 2 + 2 - 16}{2} = 3$ である。記述ア～オより，考えられる条件を整理すると次のようになる。

アより，**A** は分子中に炭素-炭素二重結合を1つと環状構造を1つ，また，カルボキシ基を1つもつので，これが不飽和度3に一致する。ここで，次の2つの場合に分けて考える。

(ⅰ) 環状構造中に炭素-炭素二重結合をもつ場合

炭素-炭素二重結合を形成する炭素原子にそれぞれ水素原子が結合しているとき，水素を付加すると

このとき，生成物中の不斉炭素原子数は変化しない。

一方，臭素を付加すると

Br が結合した2つの炭素原子はともに不斉炭素原子 C^* となる。これは，環状構造を形成する C 原子数にかかわらず同様に考えることができるので，記述**ウ**に反する。

(ii) 環状構造中に炭素-炭素二重結合をもたない場合

最も炭素原子数の少ない三員環を考えた場合，記述**エ**，**オ**をみたし，最も炭素原子数が少ないものは

（記述**エ**より）（記述**エ**，**オ**より）

これらの部分構造の炭素原子数は 10 である。よって，与えられた記述の条件をみたす構造式はそれぞれ次のようになると考えられる。

（不斉炭素原子の数は変わらない）（不斉炭素原子が1つ増える）

177　解　答

4・5

解　説

炭素-酸素二重結合をもつ8種類の化合物は，次のようになる。

①　〈benzene〉-CH₂-C(=O)-NH₂　　②　〈benzene〉-CH₂-NH-C(=O)-H

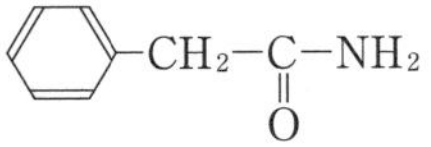

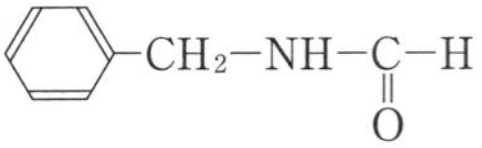

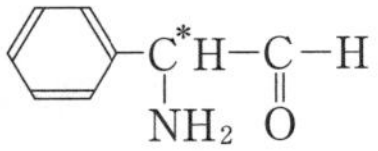

③　〈benzene〉-C*H(NH₂)-C(=O)-H　（C*は不斉炭素原子）　　④　〈benzene〉-C(=O)-CH₂-NH₂

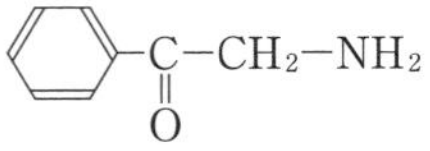

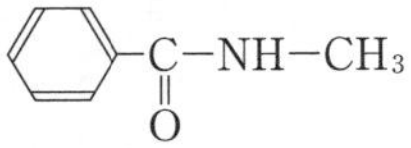

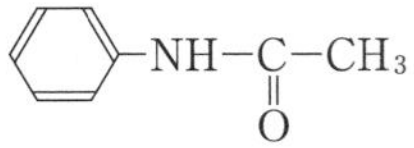

⑤　〈benzene〉-C(=O)-NH-CH₃　　⑥　〈benzene〉-NH-C(=O)-CH₃

⑦　〈benzene〉-NH-CH₂-C(=O)-H　　⑧　〈benzene〉-N(CH₃)-C(=O)-H

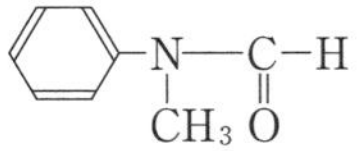

1．（正文）メチル基をもつものは，⑤，⑥，⑧の3種類である。

2．（正文）ケトンに分類できるものは④のみである。

3．（正文）不斉炭素原子をもつものは③のみである。

4．（誤文）⑦は芳香族アミンであり，塩酸を加えて酸性にすると塩をつくるが，塩基性は，脂肪族アミンに比べるとはるかに弱いため，その溶液を中性にすると元の化合物である分子に戻る。一方，③，④のアミノ基は塩酸を加えて酸性にすると塩をつくるが，中性にしてもほぼ $-NH_3^+$ のままで元の化合物である分子には戻りにくい。また，アミド結合 $-NH-$ は塩基性を示さない。

5．（誤文）①，⑤を加水分解すると，次のように反応し，炭酸より強い芳香族カルボン酸が生じる。

①　〈benzene〉-CH₂-C(=O)-NH₂ + H₂O ⟶ 〈benzene〉-CH₂-C(=O)-OH + NH₃

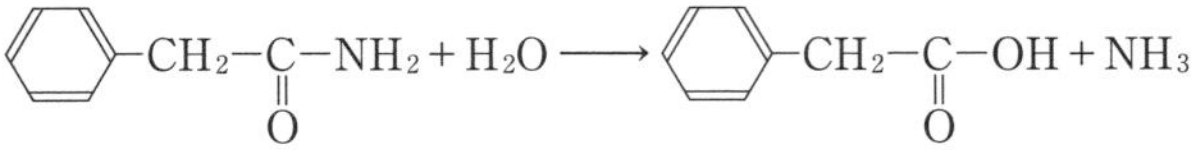

⑤　〈benzene〉-C(=O)-NH-CH₃ + H₂O ⟶ 〈benzene〉-C(=O)-OH + H₂N-CH₃

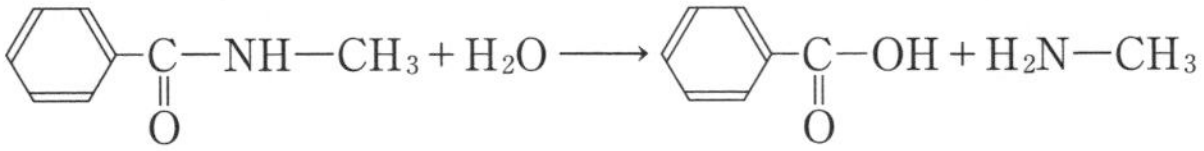

6．（正文）①を加水分解すると

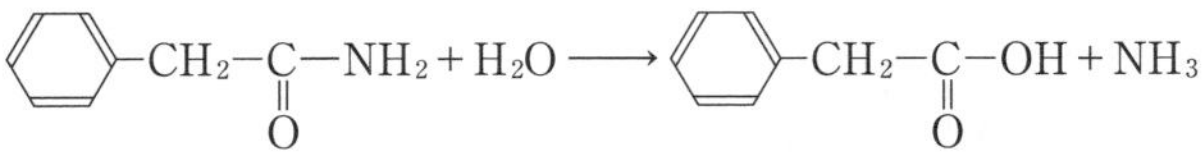

〈benzene〉-CH₂-C(=O)-NH₂ + H₂O ⟶ 〈benzene〉-CH₂-C(=O)-OH + NH₃

となり，元の化合物より大きな分子量をもつ化合物が生じる。

攻略のポイント

一般に，$R-NH_2$（Rは水素原子，メチル基，フェニル基などを表す）は塩酸と次のように反応する。

$$R-NH_2 + HCl \longrightarrow R-NH_3^+ + Cl^-$$

また，$R-NH_2$ の電離定数を K_b〔mol/L〕とすると

$$R-NH_2 + H_2O \longrightarrow R-NH_3^+ + OH^-$$

より　　$K_b = \dfrac{[R-NH_3^+][OH^-]}{[R-NH_2]}$

ここで，Rが水素原子やメチル基の場合，$K_b \fallingdotseq 10^{-5}$〔mol/L〕程度であるが，アニリンのような芳香族アミンの場合，$K_b \fallingdotseq 10^{-10}$〔mol/L〕程度になる。よって，③，④のような第一級アミンの場合，$K_b \fallingdotseq 10^{-5}$〔mol/L〕，中性付近では $[OH^-] \fallingdotseq 10^{-7}$〔mol/L〕とすると

(1)　Rが水素原子やメチル基の場合

$$10^{-5} = \dfrac{[R-NH_3^+] \times 10^{-7}}{[R-NH_2]} \qquad \therefore \quad 10^2 = \dfrac{[R-NH_3^+]}{[R-NH_2]}$$

　　よって，$[R-NH_3^+]$ は $[R-NH_2]$ の約 100 倍となるから，中性付近では $-NH_3^+$ のままで，元の化合物には戻らないと考えてよい。

(2)　Rがアニリンのような芳香族アミンの場合

$$10^{-10} = \dfrac{[R-NH_3^+] \times 10^{-7}}{[R-NH_2]} \qquad \therefore \quad 10^{-3} = \dfrac{[R-NH_3^+]}{[R-NH_2]}$$

　　よって，$[R-NH_3^+]$ は $[R-NH_2]$ の約 $\dfrac{1}{1000}$ 倍となるから，中性付近では元の化合物に戻ると考えてよい。

このように，NH_3 や CH_3NH_2 などの場合は，中性付近ではほとんど $-NH_3^+$ の状態にあるが，アニリンなどの場合は，中性付近ではほとんどが元の分子の状態にあることを理解しておきたい。

178 解 答

$C_{17}H_{34}O_2$

解 説

記述ウより油脂Aを加水分解して生成する3種類の脂肪酸の1つは，$C_{23}H_{47}COOH$ で表される飽和脂肪酸である。

記述アより油脂Aを構成する脂肪酸の炭化水素基の部分を R_1，R_2，R_3 と表すと

第5章 解答

$$CH_2-O-CO-R_1$$
$$\overset{*}{C}H-O-CO-R_2$$
$$CH_2-O-CO-R_3$$

油脂 A （C* は不斉炭素原子を表す）

記述イより A に H_2 を付加すると，不斉炭素原子をもたない油脂が得られることから，R_1 と R_3 は同じ C 原子数を有する炭化水素基である。

また，A の分子式より R_1，R_2，R_3 の合計の C 原子数は 62，H 原子数は 125 である。

(i) R_2 を $-C_{23}H_{47}$ とすると R_1 と R_3 の C 原子数の合計は 39 となり，R_1 と R_3 の C 原子数は同じにならない。よって，H_2 を付加しても R_1 と R_3 は同じ炭化水素基にはならず，不斉炭素原子が存在することになるので不適である。

(ii) R_1，または R_3 を $-C_{23}H_{47}$ とすると，記述イを満たすためには，R_1，R_3 ともに C 原子数が 23 でなければならないので，R_2 の C 原子数は 16 となる。そこで R_2 を飽和炭化水素基 $-C_{16}H_{33}$ とすると，R_1，R_3 は $-C_{23}H_{47}$ と $-C_{23}H_{45}$ で条件に一致する。一方，R_2 を不飽和炭化水素基 $-C_{16}H_{31}$ とすると，R_1，R_3 はともに $-C_{23}H_{47}$ となる。さらに，R_2 を $-C_{16}H_{29}$，R_1 を $-C_{23}H_{47}$ とすると，R_3 は $-C_{23}H_{49}$ となり，このような炭化水素基は存在しない。したがって，これらは不適である。

以上より 3 種類の脂肪酸のうち，分子量が最も小さい脂肪酸は $C_{16}H_{33}COOH$ であり，分子式は $C_{17}H_{34}O_2$ となる。

---

179 解答

$$CH_3-CH_2-O-\underset{O}{C}-\underset{CH_3}{CH}-\underset{O}{C}-OH$$

解説

記述アより化合物 A に含まれる各原子の質量は次のようになる。

$$C の質量：39.6 \times \frac{12}{44} = 10.8〔mg〕$$

$$H の質量：13.5 \times \frac{2}{18} = 1.5〔mg〕$$

$$O の質量：21.9 - 10.8 - 1.5 = 9.6〔mg〕$$

したがって，各原子数の比は

$$C : H : O = \frac{10.8}{12} : \frac{1.5}{1} : \frac{9.6}{16} = 3 : 5 : 2$$

よって，組成式は $C_3H_5O_2$（式量 73）となる。A の分子量は C，H，O 原子から構成されているので偶数であり，記述イより分子量は 150 以下であるから，分子式は

$C_6H_{10}O_4$（分子量 146）で不飽和度 $\dfrac{6 \times 2 + 2 - 10}{2} = 2$ となる。

記述イ，ウよりAは分子中に，エステル結合とカルボキシ基を有する化合物である。

記述エ，オより，エステル結合を加水分解すると化合物B，Cになる。

$$A + H_2O \longrightarrow \underset{\text{カルボン酸}}{B} + \underset{\text{アルコール}}{C}$$

ここで，Aは不斉炭素原子 C^* を1つもち，B，Cはもたず，Cはヨードホルム反応を示すアルコールであることを考慮すると，A，B，Cの構造式は次のようになる。

$$\underset{\text{化合物A}}{CH_3\text{-}CH_2\text{-}O\text{-}\overset{O}{C}\text{-}\overset{CH_3}{C^*}H\text{-}\overset{O}{C}\text{-}OH} + H_2O$$

$$\longrightarrow \underset{\text{化合物C}}{CH_3\text{-}CH_2\text{-}OH} + \underset{\text{化合物B}}{HO\text{-}\overset{O}{C}\text{-}\overset{CH_3}{CH}\text{-}\overset{O}{C}\text{-}OH}$$

180 解答

4

解説

記述ア～オを整理すると，芳香族化合物A～Gは次のようになる。

ア．Aはクメンで，次のように変化し，フェノールBとなる。

イ・ウ．Cはトルエンのパラ位にエチル基をもつ化合物であり，次のように変化し，テレフタル酸Dとなる。また，Dはエチレングリコールと縮合重合し，ポリエチレンテレフタラートを生じる。

$$n HOOC\text{-}\bigcirc\text{-}COOH + n HO\text{-}CH_2\text{-}CH_2\text{-}OH$$

$$\longrightarrow \left[\!\!\begin{array}{c}CO-\!\!\!\diagdown\!\!\!\diagup\!\!\!-COO-CH_2-CH_2-O\end{array}\!\!\right]_n + 2n\mathrm{H_2O}$$

ポリエチレンテレフタラート

エ． **E** はフタル酸であり，加熱すると染料や合成樹脂の原料となる無水フタル酸 **F** が生じる。

$$\underset{\mathbf{E}}{\diagdown\!\!\!\!\begin{array}{c}\text{COOH}\\\text{COOH}\end{array}} \xrightarrow{\text{加熱}} \underset{\mathbf{F}}{\diagdown\!\!\!\!\begin{array}{c}\text{CO}\\\text{CO}\end{array}\!\!\!\!>\!\!O} + \mathrm{H_2O}$$

オ． 生じる化合物 **G** はサリチル酸であり，**B** から次のように反応し，**G** が生成する。

$$\underset{\mathbf{B}}{\bigcirc\!\!-\text{OH}} \xrightarrow{\text{NaOH}} \underset{\text{ナトリウムフェノキシド}}{\bigcirc\!\!-\text{ONa}} \xrightarrow[\text{高温・高圧}]{\mathrm{CO_2}} \underset{\text{サリチル酸ナトリウム}}{\diagdown\!\!\!\!\begin{array}{c}\text{OH}\\\text{COONa}\end{array}}$$

$$\xrightarrow{\mathrm{H_2SO_4}} \underset{\mathbf{G}}{\diagdown\!\!\!\!\begin{array}{c}\text{OH}\\\text{COOH}\end{array}}$$

1．（正文）フェノールに $\mathrm{Br_2}$ を作用させると，2,4,6-トリブロモフェノールの白色沈殿が生じる。

$$\bigcirc\!\!-\text{OH} + 3\mathrm{Br_2} \longrightarrow \underset{\text{2,4,6-トリブロモフェノール}}{\diagdown\!\!\!\!\begin{array}{c}\text{OH}\\\text{Br}\quad\text{Br}\\\text{Br}\end{array}} + 3\mathrm{HBr}$$

2．（正文）次のように反応し，**B** であるフェノールが生じる。

$$\bigcirc \xrightarrow[\text{スルホン化}]{\text{濃硫酸}} \underset{\text{ベンゼンスルホン酸}}{\bigcirc\!\!-\text{SO}_3\text{H}} \xrightarrow[\text{中和}]{\text{NaOH}} \underset{\substack{\text{ベンゼンスルホン酸}\\\text{ナトリウム}}}{\bigcirc\!\!-\text{SO}_3\text{Na}}$$

$$\xrightarrow[\text{アルカリ融解}]{\text{NaOH（固体）}} \underset{\text{ナトリウムフェノキシド}}{\bigcirc\!\!-\text{ONa}} \xrightarrow{\mathrm{H_2SO_4}} \bigcirc\!\!-\text{OH}$$

3．（正文）**F** は $\mathrm{V_2O_5}$ などの触媒を用いて，o-キシレンやナフタレンを高温で酸化しても得られる。

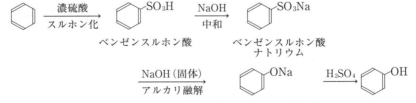

$$\diagup\!\!\!\!\diagdown\!\!\!\!\diagup\!\!\!\!\diagdown \xrightarrow[\text{高温}(\mathrm{V_2O_5})]{\mathrm{O_2}} \diagdown\!\!\!\!\begin{array}{c}\text{CO}\\\text{CO}\end{array}\!\!\!\!>\!\!O$$

4．（誤文）**G** に $(\mathrm{CH_3CO})_2\mathrm{O}$ を作用させると，アセチルサリチル酸が生じる。アセチルサリチル酸は，ヒドロキシ基がアセチル化されるため，$\mathrm{FeCl_3}$ 水溶液では呈色

しない。

$$\underset{\textbf{G}}{\overset{\text{OH}}{\underset{\text{COOH}}{\bigcirc}}} + (\text{CH}_3\text{CO})_2\text{O} \xrightarrow[(\text{H}_2\text{SO}_4)]{} \underset{\text{アセチルサリチル酸}}{\overset{\text{OCOCH}_3}{\underset{\text{COOH}}{\bigcirc}}} + \text{CH}_3\text{COOH}$$

5．（正文）**A**，**C** 以外は，NaOH 水溶液を作用させると次のように反応し，ナトリウム塩を生じる。

$$\textbf{B}：\bigcirc\!\!-\text{OH} + \text{NaOH} \longrightarrow \bigcirc\!\!-\text{ONa} + \text{H}_2\text{O}$$

$$\textbf{D}：\text{HOOC}\!-\!\bigcirc\!\!-\text{COOH} + 2\text{NaOH} \longrightarrow \text{NaOOC}\!-\!\bigcirc\!\!-\text{COONa} + 2\text{H}_2\text{O}$$

$$\textbf{E}：\underset{\text{COOH}}{\overset{\text{COOH}}{\bigcirc}} + 2\text{NaOH} \longrightarrow \underset{\text{COONa}}{\overset{\text{COONa}}{\bigcirc}} + 2\text{H}_2\text{O}$$

$$\textbf{F}：\underset{\text{CO}}{\overset{\text{CO}}{\bigcirc}}\!\!>\!\!\text{O} + 2\text{NaOH} \longrightarrow \underset{\text{COONa}}{\overset{\text{COONa}}{\bigcirc}} + \text{H}_2\text{O}$$

$$\textbf{G}：\underset{\text{COOH}}{\overset{\text{OH}}{\bigcirc}} + 2\text{NaOH} \longrightarrow \underset{\text{COONa}}{\overset{\text{ONa}}{\bigcirc}} + 2\text{H}_2\text{O}$$

6．（正文）**B** と HCHO を付加縮合させることによって，熱硬化性樹脂のフェノール樹脂ができる。

181 解 答

3・7

解 説

1．（正文）**A**〜**C** の化合物において，下図のようにそれぞれ対称な線（破線）を引いて考えるとよい。

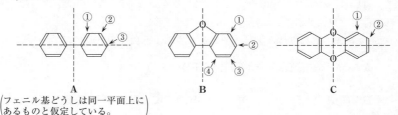

A
(フェニル基どうしは同一平面上にあるものと仮定している。)

B

C

　よって，**A** は 3 種類，**B** は 4 種類，**C** は 2 種類の構造異性体が存在する。

2．（正文）**A**〜**C** の化合物において，次のようにそれぞれ番号をつけて考える。

A．置換位置の組合せは，(①，②)，(①，③)，(①，②′)，(①，①′)，(②，③)，(②，②′) の 6 通りである (①と①′，②と②′ は対称な位置にあることに注意する)。

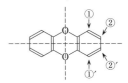

B．置換位置の組合せは，(①，②)，(①，③)，(①，④)，(②，③)，(②，④)，(③，④) の 6 通りである。

C．置換位置の組合せは，(①，②)，(①，②′)，(①，①′)，(②，②′) の 4 通りである。

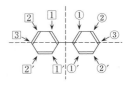

3．(誤文) 1，2 と同様に，番号をつけて考える。

A．置換位置の組合せは，(①，1)，(①，2)，(①，3)，(①，2′)，(①，1′)，(②，2)，(②，3)，(②，2′)，(③，3) の 9 通りである (①，①′，1，1′ の 4 つと，②，②′，2，2′ の 4 つはそれぞれ対称な位置にあることに注意する)。

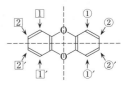

B．置換位置の組合せは，(①，①′)，(①，②′)，(①，③′)，(①，④′)，(②，②′)，(②，③′)，(②，④′)，(③，③′)，(③，④′)，(④，④′) の 10 通りである。

C．置換位置の組合せは，(①，1)，(①，2)，(①，2′)，(①，1′)，(②，2)，(②，2′) の 6 通りである (①，①′，1，1′ の 4 つと，②，②′，2，2′ の 4 つはそれぞれ対称な位置にあることに注意する)。

4．(正文) **A**～**C**の燃焼反応は，それぞれ次のようになる。

$$\mathbf{A}：C_{12}H_{10} + \frac{29}{2}O_2 \longrightarrow 12CO_2 + 5H_2O \quad (C_{12}H_{10} = 154)$$

$$\mathbf{B}：C_{12}H_8O + \frac{27}{2}O_2 \longrightarrow 12CO_2 + 4H_2O \quad (C_{12}H_8O = 168)$$

$$\mathbf{C}：C_{12}H_8O_2 + 13O_2 \longrightarrow 12CO_2 + 4H_2O \quad (C_{12}H_8O_2 = 184)$$

よって，それぞれの化合物 100 g が完全燃焼したとき，生成する CO_2 の物質量は，それぞれ次のようになる。

$$\mathbf{A} : \frac{100}{154} \times 12 \, \text{mol}, \quad \mathbf{B} : \frac{100}{168} \times 12 \, \text{mol}, \quad \mathbf{C} : \frac{100}{184} \times 12 \, \text{mol}$$

したがって，分子量が最も小さい**A**が最も多い。

5．（正文）**A**〜**C**の燃焼反応より，それぞれの化合物100 g を完全燃焼させるのに必要な O_2 の物質量は，それぞれ次のようになる。

$$\mathbf{A} : \frac{100}{154} \times \frac{29}{2} \, \text{mol}, \quad \mathbf{B} : \frac{100}{168} \times \frac{27}{2} \, \text{mol}, \quad \mathbf{C} : \frac{100}{184} \times \frac{26}{2} \, \text{mol}$$

よって，**C**が最も少ない。

6．（正文）**A**〜**C**の炭素の質量百分率はそれぞれ次のようになる。

$$\mathbf{A} : \frac{12 \times 12}{154} \times 100 \, \%, \quad \mathbf{B} : \frac{12 \times 12}{168} \times 100 \, \%, \quad \mathbf{C} : \frac{12 \times 12}{184} \times 100 \, \%$$

よって，最も小さいのは**C**である。

7．（誤文）**A**〜**C**の置換後の分子式および分子量はそれぞれ次のようになる。

$$\mathbf{A} : C_{12}Br_{10} = 944, \quad \mathbf{B} : C_{12}Br_8O = 800, \quad \mathbf{C} : C_{12}Br_8O_2 = 816$$

よって，置換後の**A**〜**C**の炭素の質量百分率は，6と同様に考えると，分子量が最も大きい**A**が最も小さくなる。

182 解 答

$C_{29}H_{46}O_{22}$

解 説

実験1より，化合物**B**はヒドロキシ酸であるから，その構造を HO−■−COOH（■は C，H，O からなる原子団）と考える。また，化合物**A** 1 mol の加水分解により**B** 7 mol と CH_3OH 1 mol が生成する。**A**は構造中に，エステル結合を除いて2つ以上の酸素原子と結合した炭素原子はないので，次のような構造をもつ化合物と考えられる。

$$HO-\blacksquare-\underset{\underset{O}{\|}}{C}\left[O-\blacksquare-\underset{\underset{O}{\|}}{C}\right]_6 O-CH_3$$

次に，**実験2**より，化合物**A** 1分子あたり −OH を x 個もつと仮定すると，アセチル化により −OH が $-O-\underset{\underset{O}{\|}}{C}-CH_3$ へと変化するので，**A**の分子量は746からアセチル化により $746 + 42x$ へと変化する。よって，アセチル化しても生じる化合物の物質量は**A**と変わらないので，次の関係が成立する。

$$\frac{14.92}{746} = \frac{21.64}{746 + 42x}$$

$x = 8$

よって，**A** 1分子中に-OH は 8 個存在する。

また，**A**は環状構造や炭素原子間の不飽和結合を含まないので，次のように表すことができる。

$$\text{HO-}\underset{\underset{\text{OH}}{|}}{\text{C}_n\text{H}_{2n-1}}\text{-}\underset{\underset{\text{O}}{\|}}{\text{C}}\left[\text{O-}\underset{\underset{\text{OH}}{|}}{\text{C}_n\text{H}_{2n-1}}\text{-}\underset{\underset{\text{O}}{\|}}{\text{C}}\right]_6\text{O-CH}_3$$

よって，分子式は $C_{7n+8}H_{14n+4}O_{22}$ と表されるので

$$12(7n+8) + 14n + 4 + 16 \times 22 = 746$$

$$n = 3$$

したがって，求める**A**の分子式は $C_{29}H_{46}O_{22}$ である。

攻略のポイント

分子式のみを求めればよいが，問題文中の条件より，**B**は不斉炭素原子をもたないヒドロキシ酸で，炭素原子数が 3 であることなどから，構造式は次のようになる。

$$\textbf{B}. \quad \text{HO-CH}_2\text{-}\underset{\underset{\underset{\text{OH}}{|}}{\text{CH}_2}}{\text{CH}}\text{-}\underset{\underset{\text{O}}{\|}}{\text{C}}\text{-OH}$$

よって，**A**の構造式は，**B** 7 個がエステル化反応によって結合し，末端のカルボキシ基はメタノールがエステル化反応により結合したものとなる。

$$\textbf{A}. \quad \text{H}\left[\text{O-CH}_2\text{-}\underset{\underset{\underset{\text{OH}}{|}}{\text{CH}_2}}{\text{CH}}\text{-}\underset{\underset{\text{O}}{\|}}{\text{C}}\right]_7\text{O-CH}_3$$

183 解答

$$\text{CH}_3\text{-CH}_2\text{-}\underset{\underset{\text{CH}_3}{|}}{\text{CH}}\text{-CH}_2\text{-O-}\underset{\underset{\text{O}}{\|}}{\text{C}}\text{-}\underset{\underset{\text{O}}{\|}}{\text{C}}\text{-}\overset{\overset{\text{H}}{|}}{\text{N}}\text{-}\text{C}_6\text{H}_5$$

解説

記述ア〜オを整理すると，次のようになる。

ア．**A** 4.70 g 中の成分元素の質量は

$$\text{Cの質量}：11.44 \times \frac{12}{44} = 3.12〔g〕$$

$$\text{Hの質量}：3.06 \times \frac{2}{18} = 0.34〔g〕$$

Nの質量：0.28g

Oの質量：4.70－(3.12＋0.34＋0.28)＝0.96〔g〕

よって，各元素の物質量比は

$$C : H : N : O = \frac{3.12}{12} : \frac{0.34}{1} : \frac{0.28}{14} : \frac{0.96}{16}$$

$$= 13 : 17 : 1 : 3$$

したがって，組成式は$C_{13}H_{17}NO_3$（式量235）となり，分子量250以下であるから，分子式は$C_{13}H_{17}NO_3$となる。

イ～エ. **A**を加水分解すると化合物**B**，**C**，**D**が得られる。これらの化合物の抽出過程を図示すると次のようになる。

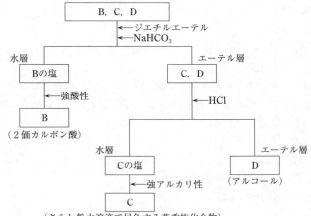

オ. **D**は不斉炭素原子を1つもち，ヨードホルム反応を示さないアルコールであるから，次のような構造をもつものが考えられる。

■–C*H–CH₂–OH　　（■は炭素原子を2個以上もつ炭化水素基，
　│ 　　　　　　　　　C* は不斉炭素原子を表す）
　CH₃

よって，**D**は炭素原子を5個以上もつと考えられるので，炭素原子数に着目すると，**B**はシュウ酸，**C**はアニリンとなる。したがって，**A**の分子式から考えて，■は–CH₂–CH₃のエチル基となる。以上より，**A**の構造は次のように表される。

CH₃–CH₂–C*H–CH₂–O–C–C–N–⟨C₆H₅⟩
　　　　　　│　　　　　‖　‖　|
　　　　　CH₃　　　　O　O　H
（N原子上の H）

攻略のポイント

記述**ア**中の，生成したN_2（分子量28）の質量0.28gより，N原子の物質量は

$$\frac{0.28}{28} \times 2 = 0.020 \text{(mol)}$$

となり，N_2 分子の物質量 $0.010\,\text{mol}$ と間違わないように注意する。

184　解 答

4・6

解 説

記述ア〜カより，**A**〜**D**の構造は次のようになる。

ア・イ．**A**は炭素原子数 6 のアルケンで，不斉炭素原子をもつので，構造は次のようになる。

$$CH_3-CH_2-\overset{*}{C}H-CH=CH_2 \quad (^*C：不斉炭素原子)$$
$$\underset{CH_3}{|}$$

ウ・オ．**B**は，**A**の構造と二重結合の位置が異なり，二重結合をつくる一方の炭素原子には水素原子が 1 個結合し，他方の炭素原子には水素原子が結合していないので，構造は次のようになる。

$$CH_3-CH_2-C=CH-CH_3$$
$$\underset{CH_3}{|}$$

ウ・カ．**C**の構造は次のようになる。

$$CH_3-CH_2-CH=C-CH_3$$
$$\underset{CH_3}{|}$$

エ．**D**は二重結合をつくる炭素原子には水素原子が結合していないので，構造は次のようになる。

$$CH_3-\underset{CH_3}{\overset{|}{C}}=\underset{CH_3}{\overset{|}{C}}-CH_3$$

1．（正文）**A**に H_2 を付加させると，不斉炭素原子をもたない 3-メチルペンタンが得られる。

$$CH_3-CH_2-\overset{*}{C}H-CH=CH_2 + H_2 \longrightarrow CH_3-CH_2-CH-CH_2-CH_3$$
$$\underset{CH_3}{|} \qquad\qquad\qquad\qquad \underset{CH_3}{|}$$

2．（正文）**A**には幾何異性体は存在しない。

3．（正文）**B**には次の幾何異性体が存在する。

$$\underset{CH_3-CH_2}{\overset{CH_3}{\diagdown}}C=C\underset{CH_3}{\overset{H}{\diagup}} \qquad \underset{CH_3-CH_2}{\overset{CH_3}{\diagdown}}C=C\underset{H}{\overset{CH_3}{\diagup}}$$

4．（誤文）**C**には幾何異性体は存在しない。

5．（正文）**B** に Cl_2 を付加させると，不斉炭素原子を 2 個もつ化合物が得られる。

$$CH_3-CH_2-\underset{CH_3}{C}=CH-CH_3 + Cl_2 \longrightarrow CH_3-CH_2-\overset{Cl}{\underset{CH_3}{\overset{*}{C}}}-\overset{*}{\underset{Cl}{C}}H-CH_3$$

6．（誤文）**D** に Cl_2 を付加させても，不斉炭素原子をもつ化合物は得られない。

$$CH_3-\underset{CH_3}{C}=\underset{CH_3}{C}-CH_3 + Cl_2 \longrightarrow CH_3-\overset{Cl}{\underset{CH_3}{C}}-\overset{Cl}{\underset{CH_3}{C}}-CH_3$$

7．（正文）**A** ～ **D** はすべて枝分かれ構造をもつアルケンであるから，H_2 を付加させてもヘキサンになるものはない。

185　解　答

2・3

解　説

記述ア～カを整理すると次のようになる。

ア．A の生成反応は次のようになる。

$$2\,\text{〈〉}-NO_2 + 3Sn + 14HCl \longrightarrow 2\,\text{〈〉}-NH_3Cl + 3SnCl_4 + 4H_2O$$

$$\text{〈〉}-NH_3Cl + NaOH \longrightarrow \text{〈〉}-NH_2 + NaCl + H_2O$$
$$\text{\textbf{A}（アニリン）}$$

イ．B の生成反応は次のようになる。

$$\text{〈〉}-NH_2 + NaNO_2 + 2HCl \longrightarrow \text{〈〉}-N_2Cl + NaCl + 2H_2O$$

$$\text{〈〉}-N_2Cl + H_2O \longrightarrow \text{〈〉}-OH + N_2 + HCl$$
$$\text{\textbf{B}（フェノール）}$$

ウ．C の生成反応は次のようになる。

$$\text{〈〉}-OH + NaOH \longrightarrow \text{〈〉}-ONa + H_2O$$
$$\text{\textbf{C}（ナトリウムフェノキシド）}$$

エ．D の生成過程および反応は次のようになる。

$$\text{〈〉}-ONa \xrightarrow[\text{高温・高圧}]{CO_2} \text{〈〉}\overset{OH}{\underset{}{}}-COONa \xrightarrow{H^+} \text{〈〉}\overset{OH}{\underset{}{}}-COOH$$
$$\text{サリチル酸}$$

$$\text{（構造式）}\quad \begin{array}{c}\text{OH}\\ \text{-COOH}\end{array} + CH_3OH \longrightarrow \begin{array}{c}\text{OH}\\ \text{-COOCH}_3\end{array} + H_2O$$

D（サリチル酸メチル）

オ．E の生成反応は次のようになる。

$$\text{-NH}_2 + (CH_3CO)_2O \longrightarrow \text{-NHCOCH}_3 + CH_3COOH$$

E（アセトアニリド）

カ．F の生成反応は次のようになる。

$$\text{-NH}_2 + NaNO_2 + 2HCl \longrightarrow \text{-N}_2Cl + NaCl + 2H_2O$$

$$\text{-N}_2Cl + \text{-ONa} \longrightarrow \text{-N=N-}\text{-OH} + NaCl$$

F（p-フェニルアゾフェノール）

1．（正文）水に溶けるとアルカリ性を示すものは，**A** のアニリンと **C** のナトリウムフェノキシドである。ナトリウムフェノキシドは，加水分解反応により弱アルカリ性を示す。

$$\text{-ONa} \longrightarrow \text{-O}^- + Na^+$$

$$\text{-O}^- + H_2O \rightleftharpoons \text{-OH} + OH^-$$

2．（誤文）フェノール性の $-OH$ をもつ酸しかないので，炭酸より強い酸はない。

3．（誤文）**A，B，C，E** はベンゼンの一置換体なので，ベンゼン環に直接結合した H 原子を Cl 原子に置換すると，o-，m-，p- の 3 種類の異性体が存在する。一方，**D** は Cl 原子の置換位置として → で示した 4 種類の異性体が存在し，**F** は Cl 原子の置換位置として → で示した 5 種類の異性体が存在する。

化合物 **D**　　　　　化合物 **F**

4．（正文）**A** のアニリンに，硫酸酸性の二クロム酸カリウム水溶液を作用させると，黒色のアニリンブラックが生じる。

5．（正文）**D** のサリチル酸メチルは常温で液体，**E** のアセトアニリドは常温で固体である。よって，**D** の融点は **E** の融点より低い。

6．（正文）**F** の p-フェニルアゾフェノール（p-ヒドロキシアゾベンゼン）は，アゾ基をもち，橙色〜赤橙色の化合物である。

186 解 答

54 個

解 説

AにO_3を反応させ亜鉛で還元すると，nが同じまたは異なる$C_nH_{2n-2}O_2$で表される複数のカルボニル化合物のみが生成している。この複数のカルボニル化合物の不飽和度は2であり，カルボニル基$\diagdown C=O$ 2個がこの2つに相当するので，炭素間結合はすべて単結合と考えてよい。よって，**A**の構造は，1つの環状構造中に複数の炭素-炭素二重結合をもつ化合物である。

（$\diagdown C=O$以外には不飽和結合は存在しない）

ここで，**A** 1分子中にx個の炭素-炭素二重結合が存在すると仮定すると，化合物**A**中のH原子数は，炭素原子数33のアルカンがもつ水素原子数$33 \times 2 + 2 = 68$より，炭素原子間の二重結合の数x個と環状構造1個に相当する水素原子数$2(x+1)$を引いた$68 - 2(x+1) = 66 - 2x$となるので，**A**の分子式は，$C_{33}H_{66-2x}$（分子量$462-2x$）と表される。また，反応によって増加した質量$107.0 - 75.0 = 32.0〔g〕$はO原子分に相当するので，次の関係が成立する。

$$\underset{(\text{Aの物質量})}{\frac{75.0}{462-2x}} : \underset{\left(\substack{\text{O原子の}\\\text{物質量}}\right)}{\frac{32.0}{16}} = 1 : 2x \qquad x = 6$$

よって，求めるH原子の数は　　$66 - 2 \times 6 = 54$ 個

187 解 答

$$\underset{\ \ \ \ \ CH_3\ \ \ \ \ \ O\ \ \ \ \ \ NH_2\ O\ \ \ \ \ \ \ CH_3}{CH_3-CH-O-C-CH_2-CH-C-O-CH-CH_3}$$

解 説

記述ア～オを整理すると次のようになる。

ア・イ．A 43.4mg中の各元素の質量は次のようになる。

$$C の質量：88.0 \times \frac{12}{44} = 24.0 〔mg〕$$

$$H の質量：34.2 \times \frac{2}{18} = 3.80 〔mg〕$$

N の質量：2.80〔mg〕

O の質量：43.4 − 24.0 − 3.80 − 2.80 = 12.8〔mg〕

よって，構成元素の原子数の比は

$$C : H : N : O = \frac{24.0}{12} : \frac{3.80}{1} : \frac{2.80}{14} : \frac{12.8}{16}$$

$$= 10 : 19 : 1 : 4$$

したがって，組成式は $C_{10}H_{19}NO_4$（式量 217）となり，記述**ア**より分子量 250 以下であることから，分子式は $C_{10}H_{19}NO_4$ となる。

ウ・エ．**A** はニンヒドリン反応により呈色することから遊離のアミノ基をもつ。また 1 mol の **A** を加水分解することにより 2 mol のアルコール **C** を生成することから，**A** はエステル結合を 2 つもち，**B** は 1 分子中にカルボキシ基を 2 つもつ酸性アミノ酸と考えられる。

オ．酢酸カルシウムを乾留すると次の反応によりアセトンが生成する。

$$(CH_3COO)_2Ca \xrightarrow[(乾留)]{} \underset{\mathbf{D}（アセトン）}{CH_3COCH_3} + CaCO_3$$

よって，アルコール **C** は 2 -プロパノールである。したがって，アミノ酸 **B** の炭素原子は 4 個となり，**A** が不斉炭素原子をもつことから，次の構造で表されるアスパラギン酸となる。

HO−C−CH₂−*CH−C−OH
　　∥　　　　　∣　∥
　　O　　　　NH₂ O

以上の結果より **A** の構造は次のようになる。

CH₃−CH−O−C−CH₂−*CH−C−O−CH−CH₃　（*C：不斉炭素原子）
　　∣　　　∥　　　　∣　∥　　　∣
　　CH₃　O　　　　NH₂ O　　　CH₃

---

188 解 答

5

解 説

1．（正文）25℃，1.0×10^5 Pa において，気体である炭化水素は，エタン，エチレン，アセチレン，プロパン，シクロプロパン，ブタンの 6 種類で，他は液体である。

2．（正文）エチレン C_2H_4，シクロプロパン C_3H_6，シクロヘキサン C_6H_{12} の 3 種類

である。

3．（正文）アルカン，アルケン（シクロアルカン），アルキン（シクロアルケン）の
燃焼反応は，一般に次のようになる。

$$\text{C}_n\text{H}_{2n+2} + \frac{3n+1}{2}\text{O}_2 \longrightarrow n\text{CO}_2 + (n+1)\text{H}_2\text{O}$$

$$\text{C}_n\text{H}_{2n} + \frac{3n}{2}\text{O}_2 \longrightarrow n\text{CO}_2 + n\text{H}_2\text{O}$$

$$\text{C}_n\text{H}_{2n-2} + \frac{3n-1}{2}\text{O}_2 \longrightarrow n\text{CO}_2 + (n-1)\text{H}_2\text{O}$$

よって，C 原子 1 個あたり完全燃焼に必要な O_2 が最も多いのはアルカンであり，
その数 x は次のように表される。

$$x = \frac{3n+1}{2} \times \frac{1}{n} = \frac{3}{2} + \frac{1}{2n}$$

したがって，n が小さいものほど x は大きいので，該当するのはエタンである。

4．（正文）分子中の H 原子のいずれか 1 個を Cl 原子で置換すると，プロパン，ブタ
ン，ヘキサン，シクロヘキセンは，それぞれ次の構造異性体が存在する。

　　　プロパン：$\text{CH}_3-\text{CH}_2-\text{CH}_2\text{Cl}$　　　$\text{CH}_3-\text{CHCl}-\text{CH}_3$

　　　ブタン：$\text{CH}_3-\text{CH}_2-\text{CH}_2-\text{CH}_2\text{Cl}$　　　$\text{CH}_3-\text{CH}_2-\text{CHCl}-\text{CH}_3$

　　　ヘキサン：$\text{CH}_3-\text{CH}_2-\text{CH}_2-\text{CH}_2-\text{CH}_2-\text{CH}_2\text{Cl}$

　　　　　　　　$\text{CH}_3-\text{CH}_2-\text{CH}_2-\text{CH}_2-\text{CHCl}-\text{CH}_3$

　　　　　　　　$\text{CH}_3-\text{CH}_2-\text{CH}_2-\text{CHCl}-\text{CH}_2-\text{CH}_3$

5．（誤文）最も短い炭素-炭素結合をもつ化合物は，三重結合をもつアセチレンであ
る。

6．（正文）エチレン，アセチレン，ベンゼンは，分子を構成するすべての原子が同
一平面上に存在する。

189　解　答

3・5

解　説

$\text{C}_5\text{H}_{12}\text{O}$ の分子式をもつアルコールには，次の①～⑧で表される 8 種類の構造異性体
がある（それぞれの異性体は，炭素骨格とヒドロキシ基のみを示す）。

① C-C-C-C-C　　② C-C-C-C*-C　　③ C-C-C-C-C
　　　　　OH　　　　　　　　　OH　　　　　　　　OH

　　　　C　　　　　　　　C　　　　　　　　C
④ C-C-C*-C　　⑤ C-C-C-C　　⑥ C-C-C*-C-C
　　　　OH　　　　　　OH　　　　　　　OH

　　　　C　　　　　　C
⑦ C-C-C-C　　⑧ C-C-C　　　　　　　（C* は不斉炭素原子を表す）
　　OH　　　　　C OH

1．（正文）CH$_3$CH$_2$- をもたないのは，⑥，⑦，⑧のアルコールである。

2．（正文）②と③のアルコールは次のように脱水し，幾何異性体を生じる。

3．（誤文）④のアルコールは CH$_3$-CH(OH)- をもたないので，ヨードホルム反応を示さない。

4．（正文）沸点は，第1級アルコール＞第2級アルコール＞第3級アルコールの順に低くなる。また，枝分かれ構造の多いものほど沸点は低くなる。よって，沸点が最も低いアルコールは⑤の 2-メチル-2-ブタノールである。

5．（誤文）中性，塩基性条件下で KMnO$_4$ 水溶液を用いて酸化すると，黒色の MnO$_2$ 沈殿を生じる。よって，酸化されにくい⑤の第3級アルコールを除く，第1級アルコールまたは第2級アルコールの7つである。

6．（正文）⑧のアルコールは，アルケンに対する H$_2$O の付加反応によって得ることはできない。

190 解答

解　説

記述アより，A は -NH-CO- と -CO-O- 結合をもち，中性の分子であるから，遊離のアミノ基やカルボキシ基はもたない。

記述**イ**より，**B**，**C**，**D**はアミノ基，カルボキシ基，ヒドロキシ基をもつ化合物である。

記述**ウ**より，**B**はC原子数6で，フェノール性のヒドロキシ基をもつ化合物である。

記述**エ**より，**C**はグリシン H_2N-CH_2-COOH である。

記述**オ**より，等電点3.2の天然の α-アミノ酸として考えられるのは，次のグルタミン酸やアスパラギン酸などの酸性アミノ酸である（C^* は不斉炭素原子を表す）。

$$
\begin{array}{l}
H_2N-\overset{*}{C}H-COOH \\
\quad\ |\ \\
\quad CH_2 \\
\quad\ |\ \\
\quad CH_2 \\
\quad\ |\ \\
\quad COOH
\end{array}
\qquad
\begin{array}{l}
H_2N-\overset{*}{C}H-COOH \\
\quad\ |\ \\
\quad CH_2 \\
\quad\ |\ \\
\quad COOH
\end{array}
$$

グルタミン酸　　　　　　アスパラギン酸

また，**D**は不斉炭素原子を1つもつ五員環構造を有する化合物であることから，次の構造式をもつと考えられる。

$$
\text{化合物 D} \xrightarrow{\text{加水分解}}
\begin{array}{l}
H_2N-\overset{*}{C}H-COOH \\
\quad\ |\ \\
\quad CH_2 \\
\quad\ |\ \\
\quad CH_2 \\
\quad\ |\ \\
\quad COOH
\end{array}
$$

化合物**D**　　　　　　　　　　　　グルタミン酸

以上の条件より，**A**の加水分解によって得られる**B**は次の反応からフェノールである。

アミド結合

$$C_{13}H_{14}N_2O_4 + 2H_2O \longrightarrow \bigcirc\!-OH + H_2N-CH_2-COOH + \text{化合物D}$$

エステル結合

化合物**B**　　　　　化合物**C**　　　　　化合物**D**

よって，化合物**A**の構造式は次のようになる。

191 解 答

3・6

解 説

1〜6の炭化水素の構造を，紙面の手前に出ている結合を◀，紙面の反対側に出ている結合を⸾⸾⸾⸾で表す。また，○で囲んだ原子が同一平面上，または同一直線上にあるとする。

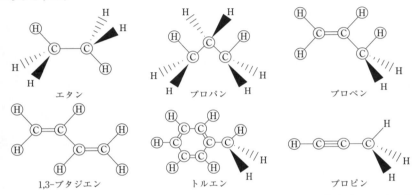

エタン　　プロパン　　プロペン
1,3-ブタジエン　　トルエン　　プロピン

1．（正文）エタンの構造は図のようになるので，同一平面上に存在する原子は最大4個である。

2．（正文）プロパンの構造は図のようになるので，同一平面上に存在する原子は最大5個である。

3．（誤文）プロペンの構造は図のようになるので，同一平面上に存在する原子は最大7個である。

4．（正文）1,3-ブタジエンの構造は図のようになるので，すべての原子が同一平面上にある。

5．（正文）トルエンの構造は図のようになるので，同一平面上に存在する原子は最大13個である。

6．（誤文）プロピンの構造は図のようになるので，同一直線上に存在する原子は最大4個である。

192 解 答

3.3 mol

解 説

0.0100 mol の不飽和炭化水素 **A** の完全燃焼によって生じる CO_2(分子量 44),H_2O(分子量 18)の物質量は

$$CO_2 : \frac{13.2}{44} = 0.300 \text{[mol]}$$

$$H_2O : \frac{4.50}{18} = 0.250 \text{[mol]}$$

よって,**A** 0.0100 mol 中にある炭素原子は 0.300 mol,水素原子は 0.500 mol であるから,**A** の分子式は $C_{30}H_{50}$ となる。よって,飽和炭化水素 **B** はアルカンであるから,その分子式は $C_{30}H_{62}$(分子量 422)となるので,**A** 1分子中にある二重結合数は $\frac{62-50}{2} = 6$ となる。

したがって,求める水素の物質量は

$$\frac{233}{422} \times 6 = 3.31 \fallingdotseq 3.3 \text{[mol]}$$

193 解 答

$$CH_3-\underset{\underset{\displaystyle CH_3}{|}}{CH}-O-\underset{\underset{\displaystyle O}{\|}}{C}-CH_2-\underset{\underset{\displaystyle CH_3}{|}}{CH}-CH_2-\underset{\underset{\displaystyle O}{\|}}{C}-\overset{\overset{\displaystyle H}{|}}{N}-\text{(フェニル)}$$

解 説

ア.化合物 **A** は次の構造式で表される酸無水物である。

$$CH_3-CH\begin{cases} CH_2-C{\Large<}^O \\ \quad\quad\quad O \\ CH_2-C{\Large<}^O \end{cases}$$

イ.化合物 **A** とアニリンは次のように反応し,カルボン酸 **B** が生成する。

化合物 **A** + アニリン ⟶ カルボン酸 **B**

(* C は不斉炭素原子を表す)

ウ. ヨードホルム反応を示す化合物 **C** を $CH_3-\underset{\underset{OH}{|}}{C}H-R$（Rは炭化水素基）とすると，

カルボン酸 **B** との脱水縮合により，次の構造式で表されるエステル **D** が得られる。

$$CH_3-\overset{*}{C}H\begin{cases}CH_2-\overset{\overset{O}{\|}}{C}-\overset{\overset{H}{|}}{N}-C_6H_5\\CH_2-\underset{\underset{O}{\|}}{C}-O-\underset{\underset{CH_3}{|}}{C}H-R\end{cases}$$

ここで，エステル **D** の分子式が $C_{15}H_{21}NO_3$ であるから，$-R$ は $-CH_3$ となる。

194 解答

6

解 説

1．（正文）炭化カルシウム（カーバイド）と水との反応により **A** であるアセチレン C_2H_2 が生成する。

$$CaC_2 + 2H_2O \longrightarrow C_2H_2 + Ca(OH)_2$$

2．（正文）アセチレン3分子からベンゼンが生じる。

$$3C_2H_2 \longrightarrow C_6H_6$$

3．（正文）**B** は C_2H_4 エチレン，**C** は C_2H_6 エタンである。**B**，**C** を得るための **A** と H_2 との反応は，それぞれ次のようになる。

$$C_2H_2 + H_2 \longrightarrow C_2H_4$$
$$C_2H_2 + 2H_2 \longrightarrow C_2H_6$$

よって，**A** から **B**，**C** を 1 mol ずつ得るために，H_2 は 3 mol 必要である。

4．（正文）**B** に水を付加させると **D** であるエタノール C_2H_5OH が生じる。エタノールを濃硫酸の存在下170℃付近で加熱すると，主にエチレンが生じる。

$$C_2H_5OH \longrightarrow C_2H_4 + H_2O$$

5．（正文）アセチレンに酢酸を付加反応させると，酢酸ビニルが生じる。

$$C_2H_2 + CH_3COOH \longrightarrow CH_2=CHOCOCH_3$$

生じた酢酸ビニルを加水分解すると，ビニルアルコール $CH_2=CHOH$ と **G** である酢酸が得られるが，ビニルアルコールは不安定であるためアセトアルデヒド **F** に変化する。よって，**F** を酸化すると酢酸である **G** に変化する。したがって，**D** と **G** を縮合させると酢酸エチルが得られる。

$$CH_3COOH + CH_3CH_2OH \longrightarrow CH_3COOCH_2CH_3 + H_2O$$

酢酸エチル $CH_3COOCH_2CH_3$ の組成式は C_2H_4O で，**F** と同じになる。

6．（誤文）**F** であるアセトアルデヒドに I_2 と $NaOH$ を作用させ，ヨードホルム反応を行うと，次の反応によりギ酸ナトリウムが生じる。

$$CH_3CHO + 3I_2 + 4NaOH \longrightarrow CHI_3 + HCOONa + 3NaI + 3H_2O$$

よって，反応後の溶液を酸性にすると，酢酸ではなくギ酸 $HCOOH$ が得られる。

攻略のポイント

2．アセチレンのかわりに，メチルアセチレン（プロピン）を反応させると次の異性体が生じる。

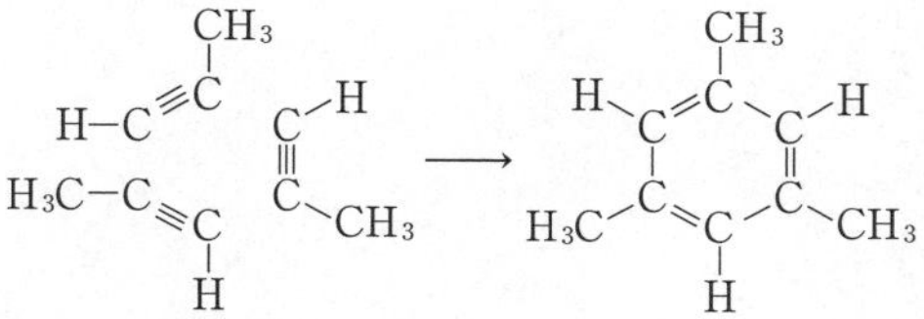

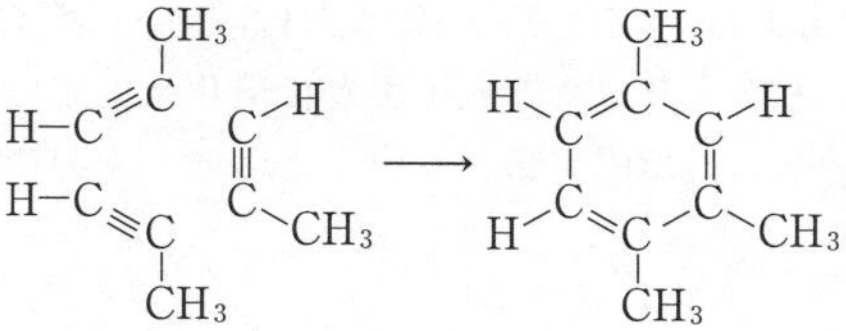

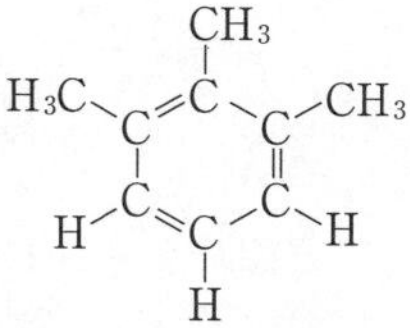

は構造異性体としては考えられるが，生じるのは上記2つの異性体のみである。

6．ヨードホルム反応は，次のように考えるとよい（RはHまたは炭化水素基）。

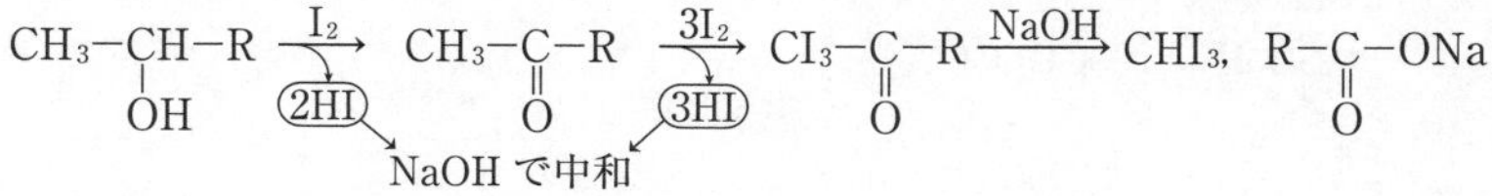

$$CH_3-\underset{OH}{CH}-R \xrightarrow[\text{(2HI)}]{I_2} CH_3-\underset{O}{C}-R \xrightarrow[\text{(3HI)}]{3I_2} CI_3-\underset{O}{C}-R \xrightarrow{NaOH} CHI_3, \ R-\underset{O}{C}-ONa$$

NaOH で中和

$$CH_3CH(OH)R + 4I_2 + 6NaOH \longrightarrow CHI_3 + RCOONa + 5NaI + 5H_2O$$
$$CH_3COR + 3I_2 + 4NaOH \longrightarrow CHI_3 + RCOONa + 3NaI + 3H_2O$$

195　解　答

2・5

解　説

1．（誤文）スルホ基 —SO₃H，カルボキシ基 —COOH などの官能基は，炭酸 H_2CO_3 より強い酸である。よって，次の2つの化合物が炭酸より強い酸である。

2．（正文）アミノ基 —NH₂ は塩化水素 HCl と反応し塩酸塩となる。

$$-NH_2 + HCl \longrightarrow -NH_3Cl$$

よって，次の化合物のみである。

3．（誤文）ヨードホルム反応を示すものは，CH₃−CO−R または CH₃−CH(OH)−R の構造部分をもつものである。このとき，R は水素原子または炭化水素基であり，アミド結合やエステル結合はヨードホルム反応を示さない。よって，次の化合物のみである。

4．（誤文）銀鏡反応を示すものは，アルデヒド基 —CHO などの官能基をもつものである。よって，この中には存在しない。

5．（正文）それぞれの化合物について，塩素と置き換えたベンゼン環の水素原子の位置を → で示すと次のようになる。

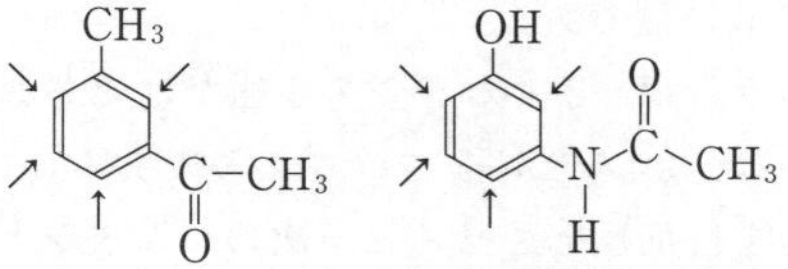

よって，生じる化合物が 2 種類であるものは 3 つある。

攻略のポイント

安息香酸，炭酸，フェノールの電離定数の値は次のようになる。

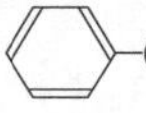

$$\text{\large $\bigcirc$}\!-\!COOH : 1.0 \times 10^{-4} \qquad H_2CO_3 : 4.5 \times 10^{-7} \qquad HCO_3^- : 4.7 \times 10^{-11}$$

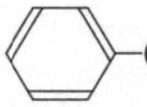

$$\text{\large $\bigcirc$}\!-\!OH : 1.5 \times 10^{-10}$$

電離定数が大きいものほどより強い酸となる。
よって，フェノールは炭酸水素イオンよりも
強い酸であるから，弱酸性を示すフェノール
と，弱塩基性を示す炭酸水素ナトリウムは反
応しない。

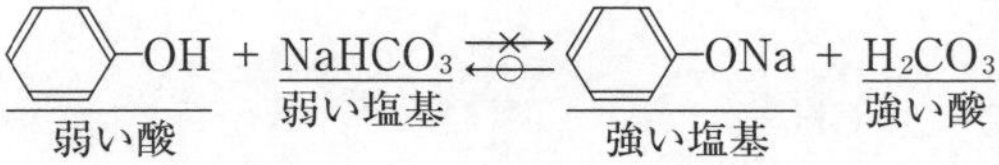

196　解　答

5 ・ 6

解　説

考えられるアルケンは，幾何異性体を含めて次の 6 種類である。

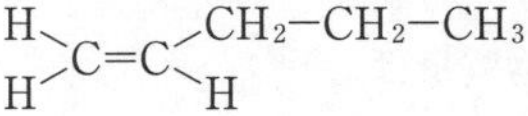

1-ペンテン 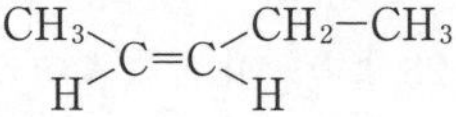　　　　　　　　　　シス-2-ペンテン

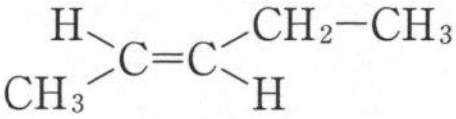

トランス-2-ペンテン 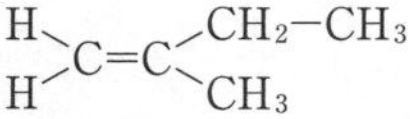　　　2-メチル-1-ブテン

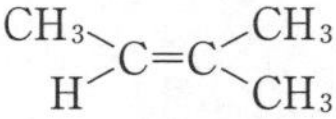

2-メチル-2-ブテン

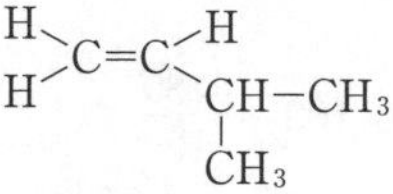

3-メチル-1-ブテン

1．（誤文）考えられるアルケンは上記の6種類である。

2．（誤文）幾何異性体の関係にあるアルケンは，2-ペンテンの1組だけである。

3．（誤文）メチル基を3つもつアルケンは，2-メチル-2-ブテンのみである。

4．（誤文）上記6種類のアルケンにH_2を付加反応させると，次のペンタンと2-メチルブタンの2種類のアルカンが生じる。

$$CH_3-CH_2-CH_2-CH_2-CH_3 \qquad CH_3-CH_2-\underset{\underset{CH_3}{|}}{CH}-CH_3$$

5．（正文）それぞれのアルケンにBr_2を付加反応させると，すべて不斉炭素原子をもつ化合物が生じる。

6．（正文）次の2,2-ジメチルプロパンは，上記6種類のアルケンにH_2を付加反応させても得られない。

$$H_3C-\underset{\underset{CH_3}{|}}{\overset{\overset{CH_3}{|}}{C}}-CH_3$$

197　解答

問 i　$C_{17}H_{17}N_1O_3$

問 ii

解説

問 i　化合物A中のCとHの質量は

$$C：74.8 \times \frac{12}{44} = 20.4 \text{〔mg〕}$$

$$H：15.3 \times \frac{2}{18} = 1.70 \text{〔mg〕}$$

また，N_2の分子量は28より，化合物A中のNの物質量は

$$\frac{1.40}{28} \times 2 = 0.100 \text{〔mol〕}$$

よって，化合物A中のOの質量は

$$28.3 - (20.4 + 1.70 + 1.40) = 4.80 \text{〔g〕}$$

となるので

$$C：H：N：O = \frac{20.4}{12} : \frac{1.70}{1} : 0.100 : \frac{4.80}{16}$$

$$= 1.70 : 1.70 : 0.100 : 0.300$$

$$=17:17:1:3$$

したがって，組成式は $C_{17}H_{17}NO_3$（式量 283）となり，分子量 400 以下であるから分子式も $C_{17}H_{17}NO_3$ となる。

問ii **B** は不斉炭素原子をもつ天然の α-アミノ酸中で，最も分子量が小さいのでアラニン $H_2N-CH-C-OH$ である。また，**C** と **D** は芳香族化合物であるから，ベン

$$\underset{\overset{|}{CH_3}\ \overset{}{O}}{}$$

ゼン環の置換基の炭素原子数は $17-(3+6+6)=2$ となるので，**C**，**D** の置換基の部分の C 原子数はそれぞれ 1 となる。よって，化合物 **A** 中の原子数を考慮し，**C** を酸化すると **D** が得られることから，**C** はベンジルアルコール，**D** は安息香酸となる。

C：⬡$-CH_2-OH$　　　**D**：⬡$-\underset{\overset{\|}{O}}{C}-OH$

したがって，アラニン，ベンジルアルコール，安息香酸の縮合によって生じる化合物 **A** の構造式は次のようになる。

⬡$-\underset{\overset{\|}{O}}{C}-OH + H_2N-\underset{\overset{|}{CH_3}}{CH}-\underset{\overset{\|}{O}}{C}-OH + $⬡$-CH_2-OH$

$\longrightarrow$ ⬡$-\underset{\overset{\|}{O}}{C}-\underset{\overset{|}{H}}{N}-\underset{\overset{|}{CH_3}}{CH}-\underset{\overset{\|}{O}}{C}-O-CH_2-$⬡$ + 2H_2O$

198 解 答

3

解 説

ア～カの記述から有機化合物 **A**～**F** は次のようになる。

A. C_2H_2　　**B**. CH_3CH_2OH　　**C**. CH_3COOH　　**D**. CH_3CHO

E. ⬡$-COOH$　　**F**. ⬡$-OH$

1．（正文）イソプロピルベンゼン（クメン）を触媒を用いて酸化するとクメンヒドロペルオキシドが生成し，続いて希硫酸を用いて分解するとフェノールとアセトンが生成する。よって，相当する物質は **F** のフェノールである。

⬡$-\underset{\overset{|}{CH_3}}{\overset{\overset{CH_3}{|}}{CH}}\xrightarrow[(V_2O_5)]{O_2}$ ⬡$-\underset{\overset{|}{CH_3}}{\overset{\overset{CH_3}{|}}{C}}-O-OH\xrightarrow{H_2SO_4}$ ⬡$-OH + CH_3COCH_3$

2．（正文）カルボン酸である **C** の酢酸と **E** の安息香酸が相当する。

3．（誤文）ヨードホルム反応を示すものは **B** のエタノールと **D** のアセトアルデヒドの2つである。

4．（正文）**A** ～ **D** は炭素数2個である。

5．（正文）**A** に H_2O を付加させると，次の反応により **D** であるアセトアルデヒド CH_3CHO が生じる。

$$C_2H_2 + H_2O \longrightarrow \begin{array}{c} H \\ H \end{array}\!\!C\!=\!C\!\begin{array}{c} H \\ OH \end{array} \longrightarrow CH_3CHO$$

攻略のポイント

オ．トルエンを中性～塩基性条件下で過マンガン酸カリウムと反応させた場合，反応式は次のようになる。

$$\text{⟨⟩}\!\!-\!CH_3 + 2H_2O \longrightarrow \text{⟨⟩}\!\!-\!COOH + \boxed{6H^+} + 6e^- \quad \cdots\cdots ①$$

酸性条件ではなく，中性～塩基性条件にすることで H^+ を取り除き，反応を進みやすくする。

$$MnO_4^- + 4H^+ + 3e^- \longrightarrow MnO_2 + 2H_2O$$
$$4H_2O \longrightarrow 4H^+ + 4OH^-$$
$$\overline{MnO_4^- + 2H_2O + 3e^- \longrightarrow MnO_2 + 4OH^- \quad \cdots\cdots ②}$$

① ＋ ② ×2 より

$$\text{⟨⟩}\!\!-\!CH_3 + 2MnO_4^- + 6H_2O \longrightarrow \text{⟨⟩}\!\!-\!COOH + 2MnO_2 + 6H^+ + 8OH^-$$

よって，整理すると

$$\text{⟨⟩}\!\!-\!CH_3 + 2MnO_4^- \longrightarrow \text{⟨⟩}\!\!-\!COO^- + 2MnO_2 + H_2O + OH^-$$

199 解答

2

解説

化合物 **A** は1分子中に酸素原子を2個もつので，エステル結合が1つある。ここで，加水分解による生成物 **B** は，ヨードホルム反応を示すことから，R－を炭化水素基とすると，次のように反応する。

$$\begin{array}{c} R\!-\!\underset{\underset{CH_3}{|}}{CH}\!-\!OH + 4I_2 + 6NaOH \longrightarrow CHI_3 + R\!-\!\underset{\underset{O}{\|}}{C}\!-\!ONa + 5NaI + 5H_2O \end{array}$$

さらに，生じたカルボン酸のナトリウム塩を塩酸で処理すると，カルボン酸 **C** が生じる。

$$R-\underset{O}{\overset{\|}{C}}-ONa + HCl \longrightarrow R-\underset{O}{\overset{\|}{C}}-OH + NaCl$$

よって，**A**は分子式が $C_{17}H_{18}O_2$ であることから，次のような構造をもつ。

$$C_7H_7-\underset{CH_3}{\overset{|}{C}H}-O-\underset{O}{\overset{\|}{C}}-C_7H_7$$

1．（誤文）**A**として考えられる構造式には次の4種類がある。

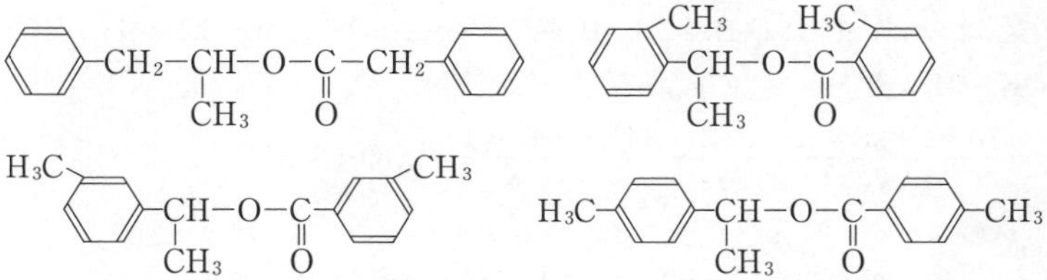

2．（正文）たとえば**A**として次の構造をもつものを加水分解すると

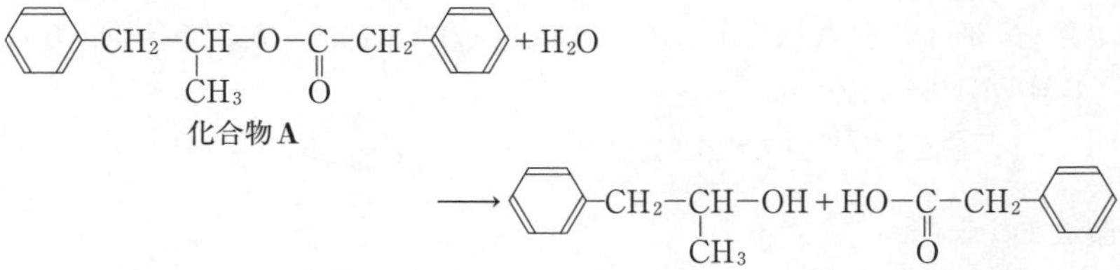

化合物 **A**

化合物 **B**　　　　　　　化合物 **C**

よって，**B**を脱水反応すると，3種類のアルケンが生じる。

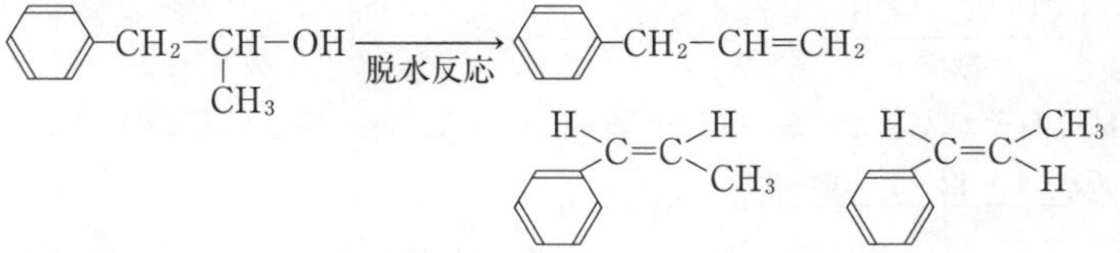

3．（誤文）**B**は $C_7H_7-CH(CH_3)-OH$ であるから，分子量は 136 である。一方，ナトリウムフェノキシドから得られる化合物はサリチル酸で分子量は 138 となる。

4．（誤文）**C**はカルボン酸なので，炭酸よりも強い酸である。

5．（誤文）**B**はアルコールで中性，**C**はカルボン酸で酸性であるから，ともに希塩酸とは反応しないので分離することはできない。

200 解 答

問 i　最大：1　最小：3　　問 ii　3.1

解 説

問 i それぞれの製法における x の値は次のようになる。
製法1の反応

$$\bigcirc \xrightarrow{H_2SO_4} \bigcirc\text{-SO}_3H \xrightarrow{3NaOH} \bigcirc\text{-ONa} \xrightarrow{CO_2,\ H_2O} \bigcirc\text{-OH}$$

分子量はそれぞれ $C_6H_6 = 78$，$H_2SO_4 = 98$，$NaOH = 40$，$CO_2 = 44$，$H_2O = 18$，$C_6H_5OH = 94$ より

$$x = \frac{78 \times 1 + 98 \times 1 + 40 \times 3 + 44 \times 1 + 18 \times 1}{94} = 3.80 \fallingdotseq 3.8$$

製法2の反応

$$\bigcirc \xrightarrow{Cl_2} \bigcirc\text{-Cl} \xrightarrow{2NaOH} \bigcirc\text{-ONa} \xrightarrow{CO_2,\ H_2O} \bigcirc\text{-OH}$$

分子量はそれぞれ $C_6H_6 = 78$，$Cl_2 = 71$，$NaOH = 40$，$CO_2 = 44$，$H_2O = 18$，$C_6H_5OH = 94$ より

$$x = \frac{78 \times 1 + 71 \times 1 + 40 \times 2 + 44 \times 1 + 18 \times 1}{94} = 3.09 \fallingdotseq 3.1$$

製法3の反応

$$\bigcirc \xrightarrow[\text{触媒}]{CH_3-CH=CH_2} \underset{\text{CH}_3-\overset{\text{H}}{\underset{|}{\text{C}}}-\text{CH}_3}{\bigcirc} \xrightarrow[\text{触媒}]{O_2} \underset{\text{CH}_3-\overset{\text{OOH}}{\underset{|}{\text{C}}}-\text{CH}_3}{\bigcirc} \xrightarrow[\text{触媒}]{} \bigcirc\text{-OH}$$

分子量はそれぞれ $C_6H_6 = 78$，$CH_3-CH=CH_2 = 42$，$O_2 = 32$，$C_6H_5OH = 94$ より

$$x = \frac{78 \times 1 + 42 \times 1 + 32 \times 1}{94} = 1.61 \fallingdotseq 1.6$$

問 ii 製法2が2番目に大きい値を示すので，3.1である。

201 解 答

問 i 2 · 6   **問 ii** $CH_3\text{-}\bigcirc\text{-}\underset{\overset{\|}{CH_2}}{C}\text{-}\bigcirc$ **問 iii** 4

解 説

問 i 1. （正文）炭素原子，窒素原子，酸素原子の価電子の数は4，5，6であるが，原子価は4，3，2である。

2．（誤文）メタン分子中の炭素原子の K 殻の電子は共有結合に用いられていない。

3．（正文）メタン分子，アンモニア分子，水分子の共有電子対と非共有電子対の数は次のようになる。

	CH_4	NH_3	H_2O
共有電子対	4	3	2
非共有電子対	0	1	2
合計	4	4	4

4．（正文）アセチレン $H-C\equiv C-H$ と窒素 $N\equiv N$ を比べると，アセチレンは共有電子対が 5，非共有電子対が 0 であり，合計 5 となる。一方，窒素では共有電子対が 3，非共有電子対が 2 であり，合計 5 である。

5．（正文）トルエン $C_6H_5CH_3$，フェノール C_6H_5OH の構成原子の原子番号の和は総電子数に等しく，次のようになる。

　　$C_6H_5CH_3 : 6\times7+1\times8=50$

　　$C_6H_5OH : 6\times6+1\times6+8\times1=50$

6．（誤文）トルエン $C_6H_5CH_3$，フェノール C_6H_5OH の構成原子の原子価の和は，C：4，H：1，O：2 となるので，次のようになる。

　　$C_6H_5CH_3 : 4\times7+1\times8=36$

　　$C_6H_5OH : 4\times6+1\times6+2\times1=32$

問ⅱ　**ア．**化合物 **B** の分子式は，$C_{12}H_{10}N_2O$ だから，総電子数は

　　$6\times12+1\times10+7\times2+8\times1=104$

また，化合物 **A** は炭化水素なので，化合物 **B** の N_2O を C と H に置き換える必要がある。N_2O の電子数は 22 なので，C_3H_4 にかえればよい。したがって **A** の分子式は $C_{15}H_{14}$ となる。

イ．ベンゼン環の数は 2 である。

ウ．ベンゼン環に直接結合した水素原子は 9 である。

エ．異性体が生じる置換の位置は→で示した 5 カ所であるので，異性体の数は 5 種類である。

また，化合物 **A** の水素付加反応から，**A** はベンゼン環のほかに不飽和結合をもつことがわかる。さらに，この生成物は不斉炭素原子をもつことから，**A** および，その水素付加反応は次のように考えられる（C* は不斉炭素原子を表す）。

問iii　化合物**C**は，**問ii**と同様にして，**B**の分子式$C_{12}H_{10}N_2O$のN_2をC，H，Oに置き換えればよい。つまり，N_2の電子数は14であるから，C_2H_2，COなどをもち，

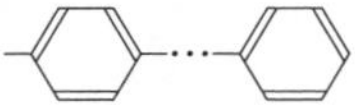

⟨—◯—…—◯—⟩の構造をもつものを考えればよい。

1．（正文）例えば，次の化合物はフェノール性ヒドロキシ基をもつので塩化鉄（Ⅲ）水溶液で呈色し，他の条件を満たす化合物である。

$$HO-◯-CH=CH-◯$$

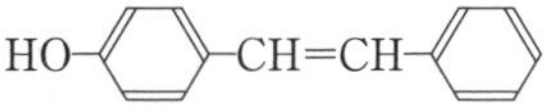

2．（正文）例えば，次の化合物はヨードホルム反応を示し，他の条件を満たす化合物である。

$$CH_3-\underset{O}{C}-◯-◯$$

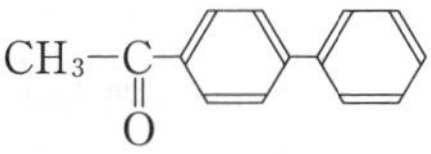

3．（正文）例えば，次の化合物はカルボキシ基をもつので，炭酸水素ナトリウムと反応してCO_2を発生し，他の条件を満たす化合物である。

$$◯-◯-COOH$$

4．（誤文）エステル結合をもち，加水分解によって酢酸を生じるためには，ベンゼン環の外側に$CH_3-CO-O-$の構造をもつ必要がある。この構造と2個のベンゼン環をもつ分子は，総電子数が化合物**B**よりも多くなる。

5．（正文）例えば，次の化合物の原子価の総和は66であり，化合物**B**と等しい。

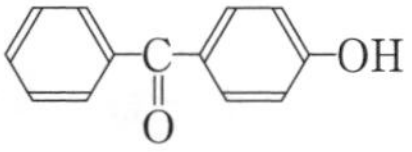

$$◯-\underset{O}{C}-◯-OH$$

6．（正文）化合物**C**は酸素原子を含むが，化合物**A**は含まない。また，酸素原子の電子数は8，原子価が2であり，炭素原子の電子数は6，原子価が4である。このため，化合物**A**と**C**で総電子数が等しいとき，化合物**C**の原子価の総和は，化合物**A**の原子価の総和より必ず小さくなる。

202　解　答

問i　**39 %**

問ii　**3.5 g**

問iii　HOOC−CH_2−CH_2−CH−CH_2−CH_2−COOH
　　　　　　　　　　　　 |
　　　　　　　　　　　　OH

問iv　**2**

解　説

問 i　33.1 mg の化合物 **A** に含まれる炭素と水素の質量は，分子量が $CO_2 = 44$，$H_2O = 18$ より次のようになる。

$$Cの質量：61.6 \times \frac{12}{44} = 16.8 \,(mg)$$

$$Hの質量：18.9 \times \frac{2}{18} = 2.10 \,(mg)$$

窒素は 1.40 mg であるから，酸素の質量は

$$33.1 - (16.8 + 2.10 + 1.40) = 12.8 \,(mg)$$

よって，酸素の質量パーセントは

$$\frac{12.8}{33.1} \times 100 = 38.6 \fallingdotseq 39 \,(\%)$$

問 ii　問 i の結果より，化合物 **A** の組成式は

$$C : H : N : O = \frac{16.8}{12} : \frac{2.10}{1} : \frac{1.40}{14} : \frac{12.8}{16} = 1.4 : 2.1 : 0.1 : 0.8$$
$$= 14 : 21 : 1 : 8$$

よって，分子量 331 より，分子式は $C_{14}H_{21}NO_8$ となる。

また，問題文より，**A** およびその加水分解生成物についてまとめると，次のようになる。

(1)　**A** は分子量 331 で α-アミノ酸の構造をもつ。

(2)　$\mathbf{A} \xrightarrow{H_2O} \mathbf{B} + \mathbf{C} + \mathbf{D}$

(3)　$\mathbf{E} + H_2O \longrightarrow \mathbf{B} + \mathbf{C}$　　**E** はエステル結合を 1 つもち分子量 191

(4)　$\mathbf{F} + 2H_2O \longrightarrow \mathbf{C} + \mathbf{D}$　　**F** はエステル結合を 2 つもち分子量 202

(5)　**G** はシュウ酸と推測されるので，**C** はエチレングリコール（分子量 62）である。

(6)　**B** はグルタミン酸（分子量 147）と推測される。

ここで，(4)の加水分解に要する水の分子数から，化合物 **D** は分子内エステル結合をもつと考えられる。

よって，**D** の分子量 M は次のようになる。

$$331 + 18 \times 3 = 147 + 62 + M \quad \therefore \quad M = 176$$

したがって，求める質量は

$$\frac{6.62}{331} \times 176 = 3.52 \fallingdotseq 3.5 \,(g)$$

問 iii　問 ii の結果，および化合物 **D** が不斉炭素原子をもたないことから，**D** の構造式は次のように推測される。

$$\text{HOOC-CH}_2\text{-CH}_2\text{-CH-CH}_2\text{-CH}_2\text{-COOH}$$
$$\underset{\text{OH}}{|}$$

問 iv　問 iii より，化合物 **A** の構造式は次のように推測される（C* は不斉炭素原子を表す）。

$$\text{H}_2\text{N}-\underset{\underset{\text{COOH}}{|}}{\overset{\overset{\text{H}}{|}}{\text{C}^*}}\text{-CH}_2\text{-CH}_2\text{-}\underset{\underset{\text{O}}{\|}}{\text{C}}\text{-O-CH}_2\text{-CH}_2\text{-O-}\underset{\underset{\text{O}}{\|}}{\text{C}}\text{-CH}_2\text{-CH}_2\text{-}\overset{\overset{\text{H}}{|}}{\text{C}^*}\text{-CH}_2$$

1．（正文）化合物 **A** には，不斉炭素原子が2つある。

2．（誤文）グリシンは，中性アミノ酸であるから等電点は中性付近にある。一方，グルタミン酸は，酸性アミノ酸であるから等電点は酸性側にある。よって，グリシンの等電点の値より小さい。

3．（正文）得られる高分子化合物はポリエチレンテレフタラート（PET）である。

4．（正文）化合物 **F** は次の構造式で表され，ヒドロキシ基が1個存在するので，ナトリウムと反応して水素を発生する。

$$\text{HO-CH}_2\text{-CH}_2\text{-O-}\underset{\underset{\text{O}}{\|}}{\text{C}}\text{-CH}_2\text{-CH}_2\text{-}^*\text{CH-CH}_2$$

5．（正文）化合物 **G** はシュウ酸であるから還元性があり，酸化剤である過マンガン酸カリウムと次のように反応して二酸化炭素を発生する。

$$5(\text{COOH})_2 + 2\text{KMnO}_4 + 3\text{H}_2\text{SO}_4 \longrightarrow \text{K}_2\text{SO}_4 + 2\text{MnSO}_4 + 8\text{H}_2\text{O} + 10\text{CO}_2$$

203　解　答

問 i　C_3H_6　**問 ii**　**1・6**

解　説

問 i　アルコール **B** に含まれる各原子数の比は

$$\text{C} : \text{H} : \text{O} = \frac{60.0}{12} : \frac{13.3}{1} : \frac{26.7}{16} = 5.00 : 13.3 : 1.668$$

$$= 2.99 : 7.97 : 1 \fallingdotseq 3 : 8 : 1$$

よって，アルコール **B** の組成式は $\text{C}_3\text{H}_8\text{O}$（式量 60）となり，分子量が 70 以下であることから，分子式は $\text{C}_3\text{H}_8\text{O}$（分子量 60）となる。アルコール **B** を酸化させるとケトン **C** が生じることから，アルコール **B** は第二級アルコール，すなわち 2-プ

ロパノールである。

　一方，化合物 **A** に水を付加させることによってアルコール **B**（2-プロパノール）が生じることから，化合物 **A** はプロピレン C_3H_6 である。

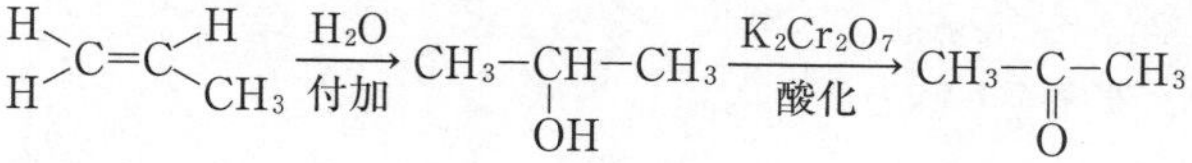

化合物 **A**　　　　　　　　アルコール **B**　　　　　　　　ケトン **C**
プロピレン　　　　　　　　2-プロパノール　　　　　　　　アセトン

問ii　1．（誤文）化合物 **A** であるプロピレンは，付加重合反応によって，ポリプロピレンを生成する。

2．（正文）次の変化によって，水酸化ナトリウム水溶液に溶解するフェノールが生成する。

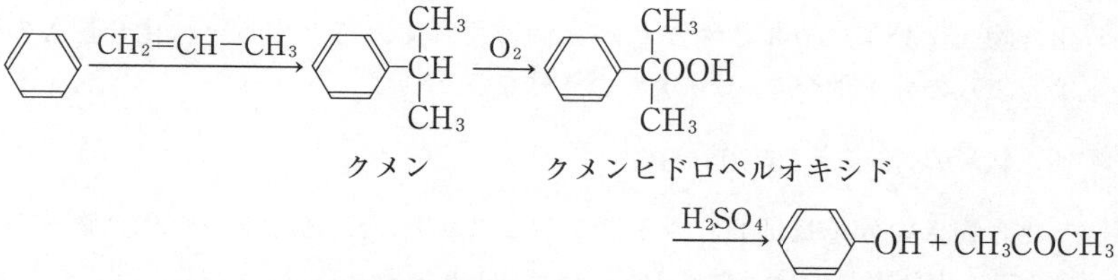

クメン　　　　　　　　クメンヒドロペルオキシド

3．（正文）一般に，炭素数3以下の1価アルコールは，水によく溶ける。

4．（正文）2-プロパノールは，還元性を示さない。

5．（正文）次の反応により，アセトンが生成する。

$$(CH_3COO)_2Ca \longrightarrow CH_3COCH_3 + CaCO_3$$

6．（誤文）アセトンは，還元性を示さない。

攻略のポイント

プロピレンのような非対称なアルケンに HX 型分子を付加反応させると，マルコフニコフ則に従い，酸触媒存在下において次のような中間体を経て，主生成物と副生成物が得られる。

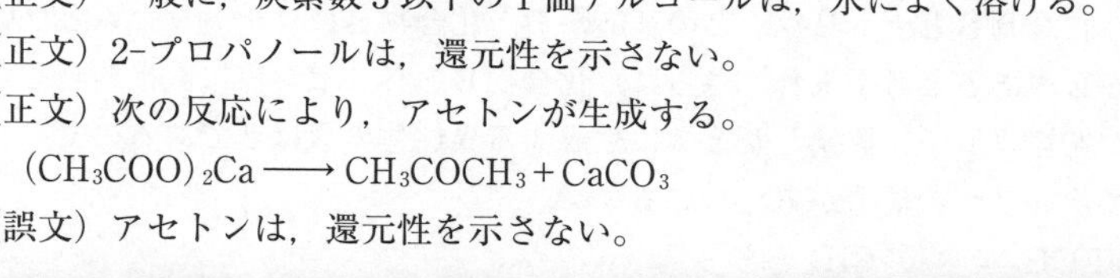

ここで，中間体をカルボカチオンといい，安定な中間体から順に次のようになる（$R_1 \sim R_3$ は炭化水素基）。

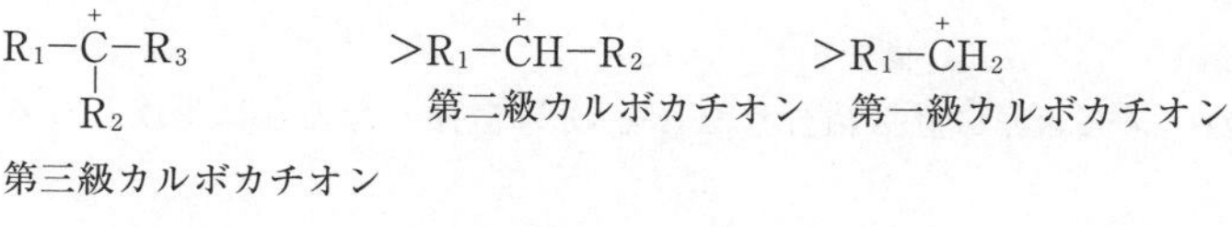

第二級カルボカチオン　　第一級カルボカチオン

第三級カルボカチオン

よって，より安定な中間体より生成する化合物が主生成物となる。

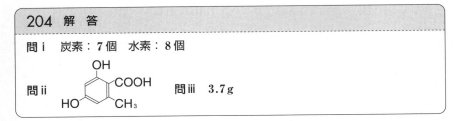

204 解　答

問 i　炭素：**7個**　水素：**8個**

問 ii　　　　　　　　　　　　　**問 iii**　**3.7 g**

解　説

問 i　化合物**A**が脱炭酸反応して化合物**B**を生じる際に質量が 26.2 ％減少している。化合物**A** 1 分子にカルボキシ基が n 個含まれているとすると，化合物**A**の分子量は，CO_2 の分子量が 44 より次のようになる。

$$44 \times n \times \frac{100}{26.2} = 167.9n \fallingdotseq 168n$$

化合物**A**の分子量は 200 以下であることから，$n=1$ となり，化合物**A**の分子量は 168，化合物**B**の分子量は $168-44=124$ となる。

また，化合物**B**とナトリウムとの反応から，化合物**B**にはナトリウムと反応する官能基が 2 つあると考えられ，さらに，化合物**B**のベンゼン環に直接結合した水素原子 1 つを塩素原子に置換したときに生成する異性体の数は 2 であるので，化合物**B**として次の 2 つの構造が考えられる。

よって，化合物**B**の分子式は $C_7H_8O_2$ となる。

問 ii　化合物**A**と過マンガン酸カリウムとの反応（とその後の酸処理）で生じた化合物を加熱すると酸無水物が生じたことから，化合物**A**に存在するカルボキシ基は，メチル基または $-CH_2OH$ に対してオルト位に存在したと考えられるので，化合物**A**は次の 2 つの構造式が考えられる。

構造 I　　　　　構造 II

化合物**A**のベンゼン環に直接結合した H を Cl に置換したときに生成しうる異性体

の数は 2 となるので，構造 II となる。

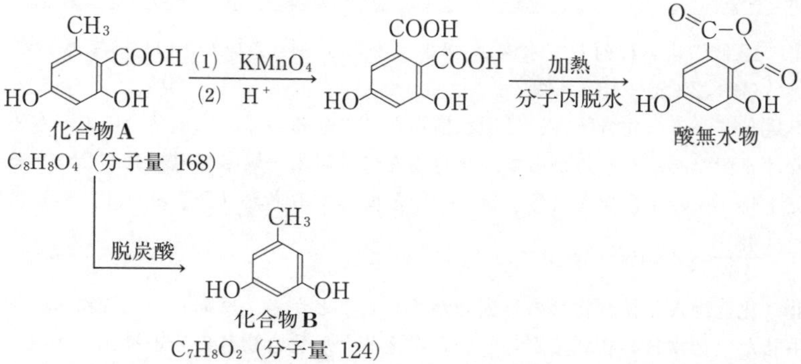

化合物 A
$C_8H_8O_4$（分子量 168）

化合物 B
$C_7H_8O_2$（分子量 124）

問 iii　化合物 A が縮合してギロホリン酸が生じるので，化合物 A 2 分子が縮合してギ
ロホリン酸になると考えると，ギロホリン酸の分子量が 318 となり，11.7 g では

$$\frac{11.7}{318} = 0.03679 \fallingdotseq 0.0368 \,[\text{mol}]$$

また，得られる化合物 B は

$$\frac{9.30}{124} = 0.0750 \,[\text{mol}]$$

よって，$0.0368 \times 2 = 0.0736 < 0.0750$ となり，適さない。

　ここで，ギロホリン酸を 3 分子の化合物 A が縮合した化合物であると考えると，
ギロホリン酸の分子量は 468 となり，11.7 g では

$$\frac{11.7}{468} = 0.0250 \,[\text{mol}]$$

よって，得られる化合物 B は

$$0.0250 \times 3 = 0.0750 \,[\text{mol}]$$

したがって，ギロホリン酸は 3 分子の化合物 A が縮合したエステルとなる。

　以上より，0.0100 mol のギロホリン酸から得られる化合物 B の質量は

$$0.0100 \times 3 \times 124 = 3.72 \fallingdotseq 3.7 \,[\text{g}]$$

205 解答

問 i　96 g　　**問 ii**　1・5

問 iii

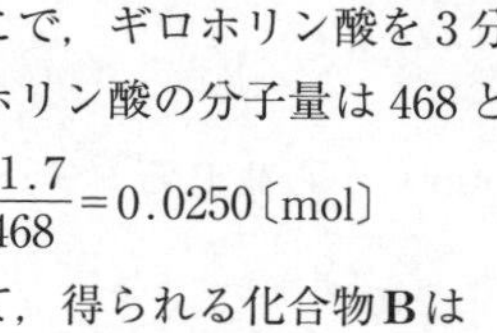

解　説

問ⅰ　12 個の炭素に対して水素が 18 個であるから，アルカンに比べて水素が

$$(12 \times 2 + 2) - 18 = 8 \text{ 個}$$

不足している。化合物 **A** には環状構造が 2 つあるので，二重結合による水素の減少分は 4 個である。したがって，化合物 **A** には炭素ー炭素二重結合が 2 つある。よって，48.6 g の化合物 **A**（分子量 162）と反応する臭素（分子量 160）の質量は

$$\frac{48.6}{162} \times 2 \times 160 = 96.0 \fallingdotseq 96 \text{〔g〕}$$

問ⅱ　化合物 **A** と化合物 **B** の炭素数が等しいことから，反応した化合物 **A** の物質量と生じた化合物 **B** の物質量が等しいと考えると，化合物 **B** の分子量 M_B は

$$\frac{48.6}{162} = \frac{72.6}{M_B} \quad \therefore \quad M_B = 242$$

よって，化合物 **A** から化合物 **B** が生じる際，分子量が 242 − 162 = 80 増加したことになり，酸素原子 5 個分に相当する。このことから，化合物 **A** に含まれる 2 つの二重結合のうち 1 つは，次のように反応し

$$\begin{matrix} R^1 \\ R^2 \end{matrix} C=C \begin{matrix} R^3 \\ R^4 \end{matrix} \xrightarrow{\text{KMnO}_4} \begin{matrix} R^1 \\ R^2 \end{matrix} C=O + O=C \begin{matrix} R^3 \\ R^4 \end{matrix}$$

もう 1 つは，次のように反応したと考えられる。

$$\begin{matrix} R^1 \\ R^2 \end{matrix} C=C \begin{matrix} R^3 \\ H \end{matrix} \xrightarrow{\text{KMnO}_4} \begin{matrix} R^1 \\ R^2 \end{matrix} C=O + O=C \begin{matrix} R^3 \\ OH \end{matrix}$$

　一方，記述**エ**より，72.6 g の化合物 **B**（0.300 mol）から生じるヨードホルム CHI_3（分子量 394）が

$$\frac{236}{394} = 0.5989 \fallingdotseq 0.599 \text{〔mol〕}$$

であるから，化合物 **B** にはヨードホルム反応を示す構造 $\left(\begin{matrix} -\overset{\displaystyle \|}{\underset{\displaystyle O}{C}}-CH_3 \end{matrix} \right)$ が分子中に 2

つある。

これらの条件を満たすためには，二重結合は C①ー C②間に 1 つ存在しなければならない。また，記述**ウ**の条件を満たすためには，もう 1 つの二重結合は C④ー C⑤間，あるいは C⑤ー C⑥間，あるいは C⑨ー C⑩間に存在しなければならないが，記述**オ**の条件より化合物 **B** の最も長い炭素鎖の炭素数は 10 でなければならないので，C⑤ー C⑥間に二重結合が存在する。

化合物 A-1 の構造式（炭素番号 ①〜⑩、CH₃, CH₂, CH, H₂C など）

$\xrightarrow{\text{KMnO}_4}$

化合物 B の構造式（炭素番号 1〜10, CH₃, CO, OH など）

化合物 **A-1**　　　　　　　　　　　化合物 **B**

問ⅲ　化合物 **A-1** から生じる化合物 **B** について，次のように考えると

$$
\underset{10}{\text{HO}-\text{C}}-\underset{9}{\text{C}}-\underset{8}{\text{C}}-\underset{7}{\text{C}}-\underset{6}{\text{C}}-\underset{5}{\text{C}}-\underset{4}{\text{C}}-\underset{3}{\text{C}}-\underset{2}{\text{C}}-\underset{1}{\text{C}}
$$

（●印の $C=O$，×印の $O=C$（C付）, ▲印の O, ★印の O）

環はこの C−C 結合を共有している

（炭素原子に結合している水素原子は省略）

●印を付した $C=O$ と▲印を付した $C=O$，および★印を付した $C=O$ と×印を付した $C=O$ が結合しているものが **A-1** である（6 員環が 2 つ生じる）。1 辺を共有するように，別な方法で環化させると，●−★および▲−×を結合させることによって 9 員環と 3 員環が生じる（●−×および▲−★の組合せでは辺を共有しない環となってしまう）。

記述**ウ**，記述**エ**の条件から，化合物 **B** には $-\underset{\text{O}}{\text{C}}-\text{CH}_3$ が 2 つと $-\underset{\text{O}}{\text{C}}-\text{OH}$ が 1 つ存在することから，下の構造の場合

$$
\text{C}-\text{C}-\text{C}-\text{C}-\text{C}-\text{C}-\text{C}-\text{C}-\text{C}-\text{C}
$$

（●印 $C=O$，×印 $O=C$（OH付）, ▲印 C, ★印 $C=O$）

ここを共有

●−▲および★−×を結合させることにより 5 員環と 7 員環が生じ，●−★および▲−×を結合させることにより 8 員環と 4 員環が生じる。このように，主鎖（炭素数が 10 の炭素鎖）の C−C 結合を環化させたときに共有するような化合物 **B** の構造では題意を満たすことができない。

よって，側鎖の C−C 結合を（化合物 **A** にしたとき）「共有する」ような化合物 **B** の構造を考えることで，次のようになる。

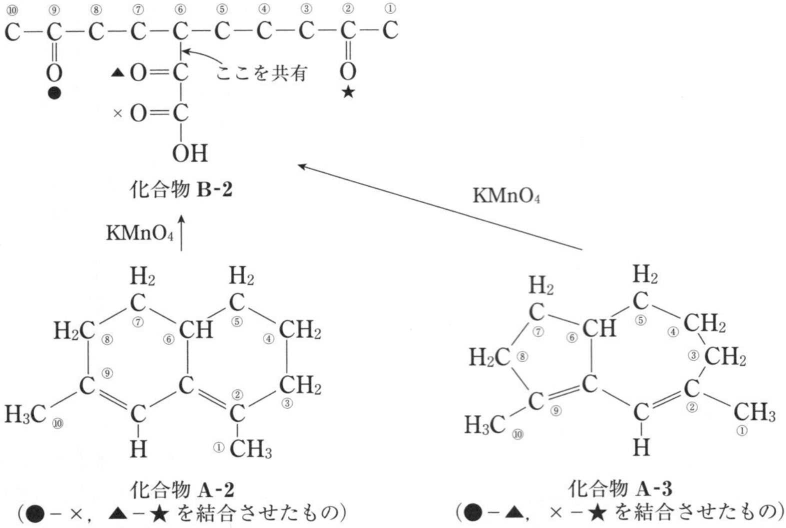

⑩ ⑨ ⑧ ⑦ ⑥ ⑤ ④ ③ ② ①
C—C—C—C—C—C—C—C—C—C

●O　　　▲O＝C　　←ここを共有　　★O

×O＝C

OH

化合物 B-2

KMnO₄ →

KMnO₄ ↑

化合物 A-2
(●－×, ▲－★ を結合させたもの)

化合物 A-3
(●－▲, ×－★ を結合させたもの)

攻略のポイント

問iii　次のように考えてもよい。化合物 A-2, A-3 はともに次の部分構造をもつ。

$$H_3C \diagdown C=C \diagup H \qquad \diagdown C=C \diagup CH_3$$

部分構造⑦　　　　部分構造④

イの条件より，A-2 は6員環構造を2つもち，A-3 は5員環構造と7員環構造をもつと考えると，部分構造④は次のような位置にくる。

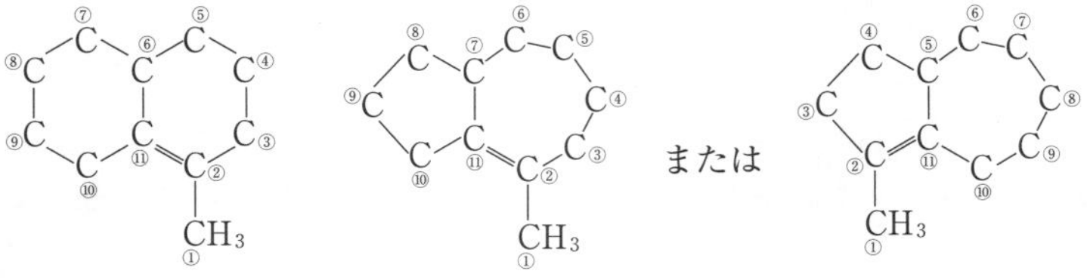

A-2　　　　　A-3-1　　　または　　　A-3-2

また，オの条件より部分構造⑦は，A-2, A-3 ともにC⑨—C⑩の位置にくると考えられるので，それぞれ次のようになる。

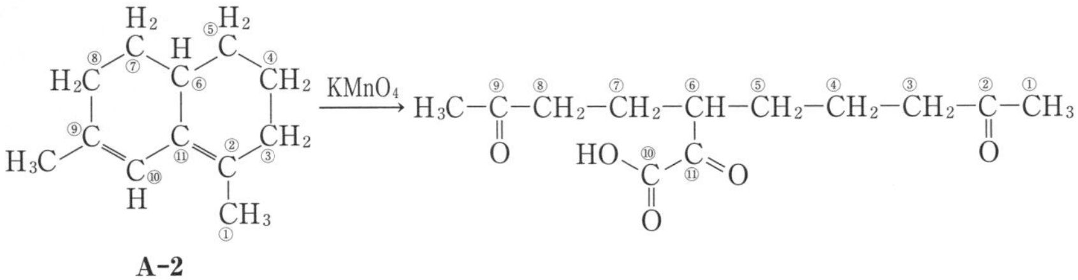

A-2　　KMnO₄ →　H₃C—C—CH₂—CH₂—CH—CH₂—CH₂—CH₂—C—CH₃

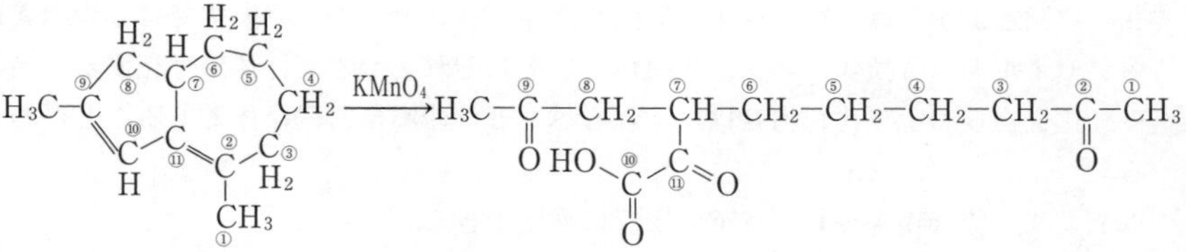

A-3-1

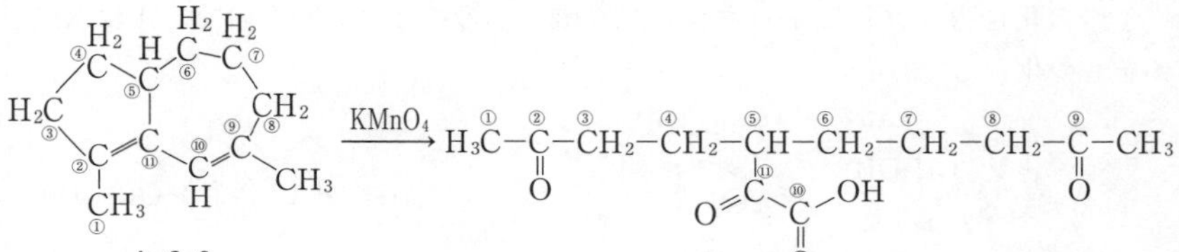

A-3-2

よって，同じ化合物 **B-2** を得るのは **A-3-2** の構造となり，**A-2**，**A-3** の構造が決まる。

206　解　答

問 i　化合物 **C**：

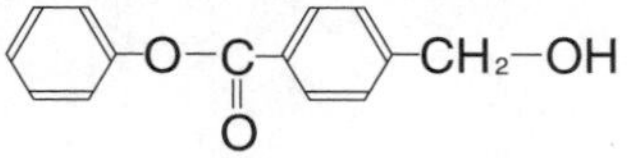

化合物 **E**：

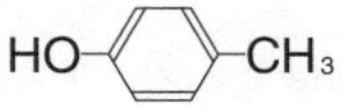

問 ii　2

解　説

問 i　実験操作から次のことが推測される。

①のエーテル層に含まれる物質は，NaOH 水溶液中で塩にならないことから，酸性物質ではなく，アルコールである。

③のエーテル層に含まれる物質は，二酸化炭素を十分に通じたところエーテルに溶けるようになったことから，フェノール類である。

⑤のエーテル層に含まれる物質は，塩酸を加えたところエーテルに溶けるようになったことから，カルボン酸である。

よって，化合物 **D** はアルコール，化合物 **E**，**F** はフェノール類，化合物 **G**，**H** はカルボン酸と考えられる。

また，記述 **イ** より，化合物 **H** が化合物 **C** に由来する化合物であること，記述 **ウ** より，化合物 **D** が化合物 **A** に由来する化合物であることがわかる。

さらに記述**エ**からは，塩素原子で置換した際，ベンゼンの一置換体では3つの異性体が，オルト二置換体・メタ二置換体ではそれぞれ4つの異性体が存在することから，化合物**G**および化合物**H**はいずれもベンゼンのパラ二置換体であることがわかる。

以上より，化合物**A**〜**C**は以下のように推定できる。

化合物**D**（化合物**A**由来）がベンジルアルコールであり，化合物**A**に由来するもう1つの化合物**G**が*p*-ヒドロキシ安息香酸であることがわかるので，**A**は次の構造をもつ化合物である。

記述**オ**より，化合物**C**由来の化合物**H**はフェノール性のヒドロキシ基をもたないベンゼンのパラ二置換体のカルボン酸であるから，考えられる構造は次のようになる。

よって，化合物**C**に由来するもう1つの化合物はフェノールとなり，これが化合物**F**となる。したがって，**C**は次の構造をもつ化合物である。

記述**カ**より，化合物**E**を$KMnO_4$で酸化後，塩酸で処理すると化合物**G**が得られることから，化合物**E**は*p*-メチルフェノールであると考えられる。

よって，化合物**B**は次の構造をもつ。

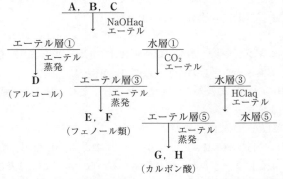

化合物**E**　化合物**G**　　　　　　　化合物**B**

問ⅱ　1．（正文）化合物**D**〜**H**はすべてヒドロキシ基またはカルボキシ基をもつため，ナトリウムと反応して水素を発生する。

2．（誤文）エーテル結合をもつものはない。

3．（正文）化合物**D**と**H**の2つである。

4．（正文）酸化によりポリエチレンテレフタラートの原料（テレフタル酸）を生成しうるものは化合物**H**である。

5．（正文）化合物**E**，**F**，**G**の3つである。

> ### 攻略のポイント

問ⅰ　与えられた条件を，次のように整理する。

$$A，B，C$$

NaOHaq
エーテル

エーテル層①　　　　　　　　　水層①

エーテル
蒸発

CO_2
エーテル

D　　　エーテル層③　　　　　　水層③
（アルコール）

エーテル
蒸発

HClaq
エーテル

E，**F**　　　エーテル層⑤　　　水層⑤
（フェノール類）

エーテル
蒸発

G，**H**
（カルボン酸）

また，**D**〜**H**はいずれもベンゼン環をもち，**A**，**B**，**C**の炭素原子数14から，$-CH_3$，$-OH$，$-COOH$，$-CH_2OH$などの置換基をもつ，ベンゼンの一置換体あるいは二置換体が考えられる。これらのことから，記述**ア**〜**カ**の条件を整理することで，各化合物の構造式を推定できる。

207　解答

問 i　$C_{15}H_{25}O_{02}$　　問 ii　**6**

問 iii

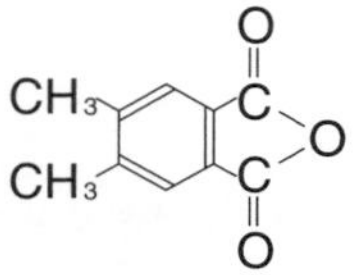

または

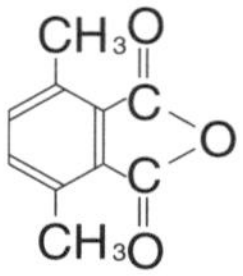

解　説

問 i　化合物 **A** の各元素の原子数の比は次のようになる。

$$C : H : O = \frac{75.95}{12} : \frac{10.55}{1} : \frac{13.50}{16}$$

$$= 6.329 : 10.55 : 0.8437 \fallingdotseq 15 : 25 : 2$$

よって，組成式は $C_{15}H_{25}O_2$ となる。

問 ii　化合物 **C** は $-CH_3$ を 2 個もち，$NaHCO_3$ と反応して CO_2 を発生し，さらに分子内脱水をすることから，オルト位に 2 個の $-COOH$ をもつので

　　　$(CH_3)_2C_6H_2(COOH)_2$　（分子式 $C_{10}H_{10}O_4$）

と表される。

また，**C** はカルボン酸であるから，化合物 **B** はアルコールとなり，**B** と **C** はともに炭素数が同じであるから，**B** の分子式は $C_{10}H_xOH$ とおける。

さらに，**C** の $-COOH$ の数から，**A** は，**B** 2 分子と **C** 1 分子から成るジエステルで，**A** は次のように表される。

　　　$(CH_3)_2C_6H_2(COOC_{10}H_x)_2$

よって，**A** の分子式は $C_{30}H_{50}O_4$ となり，$x = 21$ である。したがって，**B** は分岐構造をもたず，酸化によりカルボン酸 **D** を生じるから，次のように表される。

　　　$CH_3(CH_2)_9OH$

以上より，**A** を次のような構造式で表される化合物とした場合，それぞれの反応によって得られる化合物は次のようになる。

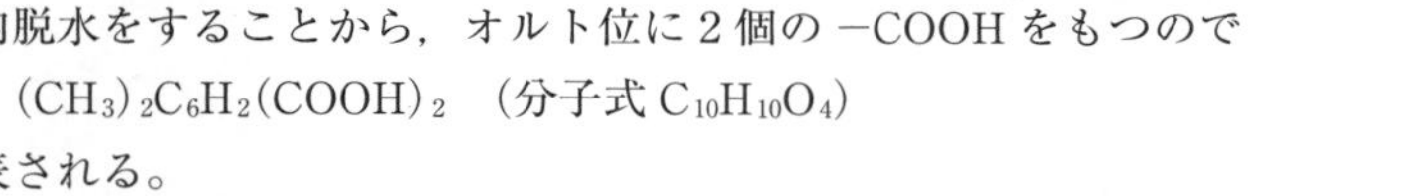

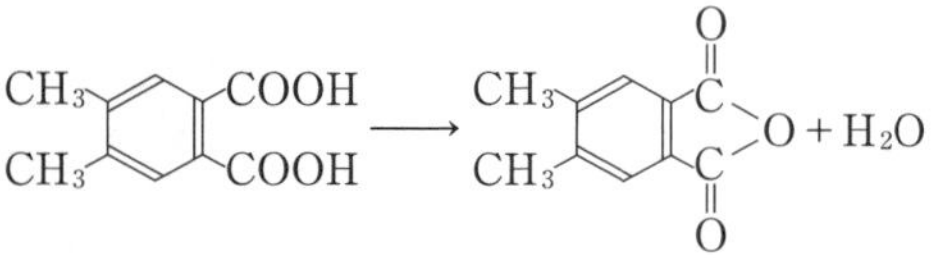

$$CH_3(CH_2)_9OH \xrightarrow{(O)} CH_3(CH_2)_8COOH$$

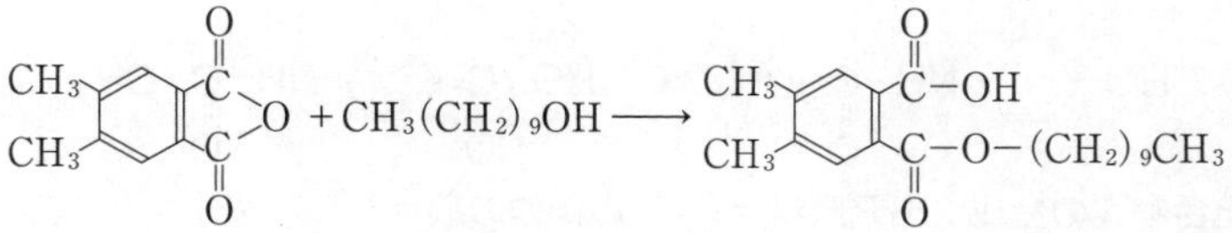

$$\underset{\mathbf{B}}{} \qquad\qquad \underset{\mathbf{D}}{}$$

$$\underset{\mathbf{E}}{} \qquad + CH_3(CH_2)_9OH \underset{\mathbf{B}}{} \longrightarrow \qquad \underset{\mathbf{F}\ (分子量\ 334)}{}$$

ここで化合物 **F** の，2個の $-CH_3$ のつく位置の違いによる異性体を考えると次のようになる。

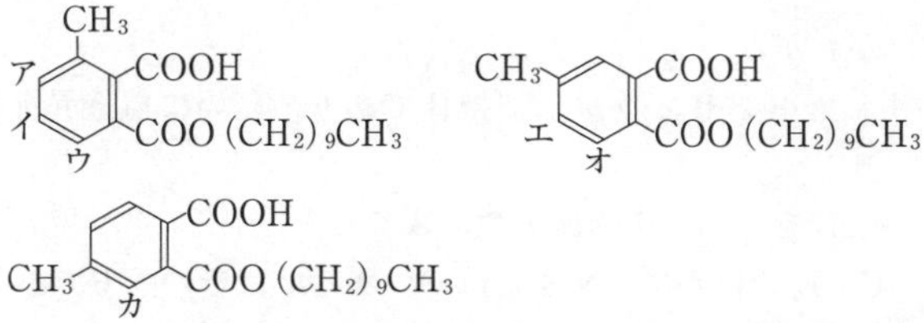

ア〜カの位置に2個目の $-CH_3$ が結合すると，6種類の異性体が存在する。

問 iii 化合物 **E** の対称性より，次の場合は生成物は異性体を含まない。

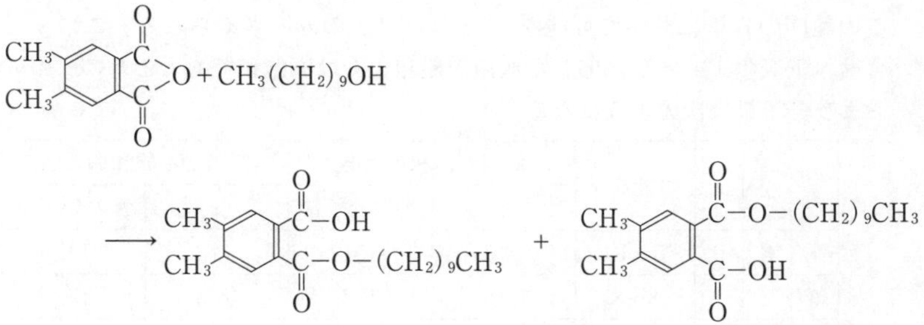

生成物は同じ分子

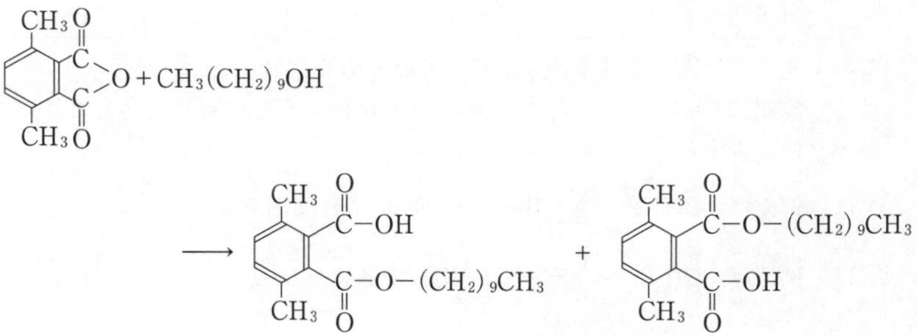

生成物は同じ分子

208 解 答

問 i　**7**

問 ii　B．HO—⟨benzene ring⟩—NH—C—CH₃　C．HO—C—⟨benzene ring⟩—NH—C—CH₃

（構造式 B：HO-C₆H₄-NH-C(=O)-CH₃、C：HO-C(=O)-C₆H₄-NH-C(=O)-CH₃）

問 iii　化合物 A の合成：出発原料＝1，反応操作の順＝8
　　　　　化合物 B の合成：出発原料＝1，反応操作の順＝5

解 説

記述ア〜オから次のことがわかる。

- 化合物 A，B は，いずれもベンゼンの p-二置換体であり，互いに構造異性体の関係にある。
- A，B は，いずれも $-CH_3$ をもち，炭素原子数は 8 である。
- A，B の構成元素は，C，H のほかに，N または O，あるいはその両方である。

問 i　A の化学式を CH_3—⟨benzene ring⟩—C$(H_xN_yO_z)$ とすると，CH_3—⟨benzene ring⟩—C の部分で 103 なので，$47 \leq (H_xN_yO_z) \leq 52$ となる。

この範囲の式量において可能な $y+z$ の値は 3 のみと考えられる。この y と z の組合せ（下表の①〜④）に応じた側鎖が飽和または不飽和であるときの x の可能な値および分子量は次のようになる。

	y	z	可能な x	側鎖が飽和のとき		側鎖が不飽和のとき	
				x	A の分子量	x	A の分子量
①	3	0	5〜10	㋐ 6	151	4	149
②	2	1	3〜8	㋑ 5	152	㋔ 3	150
③	1	2	1〜6	㋒ 4	153	㋕ 2	151
④	0	3	0〜4	㋓ 3	154	㋖ 1	152

これより，㋐〜㋖の 7 種類の分子式が可能である。

〔注〕　側鎖に C＝N，C＝O 等の二重結合が存在すると，飽和の場合と比べて H の数が 2 個減少する。

㋐は，例えば，CH_3—⟨benzene ring⟩—$CH_2-NH-NH-NH_2$ である。

㋔は，例えば，CH_3—⟨benzene ring⟩—C(=O)$-NH-NH_2$ である。

問 ii　A はエステルであるので $-C(=O)-O-$ をもち，分子量が 151 であることから，**問**

i の表の㋕と考えられる。よって，分子式は $C_8H_9NO_2$ である。

A が p-二置換体であること，加水分解後に $(CH_3CO)_2O$ との反応で分子量が 28 増加していることを考えると，**A** およびその反応は次のように考えられる。

$$H_2N-\!\!\!\bigcirc\!\!\!-COOCH_3 \xrightarrow{H_2O} H_2N-\!\!\!\bigcirc\!\!\!-COOH$$

A
$C_8H_9NO_2$（分子量 151）

$$\xrightarrow{(CH_3CO)_2O} CH_3CONH-\!\!\!\bigcirc\!\!\!-COOH$$

C
（分子量 179）

B は $FeCl_3(aq)$ と反応するから，フェノール性ヒドロキシ基 −OH をもつ。**B** の分子式も $C_8H_9NO_2$ であること，題意より −CH_3 はあるが −NH−CH_3 構造はないことから，**B** の構造は次のようになる。

$$HO-\!\!\!\bigcirc\!\!\!-NH-\overset{\displaystyle}{\underset{\displaystyle O}{C}}-CH_3$$

問ⅲ　**A**，**B** の合成経路はそれぞれ次のようになる（**a** 〜 **j** は反応操作を表す）。

A：

$$\bigcirc \xrightarrow[\mathbf{d}]{CH_2=CH_2} \bigcirc\!\!-CH_2-CH_3 \xrightarrow[\mathbf{b}]{ニトロ化} O_2N-\!\!\!\bigcirc\!\!\!-CH_2-CH_3$$

$$\xrightarrow[\mathbf{e}]{酸化} O_2N-\!\!\!\bigcirc\!\!\!-COOH \xrightarrow[\mathbf{a}]{還元} H_2N-\!\!\!\bigcirc\!\!\!-COOH$$

$$\xrightarrow[\mathbf{h}]{\substack{CH_3OH \\ エステル化}} H_2N-\!\!\!\bigcirc\!\!\!-COOCH_3$$

B：

$$\bigcirc \xrightarrow[\mathbf{b}]{ニトロ化} \bigcirc\!\!-NO_2 \xrightarrow[\mathbf{c}]{還元} \bigcirc\!\!-NH_2$$

$$\xrightarrow[\mathbf{i}]{アセチル化} \bigcirc\!\!-NHCOCH_3 \xrightarrow[\mathbf{b}]{ニトロ化} O_2N-\!\!\!\bigcirc\!\!\!-NHCOCH_3$$

$$\xrightarrow[\mathbf{a}]{還元} H_2N-\!\!\!\bigcirc\!\!\!-NHCOCH_3 \xrightarrow[\mathbf{j}]{ジアゾ化} ClN_2-\!\!\!\bigcirc\!\!\!-NHCOCH_3$$

$$\xrightarrow[\mathbf{j}]{加水分解} HO-\!\!\!\bigcirc\!\!\!-NHCOCH_3$$

攻略のポイント

問ⅰ　C_pH_q または $C_pH_qO_r$ で表される分子の分子量は偶数，言いかえれば，H 原子数は偶数となる。これは，C の原子価 4，H の原子価 1，O の原子価 2 より，

$C_pH_qO_r$ 分子中の結合数が次のように表されるためである。

$$（結合数）=\frac{4p+q+2r}{2}$$

結合数は正の整数であるから，q は偶数となる。よって，Cの原子量 12，Hの原子量 1，Oの原子量 16 より分子量は偶数となる。

一方，$C_pH_qO_rN_s$ で表される分子の場合，Nの原子価は 3 であるから，結合数は次のように表される。

$$（結合数）=\frac{4p+q+2r+3s}{2}$$

よって，s が奇数のとき q も奇数，s が偶数のとき q も偶数となる。したがって，N原子数が 1 なら，H原子数は奇数個で，分子量は奇数，N原子数が 2 なら，H原子数は偶数個で，分子量は偶数となる。

問iii　①ベンゼン環に 1 つめの置換基が導入されると，2 つめの置換基は 1 つめの置換基の種類によって，オルト位またはパラ位に導入されるか，メタ位に導入されるかの 2 通りとなる。

	1つめの置換基の種類
オルト，パラ配向性	$-\ddot{O}H$, $-\ddot{N}H_2$, $-CH_3$, $-\ddot{N}HCOCH_3$ など
メタ配向性	$-NO_2$, $-COOH$

オルト，パラ配向性をとるものは，ベンゼン環に直結した原子が非共有電子対をもつ場合か，炭化水素基と覚えておくとよい。

②一般に芳香族化合物の合成の問題において，酸化や還元を行う場合は，酸化，還元の順に行うと覚えておきたい。これは，最初にニトロ基を還元しアミノ基にすると，次の過マンガン酸カリウムによる炭化水素基の酸化と同時に，アミノ基も酸化されてしまうためである。

209　解　答

問i　**1・5**　　**問ii**　**23g**

問iii

$$\underset{O}{\overset{\|}{HO-C}}-CH_2-CH_2-\overset{\overset{\displaystyle H_3C}{\diagdown}}{C}=CH-CH_2-CH_2-OH$$

解　説

化合物 **A** は，分子式よりエステル結合を 1 つもち，**A** を加水分解すると 1 種類の化合物 **B** が得られたことから，環状エステルであると推定できる。オゾンを作用させ，還

元剤で処理して生じた物質 C，D について

C：酸性化合物で，ヨードホルム反応を示すことから，$CH_3-\overset{\overset{\displaystyle O}{\|}}{C}-$，$-COOH$ をもつと推定できる。

D：銀鏡反応を示すアルコールであるから，$-CHO$，$-OH$ をもつと推定できる。

よって，化合物 B は $\overset{\displaystyle CH_3}{\underset{}{}}{>}C=C{<}\overset{\displaystyle H}{}$ の構造をもつ。

化合物 B に H_2 を付加させた E を酸化すると，2 価カルボン酸 F を生じ，F は不斉炭素原子をもたないことから，B，F は次の構造であると考えられる。

$$\overset{\displaystyle CH_3}{\underset{\displaystyle H}{}}{>}C=C{<}\overset{\displaystyle CH_2-CH_2-COOH}{\underset{\displaystyle CH_2-CH_2-OH}{}}$$

化合物 B

$$CH_3-CH{<}\overset{\displaystyle CH_2-CH_2-COOH}{\underset{\displaystyle CH_2-CH_2-COOH}{}}$$

化合物 F

問 i　化合物 D は，$H-\overset{\overset{\displaystyle O}{\|}}{C}-CH_2-CH_2-OH$ の構造をもつ化合物である。

1．（正文）CH_3-CH_2-COOH の 1 種類である。

2．（誤文）$HO-\overset{\overset{\displaystyle CH_3}{|}}{\underset{\underset{\displaystyle H}{|}}{C}}-CHO$ の 1 種類である。

3．（誤文）$H-\overset{\overset{\displaystyle O}{\|}}{C}-O-C_2H_5$，$CH_3-\overset{\overset{\displaystyle O}{\|}}{C}-O-CH_3$ の 2 種類である。

4．（誤文）$CH_3-\underset{\underset{\displaystyle OH}{|}}{CH}-CHO$，$CH_3-\overset{\overset{\displaystyle O}{\|}}{C}-CH_2-OH$ の 2 種類である。

5．（正文）次の 5 種類の化合物がある。

$HO-CH_2-CH_2-CHO$　$H-\overset{\overset{\displaystyle O}{\|}}{C}-O-C_2H_5$　$CH_3-\overset{\overset{\displaystyle H}{|}}{\underset{\underset{\displaystyle OH}{|}}{C}}-CHO$

CH_3-O-CH_2-CHO　$CH_3-\overset{\overset{\displaystyle O}{\|}}{C}-CH_2-OH$

ここで CH_3COCH_2OH は，単糖類のひとつ，フルクトースに含まれる官能基と同じであり，$-CHO$ をもっていないが還元性を示す。

問 ii　$\underset{\text{化合物 A}}{C_8H_{12}O_2}$ $\longrightarrow$ $\underset{\text{化合物 C}}{C_5H_8O_3}$

のように変化するので，化合物 C の生成量を $x〔g〕$ とすると

$28.0 : x = 140 : 116$

$\therefore\ x = 23.2 ≒ 23〔g〕$

攻略のポイント

問i　5．フルクトースは，銀鏡反応を示し，フェーリング液を還元する性質を示す。これは，フルクトースの $-\underset{\underset{O}{\parallel}}{C}-CH_2-OH$ の構造部分が，塩基性水溶液中で，次のようにエンジオール構造と平衡状態になるためである。

$$-\underset{\underset{O}{\parallel}}{C}-CH_2-OH \underset{}{\overset{塩基性}{\rightleftharpoons}} \underset{HO}{\overset{H}{>}}C=C\underset{OH}{\overset{<}{}} \xrightarrow[\left(\begin{smallmatrix}相手を還元し\\自身は酸化さ\\れる\end{smallmatrix}\right)]{-2H} \underset{O}{\overset{H}{>}}C-C\underset{O}{\overset{<}{}}$$

還元性を示す官能基は $-CHO$ であるが，$-\underset{\underset{O}{\parallel}}{C}-CH_2-OH$ やシュウ酸 $HO-\underset{\underset{O}{\parallel}}{C}-\underset{\underset{O}{\parallel}}{C}-OH$ も還元性を示すことを忘れないようにしたい。

210　解　答

問i　6　　問ii　4　　問iii　97g

解　説

反応は，次のようになる。

$$CH_2=CH_2 + H_2O \longrightarrow C_2H_5OH（化合物A）$$

$$C_2H_5OH \xrightarrow{(O)} CH_3CHO \xrightarrow{(O)} CH_3COOH（化合物B）$$

$$Ca(OH)_2 + 2CH_3COOH \longrightarrow (CH_3COO)_2Ca + 2H_2O$$

$$(CH_3COO)_2Ca \longrightarrow CaCO_3 + CH_3COCH_3（化合物C）$$

化合物**A**はエタノール，化合物**B**は酢酸，化合物**C**はアセトンである。

問i　1．（誤文）$2C_2H_5OH + 2Na \longrightarrow 2C_2H_5ONa + H_2$ より，Na が 2mol 反応するとき，H_2 は 1mol 得られる。

2．（誤文）170℃ では $C_2H_5OH \longrightarrow CH_2=CH_2 + H_2O$ より，分子内脱水が起こる。140℃程度で反応させると，ジエチルエーテルが得られる。

3．（誤文）化合物**B**は酢酸であるから還元性はない。

4．（誤文）$2CH_2=CH_2 + O_2 \longrightarrow 2CH_3CHO$ の反応で，アセトアルデヒドが得られる。酢酸にするには，さらに酸素が必要である。

5．（誤文）$CH\equiv CH + H_2O \longrightarrow CH_3CHO$ より，アセトアルデヒドを生成する。

6．（正文）酢酸水溶液は弱酸性で，炭酸より強い酸である。したがって，次の反応が起こる。

$$NaHCO_3 + CH_3COOH \longrightarrow CH_3COONa + H_2O + CO_2$$

ベンゼンスルホン酸は強酸に分類され，次の反応が起こる。

$$\text{〈◯〉}-SO_3H + CH_3COONa \longrightarrow \text{〈◯〉}-SO_3Na + CH_3COOH$$

問ii 化合物 **C** およびその異性体を構造式で示すと次のようになる。

（C* は不斉炭素原子を表す）

1．（誤文）1組である。
2．（誤文）アセトンとプロピオンアルデヒドの2つである。
3．（誤文）6つである。
4．（正文）光学異性体を含め4つである。
5．（誤文）1つである。

問iii 次のように変化する。

$$CH_2=CH_2 \longrightarrow CH_3COOH \longrightarrow (CH_3COO)_2Ca \longrightarrow CH_3COCH_3$$

$$1\,mol \qquad\qquad 1\,mol \qquad\qquad \frac{1}{2}mol \qquad\qquad \frac{1}{2}mol$$

よって，アセトン 1 mol をつくるには，エチレン 2 mol が必要になる。CH_3COCH_3 の分子量は 58，$CH_2=CH_2$ の分子量は 28 であるので

$$\frac{100}{58} \times 2 \times 28 = 96.55 \fallingdotseq 97\,〔g〕$$

---

211 解 答

問i 3　　**問ii** 37 g　　**問iii** 10個

解 説

化合物 **B** が還元性を示す2価カルボン酸であることを考慮すると，**B** はシュウ酸と容易に推定できる。化合物 **A** に炭酸水素ナトリウム水溶液を加えても二酸化炭素を発生しないので，2つのカルボキシ基はともにエステル結合であり，得られるアルコール

はC1種類であることから，Aの加水分解は，次のようになる。

$$\begin{array}{l}COOC_2H_5\\COOC_2H_5\end{array} + 2H_2O \longrightarrow \begin{array}{l}COOH\\COOH\end{array} + 2C_2H_5OH$$

　　　　　A　　　　　　　　　　　B　　　　C

また，化合物Dの加水分解で得られるアルコールEは酸化するとケトンFになるので，Eは第二級アルコールである。よって，得られるアルコールは1種であるから，Dはカルボキシ基1個が2-ブタノールとエステル結合した次のような構造をもつエステルである。

$$\begin{array}{l}COOCH{<}^{CH_3}_{C_2H_5}\\COOH\end{array} + H_2O \longrightarrow \begin{array}{l}COOH\\COOH\end{array} + CH_3-\underset{\underset{OH}{|}}{CH}-C_2H_5$$

　　　　　D　　　　　　　　　　　　　B　　　　　　　　E

$$CH_3-\underset{\underset{OH}{|}}{CH}-C_2H_5 \xrightarrow{(O)} CH_3-\underset{\underset{O}{\|}}{C}-C_2H_5$$

　　　　　　E　　　　　　　　　　　　F

問i 1．（正文）-OH はもたない。

2．（正文）Cはエタノールであるから，酸化するとアセトアルデヒドになる。

3．（誤文）C_2H_5OH と $CH_3CH(OH)C_2H_5$ は，異性体の関係にない。

4．（正文）DはNaHCO₃と次のように反応する。

$$\begin{array}{l}COOCH{<}^{CH_3}_{C_2H_5}\\COOH\end{array} + NaHCO_3 \longrightarrow \begin{array}{l}COOCH{<}^{CH_3}_{C_2H_5}\\COONa\end{array} + H_2O + CO_2$$

5．（正文）Eは $CH_3-\underset{\underset{OH}{|}}{C^*H}-C_2H_5$ の構造式で表され，＊印をつけた炭素が不斉炭素

原子である。

6．（正文）Eは $-\underset{\underset{OH}{|}}{CH}-CH_3$，Fは $-\underset{\underset{O}{\|}}{C}-CH_3$ の構造をもつので，ヨードホルム反応

を示す。

問ii $C_6H_{10}O_4 + 2H_2O \longrightarrow (COOH)_2 + 2C_2H_5OH$ より，Aの分子量は146，C_2H_5OH の分子量は46であるから

$$\frac{58.4}{146} \times 2 \times 46 = 36.8 \doteqdot 37 \ [g]$$

問iii Aの異性体で条件を満たす化合物の構造式は次のようになる（C＊は不斉炭素原子を表す）。

$$\begin{array}{c} \underset{\displaystyle O}{\overset{\displaystyle O}{\|}}\\ \text{C-O-}\overset{\displaystyle CH_3}{\underset{\displaystyle H}{\overset{\displaystyle |}{C^*}}}\text{-CH}_2\text{-CH}_3 \ \text{（化合物 D）}\\ \text{C-O-H}\\ \|\\ O \end{array}$$

他に以下の４つの構造異性体がある。

$$\begin{array}{cc} \begin{array}{c} \overset{O}{\|}\\ \text{C-O-CH}_2\text{-CH}_3\\ \text{CH}_3\text{-C}^*\text{-H}\\ \text{C-O-H}\\ \|\\ O \end{array} & \begin{array}{c} \overset{O}{\|}\\ \text{C-O-CH}_3\\ \text{CH}_3\text{-CH}_2\text{-C}^*\text{-H}\\ \text{C-O-H}\\ \|\\ O \end{array} \end{array}$$

$$\begin{array}{cc} \begin{array}{c} \overset{O}{\|}\\ \text{C-O-CH}_3\\ \text{CH}_3\text{-C}^*\text{-H}\\ \text{CH}_2\\ \text{C-O-H}\\ \|\\ O \end{array} & \begin{array}{c} \overset{O}{\|}\\ \text{C-O-H}\\ \text{CH}_3\text{-C}^*\text{-H}\\ \text{CH}_2\\ \text{C-O-CH}_3\\ \|\\ O \end{array} \end{array}$$

よって，互いに光学異性体の関係にある化合物は合計 $5 \times 2 = 10$ 個になる。

212　解　答

問 i 　炭素：**8 個**　水素：**10 個**　　問 ii 　**5 個**
問 iii 　原料 I － **2**　原料 II － **7**
　　　反応 1 － **3**　反応 2 － **9**　反応 3 － **8**　反応 4 － **2**

解　説

問 i 　記述⑨より，化合物 D，E 中の各元素の質量は次のようになる。

$$C の質量；55.0 \times \frac{12}{44} = 15.0 \,〔mg〕$$

$$H の質量；13.5 \times \frac{1 \times 2}{18} = 1.5 \,〔mg〕$$

$$O の質量；20.5 - (15.0 + 1.5) = 4.0 \,〔mg〕$$

よって，各原子数の比は

$$C : H : O = \frac{15.0}{12} : \frac{1.5}{1} : \frac{4.0}{16} = 1.25 : 1.5 : 0.25 = 5 : 6 : 1$$

したがって，組成式は C_5H_6O となる。

また出発物質の化合物 A，B がベンゼン環をもち，分子量が 160 以下という条件から，化合物 D，E の分子式は $C_{10}H_{12}O_2$ となり，記述⑧より化合物 D，E は酢酸エステルでアセチル基を含むので，$C_8H_9OCOCH_3$ と表される。

以上より，化合物 A，B は C_8H_9OH で表され，A は記述①〜③より，フェノール性の−OH をもつと考えられる。

問ii 化合物 B は，記述①〜⑤から，水酸化ナトリウム水溶液および希塩酸のどちらにも溶けないことがわかるので，アルコール性の−OH をもつと推定できる。よって，化合物 B の分子式は $C_8H_{10}O$ であるから，次の5種類の構造が考えられる。

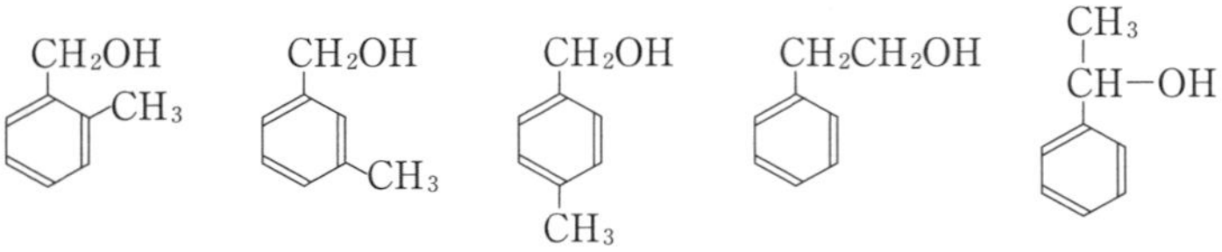

問iii 化合物 C は−NH₂ をもつと考えられるので，記述⑩の結果から，化合物 C の分子量を M，アセチル化した数を n とすると，次式が成立する。

$$108 : 192 = M : (M - n + 43n) \quad \therefore \quad M = 54n$$

与えられた条件より $n = 2$ となり，化合物 C は，ベンゼン環とアミノ基を2つもつ右のような化合物が例として考えられる。

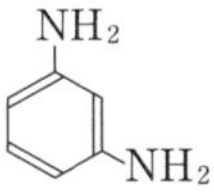

化合物 A はフェノール性の−OH をもち，化合物 C は2つの−NH₂ をもつことから，原料と反応の組み合わせは以下のようになる。

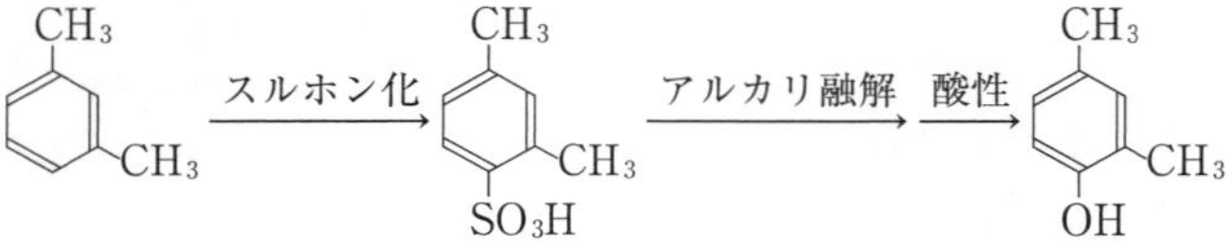

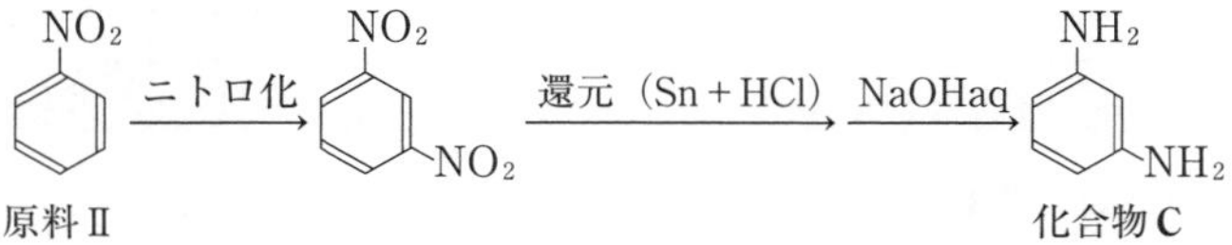

---

213 解 答

問i **24mol**	問ii **2mol**	問iii **炭素：16個 水素：30個**
問iv **23個**	問v **2**	

解 説

問i 生成物 A 1.21 mg 中の各成分元素の質量は次のようになる。

Cの質量；$3.52 \times \dfrac{12}{44} = 0.96$ 〔mg〕

Hの質量；$1.53 \times \dfrac{1 \times 2}{18} = 0.17$ 〔mg〕

Oの質量；$1.21 - (0.96 + 0.17) = 0.08$ 〔mg〕

よって，各原子数の比は

$$C : H : O = \dfrac{0.96}{12} : \dfrac{0.17}{1} : \dfrac{0.08}{16} = 0.08 : 0.17 : 0.005 = 16 : 34 : 1$$

したがって，組成式は $C_{16}H_{34}O$（式量 242）となる。

ここで，組成式 $C_{16}H_{34}O$ の不飽和度は 0 となるので，組成式が分子式となる。

さらに，ボンビコール分子内の $\diagup C=C \diagdown$ の数を n とすると，分子量は $242 - 2n$ となるので

$$242 - 2n : 242 = 1.19 \times 10^{-3} : 1.21 \times 10^{-3} \qquad \therefore \quad n = 2$$

以上より，ボンビコールの分子式は $C_{16}H_{30}O$ となり，生成物 **A** の燃焼反応は次のようになる。

$$C_{16}H_{34}O + 24O_2 \longrightarrow 16CO_2 + 17H_2O$$

問ii　ボンビコール 1 分子中には炭素一炭素二重結合が 2 つあるので，反応する H_2 は 2mol である。

問iv　ボンビコールの p-ニトロフェニルアゾ安息香酸エステルは次のように表される。

$$O_2N-\!\!\bigcirc\!\!-N=N-\!\!\bigcirc\!\!-\overset{\displaystyle O}{\overset{\|}{C}}-O-C_{16}H_{29} \quad \text{（分子量 491）}$$

このエステルを過マンガン酸カリウム水溶液と反応させると，次のカルボン酸 **B**，**C**，**D** が得られる。

B：$O_2N-\!\!\bigcirc\!\!-N=N-\!\!\bigcirc\!\!-\overset{\displaystyle O}{\overset{\|}{C}}-O-(CH_2)_x-COOH$

C：$HOOC-(CH_2)_y-COOH$

D：$C_nH_{2n+1}COOH$

ここで，過マンガン酸カリウム水溶液と反応させる前のエステルの物質量は

$$\dfrac{4.91 \times 10^{-3}}{491} = 1.00 \times 10^{-5} \text{〔mol〕}$$

よって，生じた **B**，**C**，**D** の物質量も同じになるから

B：$\dfrac{4.41 \times 10^{-3}}{14x + 315} = 1.00 \times 10^{-5} \qquad \therefore \quad x = 9$

C：$\dfrac{0.90 \times 10^{-3}}{14y + 90} = 1.00 \times 10^{-5} \qquad \therefore \quad y = 0$

$$\mathbf{D}:\frac{0.88\times10^{-3}}{14n+46}=1.00\times10^{-5}\qquad\therefore\quad n=3$$

したがって，カルボン酸**B**は次のように表され，炭素の数は 23 個となる。

$$O_2N-\!\!\!\bigcirc\!\!\!-N=N-\!\!\!\bigcirc\!\!\!-\overset{O}{\underset{}{C}}-O-(CH_2)_9-COOH$$

また，各反応を整理すると次のようになる。

$$O_2N-\!\!\!\bigcirc\!\!\!-N=N-\!\!\!\bigcirc\!\!\!-\underset{O}{\overset{}{C}}-OH \qquad HO-(CH_2)_9-CH=CH-CH=CH-C_3H_7$$

p-ニトロフェニルアゾ安息香酸　　　　　　　　　　　　　ボンビコール

$$\Big\downarrow 2H_2$$

$$+H_2O\;\updownarrow\;-H_2O \qquad\qquad CH_3-(CH_2)_{15}-OH$$
　　　　　　　　　　　　　　　　　　　　　　　A

$$O_2N-\!\!\!\bigcirc\!\!\!-N=N-\!\!\!\bigcirc\!\!\!-\underset{O}{\overset{}{C}}-O-(CH_2)_9-CH\dot{=}CH-CH\dot{=}CH-C_3H_7$$

ボンビコールの p-ニトロフェニルアゾ安息香酸エステル

$$\Big\downarrow KMnO_4 で酸化$$

$$O_2N-\!\!\!\bigcirc\!\!\!-N=N-\!\!\!\bigcirc\!\!\!-\underset{O}{\overset{}{C}}-O-(CH_2)_9-COOH \qquad \overset{COOH}{\underset{COOH}{|}} \qquad C_3H_7-COOH$$
　　　　　　　　　　　　　　　　　　　　　　　　　　　　　　　　　C　　　　　　　**D**
　　　　　　　　　B

問v　1．（誤文）$>\!C\!=\!C\!<$ を 2 つもつので環構造はない。

2．（正文）メチル基は末端に 1 つあり，1 種類の構造が考えられる。

3．（誤文）2 つ以上考えられる。

4．（誤文）3 つ以上考えられる。

5．（誤文）1 つではない。

6．（誤文）3 つではない。

214　解　答

問i　**5**　　　**問ii**　**0.56 mol**

解　説

問i　1．（誤文）還元性のある脂肪酸はギ酸 HCOOH のみであるが，炭素数 5 のアルコール**C**を酸化してもギ酸が生じることはない。

2．（誤文）$C_5H_{12}O$ で表されるアルコールは，光学異性体を考慮しないと 8 種類あり，そのうちアルコール**C**は第一級アルコールで 4 種類ある。

第一級アルコール：

$$CH_3-CH_2-CH_2-CH_2-CH_2-OH$$

$$CH_3-\overset{\overset{\displaystyle CH_3}{|}}{CH}-CH_2-CH_2-OH$$

$$CH_3-CH_2-\overset{\overset{\displaystyle CH_3}{|}}{CH}-CH_2-OH$$

$$CH_3-\overset{\overset{\displaystyle CH_3}{|}}{\underset{\underset{\displaystyle CH_3}{|}}{C}}-CH_2-OH$$

第二級アルコール：

$$CH_3-\overset{\underset{\underset{\displaystyle OH}{|}}{}}{CH}-CH_2-CH_2-CH_3$$

$$CH_3-CH_2-\overset{\underset{\underset{\displaystyle OH}{|}}{}}{CH}-CH_2-CH_3$$

$$CH_3-\overset{\underset{\underset{\displaystyle OH}{|}}{}}{CH}-\overset{\overset{\displaystyle CH_3}{|}}{CH}-CH_3$$

第三級アルコール：

$$CH_3-\overset{\overset{\displaystyle CH_3}{|}}{\underset{\underset{\displaystyle OH}{|}}{C}}-CH_2-CH_3$$

3．（誤文）アルコール C は第一級アルコールであり，2で示した第一級アルコール4種類のうち3種類は脱水反応によりアルケンを生じるが，いずれも幾何異性体を生じない。

4．（誤文）2で示した第一級アルコール4種類のうち，不斉炭素原子を含む化合物は次の1種類である（$^*C$ は不斉炭素原子を表す）。

$$CH_3-CH_2-\overset{\overset{\displaystyle CH_3}{|}}{{}^*CH}-CH_2-OH$$

5．（正文）アルコール C のすべての異性体とあるので，第二級，第三級アルコールも含み，次の2種類のアルコールがヨードホルム反応を示す。

$$CH_3-\overset{\underset{\underset{\displaystyle OH}{|}}{}}{CH}-CH_2-CH_2-CH_3$$

$$CH_3-\overset{\underset{\underset{\displaystyle OH}{|}}{}}{CH}-\overset{\overset{\displaystyle CH_3}{|}}{CH}-CH_3$$

6．（誤文）C の異性体にはエーテルも含まれ，エーテルはナトリウムと反応しない。

問ⅱ　アルコール C を酸化して得られる化合物 B は C_4H_9COOH と表される。

よって，エステル A の示性式は $C_4H_9COOC_5H_{11}$ となり，完全燃焼の反応式は次のようになる。

$$C_4H_9COOC_5H_{11} + 14O_2 \longrightarrow 10CO_2 + 10H_2O$$

エステル A の物質量は $\dfrac{6.88}{172} = 0.0400$ 〔mol〕であるから，必要な O_2 の物質量は

$$0.0400 \times 14 = 0.560 \fallingdotseq 0.56 \text{〔mol〕}$$

215　解　答

問 i　**9**　　**問 ii**　**4**　　**問 iii**　**2.2×10^3 kg**

解　説

化学変化をまとめると，次のようになる。

$$\underset{\text{化合物 A}}{3CH \equiv CH} \longrightarrow \underset{\text{ベンゼン}}{C_6H_6}$$

$$\underset{\text{化合物 A}}{CH \equiv CH} + H_2 \longrightarrow \underset{\text{化合物 B}}{CH_2=CH_2}, \quad \underset{\text{化合物 B}}{CH_2=CH_2} + H_2O \longrightarrow \underset{\text{化合物 C}}{C_2H_5OH}$$

$$\underset{\text{化合物 C}}{C_2H_5OH} \longrightarrow \underset{\text{化合物 B}}{CH_2=CH_2} + H_2O$$

$$\underset{\text{化合物 C}}{C_2H_5OH} \xrightarrow{(O)} \underset{\text{化合物 D}}{CH_3CHO} \xrightarrow{(O)} \underset{\text{化合物 E}}{CH_3COOH}$$

$$\underset{\text{化合物 A}}{CH \equiv CH} + H_2O \longrightarrow \underset{\text{化合物 D}}{CH_3CHO}$$

$$\underset{\text{化合物 E}}{2CH_3COOH} \longrightarrow \underset{\text{無水酢酸}}{(CH_3CO)_2O} + H_2O$$

$$\underset{\text{化合物 C}}{C_2H_5OH} + \underset{\text{化合物 E}}{CH_3COOH} \longrightarrow \underset{\text{化合物 F}}{CH_3COOC_2H_5} + H_2O$$

問 i　リン酸を触媒としてエチレンに水を付加させるとエタノールが生成する。エタノールの工業的製法の1つである。

問 ii　この反応はヘキスト・ワッカー法といわれ，アセトアルデヒドの工業的製法である。

$$CH_2=CH_2 + \frac{1}{2}O_2 \longrightarrow CH_3CHO$$

問 iii　化合物 A（アセチレン）の物質量は

$$\frac{1300 \times 10^3}{78} \times 3 = 5.00 \times 10^4 \text{〔mol〕}$$

アセチレン 2 mol からエタノール 1 mol と酢酸 1 mol を得ることができる。よって，アセチレン 5.00×10^4 mol を出発物質として考えると，得られる化合物 F である酢酸エチル（分子量 88）の物質量は，次の反応より $5.00 \times 10^4 \times \dfrac{1}{2} = 2.50 \times 10^4$〔mol〕となる。

$$CH_3COOH + C_2H_5OH \longrightarrow CH_3COOC_2H_5 + H_2O$$

したがって，求める質量は

$$2.50 \times 10^4 \times 88 = 2.20 \times 10^3 \times 10^3 \text{〔g〕} \fallingdotseq 2.2 \times 10^3 \text{〔kg〕}$$

216 解 答

最大となる反応：**3** 最小となる反応：**2**

解 説

1 ～ 4 の反応は次のようになる。

1. 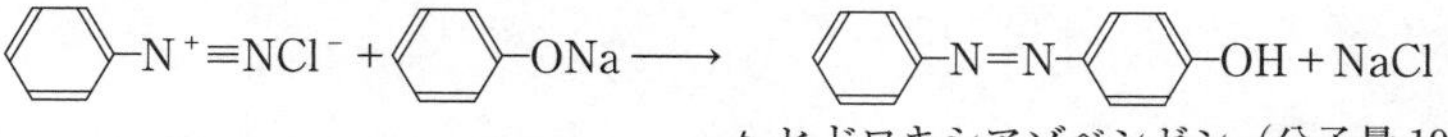 *p*-ヒドロキシアゾベンゼン（分子量 198）

2. 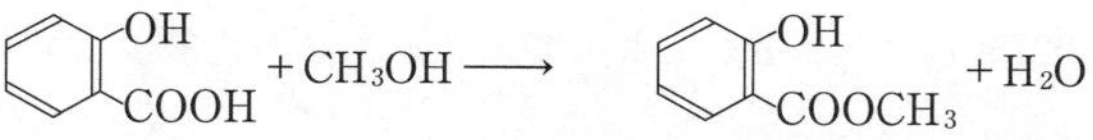 サリチル酸メチル（分子量 152）

3. 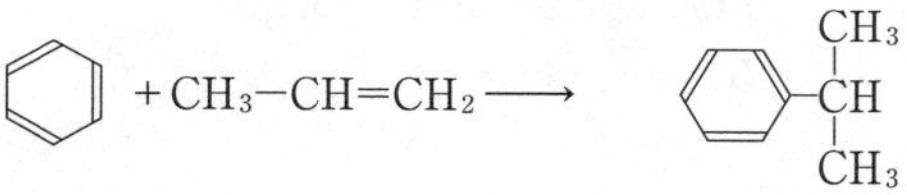 クメン（分子量 120）

4. 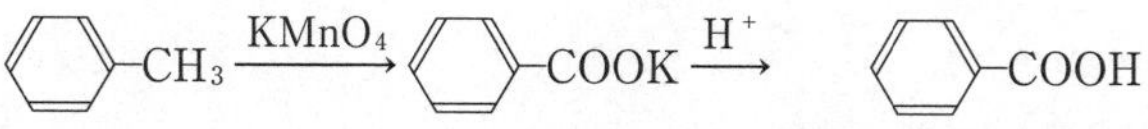 安息香酸（分子量 122）

ここで，下線部の物質をそれぞれ m〔g〕用いたとすると，化合物 **A** ～ **D** の質量は次のようになる。

化合物 **A**（*p*-ヒドロキシアゾベンゼン）：$\dfrac{m}{140.5} \times 198 ≒ 1.41m$〔g〕

化合物 **B**（サリチル酸メチル）：$\dfrac{m}{138} \times 152 ≒ 1.10m$〔g〕

化合物 **C**（クメン）：$\dfrac{m}{78} \times 120 ≒ 1.54m$〔g〕

化合物 **D**（安息香酸）：$\dfrac{m}{92} \times 122 ≒ 1.33m$〔g〕

これらの値を比較すると，化合物 **C** が最大，化合物 **B** が最小となる。

217 解 答

問 i **49 %** 問 ii **27 %**

解 説

記述ア～オから，炭素数 4 の炭化水素は C_4H_8，炭素数 6 の炭化水素は C_6H_{14} と推定

される。ここで，C_4H_8 が x 〔mol〕，C_6H_{14} が y 〔mol〕あるとする。完全燃焼式は次のように表される。

$$C_4H_8 + 6O_2 \longrightarrow 4CO_2 + 4H_2O$$

$$C_6H_{14} + \frac{19}{2}O_2 \longrightarrow 6CO_2 + 7H_2O$$

記述**カ**より

$$(4x+6y):(4x+7y)=12:13 \quad \therefore \quad y=\frac{2}{3}x \quad \cdots\cdots①$$

記述**キ**から混合物 7.00 g 中の C_4H_8（アルケン，分子量 56）の物質量は，Br_2 の物質量と等しいので，$\dfrac{4.40}{160}=0.0275$〔mol〕となる。よって，アルケンの質量は

$$0.0275 \times 56 = 1.54 \text{〔g〕}$$

したがって，C_4H_8（シクロアルカン）と C_6H_{14}（分子量 86）の質量は

$$(x-0.0275)\times 56 + y \times 86 = 7.00 - 1.54 \quad \cdots\cdots②$$

①，②より

$$x=0.0618 \text{〔mol〕}, \quad y=0.0412 \text{〔mol〕}$$

問 i $\dfrac{0.0618 \times 56}{7.00} \times 100 = 49.4 \fallingdotseq 49$〔%〕

　または，次のようにして，求めてもよい。

$y=\dfrac{2}{3}x$ だから，$x=1$〔mol〕，$y=\dfrac{2}{3}$〔mol〕とおくと

$$\dfrac{56}{56+\dfrac{2}{3}\times 86} \times 100 = 49.4 \fallingdotseq 49 \text{〔%〕}$$

問 ii 　シクロアルカンの物質量は

$$0.0618 - 0.0275 = 0.0343 \text{〔mol〕}$$

　よって，求める質量パーセントは

$$\dfrac{0.0343 \times 56}{7.00} \times 100 = 27.4 \fallingdotseq 27 \text{〔%〕}$$

218 解答

実験**ア～キ**の順で行うと：**6番目**
実験**キ～ア**の順で行うと：**3番目**

解　説

▶実験**ア～キ**の順で行った場合：

実験アで変化が起こるのは，次のアルデヒド基をもつ化合物である。

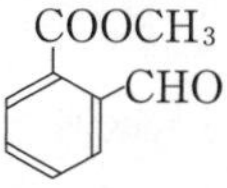

（構造式：COOCH₃ と CHO をもつベンゼン環）

実験イで希塩酸によく溶けるのは，アミノ基をもつ次の化合物である。

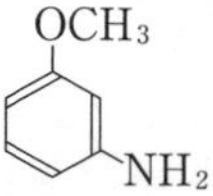

（構造式：OCH₃ と NH₂ をもつベンゼン環）

実験ウで変化が起こるものはない。

実験エで変化が起こるのは，次の 3 種類が考えられ，$-NH_2$ や$-OH$ の H が CH_3CO- で置換される。

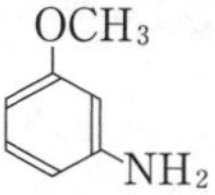

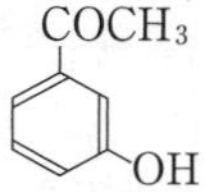

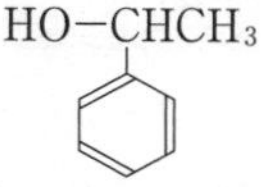

（構造式：OCH₃ と NH₂ をもつベンゼン環，COCH₃ と OH をもつベンゼン環，$HO-CHCH_3$ をもつベンゼン環）

実験オでは，次の $-NH_2$ をもつ化合物のみが反応する。

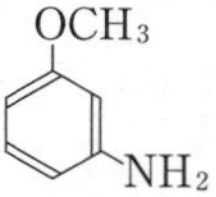

（構造式：OCH₃ と NH₂ をもつベンゼン環）

実験カでは，フェノール類のみ呈色するので，次の物質が区別される。

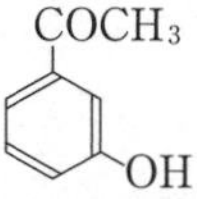

（構造式：COCH₃ と OH をもつベンゼン環）

よって，**実験カ**（6 番目）まで行えば，すべての物質を区別できる。

▶**実験キ〜ア**の順で行った場合：

実験キの変化は次のようになる。

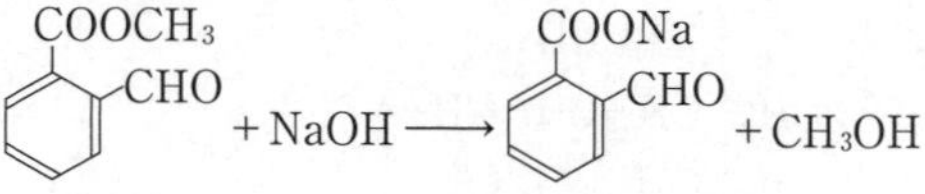

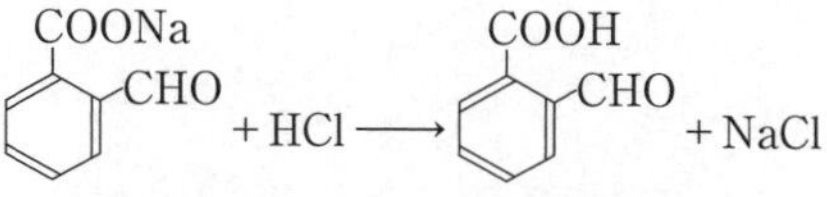

（構造式）COOCH₃ と CHO をもつベンゼン環 + NaOH ⟶ COONa と CHO をもつベンゼン環 + CH₃OH

（構造式）COONa と CHO をもつベンゼン環 + HCl ⟶ COOH と CHO をもつベンゼン環 + NaCl

ここで生成した物質がエーテル層に移る。

実験カでは（COCH₃ と OH をもつベンゼン環）が区別され，**実験オ**では（OCH₃ と NH₂ をもつベンゼン環）が区別される。

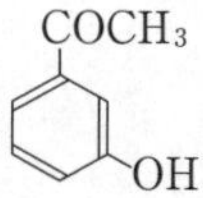

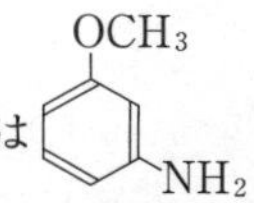

よって，**実験オ**の段階（3 番目）で 4 つの区別ができる。

なお，**実験キ**において，水酸化ナトリウム水溶液を加えて加熱し，次に塩酸を加え

て溶液を酸性にする際に溶解の様子を判定に用いれば，

も区別できるの

で，この場合は，2番目で4つの物質を区別できる。

---

219 解答

問 i　炭素：**5個**　水素：**12個**

問 ii　**8個**　　**問 iii**　**2**　　**問 iv**　**11**

解説

問 i　エステル**A**の分子式 $C_nH_{2n}O_2$ より，エステル結合の C＝O 以外に不飽和結合を
もたないので，アルコール**B**の示性式を $C_xH_{2x+1}OH$ と表すと

$$\frac{16}{12 \times x + (2x+2) \times 1 + 16} \times 100 = 18.2 \qquad \therefore \quad x = 4.99 \fallingdotseq 5$$

よって，アルコール**B**の分子式は，$C_5H_{12}O$ となる。

問 ii　次の8種類のアルコールがある。

第一級アルコール：

$CH_3-CH_2-CH_2-CH_2-CH_2-OH$

$\begin{matrix} & CH_3 \\ & | \\ CH_3-CH & -CH_2-CH_2-OH \end{matrix}$

$\begin{matrix} & CH_3 \\ & | \\ CH_3-CH_2-CH & -CH_2-OH \end{matrix}$

$\begin{matrix} & CH_3 \\ & | \\ CH_3-C & -CH_2-OH \\ & | \\ & CH_3 \end{matrix}$

第二級アルコール：

$\begin{matrix} CH_3-CH-CH_2-CH_2-CH_3 \\ | \\ OH \end{matrix}$

$\begin{matrix} & CH_3 \\ & | \\ CH_3-CH-CH-CH_3 \\ \quad | \\ \quad OH \end{matrix}$

$\begin{matrix} CH_3-CH_2-CH-CH_2-CH_3 \\ | \\ OH \end{matrix}$

第三級アルコール：

$\begin{matrix} & CH_3 \\ & | \\ CH_3-CH_2-C-CH_3 \\ & | \\ & OH \end{matrix}$

問 iii　1について検討すると次のようになる。

・**ア**の実験結果から第一級アルコールとわかる。

- 4種類の第一級アルコールの中には，**イ**のヨードホルム反応を示すものはない。

- 第一級アルコールで不斉炭素原子をもつものは $CH_3-CH_2-^*\overset{\underset{|}{CH_3}}{CH}-CH_2-OH$ の1種類のみである（$^*C$ は不斉炭素原子を表す）。

- 脱水反応でシス-トランス異性体を生じるものはない。

これらの結果から，1つの構造異性体に決めることができる。

2についても同様に検討すると，**ウ**で不斉炭素原子をもたないという条件から，3種類の第一級アルコールが考えられ，1つの構造異性体に決めることはできない。

3について検討すると，$CH_3-\overset{\underset{|}{OH}}{CH}-CH_2-CH_2-CH_3$ と決定できる。

4については，$CH_3-\overset{\underset{|}{OH}}{CH}-\overset{\underset{|}{CH_3}}{CH}-CH_3$ と決定できる。

5については，$CH_3-CH_2-\overset{\underset{|}{OH}}{CH}-CH_2-CH_3$ と決定できる。

6については，第三級アルコールと決定できる。

問iv　脂肪酸 **C** の示性式を $C_mH_{2m+1}COOH$ とおくと，燃焼式は

$$C_mH_{2m+1}COOH + \frac{3m+1}{2}O_2 \longrightarrow (m+1)CO_2 + (m+1)H_2O$$

脂肪酸 **C** の分子量は $14m+46$ であるから，1.16 g の脂肪酸 **C** を完全燃焼させるのに必要な酸素の物質量は

$$\frac{1.16}{14m+46} \times \frac{3m+1}{2} = 0.0800 \quad \therefore \quad m=5$$

以上から，エステル **A** は，$C_5H_{11}COOC_5H_{11}$ と表されるので，$n=11$ となる。

220 解答

5

解説

1．（正文）次の反応により酢酸エチルが生成する。

$$CH_3COOH + C_2H_5OH \underset{}{\overset{H^+}{\rightleftharpoons}} CH_3COOC_2H_5 + H_2O$$

2．（正文）アルコールとオキソ酸である硝酸は次のように反応する。

$$C_3H_5(OH)_3 + 3HNO_3 \longrightarrow C_3H_5(ONO_2)_3 + 3H_2O$$

濃硫酸は触媒であり，得られたニトログリセリンは硝酸エステルである。

3．（正文）酢酸エチルは水酸化ナトリウムと次のように反応する。

$$CH_3COOC_2H_5 + NaOH \longrightarrow CH_3COONa + C_2H_5OH$$

4．（正文）セッケン分子は右図のように表される。

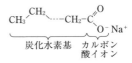

5．（誤文）脂肪油にH_2を付加すると，

$\diagup C = C \diagdown$ が $-\overset{|}{C}-\overset{|}{C}-$ に変化し，融点が上がる。このよ

うにして得られる油脂は硬化油といわれる。

6．（正文）脂肪酸塩は，水溶液中で次のように反応し，塩基性を示す。

$$RCOO^- + H_2O \rightleftharpoons RCOOH + OH^-$$

221　解答

問 i　**73 %**　　問 ii　**79 g**

解　説

ベンゼンを出発物質として化合物 **A** ～ **G** が生成する反応を示すと次のようになる。

問 i　化合物 **G** の分子量は，198 である。したがって，炭素の質量パーセントは

$$\frac{12 \times 12}{198} \times 100 = 72.7 \fallingdotseq 73 〔\%〕$$

問 ii　ベンゼンの物質量は

$$\frac{46.8}{78} = 0.600 〔mol〕$$

また，化合物 **E**（アニリン）の物質量は

$$\frac{18.6}{93}=0.200〔mol〕$$

よって，ベンゼン 0.600 mol のうち 0.400 mol から 0.400 mol の化合物 B をつくり，残りの 0.200 mol よりアニリンを合成すると，化合物 B が 0.400 mol，アニリンが 0.200＋0.200＝0.400〔mol〕あるので，化合物 F は 0.400 mol つくられる。したがって，化合物 G は最大 0.400 mol 合成できるので，求める質量は

0.400×198＝79.2≒79〔g〕

222 解　答

問A　5　　問B　6・8

解　説

問A　ア～カの記述にあてはまる化合物はそれぞれ次のようになる。

アー1・4・6・8　　イー2・7・8　　ウー2

エー6　　　　　　　オー3・8　　　カー6

よって，5 はいずれにもあてはまらない。

問B　グルコースは，ア・エ・カにあてはまる。

グリシンは，ア・イ・オにあてはまる。

グリシンの反応（**イ**と**オ**）は次のようになる。

イ．$CH_2(NH_2)COOH + NaOH \longrightarrow CH_2(NH_2)COONa + H_2O$

オ．$CH_2(NH_2)COOH + (CH_3CO)_2O \longrightarrow CH_2(NHCOCH_3)COOH + CH_3COOH$

223 解　答

5

解　説

1．（正文）次のような構造をもつものがある。

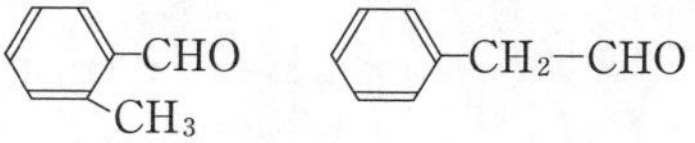

2．（正文）次のような構造をもつものがある。

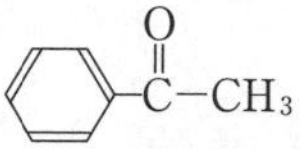

3．（正文）次のような構造をもつものがある。

$$CH_2=CH-\text{〇}-OH$$

4．（正文）次のような構造をもつものがある。

$$\text{CHO}\quad\text{CHO}\quad\text{CHO}$$

（o-, m-, p- の トルアルデヒド構造図：o-はCHOとCH₃が隣接、m-はメタ位のCH₃、p-はパラ位のCH₃）

5．（誤文）不斉炭素原子をもつ化合物はない。

6．（正文）次のような構造をもつものがある。

$$\text{〇}-O-CH=CH_2$$

224　解　答

3・6

解　説

与えられた条件からエステル **A** の構造式とその構造異性体の例を示す（*C は不斉炭素原子を表す）。

$$CH_2-COO-CH_3$$
$$CH_3-^*CH-COO-CH-CH_2-CH_3$$
$$\qquad\qquad\qquad\qquad CH_3$$

エステル **A**

$$CH_3-^*CH-COO-CH_3$$
$$\quad CH_2-COO-CH-CH_2-CH_3$$
$$\qquad\qquad\qquad\qquad CH_3$$

エステル **A** の構造異性体

エステル **A** を加水分解すると，アルコール **B** のメタノール，アルコール **C** の 2-ブタノールが生成する。2-ブタノールと 2 価のカルボン酸は不斉炭素原子をもつ。

$$CH_2-COOH$$
$$CH_3-^*CH-COOH$$

1．（誤文）アルコール **B** としてエタノールを考えると，アルコール **C** は，C_3H_7OH となり，不斉炭素原子が存在しない。

2．（誤文）アルコール **B** としてプロパノールを考えると，アルコール **C** はエタノールになり，条件に合わない。

3．（正文）2-ブタノールが条件に合致する。

4．（誤文）アルコール **C** に炭素数 5 の $C_5H_{11}OH$ を考えると，アルコール **B** が存在し

なくなり，条件に合わない。

5．（誤文）炭素数 6 のカルボン酸 **D** を考えると，アルコールの最大炭素数が 3 になり，不斉炭素原子をもつものが存在しなくなる。

6．（正文）

225　解　答

問 i　6個　　問 ii　2　　問 iii　8個

解　説

問 i　$不飽和度 = 炭素数 - \dfrac{水素数}{2} + 1$

に代入すると，水素原子の数が 8 となるので，この化合物の分子式は C_4H_8 となる。これらを構造式で示すと次のような 6 種類の異性体が存在する。

CH₂=CH−CH₂−CH₃　　　CH₂=C−CH₃　　　CH₃　　CH₃
　　　　　　　　　　　　　　｜　　　　　　　C=C
　　　　　　　　　　　　　CH₃　　　　　H　　　H
　　　　　　　　　　　　　　　　　　　　シス-2-ブテン

CH₃　　H　　　H₂C−CH₂　　　H₂C
　C=C　　　　｜　　｜　　　　　CH−CH₃
H　　CH₃　　 H₂C−CH₂　　　H₂C
トランス-2-ブテン

問 ii　エチレンとアセトアルデヒドを比較してみると

エチレン：$(不飽和度) = 2 - \dfrac{4}{2} + 1 = 1$

アセトアルデヒド：$(不飽和度) = 2 - \dfrac{4}{2} + 1 = 1$

このように酸素を含む化合物も炭化水素と同じように計算できる。これは酸素の原子価が 2 であるからである。

問 iii　エステル **A** の加水分解は次のように表される。

$\quad$ **A**　+ H_2O　$\longrightarrow$　**B**　+　**C**
$\quad$ 2.60 g　x〔g〕　　 1.76 g　1.20 g

ここで反応した水は

$\quad x = 1.76 + 1.20 - 2.60 = 0.36$〔g〕

これより反応した水の物質量は

$\quad \dfrac{0.36}{18} = 0.020$〔mol〕

よって，**A**，**B**，**C** の分子量は

$$\mathbf{A}：\frac{2.60}{0.020}=130 \qquad \mathbf{B}：\frac{1.76}{0.020}=88 \qquad \mathbf{C}：\frac{1.20}{0.020}=60$$

また，アルコール**B**の元素分析から，**B** 17.6mg 中に含まれる元素の質量は次のようになる。

Cの質量：$44.0\times\dfrac{12}{44}=12.0$〔mg〕

Hの質量：$21.6\times\dfrac{2\times1}{18}=2.4$〔mg〕

Oの質量：$17.6-(12.0+2.4)=3.2$〔mg〕

よって，各原子数の比は

$$C：H：O=\frac{12.0}{12}：\frac{2.4}{1}：\frac{3.2}{16}=1：2.4：0.2=5：12：1$$

したがって，組成式は $C_5H_{12}O$ となり，分子量が88であるから，アルコール**B**は $C_5H_{11}OH$ となる。

また，1価のカルボン酸**C**は分子量が60であるから，酢酸 CH_3COOH とわかる。

以上から，エステル**A**の構造式は以下の8種類が考えられる。

$$\underset{O}{CH_3-\overset{\parallel}{C}-O-CH_2-CH_2-CH_2-CH_2-CH_3}$$

$$CH_3-\overset{O}{\overset{\parallel}{C}}-O-CH_2-CH_2-\overset{CH_3}{\overset{\mid}{CH}}-CH_3$$

$$CH_3-\overset{O}{\overset{\parallel}{C}}-O-CH_2-\overset{CH_3}{\overset{\mid}{CH}}-CH_2-CH_3 \qquad CH_3-\overset{O}{\overset{\parallel}{C}}-O-\overset{CH_3}{\overset{\mid}{CH}}-CH_2-CH_2-CH_3$$

$$CH_3-\overset{O}{\overset{\parallel}{C}}-O-CH_2-\overset{CH_3}{\underset{CH_3}{\overset{\mid}{\underset{\mid}{C}}}}-CH_3 \qquad CH_3-\overset{O}{\overset{\parallel}{C}}-O-\overset{CH_3}{\overset{\mid}{CH}}-\overset{CH_3}{\overset{\mid}{CH}}-CH_3$$

$$CH_3-\overset{O}{\overset{\parallel}{C}}-O-\overset{CH_3}{\underset{CH_3}{\overset{\mid}{\underset{\mid}{C}}}}-CH_2-CH_3 \qquad CH_3-\overset{O}{\overset{\parallel}{C}}-O-\overset{\overset{CH_3}{\mid}\;\overset{CH_2}{\mid}}{CH}-CH_2-CH_3$$

攻略のポイント

炭素と水素以外に，酸素，窒素，ハロゲン（X＝F，Cl，Br，I）を含む有機化合物 $C_mH_hO_oN_nX_x$ 分子の不飽和結合と環の数を算出することができる。

$$（不飽和結合と環の数）=\frac{\{(2m+2)-(h+x-n)\}}{2}$$

ここで，o，n，x が0のとき，相当するアルカン C_mH_{2m+2} に比べ水素原子がいくつ少ないかを調べればよいが，o，n，x が0でない場合，上式のように考えられる理由は

次のようになる。

①酸素原子の原子価は2であるから，C，Hなどの数を変えずに酸素原子を加えることができるので，数 o は式に含まれていない。

②窒素原子の原子価が3であるから，窒素原子が1つ増えると水素原子が1つ増えるため，水素原子の数 h から窒素原子の数 n を引く。

③ハロゲン原子の原子価が1であるから，水素原子の数 h にハロゲン原子の数 x を加える。

第6章 天然有機化合物, 合成高分子化合物

226 解 答

$C_{15}H_{27}N_3O_6$

解 説

記述ウ・エより, pH6.0の緩衝溶液中で電気泳動により, ほとんど移動しないアミノ酸は, グリシン, セリンが考えられるが, 記述エより不斉炭素原子をもたないのでグリシンである。また, 陽極側に移動する α-アミノ酸は, アスパラギン酸とグルタミン酸が考えられる。さらに, 陰極側に移動する α-アミノ酸はリシンであるから, トリペプチド A にリシンは含まれていない。

記述オより, トリペプチド A の完全燃焼により生成する CO_2 と H_2O の質量比が44 : 15であるので, A の分子式を $C_xH_yN_3O_z$ とすると, 1.0 mol の A の完全燃焼により生じる CO_2（分子量44）は x〔mol〕, H_2O（分子量18）は $\dfrac{y}{2}$〔mol〕となる。

よって, C と H の質量の比より

$$44x : \frac{y}{2} \times 18 = 44 : 15$$

$$x : y = 3 : 5$$

ここで, トリペプチド A の構成アミノ酸はグリシン Gly, アスパラギン酸 Asp, グルタミン酸 Glu であるから, 3つのアミノ酸の組み合わせは次のようなものが考えられる。

(Gly, Gly, Asp), (Gly, Gly, Glu), (Gly, Asp, Asp),
(Gly, Asp, Glu), (Gly, Glu, Glu)

これらの組み合わせの中で, トリペプチド A は環状構造を形成せず, 分子量が250より大きいことと, A 1分子中の C 原子と H 原子の数の比が3 : 5になるのは, (Gly, Gly, Glu) の場合である。このとき A の分子式は次のように表される。

$$C_2H_5NO_2 + C_2H_5NO_2 + C_5H_9NO_4 \longrightarrow C_9H_{15}N_3O_6 + 2H_2O$$
　　グリシン　　　グリシン　　グルタミン酸　　トリペプチド A
　　　　　　　　　　　　　　　　　　　　　　　（分子量 261）

よって, A は1分子中にカルボキシ基を2つもつので, 1-プロパノールとの反応は次のようになる。

$$C_9H_{15}N_3O_6 + 2C_3H_7OH \longrightarrow C_{15}H_{27}N_3O_6 + 2H_2O$$
　　　　　　　　　　　　　　　　　化合物 B

227 解 答

3

解 説

記述ア～ウを整理すると次のようになる。

$$n\mathrm{CH_2=CH} \atop \quad\quad \mathrm{OCOCH_3} \xrightarrow[\text{付加重合}]{} \left[\begin{array}{c}\mathrm{CH_2-CH}\\ \quad\;\mathrm{OCOCH_3}\end{array}\right]_n$$

A（ポリ酢酸ビニル）

$$\xrightarrow[\text{けん化}]{\mathrm{NaOH}} \left[\begin{array}{c}\mathrm{CH_2-CH}\\ \quad\;\mathrm{OH}\end{array}\right]_n$$

B（ポリビニルアルコール）

$$\xrightarrow[\text{アセタール化}]{\mathrm{HCHO}} \left[\mathrm{CH_2-CH-CH_2-CH-CH_2-CH}\atop \qquad\mathrm{O}\qquad\;\mathrm{O}\qquad\quad\mathrm{OH}\right]_{n'}$$
$$\mathrm{CH_2}$$

C（ビニロン）

1. （正文）直鎖状構造であるから，熱可塑性樹脂となる。

2. （正文）ポリアクリロニトリルは，アクリロニトリルの付加重合反応によって得られる。

$$n\mathrm{CH_2=CH}\atop\quad\quad\mathrm{CN} \xrightarrow[\text{付加重合}]{} \left[\begin{array}{c}\mathrm{CH_2-CH}\\ \quad\;\mathrm{CN}\end{array}\right]_n$$

ポリアクリロニトリル

3. （誤文）塩基による加水分解であるけん化は，不可逆的である。

4. （正文）高分子化合物**B**はヒドロキシ基を多くもつ水溶性の高分子化合物であり，このコロイド溶液を細孔から飽和硫酸ナトリウム水溶液中に押し出し凝固させ，繊維化させる。

5. （正文）ヒドロキシ基−OH は親水性であり，適度な吸湿性をもつため，綿に似た性質がある。

6. （正文）高分子化合物**B**の繰り返し単位−$\mathrm{CH_2}$−$\mathrm{CH(OH)}$− の式量は 44 であるから，**B** 88g 中の全ヒドロキシ基の物質量は

$$\frac{88}{44}=2.0\,[\mathrm{mol}]$$

このとき，次に示す反応により，ヒドロキシ基2つあたり，C原子1つ分の質量が増加する。

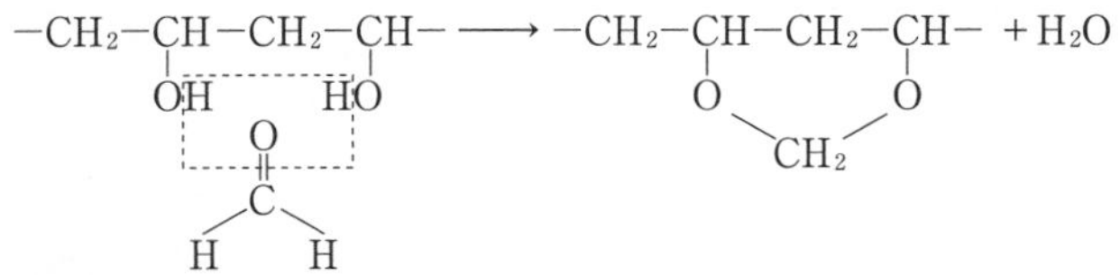

$$-CH_2-CH-CH_2-CH- \longrightarrow -CH_2-CH-CH_2-CH- \ +H_2O$$

(構造式:左側 OH　HO／O—C(H)(H)／右側 O—CH_2—O)

よって，全ヒドロキシ基中の x〔%〕が反応したとすると

$$2.0 \times \frac{x}{100} \times \frac{1}{2} \times 12 = 92-88 \qquad \therefore \quad x = \frac{100}{3} \text{〔%〕}$$

したがって，高分子化合物 **C** に残存するヒドロキシ基の割合は

$$100 - \frac{100}{3} = 66.6 \doteq 67 \text{〔%〕}$$

7．（正文）ビニロンは，強度，耐薬品性があり，作業着，ロープ，漁網などに用いられる。

228　解　答

4 ・ 5

解　説

1．（誤文）核酸はヌクレオチドのリン酸部分の −OH と，もう一方のヌクレオチドの糖の −OH 基間で脱水縮合したものである。

2．（誤文）アデニンはチミンと2本の水素結合によって塩基対を形成する。

3．（誤文）ウラシルと相補的に対を形成する塩基はアデニンである。

4．（正文）DNA を構成する糖であるデオキシリボースには，不斉炭素原子が3個あるのに対し，RNA を構成する糖であるリボースには，不斉炭素原子が4個ある。

5．（正文）シトシンと対を形成するのはグアニンであるから，シトシンとグアニン合わせて46%となる。よって，残りのアデニンとチミン合わせて54%であるから，アデニンの数の割合は27%である。

6．（誤文）核酸はビウレット反応はしない。

7．（誤文）中性水溶液中では，核酸のリン酸が結合した部分が右のような構造になっているため，電気泳動により陰極側へは移動しない。

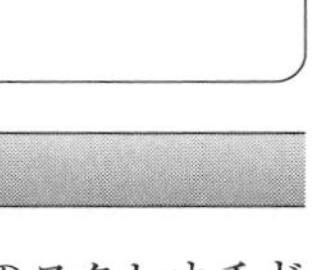

（右図：$^-O-\overset{O}{\underset{O}{P}}-O-CH_2$）

229　解　答

3

解 説

記述ア〜エより，高分子化合物 **A**〜**D** は次のようになる。

ア． $n\text{CH}_2=\overset{\underset{\displaystyle \text{CH}_3}{|}}{\text{CH}} \longrightarrow \left[\text{CH}_2-\overset{\underset{\displaystyle \text{CH}_3}{|}}{\text{CH}}\right]_n$

A（ポリプロピレン）

イ． $n\text{CH}=\text{CH}_2 \longrightarrow \left[\text{CH}-\text{CH}_2\right]_n$

B（ポリスチレン）

ウ． $n\text{H}_2\text{N}\!-\!(\text{CH}_2)_6\!-\!\text{NH}_2 + n\text{HO}-\overset{\underset{\displaystyle \text{O}}{\|}}{\text{C}}-(\text{CH}_2)_4-\overset{\underset{\displaystyle \text{O}}{\|}}{\text{C}}-\text{OH}$

$\longrightarrow \text{H}\left[\text{N}-(\text{CH}_2)_6-\underset{\underset{\displaystyle \text{H}}{|}}{\text{N}}-\overset{\underset{\displaystyle \text{O}}{\|}}{\text{C}}-(\text{CH}_2)_4-\overset{\underset{\displaystyle \text{O}}{\|}}{\text{C}}\right]_n\text{OH} + (2n-1)\text{H}_2\text{O}$

C（ナイロン 66）

エ． $n\text{H}_2\text{C}\begin{smallmatrix}\text{CH}_2-\text{CH}_2-\text{N}-\text{H}\\ \text{CH}_2-\text{CH}_2-\text{C}=\text{O}\end{smallmatrix} \longrightarrow \left[\text{N}-(\text{CH}_2)_5-\overset{\underset{\displaystyle \text{O}}{\|}}{\underset{\underset{\displaystyle \text{H}}{|}}{\text{C}}}\right]_n$

D（ナイロン 6）

1．（正文）結晶部分では分子間力が大きくはたらき，同じ質量あたりの体積が小さくなるため，密度は大きくなる。

2．（正文）ポリスチレンは，包装材料や断熱材（発泡ポリスチレン）などに用いられる。

3．（誤文）合成された高分子化合物はいろいろな分子量の分子の集まりであり，平均分子量 1.04×10^4 であっても，すべての分子において重合度 100 以上とは限らない。

4．（正文）**C** のナイロン 66 の末端部分はアミノ基とカルボキシ基であるから，アミノ基とカルボキシ基がすべてなくなるまで反応させると，得られる高分子化合物は環状構造になる。

5．（正文）**C** の繰り返し単位の組成式は $\text{C}_{12}\text{H}_{22}\text{N}_2\text{O}_2$，**D** の繰り返し単位の組成式は $\text{C}_6\text{H}_{11}\text{NO}$ となるので，繰り返し単位中の窒素の含有率は同じである。

6．（正文）**A**〜**D** はすべて鎖状構造であり，熱を加えると粒子の熱運動により軟らかくなり，冷えると硬くなる熱可塑性の化合物である。

230 解 答

6

解　説

記述**ア**〜**ウ**より，単糖**A**〜**C**は次のようになる。

ア．マルトース（麦芽糖）を加水分解すると，グルコース2分子が生成する。よって，**A**はグルコースである。

イ．スクロース（ショ糖）を加水分解すると，グルコースとフルクトースが得られる。よって，**B**はフルクトースである。

ウ．ラクトース（乳糖）を加水分解すると，グルコースとガラクトースに分解される。よって，**C**はガラクトースである。

1．（正文）**A**〜**C**の単糖の分子式は$C_6H_{12}O_6$であり，**A**，**B**は構造異性体の関係にある。

2．（正文）ヨウ素分子が，デンプンやグリコーゲン中のらせん構造内に取り込まれ，らせん構造の長さに応じて呈色する。らせん構造が長いアミロースは濃青色，枝分かれ構造をもつアミロペクチンは赤紫色，らせん構造が短く，多くの枝分かれ構造をもつグリコーゲンは赤褐色を呈する。

3．（正文）α-グルコースの1位のヒドロキシ基どうしで脱水縮合した二糖を，トレハロースという。トレハロースは，次の構造式で表され，ヘミアセタール構造をもたず還元性を示さない。

4．（正文）α-グルコースが脱水縮合してできるアミロースとアミロペクチン，β-グルコースが脱水縮合してできるセルロース，セルロースを加水分解してできる二糖類であるセロビオースをそれぞれ加水分解すると，すべてグルコースになる。

5．（正文）グルコースは，水溶液中では，α-グルコース，β-グルコース，鎖状構造のグルコースの平衡混合物となっている。このうち還元性を示すのは，ホルミル基をもつ鎖状構造のグルコースである。

6．（誤文）**B**であるフルクトースの鎖状構造中のカルボニル基は，次の平衡反応により，ホルミル基をもつ構造に変化する。

（エンジオール構造）　　　　　ホルミル基

また，ホルミル基はフェーリング液中の Cu^{2+} と次のように反応し，Cu_2O（式量144）の赤色沈殿を生じる。

$$-CHO \quad +2Cu^{2+}+5OH^- \longrightarrow -COO^-+Cu_2O\downarrow+3H_2O$$
（フルクトース）

フルクトースの分子量は 180 なので，生成する Cu_2O の質量〔g〕は

$$\frac{1.80}{180}\times144=1.44〔g〕$$

7．（正文）マルトース x〔mol〕，スクロース y〔mol〕，ラクトース z〔mol〕とすると，加水分解により，生じる **A**，**B**，**C** の物質量は次のようになる。

$$マルトース+H_2O \longrightarrow \quad 2A$$
$$x〔mol〕 \qquad\qquad 2x〔mol〕$$

$$スクロース+H_2O \longrightarrow \quad A \quad + \quad B$$
$$y〔mol〕 \qquad\qquad y〔mol〕 \quad y〔mol〕$$

$$ラクトース+H_2O \longrightarrow \quad A \quad + \quad C$$
$$z〔mol〕 \qquad\qquad z〔mol〕 \quad z〔mol〕$$

よって **A**：$2x+y+z$〔mol〕，**B**：y〔mol〕，**C**：z〔mol〕

これらの物質量比が，$7:3:2$ であるから

$$2x+y+z=7k,\quad y=3k,\quad z=2k \quad (k>0)$$

とすると，$x=k$ となるので，混合物中のスクロースのモル分率は

$$\frac{y}{x+y+z}=\frac{3k}{k+3k+2k}=0.5$$

攻略のポイント

ラクトースは，β-ガラクトースの 1 位のヒドロキシ基と，β-グルコースの 4 位のヒドロキシ基間で脱水縮合し，グリコシド結合を形成した二糖であり，甘味はショ糖の約 0.4 倍である。

また，グルコースとラクトースは，4 位の水素原子とヒドロキシ基の立体配置が異なっている点を覚えておきたい。以下に β-ガラクトースの環状構造，鎖状構造および鎖状構造におけるくさび形表記を示す。特に□で囲んだくさび形表記における各原子や原子団の立体配置なども十分理解しておきたい。

β-ガラクトース

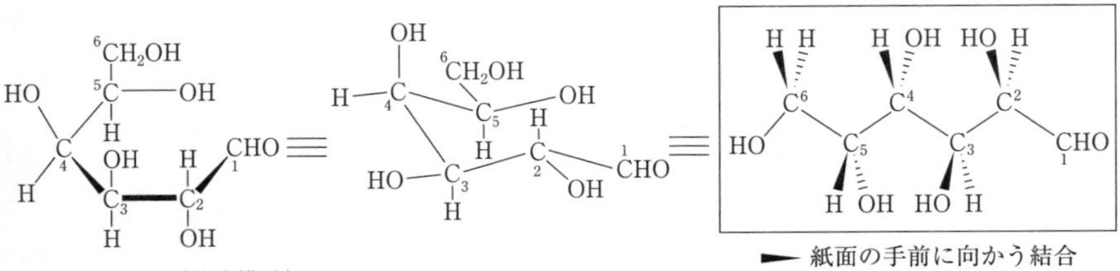

ガラクトース（鎖状構造）

■━━ 紙面の手前に向かう結合
⊦⊦⊦⊦ 紙面の奥に向かう結合

231 解 答

3・5

解 説

A～Gの高分子化合物の化学式と名称は次のようになる。

A.

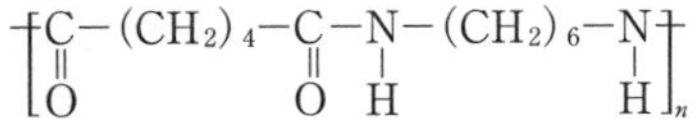

$$\left[\begin{array}{c} C-(CH_2)_4-C-N-(CH_2)_6-N \\ \parallel \qquad\qquad \parallel \; | \qquad\qquad | \\ O \qquad\qquad O\; H \qquad\qquad H \end{array}\right]_n$$

ナイロン 66

B.

$$\left[\begin{array}{c} CH_2-C(CH_3) \\ | \\ COOCH_3 \end{array}\right]_n$$

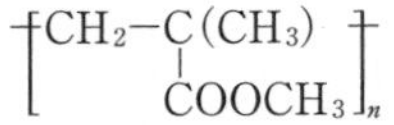

ポリメタクリル酸メチル（メタクリル樹脂）

C.

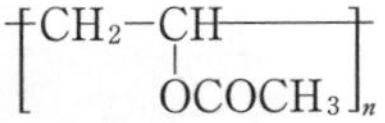

$$\left[\begin{array}{c} CH_2-CH \\ | \\ OCOCH_3 \end{array}\right]_n$$

ポリ酢酸ビニル

D.

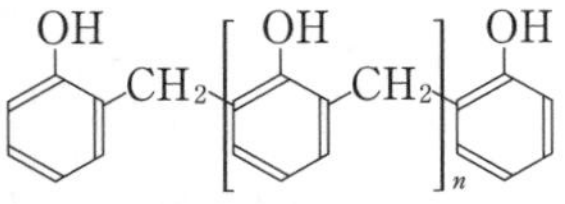

ノボラック　　　　$(n = 0 \sim 10)$

E.

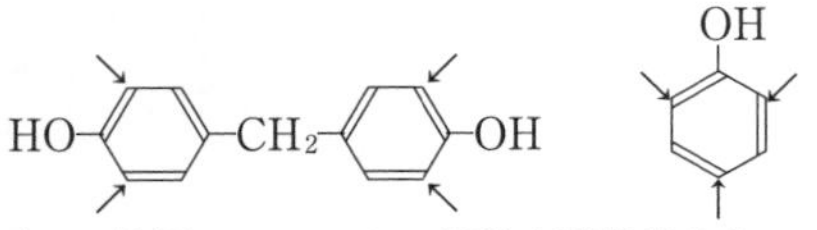

（→の位置に $-CH_2OH$ が数カ所置換されている）
レゾール

F.

$$-CH_2-N-CH_2-N-CO-NH-CH_2-$$
$$\qquad\quad | \qquad\qquad | \qquad\qquad$$
$$\qquad\quad CO \qquad\quad CH_2 \qquad CH_2-$$
$$-CH_2-N-CH_2-N-CO-N-CH_2-$$

尿素樹脂

G.

$$
\begin{array}{c}
\text{CH}_3 \quad\ \text{CH}_3 \quad\ \text{CH}_3 \\
\cdots-\overset{|}{\underset{|}{\text{Si}}}-\text{O}-\overset{|}{\underset{|}{\text{Si}}}-\text{O}-\overset{|}{\underset{|}{\text{Si}}}-\text{O}-\cdots \\
\text{O} \qquad \text{CH}_3 \qquad \text{O} \\
\vdots \qquad\qquad\quad \vdots
\end{array}
$$

シリコーン樹脂（ケイ素樹脂）

1．（正文）カプロラクタムに少量の水を加えて加熱すると，環のアミド結合の部分が開いて結合し，得られる高分子化合物をナイロン6といい，このような重合を開環重合という。

2．（正文）**B**はアクリル樹脂ともいわれ，風防ガラス，プラスチックレンズなどにも用いられる。

3．（誤文）ポリ酢酸ビニルは水に不溶で，塗料，接着剤などに用いられる。ポリ酢酸ビニルをけん化して得られるポリビニルアルコールは水溶性の高分子化合物である。

4．（正文）酸触媒を用いて得られる生成物**D**をノボラックといい，硬化剤を加えて加熱するとフェノール樹脂が得られる。一方，塩基触媒を用いて得られる生成物**E**をレゾールといい，硬化剤を加えなくても加熱することでフェノール樹脂が得られる。

5．（誤文）**F**の尿素樹脂は熱硬化性樹脂である。尿素樹脂やメラミン樹脂を総称してアミノ樹脂という。

6．（正文）トリクロロメチルシラン CH_3SiCl_3，ジクロロジメチルシラン $(CH_3)_2SiCl_2$ などを水と反応させて加水分解すると，$CH_3Si(OH)_3$，$(CH_3)_2Si(OH)_2$ などのシラノール類となり，そのシラノール分子どうしの−OH間で H_2O がとれて縮合重合し，生成した立体網目状の高分子化合物をシリコーン樹脂（ケイ素樹脂）という。

232 解 答

6

解 説

記述ア～ウより化合物**A**～**D**は次のようになる。

ア． **A**の側鎖をR_Aとすると，**A**はCH_3OHと次のように反応する。

$$
\underset{\substack{\text{α-アミノ酸}\textbf{A}}}{H_2N-\overset{R_A}{\underset{}{\underset{|}{C}}}-\overset{}{\underset{\underset{O}{\|}}{C}}-OH} + CH_3OH \longrightarrow \underset{\substack{\text{化合物}\textbf{C}}}{H_2N-\overset{R_A}{\underset{|}{C}}-\overset{}{\underset{\underset{O}{\|}}{C}}-O-CH_3} + H_2O
$$

ここで**C**の分子量103よりR_Aは−CH_3（=15）となり，**A**はアラニンである。

イ．**A**（アラニン）は，無水酢酸と次のように反応する。

$$H_2N-\underset{\underset{CH_3}{|}}{CH}-\underset{\underset{O}{\|}}{C}-OH + \underset{CH_3-C\overset{\displaystyle O}{\underset{\displaystyle O}{\diagdown\!\!/}}}{\overset{\displaystyle CH_3-C\overset{\displaystyle O}{\diagup}}{}}$$

$$\longrightarrow CH_3-\underset{\underset{O}{\|}}{C}-NH-\underset{\underset{CH_3}{|}}{CH}-\underset{\underset{O}{\|}}{C}-OH + CH_3-\underset{\underset{O}{\|}}{C}-OH$$

化合物 **D**

ウ．**B**はメチル基をもたず，濃い NaOH 水溶液を加えて加熱後，Pb(CH$_3$COO)$_2$ で黒色の沈殿 PbS を生じることから S を含むとわかり，システインと考えられる。

1．（誤文）**A**であるアラニンより分子量の小さいアミノ酸はグリシンである。

2．（誤文）**B**であるシステイン間の酸化により生成するジスルフィド結合はタンパク質の三次構造の形成に重要である。一方，α-ヘリックス構造や β-シート構造などの二次構造はペプチド結合間の水素結合によるものである。

3．（誤文）トリペプチドの配列を**A**ー**A**ー**B**のように表し，左側をアミノ末端，右側をカルボキシ末端とすると，その種類は**A**ー**A**ー**B**，**A**ー**B**ー**A**，**B**ー**A**ー**A**の3種類である。

4．（誤文）塩基性条件下での**C**は $H_2N-\underset{\underset{CH_3}{|}}{CH}-\underset{\underset{O}{\|}}{C}-O-CH_3$ と中性の状態にあるので陽極，陰極どちらへも移動しない。

5．（誤文）**D**はアミノ基の部分でアセチル化しているため，ニンヒドリン水溶液を加えて加熱しても，赤～青紫色を呈しない。

6．（正文）**A**であるアラニンの分子量は 89 であるから，**A**のみからなる鎖状のトリペプチドの分子量は，89×3－18×2＝231 である。

7．（誤文）**A**は双性イオンとなり，イオン結合性の結晶を形成するため，**C**，**D**に比べ最も融点が高くなる。

233　解　答

6・7

解　説

記述ア～オより，高分子化合物 **A**～**G** は次のようになる。

ア．nCH≡CH $\longrightarrow$ $\{$CH=CH$\}_n$

　　　　　　　　　A（ポリアセチレン）

イ．nCH$_2$=CH(OCOCH$_3$) $\longrightarrow$ $\{$CH$_2$-CH(OCOCH$_3$)$\}_n$

　　　　　　　　　　　　　B（ポリ酢酸ビニル）

ウ. $-\!\!\left(CH_2-CH(OCOCH_3)\right)\!_n + nNaOH$

$$\xrightarrow[\text{けん化}]{} \underset{\textbf{C}\ (\text{ポリビニルアルコール})}{-\!\!\left(CH_2-CH(OH)\right)\!_n} + nCH_3COONa$$

繊維化された**C**を，HCHO を用いてアセタール化すると，ビニロン（**D**）が得られる。ビニロンの部分構造は次のようになる。

$$\cdots-CH_2-CH-CH_2-CH-CH_2-CH-CH_2-CH-\cdots$$

（OH・O・CH₂・O・OH の構造）

エ. **E**は次のような構造部分をもつ。

（…−CH₂−CH−CH₂−CH−… にベンゼン環とp-ジビニルベンゼン構造、…−CH₂−CH−… ）

p-ジビニルベンゼンが架橋構造を形成し，立体網目状構造をもつ**E**が生成する。**E**に濃硫酸を作用させると，スチレンのパラ位などがスルホン化され，陽イオン交換樹脂**F**が得られる。

オ. アクリル酸ナトリウム $CH_2=CH(COONa)$ を，架橋構造が形成されるように重合した**G**は，吸水によって $-COONa$ が電離するため，多量の水分子を保持することができる。このような高分子化合物を吸水性高分子という。

1．（正文）**A**のポリアセチレンに少量の I_2 を加えると，電気伝導性の高い高分子化合物が得られる。このように，金属に近い電気伝導性をもつ高分子化合物は導電性高分子とよばれる。

2．（正文）**B**のポリ酢酸ビニルをけん化することによって，**C**のポリビニルアルコールが得られる。

3．（正文）**D**のビニロンはアセタール化により，上記**ウ**で示したように六員環構造を含む。

4．（正文）陽イオン交換樹脂である**F**の部分構造を $R-SO_3H$ と表すと

$$R-SO_3H + NaCl \rightleftharpoons R-SO_3Na + HCl$$

よって，水溶液は酸性になる。

5．（正文）水を吸収することで分子内にある $-COONa$ が $-COO^-$ と Na^+ に電離する。このため $-COO^-$ 間の反発によって網目が拡大し，そのすき間に多量の水を吸収することができる。

6．（誤文）**A**〜**F**のうち，水に溶けるのは，分子中に多くの $-OH$ をもつ**C**のポリビニルアルコールのみである。ポリビニルアルコールを，水に溶けず，適度な吸湿性をもった化合物とするためにアセタール化が行われる。

7．（誤文）**A**〜**G**はすべて付加重合によって得られる高分子化合物である。

234　解　答

4

解　説

与えられた**A**～**E**に関する記述より，**A**は水に不溶で，水素結合により繊維を形成することからセルロース，また，**B**は熱水に可溶でヨウ素デンプン反応をすることからデンプンである。一方，**C**，**D**は次の反応により**A**から合成される。

$[C_6H_7O_2(OH)_3]_n + 3n(CH_3CO)_2O$
　A（セルロース）

$\longrightarrow [C_6H_7O_2(OCOCH_3)_3]_n + 3nCH_3COOH$
　　　　　　　C（トリアセチルセルロース）

$[C_6H_7O_2(OH)_3]_n + 3nHNO_3 \longrightarrow [C_6H_7O_2(ONO_2)_3]_n + 3nH_2O$
　A（セルロース）　　　　　　　**D**（トリニトロセルロース）

Eは，ゴムの木から得られる乳液を有機酸などで処理し乾燥させたもので天然ゴム（生ゴム）という。**E**の主成分はポリイソプレンで，次に示すシス形の構造をしている。

$$\cdots-CH_2 \underset{CH_3}{\overset{}{\diagdown}} C=C \underset{H}{\overset{CH_2-\cdots}{\diagup}}$$
　　（シス形）

1．（誤文）**A**をセルラーゼで加水分解するとセロビオース，**B**をアミラーゼで加水分解するとマルトースが得られる。

2．（誤文）デンプンやセルロースは銀鏡反応などの還元性を示さない。

3．（誤文）**C**であるトリアセチルセルロースは溶媒に溶解しにくいので，一部加水分解により，ジアセチルセルロース$[C_6H_7O_2(OH)(OCOCH_3)_2]_n$とし，アセトンに溶解後，細孔から押し出し，温風で溶媒を蒸発させたものをアセテートという。このようにして得られた繊維は半合成繊維という。また，トリニトロセルロースは硝化綿（強綿薬）といい，無煙火薬の原料となる。一方，再生繊維としては，銅アンモニアレーヨンやビスコースレーヨンなどがある。

4．（正文）**A**の分子量は$162n$であり，**A** $162n$〔g〕から生じる**C**は$288n$〔g〕，**D**は$297n$〔g〕であるから，**D**の質量の方が大きい。

5．（誤文）加硫により架橋構造が形成され弾性力は増加する。

6．（誤文）空気を遮断して加熱分解することを乾留という。乾留によってポリイソプレンは，沸点34℃の無色の液体であるイソプレン$CH_2=C(CH_3)-CH=CH_2$を生成する。

235 解 答

2 ・ 5

解 説

記述ア～エによって生成する化合物は，次のようになる。

ア．　CH≡CH + HCN ⟶ CH$_2$=CH
　　　　　　　　　　　　　　　　|
　　　　　　　　　　　　　　　　CN
　　　　　　　　　アクリロニトリル
　　　　　　　　　（化合物 a）

nCH$_2$=CH $\xrightarrow{\text{付加重合}}$ ┤CH$_2$-CH├
　　　|　　　　　　　　　　　　|
　　　CN　　　　　　　　　　　CN ┘$_n$
　　　　　　　ポリアクリロニトリル
　　　　　　　（高分子 A）

イ．　CH≡CH + HCl ⟶ CH$_2$=CH
　　　　　　　　　　　　　　　　|
　　　　　　　　　　　　　　　　Cl
　　　　　　　　　塩化ビニル
　　　　　　　　　（化合物 b）

nCH$_2$=CH $\xrightarrow{\text{付加重合}}$ ┤CH$_2$-CH├
　　　|　　　　　　　　　　　　|
　　　Cl　　　　　　　　　　　Cl ┘$_n$
　　　　　　　ポリ塩化ビニル
　　　　　　　（高分子 B）

ウ．　　CH$_2$-NH-CO-CH$_2$　$\xrightarrow{\text{開環重合}}$ ┤NH┤CH$_2$┤$_5$CO├$_n$
　　n |
　　　　CH$_2$——CH$_2$——CH$_2$　　　　　　ナイロン6
　　　　　カプロラクタム　　　　　　　　（高分子 C）
　　　　　（化合物 c）

エ．　CH$_2$=CH$_2$ $\xrightarrow[\text{(60℃，低圧下)}]{\text{付加重合}}$ 高密度ポリエチレン（高分子 D）
　　　エチレン
　　　（化合物 d）　$\xrightarrow{\text{(200℃，高圧下)}}$ 低密度ポリエチレン（高分子 E）

　高密度ポリエチレンはほとんど枝分かれがなく，比較的硬くて不透明であるのに対し，低密度ポリエチレンは枝分かれが多く，やわらかく透明である。

1．（正文）ポリアクリロニトリルを主成分とする合成繊維をアクリル繊維といい，肌触りが羊毛に似て保温力がある。

2．（誤文）ポリ塩化ビニルは，電線の被覆やシートや管などに用いられ，適度な吸湿性は示さない。

3．（正文）ポリ塩化ビニルなどの塩素を含む物質は，燃焼温度が低いと毒性の強いダイオキシン類を生じる場合がある。

4．（正文）ヘキサメチレンジアミンとアジピン酸の縮合重合によって生じるナイロン66 は，ナイロン6と同様，分子内に多数のアミド結合をもち，ポリアミドと呼ばれる。

5．（誤文）高分子Dの方が高分子Eより結晶化しやすくて密度が高く，不透明である。

6．（正文）フェノール樹脂，尿素樹脂，メラミン樹脂などは，付加縮合によって得られる熱硬化性樹脂であり，高分子A〜Eは熱可塑性樹脂である。

236 解答

$C_{51}H_{092}O_6$

解説

記述アより，油脂Aの分子量を M とすると，KOH（式量56）によって完全に加水分解されるので

$$\frac{20.0}{M} : \frac{4.20}{56} = 1 : 3 \qquad \therefore \quad M = 800$$

記述イより，脂肪酸Bは飽和脂肪酸，脂肪酸C，Dは不飽和脂肪酸である。

記述ウより，油脂Aに Br_2（分子量160）を完全に付加させるので，油脂Aと Br_2 の物質量比は

$$\frac{20.0}{800} : 7.50 \times 10^{-2} = 2.50 \times 10^{-2} : 7.50 \times 10^{-2}$$

$$= 1 : 3$$

よって，炭素間二重結合が油脂Aに3つあるから，脂肪酸Bを $C_nH_{2n+1}COOH$（分子量 $14n + 46$）と表すと，脂肪酸C，Dは $C_nH_{2n-1}COOH$（分子量 $14n + 44$），$C_nH_{2n-3}COOH$（分子量 $14n + 42$）で表される。グリセリン $C_3H_8O_3$（分子量92）と脂肪酸B，C，Dから3分子の H_2O（分子量18）がとれて，分子量800の油脂Aが生成するので，n は次のようになる。

$$92 + (14n + 46) + (14n + 44) + (14n + 42) - 18 \times 3 = 800$$

$$42n = 630$$

$$\therefore \quad n = 15$$

したがって，油脂Aの分子式は次のようになる。

$$C_3H_8O_3 + C_{15}H_{31}COOH + C_{15}H_{29}COOH + C_{15}H_{27}COOH \longrightarrow C_{51}H_{92}O_6 + 3H_2O$$

（油脂A）

攻略のポイント

不飽和度を利用して分子式を求めてもよい。不飽和度とは，分子中の不飽和結合や環の数のことである。例えば，アルケンであればアルカンに比べ水素原子が2個少ないので不飽和度1，アルキンであれば水素原子が4個少ないので不飽和度2とする。また，エステル結合やカルボニル基のような $>C=O$ も不飽和度1とする。（詳しくは p. 436 の 225 番〈攻略のポイント〉参照。）よって，油脂A1分子中に，エステル結合3個，炭素間二重結合も3個あるので，不飽和度は6である。したがって，アルカンに対し水素原子が12個少ないので，油脂Aの分子式は $C_nH_{2n-10}O_6$ となる（脂肪酸は鎖式1価カルボン酸であるから，環状構造は含まず，酸素原子数は6個である）。

以上より油脂Aの分子量 800 から

$$12n + (2n-10) + 16 \times 6 = 800 \qquad \therefore \quad n = 51$$

油脂Aの分子式は　　　$C_{51}H_{92}O_6$

237 解 答

1 ・ 5

解 説

ア～エの反応は次のようになる。

ア．メタノールを触媒を用いて空気中で酸化すると，ホルムアルデヒドが得られる。

$$2CH_3OH + O_2 \longrightarrow 2HCHO + 2H_2O$$

ホルムアルデヒド
（化合物 a ）

また，イソプロピルベンゼン（クメン）を酸化後，希硫酸で処理すると，フェノールとアセトンが得られる。よって，芳香族化合物 b はフェノールである。

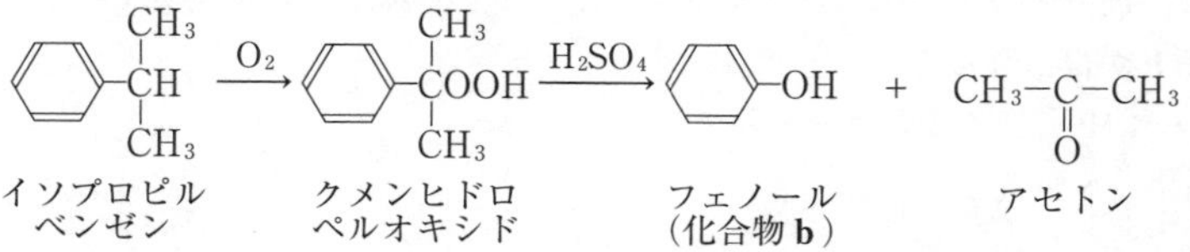

イソプロピル　　　　　クメンヒドロ　　　　　フェノール　　　　　アセトン
ベンゼン　　　　　　　ペルオキシド　　　　　（化合物 b ）

したがって，ホルムアルデヒドとフェノールを塩基触媒を用いて加熱すると，レゾールを経て，熱硬化性樹脂であるフェノール樹脂が得られる。

$$n \bigcirc\!\!-OH + m\,HCHO \xrightarrow{\text{塩基}} \text{レゾール} \xrightarrow{\text{加熱}}$$

（化合物 b）　　（化合物 a）

フェノール樹脂
（高分子 A）

イ． アセチレンに酢酸を付加させると酢酸ビニルが得られ，付加重合すると高分子 **B** のポリ酢酸ビニル，さらにけん化することで高分子 **C** であるポリビニルアルコールが得られる。

$$H-C\equiv C-H + CH_3COOH \longrightarrow \begin{matrix} H \\ H \end{matrix} C=C \begin{matrix} H \\ OCOCH_3 \end{matrix}$$

酢酸ビニル
（化合物 c）

$$n\ \begin{matrix} H \\ H \end{matrix} C=C \begin{matrix} H \\ OCOCH_3 \end{matrix} \xrightarrow{\text{付加重合}} \left[CH_2-CH \atop OCOCH_3 \right]_n \xrightarrow{\text{けん化}} \left[CH_2-CH \atop OH \right]_n$$

ポリ酢酸ビニル　　　　　ポリビニルアルコール
（高分子 B）　　　　　　（高分子 C）

ウ． 化合物 **d** はスチレン，化合物 **e** は p-ジビニルベンゼンである。これらの化合物を共重合させると高分子 **D** が得られる。

$$m \overset{CH=CH_2}{\bigcirc} + n \overset{CH=CH_2}{\underset{CH=CH_2}{\bigcirc}} \xrightarrow{\text{共重合}}$$

スチレン　　　p-ジビニルベンゼン
（化合物 d）　　（化合物 e）　　　　　　　　（高分子 D）

さらに，高分子 **D** を濃硫酸とスルホン化させると，陽イオン交換樹脂の一種である高分子 **E** が得られる。

（高分子 E）

エ． 化合物 **f** は 1,3-ブタジエンで，付加重合させるとポリブタジエン（ブタジエンゴム）が得られる。

$$n\,CH_2=CH-CH=CH_2 \longrightarrow \left[CH_2-CH=CH-CH_2 \right]_n$$

1,3-ブタジエン　　　　　　ポリブタジエン
（化合物 f）　　　　　　　（高分子 F）

また，スチレンと1,3-ブタジエンを共重合させると，スチレン-ブタジエンゴム（SBR）が得られる。

$$n\text{CH}_2=\text{CH}-\text{CH}=\text{CH}_2 + m \ \text{CH}=\text{CH}_2$$
（化合物 f）

（化合物 d）

$$\longrightarrow \cdots-\text{CH}_2-\text{CH}=\text{CH}-\text{CH}_2-\text{CH}-\text{CH}_2-\cdots$$

スチレン-ブタジエンゴム
（高分子 G）

1．（誤文）三次元の網目状構造をもつものは，高分子 A，D，E の3つである。

2．（正文）ポリビニルアルコールをホルムアルデヒドでアセタール化すると，ポリビニルアルコール中のヒドロキシ基の一部が，$-\text{O}-\text{CH}_2-\text{O}-$ の構造に変化したビニロンが得られる。

$$\cdots-\text{CH}_2-\underset{\text{OH}}{\text{CH}}-\text{CH}_2-\underset{\text{OH}}{\text{CH}}-\text{CH}_2-\underset{\text{OH}}{\text{CH}}-\cdots$$

$$\xrightarrow[\text{アセタール化}]{\text{HCHO}} \cdots-\text{CH}_2-\text{CH}-\text{CH}_2-\text{CH}-\text{CH}_2-\underset{\text{OH}}{\text{CH}}-\cdots$$
$$\text{O}-\text{CH}_2-\text{O}$$
ビニロン

3．（正文）水酸化ナトリウム水溶液に高分子 E である陽イオン交換樹脂を作用させると，NaOH が反応するため pH は小さくなる。

$$\text{R}-\text{SO}_3\text{H} + \text{NaOH} \longrightarrow \text{R}-\text{SO}_3\text{Na} + \text{H}_2\text{O} \quad （\text{R は高分子 E の部分構造を表す}）$$

4．（正文）高分子 F や高分子 G 中には炭素-炭素二重結合があるため，空気中の酸素と結合しゴムの弾性が失われる。

5．（誤文）高分子 B，高分子 F の平均重合度をそれぞれ m，n とすると，高分子 B の分子量は $86m$，高分子 F の分子量は $54n$ となる。よって，同じ平均分子量をもつので $m<n$ となり，平均重合度は F の方が大きい。

6．（正文）水溶性を示すのは，分子中に多くのヒドロキシ基をもつ高分子 C のポリビニルアルコールである。

238 解 答

問 i　2・6　　問 ii　4

解　説

多数のβ-グルコースが直鎖状に結合したセルロースを希硫酸で処理すると，単糖**X**であるグルコースまで加水分解される。また，セルロースにセルラーゼを作用させると，二糖**Y**であるセロビオースになる。

問 i　1．（正文）アミロース，アミロペクチンも，単糖まで加水分解すると，グルコースになる。

2．（誤文）それぞれの二糖を加水分解すると，スクロースからはグルコースとフルクトース，マルトースからはグルコース，ラクトースからはグルコースとガラクトースが得られる。

3．（正文）セロビオースの構造は次のとおり。ヘミアセタール構造（破線で囲んだ部分）をもつので，水溶液中では一部がアルデヒド基をもつ鎖状構造へ変化する。

4．（正文）セロビオース，スクロース，マルトース，ラクトースは，いずれも分子式が $C_{12}H_{22}O_{11}$ で表される。

5．（正文）グルコースは水溶液中では次のような平衡状態で存在するが，主に六員環の構造をとり，鎖状構造のグルコースは非常に少ない。

6．（誤文）グルコースなどの単糖類は，アルコール発酵によって，エタノールと二酸化炭素に分解される。

$$C_6H_{12}O_6 \longrightarrow 2C_2H_5OH + 2CO_2$$

問 ii　1．（正文）アセテート繊維は，セルロースを化学的に加工して得られるもので，半合成繊維に分類される。

2．（正文）セルロースから生じるアセテート繊維は，主にジアセチルセルロース $[C_6H_7O_2(OH)(OCOCH_3)_2]_n$ であり，油脂中にも存在するエステル結合がある。

3．（正文）銅アンモニアレーヨンやビスコースレーヨンなどは，セルロースなどそのままでは繊維として使えない物質を，化学的に処理し，繊維状高分子化合物に再生したもので，再生繊維といわれる。

4．（誤文）ビスコースを膜状に凝固させ，セルロースを再生させたものをセロハンという。

5．（正文）セルロースに濃硝酸と濃硫酸の混酸を作用させると，次の反応によりトリニトロセルロースが得られる。

$$[C_6H_7O_2(OH)_3]_n + 3nHNO_3 \longrightarrow [C_6H_7O_2(ONO_2)_3]_n + 3nH_2O$$

239 解 答

問 i　**0.20 mol**　　問 ii　**15 個**

解 説

問 i　ヒドロキシ酸を HO−R−COOH（R は炭化水素基）とすると，分子間で H_2O が取れて繰り返し単位が −O−R−CO−（式量 72）となる。

よって，求める化合物 **A** の物質量は，繰り返し単位の物質量に等しいから

$$\frac{14.40}{72} = 0.200 \doteqdot 0.20 \, [\text{mol}]$$

問 ii　平均 x 個の化合物 **A** が縮合重合したとすると，両末端はヒドロキシ基とカルボキシ基となるので，鎖状化合物の分子量は次のように表される。

$$90x - 18(x-1) = 72x + 18$$

また，鎖状化合物の生成に使われた化合物 **A** の質量は，180.00 g から環状化合物の生成に使われた質量を引けばよいので

$$180.00 - 0.200 \times 90 = 162.00 \, [\text{g}]$$

よって，鎖状化合物の生成に使われた化合物 **A** の物質量と，鎖状化合物中の両末端も含めた繰り返し単位の物質量は等しいので，求める x は次のようになる。

$$\frac{162.00}{90} = \frac{131.76}{72x + 18} \times x \quad \therefore \quad x = 15 \, 個$$

240 解 答

問 i　**3・5**　　問 ii　**26 個**

解　説

問 i　1．（誤文）フルクトースもグルコースも分子式は$C_6H_{12}O_6$であり，構造異性体の関係にある。

2．（誤文）マルトースはα-グルコースが2分子脱水縮合したもので，水溶液中ではアルデヒド基を1つもつ構造体が存在する。鎖状構造のマルトースを$R-CHO$とすると

$$R-CHO + 3OH^- \longrightarrow R-COO^- + 2e^- + 2H_2O \quad \cdots\cdots①$$
$$2Cu^{2+} + 2e^- + 2OH^- \longrightarrow Cu_2O + H_2O \qquad \cdots\cdots②$$

①＋② より

$$R-CHO + 2Cu^{2+} + 5OH^- \longrightarrow R-COO^- + Cu_2O + 3H_2O$$

よって，1 mol のマルトースから Cu_2O が1 mol 生じる。

3．（正文）スクロースを加水分解すると，グルコースとフルクトースの混合物である転化糖が得られ，ともに還元性を示す。

4．（誤文）アミロースはらせん構造をとるが，セルロースはらせん構造をとらない。

5．（正文）デンプンを部分的に加水分解した糖類をデキストリンという。

問 ii　化合物 **A** を n 個のグルコース分子が縮合したものとし，過剰の無水酢酸と反応させると，次の構造式で表される化合物になる。

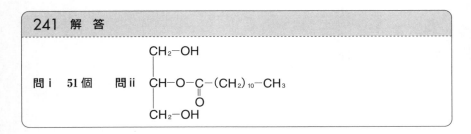

化合物**A**

A の分子量は $162n + 18$，**A** を無水酢酸と反応させて生じる化合物の分子量は $288n + 102$ であるから

$$0.0100 \times (162n + 18) = 0.0100 \times (288n + 102) - 33.6 \quad \therefore \quad n = 26 \ 個$$

241　解　答

問 i　51 個　　**問 ii**
$$
\begin{array}{l}
CH_2-OH \\
| \\
CH-O-\underset{\underset{O}{\|}}{C}-(CH_2)_{10}-CH_3 \\
| \\
CH_2-OH
\end{array}
$$

解　説

問i　実験1から油脂Aの分子量を M_A とすると，KOH の式量 56 より

$$\frac{40.3}{M_A} : \frac{8.40}{56} = 1 : 3 \quad \therefore \quad M_A = 806$$

また，グリセリン $C_3H_8O_3$ の分子量 92 より，Aを加水分解すると得られる直鎖飽和脂肪酸B，Cの平均分子量を $M_{B,\ C}$ とすると

$$M_{B,\ C} = \frac{806 + 18 \times 3 - 92}{3} = 256$$

よって，平均分子量 $M_{B,\ C}$ である飽和脂肪酸を $C_nH_{2n+1}COOH$ とすると

$$12n + 2n + 1 + 45 = 256 \quad \therefore \quad n = 15$$

したがって，Aを構成する炭素原子数は，グリセリン中に 3 個，飽和脂肪酸B，C中に $15 \times 3 + 3 = 48$ 個となり，合計 51 個となる。

問ii　実験2より，化合物Dの各構成元素の質量は

$$C の質量：33.0 \times \frac{12}{44} = 9.00 〔g〕$$

$$H の質量：13.5 \times \frac{2}{18} = 1.50 〔g〕$$

$$O の質量：13.7 - 9.00 - 1.50 = 3.20 〔g〕$$

よって，各元素の物質量比は

$$C : H : O = \frac{9.00}{12} : \frac{1.50}{1} : \frac{3.20}{16}$$

$$= 0.750 : 1.50 : 0.200 = 15 : 30 : 4$$

また，Dの構造式は，脂肪酸の炭化水素基の部分を R− とすると，エステル結合を 1 つもち，不斉炭素原子をもたないことから次のようになる。

```
CH₂−OH
 |
CH−O−C−R
 |     ‖
 |     O
CH₂−OH
```

したがって，分子中の酸素原子数が 4 個であることから，Dの分子式は $C_{15}H_{30}O_4$ となり，R− の部分のC原子数は 11 個となる。R− は直鎖の飽和炭化水素基なので $-(CH_2)_{10}-CH_3$ となる。

242　解　答

問i　2.4g　　**問ii**　146　　**問iii**　9個

解　説

化合物 A と化合物 B とが反応してポリエステル C が生じていることから，化合物 B はジカルボン酸であり，化合物 A は第一級アルコールである。よって，A，B，C は次のような構造部分をもっていると考えられる。

$$\text{HO-CH}_2\text{--}\boxed{}\text{--CH}_2\text{-OH} \xrightarrow{\text{酸化}} \text{HO-}\underset{\text{O}}{\text{C}}\text{--}\boxed{}\text{--}\underset{\text{O}}{\text{C}}\text{-OH}$$

化合物 A　　　　　　　　　　
化合物 B

$$\text{化合物 A + 化合物 B} \xrightarrow{\text{縮合重合}} \text{-O-CH}_2\text{--}\boxed{}\text{--CH}_2\text{-O-}\underset{\text{O}}{\text{C}}\text{--}\boxed{}\text{--}\underset{\text{O}}{\text{C}}\text{-}$$

ポリエステル C

ポリエステル C は鎖の両末端がヒドロキシ基であるから，両末端に化合物 A が結合しているので，次のように表される（平均重合度を n とする）。

$$\text{H}\left[\text{O-CH}_2\text{--}\boxed{}\text{--CH}_2\text{-O-}\underset{\text{O}}{\text{C}}\text{--}\boxed{}\text{--}\underset{\text{O}}{\text{C}}\right]_n\text{O-CH}_2\text{--}\boxed{}\text{--CH}_2\text{-OH}$$

$\boxed{}$ 部分の式量を M とすると，ポリマーの分子量は $(2M+116)n+M+62$ と書ける。一方，1.0200 mol の化合物 A と 1.0000 mol の化合物 B がすべて反応してポリエステル C を生成し，ポリエステル C の両末端には化合物 A が結合していることから，生じたポリエステル C は 0.0200 mol であり，平均重合度 n は $\dfrac{1.0000}{0.0200}=50.0$ となる。このことは次のように考えるとよい。1.0000 mol ずつの化合物 A と化合物 B でペアをつくり，そのペアを結合させてポリマーをつくり，残った 0.0200 mol の化合物 A を化合物 B 側の末端に結合させてポリエステル C をつくる。このとき，その末端に結合する化合物 A の数に比べて **A－B** のペアはその $\dfrac{1.0000}{0.0200}=50.0$ 倍存在するため，ポリエステル C に含まれる **A－B** のペアの数 n は平均 50 となる。

よって，n の平均は 50 となるから

$$(2M+116)\times 50+M+62=11518 \qquad \therefore \quad M=56$$

したがって，$\boxed{}$ 部分は C_4H_8 となる。

問 i　ポリエステル C の物質量が 0.0200 mol であるから，両末端のヒドロキシ基と反応した酢酸（分子量 60）の質量は次のようになる。

$$60\times 0.0200\times 2=2.4 \, [\text{g}]$$

問 ii　化合物 B の構造式は次のようになるので，分子量は 146 となる。

$$\text{HOOC-C}_4\text{H}_8\text{-COOH}$$

問 iii　化合物 A は $\text{HO-CH}_2\text{-C}_4\text{H}_8\text{-CH}_2\text{-OH}$ であるから，その構造異性体は次の 9

つが存在する。

HO−CH₂−CH₂−CH₂−CH₂−CH₂−CH₂−OH

HO−CH₂−CH−CH₂−CH₂−CH₂−OH
　　　　　｜
　　　　　CH₃

HO−CH₂−CH₂−CH−CH₂−CH₂−OH
　　　　　　　｜
　　　　　　　CH₃

　　　　　CH₃
　　　　　｜
HO−CH₂−C−CH₂−CH₂−OH　　　　HO−CH₂−CH−CH−CH₂−OH
　　　　　｜　　　　　　　　　　　　　　　｜　　｜
　　　　　CH₃　　　　　　　　　　　　　　CH₃　CH₃

　　　　　　　　　　　　　　　　　　　　　　CH₃
　　　　　　　　　　　　　　　　　　　　　　｜
HO−CH₂−CH−CH₂−CH₂−OH　　　HO−CH₂−C−CH₂−OH
　　　　　｜　　　　　　　　　　　　　　　　｜
　　　　　CH₂−CH₃　　　　　　　　　　　　CH₂−CH₃

HO−CH₂−CH−CH₂−OH　　　　　HO−CH₂−CH−CH₂−OH
　　　　　｜　　　　　　　　　　　　　　　｜
　　　　　CH₂−CH₂−CH₃　　　　　　　　　CH−CH₃
　　　　　　　　　　　　　　　　　　　　　｜
　　　　　　　　　　　　　　　　　　　　　CH₃

攻略のポイント

A 1.0200 mol と **B** 1.0000 mol からともに 1.0000 mol ずつ反応し，**A−B** が 1.0000 mol 生成すると，**A** は 0.0200 mol 残る。残った **A** をⒶとすると，これがポリマーの末端に 1 分子ずつ結合するので，ポリエステル **C** は 0.0200 mol 生じたことになる。

A−B−A−B−……−A−B−Ⓐ　⎫
A−B−A−B−……−A−B−Ⓐ　⎬ 0.0200 mol のポリエステル **C**
　　　　　⋮　　　　　　　⎭

よって，ポリエステル **C** 1 分子には平均 50 の **A−B** が存在することになる。

243 解 答

問 i　4　　問 ii　問A　3　問B　2

解 説

問 i　1．（誤文）枝分かれ構造はアミロースにはなく，アミロペクチンにある。

2．（誤文）グリシンは不斉炭素原子をもたない。

3．（誤文）化学反応の速度が大きくなるのは，活性化エネルギーが小さくなるためであり，反応熱は変わらない。

4．（正文）ビウレット反応のことである。

5．（誤文）チミンの代わりにウラシルが含まれる。

6．（誤文）水が酸化されて酸素が発生する。

問ii　問A　DNA では，アデニンとチミン，グアニンとシトシンがそれぞれ塩基対を形成しているため，アデニンの数とチミンの数が等しく，そしてグアニンの数とシトシンの数が等しい。

よって，アデニンの数の割合が 23％の場合，チミンの数の割合も 23％となり，残りの 54％の半数ずつがグアニンとシトシンの数の割合となる。

問B　この微生物の DNA におけるヌクレオチド構成単位の平均の式量は次のようになる。

$$313 \times \frac{23}{100} + 329 \times \frac{27}{100} + 289 \times \frac{27}{100} + 304 \times \frac{23}{100} = 308.7 \fallingdotseq 309$$

よって，この微生物の細胞 1 個が有する DNA の塩基対の数は

$$\frac{\dfrac{4.3 \times 10^{-6}}{309} \times 6.0 \times 10^{23}}{1.0 \times 10^9} \times \frac{1}{2} = 4.17 \times 10^6 \fallingdotseq 4.2 \times 10^6$$

244　解　答

問i　**5・6**　　問ii　**3.9g**

解　説

問i　1．（誤文）アセテート繊維はセルロースを部分的にアセチル化したもので，半合成繊維の一つである。

2．（誤文）セルロースはヨウ素デンプン反応を示さない。

3．（誤文）転化糖とは，スクロースを加水分解したもので，グルコースとフルクトースの（等量の）混合物である。

4．（誤文）銅アンモニアレーヨンは再生繊維である。

5．（正文）窒素の質量パーセントの大きいニトロセルロースは燃焼速度が非常に大きく，火薬の原料となる。

6．（正文）トレハロースはグルコースの 1 位の炭素原子に結合しているヒドロキシ基間で脱水縮合した二糖類であるから，ヘミアセタール構造がなく，アルデヒド基を生じないため，還元性がない。

問ii　リボース $C_5H_{10}O_5$（分子量 150），グルコース $C_6H_{12}O_6$（分子量 180），マルトース $C_{12}H_{22}O_{11}$（分子量 342）およびスクロース $C_{12}H_{22}O_{11}$（分子量 342）のうち，フェーリング液と反応するのは，リボース，グルコースおよびマルトースである。

フルクトース $C_6H_{12}O_6$（分子量 180）1.80 g は $\dfrac{1.80}{180} = 0.0100$〔mol〕となり，1.43 g

の酸化銅(I)を生じるから, 得られる酸化銅(I)の質量は次のようになる。

$$1.43 \times \frac{\dfrac{1.80}{150} + \dfrac{1.80}{180} + \dfrac{1.80}{342}}{0.0100} = 3.89 \fallingdotseq 3.9 \text{(g)}$$

---

245 解 答

問 i　4

問 ii

$$^+H_3N-(CH_2)_4-\underset{\underset{NH_3{}^+}{|}}{CH}-\overset{\overset{O}{\|}}{C}-OH \qquad H_2N-(CH_2)_4-\underset{\underset{NH_2}{|}}{CH}-\overset{\overset{O}{\|}}{C}-O^-$$

pH=1のとき　　　　　　　　　　　pH=12のとき

問 iii　C

解 説

問 i　各酵素のはたらきは次のようになる。

1．セルラーゼ：セルロースの加水分解（セルロース ── セロビオース）
2．アミラーゼ：デンプンの加水分解（デンプン ── マルトース）
3．リパーゼ：脂肪の加水分解（脂肪 ── グリセリン＋脂肪酸）
4．ペプシン：タンパク質の加水分解（タンパク質 ── ペプチド）
5．カタラーゼ：過酸化水素の分解（$2H_2O_2 \longrightarrow 2H_2O + O_2$）
6．チマーゼ：アルコールの発酵（グルコース ── エタノール＋CO_2）

問 ii　化合物 **A**〜**E** の構造は次のように決定できる。

A：ビウレット反応による呈色を示さないので, ジペプチドである。

$$H_2N-\underset{\underset{R_1}{|}}{CH}-CO-NH-\underset{\underset{R_2}{|}}{CH}-COOH$$

（R_1, R_2 は C, H または C, H, N を含む）

B：組成式を $C_xH_yN_zO_w$ とおくと, 質量組成から

$$x : y : z : w = \frac{49.3}{12} : \frac{9.6}{1} : \frac{19.2}{14} : \frac{21.9}{16}$$

$$= 4.1 : 9.6 : 1.37 : 1.36$$

$$\fallingdotseq 3 : 7 : 1 : 1$$

したがって, **B** の組成式は C_3H_7NO となる。

B はアミノ酸なので O 原子を 2 つ以上含み, かつ分子量が 150 以下であるから, 分子式は $C_6H_{14}N_2O_2$（分子量 146）となる。

したがって, 化合物 **B** はリシンと推定できる。

$$H_2N-(CH_2)_4-\underset{\underset{NH_2}{|}}{CH}-COOH$$

C：**C** の分子式は，**A** の加水分解反応から次のように決定できる。

$$\underset{A}{C_{15}H_{23}N_3O_3} + H_2O \longrightarrow \underset{B}{C_6H_{14}N_2O_2} + \underset{C}{C_9H_{11}NO_2}$$

また，キサントプロテイン反応に関与するので，ベンゼン環をもち，フェニルアラニンと推定できる。構造式は次のようになる。

$$\text{(ベンゼン環)}-CH_2-\underset{\underset{NH_2}{|}}{CH}-COOH$$

D：$\text{(ベンゼン環)}-CH_2-CH(NH_2)-COOH + CH_3OH$

$$\longrightarrow \text{(ベンゼン環)}-CH_2-CH(NH_2)-COOCH_3 + H_2O$$
$$\qquad\qquad\qquad\qquad\qquad\qquad\qquad D$$

E：$\text{(ベンゼン環)}-CH_2-\underset{\underset{NH_2}{|}}{CH}-COOH + \text{(ベンゼン環)}-CH_2-\underset{\underset{NH_2}{|}}{CH}-COOCH_3$

$$\longrightarrow \text{(ベンゼン環)}-CH_2-\underset{\underset{NH_2}{|}}{CH}-\overset{\overset{O}{\|}}{C}-\underset{\overset{|}{H}}{N}-\underset{\underset{COOCH_3}{|}}{CH}-CH_2-\text{(ベンゼン環)} + H_2O$$
$$\qquad\qquad\qquad\qquad\qquad\qquad\qquad\qquad E$$

よって，**A** は，リシンとフェニルアラニンからなるジペプチドである。

また，リシンは水溶液の pH によって次のように構造が変化する。

$$\underset{\underset{(CH_2)_4-NH_3^+}{|}}{\overset{+}{H_3}N-CH-COOH} \underset{H^+}{\overset{OH^-}{\rightleftharpoons}} \underset{\underset{(CH_2)_4-NH_3^+}{|}}{\overset{+}{H_3}N-CH-COO^-}$$
$$\qquad 2\text{価の陽イオン} \qquad\qquad 1\text{価の陽イオン}$$

$$\underset{H^+}{\overset{OH^-}{\rightleftharpoons}} \underset{\underset{(CH_2)_4-NH_3^+}{|}}{H_2N-CH-COO^-} \underset{H^+}{\overset{OH^-}{\rightleftharpoons}} \underset{\underset{(CH_2)_4-NH_2}{|}}{H_2N-CH-COO^-}$$
$$\qquad\qquad 双性イオン \qquad\qquad\qquad 陰イオン$$

問ⅲ　**A**〜**E** の構造中の −COOH および −NH$_2$ の数は次のようになる。

化合物	A	B	C	D	E
−COOH の数	1	1	1	0	0
−NH₂ の数	2	2	1	1	1

C 以外は，いずれも −NH$_2$ が −COOH より 1 個多い。pH＝7 の中性付近では，−NH$_2$ は −NH$_3^+$，−COOH は −COO$^-$ になっているので，電気泳動を行うと陰極側に移動する。よって，**C** は陰極に移動しない。

246　解　答

問 i　ブタジエン構成単位：スチレン構成単位＝4.0：1

問 ii　8×10^2 個

解　説

問 i　共重合体の構造を次式で示す。

$$\left[(CH_2{-}CH{=}CH{-}CH_2)_x{-}\underset{\displaystyle \bigcirc}{CH}{-}CH_2 \right]_n$$

（〔　〕内の式量は $54x+104$）

高分子 A 1.00 g と反応した Br_2（分子量 160）の物質量は

$$\frac{2.00}{160} = 1.25 \times 10^{-2} \text{〔mol〕}$$

よって，A 1 mol（$= n \times (54x+104)$〔g〕）に付加する Br_2 は nx〔mol〕であるから

$$n(54x+104)\text{〔g〕}:1.00\text{〔g〕}=nx\text{〔mol〕}:1.25\times10^{-2}\text{〔mol〕}$$

∴　$x = 4.00$

したがって，A の構造式は次のように表される。

$$\left[(CH_2{-}CH{=}CH{-}CH_2)_4{-}\underset{\displaystyle \bigcirc}{CH}{-}CH_2 \right]_n$$

問 ii　一連の反応によって得られる高分子 E の構造式を次のように表す。

$$\left[(CH_2{-}CH_2{-}CH_2{-}CH_2)_4{-}\underset{\displaystyle \underset{(NHCOCH_3)_x}{\bigcirc}}{CH}{-}CH_2 \right]_n$$

A の繰り返し単位の式量は $54 \times 4 + 104 = 320$ であるから，A の分子量は $320n$ と表される。よって，与えられた条件より

$$\frac{16.0}{320n} = \frac{21.0}{2.10 \times 10^5} \qquad ∴ \quad n = 5.00 \times 10^2$$

高分子 E の繰り返し単位の式量は，ベンゼン環中の $-NHCOCH_3$ の数を x とすると，$-NHCOCH_3 = 58$ より

$$56 \times 4 + 104 - x + 58x = 57x + 328$$

したがって

$$(57x + 328) \times 5.00 \times 10^2 = 2.1 \times 10^5 \qquad ∴ \quad x = 1.61$$

以上より，アセチル基の平均数は次のようになる。

$$1.61 \times 5.00 \times 10^2 = 805 ≒ 8 \times 10^2 \text{ 個}$$

攻略のポイント

問 i 次のように考えてもよい。1.00 g の高分子 **A** に付加した Br_2 の物質量 1.25×10^{-2} mol は，**A** 1.00 g 中のブタジエン（分子量 54）の構成単位の物質量に等しい。よって，スチレン（分子量 104）が，**A** 1.00 g 中に y [mol] あるとすると

$$1.25 \times 10^{-2} \times 54 + 104y = 1.00 \quad \therefore \quad y = 3.125 \times 10^{-3} \text{[mol]}$$

したがって，**A** のブタジエンとスチレンの構成単位の比は，次のようになる。

$$1.25 \times 10^{-2} : 3.125 \times 10^{-3} = 4.00 : 1$$

247 解 答

問 i $m = 10$　$n = 24$　**問 ii** 13 kg

解 説

問 i この重合反応は次のように表される。

$$x H_2N - C_m H_{n-4} - NH_2 + x HOOC - (CH_2)_4 - COOH$$

$$\longrightarrow H \left[\underset{H}{N} - C_m H_{n-4} - \underset{H}{N} - \underset{O}{C} - (CH_2)_4 - \underset{O}{C} \right]_x OH + (2x-1) H_2O$$

この構成単位の組成式は

$$C : H : N : O = \frac{68.09}{12} : \frac{10.64}{1} : \frac{9.93}{14} : \frac{11.34}{16}$$

$$= 5.674 : 10.64 : 0.7092 : 0.7087 \fallingdotseq 8 : 15 : 1 : 1$$

ポリアミド **A** はジアミンとアジピン酸の重合によってできているから，構成単位中に N と O が 2 原子ずつ含まれる。よって，構成単位は $C_{16}H_{30}N_2O_2$ となるから

$$m = 16 - 6 = 10, \quad n = 30 - 10 + 4 = 24$$

問 ii 構成単位の式量は 282 であるから，重合度 x は

$$x = \frac{1.41 \times 10^5}{282} = 500$$

よって，ポリアミド **A** が生成するときに発生する水の分子数は

$$2 \times 500 - 1 = 999 \text{ 分子}$$

したがって，100 kg のポリアミド **A** が生成するときに発生する水の量を w [kg] とすると

$$\frac{100}{1.41 \times 10^2} = \frac{w}{18 \times 999 \times 10^{-3}} \quad \therefore \quad w = 12.75 \fallingdotseq 13 \text{[kg]}$$

攻略のポイント

問ii 次のように考えてもよい。ポリアミド**A**は，分子量が 1.41×10^5 と非常に大きいので，両末端のHとOHは無視し，次の構造式で表されるとすると

$$\left[\begin{array}{c} N-C_{10}H_{20}-N-C-(CH_2)_4-C \\ | \quad\quad\quad\quad | \ \| \quad\quad\quad\quad \| \\ H \quad\quad\quad\quad H\ O \quad\quad\quad\quad O \end{array} \right]_x$$

構成単位（繰り返し単位）1つあたり，2分子の水がとれたことになるので，発生する水の質量は次のようになる。

$$\underset{\text{構成単位の物質量}}{\underline{\frac{100 \times 10^3}{282}}} \times 2 \times 18 \times 10^{-3} = 12.7 \fallingdotseq 13 \,[\text{kg}]$$

248 解 答

問i 1・6 **問ii** 2・5 **問iii** 3・5

解 説

問i 化合物**A**はスクロース，化合物**B**はグルコースである。

1．（正文）スクロースは，加水分解するとグルコースとフルクトースが等物質量生じる。この混合物を転化糖という。

2．（誤文）スクロースは還元性のない二糖の代表例である。スクロースは水溶液中で開環せず，還元性を示す構造をとらない。

3．（誤文）二糖であるから，ヨウ素デンプン反応を示さない。

4．（誤文）開環せず，1種類の化合物として存在している。

5．（誤文）アミロペクチンを加水分解すると，グルコースのみが得られる。

6．（正文）$C_6H_{12}O_6 \longrightarrow 2C_2H_5OH + 2CO_2$ のように反応する。

7．（誤文）この多糖はグリコーゲンという。

問ii 1．エチレングリコールとテレフタル酸の縮合重合で得られる。

2．付加重合で得られる。

3．ヘキサメチレンジアミンとアジピン酸の縮合重合で得られる。

4．多数のアミノ酸の縮合重合で得られる。

5．付加重合で得られる。

問iii 1．（正文）化合物**B**（グルコース）は水によく溶けるが，デンプンは水に溶けにくい。

2．（正文）デンプンは熱水に溶け，コロイド溶液となるが，セルロースは熱水にも

溶けない。

3．（誤文）ニンヒドリン反応はアミノ酸の検出に用いられ，化合物 **A**，**B** ともに反応せず区別できない。

4．（正文）デンプン水溶液はコロイド溶液なので，チンダル現象を示す。

5．（誤文）質量モル濃度が異なるので，凝固点は異なる。

6．（正文）デンプンはコロイド粒子であるから，セロハン膜を通過しないが，ヨウ素ヨウ化カリウム水溶液中の I_2 または I_3^- は，セロハン膜を自由に通過できるので，袋内の水溶液だけがヨウ素デンプン反応により青紫色を示す。

249　解　答

1

解　説

1．（正文）スクロースはグルコースとフルクトースが縮合した分子である。構成単糖が単独で存在する場合には，水溶液中で開環して還元性を示すアルデヒド基を形成する部分が，縮合反応により結合しているため，フェーリング反応を示さない。

2．（誤文）マルトースの加水分解反応は次のようになる。

$$C_{12}H_{22}O_{11} + H_2O \longrightarrow 2C_6H_{12}O_6$$

よって，1分子の水が必要である。

3．（誤文）最も簡単な構造をもつグリシンは不斉炭素原子をもたないので，光学異性体が存在しない。

4．（誤文）2分子のアミノ酸から水がとれ，ペプチド結合で結ばれた分子であるから塩ではない。

5．（誤文）タンパク質の変性は，アミノ酸の配列順序である一次構造の変化ではなく，タンパク質分子中に形成される水素結合などが切断されて立体構造が変化し，もとに戻らなくなる現象である。

6．（誤文）酵素は特定の反応のみを促進するはたらきをもち，インベルターゼはスクロースの加水分解のみに作用する。

250　解　答

問 i　40%　　問 ii　48個

解　説

問i　ポリクロロプレンは，$+CH_2-CCl=CH-CH_2+_n$ と表される。

分子量は，$88.5n$ であるから，塩素の質量パーセントは

$$\frac{35.5n}{88.5n} \times 100 = 40.1 \fallingdotseq 40 \,[\%]$$

問ii　共重合体の一部は，$\cdots-CH_2-\underset{CN}{CH}-CH_2-\underset{Cl}{CH}-\cdots$ と表される。

いま，共重合体1分子中に塩化ビニル単位が平均 x 個，アクリロニトリル単位が平均 y 個あるとすると，次の式が成り立つ。

$$62.5x + 53y = 8700 \qquad \cdots\cdots①$$

$$\frac{35.5x}{62.5x + 53y} \times 100 = 40.1 \qquad \cdots\cdots②$$

①，②より　　$x = 98.3,\ y = 48.2$

よって，アクリロニトリル単位の平均の数は 48 個となる。

251　解　答

2・5

解　説

成分元素の質量は次のようになる。

$$C の質量：88.0 \times \frac{12}{44} = 24.0 \,[mg]$$

$$H の質量：36.0 \times \frac{1 \times 2}{18} = 4.0 \,[mg]$$

よって，原子数の比は

$$C : H = \frac{24.0}{12} : \frac{4.0}{1} = 1 : 2$$

ここで，2種類のアミノ酸が（炭素原子数の和）：（水素原子数の和 -2）$= 1 : 2$ の関係をみたし，ジペプチドの分子量が 200 以上という条件をみたすものは，1と5から得られる $C_8H_{16}N_2O_3S$（分子量 220）と，2と5から得られる $C_8H_{16}N_2O_4S$（分子量 236）が考えられる。このとき，ジペプチド 59.0mg 中に炭素が 24.0mg 含まれているので，ジペプチドの分子量を M とすると

$$\frac{24.0}{59.0} = \frac{12 \times 8}{M} \qquad \therefore\quad M = 236$$

したがって，2のセリンと5のメチオニンから構成されるジペプチドである。

252　解　答

末端アミノ基の数：アミド結合の数＝1：15

解　説

このポリアミドを示性式で示すと

$$\text{H–N}\underset{\text{H}}{|}\left[\text{(CH}_2)_6\text{–N–C–(CH}_2)_4\text{–C–N}\right]_n\text{(CH}_2)_6\text{–N–H}$$

繰り返し単位の式量は，226 となるから

$$226n + 116 = 3550 \quad \therefore \quad n = 15.19 \fallingdotseq 15.2$$

よって，アミド結合の数は　　$15.2 \times 2 = 30.4$

したがって，求める比は次のようになる。

末端アミノ基の数：アミド結合の数 $= 2 : 30.4 \fallingdotseq 1 : 15$

年度別出題リスト

年度		番号	問題	解答	年度		番号	問題	解答
2023 年度	〔1〕	130	104	322		〔2〕	35	46	224
	〔2〕	131	104	322		〔3〕	67	67	254
	〔3〕	60	63	249		〔4〕	36	47	225
	〔4〕	96	84	281		〔5〕	101	86	284
	〔5〕	1	24	186		〔6〕	136	107	326
	〔6〕	28	42	218		〔7〕	137	107	327
	〔7〕	※	—	—		〔8〕	68	68	255
	〔8〕	29	42	218		〔9〕	69	68	255
	〔9〕	30	43	219		〔10〕	6	27	190
	〔10〕	61	63	249		〔11〕	177	132	370
	〔11〕	167	127	358		〔12〕	231	171	444
	〔12〕	168	127	359		〔13〕	232	172	445
	〔13〕	226	168	438		〔14〕	178	133	371
	〔14〕	227	168	439		〔15〕	179	133	372
	〔15〕	169	128	360	2019 年度	〔1〕	138	108	328
2022 年度	〔1〕	132	105	323		〔2〕	139	108	329
	〔2〕	133	105	324		〔3〕	70	69	256
	〔3〕	62	64	250		〔4〕	102	86	285
	〔4〕	63	64	251		〔5〕	7	27	191
	〔5〕	2	24	187		〔6〕	8	28	192
	〔6〕	3	25	188		〔7〕	71	69	257
	〔7〕	97	84	281		〔8〕	72	70	258
	〔8〕	31	44	221		〔9〕	103	87	286
	〔9〕	64	65	252		〔10〕	37	48	226
	〔10〕	98	85	282		〔11〕	180	134	373
	〔11〕	170	129	362		〔12〕	181	135	375
	〔12〕	171	129	363		〔13〕	233	172	446
	〔13〕	228	169	440		〔14〕	182	135	377
	〔14〕	172	130	364		〔15〕	183	136	378
	〔15〕	173	130	365	2018 年度	〔1〕	140	109	330
2021 年度	〔1〕	134	106	324		〔2〕	73	70	259
	〔2〕	135	106	325		〔3〕	141	109	331
	〔3〕	65	66	252		〔4〕	104	87	287
	〔4〕	99	85	283		〔5〕	9	28	193
	〔5〕	4	26	189		〔6〕	38	48	227
	〔6〕	100	85	283		〔7〕	105	87	288
	〔7〕	32	44	222		〔8〕	106	88	290
	〔8〕	66	67	253		〔9〕	74	71	260
	〔9〕	33	45	222		〔10〕	39	49	227
	〔10〕	34	46	223		〔11〕	184	136	380
	〔11〕	174	131	366		〔12〕	185	137	381
	〔12〕	229	170	440		〔13〕	186	138	383
	〔13〕	230	170	441		〔14〕	234	173	448
	〔14〕	175	131	367		〔15〕	187	138	383
	〔15〕	176	132	368	2017 年度	〔1〕	10	29	194
2020 年度	〔1〕	5	26	189		〔2〕	107	89	291

年度	番号	問題	解答
〔3〕	211	156	419
〔4〕	155	120	347
〔5〕	122	98	312
〔6〕	156	121	348
〔7〕	19	34	204
〔8〕	123	99	313
〔9〕	53	58	243
2007 年度 〔1〕	20	35	206
〔2〕	54	58	244
〔3〕	21	36	208
〔4〕	157	122	350
〔5〕	158	122	351
〔6〕	89	79	275
〔7〕	248	182	465
〔8〕	212	157	421
〔9〕	213	158	422
2006 年度 〔1〕	124	100	314
〔2〕	159	123	352
〔3〕	55	60	245
〔4〕	125	100	315
〔5〕	56	60	246
〔6〕	22	37	210
〔7〕	160	124	352
〔8〕	90	80	276
〔9〕	214	160	424
〔10〕	215	160	426
〔11〕	216	161	427
〔12〕	217	162	427
〔13〕	218	162	428
〔14〕	91	81	277
2005 年度 〔1〕	23	38	212
〔2〕	57	61	247
〔3〕	58	61	247
〔4〕	24	39	213
〔5〕	126	101	316
〔6〕	161	124	353
〔7〕	162	124	354
〔8〕	163	125	355
〔9〕	25	40	214
〔10〕	92	81	277
〔11〕	219	163	430
〔12〕	249	183	466
〔13〕	220	164	431
〔14〕	250	184	466
〔15〕	221	164	432
2004 年度 〔1〕	26	40	215
〔2〕	127	102	318
〔3〕	59	61	248
〔4〕	27	40	216

年度	番号	問題	解答
〔5〕	93	82	278
〔6〕	128	103	318
〔7〕	164	125	355
〔8〕	129	103	320
〔9〕	165	126	356
〔10〕	94	83	279
〔11〕	95	83	280
〔12〕	166	126	356
〔13〕	222	165	433
〔14〕	223	165	433
〔15〕	224	166	434
〔16〕	251	184	467
〔17〕	252	184	468
〔18〕	225	166	435

※ 2023 年度〔7〕については, 大学より問題に不備があったことが公表されているため本書では省略しています。